JN142195

征韓

——帝国のパースペクティヴ

大垣　さなゑ

征韓

――帝国のパースペクティヴ

石飛びをするように

a short preface

本書は、「東アジア五〇〇年」を三次元空間として、兵営国家「ニッポン」にperspectiv（透視的概観）をあたえようとするココロミから生まれた「Ⅰ～Ⅶ」のテーマないし「1～23」のモティーフの集合体である。

いうまでもなくそれらは、どの一つとして連関性をもっていないものはなく、したがって「もくじ（contents）」にリストされた配列に拘束されない親和性をそなえている。

それはたとえば、vanishing point（消失点）の設定いかんによって「Ⅰ～Ⅶ」の配列を、Ⅵ→Ⅰ→Ⅱ→Ⅶ→Ⅲ→Ⅳ→ⅤのようにもⅢ→Ⅴ→Ⅰ→Ⅱ→Ⅵ→Ⅳ→Ⅶのようにもかえることが可能であり、また、配列にとらわれずに読んでも本質を損なうことがないということである。

「1～23」もまた同様である。かりに「王権と覇権」「中華と朝鮮・琉球」「侵略とレイシズム」を視点として「1～23」を三点透視にかけたなら、「3・10・13・14・19」「8・11・17・18・22」「5・7・15・19」などがグループをなして被写体の前面を構成することになり、視点の設け方いかんによってグルーピングもまた変化する。

つまり、「1～23」もまた配列にとらわれずに読むことができるので、興味のおもむくままモティーフからモティーフへ、あたかも浅瀬に顔をだした石をたよりに向こう岸までステップするごとく読みすすめてゆくことも可能であり、結果として踏まない石があった場合にも、本書のココロミが大きく損なわれることはない。

さらに、これらのコンテンツは、前作『後月輪東（ぱんどら）の棺（はこ）』のコンテンツとも連関性・親和性をそなえており、古代ヤマト王権成立期の奥に消失点をもとめれば、近代天皇制国家の虚構が透視・概観しうるものとなっている。

contents
もくじ

【凡例】

・本文は原則として常用漢字および現代仮名づかいをもちいている。

・引用文は、とくに原文をもちいる必要のある場合をのぞき、漢文は訓読文に、旧仮名づかいは現代仮名づかいに、カタカナ表記はひらがなに改め、適宜、句読点をおぎない、あるいは漢字をひらがなに変えている。また、文意の通りを優先し、直訳もしくは意訳をもちいたところもある。

・年代は、明治五年一二月二日までを和暦、同六年一月一日以降を西暦で表示し、（ ）内に西暦・和暦・中国暦・朝鮮暦をおぎなった。

・人名・地名などの読みがなは、朝鮮のものはハングル音、中国のものは漢音読みで表記した。

・李氏朝鮮五〇〇年のあいだに王都の名は漢陽（ハニャン）・漢城（ハンソン）・京城（キョンソン）など、いくどか変遷をかさねてきた。一三九四年に李成桂（イソンゲ）が高麗のみやこ「開京（ケギョン）（開城（ケソン））」から「漢陽」へ遷都し、翌年に「漢城」と改称した。

また、「京城（けいじょう）」は日本統治時代（一九一〇～四五）にもちいられた公式名称だが、明治政府はそれいぜんから「京城」をもちいているという事情がある。

それらの煩瑣を避けるため、本文では漢字表記をとらず、ふるくから朝鮮でもちいられてきた「みやこ」の意の固有語「서울」にならって「ソウル」に統一した。

I　たびのはじまり

1　いしぶみ in Apr.1895 ― ある後備兵の死

旧撫養街道が日開谷川にさしかかるすぐ南手前にある共同墓地。

無縁仏さながら、風化するにまかせてきたわたしのもとを、みずしらずの男性がたずねてきたのは、二〇一一年の三月なかば。東北三陸沖にみなもとを発した大地震と大津波、そして三基の原子炉がメルトダウンを起こすという空前の惨事が、あらゆる人々のこころを慄わせた春のことでした。

被災地に容赦のない雪が降りつもったというその日は、わたしの在所、四国徳島は吉野川中流域の左岸台地にある市場町香美のむらも、ときならぬ寒波にみまわれました。

つややかな御影石をかさねた塔墓が建ちならぶなか、ひとつだけ時間からとりのこされたようにうずくまっている砂岩の板碑。縁飾りの部分はおおかた毀れ、もとの台座ではない石のうえにチョコンとのっかっている、高さ一尺にもみたぬ小さな忠魂碑。

それがこのわたしなのですが、一見してこの土地の人でないことがわかるその男性は、わたしをそれとみとめるやパッと頬を輝かせてあゆみ寄り、汚れをはらいのけて碑文の凹みを確かめると、ひとり感慨深げにうなずき、表情をほころばせてはまたうなずき、旧友にめぐりあったかのごとくなつかしげにわたしの肩をたたいて四方からながめまわしたあと、急ぎ足で去っていった。わたしはただ、あっけにとられるばかりでした。

ところが翌日、またその人はやってきました。こんどは地元の郷土史家をともなって。

「先生、よくみつかりましたねえ」

「はい。可能性は皆無ではない。そう思ってはいましたが……。僥倖です」

郷土史家が「先生」と呼ぶその人物は、はるばる北海道からやってきた歴史学者だということですが、おどろくなかれ、一〇〇年いじょうもまえの四国四県の地方新聞をしらみつぶしに調べて、歴史の塵芥にすぎないわたしのあるじ杉野虎吉を探しだし、おまけに墓地をいくつもたずね歩いてこのわたしをみつけてくれた人なのでした。

「石はこの地方で採れる泉砂岩でしょう」

かれらは、砂岩特有の風化痕に気をくばりながら、苔や汚れをていねいに落としはじめた。拓本をとろうということらしいのですが、一世紀をこえる時の浸食をうけた砂岩の凸凹を写しとるのは、生半のわざではありません。

「だいぶ風化していますが、文字はよくのこっています。しかも忠魂碑です」

先生は、わたしの額のあたり、つまり碑面の上部に横書きで浮き彫りされている「嗚呼忠魂碑」の題字をしみじみとながめ、それから、漢文一二行で刻まれた本文へと郷土史家の視線をいざないました。

どうです、みてください、といわんばかりに。

「まちがいありません。戦死した場所も、日づけも」

そういって先生は、まだじゅうぶんに字形をあらわしていない凹みを指先でなぞりながら、ゆっくりと、しかしすらすらと訓みくだしていった。

「陸軍上等兵卒、杉野氏、通称虎吉、阿波人なり。世々、阿波郡香美里に住む。幼にして文字をたしなみ、温厚。長ずるをもって農商を業となす。父の名は磯吉。その二男なり。……明治廿七甲午の龍次、朝鮮国の騒擾に蜂起あり。乱をなして王城にせまる。天皇陛下、遥かに数万の軍旅を発す。まさにこれを忠清道連山で討伐せんとするとき、暴賊、四方より来たる。銃丸、雷電星のごとく、黒煙、地を捲き、咫尺を明らかにせず。同年十二月十日、弾丸、頤を貫き、終に殞命。嗚呼惜しいかな。……行年三十有八なり……」

杉野虎吉は、朝鮮国の忠清道連山の戦闘で、下顎を撃ちぬかれて亡くなったのだという。

チュンチョンドヨンサンという音が、いかにも耳に新しい。

「三八歳ですか。思いのほか年輩ですね」

とうじ兵役は、一七歳いじょう四〇歳みまんの男子すべてに課されていたという。陸軍では、現役三年、予備役四年をへてのち、原則五年のあいだは後備役につくが、その間に戦争や事変が起きれば役務につかねばならなかった。

それにしても高齢の後備兵があったものです。

いわゆる「日清戦争」の始まった一八九四年、三八歳で出征した杉野虎吉は、おそらく最年長の後備兵だったでありましょう。それがいかなる事情によったかは、たまたま虎吉の墓石となっただけのわたしには見当もつきません。

「明治廿八年四月、杉野常吉これを建つ。七十六翁枕山伊藤これを撰ぶ……。施主の常吉は、兄にあたる人でしょうね」

「はい。碑文を撰じた伊藤枕山という人は、地元の漢学者で医師でもあったようです」

郷土史家によれば、杉野家はとおい昔、そこそこ富裕な家だったそうです。けれど、虎吉の生まれたころにはもう、宅地と家屋をかろうじて所有する小作農になりさがっていて、その次男坊であった虎吉は、みずから一家をなす甲斐性もなく婿入りする縁もなくすごし、三〇代もなかばになって川上の隣村穴吹の住吉という家から、これも三十路をこしたタネという女性を嫁にとり、それをさかいに別家をかまえ、たなごころの窪ほどの畑を耕しては作物を売って日銭を稼ぐ、かつかつの農商暮らしをいとなんでいたという。

農商とは名ばかり、貧農とすらいえないような百姓ふぜいが、「お上」への忠心からすすんで出征するはずはなく、むしろ、あとにのこしていくタネのことを思い、胸中暗然としつつ兵役につかねばならなかったことでしょう。

しかも、応召すればかならず外地へやらされる。それはとうじ、だれもが知っていることでした。拒めば「召集不応の科」によって重禁固刑をまぬがれず、なにより、村の不名誉となって禍いがみずからに反ってくる。心をあとにのこしながらも、お役目とあきらめるほかありません。

常備兵役七年をへた後備兵は、もっとも若いものでも二七歳をかぞえていましたから、一〇人に八九人が妻や子のある所帯主でした。なかには赤貧洗うがごとき暮らしをねぐらとするものもあり、また虎吉のような百姓ふぜいや人力車夫、日雇い、こんにゃく屋など、応召すればたちどころに一家が糊口に窮するというものが大勢あったそうです。まして、子らの嬶々が病身であったり、嬶々に死なれ、男手で幼子を育てていたりするものにとっては、応召することイコール子を捨てることにほかならず、みずからわが子の首をひねって出征したというような傷ましい事件が、新聞で報じられることもあったといいます。

というのも、かれらはみな、あらゆる徴兵免除・猶予を禁じた一八八九年の「徴兵令」大改正いぜんに徴兵された人々だったからです。すなわち、かれらは、戸籍を別にたてて「戸主免役」にあずかるとか、養子に入るとか、「代人料」を支払うとか、いかなる方便を講ずることもできなかったきわめて貧しい農民たちであり――大改正いぜんは、成人男子の三〜四パーセントしか徴兵できなかった――国民皆兵の重課をもっとも酷いかたちで負わされたものたちだったのです。

「いぜん、おなじ四国の後備兵の墓碑が宇和島のお寺でみつかっていますから、もしやと思ってたずねてきたのですが、まさかそれがふつうの墓碑ではなく忠魂碑だとは……。まったくおどろきました」

先生はあらためてわたしをみつめました。たしかに、虎吉のような境涯にあったものの墓標が忠魂碑であることは、ミスマッチというほかはありません。つまり、小作農の兄がかたちばかりの別家をいとなむ弟の死を悼むという、一家族の私的な追悼のありようと忠魂碑とは、あまりにもかけ離れているというわけです。

いえ、先生はさらに、わたしなどのおよびもつかぬことを考えていました。

「四国は明治のはじめ、はげしい血税一揆をたたかったところです」

「竹槍騒動ですか……」

徴兵検査は恐ろシものよ！若い児をとる生血とる！竹槍を手にした讃岐の百姓らが口々にそう叫びつつ、なだれをうつように蜂起したのは、こよみが太陽暦にかわり、徴兵令が施行された明治六年の夏のことだったそうです。

凶作や重税にそれでなくてもあえいでいる貧農たちから、だいじな働き手である次男坊、三男坊をとりあげてゆくのが徴兵制でしたから、生血をとられぬまでも、生死にかかわることにはちがいない。

くわえて「御新政」とやらへの憤懣やるかたなく、あれやこれやをいっきに爆発させた百姓たちは、ひごろ無理難題ばかりふっかけてくる戸長を袋叩きにし、事務所を焼き、役人の居宅や小学校、警察の出張所など、官と名のつくものは手あたりしだいに打ち毀し、火をはなって暴れまわった。

四国では、旧讃岐国にあたる名東県三野郡にあがった火の手が、わずか数日のうちに七郡全域にひろがって一三〇の村を焼き、六〇〇か所を打ち毀し、ついに死者五二人・死刑七人・懲役刑五三人・処罰者一万六九〇〇人を出す大騒動に発展した。それは、とうじ西日本各地で蜂起した「血税一揆」のなかでも最大規模におよんだもので、さいごの蜂起となった高知県幡多郡の騒動が鎮圧されるまで、半年ものあいだ官憲をおびやかしつづけたというのです。

いわれてみればなるほど、「お上」に盾突くことをものともせぬ「暴逆の徒」を父にもち、母にもち、化外の民さながら鄙の地にへばりつくようにして暮らすものたちの胸中に、忠心など芽ばえようはずはない。そうかもしれません。

「しかも、戦死からわずか四か月後に、もう忠魂碑が建てられた。これもまたもおどろきです」

杉野虎吉上等兵が属したのは、四国四県の後備兵およそ七〇〇人からなる混成部隊「後備歩兵第十九大隊」でした。

全国どこでもそうだったということですが、郷土出身の兵士や軍夫の消息をつたえ、所属部隊の進軍のようすや戦地のもようを報じるのは、地方新聞の重要な役割でした。

四国の各紙もまた、正規野戦師団や連合艦隊のはなばなしい進撃を報じるかたわら、虎吉たちのような地元の兵や兵站守備部隊の動静をつたえるべく手だてをつくしていた。

忠魂碑が建てられた一八九五年の春、四国の地方紙は、「後備歩兵第十九大隊」が任務をおえ、ソウル南郊の龍山日本軍駐屯地に帰営したことをつたえる「兵站司令官公電」を掲載し、まもなく、「大隊」が「天皇陛下」から「詔勅」を賜ったことを報じました。

「東学党」を勦滅して凱旋したことを喜び、みごと軍務をはたしたことをねぎらうという「詔勅」です。

虎吉たち四国の後備兵で編成された守備部隊は、「日清」戦争に動員されながら「朝鮮」へ戦さにおもむいた。そして「東学党」を勦滅した。ために「詔勅」を下賜されるという、このうえない栄誉を授かったというのです。

報道がつたわるや、「後備歩兵第十九大隊」はたちまち郷里の誇りとなりました。

きのうまでだれ知るものとてない兵卒であり百姓ふぜいであった虎吉たちは、町村をあげて讃えるべき英雄にまつりあげられ、かれらの凱旋は、歓迎・祝賀の準備に大わらわとなった四国の銃後の、最大の関心事となったのです。

ときあたかも下関では、伊藤博文と李鴻章が講和交渉にのぞみ、四月なかばには条約調印にこぎつけました。

清国は、朝鮮の独立を承認し、遼東半島と台湾を割譲し、日本円にして三億円をこえる賠償金を支払う。講和会議においても、伊藤の策略が、終始李鴻章を圧倒したということです。

日本じゅうが沸きにわいた。無理もないでしょう。大清国との戦さは、日本が文明国の仲間入りをしてはじめての、そして、「豊太閤」の朝鮮出兵いらい三〇〇年ぶりの対外戦争であり、なりより、臣民と名のつくありとあらゆる人々がみずからも参戦し、はじめて「総力戦」というものを体験した戦さでした。

開戦いらい人々は、義勇兵や軍夫に志願し、献金や恤兵献納の運動をくりひろげ、あるいは軍事公債に応募し……。

だれもが行政主導の大仕掛けに巻かれ、新聞のキャンペーンに煽られるがまま競うように戦さに参じ、そしてもたらされたのが連戦連勝の報せであり、中国大陸にはじめて領土を得たという、思いのほかの大勝利だった。

まさに「皇軍のむかうところ敵なし」。それまで、天子さまのために戦うとか命をすてるとか、そういった観念をかけらももちあわせていなかった人々が、いっせいにそう確信した。

そうした気運のなかでもなければ、虎吉のような一兵卒の死にたいして「嗚呼忠魂碑」などと銘打ち、撰文に「天皇陛下、遥かに数万の軍旅を発す」などという大それた文言を織りこんで「忠」を言挙げした追悼碑を建てることはありえない。そう、先生も郷土史家もいうのです。

「ちなみに子孫や縁者は……」

「いいえ、この香美村から杉野の家がなくなったのはもうだいぶ昔のことらしく、いまは家筋も絶えてしまったそうです」

郷土史家は、すぐにも子孫・係累探しを始めそうな先生の、先回りをするかのようにたたみかけた。

「そうですか。残念です」

「でも先生、これで決着がつきました」

「はい、杉野上等兵の実在を確認できなければ、改竄の事実を証明することはできなかった。殲滅作戦の隠蔽も……」

「虎吉さんには悪いけれど、唯一の、かけがえのない戦死者ですからね」

唯一の戦死者！これにはわたしもおどろきました。

あるじの虎吉は、「後備歩兵第十九大隊」およそ七〇〇人のうちの、ただひとりの戦死者だというのです。いったいそんな戦さというものが、あるものなのでしょうか。

おまけに、改竄といい殲滅作戦といい隠蔽といい……。「後備歩兵第十九大隊」には、後ろ暗く忌まわしいイメージがまとわりついているようなのです。そもそも一兵卒にすぎない杉野虎吉の戦死が、なにゆえこれほど重要なのでしょう。

拓本をとるというのはおそろしく手間がかかるものです。

入念に細部の汚れを除いたあと、写しとる紙を貼るのですが、これがまたたいへんです。霧吹きで湿らせながら、柔らかい刷毛をつかって中央から上へ下へ、四方にのばすように貼ってゆき、つぎに乾布をつかって余分な水分をとる。そのさい、紙を文字の凹みにしっかりと食いこませていく。これをしっかりしないと鮮やかな拓本にならないといいます。

「しかし先生、こんどの仕事では、墓につきがありましたね」

「おそろしく時間はかかりましたがね」

先生が杉野虎吉を探しはじめる直接のきっかけとなり、また「正史」、つまり公的にみとめられてきた歴史から切りおとされ葬られた朝鮮での「殲滅作戦」——先生はそれを「ジェノサイド」とも呼んでいます——を復元するに、決定的な役割をはたした貴重な史料とめぐりあったのも、墓所通いのあげくのことだったといいます。

それは、いまは「南小四郎文書」として山口県文書館に収められている史料のひとつで、先生がその存在を知ることになった二〇〇八年までは、古い軍用行李のなかで一世紀の眠りについていた、とびきりの「掘出しモノ」だそうです。

南小四郎という人は、虎吉たちが所属した「後備歩兵第十九大隊」をひきいた陸軍少佐で、ひょんなことから朝鮮とかかわりをもつことになった先生の調査ネットに、宿命的に浮かびあがってきた重要人物でした。

ひょんな、というのはこういうことです。一九九五年の夏、北海道大学の古河記念講堂一階の研究室でほこりをかぶっていた段ボール箱のなかから、六体の頭蓋骨と、「髑髏」と題した書付が出てきた。書付には、それらが珍島で「採集」されたことがしるされ、一体の頭蓋骨には「韓国東学党首魁の首級」と墨書されていた。

いったいこれらはどういう遺骨なのか……。

その調査にたずさわったことが、ほんらい幕末・維新史を専門にしてきた先生が、近代「東学農民戦争」にかかわり、日本軍による「殲滅作戦」の実態を究明するきっかけになったというわけです。

いわゆる「日清戦争」が始まった一八九四年、朝鮮各地で「東学農民軍」の蜂起があいついだ。その鎮圧に、日本政府と日本軍が大きく関与した。なかにも「後備歩兵第十九大隊」は、「東学党討伐隊」と呼ばれる「殲滅作戦」をもっぱらとする部隊であり、その指揮官となったのが、長州藩出身の南小四郎だったのです。

先生はさっそく長州、いえ山口県にでかけて「毛利家文書」などを調べ、南小四郎の出自や経歴などをつきとめた。一九九八年の春、一三年前のちょうどいまごろのことでした。

南小四郎は旧姓を柳井といい、長州藩の家臣高須家に仕えた下級武士で、小郡の西南にいちするかつての吉敷郡鋳銭司を本拠としていた。

生まれは天保一三年（一八四二）。長じて尊王攘夷運動にとびこみ「尚義隊」に入隊。久坂玄瑞にしたがって上京し、蛤門でたたかい、元治元年（一八六四）には藩の内戦にも参戦。慶応二年（一八六六）の「幕長戦争」では、「鴻城軍」の参謀・書記として小倉藩と戦さを交え、王政復古ののち「戊辰戦争」では、佐幕派の福山藩・姫路藩・松山藩を転戦し、さらに佐渡・青森をへて渡島半島に上陸、「箱館戦争」にも参じて五稜郭で奮戦した。

維新体制になってからは、兵部省の教導隊生徒となって陸軍に入り、「佐賀の乱」「地租改正農民騒動」「萩の乱」「西南戦争」と、ありとあらゆる内戦を鎮圧軍サイドでたたかい、一八九〇年に休暇あつかいとなって後備役にしりぞいていたところを、「日清戦争」に召集されたという。

吉敷郡鋳銭司。先生は小郡に足を運び、生家を探した。しかし、すでに屋敷はなく、跡地に高い門柱がのこっているばかり……。わずかに得られたのは、とうじを知る古老たちの証言だった。

「ああ、そりゃありっぱな屋敷だった。みあげるほど高い塀をめぐらした『軍人さん』の家だった」

ひとつ幸いだったことは、南家の墓所をみつけだしたことでした。ここで待てば、いつか子孫に会うことができるだろう。というわけで、先生はそのご何年にもわたって墓をたずねつづけたといいます。

そしてついに小四郎の孫にあたるという人がみつかった。三郎という名のその人は山口市に住んでおり、連絡先を知ることもできました。

しかしながら、忌まわしい歴史の当事者にかかわる探索です。よほどデリケートな接触がなされたものでしょう。ようやく三郎氏から「会ってもよい」との連絡をうけ、南家へかけつけたのは二〇〇八年の春。先生の定年退職がまぢかとなった三月のことでした。

はたして、目のまえにさしだされたのは、蓋に大きく「南小四郎」と墨書された軍用行李でした。

いかにも使いこまれた革張りの行李。それはまさに、没後八七年という歳月のへだたりがひと吹きにされ、南小四郎という軍人が眼前にたちあらわれたかのごとき、生々しさをおびた遺品でした。

なかには、朝鮮の地方官や討伐日本軍の士官、そして南少佐自身の報告書など、七〇点をこえる文書が納められていた。先生のおどろき、胸の昂ぶりはいかばかりだったでしょう。

いっぽう、「東学党殲滅作戦」にかかわる文書類は、故人の罪責にかかわる物証です。自身に直接つながる人物が、あきらかに秘蔵したはずのものを他見にさらすことは、三郎氏にとっては大きな傷みをともなうことだったでしょう。ましてそれらを文書館に寄贈して公開する……。決心されるまでには真摯なやりとりがかさねられたものと想像します。

大隊長として「東学党討伐部隊」をひきいた南少佐は、部隊がソウル龍山に帰営したあと、南部および開城兵站司令官の任につきましたが、同年一二月はじめ、「後備歩兵第十九大隊」が復員を完了する、そのまさにおなじころに帰郷し、五年後の一九〇〇年、少佐のまま昇進することなく、五八歳で後備役をしりぞいています――おなじく討伐隊をひきいた指揮官のなかには、まもなく南部兵站司令官となって中佐に昇進し、さらに台湾へ上陸して「土匪討伐」に従軍、炎天下での勦滅戦を指揮した今橋智勝少将のような人もあることが先生の探究によって知られています。

さて、行李から出てきた文書のなかに、「東学党征討経歴書」と題した二六ページほどの冊子がありました。罫紙にぎっしりと墨書された文中には、誤字・脱字や訂正の朱書きがあり、朝鮮政府に提出するさいに「隠」とすべき箇所に朱点がほどこされている。「経歴書」の「控え」にちがいありません。

しかも、その内容は、「後備歩兵第十九大隊」の行動を日誌体で克明にしるした、かけがえのない記録でした。というのも、東学党討伐をもっぱらとした「後備歩兵第十九大隊」の「陣中日誌」は失われて所在不明となっており、また「南部兵站監部」の「陣中日誌」も、どういうわけか殲滅作戦が苛烈をきわめた一八九五年春期のものが欠落している。南少佐の「経歴書」は、それらの空白をおぎなうのみならず、日本軍参謀本部が編纂・公刊した『明治廿七八年日清戦史』がほとんど触れていない「東学党鎮圧作戦」の実態を明らかにする、貴重このうえない一次資料だったのです。

「南部兵站監部」というのは、仁川におかれた現地総司令部のことです。それが、広島「大本営」の直轄であったこと。また、その指揮下で実行された「東学党包囲殲滅作戦」が、大元帥・参謀総長・兵站総監のみならず、統帥権の埒外にありながら「大本営」まで出張って軍令に関与した内閣総理大臣はじめ、東京にのこった外務大臣、ソウル駐在の日本公使ら、政府と軍部の最高指導者が立案し、決定したものであったこと。

そして、その「作戦」を遂行するため、「殲滅命令」が濫発され、組織的な殺戮がおこなわれたこと……。

「経歴書」の行動記録は、おどろくべきそれらの事実を裏書きするものでした。

ときの大元帥はいわずもがな明治天皇睦仁、参謀総長は有栖川宮熾仁親王、参謀次長兼兵站総監は陸軍中将川上操六、総理大臣は伊藤博文、外務大臣は陸奥宗光、駐韓公使は井上馨です。

井上は、「長幕戦争」とうじ南小四郎が参謀をつとめた「鴻城軍」の総監井上聞多その人であり、すでに休暇あつかいとなり予備役にしりぞいていた南を「東学党討伐隊」の指揮官に抜擢したのも彼だったでしょう。
先生は、大隊や兵站部の「陣中日誌」の散逸・欠損が、偶然のなせるわざではないことを確信しました。
兵站各部隊の「陣中日誌」は、抄録され、合冊して、いまも防衛省防衛研究所の図書館に保存されているそうですが、「後備歩兵第十九大隊」の「日誌」は欠けている。欠けているのではなく、欠けているふうをよそおって抹消されたのだということを。そしてまた、『日清戦史』を編纂した参謀本部が、みずから「作戦」と呼べるはずのない武力行使を、おおやけの記述にのこすはずがないことを。

「殲滅」というのは「皆殺し」にすることです。

しかも、「日清戦争」においてそれがおこなわれた「朝鮮」は、そもそも日本の「交戦国」ではありません。またかりに朝鮮が交戦国であったとしても、包囲し捕まえた人々を虐殺することはご法度なのです。かれらが武装した農民であれ将兵であれ、国際法にのっとってしかるべき「捕虜」のあつかいをしなければならないのです。先生が「殲滅作戦」のことを、軍事作戦ではなく組織的な大虐殺（ジェノサイド）と呼ぶゆえんです。

交戦国でもない……。ここのところが難しいのですが、いわゆる「日清戦争」の開戦日は外交上・国際法上は一八九四年七月三一日となるそうです。

この日、清国政府は「日清修好条規」の廃棄と国交断絶を日本公使に通告し、日本政府もまた、列国を局外中立とするための「交戦通知書」を各国公使に交付した。

ところが、そうしておきながらも日本政府は閣議ですったもんだ。「開戦詔書」の草案をめぐって、開戦相手国をどこにするのか、開戦の名目をどのようにするのか議論百出、結論を出せなかったというのです。

開戦相手国はどこか！「日清戦争」をその名のとおりに了解しているものにとっては、啞然とするほかありませんが、「詔勅」案が承認されないままむかえた八月一日には、清国皇帝載湉（さいてん）、すなわち光緒帝（こうちょてい）の「宣戦上諭」が発せられた。大あわてで日本も詔勅を出さねばならなくなり、八月二日の閣議で妥協案が承認されました。

それが、戦争相手国を「清国」とし、八月一日を日づけとした「宣戦詔書」です。

さらにおどろくべきことには、開戦後しばらくしてこんどは、開戦日をいつにするのかということが政府内で議論になったというのです。

参謀本部に「大本営」が設置されたのは六月五日ですから、国内法的にはこの日をもって「平時」から「戦時」へ移行したことになりますが、「政略上の顧慮」により、当初はこれも秘匿されたといいます。

いっぽう、「混成第九旅団（りょだん）」八〇〇〇兵を朝鮮に送ることはそれいぜんに決まっていて、六月なかばには先遣隊一〇〇〇兵がソウル城内に、六月すえには、さらに七〇〇〇兵がソウル郊外に駐屯する態勢がととのった。名目は、日本公使館と在留邦人の保護だとされましたが、居留民保護のための駐軍ならば三〇〇人から六〇〇人というのが穏当だそうで、実態は、そもそもが出兵ありき、任務と目的はあとでつくればよいということであったようです。

「混成第九旅団」というのはしかも、広島を衛戍地（えいじゅち）とする「歩兵第十一連隊」および「歩兵第二十一連隊」の六〇〇〇人に、騎兵一中隊・砲兵一大隊・工兵一中隊・輜重（しちょう）兵・野戦病院・兵站部などをくわえて編成された、文字どおりの混成部隊で、単独で戦闘にのぞむことができる機能をそなえた「準師団（しだん）」ともいうべきものでした。

それら圧倒的な兵力を背にして日本軍がまずおこなったのが、朝鮮王宮への奇襲と軍事占領でした。

宣戦布告まえの七月二三日のことです。二五日にはまた、群山（グンサン）沖から仁川（インチョン）方面に偵察にむかった日本の巡洋艦隊が、豊島（プンド）沖で、清国の巡洋艦隊と一戦を交えてしまった。のちに「豊島沖（ほうとうおき）の海戦」とよばれる戦闘です。

つづく二九日、ソウルから南にくだることおよそ七〇キロメートル、全州（チョンジュ）街道上の要衝地成歓（ソンファン）で、大島義昌（おおしまよしまさ）少将ひきいる「混成第九旅団」の主力およそ三〇〇〇兵と、聶士成（じょうしせい）ひきいる清軍の増派部隊およそ二五〇〇兵が激突。日本軍が砲弾二五四発・小銃弾二万七八〇一発を投じ、死傷者八二名を出すという本格的な戦闘を交えた。のちに「成歓（せいかん）の戦い」とよばれる戦闘です。

重要なことは、このとき牙山（アサン）湾から成歓にむけてぞくぞくと送りこまれつつあった清軍増派部隊は、朝鮮政府が「援兵（えんぺい）要請の公文」を照会するという正規の手続きをふんだうえで派兵された軍勢だったが、日本軍はそうではなかったということです。

「宣戦詔書」発布からひと月いじょうたった九月一〇日、「議論」のすえ政府は、開戦日を七月二五日と決定した。「豊島沖海戦」がたたかわれた日づけです。

「議論」の核心は、それいぜんにおこなわれた朝鮮王宮の軍事占領を隠匿し、さいしょの交戦国が朝鮮だったことを不問にし、この戦争の本質をいかに糊塗するかということにあったというわけです。

「京城戦争」とも「七月二三日戦争」ともいわれる朝鮮王宮襲撃と、朝鮮全土にくりひろげられた民間人大量虐殺をともなう東学党討伐戦の隠蔽……。南少佐の「東学党征討経歴書」がみつかったことで、大隊「唯一の戦死者」の存在は新たな価値をおびてきました。

「それにしても先生、こうしてうごかぬ証拠がみつかったのはなによりですが、どうしてまたいまになって……」

「はい。じつは昨年一二月、韓国の郷土史家や東学農民戦争の研究者、独立運動史の研究者とともにフィールドワークをする機会がありまして……。小雪がちらつく寒い一日でした。そのおり、もういちどたずねてみたいと思っていた連山(ヨンサン)にも足をのばしました」

連山。一八九四年一二月一〇日、杉野上等兵が戦死した忠清道連山です。

「とちゅう、南小四郎少佐ひきいる本部中隊が進軍した、忠清北道(チュンチョンブクト)の山岳ルートを追跡しました。珍山(チンサン)からの山越えで、馬の半数を失ったという急峻な峠道(とうげみち)ものこっていました。峠を越すころには陽がおちて、灯りがともりはじめた連山のまちを見おろすことができました。連山は、論山(ノンサン)平野の東の端にいちする盆地で、朝鮮中央部の東と西をむすぶ交通のかなめにあたります」

連山はその地名さながら、四方を山々に囲まれている。この地で、三個中隊からなる「東学党討伐隊」の「第三中隊」が一夜の営をいとなんだ。

「まちの中心には、八本柱の二層建てで、瓦ぶき屋根のりっぱな官門が往時のままのこっています。かつて南中隊が一夜をすごした官衙(かんが)の門です。翌早朝、出発しようとする中隊のゆく手をさえぎるように、三万の農民軍が四囲をまっ白にうめつくしたといいますが、かれらが本拠とした黄城山(ファンソンサン)は、官衙のまさに北正面にはりだした尾根の中腹にあり、とうじは、東学農民軍副先鋒の金順甲(キムスンガプ)の精鋭軍が陣をかまえていました」

三国時代の古戦場としても知られる黄城山のふもとにある官洞里(カンドンリ)という村には、東学農民の「包」があったということです。包というのは、東学農民集団を地域ごとにまとめる指導者のいる拠点です。

「戦闘の跡地に立つと、とうじのようすが目に浮かぶようでした。みつかる可能性は小さいが、いまのうちにやはり墓を探しておこう。唯一の手がかりである戦死者のことを、いちどはきちんと検証しておかなければならないと思っていましたが、連山に行ってその思いをつよくしました」

じつは、先生が「連山の戦い」における戦死者の存在を知ったのは一〇年もまえのことでした。大隊本部と「第三中隊」をひきいた南少佐の「連山戦闘詳報」のなかに「我軍　死者一名」とあるのをみつけ、さっそく『靖国神社忠魂史』を調べてみた。靖国神社と行政府の陸・海軍省が編纂した『忠魂史』が、すべての戦死者を網羅していないはずはないからです。

ところが、なかには、朝鮮国忠清道連山における戦死者は記載されていなかった。

いったいこれはどういうことだろう。現地指揮官が報告した「死者一名」はいったいどうなったのだろう。どうして『忠魂史』の記載から漏れているのだろう。いや、そもそも戦死者は存在しなかったのだろうか……。

先生がふたたび連山をたずねたのは、この調査が完結していなかったからでした。

「戦闘詳報」にしるされた「死者一名」が、『忠魂史』にはしるされていない。どちらかに誤りがある。あるいは虚偽がある。戦死者を特定することができれば『忠魂史』のほうが誤りで、政府と靖国神社が記載を偽ったということになる。

というわけで、先生の四国めぐりが始まりました。二〇〇二年のことだったといいます。

「後備歩兵第十九大隊」が松山で編成されたということは、『日清戦史』などからわかっていましたが、その兵士たちがどこから徴兵されたのかについては追跡できていなかった。

それが、意外なところから判明した。

まさに、灯台もと暗し。意外なところというのは、当の『忠魂史』の「戦病死者名簿」でした。

戦病死。つまり、戦争における死には、「戦死」と「戦病死」があるのです。戦死というのは戦闘中の死、いわゆる討死(うちじに)で、戦病死というのは、戦闘で負った傷による死、軍事行動中の餓死や凍死、あるいは脚気や赤痢やマラリアなどによる病死のことをいいます。

ついでながら、「日清戦争」にかりだされた将兵の犠牲者のおよそ九割が「戦病死者」であったというからおどろきです。召集されるがまま外地へ送られ、過酷な行軍をしいられたものたちの苦難と無念のほどがしのばれます。

もちろん「後備歩兵第十九大隊」も四一名の「戦病死者」を出しており、作戦実施中の病死者が二人、あとの三九人は戦争終了後の病死者でした。それら「名簿」にリストアップされた「戦病死者」の出身県から、「大隊」が四国四県の混成部隊だということがわかりました。

かれら四一人をしらみつぶしにあたっていけば、「戦闘詳報」にあって『忠魂史』にはない「死者一名」について、なにがしかの手がかりがつかめるかもしれない。そう先生は考えたのです。

かもしれない、というのは、そうはならない可能性のほうが高いということです。いわんや、「戦病死者」をカウントしている『忠魂史』が、「戦死者」をカウントしないはずがない。万一「戦死者」が実在したとしても、その人物が四県のうちどの県の出身者であるかの見当もつけかねるいじょう、彼を探しだそうとすれば、四県をあまねくたずね歩くほかはない。気のとおくなるようなはなしです。

ともあれ先生は、愛媛・高知・香川・徳島県の図書館をつぎつぎとたずね、一八九四年と九五年の版がのこっている地方新聞をかたっぱしから調べていった。

そしてついに探しあてた。すなわち、明治二八年一月一六日づけ『徳島日日新聞』に、杉野虎吉の戦死公報にかかわる記事をみつけたのです。

「軍人の妻」と題されたその記事は、阿波郡市香村大字香美村の後備陸軍歩兵上等兵杉野虎吉氏が「去年十二月十日に朝鮮国忠清道連山県において戦死」したという公報が、氏の遺族に達せられたというものであり、さらに、二三日づけ同紙には「名誉の戦死」と題して、小隊長水原熊三中尉の遺族宛書簡が掲載されていた。

「連山」の戦闘で死者が出たことを確認しただけでなく、ついにその人の氏名をつきとめることができたのです。氏名がわかればしめたものです。ふたたび『忠魂史』にもどり、巻末「索引」を調べてみた。するとなんと、「索引」の「戦死者」のなかに、杉野虎吉の名があるではありませんか!「索引」にあるということは「本文」にもあるということです。

はたして、杉野上等兵は「連山」ではなく、「成歓の戦闘」における戦死者のなかに入れられていたのです。開戦の年の七月二九日、大島義昌ひきいる「混成第九旅団」主力と、聶士成ひきいる清軍増派部隊が、成歓でくりひろげた日清戦争劈頭の陸戦です。死傷者八二人のうち、戦死者は四一人。

うち三六人が、安城川を渡って進撃した「第二十一連隊」所属の将兵であり、そのなかには「死んでも喇叭をはなさなかった」美談の主人公として熱狂的に語られ、詩や歌になり、小学校の教材にもなった白神源次郎一等兵と木口小平二等兵の名もありました。

のこる五人のうち、三人が「第十一連隊」所属の兵卒、一人が「衛生隊」の一等兵、そしてのこる一人が、なぜかそこにいるはずのない上等兵杉野虎吉だったのです。

不自然さは一目瞭然です。指揮官で熊本出身の松崎直臣大尉と、徳島出身の杉野上等兵を除くすべての将兵は、広島・岡山・山口・島根県の出身者なのですから。

そもそも「後備歩兵第十九大隊」は、大島「混成旅団」には属していません。それどころか、成歓の戦いのあった七月二九日、虎吉たち四国四県の後備兵は松山にあつめられたばかり。いまだ、守備隊の訓練地となる下関へも渡っていませんでした。

不自然などというものではない。あきらかな改竄です。先生には思いあたることがありました。

参謀本部が一九〇四年に公刊した『明治廿七八年日清戦史』は全八巻からなる大部のものですが、そこには「東学党包囲殲滅作戦」の記述がありません。隠蔽されたのです。

「作戦」それじたいがなかったことにされたのであれば、そこに戦死者の存在する余地はない。しかし、現実に陸・海軍省が「戦死者」と認定し、天皇の「勅許」を得て「英霊」となった死者を祭祀することが存在理由そのものである靖国神社は、合祀した柱数をごまかすことはできません。

『忠魂史』の編纂者はよほど困ったことでしょう。朝鮮でおこなわれた「連山の戦闘」を本文にしるすことができない。だからといって、「英霊」の数を偽ることはできないのですから。

けっきょく、「朝鮮」での「殲滅作戦」における戦死者杉野虎吉の死を四か月いじょうくりあげ、「清」軍との緒戦「成歓の戦闘」における戦死者のなかにまぎれこませるしかなかったというわけです。

「お国」にとってはまったくとるに足りないものの死であるにちがいありません。が、苦労の多い人生のなかばに、望んで参じたわけでもない戦さについえ、それだけでも哀れむべき死を、かえりみず軽んじるだけならまだしも、権力のエゴイズムのために利用して恥じるところがない。

杉野虎吉は、国家による「戦争犯罪」にくみせられて犠牲となっただけでなく、死してなお「忠魂碑」を建てられて「総力戦」を煽る側にくみせられ、あげく、権力の「隠蔽工作」によってその死を冒涜されたまま放置されてきた。

こんなひどいことが、いったいあってよいものでしょうか。そうと知ったいじょう、このわたしは……。

「いわゆる日清戦争の最大の犠牲者は、朝鮮の名もなき民衆たちでした」

画仙紙（がせんし）に墨を打ちこみながら、心底くやしげに先生はつぶやきました。

「日清戦争」とよばれる戦争が、朝鮮の民衆を相手としてたたかわれたという重篤な一面を知る人は多くはない。すくなくとも五万人と推定される犠牲者のほとんどは、虎吉たちどうよう、貧しく非力であり、あるいは圧政に虐げられ疎外された人々だったといいます。

「第三中隊の進撃路をともにたどってくれた韓国の友人たちが、こんなことをいっていました。厖大な死者たちはいまも天空をさまよったまま、南北分断という重荷を負わされた韓国人、朝鮮人を励ましつづけてくれているのだと。この碑に名をきざまれた杉野上等兵もまた、いまのわたしたち日本人に、何ごとかを問うているのではなかろうか。そう思えてならないのです」

これほどのことを知ってしまったからには……。木石（ぼくせき）といえども、魂はやどしています。

わたしは、風や雨露のなせるがまま、あちこちをボロボロにしながらここに建ちつづけてきたことを、はじめてわが身のよろこびとすることができました。よくもまあ、無縁の墓石のかけらとして廃棄されずにきたものです。

よくもまあ、一一六年ものあいだ……。

刹那、わたしは、石のなかからすうっと、蒸気のように浮かびあがる自身を感じました。ただ軽やかで心地よい。がちがちの石の重圧からときはなたれることが、これほどカタルシスにみちたものであろうとは……。

共同墓地に根を生やすこと一世紀あまり。ついに霊異がわが身におとずれ、わたしは、大空を自在にかけまわることのできる透明なからだを得たのです。

ただ、そのときのわたしはまだ、これから自身が、とある詮索好きな人物のペンのなかに入りこんで右往左往、はてることのない歴史時間を旅することになろうとは、想像することもできませんでした。

II　殺戮の春

2　草野の遺民――いま義旗をあげ「輔国安民」をもって死生の誓いとする

徴兵された小農民の死を報じるに「軍人の妻」とタイトルする。

当局のお先棒かつぎをするのが報道の役目とはいいながら、下手な芝居のひとこまでもあるまいに、プロパガンダのネタにされた「妻」その人は、おし黙っているよりほかなかっただろう。

「●軍人の妻　阿波郡市香村大字香美村の後備陸軍歩兵上等兵杉野虎吉氏は、客年十二月十日朝鮮国忠清道連山県に於て戦死せし公報は、此程氏の遺族へ達したるが、氏は平素より報国の義気に富み、質朴にして商業に勉強せり……」

明治二八年（一八九五）一月一六日づけ『徳島日日新聞』がつたえた杉野虎吉戦死の報は、かくのごときものだった。

数字いがいの漢字にはすべてふりがながついている。

「妻女夕ネは、結婚後四年を過ぎず、本年三十五歳なり。良人戦死の報を聞くや、悲哀痛哭措く能はず、直ちに良人の後を慕ふて死せんとしたれども、隣人百方慰諭して漸く之れを止めたり。夕ネ女、自ら誓ふて曰へらく、妾は今後決して両夫に見へず、亡き良人の冥福を祈りて以て一生を終へんと。実に耻かしからぬ軍人の妻といふべし……」

公報を知るやただちに夫のあとを慕って死のうとし、生きては生涯の貞節を菩提に誓う「軍人の妻」。

これは戦時報道の紋切にちがいないが、記事の後半にはさらに虎吉の二人の親友が登場し、虎吉の従軍後にかれらがはたしてきた妻女への扶助を、このさき「幾年月久しきに渉」ってつづけることを誓っている。

評じていわく「両氏の義心、感ずべきの至りたり」と。

地域民への教宣をたくんだ、みえすいた筆致。それじたいが死者への冒瀆というものだろう。

一八九五年の一月なかばといえば、年明けからぞくぞく宇品を出航した仙台「第二師団」、おなじく小倉を発った熊本「第六師団」の輸送船団が、大連(だいれん)湾をめざしていたころである。

遼東半島の南端にいちする大連、および清国北洋海軍(ほくようかいぐん)の拠点である旅順口(りょじゅんこう)は、陸軍大臣にして大将である大山巌(おおやまいわお)「第二軍」司令官指揮下の東京「第一師団」と小倉「混成第十二旅団」が、前年の一一月に占領を完了。

一二月なかばには「威海衛(いかいえい)攻略作戦」の決行がきまり、おなじく「第二軍」配属の「第二師団」と「第六師団」が、山東半島にある北洋艦隊(ほくようかんたい)の基地、威海衛への上陸作戦にのぞもうとしていたのである。

一月一五日にはじつは、有栖川宮熾仁(ありすがわのみやたるひと)参謀総長が死去していた。

広島大本営で腸チフスを患い、明石郡舞子(まいこ)の別邸にうつって治療につとめたが甲斐なく、六一年の生涯を閉じた。もちろん、交戦中であることをもってその死は秘せられ、大本営にある天皇睦仁にも知らされなかった。

熾仁は、幕末、長州の復権をもくろんだクーデターに失敗して問罪をこうむるも、王政復古によって謹慎をとかれ、「徳川慶喜(とくがわよしのぶ)追討令」が発せられるや「東征大総督」を志願して新政府軍をひきい、江戸開城後は「会津征伐大総督」として東北戦争をたたかい、西南戦争では「鹿児島県逆徒征討総督」として、かつてともに新政府軍を指揮した西郷隆盛(さいごうたかもり)の薩軍とたたかった。つまり、維新後の名だたる内戦ことごとくに、総大将としてのぞんだ人物だった。

その死がおおやけにされたのは、すでに亡骸(なきがら)となった身柄が東京に帰着した二四日のこと。前日に、こつぜん親王が危篤状態であることが報じられ、それにつづく「発喪」となった。

『徳島日日新聞』が、「名誉の戦死者」と題して「後備歩兵第十九大隊」所属の水原熊三(みずはらくまぞう)陸軍歩兵中尉の「書簡」を掲載したのは、親王危篤が公表された二三日のことだった。

「拝啓、今般、朝鮮国内乱鎮撫の為(た)め、御尊父虎吉(とらきち)君、我隊に属して渡韓……去十日、忠清道連山に於て東学党四方より攻来、殊に銃器等も精良のもの多く、弾丸の飛来雨の如く、不幸にして御尊父の下顎に命中し、即死被致候(いたされそうろう)……」

虎吉が直属した一小隊の長が、「亡杉野虎吉君御子息」にあてたものである。三八歳という年齢からして、きっと息子があるものと推しはかってのことだっただろう。

「貴下ならびに御母堂、御親戚の御愁傷は察するにあまりあることながら、人生に死をまぬがれることはありえず、まして死所を得ることは至難であり、そのようななか、御尊父が、国家のため名誉ある戦死を遂げられたことは、男子の本懐これにまさるものはなく、貴下においても、ますます御奮励せられ、御亡父の名誉を発揚せられんことを、せつに希望し、まずは幸便にたくし、御報知かたがたお悔やみ申しあげます。遺髪や私物は、他日、交通自在の地に至ったときに御送付します」

書簡の日づけは、虎吉の死の三日後、一二月一三日となっている。

行李のなかから出てきた「東学党征討経歴書」によれば、この日南小四郎少佐ひきいる大隊本部と石黒光正大尉ひきいる「第三中隊」は、連山の西方、公州街道上にいちする恩津に陣をはり、少佐は、配下の諸隊に命令を発している。

「白木支隊へ、賊情報告に関する命令をくだす。近来、仁川伊藤司令官および京城公使館へ報告をなすも、中途にして達せず。森尾大尉および公州城先発の統衛営兵、壮衛営兵、経理営兵の各隊長へ、賊徒包囲攻撃のため、恩津見に急行来着すべき命令をくだす」

公州街道は、ソウルからまっすぐ全羅道にむかって南下する幹線である。が、ここに至るまでのあいだ、仁川兵站司令官の伊藤祐義陸軍中佐、ソウル駐在の井上馨公使へ報告を送るも到達せずとあるように、忠清道の山岳地帯をぬける行軍ルートは、人も馬も一進一退をよぎなくされる難所つづきであり、水原中尉もまた、この日になってようやく遺族あての「書簡」をたくせる「幸便」が得られたものだろう。

二三日づけ『徳島日日新聞』が報じた「名誉の戦死者」にはもうひとり、清国賽馬集で戦死した那賀郡大野村の小田牧太があった。掲載されたのは、彼が釜山から父親にあててしたためた「私信」であり、もとより、掲載するにあたいする凛々しい内容をそなえていた。

たとえば、「兵は、国民たるもの免るべからざる義務であることはもちろん、軍籍にあるものは、国家の事変にさいして寸時も躊躇逡巡してはならず、いままさに、日本と支那との戦争がたけなわにおよばんとするときに、われらはいっそうすすんで戦地におもむかねばならず、たとえ死するとも、われらのようなものが一死をもって君恩に報いることは万に一つのことであり、無上のことである」といったような。

とうじ、前線にある将士・歩卒・軍夫らの手紙は、新聞社に送られるしくみになっていた。郷土出身者の消息をつたえることをつとめとしていた地方新聞の要請にこたえてのことである。

もちろん、掲載後は新聞社が切手代を負担して宛先へとどけてくれる。

前線の艱難辛苦にたえ、わずかな機会をとらえて郷里へ送るプライベートなたよりが、政府と統帥部の道具となって「総力戦」の音頭をとるマスメディアの目にまずさらされ、恣意的に公表される……！理も法も度外視した、ゾッとするようなことだが、そのようなことが公然とおこなわれ、朝野・軍民あげてそれをもてはやした。

何もかもがはじめての体験だったからにはちがいない。しかし、これをくりかえしているうちに人々は「国民の義務」のなんたるかをすりこまれ、「軍人の名誉」の紋切をおしつけられていく。すなわち、徴兵制によって無理やり外地にやられた一兵卒にいたるまでが「死をもって君恩に報いることを喜びとする」といわねばならないはめになる……。

開戦いらいの連戦連勝。破竹のいきおいを得た「はじめての総力戦」のオソロシサがそこにあった。

じじつ三年後、軍拡のための「地租税増税案」を成立させたさい、国民の合意を得る方法として臆面もなくうちだされたのは、「日清戦争」での戦勝の「共通体験」をよびおこすことだった。

さて、連山の戦いだが、そのはじまりを告げたのは、この世ならぬ不思議な光景だった。

四方を囲む冬枯れの景色が、一瞬にして白一色に燃えあがった。何万という「賊徒」――虎吉はついにかれらがしんじつ何者であるかを知らぬまま死んでしまった――が、息を殺してその瞬間を待ち伏せていたのである。

そもそも忠清道連山なるところは、開戦にそなえて帝国陸軍参謀本部がつくった詳細な「朝鮮陸図」にさえものっていない空白地帯だった。道内を東西によこぎる車嶺山脈の山容を知ることはおろか、連山という地名もしるされていない。つまり、軍事上不毛の地であった。

参謀本部が一八八八年に朝鮮内地を測量し、一八九三年に亜鉛版六八枚をもって印刷された「朝鮮陸図」は縮尺二〇万分の一、南北二枚を合わせると縦六四〇・横三四〇センチメートルにおよぶ巨大なもので、軍事的要衝はもとより、幹線ぞいの地形についても詳細をきわめ、周辺を走る支道や支流、橋や坂にいたるまでが克明にえがかれていた。

それほどに周到な測量部の目が一顧だにしなかった山岳地帯を、虎吉たちは、手さぐりしながら前進した。

その地はしかも、堅固な組織と、高度でしたたかな戦法をかねそなえた「北接東学農民軍」が蟠踞するエリアだった。

ゆくてをはばむ難所のかずかず。馬も人も膝を没するほどの悪路。飯粒をたちどころに糀のごとく凍らせてしまう大陸の寒気。あらゆる悪条件にさいなまれて停滞する軍兵を、地の利を知りつくしたゲリラが翻弄する……。

はたして、二週間ものあいだ山岳の道なき道をさまよい、さいごの峠をこえて連山に至ったときには、軍馬の半数を失ってしまっていた。連山に至ったというより、地獄をはいずりまわったあげく、平地に出たところが連山だったというわけだ。一二月九日のことだった。

一一月一二日にソウル南郊の日本軍駐屯地龍山（ヨンサン）を発してから、はやひと月をへようとしていた。

この間、かれらは清州（チョンジュ）街道を一二〇キロメートル南にくだった要衝の地清州をへて文義（ムンウィ）にいたり、そこから、危急の援護をもとめてきた激戦地公州（コンジュ）へと進路を西にとったものの、背後で数万の「賊徒」が蜂起したとの知らせをうけ、ふたたび文義にとってかえし、そのご南にわずか六キロメートルの沃川（ヨクチョン）に至るまでに激烈な討伐戦をくりひろげ、さらに錦山（クムサン）、珍山（チンサン）へと進撃した。

これがまた死地をさまよう過酷な行軍となった。ときに大海のように襲ってくる「賊軍」にとり囲まれ――日本軍は東学農民軍を「賊軍」と呼んでいた――ときには背面を切断されることをおそれて引きかえし……。車嶺山脈北の沃川から、狭隘（きょうあい）険阻な杣道（そまみち）をたどって錦山へと峠を越え、錦山から珍山をへて、さらに西方の連山へと、おなじ山脈をふたたび越えるという遠回りをよぎなくされ、とちゅう「賊徒」の神出鬼没にふりまわされ、したたかたたかれたあげく、精も根もつきはてて連山の城門をくぐり、官衙（かんが）にたどりついたのだ。

官衙に入ると、県監のほかにはだれもいなかった。県監は中央から派遣された地方長官である。

「城内にはもはやひとりの住民ものこっておりません」

人夫の調達を命じた南大隊長にたいし、県監李秉済（イビョンジュ）はそう答えた。

「東学党をおそれて山あいに逃げ去ってしまったのです」

朝鮮政府からはすでに「日本軍の徴発に協力せよ」との訓令が発せられていた。連山県の知事にあたる李は、県下に指示してそれをおこなわねばならない立場にある。それができないというのである。

南は、彼を縛りあげた。とりすがって泣き叫ぶ妻や娘をはらいのけ、暴虐をくわえて問いつめた。

はたして、この地もまた「賊徒」が拠点とするところであり、県監みずからが「賊軍」にくみしていた。連山県だけではない。そこから西にひろがる論山（ノンサン）平野はもとより、南部の全羅道にいたる広大な穀倉地帯は、東学農民軍がほぼ全域にわたって自治を組織しており、県監の長男もこれにくわわっているというのである。

南は、夜襲を覚悟した。すぐに移動しようにも、軍馬の半数を失い、兵たちは疲弊しきっている。屋舎があり、何はなくとも膝をのばして休むことができる。ここで態勢をととのえなおすしかない。彼はそう判断した。

さいわい夜襲はなく、翌一〇日の昼までには進撃の準備がととのった。

将兵らは、立ったままあわただしく食事をとり、行軍を開始しようとした。と、まさにそのときだった。眼前の城山に、数千の「賊軍」がいっせいにすがたをあらわした。おのおの白衣をまとい、手に手に旗をひるがえしている。

つぎの瞬間、さらに数千の「賊徒」が屏風をつきたてたように立ちあがった。そしてまたつぎに数千、つぎに数千というように、たちまちのうちに四方の山なみ、小丘、城壁のいたるところをくまなく白一色に染めあげた。

白地は、弾丸をはねのけて地に落とすと信じられていた。

何万という数の「賊徒」が、たったいまこの瞬間まで、「討伐軍」のだれにも気づかれずに陣をしき、息をつめて潜んでいた。

そしていっせいに立ちあがるやかれらは、黒衣をつけた数十人の頭目の指図にしたがって、白蟻の群れのように隊列をくんだかと思うと、砂嵐のごとくすばやく移動して「討伐軍」の将兵の目をおどろかせ、惑わせた。あまりにみごとなそのさまは、かれらが何日もまえから戦さにそなえていたことをうかがわせた。

虎吉は、水原中尉ひきいる小隊に属し、正面の城山にむかって前進した。銃をかまえ、隊員五〇人が、一枚岩のようになって山をうめつくしている「暴徒」の大軍に対峙した。

ラッパの音がなりひびき、戦闘が始まった。

戦闘、とはいうものの、竹槍と火縄(ひなわ)銃とゲベール銃と、人数と鬨(とき)の声と、風のような敏捷さだけが武器である農民軍と、スナイドル銃をそなえて訓練された軍隊とのあいだに、戦闘らしい交戦はなりたたない。

火縄銃やゲベール銃からはなたれた球形弾は、一〇〇メートル先にも達しない。回転しないため速力がなく、命中精度も劣っている。いっぽう、スナイドル銃はライフル銃だ。口径一五ミリもある先の尖った弾丸が回転しながら銃口を飛びだし、四〇〇メートル先の標的にまちがいなく命中する。被弾したものは、手足のどこかに当たれば手足そのものが吹きとび、胴体に当たれば大穴が開いて内臓が飛びだし、頭部に当たれば頭蓋がうち砕かれる。

つまり、討伐軍は、農民軍を四〇〇メートルのところまで引きつけて一斉射撃をすればよい。

敵が何万という数をたのんで西に東にゆさぶりをかけてこようと、太鼓をたたき声をあげ、巨岩のごとく挑んでこようとも、とどのつまり討伐軍は、かれらが四〇〇メートル先に迫ったところで引鉄(ひきがね)をひく。これを何度もなんどもくりかえせば、おのずから屍が山と積みあげられていく。圧倒的に有利な戦法だった。

戦闘はそれでも五時間におよんだ。その間、不幸にして下顎に銃弾をうけた杉野虎吉ひとりが戦死した。

南が井上駐韓公使に提出した「東学党征討策(ママ)戦実施報告」によれば、この戦闘で二個小隊一〇〇人が消費した弾丸は一四〇〇発、「東徒」がのこしていった死者の数は五〇人あまりであったという。

農民軍は、戦場に死者をさらさぬよう、できるかぎり遺骸(なきがら)を運び去ってゆくので、その総数がどれほどだったかは知るべくもない。が、スナイドル銃の命中率からすれば、その数は膨大なものであっただろう。

そもそも「後備歩兵第十九大隊」は、「東学党」とよばれた朝鮮の「賊徒」の「殲滅作戦」をもっぱらとする「東学党討伐隊」だった。もちろん一介の応召兵は知るよしもない。

杉野虎吉が召集をうけたのは、開戦前夜の七月二三日――ソウル駐留軍はこの日、朝鮮王宮を急襲し軍事占領した――であり、翌早朝にはもう松山にむけて発たねばならず、あわただしさにとりまぎれつつも、ひとりのこしていくタネのことを思い、また外地へやらされるであろうことを思い、まんじりともせず一夜を明かしたことだろう。

四国四県からぞくぞくとあつめられた後備兵は、まもなく広島「第五師団」の「後備歩兵第十九大隊」と「後備歩兵第十連隊」に編入され、「第十連隊」およそ一九〇〇名は八月五日に、「第十九大隊」およそ七〇〇名は八日に下関港に上陸。一九日には、下関彦島(ひこしま)守備隊に配属された。

下関は、釜山(プサン)・亀尾(クミ)・大邱(テグ)・洛東(ナクトン)・聞慶(ムンギョン)・忠州(チュンジュ)・利川(イチョン)・ソウルから平壌(ピョンヤン)をへて清国領内の鳳凰台へと、ほぼ等間隔に拠点をもうけた兵站ラインの起点にあたる。

渡韓するまでの二か月あまり、彦島の守備についているあいだには、郷里の新聞を手にする機会もあった。目にとまるものはおのずから戦況、つまるところそれは自分たち守備部隊の命運にかかわる情報だったが、地方紙ならでは、三面記事などに知っている村の名をみつけることはそれだけで胸中ほころぶことだった。

なかにも、ある村では十数名の後備兵を送りだしたが、なかに「最も赤貧」なるものが二人あり、村会は一〇歳みまんのもの一人につき一日二合、一〇歳いじょうのものには二合半の飯米を、従軍者が帰るまで給与することを決議したとか、あるいは、なにがし市のなにがし村には、四歳の病気の女児をのこして出征したものがあったが、彼が「赤貧なる」をもって市役所が養育費と治療費を負担することにしたとかいうような記事をみつけては、つかのま郷里や家族のことなども口にのぼせ、しばしの慰めとした。

後備兵はもっとも若いものでも二七歳をかぞえていた。妻子がありながら徴兵逃れの手だてもなく、みな似たりよったりの境涯にあり、気がかりのないものなどひとりもない。一家の柱が兵にとられて窮するのは当然のことだった。にもかかわらず、後備兵の給与は現役兵のそれにはおよばない。

いや、現役兵といえども「わが国の兵卒は必任義務者なるをもって別に給料を給せず」との軍の方針にのっとって、兵営でつかう石鹸や手拭をあがなうほどの「手当」しかもらえない。現役の上等兵でも月一円五〇銭。二等兵は一円にもみたず――この年、販売部数を一・六倍に急増させた「朝日新聞」の月刊購読料は三〇銭、米一〇キログラムの相場は八〇銭だった――出征中の増額がいくらかあっても、家族への仕送りなど望むべくもなかった。

そのような兵卒らがもっていた「東学党」の知識など知れていよう。

五月から六月にかけて、いっときのあいだ紙面をさかんににぎわせた「東学党」が、ふたたび叛乱した。かれらは、かならずしも烏合軽挙のやからにあらずといえども、暴徒と化したものたちは、各地の官衙を襲っては役人を追いだし、あるいは殺害し、集落を焼きはらっている。

そのいきおいは日に猖獗をきわめ、いまや日本を敵視するにいたって兵站基地を襲撃し、軍用電信線を断ちきるなど、暴行妨害をくりかえしている。微弱な朝鮮政府は、独力でこれを鎮定することあたわず、日本政府もまた事態を看過すべからざるところにいたり陸続として派兵。いまや京城・仁川・釜山は日本の陸兵で溢れている……というような、新聞報道の域をこえるものではありえない。

もとより、武器弾薬や糧秣など、前線部隊への物資補給がとどこおらぬよう、兵站拠点や兵站ラインを守るのが後備部隊の任務である。わけても、本国と前線を最速でむすぶ電信線は、作戦や兵站をおこなううえに不可欠であり、これを破壊する暴徒を撃退するのはあたりまえのことである。

つい先ごろまで家業や農業にいそしんでいた兵卒らは、軍用の電信線が、朝鮮政府の拒絶をおしきって敷設されたものであることを知るはずもなく、清国との戦いは、朝鮮国の独立をたすけるための戦いなのだと、かたく信じていた。ゆえに、暴徒を鎮圧することは、日本のためではなく、朝鮮をたすけるための任務にほかならないと。

それがまさか「皆殺し作戦」であろうとは……かいもく想像のほかだった。

ましてかれらが「東徒」「賊徒」と呼び、またそう思いこんでいた暴民たちの大半が、かれらの境涯とさしてかわらぬ常民（サンミン）であり、また奴婢（ノビ）や白丁（ペクチョン）などの賤民（チョンミン）であったことなど、ついぞ知るよしもなかった。

「東学党」とレッテルされた武装した民衆たち。「東徒」「暴民」「匪賊」「賊徒」などとも呼ばれた何万何十万という数の民衆はいったいいかなるものたちで、何のためにかくもつたない、捨身の戦さを挑まねばならなかったのか。

いざ戦さとなれば、四里五里四方を屏風のようにとり囲み、道があれば水が流れるように駆けくだり、高嶺（たかね）があれば旗をつきたて、鬨の声をあげ、右に閃光（ひかり）が走れば左にむかい、左に鼓（つづみ）がとどろけば右に走り、敵をまのあたりすれば死を喜ぶもののようにまっすぐむかってくる。その果敢さは、いくど「討伐隊」の背筋を凍てつかせたかしれなかった。

ときに目をうばわれるほどに統率のとれた、そして、ときに悲しいまでにがむしゃらで捨てばちなかれらの戦さは、討つものの目にはむこうみずとしか映らなかったが、それはやみくもな暴動などではもちろんなく、民乱でも叛逆でもなく、むしろ改革・革命をめざした「民衆運動」であり「農民戦争」だったという。

とうじ、朝鮮の民衆は、財政危機をおぎなうための重税政策と、地方官の不正や苛斂誅求（かれんちゅうきゅう）に苦しめられており、これに、日本による収奪的な金の輸入と、米穀・大豆の買い占めが拍車をかけていた。

それでなくても一八九〇年いらい旱魃（かんばつ）が三年つづき、とりわけ全羅・忠清・慶尚道の三南地域は未曽有の飢饉にさらされ、いたるところで民乱が起きていた。

虐政と苛斂誅求と搾取と飢饉。それらが束になって庶民の生存をおびやかしていたのである。

そんななかで農民たちは、みずからの窮状を防御するに、赤貧を最大の手段としなければならぬというパラドクスを、ただ耐え忍んでいるよりしかたがなかった。かつかつの暮らしをもちこたえる最大の手段が貧困であるなどということは、悪政にさんざん食いものにされてきた人々でなければ合点のいくことではない。

つまり、かれらとかれらの家族が食べたり着たりするぎりぎりいじょうの物をもっていると、住民のわずかな金子（きんす）にも目を光らせている地方官や役人や両班（ヤンバン）につけこまれ、ありもせぬ罪科を捏造されて、根こそぎまきあげられるのがおちなのだ。ゆえにかれらは、家に米穀の四五日（しごにち）分の蓄えさえあれば、一家そろって微笑んでいる。それがもとめうる最上のしあわせなのだった。

村々には、両班や中人（チュイン）と呼ばれるひとにぎりの富裕者と、かつかつ食べていくことのできる常民と、食べるにもこと欠く賤民がいるばかりであり、常民や賤民が、凶作や米価の高騰、膏血（こうけつ）をしぼりとる虐政によって生存の瀬戸際（せとぎわ）まで追いつめられたとしたならば、かれらは、のこされた唯一の補償手段にうったえるしかない。

それは、不正と蓄財にはしる監司や守令を追放し、かれらの手足となってきた、あるいは日本の資本と結託してきた郷吏や胥吏や両班土豪を、血祭りにあげることだった。

それが、だれの目にも正義と映る、正当な抗議の手段として組織的にくりひろげられるなら、そしてその結果、民衆みずからが組織をつくり、自治をいとなむことができたならば、下からの社会変革がはたされたことになるというわけである。

朝鮮の王道政治には、覇道（はどう）をしりぞけ、徳治（とくち）に重きをおく伝統がつらぬかれてきた。

民衆はみな純朴な農夫としてひたすら食を生産することにはげみ、それをはたすがゆえに、救難時には仁政（じんせい）をうける権利をもっている。民は国よりも重く、君主はどこまでも民のための政治をおこなうという「徳治」の理想が信じられ、勧農・賑恤（しんじゅつ）・扶助といった儒教規範や道徳が生きていた。

さいごの補償手段に出た民衆が、郷吏などを殺すことがあっても、中央から送られた監司や守令を殺害することがなかったのは、かれらが国王にじかに任命された「王の分身」だったからである。つまるところ民衆は、みずからに苛政・弊政をおしつけてきた中間収奪者の親玉をとりのがし、王の仁政へのせつない望みを、哀訴というかたちで表明することしかできないことになる。王宮門に申聞鼓（シンムゴ）がもうけられ、門前での直訴がみとめられていたのもそのためだった。

古来、異国や異民族の侵入にさらされることの多かった朝鮮にはまた、「義挙」の伝統、「義兵」の精神が息づいていた。王室と国家が存亡の危機にさらされ、ほんらいこれを守るべき正規の軍隊が機能せず、あるいはその勝利がみこめぬとき、在野の儒者らが「倡義（しょうぎ）」をかかげ、義勇兵をつのり、民軍を組織し、決起する。

「義兵」にはだれでもくわわることができた。妾腹の子ゆえに官途を閉ざされた才気あふれる庶子たち、身分差のきびしい儒教社会で蔑（さげす）まれ、疎（うと）まれてきた奴婢や白丁や僧侶たち、身分制からさえこぼちおとされた猟師や山民たち……。

だれもが、国や郷土を守るおなじ民兵として起ちあがるのだ。

こんどもまた民衆は起ちあがった。日本への米穀の流出防止、腐敗した官吏の罷免、租税の減免を要求して。

その指導者にえらばれたのが、近年にわかに教勢を拡大してきた民衆宗教「東学（トンハク）」の教団リーダーたちだった。かれらの蜂起を「東学党の乱」と呼ぶゆえんである。

日本と清の対戦を決定づけた「東学農民戦争」のさきがけとなったのは、やがて「東学党の大軍師」として日本じゅうの人々がその名を知ることになる全琫準（チョンボンジュン）が、全羅道（チョルラド）の古阜（コブ）でくりひろげた武装蜂起だった。

一八九四年二月、蜂起した農民たちは、悪辣な守令を追いだし、郡役所を占領。苛烈な収奪の象徴となっていた灌漑（かんがい）用の堰（せき）を破壊し、武器を奪い、米などを没収して住民にくばり、農民軍を組織した。

「東学農民」によるはじめての決起となったこの事件はしかし、まもなく、王の名によって派遣されてきたはえぬきの按覈使（あんかくし）の追及と、容赦のない弾圧によって鎮定された。全琫準をはじめ散りぢりになって迫害を逃れた勢力はやがて茂長（モヂャン）に再結集し、地元の東学指導者たちの協力を得ながら力をたくわえた。そして、ふたたび決起すべく広範な農民たちを糾合し、大規模な運動体を組織した。

四月二六日、「東学革命農民軍」が誕生した。布告された「倡義（しょうぎ）文」には、国を正すために「義旗」をかかげ、腐敗した政府との全面対決に、死を賭してのぞむ決意がうたわれた。

「人間にもっとも大切なことは人倫だ。ところが朝臣や役人たちは、国を保ち、民を安んじることを思いもせず、禄（ろく）と位（くらい）をもとめて世辞（せじ）・奸言（かんげん）をつくし、私欲を貪ることに汲々としている。賂（まいない）は国庫に入らず、虐民の官僚ばかりが殖（ふ）え、ために万民は苛政にさらされ、塗炭（とたん）の苦しみに喘（あえ）いでいる。

民は国の根本だ。その根本が脆弱ならば、国は衰える。われらは在野の遺民にすぎないが、この王土に生をうけ、衣食住をいとなむものである。どうして国家危亡を座視することができようか。いまは心をひとつにし、衆議にもとづいて義の旗をかかげ、除暴救民・輔国安民のため、命をかけることをここに誓う」と。

つづいて行動の原則や規律がしめされた。

人をむやみに殺さず、家畜を食ってはならない。世をたすけ民には平安を。降伏したものは迎え入れる。飢えたものは食べさせ、病んだものには薬をあたえ、困窮したものは救済する。逆らうものは諭し、逃亡するものは追わない。不忠・不幸・貪欲・狡猾なものはこれを除く……。東学の思想と教えがすみずみに生かされた規則である。

一万の数にのぼった「東学革命農民軍」はさっそく北上を開始した。

衣の肩には、東学の仙薬にまつわる「弓乙」の二文字を書きつけて護符（おまもり）とし、身には「同心義盟」の四字を帯び、邑（むら）ごとに邑名（ゆうめい）をしるした幟旗（のぼり）をかかげて進軍した。めざすは王都ソウルである。みやこに攻めこみ、腐敗した閔（ミン）氏政権をたおし、国王に、民衆の衷情と弊制改革の実現を訴えようというわけだ。

五月一一日、黄土峙に全羅監軍を破り、二七日には招討使洪啓勲ひきいる政府軍を撃退し、三一日にはついに全羅道の首府全州にいたり、五〇〇〇人が無血入城をはたした。

全州は、国王李載晃にとってかけがえのない本貫の地、全州李氏発祥の地であった。

ところが、ここで予期せぬことが生起した。同日、農民軍の全州占領の報が宮廷にもたらされるや、朝鮮政府は、宗主国の清に農民軍鎮圧のための借兵をもとめることを決定。李鴻章の代理としてソウルに駐在していた袁世凱に、清軍の出兵を依頼したのである。

清軍が朝鮮に進駐する！日本公使館の対応はすばやかった。

「全州は昨日、賊軍の占有に帰したり。袁世凱曰く、朝鮮は清国の援兵を請いたり」

杉村濬駐韓代理公使が六月一日づけで発信した電文が、外務省にとどいたのは翌二日。

あわてた陸奥宗光外相は、電文をそのまま閣議にもちこんだ。閣議には、山県有朋枢密院議長も顔をそろえ、首相伊藤博文は帝国議会の解散と「朝鮮出兵」を決定した。日清開戦を決定づけたこの外電には、外務次官、政務局長、電信課長の印やサインはあるが、大臣のサインがないという。それほどことが急がれたということなのだろう。

閣議決定がなされるや、そのまま参謀総長有栖川宮熾仁親王と参謀次長川上操六に臨席をもとめ、軍隊派兵についての協議が始まった。そして即日、八〇〇〇人規模の混成一個旅団を派遣することが決定された。

法的根拠は「済物浦条約」の第五条「日本公使館は兵員若干をおき、警衛すること」。「兵員若干」が八〇〇〇兵に相当するとは、もとよりだれも考えなかったが……。

三日夜、東条英教少佐――英機の父にあたる人物だ――が、旅団編成のため「第五師団」の衛戍地広島へむけて新橋駅をあとにした。翌四日、清国が朝鮮政府からの正式な「援兵要請」を了承したとの報をうけ、五日にはもう参謀本部内に「大本営」を設置した。

「大本営」すなわち、天皇直属の最高司令部がもうけられるのは、さかのぼること一二三三年、斉明天皇が筑紫にいとなんだ「朝倉宮」いらいのことであるという。「白村江の戦い」で大唐・新羅連合の水軍に大敗を喫した、百済復興救援軍派兵のさいの最高統帥機関である。

五日、戦時体制に入ったこの日、休暇帰国していた大鳥圭介(おおとりけいすけ)駐韓公使が、特命全権公使としてソウルへの帰任を命じられ、海軍陸戦隊四〇〇人をともなって横須賀から出航した。

東条少佐が到着した広島では、「第五師団」長の野津道貫(のづみちつら)中将が、大島義昌(おおしまよしまさ)「混成第九旅団」長に充員招集を命じ、六日には、一戸兵衛(いちのへひょうえ)少佐ひきいる歩兵一個大隊およそ一〇〇〇人を「先発隊」としてソウルに派遣するよう発令した。

いっぽう、この日、朝鮮から援兵請求の公文を受理した清国は、「属邦を保護するの旧例」により朝鮮へ出兵するむね日本政府に通告し、北洋陸軍の歩兵二〇〇〇名を、全州にちかい牙山(アサン)に派兵。これをうけた七日、日本は、「変乱重大の事件」に対処するため「若干の兵を派遣する積(つもり)」のあることを清国政府に通告した。

両国の派兵権をみとめた「天津条約」第三条には、「将来朝鮮に出兵する場合は、相互通知を必要と定める。派兵後は速やかに撤退し、駐留しない」とあり、これにのっとっての公文照会だった。

しかし、すでに八〇〇〇の大兵を渡韓させる準備をすすめている日本とは異なり、直隷総督・北洋大臣の李鴻章(りこうしょう)はあくまで戦争を回避するかまえで、両国ともソウルへ出兵しないことを条件づけるなど、衝突回避にむけて尽力するむねもとめてきた。

九日、大鳥公使を乗せた軍艦「八重山(やえやま)」が仁川(インチョン)に入った。仁川港にはすでに、清国の軍艦「済遠(さいえん)」「揚威(ようい)」「平遠(へいえん)」、日本の軍艦「筑波(つくば)」「千代田(ちよだ)」「大和(やまと)」「赤城(あかぎ)」「松島(まつしま)」が集結し、尋常ならざる気配につつまれていた。

そしてこの日、牙山には清軍がぞくぞくと上陸。戦争の危機が迫りつつあった。

この間、全州では、全琫準ひきいる「東学革命農民軍」五〇〇〇人と、かれらを追って全州に迫ってきた朝鮮政府軍一六〇〇人とが激突。二度にわたる戦闘を交えたが、「農民軍」はこの地を突破することあたわず。朝鮮政府軍はまた、大挙して朝鮮に侵入しつつある日本軍にそなえなければならなくなり、双方とも、内乱にかまけているどころではなくなった。にわかに和議がすすめられた。

六月一一日、二七か条にわたる「弊政改革の請願」を国王に上達することを条件に、「和約」が成立した。

「和約」は「農民革命軍」の本意ではかならずしもなかったが、日本軍の侵略に故国をさらすわけにはいかなかった。のち、悪辣な地方官を追放した全羅道各地の邑に帰っていったかれらは、在地士族出身者であるリーダーのもとに農民軍自治本部をもうけ、組織をつくり、国法を遵守しつつ、精力的に改革をすすめていった。

奴婢・賤民の解放、雑税の廃止、横暴不正な両班や富豪の懲罰、公私債の廃棄、小作農の納入停止、墳墓の奪回……。それらは、かれらがかかげた平等主義、平均主義を実現する改革だった。が、理想と現実のギャップを克服することはもとより容易なことではない。

あまりに性急でラディカルな変革は、内部にあらたな軋轢を生む。また、「和約」の直後から武装解除をうながし、「官民相和」をめざして共生をはかろうとする従来の地方組織と、自治をめざす東学農民たちのあいだに摩擦が生じ、かえって対立の溝を深めてしまうという危険をも孕んでいた。

「農民革命軍」には、東学徒だけではなく、一部の富民や小農民いっぱんも多く参じていた。かれらは、秋の農繁期にさしかかると郷里にもどらねばならなかった。いきおい、集団にしめる無田（むでん）農民や無産者・賤民などの割合が高くなり、その統制もまた難しさを増していった。

ユートピアを自律的に実現することと無頼（ぶらい）化することが紙一重であるというジレンマと危うさ。既存のシステムとの軋轢と摩擦。そうしたさまざまな困難をかかえつつも、かれらは、かれらを抑圧してきた仲介勢力を武力的にしりぞけ、民衆的な要求をひとつまたひとつと実現しながら根を張りめぐらせていった。

そして、かれらはふたたび起ちあがる。苛政と搾取の元凶を除くためではなく、日本の侵略をはねのけるために。

「第二次農民戦争」とも呼ばれる「秋の蜂起」である。

もとより、「東学農民軍」とされる勢力はひとつとおりではない。日清両軍の戦闘によってまっさきに兵禍にさらされた中北西部をはじめ、半島を縦断するかたちで兵站ラインをもうけた日本軍のあからさまな蹂躙をうけた地域では、いちはやく郷里を守るために民衆が決起した。

かれらが、そのはじめから「反日・抗日」を掲げたのはおのずからのことだった。

おりしも、戦慄的な報せが全土をかけめぐった。日本軍が、王宮を軍事占領し、国王が拘束されたというのである。

各地の農民軍は改革活動をとりやめて武器・弾薬をあつめ、軍糧をあつめ、蜂起の準備にとりかかった。小農民らもまた刈り入れの手をいそがせて再結集した。地域民の信頼あつい儒者たちもついに武器をとって起ちあがった。

「朝鮮を食いものにする日本人を追いだし、国政を正しくたてなおそう」

旗じるしは「斥倭（せきわ）・斥化（せきか）」。開化派とむすんで国権をほしいままにする「倭賊」をしりぞけ、かれらの傀儡（かいらい）となって朝鮮人民に塗炭の苦しみをあたえている「開化奸党」をうちたおし、もって朝廷を清平し、社稷（しゃしょく）をたもつ。そのために、人民あまねく同心協力して決起することは、東学徒や儒生らがかかげる「忠君愛国」思想にかなうものであり、国王救済と救国をはたさんとする「義兵」の精神にもかなうものだった。

満を持し、全軍をあげて再蜂起した全琫準（チョンボンジュン）ら全羅道の農民軍をはじめ、各地でいっせいに、あるいは同時多発的・連鎖的に、反日蜂起の火の手があがった。

虎吉たち「東学党討伐隊」がまのあたりにすることになる農民軍のたたかいは、まさにそのような理念と情熱につき動かされた民衆エネルギーの巨大な発露なのだった。

かれらは、ひとたび「義旗」を掲げるや、喜んでいのちを「義」にささげるだろう。そしてじじつ農民軍は、何百、何千、何万と屍（かばね）を積むいっぽうの戦さをけっしてやめようとはしなかった。

3　朝鮮王宮占領作戦 ―「新戦史」委員のほかは披読を禁ず

対ロシア戦がいよいよ現実味をおびつつあった一九〇三年（明治三六）七月一日、参謀本部は、『日清戦史』編纂にかかわる最終的な方針を決定した。四年後の五月に、ときの参謀総長奥保鞏大将から明治天皇に奉呈され、日本国の公式戦史となる『明治廿七八年日清戦史』の編纂方針である。

この日、部長会議には、参謀総長大山巌大将、参謀次長田村怡与造少将も顔をそろえ、第四部長大島健一大佐が「廿七八年戦史」編纂ついてのガイドラインを提議した。「日清戦史第一第二編進達に関し部長会議に一言す」と題した、八項目からなる「編纂要旨」である。

会議では、『戦史』の最終的な「改纂」を「第四部長」に一任することが、ひとりの異存もなく了承された。と同時に、大島のしめしたガイドラインが最終的な方針として採用され、朱筆修正をくわえられることなく署名されて、「会議録」のなかに綴じこまれた。

大島ガイドラインのねらいは、「既成の第一種草按」をいかに「改纂」して「戦史」の叙述をみちびくかにあった。

いわゆる「日清戦争」の終結から八年。当然のことながら参謀本部には、大島が「第一種戦史」とも呼ぶところの膨大な草案群が存在する。それらは、「忌憚なく事実の真相を直筆」したものにはちがいないが、用兵家の研究資料にし、あるいは戦争の経過を知るうえには役立つも、「戦史の叙述」に適さない。そう大島は指摘した。

たとえば、「漢城を囲み韓廷を威嚇せし顛末」を詳細にしるして「不磨の快事」とし、また、「牙山の空廬にたいし鄭重に攻進」したことをもって「用兵の乱雑」をしるすなど、「開戦前」の軍事行動をあからさまにすることは、「文武を統一」すべき元首の「大権」を疑わしめ、また国際法に違反しないことを明記した「宣戦の詔書」と矛盾するとの疑いを生ぜしめるというのである。

改纂後の『戦史』は、あくまで「開戦の原因」が清国側にあるというスタンスに立つものでなければならない。日本政府がつねに平和を模索するも、清国政府がそれをかえりみず、「たとえ干矛に血ぬるも、あえてその悲望を達せん」として「抗敵の行為」をあらわし、ついに日本をしてこれに応ぜざるをえないところいたらしめた。それが開戦の発端になったのだという文脈をゆるぎないものにしなければならない。

つまり、改纂『戦史』は、天皇大権のもとでの「政軍一致」をえがき、日本の「国際的正義」を言挙げし、作戦および戦闘における「日本軍の優秀性」を強調するものとして叙述されなければならないというのである。

はたして、朝鮮王宮襲撃と軍事占領を詳述した「漢城を囲み韓廷を威嚇せし顛末」は、公式戦史からすっぽり切りおとされ、日本史からも漏らされることになってしまった。「日清戦争」開戦まえの「朝鮮」にたいする武力行使であり、「第二次東学農民戦争」とよばれる反日蜂起のひきがねとなった、特筆すべき軍事行動であるにもかかわらず、いや、そうであったがゆえに……。

その詳細な記録である「草案」はしかも、参謀本部にのこされず、日清開戦一〇〇年目にあたる一九九四年、福島県立図書館所蔵の「佐藤文庫」と名づけられた書物・文献史料群のなかからみつけだされ、その価値に焦点があてられるまで、存在それじたいを知られることもなかったのだ。

「草案」が一〇〇年の歳月を枕にしていた「佐藤文庫」。それは、佐藤傳吉という個人蒐集家が六五年にわたってあつめた、所蔵数一万三三七八冊におよぶ膨大なコレクションだ。

佐藤氏は、一八八七年（明治二〇）、郡山の食料品・石油の卸商「佐藤商店」の三代目に生まれ、郡山商業銀行取締役、福島石油社長などを歴任した人だという。氏がどんな動機にうながされて蒐集したのかは不明ながら、そのコレクションが、日清・日露戦争にかかわる記録や文献を豊富に蔵っていることは知られていた。

『佐藤文庫目録』も公刊されており、軍事史の専門家や防衛庁の戦史研究者などのあいだでその名は、はやくから知られてきたのだが、『日清戦史』の「草案」それじたいを対象とした調査や検証がなされることはなく、見過ごしにされてきたということである。

じつに、コレクションのなかには四二冊もの『日清戦史』草案が、まとまったかたちで存在した。

それらはしかも、「第一草案」「第二草案」「第三草案」「決定草案」と、四つのレベルにわたっており、すべてに「参謀本部文庫」という藍色のゴム印が捺され、分類をしめすラベルが貼られていた。

ラベルの表記は「別種門・一九五番・一号・共一六八冊」。この分類番号でまとめられていた『日清戦史』の草案が、ぜんぶで一六八冊あったことをしめしている。つまり、参謀本部から流出した草案のうちのちょうど四分の一にあたる四二冊が、どんなルートをたどってか、郡山市在住のコレクターの所有に帰したというわけだ。

そしてなんと、そのなかに、大島大佐が「漢城を囲み韓廷を威嚇せし顛末」と呼んで改纂『戦史』から切除した、朝鮮王宮軍事占領にかかわる「草案」が二通りふくまれていた。

ひとつは『日清戦争・第五篇・第十一章・第三草案』という表紙がついた「成歓(せいかん)会戦前に於ける日本軍混成旅団の情況・附其朝鮮王宮に対する威嚇的運動」と題する草案冊子。一五冊あった「第三草案」レベルのうちの一冊だ。

もうひとつは『明治廿七八年日清戦史第二冊・決定草案・自第十一章至第二十四章』という分厚い冊子である。第一一章から第二四章にいたる「決定草案」で、「第三草案」をきれいに清書した、草案の「決定版」とみなされた。

そこには、朝鮮王宮占領作戦の計画から実施・戦闘状況にいたるまでが詳細に、かつ系統立てて記述されており、これまでわずかに知られてきた『日本外交文書』所収の公使「公電」や、公刊された『日清戦史』のなかの、八〇〇文字にみたぬ本文の不足をおおってあまりある叙述となっていた。

外交文書や公刊戦史は、真相を隠し、偽っている。

それについてはこれまでも、「第五師団混成旅団報告」や「第五師団陣中日誌」など、断片的・部分的な記録をもとに事実の解明につとめてきた研究者らによって指摘されてきた。が、それらをもってしても、王宮占領にいたる日本軍の軍事行動や戦闘状況をつまびらかにするにはいたっていなかった。

もちろん、「決定草案」それじたいにも潤色や隠蔽がないとはいえない。しかし、そうした疑いやリスクをさしひいてなお、それらが実証するもの、後世に問いかけるものの重大性は色褪せることはない。

なぜなら、「草案」となった詳細な記録と記述は、厖大な数の「作戦計画」や「陣中日記」や「戦闘報告」などをもとに、帝国陸軍みずからが精査・検証をおこない、四段階のステップをへて「決定草案」にいたったものだからであり、また、ある時点において、当局みずからが切除し、葬り去ったものだからである。

ゆえにそれらは、いちどは『日清戦史』の決定稿とされながら切除・改纂されたものが、どういう性質のものであるかということを明らかにしてくれる。まさに、かけがえのない史料群なのである。

一八九四年（明治二七）七月二三日午前八時一〇分、特命全権公使大鳥圭介は、外務大臣陸奥宗光あてにこの日さいしょの「公電」を打電した。

『日本外交文書』第二七巻第一冊に「四一九号」とナンバリングされることになる公文書である。

「朝鮮政府は、本使の要求にたいし、はなはだ不満足なる回答をなせしをもって、やむをえず王宮を囲むの断然たる処置をとるにいたり、本使は、七月二三日早朝にこの手段を施し、朝鮮兵は日本兵にむかって発砲し、双方たがいに砲撃せり」

「本使」はもちろん大鳥だ。「王宮を囲む」という「断然たる処置」あるいは「手段」をとったのは大鳥である。

九時間後の一七時、二通目の「公電」が打電された。同書「四二一号」文書である。

「発砲はおよそ一五分間もひきつづき、いまはすべて静謐に帰したり。督弁交渉通商事務は、王命を奉じ来たりて、本使に参内せんことを請えり。本使、王宮に至るや、大院君みずから本使を迎え、国王は、国政および改革のことを挙げて君に専任せられたる旨をのべ、すべて本使と協議すべしと告げたり……」

砲撃は一五分ほどでおさまり、王命によって参内を要請された大鳥がでかけてみると、国王の実父大院君がじきじきに出迎え、こういったという。

「国政・改革のいっさいを王から委ねられたので、すべて日本公使と相談しておこないたい」と。

大鳥はまた、ソウル駐在の各国外交官に「回章」を送り、状況説明をおこなった。

同「公電」は、おおむねつぎのようにつたえている。

朝鮮政府との交渉のなりゆきにより、「龍山にあるわが兵の一部を京城へ進入せしむること必要となり」、午前四時ごろ入京し、王宮の背後の丘に陣どるため、「南門より王宮に沿いて進みたるに、王宮護衛兵および街頭に配置しあるところの多数の兵」が「わが兵にむかって発砲」してきたので、やむなく応戦し、そのまま「王宮に入りこれを守護せしむる」にいたった。そのことを各国につたえ、かつ、日本政府に侵略の意図がないことを保障した、と。

電文であるためなのか、さっぱり意味が通らない。というより、後世をあざむくためのアリバイとして周到に虚構された電文であるがゆえにそうなのだが、二通の「公電」は、この日の軍事発動を「王宮を囲む処置」と称し、軍事占領を「王宮に入りこれを守備せしむる」行為であるとした。

すなわち、朝鮮政府が必要をみとめて入城した日本軍に、朝鮮兵が銃撃をくわえたので、しかたなく応戦して王宮に入り、朝鮮衛兵のかわりに王宮を守護することになったという。

公刊戦史『明治廿七八年日清戦史』第一巻の「第二編・第六章」にふくまれる八〇〇字の記述もまた、この筋書きにそってつぎのように「改纂」いや「虚構」されている。

二三日、大島旅団長は「歩兵第二十一連隊」の「第二大隊」と工兵一小隊を、王宮北方の高地にうつして幕営せしめんとし、人民の騒擾をさけるため、払暁前に京城に入れた。

ところが、大隊が王宮の東側を通過するや、王宮守備兵や周辺に駐屯していた韓兵がとつぜん射撃してきた。

そこでわが兵も「応射防御」し、それら「不規律なる韓兵」を駆逐して城外にしりぞけねば、いつどんな「事変を再起」するかもしれぬと考え、ついに王宮に入り、「韓兵の射撃を冒して」徐々に北方城外に駆逐し、一時かわって「王宮四周を守備」することとなった。

まもなく「国王が雍和門内に在る」との報せがあり、山口圭蔵大隊長は発火を制止し、行在におもむいた。

ところが、門内は韓兵が多数「麕集騒擾するの状」があり、韓吏と交渉してかれらの武器を解き、つぎに国王に謁を請い、両国の軍兵が不測の衝突によって「宸襟を悩ませ」たことを謝し、「玉体の保護」を誓うむね奏上した。

龍山駐屯の諸隊は、一時入京したが、平定ののちその一部をもって「京城諸門を守護して非常を警め」、その他は帰営させた。こうして午前一一時、大院君が参内し、ついで大鳥公使、韓廷諸大臣および各国公使が王宮に入り、午後、大鳥公使は「韓廷の請求」によって「王宮の守備」を山口少佐ひきいる大隊に「依嘱」した。

午後五時、大島旅団長は幕僚をしたがえ、騎兵中隊に護衛されて王宮に入り、国王に謁して「宸襟を慰安」した、と。

朝鮮兵との戦闘は「応射防御」に、王の拘束は「玉体保護」に、王宮占領は「王宮守備」にすりかえられている。

それらが、国王と大院君を拘束するための「謀略」であったなどということを公表できるはずがないからだ。

「謀略」を主導したのはしかも駐韓日本公使館と東京外務省であり、それよりなにより、清にたいする「宣戦布告」いぜんの、朝鮮をターゲットとした奇襲と軍事占領の記述が、おおやけの『日清戦史』にところを得られるはずはないにちがいなかった。

それにしても、国王の拘束という、まさに国権ののっとりともいうべき大謀略が一日にしてなったのは、みごとというほかはない。これによって日本は、韓廷を脅して対清開戦の「名義」を得ることができ、さらに、朝鮮全土を日本軍の兵站地にできる「実力」を掌握したのである。朝鮮における清との覇権争いでは徹底して強硬策を主張してきた陸奥宗光が、みずから「狡獪な手段」であることをみとめ、また、ロシアとの対抗上、イギリスをくわえた日清協調体制の維持につとめてきた伊藤博文をして「最妙の計画」だといわしめたゆえんである。


すこしだけ時間をもどそう。全琫準ひきいる東学農民軍が全州入城をはたし、そのいきおいにうろたえた朝鮮政府が、清国に援兵を要請したのは、五月三一日。

これを知った伊藤内閣が、いちはやく八〇〇〇人規模の混成一個旅団の派兵を決定したのは、六月二日のことだった。閣議決定は秘匿され、東京の諸新聞は発行停止とされた。

五日、参謀本部に戦時「大本営」がもうけられたその日のうちに広島「第五師団」は「混成第九旅団」の編成に着手。六日には、一戸兵衛少佐ひきいる歩兵一個大隊に先発命令がくだり、九日、「先発隊」およそ一〇〇〇人が宇品を出発した。

この間、七日には、清国とのあいだに出兵についての通告が交わされ、八日夜、停止を解かれた新聞各紙は、九日の朝刊でいっせいに朝鮮への派兵を報道した。

いっぽう、五日に横須賀を発った大鳥公使は、一〇日、海軍陸戦隊四〇〇人をともなってソウルに帰任。いさんでもどってみればソウルは平穏。「変乱重大の事件」であったはずの「東学党の乱」は、朝鮮政府と農民軍のあいだに「和約」が交わされて収束し、派兵理由はすでになくなっていた。

翌一一日、各国外交団の質問攻めにあった大鳥は、さっそく「先発隊」いがいの派兵を見合わせるよう東京へ打電した。「京城は平穏なり。余の大隊派遣見合わせられたし」と。

四〇〇の兵を入れてさえ弁明に窮するうえに、後続部隊が大挙しておしよせるなどはもってのほかにちがいなかった。ところが、すでに大島義昌旅団長ひきいる「混成旅団」の半数が、宇品を出てしまったあとだという。

外相からの指示はしかも「出してしまった軍隊を帰すなど、断じてまかりならぬ」という強硬なものだった。

「もし何事をもなさず、または何処へも行かずして、ついに同処よりむなしく帰国するにいたらば、はなはだ不体裁(ふていさい)なるのみならず、また政策の得たるものにあらず」と。

一二日、「先発隊」一〇〇〇人が仁川に到着し、一三日にはもうソウルに入って警備にあたり、つづく一五日には、混成旅団の第一次輸送隊二七〇〇人がぞくぞくと仁川に到着した。

日本の外交政策が問われ、列国の干渉をまねきかねない事態である。清国はすぐにも日本に撤兵を迫ってくるだろう。

一八八五年、ソウル日本公使館の稚拙な内戦干渉のあげく失敗したクーデター「甲申(こうしん)政変」をうけて、伊藤博文と李鴻章との交渉によってむすばれた「天津条約」の「第三条」は、朝鮮に出兵するときはかならず相互通知をし、問題解決後は駐留せず、すみやかに撤退することをさだめていた。

当事国である朝鮮の頭ごしで決められた「二国間条約」は不当なものだったが、大きな効果を発揮した。

つまり、一方の派兵はかならず他方の出兵をうながすこととなり、双方が軍事衝突のリスクを避けようとするかぎり派兵は抑止される。また、駐兵の禁止によって朝鮮への軍事圧力が排除される。というわけで、この一〇年来、朝鮮への不可侵がたもたれてきたのだった。

ところがいま、四〇〇〇もの大兵力を送りこみ、旅団ののこり半分を後続部隊として派兵する準備もととのいつつあった。「何もしないで兵を帰すなどありえない」と陸奥がすごむまでもなく、あともどりしうる段階はとうにこしていた。

当初、伊藤博文は駐日清公使汪鳳藻(おうほうそう)と会談し、内乱終結後には両国軍がともに撤退すること、のち、朝鮮の内政改革には両国が協議してこれにあたることをもって、いったんは合意にいたっていた。

にもかかわらず、六月一五日の閣議は「撤兵」を了承するどころか、かえって、「対清開戦」を決定することで落着した。不平等条約改正交渉での失策をカバーしたい陸奥宗光が、開戦をつよく主張したためだ。

外務省だけではない。川上操六(かわかみそうろく)をはじめ、統帥部にも開戦を切望する勢力が存在した。

議会でも、対外強硬を主張する改進党など「硬六派」が政府への攻勢をつよめ、ジャーナリズムが連合してそれを支持し、反政府気運をあおりたてた。政府の軟弱外交を批判し、対清・対韓強硬論を倒閣運動に利用しようとしたのである。

のみならず、朝鮮への出兵が決していこう、政府に妥協的な「自由党」のなかにも強硬論が高まり、ジャーナリズムの同調もあいまって「衆意」は撤兵反対、対清開戦支持へとなだれうった。

そもそも、六月二日の土曜日、伊藤は衆議院を解散することになっていた。前月三一日の「内閣弾劾上奏案」の可決をうけてのことだった。閣僚のあいだでは、このときすでに、窮余の一策としての「朝鮮出兵」は既定事項となっており、あとは規模と名目とタイミングと、清国への通告の方法を模索するばかりとなっていた。

そこにとびこんできたのが杉村濬（すぎむらふかし）代理公使からの電文だった。

「袁世凱（えんせいがい）曰く、朝鮮は清国の援兵を請いたり」

はやくから日本単独出兵さえ主張していた陸奥が、大臣署名を忘れてしまうほど前のめりになったのはもちろん、閣議は一致賛同して「朝鮮出兵」を決定。対外派兵というハードルをいともやすやすととびこえた。

周到なことに、閣議には山県有朋（やまがたありとも）枢密院議長も顔をそろえていた。

伊藤はただちに参内して上裁をうけ、「勅語」を賜った。

「今般、朝鮮国内に内乱蜂起し、その勢い猖獗（しょうけつ）なり。よって同国寄留我国民保護のため、兵隊を派遣せんとす」

つまり、朝鮮の清国への援兵要請は、ピンチに追いこまれた伊藤内閣にとってはまさに「渡りに船」。

「朝鮮出兵」は、政府にたいする不満や批判をいっきに外へとそらし、「天下人心」を掌握するための「国事」として、あらたな意味をおびることになったというわけだ。

内乱終結後にはともに撤兵するという伊藤の「対清協調路線」が閣議でくつがえされた翌一六日、陸奥は、撤兵要求に応じないことを前提とした、新提案を汪公使にもちかけた。清国が拒否してくることをみこしたうえで。

すなわち、農民反乱が起きるのは朝鮮の政治が悪いためである。そこで「変乱」後の内政を、日本と清国の共同で改良することにしようではないか。そのさい、撤兵のことはさておいて、まずは改革への関与のしかたについて両国が協議をおこなうことにしよう。ただし、もしも清国が改革に関与しないというなら、日本は単独で改革をおしすすめる、と。

二一日、想定どおり清国は全面拒否の回答をしめしてきた。

内乱はすでに平定し、朝鮮において、日清両国が共同でなさねばならないことは何もない。内政改革は、朝鮮政府みずからがおこなうべきであり、これまで、朝鮮は「自主の邦」であるとしてきた日本がこれに関与するのは、筋ちがいである。いまなすべきは「天津条約」にのっとってすみやかに撤兵することである、と。

清国は、「日朝修好条規」の条文を逆手にとって日本政府の矛盾をついてきたのである。維新いらい八年ごしの膠着をやぶって朝鮮の門戸をこじあけたさいにむすんだ不平等条約である。

一八七五年九月、日本は領土的野心をもって江華島事件をひきおこした。すなわち、国際法を犯して江華島付近の領海を侵犯し、朝鮮軍を挑発して軍事行動を誘発。これを、飲料水をもとめて接近した船への不意の攻撃だったとして事実をまげ、朝鮮政府を問罪した。七六年二月、弁理大臣黒田清隆は、「和製ペリー」さながら軍艦六隻をつらねて江華島に上陸、朝鮮に開国をせまり、「江華条約」とも呼ばれる不平等条約を締結した。

「条規」の第一条には、「朝鮮国は自主の邦にして、日本国と平等の権を有せり」という一文が明記された。朝鮮にたいする清の宗主権を否定し、将来、日本が朝鮮に進出するさいの障害をとり除いておくためだった。

しかし、そもそも冊封体制という名目的な宗属関係において、「属邦」であることと「自主」であることは矛盾しない。あくまで外交の秩序をたもつための理念であり、かりに儀礼のうえで朝鮮国王が清朝皇帝に臣下の礼をとったからといって、それが朝鮮国の政体や国民におよぶことはない。

したがって、内政改革は朝鮮政府みずからがおこなうべきだとする清の主張は、まったく理にかなったものであり、まして「朝鮮国は自主の邦」であるとする約条を交わしている日本がこれを犯すべきではない。

にもかかわらず、待ってましたとばかりにこの日、内閣・参謀本部・海軍軍令部合同の閣議がひらかれ、出兵を見合わせていた混成旅団ののこり半数を渡韓させることが決定された。

翌二二日、山県有朋・松方正義ら元勲をくわえての御前会議は、清国にたいする全面対決回答書の内容を最終確認した。

「朝鮮の内乱は、その根底にわだかまる禍因を除去するにあらざれば、安堵すべからず……。

わが国と彼国とは、一葦の海水をへだてて彊土ほとんど接近し……すべて日本帝国の朝鮮国たいする利害は、はなはだ緊切重大なるをもって……彼国における惨状を匡救するのはかりごとを施さざるは、隣邦の友誼にもとるにより……日本政府は、朝鮮国の安寧静謐をもとむるの計画を担任する……。たとい、貴国の所見に違うことあるも、断じて朝鮮国に駐在する軍隊の撤去を命令することあたわず……」

ひと言でいうなら、清が反対しようがしまいが、日本は日本のやり方で朝鮮に介入する。もちろん武力行使もいとわない、というわけだ。

陸奥はさっそく大鳥に打電した。「仁川滞留中の部隊をソウルに前進させよ」と。そしてさらに、加藤増雄書記官に電文では打てない極秘の「訓令」をたくして渡韓させた。

二四日、混成旅団残部をのせた第二次輸送隊が宇品を出港。二七日には仁川に入港し、二九日に龍山駐屯地に到着した。

これによってソウルには「混成第九旅団」の先遣部隊の一大隊と、第一次・第二次輸送隊を合わせた、八〇〇〇人をこえる日本軍が駐留するという尋常ならざる状況が現出した。

十日（とおか）たらずのあいだに、師団クラスの大兵力を、他国の首都に押し入らせて居すわった。

このうえは「何事」をなしてでも清国との開戦にこぎつけなければならなかったが、だからといって理由もなく殴りこみをかけたならば「文明に非（あら）ず」どころではない。もとより、不平等条約改正への途上にある日本が、公法上の「半文明国」から「野蛮国」に成りさがることを望むはずはなく、また、列国が、とりわけ東アジアに利害の大きいイギリスと、すぐにも軍事干渉してくるおそれのあるロシアが動きだせば、それらを同時にはねのける力はない。

あんのじょうロシアは撤兵を勧告し、イギリスは調停にのりだした。

政府は、イギリスの調停をうけいれた。イギリス外交の基本はロシアの南下を防ぐことにある。これを後ろ盾にしてロシアを牽制するみちをえらんだというわけだ。対清交渉は再開され、おのずから、早期開戦のもくろみは頓挫した。

いっぽう、日本の世論は、紙上もちまたも「主戦論」でもちきっていた。

旧なにがし藩の復権士族ら数百人が「抜刀隊（ばっとうたい）」を組織し、朝鮮出兵へくわえられたきむね、陸軍省へ願い出たり……。

あるいは、関東の侠客（きょうかく）をもって知られたるなにがしが、府下の遊人一千人を糾合して軍に従わんとしたるが、戦闘は海陸軍の任ずるところなれば、人夫となって弾丸雨飛の下にたち、輸卒の助勢をなさんとしてつとめおる……と云々。

七月四日、神田でもよおされた政談演説会には大井憲太郎（おおいけんたろう）や犬養毅（いぬかいつよし）らが弁士に立ち、さながら「主戦論大演説会」がくりひろげられた。演題もあからさまな「千載（せんざい）の一時」「この機失うべからず」「東洋の盟主」「鶏林（けいりん）の風雲」――「鶏林」は新羅（しらぎ）の建国神話にある王族発祥の地、それが転じて朝鮮の美称となった。

あらゆるものが「開戦」にむけて走りだし、大潮流となって弱腰政府を追いつめるかのような様相をていしてきた。

七月九日、「朗報!?」が舞いこんだ。清国が、日本が撤兵するまで交渉には応じないという強硬姿勢を、小村寿太郎（こむらじゅたろう）駐清公使につたえてきたのだ。

清国では、開戦回避にむけて列国にはたらきかけていた北洋大臣李鴻章（りこうしょう）はもとより、北京政府首脳も、六〇歳の誕生日祝典を一二月にひかえていた西太后も回避論を支持していたが、五年前に親政を開始し、あらゆる政策の決裁者となっていた光緒帝が「主戦派」の中核にあった。ために確たる決定ができずにいたのである。

一〇日にはさらに、ロシアの武力干渉はないとの報が、西徳二郎駐露公使からもたらされた。

これをうけた一一日、閣議は一転、開戦準備を再開することを決定。翌一二日には、イギリスの調停を拒否したことをもって、清国に二度めの絶交書を送ることを決議した。

この間、ソウル日本公使館は、開戦の口実づくりにやっきになっていた。

「こんにちの形勢にては、開戦は避くべからず。よって、曲をわれに負わざるかぎりは、いかなる手段にてもとり、開戦の口実をつくるべし」

極秘「訓令」をたずさえた加藤書記官が朝鮮についたのは、六月二七日のことだった。外相からの指示は、ありもせぬものをみつけよといっているにひとしく、何がなんでも開戦の口実をつくりなさいということにならざるをえない。そこで大鳥ら日本公使館が考えだしたのが、まさに「狡獪」にして「最妙」なる手段、「王宮を囲むの処置」だった。

すなわち、清朝と朝鮮王国の宗属問題を、清を相手にもちだして争うのではなく、もちだせばかならず板挟みとなる朝鮮政府にふっかけて、まずは朝鮮を窮地に追いこもうというのである。

「日朝修好条規」において朝鮮国は「自主の邦」であると約束した。にもかかわらず、いま「属邦を保護するの旧例」によって清軍を朝鮮に駐留させている。それは条約違反であろう。朝鮮は清の「属国」であるのか、それとも「独立国」なのか。それをはっきりさせ、「独立国」であるなら、その自主独立を侵害する清軍を国外に撤去させよ。また、もしもその力が朝鮮にないというのであれば、日本軍がかわって追いだすので、朝鮮政府は、清軍駆逐を要請する「公文」をすぐにも出すように、と。

大鳥は、難題をつきつけて回答をもとめた。もちろん、朝鮮政府が応じるはずはない。

七月二〇日、大鳥はさらに、四項目にわたる「最後通牒」を送りつけ、三日後を期限として回答を迫った。

「日本政府は、ソウルと釜山のあいだに軍用電信を架設する。

朝鮮政府は、済物浦条約にもとづいて、すみやかに日本国軍隊のために兵営を建設せよ。

牙山における清兵駐留は、不正の名義によるものなれば、すみやかに撤退せしむべし。

清韓（しんかん）水陸貿易章程など、朝鮮の独立に抵触する二国間条約は廃棄すべし」

拒否回答が出たところで、回答がない場合は期限が過ぎた時点で、「いっさいの要求を拒否したものとみなし、断然の処置に出る」というわけだ。

同日午後には、公使館の本野一郎（もとのいちろう）参事官が大島義昌（おおしまよしまさ）混成旅団長をたずねていた。

「混成第九旅団」の主力は、牙山（アサン）に駐軍している清軍を撃退するため、明日にも南下を開始する予定となっていた。本野は、南進を延期するようもとめ、二二日を期限とする「断然の処置」の実行を要請した。

「まず歩兵一個大隊をソウルに入れてこれを威嚇し、なおわが意を満足せしむるに足らざれば、旅団を出し王宮を囲まれたし。そのうえで大院君を推して入閣せしめ、政府の首領となし、もって清兵の撃攘を日本軍に委嘱させることにする」

大島はこれをうけいれた。「開戦の名義」を作為することはもとより重要だった。

また、朝鮮政府を日本公使の掌中に帰せしめば、ソウルを占（と）ったもどうぜんであり、清軍との戦闘にさいし、軍需の運搬や徴発をほしいままにおこなうことができる。一石二鳥の策であるにちがいなかった。

翌二一日、こんどは大島が公使館に大島をたずねた。「断然の処置」の計画変更を提案するためだった。

すなわち、一個大隊で威嚇するなどという手ぬるい策略をふまず、短兵急に王城を囲んでしまうのがよろしいと……。

七月二二日の夜、翌未明の行軍を命ぜられた部隊が露営する龍山（ヨンサン）ベースキャンプは、ただならぬ気配につつまれた。

王宮景福宮（キョンボックン）に侵入する「核心部隊」は、作戦を立案した「歩兵第二十一連隊」の連隊長武田秀山（たけだひでのぶ）中佐がみずからひきいる同連隊「第二大隊」すなわち「山口（やまぐち）大隊」と「工兵第五大隊」の一小隊である。

王宮の外壁を固めて占領をまっとうせしめる部隊は、同連隊「第一大隊」の「森（もり）大隊」である。

また、城門を占拠してかれらを入京させ、のち城内を封鎖して警戒守備にあたる部隊は、「歩兵第十一連隊」の三個大隊すなわち「一戸（いちのへ）大隊」「橋本（はしもと）大隊」「松本（まつもと）大隊」である。

「これらの準備まったくおわり、旅団長は、徹夜、眠らずして時期を待ちたりしが、二十三日午前零時三十分にいたり、公使より電報いたれる。いわく、計画のとおり実行せよ、と。ここにおいてか混成旅団の朝鮮王宮に対する威嚇的運動おこる。じつに、七月二十三日なり……」

「佐藤文庫」から発見された『日清戦史第二冊・決定草案』にしたがって「朝鮮王宮に対する威嚇的運動」実施のあらましをおいかけてみる。

○時三〇分、公使館から電報をうけた大島旅団長は、諸隊に作戦の実行を命じ、清国への情報漏えいを防ぐため、ソウルから義州(ウィジュ)のあいだ、およびソウルから仁川のあいだの電線を切断せしめてのち、みずからは、幕僚をともなって公使館へ移動。公使館に「旅団総司令部」をおく。

二時、「核心部隊」となる諸隊を入京させるため、南大門(ナムデムン)・西大門(ソデムン)を占拠してその扉を開けるべく、一戸(いちのへ)大隊の「第一中隊」「第二中隊」が行動を開始。南大門は、龍山からまっすぐ北におよそ五キロメートル地点に、西大門は、そこからさらに一キロメートルあまり北西にすすんだ位置にある。

二時三〇分、おなじく東大門(トンデムン)・南小門(ナムソムン)・東小門(トンソムン)を占拠して封鎖すべく、一戸大隊の「第三中隊」「第四中隊」が出発した。

三時、大院君の身柄を拘束し、誘い出すため、橋本大隊の「第六中隊」が出発。君の邸宅へとむかった。

三時三〇分、景福宮(キョンボックン)をめざす諸隊がいっせいに行動を開始した。

『周礼』の「考工記」の原則にしたがってつくられた景福宮には、外壁の東西南北に四つの門があり、陰陽五行説に由来して、建春門(コンチュンムン)・迎秋門(ヨンチュムン)・光化門(クァンファムン)・神武門(シンムムン)と名づけられていた。

四時二〇分、神力之進(じんりきのしん)大尉がひきいる山口大隊「第六中隊」が南大門から入城し、王宮の東門にあたる建春門の外に守備態勢をしいた。おなじく、武田中佐・山口少佐がひきいる「第五中隊」「第七中隊」および「工兵小隊」は西大門から入城し、王宮の西門である迎秋門にいたり、門の破却にとりかかった。

建春門と迎秋門とのあいだ、すなわち王宮の東西幅はおよそ五〇〇メートル。正門にあたる光化門と神武門のあいだ、すなわち南北の幅はおよそ九〇〇メートルある。

武田・山口ひきいる「核心部隊」は、迎秋門を突破して王宮内に侵入するという作戦だが、工兵隊が爆薬をしかけて何度も破壊をこころみるもなかなか目的を達しえず、けっきょく長い棹をつかって数人が門内に入り、内と外から鋸(のこぎり)をもちいて閂(かんぬき)を断ち切り、斧(おの)で扉を毀(こわ)してようやく王宮のなかに突入した。

五時をまわっていた。

王宮内に入った「第七中隊」は、鬨(とき)の声をあげながら正門である光化門へとすすみ、守衛の朝鮮兵を駆逐して同門を占領。同中隊の一小隊は、さらに東側の建春門へとむかった。門の外では、神大尉ひきいる「第六中隊」が朝鮮兵と銃撃戦をくりひろげていたが、小隊が内側から開門するや、いっせいに王宮に突入し、内庭の春生門（チュンセンムン）・昬居門（ジンコムン）を占領すべく、衛兵を駆逐しながら北進した。

北門にちかづくと、背後の松林から朝鮮兵が銃で撃ってきた。「第六中隊」はこれに応射。第五・第七中隊とともに入城し、王宮北東の高台を占拠していた「第三中隊」も、朝鮮兵と銃撃戦をくりひろげた。

はげしい銃声が王宮内外にこだました。武田連隊長とともに光化門をおさえていた山口少佐は、「第五中隊」をひきいて「第六中隊」の援護にむかい、戦闘にくわわった。

七時三〇分、抵抗していた朝鮮兵が門外に出て白岳（ペガク）方面へと敗走し、ようやく銃撃戦がおさまった。この戦闘で、「第六中隊」の一等兵、田上岩吉（たがみいわきち）が戦死した。

この間、朝鮮政府の外務督弁趙秉稷（チョビンジク）が内廷から出てきて、大鳥公使との面談をもとめるという想定外の事態が生起したが、一護衛兵をつけて光化門から出すことをみとめた。

王宮内の朝鮮兵を駆逐し去って占領はほぼ完結した。つぎになすべきは、国王をみつけて「手裡」に入れることだった。

山口少佐は「第五中隊」と「第六中隊」の二分隊に国王の捜索を命じた。ほどなく第五中隊長から一報がもたらされた。

「国王は、雍和門内の咸和堂（ハンファダン）に、王妃は後宮の緝敬堂（チッギョンダン）にあったが、戦闘が始まるや、王妃は国王のもとに居を移してともにあり。韓兵これを守護す」と。

山口が雍和門にいたると、門内にはすでに「第五中隊」の一部が入っており、将校と朝鮮政府吏員が談判していたが、少佐のすがたをみとめるや、右捕将金嘉鎮（キムカヂン）ら数人の官吏があらわれた。

「外務督弁がいま大鳥公使のもとにおもむいて交渉をしています。外務督弁がもどるまでお待ちください。それまでどうか軍兵を雍和門のなかに入れられませぬよう」

少佐は答えた。「門内にはまだ多数の韓兵がいる。かれらの武装を解き、武器をひき渡すならばもとめに応じよう」と。

右捕将らは、とてもそんなことはできないという。少佐は、剣を抜き、兵を動かして門内に突入しようとした。仰天した官吏は、国王の裁決を得るまでの猶予を請うてひきとった。が、すぐにもどってくると、衛兵の武装解除をうけいれた。

少佐は、国王高宗（コジョン）に拝謁をもとめ、玉体の保護を誓った。

「いま、はからずも両国の軍兵が交戦し、陛下の宸襟(しんきん)を悩ませましたことは、外臣の遺憾とするところです。しかし、貴国兵は、武器をわれわれに交付しました。こののちは、わが軍の兵士が国王の護衛にあたり、玉体に危害のおよばぬようにいたします。ご安心ください」

諸隊はそのご武器庫にある兵器をことごとく押収し、宮殿のまわりを固めて警戒態勢をしいた。九時をまわっていた。

一一時、国王の実父李昰応(イハウン)が、「歩兵第十一連隊」橋本大隊の「第六中隊」に護衛されて昇殿した……。

このように、『決定草案』にしるされた「朝鮮王宮に対する威嚇的運動の実施」の顛末は、『日本外交文書』所収の大鳥公使「公電」とも、公刊された『日清戦史』の記述とも大きく異なっていた。

そしてなにより、『決定草案』の「朝鮮王宮に対する威嚇的運動の計画」には、その「精神」、すなわち究極の目的が朝鮮国王の拘束であることが明確にしるされている。すなわち、軍事発動をもって「王宮に侵入し、韓兵を駆逐し、国王を擁し、これを守護せしむる」――「第三草案」では「国王を擁し」は「国王を擒(とりこ)にし」となっている――ということが。また、万一、王を逃したときには「李昰応を摂政となし、仮政府を組織する」。さらに、たとえ王を逸するも、けっしてその身体を傷害してはならず、ために「王宮威迫」のさいには「彰義門を開放」しておくということも。

清国との戦争が、「朝鮮の独立のための戦争」であるという「大義」をかかげるためには、力づくで朝鮮国王を拘束し、日本の思うままに朝鮮政府を操るいがいに方法がなかった。

つまり、「開戦の名義」を得るために、日本はまず朝鮮と戦争をしなければならず、しかも、そのための暴挙・蛮行を、とことん隠し通さねばならなかったというわけだ。

開戦まもない八月九日、日本政府は、王宮の占領を解くよう日本公使館に指示をあたえた。各国が注視するなかでの占領継続は困難とみてのことだったが、もちろん完全撤収であろうはずはない。すなわち、王宮の守衛は朝鮮兵のみにまかせ、接収した武器もおりをみて返還し、「朝鮮国独立の体面」を形式的にととのえるいっぽう、「同盟の実」をあげることで、実質的な従属状態を維持せしめようというわけである。

八月二〇日、両国は「暫定合同条款」を調印した。

「条款」では、日本の勧告にしたがって内政改革を励行すること、ソウル―釜山間、ソウル―仁川間をむすぶ鉄道敷設の権利および、すでに架設した日本の軍用電線の使用権をみとめること、全羅道に通商のための港を開くことが規定され、

第五条に、つぎの一項をみとめさせた。口封じである。

「本年七月二十三日、王宮近傍において起こりたる両国兵員偶爾衝突事件は、彼此ともにこれを追求せざるべし」

つまり、偶然の衝突による兵員の小競りあいなのだから傷み分けとし、おたがいに黙っていようと。

二六日にはさらに軍事同盟にあたる「盟約」を調印し、日韓両国が「清国にたいし既に攻守相助くるの位地」に立つことを確認。朝鮮の「独立自主を鞏固」にするには、清兵を国外に撤退させねばならず、ために、攻守の戦争は日本国にまかせ、朝鮮国は、日本兵の進軍をたすけ、糧食補給のほかおよぶかぎりの便宜をはかることが約された。

これをもって日本軍は王宮から撤退した——王宮の正門、光化門の外わずか数メートルのところにある親軍壮衛営の兵舎に移動したことを「撤退」と呼ぶことができるならば……。

王宮内にはしかも、王宮に出入りする日本人をとりしまるためとの名目で、日本領事巡査三〇人が駐屯した。

いわゆる「日清戦争」は、おわってみれば大国の清を圧倒的にうちのめした戦争だった。

それはまた、「野蛮な中国・朝鮮」にたいする「文明国ニッポン」の勝利であり、世界に国威を発揚し、東洋に覇たる「帝国」への第一歩をふみだした、輝かしく、誇らしい戦争ととらえられた。いわずもがな、朝鮮の民間人が最大の犠牲者となった「もうひとつの戦争」が知らされることはついになかった。

いずれにせよ、兵力二四万人、文官・雇員、日本人軍夫をあわせて四〇万人と、二億三〇〇〇万円をこえる戦費をつぎこんだ「歴史に画たる対外戦」の記録を「戦史」としてのこす作業は容易ではない。

参謀総長小松宮彰仁親王みずからが、参謀総長直属の「臨時戦史編纂部」をおくことを、大山巌陸軍大臣に提案したのもそのためだった。一八九六年（明治二九）二月八日のことである。

結局この案は実現をみず、陸海軍がそれぞれ戦史を編むこととなり、同年五月九日、陸軍では「参謀本部条例」を改正して組織を五部制にあらためた。

すなわち、「第一部」から「第四部」のほかに「編纂部」がもうけられ、部長には東条英教中佐が就任。彼のもとでそれまで「編纂課」のトップをつとめてきた横井忠直はじめ、文官三名と武官八名の部員によって『日清戦史』の編集作業がすすめられた。東条は、日清開戦前夜、閣議が朝鮮出兵を決定するやまっさきに広島へおもむき、「混成旅団」編成の任にあたった人である。

　ところが、三年後の一八九九年一月一四日、「参謀本部条例」の改正によって参謀本部の組織・機構は「秘第一種」とされ、機密事項となる。七月にはさらに「軍機保護法」が公布され、軍事機密の秘匿が徹底された。山県有朋（やまがたありとも）内閣・桂太郎（かつらたろう）陸相・川上操六（かわかみそうろく）参謀総長のときである。

　もちろん、国民の目から隠されても、組織・機構がなくなったわけではない。この間「編纂部」は「第四部」にひきつがれ、従来の仕事であった「戦史の編纂・内外兵要地誌および政誌の編纂・翻訳」に「陸軍文庫」がくわえられた——佐藤コレクションの四二冊の「草案」すべてに藍色のゴム印で押された「参謀本部文庫」がこれにあたるものだろう。

　第四部長には、ひきつづき大佐に昇進した東条がついている。

　一九〇〇年四月二五日、寺内正毅（てらうちまさたけ）中将が参謀次長に就任した。

　長州藩士の家に生まれ、御楯隊（みたて）士として旧幕府軍とのたたかいを箱館戦争まで転戦し、陸軍士官となって累進した寺内と、盛岡藩士の家に生まれ、陸軍大学校第一期生を首席で修了した穎才（えいさい）として知られた東条とでは、さぞやそりが合わなかっただろうが、六月一日、ふたりは『戦史』編纂について意見をたたかわせ、翌日から東条は、病気を理由に出てこなくなった。発端は、『戦史』編纂にあたり、戦闘情報の「正確」でないものがあるので戦跡の実地調査をしたいと、東条が出願したことにあったという。

　おりしも中国では、二〇万人の義和団（ぎわだん）が北京に入城して各国公使館を襲撃。まもなく日本公使館書記官の杉山彬（すぎやまあきら）と、駐清ドイツ公使クレメンスが殺害される。

　六月二一日、ついに清国は各国に宣戦を布告。イギリス・アメリカ・ロシア・フランス・ドイツ・オーストリア・イタリアそして日本の八か国が、総勢二万人の連合軍を派兵するにいたった。

　八か国連合軍は、装備に劣る清国軍と義和団を圧倒し、八月なかばには北京を陥落。義和団運動は鎮圧されたのだが、このとき、最大の兵力、「第五師団」八〇〇〇人を派兵したのが日本だった。目的は、満州占領をもくろむロシアへの牽制。そして、列強側にたって「極東の憲兵」としての存在感を誇示することで、将来的な不平等条約改正への布石とすることだった。

　東条、寺内の対立の詳細はつまびらかでない。が、それは、両者が職を賭すほどに妥協の余地のないものだったといい、義和団をめぐる戦時体制のあいだ、いったんは職務に復帰するも、やがて東条は、第四部長の座を追われることになる。同年一一月七日、「参謀本部編成」の一部改正がおこなわれた。

「当分のうち、新戦史編纂のため、定員外に部員、将校、高等文官ら若干名を増加することを得」

「新戦史」を編纂するために委員の増員をおこなうというのである。

はたして、一九〇二年三月一日、陸軍砲兵中佐大島健一（おおしまけんいち）が東条のあとがまにすわった。そして翌年七月、「日清戦史第一第二編進達に関し部長会議に一言す」と題したガイドラインを提議し、「改纂」のいっさいをゆだねられることになる。

佐藤コレクションの「草案」群には、それらの経緯をうかがわせるものがふくまれている。

すなわち、四二冊ある「草案」のうち、「第一草案」一六冊のなかの四冊、また「第二草案」八冊すべての表紙に、つぎのような記載があるという。

「新戦史委員ノ外披読（ヒトク）ヲ禁ス」

「新戦史」委員というからには、「旧戦史」委員がいたことにならざるをえず、「新戦史」と「旧戦史」のあいだにはあきらかな断絶があることになる。編纂作業が連続していれば、あらためて「新」を冠する必要はないからだ。

そして、「新戦史」委員いがいに読むことを禁じた内容は、おのずから秘匿される。

つまり、「旧戦史」委員が、膨大な数の「陣中日誌」や「戦闘詳報」を資料とし、ときに戦跡実地踏査をおこなうなどして、あたうかぎり「正確」を期そうとつとめて成ったであろう「草案」の内容が、おそらくはガイドラインの変更によって取捨選択され、切除され、あらたな文脈に書きかえられたというわけだ。

「義和団事件」とも「北清事変」ともよばれる清国の排外的農民闘争の結末は、一九〇一年九月、清国が、八か国およびスペイン・オランダ・ベルギーの一一か国とのあいだに最終議定書「辛丑条約（しんちゅう）」をむすび、巨額の賠償金をはらい、各国軍の駐留をみとめることで収束した。

後世の目からみれば、まさにこれこそが三〇年後の「日中戦争」の直接の因となったのだが、とうじの日本にとっては、はじめて西欧列強の側についてたたかった、このうえなく輝かしい戦争だった。

かくも輝かしき国家の「正史」を叙述する『戦史』の文脈に、国際法をあからさまに逸脱する奇襲と軍事占領・国王拘束の事実を刻むなど、ありうべからざることであり、そうであれば、いっそう、交戦国でもない朝鮮に軍隊を送り、民衆を相手に、四か月ものあいだ「殲滅」作戦をくりひろげたなどという犯罪行為はしるすべくもなかった。

一九〇四年、『明治廿七八年日清戦史』全八巻が公刊され、明治天皇に献納された。

なかには、「朝鮮王宮占領作戦」はもとより、「後備歩兵第十九大隊」を核とする「東学党討伐隊」が実行した、東学農民軍にたいする「包囲殲滅作戦」の記述もない。

わずかに『第八巻』の第四三章「兵站」の四節「朝鮮に於ける中路及南部兵站」の本文およそ五〇〇〇文字中に、「東学党」の「暴徒」あるいは「賊徒」を掃討・殄滅(てんめつ)し、鎮定した概略が、四四行およそ一七〇〇文字でしるされている。

が、それらは、日本軍だけでも四〇〇〇人の兵力を動員し、数万の朝鮮民衆を犠牲にした、四か月にわたる掃討戦の記録に見合うものではもちろんない。

たとえば『靖国神社忠魂史』が杉野虎吉を戦死者にまぎれこませた「成歓(ソンファン)の戦闘」がたたかわれたのはわずかに二日。進撃開始から帰還までを数えても七日間の軍事作戦だったが、この戦闘の記述には、『第一巻』第七章「在韓日清兵の接杖」の二節に、二四ページおよそ一万二〇〇〇文字をついやしている。

戦時、正規野戦部隊にはもちろん、兵站守備部隊にも「陣中日誌」をしるして提出することが義務づけられていた。

何月何日、なにがし部隊はどこに位置し、何時に何をしたか、人員に何があったか、どんな命令や通報をうけたかなどを、毎日、たとえ戦闘行動がなかったときにも記録する。

それら各小隊での記録は、三個小隊からなる「中隊」で簿冊にされ「大隊」へ送られる。四個中隊からなる「大隊」は、それらをまとめて「連隊」へ送り、それがさらに「旅団」あるいは「師団」の司令部へと送られ、さいごは陸軍中央部のしかるべき部署にいきつくことになる。

戦争終結後、しかるべき役割を終えたそれらは、「抄録」として整理され、参謀本部「陸軍文庫」に収蔵された。

「アジア・太平洋戦争」に敗れた翌一九四六年一月一〇日、「第一復員省達(たつ)第三号」が発せられた。

「左に揚ぐる陸達は之を廃止す」

「陸達」すなわち、「第一復員省」に改組されるまえの「陸軍省」が出した「通達」を廃止することが正式に伝達されたのだが、その第一に「陸軍文庫図書貸出規則」があげられており、この時点で「陸軍文庫」は封鎖された。

「文庫」に所蔵されていた「陣中日誌・抄録」は、いまは『陣中日誌・明治二十七八年役』という分厚い印刷物となり、防衛研究所図書館で公開されている。

朝鮮の兵站をになった「第五師団」各部隊の「陣中日誌」は、その「巻十四」「巻十五」に収められているというが、そこに当然なければならないはずの「後備第十九大隊」の「陣中日誌」はない。また、その司令部にあたる「南部兵站監部」の「陣中日誌」も、討滅作戦がもっとも熾烈をきわめた一八九五年春期のものが、まちがいなく欠けている。

ついでながら、国家と靖国神社の合作である『靖国神社忠魂史』が刊行されたのは、『日清戦史』の公刊から三〇年をへた一九三三年から三五年にかけてのことだった。

三五年には、軍部によって「天皇機関説」がしりぞけられ、翌三六年、「二・二六事件」をうけて組閣した広田弘毅(ひろたこうき)内閣は、統治権が「国家」ではなく「一に天皇に存する」ことをあっさりとみとめ、五月には「軍部大臣現役武官制」を復活させた――一九〇〇年五月、第二次山県(やまがた)内閣が導入した「軍部大臣現役武官制」は、一九一三年にはいったん停止されていた。

これによって、統帥部の政治介入は不可避となり、三七年には日中が全面戦争に突入、あともどりのできない大陸侵略のみちをひた走っていくことになる。

『靖国神社忠魂史』の刊行も、そうした流れと軌を一にした施策であったにちがいないが、これを編纂するにさいしては、おおやけの『戦史』が「なかった」ことにした軍事行動における死者のあつかいに頭を悩ませたにちがいない。

軍事行動それじたいが消されたいじょう、そこでの死者もまた消さなくてはならないからだ。

国家がいちどはその戦死を認め「死亡告知書」すなわち「戦死公報」を発した、つまり、国家が公式に把握した臣民の死を、まして「英霊」として祀ることを「勅許」された赤子(せきし)の死をカウントしないわけにはいかない。

「連山(ヨンサン)の戦闘」の犠牲者、杉野虎吉上等兵の死を、日づけも場所も異なる「成歓の戦闘」の死者のなかに潜ませねばならなかったゆえんだが、おなじく『戦史』から消された「朝鮮王宮軍事占領」のさいに、朝鮮兵を相手とした銃撃戦で死亡した山口大隊「第六中隊」の一等兵・田上岩吉のあつかいも悩ましい問題だっただろう。

軍事行動の一部始終が、わずか八〇〇字の「偶発的事件」に偽造されたのみならず、それが開戦前の「戦闘」ではなく「事件」としていちづけられたことで、田上一等兵の死は「戦争法」の適用外となる。

つまり、一八九四年九月一〇日、閣議は、開戦日を七月二五日とすることを決定した。「宣戦の詔勅」の日づけである八月一日ではなく、日本国と清国とがはじめて戦闘を交えた「豊島(プンド)沖海戦」があった日をえらんだのだが、これによって、開戦前に死んだ田上一等兵は、法的な戦死者のあつかいをうけることができなくなったというわけだ。

『忠魂史』はけっきょく、「天皇の意を体した戦争」にささげられた彼の名を、「わが陸海軍の初動」と題したごく短い記述をもってつぎのように収めることにした。

「六月二十一日、大鳥公使が韓政改革をおこなうことになるや、（大島旅団第一次輸送部隊の）諸隊は京城に入り、さらに二十四日、待機中の第二次輸送部隊も宇品を出発、二十七日、仁川に入り、その主力は、龍山付近に集合した。

かくて（七月）二十三日払暁、京城に入った諸隊は、歩武堂々、王宮の東側を通過するや、突然、付近から韓兵射撃をうけたので、直に王宮に入ってこれを北方城外に駆逐したが、このさい、左記の一名の戦死者を出した。

五師歩二一連二大六中　明二七、七、二三　京城　一卒　田上岩吉　広島」と。

「初動」とはうまく逃げたものである。

いっぽう、まさに同時代、日清戦争のさなかに、彼の死が悼まれないことを憤った作家がいた。尾崎紅葉、山田美妙などとともに「硯友社」につどった新進作家堀本柵だった。

「人、松崎大尉の死を称し、また喇叭手の最期を悼み、詩人の謳うあり、文客の頌揚するあり……。しかれども、人いまだ田上岩吉君の死を悼まざるは何ぞや？死を悼まざるのみならず、その名を知れるものさえなきは、あに慨嘆の至りならずや！」

『帝国陸軍名誉列伝』のなかにそうのべて朝鮮「王宮守護」の経緯をしるすし、田上一等兵の戦死の場面をえがいた。

「この時、一兵士あり。命令にしたがい一たび発砲したる時、敵の弾丸飛びきたってその左胸下を穿つ。鮮血淋漓たるも、兵士は豪も屈する色なく、さらに装弾してふたたび姿勢を整えしが、そのまま首を垂れたれば、隊長これを訝りて引き起こせしに、すでに絶息してふたたび起たず……」

この死が、「成歓の大捷」の「先登者」として称えられる松崎直臣大尉の死、あるいは、死んでなお喇叭を手放さなかったことをもって職をまっとうした忠勇を讃えられる白神源次郎一等兵の死と、どんなちがいがあって、だれも弔おうとしないのか。そう堀本は憤る。

「人これを弔わざるは何故ぞ。清兵と闘わざるがためか。……めざす相手が清兵ならずとて、この名誉ある戦死者を弔うことなくんば、その松崎大尉を悼み、白神喇叭手を弔うも、なんぞ英魂を慰むるを得ん……」と。

戦死の場面のモティーフを堀本がどこから得たのか、あるいは小説家の想像力の所産であったかは知るよしもない。が、「陸軍参謀総長有栖川宮熾仁親王殿下」を筆頭とし、「陸軍大将第一軍司令官山県有朋伯」いか「第一軍参謀長小川又次」「第五師団長野津道貫」「混成旅団長大島義昌」とつづく三二人の「列伝」のなかに「騎兵一等兵卒田上岩吉」を配した作者の眼は斬新というほかはない。

しかも、彼がペンをふるった『帝国陸軍名誉列伝』を、東京日本橋の文芸社「東雲堂」が発行したのが、開戦からわずか二か月半後の一一月一五日であったというからおどろきである。『列伝』奥付のあとの「新刊書籍発売広告」のページには、はやくも『日清戦争叢話』『日清交戦実記』『日清戦争幻燈繪』『征清軍歌』などの書物がずらりとならんでいる。対清開戦を待ち望み、戦端がきっておとされるや捷報つづきに沸き、逆上せあがるいっぽうとなった「ニッポン」衆庶の空気を、リアルタイムでつたえる一事といえるだろう。

ちなみに堀本柵という作家は、これいぜん、窃盗罪で重禁錮一年の刑に服し、いらい小説を創らなくなったという。

「あれは小説家が泥棒になったのではない、平常から手癖の悪い男、泥棒が小説を書いて居たのだ」と、そう森鷗外をしていわしめたという人物だが、いっぽうでは、文芸のペンを折らなければ紅葉をしのぐ大家になっただろうとの評もあったという。一九三一年（昭和六）、彼の作品をあつめて『柵山人小説全集』を編集発行した「半狂堂主人宮武外骨」も、「序」においてそのことを惜しんでいる。

4　広島大本営発 ― 処置は厳烈なるを要す、ことごとく殺戮すべし

一八九四年（明治二七）七月二三日午前一〇時、衝撃的な「電報」が東京日日新聞社の戸外に貼りだされた。

「今朝八時、韓兵なぜかわが哨兵に向かい発砲したるにより、わが兵一隊は直ちに応戦し、二十分にしてこれを卻け、殺傷あり。韓兵退いて王城に入り、わが兵進みて王城を守る」

衝撃的な、というのは、日本政府にとってということだ。外務省はよほどあわてたにちがいない。

二三日午前一〇時。このときにはまだ、八時一〇分ソウル発の大鳥圭介公使「公電」は外務省にとどいていない。大鳥が「王宮を囲むの断然たる処置」をとったことをつたえた「第一信」を外務省が受信したのは、同日一五時〇七分のことだった。『日本外交文書』第二七巻第一冊「四一九号」にあたる公文書である。

この日、大阪朝日新聞社にも、一〇時ソウル発の電文がとどいていた。『大阪朝日新聞』はこの電文を翌二四日の『号外』で報じ、二五日の朝刊一面トップにあらためてつぎのように掲載した。

●京城一戦（二十三日午前十時京城、西村典囚・山本忠輔発）
朝鮮兵、今朝突然北漢山腹の城壁によりて発銃す。わが兵、応戦して直ちに朝鮮兵を卻けたり。
わが兵一隊、大院君済洞の邸を警護す。大院君、王城に入ることを承諾す。
●また公報（二十四日午前十時十四分東京発至急報）
その筋へ左の電報達したり。
二十三日午前八時京城発　王城付近におりし韓兵の挑みたるにより、これに応じ小戦中。

二十三日午前八時二十分京城発　韓兵遁走す、兵器を取りあげ且つ王宮を守備す
●また別報（二十三日午後八時二十六分東京発至急報）
東京日日新聞は今日午前十時、京城発電報を戸外に貼り出したり。左のごとし。
今朝八時、韓兵なぜか……〈いか電文をそのまま掲載〉……
（以上三電の中、二十三日発のものはみな即日接手したるが、直ちに読者に報道するを得ざる次第あり。昨日にいたりて当日発のものと共に号外としたる所なり……）

おなじ二五日には、『大阪毎日新聞』が、東京経由でうけとった二三日ソウル発の電文を掲載し、王城付近での戦闘、王城の守護、大鳥公使と大院君の参内、国王から大院君への政務一任などについてくわしく報じた。

東京では二四日、『万朝報』が『号外』を出し、二三日にソウル特派員から「容易ならぬ電報」がもたらされたことを報じるとともに、二五日にはその全文およそ八〇〇字を一挙掲載した。

現地特派員からの電文が、外務省「公電」よりはやく到着し、すぐさま一部の衆目にさらされた。しかも、政府「公報」や陸軍省の検閲をうけた内容よりはるかに詳細なリポートが、それでなくても開戦を待ちのぞんでいる衆庶の手に手にゆきわたった。当局が蒼ざめたのは当然だった。

なにしろ、二三日一七時ソウル発の大鳥公使「第二信」が外務省にとどいたのは、じつに二七日の二二時二〇分のことであり――『日本外交文書』第二七巻第一冊「四二一号」文書――二五日の段階で政府は、「第一信」にあった「王宮を囲むの処置」の詳報を知りえていなかった。ソウルと東京の電報交信が断絶したためだという。

『大阪朝日』の特派員として渡韓した西村典囚は、一九〇四年一月五日に始まるコラム「天声人語」の名づけ親としても知られるジャーナリストだが、朝鮮王宮が軍事占領されたその日、ソウルには、彼のような日本人従軍記者が三〇人ほどいたのである。

六月五日、大鳥公使が、海軍陸戦隊をともなって乗りこんだ巡洋艦「八重山」に便乗したのは、『時事新報』の記者高見亀だったが、同日、東京の新聞社はいっせいに朝鮮への特派員派遣にふみきり、公使がソウルに帰任した一〇日には、すでに新聞記者の第一陣が到着していた。

また、六月なかば、追いかけるようにして神戸から日本郵船「肥後丸」に乗りあわせた特派員の数は二三人。はやばやとソウル入りしたかれらは、すでにひと月あまり、じりじりしながら戦さの始まるそのときを待っていたのであり、砲声が鳴りひびくやここぞとばかり、またわれこそはと、競うようにペンをふるった。

送られてくるリポートがしかし批判性を欠いていたのは無理からぬことだった。かれら通信員は、日本公使館付きの武官の許可をうけ、その照会によって旅団司令部や団下の部隊に属することを許されるのであり、王宮占領のような「極秘作戦」にあっては、従軍が許可されるはずもなく、得られる情報はごく限られていた。

おまけにニュースソースそのものがすでに歪曲され偽装されているのだから、事実や真相がつたえられるはずはない。

そのはなはだしさは、たとえば二五日づけ『大阪毎日』が掲載した、軍事発動当日二三日午後ソウル発のリポートの、わずかに冒頭をみるだけでも瞭然とする。

「大鳥公使は、もはや韓廷官吏の頑冥にして誨うべからず、これを応接するの無用を悟り、今朝、護衛兵をひきいてみずから王城におもむき、国王に謁見して説くところあり。大院君を城内に召さしむ。大院君、閔族の途に要せんことを患いて躊躇し、日本兵その邸より護送せんことを請う。大鳥公使これに応じ、大院君を護って、八時まさに宮城に入らんとす。閔族指揮するところの兵、はたしてこれに向かいて発砲し……」

それでもなお、当局は不安をつのらせた。ニュースソースの操作、陸・海軍省による許認可、内務省による罰則処分など、統制のフィルターを何重にかけてもそこからこぼれ落ち、公式発表とくいちがう内容の現地レポートが報道されるおそれはなくならない。じかに見聞きしたこと、独自に掘りおこしたことがらを通信することこそが特派員のつとめであり、そのいちいちや、細部のディテールにまで官憲の目をゆきわたらせることは不可能だからである。

はたして二九日、『大阪毎日新聞』は、それまで「王宮守衛」あるいは「王城守護」とつたえられていた軍事発動がじつは「王宮占領」であったことを詳述した、長文のリポートを掲載した。

題して「京城通信（第二十三報）七月二十三日　春山生」。

そこには、「日本公使館」に陸・海軍参謀官が入って「軍事作戦司令部」となったこと、作戦が「朝鮮王城を占領」せんとする「軍略」であったこと、日本軍が宮門を破ろうとしたために衛兵から発砲をうけたこと、宮城内外の戦闘が午後五時ごろまでつづいたことなど、「公報」の内容とあきらかに異なる情報がつたえられていた。

七月三一日、ついに当局四大臣がのりだした。海軍大臣西郷従道(さいごうつぐみち)、内務大臣井上馨(いのうえかおる)、陸軍大臣大山巌(おおやまいわお)、外務大臣陸奥宗光(むつむねみつ)が連名で、「緊急勅令」を発する必要を内閣にうったえたのだ。

「緊急勅令」というのは、議会の閉会中、天皇が法律にかわるものとして発する命令のことである。

要請はそくざに採用され、翌八月一日、出版物の事前検閲を命じる「勅令第一三四号」が公布され、即日施行された。

いわく、外交または軍事にかんする事件を新聞・雑誌その他の出版物に掲載するときには、行政庁に草稿を提出して許可をうけること。この命令を犯した発行・編集・印刷人は、最長二年の軽禁固、最高三〇〇円の罰金に処す、と。

さて、首尾よく国王父子を手玉にとった大鳥はじめ日本公使館のつぎなる仕事は、朝鮮政府に牙山(アサン)の清軍駆逐を嘱託させ、対清開戦の名義を得ること、さらに朝鮮国を駆って対清戦争に協力せしめることだった。

もちろん、国王高宗(コジョン)も父の大院君李昰応(イハウン)も外務督弁趙秉稷(チョビョンジク)も、はげしくこれに抵抗した。

脅迫まがいの説得をつくし、とても公文書とはいえない「駆逐依頼書」――公使館書記官杉村濬(すぎむらふかし)の表現をかりれば「委任状体(てい)の書面」――を捥(も)ぎとり、さらに「朝清条約廃棄通知書」と、地方官にたいして日本軍の徴発に協力するよう命じる「訓令」をむしりとるように出させた――陸奥外相の表現をかりれば「強取」した――のは七月二五日。

すでに大島義昌(おおしまよしまさ)は、みずから「混成第九旅団」の主力三〇〇〇兵をひきいて龍山(ヨンサン)を発し、牙山方面へとむかっていた。

その彼が、清兵駆逐を依頼する「公文」を得たとの公使館からの報せをうけたのは、二六日二二時、ソウルの南方三〇キロメートルにある水原(スウォン)に露営していたときのことだった。公然と対清戦を挑むときがついにおとずれたというわけだ。

こうなればもはや一刻もはやく清軍の陣営に迫り、対清戦劈頭(へきとう)の一戦にふさわしい大勝利をおさめ、捷報(しょうほう)の一大センセーションをもって開戦の烽火(のろし)をあげねばならぬ。

ために明日(みょうにち)こそは、南方さらに二〇キロメートルの振威(チヌィ)めがけて前進する。全軍の緊張はいやがおうにも高まった。

明日こそ……。じつは、旅団ははやくもピンチにみまわれていた。

二五日、ソウル南方一〇キロの果川(カチョン)に達し、二六日午前には水原に至ったのだが、この間に、朝鮮人人夫らが、四〇〇頭の牛馬もろとも、食料や小銃・山砲弾まで奪っていっせいに逃げ去ってしまったのだ。運搬力がなくては身動きがとれない。同日午後の進軍を断念せざるをえなかったのはそのためだった。もはやこれいじょうの停滞はゆるされなかった。

ところが、明二七日午前五時、「歩兵第二十一連隊」の第三大隊長古志正綱少佐が自刃した。人夫・牛馬逃亡の責任をとってのことだという。

そもそも、逃亡した人夫や牛馬は、武威にものをいわせて徴発したものだった。すなわち、軍隊から機に敏い兵卒数十名を選抜し、これに朝鮮の巡査をともなわせてソウル近郊、龍山・鷺梁・銅雀津・漢江・東門などの要路に派遣し、通りかかった牛馬を、載荷のあるなしにかかわらず、かたっぱしから嚇して押拿した。であれば、地の利を知るかれらが、このうえどこまで酷使され兵禍をこうむるかもしれぬ従軍を拒み、隙あらば逃げようとするのは当然のことだろう。

補給不足はいまに始まったことではない。輸送のための駄馬も軍夫も大八車もそなえず、八〇〇〇人の将兵をもってソウルにのりこんだ旅団は、龍山駐屯後まもなく補給の困難を大本営にうったえていた。これに移動がくわわったのだから旅団が直面した人的・物的欠乏は深刻であり、いきおい現地徴発は苛烈をきわめることとなる。

大本営からはしかも「因糧於敵」の原則をつらぬくよう、参謀総長熾仁親王の名をもって大島旅団長に命令がくだされていた。六月二九日づけの「訓令」である。

「けだし、軍のかなめは一に煩累物を減省し、もって進退の自由にもっとも顧慮し、かつ、運搬はつとめてその地方に因るの方法に慣熟するにあり……」

煩累物というのは敵を殪す力をもたない非戦闘員のこと。その主たるものが輜重運搬の人夫であるから、まずはこれを減じなければ自由な行軍および戦闘はできないという。

「古来、兵家の格言に、糧を敵に因る、という句がある。兵士の生命にかかわる糧食でさえ敵地でまかなうべしというのだから、それを運搬する人夫を現地民から徴発するのは当然である。考えてもみよ。もし、糧食運搬のために人夫を内国から送ったならば、その人夫のためにも糧食が必要となり、いっそう給養を困難たらしめる。これ大いに因糧於敵の原則にそむき、煩累物減省の道に悖る。ゆえに、なるべくその地に現在する運搬材料に因るものとし、内国よりの追送を請求することをつつしむべし」と。

いまだ戦闘と呼べる戦さも交えず、しかるべき戦果もあげずしてピンチにあった大島旅団。そこにもたらされた公使館からの報せ、すなわち、清兵駆逐を依頼する「公文」と、徴発を可能にする「訓令」を得たとの報は、どんな兵器にもまさる力をかれらにあたえてくれるものだった。

もちろんそれは、まもなく、輜重（しちょう）輸卒が定員の半数さえみたさぬまま、総勢一万五〇〇〇人の大部隊をもって朝鮮にのりこんでくる「第五師団」主力にとってもおなじであった。

ひるがえって朝鮮の命運はこれをさかいに暗転し、士民は蟻地獄のごとき混沌になげこまれた。

「日本兵が通行するところでは、地方官がもとめに応じて人馬その他の物資を供給し、じゅうぶんの便利をはかること。もっとも、その代価は日本軍より償うべし」

日本軍がのしあるく、いたるところで力づくの徴発・拿捕がおこなわれる。

これにお墨付きをあたえているのが議政府であり国王であるという。いや、そんなはずはない。すべては「倭党」のしわざであり、国王の本意から出たことではない。中央の役人が何といおうとしたがうべきではない。いや、したがってなるものか……。地方では、役人も士民も疑心暗鬼となり、ますますかたくなになり、日本への憎悪を増幅させていった。

六月はじめ、大鳥公使が陸戦隊をともなって帰任し、まもなく一〇〇〇人、三〇〇〇人、四〇〇〇人の大軍勢が仁川からぞくぞくと侵入してきたソウルでは、いちはやく士族や儒者が起ちあがり、反日上疏（じょうそ）をくりひろげた。

「そのむかし明（みん）朝征服の野望をいだいた平（へい）秀吉は、朝鮮に貢路の斡旋をもとめ、士卒の先駆（さきが）けを強要し、倭（わ）国にいかなる讎（あだ）もなさぬわが国に、突如大軍を送って侵略をほしいままにした。その屈辱は、百世（ひゃくせい）忘れることはできないはずだ。

にもかかわらず、近代にはまた、砲艦外交のまえにひざを折り、港を開き、不平等条約を押しつけられた。

その不明によってわが国は、不当な収奪に喘ぎ、抑圧に苦しみ、それでなくても危機に立たされている。

かの国が声高にとなえる朝鮮の『自主独立』も『開化』も『交隣友誼』も、なにひとつ偽りでないものはない。すぐにも王城から軍隊を撤退せしめ、内政干渉を止めさせなければならない。ために、臣たるものはみずから起って義をつらぬこうではないか」

そう呼びかける「檄文」が南大門や東・西大門をむすぶ大通りのあちこちに貼りだされた。

「君辱しめらるれば臣死すは理（ことわり）なり。いま国王、千載（せんざい）の醜辱を受く。仁人・義士よろしく奮起して自主の大義を正すべし」

日本兵の軍靴の音は、三〇〇年をスリップして「壬辰（イムジン）・丁酉倭乱（チョンユウェラン）」の記憶をよびさました。

かつて「平秀吉」は、朝鮮をはなから属国あつかいし、服属儀礼のために国王を呼びつけ、来朝せぬときはこちらから攻めていくといい、それがいやなら、日本が入明（にゅうみん）朝貢するための斡旋をせよ、はたまた、征明軍を出すときの先陣をつとめよと無理難題をふっかけてきた。あげく、倭国にたいしていかなる加害も過失も犯さぬ朝鮮に、一五万の大軍をもっていきなり殴りこみ、国じゅうをふみ荒らし、暴虐のかぎりをつくして七年間もいすわりつづけた。

国王に、往時の恥辱を二度とくりかえさせてはならぬ、ために、政府は毅然たる態度でのぞむべきだというのである。

景福宮（キョンボックン）はしかも「壬辰（イムジン）の屈辱」のシンボルでもあった。

万暦二〇年（宣祖二五・文禄一・一五九二）四月、釜山からソウルまでを二〇日でかけのぼった倭軍の入城を目前にして火をかけられた王宮は、のち再建されることなく三〇〇年の時をうつし、それがようやくかなったのは大院君李是応（イハウン）が政権についたときだった。

「大院君」というのは、王位が直系継承されなかったとき、傍系王族から即位した新国王の実父に贈られる尊号だが、一八六三年一二月、世継のないまま三三歳で没した哲宗（チョルジョン）にかわって李載晃（イジェファン）が一二歳で即位した。そのさい、幼い新王を摂政としてささえ、実権をにぎったのが実父の是応であり、その彼がまっさきに手がけたのが、景福宮の復興だった。

再建が始まるや、数日のうちに何万という数の民衆が賦役（ふえき）に応じ、「わたしたちは国王のために役務をはたしに参りました」としるした幟（のぼり）をかかげ、ぞくぞくとソウルにおしよせた。

その王宮が、またもや日本軍の手に陥ちた。仁政への期待がそれでなくても大きい朝鮮の民衆にとって、まさにそれは驚天動地のできごとだった。のみならず、国王までが囚われ人になったという。にわかに信じることができなかった。

はたして、王妃の一族、閔（ミン）氏の政権がたおれ、閔氏と対立していたはずの大院君がこつぜんとして執政の座につき、さらに、大院君とそりの合うはずのない「親日開化派」が政権を掌握した。

まもなく釜山から、あるいは東海岸の元山（ウォンサン）から、日本兵がつぎつぎ上陸し、進軍を開始した。釜山からソウルまでは四〇〇キロ、元山からは二〇〇キロメートル。鳴りもの入りでのりこんでくる日本軍の徴発に、だれもが協力しなければならぬという。いったいこれはどういうことなのだ。

朝廷が日本に牛耳られたことは、たちまち国じゅうの人々の知るところとなり、各地で官民あげての抵抗が始まった。

地方兵丁は、民衆にも武器をあたえて日本軍の侵入にそなえ、地方官は、政府の命令に背いても戦争協力を拒む覚悟をきめ、住民がいっさいの徴発に応じぬよう施策を徹底した。また、兵站ルートにいちする地域では、武装した民衆たちが電信線を切断して通信を妨害した。

おのずから日本軍は、凄まじい敵意のなかを行軍することになる。しかもかれらは、「因糧於敵」と「煩累物減省」を命じられ、それでなくても兵站の脆弱な大部隊なのである。

くわえて難路、悪路、そして炎天。わけても、大陸性の乾暑の酷さは想像を絶するものであり、たとえば「第五師団」司令部とともに八月八日に釜山を発った野津道貫中将ひきいる主力部隊は、翌日にはもう背嚢を送りかえさねばならなかった。一八キログラムもの背嚢を負い、四キロの村田銃をたずさえて行軍する兵士の疲労を減じるためである。

必要最低限のものを運搬し、輸卒の不足をおぎなうため、ゆく先々で人夫・牛馬を徴発する。しかし、朝鮮政府の「訓令」をふりかざしても、韓銭を払って雇おうとしてもだれも応じない。つまるところ太刀をふりあげて強制動員するのだが、隙をみては逃げ去ってしまうか、憔悴しきって斃れてしまう。

それでもなお手足をくくるようにして使役する。と「こんな苦しみをみるよりはひと思いに斬りすてよ」という。万策つきた将官が見せしめのために太刀をふるう。襤褸のようになったかれらはかえって怯え、荷を負おうとするどころか路傍にうずくまって死を請うばかりとなる……。

八月六日に元山を発した松山「歩兵第二十二連隊」第二大隊は、将兵とわずかな人夫が担える荷物のほかいっさいを捨て、行軍を日照のない夜間にきりかえた。そして徴発隊を先行させ、糧食の調達にあたらせた。

しかし、食料の徴発もまた困難をきわめた。弊政にさんざんむしばまれてきた朝鮮の村々には、そもそも余剰のある住民などはほとんどない。かたっぱしから門戸をたたいてまわるが、「二年も三年も凶作つづき。一粒の米穀もありません」という返事がかえってくるばかりである。敵国民ではないため、さすがに押し入って家探しすることははばかられる。

というわけで、よほどの大部落や小都市でも、米数俵、芋やかぼちゃ数百個をあつめることは至難だったという。

背嚢と銃を負ってひたすら山野をすすみ、炎天と雨露をしのぎ、ボロボロになった軍袴の裾をつくろうこともできずに移動と露営をくりかえす。たまたま軍糧が追いつけばまだしも、そうでないときは、命令一声が飯にかわる。

「今夜は大行李がとどかぬゆえ、糧食はなし。携帯口糧を食うこともまかりならぬ。各隊、各自、なんなりと自炊せよ」

自炊せよ、といわれても……。ぐるり周囲をみわたして空き民家もなく、草叢ほどのものもない地での露営であれば、奥歯を噛んでいるよりほかはない。背嚢のなかには、ほんらいならあるはずの常食はなく、わずかに固焼きビスケット二日分と道明寺糒(どうみょうじほしいい)一日分の口糧があるばかり。これを枕にして、乾ききった土とごつごつした石のベッドに身をよこたえ、外套をかぶって眠るしかないのである。

そうこうしつつ、八月下旬には「第五師団」主力がソウルに集結した。

龍山(ヨンサン)には、牙山(アサン)に上陸した清軍増援部隊を成歓(ソンファン)に破って帰還した、大島「混成第九旅団」がかれらの到着を待ちかまえていた。というのも、成歓の戦いに勝利し、大島公使や朝鮮国王特使らが迎えるなかに凱旋した旅団だったが、そのじつ、清軍に壊滅的ダメージをあたえることができず、追撃もできずに帰営したのだった。

いっぽう、そもそも士気に欠ける清の援軍はたたかわずして敗走し、およそ三〇〇〇兵が公州(コンジュ)に再集結。まもなくベースキャンプのある平壌(ピョンヤン)にもどっていた。

それらを駆逐しなければ「第五師団」の使命はまっとうされない。野津(のづ)師団長は大島旅団長とはかり、平壌の清兵の数を一万四五〇〇人とみなし、攻撃をかけることにしたのである。

九月一日、野津ひきいる師団主力、大島「混成第九旅団」、立見尚文(たつみなおふみ)少将ひきいる「第十旅団」、元山から上陸した「第三師団」の一部、佐藤正(さとうただし)支隊がソウルを発し、北上を開始した。

めざす平壌までは二〇〇キロメートル。しかし、一万をこえる日本軍がまず相手にしなければならなかったのは、朝鮮士民のしたたかな抵抗だった。

ソウルから高麗王朝時代のみやこ開城(ケソン)をへて平壌にいたり、国境のまち義州(ウィジュ)へとぬける義州路は、古来中国王朝との往来に欠かせぬ要路であったが、それゆえに、異民族の侵略をこうむればまっさきに兵火をあび、破壊と略奪にさらされ、朝鮮が中国に援軍をもとめれば、いちばんにのりこんでくる遼寧(りょうねい)兵の食いものにされてきた。

ために、黄海道(ファンヘド)・平安道(ピョンアンド)は、排外意識と抵抗精神がひときわ旺盛な地域となっていた。

行軍ルートにあたる地域では、やみくもな徴発から郷里を守るべく、監察使や兵馬節度使らが先頭にたって民衆に武器をあたえ、自衛にそなえた。また平壌のある平安道では、地方兵丁二〇〇名、ソウルからひきあげてきた衛兵四〇〇名、それに「江界義勇軍」一五〇〇名がくわわって、城門を固める哨兵隊を組織した。

地方官庁の抵抗もしたたかだった。たとえば、ソウルから北一〇〇キロメートルの街道上にあるまち瑞興(ソフン)では、府使が面従と腹背をたくみにつかいわけて徴発を拒み、住民らは瓦石をなげて抵抗したため、前衛の一戸(いちのへ)大隊は、牛馬も米も得ることができず進退きわまった。たまりかねた大島旅団長は、九月五日、「本日をもって駄獣一〇〇頭、米一五〇石を渡さざるときは、瑞興全市を焼きはらう」と脅迫し、ようやく食料にありつくことができたという。

ソウルを発ってわずかに三日、黄海道の新渓(シンゲ)に至っていた立見(たつみ)「第十旅団」もまた食料の徴発に奔走。幕末にはフランスの教官をして「天成の軍人」といわしめ、のちに野津師団長をして「東洋一の用兵家」といわしめたさしもの立見も、「平壌会戦の勝利こそうたがわないが、問題は食料と運搬にあり」と嘆き、戦闘がながびき、大敵を前にして後方から一粒の米もこないという事態をつねに按じなければならなかった。

日本軍の進路にあたる地域には、徴発に協力するよう命じた「告示」が交付されるよりはやく、それらが空文にすぎないことを告げる「密使」が潜入し、人民各自は牛馬をなるべく遠隔の地に避難させるよう、また食物の余剰を隠し、必要とあらばみずからも山間に逃れるよう布令がゆきわたっており、万一日本軍に雇使されるようなものが出れば袋叩きにしかねないというほどに、兢兢(きょうきょう)とした空気が人々を支配していた。

もちろん、日本公使館も手をこまねいていたわけではない。朝鮮政府に日本軍への協力を命じる「勅使」を派遣させ、さらに壮衛営執事や朝鮮軍将校・兵士、警察をぞくぞく送りこんで抗日行動を阻止しようとした。

しかし、派遣された勅使も将士も警察も、多くはふたたびソウルにもどることはなかったという。

反日抵抗運動は、ソウルの後方でもくりひろげられた。

とりわけ日本軍の生命線、すなわち他国の領内に押し入って軍用電線を架設したソウルと釜山のあいだでは、蜂起した民兵がいたるところで電信線を切断し、あるいは兵站拠点を襲撃し、日本軍だけでなく開化派政権をも悩ませた。

釜山から亀尾(クミ)・大邱(テグ)・洛東(ナクトン)・聞慶(ムンギョン)・忠州(チュンジュ)・利川(イチョン)をへてソウルまでを一直線でむすぶ兵站ラインは、かつて「壬辰倭乱」のさいに小西行長(こにしゆきなが)軍がわずか二〇日で攻めのぼった上京路で、まもなく東学農民軍殲滅のために投入される「後備歩兵第十九大隊」の「第一中隊」がこれを南下することになる。

日本政府が、このラインに日本専用の軍用電信線を新設することを決定したのははやく、六月二九日のことだった。

もちろん、朝鮮政府の同意は得ていない。得られる道理がないからだが、清国との戦争が始まれば、ソウルから清国北部を迂回し、上海をへて日本に達していた従来の通信ラインが使えなくなる。事は急を要していた。

すぐにも「電線架設隊」が派遣され、参謀本部次長川上操六から野津第五師団長にあてて「訓電」が発せられた。

「今般、朝鮮国変事につき、釜山・京城間に電線を架設す。これがため二支隊を編成し、第一支隊は釜山より起工して、大邱をへて清州にいたり、第二支隊は、京城より起工して清州にいたり、この地において両支隊の線を接続す」

他国内で電線敷設を強行する。それじたいが侵略行為であり、それを使用しつづけることは、重篤な国家主権の侵害にほかならない。もとより承知のうえである。

七月なかば、工兵一中隊に日本人工夫一五〇人・朝鮮人人夫五〇人をくわえた総勢八〇〇人からなる「架設隊」は、二支隊にわかれてソウル—釜山間の測量を始め、工事にとりかかった。それよりはやく、七月八日に着工したソウル—仁川間の軍用電信線は、一二日にはすでに開通し、七月すえには、ソウル—義州間でも架設工事が始まった。

どうじに、架設妨害や切断事件へのもぐら叩きも始まった。有栖川宮参謀総長からの「訓令」には、電線架設任務を妨害するものを「適宜の方法」をもちいて「排除」すべしとある。「適宜」についていかなる了解があったかはさだかでないが、のち、兵站部は、もっぱら電線保護と暴徒鎮圧に追われることになる。

王宮を占領した二三日、日本軍はソウルの朝鮮電信局・清国電信局・朝鮮機器局を占拠し、朝鮮人局員を監禁した。既設の電信線をのっとり、当面の通信にもちいるためである。とうじ朝鮮電信局は、ソウル・仁川・平壌・義州・釜山・大邱・忠州・全州・清州・元山におかれていた。それらの電信局にもつぎつぎと日本軍の手がのびていった。

八月一二日、釜山の北北西九〇キロメートルの要衝、大邱で一〇〇人をこえる民衆が蜂起した。この区間の架設支隊をひきいた吉見輝少佐は、そくざに鎮圧にのりだすとともに、慶尚道監司への圧力をつよめた。監司には、かねてから電信局の明けわたしを要求していたが、政府からの命令にあらずとして拒まれ、いらい手を出しかねていた。民衆蜂起は勿怪のさいわい。暴徒鎮圧を名目とした軍事発動が可能となった。

一八日、吉見少佐は、監司にたいし、軍事上不可欠の処置であるとして電信局を借受することを告げ、いっぽう、電信局には部隊をさしむけた。監司は、政府と協議するためとして一五日間の猶予をもとめたが、ことすでにおそし。一九日未明にもう、電信局は武力占領され、あわせて工事を妨害した「暴徒若干名」が捕縛された。

釜山からソウルへ至るルートには、二〇か所の兵站部がもうけられ、黄海の制海権をとるまでは武器・弾薬・軍糧の輸送、そのための人夫・牛馬の徴発、道路の整備などを担っていた。それらの拠点に日本軍専用電信線が開通するや、あちこちで抗日蜂起が組織された。

大邱からさらに一〇〇キロメートル北にある咸昌(ミョンジュ)では、「東学農民軍」が、日本のために人民を使役した県官を縛りあげ、二度と日本の庸役に服させぬよう教唆(きょうさ)した。台封(テボン)兵站部はさっそく「道路修繕隊」を出動させたが、農民軍はすばやく逃走。数日後にかれらは、三〇〇人をこえる群れとなって河潭(ハダン)兵站部を襲撃した。

また、咸昌の西方五〇キロにいちする安東(アンドン)では、大規模な「反日義兵」が決起した。

「日本は壬辰倭乱いらいの讐敵だ。しかるにいま、王宮を占領して国王を辱しめ、親兵を解いて首都を制圧し、のみならず一国のいたるところに侵入して傍若無人をほしいままにしている。

かくも重篤な国家の危急にあたり、国王から禄をうけている廷臣はもとより、いちどは冠位を授かり官職についたことのある士族であれば、一挙、義をかかげて起たねばならないはずなのに、だれもそれをしようとしない。ゆえにわれらは決起する。きたる二十五日、安東の明倫堂(ミョンニュンダン)に集結せよ。また、この檄(げき)を読んだものは、ただちにこれを回文し、ひろく義のために起つものたちに呼びかけよ」

徐相轍(ソサンチョル)という、かつては政府高官もつとめたという儒者の檄に応えた義勇の民はじつに三〇〇〇人。

これに呼応すべく九月二三・二四の両日には、忠清道の報恩(ポウン)・丹陽(タニャン)・清風(チョンプ)、慶尚道の葛平(カルピョン)・赤城(チョクソン)・竜宮(ヨングン)・醴泉(イエチョン)などでも一〇〇〇人規模の義兵決起があいついだ。

つぎつぎと発生する農民蜂起や義兵決起。かなしいかな、それらは、さらなる日本の干渉をしりぞけたい朝鮮政府にとっては患いが相乗することでしかなく、日本軍にとっては、軍事発動を正当化する願ってもない好機となった。

「電線を切るものあらば、責任ある村は焼きはらい、妨害者は撃殺せよ」

八月すえにはすでに「後備第十連隊」の五個中隊、一一〇〇人を送りこんで兵站部の守備にあたらせていた司令部は、すかさず「釜山守備隊」のうち三小隊を安東から報恩方面へと派兵した。

いわずもがな、朝鮮政府の援兵要請によるものではない。

はたして、朝鮮の民衆への撃殺・斬殺も辞さぬ日本軍の鎮圧作戦——たとえば洛東(ナクトン)で、電柱を切断した妨害者たちを斬り殺し、死体を吊りさげてみせしめとした処断を「虐殺」と呼ばず「作戦」と呼ぶのであれば——は、あらたな蜂起をおさえるどころか、追いつめられた民衆のやり場のない怒りを増幅させ、わけても失うものをもたぬ貧民や無田農民たちの蜂起をうながすことにつながった。

弊政による根こそぎの収奪、連年の凶作と飢饉。そこへ日本軍が押し入ってきて牛馬や食料を奪い、タダ働きを強制する。そのさきにあるものが、さらなる屈辱と絶望でしかないならば、苦しみをおなじくする圧倒的多数のものたちと手をたずさえて、みずからの生存をおびやかす元凶に、命がけのたたかいを挑むほうがまだしもよい。

かれら百姓や下層民の貧しさは凄絶だった。二重、三重に奪われるからだ。

売官売職のはびこるまま政治腐敗がすすみ、地方官は、みずからその地位と利権を守るべく贈賄競争をよぎなくされる。役人になりたいものはごまんとあり、だれもかれもが賄賂資金をまかなうため、身ぐるみを剥ぎとるような収奪にはしり、あるいは悪徳商人とくんで、ただでさえ不足している米の投機行為に手をかすことになる。

そもそも、朝鮮の米をかたっぱしから買いあげて投機作物にしたのは日本だった。

江華島事件のさいにおしつけた圧倒的不平等条約は、日本人の商行為や土地の貸借を可能にするものであり、ために、日本のブローカーは地主から直接土地を借り、あるいは青田買いをし、思いのまま米を買い占めることができた。安価な朝鮮米は、水が流れるように日本へと大量流出する。

くわえて連年の凶作が、米不足と米価の急騰に拍車をかけるというわけだ。

あらゆるしわよせが貧農にむかう。その結果、地方の行政区では、賑恤(しんじゅつ)すなわち政府からの手当なしには暮らしてゆけぬ戸数が毎年平均三割に達し、凶作の年にはそれが九割にのぼる。すでに三年つづいた凶作によって、農村地帯では一〇戸のうち九戸までが、公的助成にたよらねば食っていけないありさまとなっていた。

いっぽう、政府には私腹を肥やす奸臣こそあまたあれ、国家の財布はスカンピン。日本資本の侵出にさらされ、財源となる田畝が、もとあった二四〇万結(キョル)から六〇万結にまで減ってしまっていたのだから、儒教国家の根幹をささえる賑恤政策はたちゆかない。

お上による賑恤を当然の権利とするがゆえに国王を恃み、ひたすら勤勉で純朴な農民たることをみずからに任じてきたものたちは餓(かつ)え、牛馬牽(ひ)きや籠(かご)かき、水夫・鉱夫・製塩夫などあらゆるにわか雇いにわずかの活路をもとめてみるも焼け石に水。そこに、他方の悪の元凶が軍靴を鳴らして侵入し、銃とサーベルをふりあげて不条理に輪をかける。

もはやとるべきすべの絶無となったものたちに、ひとつの標(しるべ)をあたえてくれるものがあったなら、迷うよりはやくそのもとに駆け寄っていくにちがいない。

慶尚道聞慶(ムンギョン)兵站支部から小白山脈(ソベクサンメク)を北にこえた兵站ルートに、忠清道守備部隊の三つの拠点、安保(アンポ)兵站支部・忠州(チョンジュ)兵站支部、可興(カフン)兵站司令部があった。

一〇月二四日、安保の西方にあたる丹陽(タニャン)府で四〇〇〇人の農民軍が蜂起し、府庁を襲撃した。可興兵站司令部は、忠州支部の支援を得て一小隊を出動、さらに聞慶支部から二小隊が駆けつけたが鎮圧することあたわず、府庁舎は農民軍に占拠されてしまった。

翌二五日午前、こんどは兵站司令部のある可興に農民軍があらわれた。漢江(ハンガン)の流れのむこうに集結した農民軍の数はじつに二万人。その三分の一にあたる七〇〇〇人の先陣部隊が右岸を白衣でうめつくし、首領が青い旗をふって号令した。が、その刹那、日本軍守備部隊が一斉射撃を開始。スナイドル銃を駆使する日本軍をまえに、火器ではまったくおよばぬ農民軍は、銃弾に追われるまま退散をよぎなくされた。この戦闘で、日本兵一人が死亡した――兵站部跡地の斜面には、とうじ追悼碑文を刻んだ自然石がのこっており、いまは表面が無惨に削りとられているという。

兵器の差をおおうには奇襲によるしかない。そこで農民軍は、二〇〇〇人をもって安保兵站支部の建物に火をかけ、暁方にかけて夜襲をくわえ、電線を切断した。

のこる農民軍はことごとく忠州方面に移動し、再集結した。つい一〇日ほどまえ、可興の南にある清風(チョンプ)というまちで、忠州兵站支部の小隊が農民軍の拠点を襲撃し、リーダーおよび農民ら三〇人を射殺、小銃二〇〇〇挺と火薬を焼き捨てるという討伐戦をくりひろげた。その報復をはたそうというのである。

すでにひと月来、忠清道の兵站ルートには、一キロメートルごとに数千あるいは数万を数える農民軍が集結し、日本軍守備隊とにらみあう状態がつづいてきた。

にらみあうといっても、相手は、あらわれたとみとめるやつぎの瞬間にはすがたをくらまし、あるいは霧が流れるように四散するゲリラ集団である。地方官も役人もあてにはならず、暴徒鎮圧のため中央政府から送られてきた宣撫使までが日本軍をあざむくほどだ。かれらは二枚舌を使い分け、形式的に兵力を発してその場を糊塗し、とどのつまり農民軍の逃亡をたすける側に与するというありさまだったから、どの兵站部も目を血走らせて警戒にあたってきた。

忠清道は、東学の聖地報恩(ボウン)のある本拠地だ。

一八六四年の弾圧によって処刑された東学の教祖崔済愚(チェジュウ)の名誉回復と、東学の公認をもとめ、「斥倭洋(せきわよう)」をかかげて数万の東学教徒が報恩につどい、大集会をもよおしたのは昨九三年の春だった。いらい、この地に潜伏している二代教主崔時亨(チェシヒョン)の影響力のもと、教徒らはひとときわかたい結束でむすばれてきた。

日本軍にとってはまさに「東学党の巣窟」が集中しているエリアということになるが、そのかれらが、一〇月一六日に抗日蜂起を宣言、当地を南北につらぬく日本軍の兵站拠点を壊滅させるため、集中攻撃を開始した。そのうごきに呼応し、隣接する慶尚道(キョンサンド)・京畿道(キョンギド)・江原道(カンウォンド)でも東学農民がいっせいに武装蜂起。数万人規模の抗日運動をくりひろげた。

広範なエリアにおよぶ連続的あるいは共時的な、かつ、不屈の精神をもってくりかえされる反日蜂起と抵抗運動。それは、日本軍の想定をはるかにこえるスケールと果敢さをもって守備部隊を翻弄した。

各拠点の兵站司令官から仁川(インチョン)兵站総司令部へ、危急を知らせる電文が飛ぶ。仁川からは広島の兵站総監へ、さらにはソウル日本公使官へ、ソウルからは東京外務省へ、広島大本営へと電文が送られる。広島から東京へ。東京からソウルへ、広島へ。広島から仁川・釜山・ソウルへ。仁川・釜山から各兵站司令部へ……。

まさに錯綜するように電信がやりとりされる。その数は、一〇月はじめから一一月はじめにかけてのひと月間に、仁川兵站監と広島兵站総監との交信に限っただけでも、七〇通をこえたという。

朝鮮民衆のしたたかな抵抗は、それほどまでに日本政府と大本営を動揺させた。

一〇月二七日二一時三〇分、仁川兵站監伊藤祐義(いとうすけよし)中佐は、釜山兵站司令官今橋知勝(いまはしともかつ)少佐からつぎのような電文をうけた。

「川上兵站総監より電報あり、東学党にたいする処置は厳烈なるを要す。向後(こうご)、悉(ことごと)く殺戮(さつりく)すべしと」

東学党をことごとく殺戮せよ。伊藤は、ただちに命令を各兵站司令部に通達。司令部から伝達をうけた各地の兵站支部はいっせいに「東学党狩り」にのりだした。

翌二八日一九時一〇分、はやくも洛東(ナクトン)兵站司令部の飛鳥井(あすかい)少佐から、つぎのような問いあわせ電文が入った。

「昨日、尚州において首領とおぼしきもの二名を縛(はく)し来(きた)り。本日、いろいろ取り調べたが実を吐かず。言語かれこれを察するに、首領とも思われず。右のものは当部において斬殺してしかるべきや」

東学党農民軍の首領らしいもの二名を捕縛したが自白せず、またとても指導者とは思えないが、斬り殺してもいいだろうかというのである。伊藤兵站監は返電した。

「東学党、斬殺のこと、貴官の意見通り、実行すべし」

この日、洛東からはもう一通、電信がとどいていた。

「忠清道の農民軍が各兵站部を攻撃しようとしていることが判明した。その本拠となっている報恩付近の東学党にたいし、ことごとく殺戮の手段を実行いたしたく、指示をあおぐ」

洛東司令部は、同日、善山府（ソンサン）に集結した数千の農民軍が襲撃をかけてくるという情報をつかんでいた。前日、尚州（サンジュ）城内で、一〇〇〇人の農民軍が勝田（かつた）大尉ひきいる三分隊と二時間にわたって戦闘を交え、死者五〇人を出して撃退された。その報復戦に出ようというのである。飛鳥井は、明日にもそれらの農民軍を駆逐し、増援部隊を侍って、忠清道東学党の拠点となっている報恩をたたき、「一挙に殲滅を謀る」という作戦をえがいていた。

伊藤はこれを承認した。

「厳酷の処置はもとより可なり。忠清道側の兵站部と協議して処分をおこなうべし」

三〇日、慶尚道大邱（テグ）兵站司令部からも「処分伺い」が送られてきた。

「星州で東学党一名を捕縛した。幹部ではなさそうだが、いかが処分すべき」

「東学党であることを自白せしならば、監司に引きわたし、極刑に処せしめよ」

頻ぴんと送られてくる電文は、「ことごとく殺戮」命令の実施にかかわる指示をあおぐものがほとんどだったが、それは、とらえた東学党徒を「ことごとく殺戮」することにためらいがあったことの裏がえしでもあっただろう。

日本の「一揆」においてもそうだったが、朝鮮でも「民乱」にたいする極刑処分は、指導者に限られるのがならいである。つい一〇年ほどまえに秩父「困民党」が武装蜂起したさい、一万人をこえる農民たちが処罰をうけたが、死刑判決をくだされたものは七人の首謀者だけだった。

ましていま、朝鮮は他国であり、交戦国でもないのであってみれば、たとえ捕えたものが武装した農民兵であれ、その親玉であれ、捕虜としてあつかわねばならないはずだ。それをすべて「殺戮」せよというのだから躊躇されるのも無理はなかった。

そしてなにより、農民軍の抵抗をまのあたりにした前線の守備隊が懼れ、直面していたのは兵力不足だった。

釜山経由でうけた総監命令を各司令部へ通達した二七日の二四時、伊藤兵站監は、東学党を討伐する部隊として二個中隊の増派を大本営に要請した。

「安保、可興の守備隊がたたかっている東学党の主力は、槐山、鎮川付近にあり、竹山から京城にちかい竜仁へと北上するおそれあり。東学党に漢江を渡らしむることは断じてできぬが、現在の兵力ではとてもかれらを殲滅するに足らず。二中隊の派遣を大至急断行せられたし」

この日、増援部隊の派兵を要請したのは仁川の伊藤だけではなかった。駐韓日本公使井上馨が、広島の伊藤博文総理にあてて至急電報を送っていたのである。

井上は、一〇月一五日に内務大臣から朝鮮公使に転任し、二五日にソウルに赴任したばかりだった。が、その彼を待っていたのは、ソウルにほどちかい京畿道の竹山・安城・利川で東徒がいっせい蜂起し、忠清道北部に集合した東学党主力と合流。三万人もの暴徒が、槐山を包囲して激戦をくりひろげたという報せであり、忠清道清州城・慶尚道尚州城でも数日間にわたる大規模な戦闘がおこなわれ、あわてた仁川兵站司令部は、ソウルの守りについていた龍山守備隊の大部分をその鎮圧のために出動させなければならないという事態だった。

とはいいながら、駐外公使が外務大臣をとびこして総理大臣に直接電報するというのは異例である。

井上の至急電報は、忠清道の農民軍がいっせい蜂起し、安保・忠州・可興の兵站拠点が危険にさらされていることを報じ、そのうえで五個中隊の一刻もはやい派遣をもとめたものだった。

「本使が請求したる軍隊が到着するまでは、京城の守備兵はもちろん、巡査までも派遣して東学党にあたらしめざるをえず、しかるときは、国都はまったく守備なきことにたちいたり、在韓英総領事に、英国の海兵、または香港の守備兵をよびよせる好き口実をあたえることになる。なにとぞ、本件をただちに大本営の評議にかかるよう、至急の御取り計らいありたし。また、本件は、貴方より外務大臣に通ぜられたし」

一〇月二七日といえば、野津道貫「第五師団」と桂太郎「第三師団」からなる「第一軍」が、鴨緑江渡河作戦を決行した直後にあたる。守備部隊の苦戦とはうらはら、野戦師団は快進をつづけ、九月なかばには平壌を陥落、黄海海戦に勝利して制海権を掌握した。そして一〇月二四日、ついに鴨緑江をわたって清国領内に駒をすすめ、二六日には右岸の九連城を陥とし、安東県を占領。「第五師団」主力は奉天街道を北にかけのぼっていた。

もしここで守備のゆるんだソウルにイギリスが派兵すれば、中国大陸へと駒をすすめた「第一軍」が退路を失いかねない事態にいたる。イギリスにとって重要なのは、莫大な利権がらみの清国のほうなのだ。井上が、事情窮迫を理由に伊藤に直電をうったのはそのためだった。

東学党討伐軍として仁川兵站監は二個中隊を、日本公使館は五個中隊を要求した。

両者のあいだに差異はない。つまり、どちらも「二個中隊」の増派をもとめたのだ。

井上のいう五個中隊には、すでにソウル守備隊として増派されていた「後備歩兵第十八大隊」の三個中隊がふくまれている。のちに閔妃虐殺事件にくわわることになる部隊で、広島・山口県の後備兵で編成されていた。

しかも、それらソウル守備隊の増派を主導したのもまた「統帥部」ならぬ「外務省」のほうだった。

ソウルにちかい京畿道南部で東学党農民が再蜂起した。この事態を憂えた陸奥宗光は、守備隊の派兵に応じようとしない陸軍に業をにやし、伊藤総理にじかに電信を送ってハッパをかけた。一〇月一三日のことだった。

軍事も国事も、万事が、伊藤を動かしさえすればいっきにことは運ぶというわけなのだが、行政府の文官が軍の頭ごしに「大本営」にハッパをかける、その相手はしかも行政府の長であり、その人が統帥部を動かすことができるというのである。

はたして一五日、「大本営」兵站監部は、ソウル守備隊の三個中隊を農民軍鎮圧にあてることを命じ、一七日にはもう増援部隊を出動させた。交戦国でもない他国の領内へ、正規軍ではない農民兵を討つために軍隊を出動させる。それが不正であることをだれもが知らないはずはない。

カムフラージュが必要だった。先手をうつべく、つまり、日本軍の派兵を、朝鮮への援軍として外交的に正当化するための偽装を講じるべく動いたのは、前任公使の大鳥圭介だった。

一六日、大鳥は、命令さながらの「照会文」を朝鮮政府の外務督弁金允植に送って回答をもとめた。

「匪徒」が帰順しないときには朝鮮政府が兵を出して「誅討すべし」。そのさい、日本も兵を派遣して朝鮮軍を応援する。朝鮮軍は「わが兵と協心、戮力して、はやく匪徒勦滅の効を奏せしめよ」と。

「匪徒」はもちろん東学農民。「勦滅」というのはのこらず滅ぼしつくすこと、すなわち「ことごとく殺戮」することだ。

二日後の一八日、否とはいえない金大臣はこれをうけいれた。わずかに彼がなしえたことは、東学農民の圧倒的多数を占める良民と、ひとにぎりの悪民とを分け、勦ぼすか慰撫するかを決するさい、朝鮮の兵官と相談することをもとめる「但書」を添えることだけだった。

「但し、多くは脅徒にして、その兇頑、化しがたきものは、千百のうちわずかに一二のみ、勦撫のさい、よろしく良莠を分け、請うらくは、貴兵をいましめて、事毎にわが兵官と商議すべし……」

「良莠」を分けるの「莠」は「えのころぐさ」、ねこじゃらしのことである。

一〇月二八日、広島から二通の電報が、ほぼ同時刻に打電された。

一通は、伊藤総理から、ソウルの井上公使にあてて発信されたもの。一九四五年の敗戦時に、たまたま焼却処分をまぬがれた『駐韓日本公使館記録』の「和文電報往復控」のなかに、暗号電文そのものがのこっていた。

「午後六時三十分接、井上特命全権公使。午後四時発、伊藤博文総理大臣。

軍隊派遣の件、承知す。来る三十日出帆の船にて京城へ派遣し、なおまた三中隊を便船次第、派遣のはずなり」

もう一通は、大本営の川上操六兵站総監から、仁川の伊藤祐義兵站監へ送られたもの。「南部兵站監部陣中日誌」に電文がそのまま記録されている。

「午後六時三十五分、川上兵站総監より、左の電報を受く。

京城守備隊は、三十日出発の船にて派遣し、なおまた三中隊を便船次第、仁川に向け派遣するはずなり」

そしてさらに「陣中日誌」にはもう一通、同日夜、伊藤兵站監が井上公使からうけとった電文の記録もある。

「午後九時二十五分、京城井上公使より、左の電報あり。

三中隊（京城守備隊）は、来る三十日出帆の船にて京城に派遣し、なおまた三中隊を便船次第派遣のはずなりと、総理大臣并参謀総長より電報ありたり」

三通の電文が同文であることは一目瞭然だ。

つまり、一〇月二八日の一六時、文官であるにもかかわらず「大本営」に出張っている内閣総理大臣から駐韓公使へダイレクトに、また、その二時間半後には「大本営」参謀本部兵站総監から「大本営」直轄の仁川兵站監へ、おなじ内容の電文が送られ、さらに同日夜二一時すぎ、駐韓公使から仁川兵站監へ、かさねて電報が送られた。

広島「大本営」にはもちろん、有栖川宮参謀総長があり、大元帥天皇睦仁もいる。

「なおまた三中隊を派遣のはずなり」。統帥部も政府も、増派する討伐部隊は、ソウルと仁川からもとめられた「二個中隊」ではなく、「三個中隊」が必要だと判断したのである。まもなく杉野虎吉が配属され、南小四郎少佐がひきいることになる東学党討伐をもっぱらとする部隊「後備歩兵第十九大隊」がそれである。

東学農民を皆殺しにせよとの命令を発し、そのための専任部隊の派兵におよんだ、統帥部と政府の最高指導者は、こののち四か月、暴徒鎮圧の名のもとに殲滅作戦の指揮をとり、朝鮮人民の大虐殺を主導していくことになる。


一〇〇年のときをへだてて軍用行李のなかから出てきた南小四郎少佐の「東学党討伐経歴書」。

その奥書につけられた少佐自身の経歴には、重要な日付がしるされている。これによって、三個中隊からなる「後備歩兵第十九大隊」指揮官への渡韓命令が、ソウルと仁川へ電文が送られたまさにその日、一〇月二八日に発せられていたことを確認することができる。

「明治二十七年九月五日、召集令状を受け、同六日、出発。

同七日、第五師団司令部に出頭、後備歩兵独立第十九大隊長仰せつけらる。

同日、広島出発。同九日、山口県豊浦郡彦島駐屯守備隊の任務をなしある本隊へ赴任……。

十月二十八日、渡韓の命を受け、同訓令授受の御用あるをもって、同島守備交代の準備をなし了り出頭すべき命を受く。

同日、出発。

同二十九日、第五師団司令部へ出頭、御用済み。同日、広島出発。

同三十日、馬関市滞在の本隊へ帰着。

十一月四日、馬関出帆。同七日、朝鮮国仁川上陸……」

これによると、二八日、南少佐は、彦島で朝鮮出征の命令をうけ、訓令をうけるため、守備交代の準備をおえてから「第五師団」司令部のある広島にむかった。受令時刻は不明ながら、出発までに彦島守備の交代準備をなしおえるに足る時間をのこした時刻だっただろう。

一一月四日、三個中隊からなる「後備歩兵第十九大隊」およそ七〇〇名は、下関を出航した。

海を渡った先にいったいどんな任務が待っているのか、隊員たちは知るよしもない。まさか自分たちが殺戮部隊であるなどということは、まったき想像のほかだった。

七日、仁川に上陸した大隊は、ただちにソウル南郊の龍山（ヨンサン）駐屯地に入り、まもなく、三個中隊おのおのが朝鮮軍を先駆にたて、三路に分かれて出撃する。すなわち「第一中隊」は東路にあたる大邱（テグ）街道を、「第二中隊」は西路にあたる公州（コンジュ）街道を、「第三中隊」は中路にあたる清州（チョンジュ）街道を南へすすむことになる。

「大本営」が「三個中隊」の増派が必要だと判断したゆえんである。

なかにも大邱街道は、日本軍の兵站ルートにあたっていた。ために井上公使は、ソウル守備隊「後備歩兵第十八大隊」の一個中隊を、東路に追加派兵することにした。

井上と南とは、かつて長州藩討幕派諸隊の総監と参謀兼書記だったという浅からぬえにしをもつ。そうでなければたちまち悶着につながりかねない越権も、阿吽（あうん）の呼吸でうけいれられたにちがいない。

朝鮮軍というのは、国王直属の「壮衛営軍」「統衛営軍」と、壮衛・統営・経理庁から選抜された精鋭部隊「教導中隊」などからなる官軍だが、それらはすべて日本軍の指揮下におかれていた。

たとえば南少佐がひきいた中路軍は、大隊本部と「第三中隊」およそ二二〇人を本隊とし、これに「教導中隊」を合わせた五二〇人ほどの部隊であり、命令・指揮はすべて大隊長である南がおこなった。

日本に手足をしばられた朝鮮政府は、自国軍を、たとえそれが国王の親軍であってさえ、みずから動かすことができず、王の名をもって派遣された軍隊は、自国民を殺戮する任務を遂行しなければならなかった。

一一月一〇日、仁川兵站司令官伊藤祐義（いとうすけよし）から七項目にわたる「訓令」が発せられた。その第二項のなかに、そのことが明確に規定されていた。

「朝鮮政府の請求により、後備歩兵第十九大隊は、次項にしめす三道を分進し、韓兵と協力し、沿道所在の東学党類を撃破し、その禍根を剿滅（そうめつ）し、もって再興、後患（こうかん）を遺（のこ）さしめざるを要す。しこうして、その首領と認むるものは、縛（はく）して京城公使館に送るべし。……韓兵各隊の進退調度すべてわが士官の指揮命令に服従し、わが軍法を守り、もしこれに違背したるものは、軍律にしたがって処分せらるべきむね、朝鮮政府より韓兵各隊へ達し済みにつき……韓兵の進退は、すべてわが士官より指揮命令すべし」

一二日、軍靴の音をとどろかせ、討伐隊はいっせいに進軍を開始した。南少佐ひきいる大隊本部は、中路をすすむ「第三中隊」とともに行軍する。

三分隊が掃討作戦を遂行して再集結するのは、「訓令」第三項の規定にしたがって慶尚道の洛東（ナクトン）となる。

すなわち、「各中隊は、賊類（ぞくるい）を剿討（そうとう）し、その余燼（よじん）をみざるにいたれば、慶尚道洛東に集合し、後命を待つべし」と。

洛東再集結の予定は一二月九日。「殲滅作戦」はひと月もあれば完了すると考えられたのである。

しかし、東学党の名こそ知れ、その顔もすがたもみたことのない後備兵たちを、すぐにも待ちうけているものが、東学農民軍の捨身の、凄まじいまでの抵抗であり、悪路難所をものともしないゲリラ戦の恐ろしさであり、わずかな水をたちどころに氷に、飯粒をたちまち麹のごとく変えてしまう酷寒であることを、いったいだれが予想しただろう。

まして、再集結予定日になってもまだ途なかばをさまよい、「新訓令」によって作戦変更をよぎなくされ、あげく、残虐非道きわまりない「包囲殲滅作戦」に、みずから手を汚さねばならないなどとは、一兵卒はもとより、作戦指揮官たちも、いや作戦指導部にあっても予知することはできなかった。

井上公使と伊藤兵站司令から「賊徒を全羅道西南の方向に追い落とし、これを三面から包囲攻撃し、一挙剿滅（そうめつ）せよ」との「新訓令」が発せられるのは一二月一一日。軍馬の半数を失って、いのちからがら論山（ノンサン）平野の一画にたどりついた中路軍「第三中隊」所属の上等兵杉野虎吉が、連山の戦闘で落命した翌日にあたる日のことだった。

5 残賊狩り――人骸累重（にんがいるいじゅう）、臭気つよく白銀（しろがね）のごとく人油（じんゆ）氷結せり

一八九四年秋、植民地時代にはみはるかす日本人経営の農場がひろがることになる朝鮮最大の穀倉地帯、全羅道（チョルラド）でも農民軍蜂起があいついだ。

六月はじめ、第一次蜂起が「全州和約」によって収束したあと、政府による治安・行政がゆきわたらぬ地域一帯に執綱所をおいて自治をいとなんでいた東学農民たちが、ふたたび起ちあがった。

旗じるしは「弊政改革」でも「除暴救民」でも「輔国安民」でもない。王宮の武力占領いらいの日本のあからさまな侵略に抗し、「斥倭斥化」すなわち「反日」と「反開化派政権」をかかげていっせい蜂起したのである。

「ほかでもない。日本と朝鮮とは開国以来、たとえ隣邦ではあっても累代の敵国である。

その証拠に、わが国王の仁厚であらせられるにつけこんで三港をだまして開かせ、通商ののちには開化奸党とむすび、ついには王城にのりこんで国権をほしいままにし、われら朝鮮人民に塗炭の苦しみをあたえている。

われら東学農民は、いまこそ義兵を挙げて倭賊を追い払い、開化奸党をおさえて朝廷を清平し、社稷（しゃしょく）を守ろうと思う。しかるに、われらが至るところつねに軍兵が立ちふさがり戦いを挑んでこようとする。ために、おなじ朝鮮人が骨肉相戦い、血を流し、勝敗も決せぬまま命を徒（いたづ）らにする。なんと哀しく、堪え難いことだろうか。

おなじ朝鮮人ならば、たとえあゆむ道や立場をちがえても、斥倭・斥化の義はひとつである。おのおのかえりみて、忠君憂国の心があるならば、すぐに義を挙げ、朝鮮が倭国になってしまわぬよう、同心協力して大事をはたそうではないか」

なかにも一大勢力をなしたのは、全羅道にあまねく影響力をおよぼしていた全琫準（チョンボンジュン）ひきいる農民軍だった。

一〇月なかば、かれらは全州（チョンジュ）北郊の参礼（サムネ）に拠点をかまえ「忠君愛国義兵」を組織した。

ソウルの南一八〇キロメートルにいちする参礼は、戸数一〇〇戸ほどからなる小さな村落だが、道路が四方に通い、駅村でもあったため、道内各地から公州(コンジュ)をへて首都に至るさいにはかならず経由しなければならぬ要衝地であり、また全羅道の東学農民にとっては、つい二年まえ、教祖崔済愚(チェジュウ)の名誉回復と布教の公認をもとめて一大デモンストレーションをおこなった、記念すべき地であった。

一〇月はじめ、この地に「大都所」をおいた琫準(ポンジュン)は、「忠義の士」をつのる「檄」を各地に発し、武器・兵糧の収集にのりだした。各地から、刈り入れをおえた農民たちが「檄」にこたえ、ぞくぞくとあつまってきた。

かれらは、数百から一千人の農民軍を組織して各地におもむいては、官衙の軍器庫から銃・火砲・弾丸・槍・刀などの武器をもちだして——「全州和約」にもとづいていちどは官に返納していたものを平和的に再奪取して——参礼にもどり、あるいはまた、農民軍を鎮圧するための軍事を起こしていた儒者や地方官などの保守勢力を説得して味方にひきいれ、北上する日にそなえた。

「わたくしたち天下の人臣は一片の赤心(せきしん)を死しても変えてはならず、いまこそ二心を抱くものを掃除し、王朝五百年の遺育の恩に報いねばなりません。伏して閣下に猛省を願い、死をおなじくするに義をもってしてくださることを願います」

呼訴・説得は、開化派の官僚にまでおよんだ。「義」の旗のもとに参ずるに例外はないからだ。

忠清道ではすでに、いっせい蜂起の烽火(のろし)があがっていた。一〇月二四日のことだった。

ところがなんと、かれらが敬愛してやまぬ国王がかれらにもたらしたものは、東学農民軍討伐の「伝教」だった。

「君命に抗拒し、義兵と称す。たれがこれを忍ぶことができよう。匪徒(ひと)をいますぐ拿捕(だほ)し、さきに切り、のちに聞け」と。

王は、かれらのことを「匪徒」すなわち徒党をくんで反体制的暴動を起こす悪者どもと呼び、すぐに捕らえて切りすてよという、容赦のない命令を発したのだ。「赤心」はうらぎられ、「忠君愛国」の大義も「義兵」の名もむなしくなった。

それでも全琫準ひきいる農民軍は、首都ソウルをめざして出発した。

一一月はじめ、恩津(ウンジン)に入り、同月九日には論山(ノンサン)に到着。三〇キロメートルのみちのりを北上するあいだに、四〇〇〇人だった農民軍は一万人に増え、さらに魯城(ノソン)・利仁(イイン)をへて、ソウルの咽喉(のど)、忠清道の首府公州(コンジュ)の南一〇キロメートルの地点に迫ったときには、四万を数える大軍勢にふくれあがった。

ソウルの南方一二〇キロメートルにいちする古都公州は、いにしえ五世紀後半に、百済(ペクチェ)の文周王(ムンジュ)がみやこをおいた熊津(ウンジン)

にあたる。城壁の北側をおおうように錦江が流れ、のこり三方を山に囲まれた公山城はまさに天恵の要塞であり、古来、幾多のたたかいをしのいで異民族の侵入をはばんできた。

いまもソウルの外郭防衛線にあって軍事のかなめであるこの地は、農民軍にとっては、再蜂起の成否をかけて占らねばならない重要拠点であり、討伐軍にとっては、けっして破られてはならない砦だった。

一一月二〇日、利仁にさいしょの銃声がひびき、のち三日にわたる戦闘の火蓋がきっておとされた。

攻める農民軍は、忠清道から合流した沃川軍二万人。たいする討伐軍は、西路をくだった朝鮮政府軍およそ二〇〇人と、鈴木彰少尉ひきいる「第二中隊」の一小隊一〇〇人。いっぽうは圧倒的な人数をたのんで遊撃戦をしかけてくる。たいして討伐軍は銃弾を雨のように降らせたが勝敗はつかず、日没をむかえて双方ともに退却した。

この日、全琫準軍の主力は、公州の南一二キロメートルの敬川を占領。翌二一日には孝浦を急襲し、公山城の南東四キロメートルにまで迫っていた。寡勢の討伐軍は、大砲をはなって撃退につとめたが農民軍の勢いは衰えず、この日も勝敗を決することはできなかった。

冬の日は短い。銃声と入れかわるように宵闇がおりると、かなたの山づたいに農民軍のすがたが浮かびあがる。琫準軍四万。沃川軍二万。おびただしい数の農民軍が、雪をしいたように斜面をおおい、勝鬨をあげている。何キロにもわたって松明が焚かれ、光に映しだされた人の群れは、大河の砂のように流れてみえたという。

二二日、琫準軍は道という道をうめつくしていっせいに進軍を開始。三方に分かれて総攻撃をしかけてきた。討伐軍は、前日に公州入りしていた朝鮮軍八〇〇人に、森尾雅一大尉ひきいる一分隊が加勢して、総勢一〇〇〇人でこれを迎撃。激しいたたかいを交えること半日。ついに農民軍を退却させることに成功した。

兵器では圧倒的に不利な農民軍は、多くの戦死者を出しながらいったんは敬川や魯城あたりまで後退したが、一二月四日、体制をたてなおして再攻撃を挑んできた。

孝浦、熊峙、牛金峙の三方面から公州を包囲し、翌五日には総攻撃を敢行。ぐるり全山およそ一五キロメートルを、幟旗をひるがえした三万の農民兵がうめつくし、文字どおり捨て身の戦いにうってきた。

凄絶なそのさまは、朝鮮軍の一小隊をひきいた隊官の目にはつぎのように映じたという。

「夜が明けて敵陣をみると、東側の板峙から西側の鳳凰山に至るまでの三里から四里を、雑旗をつきたてた農民軍が、屏風をめぐらせたようにたちならび、大地をゆさぶるごとく荒れ狂っていた。
ああ、おまえたち匪類何万の群れがわれらをとり囲み、道があれば流れこみ、あるいは高峰を占め、声をあげ、太鼓をたたいて扇動し、死をよろこんでさきを争う。おまえたちにいったいどんな義理があるというのか、どんな胆力がそなわっているというのだろう。その抗いざまを、いまわずかに眼裏にするだけで骨が慄え、心が寒くなる。
牛金峙では、山の稜線で銃をかまえた日本軍が、おまえたちに一斉射撃をくわえた。銃弾をあびたおまえたちは斃れ、あるいは負傷し、足を止めざるをえなかった。撃ちおわると日本軍は、稜線のうしろに身を隠す。と、おまえたちはまた前進を始める。日本軍はまたも一斉射撃をくわえる……。
これを反復すること四十回、五十回。死体が山のように積みあがってゆく。われら官軍もまた日本軍のあいだにまじって射撃をくわえた。おまえたちが戦線を捨てて逃げだせば、わが官兵が喚声をあげて追撃し、捕まえたものにはかたっぱしから縄をかける。そうやって、もはや一人のすがたも見えぬようになるまで追うのである……」
公山城から扶余方面に三キロメートルすすんだところに牛金峙はある。そのたぐいまれな険峻さゆえに、古来旧都の関門となってきた峠である。

その鞍部に成夏泳ひきいる経理庁軍、それをはさんだ左右の稜線に、森尾大尉ひきいる日本軍と白楽浣ひきいる経理庁軍が陣をかまえ、ふもとから駆けのぼってくる農民軍めがけて四〇回も五〇回も、銃弾の雨を降らせた。

銃弾をあびせるたびに、動かなくなった白衣の農民兵が折り重なってゆく。小隊をひきいて討伐を指揮した隊官たち、そして同胞に銃口をむけ、追撃にはしり、縄をかけた将兵らの胸中が、つねに石木のようではいられず、ときに張り裂けんばかりになるのはおのずからのことだった。

慰撫使として討伐軍の露払いを命じられた先遣隊の苦衷もまた、想像を絶するものだっただろう。

慰撫使の多くは高位の官吏だった。ほんらいならかれらは、為政者の側にあって「国よりも重い民」を恤み、扶け、安んじなければならぬ「禄を食む王臣」なのだ。それが日本軍の手先となり、ゆくさきざきで地方官を督励し、軍糧を調達し、人夫を徴発し、宿舎を確保するなど、あらゆる便宜供与に力をつくさねばならず、そのうえ、討伐軍が「過酷な手段」をとった場合は、すべての責任がかれらに転嫁される。

そもそも、朝鮮政府の高官を討伐軍に配属させるべく策略をめぐらせたのは日本軍だった。

つまり、政府高官は存在それじたいが「王命」の証しであり、ゆえに、すべての地方官の上位にあるかれらの指令にしたがわぬものは「叛逆者」となり、また、作戦上のいかなる過失もすべて朝鮮政府の責任となる。日本軍には一点の瑕疵もなく、のちに問題をのこすこともありえないというわけだ。

さて、骸を山と積むこと四日。一二月七日には、数千人の犠牲を出して農民軍は敗北した。

その間、多くの農民たちが逃走離散し、残存勢力は三〇〇〇人ほどに減じていたといい、あとはただ南へ南へ、ひと月まえに、何百何千の農民たちを糾合しながらかけのぼってきた道を落ちてゆくしかなくなった。

再度の総攻撃にくわわった農民軍の数は、全琫準軍主力一万人と、各地で合流した農民軍二万人の合わせて三万。むかえ撃った討伐軍は、日本軍二〇〇人、朝鮮軍二七〇〇人のおよそ三〇〇〇。数は一〇対一だった。

が、戦闘は終始いっぽうてきに農民軍が守勢に立たされ、膨大な数の死傷者を出しながら敗走に敗走をかさねた。

すなわち、一二月一〇日には魯城・論山で追撃をうけ、一一日には恩津で致命的な大敗を喫し、二一日には金溝に数万の農民軍を結集させ、三度目の総力戦を挑むも、じゅうぶんな抗力を発揮できないまま散りぢりとなって退散した。

そして同月二七日、泰仁まで後退してとどめの一撃をうけ、ついに解散をよぎなくされたのだった。

この間、清国領内に進軍した日本軍野戦師団は快進撃をつづけていた。

山県有朋司令官ひきいる「第一軍」は、一〇月二五日の早朝までに全軍が鴨緑江をこえ、二六日には「第五師団」の立見尚文「第十旅団」が右岸の九連城を陥として安東県を占領。三一日にはさらに鳳凰城を陥落させ、一一月一一日には連山関へと前進した。

また、遼東半島を海岸づたいに西進した「第三師団」の大迫尚敏「第五旅団」は、三一日に大東溝、一一月五日に大孤山と、重要な港をつぎつぎ占領して海からの補給路を確保。大孤山に兵站支部を開設して食糧・弾薬輸送の拠点とした。

いっぽう、大山巌司令官ひきいる「第二軍」は、一〇月三〇日に半島南端の花園口に上陸。一一月六日には金州城を陥落させ、大連湾の諸砲台を占領した。

直隷決戦、すなわち中華皇帝のおひざもとである北京の攻略作戦にのぞむには、まず遼東半島を制圧して足がかりにすることが不可欠だった。ために、大本営は、陸軍大臣の大山を司令官として「第二軍」を編成し、「第一軍とたがいに気脈を通じ、海軍連合艦隊とあい協力して、遼東半島を占領せよ」と命令した。一〇月八日のことである。

御齢五六、帝国大ニッポンの元老にして枢密院議長であった山県陸軍大将みずからが作戦指揮をとる「第一軍」は、広島「第五師団」と名古屋「第三師団」で編成され、当年五二歳の大山陸軍大将ひきいる「第二軍」は、東京「第一師団」と仙台「第二師団」・熊本「第六師団」で編成された。

きたる直隷決戦には、これにさらに東京「近衛師団」・大阪「第四師団」をくわえ、帝国陸軍全兵力あげて首都北京に挑もうというのが大本営の当初の作戦だった。

一四日、「第二軍」は、清国海軍「北洋艦隊」の拠港であり、永久防護のそなえをもつ旅順要塞を攻略すべく金州を発し、二〇日には、清兵を撃退しつつ要塞背面の清軍防御ラインにせまった。

旅順の軍港と市街地を囲んで半円形をえがく防御線上には、蟠桃山・大坡山・小坡山・鶏冠山・二竜山・松樹山・案子山砲台など、一一か所もの永久砲台と五つの臨時砲台が築かれ、砲台と砲台のあいだには高さ二メートルの胸墻がめぐらされていた。

また、海軍連合艦隊が攻撃する海側の正面には、黄金山・饅頭山砲台を主幹とする九つの砲台が東西にならんでいた。

二一日午前一時、連合艦隊旗艦「松島」いか一八隻の軍艦と九隻の水雷艇が大連を出航した。

未明には陸軍各部隊が背後から前進を始め、六時五〇分、「第二軍」主力の「第一師団」が、案子山の三砲台にむけて集中砲撃を開始。これを合図に陸・海軍あげての総攻撃が始まった。

白煙を発して宙にはなたれた砲弾が、不気味な音をたてて空をきり、垂れこめた雲もろとも大地をふるわせ、あるいは潮水を直立させて炸裂する。腸に沁みるような轟音と、耳の奥で尾をひく遠雷のようなとどろきが不規則に交錯する。

カノン砲・臼砲・野戦砲による集中砲撃と歩兵の突撃をくりかえすこと一〇時間。堅固を誇る砲台がつぎつぎと沈黙し、一五時三〇分には伊瀬知好成「歩兵第二連隊」が市街になだれこみ、一六時五〇分にはすべての砲台と兵営を占領した。

「旅順、はたして陥り居たり。先発したる第一遊撃隊の吉野より信号あり。海岸砲台はすべてわが兵の占領するところとなると。かねて待ち設けしところとはいえ、われら相かえりみて万歳を祝しぬ」

この日、連合艦隊「本隊」所属の装甲巡洋艦「千代田」の艦上にあって勝利の瞬間をまのあたりにした『国民新聞』の通信記者国木田哲夫、のちの独歩がつたえた旅順陥落後の光景である。

「艦隊しだいに旅順ちかく進みゆけば、憐れむべし、二十一日の薄暮、わが艦隊にむかいて砲撃せる砲台いか、すべて日章旗の占領に帰するを見たり。この東洋屈指の堅固なる軍港が、わが兵のために陥とされしかを想像するに足るべし。従軍せる外国の軍人および新聞記者など、ただ言う、勇敢なる日本人！勇敢なる日本人！と。さもありなん」

開戦直後の九月に入社するや、みずから請うて従軍記者となった二四歳の野心家の昂奮が、そのまま文字になって躍り出たかのような一節だが、このとき連合艦隊には、『毎日』『朝日』『時事』『中央』『日々』『日本』と『国民』国木田の、七人の特派記者が従軍していた。

平壌を陥とし、黄海海戦を制して戦況が有利になった九月なかば、内務省、陸・海軍省および府県庁による厳重な検閲をさだめた「八月一日勅令」は廃止され、大本営はむしろ、戦争状況を積極的に開示するようになった。

もちろん、新聞条例など、従来の言論統制と情報提供をたくみにくみあわせた「操作」による「開示」――官憲が新聞情報をコントロールすることを「新聞操縦」と称していた――にはちがいなかった。

が、熾烈な販売競争をくりひろげる有力紙は、広島大本営と前線各地に特派員や画工や写真師を派遣して捷報合戦にしのぎをけずり、紙面におさまりきらない情報を、増ページ企画や「号外」発行でカバーし、速報性を競いあった。

本紙発行部数の数倍をプリントしてばらまく「号外」は、新規購読者の獲得に直結し、これを頻ぴんとおこなえばシェアの拡大につながってゆく。

たとえば、この戦争でもっとも成功し、発行部数をのばした『大阪朝日新聞』が、一八九四年に発行した「号外」は六六回、翌九五年には八〇回に達したといい、その結果、一日平均の発行部数は、九三年下半期に七万五〇〇〇部だったものが、九四年上半期には九万三〇〇〇部に、同年下半期には一一万七〇〇〇部に増大した。

戦地からつたえられる生々しい報告は、それほど衆庶にもとめられ、もてはやされ、結果として国民の戦争支持に拍車をかけ、総力戦に油をそそぐものとなっていった。

「大本営」には主筆の徳富猪一郎みずからがおもむき、「第一軍」には松原岩五郎を、「第二軍」には古谷久綱と画家の久保田金僊を従軍させ、その他の方面軍をあわせて三〇人もの特派員を送りこんで「この一期」に社運をかけた『国民新聞』も、この戦争で一日平均七〇〇〇部の発行部数をいっきに二万部へと飛躍させた。

なかにも、久保田米僊・米斎・金僊父子をいちはやく従軍させたことは英断だった。息子の米斎は「朝鮮王宮占領」「牙山の戦闘」および「威海衛攻略作戦」を、父米僊は「平壌の戦闘」を、弟の金僊は「金州・旅順攻略作戦」を取材して戦争画を描き、それらが「従軍画報」としてとぎれることなく紙上をにぎわせ、他紙の追随をゆるさなかった。

国木田の名をいちやく世に知らしめたのも、同紙が、特派員の通信記事におしみなく紙面を割いたがゆえんである。

わけても対清戦のクライマックス、国民的昂奮を極点にまでおしあげた「威海衛陸海軍協同攻撃」の捷報は、陸戦報道を古谷に、海戦のルポルタージュを国木田にゆだね、ほとんど全紙を割いて語らせた。

「二月七日、終生おそらくは忘るるあたわざる日の一日なる二月七日。……艦隊は今しも劉公島を右に見て進みつつあるなり。旗信あり、いわく、今より本隊および第一遊撃隊は劉公島を砲撃す、その準備をせよ。戦いは始まらんとす。たちまち各艦の中央橋に戦闘旗ひるがえる。速力もしだいに加わり、戦闘速力となる。突進!突進!!

……千代田、十発の空砲をもって戦争の天地を清めたり。碧瑠璃の天、日すでに昇る。北風面をはらう。見よ、旗艦松島はすでに砲撃を始めたり。白煙、舷側より突々数条おこる。

打方!・・・・距離六千五百!・・・・本艦十ノット!」

国木田の「威海衛艦隊攻撃詳報」一万四〇〇〇文字は、じつに四面から五面をあてて一挙掲載された。

「二月十二日!威海衛より一隻の砲艦、白旗をたてて来たる。丁汝昌の旨をつたえていわく……。十一時、旗艦の信号にいわく、丁汝昌死す!嗚呼、丁汝昌は死せり。彼は国のために殉じたり。すでに丁汝昌死す。北洋艦隊は全滅したるなり。威海衛は陥落したるなり……支那北洋艦隊はもっとも見事なる最後をとげたるなり」

そして最末尾、つぎの二〇文字は、倍角サイズであざやかに刷りだされた。

「大日本帝国万歳!天皇陛下万歳!大日本海軍万歳!」

ちなみに、陸戦報道をになった古谷久綱はこの二年後、第四次伊藤内閣の総理大臣秘書官に起用され、伊藤がハルビン駅に斃れるまで彼をささえることになる。

いっぽう、日本人記者はもとより、日本政府が積極的に――「外国新聞操縦」のために厚遇し、ひそかな利益をあたえるなどして――うけいれた欧米のジャーナリストや、英・仏・米の観戦武官が目撃した「旅順虐殺事件」については日本側に報告されず、したがって報道もされなかった。

「第二軍」司令部と行動をともにしていたかれらは、旅順占領後の掃討作戦の痕をつぶさに見た。そしてそれが、国際的注視をあびることになったのは、『ニューヨーク・ワールド』のジェームズ・クリールマンの記事によってだった。

「日本軍は一一月二一日に旅順入りし、冷酷に、ほとんどすべての住民を虐殺した。無防備で非武装の住人たちが家にいながら殺され、その身体は表現する言葉もないほどに切りきざまれていた……」

また、一一月末、広島にもどった『ロンドン・タイムズ』のトーマス・コーウェンは、本国イギリスに記事を発信するとともに、伊藤首相、陸奥外相に善後策について問いただした。

「日本軍は、戦闘のおわった一一月二二日のあとにも捕虜と民間人の虐殺をおこなった。もし日本が文明国としてみとめられたいなら、責任をとるべきである」と。

かれらの記事によって虐殺事件は世界に知られ、批判にさらされることになった。

はたして、日本政府は、国際社会にたいして弁明に終始することになる。日本のジャーナリズムもまた、「新聞操縦」されるがまま、海外メディアの虐殺事件報道を否定することにやっきとなった。

「日本軍は民間人を殺しておらず、殺したのは軍服を脱いで住民の衣服にかえた清軍兵士であり、今後ともこのような兵士は、遠慮なく殺戮をおこのうて毫（ごう）もさしつかえなきことを断言する……」

一二月一四日、「社説」で公然とこうのべた『時事新報』は、九月二六日から連載してきた「画報隊報」を突如うちきった。さいごの「画報」となったのは、画報隊員として従軍した洋画家浅井忠（あさいちゅう）の手になる「戦争後旅順の惨状」と題したスケッチだった。彼もまた、旅順掃討作戦後の惨景をまのあたりにし、絵筆にとどめたのである。

敗残兵掃討の名による捕虜と民間人無差別の殺戮は、旅順市街およびその周辺、さらには「第一師団」が金州へ移動する途上において二五日ごろまでつづけられた。

「いまよりは、土民といえども、わが軍に妨害するものは残らず殺すべし」、あるいは「男子にして壮丁なる清人は、みな逃さず、生かさず、斬り殺すべし」というような命令を、山地元治（やまじもとはる）「第一師団」長や伊瀬知好成「第二連隊」長ら上級指揮官みずからが発し、乃木希典（のぎまれすけ）指揮下の「第一旅団」では、残兵を「皆討ち殺す」ため、かれらが逃げこんだ村々に火をはなち、「戦場掃除隊」と称する部隊が生きている清兵を切り、あるいは突き殺したという。

もちろん、それらの事実がおおやけにされることはついになかった。

正規軍の戦果が連日のように紙面をにぎわせ、ありとあらゆるものが総力戦の歯車にからめとられてゆく日本にあって、四国の、すなわち、東学党討伐部隊「後備歩兵第十九大隊」に四県出身者を、おなじく「後備歩兵第十連隊」に愛媛・徳島県出身者をとられて朝鮮に送りだしている四国の銃後にとって、守備部隊の動静は大きな関心事でありつづけた。

「東学徒鏖殺」。みるからに凄まじい見出しで伊藤兵站司令官の電報を報じたのは、一二月五日づけ『徳島日々新聞』だった。「鏖殺」というのは「皆殺し」にするということだ。

「二日、仁川発の電報左のごとし。

東徒討伐隊応援のために仁川より派遣したる中隊、一日午前七時、牙山付近に上陸。同県の官吏ならびに土民より聞きえたる、左の状況を報じきたる。十一月八、九の両日、東徒数万、黄州を襲撃す。わが軍および朝鮮兵およそ一千余人、これを撃退し、数千人を斃す。その巨魁、李昌休、李群志の二人を殺したり……」

また、一月九日づけ同紙には、島田三郎軍曹が一二月一七日づけで郷里那賀郡の知人あてにしたためた書簡が掲載された。彼は、八月一五日に「後備歩兵第十連隊」の軍曹に任じられ、二〇人の守備部隊の長として聞慶兵站司令部に派遣され、東学党鎮圧の「重任」についていた。

「当所へ赴任そうそうは、各道に、かの当国において名を野蛮の極みにとどろかしたる東学党奴人出没し、一時ははなはだ不穏のきざしこれあるところ、わが日本国の威力をもって強きものは鏖死、弱きは逃走し、もはやこの頃にいたりては、たまたまこれあるも三人、五人くらいにして、これまた見当たりしだい銃殺せしめ居りそうろう。元来、東学党のごときは、わが日本人一人にて、二三百人をもって適合せり。これによって、かの奴輩の弱敵なることを証するに足れり」

日本兵一人にたいして二〜三〇〇人。たしかに、初速毎秒三五九メートル、弾量三一グラム、口径一四・九ミリ、ライフル右回転、有効射程距離四〇〇メートルのスナイドル銃をもって、竹槍や火縄銃を手にした農民兵を相手にすれば、敵を寄せつけることなく銃撃することができる。

しかしそこには、内戦でたたきあげ、はじめての外征で重責をまかせられた小さな指揮官「軍曹」の気負いと強がり、そしてなにより、朝鮮人への蔑意があらわになっている。また、書簡のなかで彼は、飯粒を糀のごとく、大根の漬物をカステラの菓子のごとく変えてしまう寒さを「野蛮国の寒気」と呼んでいる。渡韓兵に防寒用の外套を「御下賜」くださる「天皇陛下の大御心」の篤さを言挙げするためである。

そしてさらに、軍人は、身命を国家の犠牲に供して「国威を海外に発揚」しなければならないとものべている。この戦争が「文野の戦争」であることをたたきこまれ、「文明」のなんたるかも知らぬまま「文明の義戦」であることを信じてうたがわぬがゆえんである。

日清戦争中にだけ刊行されたという自由党系の新聞『宇和島新聞』に載った町田盛四郎軍曹の兄にあてた書簡はいっそう具体的だ。町田軍曹は「後備歩兵第十九大隊」第二中隊長赤松国封大尉の部下で、ともに宇和島出身の後備兵である。

「敵情を偵察するに、日々猖獗となり、洪州城を陥破するの計画なり。しかるに、敵は総勢八万人をもって、二十五日午後四時、破竹の勢いをもって攻撃し来たれり。わが隊は、弾薬を節減し、敵の近接するを待つ。敵はさきを争い、乱進、四百米突に来たれり。わが隊、はじめて狙撃をなし、百発百中、じつに愉快をおぼえたり。敵は烏合の衆なれば、恐怖の念をおこし、前進し来たるものなきにいたれり。この日、三千三百発を消費せり」

撃てば必ず当たる。それを「愉快」に感じるというのはもはや侮蔑いかんの域をこえているが、「百発百中」を豪語できるのは、四〇〇メートルいないに近づいた敵は撃ち斃せる、つまり自分の身の安全を保障してくれるライフル銃への信頼があればこそのことだろう。

ソウルの南西方向一一〇キロメートルにいちする洪州は、古来忠清道の軍事的要衝であり、邑城はみごとな石積みの城壁に守られた堅固な要塞だった。その中に籠り、一一月二五日から四日間、三万をこえる農民軍の包囲攻撃に堪えたのは、公州街道を南進した西路軍「第二中隊」の赤松支隊と李斗璜ひきいる壮衛営軍およそ一〇〇〇人だった。

じつはかれらは、忠清道に入ってまもなく西に進路をとり、牙山・礼山・唐津・瑞山・泰安・海美など沿岸部の農民軍討伐に奔走しなければならず、わけても赤松支隊は、天安付近で二二時間にもわたる激闘を交え、農民軍の勢いにおされるがまま後退して洪州城へ逃げこんだのである。

南陽湾を南から囲むようにはりだした忠南西部沿岸地帯は、良港にめぐまれ、ながく生活文化圏をともにしてきたことから地域の結束力がつよく、排外意識の旺盛な地方だった。くわえてここには傑出した東学指導者があり、はやくから東学組織がしっかりと根をはっていた。

そのようなエリアで、東学の教勢がいっきに拡大したのは、全琫準が全羅道農民軍をひきいて勝利をかさね、全州入城をはたした春から初夏にかけてのことだった。多いときには、一日に何十人もの入道者がいちどにつめかけたといい、東学の教えは、あたかも春の芝に火をつけたようにひろがり、教線のすそのは無田農民や奴婢(ノビ)・白丁(ペクチョン)などあらゆる下層民をまきこんでふくれあがった。

危機感をもった按撫使や郡守らが、あからさまな弾圧に出たのは、全国各地で農民軍蜂起が続出した一〇月なかばのことだった。かれらは、礼山・瑞山・泰安・海美一帯の東学組織をかたっぱしから解散させ、拒否するものを逮捕した。捕縛され、処刑を待つばかりとなった東学指導者の数は三〇人をこえた。

同月末、ついに礼山の指導者朴熙寅(パクヒイン)が「起包令」を発した。東学の「包」の組織をつうじて号令をかけたのだ。またたくまに一〇〇〇人規模の農民軍が組織され、西部の泰安県庁、瑞山郡庁をつぎつぎと占領。郡守や按撫使を処刑するとともに、捕縛された東学指導者を救出した。

泰安で数千人を結集した農民軍の気勢は昂じるいっぽうとなり、一一月二一日、海美付近ではじめて官軍と戦闘を交えたが、わずか一時間あまりでこれを破り、海美から礼山にむかって東に進路をとった。

礼山では、洪州牧使李勝宇(イスンウ)が派遣した官軍一〇〇人と、地域の自衛軍として両班(ヤンバン)士族や儒者たちが組織した民堡(みんぽ)軍五〇〇〇人が陣をかまえていたが、二三日未明、農民軍は官軍・民堡軍を壊滅させて徳山県を占領。進路を南にとって洪州へなだれこんだ。

途上、ぞくぞくとかけつけてくる東学農民を糾合し、三万の大兵力を組織した朴熙寅軍は、二五日、赤松支隊が逃げこんだ洪州城を包囲し、総攻撃を開始した。

かれらは、人海戦術を駆使して集散をくりかえし、いく度もいく度も攻撃をしかけてきた。日本軍は、そのつど民堡軍の助けをかりて撃退したが、城の外へは一歩も出ることができず。破られこそしないが籠城をよぎなくされ、仁川からの増援部隊を待って、ようやく移動することができたのは一二月六日のことだった。文字どおりの辛勝である。

同日午前六時、堅固な城壁を盾として何万発もの銃弾を雨と降らせ、生け捕りにした農民兵数百人を処刑し、前後一〇日のあいだ砦とした古城に別れをつげ、赤松支隊は東門を出た。

刹那、かれらの眼前にひろがった光景こそ、激戦のいかなるものであったかを知らしめるものだった。

みわたすかぎりの焼け跡。道端に山のようにつまれた死屍(しかばね)。それらは、門前ちかくの林から猛攻撃をしかけてきた農民兵たちの、凄絶なたたかいざまを痕にとどめた骸(むくろ)だった。かれらは、夜になると家々に火をつけ、噴きあがる火柱の光のなかで銅鑼を鳴らし、城壁にとびかかって総攻撃を挑んできたのである。

何万発もの銃弾。大袈裟ではない。「南部兵站部陣中日誌」の一一月末日の記録には、「第二中隊」のもとめにより、「スナイドル銃弾丸五万発」を下関首砲廠へ追加請求したとある。

つまり、龍山駐屯地を出発して二〇日足らずのあいだに、二手にわかれて討伐戦をくりひろげた西路軍「第二中隊」は、いみじくも町田軍曹の書簡にあるごとく「弾薬を節減し」、そのうえでなお銃弾をつかいはたしてしまうほど集中射撃をくりかえしたというわけだ。

じじつ公州街道をまっすぐくだったもう一方の西路軍、森尾雅一大尉ひきいる支隊が、公州城を拠点として全琫準軍と総力戦を交えたのは一一月二〇日から二二日にかけてのことであり、それでも撃破できなかった農民軍が、かれらの命運をかけて二度目の総力戦を挑んできたのは一二月四日。牛金峙（ウグムチ）を血色にそめて農民軍が敗北したのは同月七日のことだった。洛東（ナクトン）再集結の期日は目前にせまっていた。

「後備歩兵第十九大隊は……韓兵と協力し、沿道所在の東学党類を撃破し、その禍根を剿滅（そうめつ）し、もって再興、後患（こうかん）を遺（のこ）さしめざるを要す。各中隊は、賊類（ぞくるい）を剿討（そうとう）し、その余燼（よじん）をみざるにいたれば、慶尚道洛東に集合し、後命を待つべし」

出陣にさいし、仁川兵站司令官から「訓令」をうけた大隊は、再集結の期日を一二月九日と限った。

ところが、当の九日、南少佐ひきいる大隊本部と中路軍「第三中隊」は、二週間ものあいだ山岳地帯を行きつもどりつしたあげく、やっとのことで連山県の官衙に入り、洛東どころか、慶尚道に背をむけて忠清道を西にすすもうとしていた。

そして「第二中隊」では、洪州城を発進した赤松支隊が、公州戦を制した森尾支隊とようやくのことで合流をはたし、敗走する全琫準軍を追撃するため公州街道をくだっていた。

一〇日、魯城（ノソン）へむけて出発しようとした「第三中隊」は、三万の農民軍に包囲され、五時間にわたって戦闘を交えたあげく連山止まりをよぎなくされた。また、魯城をへて論山（ノンサン）にいたった「第二中隊」は、翌一一日には、朝鮮政府軍八〇〇人とともに二度にわたる激戦のすえ農民軍残党を撃退したが、首魁全琫準を捕縛するにはいたらず、慶尚道にむけて東進するなどできるはずもなかった。

しかし、討伐軍が、最大勢力をなした全羅道農民軍の北上を公州ではばみ、結束のかたい西部沿岸地帯の大勢力を洪州で破り、連山・論山で勝利をおさめたことは、確実に農民軍の解体をうながした。王宮占領をひきがねとして共時的に、あるいは連動して発生し、野火のごとく冬枯れの朝鮮全土をおおっていった農民軍の反日蜂起・抗日運動は、ここにきて大きな画期をむかえたのだ。

スナイドル銃と火縄銃。近代的な訓練をうけた軍隊と、人海戦術・ゲリラ戦術だけがたのみの農民兵。勝敗はそもそものはじめに決していた。そして、いっそうかなしいことは、おなじく愛国と反日をかかげながら、かれらが同胞あい喰むたたかいをくりひろげなければならなかったことである。

郷里を守るため、「衛正斥邪」をかかげて起ちあがった在野の儒者や元官吏など、士族のもとに組織された「義兵」や「倡義軍」。「斥倭・斥化」をかかげた東学指導者のもとに、圧倒的な数の無産層で組織された「農民軍」。地域防衛のために両班や地方官が組織した「民堡軍」。そして民乱鎮圧のために都巡撫営に動員され、あるいは日本の討伐部隊にくみこまれざるをえなかった「政府軍」の将兵たち……。

銃を向け、あるいは向けられてたたかったそれらの成員はことごとく、徳治による王道政治の理想を慕い、また、一君万民の理想のもとで国よりも重いとされた民であり、あるいは、君臣供治の理念にしたがって王をささえる臣・士であり兵たちなのだった。

農民軍鎮圧のための特別指揮部としてもうけられた都巡撫営は、護衛庁や統衛営・壮衛営・統御営・経理庁・教導隊・鎮撫営など、ソウルや江華島に駐留した官兵たちを動員して組織されたのだが、かれら「政府軍」や地方の「民堡軍」が、日本軍の指揮下に入り、あるいは日本軍の「ことごとく殺戮」戦法にしたがうことがなかったなら、まだしも流血は最小限にくいとめられたはずだった。

なぜなら、東学農民軍の戦法は、人数をたよりに高所から喊声をあげながら、あるいは槍を突きあげ火縄銃を撃ちながら駆けくだるものだった。かれらは、無用の流血をよしとせぬきびしい規律をもっており、それを知るがゆえに「政府軍」も「民堡軍」も、なだれのごとく攻めてくる農民軍にやみくもに銃をむけることはなく、退きさがるのがつねだった。

無用の流血を回避することは、「武」をこととしない「文」の国のならいでもあったからだ。

一二月一一日、井上馨駐韓公使と伊藤祐義仁川兵站司令官のあいだで作戦が変更され、新たな「訓令」が発せられた。

「各部隊は、賊徒を全羅道西南の方向に追いおとし、これを三面から包囲攻撃し、一挙剿滅せよ」

三面から包囲し剿滅する。すなわち、「西路軍」「中路軍」の各支隊は、東学農民が慶尚道方面に逃れるのを徹底して防ぎつつ、西南方向へ追撃し、「東路軍」も、慶尚・全羅両道のさかいをなす山脈づたいに西南方向に進撃せよという。

また、半島南部から東に逃げる残徒を封じるため、釜山から「後備歩兵第十連隊」の一中隊を増派し、沿岸部の晋州、順天へと進撃させる。さらに、海路からの逃亡を防ぐため、全羅道の沿岸に、海軍陸戦隊二五〇人をのせた軍艦「筑波（つくば）」と、八〇人の陸戦隊をのせた「操江（そうこう）」を配備する。

それら全部隊をあげて、あたかも巻狩り（まきがり）の勢子（せこ）がシカやイノシシを森から追いたてるように「賊徒」を半島西南端に狩りだして封じこめ、「一網のもとに滅尽」せよとの命令だった。

各地に潜伏した「賊徒」は、日本軍がくることを知ると武器を捨てて良民のふりをよそおうだろうが、それらをけっして漏らさぬよう朝鮮兵をつかって燻り（いぶり）だし、相手が抗戦を挑んでくるこないにかかわらず、また、武装非武装にかかわらず縛りあげ、即刻処分せよという。文字どおりの「残徒狩り」である。

ちなみに「操江」は、清国海軍自前の砲艦で、豊島（プンド）沖海戦のさいに日本海軍の「秋津洲（あきつしま）」が拿捕した戦利艦であり、「筑波」は、一八七一年にイギリスから購入した帆走木造船「HMSマラッカ」だった。人間ならば四〇歳にあたる「筑波」は、軍港警備や諜報活動をもっぱらとし、前年のすえから当春にかけてはとくに朝鮮沿岸から諜報員を上陸させ、地形や道路・港湾の情況、船舶や倉庫の数などの情報収集にあたってきた。

作戦が変更された一一日、南少佐ひきいる大隊本部と「第三中隊」は連山を発し、魯城（ノソン）から進路を南にとり、一二日には恩津（ウンジン）へ、一七日には全羅道北端のまち高山（コサン）に入った。

同道北部、全州（チョンジュ）の周辺一帯は、東学農民軍が根をはる地域であり、高山では県令みずからが農民軍の逃亡をたすけており、礪山（ウォンサン）の県令は、農民軍参謀格として食料運輸長を担ってさえいた。また、龍潭（リョンダム）の県令も東学農民軍の与党であり、金溝（クムグ）の県監は資金的バックアップをして農民軍をささえていた。

南はさっそく大鉈をふるい、礪山の県令柳済寛（ユジェガァン）、金溝の県監鄭海遠（チョンヘウォン）を捕えてソウルへ送った。

そして二七日、大隊本部は中部の任実（イムシル）に入り、二九日には、「第三中隊」全軍をもって南原（ナムウォン）・淳昌（スンチャン）・長城（チャンソン）・茂長（ムジャン）をむすぶ東西包囲を固め、農民軍をその南部へと追いこんだ。

そして三一日には淳昌にいたり、玉果（オクァ）・潭陽（タミャン）・光州（クァンジュ）などを掃討しながら羅州（ナジュ）にむかうが、どのまちも地方官じしんが農民軍の幹部であったり、資金援助をしていたり、歓待とはうらはら日本軍に非協力的であったり、あげくはソウルへの護送中に逃亡したり……。かれらもまたそれぞれのやり方で抗日運動の側にくみしたのだった。

この間、恩津で大敗した全琫準(チョンボンジュン)軍は、いったん四散した農民兵数万を金溝の院坪(ウォンピョン)に結集し、二一日に総攻撃をこころみたが敗北。五〇〇〇人ほどの余力をもって南西のまち泰仁(テイン)に後退し、二三日、追撃してくる討伐軍に抗戦を挑むもむなしく、解散をよぎなくされていた。

院坪は、湖南地方の東学布教の中心地であり、また、農民軍の総参謀をつとめた金溝の大接主金徳明(キムドクミョン)が管轄する重要拠点でもあった。かれらがさいごの決戦場にこの地をえらんだゆえんである。

院坪で敗れ、泰仁で散りぢりになったあと、琫準じしんは淳昌に逃れて再起をはかろうとしたが、日本軍の迫る淳昌ではにわかに農民軍の解体がすすみ、すでに彼をうけいれてくれるところではなくなっていた。琫準の身柄には、償金一〇〇〇両と一等郡守の職がかけられていたのである。

一二月二八日、彼はかつての部下の密告によって隠れ家を包囲され、足に銃弾をこうむり、生捕り(いけど)にされてしまった。三一日、「匪魁(ひかい)」全琫準は、淳昌に入府した南大隊長に引きわたされたが、負傷が大きく衰弱もひどいためソウルへの護送をさきにのばし、大隊本部にともなわれていったん羅州(ナジュ)へ送られることになった。

一月五日、大隊本部は羅州に入り、「残徒狩り」の作戦司令部を設置した。伝統的に保守両班(ヤンバン)の影響力のつよい羅州は、全羅道のなかでわずかに三か所、東学農民軍の自治がしかれなかった大邑のひとつだった。

同日、おかれたばかりの司令部に、のっぴきならぬ報せがもたらされた。羅州の南方四〇キロメートルにいちする康津(カンジン)のまちで、兵営が農民軍の手におち、節度使らが殺害されるという事態が発生した。農民軍は、すでに長興(チャンフン)の府城である長寧城(チャンニョン)を制圧し、一月二日には、康津県を包囲占領、県の役所に火をつけて県監を追いはらったという。

長興(チャンフン)をはじめ康津(カンジン)・順天(スンチョン)・光陽(クァンヤン)・海南(ヘナム)などの半島南部沿岸地帯は、東学農民がひときわゆるぎない結束をたもってきた地域だった。そのエリアに敗走してきた農民軍が追いつめられ、文字どおり袋小路にされつつある。もはやかれらは、総力を結集して起ちあがるしかなかった。

なぜなら、東学農民とみなされたものはことごとく「賊徒」として一掃されるしかない。であれば、東学農民の誇りを胸に、「農民革命」の精神をたかだかとかかげ、死力をつくして抗日戦を挑むよりほかすべがないにちがいなかった。

いっぽう日本軍は、南東部の左水営(チャスヨン)から「筑波」の陸戦部隊を上陸させて光陽(クァンヤン)に入城。くわえて釜山兵站部から派遣された「後備歩兵第十連隊」の一中隊が、順天(スンチョン)にせまりつつあった。

北から東から南から……。陸海三面による包囲剿滅(そうめつ)戦が、さいごの山場をむかえた。

だが、作戦変更からひと月、また、こののち作戦が完了するまでのひと月半にわたり、「賊徒勦滅命令」がどのように発せられ、遂行されたのかは明らかになっていなかった。

参謀本部「陸軍文庫」におさめられた『陣中日誌・明治二十七八年役』のなかにあったはずの「後備第十九大隊陣中日誌」がいまはなく、追いつめられた農民軍がさいごの組織的抗戦をおこなった、ゆえにもっとも凄惨な殺戮がおこなわれた九五年春期の「南部兵站監部陣中日誌」も欠落しているためである。

唯一、『駐韓日本公使館記録』に収録された南大隊長の講話記録「東学党征討略記」のなかで少佐はこうのべている。

「長興、康津付近の戦い以後は、多く匪徒を殺すの方針をとれり。……残徒はすべてみな残虐獰猛の無頼漢のみとなりしゆえ、また多く殺すの策を必要となすにいたれり。長興辺にては、人民を脅迫してことごとく東徒にくみせしめ、その数、じつに数百にのぼれり。よって真の東学党は捕うるにしたがってこれを殺したり」

長興、康津で大規模な組織戦がくりひろげられたのは一月七日から一二日にかけてであった。そこでは「残徒」を「多く殺すの策」をとり、「真の東学党」は「捕らうるにしたがって殺し」たという。

はたして、一一〇余年ごしで南少佐の軍用行李から出てきた「東学党征討経歴書」には、少佐が、連日のように「賊徒勦滅命令」を発したことがしるされていた。

「一月五日、羅州城着、舎営。この日、霊岩、康津、長興、宝城、綾州の各地より、賊徒跋扈。人民を殺害するのみならず、就中(なかんずく)長興府使を銃殺せしむねの飛報、交々(こもごも)いたる。よりてこれが討滅に関する部署をなす。

六日、石黒(いしぐろ)大尉に教導中隊の一小隊を付し康津方面に、白木(しらき)中尉に教導中隊の二小隊を付し長興方面に出し、賊徒勦滅に従事せしむ。松木(まつき)支隊へ、綾州出発、宝城の賊を攻撃すべき命令をくだす。鈴木(すずき)特務支隊より賊情および駐陣に関する報告を受く。よりて同支隊へ、海岸にある賊徒勦滅に着手およびにその支隊駐陣すべき件命令をくだす。

八日、少尉楠野成俊(くすのなりとし)より有鶯洞付近において戦闘せし報告を受く。松木(まつき)支隊へ白木(しらき)支隊と連絡をとり、綾州方面に逃走せし賊徒を捕縛すべき命令をくだす。白木(しらき)支隊より長陽村付近にて戦闘せし報告を受く。

九日、白木支隊は長陽村付近、楠野支隊は有鶯洞付近にて賊徒攻撃中により、その支隊は運動を迅速にすべきの命令をくだす。……仁川伊藤司令官へ、筑波艦長より賊徒に関する電報を受領および、長興、海南の残賊勦滅のため支隊派遣、巨魁を捕縛せしむね、その他賊情等の電報を発す。
十一日、石黒支隊へ、海南の賊徒、逃徒、白木支隊を指揮し、賊徒を勦滅するの命令をくだす……。
十二日、石黒支隊より、長興にて白木支隊および楠野支隊と合せ、南面付近にある賊徒を包囲攻撃をなすの報告を受く。
十三日、松木支隊へ、海南地方の残賊を勦滅すべし。石黒支隊、白木支隊、楠野支隊は長興南面の残賊を勦滅しつつありし事、および給養上の件に関する命令をくだす。統営衛兵大隊長へ、竜堂をへて海南に至り、各地より到る諸支隊と合し、賊徒勦滅すべき命令をくだす。
十五日、白木支隊へ、海南に至り、松木支隊と合せ、残賊勦滅の命令をくだす。海南にて、白木支隊と合せ、残賊勦滅すべき命令をくだす」

一月七日、長興府城南門外に始まった農民軍の組織戦は、一二日、玉山里の激闘をさいごに終結。おびただしい数の犠牲を出して農民軍は解散した。

作戦本部から「賊徒勦滅」命令が連発されたのはしかし、この期間に限ったことではない。組織的戦闘が終わったあとも、「賊徒」をのこらず狩りつくすまで止むことはなく、そしてそれは、作戦を完了した部隊の引きあげが順次始まった二月なかばまでつづけられたのである。

「二月十八日、水原支隊へ、第三中隊の進路、大屯山の賊徒勦滅方の命令をくだす……」

論山の南東二〇キロメートルにある大屯山は、文献上に記録があるさいごの抗戦がおこなわれたところである。みあげんばかりの断崖絶壁がつらなり、荒あらしい岩肌をむきだしにした天険の要塞であるこの山岳には、牛金峙の激戦で生きのこった農民軍の一部がたてこもり、抵抗をつづけていた。

酷寒の地に身をひそめること二か月あまり。さいごの戦闘は、子も母ももろとも、全農民軍の死をもってピリオドが打たれたと、特務曹長竹内真太郎による「戦闘詳報」はつたえている。

「……二十八、九歳ばかりの懐胎せし一婦人あり。弾丸にあたりて死す。また、接主金石醇は、一歳ばかりの女児を抱き、千尋の谷に飛びこみ、ともに岩石に触れ、粉韲となり即死せり。その惨状いうべからず……」と。

水原支隊というのは、大隊唯一の戦死者杉野虎吉(すぎのとらきち)上等兵の属した小隊であり、これをひきいたのが遺族に追悼の書簡を送った水原熊三(みずはらくまぞう)中尉である。杉野が生きて任務をまっとうしたならば、彼もまたこの「勦滅命令」の実行にくわわらなければならなかったはずである。

日本軍が「東学徒即処刑」を命じていたこと、それによって「当場砲殺」「即地砲殺」がおこなわれたこと、また罪状の軽重を斟酌することなく、捕縛したものを手あたりしだい処刑したこと、指導者を梟首にしたこと、ときにみせしめのための公開処刑がおこなわれたことなど、掃討が苛酷をきわめたものだったことは、朝鮮政府軍サイドの「日記」「謄録」「報牒」からも裏づけられている。

また、そのやり方がいかに陰惨であったかは、井上公使にあてた「東学党征討作戦実施報告」のなかで南少佐みずからがしるしているとおりである。

「訓令のように、賊徒は全羅道西南部に窮追したが、かれらは、長興付近戦闘後、散乱して所在を知ることができない。それで、地方人民を奨励して、その捜索に尽力させた。ところが、地方人民は、軍隊の威をかりるのでなければ、捜索して捕縛することができない。ゆえに、やむをえず軍隊を西南各地に分屯させて、匪徒(ひと)を捕えさせた。

そうして民兵が捕縛して、地方官が処刑したもの、左のようである。

海南付近二百五十人、康津付近三百二十人、長興付近三百人、羅州付近二百三十人。

その他、咸平県、務安県、霊岩県、光州府、綾州府、潭陽県、淳昌県、雲峰県、霊光、茂長の各地においても、みな三十ないし五十名ぐらいの残賊を処刑した……」

散りぢりになって地方民のなかにまぎれこんだ「賊徒」を、朝鮮人民兵を威(おど)して捜索させ、捕縛したものは「処刑」の名において、かたっぱしから地方官に殺させた。つまり、根こそぎの東学農民虐殺を、朝鮮人の民兵と役人の手をもっておこなわしめたというわけだ。

その数はじっさいどれほどにおよんだのだろう。かりに「実施報告」にある各府県「三十ないし五十名」を四〇人として単純計算すれば、忠清道五四邑、全羅道五三邑だけで四二八〇人が処刑されたことになる。

また、一回の戦闘で一〇〇人が戦死したとすれば、「後備歩兵第十九大隊」のおもな戦闘数が二七回だから二七〇〇人。朝鮮全土で「東学党討伐」にあたった日・朝連合軍の全将兵の数は七〇〇〇人で、「第十九大隊」の一〇倍に相当する。

これも単純計算で一〇倍すると、戦死者総数は二万七〇〇〇人となり、これに戦傷死者や、手あたりしだいに処刑・殺戮されたものをふくめると五万人にのぼるともいわれている。

清国との「正規の戦い」、すなわち、いわゆる「日清戦争」における死者数は、一八九四年七月二五日から九五年一一月一八日までのあいだに、日本軍の将兵およそ一万三五〇〇人、および軍夫七〇〇〇人。

清国側は、台湾での抗日義勇軍をふくめて、およそ三万人と推計されている。

つまり、朝鮮においてわずか四か月たらずのあいだに戦死し、あるいは虐殺された東学農民の数は、狭義の「日清戦争」における日清両国の、全期間にわたる犠牲者数に匹敵するというわけだ。そのなかにはしかも、武器と呼べるほどのものたずさえぬ農民ふぜいが大勢いたのであり、また、東学とも農民軍蜂起とも無縁の、討たれるべきいかなる理由もない無辜の民が数知れずあったのだ。

そして、そのようなものたちに銃弾をあびせ、また、根こそぎの殺戮をおこなわなければならなかった前線の兵士たちの悲劇もまた、終始作戦本部にあって「勦滅命令」を発していた指揮官の想像のおよぶところではなかっただろう。

公文書がおのずから語らない「賊徒包囲勦滅作戦」の現実はどのようなものだったのか。「作戦」の名において、また「処刑」の名において、いったい何がおこなわれたのか。

それをつたえてくれる貴重な記録がじつは人知れず存在し、南家の軍用行李からみつけだされた「経歴書」さながら、また、吉野川中流域の共同墓地でみつかった「忠魂碑」さながら、一世紀をこえてくだんの歴史学者と邂逅をはたし、まもなくその一部が、さらにのち、所蔵者の理解を得て全文が学術資料として復刻され、紹介された。

それはしかも、杉野虎吉が所属した東学党討伐隊「後備歩兵第十九大隊」の東路軍「第一中隊」に配属された上等兵――資料の性質上、氏名は公表されていない――がしるしたものである。

表題は「明治二十七年　日清交戦従軍日誌」。終戦から六年後の一九〇一年一月に清書をほどこしたもので、幅三四センチメートル、長さ九メートル二三センチメートルの長大な巻物に仕立てられているという。

明治二七年七月二三日午後一〇時三〇分、令状がもたらされた。前日の大雨で吉野川が増水し、渡川不能の日であった。

「二十四日、午前六時、家族・近親に別れをいたし、直ちに出発。松川程平宅へいき、同人同行にて、吉野川大洪水のところ源太橋をこえ……藤洲、実家にいき、両親および兄、近隣の友人に別語、数時におよび、市香村杉野虎吉（すぎのとらきち）君に同行を催（うなが）せども、すこし都合によりて同道を得ず。……夜に入り大雨来（きた）り、途中宿所なく山路、険悪、雷鳴、大地振動し……」

山を越えて讃岐鹿庭（かにわ）村に至り、高松からは船で伊予三津浜（みつはま）へ、二七日に松山に到着し、「後備歩兵第十九大隊」の「第一中隊」、その第二小隊の第二分隊――一分隊は二〇名たらず、一小隊は六〇名ほどで構成される――に配属された。

一〇月二八日、「朝鮮東学党再起につき、討伐隊として渡韓すべき命令」がくだり、一一月六日、仁川に到着。六日後の一二日、午前七時三〇分に龍山（ヨンサン）を出発し、東路を南進した。

出発から三日後、ソウルの南西四〇キロメートルにある利川（イチョン）の東学農民軍集落に入る。

「十余戸の人家をとりまき、家毎探索す。奔（はし）るものあれば、これを銃殺す」

つい四か月まえには吉野川の川面にうつる梅雨明け空をながめ、汗をぬぐいつつ生業にいそしんでいたであろうひとりの平民が、生まれてはじめて人間に銃をむけ、引鉄（ひきがね）をひいた。彼のはなった銃弾が朝鮮の農民の身体をつらぬいたかどうかは知るよしもない。が、相手は、家から走りでただけの無抵抗の民だった。

吉野川。じつはこの上等兵は、杉野虎吉の在郷から七キロメートルほど下流にある柿島（かきしま）村の出身で、幼なじみでもあった。龍山いこうは、東路軍と中路軍に分かれて任務についたのだったが、どんな天の采配があったものか、十二月三日の夜、ふたりは数刻をともにする機会にめぐりあった。

一一月二八日、上等兵の所属する第二分隊に金櫃護衛の任務があたえられた。「三〇〇〇円の軍用金を韓銭に替え、二六個に分けて、中路を進む大隊本部にとどけよ」との命令がくだされ、別ルートをたどることになったのだ。

露ばらいをしてくれる朝鮮兵もともなわず、二〇人たらずの分隊が、忠清道でもっとも農民軍勢力の集中する地帯に分け入って本部のあとを追うことは戦慄のともなうことだっただろう。

しかしかれらは、「六里のあいだ民家に人なく、また数百戸を焼き失せり、かつ死体多く路傍に斃れ、犬鳥の喰ふところとなる」というように、中路軍が掃討したあとをふむようにして沃川（ヨクチョン）で本隊においつき、一夜の客となった。

そしてその夜、郷里をとなりあわせとするふたりの上等兵は、かけがえのない数刻をともにすることになる。

「夜、友人杉野虎吉に面会し、戦闘の話種（くさ）ぐさ、かつ、これまでの困苦を語り合い、数時間におよぶ」

「日誌」の表現は淡々としたものだが、杉野上等兵は、郷友（きょうゆう）がいままさに踏み分けてきた沃川にいたる六里のルートにおいて凄絶な討伐戦をたたかってきたばかりであり、語り合った「困苦」は生半なものではなかっただろう。それでも、竹馬の友との思いがけない邂逅は、せつないなかにも懐かしく、胸中なぐさむひとときとなったのではなかったか。

もちろん、その七日後に、いっぽうの上等兵が戦死する運命にあることなど知るはずもなかった――「日誌」の上等兵が虎吉の死を知るのは一二月二八日のこととなる。「驚愕落涙、水魚の友を失い悲嘆せり」としるしている。

作戦が変更されたのは、虎吉の戦死の翌日、もういっぽうの上等兵が分隊にもどってまもなくのことだった。ほんらいなら尚州から洛東へ、ルートを東にとるはずだった「第一中隊」も西南へ進路をかえ、開寧へとむかった。


「十二月十八日、慶尚道の開寧の官吏、金光漢・李俊瑞ほか十数名、東学組員ゆえことごとく銃殺す。

二十三日、全羅道との境、安義村落を捜索し、東学残党八名を捕え、銃殺せり。

二十六日、南原山岳部で戦闘あり。家宅捜索するも、敵はやく逃亡して一人だにも見えず。よって人家に火を放ち、南原に帰る。夜、深更にいたり、煙火いまだ天空に輝光せり。この日、夕に入り帰ると、宿舎は東徒のために灰となる。

三十日、先日焼きはらえる龍城山にいたり、焼き残せし寺院およびその他の家屋を焼きはらえり。

三十一日、南原から羅州平野へ入る。とちゅう家屋敷数十戸を焼きはらう。谷城に着く。この夜、東学十名、捕拿し帰り、韓人に命じ、焼殺せり。小隊長は、兵士若干名をともない、東徒の家宅数十戸を焼き棄つ」


東学の村であるという理由だけで民家も寺院も焼きはらい、捕らえたものをすべて「東徒」とみなして銃殺し、あるいは「韓人に命じ」るという卑劣な方法で焼殺――生きたまま焼き殺すのだろう――する。

まさにきわめつけの虐悪を「御用納め」として明治二七年は暮れていった。

もとより、戦地に大晦日も元旦もあったものではない。あるのは大元帥、すなわち皇軍の親玉である天皇の誕生日「天長節」だけであり、その日一一月三日には、上等兵らは渡韓する船中にあって祝いの儀式をおこなったのだ。

陰暦の甲午年一二月六日にあたる一八九五年元旦、上等兵の属する「第一中隊」の第二小隊は谷城を発ち、玉果、さらには綾州へとむかって羅州平野を南進した。ゆくさきざきで残徒を捕え、拷問にかけ、処刑しながら……。


「一月二日、玉果にて、韓人、東徒五名を輔拿し来たり、拷問のうえ銃殺し、死体は焼きはらえり。

四日、綾州に着く。わが軍はその近村捜索し、東徒七八十名を捕え帰り、拷問せしところ、各自白状におよび、よって軽きは民兵にわたし、擲払いとなし、重き者二十名ばかりを銃殺す。

五日、東徒にくみせしもの数百名、狼狽し、銃器、竹槍をかつぎ逃亡す。このとき、かの民兵得たりと、逃がる東徒をことごとく捕え、わが隊に送り来たり。捕虜は、詮議のうえ、軽きは追放に処し、重きは死に行なう……」

四日には、捕縛したもののうち二〇人を銃殺し、五日には、逃亡した「東徒」数百名をことごとく捕らえ、重いものは死刑に処した。一月五日は、南少佐が羅州に司令部をおいた日であった。

この日はまた、康津の兵営が長興・康津一帯で蜂起した農民軍の手におちた日であり、いっぽうでは、全南沿岸部最大の勢力をほこった順天・麗水・光陽の農民軍がくりひろげた凄絶な抗戦に幕がおろされた日でもあった。

慶尚道とさかいをなす全羅道南部の郡県一帯は、「全州和約」ののち全琫準の本陣に参与していた金仁培によって自治組織がととのえられた。仁培は、まず順天都護府の官衙を接収して「嶺湖大都所」をもうけ、いらい楽安・宝城・昇州・光陽、さらには慶尚道の河東・晋州などにも影響力をひろげて、活発な農民軍自治をしいてきた。

そんなかれらが慶尚道で討伐軍に大敗を喫したのは一一月下旬のこと。農民軍をひきいた仁培と順天の首接主劉夏徳は、全羅道とのさかいを流れる蟾津江をこえて光陽まで退却をよぎなくされ、犠牲者の数は三〇〇〇人におよんだという。が、まもなく、仁培は数万の農民軍を再結集し、全羅左道水軍の根拠地、麗水の左水営を襲撃した。

一二月一六日のことだった。左水営も羅州どうよう農民軍自治がおよばなかった数少ない邑であり、なにより、日本が朝鮮沿岸漁業の拠点とし、水営がそれに保護をあたえてさえいた。

「宣言していう。はじめわが党が事を挙げたとき、貪官汚吏を除き、顕貴をことごとく誅し、もって弊竇を一洗せんと欲したが、いまや日本人みだりに大兵をうごかし、君王を脅かし、紀綱を乱し、兵を屯してわれらを辱めている。ゆえにわが徒は、まず日本兵を退けるを今日の急務となす……」

かれらは、蜂起のそもそもの目的だった反封建闘争を棚上げにして、反侵略という目のまえの課題をはたすべく起ちあがった。ために、当初の闘争の相手であった水営の官吏にも共同して抗日にあたることを呼びかけた。

「兄弟相闘うは策を得たるものにあらざれば、これより相和し、戮力をもって異類の跋扈を制すべし」

水営はしかし、これをしりぞけた。

「そもそも国家の叛賊であるおまえたちが何といおうと、われらは国家の干城だ」と。

一六日夕刻に始まった激戦は、翌一七日の日暮れにおよび、これに順天の農民軍本軍と、光陽の別部隊もくわわって戦線は拡大した。日本軍は「筑波」の陸戦隊を上陸させ、水営の兵士二五〇人を先鋒として鎮圧にあたった。二二日、ついに農民軍を順天へと撃退。三〇日には、釜山兵站司令部が「後備歩兵第十連隊・第一大隊」の鈴木安民（すずきやすたみ）大尉ひきいる一中隊を海路、順天に派遣し、三一日には「操江」の陸戦隊も上陸させて順天攻撃にそなえた。

一月一日未明、「筑波」艦長黒岡帯刀（くろおかたてわき）は、水営節度使金澈圭（キムチョルギュ）と会見して順天の東徒鎮定作戦を協議。それまで農民軍にくみしてきた順天府の士族や地方吏員を翻意させて農民軍の本営を急襲した。

奇襲は功を奏した。首領鄭虞炯（チョンウヒョン）、省察の権炳宅（クォンビョンテク）はじめ金永友（キムヨンイル）、南正日（ナムジョンイル）ら各方面の接主がつぎつぎとその場に斃れ、九四人の農民軍が撲殺された。全羅・慶尚両道にまたがる自治をしき、一〇万をこえる農民軍蜂起を指揮してきた「嶺湖大都所」がついに壊滅したのである。

その日、大接主金仁培（キムインベ）と首接主劉夏徳（ユハドク）は、農民軍をひきいて光陽邑城に駐屯していた。

二日、討伐軍の工作によって翻意させられた地方吏員や住民らが、銃をおびて大接主の本営を襲撃した。『駐韓日本公使館記録』は、本営襲撃のもようをつぎのようにしるしている。

「十二月七日（一月二日）に、本邑の官吏・校卒および住民らが銃を同時に撃ち、嶺湖大接主金仁培を逮捕し、同時に首を切って宿屋の中間にかけておいた。まもなく外邑の接主朴興瑞（パクフンソ）と、彼に追従した二十三名もすべて逮捕銃殺し、邑内の住民を慰め、説諭した」と。

この日、仁培、夏徳いか首謀者とみなされたものは梟首にされ、九〇人あまりの農民軍はその場で殺害、つづいて狩りだされた一〇〇人をこえる農民軍も、捕らえられるやそのまま銃殺されたという。

「後備歩兵第十連隊」の「第四中隊」長、鈴木大尉が、順天から釜山司令部に送り、釜山から大本営に転送された「戦闘報告」にも、梟首された嶺湖大接主金仁培・同首接主劉夏徳をはじめ、光陽・順天首接主金鶴植（キムハクスン）いか本営襲撃で砲殺されたものを合わせて九二人が処刑されたとある。

五日、日本軍と朝鮮政府軍・民堡軍による包囲のなか、散りぢりになりながらも抵抗をやめなかった農民軍がさいごの組織戦を挑んだのは、光陽邑から二〇キロメートルほど東にある蟾居（ソムコ）においてであった。が、ここでもいっせいに火を噴く銃のまえに農民軍はなすすべなく、都接主金甲伊（キムガビ）いか指導者二三人が銃殺され、数知れぬ農民兵が犠牲となった。

六日、討伐軍は光陽府に入り、府民・官吏を動員して残徒九〇余人を捕えさせ、処刑した。

順天・光陽地域は、一八六九年・八九年と、過去二度にわたる民乱を経験し、東学農民革命にもはやい段階から積極的に参与してきた。このエリアにおける犠牲者の数が集中的かつ突出して多いのはそのためである。

南少佐の講和録「東学党征討略記」は順天における死体の数を四〇〇としている。朝鮮政府においてなされた講和なので、実際の数はそれをはるかに上まわるものと思われる。なぜなら、少佐は、殲滅戦が熾烈をきわめた地域については、いっさいの言及を避けているからだ。

順天といえばちょうど三〇〇年まえ、明の将軍陳隣（ちんりん）と朝鮮水軍の英雄李舜臣（イスンシン）がひきいた艦隊五〇〇隻と、明の大将劉綎（りゅうてい）指揮下の西路軍が、小西行長（こにしゆきなが）の倭城を包囲攻撃したところであり、また、まもなく湖南（ホナム）における最終かつ最大の組織戦がくりひろげられる康津（クァンジン）は、金溝（クムグ）・金堤（キムジェ）両郡で三四〇〇人の鼻を削いで南下した鍋島勝茂（なべしまかつしげ）が「上官狩り」をおこない軍政をしいたところである。「上官」というのは両班や士大夫、中央から派遣された吏僚をさす。

おなじく海南（ヘナム）で軍政をしいた島津忠恒（しまづただつね）軍の記録によれば、「義兵」のような反抗の芽をつむため、かれら「上官」にたいしては、妻子から縁者、従僕にいたるまで仮借なく殺戮をおこない、逃亡したものは、投降民に密告を強制してくまなく探しだし、かたっぱしから誅戮したという。なかには、太刀に怯え、進退きわまった知友や隣人によって濡れ衣をきせられ、なぶり殺しにされたものもあっただろう。

「壬辰（イムジン）」の悪夢が三〇〇年のときをこえて再現されたかのような惨景が、全羅道南西部全域をおおいつくしつつあった。長興・康津の包囲勦滅作戦には、元旦に谷城（コクソン）を発ち、南西の玉果（オクァ）・綾州（ヌンジュ）へとあしをすすめてきた「従軍日誌」の上等兵の分隊もくわわっていた。

「一月八日、長興の戦い。分捕（ぶんど）った小銃、弾丸、その数かぞえがたし。

九日、わが小隊は、長興府南門より西山上を占めたり。しかるに、はや敵軍は山腹を登り、われらにむかいて猛烈な発火をなす。また山下東方、田圃を可視すれば、白衣の敵軍、あたかも積雪のごとく、鯨波（とき）、大地を震動す。

わが隊は、西南方に追敵し、打ち殺せしもの四十八名。負傷の生け捕り十名。しかして日没に相なり、凱陣す。帰舎後、生け捕りは拷問のうえ、焼殺せり」

この日、長興府の西山上から東方をみはるかすかぎり、いちめん雪をしいたかのごとく山麓をうめつくした白衣の農民軍の数は三万。かれらは銅鑼をたたき、喊声をはりあげて峰々のあいだをすすみ、力のかぎり暴れまわったが、日本軍・

統営兵・教導中隊の誘導戦術にまどわされ、数百におよぶ犠牲者を出して退却をよぎなくされた。

「一月十一日、七時半、長興を出発。敵を捜索、厳にし、男子の通行するものはことごとく捕え、藁に火をつけ、その中へ投ず。衣服に火のつたわるや、狼狽し、三丁ばかり走り斃るを、銃発して殺す。見る人々、笑わざるものなし。
この日、夕刻五時、竹青洞邑に着く。大雪が降り、寒風肌を貫く。村に着するや、東徒十六名を引きだし、拷問し、うち八名は免じ、残り八名は銃殺し、死体を焼き捨てたり。
十二日、大興面にて、敵の残者、十一名を捕え、殺す。ほかに三名は、身体、衣服に火のつきしまま遁走すること三四丁にして、ついに海中に飛び入り、死せり」

「従軍日誌」は、通りすがりといえど男子はことごとく捕え、生きたまま燃えさかる藁のなかに投げこんだとか、火だるまになって斃れたものを銃殺したことなど、戦闘のあとの残徒掃討が、無差別の虐殺であったことを隠すことなくつたえている。指揮官ではなく、徴集された後備兵ならではの記録である。

「一月十四日、本日捕縛せし十七名は、ことごとく殺す。
十八日、康津に滞在。過日（八日）わが軍、長興および鳳殴鳴台を陥落せしいらい、東徒追々帰り来たるを捕え、ことごとく殺せしもの、三百人に達せり」

長興から康津をへてさらに四〇キロメートル西にすすみ、半島西南端の海南に至る。そこでもまた「処刑」の名によるおどろくべき虐殺がおこなわれた。

「一月二十二日、本日、また捕獲し来たる敵兵、十六名、城外にて銃殺す。
三十一日、同所滞在。本日、東徒の残者七名を捕え来たり、これを城外の畑中に一列に並べ、銃に剣をつけ、森田近通一等軍曹の号令にて、一斉動作、これを突き殺せり。見物せし韓人および統営兵、驚愕もっともはなはだし」

号令をかけた森田近通一等軍曹は「第一中隊」の第二小隊・第三分隊の隊長であり、このときは、七人の処刑者を、隊長いか一八名からなる第三分隊の兵士がいっせいに銃剣で突き殺したという。

上等兵の属する同小隊・第二分隊も、海南にあって「処刑」の場にたちあったものと思われる。一後備兵の目はむしろ、きわめつけの虐殺に慄く韓人同胞たちにむけられている。

「日誌」によれば、同小隊の第一分隊と、第三小隊の第一分隊には、二三日、統衛営兵をひきいて珍島の捜索にあたるべく命令がくだされた。包囲勦滅戦はいよいよ、鳴梁海峡をはさんで半島の一部をなすようにくっついている小さな島、珍島におよばんとしていた。「韓国東学党首魁の首級」と墨書された「髑髏」が「採集」された島である。

軍用行李から発見された「征討経歴書」にもそのことがしるされていた。

「十八日、仁川伊藤司令官へ、沿岸賊徒、珍島・済州島に遁逃す、筑波艦所在不明、汽船の援助ありたきむね電報を発す。十九日、筑波艦長海軍大佐黒崎帯刀へ、沿海、珍島・済州島等の賊徒勦滅方に関する通報をなす。松木支隊へ、右水営付近の賊徒勦滅方の命令くだす。石黒支隊へ、沿岸各地捜索、賊徒捕縛すべき命令をくだす。二十日、右水営付近にある松木支隊および赤松支隊へ、賊徒捜索捕縛すべき命令くだす。二十二日、松木支隊へ、珍島付近の残徒を、速かに勦滅すべき命令をくだす」

半島西南端の小島のぐるりを「筑波」に哨戒させ、「第一中隊」長松木正保大尉ひきいる一支隊を右水営から珍島に上陸させ、袋のネズミを一匹のこらず退治しつくそうというのである。

「経歴書」にはそのご「珍島」の名はあらわれない。つぎに松木支隊に命令がくだされるのは一月二五日となる。

「一月二十五日、松木支隊へ、海南付近の残徒捕縛の命令をくだす」

この間にいったい何がおこなわれたのか。全貌はつまびらかでなく、唯一『駐韓日本公使館記録』のなかにのこされた南少佐作成の「宿泊表」から、「第一中隊」の一支隊が、海南から珍島の碧波亭へわたり、そこから府内の珍島城へ入ったことが確認できるという。

「一月二十日、海南（第一中隊の枝隊、滞陣）
一月二十一日、珍島碧波亭（枝隊）
一月二十二日、珍島府中（枝隊）
一月二十三日、珍島府中（枝隊）
一月二十四日、珍島府中（枝隊、滞陣）
一月二十五日、（枝隊、第一中隊と合す）
一月二十六日、（二十五日と同一）」

海南半島の右水営と珍島の鹿津をへだてる鳴梁海峡は、もっともせまいところは幅三〇〇メートルほどしかなく、干満

の差が大潮であれば一〇メートルにもおよぶという、海鳴き(うみな)のきこえる水道だ。いまは二本の美しい吊り橋がかけられているが、울돌목（ウルドルモク）――獣のように鳴く（울）潮流が渦巻く（돌）海峡（목）――とも呼ばれるその海峡をわたった地点から、南東五キロメートルほどのところに、かつての珍島の玄関口、碧波港がある。

二一日、その地に上陸した「第一中隊」の「枝隊」は、陸路珍島府中に入り、二二日から二四日までの三日間をかけて府中に逃げこんだ残徒殲滅作戦をくりひろげた。そして二五日には右水営にもどり、中隊の本隊と合流した。

おなじ人物の記録であれば当然のことながら、支隊が海南半島側にいたことが確実な二〇日と二五日が、ピンでとめられたように符合している。

わずかな幸運を得て、珍島討伐の任務をまぬがれた「日誌」の上等兵は、二月はじめには本営のある羅州に引きあげることができた。しかし、そこでかれらを待っていたものは、言語に絶する光景だった。

「二月四日、羅州に到着。南門より四丁ばかり去るところに、小さき山あり。人骸累重(にんがいるいじゅう)、じつに山をなせり。これは、前日、長興府の戦後捜索きびしきゆえ、東徒、居所に困難し、追日、わが家ごとに帰らんとせしを、かの民兵あるいはわが隊兵に捕縛せられ、責問のうえ、重罪人を殺し、日々(ひび)十二名いじょう百三名にのぼり、よってこのところに屍(かばね)を棄てしもの、六百八十名に達せり。

近方、臭気強く、土地は白銀(しろがね)のごとく人油(じんゆ)結氷せり。かくのごとき死体を見しは、戦争中にも無きしだいなり。この東学党の屍は、犬鳥の喰うところとなれり」

龍山を発してより八四日、とりわけ作戦変更によって進路を西南にかえてからの五五日は、銃殺や刺殺、生きながらの焼殺にかかわらぬ日はなかった。そんなかれらの目をすら瞠目せしめる惨景が、本営に凱旋してきた部隊を迎えたのだ。

羅州府に作戦司令部がおかれてちょうど一か月。最後の組織戦となった長興の戦いのあとの「残徒狩り」は、あまねく地域民をまきこんでの熾烈かつ凄惨なものとなった。潜伏先をつきとめるには、土地勘のある住民を捜索に協力させるのがもっとも効果的だったからだ。

捕えられては、手あたりしだいに殺された農民たちの屍が、始末に窮して山積みのまま放置された。それら「人骸累重」の山は、強烈な臭気をはなち、そこから沁みだした「人油」が凍りついて、いちめん白銀のごとく輝いてみえたというのである。確かめるすべこそないが、その数は六八〇に達したと上等兵はしるしている。

6　凱旋――ももちの、ももちの、この勝ち軍さあなうれし

「東学の人々は船で本土からやってきて珍島城に入った。住民たちは、牛や豚をさしだして歓迎した。まもなく討伐令が出た。住民たちは城の門を閉ざした。そしていった。城から出てはいけない！出てくると討伐しなければならなくなる……。けれども、ついに五〇人ぐらいが捕えられて、殺された。そして、城のあるまち府内面から松峴里へとゆく峠の道をのぼったところに捨てられた。亡骸は悪臭をはなち、恐ろしくてだれも近づかなかった。峠の名は松峠。松の木のある峠だったという……」

珍島にのこる云いつたえだ。一九七六年に刊行された『珍島郡誌』にも載っているという。

この伝承が、にわかに重要性をおび、また信憑性をおびたのは、一九九五年、「韓国東学党首魁の首級なりと云ふ」と墨書された頭蓋骨が、北海道大学の構内で発見されたことによる。

それまで、じつに一〇〇年ものあいだ、珍島で「東学党討伐」がおこなわれたことそれじたいが知られていなかった。

古川記念講堂の研究室に棚ざらしになっていたダンボール箱から、古新聞にくるまれて出てきた六体の頭蓋骨には、一枚の「書付」がさしこまれていた。

「髑髏（明治三十九年　九月二十日　珍島に於て）

右は、明治二十七年、韓国東学党、蜂起するあり、全羅南道、珍島は、彼れが最も猖獗を極めたる所なりしか、之れが平定に帰するに際し、其首唱者、数百名を殺し、死屍、道に横はるに至り、首魁者は、之を梟にせるか、右は、其一なりしか。該島、視察に際し、採集せるものなり　佐藤政次郎」

頭蓋骨は、殲滅作戦から一一年後の明治三九年（一九〇六）に珍島で「採集」されたもので、それらは、「最も猖獗を

きわめた」東学党蜂起を「平定」するさいに、「首唱者数百名」を殺し、「首魁」を「梟首」にした、そのうちのひとつであるかもしれぬという。

さっそく、遺骨返還を視野に入れた調査が開始された。

「髑髏」の「書付」の主、佐藤政次郎というフルネームだけが手がかりの人物をみつけだす。容易なことではなかったが、まもなく、何人かの佐藤政次郎のなかから、北大の前身である札幌農学校と、一九〇六年の朝鮮にかかわりをもつ人物が浮かびあがってきた。その人が、一九〇六年九月に「朝鮮総監府」勧業模範場の木浦出張所の技師をつとめ、珍島の棉花栽培試験場におもむいた可能性のあることも……。

いっぽう、珍島の東学党についてはまったく手がかりがない。日本の外交史料館にも防衛研究所図書館にも史料は存在しなかった。ひとつだけみつかったのが、韓国国史編纂委員会が編集した『東学乱記録』のなかの、朝鮮政府軍の記録「巡撫先鋒陣謄録」だった。そのなかに、珍島出身の東学指導者の名がしるされていた。

「珍島府鳥島面の賊魁、朴仲辰は、霊光、茂長などの地で党員をあつめ、下鳥島から船にのって珍島に入った。城を攻め、殺し掠め、軍器を奪い、村落で火をつけ、ものを壊し、民の財物を略奪した。それで首魁いく人かを捕え、ながく留置してとり調べた。……また、古郡内面の孫行権、石峴里の金秀宗の両人ほか、五人の幹部を捕縛した」と。

府内面から松峴里へとむかう峠道と、棉花栽培試験場。そして三人の東学指導者の名。

調査の手がかりは三つだけだ。そのひとつ、松峴里へつづく峠は、珍島郡庁のある市街地から一キロメートルほど西にいったところにあり、稜線には、松の木がきれぎれに並んでいた。

峠に立ち、西にむかうと、右手北側が丘陵の山側斜面にあたり、左手の畑地が南側の平野へとなだらかにくだっている。東学農民軍の屍を横たえたという峠道は、この小高い丘陵の南斜面をゆるやかにのぼってゆく日当たりのよい道だった。

珍島には「草墳」とか「風葬」とよばれる埋葬法がある。たいらな場所を清めて石をならべ、害虫の侵入を防ぐために松の葉をしきつめる。そしてそのうえに亡骸の入った柩を安置し、草をかぶせて風と時間にさらす。遺骸をきよらかに保つためだという。三年から五年がたてば骨だけになる。それを洗って磨き、先祖代々の墓所に埋めるのだ。

そのむかし、たいそう孝行な息子が親を亡くした。彼は、親がふたたび生きかえることを願って亡骸を横たえ、草をかけ、その横で三年のあいだ守りをした。それが孝行の模範としてつたえられ、葬礼儀式になったともいう。何年ものあいだ遺骸を清浄にたもち、骨を洗いきよめるおこないは、死者をうやまい、生者のごとく大切にあつかう作法なのである。

一八九五年の二月下旬、惨殺されあるいは虐殺された百を数える東学農民軍の屍は、くだんの上等兵が羅州でまのあたりにしたように山積みのまま放置され、悪臭をはなっていただろう。

それらを、峠の道に運んだのはもしかしたら、かれらに牛や豚をさしだしてもてなした島民たちであったかもしれぬ。だとしたら、峠をゆききする乾いた風が、おのずからそれらの亡骸をきよめ、晒(さ)れ頭(こうべ)と化してゆく死者たちをなぐさめつづけたにちがいない。

ふたつめの手がかりである棉花栽培試験場もみつかった。峠道から南に一・五キロメートル、珍島川の対岸にひろがる平地が、かつて棉花栽培試験場のあった南洞里(ナムドンリ)であり、跡地は個人が所有する畑になっていた。

畑のもちぬしは、調査がおこなわれた一九九五年とうじ八三歳の女性で、往時のことをよく知る人物だった。東学農民軍討伐にかかわる伝承も知っていた。

「日本の試験場が所有していた土地は、珍島でいちばん肥沃な土地でした。試験場では、アメリカ陸地棉だけを栽培していました。試験場の棉は収量がよかったので、そこから採った棉実(わたみ)を小作人たちに配布し、朝鮮の棉から品種をかえようとしていたのです。木浦(モッポ)の出張所から、日本の技師がよく来ていましたよ。木浦の臨時棉花栽培所の建物は木浦石で造られていて、ちかくに日華製油会社もあり、そこで棉実油をとっていましたから……」

もとは水田であったという南洞里の土地一四・五町歩が、試験場用地として「日本棉花栽培協会」に買収されたのは、一九〇六年四月一五日のこと。五月のはじめにはもう主任だという日本人がやってきて、一七日から二六日にかけて陸地棉の種子が蒔(ま)かれたという。

「日本棉花栽培協会」。それは、朝鮮を輸出用の原料棉花供給地にするため、政府のきもいりで設立された、収奪のための民間組織である。筆頭評議員は、政治家にして実業家であり、「大阪毎日新聞社」社長に就任して繊維業の中心地大阪の財界を代表していた原敬(はらたかし)。そのもとに帝国議会議員や農商務省官僚、「大日本紡績連合会」の実業家ら数十人をあつめ、一九〇五年七月に発足した。

朝鮮の棉花生産は、耕作方法が幼稚で迂遠だが、なお良好な棉花を産出する。ここに日本の「優等な技術」を投入し、品種をアメリカ陸地棉にかえさせ、「未開な朝鮮」で手つかずになっている未墾地を棉作地として開墾すれば、原料棉花を安定的に、しかも安価で供給できる。

これを実現するのが「協会」の事業であり、そのために農商務省はすでに「勧業模範場」の設置準備をすすめていた。繊維が短く太いうえに生産原価の高い日本棉花は、国際競争力がなく、その生産は一九〇〇年をむかえるころには壊滅した。いっぽう、輸出むけ高級薄手木綿の生産によって急成長をとげてきた紡績業界は、原料の供給を、細くて長いアメリカ陸地棉の輸入にたよらざるをえず、その額は輸入のトップをしめて貿易収支を圧迫していた——国家予算規模がおよそ四億六〇〇〇万円であった一九〇五年の輸入額は一億一〇〇〇万円にのぼっている。

「協会」の発足から四か月をへた〇五年一一月一七日、「第二次日韓協約」が強制調印された。日本が韓国——一八九七年に国号は「朝鮮」から「大韓」にあらためられた——の外交権を奪い、「統監」をおくなど、保護国化を確定した条約であり、朝鮮では「乙巳(ウルサ)条約」と呼ぶ。

日本政府は、四月八日にはすでに「韓国保護権確立計画」を閣議決定していた。つまり、「協会」が発足したときにはもう朝鮮の保護国化は既定路線となっていたのであり、一〇月二七日にはその「実行計画」を閣議決定し、「韓国皇室御慰問」の名目で伊藤博文をソウルに送りこんだ。

一一月一七日、ソウル駐箚軍(ちゅうさつぐん)および憲兵隊およそ四〇〇〇人が王宮内外をとり囲むなか、光武(クァンム)皇帝のすがたのない御前会議がひらかれ、深夜、一八日午前一時半にいたって、外部大臣朴斉純(パクチェスン)と特命全権公使林権助(はやしごんすけ)の署名による保護条約がむすばれた。韓国は、「日露戦争」開戦の当初において日本に軍事占領され、実質的な植民地となっていたが、この強制調印によってついに名目上の独立も失ってしまった。

条約締結が知れるや、ソウルは連日、悲憤慷慨の演説をするものや檄文を配るものたちの白衣でうめつくされ、わずか一〇日のあいだに協約破棄や大臣の処断をもとめる反対上疏(じょうそ)があいつぎ、その数は四〇件をこえた。

そして一一月三〇日には、参政で侍従武官長の閔泳煥(ミンヨンファン)が、憂国の遺書をのこし、小刀で喉をついて自決。

一二月一日には、議政府議政で特進官の趙秉世(チョウピョンセ)が、各国公使に援助をもとめる書簡と韓国民に告げる書をのこし、毒をあおいで自決した。

条約の締結によって韓国に「統監府」がおかれ、初代「統監」伊藤博文がやってきた。ソウル・平壌・釜山・仁川・木浦・群山(グンサン)などの要地や開港場には「理事庁」がおかれた。

「統監」は天皇に直属し、韓国の外交を監理指揮する権限をもっていた。また、韓国政府の重要官職に補任の推薦をおこない、韓国施政について勧告をおこなうことができた。くわえて、韓国駐箚軍の司令官を指揮する権限まであたえられ、「大日本帝国憲法」下で唯一文官が軍事指揮権をもつ職となった。

韓国は、外交権を完全に失っただけでなく、内政権すら半死状態の保護国となってしまった。

ソウルにあった各国公使館は撤収し、韓国の在外公使館もすべて撤収された。

「統監府」が開庁した一九〇六年二月、韓国政府は、アメリカから陸地棉の種子をとりよせ、朝鮮の風土に適した種子をふやす「棉花種子園」事業に着手した、いや、手をつけさせられた。

翌三月、「統監府」は、韓国政府の「棉花種子園」事業を「日本棉花栽培協会」に委託させた。

そのうえで四月には、日本の農商務省が、京畿道水原(スウォン)を本部とする「勧業模範場」を設置した。韓国政府から委託をうけた「日本棉花栽培協会」からさらに委託をうけるかたちで、陸地棉栽培事業を経営するためである。

つまり、いったん民間の「協会」を迂回させることで、「勧業模範場」が韓国における棉花栽培事業の経営権をほしいままにできるというわけだ。これによって潤うのはもちろん「協会」である。まもなく、領事館のある開港場木浦に「韓国棉花株式会社」を設立し、朝鮮産陸地棉を独占的にあつめて日本へ送りだすことになる。

おなじ四月、「勧業模範場」は、木浦(モッポ)・高下島(コハド)・務安(ムアン)・羅州(ナジュ)・南平(ナムピョン)・光州(クアンジュ)・霊岩(ヨンアム)・海南(ヘナム)など全羅道の一〇か所、計八〇町歩の土地を「陸地棉試験場」用地に指定した。珍島郡府内面南洞里(フネミョンナムドンリ)もそのひとつである。

そして、「髑髏」とかかわりをもつ可能性のある人物として浮かびあがった佐藤政次郎が、「勧業模範場」の農業技師として渡韓してくるのが六月はじめのことだった。

政次郎は、一八九二年に札幌農学校予科に入学した「第一九期生」――同期には小説家の有島武郎(ありしまたけお)や社会運動家の森本厚吉(もりもとこうきち)、「納豆博士」半澤洵(はんざわじゅん)などがいる――で、一九〇一年七月に農学校を卒業し、〇四年四月には日露戦争に応召。〇六年三月に召集を解除されて上京し、五月四日づけで「統監府勧業模範場」の技師に任命されている。

政次郎は、札幌農学校の卒業年次に「校費生」にえらばれた。校費生は、授業料を免除され、毎月の学費七円が支給されるいっぽう、寄宿舎に入り、卒業後五年間の身分進退にかんして校長の許可をうけることになっていた。

とうじの校長は佐藤昌介(さとうしょうすけ)だった。彼は、一八九一年に同校の教授となり、同校の二期生でもある新渡戸稲造(にとべいなぞう)教授とともに、日本ではじめて「植民学」の講義をおこなった人物だ。

校長に就任したのは九四年。おりしも農学校は、廃校か、あるいは実業学校への降格かがとりざたされる危機の時代をむかえており、学校を維持し発展させることが、つねに最大の課題として佐藤校長の肩にのしかかった。

政次郎が「勧業模範場」の技師に任命される三か月まえ、一九〇六年一月七日には、原敬が第一次西園寺公望内閣の内務大臣に就任した。原は、農商務大臣時代の陸奥宗光の側近として頭角をあらわし、政界に進出することになった人だが、その彼と佐藤昌介とは、旧南部藩の藩校「作人館」の同窓生である。

同年一二月、それまで存亡の危機にさえあった札幌農学校が、突如として東北帝国大学農科大学へ昇格することが内定した。「古河鉱業会社」からの寄付金一六〇万円で仙台と福岡に帝国大学をつくることが決定し、その建設費用に、農学校の農科大学昇格費用もくみいれられたというのである。

足尾鉱毒事件いらいの「厄介村」、渡良瀬川の谷中村被害農民の問題になかなか終止符を打てないでいた古川家の経営を改革し、〇五年に「古河鉱業会社」を設立したのは、古河財閥の創始者市兵衛の養子となってあとを襲った潤吉、すなわち陸奥宗光の次男であり、同社の副会長についたのが原だった。

原は内務相就任後も「古河鉱業会社」の顧問としてとどまり、影響力をもちつづけた。

原と陸奥。陸奥の次男と古河財閥。古河鉱業と原。原と佐藤昌介。

はたして、〇六年三月、谷中村に強制廃村が命じられた。〇七年一月には「土地収用法」が適用され、六月二九日から七月五日にかけて、警官隊を動員してさいごの一九戸が強制破壊された。

札幌農学校の大学昇格が内定したのは、「土地収用法」適用のひと月まえ、昇格が公布されたのは、強制破壊のはじまる一週間のことだった。

やがて、東北帝国大学農科大学となった農学校のキャンパスに、フランス・ルネサンス風とも、アメリカン・ヴィクトリアン様式であるともいわれる瀟洒な建造物「古河記念講堂」が竣工する。〇九年一一月二四日のことである。

すなわち、佐藤政次郎は、札幌農学校の大学昇格問題にかかわる取り引きが、まさに大詰めをむかえていた〇六年五月に、佐藤校長の「許可をうけ」、いや校長の「意をくんで」統監府勧業模範場の技師に任命され、海を渡ったというわけだ。

旧札幌農学校、古河記念講堂、髑髏、勧農模範場、佐藤政次郎、植民学、佐藤昌介、原敬、陸奥宗光、古河潤吉。それ

らが、玉をつらぬくように一本のラインでむすばれて円環をなし、朝鮮侵略へ、珍島へとつながってゆく。

六月九日、「勧業模範場」の初代場長となる東京帝大農科大学教授本田幸介（ほんだこうすけ）らとともにソウルに入った政次郎は、まもなく、棉花栽培事業の拠点としてもうけられた「木浦出張所」に赴任する。光州、羅州、務安をへて木浦へと流れくだる栄山江（ヨンサンガン）流域の平野および珍島の「試験場」を管轄する、棉花栽培事業の専任技手となったのだ。

各試験場の主任には、愛知県「三河木棉」の産地から、三河の農民がえらばれた。府内面南山里試験場の主任として珍島にやってきたのは山本金太（やまもときんた）という人だった。

五月一七日から始まったアメリカ陸地棉の播種には、四九人の小作農民が動員された。いつもの年なら四月下旬には蒔きはじめる。各地の試験場のなかでももっともおそい種蒔きだったという。

そして同年秋、「書付」に「髑髏」を「採集」したとある九月二〇日、試験場では、二八人の陸地棉栽培農民に奨励金が授与された。政次郎がこの日、珍島をおとずれた可能性をしめす「奨励金支給一覧表」がのこっている。

授与式には、小作農民全員が召集され、郡の役人も顔をそろえるなか、木浦出張所からやってきた技師・技手もしくは採種圃の総主任が訓示をおこなうことになっていた。

日本の「優等な技術」を投入して栽培されたアメリカ陸地棉は、まだ蕾のままだった。いっぽう、試験場の外の畑地のいたるところ、珍島在来種の棉がいっせいに花をひらかせていた。

試練のまえに黙りこむ小作農民たち。かれらの心象そのものであるかのようなアメリカ陸地棉の蕾と、野趣と愛らしさをかねそなえた朝鮮棉の花々……。そのあざやかなまでのコントラストが、かれらにふりかかるさらなる試練と、蟻地獄になげこまれた朝鮮の暗澹たる未来を象徴しているかのようだった。

珍島いちばんの物産は木綿だった。珍島にかぎらず、羅州平野一円もまた良質な棉花と木綿の生産地であった。

それゆえ、侵略者に目をつけられ、日本資本の食いものにされなければならなかったのだが、政府は屈しても、地方官や農民はしたたかに抵抗しつづけた。

土地取りあげにたいしては訴えをおこし、用地買収にたいしては、地主ならば高価を要求することで、郡守や観察使は仲介を拒否し、あるいは許可をあたえないことで、また、日本人に土地を売るものを厳罰に処すことで……。

たたかわねば生きてゆけなかった。敵はなにしろ、力づくで土地を買い占め、邪魔者は失せろといわんばかりに在来種を一掃して地域の主要な産業を壊滅させ、いやがる農家に陸地棉をおしつけて収穫をすべてまきあげ、ゆたかな土地と労働力と、つつましい暮らしを根こそぎ日本に供与させようとする収奪者たちなのだから。

これにたいして「統監府」は、不動産法調査会をもうけ、一〇月には「土地家屋証明規則」を、一一月には「土地家屋抵当執行規則」を公布して外国人の土地所有をみとめ、売買・贈与・交換も可能とした。未墾地の開墾についても、翌〇七年七月には「国有未墾地利用法」を公布することで法認することになる。まさにやりたい放題の搾取である。

なんの力もない小作人たちも、陸地棉の種を蒔かぬことで抵抗した。

小作人たちには、棉種子が配布された。かれらはそれを栽培し、できた棉花を共同販売に出して種の代価を清算する。しかしかれらは、配られた種をぜんぶ蒔かない。棉種子は点播（てんぱん）し、あいだに自給用の麦や小豆（アズキ）や緑豆（リョクトウ）や唐辛子などを混作するのだ。朝鮮の棉花は、もともと間作・混作によって質と量がたもたれてきたのである。

もちろん当局がゆるすはずはない。試験場の技術員や出張員がたえず監視の目を光らせ、それとみとめるや憲兵と郡吏をともなって畑にふみこみ、間・混作物を抜き捨てる。

「賊徒包囲勦滅作戦」の名において何万を数える殺戮がおこなわれた日々から一一年。「髑髏」が「採集」されたのは、まさにそのようなたたかいが全羅道全域でくりひろげられていたさなかにおいてのことだった。

焼け石に水のような抵抗は、一年に何度も、またくる年もくる年もつづけられた。

三年後の〇九年、棉花栽培試験場は棉の収穫ができなかった。珍島の警察署と財務署が「義兵」の襲撃にさらされたためだった。霊岩（ヨンアム）陸地棉試験場も襲撃をうけ、事務所や農機具が焼きはらわれた。羅州郡伏岩（ポクアム）の試験場も襲撃にあい、守備隊・憲兵隊を投じるも鎮圧することあたわず、いずれの地区も収穫を断念。両試験場はまもなく廃止に追いこまれた。

「丁未（チョンミ）七条約」すなわち「第三次日韓協約」によって内政指導権・司法権・警察権・軍事権を失い、朝鮮がまったき保護国となったのは、〇七年七月二三日のことだった。

八月一日から実行された国軍の解散をひきがねとして、全国各地に叛乱の烽火（のろし）があがり、「義兵」が組織され、国じゅうをあげての国権回復運動がくりひろげられた。

いらい三年。全土を焦土にするかのごとき凄絶さでたたかわれた「義兵」戦争の、さいごの抵抗の舞台となったのは、義兵数・交戦回数ともに突出し、弾圧に弾圧をかさねるも勢力を維持しつづけた「韓南」すなわち全羅南北道だった。

○九年九月一日、「南韓大討伐作戦」が開始された。
歩兵二個連隊・砲兵一個小隊およそ八〇〇〇人という大部隊を投入し、かつて東学農民軍にたいしておこなった包囲勦滅をいっそう徹底的かつ執拗におこなおうというのである。「攪拌的方法」と呼ばれたそのやり方は、討伐部隊を「警備隊」と「行動隊」に分け、「捜索」と「奇襲」をくりかえす「ローラー作戦」という方法だった。

まず包囲網をしく。つぎにそのなかを東西、南北にローラーのようになんども捜索する。村長や部落長を拉致して尋問し、男子名簿と民籍をつきあわせて疑わしいものは「義兵」とみなす。のみならず、憲兵補助員で「変装部隊」を編成し、韓服を着せて送りこむ。昼に捜索を完了したと見せかけて安心させ、夜に急襲する……。ありとあらゆる方法で「義兵」をあぶりだしては、処刑したのである。

「農家は棉作を喜ばない。……できた棉花は一房ものこさず共販に出すのがたてまえだが、匿してでも残余をつくり、繰って打って蒲団に入れ、紡いで織って着物にしようとする。そこで棉作技術員が、家の中まで入って紡織用具をとりあげることもあった。また間・混作物を排除して棉の収量を多くすることが奨励事業のひとつであった。技術員が畑にふみこんでそれらを抜き捨てる。それを農民が残念そうにながめている。そんな姿をみることも屡々だった。同様なことは書けばきりがない……」

一九三三年に珍島での職務をおえた、ある技師の「回想録」の一節だ。佐藤政次郎が技師として渡韓した〇六年から二七年をへてなお、農民たちの生きるための抵抗と棉花栽培所のもぐら叩きがつづいていた。

三三年といえば、朝鮮総督宇垣一成の号令のもとで「南棉北羊」および「北鮮開拓」政策が断行されたときである。作付面積五〇万町歩、実棉生産六億斤をめざす「南棉」では、共同販売制を強化して廉価買いあげに拍車をかけ、軍需羊毛をとるための「北羊」では、一〇万頭をめざして農家に緬羊飼育を強制した。そして白頭山地域では「開拓・移民奨励」の名のもとに火田民は追いだされ、八〇万町歩の森林が伐採されたのである。

さて、さいごの手がかり、出身地と氏名のわかる三人の東学指導者追跡調査のあしは下鳥島におよぶことになった。

主島からさらに南西沖にある小さなちいさな島。三人のうちただ一人、「族譜」がのこっていた朴仲辰の出身地、鳥島面のある島だ。

仲辰の本名は鍾恂。珍島地方第一の指導者といわれ、エピソードも多くつたわっていた。

鳥島面朴家（パッカ）の「族譜」によると、仲辰の出た密陽（ミリャン）朴家は七代前に鳥島面に入り、一族は代々下鳥島で暮らしてきた。仲辰の生家は富豪で、瓦葺きの家に住んでおり、仲辰じしんも一万坪ほどの麦畑を所有して裕福だったという。

一八四八年、五人兄弟の二男に生まれ、すらりとした偉丈夫で、教養もあり、科挙試験をうけていれば地方官になっていただろうともいわれている。東学徒としては光州を活動拠点とし、保守のまち羅州でも、牧使と兄弟さながら親しく交わるほどであったというから、おそらく相当に名の知れた人物だったのだろう。

一八九五年一月、「賊徒包囲勦滅作戦」がついに珍島におよんだ。討伐軍は珍島の家々に火をつけ、多くの住民が被害にあった。

下鳥島にも討伐軍が迫った。仲辰の家には、それより先に火がかけられた。兄弟家族に累のおよぶことをおそれたためである。とはいいながら、仲の兄弟五人のうち、三人までが農民軍に参加していた。ために、密陽朴家は一族すべてが難をこうむり、逃げだした多くの親族がゆくえ知れずになってしまった。

調査員たちが訪れたときには、かつて四男の鍾吾（チョンオ）が住んでいた土地に、三男鍾孝（チョンヒョ）の孫にあたる朴熊植（パクウンシク）さんが住んでいた。火がかけられた屋敷跡には、のちに長男鍾彬（チョンビン）が家を建てたというが、まもなく一家の土地はすべて没収され、子孫はいまなお、珍島に被害をあたえた「逆賊の家」の意をこめて「朴仲（パクチュン）の朴家（パッカ）」と呼ばれている。

一九四一年生まれの熊植さんは、ずっと仲辰さんを祖父の一番上の兄だと思ってきた。「おじいさんたちのこと調べてみようという気持ちになりませんでしたか」と、そう問いかけた調査員にたいして、彼はこう答えたという。

「そんなことはできません。調べてみてもいい評価が出るはずもない。よいことでもあれば調べてみる気になるでしょうが、逆賊の汚名をこうむったものをだれが調べる気になるでしょう。むしろ隠そうと思うのが当然です。それでもわたしは、そういうことに負けないように生きてきました。悪口をいわれれば、仲辰の朴家として、かえっていっそう力を出して頑張るぞという気持ちになって……」

仲辰の墓は下鳥島の山行里（サンヘンリ）にある。けれど、親戚のひとりは、仲辰は光州で亡くなったと思っている。羅州で死んだというものもあるという。

「日帝時代（イルチェシデ）は、仲辰が本当はどこで亡くなったか、恐ろしくてだれも調べることはできませんでした……」

けっきょく、六体の頭蓋骨（されこうべ）が帰っていくべきふるさとを、調査員らはみつけだすことができなかった。

それでもかれらは「農民革命」の指導者として故国に迎えられることになった。

一九九六年五月三〇日、かれらは「故　東学農民革命軍指導者」としるされた木箱に納められ、韓国側の「遺骨奉還委員会」のメンバーにかかえられて千歳空港を発ち、同日午後一二時四〇分、金浦空港に着陸。九〇年ぶりに故国への帰還をはたしたのである。


珍島の「残賊勦滅作戦」をおこなった「第一中隊」長松木正保大尉いか「後備歩兵第十九大隊」の第一陣九六名が、ソウル守備の任務をおえて凱旋したのは、一八九五年（明治二八）一二月二日のことだった。

郷土あげての歓迎のもようを、四日付け愛媛『海南新聞』はつぎのように報じている。

「軍隊歓迎として美津ヶ浜におもむきしは、立見将軍いか将校、小牧知事、県属、県会議員、歓迎委員紳士紳商、諸会社役員、松山同郷会員、松山高等小学校四年生、松山河原町楽隊等なり。

美津ヶ浜にては、美津有志より、軍隊の上陸ちゅう煙火を打ちあげたり。通い船は水上警察船、伝馬船などにて、伝馬船よりは流星を放ちぬ。また、美津口停車場まで歓迎せしは、本県尋常師範、中学校生徒、松山高等小学校男子学生その他、各町有志、数百名なりき。美津ヶ浜町および松山市にては、一昨日、昼は国旗、夜は提灯を掲げ、これを歓迎し、なかなか盛況なりき……」

午前七時、上陸開始。花火がしきりにあがる美津浜港には「第十旅団」長立見尚文少将いか将校たち、県知事・県の職員・県議会議員をはじめ、紳士・紳商・会社役員など、地域の名士と呼ばれるような人々がずらりとそろい、高等小学生らが楽奏にあわせて手をふるなかを、「敦賀丸」からおりた後備兵たちはつぎつぎと陸にあがってきた。

顔をこわばらせ拳をにぎるもの、号泣するもの、はじけた笑顔をおさめかねるもの……。無理もない。前年の八月八日、「外地にやらされる」不安を満身にして四国をあとにした日から、一年四か月の月日が流れていた。

一〇時すぎ、汽車に乗りこみ美津口に至る。駅頭には、犬と猿さながら気風のあわぬ「師範」と「中学」の生徒をはじめ、町の代表いか数百人がつめかけてかれらを出迎え、凱旋を讃えた。

止宿所である大林寺に入る。松山城の乾方、搦手側にあたる古町にある旧藩主ゆかりの寺である。

この日、松山は、美津浜はもとより市街地のいたるところ、昼は国旗、夜は提灯がかかげられた。松山は、広島「第五師団」所属の「第十旅団」司令部のある地であり、松山で建軍された「歩兵第二十二連隊」の衛戍地である。
そして、配下の丸亀「第十二連隊」と松山「第二十二連隊」をひきいて牡丹台を攻略した立見旅団長は、「平壌の戦い」のヒーローだった。鴨緑江渡河作戦では、苦戦におちいった「第三師団」大迫尚敏「第五旅団」をたすけて虎山の清軍を攻撃し、独力で鳳凰城を占領した。幕末には桑名藩から幕府陸軍にくわわり、戊辰戦争では鳥羽・伏見、宇都宮、鯨波・北越、会津、出羽寒河江を転戦して官軍を苦しめた、天成の戦さ上手であったという。

そのひざもとにある「歩兵第二十二連隊」は、四月二五日に帰還した傷病者一四〇余人を第一陣として、七月から八月はじめにかけてすでに全将兵が復員をはたしていた。

しかしながら、かれらは、前年一〇月すえに鴨緑江を渡っていらい、草河口・連関山・海城など厳冬の遼寧省を、ひたすら直隷決戦をめざして進軍する部隊となった。ために、傷病兵のほとんどは重度の凍傷におかされ、涙の帰還をはたすも、ふたたび南国の空のもとで鍬をふることはできなかったという。

野戦部隊の帰還にさきだつ五月末からは、釜山・ソウル間の兵站守備部隊として渡韓し、掃討作戦の前線にたちつづけた「後備歩兵第十連隊」の復員が始まっていた。まさに凱旋ラッシュである。

たびごとに「凱旋歓迎委員会」の旗ふりで盛大な歓迎セレモニーや祝賀行事がもよおされる。きまって動員される小中学校の生徒たちもお祭り騒ぎに欠かせない。『坊ちゃん』の作者が赴任していた愛媛県尋常中学校もどうようだった。

「祝勝会で学校は御休みだ。練兵場で式があると云ふので、狸は生徒を引率して参列しなくてはならない。おれも職員の一人として一所にくっついて行くんだ」

「狸」が校長先生なら、「おれ」は「坊ちゃん」。じつに、夏目漱石が英語教師として松山ですごした一年間が、凱旋ラッシュの年にあたっていた。

「町へ出ると日の丸だらけで、まぼしい位である。学校の生徒は八百人もあるのだから、体操の教師が隊伍を整へて、一組、一組の間を少しづつ明けて、それへ職員が一人か二人宛監督として割り込む仕掛けである。仕掛けだけは頗る巧妙なものだが……生徒は小供の上に、生意気で、規則を破らなくっては生徒の体面にかかはると思っている奴等だから、職員が幾人ついて行ったって何の役に立つもんか。命令も下さないのに勝手に軍歌をうたったり、軍歌をやめるとワーと訳もないのに鬨の声を揚げたり、丸で浪人が町内をねり歩いている様なものだ……」

八〇〇人もの生徒が練兵場までパレードする。その「隊伍」をととのえる「体操教師」のモデルというのが、じつは、七月一七日に凱旋し、九月一日、全生徒・教員たちの歓呼に迎えられて中学の門をくぐり、職場に復帰した濱本利三郎(はまもとりさぶろう)先生なのである。応召当年二七歳。漱石より三歳下の体操の教師であり、出征中は「歩兵第二十二連隊」の「第二大隊・第五中隊」に属していた。

「七月十七日、午後一時ごろ高浜港へ入る。

見わたす浜辺、一望、歓迎の人をもって埋め、大山寺山腹より打ちあげる煙火は、間断なく中天に鳴り響く。無数の歓迎船は、旭日旗と『凱旋軍人歓迎』の六文字を大書したる旗を海風にひるがえし、小学校生徒を満載し、楽を奏して、『ももちちの、ももちちの、この勝ち軍(いく)さあなうれし』

と、声をそろえて合唱しつつ、舷をたたき、拍子をなして調子をとり、停止せる本船の周囲をぐるぐるまわる。無邪気なる可憐な児童が……声を惜しまず歌うさまに一人として感涙せざる者はない。

出征の暁より鬼と変わりし一同は、いまこそ人間本然の姿に立ちかえり、無類の泣き味噌になりはてた。知己、朋友駆け来たる……泣いた、泣いた。一年分あまりためた涙を一時にやった」

「鬼」が「人間本然」をとりもどし、「無類の泣き味噌」になりはてた。雄弁このうえない。

「ももちちの……」というのは、日清開戦直後、家集『支那征伐の歌』を大ブレイクさせた佐々木信綱(ささきのぶつな)の詩に、納所弁次郎(のうしょべんじろう)が曲をつけた「凱旋」の一節だ。

あなうれしよろこばし　戦い勝ちぬ　百千々(ももちぢ)の仇(あだ)はみな　あとなくなりぬ
あなうれしよろこばし　この勝軍(かちいくさ)　いざ歌えいざ祝え　この勝軍(かちいくさ)

元山(ウォンサン)からソウルまでの険しい道のりを、酷暑、空腹とたたかいながら行軍し、臨津江(イムジンガン)をわたり、鴨緑江(アムノッカン)をこえ、酷寒の遼東を転戦するあいだにも濱本は、スケッチもまじえた克明な「日記」をしるしていた。それを娘の愛子にたくしたのだ。

「愛子よ、おまえが大きくなって、お父さんの体験記が世のために役に立つときがきたら、いつでも公開していいよ」

女学校に入学したばかりだった愛子は、それによって、戦争体験が「生涯にわたって父の心を苦しめる、深い傷痕を残した」のだということを知らされたという。

じっさい、戦地から帰ってから長いあいだ濱本は、毎夜のごとく夢でうなされたという。「突貫！突貫！」。そう大きな声で叫んでは飛び起き、家族がおどろいて目を覚ますと、ようやく夢だったことに気づき、ほっとして横になった。

クリスチャンでありながら、おなじ人間を斬らねばならなかった。亡くなるまで彼を苦しめつづけたのは、殺人の経験とその記憶であったという。

「うらなり」の送別会のシーンにえがかれた「体操教師」は「黒づぼんで、ちゃんとかしこまって居る。体操の教師丈に、いやに修業が積んで居る」。同僚として勤務すること七か月。濱本が、夜ごと戦場の夢をみてはうなされ叫び声をあげていたことを、ましてみずからの殺人の経験を漱石に語ったはずはない。が、「修行が積んで」の奥行きにモデルの現実がかさね合わさると、「いやに」ニュアンスが凄味をおびてくる。

ちなみに、『坊ちゃん』は、一九〇六年三月に書きあげられ、四月発行の『ホトトギス』に掲載された。ちょうど札幌農学校卒業生の佐藤政次郎が、二年におよんだ日露戦争「召集」を解除されて上京し、荒川区水道町にいっときの居処をもとめたころのことだった。

「祝勝の式は頗る簡単なものであった。旅団長が祝詞を読む、知事が祝詞を読む。参列者が万歳を唱へる。それで御仕舞だ。余興は午後にあると云ふ……。会場へ這入ると、回向院の相撲か本門寺の御会式の様に幾旒となく長い旗を所々に植え付けた上に、世界万国の国旗を悉く借りて来た位、縄から縄、綱から綱へ渡しかけて、大きな空がいつになく賑やかに見える。東の隅に一夜作りの舞台を設けて、ここで所謂高知の何とか踊りをやるんださうだ……」

凱旋・祝勝セレモニーのあとには余興がついてまわる。

旒々とたちならぶ幟旗。ひるがえる万国旗。にわかづくりの舞台。活花の陳列。たえまなくあがる花火。帝国万歳、あるいは陸海軍万歳とかかれた風船。空にあがり、ぽかりと割れて青煙を吐く団子玉。神楽太鼓に謡に踊り……。

漱石が、じつに数ページを割いてえがいたような空騒ぎと、なかば義務となった熱狂は、夏から暮れにかけての衛戍地松山を、いっときも休ませまいとするかのようにくりかえされた。

しかもそれは、出征者が遺髪となって帰ってきたときもかわらない。

夏のさかりの七月末日、松山の北にいちする風早郡粟井村大字池田の墓地で、盛大な葬儀がいとなまれた。

七月一一日、仁川（インチョン）兵站病院で死去し、遺髪となってふるさとに帰ってきた後備輜重（しちょう）輸卒河野十蔵（こうのじゅうぞう）の葬儀である。

祭主は、粟井村の真福寺住職ほか七名。会葬者は、風早郡にある村々の各村長、村役場の吏員・村会議員・駐在所巡査・在郷兵・休暇兵・赤十字社員・兵事会員・学校教員・生徒・青年倶楽部員をはじめ総勢五〇〇余名にのぼった。

在郷兵からは「弔意忠魂」と大書した紅旗が、おなじく有志からは「名誉義魂」、青年倶楽部からは「忠魂輝天地」としるした紅旗が贈られた。「紅旗」というのは、天皇の象徴としてもちいられる旗である。

葬儀は、故人の生前をしのんで悲しみにひたる私的ないとなみではもちろんない。「忠魂」「義魂」の文字がひるがえる「お国」がらみのセレモニーにほかならなかった。

兵糧や軍需品の輸送を任務とする一輸卒（いちゆそつ）の、「戦病死」にともなうセレモニーがかくも大々的なのであってみれば、あっぱれ「戦死」をとげた上等兵であり、その死から四か月後にはやばやと「忠魂碑」さえ建立された杉野虎吉の祭儀は、さぞや盛大ではなばなしい、一大「教化教宣儀式（プロパガンダ）」であっただろう。

いっぽう、軍功をあげ、任務をまっとうしながら帰還しえなかったものもあった。

「後備歩兵第十連隊」の「第一大隊」に所属し、可興（カフン）兵站司令官として忠清道全体の守備責任を負い、討伐作戦の指揮をとった福富孝元（ふくとみたかもと）大尉は、帰還を目前にした四月二八日、みずから軍刀で頸動脈二か所をきって自決した。

前年の八月五日、松山を発っていった「後備歩兵第十連隊」の五個中隊は、釜山とソウルをむすぶ兵站ルートの守備部隊としていちはやく渡韓し、軍用電信線の切断や兵站拠点への襲撃をくりかえす東学農民軍の鎮圧に奔走した。

東学の二代目教祖崔時亨（チェシヒョン）が潜伏し、東学の「聖地」報恩（ポウン）をかかえる忠清道（チュンチョンド）農民軍の結束はかたく、抵抗は組織的かつ執拗だった。福富大尉は、忠州（チュンジュ）兵站部司令官の任にあった九月にはもう、農民軍指導者捕縛の命令をうけてエリア内の捜索と掃討におわれ、各地でつぎつぎと火を噴く抗日蜂起の情勢を頻ぴんと日本公使館や仁川兵站監に報告した。

はたして、それが大本営川上（かわかみ）兵站総監による「ことごとく殺戮」命令の発令と、井上公使・伊藤首相ら文官の主導による「討伐隊」増派をうながすことになったのだが、彼じしんは、渡韓直後から、したがってもっともはやい段階から、「賊徒」鎮圧・掃討戦の最前線で指揮をとりつづけたのである。

東学組織の網をかいくぐっての捜索、地方官の裏切り、何万という農民軍による総攻撃・放火・夜襲、茶飯事となった遊撃戦、首謀者の捕縛・拷問・銃殺、みせしめとしての公開処刑……。追えども払えども湧いてくる、脅せども叩けども起きてくる朝鮮の人民たち。ぐるりを憎悪と敵意にかこまれた侵略地で兵站線の権益を守りぬくこと、そしてさらに「殲滅」命令を遵守することがどれほど苛酷なわざであったことか……。

自殺をはかった大尉は、釜山兵站病院に運ばれて手当てをうけるもおよばず死去。おりしも昇叙の申請中であったため、手続きがおわるまでのあいだ自決の事実は内密にされたということだ。郷里は土佐。高知市の出身だった。

おなじく「後備歩兵第十連隊」の「第一大隊」に属し、釜山駐留の二個小隊一四〇人の小隊長をつとめた遠田喜代（とおだきよ）中尉は、「東学党討伐部隊」増援軍として、包囲勦滅作戦がもっとも凄惨をきわめた羅州（ナジュ）平野への出撃を命じられ、順天（スンチョン）・宝城（ポソン）・長興（チャンフン）などで根こそぎの討伐をくりひろげた部隊の指揮官だった。

九月九日には大尉へと昇進し、まもなく所属の中隊の帰還が始まろうという一〇月二日、彼は、騎馬で出かけたまま行方知れずとなり、四日後、蔚山（ウルサン）への街道上で自害しているのを発見された。

松山市出身で、郷里には妻と二人の幼な子があったという。

同大隊では、ほかにも軍曹一名の自殺、少佐一名の発狂、兵の逃亡のあったことが、記録の断片から知られている。

一二月一〇日、「後備歩兵第十九大隊」の森尾雅一（もりおまさかず）大尉いか三二一名が「台湾丸」で美津浜に到着した。

これをもって「東学党討伐隊」は全員の帰国を完了した。同年三月一日、全部隊が龍山（ヨンサン）駐屯地に帰営するや、天皇から「東学党掃滅に就ての詔勅」を賜って功績をねぎらわれた、郷土がほこる部隊の凱旋完了だった。

「此次、日本国兵士の凱旋、朕、甚（はなは）だこれを喜悦す。軍務衙門（がもん）に勅して犒（ねぎら）はしめ、もって、朕が眷眷（けんけん）の意を示す」

「詔勅」下賜というこのうえない栄誉をさずかった後備部隊は、正規軍の脇役のような存在から一転、郷里の誇り、郡町村あげて讃えるべき英雄となった。

その部隊の凱旋がもっともおそくにずれこんだのは、ロシア・ドイツ・フランス三国の動勢が警戒されるなか、ソウル守備部隊を常備軍と交代させることが難しくなったからだという。

とうじソウル守備の任にあたっていたのは「後備歩兵第十八大隊」だったが、九月一日に日本公使として赴任した三浦梧楼（みうらごろう）が、かれら日本軍守備隊および公使館員・壮士からなる「王宮襲撃部隊」と「王妃暗殺部隊」を景福宮に侵入させて閔妃（ミンビ）を殺害し、亡骸を焼きはらうという事件をひきおこした。一〇月八日未明のことだった。

ほんらいなら交代すべき常備軍のかわりに、かれらが龍山にとどまって不穏なソウルを守備しなければならなかったゆえんである。が、ともあれ、龍山帰営から一〇か月をへて、かれらはなつかしい四国の土をふむことができた。

解隊後、復員兵らはさらに船に乗り、あるいは汽車に乗り、人力車や徒歩で家族の待つわが家へと帰るのだが、その途中とちゅう、町ごと村ごとにくりひろげられる歓迎の仰々しさは目をみはるばかりのものだった。

通過する通りという通りが華やかに飾りたてられ、家々の軒先には国旗や提灯がかかげられている。辻々では五〇人、一〇〇人という人々の出迎えをうける。家にもどれば、やれ凱旋式だの祝賀行事だの慰労会だのともてはやされ、英雄さながら、地元あげての歓待をうけたのだった。

ともあれ、応召兵の復員が完了し、春いらい凱旋祝賀に沸きかえった明治二八年が幕をおろした。新たな年にはきっと静かな日常がもどってくる……。

と思いきや、つぎにやってきたのは、戦没者の追悼慰霊騒動だった。それまでも、戦死・戦病死した兵士らの葬儀は、それぞれの郷村ぐるみでいとなまれてきたのだが、こんどは地域の戦没者をひとまとめにして追悼し、慰霊し、顕彰しようというのである。

「招魂祭」という耳慣れぬことばが口から口へ、耳から耳へとつたえられた。が、いまひとつピンとこない。

無理もない。「お国」に殉じた人々を「英霊」として靖国神社に招いて顕彰するという「制度」はあっても――げんに一二月一七日には、「戦死」者・「戦傷死」者を合祀する「臨時大祭」がいとなまれ、天皇睦仁が親拝した。「戦病死」者の御霊は招かれなかったが――そんなものは庶民とはかいもく無縁のものだった。

それが、とうじの平民のスタンダードというものだ。

そもそも、「お国」に殉じるなどということそれじたいが平の「臣民」にはありえなかったし、「お国」のために命を落とすことがあるなどということを、わが身にふりかえて考えたこともない。それが、つい五年ほどまえに憲法で日本国「臣民」と規定されたばかりの衆庶の常識なのであり、また、地震や津波など、大災害のあとならともかく、地域ぐるみで追悼慰霊をしなければならないほどの死者を、いちどに出すということも想像の外であるにちがいなかった。

旗ふり役を演じたのはこんども新聞報道だった。そして、歯車をまわしたのは市町村だった。

戦争が始まるや「大ニッポンは東亜の覇者なり」とぶちあげ、戦争は「文野の戦争」であり、「野蛮国朝鮮」の独立のため、世界文明進歩のため、そのさまたげとなっている清を排除せんとする戦争なのだから、いまこそ「国民一般、すべて私(わたくし)を忘れて国に報ずるのとき」であるなどと、キャンペーンをはりめぐらせて国じゅうを総力戦にかりたて、戦況が有利になるや、販売拡大のための「捷報合戦」をくりひろげた新聞が、こんどは各地の「招魂祭」やその後の娯楽行事のもようをつたえる記事をつぎつぎ掲載した。

いわく、「大ニッポン」初の対外戦争大勝利のあとの前例のない「招魂祭」が、ありふれた会合や式典であるなどもってのほか、「神聖不瀆(ふとく)敬虔厳粛の大典礼」としていとなまれるようつとめるのが「国民一般の義務」であるという。

「市制・町村制」が施行されてからわずかに四五年(しごねん)。合併され再編された市や町はまだ動きだしたばかりだったが、この間、兵員や軍夫を募集し、馬を徴発し、軍事公債を募り、出征軍餞送・凱旋軍歓迎の行事を主導し……、戦時動員にかかわる兵事事務をみごとにやってのけた地方行政のはたらきもあっぱれだった。

その動員力・強制力が、追悼慰霊にも大きな効力をふるい、まもなく各地に「従軍記念碑」や「忠魂碑」が建てられ、「招魂殿」や「威揚館」が設けられ、「日清戦争」に従軍したということそれじたいが価値をおびることになる。

外征者はみな「国民」としてもっとも重要な「責務」をはたした地域の代表である。

そう意味づけられて、銃後の態勢が小さな村や集落のすみずみにまで骨組みされてゆき、いまだ参政権もあたえられない「国民にあらざる民衆」が、ことごとく軍事国家の成員としていちづけられてゆくのである。

じつに、戦争とは偉大なものである。アジアにおける立憲制の成否をかけた「一大事業」であったはずの「憲法」も「議会」も、戦争のまえには一瞬にして色を失った。

いぜんには藩閥政府に抗していた自由民権家も、平民主義者も、啓蒙家も、国粋主義者も、てのひらを反したように「文明の義戦」をとなえ、「維新大業の全成」をたたえ、「挙国一致」の四文字があらゆる矛盾や非合理をのみこんで対立や抵抗を無意味化し、民権の確立にむけた地道なたたかいまでをもひと吹きにしてしまった。

すでに開戦直後、大本営のある広島で開かれた「第七回臨時帝国議会」では、行幸中の天皇が貴族院に臨席して詔(みことのり)した。

「朕は、帝国の臣民が一致和協、朕が事を奨順し、全局の大捷をもって、はやく東洋の和平を回復し、もって国光を宣揚せんことを望む」と云々。

衆議院本会議では、戦争協力をもとめる伊藤首相の演説にひきつづき、年間総予算の二倍にあたる「臨時軍事費追加予算」一億五〇〇〇万円が、討論会議を省略し、ひと言の異議もなく、拍手喝采のなかで可決確定した。

開戦からわずか三月(みつき)後の一〇月二〇日のことだった。

一二月、東京でひらかれた「第八回通常議会」では、広島行幸中の天皇の「勅語」を伊藤首相が代読し、政府が提出した九五年度「予算案」歳入九〇三〇万円、歳出八九七五万円が、ほぼ原案どおりに可決し、さらなる「軍事費追加予算」一億円もすみやかに承認された。過去、民党の政費削減要求によっていちども承認されたことのなかった「予算原案」がそのまま確定したというわけだ。

「わが武威(ぶい)惟れ揚(あが)り、皇威(こうい)それ八紘(はっこう)に発揚せん……」

神武(じんむ)即位の「神勅(しんちょく)」でもあるまいに、一二〇〇年の歳月をいっきにさかのぼったかのごとき「統帥権」をたたえる「上奏文」も決議された。九連城・金州・旅順・海城占領と、清国領内で遠征軍が快進撃をつづけるなか、議会はもはや天皇と軍隊への感謝の決議をくりかえす場となりはてた。

そして戦後さいしょの議会となった「第九回通常議会」では、前年度の二倍の規模にはねあがった九六年度「歳出案」一億五二五〇万円が、わずかに一七二万円の削減をもって可決確定。うち軍事費は七三〇〇万円を占めるにいたった。

開戦の年、当初予算およそ八六〇〇万円に占める割合が二七パーセントであった軍事費が、四〇パーセントをこえるのに時間は要せず、六年後、二〇世紀さいしょの年一九〇〇年には、歳出決算およそ二億九〇〇〇万円の四六パーセントを占める一億三三〇〇万円まで拡大した。

いわずもがなそれらは、重く、容赦なく、すべての臣民の肩にのしかかってくる。酒税・地租・所得税・醤油税のひきあげ、登録税・営業税の新設、そして煙草の専売化、事業公債の発行……。

一八七三年一月、太陽暦への改暦とともに「徴兵制」が導入されてから四半世紀。

近代日本における「国民」というものが、軍事・兵営国家「大ニッポン」形成のプロセスにおいてフレームアップされ、また、侵略のための「挙国一致」を経験することではじめて、個々人において「国民」であることがぬきさしならぬものとして自覚されたとしたならば、それは「国民」にとっても「国家」にとっても幸福なことではありえない。

そして、そのような「国民国家」のあゆみは、そのような生い立ちに必然的に規定されてゆくしかないだろう。

Ⅲ　大仏千僧会

7　リベンジ——三〇〇年のねむりをさまされた「豊公サン」

いにしえよりの葬送の地、鳥辺野をすそにみおろす阿弥陀ヶ峰。

京都の東につらなるなだらかな峰々のひとつであるこの「お山」は、京のまちを一望できるのみならず、伏見、淀、八幡をへて、大阪湾までが一直線に、さえぎるものなく見わたせる戦略の要衝だった。

いまも、七条通りを東にむかえば真正面に悠暢としたすがたをながめられるその峰のいただきから、三〇〇年の時間をスリップする、仰天すべき遺物が掘りだされたのは、一八九七年（明治三〇）四月すえのことだった。

ときあたかも、帝国「大ニッポン」が「東洋への欲望」をむきだしにし、「臥薪嘗胆」ということばが、鬱屈と驕慢のはざまでゆれうごく民衆心理をわしづかみにして暴走を始めた、いわゆる「日清戦争」後の軍拡期。

アジアの大国「大清」に勝利した有頂天が、講和条約締結によってクライマックスをむかえたのもつかのま、「三国干渉」という冷や水をあびせた元凶ロシアに、「弔い合戦」を挑むためのスローガンとして「臥薪嘗胆」がぶちあげられ、国民が「強兵」のためのあらたな負担や忍従をしいられ始めたころ、阿弥陀ヶ峰では、豊臣Vs.徳川「明治の陣」の第二ラウンドがくりひろげられていた。

豊臣方は、その名も「豊国会」。徳川方は、宮門跡の格式をほこる天台寺院「妙法院」。

すなわち、朝鮮侵攻のかがやかしい先駆者であり、国威を海外に宣揚した英雄でもある「豊太閤」の廟所を再興するため、阿弥陀ヶ峰一帯の改修・整備にのりだした「豊国会」と、かつてその廟域にいとなまれた「豊国社」の境内を家康から下げわたされ、それによって巨刹の基礎をきずいた「妙法院」が、既得権をめぐって争った。

なんとなれば、「豊国会」が再興をめざす秀吉の墓は、「妙法院」の境内の奥にあって朽ちはて、かつての参道もまた「妙法院」の鎮守社「新日吉神社」によって塞がれてしまっていたからだ。

往時、阿弥陀ヶ峰のいただきには秀吉の「廟堂」があり、西麓の中腹をひらいて造成した太閤坦には「豊国大明神」すなわち、朝廷から神号を授かって神となった秀吉をまつる「豊国社」の社殿群が荘重華麗をきそっていた。

社領一万石、社域三〇万坪。参道の入り口には、間口一四メートル、奥行き八メートルの二層の「楼門」があり、これをくぐると、幅一六メートルの参道のゆるやかな傾斜が、五〇〇メートルあまりさきの「中門」までまっすぐにのび、両脇には、諸大名寄進の石灯篭がびっしりとならんでいた。

そしてその左右には、夭折した嫡男鶴松の菩提寺「祥雲寺」をはじめ、東山大仏別当照高院宮の御殿、大仏棟梁木食応其上人の塔頭、官兵衛こと黒田孝高や奉行衆前田玄以・長束正家ほか豊臣家家臣たちの舎殿など、数多くの堂塔伽藍が「神廟」を守護するかのごとく軒をつらねていたという。

それらいっさいをことごとく破却せよとの沙汰がくだされたのは、大坂が落城し、秀頼の自刃をもって「豊臣摂関家」がついえた一六一五年、慶長から元和へと改元された七月のことだった。もちろん、秀吉の神号も剥奪された。

七月九日、徳川家康は、天台僧南光坊天海、五山僧以心崇伝、京都所司代板倉勝重を二条城にあつめ、「豊国社」の破却を決定。一〇日には、創建いらい同社の神宮寺別当をつとめてきた神龍院梵舜に沙汰をくだし、神官・社僧の知行および社領をすべて没収した。

一一日、おおやけには最期となった神事がいとなまれ、一三日には、元和へと世があらたまった。

もはや「トヨクニ」の語を口にはできず、「ホウコク」と呼ばれるようになった社域では、舎殿堂塔の破壊あるいは解体が急ピッチですすめられた。

後陽成天皇宸筆の「豊国大明神」の勅額をはじめ、神宝・祭具・梵鐘、太閤ゆかりの什宝から調度類、畳一枚にいたるまでいっさいのものが払い下げられ、鶴松の菩提寺「祥雲寺」は智積院日誉に、「豊国社」の広大な境内は、社納物ともども、「照高院」にかわって大仏住持をかねることになった「妙法院」住持常胤に下げわたされた。

大仏住職を解かれた照高院宮道澄は聖護院にもどり、「祥雲寺」住職を解かれた海山元珠は、鶴松の遺骨と木像をもって妙心寺にもどり、自坊の名を「亀仙庵」から「雲祥院」とあらためてそれらを安置した。

神号を廃された秀吉は、法号「国泰院俊山雲龍大居士」をあたえられ、ちいさな石塔にすがたをかえて東山大仏境内のかたすみに移された。いまは「豊国神社」となった境内に「馬塚」としてのこっているありふれた五輪塔がそれである。

わずかなさいわいは、北政所おねの嘆願により、山上の廟堂と本殿など内苑の一部が「崩れ次第」にまかせられることになったことだ。太閤坦にいとなまれた神廟「豊国社」の内苑は、東西八四メートル、南北一〇七メートル。国際標準のサッカーコートの幅を一五メートル広くしたほどの敷地をもっていた。

その聖域を、間口九メートル、奥行き六メートルの朱塗りの「中門」を正面に、おなじく朱塗りの柱と白壁のコントラストもあざやかな「回廊」がとりまき、なかには、豪奢な破風をそなえた屋根をいくえにも組みあわせた八棟造りの社壇がそびえ、舞殿・神宝殿・護摩堂など一二坊を数える舎殿群が軒をつらねていた。

この地に、山頂に埋葬されたばかりの秀吉の御魂が迎えられたのは、慶長四年（一五九九）四月一六日、彼の死後八か月をへた日のことだった。

翌一七日には、仮殿のまえで勅使正親町季秀が宣命をよみあげ、「豊国大明神」の神号を授与。一八日にいとなまれた「遷宮の儀」には、右大臣菊亭晴季ら公卿七人が参列し、一九日には「正一位」の神位が贈られた。

遷宮の儀。神号を授かって神霊となった秀吉の霊魂を仮殿から本殿に遷すことを「遷座」と呼ばず、伊勢皇大神宮にのみもちいられる「遷宮」としたのは、「天下人」秀吉が天皇をしのぐ権力を掌握したゆえんだろう。

当日の儀式をとりしきった神祇大服吉田兼見に支給された豊臣直轄領からの蔵米は、総額一四〇〇石。遷宮ののち二六日までの七日間に寄進された金子は三七五両、銀子は二〇〇枚におよんだ。

献金額の筆頭は、北政所と淀殿の金子一〇枚、すなわち一〇〇両。いか毛利輝元五〇両、宇喜多秀家三〇両、徳川家康二〇両、上杉・堀・島津・増田氏がおのおの一〇両ずつ……。銀子については、嗣子の秀頼が一〇〇枚、生駒親正・伊達政宗が一〇枚ずつ、いか生駒正一・佐竹義宣らが五枚ずつと、あわせて五三人が名をつらねた。

そうやって創建された「豊国社」がわずか一六年ののちに破却され、あるいは朽ちるにまかせられ、やがてあとかたもなくついえてしまった。堂塔舎殿などかたちのあるものだけでなく、神廟にまつわる記録文書にいたるまでのいっさいの痕跡が、徳川によって消されてしまったのだ。

はたして、往時の外観を知ることができるものは、秀吉の七回忌・一三回忌・一七回忌を機縁として描かれた三本の『豊国社祭礼図』と、二度の「大坂の陣」をはさんで描かれた唯一の『洛中洛外図』のほかにはのこっていない。

内陣にいたっては、イギリス商館長リチャード・コックスが垣間見てしるした、ささやかな記録があるばかりだという。

「ダイボッツ（Dabis）のある聖堂と、三三三三体の聖者像がたちならぶ聖堂から、西の方にすこしはなれて、タイクス様、別名クヮンベコン殿の廟所がある。これがじつに驚くべきもので、わたしとしてはただ感嘆させられるばかりであり、言葉ではとてもいい表せない。

それはまことに巨大な建物で、内部も外部も嘆賞すべき精緻な細工がほどこされ、他の聖堂よりはるかにみごとである。内部には、象嵌し、黄金で鍍金した黄銅で表面をおおった柱が何本もたちならび、板敷の床はとても黒く、黒檀さながらの光をたたえていた。われわれは堂内に入ることはゆるされず、格子からなかを覗くことができただけだった。

遺骸（あるいは遺骨）が安置されているところへは、黄金で装飾された大きな黒檀の階段を八段から九段のぼらねばならない。遺骸のそばには常燈明がひとつ灯っており、ボズという異教の聖職者がひとりそれを守っている。その周囲は目をみはるばかりの細工で荘厳され、そのみごとさは、わたしのペンのおよぶ範疇をこえており、わずかにひと言いうとすれば、これこそ名だたる皇帝が入るにふさわしかろうということだけである……」

コックスがみとめた「ボズ」は、神宮寺別当だった梵舜もしくはその従僧であっただろう。

吉田兼見の弟にあたる梵舜は、慶長二〇年（一六一五）七月九日、家康が破却の沙汰を発したときに別当職を解かれていた。が、北政所の嘆願によって廟所と社殿がのこされたさい、かろうじて神宮寺を追いだされることをまぬがれ、いらいひとりで御霊屋を守り、おねからの寄進や、大山崎油座衆による燈明油の調進をうけて祭祀をつづけていた。

いっぽう、大坂落城後の豊臣残党につよい関心をよせていたコックスが、京都いちばんの名所だった東山大仏――秀頼によって二年前に再建されたが、「大坂の夏の陣」の口実とされた鐘銘事件によって開眼供養が頓挫したままとなっていた――や三十三間堂とあわせて「豊国社」に足をむけたのは一六一六年（元和二）一一月二日、陰暦九月二二日のことだった。

この年、四月一七日には家康が没しており、秀忠政権による貿易許可の更新をうけるため、三浦按針ことウィリアム・アダムズとともに江戸へ参府した帰りにたち寄ったのだが、はからずもそれが、家康没後、豊臣家ゆかりの人々によってひそかな社参が始まった一時期にあたっていた。

二層の楼門も朱塗りの明神鳥居もなくなり、ついこのあいだまで茶屋がたちならんでにぎわっていた参道の一部が、公界の道路であるにもかかわらず塞がれてしまったのは、元和元年の暮れのことだった。が、その脇をすりぬけるようにして参詣におとずれるものたちもあらわれた。秀吉を慕う人々によるささやかな「豊国詣」である。

　しかしそれも長くはつづかなかった。元和五年（一六一九）、妙法院は、神宮寺の明けわたしを梵舜に迫り、九月五日にはついに、京都所司代から「神宮寺引渡の沙汰」がくだされた。

　梵舜は、寺に居すわることで抵抗をこころみたが、一二日にはさらに、妙法院が「豊国社」そのものを明けわたすよう要求。一四日にはもう所司代の沙汰がくだった。

　寺域の奥で豊臣を祀る神事がひそかにいとなまれ、ゆかりのものたちが足しげく境内を往き来する。ゆゆしきことにちがいなかった。「豊国社破却の沙汰」の忠実な執行者である板倉勝重にとってはもちろん、「大御所」亡きあとの徳川政権にとってもそれは、ゆるがせにできないことだった。

　九月一五日、梵舜は、廟前でおこなう限りの神事をいとなんだ。

　創建いらい二〇年、神霊のかたわらを照らしつづけた燈明の灯がとだえ、あとは破却を待つばかりとなった。

　秀吉亡きあと、絶大な統一権力を確実にみずからの手にたぐりよせるために、家康が——豊臣秀頼でも淀殿でもなく、まさに徳川が——必要とし利用してきた「豊国大明神」の霊験が、ついについえた日となった。

　この間、家康は「東照大権現」の神号をさずかり、「正一位」の神位を贈られており、一周忌にあたる元和三年四月一七日には、日光山に建立した「東照社」において「正遷宮祭」がいとなまれた。

　家康の完全な勝利から二五〇年。かつて阿弥陀ヶ峰西麓に広大な社域をほこる「豊国社」があったことなど知る人もなく、いわんや、秀吉の「神廟」が存在したことなど知られるべくもなかった峰のいただきに、こつぜんと光をあてることになったのは、慶応四年（一八六八）閏四月六日、天皇睦仁が発した「豊国神社・豊国廟再興の御沙汰」だった。

　天下を統一し、皇威を海外に輝かせ、国家に大功あった豊臣太閤の大勲偉烈を表顕、すなわち具体的なかたちでひろく世にあらわすため、あらたに祠宇を創建し、ながく敗毀されたままの廟祠を再興せよというのである。

「有功を顕し、有罪を罰するのは、国家を治める基本である。いわんや国家に大勲労あるものを表して顕せずして天下を勧め励ますことはできない。

かつて豊臣太閤は、天下の難を定め、上古列聖の御偉業を継述し、皇威を海外に宣べ、それら国家に大勲労あること古今に超越するゆえんをもって神号を追諡された。にもかかわらず、不幸にして源家康継ぎいで、大勲はひさしく晦没するにまかせられ、ほとんど餒えんとしているのは嘆かわしい。
おりしも今般、朝憲を復古し、万機を一新するにあたり、また、国家が世界に雄飛するときにあたり、豊太閤のような英智雄略の人をこそ得たいものである。ために新たに祠宇を造営し、ながく敗毀されたままの豊国山の廟祠を再興し、その大勲偉烈を表顕し、万世不朽のものとなさしめよ」

これが「明治の陣」第一ラウンドの始まりだった。

ゴングを鳴らしたのは、前年の暮れ、「玉」を手玉にとり、「王政復古」のクーデターを成功させた、ひとにぎりのリーダーたちだった。クーデターの成就からわずかに半年。江戸開城から二か月たらず。

明治への改元はおろか、統治のしくみをさだめる「政体書」の制定もおぼつかぬドサクサにまぎれて、かれらは「天皇」の名をかりて、何よりもさきに「豊臣太閤」の「大勲偉烈を表顕」せよとの沙汰を発したのだ。

秀吉の大勲偉烈。なかにも「皇威を海外に赫輝し」た朝鮮出兵は、「皇威発揚」による国家への貢献の最たるものだとかれらはいう。徳川時代には主流だった朝鮮出兵にたいするネガティブな評価をぺらりとくつがえし、神の座を追われた秀吉の復権をくわだてることで劇的なパラダイム転換をはかろうという、魂胆むきだしの沙汰である。

じつに、クーデターによって政権を奪取した新政府のリーダーたちに、正当性の根拠をあたえてくれるのは「玉」のほかにはなかった。すなわち、白粉に引眉と鉄漿、禁裏の奥で女官たちにかこまれて育った「幼沖の天子」である。

「お殿さま」ならばともかく、空疎な血統神話のつぎてでしかない天皇を――「天皇」号はしかも、一八四〇年に没した光格の代に、八七三年ぶりに復活されたばかりだった――庶民にとってはかいもくつかみどころのない、そのようなものを盾として人心を掌握してゆかねばならない。

そんなかれらにとって、その名を知らぬものとてなく、講釈に講談、歌舞伎に浄瑠璃、軍記に洒落本、浮世草子に絵草子と、幕府のきびしい監視をかいくぐって親しまれ、しかるべきリアリティをたもってきた秀吉は、皇威発揚のシンボルとしてこのうえない条件をそなえており、また、真昼の花火のようにうちあげた「御一新」になにがしかの実態をあたえてくれるツールとしても有効だった。

「豊国社」の再興とあわせて沙汰されたのは、「招魂社」の造営だった。
「大政御一新のおりから、賞罰を正し、節義を表して天下の人心を興起し、すでに豊太閤、楠中将の精忠英邁を追賞すべく沙汰がくだされた。ついては、癸丑いらい義をとなえ、忠をつくし、天下にさきがけて国事に斃れた諸士および草莽有志のやからの忠魂を慰めたく、今般、東山の佳域に祠宇をもうけ、かれらの霊魂をながく合祀することとする」

鳥羽・伏見の戦いで戦死した維新の志士の忠義をたたえ、「お国」がかりで慰霊するための神社を造立しようという。

秀吉の神格の復興と、維新の志士の国家神化。それらを東山の地で抱きあわせることで、「祭政一致」による天皇制国家建設への一歩がふみだされたというわけだ――ちなみに忠臣「楠中将」すなわち楠木正成を祀る「楠社」創建にかかわる太政官布告は、四月二一日に神祇事務局へ、さらに兵庫裁判所へと布達されていた。

慶応四年は、秀吉没後二七〇年目にあたっていた。その祥月命日の前日にあたる八月一七日、神祇官の役人が人夫をひきつれ、阿弥陀ヶ峰のいただきにわけ入った。

山内にとりのこされた墓所には、妙法院によって垣がめぐらされていたが、それらかたちばかりの垣をとり払って檜の玉垣にかえ、鳥居を造立した。そして、新政府による官祭としての神事「豊公廟祭典式」がいとなまれた。

妙法院にとっては寝耳に水の出来事だった。

というのも、前年の一一月いらい境内には土佐藩兵がいすわり、新日吉社の裏手には大小砲がそなえられ、妙法院は、本坊を池田町の明暗寺にうつして仮寓の不如意をかこっていた。いつ旧地にもどれるとも知れぬまま新年をむかえたかと思うもまもなく、伏見あたりで薩摩藩の大砲がドカン。あれよというまに鳥羽街道、横大路が焼きつくされ、京のちまたは負傷者であふれかえった。

一時は「天子動座」も危ぶまれたが官軍の勝利。ひとまず胸をなでおろしたものの、三月には「祭政一致、神祇官再興」の布告が発せられ、神社に仕えている別当や社僧は復飾せよ、神社の境内からいっさいの仏教色をとり払えとの達がたたみかけられてくる。廃仏の声や、寺院統廃合のうわさも耳にとどいてくる。

いったい何がどうなったのか、何をどうすればよいのか、かいもくはかりかねているさなかに江戸城が明けわたされ、たちまち「天子東幸」という衝撃的なニュースがちまたをかけめぐった。

内裏さまが関東へおくだりになる。まさか……。この春の大坂行幸のようなものだろう。いや行幸ではなく、江戸城に遷ってしまわれるという。もう京へのお還りはないということだ。そんなあほな……。ダイリさまのおられぬ内裏などあってよいはずがない。いや、ダイリさまのおられぬ京は、もはやみやことはいえぬではないか……。

まさに驚天動地。京では、上も下も貴も賤も蒼ざめ、まちじゅうが混沌になげこまれたかのような騒ぎでもちきった。

はたして七月一七日、「江戸を称して東京と為すの詔」が発せられた。

唖然、蒼然。自失したまま旧地にもどることさえできない妙法院が、神祇官の立ち入りを、たとえ事前に知らされたとしても止めようがないにちがいなかった。八月一八日、秀吉の祥月命日にあたるその日、例年のごとくかれらは、新日吉(いまひえ)社の拝殿で千巻心経の供養をいとなみ、あとはなりゆきをみまもるよりほかすべがなかった。

九月八日、慶応から明治へと改元があり、ほどなく、木下なにがしと名のる使者がたずねてきた。

「新政府より、豊太閤の廟所を経営するようおおせつけられたものでござる。向後(こうご)、廟所へ出入りすることになるが、その便宜をとりはかるようにとの通達をとどけにまいった」

つぎにやってきたのは、豊国山廟再興御用掛(ごようがかり)と称する政府の役人たちだった。筆頭格の人物は、内藤大学なにがしといい、近衛家の家人(けにん)であり、豊公臣下の後裔にあたるものだという。

かれらは、門前近くの旅宿に逗留し、検閲官をひきつれて足しげく山内に出入りしはじめた。

あらゆることが別世界のことのように動きだした。しかるべき手だてもうてず、とまどっているあいだにも阿弥陀ヶ峰は妙法院からきりはなされてゆく。そのむかし、甍をきそうように西麓をにぎわせた堂塔伽藍がわずかひと月あまりのうちにすがたを消し、広大な社地が、無為にしてかれらの手に転がりこんできたときのように……。

あんのじょう時間はいらなかった。ひと月もせぬうちに新政府は、かつての豊国社一帯の土地を妙法院からとりあげた。

ところが、そのご廟祠(びょうし)の再興はまったくといっていいほどすすまなかった。

ひとにぎりのリーダーたちがぶちあげた「祭政一致」が数年で破綻し、行政機関の頂点にいちづけられた神祇官があえなく廃止。「廃藩置県」によって士族のいっせいリストラが断行され、実質的本質的な「改革」がはたされるなど、中央官制・地方制度が劇的な変革をとげるなか、社祠(しゃし)の再建はあとまわしにされざるをえなかった。

そこでひとまず、阿弥陀ヶ峰「墓前」をもって「豊国(とよくに)神社」とし、国家が奉幣をおこなう「別格官幣社(べっかくかんぺいしゃ)」に列することとした。天皇の「御沙汰」から五年をへた一八七三年（明治六）八月一四日のことだった。

のち、京都と大阪で社地の選定が急がれ、一八七五年（明治八）四月には、京都東山の地に「本社」を再建し、大阪にも摂社として「別社」を創建することが決定。京都は東山大仏の跡地に、大阪は中之島の熊本藩邸跡地に境内地が整備され、ようやく社殿が造営されて遷宮祭がいとなまれるまでには、さらに五年の歳月を要することになる。

一八八〇年（明治一三）九月五日、「豊国神社」の正遷宮祭が京都で、同月二八日には、別社「豊国神社」の正遷宮祭が大阪でいとなまれ、国家神としてよみがえった秀吉の霊が迎えられた。

二六〇年ぶりに「豊国社」の復活がはたされたのである。

いっぽう、阿弥陀ヶ峰山上にある墓所は、明治二年（一八六九）に、高台院おねの兄木下家定をルーツとする足守藩と、家定の三男延俊をルーツとする日出藩によって冊門がもうけられたが、藩が消滅してのちは荒れるがままとなっていた。

これを憂え、神廟の再興にむけて奔走したのは、実父萩原員光のあとをうけて京都「豊国神社」の宮司についた日野西光善子爵だった。員光は、「豊国社」創建当初の宮司であった萩原兼従から九代目の子孫にあたる。

「天皇より豊国廟再興の御沙汰があってから、はやくも二十年の歳月がすぎてしまった。その間、豊国神社はりっぱに再建され、大阪の地にも別社が創建されて国家神・豊臣秀吉の復権ははたされたが、阿弥陀ヶ峰のいただきにある廟墓は、三百年ものあいだ参道を塞がれたまま荒れるにまかされている。このままでは叡慮に背くことにもなり畏れ多いかぎりである。いっときもはやく再興を……」

光善は、蜂須賀・鍋島・前田など豊臣家ゆかりの家々、山県・伊藤・西郷など政府の要人にもねばりづよく働きかけた。そして一八九〇年（明治二三）六月二五日、朝野からの募金によって「豊国廟」を復興すべく「豊国会」が結成され、ここに「明治の陣」第二ラウンドの幕がきっておとされたのである。

会長についたのは、黒田長政から数えること一三代目の当主にあたる公爵黒田長成。評議員には公爵近衛篤麿はじめ山県有朋・伊藤博文・西郷従道・土方久元ら政府要人、蜂須賀茂韶・鍋島直大・前田利嗣ら豊臣家ゆかりの旧大名が名をつらねた。

ときあたかも、軍事拡大こそ国家独立への捷径であると信じる山県内閣のもとで、「立憲君主制」による国家が動きだそうとしていた。前年二月一一日には「大日本帝国憲法」が欽定され、当年七月一日に実施された日本初の総選挙では、立憲自由党・改進党などの「民党」が、三〇〇議席中、一七一議席を占めて圧勝した。

一一月二五日には「第一回帝国議会」がひらかれたが、山県は、「民党なにものぞ」といわんばかりに連合艦隊を待機させ、施政方針演説では、「利益線」を死守しなければならないとぶちあげた。

「国家独立自営の道は、一に主権線を防御し、二に利益線を防衛するにある。列強のあいだに立って独立を維持しようとするなら、主権線を守って足れりとせず、かならずや利益線を防護すべきである」と。

主権線が国境なら、利益線は朝鮮半島。これを守るためにはロシアやシナとの衝突も辞さぬという強硬いっぽんやりを鮮明にし、つづく三〇日には「教育勅語」を渙発した。

「一旦緩急あれば義勇公に奉じ、以て、天壌無窮の皇運を扶翼すべし」

利益線を守るに必要欠くべからざるは、一に兵備、二に教育。きたるべき対外戦争にそなえ、すべての国民を「愛国の強兵」に育てるためには、国民組織のうえに、大いなる「国民統一の思想」を注入しなければならぬというわけだ。

維新後最大の内乱となった西南戦争が終わるや「参謀本部」をつくって政権から「兵権」、すなわち「統帥権」を独立させ、みずから本部長について「軍人勅諭」の作成を主導した人物の、あざやかな手さばきだった。

はたして、一八九三年の「第四回帝国議会」までは軍拡・増税路線に反対してきた「民党」が、「倒閣」運動がらみで対外強硬派とスクラムをくみ、政府批判をつづけてきたジャーナリズムがこぞってそれを支持すると、世論は一転「強硬論」一色となり、翌一八九四年六月には朝鮮出兵、つづく七月にはついに対清開戦へとなだれうった。

むかし豊公が征韓のとき　寒風身を切るしののめに
明軍三十万の大兵を　朝の霜とちらしつつ　武名残しき碧蹄館……

歌集『支那征伐の歌』のなかで「豊公の征韓」を讃えたのは佐々木信綱だったが、開戦直後の八月六日、博文館から刊行されたこの歌集は、新聞各社あげての絶讃をうけてまたたくまに版をかさね、ひと月後の九月九日には、第六刷を発行するベストセラーとなった。

朝鮮国の独立を　世界にはじめて知らせしは　義俠にあつきわが国ぞ
義俠にあつきわが国は　いまだ開けぬ隣国を　いまだ進まぬ隣国を　たすけ進むるつとめあり

豊島・成歓・平壌・黄海における連勝につぐ連勝。つぎつぎともたらされる捷報を追い風として歌は大流行し、だれもかれもが歌詞を口ずさんではもてはやす。銃後だけではない。「第一軍」の前線では、司令官山県大将みずからが軍歌をつくって将兵たちの士気をあおったという。

尊かりける皇の　御稜威は四方輝きて　わが日の本のますらおが　旭の御旗ひるがえし
むかういくさの鋒先に　なびかぬ草のあるべしや……渡れや渡れ鴨緑江　渡れや渡れ鴨緑江

天皇も軍歌をつくった。「御製軍歌」である。「大本営」付きの呉海兵団軍楽隊楽長田中穂積が曲をつけた。

ころは菊月なかば過ぎ　わが帝国の艦隊は　大同江を艦出して　敵の所在を探りつつ
目ざす所は太弧山　波を蹴立て行径に　海羊島のほとりにて　かの北洋の艦隊を
見るより早く開戦し　あるいは沈めまたは焼く　わが砲撃にかの艦は　跡しら波と消失ぬ
義勇義烈の戦に　敵の気勢を打挫ぎ……凱歌は四方に響きけり　凱歌は四方に響きけり

この対外戦によって軍歌はいちやく国民的なエンターテイメントとなり、開戦から台湾制圧にいたるあしかけ二年のあいだにつくられた軍歌は一三〇〇曲をこえ、世に出た軍歌集は一四〇冊を数えたという。

はたして、「大ニッポン」は文明の進歩を妨害する「無礼の国」清国に勝利した。挙国一致の昂揚が、凱旋祝賀の熱狂が、いやがおうにもナショナリズムをおしあげる。

くしくも一八九四年は、平安遷都一一〇〇年にあたっていた。京都では、これを記念すべく「京都内国勧業博覧会」が計画された。開催は「下関条約」がむすばれた翌九五年四月にずれこんだが、その目玉として岡崎の地に復元された

「平安宮」の神殿には、遷都をおこなった桓武天皇が祭神として迎えられ、官幣大社「平安神宮」が創建された。

ここにきて「豊国会」も本腰を入れないわけにはいかなくなった。

「煌かしき征韓の大業」をなし、「歴史に燦たる名をきざむ天下人」がねむる「宝域」が、たずねるすべもない山のいただきで野ざらしになっている。その再興に手をこまねいているなどはもはや、ありうべからざることにちがいなかった。

一八九六年（明治二九）七月、同会は「趣意書」を配布。大々的に募金活動を開始した。

そこには、秀吉の没後三〇〇年にあたる一八九八年を期して廟所修築の功を竣め、「一大祭典」を執行し、全国をあげて「豊公欣慕」の意を顕らかにしようという、明確な事業目的がしめされた。

「かつて正一位を贈られた前関白太政大臣豊臣秀吉公は、慶長三年八月一八日をもって山城国伏見城に薨ぜられ、阿弥陀ヶ峰に葬られ、『豊国大明神』の勅号を賜わって世に追崇せられたにもかかわらず、豊臣氏が亡ぶや、神号を止められ、廟所の宝域をことごとく廃され、阿弥陀ヶ峰にいたっては荊棘が嶺いちめんをおおい、墓所は草葎が鎖のようにとりまいて風雨のなすがままとなっている。

往時、豊公が、元弘いらい二百六十年の争乱をおさめて天下を統一し、皇威を東洋に輝かせ、国光を海外に宣揚せしめられた偉業は、われら日本国民がすべからく記憶にとどめおくべきであり、いわんやいま、外交複雑にして、国威をますます拡張すべきときにあたり、公の英霊をたよりとして国民尚武の気風を奨励することは、だれしもが切望するところ。

しからばすなわち、全国有志諸君に告ぐ。われら諸君とともに同心戮力して、宝域修築および一大祭典執行の大成を期すべきなり」と。

募金開始から九か月をへた九七年（明治三〇）四月一三日、かつて秀吉が山上に埋葬された日を待って「豊国山廟修築起工奉告祭」がいとなまれ、つづいて、拝殿などの地鎮祭がおこなわれた。祭典には、京都府庁高等官、帝国京都博物館長、主殿寮出張所長、府・市・郡会議長、地裁裁判長・検事正をはじめ、豊国会員ら一〇〇人あまりが参列した。

翌日からさっそく工事が始まった。まずは葬所を数メートル掘りさげる。墓碑を建てる基礎を固めるためである。

というのも、秀吉の英霊をたたえるモニュメントとしてえらばれたのが、じつに高さ一〇メートル、総重量二五〇トンにもおよぶ石造五輪塔だった。神廟に仏塔というとり合わせの斬新さもさることながら、二五〇トンもの石造物をのせる基壇を造るとなると、相応の深さが必要となる。

掘削は、考古学調査さながら慎重にすすめられた。なにしろ、いまやふたたび神として崇められることになった人物を埋葬した、まさにその場所を掘りかえすのである。わずか五メートル四方ほどの広さを掘りすすめるのに二週間。ちょうど一メートルほどの深さになったところにきて、はたとシャベルが止まった。瓦がザクザク出てきたのだ。表面には朱で経文が書き写され、銅の針金で束ねられていちめんに敷きつめられていた。

丁寧にそれらをとり除く。と、胞衣壺のようなものが二つあらわれた。なかには骨灰のようなものが入っていて、さらにその下に平らな石がおかれていた。平石をとり除けると、そこには、ひとかかえもある大きな壺があった。高さ八〇〜九〇センチメートルほどの素焼きの壺で、「ひねりつち」の五文字が箆の先で彫まれていた。

おそるおそる毀れ目から覗いてみる。すると、なんとそのなかには全骸があり、手を組み、あぐらをかいたような格好で西を向いている……！作業員たちはさぞや腰をぬかしたことだろう。

工事はただちに中断された。葬所には仮屋を建てて錠をかけ、周囲に竹矢来をめぐらして、巡査が昼夜交代で警備にあたることとなった。壺の出土について箝口令がしかれたのはいわずもがなのことだった。

四月三〇日、経瓦が出たことをいちばんに報じた地方紙『日出新聞』も、工事の中断をつたえた五月一日号では、「なお、ほかに容易ならぬ事柄もあるにつき」とペンをにごさねばならなかった。

さっそく実地検分がおこなわれた。東京からは太田峯三郎貴族院書記官長が「豊国会」会長代理としてやってきて検分に立ち合った。ほかには、「改修設計書」をつくった建築部主任技師伊東忠太、山田信道京都府知事、「豊国会」の役員に名をつらねた日野西光善子爵をはじめ、おもだった委員や技師たちがくわわった。

壺のなかの遺骸ははたして、ほんとうに豊公その人なのだろうか。

つたえられるところでは、豊公の亡骸は木棺に納められて安置されたといい、甲冑や太刀や黄金などが副葬されたという記録もある。それらがないとなると、盗掘にあったか改葬されたかいずれかであろう。が、いずれにしても、出てきた遺骸は豊公のものであると考えざるをえないだろう。

だとしたら、この「恐惶至極」の事態をどう収拾すればよいものか。掘りかえしてしまった遺骸のあつかいはもとより、場合によっては修築計画を一からみなおす必要もあるだろう。葬所の破壊をともなわずに巨大モニュメントの基礎をつくることは不可能なのだから……。

まずもってザクザク出てきた経瓦は何なのか。なかには「延享四年丁卯八月十八日」の日づけがしるされたものがあり、「国泰院殿百五十回」うんぬん、天台座主なにがし、あるいは法眼なにがしとしるされたものもある。延享四年は一七四七年。八月一八日は秀吉の祥月命日。「国泰院」は秀吉の法号「国泰院俊山雲龍大居士」のこと……。

ということは、かつて広大な社地をもらいうけ、いっさいを破却することにくみした妙法院が、葬所に経瓦を埋納して秀吉「百五十回忌」の法会をいとなんだということになる。

改葬はそのさいにおこなわれたということか。しかし、なぜ墓所を掘りかえしてわざわざ経瓦を埋納したのか。それらの瓦はいったいどこにもちいられていたものなのか——江戸時代前期の「洛中洛外図屏風」には、峰のいただきに廟堂とおぼしき瓦葺きの堂舎が描かれたものが数点つたわっているというが……。

そしてなにより、素焼きの壺があまりに粗末なのはどうしてだろう……。

疑念や不審がつぎつぎと湧いてくる。が、検証するしかるべき手だてもないいまとなっては追究を断念せざるをえず、修築工事を継続するのがよかろうということになった。

最大の厄介は掘りかえしてしまった遺骸だった。壺に入ったまま埋めもどすのがよいのか、それとも改葬すべきか。なかなか意見がまとまらず、急ぎ黒田会長の来京をあおぎ、そのうえで改葬する方向で事態を収めることにした。

じつは、検分のあと幹事や委員立ち合いで調査をおこなったさい、遺骸をとり出そうとしたまさにそのとたん、一瞬にしてそれらは砕けてしまったというのである。三〇〇年という歳月の、おのずからなせるわざだった。

改葬は丁重をきわめた。

バラバラになった遺骨をひとつひとつ絹布で包み、桐の箱に入れて朱詰めをし、それをさらに厚手の銅の方櫃に納めて「壙誌」をのせる。「明治三十年五月十日　豊国会長正四位勲四等公爵黒田長成謹誌」と銘うってしるされた墓碑銘は、とうじ京都通史の編纂にたずさわっていた歴史学者湯本文彦が黒田にかわって撰文した。漢字数にして二五〇文字。それらを銅板に楷書で浮彫み、全体を二度鍍金して仕上げたみごとな「壙誌」であったという。

それを銅櫃の上におき、さらにひとまわり大きな石櫃に納め、すきまには、砕けた壺のかけらや骨についた土など、発掘のさいに出てきたもろもろのものを詰めて納棺を完了した。

基礎工事の計画は変更をよぎなくされた。掘りすすめた葬所の深さが二五〇センチメートルに達したところで、コンクリートを流しこむ。基礎を固め、その上に厚さ二四センチメートルの板石を敷き、遺骨をおさめた石櫃を安置する。そしてあまたの経瓦を納め、全体をふたたびコンクリートで固める。それを五輪塔の基壇とするというように。

ちなみに、粗造であることから関係者の首をかしげさせた素焼きの大壺のなぞが、のちに解決した。

壺は、備前焼の三石入りの大甕であり、篦さきで落書きしたように彫まれた「ひねりつち」というのは、甕のなかでも最高級品にだけ彫まれるものだということがわかったのだ。

そうとわかってみればなるほど、おなじように、北政所おねのねむる京都高台寺の御霊屋の床下にも、亡骸を納めた甕棺が上縁部をのぞかせている。

仰天つづきだった墓所の基礎工事が軌道にのり、あわせて唐門や拝殿・廟務諸の建設、参道石段の工事も始められた。

参道の石段。これがまた突飛というか奇抜というか、じつに容易ならざる計画だった。

神としてよみがえった「豊公」の廟所に、仏式の五輪塔を建てる。それだけでもやんやの物議をかもした伊東忠太の「豊公墓改修設計」。そこにえがかれた参道は、かつて「豊国社」の本殿がきずかれた太閤坦から、山頂の廟前正面までを一直線にむすんで石段を築くというものだった。

廟墓のある阿弥陀ヶ峰頂上の標高はおよそ一九〇メートル。山麓なかばにいちする太閤坦から一段をふみだすとはいえ、これまで曲折しながら登った山の斜面を、直登しようというのだから大それていた。設計によれば、廟前までの階の数は五〇〇段。斜面をたてに切り裂くように参道をもうけるだけでも骨折りだが、その場所に膨大な数の石材を運びあげて石段を築くには、労力だけでなく職人技の大動員が必要となる。

伊東忠太は、この四六年後、建築界ではじめて文化勲章を受章し、建築史の創始者として知られることになる人物だ。現存する他の作品にも、仏教発祥の地インドの石窟寺院や仏塔をイメージした築地本願寺や、ロマネスク様式をとり入れた現一橋大学の兼松講堂、大蔵喜八郎が金閣・銀閣につぐ銅閣として建てた祇園閣など、斬新なものが多くあるが、とうじはまだ帝国大学工科大学の大学院に籍をおく一研究者だった。

当年かぞえて三一歳。二年まえには平安神宮の設計にたずさわり、いままた「豊国会」の建築部主任技師としていっさいの設計をゆだねられた彼は、墳墓に鍬を入れることさえ「不敬」だとして反対する古色蒼然とした観念のもちぬしがあつまる同会にあって、どんな手ごわい古狸を敵にまわしても自説をまげなかった。

　わけても抵抗がつよかった五輪塔についてのコンセプトはつぎのようなものだった。

豊公が、織田信長の一周忌法要のために創建した大徳寺総見院の墓所に建つのは五輪塔である。全国各地にある信長の墓のなかで、ただひとつ正親町天皇の勅許を得て建立した由緒ただしき墳墓であり、これを雛型として墳墓をデザインすることは、豊公の意思にかなっている。

　史的観点からいうなら、中世いらい豊公の時代にいたるまでの墳墓はもっぱら五輪塔だった。その古例にのっとり、かつ、古来の五輪塔のなかでもっとも壮大なスケールをもつのが豊公の墳墓となる。それを峰のいただきに建てるのだから、これいじょう雄偉な観はほかにはない。

　ゆえに参道もまた比類ないものでなければならず、廟所の荘重をいやまさんため良石を敷きつめ、それらはしかも、墓前正面へとまっすぐにかけのぼるものでなければならないのだと。

　この計画にもちいる石材の量は二万才をこえるという。一才は一辺が一尺の立方体の体積だから、およそ二八リットル。二万才は、五六〇立方メートルすなわち五六万リットルにもなるが、それらの石は岡山県や愛媛県などから切り出され、海路と川路をつかって伏見へと輸送される。秀吉の「天下普請」さながらの大事業である。

　ところが、いざ参道工事に手をつけようというときになってなお解決をみない問題があった。

東大路通りから太閤坦に至る参道を塞ぐように鎮座している「新日吉社」との移転交渉である。

参道を塞ぐようにして、ではなく、まさしく塞ぐために妙法院が、かつて二層の楼門があった「豊国社」参道の入り口から太閤坦へ至る途上に「新日吉社」を新造した。

　明暦元年（一六五五）、堯然法親王が門主であったときのことである。とうじ三度目の天台座主の地位にあった堯然は、後陽成天皇の第六皇子、ときの治天下後水尾院の異母弟にあたる人物だ。

　新日吉社。歴史をさかのぼることさらに五〇〇年、同社のルーツは、永暦元年（一一六〇）に後白河院がみずからの隠居所「法住寺殿」の鎮守として「日吉社」を勧請したことに始まった。

　そのおり、はじめて新日吉社検校に任じられ、社領を安堵されたのが妙法院の門主昌雲だった。

いらいながく妙法院が「新日吉社」の別当となり、管理・経営にたずさわってきたのだったが、後醍醐天皇第八皇子尊澄法親王の門主時代に政変にまきこまれ、「建武の中興」が崩壊したあとは寺運そのものが凋落の一途をたどり、徳川の世をむかえるころには、社祠は「あれどもなきがごとき」ありさまだったという。

叡山焼討ちに象徴される織田信長の山門制裁の時代には、天台座主、すなわち天台宗総本山延暦寺の貫主それじたいが停止されたほどであり、それでなくても梶井・青蓮院門跡の下風にたたされてきた妙法院の衰運は推して知るべしである。それが、豊臣・徳川政権交代期の緊張と変転をたくみにとらえ、ついに「豊国社」の境域および神宝・諸道具いっさいを下げわたされ、少ないながらも一六〇〇余石を家康から安堵される寺院となった。

いらい四〇年。廃れていた「新日吉社」を復興することができるほどに寺運もうわむき、異母兄後水尾院の院宣を得て、後白河院ゆかりの神社を妙法院の鎮守社としてあらたに造営した。そのさい、七条大路の南側にあった創建いらいの社地をはらい、同院境域のなかの、すでに負の遺産でしかなくなった「豊国社」参道上に遷座したというわけだ。

ついでながら、明暦元年は、はじめて関東の日光山から天台座主が誕生した年にあたる。

座主の宣下をうけたのは、青蓮院で得度し、東下して東叡山「寛永寺」に入り、東叡山と日光山の貫主を兼ねることになった後水尾院第三皇子尊敬あらため守澄法親王だった。これによって日光山は「輪王寺」の勅号を賜わり、いご輪王寺宮門跡が比叡・東叡・日光の三山を管領する、天台一宗総本寺となるにいたった。その大きな画期において、上洛した尊敬に戒を授け、座主の椅子を明けわたしたのが、参道を塞いだ妙法院門主堯然だった。

が、もとよりそんなことは「豊国会」の知ったことではない。そもそも、家康のひと声で妙法院に社地が下げわたされていらい三〇〇年、参道は閉ざされたもどうぜんだったのであり、いまはそれを、何がなんでもとりもどさねば廟所修築・再興事業ははたせない。ために、「新日吉社」にはたち退いてもらうしかないのである。

交渉の相手はしかし、同社を境域にもつ妙法院だけではなかった。

後白河院ゆかりという格式の高さから、朝権がいちじるしく衰退した時代にあっても、禁裏や女院から新日吉社への寄付はとだえることはなかった。いわずもがな歴史はふるく、「あれどもなきがごとき」ありさまとなった時代にも、地縁の神としての新日吉は、霊力を失ってはいなかった。

はたして、妙法院の寺域に再興なってのちは、篤志家からの寄進や奉納、町衆の「講」の支援によって社運の回復がはかられ、享保一五年（一七三〇）には「神幸」行列などの祭礼が復活。ひろく民間の信仰をもあつめてきた。

そしてむかえた「御一新」。神仏分離と廃仏毀釈をへて同社の管理は妙法院の手からはなれ、のち社祠の修改築や祭礼など、いっさいのことがらが氏子や氏子町の奉仕によって、あるいは、いっぱん信者からの奉納によってまかなわれてきた。ことが厄介なのはそのためだった。

すなわち、朝廷から寄付された七本の神鉾を保管し、火事で失われればたびごとにそれを新調し、祭礼を守りつづけてきた七つの氏子町がモノ申さぬはずがない。屋根が傷めば葺きかえ、堂宇が傷めばそのつど修改築をほどこしてきた氏子たちも黙っていない。

かれらはしかも、そのむかし境内の奥に秀吉の神廟や社殿群があり、それらが妙法院の私的な破却によってついえたことなど知るよしもなく、妙法院の鎮守社がその境内にあるのはあたりまえのことだと思ってきた人々なのである。それら地域一円の了解をとりつけることは容易ではなく、交渉がとどこおるのは無理からぬことだった。

これが神と神の対決ならばあっさり秀吉が勝利する。

明治天皇制のもとではもはや「後白河院ゆかり」は機能しない。明治政府がつくりだした制度における社格は、豊国神社が「別格官幣社」、新日吉社は「府社」。国家の奉幣をうける「官社」と府県郷村の奉幣をうける「諸社」とでは、列格に画然としたひらきがある。

「別格官幣社」というのはしかも、「国乱を平定し、国家中興の大業を輔翼し、または国難に殉ぜしもの、もしくは国家に特別顕著なる功労あるものにして、万民が仰慕する人臣の霊社」として新設された明治政府オリジナルの社格なのである。そこに祀られた「別格」の祭神がねむる墳墓への参道を、元にもどそうというだけなのだから四の五のいうな、そこのけ、そこのけ……。元老クラスの政府要人がずらりと評議員に名をつらねる「豊国会」なら、そう一喝すればすみそうなものだが、氏子側もしたたかだった。

さいごまでもつれたのが、移転費用のほかにかれらが要求してきた五〇〇〇円をめぐる折衝だった。移転費用の一万四二〇〇円については双方折り合った。が、移転地の地盤がひどく軟弱だとかなんとかさまざま理由をつけて、別途補償金の上乗せをもとめてきたのである。

工期にもおされ、けっきょくかれらの要求を丸呑みするかたちで「覚書」が交わされたのは八月二四日。起工から四か月あまりがすぎていた。

すなわち、「新日吉社」の境内地二二〇〇余坪は「豊公墳墓兆域拡張事業」への協力として寄付される。移転費用一万四二〇〇円は「豊国会」が交付する。増額要求のあった五〇〇〇円は「保存費」の名目で、さらに屋敷地代として一五〇〇円を「豊国会」が交付する。また、「新日吉社」は、楼門にいたる畳石や参道――もとの「豊国社」の参道――を「豊国会」に寄付し、いご同社は、その祭礼や参拝のために豊公墳墓への参道を使用することができる。

移転・保存費用合わせて二万一七〇〇円。その妥当性のいかんはともあれ、「大坂夏の陣」いらい二八二年ぶりに参道を奪還した。豊臣ゆかりの家々・人々につながる会員諸氏にとっては、胸のすくような快事だった。

翌一八九八年（明治三一）三月二五日、すべての工事が完了した。

修築に要した石材は二万一二五五才、木材は七万一三九六才。動員された職人は、石工が一万六六六三人、木工が五三八四人、土工が四二三三人、雑工が二万五六九二人、総勢五万一九七二人。「職人」としてカウントされたものに限っても、一日平均一五〇人が阿弥陀ヶ峰で汗を流したことになる。

そして土工費、建築費をはじめ「三百年祭」の費用まで合わせた総経費およそ一五万円は、全国各地からあつまった寄付金一八万七〇〇〇円であがなわれた。明治三〇年ごろの小学校教員や巡査の初任給は八〜九円だったという。かりにとうじの一円を現在の二万円として換算すると、総経費は三億円ということになる。

復興なった参道入り口には堂々とした一の鳥居が、新日吉社の跡地には二の鳥居がよみがえった。どちらにも北木石の名で知られる備中の銘石、岡山県北木島産の花崗岩がもちいられ、おのおの二一〇〇円、一九〇〇円が投じられた。

また、廟所へと一直線にかけのぼる急勾配の石段は、太閤坦に建てられた拝殿から唐門までは三一五段、唐門から廟前までは一七二段を数え、のぼりきったいただきに一〇メートル四方の墳墓を画して高欄をめぐらし、高さ二メートルの基壇のうえに総高七メートルの五輪塔がそばだった。

球形の水輪の径は二メートル、宝形屋根型の火輪の幅は二・三メートル、先端をかざる宝珠形の空輪の径が一・二メートルもある五輪塔には、鳥居とおなじ北木島石、高欄と扉には伊予の銘石大島石がもちいられ、一万一〇〇〇円あまりが投じられたという。

一八九八年（明治三一）は秀吉没後三〇〇年にあたっていた。工期が急がれたのはそのためだった。

三月三〇日、白木の香りもかぐわしき拝殿において、また、隆りゅうたる五輪塔をあおぐ廟前において「竣工奉告祭」がいとなまれ、つづく四月一日には「豊太閤三百年祭」の「大祭奉告祭」がもよおされた。

四月一二日、太閤坦には、衆僧一〇〇〇人をともなって「豊太閤三百回忌」の法要をいとなむ浄土真宗本願寺派の宗主大谷光尊のすがたがあった。

雲ひとつなく晴れわたった春の一日、阿弥陀ヶ峰にはひねもす老若男女がおしよせ、妙法院の門前わきの入り口から一の鳥居をくぐり、二の鳥居をすぎ、法会のいとなまれる太閤坦にいたるまで、どこもかしこも立錐の地もないほどの群衆でうめつくされたという。

宗主をのせた馬車が一の鳥居に到着したのは午後三時。大きなどよめきのなかを徒歩で太閤坦にいたり、いったん廟務所に入ったあとふたたびすがたをあらわし、おごそかに拝殿へと足をすすめる。参拝者でうめつくされた太閤坦のざわめきは水をうったようになり、そして「法会」が始まった。

神廟の拝殿にむかって仏事というのも奇妙なことながら、色衣七條袈裟切袴の礼装もあざやかな一山一〇〇〇人の僧たちがたちならぶさまは、奇観、いや、だれもがため息をもらすほどの壮観であっただろう。

導師の声にあわせて経をとなえる一〇〇〇僧の声が峰の中腹にこだまする。聴聞衆が、数珠をまさぐり、称名を口にする。南無阿弥陀仏、南無阿弥陀仏、南無阿弥陀仏、南無阿弥陀仏……。波のようにくりかえされる諷経と称名。それらはやがて、西にかたむきつつある陽の光をうけてかがやく阿弥陀ヶ峰の木立をぬけ、空へ空へとのぼっていった。

午後六時、宗主はじめ衆僧らが山をあとにする。ときあたかも西の空がくれないに染まり、西山のシルエットがくっきりとうかびあがる。ひねもす東山を狂騒させた一大茶番を、淡々とながめつづけた山なみが……。

月命日にあたる四月一八日には、「妙法院」の宸殿において「三百回忌」法要がもよおされた。

檜皮葺入母屋の勾配がいかにもみやびな宸殿は、まさにこの日にあわせて新造なったものである。殿内の一室には、般若三昧院から遷されたといわれる歴代天皇・皇后・中宮の位牌が安置されていた。

その、まさに最高の格式をそなえた場に、毘沙門堂門跡の大僧正を導師にむかえ、袍裳七條袈裟の法服に身をととのえた三〇人の天台僧をあつめて盛大な供養法会がいとなまれた。

じつは、太閤坦への参道を閉ざしてからも、妙法院は、山内の阿弥陀堂でひそかに供養だけはおこなってきた。

廟所からザクザクでてきた経瓦に「国泰院殿百五十回忌」として延享四年（一七四七）の日づけがしるされていたことからも知られるが、「二百回忌」にあたる寛政九年（一七九七）にも、「二百五十回忌」にあたる弘化四年（一八四七）にも、かぎられた僧たちだけで法会をいとなんだことが内々につたえられている。

すなわち、年忌からすれば一年おくれとなった「三百回忌」法要は、妙法院が公然といとなむはじめての法会となったというわけだ。

四月一八日という日はなにより、「豊国大明神」の神号を勅許された秀吉の神霊を本殿に遷す「正遷宮祭」がいとなまれた日にあたる。というわけで、太閤坦の拝殿では「豊太閤三百年祭」の大祭式典が、円山（まるやま）公園では「醍醐の花見」を模した園遊会がもよおされた。

対清戦争に勝利した九五年一〇月に竣工したばかりの「帝国京都博物館」では、四月一日から「豊太閤遺宝（いほう）展」がオープンし、秀吉遺愛（いあい）の品々はじめ豊臣家ゆかりの遺物・古文書など、一〇〇〇点をこえる展示物が公開されていた。

また、高台寺や妙心寺・醍醐寺・北野天満宮をはじめ、豊臣家ゆかりの遺品をもっている神社一二社、寺院五六か寺でも――「豊国社」神宝殿に納められていたあまたの宝物をそっくりちょうだいすることになった妙法院はいわずもがな――「宝物展観」「寺宝展観」などと銘うっていっせいに宝物の公開がおこなわれた。

大祭二日目の一九日、セレモニーのあとには、金春（こんぱる）・観世（かんぜ）・宝生（ほうしょう）・金剛（こんごう）の四座に喜多（きた）・梅若（うめわか）・茂山（しげやま）などの諸流派もくわわって「神事能（しんじのう）」が奉納された。もちろん、晩年、みずから作り演じるほどに能を愛し、役者たちを保護した秀吉への恩返しとしての興行である。

豊公、太閤、豊太閤……。くる日もくる日も、ひたすらの豊太閤。まさに京都市中をあげての「太閤づくし」は六〇日間もつづき、それでもなお騒ぎがおさまらぬほどだったというからおどろくほかはない。

大祭の式典と興行は三日にわたっておこなわれた。初日のセレモニーに招待されたのは、五〇円いじょうの高額寄付者一一四〇人。一九日には一〇円いじょうの寄付者五四四四人、二〇日には二円いじょうの寄付者一万六八六四人が招かれ、招待者には、秀吉が馬印（うまじるし）にもちいた瓢箪（ひょうたん）をかたどった記章が授与された。

このほか、市内五〇か所にもうけられた取次所では、一般参拝チケットにあたる「参拝章」が一円で販売され、記章もしくは参拝章を持つ人たちだけに阿弥陀ヶ峰への登頂がゆるされた。

つまり、山上まで一直線にのびた五〇〇段の石段をのぼり、巨大な五輪塔をひと目なりとも拝もうとすれば、いまの価格にしておよそ二万円を支払わなければならないというわけだったが、「参拝章」の売れゆきはうなぎのぼり、能楽奉納の最終日にあたる二二日には庖丁式や素人能も披露され、阿弥陀ヶ峰のにぎわいは最高潮に達したという。

そのあいだにも太閤坦には、下京区元二七組鍵屋町から一〇〇人、日本絹糸紡績会社の職工ら六五〇人、愛宕郡高等小学校の職員生徒ら二〇〇人などさまざまな集団が旗をおしたて、あるいは隊伍をくみ、また、一〇人二〇人のグループが揃いのいでたちで踊りながらのぼってきた。

一の鳥居のかたわらには、祇園祭の鉾町が仮屋をもうけ、きょうは長刀鉾町、あすは函谷鉾町と交替であらわれては祇園囃しを奏で、祇園新地や先斗町・島原などの花街からは、芸妓・舞妓衆が装束もあでやかにくりだしくる。

撃剣道場の有志総勢二〇〇人が「賤ヶ岳七本鎗の武者行列」をおこなって大喝采をあびれば、上京三〇組では負けじとばかり、日吉丸の生いたちから関白太閤にのぼりつめるまでの「一代記」を仮装行列にしたて、一〇〇人もの町衆がコスプレイヤーとなってねりあるく……。

三十三間堂の北手では相撲がもよおされ、大仏跡地に再興なった豊国神社の境内では、「六斎踊り」が披露された。

市民お手盛りのお祭り騒ぎは、「豊国会」きもいりの舞踏集団「豊遊会」の「豊国踊り」とお囃子歌がくりだしたことでいっきにヒートアップ。一週間の予定だったもよおしは、四月三〇日まで延長しても熱がさめず、五月五日までくりのべされた。

ころは天文五年の春に元旦生まれの人は誰　豊公サン　ドエライ御威徳
すえに天下を握れるはじめ草履握りし人は誰　豊公サン　ドエライ御威徳
もとはいやしき民家に出でて神に祭らる人は誰　豊公サン　ドエライ御威徳
参れ人々あみだの峰に鎮まりまします人は誰　豊公サン　ドエライ御威徳

市内のいたるところ、憑き物がついたように踊り興じる集団がつぎつぎと湧きだしてきては、ひねもすよもすがら、昂奮が昂奮をかきたてておさまるところをしらず。警察署は「夜半十二時を過ぎてねりあるくものは取り締る」との警告を再三出さねばならず、工業同盟会は「操業中の工場になだれこんで騒ぐのを禁じてほしい」という嘆願書を出さねばならないほどだった。

四国九州小田原かけて責めてなびけし人は誰　豊公サン　ドエライ御威徳
国を治めて夷国を攻めて向かうに敵なき人は誰　豊公サン　ドエライ御威徳
朝鮮八道せめたてられて唐土が怖がる人は誰　豊公サン　ドエライ御威徳
参れ人々あみだの峰に鎮まりまします人は誰　豊公サン　ドエライ御威徳

人々はただわれを忘れて踊りつづけた。あたかも三〇〇年の時間をスリップしたかのように。

慶長九年（一六〇三）八月、秀吉の七回忌にあわせて、贅のかぎりをつくしていとなまれた「豊国大明神臨時祭礼」では、上京・下京から踊衆五〇〇人がくりだして「風流踊り」を披露した。

上京からは三組、下京からは二組。おのおの一〇〇人ずつがひと組となり、風流傘とよばれる巨大な傘をおしたててまちにくりだした。あるいは花笠をかぶり、あるいは手に玉椿や桜や芙蓉などの造り花をもった踊り手たち。大鼓や小鼓や笛にあわせて飛びつ跳ねつ、躍りあがり跳びあがり、拍子を打っては地を踏み鳴らす踊り手たち……。

「風流」の名とはうらはら、はげしい動作をともなう乱舞の渦は、まちのいたるところにもうけられた見物桟敷の歓喜をまきこんで、旋風のごとく輪をひろげ、都大路を踊りあるいたという。

「豊公サン　ドエライ御威徳」は、のちにかずかずの「祭礼図絵」にも描かれた「風流踊り」の踊衆が、跳ねあがりながら歌ったという踊歌にちなんでつくられたお囃子だが、「三百年祭」の大フィーバーは、おりからの軍国熱にあおられるようにして京のまちを「豊太閤」讃美一色にぬりあげていった。

もうひとつ、三〇〇年の歳月をこえて再現された奇態な光景があった。

四月二五日から連日、仏教各宗の僧侶たちが入れかわり立ちかわり神廟の拝殿前に参じ、「三百回忌」法要をつとめたことだった。初日の二五日、二〇〇人もの衆僧をともなって登山したのは天台宗、翌二六日には、真言宗の新義・古義両派が連合で年忌法会をいとなんだ。

のち、二七日には日蓮宗の本圀寺が、二八日には浄土宗西山派の禅林寺・粟生光明寺・誓願寺が、二九日は浄土宗鎮西派の知恩院・百万遍・黒谷・清浄華院が、五月二日には禅宗臨済派の南禅寺・建仁寺・相国寺・東福寺・天龍寺・大徳寺・妙心寺が……というように、各宗が一〇〇人あるいは二〇〇人という大勢の衆僧をようして供養法会をいとなんだ。

五月一八日、さいごの法会をつとめたのは、時宗の歓喜光寺・金蓮寺・安養院だった。

さかのぼること文禄四年（一五九五）九月、おりしも「唐入り」すなわち「朝鮮出兵」のただなかに、こつぜんとして始められた「太閤さま御先祖の御弔」。法会の場となった妙法院「大仏経堂」には、月にいちど、天台・真言・律・禅・法華・浄土・時・真宗「八宗」が、おのおの僧侶一〇〇人を出仕させて追善供養をいとなんだ。

新仏教といわれる諸宗と、おとろえたとはいえ朝廷や幕府からお墨付きを得た寺格をほこる天台・真言・五山禅宗とを、おしなべて考えるなど想像もできなかった時代に、それらを「八宗」とひとくくりにして一堂にあつめ、自身の先祖供養をいとなませた。秀吉が掌にした権力の強大さがいかばかりのものであったかを如実にしめす一事である。

戦国の乱世にあって、軍事的な勝利をかさねることでうちたてられた統一権力は、「武威」に正当性の根拠をおき、ために、「武威」をさいげんなく誇示することで権力基盤を強化させていった。

「武威」というのは、「絶大な武力の保有と行使」がもたらす「統治の安定」とでもいったらいいだろうか。

ともあれ、強大な軍事力と統治の安定がコインの裏表であるような「武家専制」時代に、権力者の欲求からくわだてられたグロテスクな法会が、近代法をもった国民国家の一画において再現されたことは笑止の沙汰ではすまされない。

しかもそのようにして供養され、顕彰讃美されたものが、「武威」をとおく海外へ拡大した「先駆者」としての秀吉なのである。

「贈正一位太閤豊臣秀吉公の墓前に告ぐ。そも、公は不生出の英資をもって戦国干戈のきわに生まれ、南征北伐、威武を内外に宣揚し、上は皇室を護し、下は群雄を御し、つねに大義名分を顕らかにし、もって皇基を富岳の安きにおきたるは、炳然として永く史冊に輝けり……」

四月一日にもよおされた大祭奉告祭で「祭文」をとなえ、一八日の大祭式典で「祝辞」をよみあげて「豊公」の威徳を讃えたのは、三〇〇年のむかし、黒田勢・大友勢一万一〇〇〇の兵をひきいて海を渡った黒田長政の子孫にして、ときの貴族院副議長でもあった祭典の主宰者「豊国会」の会長、正四位勲四等侯爵黒田長成だった。

「ああ、偉なるかな豊公の勲業、大いなるかな豊公の威名、古今につうじ、内外にわたり、たれかこれを崇敬仰慕せざらんや……。すでにして外征の帥を興し、おおいに辺陲を鎮め、封土を広め、もって皇威皇法を宇宙のあいだに光らしめんとす。威武赫々、とおく外に顕揚し、鶏林（朝鮮）震旦（中国）みな風をのぞんで震摂し、名を聞きて驚怖せざるはなし。ついにかれらをしてまたわが神州をうかがうの念を絶たしむるにいたれり……」

あげて世は、軍拡路線をひたはしっていた。あらたにロシアを仮想敵国としてうちだされた「十カ年計画」なる巨大な動員システムが、うなりをあげて国民いや臣民をのみこんでいた。

軍事費の国家歳出に占める割合が五〇パーセントをこえた「三百年祭」当年には、臣民は、すでに尋常ならざる軍事国家の収奪にさらされていた。にもかかわらず京都市中の人々は、お手盛りのお祭り騒ぎをくわだてて、大仕掛けに潤滑油をそそいでさえいたのである。

いや、おめでたいのは京都市民だけではなかった。祭典のもよおされた四月一日から五月末日までの二か月間、運賃割引をおこなった汽車や汽船は、官設鉄道をはじめ関西鉄道・九州鉄道・山陽鉄道・総武鉄道・甲武鉄道・成田鉄道・大阪鉄道・房総鉄道・日本鉄道・奈良鉄道・日本郵船・関西同盟汽船・大阪商船にわたっている。

つまり「豊公」顕彰讃美は「お国」がらみで喧伝され、全国各地から臣民がぞくぞくとやってきて「太閤詣」「豊国詣」に参じたというわけだ。

国を治めて夷国を攻めて向かうに敵なき人は誰　豊公サン　ドエライ御威徳
朝鮮八道せめたてられて唐土が怖がる人は誰　豊公サン　ドエライ御威徳

踊り、囃すこともまた、召集や徴用、軍夫募集や軍事公債募集に応じるのとおなじ、臣民としての義務だった。なんとなれば、帝国大ニッポンの「戦時」のあとにおとずれたのは「平時」ではなく「準戦時」なのだった。ためにハードもソフトも、ありとあらゆることが軍事を中心に「お国」かがり、行政主導ですすめられ、そこに参じないという選択肢はもはやありえなかった。

人々は「準戦時」動員システムに巻かれるまま踊り、踊っては囃し、囃しては踊り……。踊り、囃すことでシステムを加速する。踊ったり、囃したり、そうしているあいだに「お国」のなんたるか、「臣民」のなんたるかが「身体」をとおして刻みこまれてゆくのである。いみじくも「豊国」踊りとは！なんと当を射たネーミングなのだろう。

いみじくもということならば、さきの戦時、お国やお上のために身命をささげることは仏の教えにかなっていると、そう教え諭したのは、一〇〇〇僧をともなって「三百年忌」の法要をいとなんだ西本願寺宗主大谷光尊だった。

「そもそも仏教は、たんに未来得脱のことのみを説くものにあらず。未来の得脱を期すると同時に、人々本分を尽くし、国のために、君のために、身命を惜しまず、忠誠をいたすがすなわち仏教の本意にして、わが宗の、いわゆる真俗二諦というのはこれなり……」

一八九四年九月五日、陸軍「第六師団」司令部のおかれていた熊本城の城外、山崎練兵場において歩兵連隊五〇〇〇人をまえにして光尊が説いた教えの一節だ。

「第六師団」からはまもなく、長谷川好道少将ひきいる「歩兵混成第十二旅団」が、つづいて大寺安純少将ひきいる「歩兵第十一旅団」が、大将大山巌司令官指揮下の「第二軍」に編成されて海を渡ることになる。

一一月七日に大連に上陸した長谷川混成旅団は「旅順攻略作戦」にくわわり、翌年一月二二日に山東半島先端の栄城湾へむけて出港した大寺旅団は、清国北洋艦隊を壊滅させた「威海衛攻略作戦」にくわわることになる。大寺はちなみに、一月三〇日、一〇九名の死傷者を出した虎山北方高地のたたかいで戦死した。

「国のため君のため、敵を討ち、寇を殺す」ことは「不生戒」には障らない。むしろ「清兵を鏖殺して国威を光輝」することは「成道の因」すなわち、成仏得道の基にほかならない。

そういって宗主の御親教をかみくだいて諭したのは、随行長として宗主にしたがった大洲鉄然だった。幕末、長州征伐のさいには「真武隊」を組織して幕府軍とたたかったという老随行長の諭説は、あからさまな教理の倒錯だった。

「このたびの日清の戦争は、帝国の威光を発揚する千載一遇の好機である。諸君よ、どうか奮進いちばん、かの弁髪奴を鏖殺し、あっぱれ帝国の武勇を顕されよ。

さて、仏教においては不殺生戒などといって、物命を損害することを制止するが、それは、平時の無益の殺生を制止するものにして、一朝事あるときに臨んで、国のため君のため、敵を討ち、寇を殺すことを制止するものではない。正道にかなった師をおこして治国の基をなすことは、仏教がかえってすすめるところである。

諸君もいま、清兵をみなごろしにして国威を光輝することあらば、これすなわち成道の因となろう。

文禄の役に、豊太閤が朝鮮兵の耳を切りとって、これをもち帰り、耳塚を築いたことは諸君も知っているであろう。このたびもまた、清兵の弁髪をとり帰って、東本願寺に寄進された巨大な毛綱のごとき髪綱をつくり、他年の記念にのこしたなら一大快事となるにちがいない……」

豊公朝鮮征伐の記念碑「耳塚」に範をあおぎ、野蛮な弁髪どもをみなごろしにし、その髪で巨大な綱をつくって後世への記念としたならさぞ痛快なことだろう。よくもいってのけたものである。

山崎練兵場があったところは、慶長一五年（一六一〇）に加藤清正が熊本城を築いたさい、城外一万五〇〇〇坪の敷地に「花畑御殿」をいとなんだ清正公ゆかりの地であった。明治初年には鎮西鎮台がおかれ、西南戦争の戦地となって全焼。その跡地を練兵場として陸軍「歩兵第二十三連隊」が建軍された。

「唐入り」のむかし、清正もまた大勢の朝鮮人の耳や鼻を削ぎ、樽に塩漬けして秀吉のもとに送っていた。

いや、清正のゆかりをもちだすにはおよばない。強硬論の大合唱が対清開戦へとなだれうっていったころにはもう、故意にふりかざされた豊太閤の「朝鮮・支那征伐」のイメージは、あらゆる地方の人々にとって「耳塚」の記憶をおのずからよびさますものとなっていた。

開戦直後の八月四日、『万朝報』とならぶ大衆紙『二六新報』は、与謝野鉄幹の「宣戦令の出でたる日つつしみて詠める」歌八首を掲載した。その六首目には「大君」が、七首目には「から」が、そして最後の一首に「耳塚」が詠みこまれている。

死も生もさもあらばあれ　大君の御言の儘に　行くべかりけり
からのやつこ　憎さも憎し　一度は　我此太刀をまぬかるべしや
いにしへに何かゆづらむ　耳塚を　再びつくも　ほどちかくして

朝鮮征伐・支那征伐といえば豊太閤の「文禄・慶長の役」。文禄・慶長といえば「耳塚」。「耳塚」は、朝鮮・支那をたいらげ、武威を海外に輝かしめた証しであり、帝国が誇るべき勝利のモニュメントなのだった。

その「耳塚」はほかでもない、かつての東山大仏、いまの豊国神社の門前に建っている。「豊太閤三百年祭」ではいわずもがな盛大な法会がもよおされた。「稚児大供養」である。

執行したのは「妙法院」だった。大祭初日、宸殿で「三百回忌」の法会をいとなんだあと、大僧正いか三〇人の僧侶たちはそろって唐門を出た。楽人を先にたて、あまたの稚児行列をともなって帝国京都博物館の南側を西にすすみ、大和大路を右に折れて豊国神社の門前に至る。

そこには、阿弥陀ヶ峰の廟所どうよう祭典にあわせて修築なった「耳塚」の五輪塔が、新造の玉垣に荘厳されて面目をあらためていた。

京のランドマーク東山大仏とならんでながく名所のひとつだった「耳塚」は、正徳元年（一七一一）発行の名所案内『山城名勝志』に、「惣廻り百二十間、高さ五間、五輪の高さ三間、土台は一丈二尺」とあることなどから、往時は堀をめぐらせた大規模な塚だったことが知られている。が、それも廃れるにまかせられ、明治三年（一八七〇）、新政府が収公するも放置されたまま。みるにみかねた方広寺の住職村田泰良が、修築のための勧進・募金を始め、それをきっかけに「豊国会」が資金援助をすることとなって工事に手がつけられたという。

稚児大供養がいとなまれた四月一八日、正面柵内に「耳塚修営供養碑」が建てられた。碑文は、妙法院門跡村田寂順が撰じ、陸軍大将小松宮彰仁親王が筆をとった。

「隣敵と兵を交えるは、国威を宣べんと欲するのみ。その人を憎んで戮するにあらざるなり……。

史を按ずるに、征韓の後役、わが軍連捷。諸将、斬獲するところの敵の鼻を截り、功を献ずるあり。その数、幾万。豊公、その勝を喜び、その功を賞して、かの士、国のために命をいたすをあわれみ、その獲たるものを京都大仏のまえに埋め、築いて墳塋をなし、大卒塔婆をたて、名づけて鼻塚といい、五山の僧侶四百人を請うておおいに供養を修してその冥福に資す……。公の恩讐をわかたず、彼我を論ぜず、深く慈仁をたれ、もって平等に供養をもうくるを美とす。それ、恩を海外におよぼすこと広しというべし。いわんや交戦の敵国においてをや。

公のこの心を推すに、これ、こんにちの赤十字社の旨を、三百年のまえにおいておこなうといえども、あに、それ可ならざらんか……」

長々とした碑文は、つまるところ「征韓の後役」――日本では「慶長の役」、朝鮮では「丁酉倭乱」――のさなかに築かれた「耳塚」は、敵の死者にたいしても平等に供養をおこなった「豊公の慈悲・慈仁」を世に顕すものだと強調する。もちろん、修築を呼びかけた方広寺住職の功績をたたえる一文もくわえられた。

が、修築費・追悼費・保存費をふくむ多額の資金援助をはじめ、「豊国廟」の修造とあわせて修築工事を支援したことを知らぬものとてない「豊国会」の名は伏せられた。

「耳塚」がおのずからまとう犯罪めいた臭いや後ろ暗さが考慮されたものか、あるいは、会長の家祖にあたる長政が、「鼻削ぎ大遠征」をおこなった当事者であることが影を投げかけたものだろうか……。

慶長二年（一五九七）八月に始まった「征韓の後役」において、日本軍は、二〇万ともつたえられる民間人にたいして「鼻削ぎ」をおこない、「鼻数」をリストアップし、塩漬けにして石灰をまぶし、桶や壺に入れて秀吉のもとへ送るという、組織的な犯罪を大々的におこなった。

将兵が前線で削ぎとった鼻を、各大名家が集約して軍目付のもとへ送る。軍目付は、うけとった鼻験の数を確認し、たしかに受領したことを証明する「鼻請取状」をあたえる。それら豊臣政権が発給した受領証が、三〇通ほどいまにつたえられているという。

黒田家につたわる文書によれば、長政軍は、八月一六日、慶尚道の咸陽における「鼻削ぎ」をはじめとして、忠清道の天安・稷山・清安・清州・青山をへて九月一九日に慶尚道の開寧へ、二九日に梁山へともどってくる「鼻削ぎ大遠征」をおこない、その間に、八〇〇〇をこえる数の鼻を軍目付のもとに送っている。伝存が確認できるものに限っての数である。

8　唐入り（からいり）——出口のない「天下一統プロジェクト」

いまも往時とおなじ京都東山七条に境内をかまえる妙法院門跡。

幕末には、政変にやぶれた久坂玄瑞はじめ二六〇〇人の長州藩兵と尊攘急進派公家が一夜を明かした「七卿落ち」の舞台となった寺院でもあるが、庶民の目にはいかにもよそよそしい山門のすぐ奥に、国宝指定をうけている豪壮な桃山建築がある。

桁行二一・八メートル、梁間二三・七メートル、高さは一八メートル。城郭さながらのダイナミズムをそなえた入母屋造りの大庫裏で、妻側正面やや右よりにりっぱな唐破風つきの玄関をもち、本瓦葺きの屋根のうえには、物見櫓としても機能していた煙出しの小屋根がのっている。

ほんらい僧侶の住居にして時食をととのえる台所でもある庫裏は、寺の「お勝手」のようなものなので、煙をのがすために勾配のきつい切妻造りにするのが通例。また、桁行のほうが広い横長の建物であるのがふつうだそうだが、寄棟造りのうえに切妻屋根をくみあわせた入母屋構造をもつ妙法院のそれは、ほぼ正方形。内部を広くとるための手法にくわえて、格式のより高い建築様式をあえてえらんだことが知られるという。

のびやかな木組みの格子と白漆喰で仕上げた壁のコントラストのすがすがしさ。ゆるやかな反りのうえに憩う丸瓦のパターン。屋根のそこここから顔をのぞかせる魔除けの珍獣たちや愛らしい桃の実。蟇股から飛びだしてきそうな孔雀や獅子たち……。

瀟洒と磊落をかねそなえた外観のゆかしさもさることながら、その内部にこそ、この建造物の真髄をみることができる。入り口に土間、そのさきに八〇畳もの広さをもつ板間がひろがり、一八畳の座敷につづいている。天をあおげば、小屋組みをそのままみせた野天井がひろがり、天然木のたくみの世界がみるものの目を上へ上へとすいあげてゆく。

おどろくべきは、広々とした板間に一本の柱もないことだ。巨木の梁をたてよこに咬みあわせ、そのうえに大小の水平材と垂直材を架けあわせて屋根裏をささえている。梁の迫力と繊細な木組みのリズムが、二〇メートルもある吹きぬけ天井の中心へと収斂してゆくさまはじつに圧巻だ。

施主のなみなみならぬ意志が感じられるこの大庫裏は、僧侶の居所としてではなく、そもそものはじめから台所として建造された。

いまは「豊国神社」のある地に「東山大仏」の完成まぢかとなった文禄四年（一五九五）九月、秀吉は、真言宗・天台宗・律僧・五山禅宗・日蓮党・浄土宗・遊行・一向宗の「八宗」の僧侶八〇〇人を「大仏妙法院殿」にあつめて「太閤さま御先祖の御弔」をいとなみ、斎食を供して追善をつんだ。

のち毎月かかさずいとなまれ、「大仏千僧会」とも「斎会」と呼ばれるようになった供養会だが、大庫裏は、そのおり、大勢の僧たちがともにする仏事としての食事をつくるために造立されたという。

じつに、大棟の鬼瓦には慶長九年（一六〇四）の箆書きがあるといい、それじたいは「千僧会」が開始された年とひらきはあるが、庫裏が、文禄のすえから慶長のはじめ、秀吉の死の前後の時期に造営され、仕上げがなされた建物であることはうたがいようがなく、文化財としてはもちろん、史料としてもこのうえない価値をそなえている。

「きたる九月二二日より、毎月、大仏妙法院殿において太閤さま御先祖の供養法会をいとなむこととなった。ついては、八宗各宗より一〇〇人ずつの僧侶を出仕させよ。さすれば一飯分がくだされる。もし一〇〇人をそろえることができないようなら、そのむねを文書にして申し出よ」

京都所司代前田玄以から「八宗」各宗中へ、ふってわいたような沙汰がもたらされたのは九月一〇日。関白豊臣秀次粛清のあとにつづいた三条河原の惨劇から、わずかひと月のちのことだった。

法会の規模といい、あわただしい期日といい、なによりその方法というのが耳をうたがうようなものであり、「八宗」などと称して、いわゆる新仏教諸派とひとくくりにされた山門・寺門・東密すなわち天台・真言寺院の僧侶たち、さらには五山禅林の僧侶たちにとっては衝撃的なものだった。

そもそも「八宗」といわれてかれらの脳裏に浮かぶものは、天台宗と真言宗と南都六宗、つまり三論・成実・法相・

倶舎・華厳・律宗のほかにはない。それをたとえば「浄土宗以下八宗」などといわれても、かれらはただ思考停止するしかなく、いわんや「以下」のなかにみずからが包摂されているなどということは想像することもできなかった。

朝廷や幕府が主催する鎮護国家の法会や、勅許によっておこなう「大法」がいとなまれることこそ絶えてひさしいが、皇室や将軍家をはじめとする権門主催の法会や祈祷をもっぱらとしてきた天台・真言宗からすれば、五山禅宗ならばともかく、巷間の賤にまじわることも死穢をもいとわず、体制から歓迎されないばかりか、弾圧をこうむった歴史さえもっている新仏教諸宗は、いぜん異端であることにかわりがない。

じっさいには、民衆が世のなかを動かしてゆく時代が到来したことにより、かれら衆生の暮らしや価値観に根ざした諸宗のほうが圧倒的にうけいれられ、ひろまり、活況をていしていたのだが、たとえそうであっても、寺格において画然とした差のあるそれら諸宗とひとくくりにされ、のみならず、同日・同座の出仕を命じられるなどはありうべからざることだった。

いっぽう、秀吉のいう「八宗」は天台宗・真言宗・律宗・禅宗・浄土宗・法華宗・時宗・真宗なのであり、そこには格式の差も序列もなく、「八宗」を総称するにあたって「浄土宗以下八宗」というのも「真言宗以下八宗」というのもかわるところがない。狂気の沙汰としかいいようがなかった。

しかし、いまや天下人「太閤さま」にモノ申せるものなどなく、いったい「御先祖」とはどなたのことをいうのだろう、期日が二二日ということなら、三年前に亡くなった大政所のことをいうのだろう……というわけで、とるものもとりあえず、一〇〇〇僧の出仕というノルマをはたすべく騒動が始まった。

秀吉の母なかは、天正二〇年（一五九二）七月二二日、七六歳で亡くなった。二二日はじつにその月命日あたっていた。

ところが、法会は直前になって日延べされ、二五日にいとなまれることになった。

供養されるのはしかも法名を栄雲院道円、栄光院妙円といい、大政所の「御父母」すなわち秀吉の祖父母にあたる人たちであるという。栄雲院道円と栄光院妙円。秀吉の祖父母はいったいどのような人たちだったのだろう。

かれらにかかわる記述をもつ現存唯一の「伝記」――もしかしたら当時においても唯一の「伝記」だったかもしれない――『関白任官記』によると、祖父は「萩の中納言」とよばれる公家だった。

「祖父、祖母の素性をたずねれば、ともに宮中に仕えていました。祖父のほうは萩の中納言と申しあげたでしょうか、いまの大政所殿が三歳になった年の秋、ある人の讒言によって遠流に処せられ、尾張の飛保村雲というところに謫居して春秋を送る境涯となった。ところが、まもなく大政所殿が幼年にして上洛し、天皇のおそばに仕えることになりました。お側近くお仕えすること数年、里下がりをもらって尾張にもどってくるや、一子が誕生した。いまの関白殿下がその子にあたります。いまだ乳飲み子であったころから不思議なことが多かったが、それは殿下が天皇の血をひく王氏だからであり、そうでなければ、これほどまでの俊傑が世にあらわれるはずはありません……」

ひと言でいうなら、ある中納言クラスの公家の娘が、天皇の子をもうけた、それが秀吉だというのである。

『関白任官記』というのは、表題のごとく秀吉の関白就任にかかわる事跡の記録で、作者は大村由己。秀吉の祐筆にして、豊臣政権のスポークスマンでもあった、その人物が、天正一三年（一五八五）、秀吉の関白就任にあわせて、その正統性を主張・喧伝すべく著した「伝記」である。

そこに明記された秀吉の誕生日というのが「丁酉二月六日」、つまり天文六年（一五三七）二月六日。ときの天皇は、在位大永六年（一五二六）から弘治三年（一五五七）のながきにおよんだ後奈良院。今上である正親町の父王ということになり、そうであれば秀吉は、今上の二〇歳下の異母弟だということになる。

よくもまあ……。『関白任官記』がはたしてどのような経路で流通し、あるいはひろく世に流布したのかしなかったのかは不明だが、『任官記』のなかで主張された皇胤説には、おのずから、その著述を命じた秀吉の意思がはたらいている。あからさまななかにもしたたかな思わくが。

「御先祖御弔」の対象を、「生母」大政所ではなく、その「御父母」にかえた。母親の供養をして父親の供養をしないという不自然さをおおうために……？　いや、そうではない。父親というものをスルーするために。

すでにありとあらゆる権力を手にした「天下人」秀吉にとって、みずからのルーツ——皇胤であれ、日輪の子であれ——を語るうえに必要なのは「生母」だけなのだ。秀吉をたしかに産んだ母がいる。その母につながるものを管理・操作しうるかぎりにおいて、秀吉はいかなるものにもなれるというわけである。

もちろん、そんなことは、一〇〇人もの僧の調達に追われる各宗当局の知ったことではない。

真言宗では、東寺や醍醐寺、高山寺からも僧侶をかきあつめ、天台宗では、延暦寺だけでことたりず、園城寺の僧三〇人をくわえて一〇〇人とせざるをえなかった。中世いらい正統をめぐってはげしい対立をくりかえしてきた山門も寺門も、秀吉による「天台一宗」のくくりのなかではかわるところがないのである。

数の問題のつぎは次第である。もっともはげしく争ったのは、顕密仏教の頂点にあるとおのおのが自負してきた真言宗と天台宗だった。かれらが座次の一番を争えば、浄土宗と法華宗もまたどちらが上座かを争って道理を主張する。順序争いはのちのちまで尾をひき、「座次相論」すなわち訴訟にまで発展することになる。

宗祖日蓮いらいの「不受布施」、つまり他宗からの供養は受けず、他宗の寺院や僧へ供養を施さぬという「制法」をもつ法華宗の悩ましさはきわまった。受けず施さず。宗法の本質にかかわることだけに、この問題はのちに宗派内に深刻な対立を生むことになるのだが、ともあれそのおりは、本圀寺の僧二〇人を筆頭に、本能寺・妙満寺など京都の本山寺院一六か寺で一〇〇僧を分担した。

九月二五日、「大仏妙法院殿」には早朝から「八宗」の僧たちがつぎつぎとあつまり、一番・真言宗、二番・天台宗、三番・律宗、四番・禅宗、五番・法華宗、六番・浄土宗、七番・時宗、八番・真宗の次第で御先祖供養の斎会がいとなまれた。

「大仏妙法院殿」は、東西およそ四〇メートル、南北およそ三〇メートルもある巨大なお堂であったといい、「大仏経堂」「大仏の奥妙法院殿経堂」などとも呼ばれていた。もとは、秀吉が後白河院の「法住寺殿」ゆかりの地に「太閤御所」として建立したもので、そのたび「千僧会」をいとなむにあたって、法住寺・新日吉社との機縁浅からぬ妙法院が故地にもどされ、斎会の管理をまかされることになったという。

「千僧」には、牛蒡・こんにゃく・汁あつめ・煎り麩・煎り昆布・荒布・飯などを調えた「本膳」、冷製の「小汁」、御菓子および「中酒一返」が斎として供養される。それらの費用を米に換算すると、僧一名につき五升七合七夕。八〇〇人で四六石一斗六升となり、月にいちど斎会をいとなむと、一年間に七九九石四斗四升、およそ八〇〇石のついえとなる。お坊さん一人につき、年間一石の経費を投じて斎会がつづけられたというわけだ。

胸中かいもく釈然とせぬ、あるいはすえかねる思いを腹にかかえた八〇〇人の僧たちが、各宗それぞれの礼式・作法にのっとり、あるいは僧綱や戒臈に応じたとりどりの法服・礼装をととのえ、ゆえゆえしげに山門を出入りし、境内を往き来する。さぞや壮観・異観であったにちがいない。そして、一〇〇僧の声の共鳴による八宗八様の聖なるしらべが、つぎからつぎにひびきわたる一二〇〇平方メートルの空間というものがいったいどういうものか……。

絶大な世俗権力を荘厳するために十把ひとからげにされた八〇〇の聖職者の大合唱。ひとつところにいながらあらゆる御法に結縁できるこのうえない法会。好事家ならずともゆかしさをかきたてられるが、その前代未聞の斎会に立ち合うべく、「御弔」当日には、「太閤さまの御先祖」には縁もゆかりもない野次馬たちもぞくぞくと聴聞につめかけた。

妙法院の史料によると、栄雲院道円の祥月命日は四月二五日、栄光院妙円の祥月命日は六月二九日。というわけで、そのご「大仏千僧会」は、一〇月二五日、一一月二九日、一二月二五日、正月二九日……というように、ふたりの「御先祖」の隔月ごとの命日にいとなまれることとされた。

さらにのち、慶長四年の五月には、「月番制」への変更によって、「御先祖」の祥月命日のある四月・六月のほかは毎月「一宗」ずつが交代で法要をつかさどることとなる。つまり、四月と六月のほかは八か月にいちど「月番」がめぐってくるということで大幅に負担は減じられた。

が、月ごとの斎会それじたいは、慶長三年（一五九八）八月に「太閤さま」が亡くなったあともつづけられ、慶長二〇年（一六一五）五月、秀頼の死によって豊臣氏が滅亡するまでの二〇年間、絶やすことなくいとなまれた。

これによって「新義の八宗」というそれまでとはまったく異なる秩序が、近世の宗教政策の基盤として徳川政権にうけつがれてゆくことになる。これも、「天下人」という、開闢いらいのヒエラルキーを超越した権力者でなければなしえなかったパラダイムシフトである。


いっぽう、ふってわいたような「太閤さま御先祖御弔」騒動に、僧たちあげてふりまわされた文禄四年（一五九五）九月には、着工からあしかけ八年の歳月をついやした「東山大仏」が本尊、大仏殿ともに完成まぢかとなっていた。

大仏殿のスケールは、桁行八八メートル、梁間五四メートル、高さ四九メートルというこれまた前代未聞の巨大なもので、本尊の座高は一九メートルもあったという。

その比類なさについては縷々ペンをあらためねばならないが、九月二一日には、大仏住持に任じられた聖護院宮道澄法親王の移徙があり、寺領一万石を授けられた。「大仏斎会」をまかされたのは天台山門派門跡、「新大仏」住持は寺門派門跡がつとめることになったというわけだ。

それにしても、大仏のまったき竣工を待たずして道澄が方丈に移り、数日後にはすぐその東どなりの妙法院で「千僧会」がいとなまれる。あわただしいというか、とってつけたというか……。なにかしらそこに尋常ならざるものをみてとったのは、あまねく京・伏見の貴賤のおなじくするところだった。
というのも、かれらの脳裏には、ついこの二か月のあいだに目にし耳にした惨劇のさまが、容易にはぬぐいようもないほどに刻印されていた。

いまだに血の臭いをただよわせている三条河原。みせしめの刑場となってまだ歳月の浅いその河原に、白無垢経帷子に身をつつんだ関白殿下御女中衆三〇人あまりが護送され、つぎつぎと首を刎ねられたのは、とぐろをまいたように残暑いすわる八月二日、西暦八月二一日のことだった。

関白殿下というのは、秀吉が、愛児鶴松を亡くしたあと関白職をゆずった甥秀次のことである。

七月のはじめに関白位剥奪の下知をうけ、高野山へ追われて剃髪謹慎していた秀次が上意によって切腹させられたのは七月一五日。おなじく腹を切らされた秀次の後見木村重茲の妻女と娘が三条河原で成敗され、父親どうよう腹を切らされた一六歳の嫡男高成ともども梟首されたのは、二六日のことだった。

五日後、そのおなじ河原に、闇夜のいまだ明けぬうちから篝火が焚かれ、二重の竹垣が張りめぐらされた。

刑場の北西の方角には陣幕がわたされ、槍がならべたてられた。南東のすみでは、下人たちが大きな穴を掘り、その土をもって処刑壇がつくられていく。木戸には一〇人ほどの見張番がにらみをきかせ、通りという通りには、数百を数える番卒が手に手に松明をかかげて路肩の警備にあたっている。

ものものしさが増してゆく。そのあいだにも見物衆が群れをなしてつめかける。

やがて、どこからともなく車輪の音が地鳴りのようにひびきはじめる。幾千の群衆のざわめきが沈黙にかわる。と、朝もやのなかから牛車の行列がすがたをあらわした。それらは、一条の辻から室町通りをひきまわされて刑場にたどりついた、「謀叛人」秀次の妻子三四人をのせた護送車だった。群衆は、おのずから手を合わせ、口々に念仏をとなえる。潮騒のようにあふれだした称名は、波となりうねりとなって女房衆がひきずり出される河原をおおっていった。

合図の太鼓が鳴りわたる。だれもが息をのみ、処刑壇をみつめる。土壇のうえには首が架けられている。前関白秀次の首である。そのわきに大きく口をあけた穴。「謀叛人」の骸をほうりこむ穴である。

粗莚にひきすえられた白装束の女房衆と、三人の幼子たち……。朝ぼらけの光に怯えきった顔がうかびあがる。

処刑は、西向きに架けられた秀次の首のまん前でおこなわれた。姫と若公たちは槍でひと突きにされ、穴に投げこまれた。女房たちは「やっ」とふりおろす太刀で首を刎ねられては、壇のうえから穴へとつき落とされた。

累々三四体の亡骸が積みかさなった大穴は、そのまま彼女たちの墓となった。

すなわち、まもなく上京・下京の町衆が動員されて、三〇メートル四方のピラミッドを二層にしたような塚が築かれ、小さな祠が建てられた。これみよがしというにはあまりに巨大な墳墓。墓前には「畜生・裏切者の祠」としるした墓碑が建てられたといい、そのすがたは、江戸時代の「洛中洛外図屛風」のなかにも描かれてのちの世につたえられた。

三条通りに、日本(ひのもと)初とうたわれた石柱大橋が架けられたのは、京の「町割(まちわり)」が始まった天正一八年（一五九〇）はじめのことだった。

前年には禁裏の常御所(つねのごしょ)や紫宸殿(ししいでん)が新造どうぜんにリニューアルされ、当年じゅうには、まさにいま営えいといとなまれつつある「東山大仏」の竣工にむけて、二本に分かれていた「五条橋」を廃し、あらたに六条坊門小路から鴨東(おうとう)へ「大仏橋」が架けられようとしていたころのことである。

「洛陽(らくよう)三条の橋、後代に至りて往還人を化度(けど)す。盤石の礎(いしずえ)、地に入ること五尋(ひろ)、切石(きりいし)の柱六十三本、蓋(けだ)し日域(にちいき)において石柱の濫觴(らんしょう)なるか。天正十八年庚寅正月□日　豊臣、初めてこれを御代に奉る。増田(ました)右衛門尉長盛(ながもり)これを造る」擬宝珠(ぎぼうしゅ)銘によれば、切り石の橋脚(きょうきゃく)六三本は、地中五尋(ひろ)およそ九メートルの深さにまで打ちこまれているという。

文字どおり「盤石の礎」のうえに架けられた「三条大橋」だが、秀吉はこれを、まもなく成就する「全国平定」のメモリアルとして完成させ、同年三月一日には、みずからの「東国動座」すなわち小田原討伐・奥州仕置(しおき)にむけての出陣大パレードを演出する大舞台とした。

大橋ができるや、三条通りは、一〇年のあいだに一〇倍にふくれあがった京の人口をささえる、ありとあらゆる物資や人がゆきかう大動脈となり、慶長六年（一六〇一）には「東海道」の西の起点となるにいたるのだが、その橋のたもと「三条河原」は、みせしめの「御成敗」を執行するステージとして、過去四世紀にわたって処刑・梟首の場であった「六条河原」にとってかわった――それいぜん、秀吉が、明智光秀(あけちみつひで)の屍骸(むくろ)をさらしたのも、「聚楽第落書(らくしょ)事件」の犯人をみのがしたとして番衆(ばんしゅう)一七人を、さらに犯人隠匿にくみしたとして本願寺がらみの六〇人を磔刑(たっけい)に処したのも「六条河原」だった。

擬宝珠銘とともにいまにのこる石柱には、「天正十七年津国御影(つのくにみかげ)」「七月吉日」と刻まれたものがある。

「津国」は摂津国。つまり、六三本の橋脚には、いまの神戸市御影から採った御影石がもちいられたというわけだが、増田長盛を奉行として「大仏並橋之御用」すなわち、「東山大仏」と「大仏橋」と「三条大橋」の築造をセットにして着手されたプロジェクトには、石工だけでも江州・伊賀・和泉・摂津などから膨大な数の職人が、秀吉のひと声によって大動員された。

かれら職人集団は、職人としての身分を保障されるかわりとして「職人国役」を負わされていた。ために、領主による支配とはべつに、豊臣統一権力の直接動員に応じなければならなかった。

さて、三条河原におびただしい血が流された八月二日、午後なかばには雨がそぼふりだした。音もなく蕭々と降る雨は、蒼ざめた人々の心を塗り籠めるかのように、いつまでも晩夏のまちを濡らしつづけた。

おなじころ、聚楽第では、大がかりなとり壊しがすすんでいた。

「御土居堀」と呼ばれる惣構に囲まれた「秀吉の城下町」のシンボルタワー。天皇にかわって政治を執行する関白藤原秀吉の権力の象徴でもあった「黄金の城」が、関白の位とともに秀次にゆずられたという、ただそれだけの理由で根こそぎの破壊にさらされつつあった。

それはしかも、いにしえ平安京の「大内裏」すなわち天皇の政庁があった「内野」にあえて場所をえらび、「天下普請」のかけ声もたからかに諸大名を競わせて築造させた大豪邸、いや堂どうたる城郭だった。

「新第は、すべてにおいて大坂城をしのぐものにせよ」

工事が始まったのは、秀吉が関白に任官し、藤原姓にあらためた天正一四年（一五八六）二月のすえ。

いらい、一条一筋北を北限として、南は丸太町、東は堀川、西は千本通りにいたる七〇〇メートル四方を外郭とする広大な敷地に、深さ五メートルをこえる濠をもうけ、石垣をめぐらせ、天守を築き……。建物にはすべて金箔瓦を葺き、外壁・内装から調度にいたるまで、ありとあらゆるものに黄金塗りの装飾がほどこされた。

全国各地から資材や職工・人夫をかきあつめ、一気呵成に普請・作事をすすめること一年半。翌天正一五年の九月には、「内野御構」ともよばれた関白の政庁・邸宅があっぱれ完成し、「不老長寿の楽を聚める」聚楽の名をあたえられた。

完成からわずかに八年。「天下普請」という名の大動員により、けたはずれの資力・労力・技術の粋をつぎこんで成ったその黄金城が、秀次一族と命運をともにすることになったのだ。

わずかのあいだに消え去ったのは聚楽第ばかりではなかった。内裏と新第のあいだに整然とたちならんで「関白＝天皇制」を荘厳（しょうごん）していた、二〇〇をこえる大名屋敷もことごとく解体され、あるいは伏見へと移され、あとには城下町の名「聚楽」だけがのこることになる。

それら大名屋敷もまた、あたうかぎり豪勢なものを建てるよう命じられた諸大名が、みずから京にはりつき、家臣団に重い普請役（ふしんやく）を課し、領国をあげて築造したもので、そのために、堀川通りから烏丸（からすま）通りにいたる二〇〇〇軒の町屋はすべて撤去、町衆も大きな犠牲をはらわされたのだ。

秀次の幼子たちが突き殺されて埋められた翌日、八月三日には、太閤のふたりめの実子拾（ひろい）が、伏見城で、かぞえ齢三歳の誕生日をむかえた。秀次の切腹にさきだつ七月一二日、秀吉はすでに「起請文五か条」を諸大名に提出させていた。

「おひろい様へたいし奉り、いささかも表裏別心を存せず、御ため然るべきよう守り奉るべき事」

起請文は紀州熊野大社の牛王符（ごおうふ）をもちいた「熊野誓詞（くまのせいし）」であり、神文（しんもん）にはずらり、おどろくばかりの数の神仏の名号が列記され、諸大名はこれに花押と血判をしるして拾への忠誠を誓ったのだ。

前年文禄三年（一五九四）のすえに拾が移ってきた伏見城では、二度目の拡張工事が、いわずもがな「天下普請」の大号令のもと一気呵成にすすめられていた。

一万石につき二〇〇人の人足を割りあてられた諸大名は、普請割（ふしんわり）にしたがって石材や用材を供出し、諸門・湯殿・広間の造営など、割りふられた持ち場の作業を一から十までまっとうしなければならず、並行してすすめられている大坂城の普請や大仏造営の賦役もかさなって、気の安まるときとてない。

まして、郷里（くに）をはなれ、とおく京や伏見や大坂の地にかりだされて見返りもない苦役に昼夜追いたてられる侍（さむらい）や、侍とは名ばかりの百姓ふぜいのものたちの窮状惨状にいたっては……。

たとえばそれは、イエズス会宣教師ルイス・フロイスの目には、強制労働としか映らなかった。

「遠国、僻地からやってきて役務を負わされたものたちは、かれらが侍たちであってさえ、多大の経費を自弁し、工事の責任を負わされ、苦しいやりくりのためにあらゆるものを国許（くにもと）からとり寄せ、あるいは太刀や銃や鞍（くら）や甲冑（かっちゅう）までをも二束（にそく）三文（さんもん）で売りはらい、きわめつけの窮乏におちいりながらもそれをうったえるすべがない。出すものを出しつくしたあとは絶望し、死をえらぶものもあとを絶たない。それほどまでの出資と強制労働は、たえまなき苛斂誅求（かれんちゅうきゅう）によって侍たちから、家臣団から、ひいては大名たちから余力をうばい、謀叛をくわだてる機会も時間もあたえまいとする秀吉の意図によるものなのだ……」

おりしも、築城開始から三年をへていた大坂城では、二の丸建設のため、日ごと六万人が昼夜兼行で働いており、濠と石垣を築くためとして、たとえば堺衆ならば一日二〇〇艘の石材の調達がノルマとして課されていた。

関白秀次一族の根絶やし。聚楽第・大名屋敷のまったき破却。拍車がかかる大坂・伏見城普請への大動員。東山大仏・大仏橋竣工にむけての追いこみ……。

「太閤さま御先祖御弔」への「八宗」総動員は、まさにそのようなさなかに始められたのである。

しかも、文禄四年といえば「文禄の役」のただなかにあり、朝鮮半島には、「仕置きの城」の築造・在番を命じられた九州・中国・四国の軍勢をはじめ、本営の守備軍、水軍を合わせて一五万をこえる兵力が投入されていた。

「天下普請」を苛斂誅求とみる価値観、批評眼からすれば、天正二〇年（一二月八日に文禄へと改元）に始まった朝鮮出兵、すなわち「唐入り」という名の「軍役」こそは、その最たるものというべきだろう。

が、そうはならないのが宣教師の宣教師たるゆえんである。そもそも、日本にたいするカトリックの布教それじたいが、イスパニア・ポルトガル国王フェリペ二世の征服・植民・貿易政策の一環としてすすめられた軍事的色彩の濃いものだった。おなじく中国大陸への伝道と、貿易による収益拡大・植民地化ということが分かちがたくむすびついているのであってみれば、かれらの目が、「唐入り」のもっとも本質的な問題に向かわないのはおのずからのことだった。

天正一四年（一五八六）三月、秀吉が、イエズス会日本準管区長ガスパル・コエリョに大陸征服の意図を告げ、二〇〇〇艘の軍船をつくるため、すでに用材の伐採に着手したことを語ったさい、そくざに彼はこう応えた。

「それはまことにけっこうな計画です。ときにわれわれも軍艦二艘を出し、うでのよい航海士をご紹介いたしましょう。関白さまが唐国を手に入れられたあかつきには、われらもまた大陸につぎつぎと教会を建てたいものです……」と。

すでに中国の毛利を傘下におさめ、四国の長宗我部をも服属させた秀吉はこのころ、つぎなる課題である九州平定事業の計画に余念がなかったが、あわせて高麗渡海・大陸遠征へのこころざしを意図的に言挙げするようになった。

九州遠征は、唐国を傘下におさめるための下準備だというのである。

四月一〇日、毛利輝元に先導役を命じたさいには、城郭の補強、豊前・肥前からの人質の確保、西海道にいたる道路の修造、赤間関での兵糧蔵の建造などにくわえて「高麗渡海」の準備をせよとの指示を出し、また、八月に出陣した先遣軍にあたえた書状には、「いずれは唐国までも平定する心づもりゆえ、島津が背いたのは勿怪のさいわい。このさい厳重に処断する」と、そうしたためて軍勢にはっぱをかけた。

はっぱをかけただけではない。六月なかばにはすでに、対馬宗氏にも書状を送りつけていた。

「日本の地は、東は日下までことごとく掌中におさめ、天下が静謐になったので、筑紫を物見がてら動座する。やがては高麗へも軍勢を送って平定するつもりゆえ、忠節をはげむよう」

翌天正一五年三月一日、いよいよ秀吉みずからが九州大遠征に出陣した。れいによって出陣大パレードをみおくった人々は、「このたびは高麗、南蛮、大唐までも征伐なさるということだ」と口々にうわさしあったという。

六月はじめ、島津領の仕置きをおえて筑前箱崎に凱旋した秀吉は、博多を直轄領とさだめ、九州の国割を沙汰した。そしてつぎにおこなったのが、朝鮮と琉球に服属・入貢をもとめることだった。

「こたびの九州の儀は、勅定に背く凶徒をことごとく成敗し、壱岐・対馬ものこらず平らげるつもりであったが、そのほうら父子がさっそく渡海してきたことに免じ、対馬一国は安堵しよう」

島津氏が降伏したとの報をきき、大あわてで陣中にやってきた宗義調・義智父子にたいし、秀吉は、花押をくわえた領知充行状をあたえた。とどうじに、恐縮しきっているかれらを絶句させるような難題をふっかけた。

「また高麗の儀については、さっそく成敗すべく申しつけたが、義調の申しひらきによりひとまず先に延ばす。そのうえで国王が日域にいたり、参洛するならば知行を安堵するが、遅滞あるときには、即座に海を渡って誅罰する。そのむね油断なくつたえ、いそぎ返答させよ」

つまり、朝鮮国王に臣礼をとってまかりこさせよというのである。途方もない、いや、できるはずのない命令だった。

琉球についてもどうよう、島津義久・義弘を介して国王に、天下統一を祝賀する表敬使節を上洛させるよう指令した。

秀吉にとっては、九州も対馬も、高麗すなわち朝鮮も琉球もかわるところがない。

古来、「正史」に燦たる位置をしめる「神功皇后の三韓征伐」をもちだすまでもなく、そもそものはじめから朝鮮は「天皇になびき、貢物を進上する服属国」なのであり、琉球は、室町幕府の将軍が「なかば外国、なかば家臣」というあつかいをしてきたところであり、将軍にたいして「御礼」をすべき国だった。

これに「武威」の論理を敷衍すれば、そもそも「服属国」あるいは「家臣」であるところの朝鮮と琉球が、あらたに登場した「天下人」へ出仕・奉公するのは当然であり、それをはたせば領国を安堵するが、拒否するならば武力をもって「征伐」するということになる。そのかぎりにおいて両国王は、国内諸大名とおなじなのである。

天正一六年（一五八八）八月、なかなか使節を送ってこない琉球国王にたいして島津義久が送った書簡はつぎのようなものだった。

「去年より、東も西も一国のこらず秀吉さまの御下知にしたがっており、天下一統をなしとげた権勢のようすはあらためて申すまでもないほどです。すでに従っている朝鮮からは、秀吉さまの朱印状を拝領するため、すぐにも出頭してくることが決まっており、また、明、南蛮の両国からは、音信のための使節を送ってくるやに聞いています。

しかるに、貴邦ばかりが礼を失したままである。これはいったいどういうことなのかと、秀吉さまもたびたび仰せられますが、わたくしが厳しく伝達申したにもかかわらず、いまだ御礼の使節を送ってこないのは、はなはだ残念なことです。いまや天下違背の族は琉球国だけとなり、それをもって軍船をさしむけられては滅亡が危ぶまれ、ふるくから琉球と浅からぬつきあいをしてきた島津としてはたいへん心配です。そっこく使節派遣を裁断されよ。そうすることこそが、琉球安泰の基となるでしょう」

朝鮮からの出仕といい、明および南蛮の両国――三年後には書簡を送ることになるポルトガル領インドと、イスパニア領フィリピン諸島が想定されていた――の音使派遣といい、これほどの大法螺をふくことが一大名にできるわけがない。秀吉のブレーン、つまり「唐入り」構想を理論レベルでささえている外交僧たちの入れ知恵によるものだったにちがいないが、琉球は、大友氏を制して九州に覇をとなえた島津氏にたいし恭順の姿勢をとってはきたものの、あくまでそれは「外交」関係を維持するうえにおいてのことだった。

つまり、琉球はれっきとした「異国」なのであり、それにたいして「天下違背」を問責するのは、筋違いにほかならない。まだまだ達成途上にある「天下一統」を、既成事実のごとくふりかざすことは、国内向けにはすでに常套となっていた。しかし、「異国」との交渉において「天下」をふりかざし、相手にとってはまるで身におぼえのない「無礼」を咎めて威しにかかるというのは、古代ヤマト王権が虚構し、それを夜郎自大な文脈でよみかえてきた伝統的な対外観によらなければ、とても説明のつくものではない。

すなわち「大唐国」を日本と対等いじょうの「隣国」ととらえ、朝鮮半島の国々や琉球を「蕃国」として下位におくことをアプリオリとする自意識のうえにつくられてきた価値観だ。

それを踏襲し、そのうえに、大は小を併呑（へいどん）してしかるべきだとする「武威」の論理を延長すれば、力づくで外部にのりだしていくことのいったい何が悪いのかということになる。しかもそれは、おなじ論理のうえに軸足をおいて地域における権力基盤を強化してきた大名たちにも、容易にうけいれることができるものであり、もちろん、日本の統一権力をかさにきていっきに琉球に手をのばそうともくろむ島津氏にとっても好都合にちがいなかった。

「唐国までも……」をスローガンに、天下一統の歯車を回しつづけなければならない秀吉は、手かえ品かえ島津に圧力をかけ、島津氏もまた、軍事発動をちらつかせながら説得をこころみた。

そして、ついに琉球は使節を送ってきた。洛中に入ったのは、天正一八年（一五九〇）正月のこと、三月一日にはみずから三万をこえる大軍勢をひきいて小田原征伐に出陣するという年のはじめのことだった。

豊臣政権にとってはじめての外交使節となった一行は、琉球の意志とは無関係に、関白秀吉への服属の証しとしてつかわされた使節とされ、大名主催の和歌会（わかえ）や詩会（しえ）に公家衆お歴々とならんで招かれるなど、しかるべくもてなされ、労をねぎらわれた。が、秀吉との謁見はなかなか実現しなかった。いや、かれらの上洛を待ちにまっていたはずの秀吉が、しいて謁見をさきのばしにしたのである。

謁見を待つあいだかれらは、出兵準備をいそぐ戒厳態勢さながらの京の空気、たとえばそれは、太刀二〇〇〇腰を新調するために奈良（やまと）の銀細工師・鞘師（さやし）をこぞって上洛させたというような、富の集中がかもしだすものものしい気配だが、そのなかで当惑し、委縮し、二月もすえになってようやく謁見がかなうや、まもなく、綺羅をつくした圧倒的な数の軍兵による出陣パレードをまのあたりにした。

関白がじかにひきいる軍勢だけでも三万二〇〇〇人。後陽成天皇をはじめ、公卿・公家衆、京わらんべにいたる群衆が山をなしてみまもるなかを、威風堂々すすんでゆく長いながい武者行列。おそらくそれは、「天下違背の族」にたいする「征伐」の光景として使節一行の脳裏に焼きつけられたにちがいなく、まもなく帰途についたかれらの胸中をいつまでも寒からしめたことだろう。

くわえて、思いがけず長期にわたった滞在費を、かれらは借銀にたよらなければならなかった。悪循環が、加速度を増しはじめた。あんのじょう、旅の無事を喜ぶまもなく、八月にはまた、東国平定を祝う使節を送れとの文書がもたらされた。念入りに笛や琵琶など管弦の用意をととのえてまかりこすようにと。

とうじすでに東シナ海における中継ぎ貿易の利権を失っていた琉球の窮状はいちじるしく、使節を送るどころか進物をそろえることもままならない。それをかえっていたぶるかのごとく、島津氏から執拗な圧力がかけられる。

天正二〇年（一五九二）、琉球は、ついにあらがいきれず使節を送った。正月五日には高麗への「出陣命令」が発せられ、諸大名がいっせいに「唐入り」の本営となった肥前名護屋にむけて進発を開始した春のことである。

はたして、かれらを待っていたのは歓迎でもねぎらいでもなく、進物不足と「御礼」の粗略を理由とした使節の再派遣命令と、問答無用の「軍役」だった。

「朝鮮への軍事動員として五千人の軍役を負担せよ。軍兵を出せないならば、七千人分の兵糧十か月分を負担し、くわえて名護屋城普請役にかわる金銀米穀を納めよ」

じつはこの間、島津氏は、琉球を島津の「与力」として軍事指揮下におさめることをみとめた「朱印状」を得ることに成功していた。「与力」というのは、天下人と直接の主従関係をもちながら、軍事的には、天下人配下の一大名のもとに編成されることをいう。琉球は、「戦時」のどさくさを利用した仲介者、島津によって、琉球じしんのまったくあずかりしらぬところで、日本の軍役体制にくみこまれることになったのだ。

ここにきて「琉球国王」は「琉球王」に格下げされた。琉球はもはや「異国」ではなく、「豊臣の臣」であり「島津の与力」であるというわけだ。秀吉は、小田原征伐にでかける直前に琉球使節にあたえた「琉球国王」尚寧あての「朱印状」を返上させ、おなじ日付けで内容を書きかえ、「琉球王」尚寧にあてて下付しなおした。

「いまや日域のすみずみまでが秀吉の本意にかなうものとなっており、三韓もすでに服属し、まもなく大明に威令をふるうことになる。そのときには琉球も参軍せよ……」

二年まえの朱印状にはあった、めずらしい進物にたいする感謝の言葉もねぎらいも、「国王」への敬意をしめすための書式体裁も文体も、いっさいがとり払われあるいは改められた。

琉球はもちろん軍役を拒否した。このときのかたくなな抵抗と拒絶が、のちに琉球の「非」すなわち「違背」であったとされ、慶長一四年（一六〇九）の琉球侵攻をまねく禍根となる。

いっぽう、対馬宗氏の立場は深刻だった。

朝鮮サイドの華夷秩序に積極的にコミットする、つまり朝鮮に臣礼をとることで交易権を独占し、それによって日本における対馬の領有権をながらえてきた宗氏には、暴虐このうえない秀吉の要求を、ちくいちそのまま朝鮮につたえることはできなかった。朝鮮から毎年三〇艘をみとめられている歳遣船による進貢貿易と、歳賜米・大豆おのおの一〇〇石の賜与が停止されれば、対馬はもはや食べてはゆけない。朝鮮貿易の杜絶が死活問題だったゆえんである。

朝鮮と日本に両属することそれじたいを生命線としてきた宗氏が、それゆえに関白の「唐入り」の矢面にたたされるのはおのずからのことだったが、朝鮮国王が「隣邦」の国王に、ましてや王でもない武家の親玉にたいして「朝貢」儀礼をとることなど金輪際ありえないことを、だれより知っているのもかれらなのだった。

じっさい、秀吉から充行状を得た天正一五年（一五八七）の秋にはさっそく家臣橘 康広を使者としてつかわすも、かえって不興をかうだけにおわってしまった。

このまま手をこまねいていたならば……。いまやありとあらゆるものを動員できる「天下人」の権勢のまえに、対馬一国の安堵などは風前のともしびにすぎず、あらがえば対馬じしんが「征伐」される……。

究極のジレンマにたたされた宗氏が窮余の策としてえらんだのが、島主みずからソウルにおもむくことだった。朝貢使節ではなく、せめて関白の国内統一を祝賀する使節を派遣してもらえるよう懇請するために。

翌天正一六年すえ、義智みずからが海を渡ることを決断。外交僧景轍玄蘇を「日本国王使」に仕立て、自身は副使となってソウルにおもむいた。

博多聖福寺の住持を二度にわたってつとめた中峰派の禅僧である玄蘇が、先代の島主宗義調に請われて対馬に渡り、宗氏専属の外交僧となったのは天正八年（一五八〇）、四四歳をかぞえた年のことだった。いらい彼は、府中に「以酊庵」という外交機関をかねた寺院を開いて住持となり、宗氏と李朝政府との、こもごもの交渉を一手に担ってきた。ために、これまでも「日本国王」の印章を偽造して外交文書を捏造し、お家のためとあらば詭弁を弄し、方便としての嘘をつくことも事実を歪曲することもいとわなかったが、みずから「日本国王使」を騙ってソウルにのりこんでいくことは容易ならざることだった。

はたせるかな、交渉は不発におわった。かれらの決死の努力などつゆほども知らぬ秀吉は、催促をたたみかけてくる。

天正一七年六月、義智は、なんの勝算もないまま、ふたたび玄蘇を「日本国王使」に立て、みずからは副使となり、家老柳川調信や博多商人の島井宗室ら二五名をともなってソウルをめざした。

かならず朝鮮使節をともなってもどってくる。それまでは帰国しないという、悲壮な覚悟をにぎりしめて。

三たび朝鮮は拒絶した。どんな懇請の言葉にたいしても「水路迷昧」「海路に暗い」のいってんばりで返してくる。談判はそこから一歩もまえにすすまないのである。

無理もなかった。日本からの渡航者を制限するため嘉吉三年（一四四三）にむすんだ「癸亥約条」により、宗氏だけに通交許可をあたえることになってから一五〇年、対馬いがいの日本の地へ使者を送ったことがないのだから。

しかし、こんどは義智もひかなかった。朝鮮出兵ともなれば島ぐるみ軍事・兵站拠点と化す対馬のこうむるダメージははかりしれない。なんとしても戦争を回避し、島を兵禍から守らねばならぬ。そのために最善をつくさねばならなかった。

「当家は累代の島のあるじです。海路についてはすみずみまでを知りつくし、あらゆる心得がございます。このわたくしがみずから案内役となり、京都まで護行いたしましょう」

朝鮮側はつぎつぎと難題をもちだしてかまえたが、義智は屈しない。その姿勢が大臣や高官たちの心を動かし、ついに政府は「通信使」の派遣を決定した。陰暦ははや九月を数え、秋もたけなわをむかえていた。

一一月には、正使に黄允吉、副使に金誠一、書記官に許筬が任命され、翌天正一八年（宣祖二三）三月、玄蘇と義智は、「通信使」一行五〇余名をともなって花もさかりのソウルをあとにした。

おりしも日本では、小田原征伐が始まっていた。

四月のすえ、二〇〇余名で編成された通信使節団がついに釜山を発した。のち対馬・壱岐・唐泊・赤間関をへて真夏の瀬戸内海を航行し、堺湊に至る。そして、七月二一日、楽隊をともなってにぎにぎしく上洛した。

宿所は大徳寺の山内にもうけられ、そこで関白が奥州遠征からもどるのを待つことになったが、よもやそれが三か月半をこえることになろうとは思いもよらないことだった。

というのも、東国から凱旋した秀吉が、大坂城・淀城をへて聚楽第に入ったのが九月二一日。それからさらにひと月半待っても謁見はかなわず、ようやく聚楽第での会見が実現したのは一一月七日のことだった。

大広間にあらわれた秀吉は、正史黄允吉には「目光は爍爍として、胆智の人に似たる」すなわち、眼光するどく輝き、肝っ玉が大きく才智のある人物のようにみえたといい、副使金誠一には「目は鼠のごとく、畏るるに足らざる」人物にみえたという。

「秀吉、容貌は矮陋、面色は黧黒にして異表なし。ただ、微かに覚むれば、目光閃閃として人を射る」

小さくいやしげな容貌をもち、黒っぽい顔をした男。とくにきわだったところもないが、鋭敏で抜けめのない眼の光が人を圧倒する……。朝鮮の宰相、領議政柳成龍の筆になる秀吉の第一印象だ。『懲毖録』の作者である柳が、正・副使、書記官らの復命をうけて記録にとどめた謁見当日のもようはつぎのようなものだった。

秀吉は、朝鮮の紗帽に似た冠と黒地の袍をつけて南面し、諸臣数人が列座するなか使節を招き入れた。宴具の用意はなく、わずかに一卓をもうけ、瓦甌をもって酒をすすめるも、酒は濁り、作法はきわめて粗略であり、たがいに敬礼することも、主客交酒することもなく、はなはだ礼節を欠いたものだった。しばらくあって秀吉は唐突に座をはずし、つぎに何人かがあらわれたと思いきや、そのものは普段着のまま「小児」を抱き、「堂中を徘徊」する。よくみると秀吉だった。座中のものはみな頭をさげ、恐れ入るばかりである。ふたたび上座にすわった秀吉は、われらが楽工に命じて何曲も演奏させ、大いに聴き入った。その間「小児」がそそうをして膝をぬらすも、うれしげにただ大笑いをして侍女をよび、衣をあらためさせた。万事終始「肆意自得」つまりほしいままに自分だけ楽しみ、傍若無人のかぎりであった。

小児はいわずもがな、前年の五月二七日に生まれた「ひとつぶだね」鶴松である。

ともあれこの日、通信使は国王宣祖の「国書」を奉呈し、進物の良馬・唐鞍・虎豹皮・綿麻布・蜜桶・人参・白米などを進上した。

「朝鮮国王李昖、書を日本国王**殿下**に奉る。春候和煦、動静佳勝なり。遠く伝う、大王、六十四州を統一すと。すみやかに信を講じ睦を修め、もって隣好を敦くせんと欲す……。いま三使をつかわし、もって賀辞をいたさしむ……」

このあと秀吉は、朝鮮国王に鞍馬・甲冑・名刀を贈り、正・副使におのおの銀四〇〇両を、書記官・通事らにも品物をあたえたが、「国書」にたいする「答書」をあたえず、一行は、堺の宿所引接寺で待機することをよぎなくされた。手ぶらでもどれるはずがなかった。

はたして、後日もたらされた答書は、「日本国関白秀吉、朝鮮国王**閣下**に答を奉る」と書き起こされた無礼きわまるものであり、この一年、無理強いにふりまわされてきた信使たちの、目をうたがわしむるものだった。

いわく、「本朝六十余州」は戦国動乱にあけくれ、「朝政を聴か」ぬありさまたっだが、「予」は数年のあいだに「叛臣を伐ち、賊徒を討ち」、異域遠島にいたるまでを平らげた。「予」は「微陋小臣」なりといえども、母の胎内に宿ったとき「慈母、日輪の懐中に入るを夢」み、これを占ったところ、生まれてくる子はかならず天下に威名をとどろかすであろうという。この「奇瑞」によって「戦わば取らざるはな」く、すでに天下を治め、民も国も富み、「朝廷の盛事、洛陽の壮麗」は「本朝開闢以来」のものとなった、と。

漢の始祖劉邦の生母は「雷電」に感じて懐妊したといい、隋の始祖楊堅が生まれるときには「紫気」が庭にみちたという。また、北魏の始祖拓跋珪の生母は、就寝中、日光が部屋のなかに出ずるを夢み、覚めて光が窓から天につらなるのをみて、それに感じて懐妊したという。

「感生帝説」を、秀吉の出生にこじつけたのは、外交僧の筆頭、五山十刹いかの禅林を統括する鹿苑院主西笑承兌でもあっただろうが、大風呂敷や粉飾なら一笑にふしておけばよい。

おどろくべきは、そのあとの文言だった。

いわく、「予」は「山海の遠きを隔つる」ことなどものともせず、「一超、大明国に直入し、わが朝の風俗を四百余州に易し」、日本の「政化」を未来永劫植えつけようと考えている。貴国はいちはやく「入朝」したので憂えることはない。ただし、「予」が「大明に入るの日、士卒を将いて軍営に臨」もうとするときには、貴国はますます「隣盟」をはたさねばならぬ。「予」の願いはただひとつ「佳名を三国に顕さん」とするのみである。「方物」は「目録のごとく領納」した。「珍重保嗇」しよう、と。

はなしが違うなどというレベルではない。京に入ってからはわけても、腹にすえかねることの連続であり、いやます不審をあつかいかねてきた。あげくとどけられた関白の「答書」は、あきらかに「朝貢国」の王にあてたものだった。

「殿下」とすべきところを「閣下」とし、礼敬の意をしめした贈物を「方物」すなわち「貢物」とみなし、遣使についてはずばり「入朝」の語をもちいていた。おまけに、三国に佳名をのこすため兵を明へすすめるといい、そのさいには朝鮮は、将兵を出して「隣盟」をはたさねばならぬという。

のみならず、日本の朝廷・朝政・帝都にかかわる語について、改行して平出するならばともかく、一文字あげて台頭をほどこしているのである。内容はいわずもがな、そのような書式体裁の「答書」をもちかえることは、死をこうむってもできないことである。信使らが、書きかえを要求したのは当然のことだった。

蒼ざめたのは、むしろ宗氏のほうだった。窮地にたった玄蘇は、ともあれ関白に上申し、書きかえの許可を得ると約束した。もちろんそれが不可能であることを百も承知のうえで……。そしておそらく、つぎにこういっただろう。

「日本を離れるまでにはまだ日数を要します。書きかえた書簡は追ってかならずおとどけします。ただでさえ遅れている帰国のあしを、ひとまず急がせられるのがよろしいでしょう」

ソウルを発って八か月、信使らは、ひとえに国王のため王朝のため、つまり王臣としてのつとめをはたすため屈辱にたえ、あらゆる苦難をしのいできた。それらいっさいのことが「倭奴」の術中にあって、敵を利することにしかならなかった……！とはいえ、「国書」を渡してしまったいま、かれらがなしうることはあまりに限られていた。

自失し動揺する信使らの心情に、玄蘇はたくみにはたらきかけた。

この場さえきりぬければ、打つ手がほかにないわけではない……。またしても玄蘇は腹をくらねばならなかった。

天正一九年（一五九一）一月二八日、「通信使」は釜山にもどった。「答礼使」として同行した玄蘇と柳川調信はしばらく釜山の「倭館」にとどまり、ソウルにおもむく日にそなえた。

三月、信使一行はソウルに帰着した。じつに一年ぶりにながめる王都は、大任を負って城門を出たときとおなじ花々にいろどられて泰らいでいた。

四月二九日、仁政殿で国王宣祖に拝謁した玄蘇らは国賓としての接待をうけた。破格のもてなしである。応接にあたったのはしかも宣慰使の呉億齢だった。宮中所蔵の経籍・文書を監理し、国王の顧問をつとめる弘文館の典翰である呉がその任にあたったのは、玄蘇の教養や、ひいでた作詩・作文の能力を大いに評価してのことであったという。

しかし、玄蘇はすぐにも、王朝政府がしめした信をうらぎるような要求を出さねばならなかった。

「関白は、ひさしく明への朝貢が絶えていることを恥じ、その再開を望んでいます。しかも、それが容れられなければ、来春にも兵を起こそうとのかまえです。もし戦端がひらかれれば、朝鮮に兵禍がおよぶことは避けられません。その犠牲は大きく、むやみに民を苦しめることになりましょう。ここはひとつ、明へ至る貢路の斡旋をしていただけますまいか」

「貢路の斡旋……」

「はい。貴国が、隣邦のよしみをもって関白の意向を明に奏聞してくださり、そのうえで入明の道をかしていただきたい」

関白が明に兵をすすめるさいに先鋒をつとめよとは、いえるはずがなかった。

「おっしゃる意味をはかりかねます……」

「兵禍を避けるため、関白の入明を支援していただきたい。そう申しあげているのです」

玄蘇の云いには、あきらかな虚偽がある。呉はとっさに看破した。そもそも、過去いかなる時代にも、日本が朝鮮に朝貢の仲介を依頼してきたためしはない。策略にのるわけにはいかなかった。

「たしかに貴国は朋友の国ですが、大明はわれらの君父であります。もし貴国に便路を許したなら、われらは朋友のあるを知って、君父のあるを知らぬものとなり、主国をないがしろにすることになる。匹夫、つまり道理を知らぬ下賤のものでさえが恥とすることを、礼儀の国である朝鮮がおこなうことはありえません」

「至誠事大、一遵華制」すなわち「至誠にして大に事え、一に華制に遵う」は李朝の国是である。朝鮮は、あくまで君父である大明への誠をつらぬき、中国一国にしたがう立場を堅持するという。

玄蘇はひきさがるしかなかった。が、ひと言つけくわえることを忘れなかった。

「むかし、高麗、元兵を導きわが辺に寇す。いま怨を貴国に報ぜんとす……」

かつて高麗は、元の大軍をともに九州を侵した。いま、日本がその遺恨を朝鮮に讐いようとするのは道理であろうと。

秀吉の「答書」を書き替え、みずから交渉によって「征明嚮導」を「仮途入明」にすりかえようとした彼のこころみは、失敗におわった。

日・朝両属のゆえに板ばさみになった対馬の苦悩と、信使招来のための涙ぐましいまでの努力・虚々実々のかけひき、書簡の書き替え……。それらはけっきょく実をむすぶことなく、朝鮮との交渉は、交渉の用件それじたいがすれちがったまま、「唐入り」が断行されることとなった。

つまり、幸か不幸か、秀吉の真意である「国王への出仕要求」を知るにいたらなかった朝鮮側は、関白の全国統一を祝賀することをタテマエとしてとりあえずの「通信使」を送り、いっぽうの秀吉は、かれらが「服属使節」として「入貢」したことを疑わず、「征明のさいには朝鮮が日本軍を先導せよ」との命を頭ごなしにくだしたが、「征明嚮導」を命じた書簡は国王にもたらされず、そのことを知らぬ秀吉は、朝鮮が約束に違背したものとして「唐入り」を敢行した。

朝鮮国王が出仕を拒絶すれば成敗する。シンプルにはそれだけのことなのだ。文字どおりの「朝鮮征伐」である。

しかしそれはあくまで「唐入り」でなければならなかった。

秀吉は、外交文書に「豊臣」印をもちいていた。それは純金製で、とうじの天皇御璽よりも大きいものだった。

「日本国関白秀吉」の名による外交文書であるにもかかわらず、関白職をあらわす官印ではなく、豊臣家の家印をもちいる。それは、「天下人」という律令官制上にいちづけることができない権力主体が生まれ、「武威」の論理をもって天下に君臨したことによるおのずからの帰結だった。だれはばかることなく「天下の法」をふりだすことのできる絶大な力を掌にした秀吉にとってはもはや、豊臣家が日本国どうぜんなのである。

「唐入り」が表徴するのは、「日本＝豊臣」の中華が、ライバルである大陸の中華と対峙するという構想だ。

そのようなスケールにおいてはじめて、諸大名にも服属国にもおなじ「軍役」を課すことが可能となり、また、抵抗するものへの制裁や征伐が正当化される。平定した九州の儀が「五畿内同前」なのであれば、侵略した朝鮮の儀もまた「九州同前」であるというように、一元的なやりかたで内と外を同時に「天下」にくみ入れようというわけだ。


秀吉が「唐入り」のための軍事発動にふみきったのは、天正一九年（一五九一）八月のことだった。

「明年三月一日に唐へむけて出兵する。諸大名は武器と兵糧をととのえ、出陣の用意をせよ。黒田長政、小西行長、加藤清正には、本営となる肥前国名護屋に築城普請を申しつける」

この月五日には、愛児鶴松が夭逝した。ながく実子のなかった秀吉が五三歳にしてさずかった「ひとつぶだね」が、かぞえて三歳、満年齢二歳ではかなくなった。

その翌日、秀吉は、相国寺の西笑承兌、東福寺の惟杏永哲、南禅寺の玄圃霊三ら外交僧を「征明供奉僧」に任じ、室町時代いらい外交実務を担ってきた五山禅林にたくわえられたノウハウを「外交」ではなく「外征」のために駆使すべく態勢をととのえた。そのうえで、九日には、太閤蔵入地の代官にたいし指令を発した。

「上様、唐入の儀、御兵糧三十万石の分、まず九州・四国の御蔵米に仰せつけられそうろう」

さらに二一日、いわゆる「身分統制令」を発布して兵と農を分けるとともに、、武家奉公人・町人・百姓おのおのの身分を固定化し、より多くの兵士と陣夫を、継続的に徴発するための態勢固めをおこなった。

すなわち、武士に属するものたちには、奉公人や侍から雑用を担う小者・あらし子にいたるまで、ことごとく身分の変更を禁じて主従関係を凍結。百姓には農村を離れることを禁じ、商いや賃仕事につくこともまかりならぬとした。

いよいよ「戦時」動員が始まった。「九州を平らげたあかつきには唐国までも……」が言挙げされ、いらい、国内平定を矮小化するレトリックとして、あるいは天下一統をはたすための政治的スローガンとしてかかげられてきた「唐国までも」が、ついに軍事に移されたというわけだ。

一〇月一〇日、浅野長政が惣奉行に、官兵衛こと黒田孝高が縄張り奉行に任じられ、いよいよ肥前名護屋城の普請に手がつけられた。長政は、大坂城の石垣普請に功あった石工集団穴太衆を配下にしたがえており、孝高は、秀吉の姫路入りのさいに姫路城の縄張りをおこなっている。地形をみきわめ、曲輪の区割りや堀・門・虎口などの配置をさだめる縄張りは、城の良し悪しを決定づける枢要な仕事である。

構えは大坂城のごとく壮大に、天守をはじめ、あらゆるものを聚楽に劣ることのないようにせよ。諸大名は軍勢をひきいて城下に出陣し、にわかごしらえではない豪勢かつ堅固な陣屋をいとなんで渡海にそなえよ……。

大号令がつぎつぎと発せられる。出陣の期日「明年三月一日」までは、すでに六か月をきっていた。

割普請として、島津氏はじめ九州諸大名には、地ならしや石垣の土木工事が命じられ、秀吉子飼いの大名および直轄領の代官たちには、天守閣・本丸・大手門などの建設工事が割りあてられた。数寄屋や旅館をもうけるために、茶人であり絵師でもある長谷川宗仁を作事奉行に任じ、ふすまや床の間をいろどるために狩野光信らきっての絵師たちも召しだされた。

文字どおり費えを惜しまず、また、役務につく何万もの職工・人足らの労苦をかえりみない人海工法により、なんと、五か月ののちには、黄金にかがやく五層七階の大天守をみあげる、巨大な城が完成した。

それは、海抜九〇メートル、広さ一七万平方メートルの丘陵地に、本丸・二の丸・三の丸・弾正丸・東出丸・遊撃丸など大小一二の曲輪を配したみごとなもので、玄界灘のむこうには兵站の前線基地となる壱岐・対馬が眺められた。

陣屋の造営を命じられた大名たちもまた、おのおの何千何万という人材を投入して石を運び、材木を伐りださせ、あるいは国許の居城から屋敷をそのまま解体移転させるなどして普請にはげみ、城下半径三キロメートルほどのエリアに、一三〇を数える大名・諸臣の陣屋がたちならんだ。

なかにも、名護屋城のすぐ南、海抜八〇メートルの丘陵の頂部をふくむ一〇万平方メートルもの敷地にいとなまれた前田利家の陣屋は最大級のものだった。いまにのこる大手門の桝形虎口の石垣の高さは六メートル。平地となった居館址の広大さからも往時のスケールがしのばれる。

東松浦半島の最北端にいちする波戸岬。溶岩台地の先っぽの、およそ人気とは無縁であった小さな岬に、目もくらむような巨大な城が忽然とたちあらわれ、凹凸だらけの丘陵地が、他にひけをとるまいと丹精をこめた曲輪や陣屋でびっしりとうめつくされた光景はさぞやあっぱれ、いや凄絶という意味での絶景だったにちがいない。

そしてまもなくそこには、全国の名だたる大名や武将たちが、「陣立」によって割りあてられた軍勢をひきいてぞくぞくとやってきた。

たとえば武蔵大納言徳川家康ならば一万五〇〇〇人をひきいて二月二日に江戸城を発ち、一六日には京に入り、ひと月後の三月一五日、後陽成天皇に参内したあと名護屋へむけて進発した。

家康には、越後宰相上杉景勝ひきいる軍勢五〇〇〇人、佐竹義宣ひきいる三〇〇〇人、伊達政宗ひきいる一五〇〇人いか東国大名の軍勢があとにつづき、翌三月一六日には、加賀宰相前田利家ひきいる八〇〇〇人の軍勢が、千石越前守秀久ひきいる一〇〇〇人いか、北国の大名たちとともに出陣するというように。

いずれおとらぬプロパガンダとしての大軍事パレード。万事に「心懸しだい」が期待され、それが豊臣政権への忠誠のモノサシだというのだから綺羅を尽くさずにはいられない。

なかにも、一〇〇〇人の軍役にたいして一五〇〇人の「心懸」をもって応えた伊達勢のいでたちは、目の肥えた京の上下をあっといわせるものだった。

紺地に金の丸の幟三〇本を、隆りゅうとおしたてて先頭をかざる侍たち。あとには弓・鉄砲・長柄の武者たちがつづく。かれらはみな、胴の前後に金の星をつけた黒具足に身をかため、背に無量経文の四半の旗差物をたて、朱鞘と銀の拵もあざやかな太刀・脇差をおび、金色の尖り笠を陽にきらめかせてすすんでゆく。

つづく騎馬武者三〇騎。虎豹や熊皮、孔雀の尾の馬鎧でかざりたてた馬にはすべて紅の厚総をかけ、馬上の武将たちは、背に黒母衣、兜に黄金半月の立物をこれみよがしにして闊歩する。

そして黒糸縅の具足に山鳥の羽根の箙をつけ、滋籐の弓をもち、紫の厚総をつけたつややかな馬の背にある人物こそ、秀吉をさいごまで手こずらせた奥羽の覇者、政宗だった。

惣無事令にあらがって私戦を継続し、上洛の命を黙殺し、かぞえ齢二五歳にして南は会津・置賜・白川、北は出羽にいたる奥州二〇〇万石を斬りとったという強者ぶり。非凡さ、精悍さ……。覇気と矜持が、ものの具のすみずみにあらわれいでた武者ぞろえは、聞きしにまさるものだった。

しかし、それら威風堂々の出陣風景とはうらはら、いまや米沢七二万石から岩手沢五八万石に減転封された伊達の領国では、一〇貫知行のうち八貫までが「軍役」についえるといわれるほどの過重負担が、きびしい取りたてとなって銃後を苦しめていた。くわえて、台帳による網の目ももらさぬ「陣夫役」の徴発。軍勢のおよそ半数を占める夫丸や加子とよばれる陣夫の役務は、すべて百姓らの奉仕によってあがなわれるのだ。

もちろんそれは伊達にかぎったことではない。かざりたてた軍馬にまたがる武将の数は、どんな大大名の軍勢でもわずかに数パーセント。あとは徒歩侍・無足衆・道具衆いか、ほとんどが侍とは名ばかりのものたちで占められ、そのかれらにたいしても幟や兜をはじめ鑓・鉄砲・弓・指物など、身につけるべき装具の種類や規格がこまかく指示され、こちらもまた「自身用意、嗜しだい、心懸しだい」なのだった。

徳川・上杉につぐ三〇〇〇の軍勢をひきいた佐竹義宣もまた、息をつくひまもなく課せられる「軍役」に喘ぎながらの出陣だった。

常陸の佐竹といえば、甲斐源氏の流れをくむ中世いらいの武家の名門だ。が、とうじは権力基盤が脆弱なうえに、南は北条、北は伊達の二大勢力から脅かされ、わけても奥州統一をめざす政宗には勢力範囲をつぎつぎと喰われて窮地にあった。天正一七年（一五八九）には、義宣の弟義広を継嗣として送りこんだ会津芦名氏をもいっきに滅ぼされ、若松の黒川城にまで南下した伊達勢と死闘をくりかえしていた。

そこにふりかかってきたのが、小田原攻めへの大動員だった。天正一八年三月、豊臣本隊と徳川勢を合わせた主力二〇万、前田・上杉・真田勢からなる北方隊三万五〇〇〇、そして長曾我部・九鬼の水軍一万という、空前の規模をもって始められた関東出動は、抗争にあけくれる東国の領主たちに存亡をかけた政治選択を迫るものとなった。

容易に陣を解くことあたわぬ緊張のさなかでにらみ合い、しのぎをけずっていた佐竹・伊達の両氏も、義宣は石田三成の、政宗は徳川・前田のくりかえしの勧告をうけて小田原入りを決意。

五月二五日、義宣は、宇都宮国綱ら北関東の諸将とともに一万八〇〇〇の軍勢をひきいて参陣し、政宗は六月五日に小田原に入って秀吉に恭順を誓った。

義宣はそのまま三成にしたがって武蔵忍城水攻め作戦に投入され、総延長二八キロメートルものいわゆる「石田堤」を築く大土木工事を負わされた。しかし、水攻めはいっこう効を奏さず、ひと月をついやしてなお城は落ちず。七月五日には、小田原本城のほうがさきに落城した。

やれやれと汗をぬぐういとまもなく、翌六日には、関白の「会津動座」がおおやけにされ、義宣はその先陣を命じられた。先陣といえばいかにも聞こえはいいが、佐竹勢に課されたことは、関白殿下の「御とまり」すなわち陣所を設営することと、会津にいたる「地ならし」つまり道路普請をおこなうこと、そして、関白ひきいる大軍勢に兵糧を供与することだった。米はしかも現物で送れという。七月の端境期に大量の俵子を購うことが一大名にとってどれほど酷い賦課であるかを、豪商とむすんで相場さえ思うままに動かすことのできる豊臣公権力の側が知らないはずはない。

ねらい討ち……。暗澹とした思いが義宣の脳裏をかすめただろう。

八月九日、会津若松黒川城に入った秀吉は、小田原に参陣しなかったという理由で、伊達の勢力下に入った白川義親・石川昭光・大崎義隆・葛西晴信の領地を没収した。

領国あげて「軍役」の集中砲火をしのいだ佐竹は、常陸と下野の一部にわたる二五万六〇〇〇石を安堵された。ともに参陣した結城秀康・宇都宮国綱ら北関東の諸将、奥羽の最上義光・南部信直・津軽為信・岩城常隆らも地行を安堵された。

首がつながった……だけではない。「関白朱印状」は、これからさき、佐竹が常陸一円に勢力をひろげていくさいの「切り札」となるかけがえのないものだった。が、やはり一国の領主権を保障されることの代償は大きかった。

公権力による検地をうけいれ、家臣らに城破りを命じなければならなかった。すなわち、家臣の知行地をはじめ、領内のすみずみにまで縄を打たせ、家臣らがよりどころとしてきた居城を破却し、妻子ともども城下に住まわせる。それは、自力救済のルールにのっとって、かれらが独立領主として営えいと培ってきた、有形無形の資産をなしくずしにすることであり、なにより、誇りをうちくだくことだった。

身を切るような痛みをともなう業である。しかし、それをおこなわずして豊臣大名としての地位をたもつことあたわず、また、豊臣の権力をうしろだてとしなければ、それらはとてもなしうることではない。

つまり、みずからもまた、隷属さながらの臣従をしいられながら、いっぽうで「関白の御催促」や「関白御朱印」の威力をたのまざるをえない。大名たちだれもが抱えるジレンマだった。

じっさい、「御朱印」を得てのち義宣は、小田原への参陣にしたがわなかった国人衆――鎌倉いらいの名門鹿島氏をはじめ、烟田・武田・玉造・相賀・手賀・島崎・札氏ら、鹿島・行方に根をはってきた「南方三十三館主」――に圧力をかけ、あるいは謀略にかけ、かれらの領地を根こそぎ接収。二年後におこなわれる「石田殿の衆」による検地では、五四万五八〇〇石の知行を確定され、「朱印状」をもって安堵されることになる。


もちろん、義宣じしんも妻子を質にとられている。佐竹には、妻子のほかに父義重も上洛させよとの命がくだされた。家督をついだとはいえ、義宣はいまだ二〇歳をかぞえたばかり。義重は事実上の「お館さま」だった。

私戦つづきのあげくの公権力による大動員。なけなしを駆って「軍役」を負ってきた領国は上も下も疲れきっていた。このうえ佐竹の棟梁を質に出すなど、とてもおおやけにできることではなかった。


くわえて、人質の在京には膨大な賄いがともなった。自身の上洛と参礼にも最大の「心懸」をはらわねばならない。義宣は、苦渋の決断をしなければならなかった。すなわち、莫大な経費を捻出するため、「関白殿下御催促」につき「家中上洛」という名目で、領内あまねく知行高の一〇分の一を金子で納めるよう命じたのだった。

かいあって義宣は、関白の執奏により従四位下を賜わり、侍従・右京大夫に補任された。殿上人とならぶ官職を得て、天皇の行幸にも参列を許されることになり、秀吉からは「羽柴」姓をあたえられた。

天正一九年（一五九一）の三月すえ、義宣は、江戸重通から奪った水戸城に居城をうつした。徳川と伊達が対峙する武略の地に腰をすえ、いよいよ常陸全域に覇をとなえようというわけである。


ところが、六月には三たびの動員令が発せられた。北奥南部領で九戸政実が蜂起したという。

「奥州鎮圧のため二万五〇〇〇の軍勢をひきいて出陣せよ」

二万五〇〇〇人というのは、政権がさだめた軍事動員の基準の二倍にあたる軍役だった。

「奥州仕置」がおこなわれた前年の秋いらい、奥州では、軍勢を進駐させて検地や徴発、見せしめとしての粛清をおこなう「豊臣の仕置」に抗して一揆が続発。会津・南山から出羽・仙北、由利・庄内、葛西・大崎、和賀・稗貫へ、そしてこんどは九戸に烽火があがり、叛乱の責を問われることを危ぶんだ南部信直が、いちはやく秀吉に救援をもとめたのだ。

義宣は、文字どおり「領内根こそぎ動員」をもって一揆鎮圧の軍勢にくわわった。


九月、九戸城が陥ち、直臣木村吉清の改易・伊達の減転封をはじめとする「奥州再仕置」がおこなわれたが、まさに、この間に出されたのが「唐入り」の軍事発動だった。

出陣中の佐竹にももちろん動員令がくだされた。義宣はただちに水戸城へ指令を発した。

「きたる正月、筑紫へ出陣すべく、御朱印をもって仰せ出(い)だされた。人衆の積もりの儀は五千。鑓(やり)の柄を二百丁あつらえ、実も二百作らせよ。漆(うるし)はさいげんなく入り用なので仕度せよ……。年貢をいっそうきびしくとりたて、すこしも油断なく催促せよ……」

本役(ほんやく)五〇〇〇人、鑓二〇〇丁、漆や純度の高い黄金の調達……。佐竹領内には多くの鉱山があり、金の産出量は越後につぐ。なおも吸いあげるべき余力があるとにらんでのことだっただろうが、五〇〇〇人もの軍勢を、東国圏内ならばともかく、はるか肥前名護屋まで出陣させる費えははかりしれず、関東屈指の古豪の名こそあれ、いまだ成長途上にある一ローカル大名が負える限界をはるかにこえていた。

しわよせは領国のすみからすみへ、家臣団はいうにおよばず、諸在郷の軽輩の士から、掌(たなごころ)の窪ほどの知行地にしがみつくようにしている名ばかりの領主にまでおよばざるをえなかった。

「領内あまねく、知行地の年貢の三分の一を軍役として納めよ。納められないものからは、知行地を召しあげ、あるいは、秋の収穫をさしおさえて百姓からじかにとりたてる。それでも済ましかねるものには銭を貸しだそう。また、病などを理由に夫役(ぶやく)をはたせぬものは、軍役拒否とみなして村から追放する」

まさに厳重・厳罰をもってのぞんだが、本役はおおうべくもなく——本役というのは、総高(そうだか)から一定高を無役(むやく)として控除したのこりの知行高を基準としてさだめられた、石高あたりの軍役をいう——五〇〇〇人にははるかにおよばぬ、総勢二八六九人をひきいての出陣となった。

天正二〇年（一五九二）一月一〇日、西暦では二月二二日の陽春さなか、においたつ梅花におくられて水戸をあとにした佐竹軍は、東山道をのぼって上洛し、上杉・伊達とともに家康につづいて京を進発。名護屋に到着したときにはもう入梅(ついり)もまぢかの四月二二日、西暦六月一日を数えていた。

三日後、前備衆(まえぞなえ)五七三〇人、弓・鉄砲衆一七五五人、馬回(うままわり)衆一万四九〇〇人、後備衆(うしろぞなえ)五三〇〇人、総勢二万八〇〇〇人の直臣(じきしん)軍団をひきいた「太閤」が入城した。

前年一二月、養子にむかえた甥秀次(ひでつぐ)に関白職をゆずった秀吉は、みずから「太閤」を称していた。

卯の花縅の鎧に、柄を縄巻にした朱鞘の大太刀をおび、つくり髭もこれみよがしの太閤秀吉ひきいる軍勢の行装は、全国六六か国をしたがえた「天下人」の軍事パレードよろしく、金色にきらめく六六本の幟をたて、馬鎧から小荷駄すなわち軍需品を運ぶ輜重兵のいでたちにいたるまでことごとくが金銀づくし。

その長大さたるや、いよいよ城門を入るさいに鬨をあげる合図をするため、最後尾のある七里後方まで騎馬を疾駆させなければならないほどだったといい、その声は、文字どおり鯨波のごとく城下十郷四方にとどろきわたったという。

それら太閤の軍勢が京を発したのは三月二六日。当日は、当年七六歳をかぞえた正親町上皇と皇孫後陽成天皇による「御見送り」という前代未聞の華をそえて「太閤唐入り」の一大デモンストレーションが演じられた。

のち、「三韓征伐」をはたした神功皇后を祀る伏見御香宮に宝刀を献じ、摂津・兵庫をへて四月一一日に安芸に着陣。厳島神社に詣でて戦捷祈願をおこない——神社のわきの高台には、桁行二四メートル、梁間一五メートル、単層入母屋造りの大経堂が未完のままいまものこっている。八五七畳もあるというこの大伽藍は、秀吉が、千部経の転読供養をいとなむために安国寺恵瓊に造営を命じたものだという——周防の玖珂・花岡をへて一九日に小倉に入り、そこから六日をかけて名護屋に至った。

その間、要所要所で周到にたくまれたパフォーマンスが演じられ、当地の人々をあっといわせるような評判や風説がふりまかれたのは例のごとくだが、あたかもその前座をつとめるようにして、徳川や前田を筆頭とする東国・北国の大名たちがぞくぞくと征西の途についたのだった。

伊達にかぎらず佐竹にかぎらず、領国をすっからかんにして「肥前国名護屋在陣の衆」すなわち「予備軍兵士」を駆りだし、鳴りもの入りで名護屋に入ったそれら大名の数は、徳川いか三六大名。軍勢の数は七万人にのぼった。これに太閤直臣軍二万八〇〇〇人をくわえれば「在陣の衆」だけでも一〇万人となる。

いっぽう、九州・四国・中国の大名たちにはすでに高麗渡海を命じる軍令が出されており、在陣衆が名護屋に到着するころにはもう、「朝鮮国先掛の勢」がぞくぞくと海を渡り、おのおのソウルをめざしていた。

「陣立書」のつたえるところによれば、渡韓を命じられた軍勢の数は、「朝鮮国先掛の勢」およそ一三万七〇〇〇人、「朝鮮国出勢の衆」五万八〇〇〇人、「舟手の勢」すなわち水軍が九二〇〇人の、総勢二〇万人。

そのほか、京の固めとして関白秀次のもとに近畿・東海勢一〇万を配していたから、兵力の動員規模は総勢四〇万人。

大名・諸将あわせて二六〇家におよぶこととなった。

縄張りからわずか半年。リアス式海岸のつらなる東松浦半島突端の凸凹だらけの地は、五層七階の天守と大小一一の曲輪をそなえた巨城がそびえ、一三〇を数える大名・諸臣の陣屋がひしめくようにたちならぶ前線基地にして、駐留予備軍一〇万人が生活する一大消費地と化した。

軍港となった名護屋浦には、兵糧や軍需物資を満載した大船がたえまなく出入りし、軍需景気に沸く「天下人の宿営地」はたちどころに米の値段が全国一高いところとなった――もちろん、集積をうながすために相場が操作されていた。

城下には、武具・食料・衣料はもとより、全国各地の名産品から高麗・唐物にいたるまで、一〇万の口と暮らしをささえるありとあらゆるものが流通し、それらをまかなうさまざまな人々があつまってきた。生活物資をあきなう商人たち、武具や調度のメンテナンスをする職人たち、娯楽や遊興を供する女たち……。

戦闘とも兵禍とも無縁のそれらのものたちがかきたてる喧噪は、「太閤唐入り」の成就をつゆうたがわぬものの空騒ぎさながら、混然としたなかにも賑々しく、愉快げですらあった。


朝鮮では、「先掛の勢」がまさに破竹のいきおいで進撃をつづけていた。

三月なかば、最先鋒として渡海した小西行長・宗義智ひきいる第一軍は、四月一三日に釜山鎮を陥とし、一四日には東莱を制し、のち密陽・大邱・仁同へと兵をすすめ、二四日には尚州の朝鮮軍を一蹴して、慶尚道から忠清道に至る鳥嶺を越えようとしていた。

宗氏八代貞盛が朝鮮国王世宗から「文引」を授けられていらい一七〇年、ながく対・朝の通交の窓口であった東莱城での激戦は、ついこのあいだまで歳遣船や交易船をゆききさせ、そのたびに親交をかわし、厚遇にあずかってきた宗氏主従にとっては、身を削がれるようなたたかいとなった。

四月一七日に釜山に上陸した加藤清正・鍋島直茂ひきいる第二軍も梁山・慶州へと兵をすすめ、おなじ一七日に金海に上陸した黒田長政ひきいる第三軍、毛利吉成ひきいる第四軍、一九日に釜山に上陸した毛利輝元・小早川隆景ひきいる第六軍、福島正則ひきいる第五軍も、慶尚道を北へ北へとかけのぼっていた。

四月二七日、忠州に至った小西・宗軍は、慶尚・忠清・全羅三道を統括する申砬ひきいる朝鮮軍を撃破。二八日には加藤・鍋島軍がこれに合流し、翌二九日、両軍は東路と西路に分かれ、ソウルをめざして進撃を開始した。

同日（明暦三〇日）払暁に国王が逃げ去ってしまったソウルは火の海と化した。民衆が官衙を焼き討ちしたためである。奴婢の戸籍を管轄する掌隷院と、囚人・奴婢を管理する刑曹にまっさきに火がかけられ、内帑庫が破られて国王の資財が奪いつくされた。景福宮も昌徳宮も昌慶宮もすべて燃えあがり、歴代王家の宝玩はもとより、膨大な数の典籍、実録や史草、承政院日記などもことごとく灰燼に帰した。

五月三日（日明同暦）、小西・宗軍が東大門から、加藤・鍋島軍が南大門から入京。まもなく総大将宇喜多秀家をはじめとする諸将が、無血入城をはたした。

国王をとり逃がしたとはいえ、快進撃にはちがいない。しかも、だれもが想像もしなかったほどの……。

一六日、ソウル陥落の報が名護屋にもたらされた。みずから軍勢をひきいて渡海しようと準備を急いでいた秀吉が狂喜したことはいわずもがなのことだった。

いっぽう、諸大名の国許では、上下をあげて「唐入り」という名の火の車を押していた。朝鮮国先掛を命じられた九州の大名には、それぞれ一〇〇石にたいして五人の本役が課せられ――名護屋城の普請役を負担した筑前・築後にたいしては本役の三分の一が免除された――四国の大名と中国の大名には、一〇〇石につき四人の本役が賦課された。

かれらは、軍令をうけてからわずかのあいだに戦時動員をおこなって兵卒の頭数をそろえ、百姓から陣夫を徴発し、商人から武具・玉薬をあがない、あるいは鋳物師や鍛冶、皮革・柄・鞘大工、弓張職人などを雇い入れてととのえさせ、兵糧をかきあつめ、輸送船を調達し、射手や舟手を召しかかえて外征の途についたのだった。

もちろんそれは一過性のことではない。軍勢が海を渡ればわたったで、さらなる兵糧米や軍馬の飼糧をたくわえねばならず、弓・鉄砲、玉薬をつくるための鉛や硫黄・硝煙をはじめ、漆・油・紙・水桶・提灯・蝋燭・塩・味噌にいたるまで、あらゆる軍需物資をさいげんなく調達し、補給しつづけなければならない。

「軍役」をはたすということはすなわち、領国をまるごと兵站にさしだすということなのだ。

どこまで拡大するともしれぬ費えをあがなうものが、百姓からの苛烈な搾取と、零細領主からの知行地まきあげと、それを強行するための威嚇と抑圧、そして、豪商と結託した公権力がほしいままにつりあげる相場での莫大な借財のほかにないとしたならばとどのつまり……。

すでに全国津々浦々、家と名のつくところはしらみつぶしに戸口調査がおこなわれていた。三月に発令された「六十六ヵ国人掃令」による人数改めだ。

「身分ごと、村ごとに、家数、人数、男女老若の別、唐渡の有無などを調べて人掃帳をつくり、申告せよ。男はすべて名前をしるし、六十歳をこえるものはその年齢を、幼児は、男子ではなく赤子と記載するように。万一欠落、他出があれば、類族、在所ぐるみで成敗する」

つまり、戦時徴発を徹底せしめ、軍役逃れを防止するための、チェックリストをつくれというわけだった。欠落・他出、すなわち村から逃げ去るものを出した場合、親族類縁を処罰することはもとより、集落全体が責めを負うことになり、有無をいわさぬやりかたで締めあげられたあげく、村ごとそっくりお上にまきあげられるということにもなりかねない。

「関白の世」になっていらい、農村はそれでなくても奪われつづけてきた。

百姓らは、移動を禁止され、自衛のための刀や脇差をとりあげられ、検地による増徴にさらされ、損免要求や強訴の手だてを奪われ……。失うことのできるものはすべて剝ぎとられたそのうえに、「軍役三ヶ一」などと称し、年貢の三分の一を奉行から直接徴収され、唐入人夫として戦陣に駆りだされ……。ひとたび従軍をまぬがれたものたちとて、つぎの徴発への不安が消えたわけではなく、駆りだされていったものの分まで田畑を耕し、収奪にさらされねばならなかった。

「ひとたび高麗に送られたなら、二度と国許には帰れない……」

苦役と戦時がもたらす不安が、さまざまな流言をうみだしては村落のすみずみにまでひろがってゆく。密告の奨励、連帯責任の仮借のなさにたえかねた村々では、四郷・五郷ぐるみで徴発や年貢の徴収を拒むようなことも出来する。たびごとに苛令は酷さをましていった。

「徴発を拒み年貢を納めぬものがあれば、村ぐるみ、妻子ともどもはた物にあげよ。村中を廃墟となしても苦しからず。また、とかく流言をなすものあらば、みつけしだい処刑せよ」

「はた物」というのは磔。すなわちみせしめの処刑のことである。

前線基地名護屋でも、そうそうから磔刑や焚刑が茶飯事となっていた。在陣衆の戦線離脱は、本営地全体の士気にかかわるからである。陣中では「人数調べ」がおこなわれ、「人調帳」がつくられた。員数に不足が出ればただちに補充しなければならず、逃げ去ったものがあれば捕らえて成敗しなければならない。

「人調帳」と現員の点検はしかも頻ぴんとくりかえされ、そのつど帳簿に判をとるという厳重なものだったから、脱走や欠落があるたび、数字のつじつま合わせをしなければならぬ勘定方の苦労はなみたいていのものではなかった。

「かぎりなき辛労」をかさね、「今日まで命ながらえ」たことが「ふしぎ」に思えるほどの長旅……。

水戸の梅の香におくられて郷里をあとにしてから名護屋にたどりつくまでの二か月の旅をそう表現したのは、佐竹家臣の平塚なにがしだが、いのちからがらの辛労にたえてたどりついたさいはての地で、まっさきにかれらの目を釘づけたものが、欠落・逃亡を防ぐためのはた物や火あぶりだったとしたらどうだろう。

入り江からは、兵船や輸送船が日ごと一〇艘、二〇艘と出てゆき、遠征軍を送りこんだ八〇〇を数える船がつぎつぎとひきあげてくる。乗せているものといえば「高麗の男女生け取り」ばかりである。

「渡海を命じられるのもまもなくだろう。もはや二度と故郷をみることはないだろう……」

そう思ってながめれば、兵船はさながら捨身の行に出ていく「補陀落船」のようである。そう平塚はつづっている。

みせしめ刑による恫喝、ひとりの欠員も許さぬきびしい統制、くわえていつ渡海命令がくだされるかもしれないという不安と緊張。それらが、ただでさえ欠乏と不如意にさらされた滞陣の日々をいっそう酷いものと感じさせる。

「このまま海の藻屑とついえるか、はたまた異国の野ざらしになるよりは……」

逃亡者が続出するのはおのずからのことだっただろう。だが、まだしも命あるものさいわいだった。

おなじく長旅の辛酸をしのいで「筑紫の陣」におもむいた佐竹軍のなかに、竹原なにがしという小侍があったが、不幸にも陣中にて病死。ただちに人員の補給が国許に要求された。

領国では、大あわてで役人を竹原の知行地におもむかせた。ところが、竹原の親は病いをわずらい、子はいまだ幼弱にして軍役に応じることができず。いかんせん、奉行所は「軍役は、上さまよりきぶく仰せつけられた」ものだといい、その「償」として竹原の知行地をとりあげ、家族を追いはらい、当面の村の管理と年貢の取りたてを数人の百姓にまかせたうえで、知行地を佐竹の直轄地にくみ入れてしまった。

「上さま」はもちろん秀吉のことである。「軍役」と称して過重な負担が課せられたとき、歪みはすべて「村賦」として百姓にしわよせされる。

そのさいに切り札となるのが「上さまの仰せ」「殿下の御催促」というオールマイティなのだった。

いまや、「天下」という公権力の論理に背くあらゆる行動は「不法行為」とみなされる。なかにも「軍役」は、それを拒否すれば「臆病」の名をもって一国の大名をさえ改易追放することができる。

つまり、権力にとって万能の太刀となる「軍役」こそ、政権がよってたつ力の源泉であり、豊臣政権を公権力たらしめ、「関白の世」を「天下」たらしめるメカニズムそのものなのである。

その拡大判のプロジェクトである「唐入り」への軍事動員が、苛烈をきわめたゆえんである。

在陣衆がそうなら、高麗渡海衆の辛苦がいかばかりのものであったことか……。一〇〇石につき四人の本役が賦課された毛利家中に、蜷川新三郎（ながわしんざぶろう）という三三六石ほどを知行する軽輩（けいはい）があった。彼が朝鮮在陣のあいだに負った「高麗役」は、本役一三人、分過（ぶんすぎ）二八人、人夫八人の合わせて四九人。石高（こくだか）基準の三倍をこえる員数であり、おのずから、かれらを渡海させ駐留させる経費もまた三倍をこえる負担となる。まさに分（ぶん）に過（す）ぎる軍役だった。

蜷川はどうにかこれをはたしおえたが、おなじ毛利家中で四三〇石を知行する秋山九郎兵衛（あきやまくろうべえ）は、一度目の軍役をはたしたものの、二度目の軍事動員のさいにはついに「高麗役あいならず」となり、知行地をすべて没収されてしまった。

のち七年にわたることとなった「唐入り」のはてに、大名毛利氏は、知行高をはるかにこえる借財をかかえ、あるいは知行地を質にとられて進退窮まった家臣や給人たちを大勢かかえ、戦後は、高麗役で疲弊しつくした領国のたてなおしから始めなければならなかった。

天下屈指の大大名（だい）毛利がそのようであれば、その他二六〇を数える中小大名・諸将の窮状は推して知るべしだろう。

9　豊太閤の雄図 ― 秀次を「大唐関白」に、天皇和仁を「大唐天皇」に

「急度言上いたしそうろう。今日二日、都の町より一里ほどのところ、から川と申す舟渡ござそうろう。すなわち差し渡り、時刻を移さず都へ押し寄せそうろうところ、国王は二三日以前に明け退れられそうろうあいだ、二日路ほどこれより奥へ通りそうろうよし申しそうろう……」

五月二日づけ加藤清正の注進状が、秀吉のもとにもたらされたのは、天正二〇年（一五九二）五月一六日のことだった。小西行長・宗義智ひきいる第一軍が東大門から、忠州で小西軍と合流した清正と鍋島直茂ひきいる第二軍が南大門から王城になだれこんだのは五月三日。清正が二日としているのは先陣争いのためのいつわりだが、第一軍が釜山鎮を陥としてからソウルに入るまでの進撃は、わずか二〇日間のできごとだった。

釜山とソウルのあいだの距離はおよそ四五〇キロメートル。これを三路に分かれてかけのぼった日本軍先掛勢の数は一三万七〇〇〇人。他方、寝耳に水さながらの侵攻をうけた朝鮮側は、軍兵をすべてかきあつめられたとしても数万にみたず、しかも正規軍の主力は、女真の蜂起を鎮圧するため北辺の防衛にあてられており、地方軍は、文官が指揮する名ばかりの兵力にすぎなかった。

はたして、小西・加藤軍が入京したときにはすでに国王宣祖は首都を放棄、開城をへて平壌をめざしていた。世子光海君、王子臨海君・順和君と王妃らをともない、一〇〇人にもみたぬわずかな侍者にまもられて都をあとにした四月二九日（明暦三〇日）は、終日、たたきつけるような雨が、あたかもかれらの痛哭を洗い流すかのように降りつづけたという。

あるじが去るやたちまち火の海と化した王宮に背をむけ、夕刻には臨津江上の人となった宣祖は――渡江のさいには

江上の船をすべて沈め、日本軍に筏をつくらせまいと岸辺の民家をことごとく焼きはらった——その後、開城府、金郊、宝山館、鳳山、黄州をへて、五月七日に平壌に入った。

この間、ソウルにはぞくぞくと日本軍が集結。五月八日にひらかれた軍略会議では、各軍各将が八道に分かれておのおのの地域を平定し、占領統治をおこなうことが確認された。

いっぽう、清正の注進をうけとった秀吉は、その日のうちに占領政策「九か条」をしたため、渡海勢に指令した。

「まずは何としても国王を捜索せよ。降服のあかつきには諸大名どうよう堪忍分をあたえ、諸経費を保障しよう。かりそめにも殺害することのないように。また、日本勢は都の外回りに陣をかまえ、城内には太閤御座所を造営し、朝鮮の町人を還住させよ。御座所には朝鮮王宮その他の施設をあてるが、その修復、普請には九州の諸将と宇喜多秀家があたるよう。まもなく太閤も渡海する。ソウルにいたるまでの宿泊所や兵をすすめる道の普請を急ぐよう。また、通詞をひきつけて大明国へいたる路次をよくよく調べておくように。そして、兵糧の点検を入念にし、備蓄はおこたりなきよう……」

一八日にはさらに、関白秀次にたいして二五か条の「覚」をおくり、「三国国割構想」とも呼ばれる壮大なヴィジョンをおおやけにした。

「高麗都、さる二日落ちさりそうろう。しかるあいだ、いよいよ急度御渡海なされ、こたび大明国までものこらず仰せつけられ、大唐の関白職、御渡しなさるべくそうろう……」

「覚」では、翌年正月ないし二月に関白が朝鮮から中国に入り、「大唐の関白職」につくことが予定されている。

つまり秀吉は、秀次が出馬するまでに「大明国」を平らげるこころづもりなのだった。そのうえで、秀次を中国の関白にすえ、北京のまわりに一〇〇か国を与えるので、武器・兵糧のそなえを万全にし、金銀をおしみなくつかって行装をととのえ、明年そうそう華々しく出発せよというのである。

翌々年にはさらに、後陽成天皇を大唐のみやこ北京に遷座する。

「大唐都へ叡慮うつし申しべくそうろう。その御用意あるべくそうろう。明後年行幸たるべくそうろう。しからば都まわりの国十ヵ国、これを進上すべくそうろう。そのうちにて諸公家衆いずれも知行仰せつけらるべくそうろう……」

天皇には北京周辺の一〇か国を進上し、公家衆にも知行を加増する。

そのうえで「日本の帝位」には皇太子の良仁親王、もしくは皇弟の智仁親王をつけ、日本の関白には、亡き弟秀長の養子羽柴秀保(はしばひでやす)、もしくは自身の養子宇喜多秀家(うきたひでいえ)をあてる。朝鮮には織田信秀(おだのぶひで)あるいは宇喜多秀家をおき、九州の名護屋には、北政所(きたのまんどころ)の甥で養子でもある羽柴秀俊(はしばひでとし)すなわちのちの小早川秀秋(こばやかわひであき)をおくという。

「三国国割構想」というよりは、豊臣家による東アジア版「関白＝天皇制構想」である。なぜなら、「三国」のうちの朝鮮は日本の延長線上にあり、国内諸国どうよう関白政権に服属すべき国ととらえられているからだ。

明を征服したあかつきには、秀吉は、明と日本の関白と天皇を思いのままに任命できる。

それは、統一政権をうちたてた「天下人」の実力がすでに、天皇を関与させることなくあらゆる決定をおこない、皇位決定という最高にして最終的な権限をも掌握するものになっていたということにほかならない。もちろん、日本の王である天皇が、公権としての正当性を失ってしまったということではなかったが……。

そしてそのような地位にある「天下人」秀吉は、いったんは北京に居所をおくが、やがて寧波(ニンポー)に拠点をうつし、南蛮・天竺(てんじく)までも手にいれるという。

まさに「雄図(ゆうと)」の名にふさわしい壮大なスケールをもった「構想」だった。

「覚」はしかも、秀次あてになっていながら「写し」があちこちにつたえられている。ために、これらのアイディアは、さらなる大動員を周知させるためにぶちあげた、秀吉十八番(おはこ)の夢花火にすぎなかったとレッテルされ、また、秀吉の有頂天ゆえの早計か誇大妄想かと揶揄されて、遠巻きに、あるいはなおざりにされてきたきらいがある。

だがそれは、「唐入り」からおよそ三世紀ののち、徳川公儀体制を倒すやまっさきに豊太閤を「英知雄略」の人物ともちあげ、朝鮮侵略を「皇威発揚」の最たるものともてはやし、その「大勲偉烈」を顕彰することをもって近代国家建設の第一歩とした「ニッポン」の、くわえて、「豊公サン」の「ドエライ御威徳」を讃仰して軍事国家のみちをひたはしった「大ニッポン」の、八〇年にわたる歴史をうけつぐものの態度としては合理性を欠くだろう。

「三国国割」の公表からちょうど三五〇年ののちの一九四二年一月二日。

英国領マレー半島コタバルへの奇襲によって「アジア・太平洋戦争」に突入した日本軍が、連戦連勝をかさねたあげく、ついにルソン島のマニラを攻略したその日。マニラ陥落の一報が入るや、新聞はいっせいに秀吉を登場させた。グロテスクとしかいいようのない文言を数珠(じゅず)つなぎにして……。

いわく「三百五十年の昔、大陸経営から遠く南方ルソン島へ日の本(ひのもと)の光を輝かさんとした、豊太閤の夢はいまむすばれて……」。またいわく「豊太閤三百年の雄図を偲びつつ征く日章旗のもと、大東亜戦争完遂の地ひびきたてて、南進制覇の総進撃をつづけ、いまや、興亜建設の大業を現実にみちびきつつある……」。

あるいはまた「新春とともに皇威比島に洽き、これじつに三百五十年前、豊公の企図せしところなり。ここに官民あいはかり、公の雄図の成るを告ぐ。大詔渙発せられ、皇国民のむかうところすでに定まる。まさに大日本民族雄飛のときなり。一億国民は、公の気宇に学び、世界民族指導者たるの大国民を完成し、皇運の無窮、国基の盤石を翼賛せんことを期す」と。

たちどころに秀吉は「朝鮮侵攻の先駆者」から「南進制覇の先駆者」へとスケールアップしたのである。老いも若きも、国民的英雄「豊太閤の雄図」の実現を讃えてイケイケドンドン。お祭りさわぎをしながら「大日本民族」による「興亜建設」の夢に酔い、「アジア・太平洋への侵略」を正当化した。

そのような過去をもち、それにつらなるものが、秀吉の「雄図」を知らずしてせせら笑い、目をそむけぬまでも無関心でいるというのはやはり当事者性を欠くだろう。

「覚」を発した同一八日、秀吉は、京都奉行前田玄以に朱印状を送って「天皇北京遷座」について指示をあたえた。

「朝鮮のみやこが陥落した。みずからはさっそく渡海して大明国までをも征服する。その方についても近々よび寄せるので準備をせよ。また、明後年には天皇を大明国にお渡しするつもりであるから、公家衆をして北京行幸に供奉する用意をさせるよう。また、路次中は行幸の儀式をもってせよ」と。

玄以はさっそく「行幸の儀式」にかんする諸家の記録をさしだすよう、五摂家いか公家衆にもとめた。また、五山僧には供奉の用意をするよう沙汰をくだし、六月なかばには、南禅寺の有節瑞保いか五〇人あまりの五山僧が、天皇にしたがって入明することが決定した。

朝鮮をしたがえた「天下人」が、大明帝国を制し、中国大陸に日本民族の新帝国を樹立する。ならば、既存の身分序列上最高位にある「天皇」を、新帝国のみやこに君臨させて統治を遂行しようとするのはおのずからのことだろう。

朝鮮を占領し、属国化したそのうえで中国におよぶ。そしてつぎには東南アジアへ、インドへ……。

これぞまさしく、軍事国家「大ニッポン」が、明治のすべてをそそぎ、さらに大正・昭和にかけての半世紀をつぎこんで成しとげようとした「興亜建設の大業」にほかなるまい。

六月二日、秀吉は、じしんの渡海を一二月まで延期することをおおやけにし、翌三日には、石田三成・増田長盛・大谷吉継いか七人を「朝鮮奉行」に任じて渡海させることにした。

秀吉子飼いの能吏であるかれらは、それまで、朝鮮に出兵した西国大名の留守を守ると称して諸国に派遣され、不穏な動きはないか、陣地から逃げ帰ってくるものはいないか目を光らせていたのだったが、急遽よびもどされて渡海を命じられた。そのさい、かれらは、諸大名にあてた「征明のための檄文」をたくされた。

「小西・宗をはじめとする先鋒の軍がいちはやく朝鮮を平定した。明もやがて掌中に帰すであろう。このあとぞくぞくと日本軍を渡海させる。かれらとともに、兵火を逃れた朝鮮の群民を還住させて農耕につかせ、年貢をとるべく法度をもうしつけ、朝鮮八道をわが直轄地とし、代官所を設置せよ。

この秀吉じしん、小臣のときにはわずかに五〇〇騎、一〇〇〇騎の小勢で敵をあまたうちたおし、日本全国を統一した。それにくらべりゃ、いま、朝鮮在陣の兵力は数十万もある。それらをもって『処女のごとき大明国』を征服することは『山の卵を圧する』ようなものであろう。『弓箭きびしき国』日本においてさえわずかな手勢で統一を成しとげたのだ。『長袖国』の明に大軍をさしむければ、負けるはずなどない。しかもそれは、天竺も南蛮もおなじである。ほどなく、予も竜船をうかべて渡海するであろう。そのさいに宿泊する御座所の普請もおこたりなきように……」

「竜船」とは、龍の頭と尻尾をつけたドラゴンボートのことではもちろんない。天子の顔を「竜顔」というのとおなじ「天下人の乗る船」のことである。「長袖」というのは、袖の長い衣を着た公家や僧侶を嘲っていうことば。日本国の「武威」をまのあたりにすれば、文官の治める国などひとたまりもないだろうというわけだ。

六月六日、直轄地として支配する「朝鮮八道」の代官衆として、服部一忠・片桐且元・太田一吉ら一六名の「御小姓衆」が名護屋浦を発っていった。

しかし、秀吉が、卵をひとにぎりにするように明国をつぶすことができるなどとうそぶいていたころ、半島南部の沿岸では日本水軍が劣勢に立たされていた。

全羅左道水軍節度使李舜臣らがひきいる朝鮮水軍の反撃が本格化し、五月七日、「巨済島玉浦の海戦」で藤堂高虎軍が敗れたのをかわきりに、合浦・赤珍浦・泗川・唐浦・唐項浦と、わずかひと月のあいだに連敗をかさね、七月八日には、「閑山島沖の海戦」で脇坂安治の水軍が、一〇日には「安骨浦の海戦」で大将格の九鬼嘉隆・加藤嘉明の水軍が撃破され、秀吉はついに海戦中止の指令を発しなければならなくなった。

「ただちに海戦を中止し、巨済島に城を築いて補給路の確保につとめよ。いご朝鮮水軍に戦さをしかけることまかりならず、敵に迫られても深追いすることを禁ず……」

水軍の苦戦は、おのずから制海権を失うことにつながり、航路を遮断されることを意味していた。

それでなくても、猛スピードでのびきった兵站ラインを維持することは至難だった。遠征軍は、渡海そうそう生命線のもとを断たれたもどうぜんの――ひるがえせば朝鮮の官民からの掠奪と搾取によって欠乏をおぎなうほかないという――態勢で侵攻をつづけなければならなくなった。

この間、小西・宗・加藤・鍋島・黒田らの軍勢は、開城(ケソン)を陥として北上し、加藤・鍋島勢は、安城(アンソン)から咸鏡道(ハムギョンド)方面へ侵攻のみちをとり、小西・宗勢と黒田勢は、国王を追って平壌(ピョンヤン)をめざしていた。

六月一五日、小西軍は、王が逃げ去って空っぽになった平壌城にやすやすと入り、数万石の兵糧を手にいれた。それらは、ソウルから平壌にしりぞいた国王のため、かきあつめるようにして諸国からとりたてた田税米だった。

おなじころ、国境では、明の軍勢三〇〇〇が鴨緑江(アムノッカン)を渡りつつあった。督戦参将戴朝弁(たいちょうべん)、原任参将郭夢徴(かくむちょう)、遼東副総兵祖承訓(そしょうくん)らがひきいる遼東鎮撫の兵馬である。

平壌から寧辺(ヨンピョン)・宣川(ソンチョン)へと落ちのびた宣祖(ソンジョ)は、江東の義州(ウィジュ)まで出かけてすがるように救援軍を迎えたが、在地の民は、遼東兵ときいただけで蒼ざめた。頑暴なことで知られる遼東の兵馬が大同江(テドンガン)を渡れば、江西はたちどころに蹂躙され、赤地(せきち)すなわち草一本はえぬ荒野と化してしまうだろう。

はたして、平安道(ピョンアンド)では明軍をもてなしねぎらうための酒饌(しゅせん)や牛豚(ぎゅうとん)、衙婢(がひ)、さらには兵糧米の調達に追われることとなり、それらの負担はもとより義州・安州・平壌周辺の郷民の肩にのしかかった。のみならず、軍紀もへちまもない遼東軍の乱暴狼藉にたえかねた人民は、かたっぱしから山谷へと難をのがれ、もっとも被害の大きかった義州の城内にいたってはまったき無人となりはてた。

つまり、日本勢が「唐入り」をはたすよりはやく明軍が国境をこえて朝鮮に入り、最前線をゆく第一軍の前途をはばむことになったというわけだ。

いっぽう、後方にあたる朝鮮各地では、士民らが「郷土防衛」をかかげ、あるいは「救国」をかかげて「義兵」を組織し、抗日のたたかいに起ちあがった。各地で決起した「抗日義兵」は、地の利をいかした組織戦・ゲリラ戦を間断なくくりひろげて日本勢を翻弄し、兵站ラインを分断することに力をかたむけた。

釜山に陸揚げした日本軍の軍需物資は、洛東江(ナクトンガン)をさかのぼるようにして川と陸路づたいにソウルへと運ばれる。ために、兵站ルートには、拠点となる「つなぎの城」がもうけられた。

義兵は、それらの日本勢が占拠した砦に攻撃をしかけたり、じかに輸送船を襲撃したりして補給をとどこおらせ、あるいは軍勢とじかに戦闘を交えて邑(むら)むらへの侵入を防いだのだ――ちょうど三〇〇年ののち、おなじく釜山・ソウル間の電信・兵站ラインへの執拗な襲撃をくりかえすことになるのは「東学農民軍」だった。

秀吉の「檄文」をたずさえた石田・増田・大谷ら朝鮮奉行がソウルに到着したのは七月一六日。

そのころにはもう兵糧の欠乏が深刻な問題となりつつあり、八月はじめには、朝鮮各地に散らばっていた諸大名に召集をかけ、軍評定(いくさひょうじょう)がひらかれた。軍議には、秀吉がじきじきにつかわした上使黒田孝高(くろだよしたか)もくわわったが、ただひとり、叔父小早川隆景(こばやかわたかかげ)とともに第六軍・第七軍をひきいて海を渡った毛利輝元(もうりてるもと)のすがたがそこにはなかった。

遠征軍の後詰(ごづ)めを担った毛利軍は、慶尚道(キョンサンド)の攻略にてこずっていたのである。

四月一九日、毛利軍本隊三万の大軍勢をひきいて釜山に上陸した輝元は、五月五日、金海(キメ)で端午(たんご)の節句を祝ってのち慶尚右道――道央を南北に流れる洛東江の西側を右道、東側を左道という――に入り、掃討作戦をくりひろげながら、霊山(ヨンサン)・昌寧(チャンニョン)・玄風(ヒョンプン)・高霊(コリョン)へと沿岸の要衝をさかのぼり、五月一八日には星山城(ソンサンソン)に入って星州(ソンジュ)に本陣をかまえた。

ひと月まえに密陽(ミリャン)・大邱(テグ)をかけのぼった小西軍や、梁山(ヤンサン)・慶州(キョンジュ)をかけのぼった加藤軍の快進とはうってかわり、兵站の幹線ルートを確実におさえながらの進軍は、輸送船や兵站基地をねらう朝鮮民兵の襲撃にたえずさらされる試練つづきの道のりであり、「太閤御座所」の普請どころか、沿岸一帯の武力制圧もままならず、制江権をとることも「つなぎの城」を守ることもできず……。初動から、想定をはるかにこえる苦戦をしいられたのだった。

「ちかく太閤さまが渡海されるとのこと。われらは隆景(たかかげ)とともに、釜山から都にいたる宿泊所を十一か所普請せよと仰せつけられたが、いかんせん、漢城にいたる道のりはながい。

この間も、河川や渓谷つづきの難所と悪路をしのいで城々をおさえ、おのおの番衆をのこして本隊を前にすすめてきたが、普請作事をしようにも、渡海のさいにもちいた輸送船を名護屋に廻漕(かいそう)せよとの仰せがあり、人夫や資材の不足をおぎなう手だてもない。太閤の御動座は八月になるとも聞くが、どうしたものか途方にくれるばかりである……」

すでに四国攻め・九州征伐の先陣をはたし、齢（よわい）四〇のさかりにある輝元だったが、さしもの彼も、星州から国許の留守居にあてた私信のなかでは弱音を吐いている。

名護屋浦から補陀落船（ふだらくぶね）のように出ていっては「高麗の男女生け取り（いけどり）」を乗せてひきあげてくる八〇〇を数える船。それらの船が渡海した将兵を迎えにゆくことはけっしてないだろうと、そう佐竹家中の在陣衆らを絶望させた船のなかには、秀吉の命によって輝元たちがやむなく廻漕させた船もあっただろう。

「さてさて、この国の手広き（てびろき）ことは日本にまさる。こたび渡海した兵力だけでは、とても治めきれるものではない。言葉も通じず、ひとところに何人も通訳を入れなければ、われらの意図をつたえることもかなわぬ。

このうえ唐渡り（からわたり）などと申して明国に侵入しても、それを治めることは至難のことと思われる。高麗のものたちはしかも、日本兵とみれば倭寇だときめてかかり、山林に隠れては奇襲をしかけてくる。小部隊では危なくて移動もできない。

十万人の高麗人を、五十人の日本人が追い崩そうともがくさまを想像してみてほしい。

城の数もすこぶる多い。みな国王の代官所で、租税米が保管されている。それらをおさえれば、さしあたりの兵糧はまかなえるが、城の内外には飢えに苦しむ高麗人があふれており、拝むようにして物乞いする。それをわが軍の兵が斬りたたくさまは、目もあてられぬありさまだ……」

金海を発ってから半月。慶尚道の南半分を行軍しただけで朝鮮を「手広い」と実感し、敵の力が数千倍に感じられる。

言葉も通じず——出兵にさいし対馬から動員され、従軍した通詞（つうじ）は諸将おのおの原則一名。毛利第六・七軍を合わせても小早川隆景・毛利秀包（ひでかね）・輝元および伝令使安国寺恵瓊（あんこくじえけい）につけられた四名にすぎなかった——民兵の奇襲にさらされ、租税米を略奪するために細民までをも斬りたく……。まだしも夏から秋へと気候のおだやいでゆく、したがって、還農民から刈り入れを搾取できるみこみのある時期のことである。

「唐渡り」などはとてもおぼつかぬ。身をもって知らされたのは毛利の軍勢だけではない。各地ではじめての外征の苛酷にさらされた日本勢の、だれもがいだいた実感だった。

強力な防衛軍として毛利勢のまえに立ちはだかったのは、四月すえから五月のはじめにかけてあいついで起兵した宜寧（ウィリョン）の郭再祐（クワクジェウ）、陜川（ハプチョン）の鄭仁弘（チョンインホン）、高霊（コリョン）の金沔（キムミョン）ら、名儒南冥曺植（ナンミョンチョシク）——日本の朱子学に影響をあたえた退渓李滉（テゲイファン）とならんで朝鮮朱子学を大成させた儒者――の門下に学んだ士林派(サリムパ)の在地両班(ヤンバン)たちだった。

かれらは、家財を投じて軍糧や武器を調達し、同門の士や門弟、敗残官兵らに呼びかけ、郷民はじめ家童や奴婢にいたるあらゆる階層のものたちをあつめて「義兵」を組織した。その動きはみずぎわだっていた。それは、かれらがひきいる郷民たちが、日ごろから南冥教学の理念にもとづいた郷約・郷規にのっとって生活をいとなみ、「敬義」と「尚武」の思想を紐帯としてかたい結束をもつ集団だったことにある。

六月に入ると、洛東江を上下する輸送船の数はふえるいっぽうとなり、制江権をめぐる攻防はぬきさしならぬ様相をおびてきた。軍需物資を運んでソウルへのぼった船が、膨大な略奪品や生け捕りにした朝鮮人を乗せて下ってきたからだ。

玄風(ヒョンプン)から星州(ソンジュ)へと遡行する中間地点に、茂渓(ムゲ)という要害の地があった。陸路ならばここで洛東江を東から西へと渡って星州をめざすため、水・陸路をともに塞ぐことのできる要衝だった。

毛利軍はこの地に「つなぎの城」を築き、村上景親(むらかみかげちか)の軍勢五〇〇人を配して監視と防衛にあたらせていた。ここを防衛戦のかなめとみて突いてきたのが鄭仁弘(チョンインホン)ひきいる陜川(ハプチョン)・三嘉(サムガ)・草渓(チョゲ)の「義兵」だった。

六月四日、先鋒部隊の夜襲をうけた村上軍は、五日には陸路の東西南北四方向から攻撃をうけ、景親みずからが重傷を負い、守備兵一四〇人あまりが殺傷された。

六日午後、援軍として増派された羽柴秀勝(はしばひでかつ)――信長の四男のほうではなく秀吉の甥で関白秀次の弟にあたる――ひきいる八〇〇〇人の軍勢がかけつけて、からくも砦だけは守りえた。が、多くの兵を失ったダメージははかりしれず、四面楚歌さながら、軍糧補給の不安におびえつつ要害に孤立せざるをえなくなった。

おなじころ、星州の守備を家臣桂元綱(かつらもとつな)にまかせ、輝元は本隊をひきいて星州の北西三〇キロメートルにいちする金山(クムサン)へ進軍した。八日には善山(ソンサン)にいたり、一万の軍勢をひきいて全羅道(チョルラド)の制圧にあたっている伯父小早川隆景との会見をこころみようとするも、民兵の妨害にあってはたせず。一二日には、金山から一〇キロメートル西にある開寧(ケニョン)に入って本陣をおき、叔父毛利元康(もうりもとやす)の軍勢三〇〇〇人を慶尚左道に投入して諸邑の制圧にのりだした。

毛利元就(もうりもとなり)の三男隆景(たかかげ)と八男元康(もとやす)は、ともに亡き嫡男隆元(たかもと)の子輝元(てるもと)のおじにあたるが、輝元より若い元康とは異なり、隆景は、当年六〇歳をかぞえての出陣だった。ながく毛利政権の中枢をにない、九州遠征中に次兄元春(もとはる)を喪ってのちは、一族の最長老として宗家の輝元をささえてきた。

一門にとってまさにかけがえのない古豪が、みずから一万の軍勢をひきいて海を渡り、西暦七月の炎天下の異境の地を、手さぐりするようにすすんでいたのである。「唐入り」の陣立てがおおやけにされた正月には、「太閤さま御渡海のため」として、家臣・諸将の妻子をすべて大坂にさしださせ、渡海する将士から水主・陣夫にいたるすべてのものに血判をもって起請をたてさせ、小早川全軍、退路を断っての出陣だったという。

いっぽう元康軍は、六月すえには尚州（サンジュ）・義城（ウイソン）・安東（アンドン）・礼安（イエアン）など主要な邑々をつぎつぎおさえ、大量の軍糧を捕獲した。しかしそれもつかのま、各地で起兵した「義兵」の反撃をうけて後退をよぎなくされ、兵糧もつきた七月なかばには、本陣へ退くよりほかなくなった。

そのようななかへ、六月三日づけで発令された秀吉の朱印状が、ひと月半おくれでもたらされた。

「朝鮮在陣諸大名はその兵力を再編し、漢城から明国と国境をせっする義州に前進せよ。すぐにもあらたな軍勢を渡海させる。安芸宰相は漢城より平安道へすすむべし」と。

安芸宰相とは輝元のこと、平安道（ピョンアンド）といえば平壌以西の地。「漢城（ソウル）から」どころか、いまだ上京路の三分の一をようやくのぼったところで足止めをくらい、制江権の確保もままならぬまま八月をむかえようとしているのが毛利勢の現状だった。

全羅道では、小早川勢もまた「義兵」の抵抗にあって前進できずにいた。

これに加勢しようと釜山から全州にむかったのが安国寺恵瓊だった。慶尚道内を伝令使として往還していた恵瓊は、五月二一日、「太閤御座所」を増設せよとの秀吉の伝令をもって星州本陣に輝元をたずねたあと、いったん釜山にもどったが、帰国の予定をかえ、三〇〇〇の軍勢をひきいて全州をめざしたのである。

釜山からの最短コースは、咸安（ハムアン）から洛東江を西にわたって宜寧（ウイリョン）・雲峰（ウンポン）・南原（ナムウォン）を経由するルートだったが、宜寧にいたるてまえで郭再祐（クワクジェウ）ひきいる「義兵」に進路を塞がれて後退せざるをえず、いったん玄風まで北上し、毛利軍本陣のある星州・開寧を迂回することにした。開寧から全州へは知礼（チレ）・居昌（コチャン）・鎮安（チナン）へと険峻な山岳地帯を越えなければならなかった。

はたして、居昌でかれらを待ちうけていたのが金沔（キムミョン）ひきいる「義兵」だった。金沔軍は、山間地で組織された部隊ならでは、成員に猟師たちも多く、地勢を知りつくしているうえに半弓のあつかいもたくみだった。

かたや安国寺軍は、地勢どころか方角も位置もあやしげな絵図をたよりに、道なき道をゆくよそ者集団であり、そうでなくてもゲリラ戦では、軍兵の数は問題にならない。炎天に焼かれ、危険をおかして軍糧を掠めとりながら迂回路をすすむ軍勢は、山岳地の牛峴（ウヒョン）でゆくてをさえぎられ、またしても進路変更をよぎなくされた。七月一〇日のことだった。

　恵瓊軍が牛峴で立ち往生しているころ、本陣のある星州にも危機が迫っていた。

ひと月まえに茂渓津（ムゲジン）で村上軍を襲撃した鄭仁弘（チョンインホン）を大将とする二八〇〇の「義兵」が、星州と茂渓の中間地点、安彦（アノン）にもうけられた「つなぎの城」を襲撃。四〇〇人の日本兵を殺傷して兵器・弾薬を奪うことに成功し、余勢をかってふたたび茂渓を急襲したのである。

　こんどはしかも、玄風に陣をしいていた羽柴秀勝軍を、郭再祐の義兵が攻撃するという多面作戦であったから、日本軍の形勢は圧倒的に不利。ついに水・陸路のかなめの地、茂渓からの撤収をよぎなくされ、兵站ルートを断たれることになってしまった。

　八月なかば、金沔軍は星州北方の柏田（ベクチョン）に、鄭仁弘軍は南方の沙台（サデ）村に着陣し、一九日の早朝にはいっせいに星州城を包囲した。わずかな軍勢で守備をまかされていた桂元綱（かつらもとつな）は、守城作戦をとるしかなく、開寧の本陣からの援軍を待つことにした。

　毛利軍本隊が大挙してかけつけたのは二〇日の午後四時。数千の朝鮮民兵が囲む星州城をぎりぎりのところで守ったが、すでに周辺のつなぎ城はすべて陥とされてしまっていた。九月はじめにはしかも、後方の霊山（ヨンサン）から昌寧（チャンニョン）、玄風にいたる上京路の砦を守っていた援軍の将、羽柴秀勝が戦病死。兵站ラインの守備は壊滅状態となり、毛利本軍みずからがまるはだかで敵国の奥地に孤立することになってしまった。

　孤立化した砦は、もはや砦であることを放棄したもどうぜん。駐留がながびくにつれて疲弊し、敵の攻撃にさらされるたびに勢力を殺がれていくのは自明のことだった。

　星州（ソンジュ）は、慶尚右道最大の邑であるのみならず、尚州（サンジュ）・全州（チョンジュ）とならんで「史庫」がおかれる王朝の枢要都市にして、国家の倉庫であり、かつまた軍事拠点でもあった。おのずからその地は、朝鮮の官軍・義兵をとわず、かならずとりもどさねばならない要衝だった。

　一〇月なかば、仁弘（インホン）軍は、全羅右義兵将崔 啓会（チェギョンフェ）・全羅左義兵将任啓英（イゲヨン）ひきいる民兵と義僧兵、そして官軍も合わせた総勢五〇〇〇人の軍勢をもって、二度目の奪回作戦をこころみたがはたせず。一二月上旬にはしかし、慶尚・全羅両道の連合義兵が、大陸特有の酷寒を味方につけて三（み）たび総攻撃をかけ、奪回まであと一押しというところまで迫撃した。

年明けて宣祖二六年（文禄二・一五九三）二月四日、毛利勢はついに城を放棄し、開寧へと撤退。一六日にはさらに、開寧の本陣をはらって東へ退き、上京右路の制圧をあきらめた。

朝鮮軍は無血で星州・開寧を奪回した。ついに日本軍の慶尚右道への侵攻をゆるすことなく郷土防衛をはたしたのだ。

この間、おなじ慶尚右道の大邑、晋州でも日本軍は手痛い敗北を喫していた。

日本の武力制圧を妨害する「義兵」の拠点が晋州にあるとみなした秀吉が、細川忠興ひきいる二万の大軍を送りこんで城攻めにおよんだのだ。

一〇月五日、攻防の火蓋が切っておとされた。城内にある朝鮮守備兵は晋州牧使金時敏ひきいる官軍三八〇〇人ばかり。圧倒的な勝利をおさめるはずが、そうはならなかった。

官軍の援軍要請にこたえて鄭仁弘・金沔・郭再祐配下の副将たちが右道義兵をひきいてかけつけ、崔啓会・任啓英ひきいる全羅道義兵もこれに呼応して日本軍を挟み撃ちにした。城内では民衆もこぞって防戦につとめ、激戦を交わすこと六日。退路をたたれることをおそれた細川軍はついに攻城をあきらめ、いっせいに釜山方面へ退却した。

朝鮮にとっては守城戦におけるはじめての勝利だった。が、なにより快挙であったことは、官軍と義兵が手をたずさえ、これに民衆がくわわって、二万を数える日本の大軍を撃退したことだった。

この勝利が、戦局を大きく変えることになった。のち、義兵の戦闘力に目をひらかされた朝廷は、官兵・義兵の一体化をすすめるとともに、建国いらい三〇〇年、賤民層に閉ざされてきた兵役資格を解放した。

毛利軍が開寧と星州に分断され、進むことも退くこともできずに酷寒にたえ、兵糧不足をしのいでいたころ、平壌を占拠していた日本軍の最先鋒、小西・宗の軍勢にも危機が迫りつつあった。

一二月二五日、氷結した鴨緑江上を、明の総兵官李如松ひきいる四万三〇〇〇もの軍勢がぞくぞくと渡ってきた。

遼東鉄嶺衛の武官を世襲とする李氏は、家丁と呼ばれる私兵軍団をひきいる軍閥の領袖であり、ながく総兵をつとめた父成梁の時代より、中国東北防衛に絶大な力をふるってきた。

明の「衛所制度」はすでにほとんどが崩壊し、辺防を担う正規軍は定員の六分の一にまで数を減らしていた。いきおい恃みにせざるをえないのは軍閥の兵力であり、前年来、陝西一帯を席巻したモンゴルの鎮圧のために、如松の軍勢七万を寧夏に送りこんでいた。それをこんどは、朝鮮の最前線にさしむけたのである。

明軍の国境越えを知るや、日本軍はパニックにおちいった。無理もない。六月一五日に空っぽの平壌城に入ってから半年あまり。きわめつけのピンチが籠城軍をみまっていた。

城内の米はもちろん、塩も味噌も底をつき、口に入るものといえばわずかな粟と玉蜀黍。餓死したもの、栄養失調で鳥目になったもの、気鬱を病んだものは数知れず。くわえて、温暖な肥後や対馬の将卒・陣夫のだれもが経験したことのない殺人的な寒さが、欠乏よりも恐ろしい敵となってかれらを苛んでいた。

殺人的な……。大袈裟ではない。文禄元年一二月二五日は、西暦では一五九三年一月二七日にあたる。

時代は四世紀くだるが、気象庁のデータでは、一九八一年から三〇年間のピョンヤンの一月の平均気温はマイナス六度。World-Climate のデータでは、一九六一年から三〇年間の一月の平均気温がマイナス八度。最高気温の平均値をとってもマイナス一度をきっている。

つまり、明の大軍が迫りつつあるころ、日本軍は、ずっと氷点下のなかで飢えをしのいでいたことになる。

そこへ、総兵李如松ひきいる中央軍と、副総兵祖承訓ひきいる遼東軍あわせて五万の明軍が迫り、年明け文禄二年一月五日には、それらに都元帥金命元ひきいる八〇〇〇人の朝鮮軍と、都総摂惟政ひきいる二〇〇〇人の義僧兵がくわわって、いっせいに平壌城を包囲した。明軍擁する騎兵の数は二万。おまけにかれらは大砲数百門をそなえていた。

七日、おそい冬の陽が昇るやまもなく、天地をふるわすような大砲音を合図に、明・朝鮮連合軍の総攻撃が始まった。

むかえ撃つ日本勢は一万五〇〇〇人。かれらは、城壁のいたるところに梯子をかけて来襲する敵兵に猛然と銃撃をくわえ、熱湯をあびせ、あるいは大石を落として防戦したが、ついに三つの楼門を破られ、城内への突入をゆるしてしまった。

軍兵・騎馬の数のまさっていること、統率がとれていることはもちろん、堅固な武具・甲冑で身をかためた明兵に太刀の刃はおよばず、白兵戦をいどんだ将兵はつぎつぎと斃れ、内城の土塀から鉄砲を乱射するも、袋のネズミであることにかわりはない。兵火はついに屯営・糧倉におよび、もはやなすすべとてない惨状となりはてた。

宵闇がおりるころ、明軍はいったん兵をひいた。

味方の戦死者が一六〇〇人におよんだことを告げる注進が行長のもとにもたらされた。ふたたび総攻撃をうければ全滅するよりほかない。行長は決断した。そくざに撤退することを。そして使者をつかわし、李如松に退路の保証をもとめた。

「われら退軍を情願（じょうがん）す。後面を攔截（らんせつ）することなからんことを請う」
同日夜半、大同江（テドンガン）の南側に陣をしいて日本軍の退路を「攔截」すなわち遮断していた朝鮮軍がひきあげたあと、小西・宗軍は、深傷（ふかで）の兵らおよそ四〇〇人をおき去りにして平壌を脱出。兵站ルートを南へ五〇キロメートルほどくだった「つなぎの城」鳳山（ポンサン）城をめざした。鳳山の守備には大友義統（おおともよしむね）があたっていた。

ところが、行長たちが入ったころにはもう六〇〇〇人の大友勢は逃げ去ってもぬけの殻。やむなく軍勢は、白川（ペクチョン）をめざしてさらに八〇キロメートルのみちのりをかけくだった。宗麟（そうりん）の嫡男にして大友氏二二代の由緒をもつ義統は、城を放棄したことで秀吉の逆鱗に触れ、召還を命じられたあげく、五月一日に「死一等を減じ改易」に処せられることになる。

白川城には、黒田長政（くろだながまさ）が本陣をおいていた。前年秋、はやばやと黄海道（ファンヘド）の制圧を断念して白川に後退し、ソウルから平壌にいたる軍用路の確保にあたっていた。

はやばやと……。朝鮮有数の平野がひろがる黄海道はゆたかな穀倉地帯をかかえていた。くわえて、道内の巨鎮である海州（ヘジュ）は、全羅道から江華島（カンファド）をへて国王の行在所（あんざいしょ）のある義州（ウィジュ）へといたる西海岸の要衝地、すなわち、都落ちした王室をささえる幹線上のかなめの地であった。

このエリアへ日本軍を一歩たりとも入れてはならぬ。かたい覚悟で「義兵」を決起したのが、ついこのあいだまで国王側近として吏曹参議（イジョチャムウィ）の重職を担っていた李延馣（イジョムアム）だった。

ソウル脱出のさい延馣（ジョムアム）は、のっぴきならぬ事情あって国王の播遷（はせん）に随駕できず、解職をうけいれざるをえなかった。慙愧の念は深く、ついに彼は、在地両班たちの熱いもとめにこたえて起兵を決意。わずか二〇〇人の将兵のもとに二〇〇〇人の民衆を組織して海州の喉もとにある延安（ヨンアン）城に拠り、黒田軍三〇〇〇兵を相手に抗戦を挑んだのだ。

延安城はすでに、穀物庫も兵器庫もすっからかんの無人城となっていた。日本軍の来襲を恐れ、地方官も軍人も住民もことごとくが山野に避難してしまったからである。

幕僚たちのなかには「無軍・無食・無器」すなわち「三無」の城で迎撃戦を挑むことの無謀を説くものもあったが、延馣の意志はかたく、かならず生命と財産を守ることを約して住民たちに帰還をうながした。

そのうえで、去るものはゆるし、守城をのぞむものだけをもって「義兵」部隊をくみ、軍律をさだめた。「敵に会って逃げたものは斬る。民間人を害したものは斬る。命令に反したもの、機密を漏らしたもの、約束を違えたものは斬る。射殺者を首とし、斬殺者は次とする。敵の財物を盗ったもの、他人の功績を奪ったものには賞給せぬ」と。

黒田軍が延安城を包囲したのは八月下旬。長政みずからが陣頭にたって攻略をこころみること五日におよんだが、徹底抗戦のまえについに退却をよぎなくされ、のち二度と海州以西に足をふみいれることはできなかった。

一月一一日、小西・宗軍は長政に迎えられて白川城に入った。そしてその日、ソウルに平壌の敗報がもたらされた。

明軍はすでに開城に近づきつつある。ソウル本営もまた決断を迫られた。城外に出て明軍をむかえ撃つか、それとも籠城するか……。のこされた兵糧米は一万四〇〇〇石。二か月もちこたえるのがせいぜいだ。

何はともあれ、急ぎ各地に散らばっている軍勢に撤収を命じ、本営にあつめなければならなかった。

一三日、伝令使安国寺恵瓊が開城府にむかって馬をとばした。

開城には毛利三家二万の総帥小早川隆景が本陣をおき、小早川秀包・立花統虎・吉川広家・毛利元康らの諸隊を、平山・牛峰・長湍・監津などの諸邑に駐屯させて防衛ラインをおさえていた。恵瓊の任は、ソウル防衛のかなめの地に陣どる毛利の総帥に、本営への帰陣をうながすことにあった。すでに目のさきまで迫っている明軍の追撃をかわすには、本営のあるソウルへもどって再起をはかるよりほかないのである。

伝令は、小早川軍からさらに黒田軍および小西・宗軍にもたらされ、毛利軍諸隊もまた退却の途についた。

数万の軍勢がぞくぞくと臨津江を渡ってくだる。しんがりをつとめたのは小早川軍だった。

長陣による兵糧不足、馬不足のあげくの退却。防寒具も藁沓もない侍や陣夫らのなかには、凍傷で指をおとした足に草鞋をくくりつけ、痩せこけあるいは浮腫み、視力を失い、天然痘や労咳や気鬱を病み、死なずにあることがかえって憾まれるようなありさまとなったものも数知れずあった。が、とにもかくにも、臨津江からさらに四〇キロメートルの行軍にたえ、一六日にはすべての軍勢がソウル周辺に帰陣をはたした。

どの部隊も、将兵・陣夫を失うこと四割におよんでいた。

もっとも消耗率が高かったのは、ひと月半おくれの二月二九日、会寧でとらえた朝鮮の二人の王子、臨海君珒と順和君玒をともなって咸鏡道からもどってきた加藤清正の軍勢だった。

出陣のさいには一万を数えた加藤軍だったが、もどってきたのは五四九二人。およそ二人に一人が、朝鮮族と女真族が雑居する半島東北部のさいはての地で、餓死・凍死・病死・戦死してしまったのだ。

前年の六月一〇日、小西・宗軍、黒田・大友軍とともに開城(ケソン)を発った加藤・鍋島軍は、安城(アンソン)からみちを東北にとって咸鏡道の制圧におもむき、いっときは、東朝鮮湾(トンチョソン)沿岸の諸邑をおさえて家臣団を在番させ、農民を還住させるとともに、人質をとっては年貢や物成(ものなり)を納めさせることに成功した。

しかし、軍糧不足と武器・弾薬・兵力不足、あいつぐ義兵の攻撃にさらされて城をつぎつぎ陥とし、けっきょく撤退をよぎなくされたのだ。

オランカイと国境を接する北辺の地、咸鏡道は、流刑地にして左遷の地でもあり、ながく朝鮮王朝から疎外・抑圧されてきた地域だった。王の徳化がゆきとどかず、科挙試験資格が制限され、官途も閉ざされていたため、下層民から上層の有力土豪にいたるまで、国王や政府にたいして怨みをもつものも多くあって謀叛(むほん)の温床となっていた。

清正が、王室をながらえるためにこの地に逃れていた二人の王子を捕らえることができたのも、罪を得て全州からこの地に流され、会寧府の小役人から地方官にのぼりつめた鞠景仁(ククギョンイン)という人物が叛付(はんぷ)してくれたからであり、かれらが、やすやすとこの地を占領できたのもそのゆえんである。

すなわち、中央から派遣された官僚と在地勢力との軋轢がはげしいこのエリアは、ただでさえ政府への反感が鬱積しているようなところなのであり、日本軍の侵略はたちどころに民衆の叛乱を惹起し、それに助けられるようにして清正らは道内をいっきに席巻し、局所的、一時的な軍事制圧に成功したのだった。

しかし、そのような支配が安定的な経略にむすびつくはずはない。異国の侵略者が、自国の政府より苛虐な収奪者でないはずはなく、ましてかれらは、はなから朝鮮人を人とは思っていないということが、すぐにも明らかになったからだ。

日本の軍政は、鞭による強制をむきだしにするようなものだった。地方官を出頭させ、地域の農産物や特産物、男女の人数などを申告させたうえで租税と産貢をとりきめ、違約したばあいには首をさしだすとの誓約書に判を捺させ、さらに農民を人質にとって牢に入れ、貢納物とひきかえに人質を返すというやり方だ。

おまけに、それほど苛酷な搾取をどこまできわめても、在地民でさえが食うにこと欠く痩せた地で、長陣の口をまかなうことは至難だった。

そもそも、北辺のこの地は雑穀地帯で、米などというものは希少・貴重このうえない生産物なのである。鍋島勢が本陣をおいた咸興(ハムフン)――李氏朝鮮発祥の地――の北緯は四〇度。清正が家臣団在番の北限とした吉州(キルジュ)の緯度は、平壌(ピョンヤン)よりも二度高い北緯四一度。吉州の年間平均気温は八度いか、一月の平均気温はマイナス七度を下まわる。準不毛地帯ともいうべき地域だった。

鍋島勢が在番した南部地域の「租税牒」をみると、穀物全体の八六パーセントが稷や粟や大豆などの雑穀。一四パーセントを占める穀類のうち、玄米はわずかに一・五パーセント。これに陸稲をくわえてもたかだか四パーセントにすぎず、それらを根こそぎまきあげたところで、一万二〇〇〇もの軍勢の口を養うことができないのは明らかだった。

ついでながら、清正が軍政をしいた吉州には、のちに「北関大捷碑」が建立されることになる。二〇〇五年に韓国に返還されるまでは「靖国神社」におかれていた高さ二メートルほどの「北関大捷碑」がそれである。

日露戦争直後の一九〇五年、北韓進駐軍司令官の三好成行中尉が「日本国民の感情を害するもの」として撤去し、凱旋みやげとして移送。戦利品を陳列する皇居内の施設「振天府」に献上した。

石碑には一四〇〇余文字におよぶ碑文が刻まれていて、なかには、加藤清正が鉄嶺――長寿峰九七一メートルと風流山一〇二四メートルの鞍部にあたる要衝の地――をこえて咸鏡道の深部にまで侵入し、「逆賊」を傀儡としたこと、そして、鄭文孚が義兵将となって「逆賊」を討ち、諸邑の日本兵を攻撃して侵略軍を撃退したことなどがしるされている。

「義兵」の忠誠・勇敢を言挙げするための粉飾やディテールの虚実はさておくとして、文孚の決起が道内各地に義挙をうながし、日本軍を撃退せしめたことはまちがいない。

文孚はもちろん実在の人物である。黄海道海州出身の彼は、中央から鏡城に赴任していた高級官僚だったため、いったんは民衆叛乱をのがれて身を匿さねばならなかったが、明の援軍が鴨緑江をこえたことを知って起ちあがった在地の儒生や地方官、土兵壮士に推挙されて義兵将となった人物だ。

九月なかばに鏡城をおとした文孚は、明川に南下して日本軍の傀儡を斬ってとり、一〇月すえには清正の家臣、加藤清兵衛の軍勢が占拠する吉州の攻略にとりかかった。この間、文孚に呼応して義挙した在地土豪や民衆らは、傀儡に支配がゆだねられていた明川以北の地をすべて奪還。日本軍政下の吉州でも民衆が兵をあつめて起ちあがり、ついに日本軍をじかに相手とする抗日のたたかいを開始した。

吉州城はすでに深刻な兵糧不足におちいっており、在番衆は近隣の村々を襲撃しては略奪と放火をほしいままにしていたが、義兵の攻勢を防ぎきれず、門を閉ざして籠城。九鬼広隆らの軍勢もまた、銀山を占拠した端川でおなじく籠城をよぎなくされ、酷寒と豪雪のなかに孤立することになってしまった。

おりしも、咸鏡道から撤兵せよとの命令がソウルからもたらされた。一月はじめのことだった。撤収命令をつたえてきたのは、江原道金化（カンウォンドキムファ）に本陣をおく島津義弘（しまづよしひろ）の使者だったが、義弘は、命令とあわせて小西軍の平壌敗北の報もつたえてきた。このまま兵を退かねば加藤・鍋島軍はおき去りとなる、すみやかに撤収せよというのである。

清正の進退はきわまった。吉州と端川の在番衆をどうするか。救援にむかうべきか、みすてるか。

鍋島直茂は、棄てるべきだと主張した。けれど、ついこのあいだ清兵衛・九鬼らが救援をもとめてきたさい、「来春まで番城（ばんじろ）を死守せよ」との指令を出した清正に、家臣をみすてることはできなかった。

はたして一月一四日、加藤軍からは佐々平左衛門（さっさへいざえもん）らの軍勢が、鍋島軍からは竜造寺家晴（りゅうぞうじいえはる）らの軍勢が本陣をあとにした。めざす端川には、九鬼広隆・加藤与左衛門（よざえもん）ら四人を守将とした五〇〇人の番衆が籠城している。

一月二二日、端川に到着した救援軍は、義兵と戦さを交えて包囲網を突破。二六日には摩天嶺（マチョルリョン）をこえて城津（ソンヂン）にむかい、近藤四郎衛門（こんどうしろうえもん）ら番衆四〇〇人と合流。そのまま吉州へとかけのぼり、二七日には城を包囲する文孚の義兵三〇〇〇人と死闘をくりひろげ、ついに城門をうちやぶって突入した。

城内には目をおおうばかりの屍（かばね）が放置され、あるいはうずたかく積まれていた。それらをかきあつめて焼き——城内には、七人の守将と三〇〇〇人の番衆が守備についていたが、前年一一月の戦闘でその半数を失っていた——翌二九日の払暁、城内に火をはなって退却の途についた。

加藤軍より南方の諸邑に番城をおいていた鍋島軍の損耗率は三六パーセント。ソウルにもどった兵卒の数は七六四四人だったが、両軍合わせた二万二〇〇〇の軍勢は、じつに八八六四人を失ったことになり、消耗率は四〇パーセントにのぼることとなった。

このおどろくべき数が誇張でないことは、三月二〇日、石田三成ら朝鮮奉行がおこなった「査閲」すなわち兵員調査によって、ソウル在陣衆の総数が、五万七〇〇〇人と確認されたことにも明らかだった。

それによれば、平壌で籠城をしいられた行長ひきいる「第一軍」の欠損は六六三〇人で、損耗率三五パーセント。総大将宇喜多秀家（うきたひでいえ）はじめ増田・石田ら直臣ひきいる「第七軍」の欠損は六七〇〇人で、損耗率三九パーセント。諸隊いずれも三五から四〇パーセントの兵卒を、餓死・凍死・病死・戦死で失っていることが確かめられたのだ。

それだけではない。四月一八日、ついに全軍がソウルを撤退し、五月すえに釜山およびその周辺に再結集したさいの「陣立」の総数は七万五四〇〇人。前年四月に「先掛衆」として渡海した「第一軍」から「第六軍」の「陣立」総勢およそ一三万七〇〇〇人が、六万人いじょうも員数を減らしているのである。

はたして、再結集ののち陣容をたてなおし、肥後国人吉藩主の相良長毎とともに熊川に城をかまえて在番することとなった加藤勢と、蔚山から西生浦に入って城をかまえた鍋島勢を合わせた「第二軍」の数は、当初の二万二八〇〇人から一万四四〇〇人に減じていた。

おなじく、小西・宗の「第一軍」は一万八七〇〇人から八九〇〇人に、黒田・大友の「第三軍」は一万一〇〇〇人から五一〇〇人に、島津・毛利吉成の「第四軍」は一万四〇〇〇人から五六〇〇人に、福島・蜂須賀の「第五軍」は二万四七〇〇人から一万四四〇〇人に、毛利・小早川の「第六軍」は四万五七〇〇人から二万五七〇〇人に縮小した。

長陣になればこうなることは、前年八月の軍評定のさいにすでに想定されていたことだった。まして明軍が大挙すれば、ソウル以北にのびきった戦線を維持することが不可能だということも。

すなわち、石田三成や増田長盛ら朝鮮奉行の本営入りを待って総大将秀家が諸大名を召集し、秀吉の上使黒田孝高をくわえてひらかれた八月の軍評定の題目は、明の援軍が日本軍に迫ったときいかに対処するかということだった。

奉行衆のあいだでは、このときすでに兵糧のつづかぬことが懸念され、諸軍を釜山まで撤収し、作戦をたてなおすという選択さえ検討されていた。

げんに、諸大名は、拡大する戦線に諸隊を配備して制圧につとめるが効を奏さず、いっとき軍政をしくも、民衆のはげしい抵抗にあって還農策もおぼつかない。おまけに義兵がつぎつぎ蜂起して、占拠した陣所の守備すらままならず、そこに水軍の劣勢がつたえられれば、「つなぎの城」を守る意味さえむなしくなる……。

「釜山と漢城のあいだはいかにも長途である。海峡をはさんだ日本からの輸送も不自由にちがいない。しかし、朝鮮八道を切りしたがえつつあるいま、都をすてるわけにはいかぬであろう。なれば、秀家殿をはじめ諸大将は漢城にとどまり、ここを根城として北へ一日路のところに防衛のための砦を数か所かまえ、本営を維持することを第一とすべきであろう」

そう主張したのは上使官兵衛こと黒田孝高だった。平壌から軍を退き、ソウルを維持することに主力をそそぐべきだというのである。彼の戦略は現実にかなったものだった。

三成ら奉行衆にはもとより異存はなかった。

安国寺恵瓊に錦山の留守をゆだね、おっつけ全羅道からかけつけた最長老の小早川隆景もそれをよしとした。毛利吉成を義兵蜂起のそなえとしてのこし、江原道からかけつけた島津義弘・伊東祐兵も、制圧すべき黄海道の入口で義兵に前途をはばまれている黒田長政も、孝高の戦略を支持した。かれらはすでに義兵のしたたかな抵抗をまのあたりにし、進軍はおろか、軍用・兵站ルートを確保することさえ容易でないことを思い知らされていた。

ところが、ひとり小西行長だけはウンといわなかった。七月なかば、小西・宗軍は遼東兵の平壌攻撃をしりぞけ、おおいに気炎をあげていた。

「これまであまたの朝鮮人を打ち殺し、敵するものはみなわれらを恐れて逃げ去った。もはや朝鮮人がわれらに合戦を挑むことはないだろう。また、朝鮮王が大明に加勢をたのんでも、数万もの大軍を送ってくるとは思えない。わけても国境には、鴨緑江という音に聞こえた大河があり、兵糧、軍馬、武器を渡すことは至難である。ゆえに、この行長は、なるだけ大明の境にまで迫り、敵陣に斬り入ろうとの覚悟である」

遼東軍との七月の戦闘で小西・宗軍が撃退した軍勢は、たかだか四五千人だった。

しかし、こののち明軍が大挙しておしよせ拠城をとりまくようなことがあれば、兵站に不安をもつ日本陣営が窮地におちいることは必至である。軍議に会したメンバーは、軍糧補給と兵力増強の手だてが十全でないことをふまえ、平壌からの撤兵を上策として行長の説得をこころみた。

しかし、あくまで先鋒をゆずらぬ彼に、ひとまず国境越えを断念させることしかできなかった。

落ちゆく朝鮮国王を追うようにしてやすやすと平壌に入城したはずの日本軍が、「唐入り」どころか、城内に釘づけされたまま半年もの月日を空費し、そのあげく明軍に大敗し、敗走しながら大軍勢をソウルに招き入れることになろうとは、この八月の時点において行長は予想もしなかったのだろう――音に聞こえた大河が凍ってしまうなどということも、そのような季節まで停滞をよぎなくされるということも……。

また、戦線を後退させるべく彼を説きふせることができなかった諸将にも、漠とした楽観がなかったわけではなく、また、ソウルで停滞するなど断じてみとめるはずがない秀吉の顔と「檄文」の文言を思いうかべ、のびきった兵站線を維持するため、あるいは掃討作戦を継続するため、おのおののテリトリーにもどっていったのだった。

いらい、「唐入り」とは名ばかり、なんの咎もない隣国を蹂躙し、兵火をあびせ、補給の不足を補うための手あたりしだいの略奪と搾取にさらし……。わけても刈り入れの季節をまるごとおおった侵略が、八道の士民をいかに苦しめ、また国土をどれだけ荒廃させたかははかりしれない。

いっぽう、そのような侵略と暴虐を銃後でささえた日本の民もまた不条理かつ不毛な犠牲をしたたかしいられた。

ソウル本営が加藤・鍋島勢の帰陣を待つばかりとなった二月、本国では、水主(かこ)を徴発するための一斉調査が全国の浦々ですすめられていた。

「高麗へ召し連れた船頭(せんどう)、加子(かこ)が、寒さなどのために患い、過半が死亡したので、浦々に残留している加子の数を厳重にあらためよ。そのうえで、十五歳から六十歳までのものをすべて、奉行つき添いのうえ、急ぎ名護屋に送りとどけよ」

関白からの命令をうけとった領国各地の奉行らは、さぞかし蒼ざめたことだろう。これまで徴発された水主の半数いじょうが死亡したといい、このたびは、六〇の齢をかぞえたものまでよこせという。シベリア寒気団が吹きおろす北西風を「穴西(あなじ)」という。寒(かん)の穴から刺すように吹きだす強風は、ながく海に糧をもとめ、朝鮮・対馬海峡を往き来することをなりわいとしてきた対馬の人々にすら、そう呼ばれて恐れられてきた。

そのような海域に、外洋に出た経験もなく、陸(おか)づたいに沿岸を航行するのがつねであった漁民や水主たちが送り出されれば、水軍の戦闘にまきこまれずとも命がけの航海となる。しかもかれらは、使い捨てもどうぜん、劣悪・苛酷な条件下で積み荷を守るためだけに使役されるのである。

全国規模の徴発は、もとより水主だけにかぎらない。「唐入り」が始まっていらいの大動員は、領国・在地の再生産構造を根こそぎ破壊するほど容赦のないものだった。

一五歳から六〇歳。まさか秀吉に範をとったはずはないだろうが、四五二年のちの一九四五年六月二二日に公布され、即日施行された「義勇兵役法」もそうだった。

同法は、原則として一五歳から六〇歳までの男性、一七歳から四〇歳までの女性に義勇兵役を課すもので、当局が必要とあらば義勇招集して「国民義勇戦闘隊」に編入することができ、また、志願すれば年齢制限いがいのものも、つまり、少年たちをも戦闘に動員することができるとした希代の悪法だった。

しかもこれには、「朕は曠古(こうこ)の難局に際会(さいかい)し、忠良なる臣民が、勇奮挺身、皇土(こうど)を防衛して国威を発揚せんとすることを嘉(よみ)し……」という異例の「上諭」がつけられており、「本土決戦」のさいには、天皇の名によってかきあつめた二八〇〇万人もの臣民——日本の臣民の四割に相当——が「義勇戦闘隊」として動員される計画だったという。

さて、敗戦、敗走につづいてソウルへの全軍撤退をよぎなくされ、袋のネズミとなった日本軍は、さっそく明軍を城外でむかえ撃つ準備にとりかかった。

すなわち、宣靖陵(ソンチョンヌン)・康陵(カンヌン)・泰陵(テヌン)など歴代の宗廟はじめ、城門の櫓や鐘楼・館学など、大街(テガ)以北の官衙や民家にかたっぱしから火をかけ、朝鮮士民を虐殺した。追撃してくる明軍に内応し、あるいは加勢するのを防ぐためだった。

一月二五日、城外へ偵察にでかけた日本兵が斬殺された。

翌二六日、小早川隆景ひきいる二万の先鋒部隊と、宇喜多秀家が指揮する二万二〇〇〇の本隊が、ソウルの北方一六キロメートルの地点にある碧蹄館(ビョクジェグァン)で李如松(りじょしょう)ひきいる明軍と激突。小早川配下の立花宗茂(たちばなむねしげ)・高橋直次(たかはしなおつぐ)の軍勢が多くの戦死者を出しながら奮迅し、また、地勢をよんだ隆景のたくみな包囲作戦が功を奏して勝利をおさめた。

二月一二日には、幸州山城(ヘンジュサンソン)に陣をしいて首都奪回をはかろうとした、全羅道巡察使権慄(クォンユル)ひきいる朝鮮軍を攻撃。宇喜多・小西・石田・黒田・吉川・毛利・吉見・小早川の軍勢合わせて三万の大軍をさしむけ、黎明から夜にいたるまで激戦をくりひろげるも撃退することあたわず、総大将の秀家が重傷を負ったため、兵を退くしかなくなった。

権慄は、前年には小早川軍の全羅道侵犯をはばんだ将軍のひとりだった。

ソウルから漢江(ハンガン)北岸の西方一五キロメートルにいちする幸州山城は、漢江沿いの南面が絶壁になった天然の要害であり、この地に目をつけた権は、さっそく水原(スウォン)から陣を移し、独力で日本軍とたたかうことを決意した。兵力は、軍民・僧兵合わせて一万たらず。その不足を火器でおぎない、火車から火の矢を雨のように降らせて日本軍を退却させたのだ。

日本勢のうけたダメージは大きかった。勝敗では一勝一敗と分けたものの、ソウル奪還のため攻撃をしかけてくる脅威を一掃できたわけではなく、こちらから撃って出ようにも武器も兵糧も底をつき、三日路以遠の地へは出られない。

釜山からの兵站拠点はとうに朝鮮軍民に包囲され、連絡も補給もあたわず。またたくまに薪(まき)や秣(まぐさ)がついえ、わずかに暖をとることもできない城内に籠っているしかなくなった。

平壌での大敗北は、攻守を完全に逆転させてしまったのだ。

じつに、加藤・鍋島軍をのぞく軍勢が帰営した七日後の一月二三日にはすでに、石田三成ら朝鮮奉行は「注進状十一か条」を作成し、五名連署のうえで秀吉側近の長束正家ら名護屋在陣の兵糧奉行あてに送っていた。

「小西行長の平壌撤収にひきつづき、臨津江以北の軍勢はすべて漢城に帰陣した。しかしながら、武器も兵力も不足しており、討つも守るも至難である。兵糧は三月なかばには尽きてしまう。このうえは、兵糧確保のため、穀倉地帯である忠清道・全羅道の平定が急がれる」と。

かれらはすでに釜山までの撤退を決めてさえいた。ソウルを放棄して全軍南下し、事情説明の注進をおこなって秀吉に既成事実をみとめさせる。まだ帰営していない清正が首をたてにふるとは思えなかったが、それほどまでにかれらの窮状はきわまっていた。

その直後にたたかわれた碧蹄館・幸州山城での戦闘は、日本軍の苦境を上書きしただけの戦さとなった。

たのみの綱は、朝鮮の租税米がおさめられた龍山倉。漢江沿いの糧庫二三か所にたくわえられた備蓄米だけであり、それらが底をつかぬうちにつぎの一手を打たねばならない。

二月二七日、諸将は軍議をもち、ソウルの放棄、釜山への撤退は避けられないことを確認した。

二八日には咸鏡道から鍋島軍が、二九日には加藤軍が会寧でとらえた朝鮮の二王子、臨海君と順和君をともなって帰還し、全軍の帰陣が完了した。つぎに袋のネズミが打つべき手はただひとつ、和議交渉のほかにはない。

ソウルでの自滅・自壊をまぬがれ、明軍・朝鮮軍の追撃、民兵らの襲撃をうけることなく釜山までくだるには、交渉によって休戦状態にもちこむしか方法はないのである。

三月八日、明朝兵部の文官、軍務経略宋応昌から小西行長にたいし、三つの条件がしめされた。

「捕虜にした朝鮮の二王子および陪臣を返還し、占領した地域をことごとく朝鮮に返し、さらに朝鮮侵略について謝罪する降表を提出せよ」と。

つまり、朝鮮から完全撤退し、「降表」すなわち降伏の意を明記した文書をよこせというのである。

とてものめる条件ではない。前年来、平壌城に籠っていたあいだにも停戦交渉をこころみた行長がそう思ったのであってみれば、寝耳に水の諸将、わけても清正のような剛の者なら、逆上するであろうような条件だった。

ところが、三月一三日、ピンチに追い討ちをかけるような事件が起きた。夜中、明軍の決死隊が龍山倉に火の矢をはなち、糧秣をすべて焼きはらってしまったのだ。三成たち奉行衆が、雑炊にして食いつなげば二か月はもちこたえるだろう見積もっていた文字どおり生命の糧が、一夜にして灰燼に帰した。即時の「退陣」はもはや必至となった。

明軍サイドもまた焦っていた。属国である朝鮮の情勢がさらにこじれることも、戦役に深入りすることも避けたいお国事情をかかえていたからだ。

はたして、日・明両軍は、双方ともに本国政府の了解をとうてい得られるはずのない、というより、ありのままを報告することなどとうていできぬ、その場しのぎの条件を交わすことで鉾をおさめることにした。

「日本軍は漢城から釜山へ撤退する。そのうえで、捕虜にした朝鮮の二王子と陪臣を返還する。開城に陣をおく明軍は、日本軍の漢城撤退を確認してから明へひきあげる。そのうえで、明朝から使節を日本へ派遣する」という「四条件」だ。

明軍はこれいじょうリスクを負わずにソウルを奪還できればよく、日本軍は釜山までの無事が保障されればよい。双方が目先の目的を優先した。最大の被害者であり当事者である朝鮮の、まったき頭ごしに……。

というのも、祖宗の寝陵を犯辱され、王子を虜にされ、王都王城を烙焰にさらし、占領軍がのしあるいたところでは誘拐・凌辱・殺傷・略奪・破壊・放火など、ありとあらゆる蹂躙をうけた朝鮮政府が、和議に応じるはずがないからだ。たとえ宗主国の明が和議をすすめても、頑として拒みつづけるであろうことは目にみえていた。

朝鮮士民のこうむった被害の甚大さは筆舌につくしがたい。

日本軍の侵掠をまぬがれるため、まさに実らんとしている田畑にみずから火をつけ、城内の倉庫を空っぽにし、幸いにして刈り入れができた地域の収穫はことごとく軍糧としてまきあげられ、そのうえ、国家の年間予算二四万石に匹敵する戦費をまかなうためのあらゆる負担に耐え……。

農民たちは餓死ととなり合わせの冬をこし、生きて春をむかえたものも、やすやすと種を蒔くことさえできぬありさまだった――宣祖二六年（文禄二）の三月・四月は西暦の四月・五月、ちょうど播種の時期にあたっていた。

およそ一年のあいだ日本勢が占拠したソウル周辺からは住民のすがたが消え、漢江の岸辺では、穀倉地帯の民衆の膏血をしぼるようにしてかきあつめた軍糧を積んだ船が錨をおろすや、襤褸さながらとなった飢民が蠢くようにあつまってきて呻き、つぎの瞬間には息絶え、まさに骸を骸でおおうような地獄絵が日常の光景と化していた。

内も外も、みわたすかぎり廃墟・灰燼と化した王城。そのなかで囚われ人のごとくおし黙っていた日本勢にどよめきがはしったのは、全軍撤収完了からひとつき半をへた四月一七日のことだった。
欠乏と不自由にたえて退陣（のきじん）の日を待ちわびる六万の軍勢のまえに、ふってわいたように明の「講和使節」と名のるものたちが現れたのだ。「大明の勅使」すなわち、明の皇帝がつかわした使節であるという。しかも、明日は退陣だというのである。まさに、ふってわいたように「茶番」の幕があげられた。

四月一八日、日本勢は退却を開始した。兵糧はもとより、矢も鉄砲もつきての撤退だった。追撃をおそれる軍勢は、しんがりが橋を渡りおえればこれに火をかけ、沿道の砦は、これもまた全軍が通過するたびに焼きはらい、諸隊おのおのが厳重な警戒をしいて一路釜山をめざした。

たのめるものは、質である二人の朝鮮王子と、「大明の勅使」と名のる使節団ばかりである。

朝鮮王子は、退路の安全を保障してくれる何ものにもかえがたい護符であり、「大明」の官人と随行者一〇〇人からなる講和使節団は、蕃属国朝鮮のおかれた屈辱的な地位を可視化し、敗者日本の屈辱を清算してくれるだけでなく、箔までつけてくれるありがたい装置であるにちがいなかった。

かれら「大明の勅使」が、よもや偽（にせ）の和議使節であろうとは、ましてや明の軍務経略宋応昌がみずからの権限で送りこんだ諜報武官であろうとはつゆ知らぬ日本勢は、いっぽうでは厳戒をたもちつつ、ときに凱旋パレードのごとくにぎにぎしく、状況がゆるすところでは作楽歌舞をくりひろげながら退却した。

無理もない。だれもが退陣をよろこんでいた。めざすは釜山であり、釜山に至れば、そのさきにあるものは帰国のほかにはない。和議が成ればもはや、五万も六万もの軍勢が釜山にとどまる要がないからだ。いくども死に瀕する艱苦をしのぎ、今日までもちこたえたかいがあった。口にはせぬまでも、だれもがそう信じてうたがわなかった。

小西・加藤・鍋島・黒田ら九州諸隊が慶尚道の尚州（サンジュ）に入ったのは四月二八日。のち、五月一七日までのあいだに、すべての軍勢が釜山およびその周辺に集結した。

はたして、かれらを待っていたのは帰国の船便などではなく、釜山をとりまくように「新城」をかまえ、ひきつづき朝鮮に在陣せよとの秀吉からの指令であり、また、増援軍と合わせた軍勢をもって晋州（チンジュ）城を再攻撃せよとの命だった。

「もくそ（晋州）城をとりまき、城攻めの基地を堅固につくって味方に一人も被害を出さぬようにし、城方を一人のこらず、ことごとく討ちはたすべし……」

晋州城は、前年一〇月、細川忠興・長谷川秀一ら一六将が二万の軍勢をひきいて攻囲したが、陥とすことができなかった「攻めそこないの城」だった。朝鮮にとっては、官軍と義兵と民衆が結束して大勝利をおさめ、戦局に大きなターニングポイントをもたらした砦だったが、それゆえにこそ、戦さに勝利しつづけることで「天下」を手にした秀吉にとってそれは、屈辱の地にほかならない。

その城を、こんどこそ総攻撃によって制圧せよというのである。しかも、完全な殲滅戦を遂行せよと。これよりのち、朝鮮南部の占領を継続するために、目にモノいわせておかねばならぬというわけだ。朝鮮勢にたいしてはもちろん、厭戦気分が蔓延し、士気を失いつつある日本勢にたいしても……。

とはいいながら、四割の兵卒・陣夫を失って、命からがら一年ぶりにふりだしにもどってきた諸将・兵卒に、あらたに城を築いて駐留を継続し、そのいっぽうで全羅道へのかなめの地、晋州を攻略せよという。さしもの大名たちも天をあおいだにちがいない。

この五月はじめには、鳳山城を放棄して退却した大友吉統が、豊臣の名に「臆病疵」をつけたという罪状をあげられて改易され、豊後一国二三万石を豊臣「蔵入地」として召しあげられていた。処分は、名護屋城エリアを支配してきた水軍領主波多信時や、不知火湾にひらけた出水の港湾を領する島津忠辰にもおよんだ。

「見懲り」すなわち「みせしめ」のための旧族大名つぶしであることは、だれの目にも明らかだった。秀吉は、その公表とあわせて「朝鮮軍役をはたさねば改易処分にする」との朱印状を、朝鮮在陣大名に送っていたのである。

まもなく、新城を築くべき地として、釜山周辺の一八か所が指定された。

一月二九日に、北緯四一度の東海岸の邑吉州を退却し、豪雪の山岳地帯をひと月かけてよこぎってソウルに至り、軍勢の半数を失って釜山にもどった加藤軍は、釜山から二五キロメートルほど西にいちする熊川に新城をかまえるよう命じられた。大友の轍をふまぬため、清正はさっそく二三か条の「覚」を国許の家臣に通達した。

「兵糧は五千石といわず一万石といわず、調達できしだい賃船を雇ってでも朝鮮に送るべし。たとえ清正のほうで必要なくとも、『公儀の御兵糧』として役立つことになる。馬糧の大豆もまた二千石でも三千石でも、味噌や塩は一斗、二斗入りの桶を二百も三百もこしらえてあたうかぎり多く送るべし。

堺に注文した鉄砲と玉薬の調達を急がせ、ただちに送りとどけよ。鉄砲撃ちの練達者を五百人でも一千人でも召しかかえ、陣夫は千人でも二千人でも大量に徴発し、そろいしだいに送ること。鍛冶・大工などの職人を召しかかえ、大鋸や鉄材も調達せよ。また、百姓らの年貢未納分を一掃せよ。麦でもいいからきびしくとりたて、出さないものは成敗し、それでも未納があれば責任者である代官を成敗せよ……」

いっぽうで清正は、晋州を攻撃する諸将に檄をとばすことも忘れなかった。

「戦闘はもとより、城攻めの足場を築く普請にも精を出せ。それを軍功とみとめ、数石扶持のものは数百石に、それいじょうの知行取りは知行をさらに加増しよう」と。

晋州は、慶尚道から全羅道へと通じるかなめの地だ。南面を南江にのぞむ断崖絶壁として築かれた晋州城は、他の三面に、みあげるばかりの石壁をめぐらし、北方にはさらに一〇〇メートル幅の濠をそなえた朝鮮随一の名城だった。

この地をおさえれば、全羅道の穀倉地帯はすぐ手のとどくところとなる。それを兵糧の供給地とすることができれば、ひとたび明けわたしたソウルへと、さらには明国へと、ふたたび北進することもできるだろう。そしてなにより、この地を占拠することは、朝鮮南部の制圧を既成事実化することになる。和議交渉を有利にすすめる要件ともなるのである。

五月二〇日、秀吉は晋州攻略のための「陣立」をさだめ、諸軍に攻撃命令を発した。

「もくそ城とりまき」すなわち包囲作戦の陣立は、鍋島・黒田・加藤・島津配下の軍勢およそ二万五六〇〇、小西・宗配下の軍勢およそ二万六二〇〇、宇喜多配下の軍勢およそ一万八九〇〇、毛利・小早川配下の軍勢およそ二万二三〇〇の総勢九万三〇〇〇人。このほか、釜山・東萊・金海など要衝地の守りに毛利はじめ前野長康・亀井茲矩らの軍勢六〇〇〇人をあて、巨済島には蜂須賀家政、加徳島には九鬼嘉隆らの舟手衆を配置するという盤石の総攻撃態勢をととのえた。

すでに伊達政宗や佐竹義宣ら、東国の大名たちにもつぎつぎ渡海命令がくだされていた。

浅野長政・幸長父子の一番隊に編成されて渡海した政宗の軍勢は、四月一三日に釜山に着き、二三日には蔚山の南方三五キロメートルにいちする梁山城に在陣。のち六月二〇日から二八日まで、晋州城包囲作戦に参戦した。

いっぽう、義宣の軍勢は、五月二三日、豊臣直属の舟奉行衆から一〇〇艘の軍船を借り、それらを諸将に割りあてて、第一陣一四四〇人を出航させた。六月一三日のことだった。

一〇〇艘の軍船を借りれば、その数に見合う水主を調達しなければならない。が、それは容易ならざることだった。二月のはじめにはすでに全国いっせい調査と徴発が浦々でおこなわれており、宣義じしん、前年暮れに石田三成から借りた七〇人の水主を返すことができず、さんざん苦慮をしいられていた。このうえ、その何倍のも数の水主をそろえることは、国許にどれだけ催促してもむなしく、とどのつまり、舟奉行衆から借りるいがいにすべはなかった。

豊臣権力は、ヒト・モノ・カネすべてを一元的に調達・集積することができ、米や資材、兵器・玉薬の相場を思うがまま操作できる。「根こそぎの軍役」というより、いつおわるともしれぬ「底なしの軍役」は、諸大名の豊臣への従属度をいやましにする巧妙かつ巨大なカラクリにほかならなかった。

晋州では、六月二一日に城の包囲を完了し、翌二二日から総攻撃を開始。朝鮮の籠城軍は降伏勧告を入れることなく、二八日には北門・西門の石垣が崩され、ついに二九日、城内になだれこんだ日本軍と死闘をくりひろげ、将士はもとより、城内にあったものはことごとく討ち死にし、あるいは南江（ナムガン）に身を投じて散っていった。

晋州を陥とした軍勢はただちに全羅道を侵犯した。七月五日には北部の求礼（グレ）を、七日には谷城（コクソン）を襲撃して掠奪・暴虐をつくしたあげく火をかけ、南原（ナムウォン）に迫るいきおいをみせた。

が、八日、四川（しせん）兵をひきいて慶尚道大邱（テグ）を発した明の副総兵劉綎（りゅうてい）が南原に入り、追って合流した朝鮮と明の連合軍が守りを固めたため、日本勢は晋州へひきあげた。

晋州陥落の注進をうけとった秀吉は、さっそく宇喜多秀家にあてて朱印状を送った。

「さる二十九日、もくそ城を責め崩し、一人ものこさず、ことごとく討ちはたしたとのこと。とりわけ、もくその頭（かしら）である牧使を討ちとって届けてきたことは、日本はいうにおよばず、大明、南蛮まで佳名（かめい）をとどろかせる比類なき軍功（てがら）であり、悦びにたえぬ。討ち捕ったものにはさっそく褒美をあたえ、そのほうはじめ諸将にも、帰国のあかつきには知行を加増いたそう……」

六月二九日にはもう、注進とともに晋州の長官徐礼元（ソイエウォン）の首が名護屋に送られていたのである。

秀吉が狂喜するさまが彷彿とするような朱印状だが、華ばなしくぶちあげた「唐入り」が頓挫するほどのダメージをこうむっていたときだけに、彼は心底喜んだ。すぐさま首を京に送り、梟首にした。

七月二〇日、聚楽ちかくの橋に晒された「赤国（あかくに）の主、モクソ判官（ほうがん）の頸」は、京の貴賤を騒然とさせた。

「赤国」というのは全羅道のことである。が、それを知ると知らずとにかかわらず、だれもが了解した。高麗渡海の軍勢は、勝ち戦さをつづけており、着実に朝鮮に領土をひろげているのだと。

佐竹にとって幸いだったのは、七月七日に渡海見合わせの指令が出たことだった。

宣義は、前年の梅香におくられて出陣した家臣や将兵・陣夫らを、対馬からさきへ渡すことなく、また、第二陣を名護屋から出航させることもなく、和議にむけた停戦期をむかえることができたのだった。

いっぽう、晋州総攻撃に参じた政宗はその後、伊達氏累代の宿老家の御曹司原田宗時（はらだむねとき）を喪った。いまだ三〇をかぞえぬ若いいのちを奪ったのは、戦さではなく、得体のしれぬ病いだった。晋州が陥落した六月二九日は、西暦七月二七日にあたる。四月一三日の釜山上陸から、九月一二日に帰国の途につくまでの五か月のあいだ伊達勢を苦しめたのは、大陸性の酷暑と「水のちがい」「風土のちがい」によるものというしかない原因不明の病いだった。

それだけに、「仕置（しお）きの城」の普請を命じられるのが西国大名に限られることを知ったときには、プライベートの便りのなかではあるが、喜びをあらわにせずにいられなかった。

「日本一国遠（くにとお）のわれらが、遠国（おんごく）ゆえに朝鮮在番をまぬがれた。このたびばかりは、在所が東（あずま）のはてであることのしあわせをかみしめずにはいられない」と。

仕置きの城。すなわち七月二七日、あらためて秀吉は慶尚道の沿岸部一八か所の要地をさだめ、西国諸大名に、それらを力づくで占拠し、城を築き、朝鮮在番を継続するよう指令した。

東のかなめにあたる西生浦（ソセンポ）には加藤清正、機張（キザン）には黒田長政、釜山・東萊（トンネ）・加徳島（カドクド）には毛利秀元（もうりひでもと）・吉川広家（きっかわひろいえ）・小早川隆景、金海竹島（キメチュクド）には鍋島直茂（なべしまなおしげ）、西のかなめにあたる熊川（ウンチョン）には小西行長、巨済島（コジェド）の水軍基地には福島正則（ふくしままさのり）・蜂須賀家政といったように。

いずれの城も、物資運搬のための港湾を確保し、国内の城郭さながら、外郭には濠（ほり）と土塁もしくは石塁をめぐらし、石垣を積んで虎口（こぐち）や曲輪（くるわ）を固めよ。また、天守をもうけ、長期の在陣にそなえた居館をつくり、当面一〇か月分の軍糧・兵器をそなえよと。

たとえば鍋島の竹島城（チュクドソン）なら、守備兵力は五〇〇〇人。兵糧は一人一日米五合として七五〇〇石、大豆は五二五石、味噌は五〇桶、塩は五六〇俵、黒菜（あらめ）は一〇〇俵、干鰯（ひいわし）は一〇五俵。ほかに播種用の菜種（なたね）を二石、天守に格納する干飯（ほしいい）を一〇〇石。燃料の炭は一〇五〇俵。武器は、鉄砲二〇〇梃とそれにもちいる玉薬、弓三〇〇張と矢六〇〇〇本、鑓二〇〇本……。

兵力にたいする兵糧・武器の備蓄量は、どの城もほぼおなじ割合で、こと細かく指示された。

釜山から蔚山にいたる東海岸のなかほどにいちする西生浦に新城を築くことになった清正は、こんどは五〇か条にわたる「覚」を留守居の家臣に送らねばならなかった。

「まずは武器を大急ぎで調達せよ。国じゅうの鍛冶をあつめ、入念に太刀を鍛えさせて送ること。また、鞘師・大鋸引、塗師など、武具製造や城の作事に欠かせぬ職人たちをかきあつめ、道具を持参させて送るよう。

鉄砲は、隈本の鉄砲鍛冶に催促してつくらせ、玉薬は、隈本・高瀬・河尻の町屋一軒ごとに硝煙二百匁ずつを割りあてて調合させよ。さらに、鉄砲撃ちを、高一千石につき五人ずつを割りあてて徴発し、ただちに送りとどけるよう。

武具につかう牛馬のなめし皮十枚ずつ、幟百本、陣幕にもちいる木綿幕十張も忘れぬよう。

つぎに兵糧だが、船に米と大豆を五千石ほど積んで、十月まえに送りとどけよ。そのさい、どの船に米をどれだけ積んだか、水主は、何月何日に何人が国許を発ったかを詳細にしるし、遅滞のないよう輸送させよ。朝鮮の陣営では大豆の相場が高いので、そちらで早急に用意せよ。荏胡麻の油四五斗と、大釜五つを博多で購って送るよう。

緊急の輸送や連絡のための早船も入り用だ。球磨郡でも隈本でもよいから、大杉があれば伐りだし、腕利きの大工を雇ってつくらせよ。船の綱は、給分百石につき五十筋のわりあてをさだめて納めさせよ。

また、侍や陣夫はいくらあっても過ぎることはない。二千人から五千人をあつめておくように。

また、陣夫として動員した百姓が逃亡したときは、ただちに当該の在所から代わりの人夫を送り、それが西生浦に到着するまでのあいだは夫銭を取りたてよ。

それから、朝鮮渡海いらいの国許の算用状をつくって送れ。すこしでも財政をおぎなうため、余剰の雑穀・大豆は金銀もしくは木綿に替え、名護屋の相場がよければ売りさばくがよかろう。

さいごに水主の調達は、天下の軍役だ。欠員が出たならただちに代わりを補充し、冬支度をさせて出船させよ」

火の車を押し、領民に鞭をふるわなければならなかった家臣らの苦渋もまた、ひととおりのものではなかっただろう。なかにも、水主については「天下の軍役」を言挙げし、出発の期日を明記させるとともに、欠員の補充を厳重にするよう命じている。動力のすべてを人馬牛によっていた時代、船をあやつり走らせるものは風と潮のほかは人いがいにない。そのような条件下での海外遠征が、どれほど至難のわざだったかをものがたる一事である。

そして、しわよせはすべて、水主とは名ばかり、数合わせの苦しまぎれから使い捨ての動力として駆りだされる最下層民におよぶほかはないのである。それら根こそぎの軍役が、どれほど領民を苦しめ田地を荒廃させたかは、とうじの九州地方の検地帳に「失せ人」すなわち「責任耕作者なし」の記載が頻出することからも知られるという。

「見せる城」と野戦にそなえた「陣城」の機能をかねた本格的な城を築くとなると大がかりな普請となる。たとえば、西生浦（ソセンポ）の丘陵上に清正が築いた西生浦城（せっかい）は、東西七〇〇・南北四〇〇メートルのスケールをもつ大規模な城だったが、清正とともに「仕置き体制」のかなめをおさえることとなった小西行長の熊川（こもかい）城も、きりたった崖の上に築かれた総石垣の山城で、その普請には八万人が動員されたという。

鎮海湾（チンヘ）に突きでた岬の先端に築かれ、難攻不落の砦とよばれた熊川城は、いちはやく五月のすえから小早川隆景の軍勢六六〇〇人が普請を始め、まもなく上杉景勝が五〇〇〇人をひきいてこれにくわわり、そこへ小西軍が入って在番することとなったのだが、晋州城総攻撃をおえた七月には、小早川軍は亀浦（クポ）城へ移り、九月には上杉軍が帰国した。となると、城普請には、圧倒的な数の在地民を使役しなければならなくなる。朝鮮士民は、和議をめぐるかりそめの停戦のあいだにも、さまざまな犠牲をしいられることになるというわけだ。

「朝鮮先掛衆」としてまっさきに渡海した九州・四国・中国勢が、「仕置きの城」に釘づけされ、二度目の冬をむかえねばならなくなったことはいうまでもない。

ひるがえって秀吉は、八月一五日にはすでに名護屋を発ち、大坂へと海路あしを急がせた。同月九日には、側室の茶々（ちゃちゃ）に男児が誕生したとの報らせがとどいていた。

「かえすがえす、子の名はひろいと名づけるよう。こちらを廿五日に発つつもりなので、大坂にもどったらすぐにお目にかかりにまいり、つもる話をいたそう。こたび、松浦（まつら）がはやばやと慶事を知らせてくれたのはありがたかった。そなたから礼をいってくれ。きっと松浦が子を拾ってはやばやと知らせてくれたのであろうから、子はまさにひろい子じゃ。しもじもの者にも、おの字をつけさせず、ひろい、ひろいと呼ばせるように。

すぐにも、急いで凱陣するから安心いたせ。めでたく、かしく。八月九日。大かう。おねへ、まいる」

九日、近臣の松浦重政がつかわした急使に接した秀吉は、さっそく北政所（きたのまんどころ）に書状を送り、まるでそれを追いかけるかのようにあわただしく、二五日を待たずして海路の人となったのだった。

10　いつわりの明使 ―三韓を平らげ、唐土よりも懇願を入るるにより

「又、にのまるどのみもちのよし、うけ給候。めでたく候、めでたく候。……大めいこくより、わび事にちょくしこのちまでこし候間、じょうすがきをもて申し出し、それにしたがい、ぞうぶんにうけ候はば、いよいよゆるし、大めいこく、ちょうせいこく、ぞうぶんにまかせ、がいじん申すべく、ただしこうらいにふしとう申しつけ候間、いますこしひまいり候。七八月のころはかならず、かならず御めにかかり申すべく候。心やすく候べく候」

名護屋の秀吉が、北政所おねにあてて凱旋の予定を知らせる手紙を送ったのは、文禄二年（一五九三）五月二二日。朝鮮在陣諸将にたいして晋州城攻略の「陣立」をしめし、攻撃命令を発した二日後のことだった。

しばらく風邪をひいていたため筆をとれずにいたことを詫び、そのあとに「大めいこくより、わび事にちょくしこのちまでこし」ことをつたえている。

すなわち、大明国から「わび事」のために「勅使」がまかりこしたので、和議の条件を「条数書」で伝達した。大明が条件をうけいれるならば「ゆるし」てやり、大明も朝鮮も思いのままにして、七月か八月ごろには「凱陣」すると。

五日後の二七日には、養子の宇喜多秀家の母ふくにもどうようの手紙をしたためた。

大明国から「わび事」をいいに「勅使」がきたので、「ゆるし」てやり、「高麗の仕置き」を命じて一〇月ごろには「凱陣」するから安心してほしいと。

秀吉が、「わび事」のための「勅使」といっているのは、四月一八日、日本軍がソウルから撤退したさいに同道した講和使節「大明の勅使」のことである。かれらは、五月一五日、石田三成・大谷吉継・増田長盛の三奉行と小西行長にともなわれて名護屋浦に入った。秀吉にとっては、年のはじめから待ちわびた明使の到着だった。

年のはじめ……！朝鮮では、小西・宗軍が平壌籠城戦に敗れ、全軍が撤収のゴタゴタのさなかにあったころ、どういうわけか名護屋では、和議をめぐる朗報が、ながびく滞陣に倦みつかれた在陣衆のあいだをかけめぐっていた。

「唐、高麗ことごとく御無事、相済みそうろうといえり。唐より二十一人の人質あい渡されそうろう。……唐の関白、右の人質同心に、小西召しつれ、当月二十日ごろに当地へ参るべきよし、御注進申されそうろう。御陣中、上下満足ぜひなき体にそうろう……」

朝鮮とのあいだに「無事」すなわち「和平」が成立し、まもなく小西行長が「唐の関白」と人質をともなってもどってくるとのことで、陣中はみなこのうえなく喜んでいる。そう南部信直が国許への書状にしたためたのは、なんと、いまだ平壌戦がたたかわれていない正月二日のことだった。

伊達政宗もまた、二月はじめの書状のなかで「高麗の儀、大明国より勅使あい立てられ、御無事、御取り刷りにそうろう。これにより小西摂津守、かの勅使同道、近日、この方へ参らるのよし」としたため、行長が、和議をとりかわす大明国の「勅使」をともなって帰国することをつたえている。

なにより、年明けそうそう山城国から能役者暮松新九郎を召しよせ、連日、能稽古にあけくれていた秀吉が、「大明勅使」を迎えるためのパレードを計画し、諸大名に用意を急がせている。それがどれほど気合いを入れたものであったかは、二月七日、在陣大名ナンバー・ツーの前田利家が国許へあてた催促状の一端からもうかがえる。

「まもなく大明の勅使がやってくる。そのおりには日本国武者揃えを披露するとのこと。ついては、能登で金箔を、加賀では銀箔を用意させよ。また、箔屋をあまた召しだして武具に箔をうたせるよう。在庫はすべてこちらへ送り、長柄の槍百本にも箔をほどこすように……」

「日本国武者揃え」などという太閤の馬鹿騒ぎにはよほどうんざりしただろうナンバー・ワンの徳川家康も、「大明から詫び言を申し入れてきた」との報を得て喜んでいる。

つまり、厭戦気分におおいつくされそうになっていた名護屋在陣衆は、この年のはじめ、大明国から「講和の使」がおとずれるという明るいきざしのなかで春をむかえ、いそいそと使節をもてなす準備にとりかかっていたというわけだ。

三月はじめには、おねにあてた手紙のなかで、秀吉はこうもいっている。

「能十番おぼえ申しそうろう。まつかぜ、おい松、三輪、芭蕉、呉羽、定家、融……。この間はひさしく文にても申さず、御ゆかしく思いまいらせてそうろう。……高麗へ三月中に越し申すべくそうろう。また、唐国(からくに)よりわび事の使も、高麗の船着きまで越しそうろうて、追手を待ちそうろうて居り申しよし、申し越しそうろうまま、高麗へ越しそうろうても、やがて凱陣すべくそうろうまま、心安くそうろうべし……」

明からの「わび事の使」が釜山まできているとのことなので、この三月中には朝鮮に渡るが、すぐにもどって凱旋するので安心するように、と。明使が釜山に到着している！そんなはずはない。

日本軍が釜山へ撤退し、朝鮮の二王子を返還することを条件に、明から使節を日本へ派遣するという合意が成ったのは、あてにしていた龍山倉(ヨンサンチャン)の租税米が焼きはらわれた三月一三日いこうのことであり、明の軍務経略宋応昌(そうおうしょう)配下の諜報武官ら明の使節が日本軍とともにソウルを発ったのは四月一八日のことである。いったいこれはどういうことなのだろう。

夏至まぢかの陽光(ひかり)をかえして輝く五層の天守。玄界灘からはるかにのぞんだ名護屋城は、入り江に近づくにつれてその威容をあらわにした。

文禄二年（一五九三）五月一五日、明使をのせた船が名護屋浦に入った。なかには景轍玄蘇(けいてつげんそ)のすがたもあった。

「どうにかここまでこぎつけた。だが、この地での大一番を、いかになしおおせたものか……」

あるじ宗氏が「唐入り」という難事の矢面に立たされてから、はやくも八年の歳月がすぎていた。

ふりかかる火の粉をはらうためとはいいながら、この間、いったいいくど虚偽をかまえ改竄をほどこし、ウソのうえにウソを塗りかさねてきたことか……。そのあげくともなってきたふたりの明使謝用梓(しゃようし)と徐一貫(じょいっかん)。

かれらがいつわりの「大明勅使」であることを知るものは、使節団に同行した武官沈惟敬(しんいけい)と、平壌いらい惟敬と交渉をつづけてきた小西行長のほかにはない。

げんに、ソウルをひきあげてきた軍勢がぞくぞくと釜山に集結しつつあった五月七日、増援軍として渡海していた政宗が、「からくに(唐国)により、こうらい(高麗)・から(唐)・にほんぶじ(日本無事)の事あつかいのため、ちょくし(勅使)に、かん人(官人)ふたり(二人)いたり(至)そうろう」と私信のなかでつたえている。日本軍がともなってきた「官人二人」が、朝鮮と明と日本の「和議」をとりむすぶために派遣された「勅使」であることをうたがうものはだれもなかった。

玄蘇は、薄氷をふむ思いでおかしてきたかずかずの欺瞞や、渡海いらいの凄絶な経験を思いかえし、また、上陸後すぐにもふりかかってくる試練を思って覚悟をあらたにした。

天正二〇年（一五九二）四月、玄蘇は、花園（はなぞの）妙心寺の禅僧天荊（てんけい）とともに小西・宗の第一軍に従軍し、海を渡った。天正五年と一五年の二度にわたって朝鮮国王のもとにおもむいた天荊もまた、ソウルへの道を熟知している外交僧だった。

かれら諸大名にしたがう従軍僧は、ときに帷幄（いあく）に参じて軍略にかかわり、敵軍勢とのかけひきや交渉のための書契（しょけい）を起草し、筆談の場にのぞみ、軍事制圧をはたしたあかつきには、在地の官吏や農民にたいして発する檄文（げきぶん）をつくるなど、言語のつうじぬ異国へ侵略するにはなくてはならぬ存在だった。

東アジア文化圏に共通する文字は漢字であり、共通する価値は儒教である。交渉ごとが重要かつ高等であればあるほどかれらは筆を駆使して談じ、相手を圧し、あるいは相手の手管（てくだ）をよまねばならない。ために、ひいでた作文能力と教養と外交センス、そしてゆたかな経験がもとめられた。

最前線を征く部隊に従軍した天荊、玄蘇は、おのずからさまざまな檄文の雛形（ひながた）をつくることにもなった。

「領内の黎民（れいみん）、鰥寡孤独（かんかこどく）に告ぐ。われらは太閤殿下の命によってこの地を治め、苛政を除き、善政をしき、もって民を塗炭の苦しみから救う。散民はすみやかに自宅にかえり、耕田稼苗・採桑畜蚕にはげみ、あるいはおのおの家業をおさめよ。わが軍士がそれを妨げることはない。疑うなかれ。

また、境内の文武官僚に告ぐ。すみやかに自宅にもどれ。なんじらに才覚や能力があれば、器量に応じて職をあたえる。服すものは賞し、服さざるものは罰す……」

いっぱん庶民に告げるに「鰥寡孤独」を言挙げする。すなわち、妻あるいは夫がない男女、みなし子、老いて子のないものは天下の窮民であり、これらよるべなき民をまっさきに慰め安んじようという。

この一語をみれば、朝鮮の士民ならかならず「文王は政（まつりごと）を発し、仁（じん）を施す」の古事を思い、徳のあまねくゆきわたったゆたかな社会をイメージするだろう。それによって檄文は、腐りきった朝鮮政府にかわって、太閤殿下の軍士が、儒教の理想である「仁政」をおこなうことを約するものとなるのである。

五月一五日、日本軍は、臨津江（イムジンガン）をはさんで朝鮮軍と対峙した。そのさい天荊は、宗家の家老柳川調信（やながわしげのぶ）名で「朝鮮国執事」あての「短書」を起草した。和議の斡旋を申し入れるためである。

要点は、「日本は朝鮮に明への貢路をかりようとした。ところが朝鮮は、日本に途をかそうとせず、戦いを挑んできた。

ゆえにわれらはこれを討って進撃した。しかるに、国王はかえってソウルから逃亡した。したがって、朝鮮を滅ぼすものは朝鮮じしんであって日本ではない。日本軍は講和を望んでいる。いま、国王がソウルに還り、日本と明との和親の媒介をするというなら、われらは兵を解こう。うたがうなら人質を出してもよい。日明の和親が成れば、朝鮮は復興する。成らなければ国を失うことになろう」というものだ。

一八日、小西・宗・加藤・鍋島・黒田の軍勢は、みずから陣幕を焼きはらって退却するとみせかけ、攻勢をかけてきた朝鮮軍をだまし討ちにした。「短書」は軍略だった。

軍略に虚偽はつきものだ。げんに、秀吉が、ソウル陥落の注進を清正からうけとったのが五月一六日であってみれば、和をもとめるなどありえない。もとより、それいぜんに秀吉が、朝鮮に貢路をかりようとしたこともまったくない。

一昨年の一一月、小田原征伐・奥州仕置をおえて凱旋した秀吉が、朝鮮の使節がたずさえた「国書」にたいする「答書」でしめしたのは、日本が征明軍を出したさいには将兵を出して先陣をつとめよということであり、拒めば成敗するということだった。

にもかかわらず、前線での交渉は「仮途入明」を前提にすすめられてきた。小西・宗氏の利益代表である玄蘇と調信が「答礼使」としてソウルにおもむいたさい、秀吉の意向を「征明嚮導」から「仮途入明」にすりかえて——もちろん「答書」の改竄もおこなわれただろう——交渉を開始したためである。

かれらにとって、秀吉が朝鮮に貢路をかりようとしたことはすでに既成事実なのである。したがって、こののちもかれらは、その延長線上に対朝鮮・対明交渉をすすめてゆくことになる。

二九日、臨津江を渡って前進した日本勢は、ついに開城を陥とした。そして六月七日、加藤・鍋島軍は安城をへて咸鏡道へと兵をすすめ、小西・宗・黒田軍は、朝鮮国王のいる平壌をめざした。

六月八日、平安道中和をへて大同江畔にせまった小西らの軍勢は、平壌城に拠る朝鮮陣営に会談をもとめた。

かれらのもとにはすでに「書契」が送られていた。「朝鮮三大閤下」すなわち領議政、左・右議政にあててしたためられた小西・宗氏からの文書である。起草したのは玄蘇だった。

「朝鮮は、日本に党して遼東への道をゆるすか、あるいは、日明両国の和議斡旋にあたられよ。そうすれば、国王は王城へ還ることがおできになるだろう。国王が、日本の要求をききいれてソウルにもどられるか、要求を拒んで平安道に留まられるかは、国王のお考えしだいである……」

九日、玄蘇のすがたは大同江にうかべた船中にあった。調信(しげのぶ)とともに朝鮮の外務次官にあたる礼曹参判李徳馨(イドクキョン)との会談にのぞみ、酒を酌み交わした。

「われらは、貴国に途をかりて中原(ちゅうげん)に朝貢しようとしたまででした。ところが貴国はゆるさず、それゆえ事態がここにいたってしまった。慙愧にたえません。しかしいま、平壌におられる国王を僻地に奉じ、遼東にむかう途をわれらに開かれるなら、貴国はつつがなきを得られるでしょう」

意図はみえすいていた。李はこれをはねつけた。

「もしただ中原を犯そうというのであれば、古来、日明貿易の窓口であった浙江省の寧波にむかわれるがよろしかろう。なにゆえそうはなさらぬ。それは、わが国を滅ぼそうとの経略あってのこと。まして、天朝はわが国にとって父母の国にあたる。死にかえても、われらが日本の要求に応じることはありませぬ」

会談は決裂した。思わくどおり……。これで、平壌攻撃の口実ができたというわけだ。

一一日、国王宣祖(ソンジョ)は平壌城を脱出した。左議政伊斗緒(ユンドソ)、吏曹判書李元翼(イウォンイク)らは城内にのこり、朝鮮軍は大同江を死守すべく陣営を固めた。そして一三日深夜から未明にかけて、平安道寧遠(ヨンオン)郡守高彦伯(コオンベク)ひきいる朝鮮軍が小西・宗軍に奇襲をかけた。が、黒田軍の加勢によって敗走をよぎなくされ、一四日には住民を城から逃し、武具兵器をことごとく風月楼の池に沈めたあと、軍勢も撤退した。

翌一五日、人影ひとつない城内に日本勢がなだれこみ、兵糧米数万石をやすやすと手に入れた。

しかし、このときすでに、朝鮮救援にむかう遼東軍が鴨緑江を渡りはじめていた。

はたして、七月なかば、遼東兵を主力とする明軍が襲撃をかけてきた。遼東副総兵祖承訓(そしょうくん)、遊撃史儒(しじゅ)のひきいる軍勢が、七星門を破って強行突入してきたのである。さいわい、このときはまだ日本勢の数と銃撃がかれらにまさった。敵将史儒は城内に屍をさらし、祖承訓は安州(アンジュ)に逃げ去った。

そこにもたらされたのが、軍令の変更をつたえる七月一五日づけ「朱印状」だった。

すなわち、明国への「太閤動座」が来春いこうに延期されたという。それにともなって、「当年のうちに明の国境に迫るように」とした前指令が凍結された。来春、太閤が渡海したのち、朝鮮の「国割(くにわり)」を徹底し、そのうえで明への侵攻をおこなうので、当面は朝鮮全土の制圧を優先するようにとの暫定的な指針がしめされたのだ。

というのも、そのころ日本水軍は朝鮮への航路確保にもてこずっていた。

いちじは壊滅状態においこまれた慶尚道(キョンサンド)の朝鮮水軍が、全羅左道(チョルラジャド)水軍節度使李舜臣(イスンシン)および右道水軍節度使李億祺(イオクキ)の救援をうけて息をふきかえし、五月七日の玉浦(オッポ)沖の海戦をかわきりに、二九日には泗川(サチョン)沖、六月二日には唐浦(ダンポ)沖の海戦にも勝利。七月はじめには閑山島(ハンザンド)・安骨浦(アンゴルポ)沖で脇坂安治(わきさかやすじ)・加藤嘉明(かとうよしあき)・九鬼義隆(くきよしたか)らの水軍を大いに破って制海権を掌握した。

平壌までのびきった日本軍の兵站線は、根っこのところで断たれつつあったのだ。

軍令の変更をうけて、行長たちはさっそく平安道(ピョンアンド)各地の制圧にとりかかった。

しかし、郷里を守ろうとする朝鮮士民の根づよい抵抗にあって困難をきわめ、さらに援軍の登場によって、掃討作戦の継続そのものが危ぶまれる事態となった。

「唐入り」にさきだつ明軍の救援開始。そして兵站ラインの断絶。道内の軍事制圧の難航。

遼東軍を撃退して大いに気炎をあげた行長も、これいじょうの進軍が無謀であることをみとめざるをえなかった。

となれば、守城の期限をきるしかない。すなわち、兵糧がつきるまえに停戦にもちこむこと。じり貧の籠城を大軍に攻められてはひとたまりもなく、それを避けるための条件交渉に入るよりほか打つ手がなくなったというわけだった。


いっぽう、明のほうは、そもそものはじめから和平をさぐることにやぶさかではなかった。

日本軍が朝鮮四道を破り、ソウルを陥落させた！急報がもたらされた万歴二〇年（一五九二）五月はじめ、明は、寧夏(ねいか)でおきた帰順モンゴル人ボハイの叛乱と、それに呼応したモンゴル諸勢力の侵攻という非常事態に直面していた。

ために、軍隊の主力はすべて「北虜(ほくりょ)」の鎮圧につぎこんでおり、ソウルを逃れた朝鮮国王からかさねて援軍要請があるも応じることができなかった。北辺の動乱を鎮めるもおぼつかなく、援軍を送る余力はない。だからといって、唇歯(しんし)の関係にある朝鮮が喰われるのを座視するわけにはいかぬ。まして国境線を破った日本軍が遼東になだれこんだならば……。

打つ手のない万暦(ばんれき)帝翊鈞(よくきん)は、自身を釣り針にかかった魚にたとえて天をあおぎ、すっかり弱腰になっている宣祖にあてて激励の「勅書」を送った。

「日本軍が朝鮮を蹂躙している。いま朕には、そなたの窮状、心情がよく理解できる。それゆえすみやかなる援軍の派遣をすでに命じたところだ。その準備がととのうまで、そなたは臣下と力を合わせて兵をあつめ、ひるまず防御につとめよ。国家存亡の危機にのぞんで、どうして恐怖にふるえてばかりいられようか」

とりあえずは、明の大軍勢があたうかぎりはやく派遣されるという確信を朝鮮にあたえ、全力で陸海の自衛をつくさしめることが肝要だった。

中国の防衛ラインは鴨緑江だけではない。日本軍が黄海の制海権を掌握すれば、たちどころに北京が脅威にさらされる。平壌陥落の報をうけた皇帝は、すでに戦闘訓練に入るよう命じた遼東の防衛軍に一〇万両、山東半島の防衛軍に四万両の追加支出を投じるとともに、天津にも七万石の軍糧を送ることにした。

そのうえで、遼東副総兵祖承訓に平壌周辺の調査および日本軍の撃退を命じたのだったが、同年七月、あえなく遼東軍は敗れ、明廷に激震がはしった。窮地にたたされた兵部尚書すなわち国防大臣の石星は、さっそく間諜として沈惟敬を朝鮮に送りこんだ。時間かせぎのための和平工作をおこなわせるためである。

ほんらい、中国王朝が周辺民族との「和議」をむすぶのは、それによって時をかせぎ、国防力を充実させるための「戦略」だった。戦略というのは成算をもって積極的にしかけるものだが、こんどの工作はまさに弥縫策にほかならなかった。

沈惟敬。石星が自身のプライベートな筋から「倭の事」に通じているということで登用した、かならずしも素性のさだかでないこの人物は、四年後には皇帝の「勅使」として大坂城に現れることになる。国防大臣から急場しのぎの工作員として起用されたこのとき、すでに齢七〇をこしていた。

八月一八日、惟敬は、「京営添住遊撃将軍」という官職を授けられ、軍務経略宋応昌を朝鮮派遣軍総司令、提督李如松を防海御倭総兵官とする援軍の一員としておおやけに朝鮮入りし、和平工作のいっさいをゆだねられることになった。ときに応昌は六三歳、如松は四四歳をかぞえていた。

惟敬はさっそく皇賜銀をたずさえ、宣祖が落ちのびた国境のまち義州をおとずれた。そして龍湾館に国王の拝謁を得、滔々と弁舌をふるった。

「わたくしはこれから倭賊中におもむき、われらの義をしめし、かれらの非をいましめます。朝鮮は礼儀の国であり、しかも、なんらの罪過を犯したわけでもない。にもかかわらず、なにゆえ倭国は道義もない兵を出し、無辜の民を殺戮するのかと。そして勧告します、ただちに兵を退かれよと。朝鮮と中国は唇と歯のごとく、たがいになくてはならぬ関係にあります。もし倭軍が兵を退かぬというなら、われらはただちに山東の兵を出し、さらに天下の兵七十万を救援にさしむけて朝鮮を回復し、倭軍の巣穴を掃討いたしましょう」

正規軍七〇万とは大きく出たものだ。王はかえって不審の念をいだいた。そして、「兵は六千でも七千でもかまわない。ただ事態は急を要している。即座に援軍を出して日本軍に圧力をかけてほしい」と懇願した。

「殿下は戦争というものをよくご存じありません。いったん戦闘を挑んだなら、大軍勢をもっていっきに勝利しなければなりません。そのための用意を周到にせねばならず、それには時間が必要なのでございます」

惟敬はそういって王を落ち着かせることに腐心した。

「しかも、いま、三千の南兵が山海関をこえてこちらにむかっており、すでに鴨緑江から七十里のところまできております。ご心配にはおよびません。上国(じょうこく)が、殿下の国をみすてることはけっしてありませぬ」

南兵というのは、嘉靖(かせい)帝時代いらいの倭寇討伐の名将戚継光(せきけいこう)に新式訓練をうけた「戚家軍(せきかぐん)」にルーツをもつ、音に聞こえた精鋭軍である。経験に裏うちされ、豊富な火器をそなえたつわものぞろいの軍勢三〇〇〇人が、国境からおよそ三〇キロメートルのところまでかけつけているという。

王はしかし不審をぬぐえず、あらためて陳奏使を明廷につかわして大兵の救援を要請することにした。

八月三〇日、惟敬のすがたは平壌郊外にあった。城北の降福山(ガンボクサン)で、はじめて小西行長との会談にのぞみ、日本の派兵に義のないことを問責した。行長はこたえた。

「わが国と明朝との国交がとだえてすでにひさしい。このたび、関白さまは貢を通ぜんと欲し、朝鮮に途をかりて上国に至ろうと兵を挙げられた。その望むところは、封と貢の一事にある」

秀吉の朝鮮出兵は、「封貢」すなわち、冊封と通貢をもとめての挙兵であるという。「封貢」とはいかにも唐突だが、そのようなことをとっさの思いつきでいえるはずはなく、かといって行長の独断・逸脱でもなさそうなのである。

惟敬はいった。「この地、平壌は、天朝の地であります。望みがなんであれ、まずはいったん兵を退かれ、天朝からの後命(こうめい)を待たれるがよろしかろう」と。

「これは戯言(ざれごと)を。この地は、どこからどうみても朝鮮の地でありましょう」

行長は地図をとりだし、指さしていった。

「戯言ではありませぬ。この地、平壌は、朝鮮が上国の皇帝からさまざまな詔書を授かるところであり、ために、明の宮室が数多くございます。すなわちこの地は、朝鮮の地でありながら明の領内でもある。ゆえに、日本の軍勢がこの地にとどまることはゆるされない。すぐにも大同江以東へ退かれるよう」

「なれば、大同江をもって境とし、それより東を日本の領地といたします」

「お戯れを。古来、朝鮮はことごとく上国の門庭である。ただちに出ていかれよ。封貢については、いわずもがな皇帝の許しを必要とする。ことここにいたっては、いったん兵を退き、平和裡に後命を待たれるのが道理でありましょう」

惟敬は、いささか強引な論理で行長の言をしりぞけた。背後に七万――こんどは七〇万とはいわなかった――の大軍がひかえていることをちらつかせながら。

行長のほうは、ソウルでの軍評定の大勢をつっぱねて平壌にもどったばかりだった。のびきった戦線を縮小し、ソウルの守備に主力をそそぐという方針で軍略がまとまりかけたが、彼はあくまで平壌の維持にこだわった。

おそらく、こだわらねばならない事情があった。

「北虜アルタンの先例がありましょう」

明は、アルタン・ハーンの時代に強大な勢力をふるったモンゴルにたいし、ハーンを「順義王」に封じて通貢をみとめ、それによって北辺の安定をあがなうことにした。行長は、その例をひいて日明間の「朝貢」再開をもとめたのだ。

「朝貢」というのは、中国皇帝の徳をしたう周辺諸国の君主が、臣礼をとって「方物」とよばれる貢物を献上し、皇帝から恩賜をうけるというスタイルでおこなわれる「公貿易」のことである。

皇帝からの回賜品は、献上した品々の価値をはるかに上まわる。進貢する側にとっては、圧倒的に有利な交易がそこになりたつのだが、回賜をうけるためには、「冊封」という手続きを介して中国皇帝と名目的な君臣関係をむすばねばならない。つまり、皇帝から詔勅や封王の称号や印章を賜与されて「蕃国の王」に封じられる必要があった。

名目とはいえ君臣関係をむすんだうえは、蕃王が皇帝に盾突くことはゆるされない。これによって中国王朝は、辺境の安全を確保し、国防に投じる費えを軽減することができる。冊封と朝貢すなわち「封貢」が、「華」である中国にとっての「講和」にして安全保障となるゆえんである。

明朝はしかも、太祖洪武帝いらい「海禁」政策によって私貿易を禁じてきた。おのずから、秀吉が貿易をおこなおうと欲すれば「朝貢」の形式によるほかはなく、そのためには「日本国王」の「冊封」をうけ、皇帝と君臣関係をむすぶいがいにありえない。ひるがえって、明が「夷」である倭国の侵攻を防ぐことができず、交渉によって和平をもとめようとするなら、「封貢」が俎上にのせられるのは、これもまたおのずからのことにちがいなかった。

「いずれにせよ、皇帝の裁可をあおぐには、しかるべき時間をいただかねばなりません」

そう惟敬が応えたのは当然だった。たとえそれが策略だったとしても、行長は「それはごもっとも」と答えざるをえず、

「なれば、どれほどの日数をおけばよろしいか」ということにならざるをえない。

けっきょく、皇帝の裁可をあおぐための期間として五〇日を区切り、かりそめの「休戦協定」をむすぶことで両者は会談をきりあげた。惟敬は、時間をかせぐという目的をみごと達することができたというわけだ。

そのころ、遼東に赴任した軍務経略宋応昌は、平壌奪回のための軍勢と兵備をととのえることに奔走していた。

「陝西討逆総兵官」として「ボハイの乱」を鎮定することに功あった李如松を「東征提督」に起用し、遼東兵一万人、南兵三〇〇〇人に号令をかけ、北辺から二万六〇〇〇人の兵力をかりだした。そして火器をあつめ、不足の武具を製造させた。火砲七万二〇〇〇門、石弓二万七〇〇〇張、弓矢数一〇〇万本、盾数一〇〇〇枚、輸送用軍用車三六〇台……。

はたして、休戦期間として約した五〇日がすぎても惟敬からは梨の礫。

三か月たらずをへた一一月も下旬になってようやく二度目の会談におよぶも、「講和の成立は近い」という惟敬の言に弄されて期限はさきのばしとなり、日本軍は酷寒の城内に閉じこめられて越年をよぎなくされた。

そして、年があらたまるやまもなくやってきたのは「皇帝の裁可」ではなく、六万もの明と朝鮮の連合軍だった。

多くの兵と陣夫を失い、命からがらソウルにしりぞいて袋のネズミとなった日本軍と、撤収をめぐる条件交渉の場に立ったのも惟敬だった。

「わが軍は、いままさに四十万の兵をもって日本軍を攻めようとしています」

慇懃さをたもちつつ、さらりと惟敬はいってのけた。撤収後の日本勢が六万を割っているとみての威嚇だった。

「四十万の援軍がソウルをとり囲み、前後を遮断すればどうなるか。しかしいま、あなたがたが朝鮮王子と陪臣を返し、兵をおさめて南去せば、すなわち封事は成り、両国の和平はたもたれます」

三月一三日に龍山倉の積糧がことごとく灰と化し、撤兵いがいにすべがなくなってのちの二度目の交渉において、惟敬

の言辞は、そのひと言ひと言が凄味をましてとらえられたにちがいない。

　そもそも、糧倉の焼き討ちに衝撃をうけ、和議をもとめる「書簡」を朝鮮水軍にたくし、明軍の派遣軍司令部のある江華島（カンファド）へと送ったのは日本軍のほうだった。

　ソウルへの全軍撤収開始から三か月あまり。迎撃戦をしかけるため、ありとあらゆるものに火をかけた王城は、人馬の屍骸が枕をかさねるように山をなし、おびただしい数の白骨が風塵にさらされ、西暦五月の風が臭穢をまきあげる地獄となりはてていた。このうえ明の大軍に包囲され攻撃をうけたなら自滅はまぬがれない……。

　行長を疑って二度目の交渉の場にくわわった清正も、新たにしめされた条件を一蹴するわけにはいかなかった。

三月はじめ、清正は、明がさいしょに行長にしめした「三条件」を知って激怒した。

「捕虜にした朝鮮の二王子を返還せよ。占領した地域をすべて返して完全撤退せよ。そして朝鮮を侵略したことをわびる『降表（こうひょう）』を提出せよ……」。それではまるで無条件全面降伏をせよというもおなじではないかと。

平壌で和平交渉がもたれたことも、それいらいの経緯も知らされていない清正が、怒り狂ったのはむしろ当然だった。

義兵の攻勢を防ぎきれず、北緯四〇度をこえる吉州（キルジュ）と端川（タンチョン）に孤立し、厳冬の籠城をよぎなくされた在番衆を救いだすため、先発隊を追ってみずから北進したのはふた月まえのことだった。北青（プクチョン）まで至ったところで迎えた家臣や将兵らの正視にたえぬさま……。兵卒ひとりひとりに、手ずから飯をにぎってねぎらってのちの、雪氷をきりわけての退却。ひきあげしまってみればただ、軍勢の一〇人に四人を失っただけの咸鏡道制圧作戦だった。このうえさらに……。

なにより、彼は朝鮮王子一行を連れかえっていた。どんな苦境にあっても鄭重をつくして連行した二人の王子。いっさいが水泡に帰したかにみえるいま、かれらの存在だけが、唯一軍功と呼びうるものであり、日本勢がふりだせる最強カードであるにちがいなかった。

　それを返還せよという。清正の怒りと無念は察するにあまりあろう。

　しかし、釜山への無事退却をなにより優先しなければならなくなったいま、大幅な譲歩はもはや避けられなかった。

宋応昌のほうも、一日もはやいソウル奪回を期して焦っていた。

　釜山からソウルは遠い。しかし、ソウルと北京は、じつは目と鼻の先にあるといってよい。三〇〇年のち、宣戦布告まえの闇討ちによって朝鮮王宮を武力占領し、黄海の制海権をとった日本の征清軍が、仁川（インチョン）からやすやすと大軍を遼東にすすめ、あるいは遼東・山東半島に直接上陸させて直隷決戦すなわち北京攻略をめざしたが、じつに、元の時代にクビライが大運河をつくって大都と直結し、永楽帝が軍事基地をおいた天津から北京へは一足とびの距離にある。

「朝鮮を防御することは明朝を守ることである」との信念にたち、山東や渤海湾沿岸地帯にも武備・戦闘態勢をととのえてきた応昌が、ソウル奪還を絶対使命としたのは当然のことだった。

ここに、「日本軍は釜山へと撤退し、そのうえで朝鮮二王子と陪臣を返還する。いっぽう開城に陣をおく明軍は、日本軍の漢城撤退を確認してから本国へひきあげ、明の使節を日本へ派遣する」という、当座しのぎのとりきめが交わされた。

できるだけ小さい犠牲でソウルを奪還できればそれにこしたことはない。また、配下のものを渡海させ、倭の大本営をつぶさに見、関白のふところをじかにさぐることが有意義でないはずはない。

交渉の過程で、和平にむけてのなんらかの言質をとってかえってくればそれもよし、あわよくばかれらが関白の「降表」をとってくる……。そうなれば「弥縫策」が「最上の策」に化けるのだ。

応昌は、さっそく参将謝用梓、遊撃徐一貫のふたりの諜報武官を皇帝の使節に仕立て、退却する日本軍とともに釜山へ、さらには日本へとくだすことにした。

はたして、三成ら三奉行は、明の使節団が日本の軍営に入ったこと、和議は明のほうから申し入れられたこと、「勅使」が日本へ渡り、やがて講和がむすばれるであろうこと、使節一行は、「勅使」二名と官人三名、随行者は一〇〇名ほどになることなどを、二〇名の主だった大名たちに書面でつたえ、ソウルをあとにしたのだった。

五月一五日、名護屋浦に「大明勅使」を乗せた船をむかえた城下は、好奇と疑心暗鬼、敵意と憧憬、かすかな期待とやみくもな昂揚がこもごも交錯する、騒然とした空気につつまれた。

無理もない。唐・高麗・日本三国の和議がなり、まもなく小西摂津守が「唐の関白」と人質、あるいは「大明の勅使」をつれてやってくるという明るいニュースもちきるなかで文禄二年（一五九三）の春をむかえ、歓迎パレード「日本国武者揃え」の準備にいそしんでいたところに、突如発せられたのが渡海命令であり、「和議はやぶれた?また戦さが始まる」と、だれもが慄然としていたところに、ふたたび「大明勅使」がやってくるとの報せがふってわき、その船がほんとうにやってきたのだから動揺せずにいられない。

すなわち、平壌でのかりそめの停戦合意が行長から秀吉にもたらされ――内容はつまびらかでない――それをうけて秀吉が「唐国よりわび事の勅使」がやってくると例のごとく喧伝した。

しかし、そもそも軍備をととのえるための罠だった停戦合意は破られ、やがて平壌の敗報がもたらされるにおよび、にわかに「太閤親征」は再延期された。そして、戦略変更にともなう現実的な要請から、また、朝鮮での劣勢を糊塗する必要から、三月はじめには東国の諸大名にいっせいに「高麗出陣」が命じられたというわけだ。

伊達家につたえられた三月一四日づけ政宗書状によれば、当初は、家康や利家の軍勢も投入されることになっていた。

「このたび渡り申しそうろう衆、一番の浅野左京大夫にわれらさしそえられそうろう。二番は利家、蒲生飛騨、三番船には家康そのほか関東・越後衆みなのこり申さず至り申しそうろう……」

浅野幸長の軍勢とともにまっさきに渡海することになった伊達勢一二五八人は、三月一五日に名護屋浦を発った。が、天候悪しくいったんもどり、二二日にあらためて出航し、壱岐風本の港に入っている。

のち、出陣命令が発動されるたび、増援部隊が入り江を進発してゆく。

生殺しの日々を送ること一年あまり、そのあげくにやはり高麗渡海をまぬがれることはできそうにない。あすはわが身……。そう思うにつけて「命あるあいだにいまいちど故郷の土をふみたかった」と、そう胸中ひそかに嘆かずにいられないのは、大名も陣夫のはしくれもかわるところがない。

そのようななかにやってきたのが「大明勅使」を乗せた船であり、城下が騒然としたのは無理もなかった。

一行が上陸するや、戒厳態勢がしかれ、二〇日には、すべての大名・諸衆に「誓詞」の提出が命じられた。

「大明国勅使の悪口をいっているものがあるということだが、このの断じてそのようなことがないよう、取り締まりを徹底せよ。もしも定めを破るものが出たならば、当人はもちろん、その主人にいたるまで厳科に処する」

「誓詞」に署名をした在陣衆の数は、江戸大納言徳川家康をはじめ官位の高い大大名たちが二〇名、豊臣家一門衆の青木一矩をはじめ従五下クラスの側近や中小大名たちが六八名、織田信雄をはじめ秀吉の御伽衆たちが三二名。

これによって、とうじ名護屋に在陣していた大名・諸衆の数が一二〇におよんだことが知られている。

明使との折衝には、玄蘇と南禅寺の玄圃霊三がそれぞれのぞむこととなった。

天正一四年(一五八六)から南禅寺二六六世住持をつとめる霊三は、東福寺の惟杏永哲、相国寺の西笑承兌とともに「征明供奉僧」に任じられて太閤の帷幕に参じたが、のちいったん京にもどっていたところを召しだされた。当年もって五九歳をかぞえた高僧である。

秀吉は、両僧に和議条件の「腹案」を内示した。それは、とりわけ玄蘇にとっては、目をうたがうようなものだった。なかにも驚くべきは「大明帝王の姫宮、日本帝王の后として相渡さるべき」との条目だった。これが条件の筆頭にあげられている。日本帝王！皇帝の姫宮すなわち「公主」の婚嫁！まったき埒外の要求だった。

また、朝鮮はすでに太閤の軍勢が制圧した地であり、太閤の幕下に属しているという。いま、大明とのあいだに和平がととのうなら、それに免じて北部四道は朝鮮王に回復させる。つまり、南部四道は日本のものだというのである。

これらをそのままつたえたときの明使の仰天ぶりが目にうかぶが、いま玄蘇がなすべきは、八年このかた「唐入り」をめぐる外交折衝の場に立ちつづけ、また、前線の苦難をつぶさに知るものとして、この不毛な外征を一日もはやく終わらせること、そのための道筋をつけることだった。

彼は、開戦前の「ソウル交渉」いらいの、そして「平壌交渉」いらいのシナリオをふむことで会談を開始した。

「ご承知のごとく、太閤はもともと貴朝に信義を通じようとされただけである。ところが、通信使をつかわしてその斡旋を約束したはずの朝鮮からは、いっこうに音沙汰がない。そこで殿下はじかに皇帝に陳情しようと先陣を朝鮮に送られた。それを朝鮮がさえぎったため、征伐せざるをえなくなった。原因は、朝鮮がわれらを欺いたことにございます」

「はい、貴国が天朝に信義を通じようとしたことは、去年すでに先鋒の小西殿からつたえられ、沈遊撃を通じて上奏されたと承知しています」

あっさりと明使はひきとった。

「朝鮮は、どういうわけかその事実をつたえず、それゆえ事態を誤らせた。しかしいま、あらためて実情を確かめるに、太閤殿下のお考えは小西殿のいうところとおなじであり、偽りでないことがわかりました。しからば、両国の和好はきわまりないものとなりましょう。帰国したならさっそく太閤殿下の美意を皇帝に上奏します」

朝鮮征伐の大義はひとまず確認され、了解された。

「ただ、朝鮮の違約については、使者をつかわして調査をし、真偽のほどを確かめてから朝廷にはかります。いずれにせよ、貴国がこのうえ朝鮮に兵を駐屯させる理由はなくなりました。われわれが太閤殿下のご意思を皇帝につたえると約束したいじょう、すみやかに兵を退かれるのが筋でしょう。それをはたさずして和好はなりますまい」

明使は、釜山撤退後の日本軍がいぜん全羅・慶尚道沿岸地域に駐留拠点を築きつつあることをさして問責した。

「そうはまいりませぬ。貴朝との和議に反対する朝鮮が、日本軍を追撃し、いぜんこれを妨害しようとしています。両国の和平がととのえばおのずから兵を退きましょうが、朝鮮の妨害がつづくかぎりそれはできかねます。むしろ貴朝のほうこそ、朝鮮の虚誕を問い、これを誅してわが国に誠意をしめされるのが筋でありましょう」

もとより太閤には撤兵の意志などない。玄蘇は、朝鮮駐軍の妥当性を説かねばならなかった。

「和親の実がしめされれば、わが国は、属国の約をむすんで韃靼を伐ち、かならず貴朝に報いることができましょう」

「属国の約」をむすぶというのは、蕃属国の王に封じられ、通貢をみとめられるということだ。

明朝との「公貿易」の権利を手にするという破格の果実もってするよりほかに、秀吉に撤兵をうながす手だてはない。玄蘇はもとより、先掛勢の先鋒にたった小西行長・宗義智の一党は、はやくからそう考えてきた。

堺の商家の出身であるアゴステーニュ・行長とダリオ・義智は、行長の娘マリアをかいして義父子の関係にある。のみならず、ともにながく朝鮮貿易にかかわってきた。そんなかれらが、明との貿易に関心をよせるのはおのずからのことであり、その実現によって太閤の欲望を満足させ撤兵がかなうことになれば、三国の和平が回復され、なにより対馬がながらえてゆけるのだ。

「韃靼」というのはオランカイ、すなわち女真族がすんでいる中国東北部・ロシア沿海州のことである。半年ものあいだ平壌に拠っていたかれらは、モンゴルや女真が明の東北辺防をおびやかしていることを知っており、国防を、地方の軍閥や私兵の寄せあつめにゆだねている明が、朝鮮救援のために動員できる軍勢には限りがあるとにらんでいた。

「平壌合意」すなわち「五十日停戦」こそはまんまと欺かれたが、いまだ講和としての「封貢」は、戦争終結にむけての有効な切り札たりうると、そう玄蘇は確信していた。

「はからずも、一千万年の美事ともいうべき申し出をいただきました。韃靼の禍があれば、とくに使者をつかわして貴国に兵を請いましょう。しかしながら、韃靼が天朝に帰伏してからすでに十年を数え、九辺は寧らぎ、いまは天下あまねく大平にございます」

明朝が、建州女真を統合しつつあったヌルハチに「左衛指揮使」の職を授けて懐柔したのは、たしかに一〇年まえの万暦一一年（一五八三）のことだった。が、平壌奪還のための援軍をひきいた李如松（りじょしょう）がモンゴルの鎮圧におもむき、ようやく「ボハイの乱」を収束できたのは、つい前年の秋のことである。「九辺」すなわち遼東・蘇州・宣布・大同・山西・延綏（えんすい）・寧夏・固原・甘粛が平穏であるというのも、もちろんでまかせだった。

「それはさいわいにございます。いずれにせよ、追って太閤殿下から条件がしめされましょう。ただ、それにはすこし時間がかかります。殿下のお考えをいちどわが天聴に達し、裁可をあおがねばならず、これをないがしろにすればわが朝の秩序を乱すことになりますゆえ……」

玄蘇は、もっともな理由をのべてその場をおさめた。が、宗氏の外交僧として苦渋の舵取りをかさね、従軍僧として野戦の容赦のなさ、異境での籠城と越冬の酷さをまのあたりにしてきた彼は、まもなく太閤がしめすはずの倒錯的な和議条件が、つぎにひきおこす事態を思って暗澹とした。

いっぽう、太閤の外交ブレーンである霊三（れいさん）は強硬だった。彼は、「大明帝王の姫宮、日本帝王の后として相渡さるべき」という条件を、まげることなく俎上にのせた。朝鮮四道割地のことも。

「太閤殿下は、姫宮の嫁娶（よめとり）をして同盟するか朝鮮を中分して割地するか、いずれかがかなわねば和平はないとお考えです」

驚愕のあまり明使は、二の句がつげなかった。

「婚嫁の礼をむすばねば和睦のしるしが何もないことになるではないかと、そう仰せです。また、朝鮮の割地については、大明皇帝が令状に金印を押して朝鮮国王にくだせばよく、まったくたやすいことであろうとも……」

秀吉のいう「婚嫁の礼」というのは、政略結婚や人質の慣行を国際スケールに拡大したものである。また、「皇帝の金印」は、太閤が安堵状などに捺す「朱印」どうようオールマイティのものであり、属国朝鮮にたいしてもおなじようにふりだせるものととらえられていた。

いっぽう、明使にとっては、「公主」を蕃国の王に嫁がせるなど狂気の沙汰にほかならない。口にするのもはばかられる。割地のいかんにおよぶまでもなく、そくざにかれらは拒絶した。

「このたびわれわれが使者としてつかわされた目的は、朝鮮の宗主国として紛争をすみやかに解決するため、さまたげとなっている困難が何であるかを知り、つぶさに報告することであります」

かれらには交渉内容にかかわる最終的な決定権はゆだねられていない——もとより諜報員であるかれらには何の権限も

なかったが——という婉曲な表現で……。

「朝鮮は皇朝のたいせつな蕃国です。その国の窮地を救おうとしているわが朝が、もしもこれを中分し、国王をみすてるようなことがあったなら、明は中華のあるじでいられぬばかりか、不仁不義の国となりましょう。しかし、それは万が一にもありえません。いまは英雄の名をとどろかせておられる太閤殿下とて、朝鮮の土地を奪って義の名をいたづらにすることに、いったいどんな益があるでしょう。望むべくはただ、皇朝と好みを通じ、軍兵を国に帰し、朝鮮人民を安んじて、美名仁徳を万世にあげられることです。それにまさる偉業はないでしょう。それでもなお四道の割地をお望みとあらば、命としてうけたまわり、かならず皇帝に上奏します」

明使の権限がかぎられていることに霊三は理解をしめした。そのうえで念をおした。

「しかしながら、八道二分の件が太閤殿下の思いのごとくならなければ、和議はととのいません。釜山にもどられたなら、その点を軍務経略とよく検討され、そのうえで大明の朝廷に上奏されるがよろしかろう。また婚嫁の礼についてでありますが、漢朝いらいの歴史のうちに、たしか異国に公主を降嫁した先例があったはずと心得ます……」

霊三が暗示したのは王昭君の例だった。古いはなしを引きあいに出したものである。

前漢の竟寧元年（紀元前三三）、元帝が匈奴との和睦のために、宮女であった昭君を「公主」として呼韓邪単于に嫁がせ、辺境の安寧を祝して元号を「竟寧」とあらためたことである。

「あなたがたが、よほどうまく上奏して和親の盟いをむすび、明の軍勢をひきあげて朝鮮人民を守ったならば、あなたがたは、明朝の毛延寿となりましょう」

元帝の後宮にはあまたの美女がいた。そのなかから昭君がえらばれたのは、その「姿絵」が醜かったからである。彼女は、清廉な人柄ゆえに賄賂などいっさいしなかった。賄賂を贈らぬ昭君を恨み、いつわって醜く描いた画家が毛延寿だった。

霊三は、かれらに、漢と匈奴の和平に功あった毛延寿のごとき良臣になれるよう、知恵をはたらかせてほしいといったのだ。「和議のしるしとしての姫宮は、宮女でもどんな女でもよい。公主というあつかいで日本に送りとどけてくれればそれでよい。そのくらいのことなら、臣下の裁量でとりはからうことができるだろう」と、言外に意をこめて。

「たしかに過去には公主降嫁の先例があります。しかし、明朝はそれをおこないません。しかも、毛延寿は皇帝の怒りにふれて誅殺されています。王昭君の伝承はどれも悲話ばかりです。われらはそのような臣下になりたいとは思いません」

漢籍の博識をほこる五山禅林の体面をそこなうようなひとコマだった。が、霊三はさらに念をおした。

「かさねて申しあげる。婚嫁の礼と八道二分の両件は一つのことであり、これが和議の前提であることはいささかもゆるぎません。朝鮮はすでに、日本の諸将が諸城を陥落させ、勢力下においたところです。そこに貴朝との和議がもちあがった。ためにわが軍は釜山にひきあげ、王都と四道を朝鮮王にお返しした。これが交渉の端緒であったことをくれぐれもお忘れなきよう……」

霊三は、日本軍の朝鮮制圧を既成事実とするロジックをくずさなかった。そして、再出兵をほのめかすことで威嚇した。

「のこり四道はおのずから太閤殿下の支配に属している。太閤殿下がしめされたこの条件がうけいれられなければ、ふたたび兵を出すまでのことです。それを防ぎ、与国(よこく)朝鮮を兵禍にさらすことなく保護しようというのであれば、貴朝は、婚嫁の礼をもって和平の証とされるのが当然でありましょう」

「太閤殿下のお考えはお考えとして、かならず奏上いたします」

「殿下のお望みは、金銀珠玉や城域県邑などではない。願うはただひとつ、功名を万代にのこすことにあります。ゆえに、意にかなわなければ兵を挙げ、朝鮮全土を実力で奪いとるおつもりです。与国朝鮮の成敗はあなたがたの一挙にかかっている。そのことを肝に銘じて朝廷に奏上なさるよう」

「はい、かならずそのようにいたします。かたく約束いたしましょう」

脅されても賺(すか)されても、ひと言の言質もあたえてはならぬ諜報武官らがなすべきことは、「かならず上奏する」という、おなじ返答をくりかえすことだった。

名護屋にとどまることひと月半。謝用梓(しゃようし)と徐一貫(じょいっかん)の両使は、諸大名の舟遊びや茶会や酒宴に招かれてもてなされ、いよいよ秀吉との対面がかなった日には、「黄金の茶室」にいざなわれて目を丸くした。

そして六月二八日、盛大な歓送、いや、騒然として群れる見物人におくられて入り江を発ち、やがて外洋へとのりだした。とまれ命あって日本の地を離れることができた。そう安堵の胸をなでおろすも、両使の心は暗澹としていた。

あわよくば「関白降表」をとって帰る……などという当初のもくろみが、いまはまぼろしのごとく感じられる。和平の糸口をさぐるどころか、手あつい饗応とはうらはら、かれらがつかんだものは、あからさまに日本の優越を主張する太閤の独善と、かれらがよってたつ「華夷の論理」との、絶望的なまでの乖離の深さだった。

じつに、最終盤において、かれらはあらためてそれを思い知らされたのである。

朝鮮南四道の割地とならんで太閤がことさらこだわったものに「勘合」があった。勘合というのは、明の皇帝から朝貢国に下賜され、公式の朝貢船であることをしるす渡航証明書である。この要求が俎上にのせられたさい、かれらは、「中華」の和平にとってもっとも枢要な「冊封」の可否について打診した。

「もしわが朝廷が旧例にならって冊使をつかわし、太閤殿下を日本国王に封じるとすれば、殿下はそれを拒否なさるであろうか、それとも容れられましょうか、ご明示いただきたい」と。

答えは「否」であり、しかも即答だった。「勘合」をもとめながら「封貢」はいらぬという！

意表をつかれたかれらが、その理由をのみこめたのは、太閤が最終的にしめした和議条件「七か条」をまのあたりにしてのことだった。ふたりの胸を重くしていたもの。それが七か条からなる「大明日本和平条件」なのだった。

「第一条、大明皇帝の賢女を迎え、日本の后妃に備うべきこと」

「腹案」にあった「大明帝王」が「皇帝」に、「姫宮」が「賢女」にかわり、「日本帝王」が削られたまではよかったが、要求が、和睦の証しとしての「嫁娶り」であることにかわりはなかった。

「第二条、両国、年来の間隙により、勘合近年断絶す。これを改め、官船・商船の往来あるべきこと

第三条、大明・日本好(よしみ)を通じ、変更あるべからざるむね、両国朝権の大官たがいに誓詞をかわすべきこと」

つまり、ながく日明の通交がたえ、「勘合」すなわち貿易もとだえているが、和親をむすぶためにはこれをあらため、「官船・商船の往来」すなわち公貿易・私貿易をともにみとめて通交を再開すべきであるという。

太閤のもとめる「勘合」とは、皇帝と蕃王の君臣関係を前提にした「通貢」ではなく、対等の立場にたっておこなう「通好」なのだった。なるほど……ゆえに「封貢」はいらぬというわけだ。

秀吉にとっての「和親」は、戦果によって勝ちとるものだった。ゆえに、「和親」をむすぶことそれじたいが他国に誇りうる成果となる。いま「大明」と和を構えるにあたり、日本が明の下位に甘んじるのは主従関係によるのではなく、独立国どうしの格のちがいによるもので、対等に「和親」をむすぶさいの障りにはまったくならない。

ひるがえって「中華」にとっての「和親」は「封貢」いがいにありえない。

両サイドが、根本から異なる位相にあって、とこしえに交わることのない和平のロジックを押し通そうとするなら、和

議は決裂するほかないだろう。

朝鮮については、第四条の冒頭で「前駆をつかわし、これを追伐す」とあり、八道すべてが日本の制圧下にあるとの前提にたっている。そのうえで、大明が「条目」どおり和議をうけいれるなら、宗主国の立場をたてて「朝鮮の逆意」をゆるし、「もって四道ならびに国城を朝鮮国王に返す」という。

ただし、返還にあたっては「朝鮮王子ならびに大臣一両員」を「質として渡海」させるようにと「第五条」にしめし、そのいっぽう「第六条」では、去年「前駆の者」が「生け擒」った王子二人は、「沈遊撃に度与し、旧国に返す」とのべ、臨海君珒と順和君玒の返還を追認。

さいごの「第七条」では、朝鮮が今後けっして日本に背かないことを「朝鮮国王の権臣」に誓約させるとむすんでいる。どの条目も、講和をのぞんでいるとはとうてい思えない。そもそも、三国がおかれた現状認識をいちじるしくあやまっており、逸脱のはなはだしさは明使の理解をこえていた。

もしもかれらがいつわりの講和使でなくほんものの「勅使」であったなら、これら「七か条」をもって復命すれば極刑はまぬがれない。敵陣でのこの一場に首をかけ、客死も覚悟の談判をしただろう。さいわいかれらは諜報武官にすぎず、かれらの直接のボスである宋応昌に報告をすればひとまず任務をはたしたことになる。

はたして、「七か条」はこののちながく前線の総司令部レベルで隠匿され、明廷には知らされないままとなるのである。

「大明と日本の和平の条件」にはまた、五か条からなる「大明の勅使に対し告報すべきの条目」が添えられていた。「夫日本者神国也」という文言をもってはじまる漢字六〇〇文字におよぶ付帯文書である。

「日本は神国である。神はすなわち万物をつかさどる天帝、天帝はすなわち神であり、差まったくなし。これによって国俗は神代のすがたを帯び、王法を崇ぶ……。

予は、神国であるはずの日本がみだれ、戦国動乱のさなかにあるときに生をうけたが、慈母懐胎のはじめに、日輪が胎内に入るのを夢み、覚めてのちこれを卜したところ、このうえない奇瑞であった。ゆえに、壮じるにおよんで予は、国を聖明の神代に復し、名を万代にのこすことを願ってやまず、はたして、わずか十有一年をもって天下を平らげ、国を富まし、民をゆたかにした。それは、予の力ではなく天の授けである。

これまで日本の海賊船が横行し、大明国に寇をなしていたが、予がこれを禁じ、ために海路の平穏はたもたれている。

これは大明国も希(こいねが)っていたことであるのに、なにゆえ謝詞をしめさないのか。それは、わが朝を小国と侮っているからであろう。ゆえに、われらは兵を挙げて明を征さんと欲し、朝鮮もまた使者を遣わして隣盟をむすんで憐れみを乞い、日本軍の糧道・兵路を塞がぬことを約束した。ところが……」

「ゆえに、われらは兵を挙げて明を征さんと欲し……」。そこには、朝鮮出兵があきらかに「征明」をめざしたものであることが言挙げされ、そのうえで朝鮮を伐ったことの正当性をのべたて、「大明国は朝鮮を救おうとして利を失ったが、それは朝鮮の反間(はんかん)ゆえのことである」とむすんでいる。「反間」とはスパイ行為のことである。

どこまでも独善的な内容だ。しかしこれもまた秀吉得意のダブルスタンダードにほかならなかった。

これら二通の文書は、事実上は明にあてた文書であり、じっさい明使にたいして開示されたが、形式上は石田・増田・大谷の三奉行および小西行長をあてどころとして作成されている。

つまり、かれら四人に、「条件」および「条目」の趣旨を「大明勅使」に説いてしらしめよと命じるスタイルをとっているのである。しかもそれらは諸大名にも開示されることが想定されていた。

すなわち、「条件」と「条目」は、第一義的には、朝鮮奉行や前線で交渉にたずさわるものへの周知徹底をはかるために作成され、それがそのまま諸大名に開示されることで「勝ち戦さ」の体裁をつくろうことができる。のみならず、豊臣権力のスケールをふりかざすツールとして機能させることができる。

明が「わび事の勅使」を送ってきたのだから、勝者である日本が頭ごなしの条件を提示するのは当然だというわけだ。じじつ、「大明日本和平条件」の「和文版七か条」は諸大名家につたえられており、そこには、たとえば「余蘊(ようん)は四人の口実に付与す」などの表現——できるだけ有利な条件で和議が成るよう根回しに奔走せよといったニュアンスの指示——はない。諸大名に「和文版」を開示するさい、周到に削除されたのである。

周到ということでなら、むしろ文書を起草した西笑承兌(せいしょうじょうたい)のほうが秀吉よりもはるかに上手(うわて)をいっていた。

彼は、これらの文書が、日本の公権力が発した対外文書として「外交史」の一ページに綴(と)じられ、対中国外交の旧規先例として後世にのこることまで考えていた。

「幕府」にかわる「天下」という日本の公権力が、中国王朝とのいかなる関係を志向したかをしめす公式文書として。

「大明勅使」を迎えた秀吉が、講和文書をつくるために京から召しよせた承兌(じょうたい)は、五山禅林がもっぱらとしてきた外交文書執筆者集団のリーダーであり、みずからが起草する外交文書がいかなる価値をおびるものであるかについてとりわけ自覚的だった。その彼が、豊臣政権がはじめて明にむけて発する文書を起草するにあたって範をあおいだのは、第四代室町将軍足利義持の故事だった。

義持といえば、父義満が「日本国王」の冊封をうけて始めた明への朝貢貿易を途絶した人物である。

応永二六年（一四一九）七月、彼は「断交文書」を起草させた。事実上のあてどころは成祖永楽帝である。皇帝は、朝貢を中断している義持にたいし、「事大」の道に背く姿勢をきびしく咎め、問罪の出兵をちらつかせて悔悟をせまり、「日本国王」使来貢の再開をつよくもとめてきた。

それにたいし義持は、臨済宗無窓派の高僧元容周頌に命じ、皇帝「勅書」をたずさえて来日した使節にたいし、明との外交を絶つむね告げさせた。そのさい「大明使者に諭す」と題し、形式上は元容をあてどころとして文書が作成され、それが『善隣国宝記』に収められて後世につたえられることになった。

「征夷大将軍 源 義持、元容西堂に告ぐ。いま大明国の使臣あり。来りて両国往来の利を説く。しかれども大いに不可なるものあり。……頃年わが先君、左右に惑わされ、肥富口弁の愆ちを詳らかにせず、猥りに外国船信の問を通ず……」

こう書き起こされた「断交文書」は、「西堂よろしくこの件をもって款々これを説け」とむすばれている。

また、元容が明使にこれを提示するさい、「国君曰く……」と書きあらためた文書のほうももちろん「西堂、この意をもって明朝の行人に諭し、すみやかに舟楫を回さしめよ」とむすばれている。

秀吉の「条件」が、「かくのごとき趣旨は、四人、大明の勅使にむかい、縷々これを陳説すべきものなり」とむすばれ、「条目」が「四人としてこれを演説すべし」とむすばれているのがこれに相当する。

外交ブレーンにして豊臣政権のイデオローグでもある霊三・承兌は、太閤秀吉の対明講和文書をつくるにあたって、かつて将軍義持が明朝皇帝への臣従を拒絶したさいのスタイルを、あえて踏襲することをえらんだというわけだ。

ときに、義持の「断交文書」を起草したのは大岳周崇だった。応永九年（一四〇二）に相国寺第一〇世に昇住し、同一一年から二一年までの長期にわたって鹿苑院院主につき、五山十刹いかの寺院を統括する禅林の最高機関「鹿苑僧録」のことをつかさどった高僧だ。

そして『善隣国宝記』というのは、古代いらいの国使・僧侶の海外渡海往来をたどった本朝初の「外交史」であり、また、応永五年（一三九八）から文明一八年（一四八六）にいたる室町外交の公文書を収録した「外交の参考書」とでもいうべき「史書」である。

撰術したのは臨済宗無窓派の瑞渓周鳳。中国の士大夫レベルの学識教養・儒学・詩文に精通する五山文学の正嫡をうけた詩文僧であり、また、六代将軍義教のあつい信をうけて相国寺第五〇世にのぼり、のち三たび「鹿苑僧録」をつとめた高僧で、八代将軍義政の時代には、将軍の命をうけて、みずから大明皇帝への「上表文」の起草にもたずさわった。

その周鳳が、先例となる外交文書を蒐集・整理し、後進の参考に資そうとしたものが『善隣国宝記』であり、同時にそれは、ぬきんでた漢籍の博識をもって足利将軍家の外交をもっぱらとした、五山禅林にたくわえられたノウハウの大集成ともなっていた。

義満が日明外交にのりだしてより、中国にむけた外交文書は、公権力が発する最重要かつ最高クラスの文書となった。それを起草することができる能力とノウハウをもつ五山禅林と詩文僧の優位が決定的となり、また、その起草にあたることが詩文僧にとって最高の栄誉となってきたゆえんである。

そして、その地位を独占してきた相国寺は、それゆえに、将軍家と衰退・凋落をともにしなければならなかった。

これに歯止めをかけ、寺運の回復をはたすことになったのが、天正一二年（一五八四）に第九二世住持となり、翌年から天正一九年まで「鹿苑僧録」の地位にあって寺院行政に手腕をふるった承兌なのだった。

「関白」位を得るというはなれわざによって五山禅林の統制権を掌握し、寺社勢力のもつ機能を豊臣政権のもとで再編成しようともくろむ秀吉と、政権にとりいり、奉仕・参画することで復権をはたそうとする五山の高僧たち。

両者の思わくが、「豊臣家によるアジア支配構想」とでも呼ぶべき壮大なヴィジョンを媒介とすることで、さらには「唐入り」の発動をテコにすることで、大きくシンクロすることになったというわけだ。

「征明」をかかげて軍兵を渡海させ、朝鮮の軍事占領をはたした日本国が、中国にたいしてしめす講和文書。

くしくもそれは、「日本国王源義晴」すなわち一二代将軍義晴の「大明に遣わす表」いらい六六年ぶりの対明文書であり、「幕府」にかわる「天下」という日本の公権力が発するはじめて公式文書となるのである。

承兌ら「征明供奉僧」が評議をかさね、大いに筆をふるったのはおのずからのことだった。

はたして、「和平条件」「告報条目」はともに『甫浦太閤記』や『南禅旧記』『続善隣国宝記』『江雲随筆』などに収められて後世につたえられ、なかにも、江戸時代をつうじて対馬以酊庵において外交の実務にたずさわった五山僧のエリートたちの参考に資することとなった。

が、明兵部軍務経略宋応昌、さらには小西行長と対馬宗氏ラインによる工作により、ほんらいリアルタイムでもたらされるべき万暦帝のもとには――いわずもがな朝鮮の朝廷にも――つたえられることはなかった。しかも、のち数年にわたってそれらは隠匿されつづけることになる。

その結果、和平交渉は紆余曲折をよぎなくされ、秀吉の「唐入り」は、当人の思いもよらない、また「三国」のあらゆる当事者たちにとって予想もしない方向へとみちびかれることになるのである。

さて、明使一行が名護屋を去っていったのといれちがえに晋州城陥落の注進をうけとり、「もくそ頭」の首を京に送りつけた秀吉は、さっそく凱旋の準備を始めた。

「先掛衆」として渡海した九州・中国・四国の大名には「仕置きの城」を普請して朝鮮駐屯をつづけるよう指示し、宇喜多・細川などの「出勢衆」および、伊達・上杉など増援部隊として送った「もくそ城とりまき衆」合わせて五万の軍勢には、いそぎ帰陣するよう命じた。かれらをしたがえて、華ばなしく凱旋しようというのである。

「かえすがえす、九月廿五六日ごろには大坂へ参り申すべく、せっかく御まちそうろうべくそうろう。ゆるゆる抱きやいそうろうて、物がたり申すべくそうろう。こうらいのふしんもいできそうらわん由申しこし、ひょうろうもはやかたく申しつけそうろう。この月中にはひまあき申すべくそうろうあいだ、九月十日ごろになごやをたち……廿六日には、はやがいじんそうらわんまま、御心やすくそうろうべくそうろう……。おねへ　まいる」

五万の将兵の帰還をまち、「九月二六日には凱旋するので安心せよ」との手紙をおねにあててしたためた八月三日。なんとこの日、大坂城二の丸では、「二の丸殿」とよばれていた茶々が男児を出産した。

男児誕生。九日にもたらされた急報は、一瞬にしてあらゆるものから色彩を剝ぎとってしまった。

さっそく筆をとり、子の名を「拾」と名づけるようしたためた秀吉は、一五日にはもう海路の人となり、二五日に大坂に到着。九月四日には伏見城におもむいて関白秀次を呼びだしていった。

「このたび思いがけず男児をさずかった。うれしいことこのうえない。ついては、日本国の五分の一を、拾と太閤の隠居領にあてようと思うが異存はあるまい。五分の四はそなたが支配すればよい」と。

つづく閏九月二七日には、秀吉のあとを追うようにして帰洛した家康や利家など、諸大名の出迎えをうけて入洛し、利家の屋敷に滞在。一〇月一日には婚姻話を秀次にもちかけた。

「拾が成人したあかつきには、そなたの姫を娶らせるゆえすぐにも縁組をととのえたい。これは太閤たっての所望である」

拾と秀次息女との婚姻。つまり、拾の元服をもって「豊臣宗家」の家督を拾に継承させ、豊臣家が摂関家であることをあらわす重要な身分標識である「関白」位を、ゆくゆくは拾にゆずれというわけだ。

ゆくゆくは……。じつに、秀次はこの六月、四月にさずかったばかりの男児を亡くしていた。しかし、それだけにかえって彼は、秀吉の所望を文言どおりにうけとることはできなかった。

帰還からわずかふた月のあいだに秀吉は、まる一年の歳月をかけていとなませた伏見の隠居所、指月の屋敷に居を移していた。聚楽第を秀次にゆずったあと、京・大阪をむすぶ要衝の地である伏見を隠居所とさだめ、宇治の川面に映る月が美しいことで知られる指月に築かせた豪邸である、

まもなく指月には、朝鮮から帰還をゆるされた大名たちが入れかわり立ちかわりやってきた。

上洛をはたしたかれらは、聚楽第の関白にかたちばかりの拝謁をすませたあと京の大名屋敷にとどまり、足しげく太閤へ「御目見え」に参じては茶湯にあずかり、伏見城下に屋敷を賜わった――たとえば、九月一二日に釜山を発った伊達政宗は、一八日に名護屋につき、閏九月二〇日に聚楽第で帰朝のあいさつをおえると、二三日には伏見に登城。太閤から茶湯を賜わり、二五日にもまた伏見に参じて、城下に屋敷をあたえられている。

あらゆることが、奔流のごときいきおいでかわりつつあった。

九月すえには、南は大和・大坂より、東は近江・関東より洛中にいたる京の玄関口東山六波羅で、大仏の「棟上」がいとなまれた。はやく天正一六年（一五八八）に造営が始められたが、ようやく「柱立」にこぎつけたところで「唐入り」が発動され、なかばとどこおったようになっていた作事が急加速度的に再開されたのだ。

つづく一一月一日、諸大名にたいし、伏見に屋敷を普請するよう指令が発せられ、年明けた文禄三年（一五九四）正月三日には、滝川忠征ら六人が「伏見城普請奉行」に任命された。完成まもない指月の屋敷を、天守閣をそなえた本格的な城郭にしようという。そのために、淀城を解体し、天守と櫓を指月に移築せよというのである。

またもや「天下普請」が始まった。さっそく「普請割」がおこなわれ、石や用材の調達を命じる朱印状がいっせいに発せられた。また、朝鮮に兵を出さなかった大名には、一万石につき二〇〇人の人足が「軍役」として賦課された。

「豊臣宗家」を嗣ぐべき拾を得たことで、かつての「秀吉の京」は役目をおえようとしていた。

いにしえ大内裏のあった地に、諸大名を競わせ、資材をつくして築造した黄金の城「聚楽第」。「秀吉の京」のシンボルでもあった関白政庁を中核に、「武家の町」「公家の町」をつくり、平安京いらいの条坊に新道をくわえて碁盤目から短冊形へと「町割り」をかえ、賀茂川ぞいにあらゆる寺院をあつめて「寺町」となし、北は鷹峯から東は賀茂川、南は九条から西は紙屋町にいたる総延長二三キロメートルを、高さ五メートル、幅二〇メートルの「御土居」でぐるりと囲み、外側には二〇メートル幅の外濠をめぐらせて成就した「安寧楽土」。

それらいっさいが、秀吉にとっては過去の遺物となっていた。彼の心はすでに、伏見と大坂を拠点としたあらたな「城下」の構想で占められつつあったのだ。

全国各地の港から、あらゆる物資を積んだ大型船があつまってくる港湾都市大坂。「唐入り」の兵站拠点として急成長をとげた大坂と、淀川ルートの水運によって直結され、東西陸路の結節点でもある要衝の地、伏見。それら、豊臣の「天下」を象徴するふたつの「城下」をむすぶ、壮大なスケールの都市構想である。

あらたな「城下」には、豊臣政権の支配層である国じゅうの大名たちが妻子とともに居をかまえ、一統のもととなった「天下」の縮図さながら平安と繁栄をきわめていく……。完成にむけて急ピッチで作事のすすむ「東山大仏」もまた、秀吉のえがくあらたな「城下」に欠くことあたわざる一大モニュメントにほかならなかった。

京都国立博物館の北どなりに、いまも巨大な石垣がのこっている。

往時、秀吉が建てた「東山大仏」の石垣だと考えられる遺構である。かつてこの地――いまの博物館の一部と「豊国神社」および「方広寺」をふくむ四万五〇〇〇平方メートルの敷地――には、桁行およそ八八・四メートル、梁間五四メートル、高さ五一メートルにもおよぶ「大仏殿」が、大和大路に西面して建っていた。

桁行すなわち正面およそ九〇メートルというのは、東大寺の現存大仏殿の一・五倍、高さおよそ五〇メートルというのは、大阪城の復興天守閣の高さをしのぐことおよそ一〇メートルあまり、天守台とあわせた総高五三メートルにせまる高さで、なかに安置された大仏の座高は一九メートル。東大寺の大仏のような金銅仏ではないながら、それより四メートルも高い巨像であり、後光をあわせれば三八メートルの高さにおよんだという。

もっともこの数値は、慶長年間に拾すなわち秀頼によって再建された大仏殿のものである。が、再建時には、創建時の礎石がそのまま利用され、柱の数もおなじであったということが発掘調査によって明らかとなっており、再建大仏殿が創建大仏殿とおなじスケールのものであったことが、文献資料からも確認されている。

柱の数はじつに九二本。うちわけは、直径一五〇センチメートルで長さ三九メートルのものが八本、おなじく一五〇センチメートル径で長さ三六メートルのものが八本、一二六センチメートル径で長さ三四・五メートルのものが一二本、一三二センチメートル径で長さ三〇メートルのものが六四本。

創建大仏殿は、これらがすべて一木材であったといい、現存時、世界最大の木造建築物であったことはもとより、それいこう、これほどまでに一木材を多用した建造物は例がなく、大仏殿いがいの巨大建築に投じられた木材までを合算すれば、日本の巨木はすべて秀吉が使いつくしたとさえいわれるほどだという。

ところが、完成からわずか七年、慶長七年（一六〇二）に創建大仏殿は焼失してしまい、おなじ礎石のうえに寄木柱をもってふたたび大仏殿がいとなまれた。慶長一七年（一六一二）に完成した秀頼の大仏殿である。

この大仏殿が、のち寛政一〇年（一七九八）七月の落雷で焼失するまで、およそ二世紀のあいだ京のランドマークでありつづけた。伏見から京へとのぼる「伏見街道」が「京大仏街道」とよばれたゆえんである。

ちなみに、秀頼が鋳造で再建した本尊のほうは、寛文二年（一六六二）五月に地震で小破したのを機に、同七年に木造で再興された。そのため、大仏の青銅は銅銭「寛永通宝」に化けたともうわさされたという。

さて、そもそも秀吉が大仏建立を思いたったのは関白となった翌年、聚楽第の普請を開始した天正一四年（一五八六）のはじめのことだった。この年、春さきに用地の検分をおこなった秀吉は、四月にははやばやと大仏建築の用材を諸国に賦課し、聚楽第が完成した翌年、天正一六年（一五八八）の五月に普請を開始した。

おりしも、諸大名をあまねく召集し、後陽成天皇、正親町上皇を関白の邸である聚楽第に行幸させ、空前絶後の一大盛儀をもよおして天下の耳目をおどろかせた、その余韻さめやらぬころのことだった。

「きたる十五日より、大仏殿の基壇を石垣で造ることになったので、普請をおこなうものたちに秀吉さまからご祝儀のお酒がくだされる。そのお酒と肴を車にのせて大仏の地まで運ぶ予定であるから、京中で笛を吹き、太鼓を打てるものは、上手下手にかかわらずまかり出て囃したて、車を東山まで送るよう。

　また、京中の町々の年寄りから子どもまで、華やかないでたちをして大仏の地にまかりこせ。上京から二〇〇〇、下京からも二〇〇〇、総勢四〇〇〇人を出すようにとの秀吉さまの仰せである……」

　五月八日、京都所司代は、上下京町々にあてて町衆の動員を通達。予定どおり、同月なかばには大仏建立の地に石壇を積み、土を盛り、そのうえに町じゅうの人々をあつめてさまざまな踊りをおどらせ、餅や酒をふるまった。

　もちろん、ただのお祭りさわぎではない。動員された町衆はみな華やかな衣装で着飾り、笛や太鼓、鉦の音にあわせて飛んだり跳ねたり、「風流」とよばれるはげしい踊りをくりかえす。なんどもなんども群舞をかさねることで礎を築き固める、れっきとした普請であり、土地の神をしずめる地鎮でもあった——三世紀ののち、「豊公サン　ドエライ御威徳」をはやしたててくりだした「豊国踊り」のルーツである。

　一見、庶民的かつにぎやかに始まった大仏造営だが、スケールがスケールである。天正一一年から営えいといとなまれている大坂城の普請がそうであるように、大名を総動員しての「天下普請」とならざるをえず、七月はじめには「大仏殿御普請手伝」を命じる朱印状が発せられた。

　たとえば、一〇月一日から一一月末日までの二か月間は、越前の堀秀政が六〇〇〇人、その与力である加賀の村上義明が二〇〇〇人、おなじく溝口秀勝が一四〇〇人の人足を出し、総勢九四〇〇人が「普請手伝」にあたるよう。

　一二月の一か月間は、丹後の細川忠興いか但馬の前野長康・斎村政広・別所吉治の人足あわせて五二七〇人が「手伝」にあたり、翌年正月の一か月間は、美濃の池田輝政と稲葉貞通の人足あわせて四五〇〇人が「手伝」にあたるよう。

　また、一国で五〇〇〇人を出せる伊勢の蒲生氏郷ならば五月のひと月間を、一万人いじょうの役にたえうる加賀の前田利家・越中の利長父子ならば七月と八月のふた月間を、備前の宇喜多秀家ならば九月と一〇月のふた月間を担当せよというように。

　割りあてはもちろん、諸大名の知行や石高にもとづいて賦課されたもので、これによって、毎月四〇〇〇人から五〇〇〇人を動員できる態勢がととのえられた。

　同年七月八日には、さらにこんな朱印状が発せられた。いわゆる「刀狩令」である。

「諸国の百姓が、刀や脇差、弓、槍、鉄砲などの武器をもつことをかたく停止する。大名や領主は責任をもってすべてを没収し、秀吉に進上せよ。ただし、それらの武器は、むだにするわけではない。こんど建立する大仏の釘や鎹にもちいる。そうすることで仏と結縁なれば、百姓らは、この世ではもちろん、あの世においても救われよう。百姓は、手に農具さえもって耕作にはげめば、末代までしあわせに暮らせる。唐国には、王が剣を没収して農器にかえ、もって平和をなしとげたという先例がある。この古事にならい、百姓を思いやっての仰せごとであるから、そのむねをよく心得、急ぎ武器をとりあつめて進上せよ」

方便というにはみえすいている。だが、天皇・上皇を禁裏からつれだして自邸まで行幸させることのできる力というのはおそろしい。「聚楽第行幸」初日には、「禁裏正税」と称して京中の地子銀五五三〇両を天皇に、米地子八〇〇石を上皇と智仁親王に進献し、公家・門跡たちにも近江高島郡の八〇〇〇石を分配。唖然、陶然……。そうやって朝廷サイドの目にモノをいわせたそのうえで、二日目には、天皇・上皇臨席のもと、諸大名に関白への忠誠を誓わせた。

もはや秀吉を止められるものはだれもなかった。

町衆に石壇を築かせた翌月はじめにはもう、大和大納言秀長が奈良仏師をあまたひきつれて上洛した。薩摩の島津義弘や肥前の松浦鎮信など、唐人町をかかえる諸大名には、漆喰塗りなどの唐人技術者を召しだすよう指令した。と、とうじはまだ秀吉の膝下に屈していなかった小田原北条氏までが、大仏のためにといって漆一〇〇桶をとどけてきた。仏の力さらには偉大である。

仏師に漆喰塗りに漆。ということは、創建時の本尊は、木像のうえに漆喰をかさね、そのうえに黒漆を塗り、箔をおしてしあげられた金ぴかの大仏だったということだろう。

というのも、どういうわけか秀吉の大仏造営にかかわる史料がほとんどつたわっておらず、大阪城の復興天守閣をはるかにこえる巨大な建造物を、いったいどうやって造営したのかについても、僧侶や公家がのこした「日記」のわずかな記述や、慶長再建時の記録などから想定するほかはないという。

それらによると、まず大仏を先につくり、その背後に巨大な土山を築き、そのうえに轆轤とよばれる巻揚機を何台もそなえて柱や建材をひきあげ、本尊を囲むようにして仏殿が建てられた。

とはいえ、総重量二〇トンをくだらないという三〇メートル級の柱材を賀茂川べりから牽引し、轆轤をつかって立て起こし、大虹梁や繋虹梁をわたして組みたてていく作事が容易であろうはずはない。しかも、巨大な本尊をおさめる大空間である内陣をささえるための大虹梁には、最大径の柱をうわまわる太さの良材がもちいられたという。

それら柱や虹梁となる巨木はもとより、棟木や母屋、垂木、貫や束など、大建造物をささえる膨大な数の良木を調達することはひととおりのことではなかった。

諸大名の「大仏殿御普請手伝」が始まって四か月め。天正一七年（一五八九）正月の「手伝」を割りあてられた美濃の池田輝政・稲葉貞通の領国では、歳末も新年もあったものではなく、木曾檜の山出しに追われることとなった。

「美濃岐阜城主池田輝政は三千人をひきい、うち千人は、尾張犬山から美濃の表佐までの川下しに従事、二千人は、表佐から近江の柏原まで陸路の運搬に従事せよ。曾禰城主稲葉貞通の千五百人、大垣城主一柳直末の千人いか、不破の竹中重門らの与力をあわせて六千二十人をもって、木材を近江まで油断なく運びとどけよ」

朱印状にしたがって木曾山中から良木を伐りだし、美濃の百姓らを動員して木曽川を下し、中流からは陸路不破を経由して近江まで搬送する。これには、池田・稲葉氏に賦課した四五〇〇人ではことたりず、一柳・竹中氏などが一五二〇人を出して加勢した。

おなじころ、どうようの朱印状は蜂須賀家政・生駒親政・戸田勝隆・福島正則・長宗我部元親ら四国の大名にも出されており、また九州では、島津義弘が家臣を屋久島につかわして屋久杉の良材をもとめさせている。

つまりこの時期、名木・良木の産地をかかえる全国の諸大名にむけていっせいに「大仏殿之木材」を調達するよう動員令が発せられたのであり、日の本一の富士のお山をかかえる徳川家康にも当然のことながら朱印状がもたらされた。

天下の大仏殿に、日本一の霊山から伐りだした名木をもちいないはずがないのである。

家康は、家臣らを何組かにわけて木引普請にあたらせた。三河深溝城主の松平家忠もそのなかのひとりだった。

同年七月一六日、家忠は百姓から徴発した普請衆を出発させ、自身は駿府におもむき家康に出仕。

八月二日には駿府を発って興津にいたり、三日には、いまの富士宮市上井出の小屋場についた。普請衆はすでに道普請を始めていた。

家忠はさっそく井伊直政の組にくわわり、翌日は酒井家次の組にくわわって道普請にいそしんだ。

五日、いよいよ木引作業を開始。長さ二五尋——一尋は両手をひろげた長さだから、およそ四五メートル——の大木を引こうとしたが、びくともしない。

六日は雨。道普請だけをおこなって、七日に木引を再開。引くことわずかに三〇間、つまり五〇メートルほどしか移動できず。八日には、人夫を一三〇人に増やして引いて一六〇間すすみ、九日には小雨のなかを引いて八〇間、一〇日には二〇〇間すすんだが、なげかわしいことには秋霖の候——陰暦八月一日は、西暦の九月一〇日にあたっている。

愚行を嘲笑うかのように雨は降りつづき、巨木とにらみあうだけの日々をよぎなくされる。

一七日、酒井組と平岩親吉組のふた組がかりで別の大木を引くことにする。家忠もこれにくわわった。しかし、木肌に朽目がみつかったため、けっきょくもとの大木にもどる。

川下しも容易ならざるわざとなった。二九日、ようやく伐りだした大木を富士川岸の沼久保まで引くことになり、六日をかけて引きだした。

九月四日、ようやく川へとおろし、あとは流れにまかせて河口の吉原湊へ……と思いきや、川下し初日の五日にはわずか二〇町、六日にも二〇町ということで、両日あわせて四・四キロメートルたらずを下すのがせいぜい。怪我人まで出してしまい、七日にはついに、材が洲にかかって止まってしまった。

八日、救いの雨を得てなんとか洲をこえたが、九日にはまた止まってしまった。そもそも、急流河川は、巨木を下す条件に適していない。こんなことではいつ駿河湾に出られるかわかったものではない。

というわけで、地面を引くだけでも至難な巨木を川からひきあげ、陸路づたいに運ぶことにした。

一二日、どうにかこうにか吉原湊についた。やれやれ……。と、安堵の胸をなでおろすまもなく、こんどは大仏殿楼門の柱材を伐りだせとの仰せがくだる。急いで山にもどり、一七日からはまた木引きに従事する……。

くる日もくる日もひたすら木を引くこと五〇日。当年中のノルマをこなして山をおりたのは一一月七日のことだった。

つまり、木引普請にかりだされた徳川の家臣らは、七月から一一月にかけての四か月ものあいだ、みずから富士のすそ野にはりついて巨木と格闘しつづけたというわけだ。

家康がおさめた二五尋、四五メートルもの富士の巨木、島津がおさめた屋久杉の良材、蜂須賀や生駒らがおさめた四国の名木……。そのほか全国六十余州の山々から伐りださせたであろう名木・良木が、やがては径一三〇から一五〇センチメートル、長さ三〇から四〇メートルのものをずらりとそろえた、オール一木材の九二本の柱や、それらをしのぐ大虹梁になったことはうたがいない。

　そしてさらに、それらを骨格とした巨大な仏閣をかたちづくる貫や肘木、棟木や大瓶束、垂木の材など、すべての用材を調達することもまた、ひととおりのことではなかった。

　普請開始から三年、天正一九年（一五九一）の春先には、豊後の大友義統に長さ二五メートルの松を六本調達するよう、また、毛利輝元には「大仏殿材木」として、貫と梁につかう七から九メートルの松を周防より一五六本、桷にもちいる一〇から一八メートルの檜を備後より二〇本、柱につかう一〇から一六メートルの杉と檜を備中より一五本……すべて合わせて一三二二本もの材木を調達するよう命じ、尼崎の湊へ送らせている。

　はたして、「大仏殿柱立」すなわち事始めのセレモニーがいとなまれたのは、同年五月二〇日。「大仏立柱」が「相済」んだのが、「唐入り」という名の軍事動員と朝鮮侵略にあけくれた翌天正二〇年（一五九二）の一一月二四日。

　そして「大仏棟上」のセレモニーがおこなわれたのが、秀吉が名護屋からもどった文禄二年（一五九三）九月二四日のことだった。そのころにはおそらく、本尊がおおかた像容をととのえつつあっただろう。

　柱立から棟上にいたる三年間は、のちに「文禄の役」と呼ばれる朝鮮出兵とピタリかさなっている。

　すなわち、沿岸諸国に兵船「高麗船」の築造を命じ、肥前に名護屋城を築かせ、一三〇の大中小大名に陣所をいとなませて予備軍を駐留させ、のべ二〇万の軍勢を朝鮮へ侵攻させた期間である。

　「軍役」は、兵糧米や武具・玉薬の調達、大型輸送船の建造、木材や鉄や碇の供出、船大工・舟手の徴発にいたるありとあらゆるものにおよび、「根こそぎの動員」があまねく全国の領民を苦しめたが、おどろくなかれ、それら軍事動員がマキシマムにおよんだタームにも大仏の普請はつづけられ、なかばとどこおりつつも、のべ六〇万人をこえる職人たちが営えいと作事にいそしんだのである。

　巨大技術者集団を統轄したのは、「大仏本願」とよばれた高野山の興山上人木食応其だった。

　その彼が、奉行に提出した「算用書」がいまにつたわっている。ちょうど天正一九年から文禄二年にいたる三年間の収支を記録した「大仏殿御算用事」と題した二冊の帳簿である。

　それによると、木食応其に直属したのは、奉行五〇人を筆頭とした指揮・監督者集団七〇〇人と、寺院修造のスペシャリストたち二〇〇人を合わせた、およそ九〇〇人。

その下で働いたのが、大和や紀伊などの近国から「国役」として動員された職人たちで、のべ人数は、棟梁から平大工にいたる番匠が三七万六七七七人、杣が一二万七九八人、鍛冶が一〇万三三一〇人。このほか、柱口石切や材木屋、屋根葺などを合わせると、六〇万五一四四人を数えたという。

トップ集団に支払われた飯米・給分は、三年間で一万二四五〇石。職人たちへの給付総額は三万四八五〇石で、人件費の総計は、四万七三〇〇石。これが支出総額の八五・五パーセントを占めており、それらをふくめた五万五〇〇〇石を上まわる総経費は、すべて秀吉の直轄領である蔵入地でまかなわれた。

そういうと耳にはスマートだが、「太閤蔵入地」というのはじつは、容赦のない検地によって諸大名の領国からまきあげたもの。すなわち「御朱印」をふりかざした竿入れの竿加減によって生みだされた「浮き地」であったり、強引な知行所替えや配当替えによって諸臣・給人らの「懸命の地」の上前を撥ねたものであり、あるいはまた、家康の旧領のように、関東への国替えによって玉突きで領国を移された大名のたちの跡地に、自身の子飼いの奉行を代官として送りこんで横どりしたものにほかならない。

ついでながら、このころ豊臣政権の蔵入地は二二〇万石にもおよんでおり、ほかにも、全国の金山・銀山、御用金銀匠などからあがる運上収入は年一〇〇万両——六〇〇〇億円をこえる現金収入——をくだらなかったという。
が、ともあれ、「お拾」誕生をうけて秀吉が帰還したひと月後には「大仏棟上」がいとなまれ、作事に拍車がかけられた。かいあって、翌文禄三年（一五九四）正月、伏見で指月城の拡張・増築工事が開始されたころには、大仏殿の屋根に、ところどころ瓦が上がりはじめたという。

上下京の町衆四〇〇〇人が「風流踊り」で土を築き固めた日からあしかけ七年。全国六十余州から伐りだした一木材をおしみなくもちい、土木・建築技術の粋をあつめて成った、日本はもとより世界にも例のない大建造物のさまは、あおぎみるものの脳裏にとこしえに刻まれるようなインパクトをもって人々を圧倒したにちがいない。

いっぽう、いぜんとして諸大名には「木引普請」を命じる朱印状が発せられつづけている。

たとえば木曾材の供出ならば「二月より伏見城の普請を始める。急ぎ百姓三〇〇人を召しだして木を引きだし、木曾代官のもとへ送りとどけよ」というような……。

「唐入り」の軍事発動いらい、それでなくても大量の木材が伐りだされてきた。大型の兵船や輸送船を建造するためである。そのうえの木材の需要と「木引普請」への動員は、おのずから遠隔地の大名にまでおよばざるをえず、搬送路もひろく洋上へと拡大した。全国各地の湊から積みだされた木材は、駿河湾や伊勢湾の中継湊をへてことごとく大坂にあつめられ、淀川から宇治川、賀茂川をさかのぼり、伏見や東山の舟入へと運ばれた。

仏閣としては破格のスケールをそなえた東山大仏と、天守をそなえた伏見指月城。ふたつの「天下普請」は、歯車をかみあわせたように回転のピッチをあげていく。秀吉は急いでいた。いや、なにかに急かされていた……。

春はなを神のめぐみの桜ばな　もうでて見るや御芳野の山
乙女子が袖ふる山に千年へて　ながめにあかじ花の色香を

文禄三年（一五九四）、吉野の花がさかりをむかえた二月二九日（西暦四月一九日）、秀吉は、後醍醐天皇の行在所であった吉水院で歌会をもよおした。そのおりの彼の題詠である。

秀吉にとってはじめての、そしてさいごの「吉野詣」となった桜狩りをかねての豪遊は、生母天瑞院の三回忌法要をいとなむ高野山への参詣途上においてくわだてられた。

招かれあるいは供奉したものの数は五〇〇〇人。右大臣菊亭春季・権大納言中山親綱・同日野輝資をはじめとする公家衆や、関白豊臣秀次・大納言徳川家康・権中納言豊臣秀保・同豊臣秀俊・参議左近衛中将宇喜多秀家・同前田利家いか侍従伊達政宗ら諸大名、そして、准三宮照高院道澄・里村紹巴・大村由己・施薬院全宗ら秀吉とりまきの僧侶や連歌師・文人・医師など、豊臣政権をささえる主要メンバーをあげていとなまれたスーパー・イベントであり、後世「醍醐の花見」の名で知られる花の宴をはるかにしのぐもよおしとなった。

それらがいかに常軌を逸した浪費であったかは、たとえば、花見に招かれ、吉野でおちあうことになった関白秀次が、供衆の金ピカのいでたちをそろえるために購った太刀の数をみるだけでも瞭然とする。お供の馬廻衆・弓衆のために支度した金の大太刀・脇差の数は三〇〇腰、小人衆のために支度した模造の太刀・脇差は二〇〇腰。

太閤の目をよろこばせるためだけの費えである。

二月二五日、秀吉は、つけ髭につけ眉、鉄漿をほどこした壮年のよそおいで大坂を発ち、二六日には当麻で一泊、二七日に六田の橋を渡って蔵王権現に到着した。途次、綺羅をつくした行粧のさまや要所をとらえたパフォーマンスは、さぞや大和・紀伊の里人の耳をひきつけ、目をおどろかせ、プリミティブな魂をゆりうごかしたことだろう。

二九日、吉水院でもよおされた「吉野百首」では、二〇人がおのおの題詠五首を披露した。

みるがうちに槇の下枝もしづみけり　芳野の滝の花のあらしに

「滝の上の花」の題をこう詠んだ秀次。身に迫る不穏をそれと感じつつ、それでもまさか、のち一年半をへぬうちに自身が三条河原に梟首され、その眼前を血に染めて妻子ことごとくが刃にかかり、一族が根絶やしにされるとまでは想像できなかったにちがいない。

かぜ吹けど花にはよけよ芳野山　わが身ひとつの春にはあらねど

大江千里の古今歌「月見れば千々にものこそ悲しけれ……」に本をとって「花を散らさぬ風」の題を詠んだのは宇喜多秀家だったが、去年のまさにおなじ日、清正の軍勢が五人に二人を失ってソウルにもどり、全軍の撤収を完了した。飢餓と凍傷と病いにあえぐ五万の兵卒の総大将として、異境の袋小路にあってむかえた春を、みはるかす焦土となった朝鮮王城の惨景を、思いおこさずにはいられなかったのではなかったか。

まちかぬる花も色香を顕して　咲くや芳野の春雨のおと
花咲けど心を懸けずよしの山　またこむはるを思ひやるにも
おなじくはあかぬ心にまかせつつ　ちらさで花をみるよしも哉

徳川家康、前田利家、伊達政宗が「花の願」の題を詠んだ歌である。

この春、家康は五三歳を、利家は、秀吉と同年説をとれば五八か五九歳をかぞえ、ひと世代あとの政宗は二八歳を、おなじく秀次は二七歳、秀家は二三歳をかぞえたばかりであった。

秀吉には、吉野でぜひにもなさねばならないことがあった。「新作能」の奉納である。

吉野と高野におもむくために、秀吉は、その名も「吉野詣」「高野参詣」という能曲をつくらせた。詞章を手がけたのは祐筆の大村由己。節をつけたのは、能狂いさながらの秀吉の耽溺に、なくてはならぬ役者として仕えた金春大夫安照。のちに「豊公能」と呼ばれる秀吉の「新作能」は、全部で一〇番つくられ、うち六番のテキストがいまにつたわっているが、いずれもただのシロモノではない。

「太閤大相国」秀吉じしんの忠孝・武勇・幽玄・奇瑞をえがいて、それを言祝ぐものなのだ。

天正年間にすでに秀吉の皇胤説を仮構した『関白任官記』や『聚楽行幸記』など、三木合戦から小田原征伐にいたる秀吉の事蹟を記録した一二編もの「天正記」を著した大村由己は、連歌の宗匠としてながく大坂天満宮連歌会所の別当をつとめ、韻文作家としても当代の達者に数えられる文人だった。

「天正記」のなかの『惟任謀叛記』『柴田合戦記』『小田原御陣』がそのまま、新作能「明智討」「柴田」「北条」のモティーフとなっているゆえんである。

さて、吉野に遊ぶこと五日目をむかえた三月一日、蔵王堂の宝前で九番の能が演じられた。

檜皮葺の重層入母屋造り。桁行二六メートル、梁間二八メートル、棟の高さ三四メートル。豊臣家の寄進によって三年前の天正一九年に完成した、あおぎみんばかりの大伽藍。六八本の柱がささえるその圧倒的な迫力は、大峰信仰第一の霊場、吉野山のシンボルにいかにもふさわしい。

内陣には、天井裏をつきぬいた大厨子があり、なかに蔵王権現三尊が安置されている。

中尊の像高は七メートルをこえ、右尊・左尊の高さも六メートルにおよぶ立像である。造像には、東山大仏の本尊にもかかわった奈良仏師宗貞・宗印らがたずさわったが、中尊の頭部には、天正一八年一一月一九日づけの墨書銘があり、蔵王堂の落成にあわせて蔵王権現に結縁した人々の願文と交名が納められている。

宝前にもうけられた能舞台では、秀吉がみずから「吉野詣」「源氏供養」「関寺小町」を演じた。新作能「吉野詣」はもちろん、おおやけの場でのはじめてのお披露目となった。

「影あきらけき日の本の、影あきらけき日の本の、国民ゆたかなりけり……」

世の泰平と豊穣を賛美する次第につづき、ワキが登場して名ノリをあげる。

「そもそもそれは、当今に仕えたてまつる臣下なり。さても太閤大相国、本朝を心のままに治め、三韓を平らげ、あまつさえ唐土よりも懇願を入るるにより、武勇功をおえ、還御ならせたまい、山城伏見の里に大宮作りしたまえり。またこの春は、吉野の花見としてご参詣のことなれば、ただいま供奉つかまつりそうろう……」

「三韓を平らげ、唐土よりも懇願を……」。後世の耳にはとても堪えない言辞である。つづいて大坂から吉野までの道行となり、やがて吉野につくや、一行のまえに二人の老人が現れて吉野の桜のいわれを語る。

「花の都の客人の、花の都の客人の、衣の色も唐錦、おりから花のかざしにて、かざり車の下簾、なおただならぬ気色かな、なおただならぬ気色かな……」

「かざり車」の簾のうちにある「客人」はもちろん秀吉のことである。地謡につづいて老人たちは語る。吉野は唐土の五台山にもつづく幽境で、それゆえ古来、世の隠れ処ともなってきたことを……。

その語りのあまりの雅びさにおどろいた「臣下」が素性をたずねると、ふたりは、吉野の神、蔵王権現であることをにおわせて雲のかなたへすがたを消した……。一行がその再臨をまっていると、かわりに天女があらわれ、舞いはじめる。

「天つ少女の天くだり、天つ少女の天くだり、五節の舞の真袖をかえせば、花の色香はみちみちたり」

舞いがおわると、蔵王権現があらわれる。

「蔵王権現も、かたちをあらわし、はこぶ歩みもみつぎなれや……」

地謡にあわせて神々しくたちまわった権現は、万朶の花のなかからひときわ美しい一枝を手折り、御貢として「君」である客人秀吉にたてまつる。

「もとより吉野は千本の桜、なかに色よき一枝を、君にささぐる、まのあたりなる奇特かな……」

こうして吉野の神蔵王権現は、一行還御の道を守る神になったというわけだ。

吉野が「王権」に深いかかわりをもつ地であることを知らぬものはない。袖を振ってはかえして舞う天女の舞が、天皇天武に淵源をもち、宮中大嘗会の五節舞のルーツであることも。

いにしえ、大海人皇子に霊力をあたえて「現御神」となし、神世さながらの国「日本」をきずかしめる原動力となった吉野の地は、のちの王権にとってつねに回顧すべき故宮でありつづけた。

詠五首和歌のさいごの題「花の祝」を「乙女子が袖ふる山に千年へてながめにあかじ花の色香を」と詠んだのも、故宮吉野をたずねた歴代の王たちの系譜に、みずからをかさねあわせる意あってのことだっただろう。

すなわち、五〇〇〇人をあげての「吉野詣」は、王権をしのぐ力を掌にした「天下人」の治世を讃え、言祝ぐためのくわだてであり、新作能を演じなければ完結しない、記念碑的な祝儀にほかならなかった。

ときの権力者がみずからのことを能に仕立て、王権ゆかりの地においてみずから演じてみせる。この奇矯なプランのために秀吉は、二度のリハーサルをおこなっている。

一月二三日、金春・観世をはじめとする二四人の能役者や能謡に交替で大坂城に詰めるよう命じ、二月七日には石川法賀の邸で、九日には大坂城の本丸で、試演のための能をもよおしたのだ。

もちろん彼は「吉野詣」「源氏供養」「関寺小町」の三番を自演した。

どうように、高野山では「高野参詣」が上演された。

三月三日、吉野から高野山へと移動した秀吉は、前年に落慶したばかりの青巌寺に入った。亡母天瑞院の菩提を弔うために創建された仏閣だ。同寺でいとなまれた「三回忌法要」と連歌会、そして能の上演にいたる一連のもよおしは、吉野にもまして周到に準備され、「追善」の名とはうらはら、グロテスクなまでに色濃く政治色をおびたものとなった。

そもそも、青巌寺はそれじたいが政治的なモニュメントだった。

すなわち、大政所なかが亡くなった文禄元年の八月はじめ、秀吉が木食応其に同寺の建立を命じ、紀伊国那賀郡の所領一万石と銀三〇〇〇枚を寄進した。

応其は、天正元年（一五七三）に三八歳で高野山に遁世。そのさい、十穀を断つ木食の修行を発願したことをもって木食上人とよばれたが、彼がその名を天下にとどろかせたのは、天正一三年、根来寺を焼き亡ぼした秀吉が高野山に迫ったときだった。高野の学侶でも行人でもなく、客僧であった応其が山内の意見をまとめ、秀吉に臣従することで高野山の危機を平和裏におさめたのだ。

いらい秀吉の絶大な信を得て、金堂と大塔を再建し、青巌寺・興山寺——両寺が総本山金剛峯寺の前身である——を開創するなど、高野山の再興をはかることになる。

つまり、秀吉から高野山経営の監督・実行をゆだねられたというわけだ。その第一手が金堂の再建だった。

高野山を降伏させてまもなく、秀吉は、大政所の逆修のために金堂再興を発願し、資金として応其に一万石を寄進した。逆修というのは生前に死後の冥福を祈ることだが、いわずもがなそれは政治介入のための名目である。

「木食上人に金堂建立の本願をたのんだうえは、万事いっさい、木食の申すとおりにおこなうよう、一堂、誓紙をもってこれを誓い、木食にしたがうべし」

金剛峯寺には書状をもってそう命じ、同寺の学侶が、寄進にたいする謝礼のために大坂に登城したさいには、応其に上座をあたえ、大名たちが下座にひかえるその目のまえでくりかえし釘をさしたという。

「上人を、高野山の木食と思ってはならぬ、高野山を、木食の高野と心得、そのむね衆僧に徹底せよ」と。

発願から二年。天正一五年九月七日、金堂は無事落慶した。寺額は、のちに大仏住持となる聖護院門跡道澄が揮毫した。

五年後の天正二〇年（一五九二）、聚楽第に臥せっていた大政所がいよいよ重篤となった七月、肥前名護屋にあった秀吉は「滅罪生前除病與楽」の祈禱を応其に命じ、その奉謝として、大塔の再興を約束した。

また、山内には、大塔の建立を布施として大政所の病気平癒を立願するむね朱印状を送り、大法秘法をつくして祈禱をおこなうよう命じたが、同月二二日、くしくも一時帰洛のため秀吉が名護屋を発ったその日、大政所はみまかった。

八月四日、秀吉は、亡き母の菩提寺として「剃髪寺」の建立を応其に命じ、翌文禄二年（一五九三）七月二二日、一周忌にあたる日に「落慶法要」がいとなまれた。

応其は住持に任命され、仏閣は名をあらためられて「青厳寺」となった。

いらい八か月。つまり、そのたびの「三回忌法要」は、忌日を待たずしての追善供養となったのだが、三月三日、同寺に入った秀吉は、美膳をつくしたもてなしをうけ、その謝礼として僧侶らに三五四〇石の布施をほどこした。

天瑞院三回忌法要は、一山八〇〇〇人の僧徒をあげての壮大なスケールでいとなまれた。仏前には、秀吉が手づから亡き母の頭髪をそなえ、和歌一首をそえた。

亡き人の形見の髪を手に触れて　包むにあまる涙かなしも

「吉野詣」にしたがった公卿衆、諸大名、近習・とりまき衆もそろって法会に参じたが、いかなる事情があってのことか、ただひとり秀次だけは吉野からまっすぐ下山した。実母ともの母親にあたる天瑞院が彼の実祖母であるにもかかわらず――翌年七月、関白を剥奪されて京を追われた秀次が逗留し、自刃をとげるのは、この寺においてのことである。

四日、法問を聴聞した秀吉は、そのたびの布施として、老朽化した山内の堂塔二五棟を再興して弘法大師に進上することを約し、応其にそれを命じた。

そして五日、いよいよ演能の日をむかえた。青厳寺の西庭に能舞台がもうけられ、上首の僧侶は座敷に、学侶や稚児、大童・小童は縁側にいならび、三〇〇〇人もの行人が庭下をびっしりうめつくした。

やがて境内に笛や鼓の音が響きわたり、地謡や囃子が流れだした。開闢いらい「笛の音」を禁制されてきた山内に、はじめて流された俗なる音色であったという。

この日、秀吉は「老松」「井筒」「皇帝」「松風」を演じ、新作能「高野参詣」を演じたのは金春安照だった。

「小車に、法の門出のはるばると、法の門出のはるばると……」

京から高野への道行につづいて老尼が登場し、亡母の供養のために登山した「天下を治める雲上人」秀吉の孝行を讃える。つぎに大政所の亡霊が菩薩のすがたで現れて、秀吉の孝行に感謝をのべ、「天下」の長久を祈って消えてゆく。

それはしかも、とくべつな意味をこめた上演だった。

というのは、この日のために秀吉は、巻子装の豪華謡本一軸を仕立てさせた。

紺地に金襴で牡丹唐草もようがほどこされた表紙は、金銀泥で蔦草のような下絵をえがいた題簽で飾られ、後陽成天皇宸筆の題字「高野参詣」が墨痕あざやかにうかびあがっている。

鳥の子料紙のおもてには、いちめんに細かい金の切箔をちらし、経典さながら銀泥で界線をひき、本文は聖護院門跡道澄の筆になる。また、うらには金銀泥や砂子で霞もようをえがき、大小の切箔や野毛をあしらっている。

紫水晶の軸頭。稠密な細工をほどこした金具……。

何からなにまで尋常ならざる、また他に類をみない超豪華本である。しかも「奥付」には、あっぱれ、おどろくばかりの言辞がつらねられていた。

すなわち、従来の能曲には巧みなウソが多かった。ためにこれをあらため、由己法印に事実にもとづいた詞章をかかせ、金春大夫に音節をつけさせたものが「新作十番」であり、それらはみな「太閤大相国」の「傑出」を表現したものである。

「高野参詣」もそのひとつであり、それゆえ、末代まで能の模範とすべく禁中にも献上されたというのである。

「高野参詣の能は、新作十番のうち、その一なり。太閤大相国治世のあいだ、忠孝、武勇、幽玄、奇瑞等、その傑出のことをもって十番となす。……まことに踏舞の楽しみ、何をもってこれにくわえん。民人ちまたに謡い、後代、相国の恩恵を忘れざるもの、ことにこれを翫ぶべし。よって叡覧にそなえ、これを禁中に留む。季世、能の規模となすべきものか。この一番、金剛峯寺興山上人……懇求によって、金印を押し、これを賜うものなり」

末尾には「文禄三年三月五日」の日づけと「豊臣」の金印が捺されている。外交文書にももちいられた、天皇の「御璽」より大きなサイズの印章である。

しかもこれは、興山上人応其の「懇求」によって仕立てられ、興山寺に奉納されたという。すなわち、超豪華謡本一軸の奉納は、天正一三年いらい応其を実行・監督者としておこなってきた高野山再興事業が成就したことを表徴するものであり、また、新作能の上演は、豊臣政権による高野山支配が達成されたことを、全山の学侶・衆僧および主たる公家衆・武家衆に知らしめるためのパフォーマンスだったというわけだ。

おそらく、このころすでに秀吉の脳裏には、新作能の自演を天覧に供するというアイディアがあっただろう。自身の忠孝・武勇・幽玄・奇瑞をえがいて言祝ぐ新作能を、「禁中」で演じて天皇のお目にかけようという企てが……。

じつに、名護屋にいるあいだに能のとりことなった秀吉は、帰還後まもなく「禁中能」を思いたち、一〇月はじめにはもう実行にうつしていた。

紫宸殿の前庭に二間四方の舞台をもうけ、一〇月五日・七日・一一日の三日にわたってもよおされた能である。

おどろくなかれ、そのとき、天皇はじめ近衛・二条・九条・鷹司などの摂家、西園寺・菊亭・大炊御門などの清華家、聖護院・青蓮院などの門跡が一堂に会してみまもるなか、舞台にたったのは、家康や利家をはじめとする大名とその配下のものたちだった。

三日間で演じられた能曲は二五番。家康・利家・織田信雄・織田秀信・小早川秀秋がシテを二番ずつ、宇喜多秀家・蒲生氏郷・細川忠興が一番ずつを演じたが、のこり半数をしめる一二番は、すべて秀吉みずからが上演した。

家康などは、駿河今川氏のもとにあった時代から能に親しんでいたためなかなかの達者だったらしいが、かれら、能については純粋にシロウトである人々がシテを演じ、また狂言を演じ、毛利輝元や細川幽斎らが鼓を打ち、浅野長政をはじめとする大名・侍たちや猿楽座に所属する役者たちがワキやツレを演じた。

既存の価値観からすれば「禁中」とはおよそ無縁のものたちが、総勢五〇人もそろって舞台をふんだ空前絶後の「禁中能」。つまるところそれは、秀吉じしんの上演を天皇と公卿・公家衆に披露するためのもよおしだった。おなじように、こんどは「太閤大相国」の偉業を讃美する「新作能」を「禁中」で披露しようというわけだ。高野から下山するやさっそく彼はプランを練りはじめた。

上演は、前回どうよう三日。初日には、関白秀次に二番を、信雄・秀信・秀次に一番を、金春安照に新作能「高野参詣」を演じさせ、二日目には、みずからが「吉野詣」「源氏供養」と秘曲「関寺小町」を演じ、家康・利家・秀保・秀秋にも一番ずつ、暮松新九郎に新作能「明智討」を披露させよう……と。

そして、本番をひと月後にひかえた三月一五日、大坂城本丸の能舞台でリハーサルをかねた上演がおこなわれ、秀吉は「吉野詣」「高野参詣」「明智討」「柴田」「北条」の五番すべてをみずから演じて披露した。

ところが、どんな事情あってか「禁中能」は四月一一日と一二日の二日に短縮されてもよおされ、しかも、秀吉をはじめとする武家方はひとりも出演しなかった。もちろん、秀吉がみずから演じるはずだった「吉野詣」のお披露目ははたせず、金春大夫が「高野参詣」を、新九郎が「明智討」を披露するにとどまった。

関白家の問題児近衛信尹が勅勘をこうむり、薩摩へ遠流されるという大事件がもちあがったせいだともいわれている。

いずれにせよ、いわゆる「豊公能」が上演されたのは、秀吉晩年のわずかな機会に限られた。

ところが、三〇〇年ののち、阿弥陀ヶ峰の太閤坦で、秀吉がたったいちどだけ大坂城本丸のリハーサルで披露した新作能「柴田」が演じられたのだ。

吉野醍醐の花をも詠め謡曲つくりし人は誰　豊公サン　ドエライ御威徳
日本国中両手に握り茶の湯たのしむ人は誰　豊公サン　ドエライ御威徳
参れ人々あみだの峰に鎮まりまします人は誰　豊公サン　ドエライ御威徳

「豊太閤三百年祭」が幕をあけた一八九八年（明治三一）の四月、祭典二日目にあたる一九日から二二日までの四日間、金春・観世・宝生・金剛の四座に喜多・梅若・茂山などの諸流派もくわわって「神事能」がもよおされたさい、金剛謹之輔が「柴田」を演じて奉納したのである。

賤ヶ岳の合戦と、柴田勝家・お市の方夫妻のあわれにも凛々しい最期を、勝家の側からえがいた修羅能で、知られている「豊公能」のなかではもっとも秀吉讃美の色あいが薄く、むしろ勝家にたいする哀惜と称賛が基調となった優品であるという。

Ⅳ 唐冠（とうかむり）

11「封王」の冠服―なんじ平秀吉（へいのひでよし）を封じて「日本国王」となす

一九九六年二月、妙法院（みょうほういん）の土蔵にねむっていた唐櫃（からびつ）のなかから、目にもあざやかな紅（あか）や緑や青地の装束がつぎつぎとあらわれた。裏蓋の入記によれば、それらは朝鮮人の装束と裳（も）、および脚絆（きゃはん）、履（くつ）など二二点の品々であるという。

「朝鮮人装束十六領・同裳三領・同脚絆壱ツ・同履弐足」。

ところが、まもなくそれが、秀吉が「日本国王」に冊封（さくほう）されたさい、明の神宗万暦帝（しんそうばんれきてい）から頒賜（はんし）された「明服」であることが明らかにされた。つまり、秀吉は、中華皇帝の外臣として封爵（ほうしゃく）をうけ、中国の身分・宗法秩序になぞらえた「冠服（かんぷく）」を賜与されていたというわけだ。

「唐入り」の名のもとに「征明」のための大軍を渡海させ、あげく朝鮮を蹂躙して駐留軍をおき、明にたいしては、皇女の嫁娶（よめと）り、朝鮮四道の割譲、勘合による通交の再開を要求した。その当人が、皇帝から冊封をうけていた！

合理性を欠いているというか、破廉恥というか……。ともあれ、唐櫃から出てきた品々は、冊封の事実を証拠だてる秀吉ゆかりの「遺品」の一部にほかならなかった。

なかには、天保三年（一八三二）に妙法院が公刊した『豊公遺宝図略』に掲載されたものが十数点ふくまれている。『図略』は、この年、大仏再建費用をあつめるために「豊公遺宝」を公開したさい、あわせて刊行された図録である。

「朝鮮国王李昖（イヨン）書簡　并（ならびに）貢物（こうぶつ）目録」以下「朝鮮王冠」「同玉佩（ぎょくはい）」「同衣服」。

ここでも、それらの遺品は、朝鮮の衣服として掲載されている。公開された「書簡」のほうは、たしかに、朝鮮国王が万暦一八年（一五九〇・宣祖二三・天正一八）三月づけで「日本国王殿下」すなわち秀吉にあてた「国書」である。

「遠く伝う、大王（だいおう）、六十余州を統一すと。すみやかに信を講じ睦を修め、もって隣好を敦（あつ）くせんと欲するといえども、道路の湮晦をおそれ、使臣の行李淹滞の憂あるか……」

対馬島主宗義智みずからがソウルにのりこみ、半年もねばってようやく発遣された「通信使」――同年七月に入京したが、四か月も待たされたあげく「征明嚮導」を命じる「答書」を返されたくだんの使節――がもたらした親書である。

別副の「貢物目録」には、良馬・唐鞍、綿・麻布や人参や虎・豹皮などはあるが、冠や佩や服はない。「目録」とのつき合わせがあいまいなまま、あるいは不一致を承知のうえで、遺品を「朝鮮国王からの貢物」とひとくくりにして公開したというわけだ。

秀吉が大坂城で明の冊封使を引見し、皇帝から大統暦・詔勅・誥命・印章とともに冠服を賜与されたのは、文禄五年(一五九六)九月のことだった。

その事蹟については、儒学の総本山林家が徳川幕府の修史事業として編纂した『本朝通鑑』や、兵法家山鹿素行の『武家事紀』などのオーソリティをはじめ、『伊達治家記録』や『島津国史』など、家や藩の史書として編纂されたローカルな公刊物のなかにもしるされており、一七世紀の人々にはひろく知られたことだった。

しかし、秀吉の冊封から二三六年。徳川の世になってから二世紀をこえた天保三年は、満州族清朝の康熙帝が「明清交代」を完遂し、「華夷」が逆転・相対化されてから数えても一五〇年をへだてており、さすがに「中国皇帝からの頒賜品」などという発想や着眼を得ることは難しかっただろう。

もちろん故意すなわち日本型華夷観念による「ひとくくり」であったことも否定することはできないが……。

いずれにせよ、『豊公遺宝図略』が朝鮮の衣服として掲載した品々をふくむ二二点の遺品が、「朝鮮人装束」とされたまま妙法院の土蔵にしまわれ、のち一八八八年(明治二一)に宮内省図書寮が、また一九四一年(昭和一六)に東大史料編纂所が調査をおこなったさいにもそれが踏襲され、一九九六年にいたって京都国立博物館の調査により、それらが明朝皇帝から頒賜された冠服であることが確認されたというわけだ。

この間、『図略』掲載の衣服が、神宗万暦帝「勅諭」の「頒賜目録」にしるされた冠服に相当するのではないかと、そう指摘する考究がなかったわけではない。が、『図略』のみで知られていたそれらの品々が、しんじつ四〇〇年の歳月をながらえて現存し、鮮烈な色彩をたもってすがたをあらわしたことは感慨深いにちがいない。

「唐入り」の発動から四年半をへた文禄五年（一五九六）九月一日、秀吉は、大坂城に明の冊封正使楊方亨・副使沈惟敬を引見し、封王の印章と冠服を授けられた。

「惟敬、金印および封王の冠服を捧じ、かつ日本諸臣の冠服五十余具を授く」

『本朝通鑑』の記述である。『通鑑』によれば、翌二日の饗応において、秀吉は「鮮赤衣を著し、明冠を蒙り、上壇中央に大坐」。二人の使者は「中壇右方に坐」し、「神君および秀俊、利家、輝元、秀元、秀信の六人は中壇左方に並坐し、みな明の冠服を著す」とある。

「神君」すなわち徳川家康はじめ六人の諸臣も明の冠をつけ、明服をまとって饗応にのぞんだという。

つまり、冠服は秀吉だけでなく、家康ほか諸臣らにも頒賜されたというわけだ。

寛文一〇年（一六七〇）に成立した『本朝通鑑』は、全三一〇巻にわたって神代から後陽成天皇までをカバーする「日本通史」であり、また幕府の公的な史書である。おのずから、史実性が認定された事象に忠実であることをむねとしている。

いっぽう、同時代に成った素行の『武家事紀』の記事はおもしろい。

九月一日、「群臣ことごとく参列して、堂上堂下に充満」しているところへ、使者が登城した。

「楊方亨がつぎに沈維敬、金印を捧げて立つ。しばらくして殿下の黄幄ひらけ、公、出御。群臣みな拝手稽顙す……」

つまり、秀吉があらわれると諸臣はそろって畳に手をつき、額をすりつけるほどに深々とおじぎをした。それをみた惟敬は「深くおそれ、金印を持ちながら地に平伏」し、方亨も「ふるいわなないて地に平伏」した。

当惑する両使の介添えを小西行長がつとめ、儀礼がすすめられた。「すなわち封王の印ならびに冠服を奉ぐ」。明の朝廷が準備した衣服は三〇具だったが、列侯の数があまりに多いので、急ぎ聘使らがたずさえた衣服をあつめて五〇具としたものだという。「公おおいに悦び玉う」。

二日、「饗応あり。公、上壇の中央に曲禄をおき、明王より送るところの冠冕を著し、衣服はことごとく赤装束なり」。使者たちは中央の右側に着座し、左側には「家康公、利家以下七人、みな明朝より送るところの衣冠を服して着座」。「堂上・堂下に諸大名小名列参す」。もてなしの膳は「異国の制」にまかせ、「牛羊魚鳥」が盛りだくさんにふるまわれた。

皇帝ではなく「明王」としているところが素行の本領だ。

延宝元年（一六七三）の「序」をもつ『武家事紀』全五八巻は、「皇統・武統要略」「武朝年譜」をはじめ、武家の系譜・

事蹟・法令・故実・礼儀風習・武芸その他、武士に必要な教養の全般にわたる詳細な解説があることから、文献的価値も高く、往時は百科事典としても利用されたという。

「万世一系」を根拠として、「日本こそ中国と呼ぶにふさわしい王朝」だと主張した尊王思想の歴史書『中朝事実』と対をなすかたちで纂述され、中国にたいする日本の「武徳の優位」を説いていることから、後世、日清・日露戦争後には「皇国史観」の基礎文献とされ、「武士道・日本主義の唱道者」として素行の名を高からしめた大著である。

『本朝通鑑』が編まれ、『武家事紀』が成った時代は、明清交代期にあたっていた。

一六四四年に、明朝さいごの皇帝崇禎帝が自殺し、北京が陥落。翌年には南京も陥落し、漢民族にかわって蕃族である満州族が中華の覇者となった。一六六一年には、亡命政権の永暦帝を崑明に追いつめて殺害。のち、清朝第四代にあたる聖祖康熙帝が、漢人勢力の叛乱を完全におさえ、一六八一年に君主独裁体制を確立する。

『事紀』が皇帝を「明王」といい、明使たちの言動をことさら卑屈にえがいている背景には、著者固有の思想や歴史観だけでなく、当世の大きなパラダイム転換があっただろう。

林家の『本朝通鑑』の名も、はじめは『本朝編年録』だったものを、漢民族王朝であった宋代の史書『資治通鑑』にならって変更されたという。

さて、万暦帝の勅使が来日して秀吉を「日本国王」に封じたことはもとより事実である。

両書が記している「金印」あるいは「封王の印」の伝存は確認できないが、皇帝の「誥命」と「勅諭」は現存する。「誥命」は、冊封使がそれを納めて首にかけてきた袋とともに大阪市立博物館に、「勅諭」は宮内庁書陵部に。

「天を奉じ運を承くる皇帝、制して曰く。……爾、豊臣の平秀吉、海邦に屈起し、中国を尊ぶを知る。西の方一介の使を馳せ、忻慕来同し、北の方万里の関を叩き、懇ろに内附せんことを求む。……茲に、とくに爾を封じて日本国王となし、これが誥命を賜わん。……爾、それ臣職のまさに修むべきを念い、要束を恪循し、皇恩のすでに渥きに感じ……祗んで綸言に服し、永しなえに聲教に遵え。欽めよや。万暦二十三年正月二十一日」

「誥命」は「辞令書」にあたる。幅三一センチメートル、長さ五メートル。昇降龍や飛雲・飛鶴の地もようを織りこんだ青(木)赤(火)黄(土)白(金)黒(水)の五色の錦地に、漢文「四字×五〇行」にわたる本文が墨書されている。

日づけから、冊封使が大坂城に登城する一年八か月もまえに発給されたことが確認できる。

また、皇帝「勅諭」には、家康はじめ諸臣にも「日本国王」の臣下として封爵を授け、冠服を下賜したことがしるされている。もちろん「誥命」と同日づけの発給である。

縦五三センチメートル、横一七三センチメートルの一枚漉きの唐紙に、七宝龍紋の文様をデザインしたフレームの墨摺りがあり、そのなかに漢文「一五字×四三行」およそ六五〇文字、訓みくだせば一二〇〇文字をこえる長文が墨書されており、末尾に「国王に頒賜す」として「頒賜品」である「冠服」など一九品目が列記されている。

「皇帝、日本国王平秀吉に勅諭す」と起こされた本文には、秀吉を蕃王に封じるにいたった経緯がのべられているが、さしあたりここでは、秀吉の「日本国王」冊封が、正統な手続きをふんでなされたものであることを確認しておこう。

すなわち、「朕……とくに節を持し、誥をもたらし、爾、平の秀吉を封じて日本国王となし、錫うに金印をもってし、加うるに冠服をもってし、陪臣以下もまた、おのおの量りて官職を授け、もって恩来をあまねくす。……蓋し、わが成祖文皇帝、封を爾の国に錫いしより、今にいたって再封す」と。

「節」というのは冊封使節のこと。「成祖文皇帝」は、足利将軍を「日本国王」に封じた成祖永楽帝のことである。

秀吉は、皇帝から冊使の派遣をうけ、誥命・詔勅・印章・冠服を賜与され、君臣関係をむすぶさいに不可欠の儀礼がすべてととのえられたうえ、足利将軍家の先例にならって「再封」された。

しかもそのたびは、「陪臣」にたいしても官職が授けられた。

つまり、「臣」の筆頭、徳川家康は「右都督（正一品）」に、前田利家・宇喜多秀家・毛利輝元・羽柴秀保・小早川隆景・上杉景勝・増田長盛の七人は「都督同知（従一品）」に、石田三成・大谷吉継・前田玄以いか八名は「都督僉事（正二品）」に、そして景轍玄蘇が「日本本光禅師」に任じられたのだ。

しかも、その任命書である「箚付」もいまにつたわっている。明の兵部が皇帝の「聖諭」を伝達する略式のものだが、縦一〇一センチメートル、横八九センチメートル、唐草紋様のフレームを摺りこんだ一枚摺りの竹紙をもちいた大判のものである。

「このごろ関白、表を具して封を乞うにより、皇上、その恭順を嘉し、とくに封じて日本国王となす。……関白、すでに皇上の錫封を受けたれば、諸人もただちに天朝の臣子たり。まさに酌議して量りて官職を授け、彼をしてともに天恩を戴かしめ、永に臣属をなさしむ……」

末尾には、万暦二三年二月四日の日づけと、兵部尚書すなわち国防大臣の押署がある。

現存が確かめられるのは、毛利輝元・上杉景勝・前田玄以・景轍玄蘇あての実物四通と、小早川隆景あての写し一通。なかにも景勝あての「箚付」は、賜与された「冠服」ひとそろえとともに、上杉家歴代の宝物として保存されている。

諸臣が冠服を授けられたことにもまた疑念をさしはさむ余地はないというわけだ。

ついでながら、日本史上、中国の皇帝から「倭王」の号を授与されたのは卑弥呼と倭の五王。律令国家となってのち「日本国王」に冊封されたのは、足利義満・義持・義教と、豊臣秀吉のほかにはない——義持は朝貢要求を拒んで応じなかったが、「日本国王源義持」あての永楽帝の「勅書」をうけている。

また、「王」の臣下が冊封された事例は、「倭王」珍の臣下だった倭隋ら一三名と、秀吉の臣下である徳川家康ら一七名の二例にすぎないという。珍が、宋の文帝から「安東将軍倭国王」に任じられたのは、四三八年のことである。

封王のレガリアとして印章が重要なことはいうまでもない。「勅諭」にある「金印」だ。

秀吉には、永楽帝が源道義すなわち足利義満を冊封した先例にならって「金印」が授けられた。

永楽元年（一四〇三）に義満が永楽帝から下賜され、勘合貿易にもちいていた「亀鈕金印」は、一辺が一〇センチメートルの正方形のなかに「日本国王之印」の文字が刻まれ、綬を通す穴のあるつまみの部分に亀の彫刻がほどこされた純金の印章だった。それとどうようのものが秀吉にも授けられたと考えられるが、それは、明朝の宗室になぞらえるなら親王が帯びていたものに相当するという。

つまり、明では、皇帝ならば龍鈕のある玉璽、皇后ならば虎鈕のある白玉印、皇太子・親王ならば亀鈕のある金印というように、王爵によって帯びるべき印章が異なっており、これになぞらえて「封王の印章」にも格差がもうけられた。

ちなみに、義満とおなじ永楽元年に「朝鮮国王」に冊封された太宗が授けられたのも親王クラスの「金印」で、翌永楽二年（一四〇四）に冊封をうけた「琉球中山王」武寧に授けられたのは郡王クラスの「鍍金銀印」だった。

印章とならんで皇帝との君臣関係・擬制的父子関係を表徴するものが、「冠服」に代表される「頒賜品」である。

「勅諭」の末尾に列記された頒賜の品は、お土産などではもちろんなく、封王の身分や位置づけを可視化する「標識」の役割をはたす品々なのである。

なれば、秀吉が賜与された「冠服」はどのようなものだったのか。

さきまわりしていうと、秀吉への頒賜品は、万暦三一年（一六〇三）に「琉球中山王」に冊封される尚寧のそれと、品目も数量もまったくおなじである。しかもそれらは、歴代の琉球王がうけてきたものとも同格のものであり、歴代「朝鮮国王」がうけてきたものより「一品」格下のものだった。

秀吉への頒賜品は大きく「常服」「皮弁冠服」「緞幣」に分けられる。

明の服制における「常服」は文・武官が朝廷に参じるときにつける平服、「皮弁冠服」は国家的な儀礼にさいして皇帝・皇太子・親王・親王世子・郡王など、かぎられた人々だけが着用する祭服だ。「緞幣」は絹織物である。

文武官のつける「常服」は、官僚制的・身分制的秩序にのっとって色・形・素材・記章にきびしい規定があり、ひと目で爵位・官職・品級がわかるものとなっていた。

秀吉が頒賜された「常服」の冠は「紗帽展角全」。「紗帽」は烏紗帽ともいい、薄手の絹織物「紗」を漆で黒く塗りかためて成形した帽子だが、これに「展角全」、つまり昆虫の羽根のごとき纓をつばさのように左右水平に展げたもの。臣下がつける冠帽である。

教科書や刊行物・映像媒体などでおなじみの、高台寺蔵「豊臣秀吉画像」に描かれた「唐冠」がそれにあたり、妙法院の秀吉遺品のなかにはなかったが、上杉神社に伝存する景勝の沙帽もどうようのものだという。

腰帯は「金廂犀角帯」。これは、金の透かし彫りでふちどった犀の角の小プレートを、タイルのようにならべて飾った革ベルトだ。犀角の腰帯をつけるのは「二品官」。郡王ならば、翡翠をならべて飾った「玉帯」をつけるので、これも臣下の着用するものであることがわかる。

上衣は「大紅織金胸背麒麟円領」。紅花であざやかに染めあげた絹地で仕立てられた円領・幅広筒袖の袍で、胸と背には、金糸で麒麟の文様を織りだした「補」が、ゼッケンのように縫いつけられている。腰から下がプリーツスカートのようになっている下着の「緑貼裏」とともに現存する。

秀吉は「鮮赤衣を著し、明冠を蒙り、上壇中央に大坐」と『本朝通鑑』にしるすところの「鮮赤衣」、あるいは『武家事紀』に「公、上壇の中央に曲彔をおき、明王より送るところの冠冕を著し、衣服はことごとく赤装束なり」としるすところの「赤装束」がこれにあたるのだろう。

麒麟文は「公・侯・駙馬（皇女・王女の婿）・伯」をあらわす記章であり、ほんらいなら「一品官」がつけるものだが、おなじく「烏紗帽・麒麟円領・犀角帯」の「常服」を授けられた「琉球中山王」が「二品官」として待遇されていることから、「日本国王」平秀吉も、おなじ「二品官」の格づけだと考えられる。

ちなみに、「朝鮮国王」にあたえられた「常服」は、「親王」に相当する「翼善冠・袞龍袍・玉帯」であり、こちらはあきらかに「一品官」として待遇されている。

祭服の「皮弁冠服」は、王爵によって「弁冠」の前後に垂れる飾りの数と」、「弁服」に織りだされる文章の数がきまっている。皇帝の「弁冠」の垂飾は一二旒。皇太子・親王は九旒で、七旒の冠なら郡王クラス。また、「弁服」の文章は、皇帝が一二章、皇太子・親王が九章、世子が七章、郡王が五章であり、その下にかさねる「中単」の襟にあらわす黻文の数は、皇帝・皇太子・親王が一一個、世子が九個、郡王は七個とさだめられている。

秀吉に頒賜されたものは「七旒皁縐皮弁冠」と「五章絹地紗皮弁服」である。

「弁冠」の垂飾は七旒なので「郡王」クラス。「弁服」は、紅染めの薄手の平絹を大袖・大襟に仕立てた無文の絳紗袍で、「中単」の襟には七個の黻文が織りだされていることから、これも「郡王」相当だということがわかる。

妙法院には「弁服」と「中単」と薄紅色の「裳」が伝存する。

これについても「朝鮮国王」は、永楽帝いらい「九章弁服」を賜与され、「親王」相当に処遇されてきた。

おなじく永楽帝から冊封をうけた義満も「九章弁服」を授かっている。

つまり、秀吉は、義満の先例にならって「親王」クラスの「金印」を賜わったが、「常服・冠服」などの頒賜品は、「琉球中山王」とおなじ「郡王」クラスのものを賜与された。

「封王」としての秀吉は、朝鮮国王より格下、琉球王と同格だというわけである。

尚寧王に「御礼」の使節派遣を強要し、琉球は「豊臣の臣」「島津の与力」であるとする朱印状をあたえてなかば属領あつかいにしてきた秀吉がこれを知ったら、さぞや怒り心頭に発しただろうが、それはさておき、明を中華とする東アジアの秩序における「日本国王」のランクが、足利将軍時代のそれより降格されたことは事実である。

ところで、「明冠」すなわち「唐冠」をつけた豊臣秀吉というのはいかにも珍妙だ。というか、釈然としない。

天保三年（一八三二）三月から五〇日間にわたった出開帳では、「秀頼公八歳の御筆」になる「御神号」とともに「豊国大明神真影」が、妙法院の鎮守社新日吉社の境内で公開された。

こんにち「新日吉神宮本」と呼ばれている秀吉画像だが、これは、寛政一〇年（一七九八）に妙本院が新日吉社内の樹下社に寄付した「豊国宮中太閤御神像」で、かつて「豊国社」に祀られていた「神影」だったことが知られている。

繧繝縁の上げ畳に敷物をしいて胡座する秀吉は、桐紋入りの「直衣布袴」、つまり日本の公家の平常服を身につけ、手に笏をもち、頭には垂纓冠でも立烏帽子でもなく「唐冠」をつけている。

慶長三年（一五九八）八月一八日に没した秀吉が、正一位「豊国大明神」の神号を授けられて「豊国社」の祭神となったのは、八か月後の慶長四年四月一八日のことだった。

そのさいに祀られた「神影」が「唐冠」すなわち「封王の証しとしての被り物」をつけているのである。

「征明」をこころざした人物が、かえって征つべき国の「蕃王」に封じられ、その身分的指標である「唐冠」をつけて祭神としてとりすましている。それがしかも、二品クラスの臣下がつける烏紗帽であるというのはどういうことか。珍妙というより倒錯的ですらある。

しかもそれは「豊国社」の「神影」だけにかぎらない。死後まもなく描かれた画像のなかの秀吉は、そろいもそろって「唐冠」をつけているのである。

高台院おねの廟所のある高台寺につたえられた秀吉像には、一周忌にあたる慶長四年（一五九九）八月一八日の賛をもつ画像と、慶長六年四月一八日の賛をもつ画像がつたわっている。

前者は、恩顧の武将田中吉政の造進であることが、妙心寺五八世南化玄興の賛によって知られ、後者は、高台寺開山弓箴善彊が賛をよせたもので、いずれも「直衣布袴」をつけ「唐冠」をかぶっている。

おなじタイプのものは、「宇和島伊達文化保存会本」をはじめ愛知県一宮市の「妙興寺本」「大阪市立美術館本」など、多くの優品が伝存する。「宇和島伊達文化保存会本」は、相国寺九二世西笑承兌の賛から、慶長四年二月一八日に側近の富田知信が造進したものであることが知られ、「妙興寺本」は南化玄興の賛から、「大阪市立美術館本」は東福寺二八世惟杏永哲の賛から、ともに慶長五年の作であることが確かめられる。

ほかにも、加藤清正が熊本に勧請した「肥後豊国社」の神影であった「本妙寺本」。慶長六年の南化玄興の賛から九鬼友隆の造進であることが知られる「岐阜・個人本」をはじめ「高野山持明院本」「誓願寺本」「醍醐寺本」「多賀大社本」「善性寺本」「吉川報效会本」などがある。

またタイプは異なるが、おなじく「直衣布袴」に「唐冠」のすがたで描かれたものも多くある。

死の当月、慶長三年八月づけ近衛信尹の賛をもつ「畠山記念館本」。慶長四年八月一八日づけ三章令彰の賛によって、高台院の従弟にあたる杉原長房の造進であることが知られる「等持院本」。秀頼自筆による「豊国大明神」の神号が入っている「大阪豊国神社本」。慶長四年四月一八日づけ西笑承兌の賛によって施薬院全宗の造進であることがわかる「サンフランシスコ・アジアミュージアム本」。

どうようの系統のものには、禅林寺すなわち永観堂の「みかえり阿弥陀像」の左壇にかけられていたことが知られる「禅林寺本」をはじめ「神戸市立博物館本」「大徳寺本」「藤田美術館本」「真正極楽寺本」など数多くの伝本がある。

分霊の勧請や追善菩提のために描かれた画像が、原本である「豊国社神像」のパターンを踏襲するのはおのずからのことであり、いまにのこる秀吉画像のほとんどが「唐冠」をつけているのもそのゆえんだろう。

だが、そうであれば、オリジナルとなるべき秀吉神像がつける冠帽に、「垂纓冠」や「立烏帽子」ではなく「唐冠」があえて択ばれたということにならざるをえない。たしかな根拠もなく、秀吉が「唐冠」を愛用していたなどといわれるのもそのせいだろうが、もしそうであればいっそう腑におちなさに輪がかかる。

明皇帝から烏紗帽を賜与されたまさにそのとうじ、秀吉は「唐入り」のための軍兵を朝鮮に駐屯させ、和戦両様の態勢をしいており、冊封使を迎えてまもなく、ふたたび軍事発動にふみきったのだから。

いっぽう、神宗は、いぜん朝鮮に膨大な数の兵を駐留させ、和戦両様のかまえを解いていない秀吉を、なにゆえ冊封しようとしたのだろう。「勅諭」にはその経緯がつぎのようにのべられている。

「なんじ平秀吉の将、豊臣行長が使者藤原如安をつかわし、つぶさに出兵の理由を陳奏させた。もとは天朝に封を乞わんがため朝鮮に転達をもとめたが、朝鮮がこれをおこなわなかったため天兵を煩わすにいたったのだと。しかしいま、すでに過ちを悔い、朝鮮王京から撤兵し、朝鮮王子・陪臣を送還し、うやうやしく表文をもってその意をつたえてきた。

のち、なんじの衆は晋州を犯したが、朝鮮国王李昖がなんじのために代請し、釜山の倭衆はすでに恭謹の姿勢を明らかにし、もっぱら封使を待っていると奏してきた。ゆえに、なんじの使者藤原如安を上京させ、文・武群臣を闕庭にあつめて審問し、原約三事をさだめた。すなわち、釜山の倭衆はひとりのこらず撤退する、封王に冊したあとは貢市をもとめない、二度と朝鮮を犯し隣好をそこなうようなことをしない、と。よって、とくに使をつかわし……」

藤原如安とは何者なのか。秀吉が封を乞い、過ちを悔いて「表文」をさしだしたとあるが、そんなことはしかし、ありうるものだろうか。朝鮮国王が秀吉の冊封を「代請」するなどということも……。

そして「原約三事」とはどういうことか？

「勅諭」が発せられた日づけは万暦二三年（一五九五・文禄四）一月二一日である。

この月、秀吉は、再度の出兵計画「高麗国動御人数帳」を一五日づけで発している。ふたたび本営がおかれた名護屋への「関白秀次の動座」を前提とし、総勢一六万人を朝鮮半島に再投入するという「陣立書」である。いったいこれはどういうことなのだろう。

12　東封一事―倭は款するも来たり、款せざるも来たる

さて、時間をもとにもどそう。

拾誕生の報がもたらされるや、尻に帆をあげて大坂・伏見にもどった文禄二年（一五九三）の秋、一〇月には三日にわたって「禁中能」をもよおし、みずから一二番もの能を演じるなど浮かされたような日々を送っていた秀吉だが、もちろん雄志を忘れたわけではなかった。

一一月五日、彼は「高山国」すなわち台湾にむけて書信をしたためた。「海禁」政策をとる明朝福建の対岸にいちする台湾は、東シナ海をまたにかけて中継貿易にいそしむ華人海商たちの拠点であり、軍事的な要衝でもあった。

「それ日輪の照臨するところ、海岳山川草木禽虫にいたるまで、ことごとく此の恩光を受けざるはなきなり。予、慈母の胞胎に処せんと欲するの時にさいし瑞夢あり。その夜、すでに日光、室に満ち、室中昼のごとし……ゆえに十年を出でざるのうち、不義を誅して有功をたて海内を平安せり……」

のっけから、自身が「日輪の子」であることを言挙げし、それゆえ一〇年をへずして天下を統一したことが語られる。そしてつぎつぎと風呂敷がひろげられてゆく。

「さて、朝鮮国はもともと本朝を盟主とあおぐ国であるが、ひさしく盟約に背いてきた。そのうえいま、大明征服の先導を命じたにもかかわらず叛謀し、ために諸将に征伐させたところ、国王は出奔、国城は灰燼に帰してしまった。大明が数十万の援兵を送って戦ったが利を失い、ついに勅使を本邦肥前につかわして降を乞い、和をもとめた。

すでに南蛮、琉球は、年ごとに入貢して通好をかさね、予の徳光をあおいでいる。しかるに高山国のみ来貢せぬのは、それを知らぬからであろう。そこでいま使者をつかわした。もし来朝しなければ、諸将をして攻伐せしめるであろう。万

物の生長は日なり、万物の枯渇もまた日なり。これを思え」

交易拠点福建の鼻がしらにあって情報のゆききも頻繁な、そのような国にたいし、大明の「勅使」が来朝し「降を乞い之に繇う」などと大法螺をふいて、はたして威嚇になるかどうかはあやしいが、ここに、とうじの豊臣政権が――豊臣外交をになったブレーンやイデオローグたちが――標榜した東アジア世界における日本のポジショニングがみてとれる。

すなわち、朝鮮はもともと日本を盟主とあおぐ国であり、南蛮と琉球は、秀吉の徳光をあおぐ朝貢国であると。

南蛮といえば、すでに使節の往来と書翰のやりとりのあるポルトガル領インドおよびイスパニア領フィリピンということになるが、もちろん、どちらも朝貢国などではない。

にもかかわらず、「呂宋」すなわちフィリピン諸島長官には、過去に二度、服属・朝貢を迫る書簡を送っていた。

「予が生誕のとき、天下をおさめる奇瑞があった。ゆえに予が世界を征服するのは天命であり、すでに朝鮮、琉球をしたがえ、大明国を征服しようとしている。呂宋はいまだ聘礼を通じていないので兵を出して討つべきだが、毎年、日本に入貢するなら商船の往来をさまたげるものではない。したがわねば兵を出す。朝鮮をもって戒めとせよ」と。

そして当年、三度目に送った書簡の趣旨はつぎのようなものだった。

「予はすでに日本国全土と朝鮮を手に入れた。大明は本朝と永久に親交をむすぼうと欲し、使節を派遣しようとしている。もし明がこの約束をやぶれば、予は、かの国を征服する。われらが明におもむけば、呂宋はまさに拇指の下となる。われらと永久に親交し、友交を欠くことなかれ。そしてこのことをイスパニア国王につたえよ。予は服属使節の来るのを待っている」

イスパニア国王というのはまさに、帝国の黄金期に君臨したフェリペ二世である。

ミラノ・ネーデルランド・フィリピンをはじめとするカスティーリャ王国領、ナポリ・シチリアなどのアラゴン連合王国領、新大陸インディアス、インドやマラッカ・ボルネオなどのポルトガル王国領にわたる広大な領土をおさめ、「太陽の沈まぬ国」の名をほしいままにする強大な王にむかって「服属せよ」という。

マニラ総督ゴメス・ペレス・ダスマリニャスはただ呆れ、憤慨した。とはいえ、本国はもっか独立を宣言したネーデルランドと交戦中にあり、つい先年には、無敵艦隊がアルマダの海戦でイングランドに敗れ、制海権をうばわれていた。このうえユーラシア大陸の東のはてで戦端をひらくことになれば勝ち目はない。

というわけで、ひとまずフランシスコ会宣教師のペドロ・パブチスタとゴンサロ・ガルシアを使節として派遣した。同年六月、名護屋滞在中の秀吉と謁見をはたしたあと京都に送られたかれらは、いったんは布教をゆるされ、関白秀次の庇護をうけて南蛮寺跡地に伽藍を建設する。

が、三年後の慶長元年（一五九六）、九月におきた「サン・フェリペ号事件」をきっかけに再度の「禁教令」が発せられ、京・大坂の信徒とともに捕われの身となった。耳たぶを切りおとされ、市中を引き回されたかれらは徒歩で長崎に送られ、同年一二月一九日（西暦一五九七年二月五日）、ゴルゴダの丘になぞらえた西坂で磔刑に処せられることになる。

一二歳の少年、ルドヴィコ茨木をふくむ「二六聖人の殉教」として知られる事件である。

秀吉が「高山国」にむけて書信を送った文禄二年一一月五日は、西暦一五九三年一二月二七日「聖ヨハネの祝日」にあたっていた。この日、イエズス会の宣教師グレゴリオ・デ・セスペデスは、対馬を発して熊浦（ウンポ）に入った。慶尚道南岸の「仕置きの城」熊川（こもかい）城に在陣するアゴステーニュ・小西行長のもとめにこたえ、異境の地で二度目の冬を越そうとしている兵卒・陣夫らを伝道するためにおもむいたのだった。

熊川城は、鎮海湾（チンネマン）に突きでた岬の先端、南北東三方を海で囲まれた海抜一八四メートルの南山（ナムサン）に築いた総石垣の山城で、安骨浦（アンゴルポ）や加徳（カドク）・巨済島（コジェド）につくられた九つの「倭城」群のセンター機能をはたす、宏大な城郭だった。

同年五月、各地に「仕置きの城」普請を命じられていらい、小早川隆景勢六六〇〇人に上杉景勝勢五〇〇〇人がくわわって築造をすすめ、そのあとを小西勢八〇〇〇人がとってかわるというかたちでいとなまれたこの山城は、山上に八つの曲輪（くるわ）をそなえ、主郭にある天守台は東西一七メートル、南北一五メートルと、倭城のなかで最大規模のものだった。

北の熊浦湾から山上の本丸へ、本丸から南の鎮海湾にいたる南北七〇〇メートルに竪堀（たてぼり）をもうけ、二本の登り石垣を築いて唯一の地続きである西面を切断。東西六〇〇メートルにも二段にわたってみごとな石垣を積みあげ、偉観をはるか洋上にむけて聳（そび）やかせている。

「熊川城は難攻不落をほこり、巨大な城壁、塔、砦がみごとに構築され」と、そう報告書にしるしたセスペデスも、いよいよ山上に居所をあたえられ、従軍の日々を送るにいたるや、そのおなじ城塞が、「孤立無援」の奈落のごとく思われてきた。

「朝鮮の寒気ははなはだしく、終日、なかば凍えたなかですごしており、朝方、ミサをささげるのにやっと手が動かせるというありさまです。飢餓、寒気、疾病その他、日本にいたなら想像もできない艱難辛苦をしのんでいる信徒たちの窮乏は、目をおおわんばかりです。こちらにとどく食糧はごくわずかであり、全軍を養うにはほどとおく、ここ二か月あまりというもの、輸送船のすがたもみえません……」

熊浦湾に面した北山麓には、ダリオ・宗義智をはじめ、ドン・プロタジオ・有馬晴信、ドン・サンチョ・大村喜前、ドン・ジュアン・天草久種などのキリシタン諸侯が、おのおの石垣をめぐらせた屋敷をかまえていた。かれらをはじめ、その家臣や配下の兵卒らが、毎日のように険阻な崖をしのぎ、急な坂をのぼって告白に、あるいは受洗のためにやってきた。

その熱心さ、つつしみ深さは、イスパニア人宣教師の心を大いにゆさぶるものがあったが、そのいっぽうで、従軍ならではの凄惨な場面にたちあうことも避けられなかった。

「気候も風土もことなる異国の地で、長期戦に疲れはてた将兵の士気はみるもあわれです。朝鮮海軍に制圧され、軍糧の補給はままならず、孤立無援の窮地にあってついに戦意を失い、逃亡するものがあとをたちません。また、傷病者の手当てをほどこす術もなく、拱手傍観しているうちに他国の露と消えていきます。戦闘がおこなわれた各地のありさまはとりわけ酷く、屍骸は寺院に放置され、弔う人とてなく、鬼哭啾々の惨状をさらしています」

救えるはずのいのちが、孤立無援ゆえになすすべもなくついえていく。生まれ育った土地からひきはがされるように徴発された侍や百姓が、帰郷の望みをたたれたまま傷を負い、あるいは飢えや病いに苦しんで亡くなってゆく。

宣教師の耳には、傷ましい死をとげ、あげく襤褸のようにうち棄てられた、数えきれないほどの亡霊が帰るべきところをもとめてさまよい、哭き叫び、あるいは咽んでいる声が、こだまのように響きつづけたという。

孤立無援の異境の砦に留まることが、死にいたるか絶望をうわぬりすることでしかないなら、逃亡をくわだてるものが出るのはおのずからのことだった。

おりから朝鮮政府は、「降倭尽殺令」を緩和し、投降した「卒倭」すなわち「日本の兵卒」を受容する方針をうちだした。鉄砲の製造技術や射撃術・剣術にたけたものはその伝授や部隊の訓練に役立て、兵力増強に資する才技のあるものは陣中にくわえ、とりえのないものは水軍の漕ぎ手としてつかうなど、積極的に利用する策へとシフトしたのだ。

ために「降倭」に官職や田地をあたえ、はたらきによっては食糧や銭貨の褒賞、娶妻の許可をあたえるとの宣伝をして、囚われの身さながらの「卒倭」を誘引した。

日本陣営のなかには、そもそも豊臣の天下に怨みをもつものが少なくなかった。

なかには、在地支配をめぐって秀吉政権と血みどろの闘争をくりひろげ、したたか憂き目をみた土豪の子孫や一族をはじめ、牢から出されたものなども多くあった——そうでもしなければ一〇〇石につき五人あるいは四人の本役(ほんやく)をはたし、欠員を補充しつづけることはできなかった——が、かれらのような過去をもつものは、たとえ朝鮮でどんな戦功をあげようとも、秀吉政権下にある領内にもどれば元の木阿弥。知行を充(あ)てがわれるとか、家臣団のはしくれにくわえられるとかいうことはありえなかった。

ために、「降倭」のなかには、熟慮をかさね、満を持して逐電・逃亡したものたちもあったのである。

たとえばこの年、慶尚右兵使金応瑞(キムウンソ)のもとに投降し、やがて、義兵決起のさきがけとして名をはせた郭再祐(クアクジェウ)軍と共同戦線をとって日本勢と戦った沙也可(さやか)のように。

さて、セスペデスが「シナの偉大な指揮官」としるした沈惟敬(しんいけい)が熊川城にあらわれたのは、彼が伝道を始めてひと月半あまりをへた一二月二三日、西暦では一五九四年二月一三日のことだった。

この年七月、惟敬は、いつわりの「大明勅使」謝用梓(しゃようし)・徐一貫(じょいっかん)にたいする「答礼使」一行三〇人をともなってソウルに入り、九月のはじめには朝鮮方面軍が司令部をおく遼東にもどっていた。

この間、提督李如松(りじょしょう)および明の援軍三万人がソウルを撤収して帰途につき、九月一二日には、軍務経略宋応昌(そうおうしょう)も鴨緑江をわたって司令部に帰還。また、八月九日には、約束どおり返された王子臨海君珒(イムヘグンソン)・順和君玒(スンファグンジク)がソウルに帰還し、九月二九日には、朝鮮国王が、ほしいままの破壊と焚掠(ふんりゃく)のあとをさらした王城に、一年五か月ぶりに還っていた。

惟敬がともなった「答礼使」というのが、小西行長の家臣で丹波亀山の城主だった内藤忠俊(ないとうただとし)。すなわち、皇帝「勅諭」のなかに登場することになる藤原如安(ふじわらじょあん)である。クリスチャンネームをジョアンといい、行長に重用されて小西姓をゆるされ、小西飛騨守(ひだのかみ)を称していたため、のち明や朝鮮からは「小西飛(しょうせいひ)」の通称で呼ばれることになる。

「大明勅使」とはいってもそれは応昌が独断で送りこんだ諜報武官であり、明廷には伏せられている。ならば「答礼」の必要はないと鄭重に辞退してもよさそうなものだが、そうはいかない。

それどころか「日本の使節」は、和平工作を急ぐ応昌と惟敬にとっては必要欠くべからざるコマであり、また、和議を有利にすすめたい小西・宗氏サイドにとってもなくてはならぬ切り札なのだった。

かれらは、ジョアンを「答礼使」としてではなく、秀吉の「講和使」、いや、封貢をもとめるための「納款使」として北京に送りこもうとしていた。

くどいようだが、中華すなわち中国王朝にとって「講和」は「冊封」いがいにない。つまり、和平工作をすすめるには、日本の側から「納款使」をたてて中国皇帝に恭順をしめさねばならず、そのためには、朝鮮を犯した日本が、朝鮮の宗主国である明にたいして降伏の意をあらわさねばならない。

惟敬は、その証しとしての降伏文書「降表」を督促するため、はるか遼東から熊川城にでかけてきたのである。

それいぜん、応昌は、譚宗仁を特使として熊川の行長のもとにつかわし、日本軍の対馬までの退陣をもとめるとともに、秀吉の「降表」を催促させていた。しかし、いかに和平交渉をすすめたい行長といえど、撤兵要求に応じるわけにはいかなかった。彼は、宗仁を城内に留めおき、書状をしたためた。

「平壌で和を講じたさい、惟敬は朝鮮の南四道の割譲をみとめた。にもかかわらずいまだ割地はなされず。ゆえに兵を退くことはできぬ。いったい何をえらび、何をすてるのか。遠路を厭わず、惟敬がすみやかに来って行長と談ぜよ。万事、よく始め、よく終わるのが日本の道法だ。惟敬が来らず、ことが遅延すれば、在陣諸将はかならず兵馬を出すであろう」

不信と威嚇をあらわにした書状だった。

惟敬の謀略によって酷寒の平壌籠城をよぎなくされ、あげく五万の軍勢に包囲され、無惨な敗走をしいられたのは、わずか一年まえのことである。おなじく講和を急ぎながら、行長は惟敬に信をおいていない。当然のことだろう。

惟敬はさっそく遼東を発った。

督促といっても、降伏するはずのない秀吉の「降表」を得られるみこみはない。彼にできることは、交渉のゆくえにしかるべき望みをつないでいる行長を弁をつくして動かし、講和にむけてのつぎの一手を構じることしかない。いざとなれば「関白降表」を偽作することも辞さない。そう腹をくくっての旅立ちだった。

この間、明の朝鮮軍務経略は宋応昌から薊遼総督の顧養謙にかわっていた。

「勅使」をいつわって名護屋へのりこみ、あわよくば「降表」を得てくるはずの部下たちがもちかえったのは、仰天すべき「和平条件」であり、ためにそれらをひた隠し、明廷と豊臣政権の意向のおおうべくもない乖離をそれと知りつつ和を講じることは、絶望的なまでに難しい。

くわえて明廷では、「講和」に反対をとなえる諸臣の上疏が集中し、やがてそれが、前線で工作にあたった応昌・惟敬への非難、そして個人攻撃へとエスカレートした。応昌が職を辞したのは、一二月はじめのことだった。

「倭酋は、過ちを悔い、哀れみを乞うて貢を請うている」

応昌が、「為倭衆畏威、悔罪乞哀、願帰本国通貢等事」という帖を、国防大臣にあたる兵部尚書石星に送り、「貢」をもちだしたのは、日本軍のソウル撤収をめぐる交渉をすすめていた当年四月はじめのことだった。

応昌も、そして国防大臣の石星も、和平の成るのを急いでいた。というより、ときの政府首脳も、当初から和議の余地をさぐっていた。国防をおびやかす勢力は日本だけではなかったからだ。

とうじ、すでに明の中央軍制の荒廃はいちじるしく、構造的な腐敗が辺境の防衛をつかさどる臣将にまでしみわたり、軍備も兵力もシステムも、機能不全ならばまだしもスカスカ・ズタズタになって非力をさらけだしていた。

日本軍が朝鮮を侵攻する二年前の万暦一八年（一五九〇）、かねてより青海から甘粛・陝西をうかがっていたモンゴル諸勢力が西寧を急襲し、ついで洮州を包囲した。

戦さを交えるところことごとく辺防の指揮官たる副総兵が戦死。侵攻はあれよというまに臨洮・河州・渭源へとおよび、ふるえあがった臨洮鎮の総兵官 劉承嗣はまっさきに遁走し、防衛にあたった諸将らもしかるべき抵抗もできずに敗死。北辺は、異民族に侵されるがままとなってしまった。これを「洮河の変」という。

国防を担う正規軍の将兵がなすすべもなく敗れるふがいなさもさることながら、辺防の責任を負うべき方面軍司令官みずからが職務をなげだして遁走する。荒みきった軍制を白日のもとにさらした大惨事であった。

ところが、そのおり、総兵官らが遁走したことを皇朝政府につたえた陝西の地方官崔景榮は、国防の破綻の原因がモンゴルとの「和款」にあると指摘した。

「虜は、老痩の馬牛をもって、われらが有用の金銀に易う。これ中国の財貨は、これを江河に投ずると異なるなきなり。……和款して二十年来、すでに八百万をもって虜に与えしなり」

「虜」は漢族が北方民族のことをさす蔑称だ。すでに二〇年来、明朝は、漠北に蟠踞するモンゴルと「和款」すなわち「和議」をむすぶことで北辺の平和をたもってきた。「和議」はもちろん「冊封」である。

さかのぼること一五〇年、モンゴルは、北虜征伐のため五〇万の軍勢をひきいて親征に出た六代皇帝英宗を捕虜にしてしまうほど強大な勢力圏をきずいていた。オイラートの首長エセン・ハーンの時代である。エセン亡きあと、モンゴルは三〇年のあいだ分裂状態にあったが、タタールのダヤン・ハーンがこれを再統一し、その孫にあたるアルタン・ハーンの時代にはふたたび勢力を拡大し、明をおびやかしはじめた。

一五二〇年代に侵攻を開始したアルタンの勢力は膨大な数の漢族投降兵らを吸収して猛威をふるい、嘉靖二一年（一五四二）には、太原を侵し、深ぶかと河北に侵攻して軍民二〇万人を殺害、家畜二〇〇万頭を掠奪し、一か月にわたって暴虐のかぎりをつくしたといい、嘉靖二九年にはついに明軍を北京に籠城させるまで追いつめ、皇朝政府を悩ませた。ために政府は、アルタン・ハーンを「順義王」に封じ、「朝貢」をみとめることで北辺の安定をあがなうことにした。すなわち、蕃夷に巨万の富をもたらす中国との貿易を公認することで「北虜の憂患」をまぬがれ、莫大な国防・軍事費にかえることにしたのである。まさに窮余の策だった。

いらいセンゲ・ハーン、チョルゲ・ハーンと、三代にわたり「冊封」を安全保障にかえてきたのだが、その代償はあまりに大きかった。強力な統率力をほこったアルタンの時代はまだしも、センゲが早逝し、チョルゲの時代になるとハーンの力が大きく衰え、諸部族が、国境侵犯や既得権濫用など、あからさまな挑発行為や暴虐をほしいままにするようになる。正規の朝貢貿易においてすら、モンゴルは、春秋二度、公けにみとめられた「馬市」での交易権を盾にして、一〇万頭におよぶ馬や駱駝を売りこみ、交易比率のとりきめを度外視した代価をふっかけて、むしりとるように金銀をうばっていく。のみならず、集団的暴虐・掠奪の徒と化した荒くれものの大群が、砂嵐のように襲ってきては辺境の住民を苦しめるようになったのだ。

そもそも、遊牧民のかれらにとっての搾取や掠奪は、強者のおのずからの権利であり、また生きていくすべにほかならず、交易における横暴や不正も、既得権についてまわるものでしかない。

いや、それは遊牧民にかぎらない。かつての「日本国王」の「朝貢」も例外ではなかった。

応永九年（一四〇二）、「倭寇」を鎮圧することを「和平」の条件として、将軍足利義満が永楽帝から「日本国王」に封じられ「朝貢」がゆるされた。すなわち冊封のお礼に「貢物」をもって皇帝にあいさつにゆき、皇帝から「回賜」という返礼をあたえられて帰ってくるという「公貿易」が始まった。
「回賜」という名の恩恵はもとより莫大なものだった。くわえて、日本使節に同行した商人たちは、入港地である寧波の市舶司やみやこ北京において、皇朝政府の許可を得た華人商人たちと交易をおこなうことができた。「朝貢」が巨万の富をもたらすといわれるゆえんである。

そのため、まもなく明は「朝貢」に制限をかけてきた。原則一〇年に一度、船は三艘、定員は一五〇人というように。

ところが、和暦の享徳二年（一四五三）、明暦では景泰四年にあたる年、五山僧東洋允澎を正使として渡航した遣明船は、天龍寺船三艘をはじめとする九艘におよび、人員は一〇〇〇人を上まわった。

貢船一艘の大きさは七〇〇石から一七〇〇石。水主を入れて一五〇人乗りの船には、硫黄や銅、刀剣や和紙や扇子や染料などの交易品が満載され、膨大な数の商人が乗りこんでいた。

便乗するため権利金をはらって渡航した商人たちは、おのずから商売に精を出す。日本でなら一貫文でしか売れない日本刀が、海を渡れば五貫文になり、その代価をもって銅銭や生糸・絹織物・薬剤・陶磁器・書画・書籍などの唐物を購い、破格の値をつけて日本で売る。舶来品であるというだけで、目をむくほどの付加価値がつく。というわけで、かれらは利を貪ることに汲々とし、ためにトラブルをおこし、ときに海賊まがいの不正や犯罪を犯すこともいとわなかった。

おりしも、臨清というまちで、住民が掠奪と暴虐にさらされるという事態が発生した。交易とはまったく関係のない市民の財貨を奪っただけではなく、聴取にやってきた役人を殴って瀕死の重傷を負わせてしまった。

明の貿易担当官は、そくざに犯人を捕え、処罰すべく上訴した。ところがなんと、皇朝政府は、倭人を捕縛することをゆるさなかった。「遠人の心を失う」すなわち、遠国の人心をそこなうことをおそれてのことだったという。

これは足利義政の時代のことだが、応仁の乱をへて将軍家の力が衰え、通貢許可証である「勘合」の発給権が有力守護大名の手にわたってしまった時代、「通貢」は、北虜のチョルゲの時代にも似た様相をていしてくる。

大永三年（嘉靖二・一五二三）、博多の商人とむすんだ大内氏と堺の商人とむすんだ細川氏の対立が、進貢船を送ったさきの寧波で火を噴き、近辺のまちを焚掠し、明の船を乗っとってしまうという大惨事に発展。

中国史にきざまれる外交事件となった。

同年四月、大内氏の仕立てた遣明船三艘が寧波の港に入った。正使は宗設謙道。この時代には三艘とあらためられた規定にしたがい、「正徳勘合」三枚をたずさえていた。

ところが、数日後、鸞岡瑞佐を正使とする細川氏の船一艘が、こちらも勘合をたずさえてやってきた。「正徳勘合」より古い「弘治勘合」だった。細川氏の船には、かれこれ十数年まえ、勘合をたずさえない細川船を非合法で入貢させた実績をもつ宋素卿という人物が乗っていた。もぐりの貢船を押しこんだぐらいの人物だから、賄賂のツボも心得ている。

そのたびもまた、ときの市舶太監——貿易担当長官の宦官——を買収し、細川船の臨検を先行させるなど、ことにつけ細川の貢使を優遇し、便宜をはかった。

宗設謙道をはじめ、大内の貢使が怒り心頭に発したのは当然だった。ところが、逆上したかれらはなんと明の官庫を襲って武器を強奪し、正使鸞岡瑞佐をはじめ、細川の使節十数人を殺害。細川船に火をつけて焼きはらった。

もはや合法も非合法もあったものではない。海賊とかわるところがなくなった大内の貢使は、防戦にあたった明の守備軍にも太刀をふるい、命からがら脱出した細川の貢使を追って紹興府にむかう途中、市街地に火をつけ、掠奪のかぎりをつくしたあげく、寧波衛の海防指揮官袁璡を捕虜にして明の軍船を奪い、海上へとくりだした。

正真正銘の「倭寇」と化したというわけだ。

まもなく明廷は、日本にたいして「閉関絶貢」を決定し、市舶司大監は廃止された。

しかるべき措置にはちがいなかった。しかし、公的ルートを閉ざしてもモノやカネの流れは止められない。その流れはやがて、浙江の双嶼や舟山群島などを拠点とした私貿易・密貿易を活発化させ、いわゆる「後期倭寇」を跋扈させることになる。のちに明朝が「北虜」にたいして「南倭」と呼ぶことになる脅威である。

もちろん「南倭」の「倭」はかならずしも倭人を意味しない。その中心を担ったものの多くに「海禁」政策をよしとしない福建・浙江・広東などの華人商人たちがいたからだ。

さて、国防の破綻の原因がモンゴルとの「和款」にあると指摘した崔景榮によると、隆慶五年(一五七一)にアルタンを順義王に封じていらい、モンゴルとの交易による「市償の費」は毎年銀四〇万両。二〇年で八〇〇万両にものぼったという。それら莫大な費えを国家の財として有用していれば、こんなひどいことにはならなかったというのである。

「市償の財をもって戦士を養成すれば、すなわち兵食ともに足り、国勢なお図るべし。しからざれば、中国、日ごとに困しみ、夷虜、日ごとに驕り」、後の患いはとりかえしのつかぬほどに増大するだろうと。

おなじく「洮河の変」のあと現地に派遣された監察官張棟も、辺臣の堕落の原因が「市成りて昇賞」すなわち交易を成立させなければ昇進にも賞与にもあずかれない点にあることをつぶさにした。

「虜の欲を厭かしむるにあらざれば、すなわち市成らず」。ゆえに辺臣「これに随う」と。

とうじ臨洮鎮には一九か所を数える兵馬営があり、正規国防軍の定員は三万八〇〇〇人であったが、実数はわずかに六〇〇〇人。定員の六分の一もみたしていなかった。

これでは国土を衛ろうという気概など生まれてこようはずはなく、戦闘能力も知れている。そこに、足もとをみた「虜」が交易権をふりかざし、過大な要求をつきつけてくる。拒めば「和市」が成りたたず、国境の和平がたもてない。和平がたもてなければ辺臣は昇賞にあずかれない。だから「虜の欲」を満足させるしかないというわけだ。

辺防の荒みはもはや、ひとりふたりの辺臣の更生をもって止めうるものではなくなっていた。

返臣・辺将のポストはすでに、万暦一二年（一五八四）から宰相の地位にあって政府を牛耳ってきた申時行によって私物化され、賄賂の源泉となっていた。

たとえば、関門の通貨や、「馬市」への参入、売買の手続きのいちいちに通関税や営業税や商税のたぐいを課し、ピンハネにあずかるポストにつくことができれば、濡れ手に粟。いや、ピンハネなどというケチなことはいわず、夷虜の通関にも商売にも目をつぶり、ついでにかれらの暴虐や略奪をもみのがせば莫大な富が転がりこんでくる。

ならば、破格の財源となる「馬市」のある地の総兵官ほど旨味のあるポストはないだろう。

そのために必要とあらば銀の三〇〇〇両や五〇〇〇両出しても惜しくはない……。というわけで力のあるところから力のあるところへと金が流れ、あるいは、金のあるところから金のあるところへと力が移り、あらゆることが賄賂を潤滑油として動くようになっていく。

げんに、辺将王国勲は銀三〇〇〇両で、董一元は銀五〇〇〇両で、モンゴルにたいする防衛基地にして朝貢の窓口にあたる大同の総兵官をあがなっている――董一元は、のちに明・朝鮮連合軍をひきいて泗川におもむき、島津義弘・忠恒父子の軍勢と激戦を交えることになる人物だ。

はたして、モンゴルが数万の兵力をもって大挙して国境を侵し、臨洮や鞏昌を包囲するにいたっても、方面軍の総督は防御も駆逐もしないばかりか、「虜王は叩頭謝恩して西の方に去れり」などと虚偽の報告をし、あるいはまた、モンゴル勢が万余の軍民を虐殺し、蓄財を根こそぎ掠奪すること数か月におよんでも、地方行政官は、被害を「大にしては牛馬、微にしては布帛、銀に値するに二八両」などと矮小化してつたえたといい、国防大臣にいたっては軍隊の出動も要請せず、もちろん軍糧の補給もおこなわないという、破廉恥きわまる事態が放置されていた。

大帝国の国防をめぐる利害が、いたるところで個人の利益に供せられ、民衆の膏血をしぼりとって送られる軍糧が、ことごとく私腹を肥やす糧となる……。

四八年の長きにおよんだ神宗万暦帝の治世が「政治不在の時代」といわれるゆえんである。

治世の後半二五年間は、朝政の場にすがたをあらわさなかったともいわれる皇帝は、万暦一二年から六年の歳月と銀八〇〇万両――国家の税収の二年分に相当する――におよぶ工費をかけて完成させたみずからの陵墓「定陵」に象徴されるごとく、自身のためには贅をつくし、財に執するに飽くということがなかったが、大臣や吏僚に欠員が出ても補充せず、国家のために投じる経費については徹底して吝嗇をつらぬいた。

もちろん、辺防にしかるべき軍事費も投じない。ために、「夷虜」にほしいままをゆるし、崔景榮の表現をかりるならば、まさに「中国の財貨は、これを江河に投ずると異なるなき」という状況が公然とまかり通っていた。

はたして、北辺はさらなる叛乱にみまわれた。「洮河の変」いらいの動乱をめぐり、陝西の地方長官と対立した寧夏鎮の副総兵ボハイが、寧夏城で離反したのである。

ボハイは、世宗嘉靖帝の時代（一五二一～六六年）に明に降ったモンゴル人だったが、明軍組織のなかで頭角をあらわし、副総兵にまでのぼりつめていた。それが、辺将のかかえる私兵集団の蜂起に乗じ、モンゴルの諸勢力をまきこんで叛乱軍を組織し、陝西一帯を席巻した。万暦二〇年（天正二〇・一五九二）、ちょうど日本軍が朝鮮侵攻を開始した年のことだった。

おなじころ、南方の貴州・播州でも宣慰使楊応龍が叛乱を起こしていた。

苗族の楊氏は、唐代にさかのぼる土着部族の統率者で、「土司」――皇朝政府から朝貢と納税・派兵を義務づけられてきた土着民族自治区の長官――を世襲し、元朝いらい「播州宣慰使」の官職をあたえられてきた。ほんらいそれは、懐柔策としてあたえられた名目的な官職だった。ところが、「播州宣慰使」の権限のおよぶエリアは八つの行政地区をおおうほどに広大であり、とりわけ応龍は、地方軍政をあずかる「都指揮使」をもかねていたから恐れるものなど何もない。

中央軍制が荒廃すれば、ますます地方の兵力が重きをなす。というわけで、応龍の横暴はきわまった。たまりかねた在地諸勢力は、結束して応龍を謀叛の嫌疑でうったえた。これが効を奏して応龍は捕えられ、重慶に召喚されたのだが、なんとそこに、日本の朝鮮侵攻が始まった。

応龍は、銀二万両を支払い、援軍をひきいて朝鮮に出兵することを条件に釈放されてしまったのだ。しかも、けっきょく彼は朝鮮へ派遣されることなく播州へもどされ、まもなく原住民の苗族をまきこんで権勢をふるい、播州・貴州各地をつぎつぎ侵略して明朝最大の穀物生産地、湖広平野の四八屯を占領した。

「播州の乱」とよばれるこの叛乱の鎮定は容易なことではなかった。朝鮮情勢が収束にむかってのち、遼東巡撫に転出していた李化龍が、湖広川貴軍務総督および四川巡撫として起用されて鎮圧にあたり、一六〇一年に応龍を海龍の籠城戦で破るまで、南辺をおびやかしつづけることになるのである。

ついでながら、そのさい李化龍がひきいた三万の鎮圧軍には、朝鮮で日本軍と戦った劉綎や陳璘のすがたがあった。劉綎の家丁すなわち私兵集団のなかにはしかも、「唐入り」に動員され明軍にくだった日本兵「降倭」によって編成された鉄砲隊があり、おおいに力を発揮したという。

南昌の人である劉綎は、皇朝政府が朝鮮へ増援軍を送ることを決定すると、副総兵として四川兵および家丁五〇〇〇人をひきいて鴨緑江を渡り、主力に合流。そのまま朝鮮に駐留した。のち彼は加藤清正と和議交渉にあたり、日本軍の再度の侵攻のさいには総兵に昇格し、順天の倭城で小西行長の軍勢とたたかうことになる。

また、広東は韶州の人である陳璘も、水軍の総兵として五五〇隻の軍船と一万三〇〇〇人をひきい、順天攻囲作戦の救援におもむいた。さらに「倭乱」さいごの大海戦となった「露梁の海戦」では、島津の水軍をやぶって日本軍の海峡突破をはばんでいる。

つまり、秀吉の「唐入り」は、明朝がいたるところ国防の危機に瀕しているまさにそのさなかに、「南倭」が、東南の沿岸からではなく朝鮮半島づたいに攻勢をかけてきたというものであり、侵攻軍がそのまま鴨緑江を渡れば、辺防の「最大の脅威」が存する遼東に至ってしまう。そうなれば国家存亡の危機をもまねきかねず、明にとっては何をさておいても阻止しなければならない侵略なのだった。

辺防「最大の脅威」というのは女真である。かつて遼東総兵李成梁を討伐司令官に起用して鎮圧し、いったんは安定させることに成功した遼東が、ふたたび風雲急を告げつつあった。

李成梁が、建州衛の都指揮使の任にあった王杲の遼東侵入を防いだのは万暦三年（一五七五）のことだった。が、そのまさに膝下から、のちに清朝のいしずえとなる後金国を樹立することになる英傑があらわれた。

建州女真の首領、王杲ことアグの娘エメチの子、ヌルハチである。

女真といえば、一二世紀はじめに中国の北半分を征服し、金王朝をきずいた民族だ。その末裔の一首長の家に生まれたヌルハチは、明に恭順をしめして衛の指揮使や都督僉事などの武職をあたえられ、辺防の指揮官李成梁とむすんで大量の「貢敕」を一手に握り、貿易を独占した。「貢敕」というのは「武職任命書」であるとともに「貿易許可証」でもあった。

そのむかし、遼東に三〇〇を数える衛・所をもうけて軍制をしき、服属させた女真の部族長に名目的な武職と、朝貢貿易を許可する「貢敕」をあたえることで統治下においたのは永楽帝だった。

永楽帝亡きあと、明の防衛線は遼河下流域の開原・鉄嶺・瀋陽にまで後退し、東辺はひろく建州女真が蟠踞する地帯となり、また長春・ハルビンから黒龍江にかけては海西女真が、さらにとおく北東部は野人女真が根をはる地域となっていた。

かれらはおのおの皇帝から「貢敕」を授けられ、高級生薬の人参・松花江水系の真珠・貂や狐の毛皮などの交易にあずかることで巨利をあげ、また、耕牛や鉄製農耕用具をもちかえって生産力を高め、つまり、明の「身中の虫」となることで力をたくわえてきたのである。

なかにも強大な武装商業集団の首領にのしあがったヌルハチは、五部に分かれていた建州女真を統合し、「マンジュ国」をうちたてた。万暦一七年（一五八九）、まさに秀吉の「唐入り」前夜のことだった。

すでに鴨緑江下流域にも勢力をおぼしていたヌルハチは、おなじように部族を統合しつつあった海西女真とにらみあいをつづけていたが、どちらに軍配があがるにせよ、勝者が支配力を強めればさらなる部族の統合に拍車がかかり、やがてそれは満州の大部分を配下におさめて一大勢力圏となる。

そうなればもはや、疲弊しきった明の軍制と兵力をもってはおさえきれない。遼東には、その触媒とも起爆剤ともなるエネルギーと不安定要素が、地雷地帯のごとくひしめいていたのである。

おりしも日本軍が、またたくまにソウルを陥とし、大同江を渡った。皇朝政府が穏やかでいられるはずはなかった。

わけても、国防の責任者兵部尚書石星が、また朝鮮軍務経略に任じられて前線の防衛をまかされた宋応昌が、肝を冷やし、焦り、のっけから和議の余地をさぐるための工作にはしったのは無理からぬことだった。

「倭酋は、過ちを悔い、哀れみを乞うて貢を請うている」

万暦二一年（文禄二・一五九三）四月、日本軍のソウル撤収をめぐって暫定的な「和議」にこぎつけつつあった応昌は、「講和」すなわち秀吉の「冊封」を上帖した。

いらい明廷では、日本の「封・貢」問題が焦眉の課題となり、はげしい論争がくりひろげられた。なかにも給事中の張輔之・許弘綱、巡按御史の周維翰をはじめとする「科道官」たちはいちはやく反対論を上書し、許すべからざるを力説した。「科道官」は、官吏を監察し、地方を巡察して行政を監視することを職掌とする官僚である。

浙江巡撫按御史の懿応参はこう説いた。

「倭奴に通貢を許せば、かならず寧波から入り、浙江各府を経由して北京にいたる。そうなれば、江南海辺の重地をはじめ各地の治安・秩序がみだされ、防備のために多大な費えが必要となる。あげくに万一、奴らのほしいままを許すようなことになれば、被害はどれほど烈しいものになることか。

いま、天下の歳入は四〇〇万両にすぎない。にもかかわらず、北虜との交易のために年間三六〇万両を費やしている。このうえ倭に貢を許したなら、大運河沿いの淮揚・江南・浙江から、東南沿岸の福建・広東にいたる各地で交易がおこなわれ、財政破綻は避けられない。ゆえに、倭奴の通貢は断じて許すことはできない」と。

朝貢貿易におけるモンゴルからの馬匹買いあげ総額は、およそ二〇万から三〇万両。くわえて、それを上まわる「私市」があったといい、また、北辺の経常軍費として支出される銀は、毎年三〇〇万から四〇〇万両にのぼったという。

貿易や軍費として国庫から支出された銀の多くは、じっさいには、中国商品や軍需品の購入にあてられることで内地に還流していた。しかし、東南沿岸から流入する膨大な海外銀や、中原の民衆の膏血をしぼりとって国家に吸いあげられた租税の大部分が北辺に投じられるという、構造的な偏差が存在した。

また、兵部職方主の曾偉芳はこう主張した。

「倭は款するも来たり、款せざるも来たる。かりに明が大幅な譲歩をして和平を成立させたとしても、倭がふたたび朝鮮を侵さぬという保障はない。なのにどうして交渉をすすめる必要があろう。

朝鮮は富強にして、みずからを守るに足る国だ。しかるに、ひとたび日本の侵略をうけるや何の抵抗もできなかったのは、国王李昖に責任がある。中国としては、まず、社稷を失った王の責任を問うべきであり、必要とあらば譲位を勧告してもよい。新たな王のもとで軍兵を鍛え、野にある忠義の士や、倭に肉親を殺された民を号召し、朝鮮みずからが国防体制をたてなおすのが望ましい。いまは、中国をもって中国を守るは易いが、中国をもって朝鮮のために守るは難し」

明の財政難は深刻だった。それをおして、なおも朝鮮に駐留しつづけることは困難であり、前線への補給がとどこおれば、軍内部に兵変すら起こりかねないという。つまり、朝鮮を守る余力などないというわけだ。

朝鮮をすら守れなくなった明にはもはや、日本を藩属国としてしたがえ、そのうえに宗主国として君臨する力はない。はからずもそれは、「冊封」という「安全保障」がすでに機能しえなくなったということを、みずからみとめるようなものだった。まさに「倭は封じるも来たり、封ぜざるも来たる」なのである。

ところが、万暦帝の裁定は「許封・不許貢」すなわち、蕃王に封じるが、通貢はみとめないというものだった。

当初、皇帝は、「狡夷は変詐多端であって信用できぬ。倭の通貢は、軽々しく許してはならない」といい、「不許封・不許貢」すなわち封・貢ともに許さずとしていた。

それが、応昌や石星の疏弁をうけてのち「許封」へと転換した。九月のことである。

「中国の、夷狄を馭する方法は、来るものは拒まず、去る者は追わず、服すれば羈縻するというもので、これは千古不易の理である。もとより倭奴は中国内を犯しておらず、したがってわが叛臣ではない。しかもいまは、威を畏れ、罪を悔いているといっている。なれば朕は、おおいなる誠意をもって降伏をうけいれ、既往の罪を問わぬことにしよう。

ただ、かの遠夷は、なお中国の法のきびしさを知らぬ。ために、いまだ兵を近地に駐留させている。兵部では、厳重に防守につとめ、倭兵を完全に帰巣させよ。そのうえで倭が臣と称し、のち永久に侵略をおこなわぬと上表し、そのうえで封を請うなら、永く属国となることを許す。ただし、入貢することは許さぬ」と。

皇帝は、科道官による一斉射撃のごとき反対論をしりぞけ、兵部の方針を指示した。秀吉が「威を畏れ、罪を悔いている」という兵部の報告を信じたのである。

ただし、厳重な条件がついていた。日本が、朝鮮からの軍勢を完全に撤収し、冊封のほかに通貢を要求せず、二度と朝鮮を侵略しない。これら「三条件」をうけいれるならば封号だけは授けるという。

中国における千古不易の「貿易の法」とは、夷狄に餌をやって手なづける計略であり、経済的利益をあげることを目的におこなうものではない。なぜなら、夷狄は自分たちとおなじレベルの人間ではないからだ。

それらを馭するため、政治的・軍事的必要からやむをえず公貿易を許すこともあるが、いまだ中国の法のきびしさを知らぬ「遠夷」の日本に、入貢をゆるすことはまかりならぬというわけだ。

ところが、この裁定を大きくゆるがす事態がおきた。

翌万暦二二年（文禄三・一五九四）二月、沈惟敬が「請封」を上言する秀吉の「降表」の写しをもたらしたのだ。もちろん、偽作の「降表」だ。首を長くしてこれを待っていた兵部当局が前のめりになったのは当然だった。

しかし、反対派もまた手をこまねいていたわけではない。兵部が講和に本腰を入れはじめるや、かれらはふたたび政府に集中砲火をあびせかけた。秘匿されていた秀吉の「和平条件」や、前線における交渉の経過や、朝鮮情勢などについて、かれらもまたさぐりを入れ、情報をつかんでいたからだ。

二月のすえ、朝鮮の刑曹判書金晬が「謝恩使」として北京をおとずれた。彼はつぎのようなことをつたえてきた。

日本軍はいぜん猖獗をきわめており、朝鮮士民の犠牲はすでに六万人にのぼっている。にもかかわらず、提督李如松は講和を許して兵を退き、沈惟敬もまた和議をすすめている。惟敬が画策したものをみな「和親」と呼んでいる。なかには「路傍で耳にするさえ忍びないもの」もある。秀吉が「降伏を乞い、罪を悔いている」などと強弁しているのはまったくのまやかしであると。

話しながら彼は、はらはらと落ちる涙をおさえることあたわずの態であったという。

天朝をはばかるあまり、金晬が「道路所不忍聞者」としか表現できなかったことをありていにいえば「和婚」、すなわち明の皇女の降嫁である。じっさい、朝鮮のちまたでは「大明美少女」の風聞がしきりにささやかれていた。天朝が「大明美少女」を日本の王子に嫁がせることを約束したとか、生け捕りにした倭卒がいうには、かれらが去らないのは「大明美少女」が来るのを待っているからなのだとかいったような……。

秀吉が、勝ち戦さの体裁をつくろい、後世へのアリバイとするために承兌に起草させた「大明日本和平条件」七か条は、朝鮮在番の大名・諸侯に開示され、かれらの周知するところのものだった。

「わび事」の「勅使」にたいして頭ごなしにふっかけた条件の一端が、さまざまに表現をかえ、「仕置きの城」で意気阻喪していく兵卒らの士気を鼓舞するために利用されるということは、ありえないことではなかっただろう。

なにより、断じて講和をゆるすまじとする朝鮮が、当事国ぬきにすすめられている交渉に無関心であるはずはなく、秘せられた和議条件を知るために手をつくしていた。

はやくは前年一一月、朝鮮都元帥権慄が「和親・割地・求婚・封王・準貢」などの条件をつきとめ、国王に報じていた。権慄は、全羅道錦山では小早川隆景軍を撃退し、幸州山では宇喜多秀家いか三万の軍勢をしりぞけて日本軍のソウル撤退を決定的なものにしたつわものだ。とうじ慶尚道宜寧に駐屯していた彼は、全羅道南原に駐留する明の副総兵劉綎と呼応して、日本軍を分断する策略をこころみつつあった。その過程でつかんだ情報だった。

また、当年二月はじめには、劉もまた、秀吉の和議の主眼が「通婚・割地」にあること、さらに、いままさに惟敬がもたらそうとしている「降表」が、秀吉の書ではなく、惟敬と行長の仮作であることをつかんで朝鮮側に知らせており、捕虜となった倭兵のとりしらべにあたった全羅道防御使李時言も、秀吉のねらいが「求婚・割地」にあることを聞きだしていた。

つまり、朝鮮への援軍派遣が負担であるとして、また鎮圧することあたわずとして和平工作をすすめてきた兵部尚書石星いか宋応昌・顧養謙・惟敬らが、講和工作の過程でひた隠しにしてきた「七条件」のうち、秀吉がもっとも固執している要件が、「仕置きの城」にあっては、城外で生け捕りにされてしまうような一兵卒が口にするほどに流布しており、朝鮮政府もまた、日本の要求がただならぬものであるということ、交渉そのものが欺瞞にみちたものであるということの核心をつかみつつあった。

そして、それがようやく明の廷臣らのアンテナにもかかってきたというわけだった。

金晬の伝達をうけ、さっそく上奏をおこなったのが文部省にあたる礼部朗中の何喬遠だった。

「臣が因って調べたところ、倭国にいる中国人被虜許儀後が、かの国から書を内地に寄せてきた。そこには、関白は計略をもうけてじかに北京を占り、大唐の皇帝になろうと望んでいるとあり、また彼は、買収や謀略をおこない、和議を騙り、降伏を偽って敵国を破ることを常套としているなどとある。今日の事態をまさに予測しているといえよう……」

喬遠は、「征明」にかかわる情報を日本からつたえてきた中国人被虜の「書信」や「倭夷が総兵劉綎に答えた書」などを「封・貢」不可の論拠として添付し、和平工作を中止するよう主張した。

江西の人である許儀後は、二〇年もまえに倭寇に拉致され、とうじは島津義久の奥医師をつとめており、義久の通訳をかねて本営のある名護屋におもむいたこともあった。おのずから帰国は困難だったが、おなじく倭寇に拉致され、薩摩の福昌寺の寺僧に買われてきた朱均旺という海商と出会い、彼にたくして日本の事情をつたえてきたのである。

「唐入り」の表明いらい、情報漏洩をおそれる豊臣政権は日本にいる中国人の帰国を禁じており、そうでなくても明朝じしんが「侵叛の国」である日本への渡航を禁じていた。ために、均旺の帰国も危険を冒してのものだったが、からくも、儀後の報告を福建巡撫張汝済のもとにとどけることができたのだった。

喬遠はのべた。「これらをご覧になり、前後の事情を相互に対照すれば、倭がはたして真に降伏するのか、はたして封じるべきであるかは、臣の言をまたずとも、おのずから明白でありましょう。この間、在廷の諸臣の上奏は数十におよんでいます。どうか皇上には、とくに勅旨をくだし、すみやかに封貢の議を止め、兵部に防守を命じ、経略・総兵には、朝鮮援護の方策をはかるようにしていただきたい」と。

兵部の極秘工作の実態が明るみにされるにつけ、ぞくぞくと出される奏文の大半が「封貢」反対の主張で占められることとなった。それらが異口同音に弾じる最大の難点は、「封貢」という名の「和市」による財貨のたれ流しと、国防の弛緩だった。

通政司通政の呂鳴珂が説いていわく、「虜に互市を許すや、中国の財力は年ごとに竭き、辺備は日ごとに緩み、たちまち欵いてはたちまち犯す。どうして互市がたのむに足ろうか。北に虜に啗し、そのうえ東に倭に啗して目前の安を愉しまば、財はますます竭き、国勢はかならず衰える」と。

また、中書舎人丁元薦がいわく、応昌は日本ともモンゴルとおなじ講和をおこなおうとしているが、これを許すことは「痩せた膏血を割いて、飽くことを知らぬ飢えた虎に啗す」ようなものである。「願わくは、皇上、断然として貢を許すを得ざらしめんことを」と。

戸科都給事中の王徳完をはじめ逯中立や徐観瀾・趙元壁・顧龍禎・陳惟芝ら、大蔵省にあたる戸部の科道官たちも、いっせいに政府の「封貢」政策を批判する論陣をはった。王徳完は上書していった。

「兵部は、倭と封貢について秘密裏に交渉をかさねてきた。ところが、その経過が暴露されると、和平交渉をおこなえばこそ、倭が朝鮮の領土と二王子の返還に応じたのだとひらきなおり、つぎに、反対論をかわしきれないとみると、封貢のうち、貢をあいまいにすることできりぬけようとし、結局いま、倭の要求が封と貢にあることをいわざるをえなくなった。

それによれば、朝貢は三年に一度。小西行長については毎年通貢をみとめるという。しかもその内容は具体的で、朝貢品を対馬でうけとり、福建・浙江・遼東の大商人がそれらの貿易に従事できるよう要請しているとのことである。

そのような和平を承認するなど言語道断だ。封のみで倭が納得し、軍事費を節減できるというならそれもよろしかろう。しかし、倭欲は飽くことがなく、それを終わらせることは難しい。倭は、封号のつぎにはかならず通貢を要求し、貢のつぎにはかならず市、すなわち私貿易をもとめてくる。封と貢は、あたかも影(かげ)と形(かたち)のごとく不可分のものだからである。

また、かりに関白が封をうけてなお臣服しないならば、将来に悔いをのこし、国を誤らせるものとなろう。沈惟敬は経略を誤らせ、経略は総督を誤らせ、総督は兵部尚書を誤らせ、兵部尚書は皇帝を誤らせている」と。

対馬を「出会(であい)」とした小西行長の年ごとの朝貢貿易……。真偽はともかく、現在なおつまびらかにされていない行長の和議交渉の一端をうかがわせる興味深い内容だ。

また逯中立(りょくちゅうりつ)は「戦守(せんしゅ)」の要を説いていった。

「倭は、わが属国を蹂躙し、わが士卒を殺し、わが財政を悪化せしめた中国の仇である。これを日本国王に封じ、かつ貢をみとめようなどとはそもそもの誤りだ。朝鮮からの報によれば、倭は釜山に城を築き、おもては和議をいいつつ軍備を強化している。それをまのあたりにしている朝鮮が危ぶんでいるのに、和平工作が成功しようはずはない。

倭は約定(やくじょう)をもってわれらにもとめ、操術(そうじゅつ)はつねに約定の外(ほか)におこなう。それを知りながらわれらは、約定をもってみずからを愚にしようというのか。否。盈廷(えいてい)の公論は、封貢にはなく、戦守にある。これをしりぞけ、戦守の長策をすてるのは、国家のために福とはならず、久遠の計ともなりえない。

いま必要なのは、将軍をえらび、軍兵を訓練し、沿海の防備を強化することにほかならない。辺防の弱体化をまねいた隆慶(こうけい)の和議をかえりみ、いまは倭を撃退するの良策をなさんと欲す」と。

兵部の旗色の悪さはきわまった。三月六日、事態を収束するため「九卿(きゅうけい)・科道官会議(かどうかんかいぎ)」が招集された。

九卿、すなわち吏・戸・礼・兵・刑・工の六部および都察院(とさついん)・通政使司(つうせいしし)・大理寺(だいりじ)の堂上官(どうじょうかん)と、科道官、すなわち六科・一三道の掌印官(しょういんかん)を成員として、国政の重事を議論するさいにひらかれる「廷議」だが、そのたび「東封一事」を議するにあたっては一〇〇人におよぶ中央官僚が議者として参加した。

議場となった「射所」――承天門すなわち現在の天安門から長安街を西にすすみ、西苑をこえた北側のあたりにいちする旧大慈恩寺跡地にもうけられた軍事演習場――には、九卿およびその次官らが東西に対面して起立整列し、給事中や監察御史ら科道官は、南側に北面してたちならんだ。

周囲には、議者をとりまくように千を数える傍聴者がつめかけた。かれらは、国家の最高位にあるエリートたちが国政の最重要課題をテーマとしてくりひろげる、シナリオのない一回かぎりの大舞台をまのあたりにできるというわけだ。

この日は、主宰者である兵部尚書石星の上奏がやりだまにあげられた。

星の上奏のかなめは、「封貢はあくまで虚事であり、兵を休ませることが実利である」という点にあった。つまり、「封」の「虚号」をもって目前の事態をおわらせ、防御の策をととのえて将来にそなえるというのである。

「思うに、敵を計るには審を貴び、機にあたっては断を貴ぶと。いま、封貢をきびしく絶てば、敵をうかがい知ろうとしても術はない。むしろ封の虚事をかまえて敵を知り、そのうえで禁約を明確にすれば、倭の入犯を防ぐことができる。ために、まず表文をたずさえてやってくる講和使を入京させ、審問して拘留し、そのうえで科道官を派遣して彼のいうことが確かかどうかを調べさせるのがよい。もし倭がことごとく撤退し、ほかに要求するところがなければ封をあたえ、そうでなければ封貢を止めればよい。倭の撤退を論じず、さきに拒絶して和平が失われるようなことになれば、もはや臣の関知するところではない」と。

上奏には、既定方針どおり「封」いがい「貢」も「市」も許可しないこと、さらに「封」については、釜山に駐屯する日本軍の完全撤退を条件とすることが明記されていた。が、そのあいまいさと矛盾をついたのは、またもや王徳完だった。

「本兵石星は、一封のほかはなく、貢も市も許可しないといっている。

しかし、沈惟敬が倭にあたえた書をみるに、『すでに爾が降伏を乞うたのであれば、封貢にいたらないはずはない』とあり、すでに封貢をかねている。また、倭国が抄写した『副表』一通には『旧例にてらして永久に海邦の貢物を献ずる』と書かれている。明白に『朝貢』を直言しているのだ。それを、さも知らぬかのようによそおうのは背信行為であろう。

さらに、小西行長が惟敬にあたえた書では、『和親』の語が『媒和』の意味でもちいられている。『媒和』が婚姻によって和議をおこなうの意であることを知らぬはずはなかろう。『媒和』など、口にするもはばかられるが、本兵石星は、両国の『相好』が『和親』であると詭弁を弄し、いっさいの事実を粉飾しあるいは隠蔽して『封倭』をおし通そうとしている。

だが、『一封』にして事がおさまるなど、どうしてありえよう。また、外伝によれば、総督顧養謙の書にも、『もし貢・市を禁絶すれば、とても自身の任にたえるものではない』とあるそうだが、それはまことか」

「許貢・許市」ならずして朝鮮経略の任をまっとうすることはできない。つまり、総督養謙は、「貢・市」を許さず「封」のみをもって日本軍を撤退させることは不可能であり、そうであれば、方面軍司令官として職責をはたすことはできないといっているという。反論の先鋒にたった徳完は、養謙と石星との認識のちがいを突いたのだ。

「いや、かならずしもそうとはいえない……。封を許せば倭を帰巣させうるが、それをすらせずして倭を撤退させることはまったく不可能だ。ゆえに封を許す……」

「ならば本兵は、封をもってすればほんとうに全軍が帰巣すると考えているのか。倭兵は、朝鮮南部沿岸に房屋を建て、城を築き、軍糧補給をおこなっているということだが……」

「それは封をもってしなければわからない。のち無理に貢・市をもとめてくるなら、ただ封号を止めるまでのことである」

星の答弁は、封の「虚号」は日本軍を撤収させるための方便だというに終始する。

「では、封を許してのち、とくに遼東巡按を釜山に派遣し、倭戸が帰去したかどうかを調べさせることは可能か」

「それはできない……」

議論は、星のいう方便としての「封じて貢せず」の有効性にも、そもそもその前提条件となる日本軍の全面撤退にも、なんの根拠も保障もないことを白日のもとにした。

徳完は、その定見のなさを「影を捉え風を捕まえる」ようなものだと批判し、かさねていった。

すなわち、倭奴の「封貢」は国家の安危にかかわるものであり、中止すべきである。総督の「一疏」によれば、倭の降伏文書がまさに到着しつつあるとのことだが、朝鮮王李昖の「賊情疏」によれば、倭賊に撤退の意志はまったくないとのことである。いったい何のための「降表」か、と。

廷議における論争は、反対派の主張が圧倒的に優勢となり、議者として参じた官僚の多くが「封貢策」をしりぞけた。にもかかわらず、皇帝はあらためて石星を信任した。

「星が主張するのであれば、おのずから聴従すべし」。ただし、「事が成らなければ責任もまた逃れ難い」と。

二度目の裁定である。ところが、四月に入ってまたもや事態が一転した。総督の顧養謙が、あらためて「許封・不許貢」

にたいする疑義を奏し、「竝許」すなわち「封・貢」をともに許すべきであると主張したのである。

いわく「封・貢を許すのであれば、併せて許し、絶つのであれば竝びて絶つのみ」と。

「もし臣の議をもちいて『竝許』するなら、才智のある武臣をえらんで冊封正使とし、惟敬が皇帝勅書をたずさえて大邱におもむき、倭酋を諭して帰国させ、しかるのちに使臣を倭に入国させる。そうして封・貢がなれば、一〇年の無事をたもつことができよう。ひるがえって、もし反対する諸臣の議をもちいて『竝絶』するのであれば、すなわち朝鮮を棄ておき、わが軍の前線を鴨緑江とし、それより西を防守することとなる。

しかし、封・貢を絶ち、そのうえでなお朝鮮をたもとうとするのであれば、もはや臣は職務をつとめることはできない。かわって任にたえうるものがあるとすれば、それは吏部左侍郎の趙参魯か、刑部左侍郎の孫鑛のほかにないであろう。二臣は、諸臣の信頼もあつく、邪魔だてするものもないであろう」

疑義をしめしたというより、辞意をおおやけにしたのだ。封貢を論じるなら「竝許」か「竝絶」いがいにない。つまり冊封による莫大な支出をもって和平をあがなうか、朝鮮をさておき、軍事費を投じて自国の防衛に徹するか。選択肢はふたつしかなく、どちらも選ばぬ場合、みずからはとても任にたえぬというのである。

養謙は、薊遼総督にあって朝鮮経略を兼ねていた。直接統治する地域をもち、兵権を掌握する総督の意志は、行政府である兵部の尚書、すなわち国防大臣のそれより実質において重みがあった。

「竝許」か「竝絶」か。究極の選択を迫られ、ふたたび「九卿・科道官会議」が招集された。

四月二八日、「東闕下」でひらかれた「廷議」には前回を上まわる数の聴衆がつめかけ、議論のゆくえをみまもった。

「東闕」の下というのは、皇城午門の東南にいちする闕左門をくぐって東に出たところにある、松林とよばれる広場である。オープンの「廷議」はこの「東闕」下でひらかれるのが慣例となっていた。

この日は、「封貢」か否か、あるいは「備御」または「戦守」をめぐり、激しい議論がかわされた。

礼部尚書の羅万化は、「倭夷の封貢をいうまえに、防御の備えをもっぱらとする」のが「本論」であるとしつつ、そうでありながら、これまでの経緯をふまえれば「封」もまた「一時の権変」すなわち臨機応変の策だといい、ひとまず「皇帝の勅旨をくだして倭使にあたえ、彼を帰国させて関白を諭し、全軍が撤退するかどうかをみきわめてから封倭を判断するべきだ」と主張した。条件つき「許封・備御」である。

吏部尚書の陳有年は、「軍兵を派遣し、軍糧を負担して、ふたたび朝鮮を援助することの難しさ」を指摘した。ゆえに「封・貢はともに絶ち、そのうえで自国の防衛態勢をかため、朝鮮にはみずから奮励して国の存立をはかるようにさせ、われらははるかに声援を送るのがよい」と。

養謙から後任に名指しされた吏部左侍郎の趙参魯も「封貢竝絶」し「守」に徹すべきだという疏掲を出し、おなじく養謙から名指しされた孫鑛は、同日、刑部左侍郎から兵部左侍郎に転じ、封貢反対派の急先鋒に立つこととなった。なによりもまず「使節を派遣して倭を諭し、われらの講和三条件をかならず守らせることが肝要であり、倭がこれにしたがえば、使者が表文をもって封を請いに来ることを許そう」。しかし、違背した場合にそなえ、総督が責任をもって「鴨緑江以西の防備」をかため、「戦守」の態勢を万全にしなければならないと。

そして、石星の非をきびしく弾じ、倭を御する方策をつぎつぎとあげてはげしい論戦をくりひろげた。

おなじく「戦守」を主張した人に、尚宝司卿の趙崇善があった。

「朝鮮は北面を遼東に接し、他の三面は距海である。倭夷が釜山から入って王京に至るにはかならず全羅・慶尚の二道を経由せねばならない」が、ルートは雲峰・大丘がつらなる険路であり、その要所を防げば「一誠当百」の力を発揮できる。ためにいま、「総兵劉綎の駐留軍五千に、南兵三千をくわえ、かれらをして朝鮮士卒を訓練せしめ、かの国の膏腴をもって軍糧にあてれば、われらに徴・輸の煩いもなくなる。中国が和平を欲すれば、かならず朝鮮を守らねばならず、朝鮮の和平をたもつには、かならず全羅・慶尚二道を守らねばならない」と。

もっとも重きをなしたのは、内閣の筆頭閣臣である首補大学士王錫爵が、病中からおこなった「上言」だった。

「さしせまった国事で、倭・虜より重要なものはない。いま、倭が真心から帰順するのであれば、封貢を絶つという道理はないが、分外に要求してくるのであれば、それを許す道理はない。いま廷論をおおっている反対論のように、倭との戦争をいとわず、年ごとに百万の財源を戦費に注ぎこんでいたづらにしようという勇敢も、講和をみとめぬためだけに、あえて一介の使節を通じようともしない卑怯も、臣の理解するところではない……」

翌月には内閣大学士の辞職を願い、まもなく皇帝から引退をみとめられることになる錫爵は、二者択一の議論、すなわち廷議が争論のための論に終始することをいましめ、現実をふまえた柔軟な対応の必要性を説いたのだ。

職責がら、彼には、底をつきつつある国庫からすでに寧夏鎮圧に数百万両を費やし、さらに朝鮮でも数百万両を費やし、このうえ急な変乱がおきれば、いかなる経略ものぞめぬことがわかっている。まっすぐな理論や慷慨(こうがい)や弾劾はいかにもいさぎよく、耳にすがしいが、論争を制することと国事を治めることは別ものなのである。

はたして、三度目となる皇帝の裁定は、あらゆる主張にみちをのこす「何でもアリ」のものだった。

「勅旨をくだすことはいまだ軽々しく諮(はか)るべきではない。やはり倭衆を諭して帰国させることが肝要である。また、もたらされた降表が本物かどうかを査検し、そのうえで処分を決定するが、いっぽうでは、辺備を厳重にして防御につとめよ」

決めかねているというより、みずから決める意思がないかのような裁定だ。

しかもこれが、のちわずか一〇日にして「不許封・不許貢」すなわち、封も貢も許さぬという決裁にかわるのだから、たまったものではなかった。

画期をなしたのは、五月六日、福建巡撫の許孚遠(きょふえん)がおこなった上奏だった。

孚遠(ふえん)は、一昨年万暦二〇年(一五九二)の一二月に、さきに許儀後(きょぎご)の報告をうけとった張汝済(ちょうじょさい)の後任として福建巡撫に就任した人だが、赴任するやまもなく彼は、泉州の貿易商許豫(きょよ)の船に、海商の張一学(ちょういちがく)・張一治(いちじ)を同乗させて日本へ送りこんだ。商業をいとなみながら、間諜・工作活動をおこなわせるためである。

というのも、ながく東南アジア貿易に依存してきた福建省の経済は、「全面海禁」によって深刻なダメージをこうむっていた。原因は、ほかならぬ日本の朝鮮侵攻なのだった。

「海禁」とはいいながら、すでにこの二〇年来、呂宋(ルソン)・蘇禄(スールー)・交趾(コーチ)・占城(チャンパ)・暹羅(シャム)、すなわちフィリピンやボルネオやベトナムやタイなどの諸国とのあいだに交易がみとめられてきた。それが、朝鮮有事をうけて完全にストップした。軍需品の密輸や軍事情報の漏えいを防ぐためとして、華人商船の渡航が全面的に禁じられたのだ。

禁じればおのずから密航・密輸が横行する。まして戦時ともなれば、金や軍需物資の価格は高騰し、莫大な利益は闇ルートをくぐって地域や国家の外に流れ出てしまう。

民政・軍政を統括する巡撫としては、それらを統制するためにも「海禁」を緩和する必要があり、ために「解禁」をもとめて上奏し、「海禁条例十七条」をさだめて貿易の再開をうながそうとしたのである。

万暦二一年(一五九三)六月に出帆した許豫(きょよ)の船は、七月四日に大隅(おおすみ)半島の内之浦(うちのうら)に入港した。

許豫は、さっそく本営のある名護屋におもむき、さきに秀吉が大唐の皇帝になろうとしていることなどの情報をもたらした許儀後を探しだしたあと、島津義久の領内に入って工作活動をおこない、当年（一五九四）一月二四日に帰国。孚遠にあてた島津義久の書簡をたずさえて三月一日に復命した。

同月、京都・大坂方面で諜報をおこなった張一学・張一治も帰国し、一五日には復命をおえた。

豫は「七項目」にわたる、一学・一治は「一一項目」にわたる日本情報をもたらした。

なかにも、秀吉が各地で一〇〇〇艘をこえる兵船を建造させており、遊撃将軍の来日を待って「和婚」が成らなければ大明へ乱入する計画をもっているとの情報は、日本の再侵攻を裏づけるものであり、すでに礼部郎中の何喬遠や御史の唐一鵬・劉芳誉らがあばいていた「和親」や「大明王女献上」の事実を裏うちするものだった。

また、秀吉が、屈服させた大名の子弟を拘留して人質とし、苛酷な軍事動員をおこなって朝鮮へ侵攻させたため、大名らは秀吉にたいして讐恨をいだいている。各地から商船が来航し、貿易の中心地となっている薩摩のあるじ島津義久も、朝鮮出兵の敗戦をむしろ望んでいるというような情報は、日本軍の離間工作の有効性を示唆するものだった。

それらの情報をふまえての孚遠の奏文は、四七〇〇文字におよぶ長大なものとなった。

「倭酋、平秀吉には、国権を簒奪し、諸島を詐いて屈服させる姦雄の智があり、また、兵を朝鮮におこし、数道を席巻する攻伐の謀がある。そしていま、大いに戦艦をつくり、諸州に兵を徴し、まさに中国をうかがわんとする心がある。

彼が封を乞うのは、ただ冊封を利用して狂逞の志をほしいままにしようとしているからであり、そのような暴狡に信義をもって応ずることは愚行である。倭酋は、冊封しても満足せず、つぎに朝貢をもとめ、さらに互市を要求してくる。また、封貢がならなければ、かならず大挙して入寇する。封貢しても入犯するし、しなくても内犯する」

そのうえで孚遠は「殄滅倭酋」つまり、秀吉ひとりを「擒斬」にすれば事態は収拾するという。「斬首作戦」である。

「朝鮮における倭乱を主唱しているのは秀吉だけであり、表面上したがっている多くの大名も、本心は違えており、かつ秀吉には親戚・子弟・股肱・腹心もない。もし皇上が倭の大名らに勅諭をくだし、あるいは智勇の奇士を密かに送って謀り、孫子のいう五間が発揮されるならば、元凶を擒にすることができる。ひとたび元凶を捕え、葬り去ってしまえば、倭乱はすぐに止むであろう」と。

孫子の「五間」とは、間者をもちいる五つの「用間策」であり、「五間」がどうじに動けばけっして敵にさとられることなく威力を発揮する「君主の宝」であるという。

また、日本軍が北京をめざして入寇するみちは、鴨緑江を渡って遼東を経由するみちと、朝鮮半島から渡海して山東に上陸するみちがあるが、両ルートのかなめである遼陽と天津の兵備・兵力を増強して「備御の策」をこうじ、あわせて「先発制人の謀」すなわち、先手をとって相手を制する計略をさだめるべきだという。

「われらは倭を畏れて、来ることを按じ、ただ墨守することを議論するだけで、征くことをはばかっている。ために倭酋は威嚇して、われわれに要求することができるのだ。

これを許してひとたび虚名をあたえれば、要求は昂じ、侵攻を防ぐことはますます至難となる。ゆえにいま、二千の戦艦を建造し、二〇万の精兵を選抜して訓練し、大河の上流に軍をあつめてまっすぐ倭国を征討すべく計略をさだめ、正々堂々、征剿を切り札として敵にのぞむべきである。そうすれば、戦わずして敵を服従させることができるはずである」と。

翌五月七日にはまた、日本の侵入路にあたる遼東巡撫韓取善が上奏した。

すなわち、「封・貢」の問題は、顧養謙総督のいうとおり「竝許」か「竝絶」かであるが、「封・貢」あわせて絶ち、鴨緑江以西を守るというのがむしろ「臣のあえて担当するところである」と。

当該地域の軍民統括官みずからが「竝絶」を支持し、「戦守」の任を負うとしたのである。

文字どおりの四面楚歌。石星はついに主張をかえ、みずから「封・貢」の「罷絶」を上奏した。

五月八日、皇帝は四度目となる裁定をくだした。「封貢はすべて罷めさせる」と。

ここにいたって養謙は、みずから罷免を願いでた。

「廷議の議論は、おおかたが封貢を止絶するというものだった。諸臣は傍観しながらも明確である。また、刑部侍郎孫鑛の籌画はすこぶる明晰であり、断ずるところははなはだ勇敢である。臣は憮然自失して罷免を請うものである」

皇帝はこれを容れ、かわりに、「封貢策」反対派の先鋒として「御倭」の方策を論じた孫鑛を朝鮮軍務経略に任じ、もっぱら倭事にあたらせることとした。

石星もまた病気を理由に辞任をもとめ、故郷に帰ることを請うた。しかし、皇帝はみとめなかった。

つまり、星は「倭事」のくびきからまぬがれることを許されず、暗礁にのりあげた、というより、大きな裂け目をさらしたまま白紙にもどってしまった講和交渉の崖っぷちを、破滅の影に怯えつつ歩きつづけることになるのである。

13 「天下人」の礼装 ― 日本にはすでに「国王」なし

万暦二二年（文禄三・一五九四）五月八日、神宗が「不許封・不許貢」の決裁をくだした日。それは、秀吉が切望し、また「唐入り」の果実となるべきはずの明との「通交」再開が、夢とついえた日となった。

じじつ、神宗が、のちさらに三度の心変わりによって秀吉を蕃王に封ずることになるも、朝貢を許すかどうかの議論は、この日いらい二度と明廷でとりあげられることがなかったからだ。

もちろん、三月はじめにかけて盛大な吉野・高野参詣をおこない、四月はじめには「太閤御成（おなり）」と称し、相伴（しょうばん）衆五〇〇人を仕立てて大名屋敷をおとずれては豪遊し、月ずえいらい二〇人の御伽（おとぎ）衆を召しつれて有馬（ありま）の湯に逗留していた秀吉がそれを知るはずもない。

しかし、これが豊臣政権にとってどれほど大きな損失であったか、つまり、結果として「唐入り」がどれほど大きな失策であったかということは、とうじ、東アジアから東南アジア全域をおおっていた交易ネットワークにおいて、日本の銀と中国商品の交易が、莫大な富をもたらすカントリー・トレードであったことにてらせば明らかだった。

明は、はやく一五六〇年代のすえには「海禁」を緩和し、福建漳州（しょうしゅう）から東南アジアへの「往市」をみとめていた。「往市」というのは、中国国内での交易はみとめないが、民間商船に「文引」と呼ばれる許可証をあたえ、かれらがフィリピンやボルネオ諸島、ベトナム・タイなどの各地へ渡航して交易をおこなうことはみとめ、帰国時に関税を徴収するというシステムだ。

関税収入を軍費にあてて沿海の海防費を調達する。しかるべき国防政策でもあった。

冊封関係にある諸国にはもちろん朝貢貿易がみとめられていたから、緩和策によって「貢」「市」併存の貿易秩序と安全保障システムが機能することとなった。

南蛮貿易もまた大活況をていしていた。一五五七年に、「倭寇」対策の代償としてマカオの永久居留権をあたえられたポルトガルは、「互市」をみとめられたマカオを中継地として中国商品と倭銀の交易を独占。大量の白絹や金や麝香や陶磁器を九州にもたらし、銀を満載してもどり、巨利をあげていた。

また、一五七一年には、イスパニア領フィリピンの首都としてルソン島にマニラ市が建設され、福建からの「往市」がみとめられた。いらい、ガレオン船が運んでくる大量の新大陸銀がマニラに流入し、中国市場には、倭銀だけでなくメキシコ銀も大量に流れこむこととなった。

おなじ年、明はモンゴルと和を講じることにした。アルタン・ハーンを「順義王」に封じて朝貢貿易をみとめるとともに、長城線の九か所に「馬市」をもうけることにしたのである。

つまり、秀吉が「唐入り」を言挙げした一五八〇年代なかばにはもう、ポルトガルによる「中国＝マカオ～長崎貿易ルート」にくわえ、華人海商による「福建～ルソン＝マニラ～長崎貿易ルート」が空前の活況をていし、皮肉なことに「唐入り」の発動がさらにそれをおしあげるという好循環をもたらしていた。

たとえば、マカオにかわって中国商品と日本銀・新大陸銀の出会いの場となったマニラには、一万人をこえる華人が居留し、季節風のめぐりのよい貿易シーズンには、二万人をはるかに上まわる海商たちがフィリピンに来航したといい、その一部は中国商品のほかフィリピン産品をも山積みにして日本へむけて出帆した。

それらあらゆるラインから、ひとり閉めだされていたのが日本の公権力による貿易なのだった。

九州を制圧した翌天正一六年（一五八八）、秀吉は、ドン・バルトロメオ・大村純忠がイエズス会に寄進していた長崎をとりあげて直轄地とすることに成功。つづいて、いわゆる「伴天連追放令」や「海賊停止令」を連発し、豊臣権力による長崎貿易の統制・独占をめざすとともに、明とのダイレクトな貿易の再開にのりだした。

ところが、とうじの日本は、弾丸用の鉛や火薬用の天然硝石などをすべて海外に依存しており、これに戦時発動による軍資金としての金の需要の急騰がくわわって、ポルトガル船や華人商船による長崎貿易を優先せざるをえないというジレンマにたたされた。ために、制約をかけるどころか、かえって濡れ手に粟のごとき巨利を南蛮人や華人に吸いあげられ、あげく、イエズス会士の長崎居留をみとめざるをえなくなった。

じつに屈辱的な譲歩である。これをいっきょに打開するためにも、日明貿易の再開と公権力による独占が急がれた。秀吉の「天下一統」は、いまだ道なかばなのだった。

いっぽう、日本にたいして「不許貢」を決した明にとっても、日明貿易の余地を絶つことではらった代償は小さくなかった。それは、たとえばマカオを介在させず、ポルトガル商船が占有する貿易をじかに掌握したなら、中国経済がどれほど活性化したかを思ってみるだけでよい。

のみならず、国防費を節約し、国力をたもとうとしてすすめられたはずの「講和」すなわち秀吉の冊封が、通貢をみとめなかったことによって最終的に決裂し、日本の朝鮮再侵攻をまねいたこと、そして、それを御するために莫大な戦費を支出し、かえってみ国力を減退する結果にいたったことはとりかえしのつかぬことだった。

じつに「倭事」にふりまわされること七年。その間、遼東に目をくばる余裕を失ったことで、中原をうかがう最大の勢力となりつつあった女真のヌルハチに、明朝をくつがえすエネルギーをたくわえさせることになり、まもなくそれは、五〇〇万両をこえる増税をおこなってなお賄えぬ、膨大な軍事費を遼東に注ぎつづけなければならない事態をまねくことになるのである。

さて、皇帝が「許封・不許貢」から一転「不許封・不許貢」へ、すなわち封も貢もみとめぬ方針に転じた六日後の五月一四日、南京礼部尚書すなわち南京の文部大臣であった沈一貫が東閣大学士として入閣した。通貢反対論者である。

寧波のある鄞県の出身である一貫は、大内・細川による「寧波の乱」いらい嘉靖年間（一五二二〜一五六六）に「倭寇」の猖獗をまねいたのは、そもそも日本に通貢を許したことに起因すると説いた。

「かつて永楽帝の時代に朝貢をみとめたが、ひとたび貢を許すや倭奴はしばしばやってきた。一〇年に一貢とする約束も違え、数年ごとに寧波にやってきては、貪欲に交易や情報交換をおこない、ついに中国の内情を知りつくしてしまった。やがて奴らは近海の諸島をあしがかりとして密貿易にのりだし、地元民や華人海商と結託して横暴をほしいままにした。

これを断つこと数十年。ようやく沿海の治安も回復したが、貢市を復活させれば、ふたたび王直・徐海のごとき倭寇の巨魁の跋扈をゆるすことになる」

さらに、秀吉のねらいは寧波ルートの通商にあるといい、それを許せば寧波だけでなく国家全体に危害がおよぶという。

すなわち「関白が貢市をもとめるに、どうして朝鮮においてせず寧波においてするのか。それは、朝鮮に欲するものはなく、寧波にこそ欲するものがあるからであり、関白がその欲するものを得ば、すなわち寧波はそれを失い、失うものは、いち寧波にとどまらず、社稷におよぶであろう」と。

たしかに、当初の「唐入り」構想において秀吉は、北京に後陽成天皇を遷御し、秀次を「大唐の関白」につけたあとは、寧波に自身の「御座所」を設けようと考えていた。一貫の読みは正鵠を射ていたといえよう。かれら寧波の有力者にとって、「倭寇」の猖獗にさらされた時代の負の記憶は、貿易利潤や地域経済活性化への期待をはるかにしのぐものだったというわけだ。

七月には、和平工作挫折の責任をとって辞職した顧養謙にかわり、反対派の中心人物、孫鑛が朝鮮軍務経略に就任した。「不許封・不許貢」の方針はもはやゆるがぬかに思われた。

しかし、「講和」を不可としたからには、それにかわる具体策を講じなければならなかった。兵部の独断と前線の暴走によるとはいえ、現実にすすめられてきた和議を中絶するやたちどころに生起する現実的な問題は、たとえば監察をもっぱらとする科道官たちのごとく、観念論や正論をふりまわすことで対処できるものではなかった。

「征剿」すなわち、数百万両の戦費を投じて数千の軍船を建造し、数十万の兵をもってひといきに日本を征討することが「上策」であるにはちがいないが、それができれば兵部の迷走はなかったし、こんにちまでの議論も無用だった。

ならば「先発制人の計」をさだめ、先制攻撃のかまえをとって日本の気勢をくじき、朝鮮駐留軍を退却させる。あるいは「智勇の奇士」を送りこんで秀吉を暗殺するか、それとも朝鮮に援軍を送りつづけるか、それもやめて朝鮮の自主防衛をたのみ、みずからは鴨緑江以西の防御に徹するか……。

時を空費しているあいだにも、日本軍は着々と朝鮮半島南部一帯に城塞をきずき、牡蠣のごとくはりついて既成事実をつみあげているのである。

九月はじめ、次輔大学士の張位は、日本への「往市」によって事態を打開しようとした。三年前に入閣した張位は、当年七一歳をかぞえた老齢の首補趙志皐にかわって内閣を主導するようになっていた。「往市」、すなわち公貿易はみとめないが、華人海商が日本へ渡り、日本の地で私貿易をすることはみとめようというのである。

「倭が封をもとめるのは、貢をもとめんがためなり。また、貢をもとめるのは、中国を侵犯するためではなく、通商を実現せんがためである。かの地は金銀を産するも、金銀を用いず。かつ生糸をはじめ中国産品への需要は高い。げんにいま、福建の海商はさかんに日本に密航して交易をおこなっている。すでに国家が公認しているもどうぜんだ」

そうであれば、福建・浙江のしかるべき商人をえらんで船数・乗員数・貨物・往来の期限をさだめ、「禁令」をもうけ、検査を厳重にして貿易に従事させ、しかるべく「関税」をとりたてる。厳重な統制のなかで「疑似朝貢」をおこなうことで究極の目的を達せしめ、それによって撤兵をうながし、再侵攻を防止すればよいというのである。

「倭に貢表と方物があれば、帰国船に乗せて明へもちかえらせ、次年度に渡航する船で回賜品を給すれば、いたづらに財を費すおそれがなく、関税を軍餉にあてれば、沿海の防衛にも資する」だろうと。事実上の「許貢」である。

九月九日、皇帝は兵部に「往市」案の検討を命じた。

石星は、否定的な答申をおこなった。「貢と市は原と一体なり」と。つまり、交易はほんらい朝貢使節に随行する商人だけにみとめるのが原則なのだから、「貢」を許さずに「市」をみとめるのは本末転倒であると。

一五日にはさらに、兵科給仕中の呉文梓が批判の上奏をおこなった。

「往市」を許せば王直のような奸民をうみ、「倭寇」の再来をまねきかねず、「中国を挙げて外夷に奉じ」るようなもので、「国体の存するゆえん」すなわち華夷秩序にも反すると。旧態依然、頑迷固陋なだけの批判である。

けっきょく張位の策は議するにいたらなかった。

というのも、この間、思いがけないところから、まったく予期せざるものがもたらされていた。朝鮮国王李昖がつかわした陳奏使許頊がたずさえた「奏文」である。「賊のために封を請う」。これまで、明と日本による和議を阻止すべく手をつくしていた朝鮮国王が、なんと、秀吉の冊封を奏請してきたのである。

宣祖じしん、のちながくこれを「万世の恥」として悔いたというが、もちろん、かくもおどろくべき奏請が忽然と湧いて出るはずはなかった。すでに職を辞した顧養謙が、春いらいかさねてきた工作が、いまごろになって実をむすんだというわけだ。

「廷議」において反対派が議論を圧倒したにもかかわらず、神宗が「許封」をあらためて追認した三月はじめ。養謙は、参将の胡沢をソウルに派遣した。日本に封貢を許すことを朝鮮サイドから奏請させるためだった。

参将がたずさえた養謙の書状は「縷々千百言」をつらねた長大なものだったというが、端的にいえばそれは、援軍の撤収をほのめかしての脅迫だった。

属国の朝鮮は、倭奴の侵犯によって王京・開城、さらには平壌を占領され、世子を虜にされた。それらを奪回し、王子・陪臣らを返還させたのは、皇帝が嚇怒して軍師をすすめたからである。だが、その恩義もすでに過分におよび、このうえ軍糧・兵士・馬匹を送ることは難しい。もはやこれまでだ、というわけである。

「いまや、倭奴も天朝の威をおそれ、降伏を請い、封貢を望んでいる。皇帝はこれを許して外臣とし、倭をすべて帰巣させて、二度と朝鮮を犯させない。争いを解き、兵を休ませるのは、朝鮮の久遠の計をめぐらすゆえんである。朝鮮はいま、糧食もつき、人民あい食んでいる。このうえ援兵と軍糧を乞い、倭奴の封貢をさまたげれば、倭奴はかならず怒りを発し、ついには朝鮮を亡ぼすだろう。ひるがえっていま、朝鮮が倭のために封貢を請うて成就すれば、倭はますます天朝の威に服し、朝鮮を徳として兵を止めて去るであろう。倭が去ってのち、臥薪嘗胆して勾践の事をなせば、倭に報復する日もかならずくるであろう」と。

日本が降伏を請い、封貢をもとめている？そんなはずはない。封貢が成れば兵を退くというが、そんなことがありうるとはとても考えられない。国王は蒼ざめ、廷議は紛糾した。議論は二転三転してつきることがなかった。

おりもおり、そこにもたらされたのがなんと「倭表」、すなわち秀吉の「降表」の写しだった。

前年のすえ、「請糧使」として北京へむかったものの「倭情」を理由に遼東の方面軍司令部に足止めされ、ついに召還された許項が謄書してきたものである。

倭情。すなわち、遼東には、ほかならぬ内藤ジョアン一行が滞留を余儀なくされていた。前年文禄二年（一五九三）九月に、惟敬とともに遼東へ入った、「いつわりの明使」にたいする「答礼使」である。

許項が遼東に至ったころ、朝鮮経略の任にあった宋応昌は、熊川にある小西行長にたいし、さかんに「関白降表」を催促していた。それをひきついだのが、一二月に応昌の後任として赴任した養謙だった。彼は、行長のもとめに応じて惟敬を熊川に派遣した。それが効を奏し、一五九四年（万暦二二・宣祖二七・文禄三）が明けた正月すえにもどってきた。「関白降表」をたずさえて帰ってきたのである。

前年来、本国では、国防大臣の石星が封貢策をめぐってピンチに立たされつづけており、前線の当事者である養謙も事態の打開を迫られていた。そのようなときに、方面軍司令が朝鮮の「請糧使」の上京を阻むのは当然であり、ならばいっそのこと、使者を和平工作のために利用しようと考えるのもおのずからのことだっただろう。

つまり、養謙は、呼びもどされて帰国する許項にわざと「関白降表」の謄書をゆるしたのだ。

朝鮮政府は三つ巴の隘路(あいろ)に立たされることとなった。つまり、隠匿されている関白の「和平条件」を知らされぬまま、明軍からは援兵を撤収すると嚇(おど)され、さらに、偽作された「関白降表」の写しを入手するという破目におちいったのだ。

「日本国関白臣平秀吉(へいのひでよし)、誠惶誠恐稽首頓首(せいこうせいきょうけいしゅとんしゅ)して上言(じょうげん)請告す。伏しておもえらく……」

みずから皇帝の「臣」を称して書きおこされた「表」の内容の第一は、「日本は渺茫(びょうぼう)として咸(あまね)く天朝の赤子(せきし)となる」ということだった。国交がないため、それを朝鮮に託してつたえようとしたが握りつぶされてしまった。それでやむなく兵を起こした。しかし、のちに停戦協定がむすばれ、日本は約束をまもって境界をこえず、朝鮮に城郭を返し、芻糧(すうりょう)を献じ、領土も返還して、天朝に誠(まこと)をあらわし、恭順の心をしめしている……。

いま「内藤飛騨守」をつかわしたのは、日本の「赤心(せきしん)」をあらわすためである。

「伏して望むらくは、皇帝陛下、旧例に比照してとくに冊封し、蕃王の名号を賜らんことを」

「旧例」とはもちろん永楽帝による足利将軍の冊封だ。それが許されれば「臣秀吉」は、永く中国帝室の「藩籬の臣」となり、「海邦の貢を献」じ、「皇基の丕著(ひちょ)を千年に祈り、聖寿の綿延(めんえん)を万歳に祝せん」と。

日本から、皇帝に臣属しようという意志を託されたおぼえなどない朝鮮政府のとまどいはいかばかりであっただろう。

ところが、朝鮮宮廷も一枚岩ではなく、東人派(トンインパ)官僚と西人派(ソインパ)官僚の派閥闘争がからんで議論は大揺れにゆれ、けっきょく、講和を支持する西人派の主張に、東人派から分かれてでた穏健派、南人派(ナミンパ)の官僚たちが賛成し、「請封」の上奏をおこなうことに決定した。

おそらく、とうじ宰相の地位に復していた柳成龍(リュソンニョン)が南人派であったことが力をもったものだろう。

国王は、ついに明将胡沢(こたく)を接見し、要求にしたがうことを告げざるをえなかった。

はたして、九月一三日、朝鮮国王使許項(ホハン)は、秀吉の冊封をもとめる「奏文」を北京にもたらした。

皇朝政府に、四たび動揺がはしったのはいうまでもない。

すなわち、前年四月、朝鮮経略の応昌が「倭酋は過ちを悔い、哀れみを乞うて貢を請うている」という伝達をもたらしていらい焦眉の課題となった「倭事」をめぐり、九月には「許封・不許貢」が決し、のち上奏合戦と激しい論戦がくりひろげられ、当年三月にはあらためて「許封・不許貢」が追認されたが、五月には一転「不許封・不許貢」の決裁をみた。決したとはいえ、なんの打開策もみいだせずにいたところに、朝鮮国王の「請封」がもたらされたのだから……。

まっさきに動いたのは、辞意をしりぞけられ、朝鮮経略にかかわる前線の軍務を反対派の孫鑛に掌握され、いぜん兵部をまかされている石星だった。

一〇月下旬、星はあらためて「封倭」の疏請をおこなった。朝鮮の王京と王子が返還されたいま、倭にたいしては信をもちい、封を許すべきであると。

「ひとたび封じれば、勅命をもって倭奴を撤退させることができる。朝鮮はそれによって国をたもつことができ、外患は終息する。ゆえに、一面では小西飛をして京師にすすめ、封を許して信義をしめし、一面では行長を諭してすみやかに撤兵させ、冊封使の到来を待たしめるのがよい。封を許せば、朝鮮にはかならず三年から五年の平安がたもたれる。その間に、朝鮮じしんが戦守をなすことはもとより、われらもまた戦備をととのえることができる」

それをせずして倭と慮、すなわち日本と女真がともに戦端をひらけば、もはや遼東をたもつことは不可能だと。

皇帝は、これを是とした。「小西飛の進京を准し、封を予うを許す」と。

政府はさっそく陳雲鴻・沈嘉旺を釜山につかわして即時撤兵をうながすとともに、内藤ジョアンを北京に迎えるための準備をととのえさせた。

遼東に足留めされていらい一年三か月。一二月七日、ついに倭使ジョアンの一行は北京に入り、鴻臚寺において三日間、皇帝に拝謁するさいの礼儀作法を習得した。「朝見の儀」は一三日に予定されていた。

当日は、皇帝が門前に出御して倭使に朝見を賜り、群臣は吉服で参列し、儀礼終了後、闕左門において五府・六部・九卿・科道はじめ百官会集のもとに「面諭」をおこなうことになっていた。が、神宗は病気を理由に出御を中止した。「仮疾ではない」とわざわざことわって……。

けっきょくジョアンの皇帝謁見は実現しなかった。が、もちろん面諭は実施された。

冒頭、兵部から冊封の前提となる「原約三事」が、筆札でしめされた。

「一つ、釜山駐留の倭衆は、ひとりのこらず撤収して帰国せよ。一つ、冊封のほか、別に貢市をもとめるを許さず。一つ、朝鮮と修好し、ともに明の属国となり、二度と侵犯しないこと」

ジョアンもまた自筆でこれに答え、遵守を誓った。ここにおいて、「降伏した関白」秀吉は公式に「原約三事」をうけいれ、明廷の百官がその証人となったというわけだ。

二〇日には、ジョアンにたいして一六項目にわたる審問がおこなわれ、倭に「封」を請う「誠情」ありとみとめられた。審問するのが兵部当局の「講和推進派」石星であり、答えるのが、講和のために送りこまれた「偽使」であってみればおのずからのことだった。審問の後半はしかも、「冊封」の実施にかかわるふみこんだものとなった。

「なんじの国、わが成祖文皇帝のときに玉帯・金印を賜り、源道義を封じて日本国王となす。いま、その子孫ありや否や。金印はいずこにあるや」

「日本の王を称するものには、源姓、橘姓、平姓、秦姓など、姓がはなはだ多く、織田信長の殺した王は秦姓の子孫にあたります。金印については聞いたことがございません」

ジョアンは「国王」を「王」にすりかえ、賜姓王氏をつらねた。永楽帝から冊封された「日本国王」源道義すなわち足利義満の子孫は、源姓であって「秦姓の子孫」ではない。信長に殺され、滅ぼされた一族に丹波八上城主の波多野氏があるが、かれらは王氏でなく、また王を称したこともない。

「なんじは、さきに朝鮮を去り、封を請うとした。しかし、平秀吉は智を信長にうけ、なおかつそれを簒奪した。彼がふたたび他国を侵犯しないとどうしていえよう」

「はい、信長は国王を殺し、王位を奪ったのは好ましくなく、ために臣将の明智に殺されました。そこで関白殿下は、信長の諸将をひきいて義兵をおこし、明智を誅して六十六州を平定されました。もしそれがなかったなら、日本の百姓はいまにいたるも平安を得られなかったでしょう」

国王が誰であるかを明らかにせぬまま、ジョアンは一貫して、織田信長が国王を殺し、王位を簒奪したとのみこたえた。だが、かりに信長に追放された源道義の子孫を一五代将軍足利義昭にあてたとする。たしかに彼は、元亀四年(一五七三)に信長によって京都を追放され、事実上、室町幕府は滅亡した。しかし、彼が殺されたという事実はなく、秀吉が明智を討ち、天正一四年(一五八六)に関白太政大臣となったあともなお、形式上「関白秀吉・将軍義昭」の時代は継続した。将軍家が完全に断絶するのは、天正一六年一月一三日、義昭が秀吉にともなわれて参内し、「将軍職」を辞したときをもってそれとしなければならないだろう。

要は、日本の国王は信長に殺され、いらい「義」をかかげて「天下」を平定したのは秀吉であり、秀吉の功績がどれほど大きいものであったか。偽使として送りこまれたジョアンは、そのことを強調できればいいのである。

「平秀吉はすでに六十六州を平定し、自立した王である。であれば、その人物がどうして天朝に封をもとめるのか」

「関白秀吉は明智を誅殺したあと、朝鮮に天朝の封号があり、ために人心あまねく安服（あんぷく）しているのを知りました。それゆえ、いま、とくに使をつかわして封を請うています」

「しかし、なんじの国には、すでに天皇と称するものがある。それは国王なるや否や」

「天皇というのは国王であり、もって信長の殺すところとなりました」

天皇が国王なら、信長は、国王すなわち天皇の子孫を殺したことにならざるをえない……！ジョアンは、明らかに「日本国の王」をあいまいにしようとしていた。唯一たしかなことは、賜姓王氏の子孫にして、かつて「日本国王」に封じられた義満の子孫である足利将軍はもはや存在しないということだ。

「なんじの国にはすでに天皇がある。そのうえにもし関白をたてて王となさば、国王はいったいいずれの地に置くのか」

「…………」

「不答（こたえず）」とある。当然だろう。だが、これはいったいどういうことだろう。

そこには沈惟敬（しんいけい）の画策がはたらいていた。遼東で足留めをくらっていた二月、ジョアンは熊川城の行長につぎのような報告書を送っていた。

「沈遊撃の言によれば、シナ国王は日本と講和を欲しているが、関白は国王の位についておらず、日本の王位は、真の国王である内裏（だいり）が掌握している。シナ国王が使節を派遣して関白と交渉するためには、シナ国王が内裏の王位を剥奪し、シナ国王が関白に王冠と王衣を賜与することによって『日本国王』にとりたてなければならないということである。そうすれば、シナ国王は関白と交渉することができ、関白に使節を送る意志のあるかぎり、三年ごとの使節派遣をみとめ、通商を許可するであろうとのことである」と。

関白が関白のままでは和議は成立しえない。つまり朝貢は実現しない。ために、天皇をさしおいて中国皇帝から「日本国王」にとりたててもらう。そうすれば皇帝との交渉が可能になり、使節を送って講和にいたれば通商は許可される。

つまり、まず「封王」になることが重要で、「通貢」はそのあとにおのずからついてくるというのである。

じっさい秀吉には、すでに思いのままにできる天皇を廃する意志はなかった。それでも行長は、名実そなわった「唯一の王」を追認しようとする明の姿勢、いや惟敬を最前線とする石星兵部の策動をうけいれる決断をしたのである。

つまり、天皇をなきものとみなして秀吉の冊封を申請することを。

秀吉の「和平条件」にあった「勘合」の復活と「通好」の再開をもって彼の最大の欲望をみたし、かつ、明の使節を京もしくは大坂に送りこむことで、豊臣政権が大唐からみとめられた日本の公権力であることを誇示してみせる。それが、「唐入り」を終わらせることのできる唯一の方法でありまた「上策」であると、そう行長や対馬宗氏は考えた。

「唐入り」がもちあがっていらい、つねに前線にあって和平工作のジレンマに立たされてきたかれらは、ともにクリスチャンであり、また海外における交易・通商の重要性を身をもって知るものたちだった。かれらの価値観にてらせば、朝鮮貿易を断絶させず、さらに中国との通商にみちをひらくことは、実をとるということでもあっただろう。

ともあれかれらは、「冊封」というかたちで戦後の国際秩序を構想するみちをえらんだ。ゆえに、秀吉の「降表」をでっちあげることにも与することにしたのである。

なんのことはない。ジョアンの「不答」は、審問においては既定路線だったというわけだ。

「なれば、なんじまさに皇上に奏し、封を請うべし。そのうえで書を写して倭に送り、去りて行長に報告せよ。すみやかに帰国し、関白をして冊使を迎える船隻・館舎を整備せしめ、恭しく仕えよ。礼儀ひとたび虧まざるあらば、封なお許さず……」というわけで、「不許封・貢」の決裁はあっさりとくつがえり、「封倭」がすすめられることになったのだ。

当初、アルタンの「順義王」にならって秀吉を「順化王」としようという案がもちあがったということだが、けっきょく封王の称号は足利将軍とおなじ「日本国王」に決し、失われてしまった金印も新造して下賜されることになった。

一二月三〇日、皇帝は、国書および金印・冠服の作成を命じ、冊封使を任命した。あわせて担当機関にあたる礼部の方針もしめされた。

「さきに小西飛が申すには、日本にはすでに国王なしと。聖旨を奉ずるに、平秀吉を日本国王に封ずるを准すとあり。ゆえに外夷襲封の例にならい、皮弁冠服および誥命・詔勅・印章を賜う。永楽のはじめ、日本は亀鈕金印を下賜されているが、小西飛によれば、旧印はすでになしと。よって新たに鋳給すべし」

冊封正使には、臨淮侯勲衛の李宗城が、副使には、五軍営右副将の楊方亨が任じられ、署都督僉事の肩書きと武官一品の服があたえられた。文官ではなく武官があてられたのは、虜王「順義王」の例にならったためである。

文官・武官の格式には画然とした差があった。秀吉の封「日本国王」は、虜の封と同類・同格とみなされたというわけだ。ちなみに、永楽帝が冊封した太宗いらいの「朝鮮国王」はもとより、おなじく永楽帝が封じた武寧いらいの「琉球中山王」の冊封儀礼においても、冊使は文官をもってあてるのがつねであった。

万暦二三年（文禄四・一五九五）一月三〇日、礼部と兵部から冊封使の身分証明となる旗牌(きはい)と割符(わりふ)の発給をうけた正・副使は、五〇〇人の使節団とジョアンら倭使一七人をともなって北京をあとにした。

天正二〇年四月、日本の征明軍一五万兵が朝鮮を蹂躙してからおよそ三年。ついに、「まことの大明勅使」が日本に派遣されることになったというわけだ。が、よもやこれが二年をこえる試練の旅の起点になろうとは、使節団員のだれひとり思ってもみなかったにちがいない。

朝鮮駐留軍の全面撤退をはじめとする「原約三事」が前提の冊封使の発遣であり、多難が予想された任務ではあったが、じつに、かれらが大坂城で秀吉に謁見するまでには、北京を発ってのち一年七か月もの歳月が空費されることになる。しかも、最終的に正使として日本にわたったのは李宗城ではなく楊方亨であり、副使が沈惟敬にかわっていたことはすでにみたとおりである。

大いなる「茶番」は、まだ二幕目が開いたばかりだというわけである。

さて、にわかに「封倭」に転じた明廷が、冊封使節団派遣の用意に追われることとなった文禄四年（一五九五）の正月を、大坂城でむかえた秀吉は、一五日づけであらたな朝鮮侵攻計画「高麗国動御人数帳」をおおやけにした。

名護屋への「関白御動座」を軸とした「陣立て」だった。

九州・中国・四国勢を一番から五番に編成した侵攻軍の数は一二万五〇〇〇人、船手衆は一万余人。くわえて江戸中納言徳川秀忠(とくがわひでただ)・越中少将前田利長(まえだとしなが)はじめ「仕置きの城」一四か所の留守を守る軍勢二万人、「つなぎの城」を守備する軍勢六〇〇〇人。これに関白直属の名護屋在陣衆七〇〇〇人を合わせて、総勢一六万八〇〇〇余人。

「この陣容をもって明年(みょうねん)には赤国を侵攻する。やがて関白秀次が名護屋の大本営に出陣し、小早川秀秋(こばやかわひであき)と宇喜多秀家(うきたひでいえ)が渡海する予定である。それまで、兵糧の確保をつねにおこたらず、駐屯中の兵を適宜交替させよ。また、領国支配の安定にもつとめ、和睦などあてにせずいっそう奮戦するように」と。
神宗が勅使を任命したのが一二月末日であってみれば、さすがに一報はとどいていない。前線における交渉がみえないかたちで和議が停滞するなか、和戦両様にそなえるのは当然のことだろう。

とはいいながら、一年さきの、しかも関白動座をともなう派兵計画を、年明けそうそうぶちあげてみせる。そこには、「天下一統」の実をあげるための機動力として、なおも「唐入り」という名の「軍役」を駆使しつづけなければならないという権力の側からの必然があった。「仕置きの城」の普請を命じてすでに一年半。長びく在番を正当化するには、戦争継続のための具体的戦略をしめしてみせ、再侵攻の日が近いことを布令つづける必要があった。

じじつ、奮戦するようにといわれても奮戦しようもなく、朝鮮に投降するものが続出するようなジリ貧のなかで長陣をよぎなくされている大名たちは、国許からのもちだしによって占領した陣地を維持し、在番衆の口を養い、日ごと不満・憤懣をつのらせてゆくかれらの「加増」要求を抑えたり宥めたりすることにも腐心しなければならなかった。

いっぽう、秀吉の関心はむしろ「豊臣公儀」の完成のほうにむけられていた。
拾という後嗣を得た秀吉にとって、いまや豊臣政権の支配秩序を盤石にし、不動のものとすることが、「唐入り」の果実をもぎとることにもましてさしせまった課題となったというわけだ。しかも、拾を得たことでそれは、枠組みそれじたいの変更をよぎなくされていた。すなわち「関白=天皇制」の内実の改編である。

前年の春、総勢五〇〇〇人をともなった吉野豪遊と高野参詣からもどった秀吉は、まもなく大名邸への「御成」を開始した。天皇や上皇の外出・訪問をうやまって「御幸」と呼ぶように、宮家、摂家などのフォーマルな外出・訪問を「御成」という。秀吉がおこなったのは、それらとおなじ公家の作法にのっとった「式正の御成」である。

四月五日、京都奉行前田玄以の邸へ「御成」して公家衆から「御礼」をうけ、そこで一夜をすごした秀吉は、翌日、北野神社に詣でたそのあしで前田利家の邸に入って一泊した。

このとき「太閤御成」の栄誉をうけるために彼は、能登から檜物師を召しよせて檜皮葺の「御成門」を新造し、六間半に九間すなわち一九〇平方メートルの広間をもつ「御成書院」を新築した。

七日、利家を「権中納言」に、佐竹義宣・里見義康らを従四位に叙するよう執奏した秀吉は——関白職を秀次にゆずったあとも、武家官位執奏権は手離していない——八日、あらためて利家の邸へ「御成」をおこなった。

相伴衆は、家康いか二三人。とりどりに公家装束を身につけた供奉の侍衆は、秀吉の乗る牛車の前に一〇〇騎、後ろに二〇〇騎、総勢四五〇人におよび、これに女房衆五〇人がくわわった。

利家の献上品は、太刀三振・脇差一振・馬三頭・小袖五〇枚・緞子二〇巻・布二〇〇反・杉原紙一〇〇帖・生絹の帷子一〇枚・白絹糸二〇〇斤・絹一〇〇斤・銀一〇〇〇枚という莫大なものであり、饗応は一三献におよんだという。

まさに浪費のための浪費としか形容しようがない。だが、こののち半年のあいだ秀吉は、頻々と「御成」をくりかえした。四月一四日に蒲生氏郷邸へ、二〇日には、この秋に権中納言に昇進することになる宇喜多秀家邸へ、六月五日と九月九日には徳川家康邸へ、一〇月二五日にはふたたび氏郷邸へ、二八日には、この日権中納言に昇進した上杉景勝邸へ、三〇日には佐竹義宣邸へ、一一月二五日にはみたび家康邸へというように。

だたの豪遊ではない。「清華成大名」の序列をあらためるための儀式なのだった。

すなわち、「権中納言」任官とだきあわせておこなわれた「御成」は、「武家清華家」という豊臣政権の上層権威集団における大名のランキングをおおやけにするためのものであり、この一連の「御成」によって決定づけられたのは、前田利家の優位であった。

結論をさきまわりすると、それいぜん「宇喜多秀家―上杉景勝―毛利輝元―前田利家」であった序列が、「利家―秀家―景勝―輝元」へとあらためられたのである。

この年一月五日、景勝と輝元と利家は同時に「従三位」に昇進した。豊臣一門の秀家は、七年まえの天正一六年(一五八八)四月にすでに「従三位」についている。

それいぜん、「正四位下・参議」の叙位任官にあずかり公卿にくわえられたのは、秀家が天正一五年一一月、景勝が天正一六年五月、輝元が同年七月のことであり、三者とも任官まもなく「清華成」をはたしていた。

いっぽう、利家が参議任官にあずかったのは、景勝におくれること二年ちかく、天正一八年一月のことであり、「武家清華家」にくわえられたのは、さらに一年後の天正一九年正月のことだった。いずれも四人のなかではひときわ晩い「しんがり」である。

秀吉は、これをいっきに逆転させ、利家をいちばんに「権中納言」に昇進させることで最優位にいちづけた。いか秀家は一〇月二二日、景勝は二八日、輝元は翌文禄四年正月六日に「権中納言」に任官した。

つまり、秀吉は、豊臣宗家の継嗣である拾の後ろだてとなって一門を補佐し、家康に対抗するべき人物として、利家をえらんだのである。

ちなみに織田信雄につぐ家格の徳川家康は、天正一二年二月にはもう「従三位・参議」にあずかり、同一五年八月には「従二位・権大納言」に任じられたが、どうじに「羽柴」姓を下賜され、いらい官位はすえおかれたままとなっていた。

つぎに急がれたのは、拾の伏見への移徙だった。

一一月、拾は大坂城を出て伏見城へ入った。大坂と京をくるめたあらたな「城下」構想のかなめの地である伏見。そのあるじとして豊臣宗家後嗣をすえるべく計算された移徙だった。

「唐入り」を期に、あらゆる物資を満載した大型船が碇をおろす港湾・兵站都市となった大坂と京を水路でむすび、かつ「一統」なった「天下」の東西をむすぶ幹線陸路の結節点にいちする伏見の地は、あらたな「城下」の心臓部にあたる。

このころ秀吉が、翌年七月に実行にうつされる秀次一族の抹殺についてどこまで計策していたかは不明だが、いずれ京の中心に、「聚楽第」にかわる「拾の居館兼政庁」、さしあたり「京都新城」とでも呼ぶべきシンボルタワーを造営することは思いえがいていたにちがいない。

そして当年文禄四年正月、拾は三つをかぞえ、秀吉は五九の齢をかぞえた。

「かえすがえす御ゆかしくそうろうまま、やがてやがて参りそうろうて、口を吸い申すべくそうろう。また、われわれ留守に、人に口を吸わせそうらわんと思いまいらせそうろう。鷹の雁、三竿進上。文給わりそうろう。御うれしく思いまいらせそうろう。ことにみごとの爪の刀、ひとしお満足申しそうろう。やがて参りそうろうて御礼申すべくそうろう。まず播磨守をもて申しあげそうろう……。めでたく、かしく。正月二日、大さかより、大かう。御ひろいさま」

伏見の拾から、傅役代筆の手紙と爪切りの小刀をもらった秀吉が、使者小出播磨守秀政にたくして、鷹狩りで獲った雁を拾に送ったさいの書状である。

溺愛ぶりもあからさまな返信だが、翌二月二七日、秀吉は、武家伝奏の菊亭晴季・中山親綱・勧修寺晴豊を通じて拾の叙爵を奏請した。豊臣宗家後嗣の「公家成」を急がせたのである。

「廿七日。はるる。きくてい、くわんしゅ寺、中山、なかはしまてしこうにて、大かうより、わかきみ三さいに御なり候を、ちょしやく御申。ちょつきよ。大かう、年とのさんたいに御ひきなふしのきよいを申いたされたきよし三人して申さるる。

ちよつきよなる」

『御湯殿上日記』の同日条には、太閤が、拾の叙爵とあわせて「年頭の参内」のさいに「御引直衣」を着用することを奏請し、勅許されたことがしるされている。『御湯殿記』というのは、天皇近侍の女官が、御所内の出来事、宮中の儀式や行事、任官叙位・下賜進献などの詳細をちくいち書きつけた職掌日記であり、公家・武家との交渉や贈答、皇室経済、市井の雑事にいたるまで多くの諸事動静をしるした記録である。

二月もすえになって「年頭参内」の装束について奏請する……？

じつに、この年、秀吉は自身の「年頭祝賀参内」を復活させるのである。

天正一四年（一五八六）一月一四日、関白任官後はじめてむかえた正月に「参賀」をおこなっていらい六年間、秀吉が毎年つづけてきた「年頭参賀」は、天正二〇年正月、前年末に関白をゆずられた秀次がひきつぎ、当然のことながら当春も、一月一日には秀次が「参賀」をすませていた。

これを、秀吉があらためておこなうというのである。意図がすけてみえよう。

しかも、そのさいに「御引直衣」を着用するといい、それが勅許された。おどろくべきことだった。なぜなら、「御引直衣」は天皇だけが身につける装束だからである。「引直衣」ではなく「御引直衣」でなければならないゆえんである。

いっぱんに男性貴族の平常服は、親王や公卿などの上流ならば「直衣」、それより下の身分ならば「狩衣」ときまっていたが、普段着である直衣のまま参内することができるのは、勅許を得たトップエリートにかぎられていた。

つまり、「直衣参内」それじたいがステータスシンボルなのである。

天皇もまたプライベートでは直衣をつける。が、天皇の直衣は、臣下のものとはかたちも着方もちがっている。長く仕立てられた直衣をたくしあげず、裾をそのまま垂らして後ろに引くように着けるため「御下直衣」ともよばれる。袴も臣下がもちいる指貫ではなく、裾が足先をおおうほどに長い「紅長袴」である。

これが天皇特有の装束であるだけでなく「天皇位」の象徴であることは、上皇や法皇とはならず、在位のまま亡くなった天皇の肖像画が「御引直衣」すがたで描かれることにもあらわれている。

秀吉が、拾の叙爵とあわせて「唯一者の装束」を所望したことは、それじたいありうべからざることであり、それが勅許されたということは、じつは歴史的な事件なのだった。

もちろんそれは一足飛びに実現したことではない。「装束」というのは、とりわけ公家社会においては、官位や家格をあらわす身分標識であり、伝統的な秩序を維持し、階級社会の交わりを円滑たらしめるうえに不可欠のものである。権威とパワーを可視化することにおいて、かつその演出の巧みであることにおいて天性の人といってよい秀吉が、これに目をつけないはずはなく、すでに着々とその力を機能させてきたのである。

天皇をもしのぐ強大な力を掌握しつつあった豊臣政権にとって、旧戦国大名をはじめとする武家衆を統制・秩序化していくプロセスと、摂関家をはじめとする公家衆の身分秩序に変革をくわえていくプロセスは、パラレルの関係にある。それらを同時並行的にリンクさせていくためのツールとして、秀吉は「装束」を積極的に活用した。

最大の画期はいうまでもない。天正一三年（一五八五）七月一一日、秀吉が関白宣下をうけたことにある。

無位無官の平秀吉というまったく故実にあてはまらない「武家」の実力者が、鳴り物入りで公家社会に登壇したかと思いきや、ふた月を要せずして「従五位下・左近衛少将」から「従三位・権大納言」に昇り、その四か月後には「正二位・内大臣」に、さらに四か月後には近衛前久の猶子となって藤原姓を名のり、「従一位・関白・内大臣」に就任して、「公家」社会の頂点に君臨した。いったいぜんたいこれをどのようにとらえ、対処したらよいのだろう。

公家衆がうろたえたのは無理もなかった。

儀礼・令制・習俗のありとあらゆることがらが有職故実にもとづいていとなまれる公家社会では、おおやけの場に出る装束ひとつにも、不確かなことがあれば相談や問いあわせをし、持ちあわせがなければ他所から借りてでもＴＰＯにあったものをととのえるのが常道なのである。それがまったく機能しない事態に直面した。

関白宣下の翌日にはもう、誠仁親王・和仁王（兄誠仁の死にともなって翌年一六歳で即位することになる後陽成天皇）・伏見宮邦房親王の使者をはじめ、門跡・摂家・堂上公家衆がそろって秀吉の居所におもむき、叙任祝賀の「公家惣礼」をおこなわねばならなかった。

そのさい、ともあれ公家衆は「直垂」を着用した。室町時代の武家故実にのっとってのことだった。

「直垂」は、庶民の労働着にルーツをもち、鎌倉時代には武士の日常着、室町時代には上級武士の礼装となった装束で、室町期いこう、「武家の権力者」に対面するさいの堂上公家の正式な装束となっていた。

すなわち、関白就任後もかれらは、秀吉を「武家の権力者」とみなして対応したというわけだ。

いっぽう、祝賀の「惣礼」をうける側の秀吉は、はじめて「衣冠」を着用した。

「衣冠」は、公家の最高の礼装である「束帯」の略装で、ほんらいは宮中に宿直するときの装束だったが、室町期いこう公家が日常の参内のさいに着ける公服となっていた。

つまり、「関白」となった秀吉は、自身の居所で公家とはじめて対面する場において、公家の装束を着用したのである。

天正一四年一月一三日、「関白」に就任した秀吉にたいして、はじめて年頭祝賀を目的とした「公家惣礼」がおこなわれ、菊亭晴季ほか四名の勅使をはじめ、門跡・摂家・親王・清華家・公卿らが順次「御礼」をおこなった。

そのさい、公家衆の装束はいぜんとして「直垂」だった。公家社会の頂点にある「関白」にたいする儀礼空間で、かれらは「武家の権力者」にたいするとおなじ対応をもってしたのである。

翌一五年元旦、大坂城にあった秀吉は、諸大名から年頭祝賀の「御礼」をうけた。そのさい権大納言家康・同羽柴秀長・権中納言秀次をはじめとする「公家成」大名・「諸大夫成」大名はそろって公家の正装である「衣冠」をつけて登城した。「衣冠」は、参内のときにかぎらず、大坂城での武家の儀礼の場においても正装としてもちいられるようになったというわけだ。

二月七日、聚楽第に入った秀吉にたいし年頭祝賀の「公家惣礼」がおこなわれた。前日に年頭祝賀の参内をおこなった秀吉への「御礼」として勅使もつかわされた。

このとき、公家衆ははじめて「直垂」を「衣冠」にあらためた。かれらは、秀吉を「武家権力者」としてではなく、公家の頂点にある「関白」として対応したのである。かわったのは、いや改変させられたのはそれだけではなかった。

トラブルがおきたのは、菊亭ほか四名の勅使が三献の儀を交わし、摂家・親王・門跡の番になったときのことだった。

「こたびは新義につき、清華衆もともに座列にくわわるがよろしかろう」

たまゆら、底しれぬ静寂が座をよぎった。清華家が摂関家と席をおなじくする！

つぎの瞬間、動揺は色にあらわれた。座が騒然とするなか、あからさまに不満をもらすものさえあった。しかし、とつぜん当座に仰せつけられたことでもあり、したがわざるをえなかった。

摂関家と、太政大臣が極官である清華家とのあいだには、こえられない家格の差がある。秀吉はそれをまるで意に介さぬかのようにあつかったのである。もちろん、みずからも属する「摂関家」の権威を貶めようということではありえない。

同年九月一三日、秀吉は大政所、北政所をともなって正式に聚楽第へと移徙した。移徙祝賀の「惣礼」は一六日におこなわれた。堂上衆も対面するようにとの京都奉行からの回章により、公家衆はこぞって聚楽へ参集した。ところが、この日「御礼」をおこなったのは摂家・門跡・清華家までとなり、堂上衆の対面は翌日に延引となった。年頭「惣礼」にひきつづき、この日も秀吉は、摂家・門跡と清華家を同席させ、羽林家いか堂上公家を翌日にまわすことで——かれらは翌日もまた正装をととのえて聚楽へ参集しなければならなかった——格差を瞭然としめしてみせたのだ。眼目が「清華家」にあることがうきぼりにされたというわけだ。

翌一七日、こんどは堂上衆をあっといわせることがおきた。かれらが参集したそのおなじ場に、「新公家四位衆」すなわち「公家成」した武家、さらには「諸大夫成」した武家までが同席したのである。

公家と武家がおおやけの儀礼空間をともにした。そして、堂上公家も地下衆も、公家成・諸大夫成した武家衆も、着用したのは「衣冠」だった。ここにおいて「衣冠」は、「関白秀吉」を頂点とする儀礼空間において、公家であると武家であるとにかかわらず、すべての構成員を包括する正装となったのだ。

秀吉のもくろんだ「家格改革」が、だれの目にも明らかに可視化されたのは、翌天正一六年四月一四日から一八日まで、五日間にわたった後陽成天皇・正親町上皇の「聚楽第行幸」においてだった。

豊臣家と天皇家との緊密な関係をおおやけにしめすためにくわだてられた空前絶後の盛儀となったこのもよおしでは、天皇の御前において、織田信雄いか有力大名が起請文をもって関白への忠誠を誓わされた。

すなわち、まずは内大臣織田信雄・大納言徳川家康・権大納言豊臣秀長はじめ六名の大名が、天皇にたいして「誓詞」をもって臣従を誓う。つづいて長宗我部元親いか二三名の大名が、おなじく「誓詞」に名をつらねての臣従を誓い、儀式はおわった。

天皇に臣従を誓うのは叙位任官にあずかった臣下のつとめだろう。だが、「誓詞」の第三条には「関白殿の命令には何ごとも背くことなし」とあった。諸大名はつまり、関白への全面的な服従を天皇にたいして誓ったというわけである。

それまで、軍事的勝利の連続だけを根拠としてむすんできた服属関係が、はじめて天皇の権威によって裏うちされ、伝統的な朝廷の位階・官職とともに秩序化された。

けたはずれの贅をつくし綺羅をつくし五日間にわたっておこなわれた盛儀の目的のひとつがここにはたされた。

行幸三日目には、おなじく天皇の御前において「和歌御会」がもよおされた。

和歌の披講の場に列席したのは、「大納言」いじょうの公卿・親王・准后をあわせて二八人。座次は、単純に官位の低いものを一番として二八番まで、公家も武家もいりまじって参列した。

一番・大和大納言羽柴秀長、二番・駿河大納言徳川家康、三番・鷹司右大将信房、四番・久我大納言敦通にはじまって、二五番・伏見殿邦房親王、二六番・室町准后足利義昭、二七番・六宮智仁親王、二八番・関白豊臣秀吉というように。

だれしもを蒼然とさせたのは、「和歌御会」のあとの「宴会」にそろった顔ぶれだった。

「大納言」に昇進していないために「御会」にはつらなることのできなかった中納言羽柴秀次と参議宇喜多秀家と、公家「清華家」の正三位菊亭季持・参議花山院家晴の四人が宴席にくわえられたのである。

それだけではない。「御会」に参加した公卿のうち、家格が「清華家」みまん、すなわち「羽林家」もしくは「名家」である六名の前・現大納言が「宴会」の席から外されたのだ。和歌の座順では一二番の飛鳥井前大納言・一一番の四辻前大納言・九番の勧修寺大納言・七番の中山大納言・六番の烏丸大納言・五番の日野大納言である。

いったいこれはどういうことか。だれもが首をかしげただろう。

じつに、盛儀最大のヤマ場がここにあった。「宴会」では、「官位」より「家格」が重んじられた。

すなわち、「宴会」に相伴できる条件は、公家であると武家であるとをとわず、また大納言であると中納言であるとにかかわらず、「清華家」いじょうであるというわけだ。

しかも、それをみとめさせるために秀吉は「勅裁」をふりあげた。

あらたにくわえられた秀次と秀家は、信雄・家康・秀長とともに、天皇の「勅」によって「清華」として宴席への相伴をみとめられた。いまや秀吉は「勅裁」というオールマイティを自在にふりだすことができる。あたかもそういわんばかりに、豊臣家と天皇家が事実上横並びする公式空間において「勅裁」をかざしてみせたのだ。

そしてそれは、豊臣政権をささえる権威的武家集団として創出された「武家清華家」の顔ぶれを披露し、その「家格」の高さを誇示してみせることであり、また、「武家摂関家」である豊臣家と、織田・徳川をはじめとする「武家清華家」とのあいだにある、厳然たる格差をあらためて知らしめることにほかならなかった。

「小牧・長久手の戦い」を挑んで秀吉の東国平定をさまたげ、征夷大将軍へのみちをとざした織田・徳川が「摂関家」になることはとこしえにありえない。そう枷をかけたというわけである。

翌天正一六年、秀吉の「惣無事」政策の執行者として当該地域をおさえた上杉景勝と毛利輝元があいついで上洛。ともに参議に任官し、「武家清華家」にくわえられた。

七月三〇日にもよおされた輝元の「清華成」披露パレードは、「豊臣公儀」の身分秩序を可視化する盛大なものとなった。黒装束の「衣冠」を着けた正四位下・参議輝元を、おなじく黒装束の「衣冠」を着けた従四位下・侍従小早川隆景・吉川広家、赤装束の「衣冠」を着けた穂田元清いか七名の諸大夫衆、「立烏帽子に狩衣」をつけた国司元蔵・粟屋元貞らの家臣団が供奉し、あとに「烏帽子・直垂」の供衆がしたがった。

装束の色は、黒が「公卿・正四位」いじょう、緋が「侍従・諸大夫」。伝統的な公家の規定にのっとったものである。目にもあざやかだったのは、この日の主役である輝元をはじめ、すでに「清華成」をはたしている信雄・家康・秀長・秀次・秀家・景勝もおなじく、それぞれが供奉衆をしたがえて独自に「式正」の行列をくみ、関白秀吉の行列とは別にパレードをおこなったことである。

おなじ黒装束の「衣冠」を着してはいても、秀吉を供奉して関白のパレードにつらなった「公家成大名」と、おのおのが供奉衆をつらねてパレードした「清華成大名」との格差は瞭然。輝元の「清華成」披露は、まさにこれを見せるためにくわだてられた盛儀にほかならなかった。

さらなる意図が明らかにされたのは、八月二二日のことだった。

この日、北条氏政の弟氏規が聚楽第に呼びだされた。武家装束の正装にあたる「烏帽子・直垂」を着けた氏規は、二〇〇人の供衆をひきいて聚楽第におもむいた。供衆の装束は「肩衣袴」——裃の祖型——であった。

いっぽう、相伴のために聚楽第へおもむいた信雄・家康・秀長・秀家・景勝・輝元たち「清華成大名」は、たとえば輝元ならば黒装束の「衣冠」を着け、おなじく「衣冠」を着した隆景・広家や、秀吉直臣の大谷吉継・黒田孝高らの武家衆に供奉され、供衆をしたがえた。

瞠目すべき光景がくりひろげられたのは、聚楽第の門前においてだった。すなわち、氏規がひきいた二〇〇人の供衆は門をくぐることを許されなかった。ただひとり氏規の供として邸内に入ることができたのは朝比奈兵衛尉だったが、その彼も、庭上に伺候するのがせいぜいだった。

はたして、関白との対面の場では、秀吉と聖護院道澄が着座する「高間」にむかって、左側に信雄・家康・秀長・秀家・

景勝・輝元たち六人の「清華成大名」がならび、右側に菊亭大納言いか五人の公家衆と、織田信包いか七人の「公家成大名」が居ならぶなか、氏規だけは末席に座をあたえられ、ひとり「烏帽子・直垂」すがたで着座した。

異質の存在であることをこれみよがしにされた氏規の目が、いやがおうにもとらえなければならなかったのは、たのみの綱であった家康を成員とする「清華成大名」と、織田信包はじめ細川・筒井・大友・島津・小早川・吉川ら「公家成大名」を「公儀の軍団」とする豊臣の圧倒的な「実力」だった。

それら「公儀の軍団」が、やがて二〇万の総力をあげて「公儀を軽んじる」北条を討つために出動することになる。

「秀吉若輩のとき、狐となって信長公幕下に属し、身を捨て、骨を砕き、寝る間も惜しんで軍忠をつくしたことで君恩をこうむり、名をあげた。ために、叛逆者明智光秀を討ち、柴田勝家を退治して恩に報い、いらい、叛くものは討ち、降るものは近づけ、麾下に属さぬものはなくなった。秀吉には一言の表裏なく、その行い天道にかなうゆえんをもって関白に昇りつめ、万機の政にあずかる。しかるにいま、氏直、天道の正理に背き、帝都に奸謀をくわだて、勅命に逆らう輩となった。どうして天罰をこうむらずにいられよう。どうして誅罰をくわえずにいられよう……」

北条への「最後通牒」は、そのまま氏政・氏直父子征伐の「宣言書」としてあまねく諸大名に公布された。

天正一八年（一五九〇）三月一日、三条大橋を舞台に「関白動座」の大パレードをおこなって出陣した秀吉は、七月に北条を討ち滅ぼし、つづいて「奥州仕置」をはたし、ついに彼とその政権に歯むかう敵がなくなった。

秀吉に服属した大名たちは、秀吉への奉公を命じられ、豊臣政権下で公務や軍役をはたさねばならなくなった。

しかし、そのいっぽうで大名たちは、本領を安堵され、領国支配を許されていた。かれらは、依然として地域をおさめる武家権力者の家長であり、豊臣政権は、かれらの力の連合によってささえられるという構造的な矛盾をはらんだままだった。

東国をたいらげ全国平定をはたしたいま、いっきにこれを一元化し、大名統制に拍車をかけねばならない。

そのために、いよいよ支配構造の根幹にメスを……と、いきおいこんでむかえた天正一九年、なんと、一月二二日に、大和大納言秀長がみまかった。秀吉は「従二位・権大納言」家康に肩をならべる豊臣一族の大名を失ってしまったのだ。

のみならず、同年八月五日には、嫡子鶴松が二年二か月のみじかい命をおえていった。

秀長の死は「豊臣公儀」のパワーバランスを大きく変え、鶴松の死によって、世襲による豊臣「武家摂関家」の継承は頓挫した。だが、秀吉の果断速攻は、衝撃と悲しみゆえにかえって凄みをました。

八月二一日、「唐入り」の兵員確保のため、「身分統制令」を発布して兵農分離を徹底させ、すべての大名に「検地帳」をととのえさせた。軍役賦課の基本台帳となるものだった。

ついで秀次に関白職をゆずる意向をしめし、明年三月一日の太閤「大明国御動座」を期して、諸大名に動員令を発布。浅野長政を惣奉行に、黒田孝高を縄張り奉行に任じ、九州の大名を動員して名護屋築城普請をスタートさせた。

そして九月二一日には秀長のあとを襲った秀保を、翌一〇月一〇月には養子の秀俊をあいついで「正四位下・参議」に任官させて公卿にくわえ、一一月二八日には、後継者に指名した秀次を「従二位・権大納言」に、六日後の一二月四日にはさらに「正二位・内大臣」に昇進させ、同月二八日には関白をゆずって「正二位・関白」としたのである。

天正二〇年（一五九二）一月二九日、秀次にはさらに「左大臣」を兼ねさせ、秀保・秀俊を「従三位・中納言」につけた。三人の甥――秀次は姉ともの子、秀保は秀次の末弟にして秀長の娘婿、秀俊は妻おねの甥でのちの小早川秀秋である――をいっせいに昇進させたのだ。

秀吉じしんはもちろん、「従一位・太政大臣」の地位を辞していない。また、いぜんとして関白を世襲とする「武家摂関家」豊臣宗家の当主であることにもかわりはなく、武家官位「執奏権」を握っていることから、従前どうよう諸大名をひきいて「叙任御礼」の参内もおこなっている。

つまり、養子にむかえた秀次に委譲することで「武家摂関家」たる豊臣宗家による関白世襲にみちをひらき、「秀」を名のる豊臣一族を重職につけることで豊臣「公儀」にしめる一族のパワーを増強したというわけだ。

どうようの意図は、五月なかば、名護屋城にソウル陥落と朝鮮国王逃亡の「注進」がもたらされるやまもなくうちだされた、いわゆる「三国国割構想」においても明らかだった。

明年には秀次が渡海し、「大唐の関白職」につく。ついで明後年には、後陽成天皇が「大唐都」北京へ遷幸する。日本の天皇には皇太子良仁親王もしくは皇弟智仁親王をつけ、日本の関白には、秀保か宇喜多秀家をつける。さらに朝鮮には、秀次の次弟秀勝ないし秀家をおき、九州名護屋には秀俊が入るという、豊臣家による東アジア征服構想である。

翌文禄二年（一五九三）、正月を名護屋でむかえた秀吉の「年頭参内」はおのずからおこなわれず。同年八月、拾の誕生をうけて帰還し、一〇月の「公家惣礼」にのぞんださいには、黒装束の「道服」を着用して応対した。

「道服」は法衣の一種で、公家や上級武家が出家入道、あるいは退隠したあとに着ける装束だ。関白職をしりぞいた「太閣」秀吉にふさわしい装束であるにはちがいなかった。が、じっさいには彼は隠居したわけではなく、公家の最高位に君臨し、かつまた武家の最高権力者として実権を掌握する「天下人」なのである。

本朝開闢いらい公家と武家を包括したヒエラルキーの頂点に立ったものはだれもない。

これまでの「衣冠」を「道服」にあらためたとき、秀吉がそのことに自覚的でなかったはずはない。

と同時に、豊臣宗家を中核とする「天下」、すなわち「豊臣公儀」を不変的に維持するうえで解決しなければならない、本来的な問題についても……。

つまり、公・武の頂点をきわめた「天下人」秀吉が、家格レベルでは「摂関家」と同列でしかないというジレンマだ。武家にありながら関白であるという「武家関白」の二面性、すなわち豊臣政権の属性は、公家勢力が政治権力に接近し、場合によってはとってかわられる可能性をのこしていた。

もちろん、豊臣政権の本質はあくまでも「武家専制」なのであり、公家衆にたいしては、政治権力に介入することも保有することもみとめてはこなかった。また、すでに天皇を関与させずに、事実上あらゆる決定権を確保するしくみをつくり機能させてもきた。

しかし、豊臣家の家格が「武家摂関家」であるということは、「摂関家」であるかぎりにおいて「公家摂関家」と同等なのであり、それによって「公家摂関家」を完全に「関白職」から排除することにはなりえない。つまり、豊臣が「関白職」を権威の源泉としているかぎり、「豊臣公儀」を安定的にながらえてゆくことは難しいというわけである。

これを解決するためには、豊臣宗家が「公家摂関家」の上位に立つ絶対的な存在であることをしめさねばならない。そのための方策のひとつが、拾の叙爵とあわせた年頭参賀のさいの「御引直衣（おひきのうし）」着用の奏請なのだった。

文禄四年（一五九五）二月二七日の勅許奏請からわずかに五日、三月二日には、太閤への「年々の礼」および、拾への「移徙（わたまし）の礼」が天皇・親王から用意され、あわせて太閤へとどける勅書と装束がととのえられた。

「二日、はるる（晴）。……大かう（太閤）へ年々の御れい（礼）御入候とて……御たちおりかみ（太刀折紙）、は代きかね（馬黄金）二まい、御ひろい（拾）へ、しろかね（白銀）廿まい、御たちまいる。ふしみ（伏見）へわたまし（移徙）の御れい（礼）も候はんよし申候とて、それにしろかね（白銀）十まいもちて御出あり。しんわう（親王）の御かたよりも御いんしん（音信）よく候はんとて、大かうへ御たちおりかみ（太刀折紙）、は代きかね（馬黄金）一まい、御ひろい（拾）へ御たち（太刀）、は代しろかね（馬白銀）十まい。みなみな御所よりいつる（出）……。

大かうへ御ひきなふしまいられに、ちよくしよいたさるる。藤さいしやうにて御ひきなふし、たうかぶり、みなみなこしらへてまいる。御めにかけらるる。同くわんぱく殿もこしらへられ候てまいる」

藤さいしやうにて御ひきなふし、たうかぶり、みなみなこしらへてまいる……。すなわち、装束を家職とする高倉永孝が、はやばやと「御引直衣」「唐冠」をこしらえて御前に披露し、おなじものは関白の分もととのえられたという。天皇だけが着ることのできる「御引直衣」の着用が、太閤秀吉だけでなく関白秀次をふくむ「豊臣家」に許されたというわけである。

翌三日、伏見城で「公家惣礼」がいとなまれた。勅書と装束をうけとった秀吉はおおいに喜び、上機嫌であったという。それにしても「唐冠」とは……！いかにも秀吉らしい奇抜な発想だが、それはいったいどのようなものだったのだろう。ちなみに、天皇の「御引直衣」には「立纓冠」ときまっている。漆紗冠の後ろに垂らした「垂纓」を堅くして立て、弓なりにたわむかたちにしたもので、「御引直衣」とどうよう天皇位を象徴する冠である。

三月二七日、秀吉は、武家公卿衆を供にひきつれ、三年ぶりとなる「年頭参内」をおこなった。そのよそおいを、吉田兼見がつたえた『兼見卿記』はつぎのようにつたえている。

「太閤、糸毛の車に乗り、牛二疋これをひく。唐冠、大きなり。両に羽あり、纓あり。引直衣、今度申し出だされ、御着用と云々。指貫は紫、直衣・紫指貫は、諸家これを憚るべくと云々……」

糸毛の牛車で参内した秀吉は、左右に羽、うしろに纓をつけた「大きな唐冠」をかぶり、「引直衣に紫色の指貫」を着けていたという。

左右に羽のついた「大きな唐冠」というのは、巾子という髷をいれるうしろの部分を大きくこしらえ、左右に平纓をつばさを展げたようにはりださせた中国風の冠で、能であれば、中国人や荒神・鬼神がつける冠り物に似かよったものだったにちがいない——秀吉じしん、玄宗皇帝の後宮に鍾馗の霊があらわれて楊貴妃の病いを治すという演目「皇帝」のシテを何度も演じているが、まさにそのシテの冠り物が「唐冠」なのである。

ただし、秀吉の冠は、左右に平纓がはりだした「大きな唐冠」の、さらにその後方に「日本の公家装束の冠に特有の纓」を垂らしたまさに独創的なデザインで、いまだ何人もかぶった、いや見たことのないものだった。

どうように、天皇位をあらわす「引直衣」に、裾をひきずる「長袴」ではなく、裾を紐でくくる「指貫」を組みあわせるスタイルというのも、いまだ何人も見たことのないものだった。袴の色はしかも、天皇の緋色をはばかって紫色とし、諸家にたいしては「直衣・紫指貫」の着用をはばかるよう指示をくだしていた。

つまり、「纓のついた唐冠」に「引直衣・紫指貫」という、まったきオリジナルの装束が、「天下人」という故実を超越した至高の存在としての「豊臣家」の礼装だというわけである。

もちろん、宗家の後嗣である拾ものちにこれを着用した。

文禄五年（一五九六）、四歳をかぞえた拾は、五月一三日、父太閤にともなわれてはじめての参内をはたした。そして同年一二月一七日には名を「秀頼」とあらため、翌慶長二年（一五九七）五月、ふたたび大坂城から伏見城へと移徙（わたまし）した。その祝賀「惣礼」において、秀吉・秀頼は父子そろって「御引直衣」を着用したのである。

八月には、秀頼の居所となる新城「京都屋敷」が完成。二五日に伏見から京へ移徙した秀頼は、九月二八日、宮中で元服をとげ「従四位下（じゅしいのげ）・左近衛少将」に叙任、翌日にはもう「左近衛権中将」に昇進し、明年慶長三年の四月にはさらに「中納言」に昇ることになる。

移徙・元服・叙爵。たびごとに祝賀の「惣礼」は欠かせぬが、おそらくそれらの儀礼の場に、秀吉も秀頼も「天下人」を表徴する「豊臣家」の礼装を身につけてのぞんだにちがいない。

装束の調達をつとめとする高倉永孝の「覚（おぼえ）」のひとつに、慶長二年「豊臣秀吉装束覚書」というのがあっていまにつたわっている。そこには「伏見、京御城中、大坂、藤宇様あづかり申しそうろう分まで、太閤様御装束供一紙目録」として、かずかずの装束が列挙されている。

そのなかに、たしかに「御引なをし（直衣）、夏うす物三、冬あや物五」および「たうかぶり（唐冠）二」の記載がある。

御引直衣と唐冠が、伏見・大坂だけでなく「京御城中」すなわち同年八月に竣工した「京都屋敷」にも用意され、「豊臣家」の絶対的地位を可視化すべく、秀頼を中心とする儀礼の場で着用されたということは大いにありうることだろう。

いずれにせよ、秀吉は、神宗万暦帝から「紗帽展角全」を頒賜（はんし）される一年いじょうまえに「唐冠」をつけていた。しかも「垂纓のついた唐冠」というあとにもさきにも例をみない、斬新このうえない冠を……。

つまり、秀吉は「天下人」という超越者にして最高権力者にふさわしい冠帽として、みずから積極的に「唐冠」をえらびとったのである。

もちろん、明の服制における「臣下の冠」としてではない。「大唐」を上等とみる世界観を裏うちとして、「豊臣」の権威をいちだんと耀かしめるレガリアとしての「唐冠」であり、また、「豊臣」が、中国大陸におよんで一世の豪をふるったメモリアルとしての「唐冠」である。

そしてなんと、つばさのような平纓（ひらえい）と垂纓（すいえい）の両方がそろった「天下人の冠」をつけた秀吉の画像が伝存する。

慶長五年（一六〇〇）五月一八日づけ玄圃霊三（げんぽれいさん）・惟杏永哲（いきょうえいてつ）の賛をもつ、西教寺（さいきょうじ）につたわる画像である。賛によれば、秀吉のもとでながく祐筆をつとめた山中（やまなか）山城守長俊（ながとし）が、三回忌にあたって描かせ、近江の西教寺に納めたものだという。

画のなかの秀吉は、繧繝縁（うんげんべり）の上畳（あげだたみ）に薄縁（うすべり）をしき、白直衣・指貫を着し、「垂纓のついた唐冠」をつけて胡坐（あぐら）をくんでいる。上部には社殿のような屋根の軒先・簾（みす）・垂幕（たれまく）を配し、床（とこ）の壁にはみごとな水墨山水画をみることができる。

「御真影」として描かれ、秀吉を祭神とする「豊国社」におさめられた「神像」のオリジナルも、簾（みす）・垂幕（たれまく）のある繧繝縁の上畳に薄縁をしき、白直衣に指貫すがたで座しており、典型的な「神像」様式にのっとった画像であるというが、万事に「新義（しんぎ）」を創りだすことをむねとした「天下人」秀吉の、ほんらいの意思を反映しているということにおいて、「西教寺本」は貴重このうえない画像というべきだろう。

慶長三年（一五九八）八月一八日、秀吉は、さまざまな未練をのこし、六二年におよんだ希有な生涯を閉じた。廟所に社祠をととのえ、みずからを神として祀るようにとの遺言にしたがって、九月一一日、「釿始め（ちょうなはじめ）」の式がいとなまれ、東山大仏の東、阿弥陀ヶ峰で社殿の造営が始まった。

翌年四月一七日、神号が授けられ、一八日には「正遷宮の儀」がとりおこなわれた。秀吉は、文字どおり「豊臣天下」の「国家神」となり「豊国大明神」の名をあたえられた。

「御神影」となった「神像」は長谷川等伯（はせがわとうはく）筆とつたえられる逸品で、纓はないが展角のある「唐冠」をつけており、オリジナルであればおのずから、伝存する「神像」のなかでもっとも類例の多い画様である。

それらの多くの「神像」には、秀頼をはじめ、豊臣家と豊臣政権をささえ、その永続を願った大名や直臣らゆかりの人々が、「豊国大明神」の勧請・分祀をとおして「豊臣天下」の存続にかけた切実な思いがこめられている。

そして、それらゆかりの人々にとっても「唐冠」は格別の価値をおびた表徴としてうけとめられていただろう。

「神像」に数多く「贊」をもとめられた禅僧に西笑承兌と南下玄興がある。

秀吉に近侍し、政権の中枢にあって彼をささえた承兌は、「朝鮮震旦」あるいは「真丹高麗」がそろって「来享」した、つまり、朝鮮と中国が日本に来朝して秀吉に貢物を献じたことをもって贊辞とした。

「一代英豪絶等倫、恩風普及四方民、朝鮮震旦倶来享、綸命已称豊国神」

「厳然遺像、有威有儀、聞風来享、真丹高麗」

いっぽう、愛児鶴松の菩提寺「祥雲寺」の開山にまねかれた玄興は、皇帝から国王印と冠服を拝領したことを称贊した。秀吉「一世の豪」がとおく「大明」にまでとどろきわたったあかしとして「天子」から賜ったものだからである。

「大明日本振一世豪、佩国王印、賜天子袍、鳳翔千仞、開太平路、海闊山高」

「華」と「夷」については対照的な観念のあらわれた「贊」ではある。

しかし、そこに共通していることは、比類ない秀吉の偉業を賞讃するに「中国」をもってしなければそれをなしえないということである。そしてそのことを一目瞭然にし、かつ不滅のものたらしめるための「章標」として、「唐冠」よりほかにふさわしいものはありえないにちがいなかった。

14　神童世子 ― 朝鮮赤国（あかくに）のこらず、ことごとく一遍（いっぺん）に成敗（せいばい）もうしつける

文禄四年（万暦二三・宣祖二七・一五九五）春、はじめて「天下人」の礼装をととのえた秀吉が、糸毛車（いとげのくるま）にゆられて内裏にむかっていたころ、遼東には、朝鮮国境をめざす明の冊封使節一行のすがたがあった。

一月三〇日、五〇〇人の使節団をともなって北京をあとにした冊封正使李宗城（りそうじょう）・副使楊方亨（ようほうこう）は、四月七日に鴨緑江をこえて義州（ウィジュ）に入り、同月二八日にはソウルに到着。国王李昖（イヨン）に出迎えられて慕華館（モファグァン）に入った。その名も「華を慕う」。皇帝の使者を迎え、拝礼をおこなうための迎賓館である。

かれらはそこで、先行して釜山にむかった沈惟敬（しんいけい）から日本軍の「撤退完遂」を報らせてくるのを待つことになっていた。冊封の条件「原約三事」を違（たが）えぬためである。すなわち、「三事」のひとつ、「朝鮮駐留の倭衆は、ひとりのこらず撤収して帰国する」という条件がととのってはじめて、かれらは渡日のための行程をまえにすすめることができる。ために、かれらは、日本軍の完全撤退をみずからの責任においても確認する必要があった。

宗城（そうじょう）はさっそく配下の揚賓（ようひん）を釜山につかわした。が、六月はじめ、彼が復命した内容はおどろくべきものだった。

倭城にはまだ、膨大な数の軍兵が残留しているというのである。

豆毛浦（トモポ）には清正の軍兵二万二〇〇〇、西生浦（ソセンポ）には八〇〇〇、機張（キヂャン）には黒田軍八〇〇〇、釜山には毛利軍二万、亀浦（クポ）には小早川軍四〇〇〇、金海（キムヘ）には鍋島軍一万八〇〇〇……。すべて当初からの数であり、増減のほどはさだかでないとしながらも、一四か城の倭営に一三万をこえる駐留軍が、いぜんとして蟠踞しているという。

報告にせっした朝鮮側の接待都監は、さっそくこれを写して国王に啓奏した。

朝鮮の宮廷には、それいぜんにもさまざまな方面から日本軍の情勢がつたえられていたが、揚賓の報告は、同年二月、

明の遊撃陳雲鴻（ちんうんこう）に随行して金海竹島城（キメチュクド）や熊川城（ウンチョン）を巡検した朝鮮の接伴使李時発（イシバル）がもたらした報告とおおむね一致するものだった。

そのおり、陳雲鴻の一行は、鍋島軍が在番する金海の竹島城で宿泊し、海路、熊川城にむかった。

「竹島営の広さは平壌城（ピョンヤン）とおなじくらいで、城郭のある丘陵の北・東・南の三面は洛東江（ナクトンガン）に臨み、城下には数えきれぬほどの船がつながれている。木柵と土塁をめぐらし、石垣を積んで築かれた城郭は堅固であり、陽光をうけてそびえる台閣の白壁はじつに美しい。城内には土壁の建物が、一片の空地もないほどびっしりとたちならび、万余の兵を収容できると思われる。また、倭に投じたわが民が城外に小屋をつくって集住し、漁業をなりわいとして暮らしている」

実情をまのあたりにした李時発の報告はつぶさである。

「熊川へむかう船のなかから、亀浦城（クポ）、加徳城（カドク）、安骨浦城（アンゴルポ）をながめみる。大小の差こそあれ、城地が堅固であること、屋宇（やう）の稠密（ちゅうみつ）なることはみなおなじである。また、鎮海湾（チンネマン）をはさんで安骨浦とむかいあう熊川城は、一山の上に海を塞がんばかりの威容をほこり、船着き場が星のごとくならんでいた。

城門は船着き場とつながっている。船をおりた陳（ちん）遊撃は、冠帯を具し、蟒龍（もうりゅう）の文様のある官服を着して城門にむかった。とちゅう、街路は見物の男女でうめつくされ、長廊の両側には店が軒をならべ、海産物などを売っていた」

船着き場から城門までの街路にひしめきあうようにして商いをいとなむ人々は、もちろん朝鮮の人民だった。このころすでに朝鮮政府は、交易売買のために倭城に出入りする人民の急増に頭を悩ませていた。

慶尚右兵使金応瑞（キムウンソ）が、「通事倭（つうじわ）」を介して知りえた情報を都元帥権慄（クオンユル）にもたらしたのも二月のことだった。前年来、応瑞のもとには「要時羅」と名のる小西行長配下の通訳が、二重スパイのごとく朝鮮服を着てあらわれては倭営の消息をつたえてくるという。

それによれば、「釜山・東萊（トンネ）・機張（キヂャン）・林郎浦（イムナンポ）・西生浦（ソセンポ）の倭城では、売買のために五〇人あるいは一〇〇人という慶尚左道の人民が、ひきもきらず城を出入りし、講和など万にひとつも成就するわけがないなどと噂しあっている」という。

どの城も、数千から数万を数える居留者をかかえていたのであってみれば、当局がいくら禁断の措置をとっても、需要とカネのあるところにモノが流れるのを防ぐことは至難である。それだけではない。すでに三年来日本軍が上陸基地をおき、ふるくから対馬の進貢貿易の出先機関がおかれてきた釜山や東萊の城下では、日本軍に投降した朝鮮人民が「屯」に編成され、朝鮮人「屯長」のもとで耕作に従事し、貢納を取りたてられてさえいた。

金応瑞は、ながくそうしたさまを探察しつづけてきており、その数は増えることはあっても減ずることはないと、そう権慄に報告した。

「聞けば、東萊・釜山・金海などの地域で、野にあふれんばかりに耕作しているものの三分の二はわが国の民であり、なかには髪を剃り、歯を染めて、倭の風俗にしたがうものまであるという。また、遠方から商売目的でやってくるものは、おのおの品物をたずさえて往来し、賊陣において交易する。もはや歯止めがきかない状態で、寒心にたえません」

報告をうけた権慄じしん、倭城が集中する慶尚道に陣をかまえながら賊情をまのあたりにし、頻ぴんと朝廷にあてて啓状を送るも打つ手はなく、倭人と混住さえする朝鮮人が一〇〇人、二〇〇人、三〇〇人と増えていくさまを、拳をにぎってみているしかなかったのだ。

惟敬に随行した接伴使黄慎（ファンジン）も、日本軍に撤退の意志はみじんもないとの報をつたえてきた。

「それどころか、奴らは兵糧をたくわえ、屋宇（やう）を増築し、つねにいそがしく動きまわっており、倭将は陣営を往来して謀議をはかっている。奴らは天朝を欺くものにほかならず、けっして信ずることはできない」と。

つまり、倭営の情勢は全面撤収どころではないのである。

にもかかわらず、いや、だからこそ石星（せきせい）・惟敬ら兵部の冊封推進者たちは、どんな姑息な手をつかっても、またいかなる弥縫策をあざなってでも使節を日本に送り、冊封を成就させなければならなかった。

かれらにとっては、いまや冊封使が任務に忠実であることそれじたいが和平工作のさまたげにほかならず、とりわけ、「三事」に固執し、前進をうながす説得に頑として応じない宗城が正使であることが、講和の障害となりつつあった。

それでなくても、秀吉の「和平条件七か条」が明廷に秘せられたままとなっているのであり、内藤ジョアンを「納款使」に仕立て、「関白降表」を偽造することでようやく「三事」を条件とする「許封」を得たものの、それは、圧倒的な反対論を「聖諭」すなわち皇帝の「鶴のひと声」で遮ることで実現したのである。

この期におよんでつまずけば、異論百出、非難と弾劾の嵐にさらされることはまちがいなく、不首尾におわれば皇朝の危機をもまねきかねず、かれらが奸臣・売国奴の汚名をこうむるだけではすまされないにちがいなかった。

小西行長もまた、たちどころに薄氷のうえの人とならざるをえなかった。

彼が、使節にさきだって釜山に入った惟敬から「日本国王」冊封の正式な報告をうけたのは、四月下旬のことだったが、それは、朗報というにはささやかに過ぎるものだった。

秀吉の和議条件は、明にたいしては「皇女降嫁・勘合貿易再開・誓詞交換・朝鮮割地」をもとめ、朝鮮にたいしては「王子入質・誓詞提出」をもとめるものだった。いっぽう、「降表」を偽作することでかれらが得られたものは「日本国王冊封」だけであり、しかもそれは「駐留日本軍の完全撤収・貢市をもとめることの不可・明への臣属と朝鮮との修好」の「三事」を条件とするものだったからである。

行長は、とるものもとりあえず日本にむかった。「貢市」不許可についてはひとまず言（げん）をにごすとし、冊封がみとめられ、勘合にもちいうる「金印」と、聖詞としての「国書」をたずさえた「勅使」が発遣されたことをつたえるためである。

講和のための「勅使」がすでに朝鮮に入っている。しかし、日本軍が撤退しなければ「勅使」は渡海しない。

そう報告をうけた秀吉は、五月二二日づけで「朝鮮差軍の将に諭す、大明・朝鮮と日本和平の条目」三か条を提示した。漢文体で書かれた「和平条目」は、行長と寺沢正成（てらさわまさなり）の両人をあて所としているが、れいのごとく、惟敬をつうじて明廷に提示されるものとして作成されていた。

「一つ、大明皇帝の欽命により朝鮮を恕宥（ゆる）すにあたっては、朝鮮王子一名が日本に渡り、太閤の幕下に侍（はべ）ること。朝鮮八道のうち四道は日本に属しているが、王子が来日して太閤に近侍するならそれらを付与しよう。

一つ、朝鮮王子は沈遊撃とともに熊川城に至ること。至れば、朝鮮に築いた軍営一五か城のうち一〇か城を破却する。

一つ、大明皇帝が朝鮮との和平を懇求（こんきゅう）するので、これを赦（ゆる）す。しかれば詔書を賚（たま）い、大明勅使を派遣せよ。こののち大明と日本の官船・商船の往来は、金印をもって勘合となすべきこと」

「七か条」にあった究極の不可能事「皇女降嫁」こそは断念されたものの、「割地」については、朝鮮四道は日本に帰属し、王子の渡日および太閤への近侍とひきかえにそれらを付与するとハードルをあげ、「貿易」については、「金印」をもって公貿易・私貿易の「勘合」とするとふみこんでいる。

駐留軍の撤収についてはたしかに「仕置きの城」一〇城を破却するとはいっている。しかし、五城はのこす。つまり、朝鮮王子が太閤の幕下に入らぬかぎり朝鮮からの完全撤退はありえないというのである。

じじつ、「城破り（しろわ）」が始まった六月すえ、竹島城の鍋島直茂（なべしまなおしげ）にたいして秀吉はこう告げている。

「大明と朝鮮が、さまざま無事の詫び言を申すので赦免するまでだが、釜山海、金海、こもかいなどの四五か城はのこし置く」と。

直茂は、みずからがテリトリーとする金海・竹島・徳橋の三城のうち、端城の二城を破却し、在番衆を本城である竹島城に移動させた。これを撤収とはいわぬだろう。

にもかかわらず、ついに「正使は南原に、副使は居昌へ前進せよ」との指令が慕華館にもたらされた。冊使が南原・居昌にいたれば、日本軍は撤退を開始するというのである。不審をいだいた宗城は、朝鮮陪臣の随行をもとめた。

七月一一日、副使楊方亨一行がまずソウルを発った。朝鮮政府からは接判使として吏曹判書の李恒福が随行した。正二品衙門吏曹の長官、文官の人事権を掌握する大臣である。

直後の二三日、正使が探索につかわした答応官張万禄が、熊川・巨済・釜山・金海の倭営を巡検してもどってきた。いわく「熊川四営のうち、参浦の平義智の営は焼尽したが、軍兵は行長の熊川の営にあり、薺浦・安骨浦はいまだ撤収せず。金海三営のうち、徳橋はすでに焼尽したが、府中と竹島はいまだ撤せず。巨済三営のうち、松真浦・長門浦はみな撤収して空になっていたが焼却せず。中心となる島津義弘の永登浦が撤収せずにのこっている」と。

「倭営地図」をさしながらの報告は詳細であり、倭営の破却は子城にかぎられ、拠点となる本城をのこしていることが明らかとなったのだ。宗城は、なおも出発をみあわせた。

が、副使におくれること二月。ついに彼も重い腰をあげざるをえなくなった。

九月四日、法務大臣にあたる刑曹判書の金晬をともなって正使一行は王城をあとにした。惟敬の強引なやりかたに不審の念はつのるばかりである。

金晬もまた、日本軍の撤退をみずに正使が前進し、釜山の倭営に入ることへの危惧をあらわにした。正使を自営にとりこめば、撤兵の約束はかならず反故にされる。両者の考えはおなじだった。

金晬は、前年の二月に謝恩使として北京におもむき、涙ながらに日本の猖獗をうったえ、秀吉のしめした和議条件の「和親」が「和婚」すなわち明皇女の降嫁であるという情報をもたらした高官だ。おのずから彼は、「割地」や「王子入質」など、日本の要求がただならぬものであることをつかんでおり、それでなくても、ともに天を戴くことあたわぬ讎敵が冊封され、封王にくわえられるなど、断じてみとめるわけにいかなかった。

宗城は、南原到着後にあらためて部下を偵探にむかわせ、撤退が確認できないかぎり同地にとどまることを決意した。

ところが、一〇月一六日、正使一行はとつぜん南原を発ち、海印寺をへて密陽へとむかった。「倭営にむけて前進せよ」との指令が、北京の本兵すなわち兵部尚書石星からもたらされたからだった。

金晬には寝耳に水のことだった。離間のための謀略にちがいない。すぐにあとを追った。あんのじょう、密陽に入った正使は日本の監視下におかれ、金晬ら朝鮮官吏はいっさいの関与からしりぞけられた。

宗城はここでも抵抗をこころみた。

「清正一年去らざれば、われ一年進まず」

加藤清正は、朝鮮に蟠踞して講和をさまたげる「兇悍」とみなされ、「賊軍」の代名詞となっていた。

「清正」が撤退しないかぎり、一歩たりとも前進はしない。つまり、倭営がすべて破却されないかぎり渡日はしない。宗城はかたくなに主張をまげず、倭軍撤収完遂のはたされぬことを報告する使者を北京に送った。

一一月一八日、使者がもどってきた。朗報ではなく、本兵からの厳命をたずさえて。

「使はすみやかに入釜せよ。さもなくば倭兵の撤退はない」

なんと、日本軍が撤退しないのは、正使が倭営に入ることを拒絶するからだというのである。因果は完全にすりかえられていた。いや、じつは石星は、そもそものはじめから冊封使の釜山到着を待っての撤兵を容認していたのである。

翌早朝、宗城は金晬に釜山へむかうことを告げた。

「蘇武の匈奴に入るは武にあらずや、十年漢節を持すは武なり……」

漢の武帝の使者として匈奴に至り、囚われの身となるも一九年間「節」をつらぬき、雁の足にむすんだ便りによって帰国できた「蘇武の故事」をひき、悲壮な覚悟を語った。紋切ではある。が、宗城の蒼ざめた心境は察するにあまりある。

「ここ密陽に留まるも、釜山営に入るも、倭の監視をまぬがれぬことではおなじでありましょう」

宗城にとっては、朝廷に真実がつたわらないことがたえ難かった。「三事」に忠実であろうとしているものが、「三事」をさまたげる元凶のごとくとらえられている。それだけならまだしも、渡日を急かす惟敬がまったく信じるに足らぬこと、日本軍の実情をみれば「封」をもって講和の成ろうはずがないことをつたえるすべがない。

任務をまっとうする見通しが何ひとつないまま、それでも命にしたがって倭営に入らねばならぬ。そこにはさらにどんな謀略が待っているかわからない。宗城は、蘓武の忠節を肝に命じ、みずから自身をふるいたたせた。

二一日、正使一行は密陽を発ち、梁山で行長らの出迎えをうけ、二二日、釜山に入った。

一二月一日、行長、寺沢正成、景轍玄蘇は冊封正使と副使に行礼し、「国書」と「金印」を拝礼した。

披露された「誥命」には、たしかに「爾豊臣平秀吉……ここにとくに爾を封じて日本国王となす」の文言があり、「皇帝、日本国王平秀吉に勅諭す」と起こされた「勅諭」にも「節を持し、誥を齎し、爾平秀吉を封じて日本国王となし、錫うに金印をもってし……」とあった。

平壌での休戦協定から三年あまり。ようやくここまでこぎつけた。行長と玄蘇の感慨はひとしおのものがあっただろう。

いっぽう、李宗城・楊方亨両使は終始ひと言も発しなかった。前日、惟敬から「倭性、煩を厭う、講話を与えることなかれ」と釘をさされていたからだ。

直後、日本語通事の朱元礼が、渡日の情報をひそかに宗城につたえてきた。出発は、同月一六日に迫っているという。おどろいた宗城は、朱元礼と朝鮮語訳官の南好正に命じて、東萊県監に倭軍撤収のようすを調べさせた。これが惟敬の知るところとなり、さすがに期日は延期された。

明けて万暦二四年（文禄五・宣祖二八・一五九六）一月はじめ、行長と正成は、冊封使渡日の準備のため惟敬をともなって日本へもどっていった。宗城が、あらゆる情報から疎外されたのはこのころからである。

沈惟敬の工作によって朝鮮官衙との交渉を禁じられ、副使との接触を断たれ、日本陣営からもまったく音沙汰がない。入釜当初にはさまざまな情報をもたらしてくれた日本語通事や朝鮮の訳官も、人がかわったように口を閉ざし、日本軍の撤収状況についてはもちろん、渡日の見通しについてさえひと言も語らなくなった。

ために、彼は家丁をつかって情勢をさぐらせた。しかし、それもむなしく、前途がみえぬことにいらだち、ときに「罵人打人」すなわち部下にあたりちらして焦燥をまぎらわすしかなかったが、二月なかば、ついにみずから釜山の港外に船を出し、その目で賊情視察をこころみた。そして「辞職願」をしたためるにいたったのだ。

「前年の四月に使節がソウルに入り、いらい十か月をへるもなお日本軍は撤退せず、このままでは冊封使のつとめをはたしえない。責任をとるため、兵部に諮って職を解いてほしい」と。

辞意を表明することがせめてもの抵抗であり、責務のはたし方だった。しかし、これもまた梨の礫。北京にとどくまえに、どこかで握りつぶされていると思わぬわけにはいかなかった。

じっさい、辞表は朝廷にはとどかなかった。それどころか石星は、正使の報告として「封事はおくれているが問題はなく、また、日本側の接待は申し分なく、旅費の追加支給は必要ない」という趣旨の題奏をおこなった。日本側が、冊封を受諾する意志のある証しとして、滞在費を負担しつづけていることを皇帝につたえるためである。

申し分なく……。これもまた嘘だった。予想をはるかにこえて滞留がながびき、五〇〇人の使節団の口に入るものひとつをとっても、削減のあとがありありとしていた。

かえりみればこの一年あまり、宗城の胸中に、疑念や不信の念がつのることはあっても、晴れることはなかった。前途の難事を憂える思いはいまや身の危険をおそれる切実なものにかわっていた。

三月も下旬にさしかかるころ、こつぜんとして消息が舞いこんだ。入釜いらい音信がとだえたようになっていた副使方亨から、関白の命により「清正」はすでに撤退し、渡日の条件がととのったという一報がもたらされたのだ。

宗城は、招かれて副使の宿舎におもむき、ひねもす盃を酌みかわした。宴席には宗義智や家老の柳川調信らも同席した。宗城が方亨の一報を信じたわけではもちろんない。

はたして、宿舎にもどるや蕭鶴鳴と王三畏という福建出身の日本語通事がたずねてきた。倭営からひそかにやってきたというかれらは、宗城に「関白には封をうける意思はない」との情報をもたらしたのだ。

「冊使が日本に渡れば、関白はかならず拘囚して困辱をくわえ、明朝には歳貢を要求し、ふたたび朝鮮に兵を送ります。和議はまとまりません。冊使が関白のもとにおもむけば、ただ辱めをうけるだけであります」と。

三月二八日にはまた、こんな話を耳にした。「いぜん経略宋応昌が使者を名護屋に送ったさい、かれらは、納質・通商・割地・皇女降嫁の四事について偽印文書を交わし、ためにいま関白は、四事がはたされないことに怒っている」と。

関白が和をのぞんでいない！ならば何のための冊使なのか。

翌二九日、朝鮮経略孫鑛からの書翰が到着した。不意のたよりはまた、思いがけないことをつたえていた。

「北京では、正使の報告は、倭情に問題なしとつたえられている。しかし、じっさいは撤退の事実はみとめられず、冊封はすでに行き詰まっているようにみえる。ゆえに、使者らを釜山から救出し、北京に引きあげて石星の責任を問おうと考えている」

顧養謙（こようけん）の後任についた孫鑛は「封貢」反対論者である。遼東に着任した彼は、方面軍司令ならではの情報にもとづき、撤退が完遂されるまでは釜山にとどまるよう正使につたえるべきだと題奏したが、石星によってにぎりつぶされていた。

北京には、撤兵がまったくすすまず冊封が頓挫していることについて、すでにさまざまな報告や風説がもたらされ、議論が再燃しつつあった。

惟敬より「倭兵は冊封使を迎えるために残留しているだけであり、使節は一二月六日か一六日に渡日する」との報がつたえられてから四か月、封事はいっこうに進展せず、「倭はじつは冊封を望んでいないのでは」と疑うものがあれば、「冊封使はすでに殺害されたときく」などといい出すものまであり、石星はふたたび責任を問われつつあったのだ。

四月二日、孫鑛の書簡にうながされた宗城配下の将官たちは、正使の宿舎にあつまって密議をもうけ、正使の釜山脱出を献策した。もちろん逃亡のためではない。大過を防ぐ方法は、正使がひそかに脱け出してソウルへ、さらには孫鑛の待つ遼東司令部に入り、北京へもどって倭情をつぶさに報告し、さらに、関白の要求「七事」について知りえたことを報告する、それいがいにないという判断からだった。

宗城は、関白が「七事」を要求したことをつかんでいた。内容はかならずしもさだかでないが、関白は冊封では満足せず、かならず入貢をもとめ、つぎに互市をもとめ、さらに和婚をもとめ、金幣をもとめ、割地をもとめ、それが成らなければ軍事侵攻を再開する。

つまり、倭を「封」じても「封」じなくても、再度の朝鮮侵犯は避けられないというわけだ。

なれば、冊封使として渡日することはむなしく、むなしいだけならまだしも、国を辱しめ、威を損ない、ついには国を誤らせることになる。ゆえに、決断を迫られたのだった。宗城はしかし、首をたてにふらなかった。

「正使であるわたしひとりが脱け出すなど、どうしてできよう。そんなことをすれば一行五〇〇人をみすてることになり、なにより、朝鮮にふたたび倭の侵略をゆるすことになる。できるはずがない。もし倭の側に陰謀や叛意があるなら、朝廷がそれを放置するはずがない。琉球や暹羅（しゃむろ）や朝鮮など、周辺侯国とともにかならず討伐するであろう」と。

宗城は、まだしも皇朝政府を信じていた。いや、信じたかったにちがいない。だが……。彼は意を決した。そして三日、宗義智と、行長の留守居小西行信（ゆきしげ）、松浦鎮信（まつらしげのぶ）の三人を酒宴に招いた。そして責問した。

「聖天子は、一視同仁の深いおもんばかりから冊封をゆるされた。にもかかわらず、どうして陣営を撤収して帰国しないのか。兵を退かぬのは、関白に別に要求があるからだということを耳にした。それがまことかどうかうかがいたい」

おどろいたことに、義智はあっさり四つの要求があることをみとめた。

「それは、朝鮮王子の納質と、日明勘合貿易の復活と、朝鮮南部四道の割譲と、明皇女の降嫁である」

宗城は色を失った。

「皇朝が、そのような要求をみとめるはずがない。すでに冊封の意味は失われた。渡海の必要もなくなった。なれば、われわれはすみやかに帰国するのみである」

「よろしいでしょう。しかしそれは、おできにはなりますまい」

いらだちをきわめているのは義智もおなじだった。彼は、武力をもちいてでも冊使を倭営から出すことはない。そういって脅迫した。すでに副使は逃亡し、命の保証はない。このうえ正使が帰国すれば講和はならず、売国奸臣の汚名をこうむるのは必定だと、虚偽をかまえて恫喝した。

「それでも渡日を拒むとおおせなら、一行五〇〇人はたちどころに食すにも窮するでしょう。食料も滞在費も、いっさいを朝鮮に乞われるのがよろしかろう」

宴がはてたころにはやがて日づけがかわろうとしていた。宗城は腹をくくった。

四月四日、西暦五月一八日の陽がのぼるわずか一刻ほどまえ、家丁(かちょう)と下卒(げそつ)が馬にまたがり、正使宿舎の門を出ていった。家丁は王承烈(おうしょうれつ)、下卒に変装したのが宗城その人だった。冊封使の身分を証す節符(せっぷ)、皇帝の国書と金印は、宴のはてぬうちにいちはやく、家丁の張万禄(ちょうばんろく)がもちだして道をさきに急いでいた——じつは、金印は宿所にのこされており、もちだした勅書や節符は汚損したため、あらためて送り直されることになる。

冊封正使出奔！四月一五日、一報は北京にもたらされた。兵部が動転したことはもちろん、明廷は「封倭」中止の論でみちみち、冊封推進派を弾劾せよとの声が嵐のごとくうずまいた。

なにより、同月八日に慶州で保護された宗城が、朝鮮政府を介してもたらした掲報によって、倭が四事あるいは七事の「別事要求」をもっていることの信憑性が上書きされたのだから「東事潰裂」。「封倭」政策は、すでに完全に破綻していることが白日のもとにさらされたのだ。

兵部を非難・弾劾する上奏合戦が火を噴いた。兵科署科事徐成楚(じょせいそ)は、和婚・割地など関白の要求「五条件」をあげて防衛体制の強化をうったえ、その術数に陥った兵部枢臣が国家を誤らせたことを糾弾した。

いわく「まさに女真・蒙古の兆しにして、いにしえ匈奴・突厥の比にあらず」と。

おなじく工部郎中岳元声・吏科給事中戴士衡・刑科給事中李応策・河南道監察御史周孔教・吏科左給事中葉継美・北直隷巡按御史曹学程らが、和平工作が国を過たせ、兵部の失策が国を辱めたことを糾弾し、「封」の中止を建議した。

皇帝はしかし、それら火箭のごとくあがってくる「題奏」を無視し、あるいは却下しつづけた。

石星の推進策を是とした内閣首輔趙志皐にも、弾劾の箭がおよばざるをえなかった。みずからしりぞくことをもってしか諸臣の議論と宮廷の混乱をおさめることができないと考えた趙は、罷免を上請した。

しかし皇帝は、それをも慰留した。自身、「封倭の不可をいうものは十に七八、可と説くものは一二もみない」ことをみとめ、冊使の遁走をうけてそれに拍車がかけられたことを知っていながら……。

五月四日、石星はあらためて「封倭」政策を継続する上奏をおこなった。皇帝はこれを容れ、副使楊方亨をそのまま正使に格上げし、沈惟敬を副使に任命して「封倭」をすすめることにした。

そのいっぽうで皇帝は、「九卿・科道会議」の開催を命ずる上諭を発した。

五月八日、闕左門東の広場に一九人の廷臣があつまり、「観者数千人」がみまもるなかで廷議がひらかれた。

いわずもがな「封倭」の非をとなえる側が論戦を圧倒し、議論はさらに石星・趙志皐の「解任要求決議」へと収斂した。

九日、兵部左侍郎李禎らによって廷議の「報告」がなされた。「更迭要求」ももちろん盛りこまれた。

すなわち、重要な議事となったのは「戦・守・封の三事」であり、「戦・守」の態勢が十全でないいま、「封」についてはとうめん既定方針に即するが、関白の出方によっては中止せざるをえず、おのずから「戦・守」が最大の一事となる。その方法については、各方面からさまざまな献策がしめされ、それらをすみやかに具現化し、態勢をととのえれば、弾丸のごとく小さな倭は恐れるに足らず、封じてもよいし、封じなくてもよいということに決した。あわせて、元輔と本兵はまさに職を去るべきとの決議におよんだ、と。

講和の不可能事であることが確認されたのだ。即日、趙志皐、石星はおのおの辞意を表明する上奏をおこなった。

一〇日、「報告」にたいする皇帝の上諭がしめされた。それは、おおかたの予想をまったくうらぎるものだった。

すなわち、議論された「戦・守」については廃する必要はない。しかし、元輔・本兵の去就については議論することを命じていない。勝手に評議したことはしばらく追及せぬが、両大臣についてはすでに「慰留」の旨をくだしたと。

そしてさらに「封倭」の一事は「朕心独断」、すなわち「朕」みずからが裁断したものだと明言した。「倭情」はいまださだかでないが「朕且欲一封羈縻（きび）」、すなわち「朕」は「一封」によって日本を「羈縻」することを欲しているとのべ、「封倭」実現への希望をあらためてしめしたのだった。

廷議の結果など、はなから顧（み）るにあたいしないかのごとき裁定であり、のみならず、職を免ぜられ、あるいは獄につながれ、斬刑をいいわたされたのは、倭の「要求七事」を告発し、趙志皐・石星・宋応昌・沈惟敬らを弾劾した科道官たちのほうだった。

「封の一字は、百万の兵士に代えられる」。そういって、廷議の場で石星を擁護したのは礼部尚書の范謙（はんけん）だったが、じつに、国家財政の逼迫と国防体制の腐敗から「百万の兵士」をもって「戦・守」することが至難であるゆえに、「一封」にのぞみをたくすしかないということなのだろう。

よもやそれが、自身の廟墓づくりや寵妃・皇子には湯水（ゆみず）のごとく財をそそぐが、国家のためには徹底して吝嗇（りんしょく）だった――官吏に欠員が出ても補充しないほどに――皇帝が、すでに宿痾（しゅくあ）となりつつあった出し惜しみから、とおく万里を距（へだ）てたところで走りつづけている「東事」を止めることのリスクを、場しのぎ的に回避しただけだったなどということではないだろうが……。

六月一四日、正使に格上げされた楊方亨いか五〇〇人の冊封使節は、ついに釜山を発っていった。平壌で講和のための会談をもってから二年と八か月、ソウル龍山（ヨンサン）におけるあやしげな停戦協定から二年と二か月の歳月が流れていた。


いっぽう、当年文禄五年（一五九六）を大坂城でむかえ、還暦をかぞえた秀吉は、二月一四日に伏見に移った。

伏見城で越年し、四歳をかぞえた拾（ひろい）を、この春こそはなんとしても豊臣家の後継として公家社会にデビューさせねばならず、そのための用意を急がねばならなかった。

というのも、前年の二月すえ、いちどは叙爵（じょしゃく）を願いでて勅許を得るも実現せず、初の参内はみおくられたままとなっていた。のみならず、七月には、関白職を剥奪して高野山へ追いやった秀次を自刃させたため、「豊臣摂関家」が世襲するはずの「関白」の座は空席となってしまい――慶長五年（一六〇〇）、家康が関ヶ原を制してのちに九条兼孝（くじょうかねたか）が再任されるまでの五年間、摂関不在がつづくことになる――「関白」を権威の源泉としてきた「豊臣公儀」は、その根底をゆさぶられる危機に直面した。

天正一八年（一五九〇）に異父妹朝日を亡くしていらい、秀吉は、たのみにできる一族を喪いつづけてきた。

翌天正一九年には異父弟の大納言秀長と嫡子鶴松をあいついで亡くし、その翌年には、養子にむかえた秀長の次子秀勝が朝鮮の巨済島で病死した。文禄三年（一五九四）一二月、おなじく養子にむかえていたおねの甥秀俊を小早川隆景の養子に出し、そしてむかえた文禄四年の四月、秀次・秀勝の弟秀保が十津川で横死してしまった。

豊臣家には、拾のほかにだれもいなくなってしまったというわけだ。

いらい半年、「御拾体制」ともいうべき新たな「公儀」の創出にむけて、政権の中枢をになう奉行らは八面六臂のはたらきをよぎなくされてきた。

七月八日、秀次が野山に追放されるや、一二日には「秀次高野住山令」が発せられ、石田治部少輔三成と増田左衛門尉長盛が、同日づけ連署「血判起請文」五か条を作成した。

一つ、「御ひろい様」を別心なくもりたてること。一つ、すべて「太閤様御法度御置目」に違わぬこと。一つ、「御ひろい様」を粗略にし、「太閤様御置目」に背くものは糾明のうえ成敗する。一つ、判断不能のことが生じたなら、「御置目」によって裁決をたくされたものの意見を聞き、多数にしたがうこと。一つ、「太閤様御恩」を子々孫々までつたえ、「公儀」のために一心に忠功をつくすこと。

拾への奉公・秀吉の法令遵守・公儀への忠誠を誓う「神文」は、一三三六文字におよぶ長大かつ異例のものとなった。

秀次の切腹をうけた二〇日には、拾の「御もり」を命じられた羽柴加賀中納言前田利家が、つねに在京して拾に奉公することを誓う「血判起請文」を奉行に提出。

同日、羽柴備前中納言宇喜多秀家が単独で、さらに、出家して常真となった織田信雄いか「羽柴」名字をもつ大名二六人に井伊直政をくわえた二七人の大名たちが連署で「血判起請文」を提出し、拾への忠誠の証しとした。

また、羽柴江戸大納言徳川家康・羽柴安芸中納言毛利輝元・羽柴三原中納言小早川隆景の三人は、「七月□日」とした連署「血判起請文」をしたため、拾への忠誠と「不断在京」を誓った。

八月二日、秀次の妻妾侍女、男児女児三〇人あまりを三条河原で惨殺。一族を根絶やしにしたうえで「聚楽第」を破却し、上京・下京の町人たちを動員して一〇丈四方もある巨大な「畜生・裏切者の祠」を築かせた。

八月三日は拾の正誕生日にあたる。この日を瞭然たる区切りとするために、「御拾体制」の障害になりうるものはいっさいとり除いておかなければならなかった。とりわけ「関白」の地位にある秀次を。

「豊臣摂関家」の後嗣とはいえ、叙爵・昇殿はおろか初参内もはたしておらず、元服の年齢にもとどかぬ拾にとって、「関白」は絶望的な高みにあったからである——過去もっとも若い関白となった近衛基実も、保元三年（一一五八）の就任時には一六歳であったといい、寿永二年（一一八三）に最年少の摂政となった松殿師家も一二歳をかぞえていた。

このうえは、あらゆる手をつくして拾を中心にすえた「豊臣公儀」を定置させねばならぬ。しかも緊急に……。

秀吉は、あらたに「御掟」五か条と「御掟追加」九か条をさだめた。

そして、日づけと効力を拾の正誕生日に遡及させるかたちで徳川・宇喜多・前田・毛利・小早川・上杉の六人の清華成大名に署判をくわえさせ、おおやけにした。

諸大名が「上」さまの「御意」を得ずして婚姻をかわすこと、大名どうしで誓詞をかわし盟約をむすぶことを禁ずることなどをさだめた掟と、公家・門跡・寺社の奉公、大名いか侍の奉仕にかかわる決まりごとからなる基本法である。

あらたな公儀の枠ぐみをととのえてむかえた当年文禄五年正月二三日、石田三成および増田長盛に、前田玄以と長束正家をくわえた「四奉行」が連署して、あらためて拾への奉公・秀吉の法令遵守・公儀への忠誠を誓う「血判起請文」をしたためた。

「神文」は、石田・増田連署のものとどうよう一三三四文字を数える異例のものだった。

そして正月二七日、秀吉はふたたび拾の叙爵を奏請し、翌月なかば、病いの恢復をまって大坂から伏見へと移ってきた。

宮廷ではさっそく拾の元服や諱、叙爵のことについて内々に検討され、ひとまず童昇殿がみとめられることになった。高位の公家の子息が、禁中儀礼や作法を習うため、元服いぜんに童形で昇殿を許される優遇措置である。

五月九日、待ちかねた上洛の日がやってきた。

秀吉は、この日のために「太閤・若君公御上洛」の大行列を仕立てた。伏見から聚楽にいたる三里のあいだ、厳重に辻堅めされた沿道には群衆がつめかけ、そのなかをすすんでゆく綺羅をつくしたパレードは、中納言山科言経しるすところの表現をかりれば「言語道断美麗」すなわち、言葉でいいあらわせないほど美麗であったという。

先駆は、馬の口取りはじめ四人の侍者にともなわれた諸大名の騎馬行列。大名たちは一〇間ずつあいだをとり、二列縦隊で前進する。つぎに緞子・唐織の覆いをかけた長持ち三〇〇棹が、足軽一〇〇人に守られてすすみ、そのあとに、鉄砲足軽五〇人、少年武士五〇人がつづき、いよいよ拾を乗せた輿があらわれた。

空っぽの見世輿一丁がさきにゆき、つぎに拾と乳母を乗せた輿、さらに女房衆の輿三一丁があとにつづく。輿を送るとこんどは、一〇歳にみたぬ大名の子弟らが仔馬に乗ってあらわれた。幼い拾にふさわしい幼年の供奉衆たちである。

行列をしめくくるのは徳川家康と前田利家の輿。家康の家来は一五騎、利家の家来は一一騎。二六騎の堂々たる騎馬武者をともなって、伏見からえんえんとつづいた行列は、いまは、わずかに堀と内城の曲輪の痕跡をとどめるばかりとなった聚楽第ちかくの島津屋敷へと入っていった。

一一日、叙位任官がおこなわれ、家康は正二位内大臣に、利家は従二位権大納言に叙せられた。利家は、従三位権中納言任官から二年ぶりの、家康は、従二位権大納言任官からなんと九年ぶりの昇叙となった。

一三日、いよいよ初参内の日をむかえた。西暦六月八日の梅雨空のもと、秀吉、拾、傅役の利家が同乗した牛車が島津屋敷を発し、内大臣に昇った家康もまた、牛車にゆられてしたがった。牛車は原則、摂関・大臣にのみもちいることが許されていた。

昇殿のさいには、萌葱色の狩衣をつけた拾を利家が抱いて先行し、つぎに御乳人、小女三人、そして衣冠をつけた秀吉があとにつづき、鬼の間に入って着座。のち、常御所で後陽成帝と対面し、三献の儀がとりおこなわれた。

一五日と一七日、拾の昇殿披露のための「禁中能」がもよおされ、二五日、伏見城でいとなまれた「惣礼」をもって一連のセレモニーは区切りとなった。

「伏見城において御拾御所ならびに太閤御所へ諸家・諸門ならびに諸国諸大名のこらず御礼これあり。日本国の諸侍、一人として出仕せざるものはこれなきなり……」

醍醐寺三宝院門跡義演准后が『日記』にしるしているように、「惣礼」は、「御拾御所」と「太閤御所」おのおのにおいておこなわれ、公家衆・武家衆ことごとくが参じた一大盛儀となった。

一昨年のはじめから、文字どおり昼夜兼行、職工・人夫を鞭打っていとなまれ、瓦はもとより柱や欄干、石畳にいたるまで黄金がはりめぐらされた指月の城は、「御拾」と「太閤」がならびたつ「豊臣天下」を世に知らしめるシンボルタワーにして、また、「御拾体制」の前途をことほぐメモリアルタワーともなったのだ。

そしてまもなくこの城に「大明勅使」がやってくるという。「帰伏」のための勅使であるとも、「若公さま参内」をお祝いするための勅使であるともいう……。「若君公御上洛」の騒ぎがひといきつくや、京・伏見のちまたは「大明勅使」の話題でもちきった。きたるべき日には盛大な馬揃え・武者揃えもおこなわれるというのである。

大勢でやってくるという「唐人」たちは、いったいどんな顔かたちをしているのだろう。どんな姿かっこうをしてくるのだろう。「イボなしの栄螺殻」のごとき鼻をもち、その下から梟のような声を出すバテレンたち「南蛮人」とはまたいっそうおもむきが異なるにちがいない。なんといってもかれらは大唐の「チョクシさま」なのだから……。

未知であることそれじたいが人々の好奇心をおしあげ、そぞろ気分がひろがってゆく。

東山では大仏殿の造営にひきつづき、前年暮れからにわかに建造が始まった楼門が威容をあらわし、寺領一万石が寄進されて開眼供養を待つばかりであるという。

「なにがし方は、すぐに一六〇〇人を召しつれ、尾張・美濃の川継より近江朝妻まで材木を引きだすよう」。また、「なにがし方は、楼門大柱の大材木を急ぎ朝妻から搬送させ、自身は普請場につめて勤番せよ。もしも遅滞あるようなら高麗へ番手としてつかわそうゆえ、期日を限ってかならずとどけるように」。

まさにふってわいたように、かつ、たたみかけるように容赦なく動員令が発せられるのはいまに始まったことではないが、とりわけこの半年来は、役儀のおくれがちな大名には即刻出頭を命じ、朝鮮渡海をちらつかせて恫喝する。強権ぶりに拍車がかけられた。

が、それもこれも「大明勅使」の来朝とあらばいたしかたない。「若君公」にかかわる盛儀のかたわら、馬揃え・武者揃えの準備にも追われてきた大名たちも、夏の陽を照りかえして輝く天守をあおぎみてはため息をもらしたにちがいない。

はたして、異国の客人たちはやってきた。上下三〇〇人を数える「遊撃将軍」の一行だった。

六月二七日、秀吉は、冊封使節にさきんじて堺に到着していた沈惟敬を伏見に招いたのだ。

一行は、朱や緑や黄色のあざやかな唐服に身をつつみ、めずらしい靴を履き、とりどりの旗をひらめかせ、あるいは日よけの蓋をさし、あるいは太鼓や管弦の楽器を鳴らしつつ、いたるところにエキゾチシズムふりまきながらやってきた。ぎょうさんの「貢ぎ物」をたずさえて。

蟒玉翼善冠・地図・「武経七書」とよばれる兵法書・良馬二七〇余頭……。惟敬はそれらの品々を贈り、秀吉は、一夕、惟敬をともなって宇治川に船を浮かべ、暑気払いの宴をもよおして歓待した。

石畳も瓦も柱も欄干も、すべて黄金に輝く城館にいざなわれ、金盤金器を満座にもうけて接待をうけた惟敬は、その豪奢さに圧倒されたといい、のちにそれは朝鮮にもつたえられたというが、ともあれ、あとは正使を迎えるばかりとなった。

ところが、この日、上下貴賤あらゆる人々の心を暗然とさせる「恠異」が京をおそっていた。

義演によれば、正午ごろから、夏空がにわかに曇り、「土器の粉のごとくなるもの」が雨のように降ってきて、霜の朝のさながら地面をおおってしまった。「不思議なる恠異、ただごとにあらず」という。

西暦では七月二二日、聖女マリア・マグダレナの祝日にあたるこの日のもようを、イエズス会宣教師はこうレポートした。

「太閤は遊撃惟敬を饗応したが、この日、都とその近郊の地において、また伏見においてさえも細かな灰が多量に降り、屋根や山々や木々が、あたかも雪のようにおおわれた。その日は一日中、空はひじょうに暗くなり、多くの人が頭痛に苦しみ、悲しみと憂鬱におそわれた」

白い粉とも砂ともしれぬものは雪や霜のように消えてはなくならず、風のなすがまま戸外のすきまや草木のあいだに吹き寄せられてうずたかくなり、いく日も人々の暮らしを煩わせた。

二日後の二九日には、凶事のまえぶれと恐れられる彗星が北西の空にあらわれた。内裏清涼殿をはじめ諸寺諸社で祈祷がいとなまれるも、毎夜それはすがたをあらわし七月なかばまでいすわった。

凶兆を確信するものもしないものもみな、漠然とした不安にかられていたそのさなか、「大仏開眼供養」の日どりがきまったとの報せがかけぬけた。閏七月はじめのことだった。

「開眼供養」は八月一八日――くしくも二年後には秀吉みずからの忌日となる日であった――にいとなまれることとなり、内々の触状が天台・法相・真言各宗へもたらされた。「天台開眼、法相導師、真言呪願」。すなわち、当日は、天台宗の僧侶が大仏に目を入れる開眼師をつとめ、法相宗が法会を主催する導師をにない、法語をとなえ、施主の幸いを祈願する呪願師を真言宗の僧侶が担当することになるという。

「大明勅使」の来朝も近いというのに、いや、そうであるからこそにはちがいないが、なんとも慌ただしいことである。

天台開眼、法相導師、真言呪願。前年九月に始まった「太閤さま御先祖御弔」すなわち「大仏千僧会」に出仕する新義

「八宗」から、新仏教六宗がはずされているのは、「大仏供養」が国家的な法会としていとなまれるゆえんである。
また、「千僧会」には出仕しない「南都六宗」のひとつ、法相宗が導師をつとめるのは、建久六年（一一九五）三月一〇日の「東大寺大仏供養」に先例をもとめたためである。

そもそも、秀吉が大仏建立を発願したきっかけは、東大寺の大仏が焼失したことにあったという。

永禄一〇年（一五六七）一〇月一〇日、午前零時、東大寺に陣をかまえた三好長逸・政長・岩成友通三人衆にたいし、多聞山城に陣取った松永久秀の軍勢が夜討ちをかけた。はげしい戦闘がくりひろげられ、兵火が法華堂から大仏殿廻廊へとうつり、午前二時には大仏殿が紅蓮の炎におおわれた。

火は夜空たかく舞いあがり、大仏の頭は落ち、手は折れ、肩・胸・背のほとんど、右膝の一部までが失われてしまった。このとき炎上した大仏が、治承四年一二月二八日（一一八一年一月一五日）の平重衡による南都焼討のあと、後白河法皇の支援と、勧進聖重源の奔走によって再興された大仏だった。

その「開眼供養」がいとなまれたのは文治元年（一一八五）八月。法皇亡きあと征夷大将軍源頼朝の支援によって大仏殿が再建され、「落慶供養」がいとなまれたのが建久六年三月のことであり、当日は、後鳥羽上皇の出御をあおぎ、頼朝は、御台所政子・嫡子頼家・長女大姫をともない、数万におよぶ東国武士をしたがえて、空前の盛儀となった供養会に臨席した。

また、同年六月三日と二四日には、頼家が頼朝にともなわれてはじめての参内をはたし、鎌倉右大将家の後継者としてお披露目がおこなわれた。頼家はこの年一四歳をかぞえており、二年後の建久八年には叙爵をうけ、大臣家の家格に相当する「従五位上右近衛権少将」に任じられた。

東大寺大仏を修復するのではなく、京に「新大仏」を創建し、頼朝とならぶ大仏殿の再建者を自負する秀吉が、「建久度の落慶供養」に先例をもとめたのはおのずからのことだっただろう。

ちなみに、永禄一〇年に焼失・破損した東大寺大仏の本尊は、その後、木造に銅板をはりつけた頭部をのせてかりそめの手当てがほどこされ、大仏殿も仮堂で復興されたが、それも慶長一五年（一六一〇）の台風で倒壊し、大仏はながく雨ざらしのままとなった。本格的な本尊の再建が始まるのは貞享三年（一六八六）、将軍綱吉の時代を待たねばならず、完成の翌年元禄五年（一六九二）に「開眼供養」がいとなまれた。また、ひきつづき再建が開始された大仏殿は、宝永五年

（一七〇八）に完成し、翌宝永六年にいとなまれた「落慶供養」には、二四万人の聴聞者がつめかけたという。

さて、かえりみれば天正一六年（一五八八）五月なかば、上京から二〇〇〇人、下京からも二〇〇〇人、華やかに着飾った四〇〇〇人の町衆に「風流」を踊らせて基壇を築いてから八年あまり。あおぎみんばかりの大仏殿の本尊に、ようやく魂がむかえ入れられる日がやってきた。

一年おくれではあるが、それは、「建久度の落慶供養」から四〇〇年という大きな節目にもあたっていた。

ところが、大仏にかかわり、あるいは思いを寄せてきた人々が感懐をかみしめるまもなく、大惨事が京・伏見をおそった。「マグニチュード七」をこえる大地震が発生したのである。

閏七月一二日の深夜から一三日未明、西暦では九月四日から五日にかけてのことだった。

地震考古学の研究成果によればそれは、有馬―高槻断層帯、および淡路島東岸の複数の活断層や先山断層が活動しておこった地震で、内陸の活断層がひきおこした地震としては最大級の、マグニチュード七・五から八にちかいスケールであったという。

京・伏見を直撃した大地震ならでは、伝存する多くの公家日記に記録がある。

「一三日、晴れ。今夜丑の刻、大地震。禁中御車寄その廊、顚倒す。南庭上に御座を敷き、主上、行幸すとうんぬん。京都の在家、顚倒す。死人その数を知らず、鳥辺野の煙たえず」

醍醐寺にあって、まず「主上」無事の報をしるしたのは義演だった。

午前二時ごろ発生した大地震により皇居が損壊し、後陽成天皇は紫宸殿南の庭に避難した。町屋などはひとたまりもなく瓦礫と化し、あるいは炎に呑まれ、おびただしい数の人々が犠牲となった。

洛中にいた山科言経は、上京より下京の被害が大きかったことをつたえている。

「上京は少し損ないおわんぬ。下京は四条町、ことのほかあい損なわれおわんぬ。以上、三百八十余人死ぬなり」

おなじく洛中にいたイエズス会宣教師の報告はリアルである。

「夜一一時ごろ、突然、非常におそろしく戦慄的な地震がおこった。地震は一晩中つづき、あたかもそれは、地下界の地獄の権力のあいだに巨大な抗争がおこったかのようであった。人々は、仰天のあまり家々をすて、広場を走って逃げだした。からがら抜けでてきた人々は、妻や子どもや親族が家屋に押しつぶされたのを嘆いていたし、また、人々の瀕死の声が廃墟のなかから漏れてくるのが聞こえてきた。ある人々は、地面の亀裂に生きたまま呑みこまれはせぬかとおそれ、かれらが助かるよう涙ながらに阿弥陀仏の名を称えていた」

二年後には「豊国社」の別当となって秀吉の御霊によりそうことになる神官梵舜の関心は、寺社の堂宇にむけられた。

「大地震、子の刻、動きて数万人死す。京中寺々ところどころ崩れ倒る。第一、伏見城町いか顚倒しおわんぬ。大仏築地、本尊、裂破しおわんぬ。北野経堂、東寺金堂いか倒ると云々」

伏見指月城も城下町もことごとくが顚倒し、東山では、大仏の築地のみならず本尊が裂破してしまった。倒壊した北野経堂というのは、足利義満が、僧侶一〇〇〇人を一堂にあつめて法華経一万部を読誦させる「万部経会」のために建立した「北野経王堂」のことで、桁行五八メートル、梁間四八メートルもある巨大な仏堂だった。

洛南にいちする東寺の被害は甚大で、長者を兼任していた義演によれば、食堂・中門・講堂・灌頂院・南大門・北八足門・東小門・鐘楼が顚倒し、四方の築地はすべて崩れてしまったという。

彼はまた、損傷した大仏をその目で確かめに出かけている。はやくから「開眼供養」の呪願師をつとめたいと望み、待ちかねていたその日を目前にしての大惨事であったがゆえんだろう。

「大仏のこと、堂は無為、奇妙奇妙。本尊は大破、左の御手、崩れ落ちおわんぬ。御胸、崩れ、そのほかところどころに響これあり。後光はいささかも損ぜず。中門は無為。ただし四方の角柱少々割くる。そのほか異儀なし。三方の築地ことごとく崩れ、あるいは顚倒す。妙法院門跡、廊顚倒す、照高院、台所少々損す。大仏供養延引す。寸善尺魔か……」

堂すなわち大仏殿は無事だったが、本尊の大仏は大破した。漆喰のうえに漆を塗り、金箔を押してできあがっていた大仏の左手は落ち、胸も崩れ、全身にひびが入った。三方の築地は損壊したが、中門はおおむね無事だったという。

「日本六十余州」の巨木・良木をあつめて建立された大仏殿がもちこたえたのはあっぱれというべきだが、肝心の本尊が大破してしまっては「開眼供養」どころではない。

御堂も仏体もほぼ完成し、聖護院門跡の道澄が住持となってからさらに一年ちかくも待った大仏供養が、ついに実現しようというときになって頓挫した。「大仏供養延引す」。まさに「寸前尺魔」、良いことには邪魔が入りやすい……。「大破」した本尊をみあげて立ちすくむ大僧正のすがたを彷彿とさせる記述である。

頓挫したのは大仏供養だけではなかった。大地震がその力を噴きあげたのは、京においてよりも伏見においてであった。

「伏見のこと、御城御門・殿いか大破あるいは顚倒す。大天守ことごとく崩れて倒れおわんぬ。男女御番衆あまた死に、いまだその数知れず。そのほか諸大名の屋形、あるいは顚倒、あるいは残るといえどもかたちばかりなり。そのほか在家のていたらく前代未聞。大山も崩れ、大路も破裂す。ただごとにあらず」

伏見では、拡張された指月城の城門も、黄金をはりめぐらせた御殿も大天守閣も、明使を迎えるべく諸大名を総動員して新造した城館もすべて倒壊し、殿中に仕えていた上臈女房や御城番衆、仲居女中ら六〇〇人をこえる人々が圧死した。秀吉は女房装束をすっぽりかぶり、拾、北政所、側室松の丸、侍女高蔵主らとともに命からがら大庭の仮屋に避難した。

城下の大名屋敷もほとんどが崩れおち、みわたすかぎりの瓦礫の山。

たとえば、家康の屋敷では二階の長屋が崩れ、家臣の加々爪隼人祐ほか雑人十数名が圧死した。また、息秀忠の屋敷では、侍たちにケガはあったが死者はなく、そのいっぽうで雑人六〇人から七〇人が犠牲になったといい、秀次亡きあと利家にあたえられ、伏見のまち随一の豪壮をほこった前田屋敷も基礎からくつがえされたという。

死者の数のあまりの多さに、「屍体を火葬することができず、水葬にするか谷間へ投棄せざるをえず、谷間は屍体でいっぱいになり、山のような様相を呈したが、聞くところによれば、伏見では二〇〇〇人が行方知れずになった」と、そうイエズス会宣教師はつたえている。

城下には、まもなくやってくる大明の使節を迎えるため、すべての領国から武者揃えの侍たちが参集し、使節一行が通過する道路は美しく飾りたてられ、パレードの道順もつたえられていたが、とてもそれどころではなくなった。

天下人も、しもじもも、大勢の人々が屋外で寝起きをよぎなくされた一四日の深更、こんどはなんと、長い毛が降ってきて、翌日の昼ごろまで降りつづいた。

義演によればそれは、「馬の尾」に似て五六寸から一二尺もあり、白や黒や赤色をしていたといい、下級官人小槻孝亮によると、四五寸から一尺ある毛には青色のもまじっていて、人間の白髪より弱かったという。また、イエズス会宣教師は、大量に降ってきた「老婆の毛髪」のようなものを燃やしてみた。が、毛髪のようにいやな臭いはしなかったという。

昼夜のべつなく余震がつづくそのなかに、瓦礫の粉や砂ならばまだしも、短いものでも一〇センチメートルあまり、長いものなら六〇センチメートルもある毛のようなものが一〇時間も降りつづいたというのだから尋常ではない。

人々は、「豊臣の天下」がついに「天道」からみはなされたことを思わずにはいられなかった。

そんなか、なんと「太閤さま御先祖」のうち祖父の月命日にあたる二五日には、れいのごとく「千僧会」がいとなまれたというからおどろきだ。この日の次第（しだい）一番は真言宗だった。が、僧一〇〇人をそろえることはさすがに難しく、四〇余人の出仕にとどまったという。

大仏界隈では、蓮華王院（れんげおういん）三十三間堂が歪み、鶴丸（つるまる）の菩提寺照高院（しょうこういん）の台所がわずかに損壊、妙法院（みょうほういん）門跡の廊が顛倒したが、巨木の梁をたてよこに咬みあわせ、大小の材をたくみに小屋（こや）組みして築造した入母屋造（いりもやづく）りの「大庫裏」や、それより大規模であったはずの「大仏経堂」は、「マグニチュード七」の震（ゆ）れにみごとたえぬいたようである。

さて、六月一四日に釜山を発した冊封正使楊方亨（ようほうこう）ら使節団は、大地震の直後に堺に到着。なにもかもがすれ違ったまま、というより、異なる位相のいくつものジレンマが口を開けたまま、秀吉は明の使節を大坂城に迎えることになった。

堺から大坂まで、楽隊をともなった一行は、沿道にいっぱいに異国情緒をふりまきながらすすんでいく。色とりどりの幟や旗のなかにはなんと、「汝を封じて日本国王となす」と大書された「文字板」がたかだかと掲げられていた。「大明勅使」が「帰伏」の使節であるとのまえ触れを真にうけてきた京・伏見の人々がみたなら、さぞかし首をかしげたことだろう。

九月一日、とにもかくにも冊封使引見が実現し、誥命（こうめい）・勅諭・金印が授けられ、頒賜の品である冠服がわたされた。

徳川期の手垢のついた「史記」や、粉飾が避けられない当事者の「報告」によらず、利害関係がなく、秀吉側近にしかるべき情報源もち、リアルタイムにちかい時点でしるされたと考えられるイエズス会宣教師のレポートによれば、冊封儀礼はつぎのようにおこなわれた。

「すべては日本の儀式で、すなわち畳の間で座っておこなわれた。開会中は、太閤と正使とは対等であった。……盃のあと、すなわち酒を少量酌み交わしたあと、やおら関白は、栄誉ある書冊すなわち、かの大いなる黄金の書板を受理し、それを頭上に推戴し、そのときに冠冕（かんべん）をも受領したので、それらを着用するために別室にしりぞいた」

秀吉は、国書と印章を頭上にかかげておしいただき、拝領した「冠冕」すなわち明の冠服を着すべく、いったん座をしりぞいたという。

のち、別室からあらわれた秀吉を、「シナ人たちはひじょうな栄誉と敬意をもって崇め」、まもなく饗応の品々が丈（たけ）の「高い台座の食膳」にのせてはこばれてきた。「いとも盛大な宴会と趣好に富んだ儀式」をもってもてなされた使節らは、食事をするというよりただ瞠目するばかりだったという。

「奉天承運皇帝曰制、聖仁廣運、凡天覆地戴、莫不尊親帝命、溥将暨海隅日出、罔府率俾……」

幅三一センチメートル、長さ五メートルもある五色の錦地に、「四字×五〇行」二〇〇文字にわたって墨書された「誥命」すなわち冊封文は、おおむねつぎのようなものだった。

「天を奉じ運を承くる皇帝、制して曰く。聖なる皇帝の仁徳は幸運をひらき、天下地上にあるものでこれを尊敬親愛せぬものはなく、皇帝の命令は、はるか海のかなた日の出ずるところまであまねくいきわたり、これに服さぬものはない。なんじ豊臣の平の秀吉もまた、海をこえ国をこえて中国を慕い尊び、西のかたに使者をつかわして来訪し、北のかたは万里の関をたたいて懇ろに服従をもとめてきた。その恭順の心はかたい。昔わが皇祖は、とおく扶桑の地日本に恩恵をほどこし、足利義満を日本国王に封じた。いまその彝章を続ぎ、とくになんじを封じて日本国王となし、これが誥命を賜う。なんじ、天朝に藩衛をかたくし、まさに臣職を修め、つつしんで約束を守り行い、皇恩のあつきことを感じ、誠心をかえることなく皇帝の綸言に服し、とこしえに聲教を遵守せよ。欽めよや」

儀礼の場には、徳川家康・前田利家・上杉景勝・宇喜多秀家・小早川秀秋、毛利輝元の六人の清華成大名が参席した。かれらをはじめ、一七人の「日本国王」幕下にも、「正一品右都督」いか「従一品都督同知」など明の官職が授けられ、任命書である「箚府」と冠服が下賜された。

じつは、ここに秀吉が冊封をうけいれた謎に迫るカギがひそんでいる。

いつわりの「関白降表」を提出した一昨年の一二月、内藤ジョアンら降伏使節が北京入りを許されたさい、かれらは「冊封希望者リスト」とでもいうべき名簿をさしだした。「小西飛稟帖」と呼ばれる文書で、秀吉幕下の顔ぶれを知らない明廷にたいし、誰と誰にどのような官職を授けてもらいたいかをしるした原案だ。

「日本国王―豊臣秀吉　日本国王妃―豊臣氏（おねをさす）　神童世子―嫡子（拾をさす）
大都督―小西行長・石田三成・増田長盛・大谷吉継・宇喜多秀家
都督―豊臣秀次
亜都督―徳川家康・前田利家・羽柴秀保・小早川秀俊・蒲生氏郷・毛利輝元・平国保・小早川隆景・有馬晴信・宗義智

都督指揮―前田玄以・毛利吉成・長束正家・寺沢正成いか一一名
亜都督指揮―島津義弘・松浦鎮信など六名　相当の封爵―平山五右衛門いか一〇名
日本禅師―景轍玄蘇　日本一道禅師―竹渓宗逸

そこには、小西行長を筆頭に、四五人の大名や侍たちの名が列ねられていた。宗義智や、玄蘇とともに従軍した聖福寺僧竹渓宗逸の名もあった。「相当の封爵」をもとめた平山いか一〇名というのは、ジョアンに同行した使節のメンバーだ。

注目すべきは、拾と秀次のいちづけである。「神童世子」すなわち、豊臣家の後継者はとうじ二歳の「嫡子」である。が、豊臣家の養子にして、とうじは現職の「関白」であった秀次は、なんと、「大都督」の行長や三成たち奉行衆より下位の「都督」にいちづけられている。

つまり秀吉は、「日本国王」に封ぜられることで「日本国王＝豊臣」を「中国的世界秩序をうしろだてとした公権力」として国際社会に通用させ、「天下人＝豊臣」のぬきんでた地位を確立するとともに、それを「嫡子＝拾」に継承させることで「豊臣公儀」の維持・継続をはかろうとした。

「冊封」は、そのための「お墨付き」にほかならなかった。

もちろんそれは、和平工作を至上の任務とする行長たちが、秀吉を説得しうる苦肉の策としてひねりだした手段ではあっただろうが――行長が「大都督」の筆頭であることには積極的な野心のはたらきがみてとれる――老い先おぼつかぬ秀吉にとって、明の諸侯になりさがる形式上の屈辱は、「豊臣天下」を永続政権にするという欲望のまえには、何ほどのものでもないととらえられたのではなかったか。

垂涎の的である日明貿易再開のためには「冊封」が不可欠の条件であったこともまた彼をまえのめりにさせただろう。

結果として「小西飛稟帖」は大幅に修正され、「右都督」徳川家康、「都督同知」前田利家いか七名、「都督僉事」石田三成いか八名――行長はこの八人目に名を列ねた――そして「日本本光禅師」景轍玄蘇の合わせて一七人が秀吉とともに冊封をうけるにとどまった。

しかも、ほんらいなら「二品」いじょうに相当するかれらは、皇帝の「誥命」の書式をもって任命されるべきだったが、兵部が「箚府」をもって皇帝の聖諭を伝達するという略式がもちいられた。

「兵部が、謹んで聖諭を奉じて申しわたす。周知のように、この頃、関白が表文を具して封を乞うにより、皇上は、その恭順をお喜びになり、とくべつに日本国王に冊封することをお許しになった。
……関白がすでに錫封をうけたからには、諸人もただちに天朝の臣子となる。そこで酌議して応分の官職を授け、ともに天恩を奉戴させて、永遠に臣従させるのがよく、御命令がくだるのを待っていたところ、豊臣〇〇に〇〇〇〇の官職を授けることとなり、ここに箚府を発給した。本官は、箚府の趣旨をまもり、永久に恭順をかため、国王を補佐し、天朝との制約をまもり、朝鮮をふたたび侵犯せず、沿海を襲撃せず、おのおの富をたもち、大平をともに享受せよ……」

奥には、万暦二三年二月四日の日づけと、兵部尚書すなわち国防大臣石星の押署がある。

表文・乞封・天朝の臣子・朝鮮を侵犯せず……。家康いか諸大名・奉行がこれをどのようにとらえたかはさだかでない。が、かならずしもこれを屈辱ととらえたとは考えにくい。もとより、かれらが冊封の意味を知らないわけがない。そのいっぽうで、ながびく朝鮮駐留を憂え、再度の軍事発動をよほど危惧していたであろうかれらは、講和をうながすための方便としての冊封ならば、むしろすすんでうけいれたのではなかったか。

あるいはまた、内心にはむしろ、中国皇帝の諸侯に任じられたことを誇る思いがあったのではないか。

なぜなら発給されたわずか一七通の「箚付」のうち、毛利輝元・上杉景勝・前田玄以・景轍玄蘇あての実物四通と、小早川隆景あての写し一通が伝存し、なかにも景勝のものは、賜与された「冠服」ひとそろえとともに上杉神社につたえられている。

さらに、このとき冊封にはあずからなかったが、頒賜品を分けあたえられた毛利家家臣吉川広家は、拝領した「冠服」を出雲の杵築神社に奉納しているのである。

「寄進状」の日づけは慶長二年六月とあり、おそらく再度の朝鮮出兵に臨んでの寄進だっただろう。

「日本の優れた武将である太閤殿下秀吉さまは、武家を総動員して八紘を掌握し、四民民衆をいたわり、戦乱の世を平らげた。その名声はとおく中華におよび、大明の皇帝が使者をつかわして殿下を帝位につけ、衮衣と金璽を賦与された。くわえて勅使は、異国の珍しい宝物や冠服五十余着をたずさえてきた。これを殿下は日本の忠功ある武将に与え、不肖ながらわたしも雄夫の数にかぞえられ、衣冠沓帯を賜わる栄に浴したのである……」

「名声は中華におよび……」。広家だけではなく、秀吉にもまた、冊封をポジティブにとらえる思いはあっただろう。

すなわち、天皇にとってかわることが絶対不可能な伝統的制度をあきらかに逸脱する絶大な権力者の称号に、「日本国王」

はむしろふさわしいものではないかという思いが……。

東アジアの超大国の皇帝から「日本国王」の「お墨付き」を得ることは、「佳名を三国に顕した」ことにほかならず、かならずしも属国の王と認定されたことのみを意味しない。すなわちそれは、小田原征伐をはたし、東国平定のめどがたった天正一八年（一五九〇）、いよいよ「唐入り」の大動員を開始すべく、朝鮮国王に「征明嚮導」を命じた書簡のなかで言挙げしたこころざしにもかなうものだった。

「予、国家の山海の遠きを隔つるに屑けず、一超、大明国に直入し、吾朝の風俗を四百余州に易すは、方寸の中にあり。予の願いは他になし。ただ、佳名を三国に顕さんのみ……」

その結果もたらされた国書や頒賜品のかずかずは、「四海」に「豊臣の威名」をはせ、「東アジア」という「天下」に名をとどろかせた何よりの証しなのだ。

日本を平らげた秀吉が「中華」に挑み、「中華」に挑んだことで「中華」を発見し、あらためて「中華」を傘にきる。いかにもパラドクシカルではあるが、「誥命・勅諭・冠服」が四〇〇年をながらえて伝存することそれじたいが、中国王朝を「中華」とみる世界観からぬけだすことの、容易ならざるわざであることをものがたってもいるようだ。

さて、たしかに「大明勅使」は来朝した。「国書」も「金印」もうけとった。ここで落着していれば「丁酉再乱」すなわち、再度の朝鮮出兵はありえない。が、そうはならなかった。

時間を前年文禄四年（一五九五）の五月にもどそう。冊封使のさきまわりをして釜山に入った惟敬から、勅使発遣の報せをうけた行長が帰国したその月、秀吉は「七か条」にかわる「朝鮮差軍の将に諭す、大明・朝鮮と日本和平の条目」三か条を発した。日本軍が撤退しなければ「勅使」は渡海できないとの報告をうけたからである。

すなわち、大明皇帝の欽命により朝鮮を赦すためには、朝鮮王子一名が日本にわたって秀吉の幕下に参じること。ために、朝鮮王子が行長の拠城である熊川に入城すれば、日本営一五か城のうち一〇か城を破却する。また、大明皇帝の懇求に免じて朝鮮との和平を許すが、そのためには、大明勅使を派遣して詔書を給い、のち、金印をもって勘合となし、日明間に官船・商船を往来させる、という「三条件」である。

それが宙に浮いたかたちとなっていた。そもそも「七か条」が明廷にもたらされていないのだから「三か条」もなにもあったものではない。冊使を迎えたことで万事それでよしとならないのは、むしろ当然のことだった。

この一年数か月のあいだに、秀吉は、たしかに城破り（しろわり）をおこなった。にもかかわらず、帰伏の証しとしての「朝鮮王子」もさしだされず、「大明勅使」はやってきたが、かれらがもってきたものは「封王」をレッテルするものばかりであり、肝心の「勘合」貿易再開についてはまったき「ゼロ回答」なのだった。

イエズス会宣教師の「報告書」にしたがって、その後の経過をたどってみる。

冊封使が堺に帰ると、秀吉はただちに「大いなる権威を有する四人の長老といわれる仏僧」に書状をもたせて宿所につかわし、「みずからが先日謁見したさいとおなじように」かれらを饗応させた。

「シナ人たちはこのことによって非常に安心した」。とりわけ、太閤の書状に「使節が太閤に要求するものは、何でも断念せぬがよかろう」とあったことを喜び、さっそくかれらは、書状をもって要望した。

すなわち、朝鮮の日本営をすべてとり毀し、駐留軍を撤収すること、そして、「シナ国王が何年もまえに慈悲によってゆるしたように、朝鮮国の民の過失を寛恕（かんじょ）すること」である。朝鮮は「たしかに破滅にあたいしたかもしれぬ」が、「破滅の罰」をもって処断することはなんの利益ももたらさないだろうと。冊使はけんめいに太閤の慈悲心にうったえた。

はたして、僧たちがもちかえった書状を読んだ秀吉は、「諸陣営をとり毀すことにかんする要請」について憤怒と激情をあらわにした。

彼は、講和をむすぶためには、朝鮮の半分だけでも手に入れるという最初の考えを忘れていなかったからである。

朝鮮の半分。すなわち、「七条件」を「三条件」に変更したさいにも秀吉は、朝鮮八道のうち四道は日本に帰属しているというスタンスをあらためていない。朝鮮王子が来日して秀吉に近侍すれば、南四道を王子に付与しよう、つまり、王子の来日とひきかえに領土要求をとりさげるというのが「条目」の眼目なのだった。

秀吉は朝鮮にたいしても憤怒を爆発させた。

すでに彼は朝鮮国王を赦し、停戦後は捕虜となっていた二王子を釈放・返還した。にもかかわらず国王は謝意をあらわすために来朝せず、一名の王子もつかわさず、「たったひとりの身分の低い男を、随行者もつけず、また贈物ももたせずにつかわした」にすぎなかった。これを赦すことなど断じてできぬというわけだ。

じっさい、そのとき堺には、宣教師が「ひとりの身分の低い男」と表現した人物が逗留していた。このとき朝鮮「通信使」として来日していた黄慎である。

秀吉がもとめる「朝鮮王子」の来日がかなうべくもないことを知っている行長たちは、「通信使」の「来謝」をもってそれにかえようと奔走した。「たとえ明の封倭が実現しなくても、朝鮮とのあいだに和がむすばれれば撤兵は実現する。再派兵を防ぐ手だてはそれいがいにない」と説き、惟敬もまた、明の冊封使に朝鮮使節を陪従させることを、朝鮮国王にもとめた。

遣使をすべきいわれのない朝鮮政府は、なかなか結論を出さなかった。「封倭」が成れば、皇帝を頂点として日本と朝鮮とは横並びになる。それによって戦争を終結させようと惟敬はいう。だが、朝鮮国王とおなじ「蕃王」として並ぶものが日本の「関白」であることには釈然としないものがある。当然のことだろう。

とはいいながら、現実に冊使が日本に渡るとなれば、そのゆくえはやはり朝鮮にとって最大の関心事にちがいなかった。けっきょく「接伴使」として惟敬についていた黄慎をそのまま「通信使」とし、大邱府使であった朴弘長を副使に任じて使節を送ることにした。

八月四日（倭暦の閏七月四日）、ひと月半まえに釜山を発った冊封使節のあとを追うようにして、三〇九名の使節団をのせた四隻の船は出航した。

黄慎のしるした『日本往還日記』によれば、同日の夕刻、絶景島に至って碇泊。五日、六日、七日と風待ちをよぎなくされ、順風を得た八日に船を出し、対馬西泊をへて一〇日に府中に入り、あらたに発給された——李宗城の出奔事件により汚損したため再発給された——神宗の勅書をたずさえて冊使を追いかけている明中軍李大諫と合流した。

翌閏八月一八日（倭暦八月一八日）に堺についた一行は、楊方亨・惟敬らに迎えられて宿所のある常楽寺の中坊に入り、謁見の日にそなえた。

ところが、同月二九日、朝鮮使とは対面しないとの秀吉の意向がつたえられた。

いわく、「太閤が明と通じようとするも朝鮮はそれを妨害し、惟敬が調停にのりだせば、これまたその不可をのべ、明の正使を恐れさせて出去させ、そのうえ、明の使節に同道せず、いま、ようやく遅れてやってきたと思えば、王子をともなわず。事ごとに太閤を軽んじることはなはだしい。ゆえに朝鮮使とは会見しない」と。

伝達してきた宗氏の家老柳川調信によれば、秀吉は、朝鮮王子の来日にあくまでも固執しているとのことであり、黄慎らは接見をあきらめざるをえなかった。

　もっとも黄慎じしんは、そのような事態にいたることを覚悟しており、「こうなることはずっといぜんから知っていました。いまさら怪しむにはおよびません」と、そういってかえって調信をなだめたという。

　九月五日（明暦の六日）、ふたたび調信がやってきて太閤の意向を伝達した。

「大明はすでに使をつかわして冊封をおこなった。それゆえしばらく忍耐したが、朝鮮は礼無くしてここにいたった。和を許すなどありえない。もはや、ふたたび戦さにおよぶほかはなく、撤兵するなど論外だ。明使は、このうえ留まる必要もないゆえすぐにも船を出すということだ。朝鮮使もそれに乗船することを請い、すみやかに出去するがよかろう。われらは軍勢をととのえ、はやければ今冬中にも朝鮮に征くつもりである」と。

　ひさしく惟敬の接伴使をつとめてきた黄慎は、もともと冊使の「陪従（ばいじゅう）」として渡日することを不可避なものと考えてきた。はからずも「通信使」に任じられ、「交隣の回復」を使命とすることになったのだが、それだけに釜山を発つさい、任務をはたすまでは拘留されようが兇害をくわえられようが、けっして辞さない覚悟をきめて国をあとにした。

　にもかかわらず、いま、門前払いもどうぜんに追い返されようとしている。しかも、ふたたび軍勢をすすめると威（おど）しをかけられて。いや、威しなどではないだろう……。

　前年の一〇月、彼は訓練主簿金景祥（キムギョンサン）とともに一〇か所いじょうの倭営を探察し、倭兵の数や住居や城の構造、停泊中の船の数、さらには周辺地域に暮らす朝鮮士民のようすを調べあげていた。

　知りえたことは、すでに廃城となった地域にも、いぜん倭人が駐在して在地の民から出挙米をとりたてており、ところによっては倭人と国人が混住し、あるいは、近辺で採れる石を運びこんであらたに城普請をしているところさえあった。拠点となる本城の破却はすすまず、駐留兵はあなどれない数にのぼり、撤兵などありえないことが明らかだった。

　太閤が朝鮮にふたたび兵を出す。そう知らされたいじょう、いまは帰国を急がねばならなかった。

　九月九日、かれらは帰国の途についた。堺の湊につめかけた大勢の同胞たちの号泣をふりはらうようにして……。

　出発を待っていた使船に別れを告げにきたかれらは、滞在中の宿所に信使らをたずねてきては、故国における倭営のようすや、拉致されてくる途次に、あるいは拘禁生活のあいだにつかんだ倭情をつぶさに伝えてくれたものたちであり、「和事」が成ったならば使節とともに帰国できるはずの同胞たちだった。

副使の朴弘長がのこした日記『東槎録』には、往路八月二九日に寄港した名護屋に、一〇〇〇人をこえる被擄人が抑留されていたことがしるされているが、とうじの日本にはすでに、はかりしれない数の朝鮮人が拉致されていた。

同年のイエズス会宣教師のレポートにもこんな場面がある。

「本年、われらは、朝鮮国からきて長崎にとどまっている男女の多数の捕虜を教導した。人のいうところによると、かれらは一三〇〇人いじょういて、その大多数は二年まえに受洗し、本年告白をしたということである。かれらは告白を喜んでいる。かれらは短期間でほとんどみなが日本語を習得しており、告白するのに通訳はほとんど要らなくなっている」

長崎はポルトガル商船の寄港地である。日本人が拉致した朝鮮人は、ポルトガル商人に安値で売りわたされてマカオに運ばれ、奴隷をもとめるポルトガル商人に転売されてゆく。

ながびく朝鮮侵攻のあげく労働力の払底(ふってい)した領国各地の農村でも、「人捕り」された多くの朝鮮人が、こちらはタダどうぜんで連行され、農耕を強制されていたことだろう。

いまひとつ、黄慎は、きわめつけの諜報史料をつたえている。秀吉の「謝恩表」すなわち、「日本国王」冊封にたいしてお礼をのべた「表文(ひょうぶん)」だ。

朝鮮からの倭城撤去と完全撤兵。うけられるはずのない明の意向を皇帝の勅書によって知らされた秀吉は、直後の九月七日には、島津義弘にたいして明年の再出兵を通告してさえいた。

そのおなじ人物が「謝恩表」をしたためるなどということがありうるだろうか……。

いや、ありうるはずがない。というわけで、朝鮮につたえられた「謝恩表」は、一九三〇年代に徳富蘇峰(とくとみそほう)がみつけて全文引用したさいに「偽作」と断じ、それいらい、まともに論考対象とされることがなかったものである。

黄慎はそれを、方亨・惟敬ら冊封使の「報告書」とあわせてひそかに謄写し、朝鮮の宮廷にもたらしたのだ。

「日本国王であり、陛下の臣下たる豊臣秀吉が、恐れながら額(ぬか)ずきます。

つらつら思うに、日月が光臨するごとく大明国は万国から仰ぎみられ、江(かわ)や海がおのずから染みわたってゆくように、聖化は地の果てまでおよんでおります。皇運は高くうけつがれ、天恩はあまねく世を救い……国の遠近大小をとわず、その恩恵をこうむることは堯舜(ぎょうしゅん)の聖代におとらず、威儀は、夏(か)や周(しゅう)の偉大な礼にかなっています。

はからずも、東海の小臣が、じかに中華の盛典をこうむり、誥命・金印・礼楽・衣冠などをありがたくも頂戴いたしました。

臣は感激に堪えません。日をえらび、かならず貢ぎ物を用意し、宮中に御礼申しあげます。つつしんで誠意をしめします。願わくば、わたしの真心をお察しください。これから送る謝恩使よりも冊封使がさきに帰国いたしますので、つつしんで表文を付託し、陛下に奏聞申しあげます」

「謝恩表」は、称臣の書式をふみ、堂どうたる四六駢儷体（しろくべんれいたい）を駆使したもので、年号には「万暦」ではなく干支の「丙申」がもちいられている。

皇帝の臣となった「封王」が「表文」に日本の年号をもちいることはできず、とはいいながら、慎重に明の年号を避ける方法がとられたものだろう――遼東ででっちあげられた「関白降表」には、「万暦」年号が躊躇なくもちいられている。だとすれば「丙申」は、「謝恩表」に政権当局が関与した信憑性をうかがわせるものだろう。

黄慎ら信使一行は、往路はいそぎ四四日でかけつけたみちのりを七三日かけてもどり、一一月二三日に釜山に帰着。そこからソウルに帰って復命し、そのとき提出された「表文」の写しが『朝鮮宣祖実録（チョソンソンジョシルロク）』一二月七日条にそのまま収録され、つたえられたというわけだ。

朝鮮宮廷では、「謝恩表」の真偽について議論された。黄慎は、つぎのように証言した。

「表文」は、まず前田玄以（まえだげんい）ら三人の長老が「草案」をたずさえて冊封使のもとをおとずれ、さまざま相談したあといったんもちかえり、のちに奉行の寺沢正成（てらさわまさなり）があらためて「表文」をもたらした。が、それには「印章」が押されていなかったので冊封使はそれをうけとらず、そのまま堺を出航する九月九日をむかえてしまった。しかしその後、寺沢が「印章」を押した「表文」をととのえて、冊封使が名護屋に滞留しているあいだに送りとどけにきたのだと。

「印章」は下賜された「日本国王」印ではなく、「豊臣」印だった。

「私印」とみなされるリスクは大いにあったが、豊臣政権サイドは、これまで高山国（こうざんこく）や呂宋（ルソン）総督などにあてた「国書」にもちいてきた「公印」であるとして従来のスタンスをおし通したにちがいない。だとすれば、これもまた、「表文」の信憑性を裏づける一事といえるだろう。

いずれにせよ、秀吉は朝鮮をゆるさず、再侵攻を公言し、和平工作は頓挫した。

一〇月二七日、四月には浅間山が噴火し、閏七月には豊後・薩摩、つづいて京・伏見を壊滅させる大地震にみまわれた文禄五年は、天変地妖を理由に「慶長」へと改元された。

そしてむかえた慶長二年（一五九七）二月二一日、ついに秀吉は、九州・中国・四国勢を主力とした一四万一五〇〇人の「陣立て」をおおやけにし、朝鮮再侵攻にふみきったのである。

「赤国のこらず、ことごとく一遍に成敗申しつけ、青国その外の儀は、成るべきほど相動くべきこと」

まずは赤国すなわち全羅道を制圧し、そのうえで青国すなわち忠清道以北へ侵攻せよと。

明にたいしては冊封をうけいれるかにみせ、そのいっぽうで朝鮮に兵を駐留させて和戦両様にそなえ、朝鮮再侵攻の条件がそろうのを待っていた。つまり、講和交渉のいかんにかかわらず、秀吉は、軍事発動のタイミングをはかっていた。「唐入り」が、未完の「天下一統プロジェクト」の機動力として、まだしも、いや、幼い後嗣だけがたよりとなった「豊臣公儀」のゆくえが案じられるいまはいっそう、欠くべからざるものとなったからである。

しかも、現時点において「唐入り」の果実は何もない。喉から手が出るほど欲しかった対明貿易もみとめられず、領地の割譲もない。戦勝の証しとなる、実のともなうものを何ひとつ得ないままの幕引きはありえないにはちがいない。ならば実力でむしりとるまでである。

いっぽう、同万暦二五年（一五九七）正月五日、冊封使からの「報告」をうけた神宗は、講和のなったことを大いに喜んだ。報告には、秀吉が感激して冊封をうけたこと、冊封使への迎接は規定のとおりであったこと、秀吉の「謝恩表」の進上は、アルタン・ハーンの受封にならって「謝恩使」を北京に送ることはせず、冊封使の代奏ですませることがつたえられていた。

ところが、それからわずか二〇日ののち、朝鮮国王から事態急変による救援要請が北京にもたらされた。日本軍の再上陸がすでに始まっているというのである。

神宗はしかし、宣祖昖をたしなめるように応えていった。「日本と親睦をおさめ、国土をたもち、もめごとを起こさぬようにせよ」と。封倭によって秩序が回復されたことを疑わなかったのだ。

三月なかば、冊封正使楊方亨が帰朝した。北京を発ってから二年あまり、虚偽と巧詐によって仕立てられた「いかさま芝居」にくみせられ、国を誤らせるためにのみ苦難に耐えつづけたともいうべき「囚われの旅」からの帰還だった。

冊使の復命により、「東事潰裂」の事実はつまびらかとなり、明廷には当局の責任を問う大合唱が嵐のごとく吹き荒れた。真相を知った皇帝は、酷薄な求刑者へと変貌した。

沈惟敬は、捕縛されて斬首、妻子は奴隷におとされた。楊方亨は死をまぬがれたが、永久追放の処罰をうけた。そして兵部尚書の石星は、職を免ぜられ、一二の罪をもって死を求刑された。そして執行まえに獄死した。

「唐入り」の頓挫と迷走。そのあげくの朝鮮再出兵。

妙法院の土蔵にねむっていた唐櫃から、つぎつぎにあらわれ出でた目にもあざやかな冠服。それらは、秀吉の「天下一統プロジェクト」の隘路となった「唐入り」の形見であるとともに、中国王朝による「日本国王冊封プロジェクト」ともいうべき和平工作の失敗がうきぼりにした、「冊封体制」という安全保障の崩壊を象徴する遺物ともなったのである。

V　鼻削ぎ

15 Ear Monument（耳塚）――メアリー・クロウジアからの書簡

「京都を訪れてのち、わたくしの心中に芽生えていますある考えを、閣下に申しあげても、わたくしを思慮を欠いた人間とお思いになりませんよう、お願いいいたします」

アメリカ陸軍の将官ウィリアム・クロウジアの夫人、メアリー・クロウジアが朝鮮総督斎藤実（さいとうまこと）あてに書簡をしたためたのは、一九二〇年（大正九）一一月二一日のことだった。

一九二〇年。それは、世界大戦後のあらたな国際協調のはじまりとともに幕をあけた年だった。すなわち、一月一〇日に、「同盟及連合国ト独逸国トノ平和条約」いわゆる「ヴェルサイユ条約」、およびオーストリア＝ハンガリー帝国など敗戦国との「講和条約」が発効し、人類史上はじめての国際的平和維持機構「国際連盟」が産声（うぶごえ）をあげていた。

いっぽう、日本では「大正バブル」が崩壊、三月一五日の株式大暴落をさかいに戦後恐慌の始まった年となった。大戦の好機に乗じて、火事場ドロボウよろしく膨張しつづけた「かえるのおなか」がパンク。四半世紀このかた上（うわ）すべりをつづけてきた、ぺらぺらの帝国主義の矛盾が露（あら）わとなり、あらゆる方面で、蓄積された歪みが、危機の時代の序曲を軋（きし）むように奏ではじめた。

五月一〇日、男子有権資格の直接納税額が一〇円から三円にひき下げられて実施された「第一四回総選挙」では、地主（じぬし）政党「立憲政友会」が、一六五議席から二七八議席へと一〇〇をこえる数を上のせして圧勝。議席の六割を占めるにいたった。

これによって、七月に国会に提出された「普通選挙法案」はあえなく否決。三府三一県・一四四回におよんだ「国民集会」のうねりにおされて最高潮をむかえた「普選運動」が、原敬（はらたかし）内閣によって粉砕されるかたちとなった――はからずも同年八月、メアリーの故国では、女性に参政権をみとめる「スーザン・アンソニー修正」が「憲法修正第一九条」として発効し、好対照をなしたのは皮肉なことだった。

また、ボルシェビキ独裁政権とたたかうチェコスロバキア軍を救済する名目で、日・米・英・仏などの多国籍軍が軍事干渉したいわゆる「シベリア出兵」が、西部戦線におけるドイツの完全降伏によってはやばやと目的を失い、年明けそうそう、反革命派の「オムスク政権」が崩壊したことにより、完全に存在意義を失った。

英・仏軍はもとより、「日米共同」による「限定出兵」の合意のもとで派兵したアメリカも、四月一日には全軍の撤退を完了。限定数を一万二〇〇〇兵とする日米「協定」をやぶり、七万をこえる大軍を送りこんだ日本軍だけが駐留をつづけて大陸への野心をあからさまにし、パルチザンとのやみくもかつ不毛な戦闘によって「ニコライエフスク虐殺事件」をひきおこすなど、国際社会の非難と猜疑(さいぎ)にさらされていた。

そのような年も暮れようとする冬のはじめに舞いこんだメアリー・クロウジアからの書簡は、「Ear Monument」すなわち「耳塚」にかかわってのものだった。

「京都では、粗末な石碑と石柱をたてた塚に案内されました。説明によりますと、そこには二万人をこえる朝鮮人の耳が埋められており、それは、一五九二年の朝鮮侵攻のさい、豊臣秀吉が朝鮮からもち帰らせたものだということでした。日本のような先進文明国でそのような塚を目にしたことは、西洋人の感情にとってあまりに大きな衝撃でした。

朝鮮にまいりましてから、こちらの人々からもその塚について聞きましたが、そこには、二つの民族間のいかにも大きな問題がよこたわっており、朝鮮人の感受性があまりに傷つけられているこんにち、日本がふりかざす征服者の精神を象徴するものだというのです。わたくしは、この不幸な塚について多くを考えました。

かつて日本は、けっきょくは朝鮮から撤収したのですから、その塚は勝利の記念にはなりえず、いまはただ、朝鮮人の怒りをよびおこす無益な要因となっているにすぎません。いっぽう、いまの日本は『宗主国』とみなされることを望んでいます。そうであれば、敵意の炎に油をそそぐほかになんの役にもたたず、過去の争いを思いだして心を傷つけるだけの記念物をとり除くことは、むしろ賢明なことではないでしょうか。げんに、朝鮮において、この塚の存在がどんなに広く知れわたっていることか……。その事実を知り、わたくしは驚きをあらたにしているしだいです。

わたくしのこの提案が、さいわいあって閣下の好意を得られましたなら、閣下はその実現のために、なんらかのはたきかけをしてくださるのではないでしょうか。それが、両民族のあいだに善意の花を咲かせ、実らせる種子となるであろうことを信じてやみません。
総督閣下、将軍とわたくしは、朝鮮滞在のあいだたいへん楽しくすごしました。閣下の心のこもった鄭重な歓待を、いつまでも忘れることはないでしょう。ご顕職での成果をお祈りいたします」

よけいなことを……。斎藤は、舌打ちしたい気分にとらわれただろう。

クロウジア夫人にたいしてではなく、夫妻を「耳塚」へといざない、国威発揚のお手本である「豊太閤」秀吉の「朝鮮征伐」について、得意満面、蘊蓄(うんちく)を披露したであろう京都の木っ端(こっぱ)役人にたいして。

慶応四年（一八六八）閏(うるう)四月六日、天皇睦仁(むつひと)による「豊国神社・豊国廟再興の御沙汰」によってあざやかにリベンジをはたした秀吉は、日清・日露戦争、韓国併合をへて、大陸への拡張路線をひたはしる「大ニッポン」の国民的ヒーローとなっていた。すでに半世紀、彼こそは「総力戦の精神」を牽引してきた大功労者にして、「海外雄飛」のシンボルなのであってみれば、それもいたしかたない。

しかたがないにはちがいないが、相手はしかし、中国をめぐる帝国主義的対立から、「排日世論」の沸騰する米国の武官夫妻なのである。わけても、夫人のナイーヴなメンタリティーを刺激してしまったことは好もしからざることだった。外交にはねかえる物議のタネにならぬといいが……。

朝鮮に赴任して一年あまり。斎藤は「改革」と銘うった「懐柔政策」の導入と、虐政を糊塗するための「対外宣伝」に腐心しており、ついこの夏も、「朝鮮・中国・満州視察旅行」におとずれた米国議員団四〇人あまりの目をあざむくために、よほど手をやかされたばかりだった。

たとえば上海フランス租界には「大韓民国臨時政府(だいかんみんこくりんじせいふ)」が拠点をおいていた。かれらは議員団の到着を待ちかねており、八月五日の上海視察のさいには、祖国独立達成のための支援要請をおこなった。また、北京に滞在中には、愛国啓蒙運動のリーダー安昌浩(アンチャンホ)らが議員団を訪問して日本の虐政をうったえ、支援をもとめた。

うろたえた総督府は、議員団の奉天訪問にむけては軍隊を動員し、一六〇人もの朝鮮人を予備検束(けんそく)しなければならず、また、議員団が通過する駅ごとに非常警戒態勢をしき、つめかける群衆と議員団との接触を妨害しなければならなかった。

商店や市場での反日抵抗デモをおさえることができなかったソウルでは、「不逞(ふてい)分子」が議員に危害をくわえるとの虚偽の情報をもって脅し、あるいは、過激派のしわざであるという事件を捏造して、議員らが朝鮮人の主催するパーティに出かけることを厳禁し、訪日の旅程を急がせた――このとき、ひとりだけパーティに出かけたハースマン上院議員は、ただちに警察によって連れもどされた。

「今回は時間がなく、ソウルで朝鮮のみなさんと友情を分かつことができなかったことを遺憾に思います。われわれは、みなさんの幸福と繁栄を祈り、みなさんが教育と産業を発展させ、もっとも幸福な国民となるよう望みます」

議員団が、神戸のアメリカ領事館から朝鮮の「有志」にあてた書簡を『東亜日報』が報じたのは九月三日のことだったが、やれやれと息つくまもなく、こんどは独立運動を支援する愛国団体から上海「臨時政府」への送金事件が発覚し、外交への影響が憂慮される事態となった。

在外独立運動団体への軍資金募集は民族的事業ともいうべきもので、それまでも教会関係者や外国人協力者を介して巨額の資金が秘密裏に国外に流されていた。が、このたびは、中朝国境のまち安東（あんとう）の一商社が送金を中継していることが発覚し、英国人経営者のショーが総督府警察によって検挙され、起訴されるにいたったのだ。

あわてたのは英国政府からの抗議をうけた首相原敬（はらたかし）だった。英国との関係悪化をおそれた原は、さっそく斎藤あてに書簡を送り、ショーの釈放を指示した。

「大局をみれば、情勢はいかにもかんばしくない。ショーはただちに釈放し、予審を免じ、旅券規則違反ぐらいのことで処罰放逐するのがのぞましい。裁判官などはさぞや激昂するにちがいなく、容易なことではなかろうが、なんとか御工夫あられたし……」

そもそも、「シーメンス贈賄事件」による引責辞任ののち予備役にしりぞいていた斎藤を、五年ぶりに現役の海軍大将に復職させ、三代目の「朝鮮総督」に担ぎだしたのは原だった。斎藤はすでに齢（よわい）六二をかぞえていた。

前年一九一九年三月一日に始まった「三・一独立運動」をへて、武断政治の限界をみとめた日本政府は、朝鮮統治の方針を「武断」から「文治」へと転換することを決定。一連の責任を問われて更迭された陸軍大将長谷川好道（はせがわよしみち）の後任として、第一次西園寺内閣・第一次山本内閣で海軍大臣をつとめた斎藤に白羽の矢をたてたのだ。

八月一二日、総督に任じられた斎藤は、九月二日にはもう朝鮮におもむき、京城の南大門（ナムデムン）駅に降りたった。キリスト教長老派の信者で、「ウラジオストーク新韓村・老人同期会」のメンバーでもある姜宇奎（カンウギュ）がしかけた「爆弾テロ」の歓迎をうけての、物騒きわまりない赴任となった。

が、翌三日にはさっそく「文治主義・文化政策」をかかげた施政方針にかかわる訓示を発し、「改革」に着手した。

「改革」とはいいながら、もとよりそれは収奪と差別を本質とする帝国主義の産物であり、「懐柔」という二枚舌的な方針変更なのであってみれば、あらたな制度を採用すればかえって思わぬ矛盾が噴出した。

すなわち、憲兵警察八〇〇〇人を廃するのとひきかえに普通警察を増員配置する。結果、警察官の数は一・二倍に、警察署の数は一・五倍へと増加した。また「民意暢達」のたてまえから地方議会に選挙制をとりいれれば、選挙権をきびしく制限しなければならない。出版や言論の自由をみとめれば「検閲の義務化」は避けられず、結社や集会をみとめれば「保安法」を強化しなければならないといったように。

ほかにも、武断政治の象徴であった「笞刑令」「会社令」を廃し、官吏・教員の制服帯剣をあらため、火葬の強制と共同墓地への埋葬義務をとりやめ、親日家を育成し、同化教育と産米増殖計画をおしすすめ……。

まさにあらゆるジャンルで大鉈をふるわねばならなかったが、それら「文治」をうたい「改革」をかかげたあらたな統治策はすべて、「一視同仁にもとづく内地延長主義」をスローガンとした、漸進的「同化」政策だった。

いいかえればそれは、朝鮮の民族主義に一定の配慮をしめしつつ、しだいしだいに日本に心服させ、日本から離れられないようにすることで永久支配しようという、さらには、朝鮮人を日本人とおなじにすることで民族を抹殺しようというものにほかならず、大戦後の植民地支配における世界の趨勢の逆ベクトルを志向するものだった。

すなわち、「民族自決権」を尊重した朝鮮支配を貫徹するとなれば、総督府は、朝鮮民族と共有しうる政治文化を創出し、朝鮮人の協力を得ながら協力体制をきずいていくということにならざるをえない。

「三・一独立運動」は、まさに、そうした国際社会の潮流におしあげられて総督府の足もとを大きくゆるがせた大規模な民族運動であり、また、「日韓併合」いらい国際社会から忘れかけられていた朝鮮を、ふたたび注目をあつめる存在におしあげた世界レベルの反帝国主義運動だった。

新たな「巨象」中国をめぐって対立を深める列国はもとより、利害を共有しうることから「朝鮮問題」だけは「純然たる日本の内政問題」だとする立場をとってきたアメリカでも、日本の侵略的膨張主義政策にたいするジャーナリズムや世論の非難はきびしさを増すいっぽうとなった。

じつに、一九一九年三月から、一九二〇年九月までに米国各紙が報じた朝鮮関係記事は九〇〇〇件をこえ、また、新総督就任直後の一九一九年九月なかばから一九二〇年末にいたるあいだに、斎藤が面会・懇談・招待した外国人の延べ人数は七〇〇名におよんだといい、その大部分が米国人であったという。

斎藤にゆだねられた朝鮮統治のむずかしさの一面をうかがわせるデータだが、それだけに、たがか「耳塚」、されど「耳塚」なのである。外交にはねかえれば、「改革」すなわち、たてまえとしての「一視同仁・内鮮融和」を、また政策・制度としての「同化」を、すそ野からつまずかせる因子にならぬともかぎらないというわけだった。

日本へのいわゆる「併合」によって称号を「大韓皇帝」から「李太王」へとおとしめられていた高宗(コジョン)が、こつぜんと六七年の生涯を閉じたのは、李王世子垠(ウン)と梨本宮方子(なしもとのみやまさこ)の結婚式典を三日後にひかえた一九一九年一月二二日のことだった。売国人士による毒殺説がしきりにささやかれるなか、世子の婚姻は延期され、「国葬」の期日が、三月一日から七日までとさだめられた。

非運の国王の急逝は、「保護」の名のもとに抑圧と搾取にさらされている「朝鮮の悲劇」そのものとうけとめられた。国じゅういたるところで「望哭式(ぼうこくしき)」がいとなまれ、半島まるごと号泣のるつぼと化したかのごときさわぎとなった。

「われらはここに、朝鮮が独立国であり、朝鮮人が自主の民であることを宣言する。これを世界万邦に告げて、人類平等の大義を明らかにし、また、これを子孫万代に告げて、民族自存の正当な権利をとこしえに保有せしめよう……」

三月一日、パゴダ広場で「独立宣言」が読みあげられ、これを合図に「抗日・独立運動」の火蓋はきっておとされた。

のちに「三・一運動」とよばれることになる爆発的なムーブメントは、全国二一八郡のほとんどに波及。二〇〇万人の民衆が「大韓独立万歳(マンセー)」を叫んで起ちあがり、一二〇〇回をこえるデモが組織された。

日本政府は、そくざに六個大隊を派兵。在朝鮮八〇〇〇人の憲兵隊をふくむ一万四〇〇〇人の警察や鉄道援護隊などを総動員して鎮圧にあたった。

四月一五日にはさらに、「政治犯罪処罰法」をもうけて軍事弾圧を強化。虐殺された市民をふくむ七五〇〇人をこえる死者、一万六〇〇〇人の負傷者、四万七〇〇〇人の被囚者を出してようやく鎮静化するにいたった。

ところが、その熱が冷めやらぬうちに、北京発の「抗日運動」がまきおこった。あたかも「三・一独立宣言」の正当性を裏うちするために中国の人民が起ちあがったかのように。

いわく「そもそも民族的な要求から生まれたものではない日韓の併合は、ひっきょう姑息な威圧と、差別と不平等と、統計・数字上の虚飾によって、両民族のあいだに永遠に友好協力しえない憎しみの溝（みぞ）を深めるものであり、また、含憤蓄怨（がんふんちくおん）の二千万の民を、武力をもって拘束することは、東洋永遠の平和を保障するものとはなりえない」。のみならず、そのような併合がもたらすものは、「東洋存亡の主軸である四億の中国人の、日本にたいする危惧と猜疑のはかりしれぬ増幅であり、つまるところ、東洋全体が共倒れする悲運にほかならない」。

ひきがねとなったのは、「パリ講和会議」において、日本がドイツから奪った山東省（さんとう）の権益が承認されたことだった。

一九一四年八月に始まったヨーロッパを主戦場とする世界大戦に、極東の日本がいちはやく参戦を決めたさい、「日英同盟」上の義務の不在も、中国の中立もなんのその、「東アジアのドイツ勢力を一掃するために参戦する」との意思をあからさまにしめして英国を当惑させた。

香港（ホンコン）と威海衛（いかいえい）が攻撃をうけたさいの援助を日本に期待して参戦をうながした英国は、大あわてでこれをとり消した。中国大陸に戦火がひろがることをおそれてのことだった。

しかし、日本は強硬姿勢をくずさず、ドイツにたいし、極東からの艦船の即時撤去と膠州湾（こうしゅうわん）租借地の返還をもとめる「最後通牒」をおしつけ、八月二三日には「宣戦布告」。

九月はじめには山東省竜口（ロンコウ）に上陸を始め、一一月七日、青島（チンタオ）を占領。一〇日に入城式典をおこなった。

翌一一月一一日、政府は、駐華公使日置益（ひおきえき）にたいして発令する対華交渉「訓令案」を閣議決定し、翌年一月より、「対華二十一か条要求」とよばれる野心むきだしの要求をめぐって、袁世凱（えんせいがい）大統領とのあいだに交渉を開始した。

五月のすえ、袁世凱は、ついに「山東省のドイツ権益の継承」、「満州および東部内（うち）モンゴルの権益の延長」をはじめとする、日本の「要求」一六か条をのまざるをえなくなった。

のちに「満州国」建国につながる権益、すなわち、日露戦争後にロシアからひきついだ「旅順・大連の租借権」や「満鉄・安奉鉄道の権益」の期限を九九か年へと大幅延長することをみとめさせたのもこのときだった。

「こんどの戦争における日本の行動はまったく利己的であり、白人種の争いのあいだに漁夫の利を占め、他日の侵略行動にそなえるものにほかならず、かれらのシベリア侵入による黄色人種の大軍国樹立にたいして反対せざるべからず……」

レイシズムまるだしで日本の東北アジア進出を牽制したメディアのひとつに、米国の「排日」世論を先鋒となってリードしてきた日刊紙『アメリカン』があったが、侵略的膨張主義をあからさまにする日本の姿勢には、『アメリカン』の論調をかえって正論だと思わせるほどのものがあった。

戦闘員・非戦闘員あわせて二〇〇〇万人の犠牲者をだして世界大戦が終結した翌一九一九年一月、「パリ講和会議」には二七か国の代表があつまった。

中国の主席全権として臨んだのは、ことごとに日本の支援をうけてきた「北京政府」の外交部長陸徴祥だったが、全権団には、徹底した不平等条約撤廃をかかげる孫文の「広東軍政府」代表もくわわっており、また、交渉をリードしたのは、顧維鈞や王正廷ら米国で大学教育をうけた「ヤング・チャイナ」といわれるエリートたちだった。

国権の回復を切望するかれらは、山東省の旧ドイツ権益がダイレクトに返還されるべきだとして、まっこうから日本と対決した。青海の占領いらい「二十一か条要求」「西原借款」「日支共同防敵協定」などをつぎつぎと中国におしつけた日本のあからさまな侵略行為にたいする批判は、ほんらいなら列国から支持されてしかるべきものだった。

ところが四月二八日、米・英・仏はそろって山東省の権益を日本に譲渡することを承認した。中国を分割しようとしていることにおいて、かれらもまた日本とおなじ穴のムジナにちがいなかった。

二九日、四大国によるこの決定が新聞で報道されるや、北京の学生たちは怒りを爆発させた。しかも、権益を譲渡することには「北京政府」みずからが「借款」とひきかえに同意をあたえていたというのである。

「北洋軍閥が中国を日本に売りわたした！」

売国奴にたいする怨嗟が、反日・反帝国主義の炎に油をそそぐこととなった。

「起ちあがろう。中国再建のたたかいのために！」

五月一日、学生運動が始まった。

「不平等条約を撤廃せよ。山東省の主権をかえせ。『二十一か条』をとりけし、『日中協定』を破棄せよ……！」

三日には、北京大学で学生大会がひらかれ、パリの全権団にあてて、素志貫徹のため力をつくすよう激励文を打電した。

四日早朝、一三校一〇〇〇人の学生たちがデモに起ちあがった。天安門広場に集結するころには参加者は三〇〇〇人にふくれあがり、そのまま日本公使館をめざしたが軍警に妨害された。

怒りの矛先はおのずから親日派の要人にむけられた。

「裏切り者を罷免せよ、売国奴をやっつけろ！」

学生らは「二十一か条」に署名した曹汝霖の邸におしよせ、火を放ち、たまたま居合わせた駐日公使章宗祥に暴行をくわえた。「借款」をうけいれ、「軍事協定」をむすび、山東省の譲渡を承認した「国賊」への処罰を政府に要求するだけでなく、かれらが、みずからの手でそれをおこなったというわけだ。

北京の衝撃は、たちまち各地にひろがり、「五・四運動」とよばれる大規模な反日・反帝国主義運動に発展した。

「山東を返せ。日本のものは買うな。ヴェルサイユ講和条約の調印を拒否せよ！」

学生は授業をボイコット。罷市・罷工すなわち商店は店を閉め、労働者はストライキ。

上海では、都市機能がストップするほどまでに徹底した「大罷市」がくりひろげられた。この光景を、北四川路の小さな書店にあってまのあたりにした人に、のちに魯人の名とともに記憶されることになる内山完造がいた。

「それは、城内から北へ北へと、津波がおしよせるように街をおおっていった。五馬路と河南路がまじわる十字路に、学生がすがたをあらわす。かれらが手を打って合図をすると、バタバタバタバタ、四方の道路にむきあっている商店がつぎつぎと扉を閉じていく。つぎに四馬路との十字路に学生が立つ。手を打って合図をする。バタバタバタバタ、バタバタバタバタ……。商店街の扉が、ドミノだおしのように閉じられてゆく。あざやかというほかはない」

また、おなじ北四川路あった長田病院二階の一室には、第三革命後ふたたび海を渡っていた北一輝が暮らしていた。

「全世界から起こり、全支那に渦巻く、排日運動の鬨の声……」

彼は、そのなかの囚われ人さながら、ヴェランダのしたをみわたすかぎり埋めつくした「敵国日本を、怒り憎みて叫び狂う、群衆の大怒涛」をまのあたりにし、苦悩を深めていた。

「眼前にみる、排日運動の陣頭に立ちて、指揮し、鼓吹し、叱咤しているものが、ことごとく十年の涙痕血史の、吻頸の同志その人々であるこの大矛盾……」

辛亥革命から一〇年。「支那革命への没入」をみずからの仕事としてきた北を、排日の「大怒涛」がとりまいたのだ。

日露戦争の翌年、弱冠二四歳にして「兵役の平等」と「選挙権の平等」をむすびつけて「普選論」を説いた彼は、まもなく「中国同盟会」に入党し、革命に参加した。中国革命にテコ入れすることによる日中両国の提携をめざしたのである。

しかしそれは、絵に描いた餅でしかなかった。中国の革命運動の銃口は、いま、まっすぐ日本へとむけられている。眼下にくりひろげられた光景は、まざまざとその事実を知らしめていた。

事態を収拾できなくなった北京の軍閥政府は、六月一〇日、ついに民衆の要求を入れて「売国奴」の烙印をおされた曹汝霖らを罷免し、逮捕した学生を釈放。二八日には「ヴェルサイユ条約」への調印を拒絶した。

このころ上海には、海外からぞくぞくと民族運動家があつまっていた。

被植民地的抑圧からの脱却をもとめる機運たかまる朝鮮では、呂運亨らが上海で「新韓青年党」を結成。金奎植を講和会議のおこなわれているパリに派遣し、「独立請願書」をつくって各国代表団と折衝をこころみた。

また、米国政府にパリへの出国を阻止されながらもアメリカで独立要求や請願活動をつづけていた李承晩や鄭翰景、在米朝鮮人社会の愛国啓蒙運動をリードしてきた安昌浩らが上海に集結。

シベリアで独立宣言を発表した「大韓国民会議」や、沿海州で独立軍三〇〇〇人を組織した李東輝の「韓人社会党」、さらには、国内で秘密裏に政府を樹立した一三道の代表者らがこれに合流して、統一政府「大韓民国臨時政府」を組織し、その拠点を上海のフランス租界においたのである。

「臨時政府」は、九月に憲法改正をおこない、臨時大統領に李承晩を選出した。

予備役にしりぞいて五年、のこりの人生を北海道で送るべく移住を目前にしていた斎藤実が、にわかに現役にもどされ、朝鮮総督に任命されたのはまさにそのさなかのことだった。

東アジアをおおう抗日・排日運動があげ潮のごとくうねりをあげた九月二日、京城の南大門駅に降りたつや爆弾テロの歓迎をうけたのも、時勢を象徴する事件にちがいなかった。

翌一九二〇年一月一〇日には「講和条約」が発効。敗戦国となった「中央同盟」の解体とロシア革命をへて「自決権」を保障されたヨーロッパ諸国がつぎつぎと独立し、国家として国際社会における地位をみとめられていった。

二月二日、エストニアとソビエト・ロシアとのあいだに平和条約が調印。同二九日、国民会議が「共和国憲法」を制定してチェコスロバキア共和国が成立。七月一四日、ソビエト・ロシアがリトアニアとのあいだに、八月一一日にはラトビアとのあいだに、一〇月一二日にはポーランドとのあいだに、同一四にはフィンランドとのあいだに平和条約を調印……といったように。

いっぽう、英・仏の反対によって列強の植民地にたいしては「自決権」があたえられず、大戦の終結によって中国は、ふたたび各国の欲望うずまく地となった。

袁世凱系の北洋軍閥内部の対立がにわかにあらわとなり、同年七月なかばには、日本が支援する段祺瑞の「安徽派」と、英・米が支援する曹錕・呉佩孚の「直隷派」との抗争が戦争に発展した。いわゆる「安直戦争」である。

寺内正毅内閣の支援をうけいれた北京政府の段祺瑞は、一億四五〇〇万円の「西原借款」――郵便貯金から五〇〇〇万円が投入され、日本人の預金が対華侵略の武器と化した――をまるごと懐に入れたともいわれ、日本の陸軍と「共同防敵軍事協定」をむすんだことでも大いに批判をあびた。のみならず、パリ講和会議にたいして妥協的であったこと、彼がひきいる軍隊が、日本の配属将校によって訓練され、日本式の装備をそなえていたことなどから圧倒的な世論を敵にまわすこととなり、わずか五日の戦闘によって四万もの軍勢が全滅した。

ひるがえって、「五・四運動」を支持した「直隷派」には、馬賊出身の張作霖ひきいる「奉天派」が味方につき、勝利をおさめたあとは「直隷・奉天連合」が政権を掌握。政府から「安徽派」勢力を一掃することに成功した。

段祺瑞の失脚によって中国に介入する重要なテコを失った日本の野心は、おのずから、遼寧・吉林・黒龍江の東北三省を実効支配する張作霖にむけられていくことになる。

おりしも、中国・ロシア・朝鮮の三国が国境をせっする間島において事件がおきた。九月二〇日、「日本領事館」がおかれていた吉林省の琿春が、馬賊武装集団に襲撃され、一〇月二日にはふたたび「領事館」が襲撃をうけたのだ。

琿春がその一画をなす間島は、清代よりたえず国境紛争の舞台となってきた。

一八六〇年代には朝鮮人の移住が始まり、八〇年代いこう、朝鮮人開墾地をさだめて土地所有をみとめた清朝の奨励策によって多くの「招墾移民」が入植した。また、北清事変いらいのロシア占領時代には、東清鉄道建設のため「墾民工」が大量に流入。日露戦争後、ロシアにかわって日本が侵入を始めると、日・清両国が支配を争うエリアとなった。

一九〇七年、日本は、鮮人を保護するという名目で、龍井に「朝鮮統監府臨時間島派出所」を設置し、〇九年には、清国とのあいだに「間島協約」を締結。間島が「中国の領土」であることをみとめたうえで鉄道・炭鉱・鉱山などの権益を獲得し、「間島日本総領事館」をもうけて移住朝鮮人にたいする統治を始めた。

これによって、はじめて間島の国際法上の帰属が明確となり、朝鮮移民は、法的には清にしたがうことを条件に、中国領内に居留権があたえられることとなった。

いらい、半島からは日本の「武断」統治にしめだされるようにして朝鮮人がぞくぞくと移住し、一九二〇年までにその数は、四〇万人を上まわるまでにふくれあがった——ちなみに、辛亥革命によって「中華民国」が成立した一九一二年時点の間島の人口構成は、朝鮮人約一六万人、中国人約五万人、日本人三二〇人であった。

かれらは、中国が管轄する教育官制のもとで「墾民教育会」を設立し、民族教育の普及につとめた。

「墾民教育会」のルーツは、高宗の「ハーグ国際平和会議」工作にもくわわった独立運動系の朝鮮人愛国者たちが、龍井村に創設した「瑞甸書塾」にある。

その流れをくむリーダーたちが明東村・臥龍洞などにもつぎつぎと「書塾」をもうけ、やがてそれらが「朝鮮人学校」へと発展。一九一三年には八八学校を数えるまでにすそ野をひろげ、反日・民族教育の拠点となっていった。

一九一九年三月、「三・一独立宣言」が読みあげられたソウルからもっとも離れたこの地に、いちはやく独立運動が組織されたゆえんである。「間島三・一三独立運動」には、教師も生徒もみな一丸となって起ちあがった。それは、教育の普及をとおしてつちかわれてきた民族意識のごくしぜんな発露だった。

いっぽう、植民地支配の貫徹しえぬこのエリアが、「朝鮮総督府」にとって患いのタネであったことはいうまでもない。これまでも、親日派育成のためのテコ入れや「朝鮮人学校」への弾圧をおこなってては失敗をかさねてきたのだが、ついに「領事館」が襲撃されるにおよび、この地が、朝鮮の「民族教育センター」さながらの機能をはたしている現状を放置するわけにいかなくなった。

くわえて間島は、中国とソビエト・ロシアをむすぶ重要なルートにあたっていた。

前年七月には、ソビエト政府が「カラハン宣言」を発し、帝政ロシア時代に獲得した領土や権益・賠償金・治外法権などすべての在華特権を放棄。中国人民とのあいだに平等互恵・友好関係をむすぼうとはたらきかけており、当年四月に成立したソビエト・ロシア「極東共和国」と、八月に上海で結成された「中国共産党組織」が通好することをおそれる日本にとって、間島を掌握することは焦眉の急となっていた。

はたして、二度目の領事館襲撃事件から四日後の一〇月六日、外務省と陸軍省は、間島へ出兵することを決断した。

翌七日、原敬内閣は、かねてから危険視していた「不逞鮮人」から領事館と居留民を守る「自衛的措置」として出兵を決定。一〇日づけの参謀総長指令により、「第十九師団」と「第十四師団」の一歩兵旅団を動員し、一万五〇〇〇人の軍勢を間島へ送りこんだ。

対応のあまりのはやさから、襲撃事件そのものが日本の謀略であったといわれるゆえんである。

「第十九師団」は、一九〇七年の「帝国国防方針」いらい、陸軍の一貫した膨張路線にのっとって朝鮮に増設された二個師団のうちの一方であり、咸鏡北道(ハムギョンブクド)の羅南(ラナム)に司令部をおいていた。

また、宇都宮「第十四師団」は、この年三月にシベリア出兵を命じられ、沿海州のハバロフスクでパルチザン掃討作戦を展開。まもなく交代する予定の小倉「第十二師団」の到着を待っているところだった。

中国の領土である間島への日本軍の出兵が、はげしい反発をまねいたことはいうまでもない。

しかし、財政難に苦しむ「北京政府」のプレゼンスは圧倒的によわく、一〇月一六日には、吉林都督とのあいだに「日支協同討伐に関する協定」が交わされ、東寧(とうねい)・琿春(こんしゅん)・延吉(えんきつ)・汪清(おうせい)・和竜(わりゅう)の五県を日本軍が、それいがいの地域を中国軍が担当して、武装組織の掃討にあたることになった。

奉天軍閥の張作霖も、「北京政府」の方針にかかわらず軍勢三〇〇〇人を派兵した。

「不逞鮮人」を「根絶(こんぜつ)」せよ。掃討作戦の名による無差別虐殺が始まった。

朝鮮移民たちは、愛国団体「間島国民会」の武装蜂起を合図としてつぎつぎ「独立軍」を組織し、間島各地で日本軍と衝突した。起ちあがった武装活動家の数は四〇〇〇人。軍事学校で訓練をうけた学生らがこれにくわわり、村々、家々では息子たちを部隊に送り、女たちも兵站物資の調達に奔走した。文字どおり住民をあげて、生死存亡をかけたたたかいをくりひろげたのである。

日本軍は、「独立軍」兵士であると否とにかかわらず「不逞鮮人」と名指しては老若男女を虐殺し、「不逞団の策源地」と称して小・中学校に火をかけ、「排日部落」の烙印をおしては集落をまるごと焼きはらう……。

「根絶」の名をうらぎらぬ手あたりしだいの掃討をおこなった。

一二月八日、「大韓民国臨時政府」の機関紙『独立新聞』は、現地に駐在する臨時政府通信員からの調査資料を、一九日には追加資料を掲載し、日本軍の蛮行を告発した。

「可哀相な間島同胞、三〇〇〇名も死ぬ。数十年来、血の汗を流して建てた家、ためこんだ食料もすべてなくなってしまった。尺雪が積もったこの冬を、いったいどうやってしのげばよいのか。……国を失い、豊かな土地を去り、いままた、朔北のきびしい暮らしにたえた同志たちを失ってしまった。今夜、江南ですら寒いというのに、長白の冷たい風はどれほど酷いことだろう。ああ、心配だ、間島の同胞たちよ……」

調査資料によれば、虐殺された村民の数は二万六四一一人。七一人が強姦された。また、焼きはらわれた民家の数は三二八六軒にのぼり、学校四一校・教会堂一九か所、および穀物五万三二六五石が焼却されたという。

欧米の各紙もまた、カナダの長老派教会の医師マルティンの「見聞記」を報じ、世界をおどろかせた。その一節はつぎのようなものだった。

「一〇月三一日の日曜日、わたしは北京式馬車で一二マイル離れた村にむけて龍井を出た。前日、その村でおこったことを調査しようと思ったのだ。その日、日本軍は、夜明け前に村を囲み、積んでおいた薪に火をつけて人々に外に出るよう命じた。外に出た人々はみな銃殺されてしまった。まだ息のあるものには、火のついた食料を積みあげて焼き殺した。至近距離から三度も銃撃したあと、火のなかで生きているものがあれば銃剣でついた。殺戮は、まず婦女子を脅迫して並ばせ、目のまえで村の成年男子をひとりのこらず殺すというやり方でおこなわれた。わたしは、一九軒の家が燃えている写真を撮り、銃殺された死骸も撮影した。これは、日本軍が火を放ってから三六時間経過したあとのものである。

のちに、日本軍は悠々と帰ってきて、天長節を慶祝した。

わたしは、虐殺され、放火された三二の村の名前と情況をよく憶えている。ある村では一四五人の村人がいちどに殺された。三〇人をこえる人々が殺された村がほとんどである……」

「天長節」というのは「明治節」のことだろう。おりしも東京では、「明治神宮竣工鎮座祭」がいとなまれていた。一九二〇年一一月一日、造営開始から五年、のべ一一万人の「青年奉仕団」の勤労によって内苑がととのえられた境内にはこの日、立錐の余地もないほどに群衆が殺到し、三八人の死傷者を出すほどであったという。

年明けて一九二一年（大正一〇）一月二〇日、ワシントンD.C.の北東六五キロメートルにいちするメリーランド州最大の都市、ボルティモアの一新聞が「耳塚」の野蛮性、非人道性を批判する記事を掲載した。

「耳塚は、日本の残虐のかくされたメモリアルであり、犠牲者の頭（こうべ）のかわりに故郷朝鮮へ帰還させるべきである」と。

そして、この新聞報道から三月（みつき）をへた四月二八日、斎藤は、クロウジア夫人あての返信をしたため、北京の米国公使館気付(きつけ)で送付した――ただし報道を知ってのことではない。京都在住の米国人を介して彼が報道記事の内容を知ることになるのはまだ先のことである。

ちなみに、二八日といえば、皇太子裕仁(ひろひと)が満二〇歳をむかえる前日にあたるが、三月三日に横浜を発って欧州遊学にでかけた皇太子は、イギリス建造の御召(おめし)艦「香取」に乗り、おなじく英国建造の姉妹艦「鹿島」に供奉されて、二一日にカイロを、二六日にはマルタを発し、英領ジブラルタルにむかって地中海を西へとすすんでいた。

「親愛なるクロージャー夫人。去る十一月二十一日づけの御書面を拝見、深謝いたしそうろう。さっそくお返事さしあげるべきところ、公務多端のために延びのびになり申し訳なくこれそうろう。

京都の耳塚とり払いにかんするご意見には、至極(しごく)同感し、よってこれを京都府知事に交渉し、同氏の快諾を得るべくそうろう。ついでながら、耳塚とは別種の碑の存在をご紹介いたしたくそうろう。

それは、豊臣秀吉に仕えた一武将が、朝鮮征伐後、ただちに京都の南およそ六十哩(マイル)、古刹をもって名高き高野山の地に建立したるもので、京都の耳塚の意義解釈のうえにあらたな光明をあたえるものと存知そうろうゆえ、その碑文の英訳を一部封入いたしそうろう。

該碑は、一八八五年、日本が赤十字社に加入するさい、その資格の有力なる証拠となりしものにてそうろう。

もちろん、死せる敵人の耳を切り落とすごときは野蛮行為に相違なきも、それを朝鮮よりもち帰りていっしょに埋葬し、塚をつくった日本軍の動機は、たんに人間の残虐性を満足せしめんがためではなく、古来の日本兵の習慣にしたがい、仏事供養をほどこしてこれを埋葬し、死者の冥福を祈りたるものにてそうろう……」

斎藤がもちだした、「日本が赤十字社に加入」するときの「資格」の「証拠」になったという「別種の碑」とは、慶長四年（一五九九）六月に島津義弘(しまづよしひろ)・忠恒(ただつね)父子が、高野山奥の院の島津家墓地の一画にたてた「高麗陣(こうらいじん)敵味方供養碑」だった。

「赤十字社に加入」というのは、一八八六年（明治一九）に「ジュネーブ条約」に加入したことをさすが、そのさい、日本の「人道・博愛精神」を証しだてるものとして「供養碑」が決定的な役割をはたしたというのである。

じつに、島津家の墓所の鳥居――寺域に鳥居！――のわきには、高さ二メートルあまり、幅七〇センチメートル、厚さ二〇センチメートルの石造「高麗陣敵味方供養碑」が建っており、そのわきには、英文訳の碑文が刻まれた小ぶりの石碑がならんでいる。「敵味方供養碑」が、日本の「博愛」と「文明」を象徴する史蹟であることを、海外の目にアピールするための石碑である。

「敵味方供養碑」の碑文には、慶長二年八月一五日、全羅道南原（ナムウォン）の戦さにおいて討った「大明」の軍兵数千騎のうち、四二〇人を島津勢が伐ったこと、同年一〇月一日、慶尚道泗川（サチョン）の戦さでは、八万もの「大明」兵を島津勢が撃ちほろぼしたこと、そして、それらの戦場において討死（うちじに）あるいは横死・病死した味方の戦没者が三〇〇〇人あまりあったことがしるされ、中央に、ひときわ大きな文字で、つぎのような文言が刻まれている。

「為高麗国在陣之間　敵味方闘死軍兵　皆令入仏道也」

すなわち、朝鮮在陣中に戦死した軍兵の菩提を弔い、敵味方の別なく極楽往生させんがための供養碑だというわけだ。

斎藤がいう「古来の日本兵の習慣」というのは、戦場で名のある人物を殺したばあい、首を斬りおとして指揮官のもとにたずさえ、首実検をしたあと、首を遺族に送って同情の念をしめし、あるいは仏事供養をほどこして冥福を祈るというもので、秀吉の「朝鮮征伐」のさいには、遠路ゆえに首を耳にかえ――多くは鼻にかえ――首にたいするとおなじように敬意をあらわしたのだという。

「こう申すのは、文明のこんにち、いぜんとして耳塚の存在を是認せんがためにあらず、この塚によって表明せられし日本人の精神を正しく解釈する一助たらんがためにほかならずそうろう。

こころみに、幾千の勇敢なる武人のみまもるなか、数百の仏僧が耳塚のまえにいならんで供養会を執行する光景を想像されたし。また、その儀式の精神が、高野山上に碑をたてた精神と同一のものであることに想いをいたされたくそうろう。貴女の御予定が変更となり、夏には日本にお帰りになるとのことを承り、喜ばしく存じそうろう。その節は、当地か東京においてふたたびお目にかかる機会もあるべく存じそうろう。

小生は、今月七日、内地より帰任いたし、また遠からず上京いたすならんと存じそうろう」

斎藤が帰任したという四月七日、ソウル龍山（ヨンサン）の朝鮮軍司令部では、司令官大庭二郎（おおばじろう）中将が、間島（かんとう）地方から日本軍を撤収するとの声明を発していた。極東に惨禍をもたらすだけとなっているシベリア駐留、中国反日運動の元凶となっている山東還付問題など、国際的な非難をあびつづける状況への対応がそれでなくても急がれていた。

ところが、内地では、参謀本部が「統帥権干犯（とうすいけんかんぱん）」を盾に内閣・陸軍省の対外政策にしたがわないという憂慮すべき事態がつづいていた。政府が軍の派遣や撤退にかかわる国際条約・協定をむすぶことそれじたいが統帥権の干犯だと、そう主張してゆずらぬ人物、上原勇作が参謀総長として軍令部のトップにあり、政府は、大陸におけるかれらの独断専行を止められないという隘路に立たされていたのである。

軍令部と軍政部がことごとくかみあわず、身動きがとれなくなった政府は、一連の問題をいっきに解決すべく、閣僚・外務省首脳陣・朝鮮総督・朝鮮政務総監・朝鮮軍司令官・関東長官・関東軍司令官・ウラジオ派遣軍司令官・青島守備軍司令官・在中華民国公使・奉天総領事をすべてかきあつめて「東方会議」を召集することにした。

斎藤が「遠からず上京いたす」といっているのは、五月一六日から開催されることになるこの会議に出るためである。おなじ五月には、閣僚のひとり高橋是清蔵相が「東亜経済力樹立に関する意見」を印刷配布。大陸駐屯の日本軍を撤兵するようとなえていた。

高橋は、前年の秋にはすでに「内外国策私見」と銘うって印刷した「参謀本部廃止論」を原敬首相と田中義一陸相にしめし、公表は見合わせたものの、プリントは筋から筋へと流布していた。

いわく「参謀本部は、ドイツの制度の模倣である。かれらは内閣から離れ、陸軍大臣にも属せず、一国の政治圏外に特立して独立不羈の地位を占め、軍事だけでなく、外交上においても特殊の機関たろうとする。だが、大戦でのドイツの無惨な敗北が、統帥権の独立に起因することが明らかとなったいま、むしろこれを廃止するにこしたことはない」と。

そのたび公然と印刷配布された「東亜経済力樹立に関する意見」は、ズバリ、円滑な対中政策を阻害し、国際的地位をあやうくしているのは軍事侵略だと喝破するものにほかならなかった。

いわく「歴代政府が日中親善を口にしながら、その実、支那についてはもちろん、列強から領土的・侵略的・排他的と評され、あるいは利権獲得と目され、あるいは内政干渉と認められ、その結果、支那にたいする外交上の交渉は円滑を欠き、いかなる方策も左牴右梧、容易におこなわれ難い状況にある。これを根本から更革するには、支那と列強の誤解の原因となっている駐屯軍、および各地の軍事的施設をすみやかに撤収し、山東においても満蒙においても、領土的・侵略的野心の発露と誤解されている政策と施設を、だんぜん更改するを急務とす……」と。

一五年後の二月二六日、斎藤実とならんで皇道派青年将校らの標的とされ、ついに射殺されることになる理由のひとつがここにある。が、高橋の指摘するとおり、自国の利権伸張だけをもとめて他をかえりみない帝国主義のまかりとおる時代はすでに去りつつあった。

おりしも、「日英同盟第三次協約」の期限が二か月後の七月八日に迫っていた。自然解消か更新か……。

「二国間同盟をベースとする排他的な安全保障体制は、国際協力による平和と安定をめざす普遍主義外交に脅威をあたえるものである」。そういってイギリスに圧力をかけるアメリカの主張はむしろ国際社会の趨勢をなしつつあり、ひるがえって、シベリアに兵を駐留させたまま「二十一か条」をふりかざして中国東北部への野心にひたはしる日本の膨張主義は、いかにも古色蒼然として浮きあがっていた。

はたして、七月はじめ、アメリカは日・英・仏・伊の四か国にたいし、「海軍軍備制限と太平洋・極東問題を討議する国際会議」の開催を提議した。日本の対外政策は大きな転換を迫られていたのである。

さて、メアリー・クロウジアが「第二信」をしたためたのは八月一日。なんと彼女は奈良にいた。

「閣下の興味深いお手紙を北京で入手いたしましたが、高野山の碑をみてからと思い、返信をさきのばしにしました。先週、高野山にまいりました。りっぱな共同墓地のなかに『敵味方共に捧ぐ』という碑がたしかにあり、かたわらに碑文の英訳を刻んだ、まあたらしい石碑が建っていました。二つの碑は、薩摩公とその後裔の気高い心を証しており、京都のEar Monumentとはまったく異なったものです。

閣下が、この不幸な、朝鮮人にとって腹立たしいEar Monument（絵葉書を同封しました）について、わたくしとおなじお考えでいらっしゃることを知り、たいへん喜んでおります。碑名そのものが恐怖心をよび起こします。当初はなんらかの精神的な意味合いがその名にあったとしても、この数世紀のあいだにそれはもう失われてしまったのです。

ラフカディオ・ハーンほどに忠実な日本の友人はありませんが、その彼でさえが著書につぎのように書いています。日本には、大きな犠牲をはらって得た国外での勝利をしめすものはEar Monumentを除いてほかにはない。しかもそれは、殺された外国人被害者の、塩漬けにされた頭から切りとった三万組の耳を埋めたというもので、大仏寺の境内に建っていると……」

熱心にも高野山にまででかけたメアリーは、「高麗陣敵味方供養碑」に「薩摩公」の「気高い心」をみたといい、「耳塚」にも当初は「精神的な意味」があったのかもしれないが……と、理解の余地をしめす心境にいたっている。

いわずもがな、彼女の「高麗陣」にかんする知識は限られていた。

島津墓地の「供養碑」は、仏教の精神である大慈悲の発露であるというよりはむしろ、義弘父子が、八万をこえる「大明」の軍兵を討ちとったことのほうに主眼があるのであり、その戦功を顕彰する記念碑にほかならない。

とりわけ、四万とも五万ともいわれる明・朝鮮連合軍を、わずか数千の兵をもって泗川(サチョン)の倭城にむかえ撃ち、圧倒的な勝利をおさめたことは、島津氏が末代までの誇りとする大捷(たいしょう)だった。

このときばかりは、継嗣の忠恒、家老の島津忠長(ただなが)がみずから城外に出て奮戦し、ついには大将の義弘も太刀をふるって敵兵の首をあげたとつたえられる。

「わたくしはEar Monumentについて何人かの日本の友人と話し、北京公使館では、小幡酉吉(おばたゆうきち)全権公使をはじめ吉田氏、徳川氏とこの問題について話しましたが、みなさん賛同され、よろこんでその撤去の援助をくださるとのことです。

また、二週間の京都滞在中、最近まで府知事をされていた京都新市長にこの問題を申しあげる機会にめぐまれました。市長も熱心に共感をしめされ、すでに東京の内務大臣あてに書簡を送られたものと存じます。

ほかにも有力な方たちが援助を約束してくださいましたが、このうえ閣下から内務省へ、Ear Monumentの存在が朝鮮人の感情と知性を傷つける悪影響についてはっきりおっしゃってくだされば、かならず撤去されるものと期待します。

ただ、内々にこれをおこなうのは誤りです。宗主国の同情的な関心の表明として、朝鮮の報道にひろくつたえられるよう、撤去にさいしては厳粛なセレモニーがとりおこなわれるべきであり、さらに申しあげるならば、埋蔵物は故土に埋められるよう、日本の儀仗兵(ぎじょうへい)をつけて朝鮮に還されるべきでしょう。

わたくしはただ、日本の真の友人のひとりとして、朝鮮人にとっては怒りの原因であり、京都をおとずれる外国人にとっては日本人の性格にたいする誤解のもとになるものをとり除きたいと、切実に願うばかりです。

明日、わたくしたちは伊勢にむかいます。そこから名古屋、飯田へとまいりまして、天竜川の急流下りを楽しみ、今月九日ごろには東京に着くでしょう。その後、日光に数週間まいり、月末にはまた世界一周旅行をつづけることになりましょう。もし閣下が東京に来られるようであればお目にかかり、ソウルでこころよく始まった旧交を温めたいものです。

クロウジア将軍とともに閣下にごあいさつを申しあげます。あわせて斎藤男爵夫人のご健勝をお祈りいたします。

一九二一年八月一日　奈良にて　東京米国大使館気付　メアリー・クロウジア」

この書簡を斎藤はソウルでうけとり、同月一一日にはもう返信を送っている。ミセス・クロウジアの情熱と行動力、つまり本気度におどろき、あわてて返書をしたためたことがうかがえる。

「謹啓。耳塚除去にかんする覚書を拝誦のつど、小生は、歎賞の念を禁ずるあたわざるものにそうろう」

歎賞の念。つまり、おみごとというか、あっぱれというか、おそれいったというか……。

斎藤の胸中をよぎった複雑な思いがつたわってくる。

「奈良よりのお便りによれば、日本武士道の実証をご覧のためわざわざ高野山へご出馬のよし、ご熱心のほど、驚嘆のほかなく、小生自身いまだに該碑を見るの機を得ず、ただ伝説および記録等に聞知いたしおりそうろうことて、今回、貴女の実地検証は、小生が過日申し送りたることを確証してくれたるごとく相成り、まことに喜びとするところにそうろう」

つづいて斎藤は、日本贔屓のラフカディオ・ハーンが「日本武士の名誉を棄損する」ようなことをするはずはなく、おそらく「事実の穿鑿にあまり意をもちいずして」書いたための誤謬であろうと弁護し、そのうえで、あらためて夫人の提案への賛同と、「耳塚」撤去のための協力を約束した。

「耳塚除去については、貴女と意をおなじうするもの同胞中に多々これありそうろう。そは、たとえその創設がいかに有意義なものであったにせよ、後世、その塚を訪なうものに悪印象をあたえるのほか、なんら益なきものにそうろう。それを、こんにちにいたるまで除去実現せざりしは、はなはだ遺憾と存じそうろう。しかしいま、まさにその好機と存じそうろうまま、小生、およばずながら該塚撤去運動に大いに協力つかまるべくそうろう。

また、先便にご贈附くだされた絵葉書は、小生、今回はじめて拝見つかまつりそうろうにて、ことさらにご厚意のほど感謝いたしおりそうろう。かかるものを一般店頭にて発売することを許すは賢明なる処置とは存ぜられず、絵葉書を発売することが耳塚をひろく聞知せしむる方便となり、その結果、耳塚の存在それじたいよりいっそう大きな弊害を生ずることと存じそうろう。よって小生はその筋の官憲の注意をうながし、さようの発刊の中止を希望いたすつもりにそうろう。

小生らは、東京に三週間をすごし、六月六日に帰鮮。目下、京城は炎熱はげしくそうろうも、両人ともさいわい健全にて、無事消光まかり在りそうろう。他事ながらご休心くだされたくそうろう。

平素のあつき御友情に感謝し、貴女および将軍のご多幸を祈りたてまつりそうろう」

朝鮮における「壬辰・丁酉倭乱」は、近代ニッポンにおいて「秀吉の朝鮮征伐」が国民あげての戦意昂揚に利用されたことと、一面において好対照をなす「民族の記憶」である。とりわけ、それらが色濃く政治性をおびたナショナリズムとして誘発され、発動するという一面において。

他方、秀吉の朝鮮出兵から三〇〇年、負の歴史としての事跡を葬り、あるいは忘却するにまかせてきた日本と、いわれもなき侵掠と戦禍にさらされた「倭乱」を、民族の魂に刻みつけるようにして三〇〇年の歴史をつみあげてきた朝鮮との非対称、いや乖離はおおうべくもなかった。

郷土を戦場とされた人々は、兵であると民であるとにかかわらず死ととなりあわせの恐怖や飢えにさらされ、無惨な荒廃のなかに立ちすくみ、呻き、哭し、憎しみや絶望をしのいで生きなければならなかった。かれらは、侵略者の去った直後から破壊と惨殺のさまを記録にとどめ、なぶり殺しにされたものを悼んで祭儀をいとなみ、郷土のために勇ましく防衛戦をたたかったものを称え、祠宇(しう)をきずいて斎(いわ)ってきた。そして、それらのいとなみは子孫にうけつがれ、くりかえされ、そうすることでいっそう「倭乱の記憶」は蓄積され、あるいは更新され、民族感情に特異なインパクトをあたえるものとなってきたのである。

ましていま、朝鮮は、「関白」ならぬ「大ニッポン」による半世紀にわたる侵略のはてに、被植民地支配の不条理のただなかであえいでいるのだ……。

もとより、斎藤が、「耳塚」がよび醒ます「民族の記憶」などということに思いをいたしたとは思えない。

しかし、絵葉書をまざまざとながめた彼は、とりもあえず京都府知事若林賚三(わかばやしらいぞう)あてに書簡を送った。ミセス・クロウジアへ返信した五日後の、八月一六日のことだった。

若林知事は、ミセス・クロウジアからじかにこの問題について提言をうけ「熱心に共感」しめしたという「最近まで府知事をされていた京都新市長」馬淵鋭太郎(まぶちえいたろう)の後任者である。また、夫人が、「第二信」のなかで「すでに東京の内務大臣あてに書簡を送られた」と書いていることが事実であれば、馬淵が書簡を送った内務大臣は床次竹次郎(とこなみたけじろう)ということになる。朝鮮総督府の政務総監(せいむそうかん)として斎藤とともに赴任した内務官僚の大御所、水野錬太郎(みずのれんたろう)の後任者である。

「京都市大仏境内『耳塚』の儀にかんし、知人、米国陸軍少将クロジヤ夫人より来信これあり。数度往復の書簡、翻訳を封入しそうろう……。本件にかんしては、先般、馬淵前知事にお話しつかまつりしこともこれあり。

なんとか大騒ぎにならぬように、いずれか目立つことなき方面へ移転または撤去あいなりそうらわば、将来、とかくの問題を惹起いたすことなくあいなりそうろうほどと存じそうろう。

なにとぞ御賢慮をたまわり、宣布、御措置をたまわらんこと、もって幸甚のいたりにござそうろう。なお、封入の『耳塚』の絵葉書のごときは、発行者に御諭しこれあり、発売中止いたさるべきよう切に望みつかまつりそうろう」

若林知事いか京都府庁の対応はすみやかだった。

八月二九日づけの返信では、「耳塚の件は至極御尤のこと」だと賛意をしめし、市中に出まわっている絵葉書はすべて府が買いあげ、のち発売しないよう説諭したこと、案内人のとりしまりを厳重にするよう発命したことが報告された。

しかし、肝心の「耳塚」そのものの移転または撤去については、「とかくの物議をかもすやもしれず、じゅうぶんに詮議をつくしたい」とのべるにとどめている。

「とかくの物議」「じゅうぶんに詮議」と表現をにごしはしたが、現実には、耳塚の撤去などなしうるはずがなく、移転といえども「詮議」のほかだった。というのも、とうじ京都府は、府内全域の「史蹟勝地保存」事業とならんで「豊国廟域拡張整備」計画をすすめているさなかにあったのである。

明治天皇の「御沙汰」をうけて、大仏境内——秀吉が東山大仏を建立した跡地——に「豊国神社」が再興され、家康によって剥奪されたままとなっていた神号「豊国大明神」がよみがえったのは一八八〇年（明治一三）のこと。

その背後の山なみにある阿弥陀ヶ峰頂上に「豊国廟」が復興され、「豊太閤三百年祭」が盛大にいとなまれたのは一八九八年（明治三一）四月のことだったが、一九一五年（大正三）一一月、嘉仁親王の即位礼「大正大典」がいとなまれるにさいして、秀吉はさらに「大礼贈位」にあずかっていた。

すなわち、生前「従一位・関白・太政大臣」までのぼっていた秀吉に、「正一位」が贈られたのである。

そのおり、贈「正一位」の候補にあげられた「勲功のある歴史上の人物」にはほかに、織田信長・徳川慶勝・山内豊信・近衛基熙などがあったが、最終候補にのこったのは、京都府と大阪府が推薦した秀吉と、愛知県が推薦した信長であり、大隈重信内閣の判定によって贈位適当とみとめられたのが秀吉だった。

豊臣秀吉公は、群雄を統御し、信賞必罰の原則をつらぬき、「海内を平定」して太平の世をきずいた。また、「征明の師」をおこして海外に「国威を発揚」した人物は、神功皇后いらいこんにちまで秀吉公いがいになく、しかも「冊封」をしりぞけ「国体の威厳」を内外に知らしめた。さらにまた、「皇室尊崇の一念」をもって皇居を修造し、帝都の威観を恢復させた。しからばすなわち「忠誠、公のごときは国史多く伝えざるところ」である……。

熱をこめた推薦のかいあって、秀吉はついに家康にたいする雪辱をはたし、人臣の位をきわめることができた。ながく秀吉の顕彰に力をそそいできた京・大阪の人々が快哉を叫んだのはいわずもがなであり、とりわけ秀吉ゆかりの史蹟を多くもつ京都府は、それらの保護と顕彰に本腰を入れることにした。

保護・顕彰すべき秀吉の史蹟。いまや「豊国大明神」坐します大仏境内の門前に確たる一画を占める「耳塚」を、それらの史蹟からぬき去るなど、うけあえる相談ではなかったのだ。

そもそも、京都府が、政策として豊臣氏ゆかりの史蹟保存にのりだしたのは一九一六年（大正四）四月、木内重四郎を府知事に迎えていらいのことだった。

木内は、日露戦争後、初代韓国総監伊藤博文にしたがって総監府の農商工部総長として朝鮮に渡り、韓国併合後は朝鮮総督府農商工部長官をつとめたというキャリアをもち、秀吉を「日本民族海外発展の守本尊」とあおぐ人物だった。

皇室にたいする崇敬の念はもとよりあつく、たとえば「中興の英王」天智天皇の山科陵——幕末維新期に、ありうるはずのない神武天皇陵を創出して「始祖陵」とさだめるまでは、天智陵が「始祖王」の御陵としてもっとも崇敬をあつめてきた——に隣接して敷設された東海道線が、陵道をみおろす高さであることを放置するにしのびず、また、京都を創建した桓武天皇の柏原陵があまりに狭小であることにたえられず、就任そうそうから、周囲を唖然とさせるほどの熱意をもって宮内省・内務省・農商務省などの高官にはたらきかけ、陵道や陵域の改修・拡張整備に尽力した。

そのような人物が、「日本民族海外雄飛の先蹤」として秀吉の朝鮮征伐を讃え、その威徳を追慕するになみなみならぬ情熱をそそいだのだから、史蹟保存は大仕掛けとならざるをえなかった。

「さきに韓国併合せられ、日本民族の漸次、亜細亜大陸に発展するにしたがい、豊公を追慕して、その廟社に参ずる者、逐年増加せり」。にもかかわらず、その廟所である阿弥陀ヶ峰の「神域」は、霊廟と参道あわせて六五〇〇坪という狭隘なものにすぎない。これを「豊公の人格功業」にふさわしい「神苑」として再編することが急務であり、そのためには、阿弥陀ヶ峰国有林全域および山麓付近の土地を買いあげて「廟域」を拡張し、「森厳雄大なる規模」の「一大林園」をととのえなければならないという。

なんとなれば、そうすることが「日本精神」を鼓吹し、「民風作興」すなわち人心に新たな風を吹きこむことに資するというのである。

「ぼくのやることに正義でないものはない。すべては府民のため、国家のためである」

傲然とそういいはなっては大がかりなプロジェクトを打ちだし、府議会に大騒動をもちこんでくる。女子師範学校の桃山移転、「大正大典」を機に土地をおさえていた植物園の着工、農業試験場・農林学校の下賀茂移転、工業学校の設置……。その独善的な仕事ぶりは「木内式」と呼ばれたそうだが、阿弥陀ヶ峰の「聖地化」にむけても、プランをえがくや、みずから大立ち回りを演じることになった。

まずは、阿弥陀ヶ峰国有林南方の低地にある「共同墓地」を移転させ、そのエリアを「豊国神社」の境内にくみいれる。ために、墓地の替え地を農商務省から下げ渡されるよう斡旋する。「神苑」造営費およそ五〇万円は、大阪の富豪連から寄付をつのる。資金あつめの「顔」として「豊国神社」の宮司をたてる。そのために現宮司を更迭し、豊公を崇拝する人物を大名華族のなかから選任するよう内務省「神社局」長にはたらきかける……。

いっぽうで、阿弥陀ヶ峰国有林を無償で下付されるようみずから「意見書」を作成して仲小路廉農商務相、寺内正毅首相に送り、上京したさいには水野錬太郎内相などにも熱心に「意見書」の内容を説き、おおむね同意を得るにこぎつけたという。

ところが、就任からまる二年をへた一九一八年五月、汚職事件にかかわって依願免職をよぎなくされ、国有林をめぐる政府との交渉が頓挫。「神苑」造営プロジェクトは、土地取得というそもそものスタートから停滞することになった。

しかし、事業計画が断念されたわけではない。事業は、馬淵府政・若林府政の課題としてひきつがれることになった。

この間、一九一九年には「史蹟名勝天然記念物保存法」が施行され、京都府は「史蹟勝地調査会」をもうけて、京都における重要な史蹟についての「報告書」をまとめていた。

その第一には「聚楽第址」が、第二に「御土居」、そして第五には「豊国廟」があげられた。

「平安のみやこ」京都における重要な史蹟が、「国風文化」を創りだした藤原時代にもとめられず、京都武家時代の、なかにも「秀吉の京」にもとめられた！まさしくそれは、日清・日露、韓国併合をへて、「日本民族」がアジア大陸に雄飛しつつある「帝国」の時代のなせるわざだった。

おりしも、朝鮮総督府では、「日鮮同祖」論を基調にすえた『朝鮮半島史』や『日韓同源史』の編纂がすすめられており、改正「教育令」によって「朝鮮人学校」あらため「普通学校」となった教育現場でもちいる教科書の編集も急がれていた。

高等普通学校の新増設もあいつぎ、就業年限も大幅に延長された。教員不足を補うため、師範学校も開設した。日本語の授業をふやして朝鮮語をへらす。「日本歴史・地理」をあらたに科目にくわえる……。

方便としての「日鮮同祖」論。すなわち、とおいむかしに分家して落ちぶれた朝鮮を、本家の日本がひきとったというロジックである。分家した朝鮮は、数千年来ついに確とした独立をなしえなかったが、本家の一員としてひきとったいま、かれら朝鮮人に「大日本帝国臣民」としての独立心を植えつけ、本家の言語をちゃんと話せる「忠良な臣民」たらしめることが日本人の使命だというわけだ。

その使命をはたすための統治方針が、「一視同仁・内鮮一体」をスローガンとする「同化」であり、その起点となるものが学校教育にほかならないのであってみれば、あらたに科目にくわえられた「国史」の教科書のなかの秀吉が、「軽き身分よりおこり、その智勇をもって国内を平らげ、皇室を尊び、人民を安んじ、さらに外征の軍をおこして、国威を海外に輝かしたる豪傑なり」と総括されたのは、おのずからのことだった。

もちろんそれは、はじめて「朝鮮出兵」を独立したチャプターとしてあつかった内地の教科書『尋常小学国史』の記述と同文だった。朝鮮出兵の目的が、「朝鮮を定めて明におよばんとした」すなわち、本来の目的が「中国本土の征服」にあったと定位され記述されたのもこの教科書においてだった。

朝鮮を定めて……!すでに侵攻・侵略であることが明らかとなっている「朝鮮出兵」を、この期におよんで「朝鮮平定」といってのける不正と鉄面皮。そこには、経済的・物質的収奪よりもはるかに「オソロシイ支配」があるということへの懸念などカケラもない。それもそのはず、まさにそれこそが「文化政治」という耳あたりのよい「迂回戦術」の究極の目的なのだから。

日本が買いたたくためだけに耕作を強制し、自給のための生産を禁じ、憲兵の笞をもって飢えた農民を死のせとぎわへと追いやる「サーベル農政」。焼き畑農民から生活のすべを奪い、オンドルの薪までもとりあげてしまう「森林令」。住民を土地から追いだし、自弁による賦役を課し、地面の穴に露宿する奴隷ですらない人々をつぎつぎと生みだしてゆく「鉛筆道路」――憲兵や官吏が定規を引いたルート上に人家が集中していれば容赦なく立ち退かされた。

いかに虐げられ、追いつめられようとも、半島まるごとが日本の「兵営」と化してしまった朝鮮には逃げてゆくところなどどこにもない。

逃げるところのない人々をあくまで打ち、苛み、奪いつくす。そうすることに呵責をおぼえることがない。それどころか、思うさま搾りとることのできる「朝鮮」という領土をもち、名実そろった「帝国」に成り上がったことを、為政者のみならず、日本じゅうの官民が、あげて手放しで喜んでいたのである。

小早川加藤小西が　世にあらば　今宵の月を　いかに見るらむ

一九一〇年八月二九日、いわゆる「併合」が成ったその日の夜に、韓国統監寺内正毅（てらうちまさたけ）が詠んだ歌がはしなくも露呈したウルトラ級のアナクロニズム。いらい、その蛮性と破廉恥を一歩も出ないばかりか、それに輪をかけて「豊太閤の夢」をもちあげ、さらなる膨張の夢をむさぼることにいそがしい。

あるいはそれは、「閥族打破・憲政擁護」をかかげて「大正政変」を実現した大衆運動のにない手たちや、国家権力と暴利をむさぼる資本に抗して連鎖蜂起した「米騒動」に参じた数十万とも数百万ともいわれる「無名の怒れる大衆」のあずかり知らぬことであったかもしれない。

しかし、参政権もあたえられぬまま、戦時にだけは「国家の干城（かんじょう）」ともちあげられ、やれ「天皇の臣民」だ「戦勝国の国民」だとおだてられ、有形無形の「国民の義務」を唯々諾々（いいだくだく）とはたしてきたのもまた、「大衆」とひとくくりにされる人々であったことはまちがいない。

それら「臣民」の膨大な忍従のうえに功なり名をとげた指導者たちと、かれらがリードしてきた「国家」というものが、すべての「臣民」を包摂できず、むしろ「臣民」の生存をおびやかし、阻害するものとして大きな矛盾を露わにしたとしたなら……。そして、その亀裂とクライシスを覆い隠すものが、列強にならぶ「帝国」にのしあがったという薄っぺらな「植民地主義」であり、また、いまや「国際連盟」の常任理事国の地位について国際的プレゼンスを急上昇させているという「夜郎自大（やろうじだい）」でしかないのだとしたら……。

リーダーたちは、それゆえいっそうはなばなしくナショナリズムの太鼓を鳴らしつづけねばならないのである。

そのような時勢の照りかえしとしてクローズアップされたのが、絢爛豪壮な文化を華ひらかせた「安土・桃山時代」であり「秀吉の京」、すなわち、軍事的勝者の論理である「武威」をふりかざし、その正当性を誇示し高揚させる手段として「唐入り」をかかげつづけた「武家専制」の時代であり、その象徴としての史蹟なのだった。

そこに、ミセス・クロウジアの提案がききとどけられる余地の、あろうはずはない。

はたして、「耳塚」存廃問題にかかわる当局となった京都府社寺課は、「耳塚」が「供養塔」である意味を周知せしむべくガイダンスを徹底すること、外国人をなるべく「耳塚」に案内しないことなどの処置を講じただけで、存続を決定した。


「隣敵と兵を交えるは、国威を宣べんと欲するのみ。その人を悪んで戮するにあらざるなり……。史を按ずるに、征韓の後役、わが軍連捷。諸将、斬獲するところの敵の鼻を截り、功を献ずるあり。その数、幾万。豊太閤、その勝を喜び、その功を賞して、彼の士、国のために命をいたすを愍み、その獲りたるものを京都大仏のまえに埋め、築いて墳塋をなし……五山の僧衆四百人に請うて、大いに供養し、その冥福に資す……」


メアリー・クロウジアが「Ear Monument」を訪ねたさいに目にしたはずの、高さ三メートル、幅一・二メートル、厚さ四〇センチメートルの伊豆石でできた「耳塚修営供養碑」には、訓みくだし文にして一五〇〇字におよぶ「耳塚」築造・修営の趣旨が刻まれていた。

一八九八年（明治三一）三月、「豊公三百年祭」にあわせて修築されたさいに建立された石碑である。

「征韓の後役」というのは「慶長の役」。その戦さにおいて、国のために命をおとした彼国の兵士をあわれみ、かれらの鼻を埋めて墳塋を築き、「五山の僧衆四百人」をあつめて供養し、冥福を祈った。それが「耳塚」であるという。

斎藤が書簡のなかで、「幾千の勇敢なる武人のみまもるなか、数百の仏僧が『耳塚』のまえにいならんで供養式を執行する光景を想像されたし」とのべたのがこれである。

碑文には、仏教の大慈悲「怨親平等」が言挙げされていた。

「豊太閤の恩讎を分かたず、彼我を論ぜず、深く慈仁を垂れ、もって平等に供養をもうくるを美とす。それ、恩を海外におよぼすこと広しというべし。いわんや交戦の敵国なるにおいてをや。公のこの心を推すに、これ、今日の赤十字社の旨を三百年前においておこなうというも、豈にそれ可ならざらん。しこうして誰かその慈仁・博愛にして礼あることかくのごとく深かるを知らん……」

敵味方の恩讎をこえて国事にたおれた士をあわれみ、平等に供養する。まさに、赤十字の精神を三〇〇年もまえに実践したあらわれであり、美徳・礼節・慈仁・博愛の深さにおいても、「耳塚」にまさるものはほかにないであろうと。

じつに、三〇〇年をさかのぼること慶長二年（一五九七）九月二八日、大仏門前の「鼻塚」に、五山の僧衆四〇〇人をあつめて「大施餓鬼会」がいとなまれた。

西暦ならば一一月七日のぬけるような空のもと、四〇〇人もの僧衆が、みるもまばゆい法服に身をつつんで四方から参集し、その名も「鼻塚」をとりかこんで香をたき、経をよみ、大銭をとうじて施食をおこなった。尋常ならざる「光景」にはちがいない。

しかもそれは、朝鮮において、わずか二か月のあいだに一〇万も二〇万もの士民の鼻を削いで塩漬けにして搬出するという犯罪行為が、まさに集中的・組織的におこなわれているさなかにおいてのできごとだった。

この日、相国寺の西笑承兌が「卒塔婆」にしるした文言はつぎのようなものだった。

「慶長第二暦、秋の仲、大相国、来邦の諸将に命じて、ふたたび朝鮮国を征伐す。ここにおいて大明皇帝、唇亡歯寒の遠謀をめぐらせ、数万の甲兵を出してこれを救う。本朝の鋭士、城を攻め、地を略す。しこうして撃殺すること無数なり。将士、首功をあぐべきといえども、江海遼遠なるをもってこれを劓り、大相国の高覧にそなう。相国、恩讎の思いをなさず、かえって慈愍の心を深くす。すなわち、五山の清衆に命じ、水陸の妙供をもうけ、もって怨親平等の供養にあて、かれらがために墳墓を築き、これを名づけて鼻塚をもってす」

ほんらいなら敵の「将士」の首をあげて戦功となすべきところ、「江海遼遠」のため「劓り」にして秀吉の高覧にそなえたという。すでにここに虚偽がある。

「耳塚」をみたこともない斎藤にはもちろん、これを眼前にして衝撃をうけ、それが「朝鮮人の感受性を深く傷つけ」るものであること、また、「日鮮二民族間のいかにも大きな問題」を孕むものであることに思いをいたし、多くのことを考えたメアリー・クロウジアにも洞察することのできなかった虚偽が……。

それは、この「不幸な塚」に埋められた数万の鼻もしくは耳のすべてが、かならずしも「将士」すなわち戦闘員のものではなかったということである。

それらの多くは、敵でも味方でもない老若男女にたいする無差別の暴虐のあげくの獲得物なのだった。

16 「天下」世襲――高麗より耳鼻十五桶のぼる、大仏近所にこれを埋む

「征韓の後役」のはじまった慶長二年（一五九七）八月三日、豊後国臼杵の城主太田一吉の軍勢を乗せた船は、慶尚道と全羅道のさかいを流れる蟾津江の河口に入った。

船内には、太田一吉に従軍した浄土真宗の僧侶、のちに『朝鮮日々記』の作者となる慶念のすがたがあった。

「ここが赤国の川口であるという。大河である。数千の船がひしめきあってみえる。五里、一〇里と流れをさかのぼってゆくが、どこまでもびっしり、船影のつきることはない。

さても、いったいどんな過去世のおこないが因縁となって六十路をこした老身を波涛にさらし、夢にだにみぬ異国の地へ駆りだされることになったものか……。まもなく船からあがれば、いつおわるともしれぬ高麗征伐に従軍することになる。秋から冬へ、季節が色をかえてゆく寒国を転々と攻めのぼる憂き世のたびに、それでなくても病みあがりの老いの身は、はたしてたえることができるだろうか。ふたたび生きて帰ることはあるまいと思うにつけ、後世の救いが急がれる。この期におよんでの心迷いのはずかしさよ……」

とうじ臼杵安養寺の住持であった慶念は、当年二月の「陣立て」で軍目付に任じられ、兵卒四〇〇人をひきいて出陣することになった一吉から、医僧として従軍することを命じられた。

齢六〇をこえた坊主に高麗へ出仕せよという。耳をうたがうような仰せであり、「殿の御養生いっぺんならば、若き御方々をも召しつれそうらえ」と、老躰を理由に固辞したが、思いをめぐらせてみるまでもなく、医薬に心得のある少壮のものたちは、高麗の陣が始まってこのかたすでに動員されつくしてしまっていた。

まして太田飛騨守一吉は、豊臣蔵入地の代官として豊後国に入部した人物、つまり、じかに太閤の息のかかった吏僚で

あり、小さいながらも臼杵一万石を拝領した一国のあるじである。まさにその「お殿さま」から、ぜひにも供をせよとの「御掟」があればあらがえるはずもなく、やむなく従軍・渡海することになった。じつに「迷惑きわまりなき躰」であった。

さて、慶念が郷里の佐賀関を出帆したのは六月二四日。のち名護屋をへて、壱岐の風本で五日のあいだ風を待ち、七月六日に対馬豊崎で一吉と合流し、七日の早暁、釜山浦に入った。

西暦ならば、八月七日から一九日にかけてのきびしい残暑のなかでの渡海となった。

七月八日、竹島をめざして船を出すが、朝鮮水軍にはばまれて釜山にとってかえし、身動きがとれなくなる。

まもなく、藤堂高虎・脇坂安治・加藤嘉明らの水軍が、島津義弘の援護をうけて漆川梁の海戦を制し、一六日には、加藤清正・宇喜多秀家・小西行長・宗義智の軍勢に、毛利高政・蜂須賀家政・生駒一正らの軍勢をくわえた全軍が竹島に集結。そこからさき、さらに船で西にすすみ、全羅道で上陸したあと南原をめざすこととなった。

粗陋な船底に枕をならべ、あらゆる不如意をしのぐ日々はいやがおうにも老身をさいなみ、慶念は夏風邪をこじらせ、「人目もはずかし」いほどにのたうつありさまとなる。

「称名報恩の境にあるはずの身ながら、不覚にも、弥陀の誓願にめぐりあったことを喜ぶこともできないほど平生安心をおびやかされ、愚鈍にも宿世をなげき、おさえようもなく涙がおちる。
仏恩を　そのたしなみの浅きゆえ　あらぬことのみ夢にみるかな」

しかしそれは、まだしも序の口の痛苦にすぎなかった。

八月四日、河東というところに船を泊める。艫綱を寄せるがはやいか、将兵らは転がるように船からとびだし、われさきに物を掠奪し、住人を捕え、あるいはなぐり殺し、人に負けじ劣るまじとして雲霞のごとくたちさわいだ。

当地で、五日ほど野陣をはる。渡航のあいだ立ちつづけだった馬の脚をやすめ、陸の行軍の準備をととのえるためである。そのあいだにも慶念は、地獄さながらの光景を眼前にする。

「将兵らは、連日のように野山や谷々に乱入し、山城はいうにおよばず、民家や避難所をことごとく焼きはらって民百姓を燻りだし、手あたりしだい生け捕りにしては、鎖竹の筒に手首をくくりつけて連れもどってくる。子をうばわれた親は斬り殺され、親を捕られた子らは泣き叫んであとを追う。この妄執の深さやいかに……」

そう思うにつけても、釜山浦でみた人買い商人たちの乱暴のさまが眼うらに浮かんでくる。それをかき消そうとして目を遠くにやれば、あちらにもこちらにも煙のたちのぼるのがみえた。

「野も山も　焼きたてに呼ぶ武者の声　さながら修羅のちまたなりけり」

一〇日、いよいよ四〇日あまりをすごした船の苫屋(とまや)に別れをつげる。ここからは陸路、野陣をしながら南原(ナムウォン)をめざす。

「あさましや　五穀のたぐひ焼きすつる　煙のあとに一夜ふしけり」

おなじころ、島津義弘の軍勢は固城(コソン)に上陸していた。そこから昆陽(コンヤン)、露梁(ノリャン)へと兵をすすめ、山中に逃れた農民らを捜しだし、殺掠(さつりゃく)・焚蕩(ふんとう)・鼻削(はなそ)ぎをほしいままにした。そして、かれらもまた求礼(グレ)をへて、南原めがけて奥陣を開始した。


南原城(ナムウォンソン)は、東西南北およそ一キロメートル四方を、高さ四メートルの石壁で囲んだ都城である。

八月一三日、五万六〇〇〇の日本勢がこれを包囲した。東面は蜂須賀・毛利・生駒軍が、西面は小西・宗・脇坂軍が、北面は島津・加藤軍が、南面は宇喜多・藤堂軍が囲むところとなり、太田の軍勢は、南面包囲の陣にくわわった。

一五日、望月がなかぞらにかかろうとする午後一〇時、日本軍は総攻撃を開始した。

むかえ撃つ側の兵力は、副総兵楊元(ようげん)ひきいる明軍三〇〇〇兵と、全羅兵使李福男(イボクナム)をはじめとする朝鮮軍一〇〇〇兵。城内には、日本勢に追われて逃げこんできた士民、避難してきた周辺地域の農民たちとその婦女子など、一万をこえる軍民がたてこもり、死にものぐるいで戦った。

はたして朝鮮軍は、李福男や南原府使任鉉(イムヒョン)・順天(スンチョン)府使呉応鼎(オウンジョン)らはもとより、将士はことごとくが戦死して壊滅、明軍も、副総兵楊元だけはからがら戦場をぬけだしたが、中軍李新芳(りしんほう)はじめ、ほとんどの兵を失って総くずれとなった。

逃げまどう士民婦女子は、ひとつだけ開いていた北門に殺到した。が、そこには日本勢が待ち伏せていた。わざと開けられていたのである。かれらは手あたりしだいに惨殺され、鼻を削がれ、城壁ぞいの沼になげこまれた。

暁を待つまでもなく城は陥ちた。明けてみれば、死者の数は五〇〇〇に余り、おびただしい数の男女が生け捕りにされた。その数は、小西勢が捕らえた者だけでも一〇〇〇余人を数えたといい、島津義弘は、陶工の朴平意(パクピョンイ)ら二二姓(せい)四三人を連れ去った。串木野(くしきの)に上陸したあと七年間おき去りにされ、のちに島津の「御用焼き」をつくらせられることになる陶工たちである――ちなみに、義弘に命じられて白陶土(はくとうど)をみつけ、「白薩摩」を創製することになった朴平意は、大日本帝国さいごの外務大臣東郷茂徳の父祖にあたる。

慶念もまた、庶民の大量殺戮の惨景を、まのあたりにしないわけにはいかなかった。城内には「男女残りなくうちすて」られ、城外の「道のほとりの死人、いさごのごとし」であった。

「むざんやな　知らぬうき世のならひとて　男女老少死して失せけり」

この戦闘で太田一吉軍は、まっさきに南大手門を破って一番乗りの功名をたて、首一一九をあげた。

のちに陣中日記『朝鮮記』をのこすことになる一吉の家臣大河内秀元も、「慶州判官」の首をふくむ三将の首をとり、家中の戦功に貢献した。うち二人は鼻を切りとった。

「大河内もむかう敵二人を討ちとった。今日は八月十五日、かたじけなくも氏神大菩薩の御会日にあたる。とっさに思いだし、血刀をうちすて、紅に染みたる掌を合わせ遠く日本を拝む。そして鼻をかき、具足の鼻紙入れにさし入れた」

戦功は、討ちとった首の数、すなわち削ぎ切りにした鼻の数でカウントされるのだ。

一六日、太田一吉・竹中隆重・毛利高政ら軍目付たちあいのもと、実検がおこなわれた。

「一番　太田飛騨守家中先乗　南原城にて一番首　飛騨守首数一百十九
二番　藤堂佐渡守家中先掛　佐渡守首数二百六十
首数六百二十二備前中納言、飛騨守、佐渡守已上南表
取寄　三頭　首数合千一……」

太田一吉勢は一一九。藤堂高虎勢は二六〇。宇喜多秀家勢は六二二。すべて合わせると一〇〇一となる。「南表」方面から攻撃した軍勢が討ちとった首と鼻の総数である。

いか東・西・北方面を合わせて、実検であらためられた総頭数は三七二六におよんだ。それらはすべて秀吉のもとに送られた。すなわち「判官は大将なれば、首をそのまま、その外はことごとく鼻にして、塩石灰をもって壺に詰め入れ、南原五十余町の絵図を記し、言上目録にあい添えて日本へ進上す」と。

一吉・隆重・高政たち「横目衆」とよばれた軍目付は、前線の戦況や戦功をつぶさに記録し、秀吉に報告することを任務としていた。ほかには毛利重政・垣見一直・早川長政・熊谷直盛が任じられたが、かれらはいずれも豊後国の豊臣「蔵入地」の代官だった。

豊後の蔵入地。それは、文禄の侵攻のさい、鳳山城を放棄して退走したため「臆病」を咎められて改易された大友吉統の旧領――大友宗麟いらいの豊後四二万石――にもうけられた豊臣家の直轄地だ。一吉たちは、荒廃いちじるしい大友旧領の再建と、政権をささえる年貢の確保、兵糧米や陣夫の徴発などの任務をたくされて送りこまれた秀吉子飼いの吏僚たちなのだ。

討ちとった将官の首や削ぎとった鼻の数をあらため、注進状とともに日本へ送ることは、とりわけ重要な任務だった。手あたりしだいの「鼻削ぎ」が、秀吉の命令によっておこなわれたものだからである。

『朝鮮記』のしるすところによれば、それは「老若・男女・僧俗にかぎらず、賎・山ガツにいたるまで、あまねく撫切りて、首数を日本へ渡すべし」というものであり、他家の家臣の「戦功覚書」にも、太閤「御朱印」にしたがって一般庶民を赤ん坊にいたるまで無差別に殺害し、あるいは生きたまま鼻を削ぎとったことがしるされている。

すなわち「手に礙ぐるものは、男女をかぎらずことごとく切捨てたるか、あとは鼻ばかりを取りて命を助けるようにと御朱印くだされけるあいだ、男女をいわず、皆、鼻を斬り」、あるいは「男女生子ものこらず撫切りにいたし、鼻を削ぎ、それを日々塩にいたし」て輸送したと。

また、清正の「覚」には、将兵一人につき「朝鮮人の鼻三つあて」をノルマとしたことがしるされ、脇坂安治の『脇坂記』には、数をかせぐために「早天より一日、路追いゆきて、山を狩り、里を探し、追い詰め追い詰め、撫切りにし」、一〇日あまりのあいだに鼻「二千余」を切りとったことがしるされている。

連日、血眼になって鼻をかきあつめているさまを彷彿とさせるが、転戦しながらかせいだ貴重な鼻を、大名たちは塩漬けにして運ばせた。たとえば長宗我部氏の『元親記』に、古阜・羅州の二郡で「残りて有るものをことごとく撫切りにして鼻を取る。討取り註文、六千六人なり。鼻には塩して、一千ずつ桶六つに入れ、軍目付に渡」したとあるように。

将兵・家臣がおのおの切りとった鼻は、大名のもとにあつめられる。

大名はそれらをあらため、戦功の証しとなる「鼻請取状」を渡す。あつまった鼻は、家中ごとにまとめられて軍目付のもとに送付され、横目衆は大名あてに「鼻請取状」を発給する。

つまり、一般庶民をふくめた無差別かつ手あたりしだいの「鼻削ぎ」が、組織的・集中的におこなわれたというわけだ。

さて、そのたび南原包囲戦で削ぎとった鼻は、名護屋から海路大坂に入り、凱旋将軍さながら車にのせられて伏見、洛東へと至る街道をパレードし、九月一〇日ごろには秀吉のもとに到着した。

「十二日、雨降る。伝え聞く。高麗より耳鼻十五桶上ると云々。すなわち、大仏近所に塚を築き、これを埋む。合戦、日本大利（だいり）を得ると云々」

朝鮮から「耳鼻一五桶」が送られてきた。日本が大勝利をおさめたので、それらを大仏の近くに埋めて塚を築くという。

これを『日記』にしるしたのは、前年の大地震で「大仏供養（くようえ）」が頓挫し、落胆しきっていた三宝院門跡義演准后である。

じつは、この年七月には、大破した大仏のかわりに甲斐国から「善光寺如来」が大仏殿に遷され、あらたな本尊として安置された。その供養会が八月にもいとなまれると聞き、にわかに色めきだっていたところ、またも延期されることになって意気阻喪。その矢先に舞いこんできたのが、「高麗」からの「耳鼻」到着の報だった。

それにしても、「十五桶」というのが事実なら、おどろくべき数である。かりに南原城で明軍・朝鮮軍の兵士がすべて鼻をとられたとしてもその数はおよそ四〇〇〇であり、じっさい、一六日の実検で確認された数は三七二六であった。

たしかに、南原が陥ちた直後の八月一七日には、毛利秀元・加藤清正・黒田長政・鍋島直茂・長宗我部元親らの軍勢二万七〇〇〇が黄石山城を攻略し、鼻削ぎをおこなっている。

しかし、戦死した安陰県監郭趯（クァクチュン）らがひきいた朝鮮軍の数はたかがしれており、それらが合わさっているかどうかにかかわらず、圧倒的な数の「耳鼻」は、戦闘員ではない老若男女のものであることがうかがえよう。

九月一三日、秀吉は、鼻をおさめた諸大名に「感状（かんじょう）」を発給した。

「八月十六日の注進状、御披見をくわえられそうろう。赤国のうち南原城、大明陣たてこもるにつきて、さる十三日とり巻き、仕寄せをいたし、同十五日の夜、責め崩し、その方手前、首数弐百六十九討ちとるの旨にそうろう……」

これは、軍勢二八〇〇人をひきいて参戦した藤堂高虎（とうどうたかとら）にあてた「感状」だが、藤堂が秀吉に注進した首数すなわち鼻の数は二六九。大河内が『朝鮮記』にしるした二六〇という数とほぼ一致する。

同日づけで秀吉が発した「感状」はほかに、来島通総（くるしまみちふさ）・加藤嘉明（かとうよしあき）・島津義弘（しまづよしひろ）・島津忠恒（しまづただつね）などにあてたものがのこっており、来た。

また、軍目付が大名に発した「鼻請取状」は、吉川広家（きっかわひろいえ）・鍋島勝茂（なべしまかつしげ）・黒田長政などにあてたものが伝存する。粉骨の至りにそうろう……」

ら現存するものをすべて合算すると、広家は三万一四七七、勝茂は五四四四、長政は八一八七であるという。三人が奉行におさめた鼻数は、確認できるだけでも四万五〇〇〇を上まわるというわけである。

なかにも、みやこソウルに迫る京畿道の竹山までかけのぼった黒田軍は、さながら「鼻削ぎ大遠征」ともいうべく連日のように鼻をおさめており、忠清道から京畿道に至る稷山では、朝鮮軍ではなく、明兵八五人の鼻を削いでいることが確認される。しかも、それをあらためたのが、大河内や慶念のあるじ太田一吉だった。九月七日のことである。

「請取り申すはな数の事　合八拾五　但かくなミ者　稷山にて

慶長弐年九月七日　竹中源介・太田飛騨　黒田甲斐守殿」

「かくなミ」は「漢南」。明兵のことをいう。

さて、南原城・黄石山城を陥とした日本勢は、八月二〇日、全州に無血入城した。

二九日、毛利秀元・黒田長政・加藤清正の軍勢および軍監の太田一吉・竹中隆重の軍勢をあわせた「右軍」四万は、忠清道にむけて北進すべくいっせいに全州をあとにした。

毛利・黒田軍は公州をめざして直進。清正軍は東よりのコースを迂回して兵をすすめる。太田軍はこれにともなった。

錦山から珍山へ、さらに文義をへて清州へとむかう。ちょうど四〇〇年後、南小四郎ひきいる「後備歩兵第十九大隊」の大隊本部と「第三中隊」が、いのちからがら南下することになる険しい山岳地帯をぬっての行軍だ。

地の利を知りつくした義兵集団が、昼といわず夜といわずゲリラ戦を挑んでくる。そのたびに戦さを交えることになるが、九月二日の合戦は熾烈をきわめ、清正軍は首五一を、一吉軍も一八の首をあげたが、先鋒となった足軽大将の山内治衛門尉ら三〇人が討ち死にし、多数の負傷兵を出した。

夜襲のおそれのある山中では、木の根を枕に、おそい日の出を待つ。暦のあらたまった九月一日は、西暦の一〇月一一日にあたる。大陸性の山中の夜寒はつわものの身にあってすらしのぎ難い。慶念もまた、まんじりともせず夜を明かし、日が昇ればまたけもの道の露をかきわけ、朝靄をぬうようにして移動を始め、歩きつづける。

「野陣とて　ならわぬ旅にいつとなく　露にぬれつつ袖しぼるなり」

奥へと陣をすすめるたびに残虐行為に拍車がかかる。糧を得るには奪うほかないにはちがいないが、ゆくさきざきで民家を襲っては掠奪をつくし、火をかける。常軌を逸した苛虐に瞠目する。

「路次も山野もいたるところ、男女のべつなく斬りすてたるさまは、ふた目とみられぬ酷たらしさだ。うち壊された家々、あばかれた五穀の倉をみるにつけ、妄念のすさまじさに戦慄する。

道すがら　きられて死する人のさま　五躰に突つくところなきかな」

さながら修羅の旅路はいったいどこまでつづくのだろうと、胸中暗澹とせずにいられない。

鼻削ぎの戦功とひきかえにいくばくかの加増を約束された侍たちはいざしらず、何のための戦さであるかもさだかでなく、日々、畜生のごとき悪行に身をゆだねるだけの無足(むそく)の衆や、村々をさらうようにして駆りだされ、牛馬に劣るあつかいと激務にさらされる陣夫たちの絶望ははかりしれない。

日ごとかれらの頬はえぐれ、瞳にやどす光は険しさをましていった。

ときに「明日は退(の)き陣」ときけば、たとえそれが飛語(ひご)であってももはや、だれもが喜びをかくさなくなった。いつか生きて郷里にもどり、父母妻子にまみえる日がやってくる。そう思うことしか、辛苦をしのぐよすがはないのである。

九月五日、「青国」すなわち忠清道のみやこ清州に入る。陣夫らの足をやすめ、馬の脚をいたわるにはこのうえない都城である。せめて一両日は逗留を……。だが、かすかな期待もむなしく、すぐにも北へと陣をすすめるという。

「あすのまた　御陣かわりと聞くからに　人のなやみを思ひこそやれ」

六日、木川(モクチョン)をへて稷山(チクサン)へ……。おなじころ、清正軍とともに全州を発ち、砺山(ヨサン)・恩津(ウンジン)・公州(コンジュ)・天安(チョナン)と、忠清道をまっすぐに北上してきた毛利秀元・黒田長政軍も木川に迫りつつあった。とちゅう黒田勢は、占領した天安で三〇〇〇人もの鼻削ぎをおこなった。

九月七日、稷山に集結した日本勢と、明の副総兵解生(かいせい)ひきいる大軍勢が激突した。黒田軍が「かくなミ」の鼻八五をあげたのは、この合戦においてのことだった。ということは、「請取状」が伝存しない清正や秀元の軍勢も、相応の数の明軍兵士の鼻を削いだにちがいない。

稷山の戦いは、八日になっても勝敗はつかず、両軍が退却するかたちで収拾する。

明軍・朝鮮軍の反撃体制はすでにととのいつつある。そう判断した日本勢は、鎮川(チンチョン)まで退却したあと、そこから兵を反(かえ)して沿岸部の拠点まで南下することを決定。秀元は釜山、長政は梁山(ヤンサン)、清正は蔚山(ウルサン)までしりぞき、城普請をすすめて越冬にそなえることにした。

九月一四日、まちじゅうに火をかけて鎮川を発つ。

「このまちは富裕の地とみえて、家数十万余軒あり。すなわち放火し、またおのおの三方に分かれて帰陣の道におもむく

慶念とはちがい、大河内(おおこうち)の筆は淡々たるものである。

主君一吉の、ひいてはみずからの功績を言挙げすることが執筆目的のひとつである『朝鮮記』は、行軍記の例にもれず、ときに誇張をまぬがれない。「数十万余軒」という数はさておき、鎮川に逗留すること五日、日本勢は、城内の家々や山間の集落におし入っては濫妨をつくし、士民を生け捕りにして連行し、「陣替え」のさいにはまちじゅうに火をかけた。

清正・一吉軍は、清州(チョンジュ)をへて進路を東にとり、慶尚道(キョンサンド)をめざすことになる。『朝鮮記』をおってみる。

「十五日、忠清道の府中、清州に着く。ここは古都であり、在家は二十万余。古来の山城もあるが、城主が退避し空(あ)けはなたれている。この地に五日逗留する。しもじもは、あちこちの山谷に乱れ入って濫妨し、あまたの生け捕りを連れきたる。城中の宿城・在家に火を放つ。

十九日、山地や渓谷をのりだし、わずかな平地に出ようとしたところ、七八千(しちはっせん)の敵があらわれた。清正の先手加藤(かとう)与左衛門尉(よざえもんのじょう)の軍兵が合戦におよぶあいだ、乗り放してあった馬二三十疋(にさんじっぴき)を、敵が盗んで谷へと逃れ去った」

朝鮮側の記録では、この日、忠清道から小白(ソベク)山脈を越えて慶尚道に入ろうというあたり、報恩(ポウン)の赤岩(チョクアム)で、尚州牧使 鄭(チョン)起龍(ギリョン)ひきいる遊撃兵およそ四〇〇人が清正軍と遭遇戦を交え、一〇人の倭兵を討ちとっている。侵略軍の脚となる馬を略奪する戦術でこれに加勢したのは、郷土を守るために起ちあがった在地の民兵たちであっただろう。

その日、軍勢はまもなく尚州(サンジュ)に至る。とうじ仏都としてさかえていた尚州には、みあげんばかりの大仏殿があり、ひろびろとした街路ぞいに、みごとな造りの舎殿や仏閣が甍をきそっていた――李王朝の国是は儒教であり、仏教はながく排撃されるがままになってきたが、前国王 明宗(ミョンジョン)と母后文定(ムンジョン)の熱心な崇仏活動によって復興をとげ、興隆策は、宣祖昖(ソンジョヨン)の治世にもひきつがれていた。

「慶尚道の古都に着陣す。往昔(おうせき)の帝都の旧跡なれば、風格ある舎屋が軒をあらそっている。大仏殿の本堂は石柱(せきちゅう)を五層六層に組んであり、その大きく広いことは、日本の堂塔にたとえようもない。山門の高さは本堂をしのぎ、大道の広いこと、寺々の建てよう、家居の造りよう、何につけても人目を驚かすばかりである……」

かくもみごとな仏都なら、紺紙金泥(こんしこんでい)の比類なき経文や、入唐(にっとう)してさえ手に入れられないだろう漢籍のかずかずが、堂宇

いっぱいに納められているだろう。三尊図（さんぞんず）や涅槃図（ねはんず）など、いまや朝鮮でも希少となってしまった高麗仏画（こうらいぶつが）の逸品をみつけることもできるだろうし、高麗茶碗や硯（すずり）や壺や香炉など、李朝ならではの秀品をちょうだいすることもできるだろう。それを日本にもち帰れば、目がとびだすほどの高値がつくにちがいない……。

というわけで、馬の脚をやすめがてら五六日（ごろく）ほど逗留しようという。

陣中は噴きあがる歓声と笑顔にあふれかえった。が、それもつかのま、すぐにも「退き陣」の司令がくだった。数千を数える追撃部隊がすぐ近くに迫っているという。明の参将彭校徳（ほうこうとく）ひきいる軍勢だった。

「二十二日、大仏殿をはじめとして、洛中の在家三十万余軒、一宇（いちう）ものこさず放火する。燃えあがる焔は真夜中になってもつきず、遠里をへだてた闇をも白昼のごとく照らしだした」

あわただしく、糧秣やら略奪品やらをかきあつめるようにして都城を去り、急ぐ道すがら来し方をふりかえると、仏都をまるのみにして燃えあがる炎がどこまでいっても眺められた。

「二十六日、新寧に陣取る。作事中の山城あり。ふもとから城までは二里。四方の石垣の高さは四間半もあるみごとな城である。ここに二日逗留し、城を破り、穀倉を焼く。しかしながら城内はあまりに広く、二百間も三百間もつづく米蔵は、数万の軍勢をもって数十日のあいだ火をかけても焼きつくすことはかなうまい。ゆえに城中の家々とその蔵々に火をかけ、そのままにして通過した」

新寧（シンニョン）を発った軍勢は、義兵の襲撃をうけて多くの軍兵を失いながら永川（ヨンチョン）にいたり、一〇月三日には慶州（キョンジュ）に入った。

古代新羅王国いらいの旧跡でもある慶州は、みやこそのものが巨大な宝物庫である。城内をうめつくすように名刹が甍をかさね、仏教芸術の傑作が美麗をきそいあっていた。

この地にとどまること三日、掠奪と破却をつくし、尚州どうよう「一宇ものこさず放火」した。

かずかずの優品のなかで、『朝鮮記』の作者も『日々記』の作者もともに筆にとめ、焼失をまぬがれたものに統一新羅の梵鐘があった。余韻のながい音色が、人柱になったとつたえられる幼子の「エミレ〜、エミレ〜（お母さ〜ん、お母さ〜ん）」と泣く声にきこえることから「エミレの鐘」とよばれる、「正徳大王神鐘」である。

三五代景徳王（キョンドクワン）の発願をうけて、その子にあたる恵恭王（ヘゴンワン）が七七一年に完成させた大鐘で、高さは三三三センチメートル、口径は二二七センチメートル、重さは二五トン。みあげんばかり巨大でありながら、やわらかく優雅なかたちをもつ鐘身に、繊麗な衣をひるがえす飛天のレリーフを鋳出した優品であり、いまは国宝に指定されて、国立慶州博物館に収蔵されている。

鎮川から退却を始めて二四日、清正・一吉軍が目的地の蔚山(ウルサン)に到着したのは一〇月八日、西暦の一一月一七日のことだった。全羅道に上陸後、一吉軍がはじめて鼻削ぎをおこなった南原城の包囲戦から五二日がすぎていた。

おなじころ、鎮川から開寧(ケニョン)方面へと進路をとり、九月二九日に玄風(ヒョンプン)を発った黒田軍も目的地の梁山(ヤンサン)を目前にしていた。

八月一六日に慶尚道の咸陽(ハミャン)ではじめて鼻削ぎをおこない、一七日には清正や鍋島・毛利・長宗我部軍とともに黄石山攻略戦で鼻をあげ、全州(チョンジュ)から恩津(ウンジン)・公州(コンジュ)をへて忠清道をまっすぐ北上。占領した天安(チョナン)で三〇〇〇の鼻を削ぎ、京畿道との境をこえた竹山で折りかえし、とちゅう各所で鼻を捕獲しながら慶尚道の玄風へとかけくだる……。

かれらもまた五〇日におよんだ「鼻削ぎ大遠征」をおえようとしていた。

「慶長二年八月十六日より九月廿九日まで　惣合頸鼻数　伍千五百弐つ」

八月一六日から九月二九日まで、軍目付が長政あてに発給した「鼻請取状」をまとめた箇所にしるされた合計数である。横目衆がカウントした「惣合頸鼻数」は五五〇二。これに、現存するこの期間いがいの「鼻請取状」の数を加算すると、黒田軍のあげた鼻数は八一八七にのぼるという。

全州の軍議をおえてのち全羅道の制圧におもむいた宇喜多秀家や吉川広家、鍋島勝茂、島津義弘・忠恒ら「左軍」の軍勢もどうよう、さかんに「鼻削ぎ」をおこなった。

「金溝(クムグ)・金堤(キムジェ)両郡において御成敗の頭の鼻数の事　合わせて三千三百六十九
右　たしかに請け取り申すところ」

一〇月一日づけで、熊谷・垣見・早川の三人の軍目付が連名で鍋島勝茂あてに発給した「鼻請取状」だが、この前後、金溝・金堤の南どなりにいちする珍原(チンウォン)・霊光(ヨングァン)では、吉川広家が一万三五〇〇をこえる鼻をあげている。

これら信頼のおける資料によって確認できる鼻の数だけでも五万におよぶが、はたして、全軍が兵士をはじめ「老若男女僧俗にかぎらず、赤子にいたるまで」あまねくおこなった「鼻削ぎ」の総数はいったいどれほどにのぼったものだろう。

八月なかばから一〇月はじめまでのひと月半のあいだに集中的におこなわれたものにかぎっても、宇喜多をはじめ加藤、小西・宗、島津、毛利、小早川、蜂須賀・生駒の七軍勢についてはその数を知ることはできない。

かれらはおのおの一万をこえる大軍勢を投入している。かりに清正が命じたように「一人三個」のノルマをはたしたなら、一軍勢ごとにあげた鼻数は三万をくだらないことになり、七軍勢の総数は二一万を上まわる。

これに現存する「鼻請取状」で確認できる吉川・鍋島・黒田勢の四万五〇〇〇をくわえると、二五万を上まわる。

文献にしるされたものでは唯一、大河内の『朝鮮記』が、二一万四七五二という数をあげている。

すなわち、「日本の軍勢十六万が討ったる朝鮮人の首数、十八万五千七百三十八、大明陣の首数、二万九千十四、すべて二十一万四千七百五十二。平安城の東なる大仏殿辺に、土中に築籠め、石塔を立てて、貴賤、今にこれを見る……」と。

記録の性質上、誇張されたぶんを何割かは差し引かねばならないだろうが、主君の太田一吉が職掌がら総数を把握していたであろうことから、まったく根拠のない数ではないだろう。

それにしても、短期集中でおこなわれたこれら倒錯的な犯罪行為は、いったい何のためのものだったのか。それをじかにつたえる史料はなく、かぎられた同時代の記録から憶測するしかない。

「高麗より耳鼻十五桶上ると云々。すなわち、大仏近所に塚を築き、これを埋む。合戦、日本大利を得ると云々」

『義演准后日記』がこれをつたえたのは九月一二日のことだったが、その半月後には「施餓鬼」の情報に接している。

「二十七日、伝え聞く。今日、高麗人の耳鼻、大仏西中門の通りにこれを埋む。のち弔いのため五山禅衆、施餓鬼これをおこなうと云々」

高麗人の耳鼻を埋めたあと、弔いのための「施餓鬼会」をいとなむという。施餓鬼はもともと、悪道におちて飢餓に苦しんでいる衆生や餓鬼に施す、鎮魂のための供養である。これをおこなうよう命ぜられた「五山禅衆」の親玉はいわずもがな、政権のブレーンでもある相国寺の西笑承兌だった。

『鹿苑日録』によると、承兌が、にわかに呼びだしをうけたのは九月一六日のことだった。あわただしく伏見にかけつける。すると秀吉は、前年の大地震直後から築城がすすめられている木幡の普請場の木屋にいた。

いわく、「先月の一五日、小西・宇喜多ひきいる左手の軍勢が南原城を攻め、大明人数千、朝鮮人数千を討ちとったとのよし。あわせて多数の首が送られてきた。また、今日とどいた注進は、加藤・鍋島・黒田ひきいる右手の軍勢からのもので、先月一六日、黄石山城を攻めとり、城中三五〇人を殺し、ほかに数千人を切りすてたとのことである」と。

後刻、秀吉は、かねて清正が生け捕りにして献上してきたという「朝鮮の正官」を召しよせ、明軍と朝鮮軍の戦略や用兵の機微についてききだした。承兌は筆談をもって通事をつとめ、夜半に寺へもどった。

翌一七日、「飛脚」がきた。「善光寺前において、大明・朝鮮闘死の衆慈救のため、大施食執行すべきのむね上意なり。相国寺より、前々のごとく馳走せしむべし」と。

すなわち、「善光寺」前で、明と朝鮮の戦死者の鎮魂のため「大施食」をおこなうよう「上意」がしめされたという。

一八日、さっそく洛中に京都所司代の前田玄以をたずね「大施食」について打ち合わせた。

供養には、鳥目一万疋がくだされる。施食の柵は一〇畳敷、盛物の箱は上三尺五寸。設営は、大仏造営の責任者である木食応其が担当するという。鳥目というのは、なかに鳥の目のような穴のある一文銭のことである。一疋が一〇文相当で、一文銭一〇〇枚を紐で貫いたものが一貫文だから、一万疋は一〇〇貫文。一貫文を一石とすると、およそ一〇〇石が法会のために寄進されることになる。

一九日、承兌は「触状」をしたため、南禅寺・天龍寺・建仁寺・東福寺へつかわした。室町時代いらい、幕府が施主となっていとなまれる大規模な「施餓鬼会」は、五山禅宗によってつとめるのが慣例となっていた。

ところで、「善光寺」というのはいったいどういうことなのだろう。なんとそれは、「東山大仏」のことだった。

ついふた月まえの七月一八日、大地震で大破した大仏のかわりに甲斐国から「善光寺如来」が遷座した。いらい「東山大仏」は「善光寺如来堂」とあらためられた。

ちょうど、六月なかばからぞくぞく出陣していった再征軍が、朝鮮に着陣を完了したころのことである。

善光寺如来というのはもちろん、絶対秘仏として信濃善光寺に安置されている生身の如来、「一光三尊阿弥陀如来」のことである。インド・朝鮮・日本の「三国伝来」すなわち、釈迦が生きていた時代に天竺で鋳造され、それが朝鮮に伝来し、日本へは欽明天皇一三年（五五二）に、百済の聖明王から贈られたという霊験あらたかな阿弥陀如来像である。

さかのぼること四〇年、兵火をおそれた武田信玄が信濃善光寺から甲斐へと遷し、織田信長の甲州征伐のさいにはさらに美濃へと遷され、信長亡きあとは、尾張、遠江をへて甲斐にもどっていた。

これを秀吉が東山大仏の本尊として迎えたのだった。

大地震で左手を落とし、胸部が崩れ、全身にひびが入ってしまった大仏は、無惨なさまをかくすため畳表でおおわれていたが、当年五月には、ついに修復をあきらめ破却されることになった。

「わが身さえ保つこともできぬ仏体に、衆生済度のかなうはずがない。こなごなに砕いてしまえ」

秀吉はそういって「仏力柔軟」を嘆き、憤りをあらわにしたという。

そして六月一五日には、あっぱれ奇抜な朱印状が発せられた。

「善光寺如来の儀、御霊夢の子細これありて、大仏殿へ遷座のこと、仰せ出だされそうろう。しからば、甲斐国より大仏殿まで、路次中、人足五百人、伝馬弐百三十六疋ずつ申しつくべきのこと」

霊夢によって善光寺如来を遷座するので、移動のため人足を五〇〇人、馬を二三六頭ずつ負担せよという。つまり、遷座のための大パレードをくわだてて披露せよというのである。

ために、甲斐国から近江国大津までを一一区間にわけ、その「路次中」の運搬を諸大名に分担させた。すなわち、甲斐国から駿河堺までを浅野長政、駿河堺から遠州浜松までを中村一氏と山内一豊、浜松から吉田までを堀尾吉春というように。「ずつ」というのだから、人足・伝馬の数は、大名おのおのに課せられた数だっただろう。

日本じゅうから良木・巨木を引きだして建てられた高さ五〇メートルをこえる大仏殿。地震にもびくともしなかった堂々たる仏閣の本尊が、像高二〇メートルの大仏から、わずか五〇センチメートルの仏像にかわるという珍妙さもさることながら、ことあるごとに無益のパフォーマンスに駆りだされるものたちが大いに眉をひそめたことはいうまでもない。

前年来、伏見では、瓦解した指月城にかわる木幡城の建設が大名の手伝普請によってすすめられ、この正月からは、内裏の東側で、秀頼――前年の一二月一七日、拾は名を秀頼とあらためていた――の居館となる「京都屋敷」の築造が始まり、完成が急がれていた。

それでなくても復興途上のごたごたから脱しきれずにいる京・伏見には、苛酷な労働をしいられたために夜盲症を病んだものや、負傷によって現場に出られず給米を断たれたもの、荒みきった郷村から逃れ、あるいははじき出されて流れこんできた浮浪民があふれていた。

にもかかわらず、いや、だからこそでもあっただろうが、はるばる東国からむかえる霊験あらたかな阿弥陀如来のために、あたうかぎり盛大なセレモニーをいとなまなければならなかった。

七月七日、「きたる十八日、善光寺如来、大仏殿へ遷座なり」との報が京のちまたをかけぬけた。

天台・真言諸門跡の僧衆には、大津まで如来を迎えるために出仕せよとの命令がくだされ、儀礼の奉行をつとめることになった木食応其の高野山へも、学侶衆に「まかりくだるべきよし」仰せが発せられた。

大津から東山まで、さいごの「路次行」をつかさどる大名は、大津六万石の城主京極高次である。

大仏殿では、大地震にたえた大仏の台座と光背はそのままのこし、「宝塔」とよばれる厨子のようなものを建立して本尊の到着を待つばかりとなっていた。


七月一七日、善光寺如来は、近江と山城の国境、逢坂の関にある関寺の阿弥陀堂にいったん安置され、一八日の午前四時、鳳輦さながらの輿に遷されて関寺を出た。


先駆けをつとめる木食上人につづき、法服・袈裟すがたの天台僧一五〇人、真言僧一五〇人の「御迎え衆」が騎馬にて如来を供奉。さらに、大仏住持である照高院門跡道澄・三宝院門跡義演・大覚寺門跡空性・梶井門跡最胤・竹内門跡覚円・聖護院門跡興意・大仏経堂のある妙法院門跡常胤らそうそうたる顔ぶれがくわわって貴賤の目をおどろかせた。

後陣をになったのは、甲斐の新善光寺を発していらいずっと如来を供奉してきた浅野長政だった。

こうして「善光寺如来堂」と呼ばれるようになった大仏の門前で、こんどは四〇〇人もの五山禅僧をあつめて「大施餓鬼会」をおこなうという。しかも、執行の期日は九月二六日。

一七日に「上意」をつたえる「飛脚」を迎えた承兌があわてたのも無理はない。一〇日の猶予もないのである。

はたして、「善光寺前大施食」は、期日を二日延長した二八日にいとなまれた。

西暦でいえば一一月七日。ぬけるように晴れわたった秋の一日、とりどりの法服・袈裟が善光寺門前を整然といろどるなか、餅・まんじゅう・飯・なす・ずいきの五種の盛物が聴聞衆にふるまわれた。

高麗人の耳鼻が埋められたという「塚」のまえにたてられた、「八寸方の長さ三尺」すなわち一辺が二五センチメートル、高さ五メートル半の「卒塔婆」には、前代未聞の「鼻塚」供養のいかなるものであるかがしるされた。

「慶長第二暦、秋の仲、大相国、来邦の諸将に命じて、ふたたび朝鮮国を征伐す。……本朝の鋭士、城を攻め、地を略す。しこうして撃殺すること無数なり。将士、首功をあぐべきといえども、江海遼遠なるをもってこれを劓り、大相国の高覧にそなう。相国、恩讎の思いをなさず、かえって慈愍の心を深くし……水陸の妙供をもうけ、もって怨親平等の供養にあて、かれらがために墳墓を築き、これを名づけて鼻塚をもってす……」

再度の朝鮮征伐で「撃殺」した「無数」の「将士」の、首のかわりに鼻がとどけられた。それをみて太閤さまは怨みではなく、かえって愍みの心を深くし、かれらのために塚を築いて「鼻塚」と名づけ、「怨親平等」のこころざしをもって「大施食」、というより大狂言をいとなんだというわけだ。

大狂言といえばこの日、秀吉・家康にともなわれて参内した秀頼が宮中で元服し、叙爵をうけて公家社会にデビューした。その「お披露目パレード」が挙行されたのだ――「大施食」の当初の期日であった二六日は、秀頼が、八月に完成したばかりの新邸「京都屋敷」に移徙する日にあたっていた。

当年明けて五歳をかぞえた秀頼は、八月三日の正誕生日をもって満四歳をむかえ、元服とどうじに叙爵にあずかり、従四位下左近衛少将に任官した。元服・叙爵の「お披露目パレード」は、豊臣宗家の跡目の襲名披露でもあった。

みやびやかに着飾った公家衆に供奉されて洛中をねりあるく「天下人御世継行列」と、五山の僧衆あげていとなまれた「大施餓鬼会」。賀茂川をはさんで北と南で演じられた、後世の目にはグロテスクとしかうつらぬ大狂言を、とうじの人々はいったいどのようにうけとめたものだろう。

というのも、じつはこの日は、もともと「善光寺如来堂供養」がいとなまれる日にあたっていた。もともと……すなわち「高麗より耳鼻十五桶」が上ってくるまでは……。

『義演准后日記』八月二六日条には「善光寺如来堂供養、来月廿八日吉日なり」とあり、同月二九日条にも「堂供養来月廿八日吉日なり」とある。それが、九月七日条では「来月中旬のころと仰せ出ださる」とトーンダウンし、同月一一日条では「御供養、来月十四五日ころ」に延期されたことがつたえられる。

そして同月二三日条にいたってついに「善光寺堂供養、来月もまた御延引あるべきかと」ということになる。

大地震いらい延びのびになったままの落慶法会「大仏供養」。それがいとなまれるときにはかならず呪願師をつとめたいと、執拗に所司代にとりなしを頼んできた義演が、「善光寺如来堂」と名をかえた大仏殿で、いよいよ「堂供養」がいとなまれるとの報を、よもや間違えてうけとめるはずがない。

しかも、それが頓挫し、前代未聞の「鼻塚」供養になりかわった。つまり、つい先ごろ、まさに鳴り物入りで本尊に迎えられた「善光寺如来の堂供養」よりも、門前での「大施餓鬼会」のほうが優先されたのである。

「唐入り」の名がむなしくなってひさしく、そのいっぽうで、ありとあらゆるかたちの「軍役」に駆りだされ、どこまでもむしりとられるばかりの領国の荒廃や、民百姓の苛酷な現実があらわになりつつあったとうじ、「怨親平等」を言挙げし、怨敵の群霊を鎮めると銘うって大パフォーマンスを演じることで、朝鮮征伐軍が大勝利をつづけていることをことさらにしめす必要が秀吉にはあっただろう。

あるいはまた、帰するところなく餓鬼のようにさまよう戦死者の霊をなぐさめることで、「祟る力」を現世利益に転換し、豊臣家の、ひいては秀頼の味方につけようという心理がつよくはたらいてのことだったかもしれない。

いずれにせよ、奇天烈このうえない「鼻塚」供養は、「豊臣天下」を荘厳するセレモニーとして創出され、秀頼の元服・叙爵に華をそえるものとしてプロデュースされたというほかはない。

天竺・朝鮮・日本「三国伝来」の如来を新たなあるじに迎えた大仏殿。その門前にたかだかと築かれた「鼻塚」は、「佳名を三国に顕」した豊臣の武威を象徴するモニュメントとして、豊臣の名とともに末代までの栄観となるだろう。

じっさい秀吉は、「塚」がいまだ小さいことを理由に、施食を延期すべきかどうか迷ったといい、けっきょく、まずは施餓鬼会を盛大にいとなんで、明春、それを拡張しようということに落ちついたという。

ために朝鮮では、まさにその間にも手あたりしだいの鼻削ぎが続けられており、たとえば九月二六日ならば、吉川広家の軍勢が全羅道の珍原・霊光で一万をこえる鼻を斬獲し、軍目付におさめている。

また、すでに朝鮮海峡をわたり、名護屋をへて大坂へむかいつつある塩漬けの鼻もあまたあったのではなかったか。

しかし、朝鮮の戦況は明るいものではなかった。

承兌が伏見に召しだされた九月一六日には、藤堂高虎・加藤嘉明・脇坂安治・来島通総・菅達長そして軍目付の毛利高政ら日本水軍が、総力をあげて挑んだ鳴梁の海戦に敗れていた。

かれらは、全州陥落後、全羅道制圧作戦を開始した「左軍」すなわち宇喜多秀家を主将とする小西・島津・長宗我部・鍋島・吉川軍のうごきに海側から呼応しようと、兵船一三〇余艘をひきいて西進をくわだてたが、半島南岸から西海へとぬける喉にあたる鳴梁海峡で、慶尚・全羅・忠清三道水軍統制使の李舜臣ひきいる朝鮮水軍わずか一三隻にはねかえされ、甚大な被害をこうむった。

海南半島の右水営と珍島の鹿津をへだてる海鳴きのきこえる鳴梁海峡は、のこぎりの歯のようにいりくんだ沈降海岸と、大小の島々がひしめきあう朝鮮半島西南部の沿海にあって、ひときわ狭小な海峡だ。

もっとも狭いところは三〇〇メートルほどしかないというその水道幅は、日本でいうなら、関門海峡がもっとも狭まる「早鞆(はやとも)の瀬戸」の半分ほどにすぎず、そのあいだを日に四度、あたかも川が流れるように潮が満ちては引き、引いては満ちる。

干満の落差は、大潮であれば一〇メートル、潮流は、もっとも速いときには一一・四ノット、つまり時速二四キロメートルにおよぶといい、それがきりたった海口や岸壁にぶつかってはうねり、波をたて、渦を巻く。そのとどろきが獣の遠吠えさながらであることから울돌목(ウルドルモク)――獣のように鳴く（울）潮流が渦巻く（돌）海峡（목）――とも呼ばれている。

九月はじめに珍島の南東、於蘭浦(オランポ)沖に集結した日本水軍が、満を持して朝鮮水軍の拠点全羅右水営(チョルラウスヨン)を攻撃したのは、満月(もちづき)が西にしずんだ直後の一六日朝。まさに大潮(おおしお)の日にあたっていた。

敵の兵船はわずか十数艘。日本勢は、海賊の末裔たちをよりすぐり、速力・機動力ともにまさる関船(せきふね)をもって船団をなし、海峡めがけて進撃した。

はたして、潮目を知りつくした舜臣の智略が勝利した。すなわち、東から西へ、潮が日本軍に有利に流れているあいだ、舜臣は、時をかせぎながら敵船団を海峡ふかく誘いこみ、潮が西から東へ変わったまさにその瞬間、逆襲に出た。

倭船は、はげしい潮流にのりあげて木の葉のごとく右に左にもまれ、圧しもどされた。潮にもてあそばれるがごとく舵を失い、火の箭(や)をあび、船はつぎつぎと燃えあがった。水道の狭さと潮の速さをみて、大型の安宅船(あたけぶね)から中型の関船にかえて進撃した日本軍の作戦が裏目に出たというわけだ。

この海戦で、河野(こうの)氏の一族、来島通総が戦死した。藤堂高虎は火箭をうけて負傷し、毛利高政は船が沈没して海になげだされ、九死に一生を得た。かれらは瀬戸内の名だたる水道を制してきたつわものたちだった。が、潮汐の落差、水道の険しさは、かれらの予想をはるかにこえて凄絶だった。

なかにも、最速一〇ノットの潮流をもって知られる村上水軍の故地「来島海峡」は鳴梁におとらぬ難所である。その名をとって秀吉から「くるしま、くるしま」とよばれて重用されたといい、ために「村上」姓を「来島」にあらためたという通総が戦死したのはいかにも皮肉なことだった。

いっぽう、数にまさる日本軍を撃つべく、於蘭浦から鳴梁まで軍船を後退させて待ち伏せた舜臣(スンシン)の戦略は、劇的な勝利をおさめたことになる。

死後まもなく最高の勲功にあずかり、「忠武公（チョンムゴン）」の諡（いみな）をこうむり、国王から「豊徳府院君（プンドクブウォングン）」をあたえられて追尊されたのみならず、後世、抗日の先駆者として称えられ、国を象徴する英雄とされてこんにちにいたっている。

「鳴梁は、迫狭（はっきょう）にして、潮まさに盛んなり、水ますます急なり。倭賊、上流より、潮に乗じて迫ること、いきおい、山を圧するがごとし。かつ、かれ多く、われ寡（か）なるをもって、力勝するは難し。謀（はかりごと）をもって破るべし……」

圧倒的な数で攻めてくる敵軍に、力で勝つことはできないが、智略をもってすれば、わが軍船が直撃をうけることはない。けっして動揺せず、心力をつくして箭（や）を射ちまくれと、そう舜臣は檄をとばし、決死の覚悟で戦うべくきびしい軍律を課したという。この日、舜臣が撃破した日本軍船の数は三一艘であったと、朝鮮側の記録はしるしている。

日本水軍の西進を封じ、制海権を奪取したこの海戦は、朝鮮・明軍にとって決定的な勝利となった。

半島南岸に倭城を築いて駐留をつづける日本軍にとって、生命線たる兵站を危機にさらすリスクははかりしれず、いざというときに退路を断たれる危険もある。海をへだてた異国にあって、兵站を断たれ、退路を断たれて戦うことは至難であるどころか、死を意味することにほかならなかった。

じつに、太田一吉（おおたかずよし）に従軍した慶念（けいねん）は、半島の東海岸に築いた蔚山（ウルサン）城でまもなく凄絶な体験をすることになる。

一〇月八日、巨大な宝物庫さながらの古都慶州（キョンジュ）を焼きはらって南下を急いだ清正・一吉軍は、蔚山に到着した。

船着き場をまのあたりにするや、だれもが喚声をあげて喜びをあらわにした。慶念もまた、この地で帰国の船を待つものだとばかり思っていた。ところが……。

まもなく早船が入港し、釜山在陣の総大将小早川秀秋（こばやかわひであき）の使者大田小十郎（おおたこじゅうろう）が、「上意」をはじめ、さまざまな伝達品をとどけてきた。慶念もまた、家族からの手紙をうけとった。思いがけなくも懐かしい音信に「夜もいねられず」涙を流した。

「うるさんにつくかとすれば　古郷（ふるさと）の　子どものふみを見るぞうれしき
たまさかに　古郷人のおとづれを　きくにつけてもなおぞ恋しき」

主君一吉は、清正とともにこの間の忠節とはたらきにたいする感状と褒賞をこうむり、なかにも南原城の先乗り五人には、秀吉からじきじきに判金二〇枚と羽織がくだされた。そして拝命したのが蔚山城の普請奉行の任だった。

「太田飛騨守および加藤主計頭（かずえのかみ）は、急ぎしかるべき地形を見立て、年内は余日（よじつ）なく、たとえ寒天であってもやすまず普請にはげむよう……」

「上意」をうけた一〇月一〇日は、西暦の一一月一九日にあたる。迫りくる厳冬期をまえに、一気呵成に築城普請を完成せよというわけである。釜山の北東五五キロメートルにいちする蔚山は、かつて富山浦（ふざんほ）（釜山（プサン））、薺浦（せいほ）（熊川（ウンチョン））とならんで島倭（とうわ）、つまり対馬島民が交易のための居留をゆるされた塩浦（えんぽ）「倭館」がおかれた地であった。

一二日、一吉と清正は海岸から太和江（テファガン）をわずかにさかのぼったところに、標高五〇メートルほどの眺望のよい独立丘陵をえらんで城域をさだめ、縄張りをおこなった。そして、浅野幸長（あさのゆきなが）と毛利秀元の先手宍戸元続（ししどもとつぐ）に、二万三〇〇〇人あまりの手勢をもちいて「風雨を厭わず」作事を急ぐよう厳命した。

頂上部に本丸・天守台を、その北側に二の丸、北西側に三の丸をもうけ、周囲一四〇〇メートルにわたって石垣を築く。その周囲に大小合わせて一二の居矢倉をもうけ、二六〇〇メートルにおよぶ惣構塀（そうがまえべい）をめぐらす。本丸の周囲および惣構の周囲に、総延長三四〇〇メートルにおよぶ柵をもうける。また、丘陵東側、太和江にそそぐ支流に面するところには、軍糧搬入のための船着き場をつくる……。

それら大がかりな普請を、浅野勢と毛利家中の中国勢が分担し、年内の完成をめざすという。

一一月一〇日、突貫工事が始まった。西暦一二月一八日、もっとも日照時間のみじかい酷寒期にむけての着工となった。普請には、鍛冶（かじ）・番匠（ばんじょう）はもとより、徒士（かち）も足軽も、夫丸（ぶまる）から船手（ふなて）・鉄砲手・幟（のぼり）の衆にいたるまでありとあらゆる労力が動員され、昼夜兼行が強行された。

「たえ難き大寒国」での奴隷労働さながらの城普請。慶念の目にはそれは地獄のさまを現実（うつつ）にしたかのように映った。鍛冶・番匠がふるう金槌（かなづち）や手斧（ちょうな）は、ひねもす夜もすがら、火を噴くのではないかと思われるほど凄まじい音をとどろかせ、うらはらにかれらの手足は膿み、寒気がからだをむしばんでゆく。

手におぼえのないものは侍（さむらい）・雑役（ぞうえき）のくべつなく、一寸さきもおぼつかぬ朝霧をぬって山へと登り、材木を引いて星空の下をもどってくる。が、採ってきた木が細ければ、また山へと追いやられる。真っ暗闇の山中をさまよっていれば、下手をすると民兵の手にかかり命をうばわれる。丘陵地をそっくり軍事占領したうえの、手あたりしだいの掠奪であってみれば、狙われるのは当然だった。

「油断なく　かじばんじょうのたたきあい　うちきる土に火炎こそたて

たれとても階こそかわれ　苦しみの逃れんものか　獄卒のつえ」

恐怖はむしろ内にあった。職人も歩兵も雑役も、わずかな過ち・落ち度・命令違反があればただごとではすまされない。わけても農村から駆りだされた百姓たちは無力であり、あらぬ咎を責められては打擲され、牢に入れられ、水責めにされ、あるいは首鉄にくくられ、焼き金を烙され、ついには、みせしめのために首を斬られて辻にさらされる。

「夜もすがら　石を引かする城ふしん　ただ貪欲のはじめなりけり
にちにちの日記につけて　罪業の　人をさらして咎におこなう
それもげに　咎のあればぞ責めらるる　憂き目をみるは在郷のもの」

酷寒、過労、餓え、不眠、掠奪の強制、私刑、敵兵の攻撃……。あらゆる悪条件のなかでの強制労働にたえきれず、山中に入ったままもどらぬもの、すきをみて逃げだすものもあとをたたない。

いっぽう、それほどの地獄のなかにあってなお物を欲しがり、資財を掠めることに血眼になる侍たちも少なくない。飽きることなく貪り、理非もわきまえず怒り、怨み、罪を犯す。「ことごとく人界のありさまは三毒のほかはなし」と、煩悩の凄まじさに瞠目するしかなかった慶念だったが、ある日、目をうたがうような光景をまのあたりにする。

日本の「人商い」たちが、朝鮮の男女老若をかきあつめ、猿をくくるように縄を首にかけ、杖で追いたてながら奥陣からもどってきた。なかには大きな荷を背負わされ、牛馬を牽かせられているものもあり、歩けなくなったものは罪人のごとく打ち苛まれている。

奥陣、すなわち忠清道から慶尚道へと、占領と略奪と鼻削ぎと放火をかさねながら南下してきた清正・一吉軍の侵掠ルートを、あとから浚えるようにして売買のための人捕りをし、船着きのある陣内にもどってきたのである。

かれらは、略奪品を「蓬莱」のごとく牛馬の背にくくりつけ、陣所にたどりつくや「いも牛」はもはや無用のものだといいはなち、たちまちのうちに殺し、皮をはぎ、肉をむさぼり喰った。

「おもき荷をおほせまわりて　殺さるる　よその見る目もうしと思へば」

生け捕りにされたもののたちのなかには、まだ年端もいかぬ子らもあった。

その多くは、船で釜山さらには長崎などへ運ばれ、鉄砲・絹・煙草などと交換されてポルトガル商人の手にわたり、あるいは金銭で取引きされてマニラや中国江南へ、とおくはヨーロッパにまで奴隷として売られていくのである。

おなじころ、朝鮮軍と明軍は蔚山（ウルサン）攻撃をくわだてていた。勇猛をもってその名を知らぬものとてない清正を破ることで、日本勢の戦意をくじこうというのである。

一二月三日（明暦四日）、朝鮮の都元帥権慄（クォンユル）ひきいる先鋒の軍勢一万がソウルを発ち、七日には、明軍の経理楊鎬（ようこう）と提督麻貴（まき）ひきいる四万の軍勢があとにつづいた。権慄はかつて、ソウル北方幸州山城（ヘンジュサンソン）に陣取り、わずか数千の軍勢をもって宇喜多秀家ひきいる三万の日本軍をしりぞけたつわものである。

両軍は、慶尚道聞慶（ムンギョン）に集結して軍議をひらき、全軍の蔚山到着にあわせて朝鮮水軍を蔚山沖に配置し、補給路を断つことを決定。一九日には、慶州（キョンジュ）まで軍をすすめた。この間、楊鎬は、降倭（こうわ）すなわち日本軍からの投降者を蔚山城へ潜入させ、陣営の配置をさぐらせている。

二一日、明・朝鮮連合軍は、蔚山城の北方に到着。翌二二日未明に、先鋒が攻撃の第一波をしかけた。急襲である。

これによって、城外で守備にあたっていた宍戸元続（ししどもとつぐ）軍が敗走し、救援にかけつけた慶念のあるじ一吉も、箭三本を射られる傷を負った。

夜半、蔚山から二〇キロメートル南の東海岸にある西生浦（ソセンポ）城にいて急を知った清正は、小姓衆（こしょうしゅう）・母衣衆（ほろしゅう）ら二〇余騎の手勢をととのえ、小舟で海路をとってかえした。

五万の敵兵に包囲された蔚山城の日本勢は、ともあれ惣構（そうがまえ）のなかに退くしかなかったが、塀をつくり柵をめぐらせてはあるものの、いまだ堀もなく土手も不完全な惣構は、防御施設としてはかいもく機能をはたさず、翌二三日払暁（ふつぎょう）から始まった明・朝鮮軍の包囲攻撃に、午前いっぱいもちこたえることもかなわなかった。

かれらはさらに丘陵上へと退却し、内曲輪（うちぐるわ）のなかにたて籠ることをよぎなくされた。

清正流石積み技術で内郭にめぐらせた石垣はさすがに堅固だった。とはいえ、門はあっても扉はなく、開けはなたれた口から敵軍勢がぞくぞくと乱入する。それらを防ぎつつ、おびただしい数の火の箭をはなつが多勢に無勢。火のつくものなら手あたりしだい、掠奪してきた資財にも火をかけて石垣上から投げ落とした。

しかし、敵兵の数は圧倒的であり、かえって多くの侍・人夫が燃えひろがる炎をあび、火だるまになって焼死した。

ついには火の弾にかえねばならなかった掠奪品が、いったいどのようなものであったか。

それは、たとえば『朝鮮記』の大河内秀元（おおこうちひでもと）ならばつぎのようなものだった。

「帰朝の土産」にと思って「綾錦、金襴、八糸、無綾、純子」などの巻物を日毎とりあつめ、今日とったものより明日とったものがよければ悪いほうを焼きすて、「たぐいなきばかりを選りすぐって三百七十巻」、また、母玄妙院への土産にとこころしてあつめた「印子の釈迦」すなわち純金製の釈迦如来像、「紺紙金泥のたぐいなき能筆の法華経」、そのほか「弓、矢尻、加護、茶碗、硯」などの朝鮮道具……。

「鼻削ぎ遠征」のあいだに掠奪したそれらの品々を、秀元は牛二疋につけて運搬し、蔚山までもち帰ったのだ。

秀元ひとりでこれだけあれば、蔚山籠城戦で灰燼となった朝鮮の資財、すなわち各地から盗まれた宝物や優品・逸品はいったいどれほどの数にのぼっただろう。いわんや、日本軍が侵攻した全エリアからすがたを消した品々の数においてをやである。

さてこの日、清正の家臣の軍勢が、西生浦から船数十艘に分乗して蔚山に上陸した。

しかし、翌二四日もまた、籠城勢は終日、猛攻にさらされた。

攻撃開始からまる三日、水や糧食、薪の欠乏が城内を苛みはじめた。じゅうぶんな備えもないまま、城普請が完了すれば帰還するはずだった浅野勢・毛利勢もひっくるめての籠城となったのだから事態は深刻だった。突貫工事に使役されつくし、それでなくても憔悴していたものたちが、落城を覚悟したのはおのずからのことだった。

城内には井戸がなかった。投降するものが続出した。水・兵糧のみならず、鉄砲・玉薬の不足までが敵陣営に明かされ、形勢の不利はきわまった。楊鎬は、朝鮮軍と降倭に命じて、城外の水源をうめるよう指示をくだした。

二五日、あわれみの雨が降る。雨水があつまるところに土器をすえ、あるいは濡れた衣服をすすってつかのま渇きをいやし、紙をぬらして傷や汚れをぬぐう。

「日本は神国なれば　あはれみの雨をふらして　人をうるほす」

二六日、餓えて死ぬことを覚悟する。土器に溜めおいたわずかの雨水で口を濡らし、死んだ馬の股を切りとって矢の根につらぬき、矢ごと薪にかえて馬肉を焼いて喰らう。

「この城の　難儀は三つにきわまれり　寒さ　ひだるさ　水の飲みたさ」

あとは、尿をすすって先のみえた命をつなぐしかない。いや、それよりさきに寒さが命をうばうだろう……。

ついに幻聴がこだました。水を売る声である。二の丸の門のあたりから聞こえてくる……。

はたして、それは幻聴でも幻覚でもなかった。たしかに、門のわきに水桶をたずさえたものがいて、たかだかと売り声をとばして水を商っている。盃ほどの小さな器に一杯が、銀一五匁であるという。水ばかりではない、米を売るものもある。米五升が、判金一〇枚であるという。敵味方をとわず兵器を売って巨利を得るものを「死の商人」というが、このようなものたちをいったいなんと呼ぶべきものか。沙汰のかぎりである。

二七日、やむことなく氷雨が降りつづく。

包囲戦を始めて七日。明・朝鮮軍のなかにも厭戦気分がひろがった。楊鎬は、降伏を勧告する使者を送りこんだ。城を明けわたして退散するなら、軍兵の命はたすけようという。出城・講和の招諭である。

招諭使の通訳と伝令をかねて城下にやってきたのは、岡本なにがしと名のる、慶尚右兵使金応瑞配下の降倭将だった。かつては清正の家人であったという。さきの「唐入り」のさい、配下の兵をひきいて出奔し、まっすぐ朝鮮に投降した。のち朝鮮軍で功をかさね、いまは数千の兵をひきいる将となっているという。

統一権力にねじふせられ、不当な処分をうけた在地土豪のなかには、豊臣への怨念を抱きつづけるものが少なくない。なかにも肥後国一揆の一党のうちには、鎮圧後、新たな領主となった清正の家臣団の末端にくわえられ、朝鮮へ送られて先鋒にたたされた旧領主たちがあった。かれらは、どれほど勇敢にたたかっても、謀叛の過去ゆえに戦功とは縁がない。ならば、無意味な戦闘で異国の土になるよりは、配下の兵をひきつれ、あたうかぎり条件をつりあげて投降し、一党もろとも生きる道をえらぶのも悪くないにちがいなかった。どんな戦さも永遠につづくものではないのだから。

さて、メッセンジャーとしてやってきた降倭将は、『朝鮮記』のしるすところでは清正に仕えた「岡本越後守」であり、『吉川家譜』ではもうひとり、宇喜多秀家に仕えた「田原七左衛門」がいたという。

伝令にたったかれらは、和睦を勧めてこういった。

「加藤清正といえば、明・朝鮮の人でその勇を知らぬものはない。しかしいま、城内の軍勢をはかるに、わずかに二万にすぎずとみた。寄り手の明・朝鮮軍はあわせて百万にある。このまま籠城してどんな利があるというのか。われらは、昔のよしみでやってきた。すみやかに和睦をむすび、城を明けわたせば、城兵はことごとくつつがなく帰すべし」

清正は、ひとまず交渉それじたいには応じることにした。

「和睦のことはうけたまわった。城を明けわたすことは成り難く、たがいに人質をとって陣を退こう」

彼は、援軍の到着に望みをつないでいた。時間をかせぐための応諾だった。伝令はいったんひきとり、ふたたびもどってきていった。「何がなんでも城を明けわたすべし」と。清正は頑として承知しない。そこでかれらは譲歩した。

「なれば、城外で明軍の大将と参会し、和議をおこなってのち、陣を退かれよ」

清正を城外におびきだすことが、かれらの使命だったにちがいない。

「よかろう。ならば晦日の朝、たがいの大将が小勢をひきい、城外にて会談いたそう」

これをうけて、両陣営のなかほどのところを「会盟の場」とさだめ、仮屋がもうけられた。

この日、小早川家の山口玄番・毛利吉成がひそかに船で接近し、籠城のもようを偵察にきた。援軍が集結しつつあることを知らせるためでもあった。相方たがいに馬印をふって合図を交わした。

二八日、霙まじりの雨が降りつづく。凍りつくような長い夜をしのぎ、明かしてなお重たい雨にしたたかなぶられる。明・朝鮮軍の五万の兵もいたづらに消耗をしいられるばかりとなった。

焦りだけが昂じていく。ついにこの日、北西側を包囲する軍勢が、三の丸の火攻めを強行した。しかし、雨のはげしさが火のいきおいにまさって成功せず。退却をよぎなくされた。

提督の麻貴は、包囲の一面をひらき、逃げだす日本兵を要路にみちびいてひといきに撃退しようと主張したが、経理の楊鎬は肯ぜず、草房をにわかにこしらえ、腰をすえてかかることになった。

二九日、晦日の朝をむかえた。清正はついに会談の場におもむこうとした。

籠城すること八日。城内のいたるところ侍・足軽・陣夫が三〇人、五〇人とひと塊にもたれあってうずくまり、寒さをしのいでいる。が、すでにだれもが飢渇し、そのまま動かなくなってしまうものがあとをたたない。夜巡りの防備に出た兵士のなかには、持ち場にいすくんだまま氷にとざされ、骸と化すものも続出する。もはや背に腹はかえられなかった。

しかし、浅野幸長は清正を制していった。「敵情、はかり難し」と。罠ではないかというのだ。

清正は思いとどまった。はたしてその夜、物見にのぼると、翩翻としてひるがえる旗幟がみえた。毛利秀元・黒田長政・竹中隆重らの偵察船が近づいてきていたのだ。援軍が西生浦城内にあつまってきている！

山口玄番・毛利吉成・安国寺恵瓊の旗幟もみえる。鍋島直茂、さらには蜂須賀家政ら四国勢のものまである。かれらは、宇喜多・小西・島津の軍勢とともにとおく半島西南の全羅道に侵出した軍勢だった。援軍の数は、清正の予想をこえるものだった。

慶長三年（一五九八）正月一日、籠城軍と援軍とのあいだに、ついに連絡がとれた。

二日午前、長宗我部元親（ちょうそかべもとちか）・盛親（もりちか）の船手勢が三〇艘をひきいてやってきた。午後にはおなじく四国の水軍、池田秀雄（いけだひでかつ）の軍勢も参着し、待ちかねていた援軍がしずかに、しかしぞくぞくと上陸して包囲軍の背後にまわった。

釜山浦からの救援船も塩浦（ヨンポ）に入り、城南を海へとそそぐ太和江（テファガン）にも兵船九〇艘が入りこんで南面の防御を固めた。

形勢はあきらかに逆転しつつあった。

楊鎬は、副総兵呉惟忠（ごいちゅう）配下の軍勢をもって救援軍の遮断にあたらせた。しかし、属国の救援にはるばる駆りだされたあげく、凍てつくような前線の悪条件にさらされ、消耗しきった明兵の士気はふるわなかった。

三日、清正は、和議会談に応じるという約束を反古（ほご）にした。

四日未明、蔚山開城に失敗した明・朝鮮軍は、東北西の三方面から総攻撃をしかけた。経理・提督みずからが陣頭にたって諸軍を督す。熾烈な覚悟をもって臨んだ攻撃だった。

いっぽう、援軍の旗幟を目にして活気づいた籠城軍は、底をつきつつあった玉薬・石火矢・松明など、火器になりうるもののかぎりをつくして石垣を攻めのぼろうとする敵兵に火をあびせかける。明・朝鮮軍の諸将らは、後退する兵卒を斬りすてて退路を断つ。進むも死、退くも死あるのみ。凄絶な戦闘がくりひろげられた。

夜が明けようとするころ、明・朝鮮軍はついに退却を始めた。籠城軍はすかさず追撃に出た。挟み撃ちにしようというのである。はたして、退路を塞がれた明・朝鮮軍の死者の数は二万人にのぼったといい、骸（むくろ）はすべて野ざらしとなった。

『浅野家文書』のなかの「城廻り敵死骸数の事」が、その凄惨さをいまにつたえている。

正月一九日づけで、清正の家臣並河金衛門（なみかわきんえもん）がしるしおいた記録だが、それによれば、野ざらしの数は、城廻り（しろまわ）りに四七〇〇人、竜造寺城（りゅうぞうじ）より川端までに一三六二人、大山の廻りに二二二五人、西の古館の廻りに八二〇人……。合計一万〇三八六人を数えたという。

もちろん、籠城勢も膨大な戦死者、餓死者、凍死者を出した。数はつまびらかでないが、厳冬の籠城戦がどれほど凄惨なものであったかは、直後の軍議において、城砦網を縮小することが検討されたことに明らかだった。

清正が、浅野・宍戸勢の加勢を得て蔚山城の城普請にとりかかったころ、梁山（ヤンサン）では、黒田長政が毛利・小早川勢の加勢を得て普請を急いでおり、おなじく馬山昌原・固城・泗川・南海・順天などでいっせいに新城の築城が始まった。「和平三か条」による城破りをまぬがれていた西生浦・釜山・金海竹島の城でも増強修復がすすめられ、「仕置きの城」は、蔚山城を最右翼、全羅道の順天城を最左翼として、慶尚道南岸の要衝をくまなく占拠する態勢がしかれていた。

しかし、籠城戦の衝撃は、これらの拠点を再編し、陣容をたてなおす必要を諸将に痛感させた。

蔚山の急をきいて、小西行長の守城である順天城の普請を指揮していた「左軍」主将宇喜多秀家が釜山に入るやまもなく、「右軍」主将毛利秀元いか諸将があつまって協議をおこなった。そして一月二六日、一二人の大名が連署して、石田三成ほか三奉行あてに「言上書」をさしだした。

「蔚山のこと、よくよく吟味しましたところ、在番拠点としては北に出すぎており、川越えの難所でもあるため守るにこころもとなく、よってこれを従前のごとく西生浦をもっぱら加藤主計頭の在番とするのがよろしいでしょう。また、小西在城の順天も、大河をへだて、路次筋も難所つづきで手ごわく、船着きも遠浅の干潟であって、陸海ともに加勢なり難きところです……」

「言上」は「仕置きの城」の再編にかかわるもので、具体的には、もっとも外側にいちする蔚山・順天・梁山を放棄し、ひろがりすぎた城塞妄を密にしようというものだった。明・朝鮮軍の再挙にそなえるためには、諸軍勢が結集しやすいスケールにまで戦線を後退させるしかなかったのだ。

はたして、奉行衆が伏見にもたらした大名連署の「言上」は、秀吉の逆鱗にふれ、「曲事」として片づけられた。三月、秀吉からもたらされた指示は、長政の守城を梁山から亀浦に変更するだけにとどまった。

蔚山城では、清正がみずから陣頭にたって城の修復を急ぎ、行長の順天城・宗義智の南海城・島津義弘の泗川城・立花宗茂および小早川秀包らの固城城・鍋島直茂の竹島城・毛利吉成の西生浦城など、おのおのの城塞であらたに「置兵糧」の備蓄がととのえられ、これまでどおりの在番体制が維持されることとなった。

いっぽう、二月に鴨緑江をこえた増援軍をソウルに迎えた明・朝鮮連合軍も、再挙にそなえた態勢をととのえつつあった。忠清道南陽湾には、水師都督陳璘ひきいる広東・浙江・直隷の水軍一万三〇〇〇兵も終結を完了した。

蔚山包囲戦の失敗をふまえ、日本勢がたがいに救援できないよう、陸戦部隊を三路に分散して主要拠点を同時に攻撃しようというのである。攻撃目標は、蔚山・泗川・順天の三か所だった。

ソウルから蔚山をめざすのは提督麻貴（まき）ひきいる連合軍三万兵、泗川をめざすのは左都督董一元（きんいちげん）ひきいる連合軍一万六〇〇〇兵、順天をめざすのは提督劉綎（りゅうてい）ひきいる二万四〇〇〇兵。かれらが南下を始めるとどうじに水軍も出航し、七月なかばまでには、統制使李舜臣（イスンシン）ひきいる朝鮮水軍七〇〇〇兵と康津（カンジン）湾沖の古今島（コグムド）で合流した。

董一元（きんいちげん）ひきいる中路軍がめざす泗川（サチョン）の守将は、島津義弘（しまづよしひろ）・忠恒（ただつね）父子だった。

朝鮮再征にさきだってしめされた「陣立書」における島津の軍役は一万人だが、島津家の「覚書」がしるすところによれば、総数一万二六九五人。そのうち、夫丸（ぶまる）すなわち陣夫が三九〇〇人、道具衆が六六五人、加子（かこ）すなわち水夫が二〇〇〇人で、全体の半数強を占めていた。つまり、兵力は、徒歩小侍・無足衆を合わせてマキシマム六〇〇〇人。じっさいにはそれを大幅に下まわったであろう軍勢が、泗川の籠城戦では獅子奮迅のはたらきをすることになる。

おのずから犠牲者も多く、くわえて全軍撤収のさいには、順天から動けずにいた小西勢の救援におもむいたため、甚大な被害をこうむることとなった。

慶長四年（一五九九）六月、父子が高野山奥の院に建立した「高麗陣敵味方供養碑」は、戦死者の数を「三〇〇〇人あまり」、横死・病死者の数は「つぶさに記し難き」ほどにおよんだとしている。

三二二年後、「赤十字精神」のあらわれを確かめるため、メアリー・クロウジアがたずねてその目にした「供養碑」だ。

「慶長二年八月十五日、於全羅道南原表、大明国軍兵数千騎被討捕之内、至当手前四百廿人伐果畢。
同十月朔日、於慶尚道泗川表、大明人八万余兵撃亡畢。
右、於度々戦場、味方士卒当弓箭刀杖被討捕者三千余人。海陸之間、横死病死之輩。具難記矣」

八月一五日、慶尚道南原（ナムウォン）で「大明国軍兵」四二〇人を討ちとり、一〇月一日には、慶尚道泗川（サチョン）城において「大明人」八万あまりを撃ち亡ぼしたとある。八万はもとより誇大にすぎようし、また、泗川の戦さを慶長二年のこととしているが、じっさいには慶長三年のことである。

慶長二年八月一五日、南原城包囲戦にくわわった島津勢は、一九日に宇喜多・小西・鍋島勢とともに全州を発し、いったんは「青国」すなわち忠清道までかけのぼったが、九月三日、扶余（プヨ）から南にとってかえし、舒川（ソチョン）をへて一六日には全羅道の井邑（チョンウプ）にくだり、さらに長城（チャンソン）・羅州（ナジュ）をへて、二五日には半島南西端の海南（ヘナム）に入った。

羅州は、このときの落城から二九八年後の一月五日、「東学党討伐隊」をひきいた南小四郎少佐が順天以西、宝城・長興・康津・海南・珍島にかけて「残徒殲滅作戦」を実行すべく「本営」をおくことになる大邑である。

宇喜多秀家を主将とする「左軍」の使命は全羅道の軍事制圧であり、忠恒に割りあてられた地域が海南であった。

「九月八日、熊谷直盛殿より、さるみの儀につき、書状の進上あり。すなわち、さるみ十人、岩切雅楽助を使者としてつかわし、さるみ鼻もまいる。鼻数二百五十……」

「九月十一日、さるみ鼻の儀につき、御奉行衆へ伊集院久信が使者としてまいる。数六十一……」

忠恒軍に従軍した面高連長坊の『高麗日記』にあるように、この間、かれらもまた多くの「鼻削ぎ」と「人捕り」をおこなった。「さるみ」というのは朝鮮語で人間のことをいう「사람（サラム）」の音をかなにうつしたものである。

「九月二十五日、山々より、さるみあまた、御札のごとくまかり出でそうろう。人数九十人。……山に上官これあるよし、右のさるみども申しそうろう……」

連長坊の日記によると、忠恒軍が海南に入ると、「御札」にしたがってつぎつぎ朝鮮人が投降し、上官が潜んでいるところを告げてきた。「御札」というのは、おおむねつぎのような布告である。

「一、土民・百姓らは居邑へもどり、もっぱら農耕につとめよ。
一、両班・士大夫・吏僚など上官にあたるものは探しだし、妻子・従僕にいたるまですべて誅戮し、居宅は焼きはらえ。
一、官人の潜伏するところを密告したものには褒賞をあたえる。
一、布告にしたがわず還住しないものは、徹底的に探しだして誅戮する」

駐留した郡・県には「御札」をかかげ、農民の還住をうながして支配する。これが、九月一六日、「左軍」諸将らが井邑に再集結して決めた制圧作戦だった。

かれらは、全州の軍議で決した「撫切り」による殲滅作戦をみなおし、目付衆同席のもとで「御札」にかかげる「檄文」の雛形と地域支配のマニュアルをつくり、おのおの割りあての地域へと陣をすすめた。

すなわち、還住・服属して農耕についた土民・百姓らを「日本の百姓」として生命を保障し、出来高の五分の一か四分の一の年貢を納めさせる。そのために、百姓の代表者の身柄を拘束し、そのうえで人質をとり、年貢を完納するとの「請合い状」を提出させる。

また、「日本の百姓」となった証しとして「上官」すなわち、地方官や在地支配層の潜伏場所を密告させ、あるいは捜索に協力させる。協力を拒めば撫切りにする。民衆と支配権力の離間を徹底するためである。

もちろん、マニュアルどおり事がはこぶはずはない。死をまぬがれんとして「上官」の居場所を告げる百姓らの服従は、いわずもがなうわべだけのものであり、かれらの密告どおりに捜索しても「上官」は容易にみつからない。

「上官」を血祭りにあげ、在地の支配権力を一掃しなければ制圧は完了せず、陣を退くこともすすめることもできないのだが、いっぽうで、かれら軍事制圧地を割りあてられた諸将にも「仕置きの城」の築城が課されていた。

たとえば島津勢なら、海南を制圧し、そのうえで泗川に新城を普請せよと。

暦はまもなく一〇月にかわる。西暦ではすでに一一月に入っていた。せまりくる冬にそなえて城普請を急がねばならぬ。

はたして、目もあてられぬ「上官狩り」の惨劇がくりひろげられることとなった。

あくまで抵抗をやめない在地民を手あたりしだい虐殺し、鼻を削ぎ、「日本の百姓」として生命を保証したものたちには、何がなんでも「上官」を捕縛して陣営につきださせる。抵抗するもの、裏切るもの。密告者に加担するもの、しないもの。なすすべもなく、ただそれゆえに斬殺されるもの……。

サーベルによってバラバラにされ、憎悪にかりたてられた共同体の酷さ。それは、組織的・徹底的・長期的な軍事作戦でなかったというだけで、本質は、近代軍事国家「大ニッポン」がおこなった「東学残徒包囲殲滅作戦」や「南韓大討伐ローラー作戦」とかわるところがないのである。

「十月二日、山へ上官狩りにまいられし人衆、みなまかり帰られそうろう。上官一人討ちとり、一人は生け捕り、御前へ召し出だされそうろう。そのほか討ちとった鼻数あまたまいりそうろう」

「十月九日、山へ上官狩りに、殿さま巳の刻御うち立ちそうろう。上官、さるみ数十人討ち申しそうろう。御帰館、酉の刻にそうろう。さるみども、山より上官搦め捕りそうろうて、あまた召されまいりそうろう」

九日には、忠恒みずからが山へ入り、翌一〇日には海南の城まわりに火をつけ、官衙や役人・両班らの居館をことごとく焼きはらって泗川へむけての陣替えを開始した。終わってみれば制圧とは名ばかり、残虐きわまる地域の破壊と、拷問による民心の破壊、無差別の虐殺と猟奇的制裁、連続放火……。犯罪のかぎりをつくした半月間の逗留だった。

同日のうちに鍋島軍が制圧する康津に入った忠恒軍だが、父義弘の待つ泗川は、直線距離にして康津から一三〇キロメートル東にいちし、行軍はさらに半月あまりを要することになる。

　一〇月二九日、忠恒の到着を待って泗川の城普請が開始された。

　長宗我部元親・池田英雄・中川秀成(ひでしげ)・毛利吉政(よしまさ)・軍目付の垣見一直(かきみかずなお)の軍勢を動員し、おそらく在地民をも奴隷的に使役してすすめられた城普請が成り、義弘が入城したのはふた月後の一二月二七日。

　その日は盛大な祝宴がもよおされた。いや、もよおされることになっていた。が、そこにもたらされたのが蔚山城攻囲の急報だった。そくざに援軍をさしむけることになり、まっさきに長宗我部・池田の水軍が発っていった。一月二日に蔚山に到着することになる軍勢である。

　泗川新城は、さきの「唐入り」すなわち「文禄の侵攻」のさいに報復戦を挑んで全滅させた晋州(チンジュ)城から一五キロメートル南方にいちしていた。

　泗川湾に西面した高さ二〇メートルほどの丘陵の先端に、東西五〇〇メートル、南北五〇〇メートルのエリアを縄張りして築かれた「倭城」は、いまは「船津里(ソンジンリ)城跡公園」となり桜の名所として知られているそうだが、往時、その名のごとく足下に軍船が停泊できる船着場をそなえ、唯一陸地つづきの東側は、土塁と堀をいくえにもめぐらして敵を寄せつけず、東南すみにもうけた天守台は泗川湾を睥睨(へいげい)して敵を威圧したという。

　この堅固な城塞に、董一元ひきいる明・朝鮮軍が迫ったのは慶長三年（一五九八）九月なかばのことだった。

　一九日、敵軍勢が晋州城に入ったことを知るや、義弘は、周辺地域一帯にひろく展開していた陣営に新城への集結を命じ、防御態勢を固めることをもっぱらとした。最前線の望津の守備についていた寺山久兼(てらやまひさかね)は、陣地に紙旗をめぐらして、芝を焚き、多くの将兵が駐留するかのごとくつくろってひそかに部隊を退却させた。

　朝鮮ほんらいの城である泗川「古城」にとどまってしんがりをつとめたのが川上忠実(かわかみただざね)の部隊三〇〇余兵だったが、すでに包囲網をしいていた明・朝鮮軍のまっただなかを突破しての退却となり、兵の半分を失う大きな犠牲をしいられた。

　一〇月一日、明・朝鮮軍の総攻撃が始まった。しかし、防御力をほこる城に、あくまで敵をひきつけてむかえ撃つ作戦を徹底した島津勢は手強かった。

　要所要所に伏兵を配置して敵の隊列を寸断し、地雷や鉄砲、鉄片・鉄釘を砲弾がわりに装填した大砲など、大量の火器をたくみにもちいて敵をたたき、ここぞというときに撃って出る。義弘の策略は効を奏した。相手の混乱を突くかたちでいっせいに城門から噴き出した軍勢のいきおいはまさに奔流のごとし。血気の忠恒、家老の忠長はじめ、大将の義弘までもが城外に出て太刀をふるうという大奮戦がくりひろげられた。

圧倒的な寡勢をそれとみとめ、全軍討ち死にを覚悟した兵力というのは凄まじかった。

『島津家文書』の記録によると、討ちとった首の数は、忠恒領から出陣した鹿児島方衆が一万一〇八、義弘領の帖佐方衆が九五二〇、義久領の冨隈方衆が八三八三、伊集院忠真の軍勢が六五六〇、北郷三久の軍勢が四一四六の、総計三万八七一七を数えたという。

董一元ひきいる一万六〇〇〇兵を主力とし、義兵・僧兵・民兵をあげてのぞんだ城攻めは、圧倒的な敗北におわった。とはいえ、これで明・朝鮮軍の包囲網が壊滅したわけではない。島津軍を待っているのは、この先いつまでつづくともしれぬ籠城にほかならなかった。島津だけではない、劉綎や麻貴ひきいる連合軍の総攻撃にさらされた順天の小西勢も、蔚山の加藤勢もおなじである。

ところが、この一〇月一日には、上使徳永式部卿法印寿昌と宮木豊盛が釜山の陣営に到着していた。

八月一八日に死んでしまった秀吉が出せるはずのない「朱印状」をたずさえて……!

「その表、御無事のうえをもってうち入るべきの旨、御朱印ならびに覚書、さし渡されそうろう」

すなわち、おのおの「御無事」すなわち和議をととのえたうえで帰還せよとの「軍令」である。にわかには信じがたいこの「朱印状」には、奉行衆の「副状」と、毛利輝元・宇喜多秀家・前田利家・徳川家康ら大老の「連署状」がそえられていた。秀吉の死が秘せられていたためである。

在陣諸将はこれまで、「来年、大軍勢を送りこむので、いずれの城々も丈夫に在番につとめることが肝要だ」という秀吉存命中の「軍令」を忠実に守って敵勢と対峙し、長陣の辛苦にたえてきた。そして、泗川・順天・蔚山城では、それゆえの攻城戦をいっせいに挑まれている。敵の総攻撃はしかも、使節が釜山に入ったまさにその日に開始されたのだった。

徳永・宮木のふたりは、かろうじて総攻撃をしのいだ島津勢・小西勢・加藤勢のもとにおもむき、一一月一〇日までに釜山へ撤退するよう指示をあたえた。

そのさい、秀吉の死が、はじめて確報としてつたえられたことはいうまでもない。

まもなく蔚山・西生浦・梁山・亀浦・竹島・昌原など慶尚道東部に在番していた軍勢がつぎつぎ釜山にひきあげてきた。

しかし、慶尚道西端の泗川および全羅道順天の包囲網は解かれておらず、いぜんとして敵軍勢とのにらみあいがつづいていた。泗川の東どなり固城(コソン)には立花宗成(たちばなむねしげ)が、すぐ南の島南海(ナメ)には宗義智(そうよしとし)がいた。制海権を失ったままの情勢下、かれらもまた運命共同体にちがいない。

明軍とのあいだに、撤兵とそのための退路を確保する交渉がかさねられた。泗川での島津勢の大勝利がモノをいう絶妙なタイミングにおいて、交渉が日本勢に有利にすすめられたのはさいわいだった。

泗川では、島津が明兵の捕虜数百名を送還し、明軍が退路の確保に応じることで和議が成立。撤兵のさいの追撃を防ぐため、義弘はさらに人質をとることを要求したが、これも容れられ、明軍は遊撃茅国器(ぼうこくき)の弟国科(こくか)をはじめ一九人の質官をさしだすことを了承した。

順天でも、明軍が和睦申し入れの使者をつかわし、撤兵を急ぐ行長がこれをうけるかたちで停戦の合意が成り、人質として劉万寿(りゅうまんじゅ)・王建功(おうけんこう)いか劉綎(りゅうてい)の「家丁」四〇人がさしだされることになった。

いずれも、朝鮮軍のあずかりしらぬ交渉による、暫定的な和睦である。

一〇月三〇日、立花・島津・宗・小西の諸将が南海瀬戸にあつまって会談し、一一月一〇日を期して撤収を始め、巨済島(コジェド)に集結することを確認。ルートや方法についての取り決めをおこなった。

だんじて和平をみとめぬ李舜臣ひきいる朝鮮水軍が、退路の遮断に出たのはその直後のことだった。

順天城再攻撃のために待機していたかれらは、一一月一〇日の早朝、はれて帰還の途につくべく艫綱(ともづな)を解き、碇(いかり)をあげた小西勢のまえにたちはだかった。海上をびっしりとうめつくした朝鮮水軍の艦隊。先発船を撃退された小西勢はなすすべなく陸へとかえし、作戦会議をひらくとともに、明水軍の将陳璘(ちんりん)との交渉を始めねばならなくなった。

一八日夜半、小西勢の救援にむかった島津・宗・立花・高橋直次(たかはしなおつぐ)・寺沢正成(てらさわまさなり)らの軍勢と、李舜臣・陳璘の軍勢が、露梁(ノリャン)海峡で激突。七年にわたった「壬辰(イムジン)・丁酉倭乱(チョンユウェラン)」「文禄・慶長の役」さいごの会戦の火ぶたがきっておとされた。

一九日も激戦はつづく。この海戦で李舜臣が銃弾をうけて斃れたことはよく知られているが、島津勢をはじめ両軍がおびただしい犠牲をはらったたたかいとなった。そしてそのあいだに、小西勢は順天脱出に成功した。

秀吉の「唐入り」にようやくピリオドが打たれたというわけだ。

ひと月後の一二月一〇日、島津義弘を乗せた船が、名護屋ではなく博多に着岸した。

翌一一日には小西行長も博多に入った。

天正二〇年（一五九二）四月一二日、先掛勢「一番」隊をひきいて対馬を発してから六年と八か月。「唐入り」を発動し、かつ、対明講和交渉最前線の任務を命じて彼を苦しめたあるじはすでにこの世になく、名ばかりとなりつつある「豊臣天下」の足もとで、地殻変動のうねりがすでに音をたてはじめていた。

彼が、石田三成・安国寺恵瓊とともに堺・大坂を引きまわされたあげく六条河原で斬首され、三条大橋に梟首されるまで、すでに二年をきっていた。

17　家康の「唐入り」――諸将ふたたび滄溟（そうめい）をこえ、兵船を福建（ふっけん）・浙江（せっこう）に浮かべ

「万暦二十六年三月四日。橋のうえで河天極（ハチョングク）に逢った。阿波徳島の城下には長江があり、流れのうえに虹のかたちをした橋がかかっている。橋のうえで逢う人の十人に八九人は、わが国の人たちだ。河（ハ）君は晋州（チンジュ）の名族の生まれだが、倭のために雑用や草刈りをさせられている。

わが国の人は、月夜には橋のうえにあつまり、歌をうたい詩を吟嘯（ぎんしょう）し、あるいは思いのたけを話したり呻（うめ）いたり哭（な）きさけんだりし、夜のふけるまでやむことがない。この橋のうえにすわる人々の数は百人あまりにもなるだろうか。

橋上逢人摠漢歌
是何今日漢人多
莫佐西流深一杖
人人冤涙灑寒波

橋上で逢う人はみな漢歌をうたう
今日はまたなんと漢人が多いことだろう
西へと流れる川の深さが一杖もあるのは不思議ではない
大勢の人たちの恨みの涙がつめたい波のなかにそそぎつづけているのだ」

万暦二六年（慶長三・一五九八）三月四日、阿波蜂須賀（はちすか）家の被虜人となった鄭希得（チョンヒドゥク）の、徳島での抑留生活が始まってから二か月あまりがすぎていた。

「賊倭再寇」の急報が湖南（ホナム）すなわち全羅道の人々を慄えあがらせたのは、前年の秋のはじめのことだった。日本勢ははやくも南原（ナムウォン）あたりまで迫っているという。

八月一二日、兵禍を逃れるため鄭希得は、両親・妻子・兄弟をはじめ家族・親族をあげて咸平（ハムピョン）の郷里をはなれた。咸平

は、全羅道南部の大邑羅州から二〇キロメートルほど西にいちする西海岸沿いの邑である。

避難とはいえ、あてがあるわけではない。ただ海岸をめざして逃れ、一九日には北どなりの邑霊光の湊で船を入手。九月一五日に九岫浦から海上に出たが、一六日には、すでに全羅道制圧作戦を開始した日本軍から砲撃をくわえられた。

九月一六日といえば、蜂須賀家政が占拠した井邑に「左軍」の諸将があつまり、軍議をもうけた日であり、霊光にはまもなく吉川広家が制圧にはいり、一万をこえる鼻削ぎをおこなうことになる。

希得らは、逆風にさえぎられて碇泊をよぎなくされ、二六日にようやく順風を得て北をめざすことになったが、二七日、七山島あたりの洋上で日本船に遭遇した。母親と妻と娘、そして兄慶得の妻は、海に身を投げてみずからの貞操に殉じ、希得らは蜂須賀家の別将森小七郎忠村の囚われとなった。

二九日、老父と、五歳と三歳の男児二人は解放されたが、希得兄弟ら一族の男たちは、生け捕りにされた朝鮮人を集積する湊を転々としながら連行され、とちゅう脱走をこころみるも失敗におわり、一一月二六日、一〇〇人あまりの俘虜とともに対馬経由で回送され、三〇日に徳島に到着した。

希得は、のち万暦二七年（一五九九）六月に明の質官とともに送還され、帰国をはたすが、その間の体験を漢詩をまじえた日記のスタイルで書きのこした。それが後孫の手により『月峯海上録』としていまにつたえられている。

希得一家が捕われた九月、おなじく霊光の海岸から一族そろって洋上に出た姜沆も、藤堂高虎の家臣、藤堂新七郎良勝に捕えられ、俘虜の身となった。

姜沆は、国王成宗の時代（在位一四六九〜九五）に吏曹判書・議政府左賛成などの枢職をつとめた姜希孟の五代子孫にあたり、父克倹、三人の兄瀅、濬、渙とともに、歴代どうよう儒学者として名をのこしている。

わずか七歳にして『孟子』七巻一帙を諳んじ、八歳で『通鑑綱目』に通暁したとつたえられるほど早熟だった沆は、宣祖二一年（一五八八）、二二歳をかぞえた年に科挙に及第して進士となり、名儒退渓学派の成渾の門人となった。

秀吉の朝鮮侵攻から三年目の宣祖二七年（一五九四）春、正九品校書館正字に就いたのをふりだしとし、同二九年には正六品成均館典籍、工曹佐郎、刑曹佐郎となり、「征韓後役」すなわち「丁酉倭乱」が始まったときには、南原城にあって軍糧の監督にあたっていた分戸曹参判李光庭の従事官として、軍糧調達に奔走していた。

とうじ南原城には総兵楊元(ようげん)ひきいる明軍三〇〇〇と、全羅兵使李福男(イボクナム)ひきいる朝鮮軍が入っていたが、まさにその南原城が宇喜多秀家ひきいる日本軍五万に囲まれ、八月一五日の夜襲によって陥落してしまった。

その間、沆は、文官主導の官僚的軍事体制の限界をまのあたりにする。

朝鮮水軍が漆川梁(チルチョンリャン)の海戦に敗れてからひと月、万を数える日本勢がぞくぞくと上陸して湖南を侵すも、しかるべき手がうたれず、五万の敵兵が城を囲むころになってあわてて防御使に呉応鼎(オウンジョン)を任じ、助防将に金敬老(キムキョンロ)をあてる。

しかし、辞令をうけて赴任したかれらの手には一兵卒もなく、在地の兵を徴募するひまもない。じつに、金敬老は急場の防御態勢をととのえるために単騎で駆けまわり、しかるべき伏兵のところにおもむくにも、副将二人を巡察使から借りなければならぬというありさまだった。

はたして、武官である福男も応鼎も敬老もみな守城戦をたたかいぬいて斃れたが、文官である沆の上司光庭は、はやばやと職務をなげうってソウルへ逃れてしまった。そもそも、朝廷に請うて沆を部下に迎えたのは光庭その人だった。

上司の指示をあおごうと咸平(ハムピョン)から一昼夜をかけて淳昌(スンチャン)までもどったところでそのことを知った沆は、南原へ還ることをやめ、巡察使の従事官金尚寯(キムサンジュン)らとともに村々に「檄文」を送って「義兵」をつのった。

しかし、愛国の情をもってあつまったものは五〇〇人ばかり。倭軍がふみ荒らした邑の惨状をみて意気はふるわず、蜂起にいたらぬまま散りぢりとなってしまった。そうしているあいだにも倭軍は迫ってくる……。

失意のまま、沆は、倭軍のいきおいにおされるように郷里の霊光(ヨングァン)郡流峰(リュボン)里にもどり、そして、親族あげて二隻の船に分乗し、海上へと逃れでた。九月一四日の深更のことだった。

逃れるといっても、いったいどこをめざせばいいのか。まもなく、慶尚・全羅・忠清三道水軍統制使李舜臣(イスンシン)が、藤堂高虎(とうどうたかとら)を大将とする日本水軍百数十艘を鳴梁(ミョンリャン)海峡で破り、敗走させたという朗報がつたわってきた。が、朝鮮水軍の船の数はあまりに少なく、李舜臣は、態勢たてなおしのためいったん西にむかったという。

「統制使のあとを追うべきである」

しかし、避難民を満載した船はそれでなくても足がおそく、避難船でごったがえす小さな島々を転々とするしかない。

「これではとても逃げられない。やはり船をすて、陸にあがろう」

「いや、やはり統制使のあとを追おう。二隻の船のなかには壮年の男が四十人もいる。ときにはたたかい、ときにはしりぞき、たとえ思うようにならなかったとしても、りっぱに死ぬことができるではないか……」

二一日、前途を決しかねているうちに父親たちの乗る船とはぐれてしまう。船酔いを案じて、父を大きいほうの船に乗せたのである。二二日、二三日、父の乗った船を探す。と、霧のなかから倭船がすがたをあらわし、高速で近づいてきた。

とても逃れることはできない。沆たちはとっさに衣服を脱ぎ、水中に飛びこんだ。沆は幼子らを抱きかかえて、仲兄の濬は、亡き母と長兄瀣の位牌を背にくくりつけて……。

しかし、水中にもがく人々はつぎつぎと日本勢に捕えられ、倒した帆柱に縛りつけられた。捕えられなかったものたちはみぎわにうち捨てられ、やがて満ち潮に浮きあがった。そのなかには愛娘愛生と愛児龍のすがたがあった。

泣き叫ぶ子らの声に身をひき裂かれる。が、その声もまもなく絶えてしまった。龍は、沆が三〇歳にしてはじめて得た男児であった。

二四日、紅白の旗をひるがえした倭船でごったがえす務安県の一海島に停泊する。船着きには屍となった朝鮮人が乱雑につみあげられている。哭声が船々からあふれだし、黒々としたこだまのようにもつれあって夜空にぬけてゆく。もはや生きるも死ぬもかわるところがない……。絶望した妻の父親は、縄をぬけ、海に飛びこんでしまった。が、すぐに絡めとられた。ために、沆たち一家はみな縄が肌に食いこむほどきつく縛りあげられた。

のち、沆を乗せた船は栄山倉、右水営をへて順天・安骨浦・対馬・壱岐・名護屋・下関・上関をへて伊予の長浜に到着した。一〇月一五日ごろのことである。

とちゅう小西・宇喜多・藤堂の軍勢がまもなく普請にかかろうとする順天の城をみあげるところに船を寄せたことがあった。しかし、船着きにはすでに倭の輸送船が群れをなしており、捕虜をのせた一〇〇艘を数える倭船は海上に浮かんでいるしかなかった。生け捕りにされた人々を満載した船が、あるいは浮かび、あるいは走り去ってゆく。

と、一艘の船に、死んだとばかり思っていた愛生の母、つまり沆の妾が乗っていた。

「霊光のお人、霊光のお人！」

すれちがいざまはげしく叫ぶ声がし、みれば彼女であった。けれど、せっかくのめぐりあわせは不幸なものとなった。愛生の死を知った彼女は、そのご毎夜慟哭し、倭人に乱打されてもやめず、ついに水も口にせず死んでしまったという。

さらに、仲兄濬のふたりの子のうち、八歳になる可憐が餓えて病気になった。倭人は、まだ息のあるその子をひっつかんで海中に投げ捨てた。父を呼ぶ声がいつまでも絶えなかった。

数日後、停泊した入り江で、ふたりの兄濬と渙(ホアン)は妻の父とともに逃亡をはかろうとした。が、あえなく失敗。まもなく一家は大きな船に移され、ついに朝鮮を離れることになってしまった。

伊予長浜の湊から肱川(ひじかわ)を一五キロメートルほどさかのぼった大洲(おおず)の地で、姜沆一家の抑留生活が始まった。再度の朝鮮侵攻において、かれらはもっともはやく拉(らっ)されたものたちだっただろう。のち大洲にはぞくぞくと被虜人が送られてきた。

明けて宣祖(ソンジョ)三一年（慶長三・一五九八）正月五日、下の兄渙の娘礼媛(リエウォン)が病死し、九日には仲兄の子可喜(カヒ)も亡くなってしまった。兄弟で背負い、水辺に葬る。かれら三兄弟の子らはすべて六人あったが、愛生(エセン)と龍(リョン)は海に投げこまれ、可憐(カリョン)は餓死、いままたふたりが病死。六歳になる沆の娘ひとりをのこすばかりとなった。

一家はこの地で八月はじめまですごすことになるが、士大夫でありかつ詩文にたけ、城下の僧侶らをして「聖賢」といわしめたほどの教養を身につけていたかれらは、強制的に使役されることなく、無聊を嘆き、望郷と憂国の念に身を焦がす日々を送り、おのずからそれは、かれらに悲惨と絶望をしいたあらゆるものへの憎しみをつもらせていった。

六月すえ、城主の藤堂高虎が大洲に帰還した。まもなく、沆たちは城下から連れだされ、船に乗せられた。船は故国からさらにとおく大坂へむかうという。

満臆千愁若蜜房　　満臆千愁蜜房のごとく
年纔三十鬢如霜　　年わずか三十にして髪霜のごとし
豈縁鶏肋消魂骨　　あに鶏肋(けいろく)によりて魂骨を消さんや
端為竜顔阻渺茫　　もっぱら竜顔(りょうがん)はばまれて渺茫(びょうぼう)たり
平日読書名義重　　平日読書するに名義おもく
後来観史是非長　　後来史をみるに是非ながし
浮生不是遼東鶴　　浮生遼東の鶴を是とせず
等死須看海上羊　　等死すべからく海上に羊を看(み)るべし

胸にあふれんばかりの愁いは蜜蜂の巣のようにかぎりなく、いまだ三二歳にして髪は白霜のごとくなってしまった。しかし、鶏肋のごときつまらぬものにかかずらってけっして本心を失ってはならぬ……。

瀬戸内海を東にすすむ船中にてさらなる試練を思い、みずからをふるいたたせる。

大洲の高虎の父白雲の家には鶴が飼われていた。思わず漢の「丁令威の故事」を連想し、望郷の念がこみあげた。令威は遼東の人だったが、とおく安徽省は霊虚山で仙術を学び、千年をながらえて鶴と化し、故郷に帰ることができたという。

しかし、いまはもう生きて帰ることを思うまい。

たとえ死すとも、漢の蘇武となろう。匈奴に使して捕らわれ、北海のほとりに放擲されて羊を飼わされたが節をつらぬいた。その蘇武にならい、どんな苦難にもけっして節をまげるまい……。

蛮夷の地のさいはての湖辺に羊を看る。六〇年後の孝宗七年（一六五六）、敵地にあって節をとおした師姜沆の著作を刊行するにあたり、門人尹舜挙らが『看羊録』の名をつけたゆえんである。

船行すること八日、朝霧のむこうに「鬼の都」がすがたをあらわし、そそりたつ大坂城の「十層の楼閣」をあおぎみる。船はそこから淀川をさかのぼり、さらに宇治川をのぼって伏見城下に到着した。

伏見では、藤堂屋敷の大きな空き倉庫に収容された。屋敷のすぐ目のまえを宇治川が流れ、となりには「御舟入」すなわち伏見城の船着きがあり、その奥に百間長屋がならんでいる。

この地で、沆たちの比較的ゆるやかな抑留生活が始まった。ゆるやかな……というのは、監守の市村なにがしという老人が、かれらにたいしてすこぶる親切なのだった。

京・伏見には、朝鮮各地から連行されてきた数知れぬ人々があつまっていた。

沆のもとには、東莱の金偊鼎や河東の姜士俊・鄭昌世・河大仁、咸陽の朴汝楫、泰安の全時習をはじめ、名の通った士大夫がつぎつぎとたずねてきた。なかには、故国にいたなら党派を異にし、角突きあわせていたはずの士人もあった。また、「己卯の士禍」で処刑された名賢金湜の孫で、沆が親しくしていた性理学者金権の甥にあたる興達・興邁兄弟は、たびたび米や布をとどけてくれ、沆たちの窮地をたすけてくれた。

それら連日のようにおとずれる同胞たちと会うことも、詩文を交わすこともゆるされたし、外に出ることも、弟がのこれば兄の外出をゆるし、舅がのこれば甥の外出をみとめるというやりかたで、おおむね自由がゆるされた。

いっぽう、すぐ目のまえの中洲では、あまたの同胞が集団で使役されていた。日々それをまのあたりにしながらなすすべなく、臓腑にわだかまるものは、たちの悪い腫瘍のように殖えつづけた。

そんなある日、民部卿法印吉田意安の弟子理安から、師の著作『名医略伝』の序文を請われた。

意安は、室町将軍家の御典医であった吉田宗桂の息子で、海運王角倉了以の弟宗恂である。関白秀次に仕え、後陽成天皇に薬を献じ、勅によって世襲の「意安」号をうけていた。

「序」を寄せたことが縁となってのことだっただろう。まもなく沆は、日本の朱子学にとって大きな画期をなす藤原惺窩との邂逅をはたすことになる。

意安の甥、すなわち了以の長男素安が、惺窩を師とあおいでいたのである。

惺窩は、歌人藤原俊成・定家・為家の流れをくむ下冷泉家五代為純の三男に生まれ、家祖為相相伝の播磨国細川荘——『十六夜日記』の著者として知られる母親阿仏尼が、訴訟のために鎌倉に下向してまで守りとおした為家の遺領——で長じたが、天正六年（一五七八）、一八歳のとき、三木城主別所長治の襲撃をうけて父と兄を失った。

僧籍にあって難をまぬがれた彼は、母と弟妹ともども叔父をたよって京に逃れ、みずからは相国寺に入り、とうじは妙寿院の首座の地位にあった。

天正一八年（一五九〇）、三〇歳をかぞえた年の夏、対馬宗氏が歳月をついやし、手段をつくして実現にこぎつけた朝鮮「通信使」が上洛した。そのさい惺窩は、四か月あまりも逗留をよぎなくされた使節を大徳寺にたずね、名儒退渓門下の三傑のひとり副使金誠一や、文名たかき書記官許箴と交流をかさねる機会をもった。

「清談何幸対君顔（あなたとともに清談できますことのなんという幸い）
野生唯願相随去（わたくしはただあなたにしたがってお国に渡りたいと願うばかりです）」

かれら儒学者たちの深い学識にじかに触れるという刺激的な経験は、崇文の国への憧憬をいっそう切実なものにしたにちがいない。まもなく彼は、廃仏帰儒にふみきり、関白秀次が五山の詩僧をあつめてもよおした「相国寺詩会」にも出席せず。文禄二年（一五九三）には、秀次の弟にして秀吉の養子、秀俊にしたがって肥前名護屋におもむき、明の使節にも接している。明の朝鮮経略宋応昌が日本へ送りこんだ「いつわりの明使」謝用梓・徐一貫である。

大唐や朝鮮へのあこがれ、宋学を究めたいという思いはおさえようもなく昂じていった。

慶長元年（一五九六）、ついに彼は薩摩に下向し、大唐に渡ろうとするがはたしえず。つぎに朝鮮への渡海をこころざしたが、再度の朝鮮出兵がはじまって断念せざるをえなかった。

朝鮮は成敗すべき国、明は交戦国となってひさしく、撤兵が始まってなお和平はならず。

「わたしが上国をみることができないのは、これも運命なのでしょう」

沆との親交を得た惺窩は、こういって時勢を嘆いたという。

伏見ではもうひとり、得がたい人物との知遇を得た。藤堂屋敷からほど近いところに屋敷をかまえていた赤松広通だ。

天正五年（一五七七）、播磨龍野城主であった広通は、信長の命をうけた秀吉の軍勢に攻められて城を明けわたし、佐江村に蟄居した。広通一六歳のときである。佐江村には父政秀の菩提寺慶雲寺があり、ここに入寺していた惺窩を知り、ともに勉学にいそしむ一時期をすごしたともつたえられる。

のち広通は、蜂須賀正勝の配下で、秀吉軍の一員として戦功をつみ、天正十三年に但馬竹田城二万二〇〇〇石をあたえられる。表高は小さいが、生野銀山を領域にもっていた。もちろん「唐入り」にも動員されないわけにはいかなかったが、学問をとうとび、唐の制度や朝鮮の礼を慕うこころざしをかえてはいなかった。

宋学を生涯の求道とする三八歳のフリーの学者と、その庇護者であり信奉者でもある三七歳の戦国大名と、捕らわれの身にある三二歳の朝鮮士大夫。斬新なとり合わせの三枚の歯車が、儒学を軸として嚙みあった。

おりしも、厳重な箝口令がしかれていながら、いや、それゆえの不穏から、いよいよ太閤秀吉の死が隠しおおせぬものとなりつつあった慶長三年（一五九八）の秋のことである。

ところで、太閤の死というのが、これいじょうはないというほど物語的だった。

「太閤さまが亡くなった。こんどはまちがいないという……難儀なことや」

こんどは……。厳重にとざされた伏見城の門の外で、太閤薨逝の風聞がささやかれ始めた七月、うわさがひろがるたびに人々は上へ下への大騒ぎ。盗賊や掠奪者が跋扈し、避難や疎開を始めるものも続出したが、奉行らはそれを鎮めることができず、諸大名が屋敷の守りを固めたために、かえってうわさの信憑性が裏書きされるということがくりかえされた。

と、そのさなかに、ふってわいたような騒動がもちあがった。

「善光寺さまが甲斐の国へお帰りになる！なんと、出立はあしたの朝やそうな」

思いもかけぬ報せがひろがったのは、八月十六夜の月が東山にかかるころのことだった。

大地震のあと、おのれ自身を守ることさえできなかった大仏に衆生済度はかなうまいと、そう見切りをつけた秀吉が、鳴り物入りで大仏殿のあらたな本尊に迎えた日から一年とひと月。

この間、いささかなりとも阿弥陀如来を慕い、また「善光寺さん」と呼ばれるようになった東山大仏に足しげく通って親しんできた人々にとっては、耳をうたがうばかりの報せだった。

無理もない。六日後の二二日には、これまで何度も延期されてきた「大仏堂供養会」がいとなまれることになっていた。

嘘だろう。きっとなにかのまちがいにちがいない……。たちまちのうちに境内は参拝者であふれ、界隈は、夜分深更をいとわずつめかける人々でごったがえした。

はたして、八月一七日早朝、大仏門前に群集した貴賤上下に惜しまれて、善光寺如来三尊は京をあとにした。もちろん、臨終の床にあった秀吉の命による遷座である。

翌一八日未明、伏見城で秀吉が息をひきとった。その死は秘せられ、亡骸は城内に安置されたままとなった。

二二日、本尊もなく、ぬけがらとなった大仏殿で「堂供養」がいとなまれた。施主はもちろん秀吉である。本尊を失ってからの「堂供養」というのは非合理きわまりなく滑稽ですらあるが、予定どおり、かえって何ごともなかったかのように法会はいとなまれた。

義演准后のしるすところによれば、大仏供養をいとなむべく、あわただしく準備がはじまったのは七月なかばいこうのことであり、期日が決まったのは七月二六日。導師をつとめることになった大仏住持、照光院門跡道澄などは、大峰山での入峰修行をとちゅうできりあげて馳せもどらねばならなかった。

秀吉の死をそうと知らされないすべての人々にとって、仰天すべきことはまだまだつづく。

九月二日、おもだった奉行衆によって「大仏本尊造立の儀」がいとなまれ、四日後の六日には、大仏裏手の山すなわち阿弥陀ヶ峰一帯で、所司代の前田玄以が縄張りを開始した。東山大仏の「鎮守社」を造営するというのである。

本尊の造立！鎮守社の建立！情報が錯綜するなか、一一日には、義演のもとに木食応其から社地の「地鎮の儀」をとりおこなうようにとの要請がもたらされた。

一五日、地鎮祭がいとなまれ、まもなく地ならしが始まり、石垣が積まれ、社殿群の造営が急ピッチですすめられた。

すでにこの世にはない「天下人」の命による「天下普請」あるいは「手伝普請」が始まったのである。もちろん、それらが秀吉の廟所であり、あるいはまた秀吉が神として祀られることになる祠宇であることを知るものはなかった。

ひくくなった秋の陽に追われるごとくひねもす東山に鳴りひびく槌音。うらはらに、時が止まったかのような空虚な静けさが支配する伏見では、めぐりあいが必然であったかのごとく噛みあった三枚の歯車が、急加速度で回転しはじめた。

惺窩と広通はさっそく『四書』『五経』の和訳にとりかかった。この大事業には、沆の兄濬・渙をはじめ被虜となっている朝鮮の儒者たち十数人が参画した。それがかれらの収入となって抑留生活の糧となり、さらには帰国にそなえての貯えとなったことはさいわいだった。

「大学」「中庸」「論語」「孟子」および「易経」「書経」「詩経」「礼経」「春秋」のテキストを浄書し、訓点をほどこし、程朱、すなわち宋学の創始者朱熹の解釈によって註をつけてゆく。惺窩にとっても沆にとってもそれは、情熱と学識のすべてをそそぐにあまる事業であり、それだけに、誤りはもとより、ささいな妥協もみずからにゆるしてはならなかった。

慶長四年（宣祖三二・一五九九）二月一五日、『四書五経倭訓』は完成をみた。

「日本、宗儒の義を唱ふる者、この冊をもって原本とせよ」

自信と誇り、そして万感の思いをこめて、惺窩はこう書きしるした。

沆は、広通と惺窩のもとめにこたえて「跋」を寄せた。

「……日本は中国を去ること遠く、儒教研究をもって有名になったものもなければ、儒教を実践するものもない。たまたま儒を講ずるものがあっても古註にすぎず、程朱の新註を無用とす。……日東の人、宗儒あるを知らず、ひとり惺窩だけがこれを正として表出し、ただ赤松公だけが惺窩ら軽輩に親しみ、程朱の義をもって四書五経を書き、夜を日についでついに功を畢え、予に跋をもとめた。予こたえていわく……惺窩なければ宗儒なく、惺窩の志は赤松公なければ成すあたわず。赤松公なければ惺窩なしといわれるゆえんである……と」

沆たち兄弟はまた、広通のためにポケットサイズの袖珍本を筆写した――『四書』『五経』をはじめ『曲礼全経』『小学』『近思録』など、一六種二一冊がいまにつたわり、国立公文書館内閣文庫に現蔵され、姜沆の署名をみることができるという。

広通は、沆たち被虜人士にとっての恩人でもあった。憂国と望郷にもだえるかれらに多くの典籍の筆写を依頼し、ひそかに銀銭で羈旅の費用をおぎない、帰国の準備にあててくれた。みずからは、清正や高虎と仲たがいをしているので、藤堂家の人々に知られてはならないといい、そうでありながらも、ときに沆たちが暮らす藤堂屋敷の倉をたずねてくれた。

じじつ、年明けて秀吉の死がおおやけにされ、秀頼が前田利家をしたがえて大坂城に移徙するや、あたかもときをはかったかのように城下に緊張がはしり、物騒な動きがあいついだ。

家康のあからさまな違約と逸脱行為にたいする批判、朝鮮帰国大名たちの憤懣、そして亀裂と対立……。「唐入り」いらいわだかまりつづけてきた矛盾が、ぬきさしならぬものとして噴出した。

「大坂に雑説あり」。三月はじめ、石田三成らによる襲撃計画がささやかれるなか、利家の病気見舞いに大坂へおもむく家康の宿泊所となったのが「御船着」のわきの藤堂屋敷だった。夜もすがらひねもす、警護の手勢のたてる物音が、倉のなかにも一触即発の気配をつたえてきた。

月ずえには、家康が、三成の娘聟福原長堯邸と隣接していた屋敷をはらって向島に移転した。

閏三月三日、大坂城で利家がみまかった。ことがいっきに動いた。同夜、加藤清正・浅野幸長・蜂須賀家政・福島正則・藤堂高虎・黒田長政・細川忠興ら七武将が、三成を討つべく大坂に兵を動かしたのだ。

しかし三成は、佐竹義宣の手勢に護衛されてひそかに伏見へとむかい、四日には、伏見城内の治部少丸に逃げこんだ。

一一日、家康は、三成の引きわたしをもとめて退かぬ七将を説得し、三成を佐和山に退隠させることで事態をおさめ、伏見の秩序を回復した。そして一四日には伏見城にもどり、西の丸に入った。

「徳川内府さまが天下殿になられた」。城下の人々はみなそのようにうけとめた。

沆たちも、さまざまな不穏や物騒を目にし、耳にしなければならなかった。が、まさか翌年の秋に広通が不帰の人となろうとは、想像のほかだった。関ヶ原合戦の責を問われ、広通が切腹したのは慶長五年（一六〇〇）一〇月二八日。のち竹田城には山名国豊が入城したが、家康の方針により同年のうちに廃城となる。標高三五四メートルの虎臥山の山頂に往時の石垣をそのままのこし、日本屈指のスケールをもつ「天空の城」としていまに知られる山城である。

惺窩と広通、そして沆が情熱をそそいだ『倭訓』の完成からふた月。

四月一七日には、秀吉に「豊国大明神」の神号が授与された。死後、神になることを望んだ秀吉は、神功・応神の「三韓征伐」にならい、軍神ちゅうの軍神「八幡神」になりかわりたいとの思いから「新八幡」の神号を希望していたが、それはかなわなかった。

それでも「宣命」には、武威を海外におよぼしたことが言挙げされた。

「兵威を異域の外に振い、恩沢を卒土のあいだに施す。善を行うこと敦くして徳顕る。身はすでに没して名を存せり。その霊を崇めて、城の南東に大宮柱を広敷くたて、吉日良辰をえらびさだめて、豊国の大明神と上げ賜い治め賜う……」

そして忌日の一八日には、阿弥陀ヶ峰の「豊国社」の社頭で「遷宮の儀」がいとなまれ、翌一九日には「正一位」の神位が贈られた。

「豊国社」。いや、つい先日までそれは「大仏鎮守」あるいは「東山新八幡」などとよばれていた社だった。

神前からは、淀をへてはるか大坂まで、まさに秀吉の城下がさえぎるものなく一直線に眺められた。

その地を、いかにもひろびろと造成してもうけた神廟内苑に、豪奢な破風をいくえにも組みあわせた八棟造りの社壇が完成し、徳川家康はじめおもだった大名が参詣したのは前年の暮れ、朝鮮からの撤兵が完了してまもない一二月一八日のことだったが、慶長四年が明け、秀吉の死がおおやけにされるや、ぞくぞくと見物人が「新八幡」をおとずれた。

姜沆もまた、頂きに「賊魁」の亡骸が埋められたという阿弥陀ヶ峰の廟所をたずねてみた。門前には、妙心寺南化玄興による銘が大書されていた。

「大明の日本一世に豪を振い、大平の路を開くこと海よりも潤く、山よりも高し」

憤慨した彼は、ある日、これを塗りつぶして詩を書きつけた。

「半世経営土一杯　十層金殿謾崔嵬　弾丸亦落他人手　何事青丘捲土来
（半世の経営、土一杯、十層の金殿いたずらに崔嵬たり、弾丸もまた他人の手に落つ、何事ぞ青丘に捲土し来たるは）」

野心と欲望のままに朝鮮を侵し、暴虐をつくしたが、ちっぽけな土地ひとつ手にすることはできなかった。廟所の黄金殿のバカでかさはまさにそのむなしさの象徴にほかならないと。

うわさを聞き、筆跡をみておどろいた惺窩がとんで忠告にやってきた。

「太閤塚殿の落書きをみましたが、あなたの筆ではありませんか。どうして自愛なさらぬのだ」と。

またあるとき、捕らわれてきた朝鮮人たちが大仏前の「耳塚」で慰霊祭をいとなむといい、沆に「祭文」をたのんできた。彼は、大仏の東に埋葬された秀吉を「大蛇」にたとえてこうしたためた。

「鼻耳西峠に、脩蛇東蔵す。帝羓蔵塩し、鮑魚香らず」

切りとられた同胞の鼻や耳は西の墳丘にあり、大蛇は東に埋められた。腹を割いて塩をつめられた秀吉の屍（かばね）は臭気を発せず、ために鮑魚の要はない。塩漬けにされて異境の地に埋められた同胞の鼻耳と、塩漬けにされて埋められた「賊魁」の屍と。それらが大仏をはさんで東西に対峙しているということを言挙げしたのである。

「帝羓」というのは帝王の干し肉。五代中国時代、遠征途上で病いにたおれた契丹（きったん）の太宗耶律堯骨（やりつぎょうこつ）の亡骸をひそかに護送するために、臓腑（はらわた）をぬきさって塩をつめたという。また、秦の始皇帝が死んだとき、暑気に屍が臭ったので、塩漬けにした臭い魚「鮑魚」をおいて臭気をまぎらわせたという。

沆の秀吉の遺骸にたいする認識は、まさに「賊魁は死んだが、家康たちは死を秘して喪を発することなく、その腹を割いて塩をつめ、木桶（きおけ）にいれて平時の衣服を着せておいた」というようなものだった。

姜沆の人となりの烈しさがうかがえるエピソードだが、すでに大洲（おおず）に抑留されていたあいだにも彼はいちど脱走をこころみている。脱走といっても長浜の船着きにむかうのではなく、逆方向の宇和島（うわじま）にいたり、城門に「日本君臣」を呪詛する落書をはりつけて捕らえられ、あやうく処刑されるところを免ぜられた。

まさに、居ても立ってもいられぬ人である。そんな彼が堺に明の使者のいることを耳にすれば、じっとしていられるはずがなかった。五月雨（さみだれ）をいとわず、さっそく彼は堺にとんでゆき、賂（まいない）を駆使して明使との面談にこぎつけた。

明の使者というのは、島津義弘が退路の保証として連れもどった茅国科（ぼうこくか）いか一九人の質官（ちかん）たち、および小西行長が連れもどった劉万寿（りゅうまんじゅ）・王建功（おうけんこう）いか四〇人の劉綎（りゅうてい）の「家丁」たちのことである。

沆が会ったのはふたりの明将、茅国科と王建功だった。きけば、まもなく倭使を送る船が被虜人を乗せて釜山にむかうという。彼は、意をつくし言語をつくして懇願した。

「どうかわたくしを船中の一卒にくわえてください。どんな罰が待っていようとうける覚悟です。もとより鴻毛（こうもう）の命。どうして惜しむことがありましょう。何ひとつ王臣として家国につくすことなく、にわかに絶域の犬や豚の巣窟におちてしまった。むしろ、このような境涯で生きながらえることこそ万死にあたいします。ただ、このままここで死ぬのは、まったく無意味に自殺するのと異ならない。せめて忠をたて節をたて、わずかなりとも家国につくすことができるなら、百計をつくして逃げかえり、ために王府の外に首をさらされようとも、蛮夷の地で死ぬよりはるかに幸せです。どうか……」

うったえは明将たちのこころを大きくゆさぶった。

「あなたがおられるのは何という倭将のところでしょう」
「藤堂佐渡守（さどのかみ）です」
「なれば、われわれが徳川殿をつうじて、佐渡守にあなたを送還させるよう手をつくしてみます」

藁にもすがる思いに光がさした。が、つぎの瞬間またしても彼は捕縛されてしまった。その場にいあわせた対馬の通事がやりとりを細大もらさず聞いており、わずかな暴言をもすべてとりあげて監視役に通告したのである。

さいわい、こんどもまた沆は釈放された。慶尚道梁山（ヤンサン）の人で、「壬辰（イムジン）」の倭乱のさいに一九歳で捕らわれてきた白受絵（ベクスホエ）という人士が、自身のあるじである監視役の長（おさ）に助命・釈放をかけあってくれたのだ。長（おさ）は小西行長の身内であった。

いわずもがな、ひそかに倭船に乗りこむなどかなうべくもなかったが、じつはこのとき沆は、長大な上奏文を明将にたくしていた。四月一〇日の日づけをもつ「賊中封疏」である。

「宣務郎前守刑曹佐郎臣姜沆（カンハン）、斎戒沐浴百拝、西にむかって慟哭し、謹んで正倫立極聖徳弘烈大王主上陛下に申しあげます」

「正倫立極聖徳弘烈大王主上陛下」すなわち朝鮮国王にあててしたためられた「封疏」には、捕らわれの身となってから当年当月にいたるまでの経緯や見聞、倭国の情勢、歴史や風俗、朝鮮侵略にかかわった大名の人物評などがしるされ、のちの対倭政策に役立つと思われることについての私見ものべられている。むすびはつぎのようである。

「ああ、百聞は一見に如かずと申します。わたくしが前後して記録したものは、その心思（しんし）をつくし、また、じかに目撃したものでないものはありません。封をするのに血を混ぜあわせ、心に深く拠るところのあるものでございます。

たまたま、天朝の使者のおいでがあったので、手書二件のうち、一通を天朝の使者に頼み、もう一通をわが国の人である辛挺南（シンジョンナム）らに預けました。二通たくしましたのは、中路での事故が気がかりだからです。

伏して願いますに、陛下、わたくしが生をむさぼり何らなすところがなかったことをもって、わたくしの言をお棄てにならないならば、宗廟社稷（そうびょうしゃしょく）にとって幸いとなりましょうし、赤子（せきし）にとってははなはだ幸いにございます」

はたして、これら二通のうち一通が、まもなく朝鮮の宮廷にもたらされることになる。というのも、家康の「唐入り」がすでに始動しており、この直後、釜山にむけて発っていった船もまたそのための工作船だったからである。

家康の「唐入り」。おどろくようなことではない。秀吉が没し、朝鮮半島から軍勢こそひきあげたが、それによってただちに三国間の「和平」が成ったわけではないのだから「唐入り」はつづいている。

家康を、朝鮮出兵を終息させ対外戦争を回避した「ハト派の天下人」だなどという手垢のついたイメージでみることは、かえって合理性を欠く。秀吉外交と家康外交が連続しているのはむしろ当然なのである。

慶長四年（一五九九）閏三月、三成を佐和山にしりぞけ、秀吉の武威のシンボルである「伏見城」西の丸に入ったことにより「天下」が射程に入ってきた。とはいいながら、「豊臣体制」における家康は、秀吉の後継者としてやがては「天下人」となるはずの秀頼をささえる「大老」のひとり、すなわち豊臣政権をささえる大名連合の一員であることにかわりはない。そこからいっきに抜きんでなければ「天下」は近づいてこないのだ。

そのためには自身の政治的プレゼンスを高め、徳川優位を確実にしていかねばならないが、その手段として彼がまっさきに手をつけたのが「外交権」の掌握だった。

眼前にはまさに、七年にわたった朝鮮侵略の事後処理というさしせまった問題がよこたわっていた。

さしせまったということでは、朝鮮との関係があらゆるものの存亡にかかわる対馬宗氏にとっての和平交渉は、いっそう火急かつ最優先の課題である。

また、「唐入り」のどさくさを盾にして圧力をかけ、琉球を「与力」としてきた島津氏にとっても、講和のゆくえは、既得権を左右するぬきさしならぬ問題であり、なにより、ながく福建・マカオルートの密貿易によって潤ってきたかれらが、海上の安全保障や明との通交・修好に期待するのはおのずからのことだった。

徳川と宗と島津。さしあたりこの三者は、三者三様の思わくからおなじ船に乗り、まずは質官・被虜人を返還することで交渉再開の糸口を得ようとした。

慶長三年（一五九九）六月、宗義智（そうよしとし）・柳川調信（やながわしげのぶ）は、長崎奉行寺沢正成（てらさわまさなり）と小西行長（こにしゆきなが）の指令をあおぎ、明の朝鮮派遣軍経理万世徳（ばんせいとく）と、釜山の地方官である僉使李宗誠（イジョンソン）にあてた書契をしたため、質人・被虜人の送還にふみきった。

いわく、日本では、「太閤殿下」すなわち「平秀吉」の薨去をうけて「嗣子秀頼」が豊臣家をつぎ、「殿下」ありし日とかわらぬ国勢と安定をたもっているが、いまだ停戦協定いらいの約束がはたされない。そこでこのたび、「天将」河（か）応朝（おうちょう）・汪洋（おうよう）いか五名を送還し、あわせて、蜂須賀家政（はちすかいえまさ）が全羅道で捕らえた抑留者一五人を帰還させた。こののち、両国和平のための交渉をつづけ、通交再開がのぞめるようなら、「天将」との協定によってあずかった質官はもとより、日本各地から被虜人を対馬にあつめ送還する用意がある、と。

宗氏は、これいぜんにも明軍提督劉綎にたいして使者を送り、書契をもたらしたが、梨の礫。使者たちも帰らぬままとなっていた。そこで、政権のうしろだてを得て「豊臣秀頼嗣立」を通告する書契を発することとし、あわせて、明の質官を返還し、また、蜂須賀家の好意によって抑留をとかれ、たまたま対馬に滞留していた朝鮮士人らを送還し、和議折衝をまえにすすめようとしたのである。

このときの質官五人のうちの河応朝・汪洋が、姜沆の「封疏」をたくされた王建功配下の将官だったのであり、蜂須賀家の被虜人一五人のなかに『月峯海上録』の作者鄭希得と慶得兄弟があった。

六月二九日、一行は釜山に到着。被虜人らはいったん僉使李宗誠の鎮中におかれたあと、おのおの帰郷をゆるされ、明の差官五人と宗氏の使者・水主ら九人は、経理万世徳あての書契とともにソウルに送られ、明将茅国器にあずけられた。そのさい、姜沆の「賊中封疏」もともに朝廷にもたらされたのである。

このころ、家康はすでに、島津氏にたいしても人質返還交渉に着手するよう指示をあたえていた。伏見城のあるじとなってまもなく、五大老連名で発した「ばはん禁止令」とあわせての指令だった。

「ばはん」というのは八幡大菩薩の旗じるしをおしたてて海賊行為をおこなう私貿易船「八幡船」のことである。それら「ばはん」に象徴される「倭寇」の禁圧にのりだそうというのである。

禁令は、徳川・前田・宇喜多・上杉・毛利の連署のかたちはとっているが、もちろん家康主導で発せられたものだった。さかのぼること一一年、九州を平定して博多に凱旋した秀吉は、いのいちばんに「海賊停止令」を発し、「倭寇」の禁圧をかかげる「統一権力」が日本に誕生したことを内外にアピールした。

「ばはん禁止令」は、おなじ外交政策をかかげる「中央政権」が健在であることを対外的に表明するものであり、ために、八月にあらためて出された「禁止令」には、「先年の御置目」すなわち秀吉の「停止令」を継承することが明記された。

家康は、すでに前年の一一月はじめ、つまり、秀吉の死から三か月たらず、朝鮮在陣の軍勢がいまだ撤兵の艱難のさなかにある時期に、フランシスコ会宣教師ヒエロニモ・デ・イエズスを伏見城に引見していた。

新大陸「ヌエバ・エスパーニャ」すなわちスペイン帝国の副王領から商船を浦賀に寄港させ、通商を開始するためである。そのうえで、マニラのフィリピン総督のもとへ使者をつかわし、当年にはまた、方物と書簡をとどけてきたマレー半島パタニ王国に、自身の名義で「復書」を送るなど、積極的な外交をおしすすめていた。

「日本国 源家康、大泥国封海王李桂に返信する。

この四月、わが国あての表文を拝読し、まじかにお顔を拝見するかのごときです。……さいわい、遠国に来られた使者がご覧のごとく、わが国は治世風俗あまねく安定しており、貴国もまた正義がおこなわれ、国家安寧人民和平し、交易もさかんであるとうかがい喜ばしいかぎりです。当地は、海浜陸路ともに賊徒はきびしく禁止しており、万里雲海をへだてるといえども、交盟をかたくすること兄弟におなじです。今後、商船の往来、珍器の売買、すべて貴方の欲するままにしたがいましょう。その証しとして、甲冑二具を献じます。お納めください……」

海賊禁止を言挙げし、熱心に交易の推進を呼びかける。いちはやく「外交権」を掌握しようとする家康の姿勢がみてとれる。が、なにより優先すべきは、明との公的な通交開始にほかならない。しかもそれは焦眉の急であり、そのために、「宗氏―朝鮮交渉ライン」「島津氏―琉球交渉ライン」を最大限に活用しなければならなかった。

七月一六日、家康は、寺沢正成の伏見屋敷にあずかりとなっていた茅国科の身柄を、薩摩に移すことを決定。

一二月には、島津義弘にたいし、国科を福建ルートで明国に送還するよう命じ、翌慶長五年（一六〇〇）正月には、豊臣政権からそのままひきついだ外交ブレーン西笑承兌に外交書簡を起草させた。

「日本　薩州太守 源義弘　源忠恒　寺沢志摩守　謹啓

大明総理軍務都指揮茅老爺　幕下

去歳已亥年夏五月、呈愚翰、伝達也否、至今、未見回章。如本邦者、大相国太閤戊戌秋下世矣。

内大臣源家康公、受遺命、補佐令嗣秀頼公、治之以文、施之以武、故、国富民安也。

抑、

皇朝の質子四官人、淹留于日本者垂三霜、久絶音問、則、朝鮮、本邦両国和平背約叛盟矣。

可加刑戮者 理 之常也。雖然、内大臣、不忍無大罪而誅殺……」

書簡は、島津義弘・忠恒・寺沢正成が連名して軍務都指揮茅国器にあてるスタイルで起草され、「大明」「皇朝」を台頭しているが、日づけは明の年号をもちいず「庚子（一六〇〇年）孟正月二十七日」とした。

冒頭、前年五月に朝鮮派遣軍経理万世徳に送った「愚翰」にたいする「回章」がもたらされないこと、また、大相国秀吉の死後、「遺命」をうけて内大臣家康が「令嗣秀頼」を「補佐」し、文・武によって国が豊かに治まっていることがのべられ、つぎに、明の質官の拘留が「三霜」すなわち三年におよんでいるのは、朝鮮が「盟約」に違反しているからであり、ほんらいなら「刑戮」をくわえるのが道理だが、家康は、大罪のないものを「誅殺」するのは忍びないとして、むこうから謝罪してくるのを待っているのだということがのべられる。

「盟約」というのは、朝鮮在陣の日本勢と明将たちとのあいだで撤兵のための協定をむすんださい、謝罪のための「朝鮮王子・陪臣の日本派遣」が条件にあがったことをさしている。

「朝鮮の王子と大臣が来日せず、講和が実現しないのはすべて朝鮮側の責任です。しかし、質となった将官らについては咎もないようなので赦し、家康の仁政のあらわれとして本国に送還いたします。日明両国の和交が大事であると考えるゆえんです」

講和がとどこおっている原因を、交渉の当事者でない、したがってはたすべき道理のない朝鮮の違約にすりかえ、かれらに責任があるといいながら、そのじつ、朝鮮に盟約をはたさせることができない明軍首脳部を婉曲に非難する。そのうえで、質官四人を送還することをもって家康の「仁政」だといってのける……。

承兌ならではの筆さばきというべきだろうが、その先はさらに露骨な見返りの要求へとはこばれてゆく。

「とはいえ、明の都までには距離があり、皇帝の裁可を得るには時間がかかるでしょうから、来年までは待ちましょう。日本と朝鮮との和平がととのい、皇帝のもとに報告されたあかつきには、また前規のごとく金印と勘合によって両国の公的通交を再開いたしましょう。ただし、壬寅年（一六〇二年）になっても音沙汰がなければ、日本の諸将がふたたび海を渡り、こんどは福建・浙江に軍船を浮かべることになりましょう」

あえて「本邦・朝鮮の和平を作し」とのべることで朝鮮とじかに和睦交渉をすすめていることをほのめかし、さらに「前規」をもちだす抜け目のなさ。もちろんそれは「日本国王」冊封の事蹟をさしている。秀吉が冊封されたさい、家康もまた「右都督」に補任されている。

そのさい下賜あるいは頒賜されたもののいっさいがそのままになっており、こののち、みずからが対明通交の公的主体になることをめざす家康は、「天下人」の代替わりにともなう「冊封」更新の必要性を痛感し、かつ切望していたのである。ゆえに期限をかぎり、威嚇もしなければならなかった。

「壬寅年に及ばば、諸将再び滄溟を超ゆべし。しかのみならず兵船を福建・浙江に浮かべ、県邑を却すべきなり」と。

書簡の文言からは、家康の焦りのようなものがつたわってくる。たしかに家康は急いでいた。

政権中枢において優位をしめたとはいえ、「豊臣公儀」体制がつづくかぎり彼は、けっして秀頼をしのぐことはできなかった。豊臣家は「武家摂関家」であり、徳川家はどこまでいっても「武家清華家」にすぎないからである——家康は、秀吉によって徳川が「清華成」大名集団内に埋没させられたことの深刻さをいやがうえにも自覚していた。

現時点における家康の官位は「正二位内大臣」、秀頼は「従二位権中納言」。しかし、「摂関家」である豊臣の昇進がはやいのはおのずからのことであり、もたもたしているあいだに秀頼が「権大納言」「内大臣」へと昇進し、豊臣家の「関白」が復活しないともかぎらない。

それでなくても、豊臣体制における家康は、秀吉の後継として「天下人」になるべき秀頼をささえる役割をあたえられた「大老」のひとりにすぎず、いぜんとして「豊臣」姓・「羽柴」名字を授けられた豊臣家康であり羽柴家康なのだった。

パタニ国への返書において「日本国源家康」と自称し、茅国器あての書簡で「内大臣源家康公」と称ばせ、また、差出人である島津義弘父子に「源」姓を授けて「源義弘・源忠恒」と名のらせているのは、まさにその裏がえしとしてのレトリックにほかならないが、じっさいに家康が、本姓を「源」姓にあらためることを奏請し、勅許を得るには、「関ケ原」ののちさらに一年半後の慶長七年（一六〇二）二月を待たねばならなかった。

これら二重三重の屈辱とジレンマを克服するには、地道に既成事実をかさねて「豊臣公儀」を内から解体し、「天下」を簒奪するか、あるいは、圧倒的な軍事力で豊臣家もろとも豊臣体制をくつがえし、新たな「公儀」をうちたてるか、国内的には二つにひとつしかなかった。

しかし、後者がのぞめぬいま、既成事実としての「外部からの承認」、すなわち中国皇帝から「日本国王＝日本の武家政権の首長」のお墨付きを得ることは、何ものにもまさる価値をもつ。

とおくは足利将軍家がそうであったように、また、「三国国割構想」のごときをうちたて、律令国家の枠組みをこえた地位を志向した秀吉がいちどはうけたように、「日本国王」として認知され、国家間の交易・通商を掌握することは、やがて確立するはずの「徳川公儀」の正当性を、国際社会の側から裏づけてくれるものであり、ために中国皇帝に形式上の臣礼をとることは、なにほどのリスクでもないにちがいなかった。

「勘合符」は「日本国王」にたいしてのみ発給される。これを得て、公然と日明貿易を占有することの経済的メリットはいわずもがな、「勘合符」の配分権を掌握することは、徳川に敵対する有力な勢力や、徳川をおびやかす油断のならぬ競争者たちの脅威を抑止しうる、強力な政治手段にほかならない。

それを得られるチャンスは、「唐入り」の戦後処理の必要が存在するいまをおいてほかにはないというわけだった。

同慶長五年（一六〇〇）八月、義弘から茅国器あての書簡をたくされた薩摩国坊津（ぼうのつ）の商人鳥原宗安（とりはらそうあん）は、質官（ちかん）茅国科をともなって福建省福州に上陸し、一路、北京をめざした。ちょうど、石田三成の攻撃によって伏見城が落城・焼失し、会津上杉景勝（うえすぎかげかつ）征伐にむけて下野（しもつけ）国小山に前進していた家康が、急を知って江戸にとってかえしたころのことである。

この間、対馬宗氏は、二度、被虜人の送還にかこつけて書契を送り、朝鮮に講和をもとめていた。

前年に人質・被虜人を送還してから、半年をへてなお音沙汰なく、使者としてつかわした梯七太夫（かけはししちだゆう）も吉副左近（よしぞえさこん）も帰ってこない。交易の途絶が死活問題であるかれらの焦りが昂じるのはおのずからのことだった。

慶長五年が明けてまもなく、義智は、柚谷弥介（ゆずややすけ）を使者として明の質将二人と、蔚山（ウルサン）正兵張番石（チャンボンソク）いか一六〇人あまりの朝鮮人被虜人を、三艘の船に分乗させて送還した。

使者には、義智と柳川調信から朝鮮礼曹（イエジョ）、および釜山・東萊（トンネ）の二鎮にあてた書契三通と、梯らとらわれたままの使者にあてた書簡一通、さらに、明の質「四官人」すなわち茅国科・劉万寿（りゅうばんじゅ）・王建功・陳文棟（ちんぶんとう）がしたためた書簡がたくされた。とらわれの明将たちが講和に協力していることを朝鮮側にアピールするためである。

送還船は、三艘のうち二艘までが風浪にさらわれて漂流。なかには書契をたくした使者らが乗っており、また大勢の被虜人の命も危ぶまれたが、二月九日、朝鮮水軍に保護されてことなきを得、書契も無事とどけられた。

しかし、待つこと数か月、いぜんとして音信はもたらされず。四月はじめにはさらに、王建功・陳文棟いか小西行長が順天（スンチョン）であずかった人質四〇人全員の送還にふみきることにした。

四月三日、朝鮮人被虜二〇人をくわえた総勢六〇人が二艘の船に分乗して対馬を発し、五日、釜山に到着した。

そのたび、日本の使者がたずさえた書契三通は、宗、柳川、そして小西・寺沢の連署で、いずれも外交をつかさどる朝鮮礼曹にあてたものであり、それぞれの立場から内容やニュアンスにちがいはあるが、おしなべてつぎのような趣旨のものだった。

「天朝」の諸将と停戦講和をおこなったさいの約束である「遺使」を朝鮮がはたさぬために、「茅・劉・陳・王の四士官」を三年いじょうも日本に留めおくこととなり、その間、ついに劉万寿翁が病をえて亡くなってしまった。これいじょう「天朝人」を留めおいて、もし客死にいたらしめるようなことがあれば、それは「本邦の罪」となる。ゆえに「源家康」のもとめにより「秀頼君」が命を発して質官らを送還することとした。

いっぽう「貴国」はたびたびの遣使にも「報章」をもたらさず、使者を拘留さえしているのはどういうわけか。「一使」をつかわして「和好」をむすぶか、ふたたび「干戈」を交えるか、すみやかに「廷議」を決し、「回章」をいただきたい。われらが望むところは「和好」いがいになく、それはまた「太閤の遺命」でもある。われらは、「報章」が遅滞し、そのために近き憂いあるをただ恐れるのみである、と。

いぜんとしてそのスタンスは、撤兵時における明軍との講和を既成事実とし、当時国ではない朝鮮にその履行を迫ることで外交的優位をたもとうとするものであり、「和好」を言挙げしながら、「干戈」すなわち軍事的脅威をふりかざすものだった。

しかも、明将らが前線においてむすんだ「停戦合意」は、皇朝政府、すなわち明の中央政権のあずかり知らぬものであり、その延長線上にある講和交渉など議論のほか。朝鮮政府がうけいれられるものでは断じてなかった。

しかし、朝鮮もまた究極のジレンマのなかにあった。

七年にわたって戦火にさらされ、あるいは軍事占領の蹂躙をうけたことによる荒廃の凄まじさはいわずもがな、日本軍の撤兵から一年半をへてなお、数万の明軍が駐留をつづけており、その財政的負担に苦しめられていた。

朝鮮政府は、駐留軍を三〇〇〇人規模へ縮小するようもとめたが、明の朝鮮派遣軍上層部は、あくまで一万五〇〇〇人規模の残留を主張し、引かなかった。かれらにとっては、一万五〇〇〇人規模ですら戦略的・戦術的にはおぼつかなく、三〇〇〇人となればもはや防衛力として意味をなさず、「尽撤（じんてつ）」すなわち全軍撤収とかわるところがない。とてものめる条件ではなかった。

しかし、朝鮮側はあくまで三〇〇〇という数にこだわった。明兵を完全撤退させ、軍門による軍事的・外交的干渉を排除したいからであり、そのためにかれらは、「三〇〇〇留兵」を盾とすることで、国家存亡をかけた交渉に挑んだのだ。

そしてそのさい、明軍と日本軍がむすんだ「停戦合意」は有効な交渉カードたりえた。

つまり、前線の明将たちは、皇帝の裁可を得ずに停戦交渉をすすめ、人質まで日本にさしだしてしまった。それが中央政府に知られれば、派遣軍上層部もまた断罪はまぬがれない。朝鮮政府は、その事実を明の朝廷に上奏すべき立場にあるのであり、これを切り札にして交渉を有利にみちびこうというのである。

いっぽう、明軍に完全撤退をもとめるいじょう、日本の再侵攻を自力で防ぐための軍備強化が不可欠だった。が、朝鮮にその力はなく、たとえあったとしても、明の朝廷・兵部・軍門からのきびしい統制をはねのけることは至難だった。おのずから、日本とは外交的解決策を模索するしかない。すなわち「和好」に舵をきるしかない。

とはいいながら、秀吉没後の「賊情」すなわち日本の情勢は予断をゆるさず、軽率な講和は、皇朝政府から「朝・日の陰結」とうたがわれるおそれがあった。

明軍の駐留と主権侵害を拒絶したい。しかし自力防衛の力がない。ゆえに倭国と「和好」をむすばざるをえない。が、賊情はいまだ信じるに足らず、天朝の了解なしに講和にいたれば「陰結」を咎められる。三つ巴のジレンマである。

ここに、あらためて価値をおびてきたのが対馬の存在だった。

皇朝政府の許諾のもとでの「羈縻（きび）」関係への復帰である。「羈縻」というのは夷狄（いてき）を手なづけておくために中華がとる態度だが、古来朝鮮は、対馬を「我国地脈」「属於慶州」すなわち自国の一部ととらえており、戦前までは、「羈縻」関係にもとづく進貢貿易をみとめてきたのであり、それによって倭寇的侵攻を防ぎ、沿岸の安全をたもってきた。

これを復活させることで、日本の再侵略を防止できるのであればそれにこしたことはない。おりしも、対馬は関係修復を切望し、かさねて使者を送って書契をもたらし、被虜人を送還して誠意をあらわそうとしていた。

問題は、日本が再侵攻の意図をもっている場合、対馬が確実な抑止力たりうるかということだ。

対馬との「羈縻」は、あらたな戦争を防止するための、ひいては朝鮮が外交権を回復していくための鎹（かすがい）なのであり、鎹たりうるには、対馬が、日本の中央政権から朝鮮との交渉をゆだねられているという状況がなければならなかった。

いまのところ、対馬に抑止力は期待できない。そう認識しながらも朝鮮は、対馬との交渉をつづけることにした。

「和好」をちらつかせ、いっぽうで「天朝の許可」を得られないことを口実に交渉をひきのばす。そうすることによって二度の「倭乱」にたいする反省の表明をもとめ、かれらが「反省」の証しとして返してくる被虜人をつうじて、日本の情勢や政権の動きをさぐることは、マイナスにはけっしてならないからである。

朝鮮礼曹は、副長官である参議（チャムイ）の名義をもって、はじめて回答を送ることにした。回答書がもたらされたのは、釜山に滞在することひと月あまり、「回章」を得ることをあきらめて帰国の途についた日本使が、絶景島で悪天候をやりすごしていたときだった。回答の趣旨はおおむねつぎのようなものだった。

日本が「無名の兵」を出して朝鮮を侵暴したことはゆるし難く、勅使を派遣せよとの要求はまったく不当のものである。朝日両国の和平については、考慮の余地がまったくないではないが、もっか「天朝」の提督いか軍勢が駐屯しているため応じることができず、また「和好」には「天朝の許可」が必要である。さきに送られた日本の使者がもどらないのは、「天将」が上国へ連れ去ったまま返されないからである。日本がしんじつ「前失」を悔い「信」義をもって「永好」をもとめるならば、「天朝」も朝鮮と日本の「和好」をゆるし、朝鮮もそれにしたがって和をむすぶことができるだろう。

朝鮮は、三国間の平和関係をもちだすことで、あらためて、朝鮮の志向する華夷秩序のありかたを日本にみとめさせようとしてきたのだ。

被虜人の返還開始から一年。交渉は一歩も前進せぬまま、国内は、上杉征伐に始まる「関ケ原」前哨戦へと突入した。

慶長五年（万暦二八・宣祖三三・一六〇〇）の秋いこう、日・朝・明三国の関係は大きく変化した。

「関ケ原」をへた日本では、一〇月一日には、「唐入り」のはじめから対明交渉をリードしてきた小西行長が、石田三成・安国寺恵瓊とともに六条河原で斬首され、三条河原に梟首された。石田方に味方した大名への処罰はきびしく、改易（かいえき）九一家・四二〇万石、減封（げんぽう）四家におよぶこととなり、徳川家康の覇権が確立した。

おなじく石田方に参じながら、宗義智は赦免された。朝鮮との「通交」と明への「進貢」にこぎつけ、外交権を手中におさめることを急ぐ家康にとって、対馬宗氏という外交ルートを失うことはありうべからざることであり、ひとにぎりにつぶすことより、つぶさぬことによって失点を挽回させるほうが得策であるにちがいなかった。

これによって宗氏は、家康のために外交成果をあげなければ「咎め」もまぬがれない立場に立たされることとなった。

いっぽう朝鮮は、膠着していた明との撤兵交渉を、対馬「羈縻」策をもちだすことでしのぎ、九月には完全撤兵が確定。一一月にはついにすべての明軍の撤収が完了した。

しかし、同時にそれは、朝鮮が明の東方政策における「対日緩衝帯」となることを意味していた。つまり、軍門が東北地域に配置した兵力の防衛ラインの南限は義州（ウィジュ）・平壌（ピョンヤン）まで後退し、日本の侵攻をうけたときには、慶尚・全羅・忠清三道は時間稼ぎのための消耗戦にさしだされ、戦火が王京ソウルにおよぶこともまぬがれないというわけだ。

しかも、明の対日姿勢は明白だった。秀吉の朝鮮再侵攻によって講和は潰裂。こんごも復交はありえない。中国にとっての講和は冊封いがいにないからだ。

はたして、釜山経由で返された王建功・陳文棟、福建ルートで返された茅国科ら質官は、有効な交渉カードとはなりえず、おのおの功罪を論ずるための審問をうけて処分され、日明間の私貿易がいっそう厳重に禁止された。

ここにきて朝鮮は、有事にさいして軍事的にきりすてられるという事態だけは絶対に避けなければならなくなった。

そのために、明廷・明軍への上奏・報告をおこたらず、皇朝政府の公式な関与のもとでなければ対馬との交渉もすすめないという姿勢を堅持することにしたのである。

慶長六年（一六〇一）五月、宗義智・柳川調信および寺沢正成は、朝鮮礼曹あてに書契を送り、南忠元（ナムチュンウォン）ら二五〇人の被虜人を送還することで交渉を再開した。

宗氏が交渉を始めてから五度目、家康の関与のもとで質官・被虜人の送還を開始してから四度目となる「朝鮮詣（もうで）」である――外交成果をあげることが家康への最大の奉公となった宗氏は、のち年内にもう一度、翌年には四度、翌々年慶長八年（一六〇三）から同一一年（一六〇六）のすえにいたるまでにはさらに一一回にもおよぶ「朝鮮詣」をくりかえすことになる。

「太閤在るの日、内大臣家康つねに撤兵を諫（いさ）めしも、讒臣（ざんしん）つよくこれを拒めり……」

朝鮮礼曹あて書契にしめされた家康のスタンスは、秀吉存命中より朝鮮からの撤兵を諫言していたというものだった。

「しかしいま、太閤が亡くなり、ようやく内府の意見が通って、わが国は非をあらため、和平をもとめています。これが両国にとって幸いでないはずはありません。ただ、わが国は身分の高いものも低いものも、みな人心短慼（たんせき）です。わが国の冀（こいねが）うところが、遅延なく実現すればこのうえない喜びです」

いっぽうで非をみとめ、和をもとめているといいながら、「陋邦（ろうほう）は貴となく賤となく人心短慼なり」ということを忘れない。急がなければ、家康は兵を動かすことになるだろうというのである。

議政府をあずかる李徳馨（イドクキョン）は、遠まわしに、しかし日本とはもちろん、対馬ともいまは「和好」をむすぶことができないむね明言した。すなわち、ゆえなくして兵をあげ朝鮮を侵暴した行為を責め、朝鮮には二〇万の駐留明軍があるとふっかけた。そのうえで、かれら「天将」たちが対馬を信用しておらず、その対馬が軍事的脅威をたてに「和好」をすすめようとするのは誤りであると。

また、対馬には日本の再侵攻を防ぐ力はない。それを知っているがゆえに、日本との「和好」について専断はしない。しかしながら、日本が「誠信」をもって過去の過ちを反省し、至誠の証しをしめすならば、「天朝」も日本をゆるし、対馬も昔日のごとく朝鮮から恩恵をうけることができるであろう。朝鮮は、対馬にたいしては侵略の罪を問うつもりはなく、誠意をつくすことをもとめるのみであり、さしあたりこのたびは「賞米（しょうまい）」を供与しよう。また、書契を「天朝」に「転報」し、回答があればつたえようと。

一一月、明からの回答を待ちかねた宗氏は、家臣橘智正（たちばなともまさ）に礼曹あての書契をたくしてつかわし、銃・槍・黒角などの兵具を贈ってさぐりを入れた。

朝鮮はしかし、「修好」の容易ならざるはすでに前回の答書でつたえたはずであり、「和好」を急ぎ、あるいは強要することは、むしろ「和好」のさまたげになるとかえって苦言をていし、またいっぽうで、義智と調信には粧弓や虎皮を、使者の智正には大米四〇斛（こく）を下賜した。対馬との公貿易を継続しようとの意思をしめしたのである。

国防力のない朝鮮にとって対馬は安全弁であり、また、倭情を知るための唯一の手段だったからである。

しかし、最終的な決定をさきのばしにするだけで事はおさまらない。家康に再侵攻の意図があるのかどうか、あるいは、しんじつ「和好」をもとめる意思があるのかどうか。みずからそれを確かめなければならなかった。

宣祖三五年（慶長七・一六〇二）春、朝鮮は、僉知全継信（チョンゲシン）・録事孫文彧（ソンムンウク）に西山大師休静（ソサンデサヒュジョン）の「私信」をたくして対馬に派遣した。妙香山（ミョハンサン）の住持であった休静（ヒュジョン）は、秀吉の朝鮮侵攻が始まるや、国王から「義兵僧」の総指揮官「八道都総摂」に任じられた高僧だった。

あんのじょう宗氏は大師の書状にとびついた。さっそく調信を上京させ、朝鮮の使者の到着を報告するとともに、対馬こそが対朝鮮外交の最適任者であることを家康にみとめさせるべくはたらきかけた。

宗氏に朝鮮との和平交渉をゆだねるという家康からの「公式な委任」をとりつける。それが得られてはじめて対馬は、日本国を代表する外交権者であることを朝鮮に認識させることができるのである。

調信からの吉報を、首を長くして待つあいだも、対馬の涙ぐましい「朝鮮詣」はつづけられた。

五月には、義智および調信の養子となった甥の景直（かげなお）から釜山・東莱の地方官にあてた書契四通と、帰国してまもない全継信あての書契一通をふたりの使者にたくし、被虜若干名を送還した。

「大師の私信は調信にたくして王京にある内大臣家康のもとに送りとどけました。調信が帰島すればすみやかに使者をつかわし、内府の意向をおつたえいたしましょう」と。

六月なかばにはさらに、橘智正ら九名を使者として送り、被虜人一〇四人を送還した。義智・景直から礼曹あての書契は、いぜんどうよう、「調信が王京からもどりしだい、船を飛ばして事勢をおつたえします」というものだった。

あわせて、遣使には、進物の歩兵銃一〇柄のほかに、山獺や丹木や烏賊魚などの商品をたずさえさせた。朝鮮側はこれをつき返さずにうけとり、虎・豹皮や綿布を返してきた。事実上の交易がおこなわれたのである。

のち、八月、九月とたてつづけに被虜人を送還し、その数は四〇〇人を数えた。

涙ぐましい……。というのも、かれらは各地に拉致された被虜人を返すために諸大名・諸将と交渉し、あるいは虜の主人となったものから買いあげて朝鮮人をかきあつめなければならなかった。その代価、そして送還にかかわる経費のいっさいは自弁であり、膨大な負担は、こののちも対馬の肩に重くのしかかることになるのである。

はたして、伏見に滞在すること半年、調信はついに朝鮮との和平交渉権を委任する文書を得ることができた。九月二三日づけの「宗義智宛徳川家康内書」である。

一一月二〇日、はれて対朝鮮外交をゆだねられた宗氏は、橘智正いか二二名を使者として、被虜人一二九人を送還した。

智正は、ふた月あまり釜山にとどまり、「信使」の派遣をもとめて全継信（チョンゲシン）らと交渉をかさねた。

「島津氏が家康に屈服し、いまやわが国には和平を願わない大名はいなくなりました。そしてその大役、すなわち日朝の和好にかんする交渉のすべてを対馬がゆだねられ、われらはたいへん苦しい立場におかれています」

「はい、それについてはわれらもよく理解しているつもりです」

「であれば、どうか、すみやかに信使を家康のもとにつかわし、兵火を避けていただきたい……」

「これまで何度もおつたえしているように、それは朝鮮が専断できることではありませぬ。また、ことにつけ兵を動かすとおっしゃるが、もしそうなれば、朝鮮には復讐の日を待ちうけているものが大勢おりますぞ。いずれにせよ、孫文彧（ソンムンウク）がまもなく上国からもどるでしょう」

一二月なかば、孫が、明の「軍門諭書」をもって帰国した。そして一八日、智正は、高卓のうえにおかれた「諭書」を再拝したうえで孫との会談に臨んだ。孫はいった。

「このたびわたしは、軍門の総兵にお目にかかることがありました。総兵は、そなたのいうように対馬も家康も改心革面し、誠意をつくしているというのがまことなら、さぞかし沿海も静かなことであろうと、そう問われた。わたしは、はい、たびたび使价が往来しているのでそのとおりでございますと申しあげた。ところが、総兵はすでに倭寇の侵攻があったことをご存じであり、大いに叱られました。のみならず、加藤清正が福建の金軍門に送った書状の言辞が不遜であったので朝廷が紛糾し、その結果、日本の事情を確かめてからでなければ措置することあたわずということになったとのことでした。よって、まだしばらくは最善の誠意をつくしていただきたい」

清正の書状というのは、この年四月、清正が独自に被虜人を送還したさい、それにつけて福建省巡撫あてに送ったもので、そこには、「和親がならねば両国の交戦は避けられない」としるされていたとのことだった。

智正は、懇請をくりかえすしかなかった。対馬の誠心はこのうえないものであるが、それを表す方法のないこと、それゆえ、ひたすら被虜人を送還しつづけていること、そして、こんどもまた確実な約言もなく帰ることになれば、対馬は「大患」をこうむることになる。何度もそうのべて食いさがった。

しかし、何をいっても「朝鮮の専断による遣使はできない」の一点張り。うすうす口実と知りながらも「天朝の不許」のまえになすすべなく、交渉開始から四度目の年を越さねばならなかった。

明けて慶長八年（宣祖三六・一六〇三）二月一二日、家康は、後陽成天皇の勅使勧修寺光豊を伏見城に迎え、征夷大将軍・淳和奨学院別当・右大臣任命の宣旨をこうむった。

三月二一日には新造された二条城にうつり、二五日には「衣冠束帯」を着して参内。将軍拝賀の礼および年頭祝賀の礼をおこない、二七日、答礼の勅使を二条城にむかえ、重臣、公家衆をまねいて将軍就任祝賀の儀をいとなんだ。

参内に扈従したのは、実子の結城秀康、秀吉恩顧の大名細川忠興・京極高次・池田輝政・福島正則らであった。

この年もまた、対馬の「朝鮮詣」はつづけられる。

三月なかば、橘智正いか一九人の使者が、朝鮮礼曹あて、明軍経理万世徳あて、休静・全継信あての書契あわせて七通をたずさえて渡海。被虜人九四人を送還した。

ところが、朝鮮は、経理万世徳(ばんせいとく)の死去にともなう明軍門の交代による混乱のただなかにあってそれどころではなく、王朝政府総裁にあたる領議政(ヨンイジョン)の李徳馨(イドクキョン)みずからが筆をとって「答書」をしたため、礼曹参議(イエジョチャムイ)の名義で対馬に返してきた。

「万世徳のかわりに赴任した蹇達(けんたつ)を説得するには時間がかかり、当分のあいだ和平交渉に応じることはできない」と。

それでも、義智と調信は、被虜人四人を送還するとともに、橘智久(たちばなともひさ)ら七人の使者に礼曹あての書契をたくして海を渡らせた。六月七日、西暦七月なかばの夏空と、鏡のようにかがやく朝鮮海峡の波頭(なみがしら)が一直線にとけあう日であった。

書契には、家康が「征夷大将軍」の職につき、その地位が決定的となったこと、三月には調信が上京して家康に謁し、朝鮮との外交交渉を対馬に委任することをあらためて確認し、将軍の「手押」うけて帰島したこと、そして、両国の「和好」をもとめる「将軍」家康の姿勢に変化のないことが報告され、そのうえで、朝鮮外交専任者としての対馬が、すみやかな「信使」派遣を実現しなければならない立場にあることがあらためて強調された。

すみやかな朝鮮「信使」の派遣……。しかし、将軍の「手押」をかざしての交渉もかいもく効を奏さなかった。

事態が大きく動いたのは一〇月に入ってからだった。慶尚道河東(ハドン)の儒学生で薩摩に捕らわれていた金光(キムファン)という人物が、景轍玄蘇(けいてつげんそ)との筆談記録をもって帰国し、講和の必要をとなえて上申したのである。

家康が「和好」をもとめ「信使」の派遣を待っているのは、対馬が「朝鮮が乞和(きつわ)している」とのべて彼をあざむいているからである。家康はいぜん朝鮮侵略の意図をもっている。対馬の二枚舌はいまに始まったことではないが、家康に再侵攻の意思があるいじょう、いまはひとまず、「信使」を派遣して国家の安全をはかるのが現実的である。ただし、そのさい朝鮮は、和をもとめる「家康の書」を先に送るよう要求してもかまわないだろう、と。

朝鮮政府は、一刻もはやく家康の真意をつかむ必要に迫られた。

宣祖三七年（慶長九・一六〇四）二月、朝鮮は、松雲(ソウン)大師惟政(ユジョン)と録事孫文彧(ソンムンウク)を対馬に派遣することを決定した。公式の資格をもたないフリーハンドの「探察使」として。

惟政は、二度の「倭乱」のあいだ、「八道都総摂」に任じられた老齢の師休静(ヒュジョン)にかわって「義僧兵」の総指揮官となり、前線におもむいて日本軍とたたかい――小西・宗の軍勢を壊滅・敗走させ、日本軍のソウル放棄を決定づけた平壌戦では、二〇〇〇の義僧兵をひきいて連合軍にくわわった――あるいは敵将を説諭し、また、悪名たかき加藤清正との交渉から「日明講和」の条件や進捗状況をさぐりだした傑僧である。当年、齢（よわい）六一をかぞえていた。

「義僧将」惟政の名は、日本の諸大名諸将にも知れわたっていた。政府は、国王の信もあついこの高僧に日本の真意を探索できる人物として白羽の矢をたて、重事をたくしたのである。

七月下旬、非公式の「探察使」一行は、「国書」ではなく宗義智にあてた「対馬開諭書」をたずさえて海を渡った。つまり、かれらは、対馬府中いがいに、よもや日本へはおもむく必要のない使節だった。

「開諭書」には、対馬の被虜人送還にたいする謝意がのべられ、「天朝」が、対馬と朝鮮の「和好」に反対しないこと、対馬の「革心向国の意」が大いにみとめられていること、対馬人の「帰化の心」が明らかなので、今後は「交易」をゆるすこと、そのさい、朝鮮の国法をけっして犯してはならぬことなどがしるされていた。

対馬にとってはまさに悲願成就。これによって朝鮮との関係が復活し、「開市」すなわち進貢形式による公貿易が再開できるようになる。「唐入り」によって断絶した交易権が、十数年ぶりに回復されるみとおしがついたのである。

宗氏が、このチャンスをのがすはずはなかった。義智は、調信を江戸に急派した。

調信の復命を待つために、惟政は四か月のあいだ対馬にとどまることになった。が、おそらく彼は、そもそものはじめから対馬の動きを予測し、腹づもりをきめて故国をあとにしたにちがいない。

はたして、家康は、使僧を上京させるよう命じてきた。

「明年そうそう入洛するので、大師をともなって京都まで案内しておくように」

一二月二七日、惟政は、義智と景直（かげなお）、玄蘇にともなわれて京都に入り、京都所司代板倉勝重（いたくらかつしげ）の出迎えをうけた。所司代に礼遇をもって迎えられたということは、非公式ながら、大師はおおやけの使者として待遇されたということだ。

家康の上洛を待つあいだ、宿所となった本法寺には、西笑承兌（せいしょうじょうたい）をはじめ鹿苑院（ろくおんいん）の有節瑞保（ゆうせつずいほ）・興聖寺（こうしょうじ）の円耳（えんじ）禅師・松源（しょうげん）長老はじめ、名だたる詩文人がつぎつぎとおとずれて交流をかさねた。なかには、慶長一〇年が明けて二三歳をかぞえたばかりの林羅山（はやしらざん）のすがたもあった。

慶長一〇年（一六〇五）二月一九日、家康が上洛した。まもなく本多正純（ほんだまさずみ）・承兌・玄蘇・景直ら、朝鮮との復交問題にかかわるメンバーが伏見城に顔をそろえ、家康と惟政の会見が実現した。

はたして、惟政は、「和好」のための「信使差遣」のもとめが家康の真意であることを確かめ、再侵略の意図がないという「言質(げんち)」を得ることができたのだった。すなわち「われ壬辰のとき関東にあり、かつて兵事に与(あず)からず。朝鮮とわれ、じつに讐怨(しゅうえん)なし。通和を請う。このことを遼東巡撫鎮の各衙門に報ぜよ」と。

「兵事に与(くみ)しなかった」とはよくもいってのけたものだが、惟政にとっては「通和を請う」という家康じしんのひと言が得られればそれでよかった。惟政はまた、被虜人の送還をつよく要望し、幕府も誠意をつくすことを約束した。

もちろん、家康に深謀がなかったはずはない。まもなく彼は「将軍職」を秀忠にゆずって世襲とし、政権を豊臣家に返す意思のないことを天下に知らしめる予定であった。

ために秀忠が江戸から上洛する。その大行列を、惟政ら一行に「見物」と称して迎えさせようというのである。

「おりもおり、せっかくの機会ですから愚息の晴れ姿をみてやっていただけますまいか。当日はとくべつ桟敷をしつらえて大師ご一行をお迎えいたしましょう」

二月二四日、総勢一〇万人の武者をひきいて江戸を発った将軍世子(せいし)秀忠の上洛パレードは、ひと月をかけて街道沿いの領国を騒がせ、人々の耳目をおどろかせ、三月二一日、伏見に入った。

上洛・参内の当日にはもちろん、京の辻々に公家衆・武家衆・町衆がつめかけて大行列を見物したが、そのなかに、桟敷をもうけて招かれた惟政らの異風は、あたかもかれらが「朝貢使節」であるかのように浮かびあがったにちがいない。

家康の思うつぼだった。かれら異国の客人をしかるべき公家衆・武家衆の目に、そして圧倒的な数の町衆の目にさらすことで、徳川の外交権の優越を誇示してみせる。

まさにそのために家康は、対馬が朝鮮の「羈縻」の対象地としてくみこまれることにも目をつぶり、惟政が「国書」をたずさえない非公式な使節であることも承知のうえで上洛させ、謁見をゆるしたのである。

惟政のほうも、どんなかたちであれ、かれらが政治利用されることを想定していた。かえってそのためのフリーハンドであり、また、それゆえに朝廷にもつたえず、外交文書をもたずに異国に入る危険を冒して日本へ渡り、王京をめざしたのだった。彼は、あらゆることにかえて両国「和好」の道筋をつけようと覚悟していたのである。

はたして「探察使」は、かつての「関白」に相当する「将軍」に接見したことで大任をはたすことができた。

これによって両国は、「和好」を戦後処理の基本路線にすえることとなったのである。

三月二七日、大師一行は京都を発し、四月一五日に対馬にもどり、五月五日、釜山に帰着した。そのさい、宗義智・柳川調信連名で、大師の差遣および対馬にたいする和好許可を謝するとともに、総勢一三九〇人の被虜人を送還した。

だれより安堵の胸をなでおろしたのは朝鮮政府だった。

松雲大師一行が消息を絶った！衝撃的な報せをうけてのち、五か月をへてようやく上京したとの情報をつかんだものの、「天将」の目をはばかって手を打てずにきた。すなわち、釜山には明軍の将官が駐在しており、かれらの耳に、内々に送った使者が対馬までならばともかく、敵国である日本に入ったなどということが知れればただごとではすまされない。

はたしてそれが、千人をこえる被虜人とともに家康の「言質」をもって帰還した。何人も予想だにせぬあっぱれな成果にちがいなかった。

対馬もまた、講和が成ったのちの「開市」が両政府からみとめられ、家康からは恩賞をあたえられた。すなわち、肥前国内に二八〇〇石を加増され、一年ごとの参勤交代を三年ごとに緩和された。そして惟政との会見に功労あった玄蘇には「紫衣」が授けられ、義智には、ひきつづき朝鮮外交を「家役」すなわち、藩の任務とすることが命じられた。

慶長一一年（一六〇六）六月、朝鮮政府から「二条件」が対馬につたえられ、国交回復への一歩がふみだされた。

さきの侵攻において、九代国王成宗の宣陵と一一代国王中宗の靖陵をあばいた「犯陵の賊」を縛送すること、家康のほうからさきに朝鮮国王あての「国書」を送ることの二つの条件である。

「国書」はしかも「日本国王」の名義によるものでなければならないと。

前非をみとめ、あらためて和をもとめ、誠信をつくす側がさきに「国書」をさしだすことは、外交上の慣習にてらして当然のことだろう。が、「日本国王」名による「国書」をさきにさしだすことは、武威の論理からすれば、降伏を申し入れることとおなじであり、家康がそれをおおやけにみとめることはありえなかった。

にもかかわらず、一〇月すえ、橘智正は「国書」をたずさえ、ふたりの「犯陵の賊」をさしだしてきた。

「国書」の差出人は「日本国王源家康」。日づけは「万暦三十四年九月初七日」と、ありえないことながら明の年号がもちいられていた。「日本国王印」も捺されていた。そして縛送されてきた「犯陵賊」は、年齢からしても風貌からみても、とても「壬辰倭乱」に出陣した兵士とはみとめがたい青年たちだった。

いわずもがな、どちらも「二条件」をみたすためのいつわりの「証し」だからである。「国書」は、本多正信を介して送られてきた家康の書状を改竄して「日本国王」名による親書の体裁をととのえたもので、「犯陵賊」は、マゴサク、マタハチなる素性の知れないものたちだった。用意したのはもちろん宗氏である。

そもそも、日本軍が王陵界隈に駐軍したのは、全軍がソウルを撤退する文禄二年（一五九三）四月いぜんのことである。一三年もまえに駐留したどの陣営の将兵であったかもわからぬ犯人を捕らえることなどできるはずがない……。

朝鮮国王も政府も、それを知らないではなかった。それでも、朝鮮は「勅使」を派遣することにした。「信使」ではなく、日本国王の親書にたいする朝鮮国王の「答書」をもたらし、被虜人を刷還(さっかん)するための「回答兼刷還使(かいとうけんさっかんし)」である。

宣祖四〇年（慶長一二・一六〇七）一月一二日、正使呂祐吉(ヨウギル)・副使慶暹(キョンソム)・従事官丁好寛(チョンホガン)の三使をはじめとする使節一行はソウルを発ち、二月二九日、船団をくんで釜山を出航した。

「格軍」とよばれる使船水夫一〇〇余人をくわえて、総勢五〇〇人をこえる大使節団となった。

三月三日、対馬府中に入り、入念に準備をととのえる。宗氏サイドは、またまた「国書」改竄をおこなわねばならず、将軍への礼物の水増し、それにともなう国書の「別幅(べっぷく)」すなわち礼物の「目録」の書き替えもしなければならなかった。ために、使節団の府中逗留は一八日におよんだ。

朝鮮国王の「国書」は、家康「国書」への答書である。ゆえに「朝鮮国王李昖、奉復、日本国王殿下」と書きおこされていた。まずこの「奉復」を「奉書」とあらためなければならず、「問札先」や「答来意」などの文言を書きかえる必要もある。つまり、家康が、侵略の謝罪と講和をのぞむ「国書」を先に送ったとした「偽装」の痕跡を消さねばならなかった。

改竄はすべて一二か所におよんだ。

また、本文の最初と最後に捺す二寸五分、およそ八センチメートル四方の朝鮮国王印「為政以徳」は、おなじものを職人につくらせ——天正一八年（一五九〇）の通信使が持参した「国書」の「印影」と、そっくりそのままの「印章」が宗家所蔵の遺物のなかに伝存する——似て非なる「国書」ができあがった。

あとはこれをいずれかのチャンスにさしかえればよい。もちろん簡単なことではなかったが……。

出発の日がきまった一五日、義智はみずからの居館ではなむけの宴をもうけた。楽を聴き、舞を愛で、酒宴なかばにいたったころ、回答使と島主らのあいだでこんなひとコマが演じられた。

「将軍には、王号をもちいないときいていますが、それはまことでしょうか」

「そうです。それがなにか……」

副使慶暹の問いに応じたのは玄蘇だった。

「それでは、前年にもたらされた国書は、ほんとうに家康公の親書なのでしょうか」

「当然です。いまさら何を……」

「あなたがたの国では、王号を称しない将軍の親書に日本国王印をもちいるのでしょうか」

「…………じつはそれは、先年、天朝より授けられた印章です」

玄蘇は一呼吸おいて答えた。この期におよんで悪びれる必要はなかった。

「そのおり、上使は皇帝の詔勅と印章をもたらしましたが、けっきょく太閤はそれをうけなかった。しかし、印章はわが国においたままとなり、いらい、それをもちいているというわけです」

慶暹は、老僧の容貌をあらためてながめてみた。なるほど……。相手は、戦時中、名だたる「賊酋」のひとりとして首に償金をかけられていたほどの人物だった。慶暹は笑った。笑いは、くぐもりながらも津波のように膨らんではじけた。

「封王の名は拒み、印章だけはもちいる。あなたの国のことは、万事がこうだから、まったく理解のほかです」

玄蘇はこたえず、土器に視線をおとして笑みをうかべ、いつまでも笑っていた。酒といっしょに苦笑というものの妙味をなめまわしているかのようだった。

九州を平定して博多に凱旋した秀吉のもとにころがりこむようにして膝を屈し、対馬を安堵されるやつぎの瞬間、朝鮮国王を来日・参洛させよと命じられた日から二〇年。

ウソにウソをうわぬりし、もはやウソもまこともなくなってしまった。そのあげく、いや、この期におよんで、「日本国王印」はたしかに皇帝からもたらされたものなのだという言葉が口を突いて出た。それだけは真正の印章なのだと……。そのことじたいに、玄蘇はじしん鼻白む思いがあっただろう。

たしかに……。かれらは「封王」の印章を得るために軍事占領地でのあらゆる艱難をしのぎ、辛酸をなめてきた。戦時にピリオドを打つことが対馬の存亡にかかわっていたからだが、そうでなくても、これまで対馬は情報を歪曲し、必要とあらば文書や印章を偽造して偽使を送るなど、朝・対の通交権益を独占するため手段をつくしてきたのである。

いっぽう、朝鮮の側にもかれらを責められない事情がある。「封王」でもなく「日本の王」でもない武家の権力者に「日本国王」の名を無理強いする。そこには、朝鮮の強烈なエゴイズムがあった。

真の「中華文明」の継承者は朝鮮王朝しかない。みずからを「小中華」と自負する朝鮮の矜持は、朝・日外交を、あくまでも文化的優位にたった「交隣」たらしめなければたもつことができない。

つじつまのあわぬことを、そうと知りながら通しているのは対馬だけではない。そのことに、三使もまたかれらなりにすわりの悪い思いをかかえ、また、腹をくくりつつ、その矢面に立たされることに躊躇うものがあっただろう。

三月二一日、使節団はいよいよ日本へむけて対馬を発った。のち壱岐風本・藍島・赤間関をへて瀬戸内海航路に入り、四月八日には大坂に到着。ここで川船に乗りかえ、淀浦まで流れをさかのぼり、一二日に「倭京」に入った。

京都にとどまること二二日。使船水夫や使役人をのこし、三使一行は、五月六日に京を発し、陸路で江戸をめざした。

草津をすぎ野洲行畑から近江八幡・安土・彦根佐和山へと琵琶湖畔のみちをすすみ、彦根鳥居本から摺針峠をこえ、今須関ケ原から大垣・墨俣・尾張へと美濃路をたどる。

ちなみに、野洲行畑から彦根鳥居本に至る四〇キロメートルあまりの琵琶湖畔コースは、「関ケ原」に勝利した家康が上洛のさいにもちいた「吉例の道」として、いらい諸大名の「参勤交代」にも琉球使節の「江戸のぼり」にもオランダ商館長の「江戸参府」にも通交することをゆるさず、新将軍の襲位を祝賀する「朝鮮通信使」にだけ通ることがみとめられた。このルートが「朝鮮人街道」の異称をもつゆえんである。

五月一三日、三河吉田を出て遠江の浜松にいたり、京を発っていらいはじめて二夜の宿をとる。

一四日、家康の側近のものだという布施元豊が、家康の伝令をたずさえて宿所をたずねてきた。

いわく、家康はすでに将軍職を秀忠にゆずり、みずからは退隠して駿府にある。ゆえに「国書」の伝達は、江戸城にて新将軍にたいしておこなってもらいたいと。

正史らは、「国命」を奉じて日本につかわされた立場にあり、また、たずさえている「国書」は家康あてのものであるから家康に「伝命」しなければつとめをはたすことができぬとのべ、かたく拒絶した。しかし、日本側の態度はいっそうかたくなで、家康に挨拶するさえまかりならぬという。

じつは、この期におよんでなお「国書」のすりかえはできないままだった。荘重な袋に納められ、正使がつねに首にかけて身に帯びているようなものをすりかえるのは至難である。義智も玄蘇も景直も、双方のやりとりを肝をつぶすような思いでみつめただろう。もちろん、朝鮮使節を江戸城におもむかせることが家康の本来の目的であり、かれらの使命でもあることを心得たうえでのことだったが……。

五月二四日、使節は江戸に到着した。そして六月六日、ついに将軍秀忠に謁見し、「国書」を伝達する日がおとずれた。午前一〇時、三使は肩輿に乗って随員をしたがえ、楽隊の奏でる喇叭（らっぱ）や大平簫（しょう）の音（ね）とともに大手門をくぐった。

江戸城はいまだ築城の途上にあったが、副使慶暹（キョンソム）の目は、とりわけ曲輪（くるわ）や堀をいく重にもとりまく石垣のみごとさにむけられた。

「江戸城は三重の土城である。城下には海水を引きいれて堀となし、板橋を高くもうけて、人や物はその下を船で往来している。一の門、二の門のうちは大名の屋敷であり、門・塀・瓦ことごとくに黄金をほどこし、目も眩むほどである。城壁の石垣はまだ建造中で、各州の軍兵が競うようにかけ声を発し、地響きをたてて石を引いている。かたわらには人の背丈をこえる巨石も積みあげられている。石ひとつの運賃は銀四〇両であるとのことだが、何層にもたかだかと積みあげられた城壁のさまは壮観というほかはない。将軍の居城はもちろん何からなにまで新造であり、金銀をちりばめた飾彫りのたくみさなど、とても言葉につくせない……」

「国書」伝達儀礼のいとなまれる大広間は三段に分かれ、半尺ずつ高さが異なっている。

将軍は、上段の間の褥（しとね）のうえに黒色の「衣冠」すがたで着座し、中央の卓上には錦の袱紗（ふくさ）が敷かれ、そのうえに「国書」がおかれていた――まさに儀礼当日、正使の身からはなれた直後にさしかえられた改竄国書である。

使臣らは、中段の間にすすみでて「伝命の礼」をおこなったあと、東の壁側に着座し、通訳官は下段の間にひかえた。座敷奉行は本多正信・大久保忠隣（おおくぼただちか）・酒井忠世（さかいただよ）がつとめた。秀忠は、正信をつうじて使節遠来の労苦をねぎらう言葉をのべ、たがいに酒杯の献をかわし、進物が披露されて公式儀礼はととのった。

ひきつづき膳盃がふるまわれた。すべてに金銀をあしらい五色に彩られた器と盆が出され、三使は将軍じきじきのもてなしをうけた。当年二九歳をかぞえたという新将軍秀忠の印象は「形貌（ぎょうぼう）勇鋭にして胆気多し」。場にのぞんで動じるところなく、てきぱきとプログラムをすすめていく鋭気にみちたさまは、三使の目にはおおむね好もしく映じたようである。

一一日、将軍からの回答国書がとどけられた。

「日本国源秀忠、朝鮮国王殿下に復し奉る」と起こされた返書は「日本国王」ではなく「源秀忠」からのものであり、篆刻（てんこく）もまた「源秀忠印」の四文字だった。日本のならわしでは国王相伝の印はなく、将軍はみずからの名前を刻んで印章として用いるとのことである。が、にわかに信じることはできなかった。

年号も天朝のものをもちいず「龍集丁未（りゅうしゅうていび）五月」とある。木星のめぐりから歳次（さいじ）をあらわす「龍集（りゅうしゅう）」と干支の「丁未（ひのとひつじ）」がもちいられていた。これについては、玄蘇が「万暦」をもちいることを主張し、承兌は、冊封をうけていないことを理由に「慶長」をもちいることを主張してゆずらなかった。折衷案を出して事をおさめたのは、新将軍であったという。

やはり、「日本国王」印を捺した先の家康「国書」は偽物だった。

三使はあらためてそのことを確信したが、この期におよんでそれらの問題は使臣らの職掌の域をこえるものだった。

一四日、ともあれつとめをはたした一行は江戸を発った。

一九日、駿府にちかい興津（おきつ）の清見寺（せいけんじ）入り、家康のはからいだという船五艘に分乗して駿河湾を遊覧した。

おりしも、湾内には使節らの度肝をぬく、あっぱれな南蛮船が停泊していた。夏空のキャンバスに二本の巨大なマストをつきたてたイスパニアの帆船である。

慶暹のしるすところによれば、船の構造は精巧、かつ宏壮をきわめていたという。

「尖鋭な船首の先端には黄金の獅子が、その下には龍頭が彫刻されており、両側にかけられた二つの鉄錨（かないかり）は、大きな柱のようだった。船中には二層の板屋があり、その屋根は亀の背のように湾曲している。板のすきまには松脂（まつやに）をぬりこんで雨漏りにそなえ、船底には石灰がぬられていた。船尾に建つ二層の楼をかざる彫刻のはなやかさ、船の外側に彫まれた雲や龍や草花や神や人の造形のたくみなこと、赤や青の色彩の美しさは、まったく筆のおよぶところではない……」

ため息をくりかえす使節団員……。と、つぎの瞬間、かれらの目を一点にあつめる光景がくりひろげられた。

ひとりの南蛮人がマストの綱を登りはじめたのだ。そのさまはまさに「平地をあるくごとく、蜘蛛が糸をつたってあるく」ごときであり、その敏捷さは「猿もかなわぬ」ほどだった。歓声とどよめきが交錯する。島主義智は、一千の眼（まなこ）をとりこにした南蛮人に、みずから装束をぬいであたえ、賞嘆を惜しまなかったという。

家康のはからいは、もちろん魂胆あってのことだった。

はやくは、朝鮮からの撤兵も完了しない時期にフランシスコ会宣教師をフィリピン総督のもとへ送り、新大陸ヌエバ・エスパーニャからの商船の浦賀寄港をもとめていた家康は、慶長六年（一六〇一）につづき、七年にも総督に書簡を送り

「濃毘数般（ヌエバ・エスパーニャ）」との交隣の仲介を依頼した。

フィリピン総督ペトロ・デ・アクーニャは、家康のもとめに応じ、慶長八年に「サンチアゴ号」をマニラから浦賀へ渡航させたが逆風で入港できず、豊後に着岸。失望した家康は、翌年、堺に停泊していたマニラからのイスパニア商船を浦賀に廻航させて通商交渉を開始した。

総督アクーニャは、通商とともにキリスト教の布教をもとめてきたが、家康はこれをうけいれ、慶長一〇年（一六〇五）には、毎年商船四艘が通航することを許可。翌年には、フランシスコ派の宣教師たちが仕立てた商船がマニラを出航し、ついに浦賀に入港をはたしていた。

家康は、まずルソン船を来航させ、つぎにメキシコと通交をむすび、鉱山技師をまねこうと考えていた。佐渡・石見・白根・石ケ森などつぎつぎと開発した金銀山の採掘量を、イスパニアの技術によって飛躍的にのばそうという。そのための「浦賀開港計画」がいよいよ緒についたというわけだ。

ちなみに、「回答兼刷還使」が江戸城・駿府城をおとずれた慶長一二年（一六〇七）には、家康が外交顧問にむかえたイングランド人航海士ウィリアム・アダムズが、伊豆の伊東にもうけた造船ドックで、じしん二艘目となる大型船（一二〇トン）を完成しつつあった。

この船は、房総半島海岸に漂着した遭難船「サン・フランシスコ号」のかわりとして、一六一〇年に総督ロドリゴ・デ・ビベロに貸しだされ、「サン・ブエナ・ベントゥーラ」と名づけられて帰還船にあてられることになる。そのさい家康が同船に便乗させた京都の貿易商人田中勝介（たなかしょうすけ）は、はじめて太平洋を横断してメキシコのアカプルコにわたり、ヌエバ・エスパーニャ副王ルイス・デ・ベラスコが派遣した「答礼使」セバスティアン・ビスカイノをともなって、翌一六一一年に浦賀に帰ってくる。ビスカイノは、国王フェリペ三世の「親書」たずさえた全権大使であった。

家康が、朝鮮使節団を駿河湾に案内したのは、南蛮船をまのあたりにさせることで徳川幕府の外交政策のスケールを誇示し、さらには威嚇するためにほかならなかった。日明間のダイレクトな貿易を希求していた家康にとって、朝鮮との「和好」は、明国との「通交」を実現するためのステップにすぎないというわけだ。

はたして、家康は、布施元豊（ふせもととよ）を柳川景直とともに三使の宿所につかわし、明への入貢を仲介してくれるよう要請した。

「朝鮮と大明は一体のお国です。それゆえ、大明への進貢の意を伝達していただきたいのです」

「さて……。日本の天朝への進貢が、朝鮮になんのかかわりがあってそのようなことをわれわれに申されるのでしょう」

「はい。先日、新将軍が貴公らを接待しましたとき、じかに言葉に出してつたえようか、それとも国王への親書であらためようかと逡巡され、けっきょく、このことで国王を煩わせるのははばかりがあろうということになり、対馬をつうじて朝鮮の執政に伝達することになりました。わたくしは新将軍からこれを聞いており、対馬にだけ話して貴公らに告げないのは、勅使をないがしろにすることになると思い、あえてこうしておつたえしたしだいです」

「日本がかならず入貢しようと欲するならば旧路がありましょう。それをもちいて日本みずからが奏請なさればよろしく、わが国のあずかり知るところではありません。まして往年、天朝は和を請う日本をゆるし、詔使を送って関白を王に封じ、冠服を下賜しました。これはかつてなかった盛事でありました。にもかかわらず関白はそれをうけず、詔使を侮辱さえした。そのけっか、兵部尚書や遊撃将軍は誅戮されました。そのおなじ罪を、どうしてわが国が犯すことができるでしょう」

使臣は、将軍からも、執政の本多正信・正純からもひと言の言及もなかったことを指摘し、まもなく交渉の労苦を負うことになる柳川景直にたいして、とりわけかたく釘を刺した。

「執政を介して要請されても、無駄骨におわることでしょう」

「ごもっともです。事が至難であることを、われらが知らぬはずがありません。しかし、将軍の命令があれば、対馬としては通書しないわけにはまいりません。朝鮮は、それはできぬとお答えくだされればよく、それで両国の和事をそこなうことはございいますまい……」

五月二〇日、無事、駿府城で大御所(おおごしょ)家康との会見をはたした使節団は、帰途についた。

二九日には近江から京に入り、大徳寺(だいとくじ)に逗留すること七日、六月八日には大坂に移動し、九品寺(くほんじ)に逗留すること三日。

二三日には対馬府中にもどり、七月三日、釜山浦に帰着した。

連れもどした被虜人の数は一四二〇人。ひとまず「回答兼刷還使」としての任務をまっとうした。

ソウルを発ってからの半年間は、何もかもがはじめてづくし。三日にあげず不測の事態が生起するも、そのつどそれをしのいで江戸という未踏の地をふみ、故国にもどってきた。三使の労苦はひととおりのものではなかったはずである。

にもかかわらず、かれらは、「日本国王」の名も印章もない「国書」をうけとってきたことが「辱国の罪」にあたるとして、いったん昇進した官位をとりあげられて罪に服することになった。

そして、「日本国王」問題はその後もくすぶりつづけることになる。もちろん、対馬による「国書」改竄も、問題が解決しないかぎりくりかえされることにならざるをえなかった。

さて、そのたび刷還された「男女生擒（いけどり）の輩」は、本多正信から朝鮮礼曹参判にあてた書状によると、「本人の自由意思にまかせ、還郷の志のあるものにたいしては、さっそく帰国の手配をするよう厳命を発する」という方法で召募された。が、定住して歳月がたち、すでに家族をもち、諸国に散在している被虜人をあつめることは容易ならざるわざだった。幕府執政の本多みずからが文書を発給し、あるいは、しかるべき被虜士人らに朝鮮礼曹からの「諭文」をもたせて集住地につかわし、必要とあらば対馬の通事を帯同するなど手だてをつくしたあげくの一四二〇人であったが、朝鮮サイドにとってそれは予想をこえて少ないものととらえられた。

一昨年の五月、松雲（ソウン）大師惟政（ユジョン）の帰国にさいして一三九〇名の被虜人が送還されたが、講和交渉が始まっていらい、対馬による「朝鮮詣」のたびごとに送還された被虜人と、はじめての「刷還使」がつれもどした被虜人を合わせても、たしかにその数は四〇〇〇人にすぎなかった。

そこで朝鮮政府は、のち第二次・第三次「刷還使」を送って被虜人の送還をもとめることになる。

だが、「倭乱」の開始から一五年、日本軍の撤兵から九年をへてようやく、しかも、王朝政府がその威信をかけて、というより、体面をたもつためにおこなう「刷還」事業などというものが、かえってどれほど酷薄なものであるかは、すぐにもあからさまとなった。

すでにそれは、惟政（ユジョン）が連れもどした被虜人たちの身のうえにふりかかっていた。宣祖三八年（一六〇五）五月五日、釜山に帰着した惟政は、目をおおわんばかりの光景をまのあたりにした。

その日、橘（たちばな）智政（ともまさ）らに護送されて釜山浦に入った被虜人たちは、水軍の李慶濬（イギョンジュン）配下の船団で岸壁まで分送されることになった。ところが、いよいよ分乗を開始するという段になっておどろくことがおきた。船将たちが、受領した男女をわれさきに捕縛してしまったのだ。被虜人が美女であれば、その夫を縛って海に投げすて、出身地や係累を問われて答えることができないものは、かたっぱしから自分の奴婢（ノビ）にしてしまう……。

そのさまは掠奪よりも凄まじかったと、『乱中雑録』の著者趙慶男（チョキョンナム）もしるしている。まだ幼いときに「人捕り」にあった少年たちのなかには、自分の出身が朝鮮であることを知るのみで、父母の名さえいえないものが多かったという。

間諜をかねたフリーハンドの、しかもはじめての交渉使節が、いちどにこれほど大量の被虜人を連れもどってくるとは予想していなかっただろうし、受け入れの準備が追いつかなかったということもあるだろう。

だが、それにしても……。戦乱や政変にかかわる禍(わざわい)は、天下国家からもっとも遠いところにあって翻弄され、まきぞえを食わされるだけの下層民や、それでなくても弱く貧しく寄るべのない人々、正直で優しく要領のよくない人々、実直であるがゆえに融通の利かぬ人々のうえに、もっとも酷いかたちでふりかかってくる。まさにそれを絵にかいたような惨劇がくりひろげられたのだ。

いっぽう、そのたび朝廷が公式におくった「回答兼刷還使」とともに送還された一四二〇人の被虜人は、官吏に出迎えられ、ひとまず近辺の民家に分かれて宿をあたえられた。が、まだしもよかったのはそこまでであり、けっきょく「朝廷からの処置を待つように」と告げられたまま、なんの指示も知らせももたらされず、うち棄てられたままとなった。

のち、大量の刷還を期し、ベテランの訳官を先住させて召募にあたらせた一六一七年の第二次「刷還使」が連れかえった被虜人はわずかに三二一人にとどまった。しかも、帰国したかれらを出迎えるはずの官吏はついにあらわれず、使節団員も被虜人も、船から降りたもの全員が食事にもこと欠く窮状にさらされた。

一六二四年に派遣された第三次「刷還使」にいたっては、被虜人の召募に苦心させられるのみならず、かえってかれらから詰問をうけることになる。

いわく、「朝鮮は、被虜人を帰しても、その待遇ははなはだ薄いとききます。捕虜となったのは、まったくわれわれの意思によるものではありません。それを帰しておきながら、どうして冷遇するのでしょう」。

あるいはいわく、「朝鮮の法は日本の法に劣り、それでなくても暮らしてゆくのが難しい。まして年月をへだてたいま、本国に帰っても少しもいいことはなく、食べていくのも容易でないと聞いています。それは本当でしょうか」と。

「倭乱」のはじめから数えれば、三〇年の歳月がすぎさっていた。帰国しても、もどるべき郷里もなく、頼るべき縁者もない。かつての住地に帰ればまた奴婢(ノビ)の身分にもどり、常民(サンミン)としてあつかわれないような人々にとっては、故国への思いや郷愁はかならずしも帰国とはむすびつかない。無理からぬことにちがいなかった。

使節は翌年、一四六人を刷還するが、釜山ではこれまでとおなじような光景がくりひろげられた。

副使であった姜弘重(カンホンジュン)は、国王への報告のなかでつぎのようにのべている。

「被虜人の刷還にあたり、甘言をもって遊説し、手をかえ品をかえ呼びかけましたが、わずかな人数しか還すことができませんでした。あつまってきた被虜人には、われわれの厨房をつかって食事をあたえておりましたが、釜山に至るや頼るべきところもなくなり、われわれが釜山を去る日には、みなが追いかけてきて馬前で号泣しました。その心情を思うと憐れにたえません。もしもいま日本にいる被虜人たちが、帰還したものたちの狼狽ぶりを耳にすれば、今後、刷還をすすめようとしても容易に実現しないでしょう」

甘言に弄され、あるいは説得に屈して刷還された人々は、国家の体面のためにさらなる不幸と辛酸をその身にこうむらねばならないというわけだった。

18 「武威」の凍結 — 幻想を投影する鏡としての「異国」

「七月廿九日、瑠玖国王、伏見より御通り。鳳輦に乗らる。ただし、日本にて用意と見おわんぬ。臣下は馬なり。鉾に幡をつけて馬上衆かたげおわんぬ。楽なり。衣装、出家の衣に似たり。島津、去年彼国に押入り、搦め取ると云々……」

慶長一五年（一六一〇）秋のはじめ、ついに日本の「天下人」のもとに「異国の王」が出仕してきた。

天正一四年（一五八六）六月、秀吉が、宗義調・義智父子にたいし、対馬を安堵する「領知状」とともに、朝鮮国王を参洛させるよう命じる花押入りの「判物」をあたえてから二四年。天正一六年八月、島津義久名義の書状によって琉球中山王の「無礼」と「天下違背」を弾じ、来聘を迫ったときから二二年。

四半世紀をかけた「唐入り」の果実をもぎとった天下人は、秀吉ではなく家康だった。

同年六月二七日、琉球中山王尚寧一行は、島津家久にともなわれて海路大坂に入り、七月はじめに伏見に到着した――一昨年の六月、島津忠恒は、家康から「家」の一字を授けられ家久と名をあらためた。

伏見に逗留することひと月足らず。家康の指示にしたがって「琉球人のこしらえ」を入念にととのえた尚寧は、七月二九日、日本の天皇さながらに荘厳されて伏見を発ち、家康の待つ駿府、そして将軍秀忠の待つ江戸をめざすこととなった。

翼を大きくひろげ、尾を風になびかせた黄金の鳳凰が屋形の先端をかざる輿。

三宝院門跡義演が「日本にて用意」したとみなした鳳輦は、じつに天皇がハレの儀の行幸のさいにもちいる「天子の輿」であり、島津に「搦め取」られた捕虜が乗っていいようなものでは、まったくないにちがいなかった。おそらく琉球の礼服であろう「出家の衣に似」た装束に身をつつみ、鳳輦に乗せられた「瑠玖国王」は、たかだかと幡をかかげた馬上衆に供奉され、笛や三線が奏でる路次楽のエキゾチシズムにいろどられて街道をすすんでいった。

そのめずらしさ、おもしろさは、かれらの伏見逗留中に、みずから饗応役をかってでた京都所司代板倉勝重(いたくらかつしげ)や藤堂高虎(とうどうたかとら)をはじめ、武家衆の歓心を大いに刺激し、数寄者(すきしゃ)の古田織部(ふるたおりべ)にいたっては琉球の歌を習いはじめるほどであったといい、道中、パレードの至るところその異風をもてはやさないものはなく、琉球人をひと目みようとつめかけた見物人を歓喜させた。

一行はやがて中山道(なかせんどう)に入り、美濃路をへて東海道をたどり、八月一〇日に駿府に到着。

「伏見より江戸まで路次中」の「御宿等ならびに人馬・御馳走の儀」については、三年まえ「朝鮮よりの勅使御越しの時」とおなじようにおこなうべく、本多正純(ほんだまさずみ)が指示を徹底していた。

朝鮮の「勅使」にならぶ待遇をもって迎接せよ。これもまた「島津の囚われ」にたいする処遇としては破格であった。

さて、異国の地で仲秋の月をあおいだはじめての中山王(ちゅうざんおう)となった尚寧は、当年かぞえて四七歳。伝存する「覚書」によれば「いかにもたくましきよき男」であったという。

聘礼(へいれい)の日となった一六日、彼は一国の王として威儀をただし、摂政(しっし)をつとめる王弟尚宏(しょうこう)と三司官(さんしくぁん)をともなって駿府城におもむいた。登城の行列を先導したのは、蟒緞(もうだん)や綾緞(りょうだん)の光沢まばゆい二四本の「四品の旗」すなわち、琉球王国の国家儀礼にもちいる幅六尺もあろうかとおぼしき大旗をかかげた士(さむれえ)たち。そのあとに、唐風の装束に紫や黄色の冠(はちまち)をつけた家臣らの列がつづき、鳳輦を城内へとみちびいた。

大広間での謁見は、大御所家康と王尚寧の座がともに上段の間にもうけられ、両者がさしむかいに対面するかたちでおこなわれた。尚寧はよほど面食らったことだろう。

家康の装束は、正月とおなじく立烏帽子(たてえぼし)に小直衣(このうし)。尚寧は、中国皇帝から下賜された皮弁冠服(ひべんかんふく)――琉球王にならって秀吉が下賜された冠服とおなじ明の郡王ランクのもの――を着し、尚宏いか臣下もみな唐冠・唐服をつけて下段の間にひかえた。

一八日、家康は家久と尚寧をまねいて饗宴をもよおした。そのさい、家康の一〇男、のちに紀州徳川家の祖となる常陸介頼宣(よりのぶ)が「賀茂」「八島」「鞍馬天狗」「梅若太夫」などの能を披露し、饗応に華をそえたという。

二〇日、尚寧一行は駿府を発ち、三島、小田原、神奈川をへて、二五日に江戸に到着した。

この間、二一日には王弟尚宏が駿府でみまかり、二四日、清水の清見寺(せいけんじ)に埋葬されていた。

前年四月四日に王城首里城を明けわたし、島津の囚われとなって五月なかばに琉球を去ってから一年三か月。兄王ともども質として薩摩に留めおかれ、その間にいちど、明への「進貢」をはたすため帰国をみとめられるも、当年閏三月、あらためて薩摩にもどって兄王に随行した。

享年三三歳。あまりに若く傷ましい死であった、いや、あまりに報いられることのない生涯だったというべきだろう。万暦一六年（一五八八）、尚永王の死をうけて即位するやまもなく、秀吉政権から「御礼」の出仕を強要され、「唐入り」への軍役を課され、窮地に立たされつづけた兄王を摂政としてささえ、急加速度で終焉へとむかう「古琉球」王府の苦難をともにしたそのはてに、社稷存亡の危機にさらされ、囚われ人どうぜんに日本へ送られて、はるか異郷の土とならなければならなかったのだから――かれら兄弟は、与那国・宮古・八重山から奄美大島にいたる離島との朝貢体制を確立して東シナ海に覇を鳴らし、王朝の全盛期をきずいた尚真王の血筋を、父からも母からもうけつぐ王族だった。

さて、二八日、江戸城におもむいて将軍秀忠への謁見をはたした尚寧は、九月三日、饗応がおこなわれたまさにその日、思いもよらない沙汰をうけることになる。

「琉球は代々中山王の国であるから、のちのちまでも尚氏いがいの姓の人を国王にしてはならない。さっそく帰国して祖考の祀を継ぐがよかろう」と。

つまり将軍は、中山王の改易を禁じて「琉球の王国」としての存続をみとめ、中国との冊封・朝貢関係を維持させることをおおやけにしたのである。尚寧はとっさに真意をはかりかねただろう。

いっぽう、島津家久には琉球の「貢税」があたえられることになり、琉球は、王府という国家機構をのこしながら島津氏の影響下におかれるという矛盾にみちた存在となった。

もちろんそれは、琉球に明との「勘合」復活の仲介をさせるという家康の算段あってのことだったが、いまだ秀頼を中心とした豊臣体制が一定の影響力を維持しているなか、幕府としては、将軍家の権威を高め、徳川政権の正当性に外部から承認をあたえてくれる「異国」の存在は複数あるにこしたことはなく、いわんや、将軍への服属の証しとしての「異国の王」の出仕は、このうえなくあってほしいにちがいなかった。

かれらが江戸に至る道中のパレードは、「天下」が豊臣から徳川に移ったことを可視化するこのうえないアドバタイズメントとなる。

それゆえ、パレードが荘重かつ華麗をきわめ、異風きわだつものとなるよう、家久に命じて「琉球人のこしらえ」を入念にし、「天子の輿」を用意させ、さらに正純に号令させて当該エリアの大名を動員し、街道や橋を新造し……、琉球国王一行を「御礼」のための「外交使節」に仕立てあげて江戸に迎えたのである。

尚寧冊封のための使節の来琉と、朝鮮「回答兼刷還使」の来日によってみおくられていた「琉球侵攻」がにわかに現実味をおびたのは、二年まえの慶長一三年（一六〇八）の春のことだった。

父義弘・伯父義久から家督をうけついで六年。その年の四月には、家久の家督相続を慶賀する琉球の公式使節が派遣されることになっていた。そのチャンスをものにしようと、いちはやく動いたのは、島津ではなく家康のほうだった。

「琉球の儀、上さまに御礼申しあげそうろうように御才覚ごもっともと存じそうろう」

薩摩にやってきた琉球使節をそのまま駿府・江戸にのぼらせ、家康と将軍に「御礼」をはたさせるよう策を講じよという。つまり、関ケ原ではともに西軍につきながら、対明通交の仲介を期待されることで家康からゆるされたいっぽうの宗氏は、前年の春、朝鮮国王親書をたずさえた使節を迎えることに成功した。つぎは島津の番だというわけである。

これいぜん、慶長八年（一六〇三）に家康は、陸奥の伊達政宗領に漂着した琉球船の乗員三九人を、家久に命じて琉球に送りとどけ「博愛の仁」をしめしていた。が、琉球はそれにたいして返礼をしなかった。

そこで、ながく琉球との交渉にたずさわってきた義久が「中山王」あての書状したため、漂流民送還を謝して将軍へ聘礼するよう説得したが、琉球は応じず、その後もたびたび書状を送って聘礼をうながすも、王府の対日姿勢はかたくなになってゆくばかりだった。

中国寄りの政権運営を国是とする琉球にとってそれはおのずからのことであり、とりわけ尚寧の即位と同時に始まった日本とのつきあいは、問答無用の難題を一方的に、たたみかけるように琉球にもたらすものでしかなかった。王府外交が親明・対日強硬路線にかたよるのは無理のないことでもあったのだ。

しかし、明朝皇帝の従属下に入って政治的庇護をうけるためには、これまで「日・琉貿易」を独占的に統制してきた、島津氏との通交を絶やすことはできなかった。琉球のジレンマは深刻だった。

隆慶元年（一五六七）に明が「海禁」を緩和して中国海商の海外渡航をみとめたことにより、南シナ海はいっきにアジアの巨大マーケットに成長したが、明の「海禁」あってこそ中国の総合商社としてさかえてきた琉球は、既得権をそこない、存在価値を失った。いまや、かれらが中国にさしだせるものは、明が唯一通交を閉ざしている日本からの商品だけであり、それをすらマニラやマカオを拠点とするイスパニア商船、ポルトガル商船に奪われていた。

万暦三四年（一六〇六）の夏には、尚寧を冊封する明の使節が来琉することになっていた。前王尚永の死から一八年、秀吉の「唐入り」によって遅れにおくれていた冊封使を、ようやくにして迎えることができる。琉球王室にとっては、待ちにまちわびた冊封使節であった。

しかし、そのさい琉球は、「評価貿易」のために外国船を呼びよせておかねばならなかった。

評価貿易。ほんらいそれは、琉球王にあたえられた特権だった。すなわち、冊封使節とともに「冠船」に満載してもたらされる貿易品は、琉球がすべて買いあげ、琉球を介して売買される。日本人にはもとより、他国の商人にも直接の取引きが禁じられていた。ために、琉球は莫大な利益にあずかれるというものだった。

ところが、アジアの交易拠点が東シナ海に移ってしまったいま、評価貿易を維持して王権の体面をたもつために、「日・琉貿易」の統制・独占者である島津氏はなくてはならない存在となってしまった。琉球は、かれらにとっての収奪者である島津を、後ろ盾とたのまねばならなくなったというわけである。

この機をのがすまいと、家久はさっそく「大明天使」あての書状を作成した。さきに明へと送還した質官の消息をたずねるとともに、中国商船の薩摩来航を依頼するためである。六年まえ、坊津の商人鳥原宗安にたくして茅国科を返還するも、なんの音沙汰もないままとなっていた。

またいっぽうで家久は、奄美への出兵を計画すべく、家康に許可をもとめた。

六月なかば、家康はこれに許可をあたえた。彼は、明とのダイレクトな「通交」がかなわぬ場合には、琉球における「出会貿易」すなわち、琉球で日本の商船と明の商船が交易をおこなうということも想定していた。ために、琉球に圧力をかけるということならば、それもまずくはなかろうと。

けっきょく出兵はみおくられた。対馬から、朝鮮使節の来日がかないそうだとの報せがもたらされ、朝鮮ルートにおける対明政策が重大な局面をむかえることになったからだ。こちらが成就しないうちに、いたづらに明を刺激するのは得策ではない。そう判断した家康は、正純の書状をもって出兵の停止を命じた。

「大明国と日本御和談の儀、相済み申しそうろう。琉球へ御働の儀いよいよご無用にてござそうろう」

対馬宗氏は、侵略と蹂躙をほしいままにした朝鮮にたいし、「勅使」派遣を承諾させ、はたして、慶長一二年（一六〇七）が明けるやまもなくそれを実現した。ひるがえって島津は、福建ルートの開拓にも手をこまねき、旧交のよしみ浅からぬ琉球をすら動かすことができないでいる。家久の旗色の悪さはきわまった。

慶長一三年（一六〇八）四月はじめ、中山王尚寧は、旧例にならって華麗な装飾をほどこした「あや船」を仕立て、自徳・宜保親雲上（ぺーちん）ら王府の高官を使節として派遣し、家久の家督相続を祝賀した。が、家康への聘礼交渉には頑として応じようとしなかった。

ここにきて、それまで家久の強硬策とは一線を画してきた伯父の義久も、腹をくくらざるをえなくなった。

父貴久（たかひさ）から家督を継承した永禄一三年（一五七〇）に、「琉球渡海朱印状」の印章を更新して発給権を掌握していらい四〇年、義久は、琉球との通交文書をたくみに操作することで、とうじ琉球・奄美に覇をとなえていた尚元（しょうげん）王に挑み、やがて九州の雄となることによって琉球にたいする島津優位を確立した。そして「天下人」に屈してのちは、統一権力と微妙な間合いをとることで、また統一権力と琉球をじかに衝突させないようパワーバランスをとることで琉球にたいする優越性を高めてきた。

つまり、義久が琉球通交の実権をにぎっているかぎりにおいて、また、「天下人」と義久の利害が、すなわち「天下」と島津の利害が一致しないかぎりにおいて、琉球は、日本の統一権力によるダイレクトな侵攻を回避できるというわけだった。あくまでも、かぎりにおいて……。

同年八月、聘礼交渉をつっぱねて琉球使節が島津領から帰国したとの報が幕府につたえられた。すぐにも家康は動いた。出兵の軍勢を用意したうえで、さいごの交渉をおこなうよう家久に命じたのである。

「いまいちど琉球に使者を送って聘礼をうながし、それでも琉球が応じないなら、幕府の許可を得て出兵してもよい」と。

九月六日、家久は「琉球渡海の軍衆御法度の条々」をさだめた。

すなわち、家臣団の知行高およそ四〇万二〇〇〇石を、「琉球渡海衆」七万五〇〇〇石と「在国衆」三二万七〇〇〇石にわけ、「渡海衆」には一〇〇石につき二人役として一五〇〇人の軍役を課し、「在国衆」には出銀一〇八貫目および軍勢一五〇〇人の五か月分の飯米、鉄砲七三四挺、弓一一七張ほかの軍役を課した。

そのうえで家久は「あや船」の返礼として使者をつかわした。

あわせて、琉球通交文書発給権を掌握している義久も「中山王」あての書状をしたためて使者にたくした。

「日本はすでに源氏一将軍こと徳川家康により平定され、東西のあらゆる諸侯が大将軍家康に御礼をとげている。すでに家督をゆずったわが家久も、毎年のように親族をつかわして聘礼を欠かすことがない。それなのに、いま、琉球だけがそれに倣(なら)おうとしない。今年も聘せず、来年もまた怠るようなことがあれば、かならず琉球に危険がおよぶことになる。いそぎ先非をあらため、聘礼をとげるように」

将軍への聘礼問題はすでに国家的な命題になっており、琉球に軍事的な脅威が迫りつつあることを、いつものごとく諄々と説いてきかせる文書だった。

「また、日本と大明のあいだに商船の往来がとだえて三〇年あまりになる。勘合の復活については、大明が日本との通交を禁じているいじょう直接交渉はできず、そうであれば、琉球において日本と大明の商人が出会貿易をおこなうことが望ましく、将軍の志もまたおなじである。このたびは、その通達のために家久から家臣を使者としてつかわしたが、もし三司官がこれを拒めば、たちどころに家久は苦境におちいることになる。ここはどうか、節を枉げてでも家久の意をくんでやってほしい」

三司官の謝名利山(じゃなりざん)親方(うぇーかた)は、大陸の血をひき、明への留学経験をもつインテリにしてガチガチの対日強硬派であった。義久は、王尚寧に語りかけるというより謝名親方を説得すべく文書をしたためたにちがいない。

しかし、出兵をちらつかせた交渉は逆効果となり、返礼使はむなしくもどってきた。

翌慶長一四年（一六〇九）二月、「最後通牒」が送られた。義久名義の二一日づけ書状である。

「すでになんども伝達しているように、かつて亀井茲矩(かめいこれのり)が琉球を侵攻しようとしたさい、琉球とよしみの深いこのわたしが前太閤殿下に言上し、からくも難を逃れることができたが、琉球はその恩を忘れている。

のみならず、朝鮮追罰のとき、軍役を肩代わりしたが未払いのままである。また、先年、陸奥国に漂着した乗員たちを、左相府が哀憐の厚情をもって本国へ送還したにもかかわらず、その報礼を欠いたままである。そのうえ、大明との交易実現にむけた調整を命じられながら怠ったままであり、ここに、急ぎ琉球を征伐せよとの朱印状を拝受した。

兵船の出航はまもなくであり、そうなれば琉球は自滅せざるをえぬが、もしここで、ただちに先非をあらため、大明と日本の仲介をなすならば、わたしもまた琉球のために力をつくそう」

琉球にしてみれば、侵攻阻止への忘恩といい「唐入り」の軍役未払いといい、また、漂流民送還の返礼および日・明通交仲介の懈怠(けたい)といい、どれもこれもがいいがかりでしかなく、意図がみえすいていた。つまり、あくまで聘礼を拒み、日・明通交の橋渡しをしないというなら征伐する。いや、してもしなくても征伐するというのである。

この期におよんでこのような「通牒」を出さねばならなかった義久の胸中は、高圧的な内容とはうらはら、陰々鬱勃としていただろう。脳裏には二〇年来の記憶が去来したにちがいない。

秀吉に屈服してまもなく、彼は、豊臣政権に利用されるかたちで武力発動をにおわせ、琉球を恫喝したことがあった。服属儀礼としての上京をはたし、膨大な借銀をかかえて帰国した天正一六年（一五八八）のことである。

関白秀吉が天下統一をなしとげた。ついては琉球にも慶賀の使節をつかわしてほしい。使節を派遣しなければ「武船」を送られかねない。ふるくから琉球と盟約をたもってきた島津としては、琉球の沈黙はみすごしにできないことであり、なんとしても使節を送ってもらいたい。それが天下の康寧につながり、琉球がことなきを得られるみちである、と。

このとき、豊臣政権が用意した「武船」というのが、ほかならぬ亀井茲矩の軍事発動だった。

翌天正一七年の正月には、秀吉への奉公を命じる石田三成(いしだみつなり)・細川幽斎(ほそかわゆうさい)連書状がもたらされた。琉球使節を派遣するようかさねてもとめるものだった。

上京中から命じていた使節派遣がいまだに実現しないのは、義久に油断と背信があるからだろうと秀吉さまのご機嫌も悪しく、大問題となっている。こちらから討伐軍をさしむけるのは造作もないことであり、また、豊臣勢の機動力は、じっさいに攻めこまれた義久ならば百も承知のことだろう。もし、豊臣勢が侵攻して琉球を討ちとれば、島津の面目は丸つぶれとなる。この期におよんで手をこまねくようであれば、お家の滅亡は避けられない。申しにくいことではあるが、秀吉さまのご懸念もありあえておつたえした、と。

亀井が「天下人」のお墨付きを得た討伐軍を琉球に送る。そうなれば島津は、戦国期から腐心してきずきあげてきた琉球との関係を喪失する。のみならず、島津の存続じたいが危うくなる……。

義久が亀井の琉球侵攻をふせいだのは、琉球のためではなく、島津じしんのためだった。彼は、「天下人」の野心から島津の既得権益と、島津そのものを守らねばならなかった。そのために、「天下人」に利用されるかたちでかえって「天下人」の権威を利用し、島津の既得権益を拡大するみちをえらんだのだ。

そしていま二〇年をへて、心ならずも彼は、おなじ力の論理から琉球にとどめを刺す役割を演じなければならなかった。

義久が「最後通牒」を送った慶長一四年二月、肥前の大名有馬晴信(ありまはるのぶ)も高山国(台湾)にむけて書状を送っていた。

「いまは、しゃむらう(シャム)、かほうしゃ(カンボジア)など遠い国々も日本の幕府に御礼をとげ、毎年商船を往来させている。にもかかわらず、ほど近きたかさん国(高山)が御礼にこないのは曲事(くせごと)であると、そう大将軍はお考えであり、軍勢をさしむけ、成敗せよとの御下命をくだされた……」

対明政策を焦る家康は、すでに有馬の台湾侵攻にお墨付きをあたえていた。島津がダメなら、すなわち琉球がダメなら、台湾を「出会貿易」の拠点にしようというのである。

けっきょく、台湾出兵は沙汰止みとなったが、琉球侵攻は実行にうつされた。

二月二六日、「渡海衆」の規律をさだめた「法度」が義久・義弘・家久の三名連署でしめされた。

家久の鹿児島衆、義弘の帖佐衆(ちょうさ)、義久の国分衆(こくぶ)をあわせて三〇〇〇の軍勢をひきいる大将は、家久の家老樺山久高(かばやまひさたか)、副将は、義久の家老平田増宗(ひらたますむね)。山川(やまがわ)湊出陣の期日を三月一日とさだめ、順風を待った四日、いっせいに季節はずれの南進を開始した。

季節はずれの……。秀吉の九州出兵・関東出兵・朝鮮出兵の出陣を踏襲するために、あえてえらばれたであろう三月一日は、西暦の四月五日にあたっていた。冬の北西季節風はとうにおさまり、風向きは春の「東風(こち)」から夏の「東風(あゆ)」に、さらには「南風(はえ)」へとうつりゆく、海難の季節をむかえていた。

軍勢は、とちゅう大島・徳之島を制圧し、三月二五日に沖縄の古宇利島(こうり)に到着。二七日には、すぐ南西にいちするかつての北山王城、今帰仁城(なきじんぐすく)を攻めおとし、四月一日、陸路と海路の二手に分かれて那覇をめざした。

同日、戦闘を交えながら首里をめざした陸路隊が城に迫ろうとしたところで、王府は降伏を申し入れ、四日、尚寧は王城を明けわたして名護良豊(なごりょうほう)親方(うぇーかた)の屋敷に移った。首里城(すいぐすく)では、島津勢による宝物の接収が荒々しくすすめられた。

五月一六日、尚寧は、人質となった尚宏・謝名親方らとともに、鹿児島にむけて那覇をあとにした。のち島津領内に留めおかれること一年、慶長一五年(一六一〇)四月一一日、家久にともなわれて鹿児島を発ち、五月二四日に大坂・京・駿府・江戸にむけて川内京泊(せんだいきょうどまり)を出航した。

一行の出発にさきだつことひと月あまり、家久のもとに本多正純から指示がもたらされていた。

「勘合交渉がなかなかととのわぬようなので、唐口へ少々の軍勢を送りこんではどうかと大御所さまはお考えです。ついては内々に準備を始めておかれるよう……」

軍事発動を家康の内意としてしめすことで琉球王の上京を督促し、対明交渉の遅滞を問責する。婉曲な恫喝だった。

さて、大御所・将軍への拝謁をおえて尚寧一行が鹿児島に帰ったのは、慶長一五年（一六一〇）一二月二四日。琉球への帰国をゆるされるまでにはさらに九か月を要することになる。

その間、家康から琉球の領有をみとめられ、「琉球仕置」を命じられた家久は検地をおこない、王府領の総石高を九万石と査定した。これが、毎年島津氏に上納すべき年貢高をさだめるための基準とされ、それによって琉球は、慢性的な窮乏に苦しむ島津の財政保管装置としていちづけられることになった。

慢性的な財政難。というのも、豊臣政権による検地によって、もともと三〇万石たらずであった島津領の石高は五七万石に水増しされ、それが七年にわたった「唐入り」の軍役をはじめ、あらゆる課役の基準とされてきたのである。

島津領内での囚われの日々。それがとこしえにつづくかと思われた慶長一六年五月、前年一月の「進貢船」で福州にわたり、北京におもむいた三司官池城安頼の使節が、皇帝の「勅諭」をたずさえて帰国した。

池城は、飛ぶように薩摩へとのぼり、さらに駿府におもむいて家康に復命した。

皇帝神宗は、国家存亡のときにあって琉球が朝貢してきたことを「とくに勅を降して撫慰」し、こののち尚寧が日本から帰国し、流散した人民の安寧につとめ、国土をまもり、「修貢つねのごとくし、永く恭順をかたくす」るならば、琉球を「恤むの意」にかわりはないとのべるとともに、「倭国」の事情についてはあらためて「奏報」をおこなうようもとめてきた。

報告の内容しだいで、こんごの琉球の処遇を「裁処」するというのである。

琉球と明との朝貢関係がとだえてしまっては元も子もない。さっそく尚寧に帰国がゆるされた。もちろん、あまりに多くのものを失い、手かせ足かせをかけられての帰国許可だった。が、尚寧にはもはやそれを拒む力はなかった。

九月一九日、尚寧は、毎年の貢納物や、島津による「日琉貿易」の独占・「朝貢貿易」の統制権などをさだめた「掟一五か条」

をおしつけられ、さらに、琉球が島津氏代々の「附庸」すなわち従属国であったことをみとめる「起請文」をさしだした。いわずもがな、琉球が島津の「附庸」であったことなどいちどもない。

「起請文」はしかも、琉球とは縁もゆかりもなく、九州でもめずらしい、熊野那智社の牛玉宝印を七枚も張りつないだ「豊臣公儀」様式の長文のもので、署名には「首里之印」ではなく、倭流の「花押」がもちいられた。島津氏は、かつて秀吉が全国の大名を服属させたさいにもちいたとおなじ様式を、琉球王にたいして適用したのである。

翌二〇日、王一行は、春いらい山川湊に入って待機していた「あや船」に迎えられて鹿児島をあとにした。

そのなかに、駿府で客死した王弟尚宏のすがたがないのはおのずからであったが、いまひとり、三司官謝名利山のすがたもなかった。「起請文」への署名をあくまで拒んだ親方は、即日、首を刎ねられてしまったのである。

不幸にも、この年のはじめには、四〇年にわたって琉球との通交を掌握し、ときに義弘・家久がおしすすめる強硬策の抑止力ともなってきた義久が世を去っていた。

享年七九歳。父貴久から家督をついでからの後半生は、尚寧の祖父尚元王が、朝貢を怠った奄美にみずから出兵して王国の覇をしめした年から一転、落日にむかってゆく琉球と、せめぎあい、こもごもかけひきや妥協をくりかえしながら関係をきずきあげ、島津の既得権を獲得してきた歳月だった。もしその老獪が健在であったなら、家久の「豊臣スタイル」むきだしの酷さの、せめてゆき過ぎを回避せしめることはできたかもしれなかった。

義久の死は、薩・琉関係が、統一権力をかさに高圧的な恫喝をもっぱらとする上から下への関係に転じ、やがて幕藩体制の知行・軍役体系のなかに琉球がくみこまれてゆく、外交史の画期を象徴する死となった。

はたして、一〇月二〇日にようやく帰国をはたした尚寧の、まさに背中にはりつくようにして家久からの催促状がもたらされた。同月二八日づけの書状だった。

「日本国薩摩州少将島津家久、琉球国中山尚老大人殿下に拝書す。

……按ずるに汝琉球は、開古よりわが州の属鎮たり。近歳いらい、荒淫無道にして、信義おこなわれず、貢物の古礼なるもわれに供せず、われ厚礼を賀するも謝せず、累約もふまず……これをもって兵をあげ、問罪の戦帆を南渡し……」

のっけから琉球を「属鎮」とよんで釘をさし、島津の侵攻をまねいたのも、「国破れ、君俘わる」までにいたったのも、すべて琉球が「みずから禍いをとった」からである。それをゆるして尚寧を国に帰してやった恩を忘れてはならず、そのためにも「速やかに官を大明につかわし、商船の往来通好をゆるさるるを請うてもとめて、功をもって過ちをおぎなうべし」、すなわち日明勘合の斡旋をいそぎ、失点を回復せよというのである。

さらに、「足下、関東を拝するのとき、大将軍家康公、西海道九国の衆に発令して明を寇せんとするも、寡人、仁義の言説をもってこれを止め、琉球の商を通じ好みを議するを待ち、しからざればすなわち兵を進むるもいまだ晩しとせずとゆるさるるをこうむる。……いまにいたるも入寇の兵、いまだ動かざるは寡人の力におよぶ……」と。

「足下」は尚寧。「寡人」は家久である。つまり、去年、家康に拝謁したさい、家康はいまにも九州の軍勢をもって明へ入寇しようとのおもむきだったが、琉球による斡旋を待ってからでもおそくはないと言上した、この家久の「仁義の言説」によって出兵が凍結されているという。

ゆえに「足下」尚寧は、すみやかに「明国へ奏聞し、日本の三事にしたがうよう」尽力しなければならぬというわけだ。

「三事」というのは、日本の商船が明へ渡航して「勘合貿易」をおこなうこと、日・明の商船が毎年琉球で「出会貿易」をおこなうこと、そして、日・明が相互に公式の「通使」を派遣しあって国交を復活することである。

そのうちの「一事」にしたがえば、両国の和平はたもたれるが、拒否すれば「大将軍」は「入寇の戦船に令して沿海に曼渡して勦除し、城邑を陥として生霊を殺」害する。そうなれば「明の君臣」の憂いははかりしれないものとなろう。「これすなわち、通商と入寇との利害は、判として白黒のごとし」であると。

家久は、家康の「入寇」をかざすことで、琉球に対明通交交渉の仲介を強制してきた。恫喝まがいの催促だった。

しかし、その内容は、近視眼的なエゴイズムをふりまわすだけの粗暴なもので、筋違いもはなはだしく、拙劣、いや荒唐無稽ですらあった。そのような仲介役を、琉球がなしうるはずはなく、万一こころみたとしても交渉事にはなりえない。

それどころか、琉球はいま、中国との冊封・朝貢関係を継続できるかどうか、つまり王国の生命線を維持できるかどうかの岐路に立たされているのである。

万暦四〇年（慶長一七・一六一二）一月、琉球は、皇帝「勅諭」のもとめにしたがって福建布政司あてに咨文を送り、尚寧の帰国と、この間の事情を報告した。使節として福建におもむいた名護親方はしかし、北京への上京をゆるされなかった。進貢の品に「倭産」の物がまじっていたため、「倭国」の指示による朝貢とみなされたのだ。

同年一一月、明は処断をくだした。

「島津の侵攻いらい疲弊した国力の回復を待ち、十か年ののちに朝貢してくるように」

一〇年後！国力の回復を待つという名目のもとに、進貢貿易が壊滅的なまでに制限される。皇朝との関係の親密さによって東アジアにおける優位性を保証され、自尊心をたもち、国民を養ってきた琉球にとって、それは存亡の危機に瀕することを意味していた。

はたして、翌年七月にはあらためて、旧制の「二年一貢」を廃し「十年一貢」とするべく「通告」がもたらされ、「倭情」探察のため、兵部の官吏を派遣するとのことがあわせて伝達された。

明は、琉球の背後にある島津と徳川政権の動きを警戒していた。ために、東アジア交易権においてすでに存在価値を失いつつある琉球の貿易統制を、あたうかぎりきびしくすることで日本への不信をあらわにしたのである。

じつに、家康はすでに、本多正純名義で福建総督あてに文書を送っていた。

琉球国王使節が家康と秀忠に謁見した慶長一五年（一六一〇）、肥前五島に来航したそのあしで駿府をおとずれ、家康から謁見をゆるされた南京商人周性如にたくした一二月一六日づけの外交書簡である。

幕府の儒官となった林羅山が起草し、西笑承兌にかわって家康の外交ブレーンとなった以心崇伝が清書した書簡は、「福建道総督軍務都察院都御史所」をあてどころとして「大明天子」に送られた将軍「御教書」に相当するもので、末尾には家康の印章が捺されていた。

冒頭、いぜん「朝鮮紛擾」のときに明の使者が来日したが、通詞が使節の意をねじ曲げてつたえたために往来が絶えてしまったのは遺憾であるとのべ、秀吉の冊封拒否、講和決裂を通訳の過ちによるものとして、みずからの責任を回避した。

そしてつぎに、日本全国を統一した家康の仁徳がいまや東アジア諸国におよび、それぞれが上表文を送り、貢物を献じているとのべる。

「日本国主・源家康、闔国を一統し、諸国を撫育し、文武を左右し、綱常を経緯し、……邦富み、民殷かにして九年の蓄えを積み、……その化のおよぶところ、朝鮮、安南、交趾、占城、暹羅、呂宋、西洋、柬埔寨など、蛮夷の君長酋帥、おのおの書を上り、賓を諭さざるはなし……」

つい前年に軍事侵攻し、まさにいま国王を抑留している琉球を「蛮夷」の数からはずしているところがいかにも周到、いや姑息だが——羅山の草案では「その化のおよぶところ、朝鮮は入貢し、琉球は臣と称す」となっていた——かくも昂然と家康の「仁政」と「小中華」を披歴したそのうえで、「ますます中華を慕い、和平をもとめ」とへりくだり、「大明天子」からの「勘合の符」の下賜を切望しているむねしたためている。

「勘合」を賜われば、明年秋にはかならず「大使船」を送って使節を派遣し、商船には、「寇賊」の害が「中華の地境」におよばぬよう、「わが印書」すなわち「朱印状」を携行させて通交をおこなうつもりであると。

「中華」や「大明天子」の語を織りこむために、差出人をあえて「日本国主源家康」ではなく「日本国臣本多上野介藤原正純」にするなど、レトリックを駆使して譲歩した。にもかかわらず、明からの返答は得られなかった。

慶長一八年（一六一三）にはさらに、琉球国王から福建軍門にあてる体裁で、臨済僧の南浦文之に書簡を起草させた。内容は、家久が尚寧にあてた書状にあったとおなじ「三事」についての要求であり、「否」とあれば、九州から数万の大軍を「進寇」させるとの恫喝だった。

これを琉球の「進貢使」にたくしてもたらそうとした。が、もとより、琉球がそれを忠実にはたすはずはなかった。

万暦四二年（一六一四）九月、尚寧は国頭親方らを明へ派遣した。「十年一貢」の撤回と旧制回復を願い出るためである。国頭がたずさえた明の礼部あての咨文のなかで尚寧は、「倭の狡を絶つ」ためにとられた「処断」が、「琉球の順を絶つ」ことになる不条理を、切々とうったえた。

「日本の狡を絶つをもって、すべて琉球の順を絶たんと欲すれば、すなわち、何をもって属国の心を繋ぎて皇霊を暢べんや。このゆえに倭はまさに絶つべく、琉球はまさに納めるべし……」と。

しかし、琉球の必死の嘆願活動は容れられなかった。

というより、国頭らはほとんど門前払いをくらわされたにひとしかった。かれらが得られたものは、いぜん名護親方がもちかえった「勅書」とどうよう「十か年のうちは許容あるべからず」という回答だけだった。

唇歯のあいだがらにある朝鮮を蹂躙されていらい日本への警戒をゆるめなかった明が、また、それを鎮めるべくいちどは冊封をおこなうも拒絶され、権威に傷をつけられたかたちの皇朝政府が、日本にたいして二度と門戸を開かなかったのは当然のことだろう。

大坂が落城し、豊臣氏が亡びた元和元年（一六一五）九月二〇日、家久は尚寧にあてて書状をしたためた。

「十年間は朝貢がゆるされぬとのこと。異国の法制ゆえ、まったく謀計はおよばず。琉球の不幸を思うばかりです」と。

琉球の不幸は、進貢貿易の統制権をにぎる島津の不幸にほかならない。同時にそれは、琉球に対明通交の仲介を期待した家康の不幸であるにちがいなかった。

このころすでに家康は、長崎代官村山等安（むらやまとうあん）に台湾遠征計画を実行させるべく「渡海朱印状」をあたえていた。島津を介した福建ルートも琉球ルートも閉ざされたうえは、台湾を「出会貿易」の場とするほか、打開策はないというわけだ。

はたして、台湾出兵は惨憺たる結果におわった。

元和二年（一六一六）三月、息子村山秋安（しゅうあん）を司令官とする遠征軍およそ三〇〇〇人が、一三艘に分乗して長崎を出航した。しかし、暴風に遭って船隊は四散。わずかに一艘の部隊だけが台湾上陸をはたし、要塞を築こうとしたが、島民のはげしい抵抗にあって全滅した。

また、散りぢりになった船隊のうちの何艘かは大陸の沿岸部にまで進航し、明に交易をもとめたがかなわず、うち一艘が、福建沿岸の馬祖（ばそ）列島で偵察をおこなっていた明の偵倭官董伯起（とうはくき）を捕らえて帰国した。

これを送還する名目で、翌年三月、明石道友（あかしどうゆう）が福州につかわされ、進物を献上して日明貿易再開の交渉にあたることになる。しかし、道友は捕らえられ、かえって「倭情」にかかわる尋問をうける破目におちいった。

そしてこの間、というより台湾遠征のまさに直後、家康は、当年かぞえて七四年の生涯を閉じていた。

悲願であった中国との通交は実現せず、死没によって「家康の中華」は未完のままとなってしまった。

この年一月には、女真（じょしん）族を統一してハーンの位についた努爾哈赤（ヌルハチ）が、「天命」と年号をたてて「金（アイシン）」の建国を宣言した。

北東アジアの草原でしたたか力をたくわえた民族が、東アジア全体に大きなパラダイムシフトをもたらそうとしていた。

さて、島津氏とは異なり、朝鮮に臣属することで既得権をながらえてきた対馬宗氏は、「回答兼刷還使」の招聘と将軍への謁見を実現するや、さっそく貿易再開の条件交渉にのりだした。

慶長一三年（一六〇八）一月、景轍玄蘇（けいてつげんそ）と柳川景直（やながわかげなお）は「国王使」すなわち、将軍の使者を名のって釜山におもむいた。

対馬独自の判断で「国王使」を名のり、日本と朝鮮ではなく、松雲（ソウン）大師惟政（ユジョン）がもたらした「開諭書」にもとづく、対馬と朝鮮の貿易協定をむすぼうとしたのである。が、双方のへだたりは大きく、そのたびは成約を得るにいたらなかった。

三月一七日、国王李昖（イヨン）すなわち宣祖（ソンジョ）が五六歳で薨去。庶子で二男の光海君（クァンヘグン）が王位をうけついだ。

対馬としては、「弔問使」の派遣にかこつけてソウルへの上京を再開したいところである。しかし、「回答兼刷還使」の派遣にたいする返礼の使者がまだつかわされておらず、また、公式の貿易協定がさだまっていないことを理由に、朝鮮は対馬の申し入れをことわってきた。

交易再開のおくれを危惧する対馬が、あらためて玄蘇らを「大将軍の使」として送ったのは翌年にかけてのことだった。正・副使いか三二四人の大使節団をととのえ、一三艘の船をしたてての渡海となった。正使の玄蘇は、年明ければ齢七四をかぞえる。文字どおり、生涯さいごの大仕事を肝に銘じての釜山入りである。

景直は、みずからが「大将軍」すなわち大御所家康の使者であることを言挙げした。

「これまで、日本国王使はもとより、九州・西国のしかるべき大名の使者、対馬の使者は、かならず上京するのがならわしでした。このたびわれらは、さきの信使派遣にたいする御礼の使いとしてまいりました。大将軍の使節であればおのずから、上京してご挨拶を申しあげないわけにはまいりません」

使節を応接するため、というより、上京を阻止するためにソウルから送られてきたのは宣諭使李志完だった。

「まことにありがたい仰せではありますが、いまわが国は大いなる憂いをかかえております。天朝からもつぎつぎと指令がもたらされているさなかにあり、いま上京されるのはさしひかえていただきたい。いずれ、古例のごとくゆるされることもありましょう」

彼は、国王即位にかかわる皇朝とのやりとりの煩雑さをほのめかし、深ぶかと使節の厚意に謝意をしめした。

「天朝」を盾にするおさだまりのやりかたである。「いずれは古例のごとく……」というのも詭弁であった。朝鮮政府は、もう二度と対馬や日本の使者を釜山より北には入れない方針を決していた。

じっさい、朝鮮の朝廷はいまだ不穏のさなかにあった。世子を決めぬまま宣祖が亡くなったため、庶子で二男の光海君の王位継承は、流血の惨事をまねきかねない危うさを孕むものとなっており、日本国王使であれ大将軍の使者であれ、うけいれられる状況になかったのである。

いずれにせよ、ソウルへ上ることは許可されず、そうなれば、明への朝貢の仲介を期待するなどおよぶべくもない。家康の対明政策は、朝鮮ルートにおいてはやくも、暗礁にのりあげたかたちとならざるをえなかった。

いっぽう、再開が急がれる貿易についての協定はどうにか成約にこぎつけた。

一六〇九年（万暦三七・慶長一四）三月、干支をとって「己酉約条」とよばれる「一二か条」が合意され、対馬と朝鮮とのあいだに制度としての貿易が回復された――ちょうど、山川湊を出陣した島津の軍勢が琉球にむかっているころのことである。

もちろん、最盛期には五〇艘をゆるされた歳遣船が、戦前の三〇艘から二〇艘に減らされるなど、きびしい制限をともなってのことにはちがいなかった。

が、釜山豆毛浦に一万坪の「倭館」をあたえられ、島主には毎年米・豆一〇〇石が朝鮮朝廷から下賜されるなど、従前の規定をふまえた約条が確認され、まさに四半世紀ぶりに、はれて貢船を往来させることができるようになったのだ。大げさな云いではない。この間、軍事発動による断絶から一八年、秀吉への帰服によって朝鮮との関係が円滑をそこねてから二三年の歳月が流れていた。

歳遣船による貿易は、中世いらいのしきたりどおり「進貢」のスタイルをとる。

対馬からは、薬効のある胡椒や絹の染色につかわれる明礬・蘇木など東南アジア産の貴重品、蒔絵の硯や真珠などの高級品、鳥銃や、弾薬の材料となる硫黄・鉛などの「献上品」が送られる。

「進貢使」らはまず、東莱府使と釜山僉使に挨拶の儀礼をおこない、朝鮮からあたえられた渡航許可章である「図書」を捺した書契を渡す。つぎに「進上」の儀式がおこなわれる。そのさい「粛拝」すなわち、朝鮮国王のシンボルである「殿碑」に四拝礼をおこなわねばならない。

「殿碑」が安置された舎殿の前庭に直立し、膝を屈して大きく伏せるように前へかがみこむ。下級の通詞が日本語で「お立ち！」というまで身を起こしてはならない。これを四回くりかえすのだが、ひざまずくたびに対馬の使者は、舎殿の左右にひかえる大勢の接待官や訳官たちをも同時に拝むことになり、いかにも屈辱的な役を演じることになる。

儀式だけではない。進献にかかわる饗宴の場においても、すべて厳格な朝鮮の作法にのっとって臣礼をとらねばならず、インフォーマルな宴席でも臣下のようにふるまわねばならなかった。

後日、「進上」にたいする「回賜」が送られてくる。朝鮮からの「回賜品」は朝鮮人参をはじめ豹皮・虎皮・虎肝・虎肉、鷹・鴛鴦・馬・犬などの鳥獣、紬・麻・紵などの織物、筆や墨や紙、薬種や医学書など、朝鮮産のもので占められる。

このほか、「倭館」に滞在するあいだの食料や渡航手当、船の修理資材などの支給がある。これもひとつの返礼であり、

「回賜」は「進上」をはるかに上まわるものとなる。

これでは正真正銘、ただの属国ではないかということになる。が、そうではない。

「約条」には外交上重要な条目があった。第二条に「日本国王使船は上・副の二船を許可する」とあることだ。「日本国王使船」すなわち、日本の中央政権が公式に派遣する使節の渡朝が想定されている。ここに、ただの属国でおわらない対馬の存在価値があるのである。

偽文書とはいえ、「日本国王」から「国書」が送られたことによって国交が回復され、たてまえとしての「交隣」すなわち対等外交が実現しつつある。これを軌道にのせるためには「対馬」という「装置」が不可欠なのだった。

つまり、日本には、朝鮮を「朝貢国」とみなす『記紀神話』いらいの優越意識がある。そして、朝鮮にも、みずからが「華」で倭は「夷」であるとする優越意識がある。

この永遠のすれちがいが生みだす歪みを補正する「変換器」として、あるいは、双方が「小中華」であるという虚像を映しだすことのできる「レンズ」としての「対馬」は、両国の外交上なくてはならないものだった。

そして、そこにおいてこそ、対馬がみずからのレゾンデートルを高めていくカギがあった。

わけても、国内において、いまだ政権の正当性を盤石なものとなしえていない徳川将軍家にとって、戦後処理と対明政策をからめた朝鮮との関係は、「徳川公儀」をうちたてていくさいの本質的な部分を占めていた。

いっぽう、「倭乱」による荒廃と疲弊からいまだぬけだせない朝鮮は、軍事力の脆弱さから、また王室の不安定から、対日協調をえらびとらざるをえないうえに、いままた女真という異民族の侵攻にさらされようとしていた。

ここに、たてまえとしての「交隣」の成立する余地があり、同時にそれは、対馬が、いまは大きく制限されてしまった朝鮮貿易の権益を、やがては回復・拡充し、徳川「天下」のなかで独自の地位をきずいてゆく、前途がひらけていることをしめしていた。

慶長一八年（一六一三）、宗氏は、将軍家と天皇家との婚姻、すなわち将軍秀忠の五女和子が後水尾天皇に入内した祝賀の名目で、朝鮮に「通信使」の派遣を要請した。翌一九年にはまた、「大将軍」家康が遼東の鷹と馬を所望していることを理由として「使船」の派遣をもとめ、さらに明への「貢路」斡旋を要請した。

れいによって朝鮮は「借重の計」すなわち「天朝の許可しだい」を盾としてひきのばしをはかったが、慶長二〇年五月、

「大坂夏の陣」で豊臣氏が亡び、日本の「天下」が完全に徳川の手に帰したことで動かざるをえなくなった。七月一三日、「元和」へと改元があり、「武家諸法度」「禁中ならびに公家諸法度」「諸宗諸本山法度」がつぎつぎ制定された。

家康は、史上はじめて「天子」の行為を法的に規定し、「禁中」を将軍を中核とする「公儀」のなかにいちづけた。と同時に、そのような「法」を制定する主体としての将軍権力をうちたてたのだ。

すかさず宗氏も、幕府のつよい要請だとして「大坂平定・邦内一統」を賀する朝鮮使節の派遣をうながした。翌一六一六年（元和二・光海君八・万暦四四・天命一）、ヌルハチの建国宣言とともに幕を開けたその年、朝鮮は、将軍秀忠の「国書」先着を条件として、使節派遣のもとめに応じることにした。

二度目の「回答兼刷還使」の派遣である。このときもまた宗氏は「秀忠国書」を偽造しなければならなかったが、朝鮮もまた、日本の新政権との関係の安定をはからねばならなかった。元和三年（一六一七）七月はじめ、正使呉允謙・副使朴梓・従事官李景稷を三使とする第二次「回答兼刷還使」四二八名は釜山を発ち、八月二一日には京都に到着。使節はここで九月八日まで滞在することになる。

将軍への謁見と「伝命」の儀が、伏見城でいとなまれたからだった。

同年六月、秀忠は、伊達政宗や上杉景勝ら東国の諸大名および、土井利勝・本多正純ら譜代大名に供奉されて入京した。「御代替の御上洛」すなわち、「将軍親政」のはじまりを告げる上洛である。

そのおり、島津家久や福島正則、毛利秀就など、在国中の西国大名にも上洛が命じられた。慶長一〇年（一六〇五）に将軍を襲職していらい、秀忠がはじめて発令した外様大名の動員である。そのうえで彼は、みずから宛行状を発して諸大名に領知安堵をおこない、あわせて、門跡・公家衆や寺社にも領知朱印状を発給し、「親政」開始をおおやけにした。

そして、「大坂平定・邦内一統」を賀する客人として迎えた朝鮮使節や、平戸のイギリス商館長リチャード・コックス、ポルトガル商人らをつぎつぎと伏見城に引見して、外交権がみずからの掌にあることを天下に知らしめたのだった。

大御所家康が世を去り、強力なうしろだてを失った秀忠にとって、朝鮮使節聘礼を、朝廷や公家の集住する京を舞台としておこなうことは、豊臣方残党の動きにとどめをさし、諸大名の忠誠を不動のものにするための、このうえないパフォーマンスであったにちがいない。

が、そのために、呉允謙ら「回答兼刷還使」は「耳塚」を、いや、とうじはもっぱら「鼻塚」と呼ばれていた忌まわしいモニュメントを、さいしょにまのあたりにする朝鮮使節となったのだ。

初度すなわち一〇年前の「回答使」も、駿府・江戸を往復するさいには京に滞在し、名所見物にでかける機会にもあずかった。すなわち、三使の宿所である洛北の大徳寺(だいとくじ)から、洛中をジグザグと南下して洛外南東の東福寺(とうふくじ)にいたり、楼門にのぼって伏見城を望見し、帰路、三十三間堂や清水寺、知恩院などをおとずれた。

しかし、幸か不幸か、とうじ東山大仏は焼失してしまっており、門前の「鼻塚」がおのずから視野にとびこんでくる大和大路(やまとおおじ)を通る必要がなく、三十三間堂から東大路を通って北へとむかったのだろう。副使慶暹(キョンソム)の筆は「大仏」にも「鼻塚」にもむけられていない。

「鼻塚」に興味がなかったというわけではもちろんない。それどころか彼は、入京いぜん大坂に到着するや「鼻塚」のことをつたえ聞き、当地のあるじである一五歳の秀頼にかかわるエピソードとあわせて『海槎録』にしるし留めているのである。

「倭京の東郊には、わが国の人の鼻塚がある。倭国は戦うとかならず人鼻を切る。壬辰倭乱のさい、馘(くび)を献ずるかわりに鼻を切りおとして武功のしるしとした。関白秀吉はそれを一所に埋め、土を盛って塚を築いたが、秀頼はこれに垣をめぐらし、碑をたててこう刻んだという。なんじらに罪はあらず、なんじの国の命運がしからしめたのだと……」

その彼が、実物をまのあたりにして筆をとらずにいることは、ありえないことにちがいない。

幸か不幸か……。秀吉が六十余州の巨木を伐りつくして創建した巨大な大仏殿は、マグニチュード七をこえる京・伏見大地震にもあっぱれもちこたえたが、秀頼が鋳造による本尊再建を始めて三年をへた慶長七年(一六〇二)に炎上し、その後しばらくは復興に手がつけられなかった。おかげで、第二次「回答使」のように、大仏見物に案内されるという不愉快をしいられずにすんだというわけだ――慶暹にかぎれば、きっとその目で「鼻塚」を確かめたかったにちがいない。

八月二六日、正使呉允謙いか朝鮮使節は、初度の使節が京都見物のためにたどったジグザグコースを南下して伏見城へとおもむいた。

城外一里四方の街道は、いずれも掃ききよめられて水がまかれ、将軍の威光がゆきわたっていることが目にもあらわである。城門の外は、待機する諸将・供奉衆でびっしりとうめつくされ、かれらがたずさえる槍や戟(ほこ)の多さに馬がしりごみをするほどだった。というのも、朝鮮使節謁見の場には、在京の諸大名、上層の公卿衆ことごとくが同席するよう命がくだされたためである。

門をくぐればそこには、鉄杖・槍戟をもった武者たちが左右にならび、正装に身をかためた将官たちが立錐の余地もなくひかえていたが、寂として騒ぐものとてない。

将軍の応接も丁寧をきわめ、あらゆることに礼がつくされ、儀式・饗応の次第ひとつひとつが、いかにもうやうやしく慎み深くすすめられていった。それらのさまには三使を大いに感嘆せしめるものがあった。

帰路、一行は大和大路をへて東山大仏にいざなわれた。城中の饗応にあずからなかった中・下官らが酒食のもてなしをうけるためだった。

これが、のちに慣例化され、トラブルをひきおこす「大仏前招宴」の先例となるのだが、そのおり、秀頼が再興した大仏そのものは、つかのま使節らの目を歓ばせたようで、李景稷の『扶桑録』もそのみごとさにかなりの筆をさいている。

「大仏寺の仏像は、高さが十丈あまり、幅が五六丈、手のひらの大きさが一間もあった。左右の壁には、金箔の仏像が十三仏も貼りつけてあり、壁ぎわにも金箔の二十五仏が安置され、いずれも一仏の像高は人の背丈ほどもある。

大仏殿の外観は二層だが、内部は楼をかけず、大仏は土間から直立して梁にいたっている。ひとつの柱はおよそ三抱えもあり、窓や扉の玲瓏なこと、敷石の平らでつややかなこと、それらの巧みさは言葉にしようがないほどだ。

周囲には百間をこえる回廊を三面にめぐらし、正面の楼門から仏殿に至る左右には彫刻をほどこした石灯籠がたちならび、夜通し灯をたやすことがないという。門外の左右には高さ五六丈もある四天王がたち、門内の両辺には極大の金獅子がおかれている。まさに一大奇観である……」

大仏での饗応は一時間ほどであったといい、そのさい、すぐ門前にある「鼻塚」に目をとめないものはなかっただろう。

「寺のまえに墳墓のような高丘があり、石塔をもうけている。秀吉が、わが国人の耳や鼻をあつめてここに埋め、秀吉の死後、秀頼がまわりを囲んで碑をたてたという。耳にするだに痛骨にたえず、憤りをおさえることができない……」

それにしても、よりによって朝鮮使節を招宴する場に東山大仏がえらばれたのはどういうわけだろう。

秀頼が再興した大仏は、慶長一七年（一六一二）に本尊・仏殿ともに竣工した。

しかしそれは、同一九年に完成した梵鐘の銘文のなかに「国家安康」「君臣豊楽」とあることが穏やかならずとされて、すなわち、「家康」の名を銘のなかにもちいて礼を失したばかりか、その名を裂いて呪詛し、豊臣を讃えるものだとうけとめられて「開眼供養・堂供養」が延期され、「天下」争いを最終ラウンドへと追いこんでゆく謀に利用された、まさに「いわくつき」の遺跡——創建者・再建者ともにすでにこの世にない——なのである。

これについては、おなじく将軍への謁見をもとめて上京していたイギリス商館長リチャード・コックスが、手がかりとなる興味深いレポートをのこしている。

前年の暮れには「巨大な黄銅の偶像ダイボッツのある聖堂」や「生きている人間そっくりの三三三三体の偶像のならぶ聖堂」や、破却されるまえの「タイクスさま、別名クヮムベコン殿の廟」をおとずれて、それらの詳細かつ貴重な記録をつたえてくれたカピタンの『日記』である。

「将軍は、朝鮮人を手厚くもてなすように命令をくだしたという。また、ある人々は、朝鮮使節がやってきたのは臣礼を表し、かつ貢物を献上するためで、もしそうしなければ将軍はふたたびかれらにたいして戦争をしかけたであろうと噂している……。また、ある随員のひとりは、来日の理由についてこんなことを話したという。ひとつは、亡き将軍オーゴショさまの廟所をおとずれて弔礼をおこなうためであり、つぎに、新将軍が、戦争も流血もみず、かくも静謐に父のあとをうけて地位についたことに恭賀の意をあらわすためであり、さいごに、いかなるものであれ異国が朝鮮に侵入し、安寧を乱そうとするようなことがあれば、侵入者に対抗して朝鮮を防御してほしいと要望するためであると……」

「オーゴショさまへの弔礼」というのは、戦後四度目の、またはじめての「通信使」となった寛永一三年（一六三六）の朝鮮使節が、日光東照宮への社参を強要されたことを知るものにとってはいかにも予言的であり、また、「異国の侵入」ということでは、朝鮮にはすでにその危機がせまっていた。

すなわち、前年金を建国したヌルハチが、いよいよ明に挑んで遼東に進出しようとしていた。

明軍がこれを防げればまだしも、遼東が陥落すれば、朝鮮はみずから強大な女真と対峙せざるをえなくなる。そしてそれは、翌一六一八年四月に始まった「サルフの戦い」に明軍が敗北したことによって、まさに現実のものとなるのである。

もちろんそれは、日本が、対明政策の朝鮮ルートを完全に失うことを意味してもいたが……。

いずれにせよ、コックスの『日記』からは、朝鮮使節の上洛が人々の胸にさまざまな憶測をかきたて、風聞をふりまき、彼じしんもまた、かれらの動向になみなみならぬ関心を寄せていたことがつたわってくる。

はたして、伏見聘礼当日には、使節がすすむところ、足をとめるところ、いたるところに争うように群衆がつめかけ、路次楽（ろじがく）を奏でながらパレードする高麗人をひと目みようという男女老少で街道があふれ、喧噪は天を突くがごとしであったという。

おのずから、大仏をおとずれて憩う朝鮮使節のすがたも大勢の人々が目撃し、話題にしてはもてはやしたにちがいない。そしてまもなくそれは、絵画でも表現されることになる。「洛中洛外図屏風」である。

「洛中洛外図屏風」といえば、貴人や富裕な町人が華美をきわめてつくらせる奢侈（しゃし）品だが、そのなかで、「朝鮮使節の大仏見物」は重要なモティーフとなっている。

伝存するものだけでも、三十三間堂の東側を大仏の南門にむかって行列する使節をえがいた岐阜県「光明寺本」や京都府「鶴来家本」、大仏境内のなかにあそぶ使節を描いた京都府「浄願寺本」・林原美術館「池田本」・ニューヨーク「バーク・コレクション本」などがあり、いずれも使節来聘の直後に描かれたものだという。

なかにも「浄願寺本」は、大きな土饅頭ようの塚のうえに石造五輪塔をたてた「鼻塚」を大仏楼門前に描き、「池田本」では、装飾の金雲からすがたをあらわす石塔わきに「ミミづか」の書き入れがある。

「大仏を参詣する朝鮮使節」というモティーフは、しかるべき階層の人々によって特別な目的のために仕立られ、上流社会で流通する「屏風」のなかに、描かれるべき価値をもったものとして認識されていた。

いや、そのようにとらえられるべく演出された。そして、まさにそのように演出された光景を、ゆかしさにかられた数しれぬ人々が目にし、耳にしたというわけである。

権力によって駆りだされ、翻弄され、権力のためにいともたやすく利用されるのは、兵禍や変事の直接被害をこうむるものたちにかぎらない。つまり、招宴の場に東山大仏がえらばれたのは、「日本の武威」のシンボルである「大仏」と「鼻塚」もしくは「耳塚」に、朝鮮使節が礼拝にきたということを喧伝するためだったというわけである。

かれらが、「徳川天下」を賀するために、あたかも「朝貢使」のごとくやってきた。それは、「豊臣関白家」をはるかに凌駕する「徳川将軍家」の「御威光」が、ひろく海外におよんでいることの何よりの証しなのである、と。

ひるがえって、伏見城から大徳寺にもどった三使臣らは、拝礼や屈膝など日本式の作法をしいられたことへの屈辱感とそれにたいする怒りがこみあげ、食事もとらず、たがいに落涙したと、使行録はつたえている。

「伏見への往来は気困（きこん）であっただけではない。この膝を屈するにいたっては心胆も張裂けそうになり、帰りきたって食を廃し、おのずから涙がくだるのをどうすることもできず。慷慨にたえず。憤惋咄咄おさまらぬをいかんせん……」と。

八月三〇日、将軍秀忠の「復書」の草案がもたらされた。

「日本国源秀忠、朝鮮国王殿下に復し奉る。珍翰焚誦、巻舒しばしば過ぐ……」

親書には前回どうよう「日本国王」の名はなく、したがって印章もなかった。

「これでは対等の礼とはなりません。日本国王からのものではない書契を、わが国王がうけることはできません。改めていただきますよう」

九月九日、いよいよ京を去るというときになって改訂された——おそらくは改竄された——「復書」はもたらされた。なかには、「日本国王源秀忠」の名と「日本国王」の印章があり、ともあれ三使臣は、「辱国の罪」に服さねばならなくなった前使の轍をふむことはまぬがれた。

しかし、かれらが帰国した翌万暦四六年（一六一八）には、ヌルハチがついに明にたいして宣戦布告。楊鎬を総司令とする一〇万の大軍を相手に戦闘を開始した。

明軍は、四路にわかれてヌルハチの根拠地ヘトゥアラを攻略しようとした。

すなわち、開原総兵官馬林ひきいる北路軍が開原から、山海関総兵官杜松ひきいるが西路軍が瀋陽から軍勢をすすめ、遼寧省撫順の東方、渾河南岸にあるサルフで合流。また、遼東総兵官の李如柏ひきいる南路軍が清河をこえて北上し、東南路からは遼陽総兵官の劉綎ひきいる軍勢が、朝鮮軍をともなって丹東から北上し、ヘトゥアラに直行した。

ヌルハチの軍勢は、数においては圧倒的に寡勢だったが、機動力をいかし、各所での戦線をひとつずつ総力をもって撃破する作戦をくりひろげ、前後八度にわたった激戦を制して明軍に勝利した。

金の天命四年（一六一九）三月のことである。のち遼東進出をはかったヌルハチは、天命六年（一六二一）三月に遼東城を陥とし、ヘトゥアラすなわち興京から遼東に遷都。明将毛文竜は、朝鮮平安道鉄山沖の椵島に逃れた。

これによって朝貢路を失うことになった朝鮮は、山東半島北部の登州を上国へのみちにかえねばならず、なにより、国境を流れる鴨緑江をへだてて、じかに女真とむきあうことになったのだ。

おなじ年、徳川幕府もまた対明政策の大きな岐路に立たされた。

長崎に入った単鳳翔なる中国商人が、浙江都督から将軍および長崎奉行にあてた書簡をもたらしたのである。前年六月の日づけをもつその文書は、倭寇の鎮圧とひきかえに貿易交渉に応じようというものだった。

家康いらい「勘合」復活をめざして外交を担ってきた以心崇伝や長崎代官長谷川藤広・前代官寺沢正成らは目をみはった。いったいこれをどうあつかうべきか。正式に受領すべきか、そのまま返すべきか。あるいはなんらかの返信をもたらすべきか……。

幕府は、閣老にもはかって議論をかさねた。けっきょく、受領を拒否する回答を非公式におこなうことで決着した。

「明と日本の通信は、朝鮮と対馬を通しておこなうことになっており、猥りに書簡の取次をうけるわけにはいかない。いったん帰国してのち、しかるべく、朝鮮を通してあらためるように」と。

浙江都督からの書簡を「猥りに由なく執奏」されたものと一蹴し、「朝鮮と対馬を通して」ということで、中国と宗属関係にある「朝鮮」を「対馬」どうようにあつかい、「中華」の権威をおとしめた。

秀忠政権は、「勘合」復活をもとめる外交路線を完全に放棄した。そのことを、瞭然としめしたのである。

慶長一四年（一六〇九）にソウルへ上ることを拒絶され、朝鮮ルートの交渉を断念した家康は、福建ルートでの可能性を模索したが、翌慶長一五年、「福建道総督軍務都察院都御史所」にあてて送った書簡は梨の礫となった。

また、慶長一七年には、琉球の朝貢が途絶にひとしい「十年一貢」に制限され、「日本との通交を拒絶する」という皇朝政府の意思がしめされて琉球ルートも閉ざされた。ならば台湾での「出会貿易」をと軍事発動にふみきるもさんざんな結果におわり、その間、家康の死によって対明政策は頓挫したかたちとなっていた。

秀忠は、これを大きく転換したのである。

父を送ってまもない元和二年（一六一六）六月にはすでに、中国船をふくむすべての外国船に長崎への来航を命じていた。あらゆる貿易を長崎で管理することで、貿易独占体制をしこうとしたのである。

もちろん、領内に外国船の寄港地をもっている西国大名の抵抗ははげしく、八月八日にはもう「六月令」を修正。「黒船（南蛮船）とイギリス船には長崎・平戸入港を命じるが、中国船の来航地は自由」とあらためることで譲歩した。

しかし、幕府の対外政策はすでに「海禁」へと転換しつつあり、そのたび、対明外交を完全に放棄することで、方針転換が明らかにされたというわけだった。

寛永一一年（一六三四）閏七月九日、琉球王尚豊の王子佐敷朝益と王弟金武朝貞は京都二条城におもむき、三代将軍家光に謁見した。

神宗が五八年の生涯を閉じ、万暦から泰昌へと元号があらたまった一六二〇年の陰暦九月一九日、琉球では尚寧が五九年の寿命をおえ、尚豊が即位した。いらい遅れにおくれていた「中山王」冊封の儀が、崇禎六年（一六三三）六月に実現し、あわせて一二年ぶりに旧制の「二年一貢」を回復した。

その報告と「御礼」のために上国薩摩へ送られた使者朝益と年頭使の朝貞を、京都に出仕していた島津家久が呼びよせて、将軍への「謝恩」をおこなわしめたのだ。

当年七月、家光は、全国の諸大名いか三〇万をこえる供奉衆をひきいて「御代替」の上洛・参内をおこなった。上洛することによって幕府の正当性を補完する必要がなくなった徳川将軍家の、さいごの上洛となった一大盛儀である。

総勢三〇万という空前のスケールをもって披露された上洛パレードは、六月一日に伊達政宗が先頭をきって江戸を発ってから、同月二〇日に出発した家光が、七月一一日に京に入るまでの四〇日のあいだ、江戸・京都間の街道に「綾羅錦繍」の絶えることがなかったという凄まじいもので、参内の日となった七月一八日、二条城から内裏へとむかう行列は、前駆をつとめた従五位下諸大夫クラスの武家だけでも一八四人を数えるという盛大なものとなった。

ちなみに、禁裏で家光を迎えた天皇は、前将軍秀忠の五女で後水尾天皇の中宮となった和子がもうけた女一宮興子、すなわち家光には姪にあたる明正天皇だった。

そのような盛事にかかわって朝益・朝貞ら琉球使節が上洛をもとめられたのは、家久が、琉球の知行高を本領に加増することを幕府に願い出ていたからだった。

これまで島津氏は、琉球侵攻後の「仕置」によっておよそ九万石とした石高をおおやけにせず、それによって貢税にかかわる幕府の干渉をしりぞけてきた。が、いま「海禁」による貿易独占体制の確立にむけて、やつぎばやに手をうってくる幕府にたいし、みずから石高を報告することで加増を願い、それをみとめられることでもっとも甘味のある既得権を保持する策に出たのである。

前年の二月、幕府は、幕府の許可を得た「奉書船」いがいの渡航を禁止した。

それが全面「海禁」へと拡大することはもはや時間の問題であり、まだしもいま、幕府が中国船の統制に手こずっているあいだに、つまり交渉カードが島津の手にあるあいだに、琉球のポジションを制度的に確定しようというわけだ。

江戸表での動きはすばやかった。琉球が「冊封」と「旧制の回復」を報告し、あわせて「御礼」の使節派遣について知らせてきたのは当年二月のことだったが、その直後にはもう、筆頭家老伊勢貞昌らが幕府最大の実力者土居利勝にはたらきかけを開始した。すでに将軍家「御代替」の上洛の期日は迫っており、そのさい、諸大名は、代替わりごとに更新される「領知判物」を授けられることになっている。この機をのがしてはならなかった。

加増を願い出るにあたりかれらは、嘉吉元年（一四四一）いらい、琉球は島津の属国であるという主張をもちだした。

「琉球は、嘉吉元年に忠国が室町幕府六代将軍足利義教公より賜わった、島津の附庸である」と。

同年、九代当主忠国は、謀叛の罪で日向永徳寺に匿まわれていた将軍義教の異母弟大覚寺門跡義昭を誅殺し、その首をさしだした。この功績への恩賞として将軍から琉球をあたえられたというのだが、もちろん島津の独善的な創作である。

それが効を奏したかどうかはともかく、五月一日には加増をみとめる内意がしめされた。そこで、「御礼」につかわされた琉球使節を、将軍上洛にあわせて上京させることにしたのである。

「琉球は代々中山王の国であるから、のちのちまでも尚氏いがいの姓の人を国王にしてはならない」

琉球侵攻後、中山王の改易を禁じて「王国」としての存続をみとめた前将軍秀忠いらい、琉球は、「王府」という国家機構をのこしながら島津氏の影響下におかれるという矛盾にみちた存在となってきた。

家久は、いらい島津にみとめられてきた「貢税徴収権」や「貿易統制権」をあらためて掌握し、そのうえで、知行高を薩摩藩の本領にくわえ、琉球を「幕藩制国家」の一部にくみ入れることにした。そうすることで島津は、「知行」にかかわるフリーハンドに幕府から制限をかけられることにはなるが、琉球通交にかんする独占権を更新・維持することができる。この点が肝要なのである。

朝益・朝貞の謁見がゆるされてのち七日後の閏七月一六日、家久は「領知判物」を下付された。

「薩摩・大隅両国ならびに日向国諸県郡つごう六十万五千石余、此外、琉球国十二万三千七百石のこと、すべて領知あるべきこと」

「此外」というのがカギとなる。島津領への加増によって琉球を「幕藩体制の知行・軍事システム」に編入したが、それは秀忠がみとめた明の「中山王」冊封を前提としてのことなので、琉球はいぜんとして「異国」である。「異国」にはちがいないが、知行制度のなかでは「島津の領分」である。ゆえに島津氏は、「貢納物」をとりたてることはもちろん、幕府の「海禁」にかかわらず琉球と「通交」することができる。

つまり、幕府が全面「海禁」にふみきった場合、琉球は「異国」として「海禁」の対象となるため日本からの渡航は禁止される。しかし、島津氏はその適用外となり、幕府の中国貿易統制のくびきをまぬがれ、朝貢貿易の統制権は維持される。なんとなれば、「此外」とされた琉球はすべて島津の「知行地」なのだから。

これによって薩摩藩は、藩の財政保管装置、すなわち「朝貢」という中国との公貿易ルートをもつ「琉球口（りゅうきゅうぐち）」を失うリスクから解放され、より安定的な搾取が保障される。まさに、中世いらい、相互にしのぎをけずりながら琉球との関係をつちかってきた島津の算段と手腕が上まわったかたちとなった。

島津が得たものはそれだけではなかった。

王となって十余年、ようやく尚豊が冊封をうけて「二年一貢」を回復し、崇禎（すうてい）朝との国交正常化が成った。そうなれば、琉球王府がこののち中国寄りの政権運営にかたむくことは避けられない。場合によっては、島津一大名の権力をもってしては支配を貫徹しえない事態にいたることもありうるだろう。それを防ぐためには、「幕藩制国家」の軍事力を、すなわち日本の統一権力の「武威」をみずからの後ろ盾にする必要がある。

そのたびの加増をもってかれらは確実に目的を達したというわけである。

おりしも、史上最大スケールの盛儀となった「御代替」の上洛中に、朝益・朝貞両王子を将軍に拝謁させた。琉球に釘をさしておくための、これいじょうはない演出だったというべきだろう。

もちろん、幕府にとっても、琉球という「異国」を「幕藩体制」のなかにいちづけることは、国家の領土的野心にかなうことだった。同時にそれは、徳川の「御威光」をいやます外交使節を「御代替」ごとに送ってくれる「異国」を確実につなぎとめておくことにもつながった。

しかもそれは、小国ではありながら、中国の朝貢国のなかでは朝鮮につぐ「次席」の国なのである。

翌寛永一二年（一六三五）五月、幕府は日本船の海外渡航をいっさい禁じ、他のいっさいの外国船どうよう、中国船の来航地を長崎に限定した。

ついでながら、琉球は日本の国制のおよぶ地であるが「異国」であるという、徳川・島津・琉球三つ巴のトリッキーな枠組みは、二世紀ののち、欧米諸国の開国要求に頻々とせまられる徳川幕府のまえに、パラドキシカルな隘路となってたちあらわれることになる。

一八四四年、オランダ国王ウィレム二世がコープスを使節として将軍家慶に「国書」をもたらし、アヘン戦争をひきあいにだして開国を勧告した。そのさい、幕府はこう明言して勧告をしりぞけた。

「通信は、朝鮮と琉球にかぎり、通商は、貴国と中国にかぎる。このほかはいっさい新たな通交をゆるさない」と。

入念にも、「国王」あてに返書することが新規の「通信国」をみとめることになるため、「オランダ摂政大臣」あてのスタイルで返書をととのえて……。

通信国と通商国。それは、半世紀まえの一七九二年、大黒屋光太夫らを手土産にして通商をもとめてきたロシア皇帝エカテリーナ二世の使節にたいし、老中首座松平定信が、問題を先送りにするために構築したロジックだった。

日本の「対外」関係は、国初より「通信」と「通商」の二通りのほかはなく、それら家康・秀忠・家光三代いらいの「御国法」にさだめられた国のほかは、みだりに通信も通商もゆるすことあたわずと。

オランダ使節コープスが来日した一八四四年には、フランスの軍艦「アルクメーヌ号」が琉球に来航して和好と貿易をもとめ、宣教師フォルカードをのこしてたち去った。二年後にはさらに軍艦「サビーヌ号」が来琉し、貿易交渉をおこなった。フランスの目的は、琉球に兵站基地をもうけ、東アジアの貿易センターとすることにあったという。

これを奇貨とし、ぬけめなく、機敏に動いたのは島津だった。幕府にたいし、「琉仏交易」の許可をもとめたのである。それにたいし幕府は、これまで琉球の貿易統制権を占有してきた薩摩藩に問題の処理を一任し、「琉仏交易」を黙許した。琉球を「通信国」すなわちれっきとした「異国」としたために、国制をもってダイレクトに通交問題を処理することができなかったというわけだ。

さて、「御代替」の上洛・参内をはたした家光には、いそぎ解決しなければならない重大問題がのこされていた。「柳川一件」とよばれる対馬藩の「国書」改竄・偽造事件にたいする裁定である。

父義智のあとを襲って対馬藩主となった宗義成と家老柳川調興との不和によるお家騒動に端を発し、宗氏がかつて「日本国王使」を騙って使者を派遣していたこと、使節の「進上物」を水増ししたこと、公儀の「国書」を無断で改竄あるいは偽造したことが暴露されたのは、寛永一〇年（一六三三）の春のことだった。

告発したのは柳川氏のほうで、調興は、すりかえられた「国書」の写しや、勝田孫七（かつたまごしち）という細工人に偽造させた「日本国王印」などを裁判の証拠として提出した。

「国書」の改竄・偽造は、それじたい大逆にほかならず、将軍の正当性に密接にかかわる一大事であった。国家がおこなう外交の枢要な一階梯が、国主である将軍の支配を逸脱していた。それが露見したことは、将軍家および国家の体面をそこなうにとどまらず、朝鮮をまきこんだ国際紛争にも発展しかねぬ重大事にちがいなかった。

あわてた家光は、老中土井利勝に義成、調興の詮議を命じるとともに、対馬の実務関係者のいっせい捕縛にふみきった。そして、厳重な捜査をつくしたのち、重要証人たちを江戸へと護送させた。

対馬藩は改易、宗氏は廃絶の危機にさらされ、まったき白を証明できない柳川氏も廃絶のリスクを負うことになった。

それでなくても、家光による大名の改易・転封は、父将軍秀忠の時代におとらぬ数にのぼりつつあり、幕府の権力をもってすれば、宗家とりつぶしなどは赤子の手をひねるようなものである。まして柳川氏は、たとえ原告の側にあり、土居利勝いか幕府執権衆を味方につけていたとはいえ、たかだか「直参旗本」となって幕府の外交を担いたいというような小賢（こざか）しい野心から主人の罪を鳴らすような逆臣なのであってみれば、ものの数ではなかった。

はたして、公儀はどちらに軍配をあげるのか。一件は、あらゆる大名・諸侯の注目をあつめるものとなった。

秀吉の「唐入り」に翻弄された先代義智（よしとし）の苦労を知る老政宗（まさむね）は、「もし柳川が勝つようなことがあれば切って捨てるよう家中に命じてある」などと、宗氏びいきを公言してはばからなかったといい、また、御三家紀伊大納言徳川頼信（とくがわよりのぶ）は、はやばやと義成の配流さきを按じ、自身のあずかりとすべく将軍家に直訴していたというが、多くの大名たちが、まさに固唾をのんで事件のゆくえをみまもった。

そして、まさにそれこそが家光の狙いだった。

寛永一二年（一六三五）三月一一日、江戸城本丸の大広間に宗義成、柳川調興ほか、関係者ことごとくが呼びだされ、家光の尋問にこたえるかたちで、すなわち将軍親裁による「御白洲（おしらす）」がひらかれた。

「お裁き」の対象となったのは、おもに、前将軍秀忠の親政「御代替」にあわせて送られた第二次「回答兼刷還使」にかかわる元和二年（一六一六）の「国書」偽造と、家光の将軍襲職にかかわって江戸城にのぼった第三次「回答兼刷還使」

――このときも、かれらのすがたは「江戸屏風図」になくてはならないモティーフとして描かれた――にかかわる元和九年（一六二三）の「国書」偽造についてであった。

「一九年もまえの国書改竄について、そのほうは若輩だったゆえ分からぬとのことだが、一二年まえのことならよく覚えておろう。それをも存ぜぬとはどういうことか」

再度の使節聘礼のときには義成は一三歳、三度目の聘礼時には二一歳をかぞえており、なによりもそのおり、使節一行を江戸まで先導したのは当の義成であり、調興だった。

「朝鮮の国書は、朝鮮使節が肌身はなさず江戸城に持参いたし、返書は、ご老中が使節の宿所に持参して直接わたされますので、わたくしはあずかり知らず、なんの不審もいだきませんでした」

「なれば、調興が国書と印章を証拠として差し出したというのはいかなることか」

「国書・印章をご公儀に差し出したのは、調興が勝手にいたしましたことにございます。ですが、そもそもそれらが調興の手許にあるということは、調興がみずから改竄したことのなによりの証しかと存じます。わたくしは、そのようなことがなされていたことじたい、まったく存じえませんでした」

いか、「進上物」水増しについてたずねても「国王使」詐称についてたずねても、すべて義成は「調興に万事をまかせてまいりましたゆえ……」をくりかえした。

「とは申しながら、調興は、当家家老でありながら、さきの御代には、将軍家がじきじきにお言葉をかけられるほどのものでございます。ご公儀に後ろ暗いことをいたしますとは、もとより考えてはおりません」

「だれがやったにせよ、これほどの非法を、そのほうの身内のものがしでかしたにはちがいなかろう。対馬守たるものが、それを存ぜぬとはいかなることか」

「仰せごもっともでございます。しかし調興は、当家家老とは申しながら、ご老中方と懇意のもの。わたくしをご老中方のもとへ連れてゆくさいにも、主従の礼をとらぬほどでございます。また、四年まえまではわが娘婿でもありましたので、家臣のなかに意見をするものもなく、また、意見をしたものには、ご公儀の威をかりて手痛いしっぺ返しをいたします。家臣らは報復をおそれ、調興の横暴をわたくしの耳に入れなくなったというありさま。お恥ずかしいしだいにございます」

調興（しげおき）は、先代あるじと「唐入り」の艱難をともにした調信（しげのぶ）の孫にあたる。景轍玄蘇（けいてつげんそ）とともに「己酉（きゆう）約条」の締結に尽力した父景直の死をうけて慶長一八年（一六一三）に一一歳で家督を継承。

いらい、家康の小姓となって駿府におもむき、家康亡きあとは江戸に出て秀忠に仕え、神田に屋敷を拝領して江戸常住となっていた。はじめて対馬の土をふんだのは元和三年（一六一七）、再度の朝鮮「回答使」の接判役をつとめたときのことだったといい、そのさい、宗家に忠誠をつくす誓詞を提出させられたというほど対馬とは疎遠な「家老」であった。

翌三月一二日、「上意」すなわち、将軍による裁定が伝達された。

義成は言い分をみとめられ、領知・諸事すべて従前どおり安堵されるとともに、明年中に朝鮮「信使」を来聘することを命ぜられた。もちろん藩主としての責任をまぬがれることはできず、宗家祐筆の島川内匠とその男子が実行担当者として家財没収および死罪をこうむり、玄蘇のあとをうけて外交事務にあたってきた規伯玄方に、盛岡藩への流罪が申しわたされた。

いっぽう、調興は、国書改竄の主謀者はむしろの彼のほうであり、公儀をあざむいた罪は重大であるとの判断がしめされ、一命はゆるされたが津軽藩へ流罪となり、家臣松尾七右衛門とその男子に家財没収と死罪が申しわたされた。

家光の裁定は、おおかたの予想をまったくうらぎるものだった。

対朝鮮外交における対馬宗氏の重要性が尊重された裁定ではあっただろうが、「上意」によってしめされたのはむしろ、主君を告発することは罪であり、これを犯したものは逆臣として処刑されるということにほかならない。

家光は、あらためてそれをおおやけにするため、一四日、江戸城において、みずから臨席のもとで義成に「判決文」をくだすとともに、諸大名が事件の教訓を失わないよう、江戸在府の大名に判決申渡しをみとどけるよう通達した。

足かけ三年にわたった「一件」が落着した二か月後の五月、家光は「武家諸法度」を改訂し、すべての大名に人質制度を義務づけた。そして「大名・小名には、領国と江戸の交代勤務をおこなうべきことを定める。毎年四月中に参勤いたすべし」という、いわゆる「参勤交代」を制度化したのである。

同月にはさらに、中国船をふくむ外国船の入港地を長崎に限り、東南アジア方面への日本船の渡航と帰国が禁じられた。「第三次鎖国令」と呼ばれる禁令である。

さらに、規伯玄方が配流となってあるじのなくなった宗氏の外交機関「以酊庵」には、幕府が京都五山の碩学のうちから適任者をえらんで赴任させる「輪番制」が導入されることとなり、東福寺の玉峰光璘・棠蔭玄石、天竜寺の洞叔寿仙の三人が「朝鮮修文職」に任じられて対馬におもむいた。

　これによって宗氏は、将軍から「今後、油断なく朝鮮のことに専任し、御奉公につとめるよう」命ぜられ、朝鮮との外交交渉が「家役」であることにかわりはないものの、幕府主導下の実務執行者の立場に甘んじざるをえなくなった。

　家光は、全面「海禁」にむけてまたひとつ駒をまえにすすめたのである。

　寛永一三年（一六三六）一二月七日、朝鮮からはじめての「通信使」が江戸に到着した。

　「通信」は「信を通じる」の意。慶長一二年（一六〇七）に派遣された「回答兼刷還使」いらい四度目の使節となった「通信使」は、「国書」改竄事件の解決をへて「日本国王」問題にひとまず決着がつき、まがりなりにも「交隣」外交がスタートしたさいしょの使節となった。

　すなわち、朝鮮からの「国書」では徳川将軍を「日本国大君」と称し、朝鮮国王への「返書」において将軍はみずからを「日本国源なにがし」と称することが了解された。

　幕府側の論理はこうである。日本には「国王」とみなすべき存在が二人ある。天皇と、天皇から委任統治権をゆだねられている徳川将軍である。天皇から統治権をゆだねられている将軍は、いっぽうで、天皇を法的に規定することのできる権力を手にしている。それら「二人国王」の一方だけをさすための称号が「国王」であることは難しい。

　いっぽう、「国王」は明の冊封をうけている朝鮮国王とおなじ「封王」の称号である。日本は小国ながら中国と対峙する国である。その国のあるじが「封王」を意味する「王」号を名のることは断じてできない。

　ならば「将軍」のままでよいではないか、というわけにもいかない。なんとなれば、「将軍」は中国においては「中大の官」すなわち中級の官僚であり、一国の公権力をさす称号としては不適切である。

　そこで考えだされたのが「大君」なのだった。

　しかし、将軍はみずから「大君」を自称しない。それは、「二人国王」が存する国内的には「大君」と「国王」はおなじであり、「大君」にはおなじ「国王」である天皇がふくまれる。それを自称することは、古代天皇制国家いらいの伝統的朝鮮観に抵触する。なぜなら、「大君」とおなじ「国王」のひとりである「天皇」は、朝貢国である朝鮮の「王」と国書のやりとりをすることはありえない、というわけである。

　あわせて、日本側の「返書」には、日本の年号をもちいることも了解された。

ともあれ、義成は、「明年中に」という手きびしい将軍下命にこたえることができた。いわずもがなそれは、対馬あげての死にものぐるいの奔走があってのことにちがいなかった。

が、朝鮮もまた、日本とのあいだに疎隔をまねいてなどいられない切迫した事情をかかえていた。

天啓七年（一六二七）春、ヌルハチのあとをうけたホンタイジが朝鮮を侵し、ソウルに進軍した。朝鮮では「丁卯胡乱」とよばれる、金の「第一次朝鮮侵略」である。ホンタイジが山海関を突破して明を制圧するためには、まず朝鮮を屈服させる必要があった。両国の宗族関係を断っておかなければ、腹背から攻められることになるからだ。

にわかに江華島に逃れた国王仁祖は、けっきょくは金を兄・朝鮮を弟とする「兄弟国の盟約」をうけいれることで講和をむすび、からがら王城へ還御したが、強大な女真の軍事力をまえに朝鮮の王権は風前のともしびと化しつつあった。

正使任絖・副使金世濂ひきいるはじめての「通信使」四八〇名は、まさに国難のさなかにある故国をあとにして海を渡ってきたのである。そんなかれらに、青天の霹靂というべき伝達が義成からもたらされたのは、三使一行が江戸本誓寺におちついて三日後の一二月一〇日のことだった。

家康の神廟、日光「東照大権現」に参詣してほしいとの、将軍のたっての仰せがあったというのである。

秀忠を送ってまもなく、家光は父が造営した東照宮の大々的な建て替えを命じた。それが当年五月に完成。祖父神廟は、みちがえるような「国家社稷の霊廟」に生まれかわった。これを、「異国」の使節に拝ませようというのである。

任絖ら使臣は、言語道断とはねのけた。

事前の打診もなく、前例もなく、なにより「国命」にないことは「王臣」の為すあたわざることであると。当然だろう。

しかし、幕府は強硬だった。何がなんでも参詣できぬとあらば、一人も故国へは帰さぬという。

絶体のピンチに立たされたのはまたしても義成だった。彼は、「倭館」の裁判をつとめる有田杢兵衛をつうじ、朝鮮側の訳官洪喜男の助力を得て、必死の説得をこころみた。杢兵衛はうったえた。

「将軍の命がくだされたうえは、それに抗うことはゆるされません。ましていま、対馬は、お役目の不首尾・失態を喜ぶものたちの難癖にさらされ、針の筵にあります。どうあっても断るというのであれば、いまここで貴方と刺し違える覚悟です。主人の家が大火にみまわれ、それを救わないことが、どうして人情といえましょう……」

三使もまた、対馬の苦悩を知っていた。かれらは協議をし、苦肉の決断をした。神廟「参拝」ではなく日光「遊覧」には応じるが、「国書」伝命をさきにおこなってほしいともとめたのだ。

一二月一四日、江戸城大広間で、国書奉呈のセレモニーと饗応が盛大にいとなまれた。

そして一八日、使節団のうち二一四人が、義成に先導されて江戸を出発。粕壁(かすかべ)・小山(おやま)・宇都宮(うつのみや)・今市(いまいち)をへて日光にいたり、二五日にもどってきた。東照宮では、風雪を理由に、中門よりさきに入ることを辞退して下山した。西暦では一月一四日から二一日にあたる厳冬のただなかであったことが、かれらをして神廟「参拝」をまぬがれしめた。文字どおり不幸中の幸いだった。

いっぽう家光は、一行の先導・接待・警護の総指揮をもっとも信頼する側近「知恵伊豆(ちえいず)」こと松平信綱(まつだいらのぶつな)に執らせている。

それは、氷点下の風雪をしのいでの「異風」ありありとした日光往復大パレードを、「朝貢国」の「神君詣(しんくんもうで)」として演出しようとした家光が、パレードそのものをどれほど希求したか、また、それを実現することがどれほど大きな価値をおびていたかを雄弁にものがたっている。

はたして、それらの光景は『東照社縁起絵巻』など絵画作品の重要なモティーフとなり、当日は「信使拝廟」がおこなわれたとする記録が創作され、徳川治世讃美のツールとして大いに利用されることになる。

一二月三〇日、「通信使」は禍いつづきだった江戸を発ち、神奈川で正月をむかえた。

故国はすでに、国号を「金」から「清」へとあらためたホンタイジひきいる一〇万の軍勢の侵攻にたえられず、一二月一四日には、江華島への避難路をふさがれた国王が、ソウルの南東二五キロメートルにいちする南漢山城(ナムハンサンソン)に入り、籠城をよぎなくされていた。「丙子胡乱(ピョンジャホラン)」とよばれる「第二次朝鮮侵略」だ。

もちろん使臣らはそれを知るよしもない。かれらが、清軍による再度の故国侵攻の悲報に接したのは、対馬で風待ちをしていた二月二二日、釜山からもどってきた対馬船を通じてのことだった。

二五日、一行は釜山にもどった。そして、ソウルが陥落し、国王が降伏したこと、世子昭顕(ソヒョン)が囚われ、質として瀋陽におもむいたことを知り、痛哭した。正使任絖の『日本日記』はここで閉じられている。

が、副使金世濂の『海槎録』は筆をこうつづけている。

「三月七日、晴。使臣一行は京畿道(キョンギド)に入った。……路上には屍がつらなり、人家はことごとく焼きつくされている。県監がたったひとりの使役人をともなって粟飯を供してくれた……。

八日、晴。夜明けに出発して龍仁に至る。県監がとおい村から来見した。麻戯川に至ると、血まみれの屍が数里にわたって積まれていた。馬をまえにすすめることができない……。

九日、晴。夜明けに出発して漢江を渡った。江岸の人家はことごとく破壊されつくしていた。竹山からここに至る二十里のあいだ、人煙はたえてなく、離ればなれとなりおき去りにされた人々の顔色は、鬼さながらであった……。

ソウルに入る。南大門、鐘路はじめ左右の行廊もみな灰燼に帰していた。王宮を守る侍衛の将士はみるかげもなく、承政院は内班院に移っていた。……一行は復命した……」

秀吉軍による破壊のあと、光海君が再建・復旧してまもない王宮昌慶宮の殿閣は、一三年まえ、光海君を廃した「仁祖反正」とよばれるクーデターによってほとんどが焼失してしまった。ために仁祖は、慶徳宮に仮住まいをしながら再建をつづけたが、ホンタイジの侵攻につづく飢饉によって国力を削がれ、工事は遅々としてすすまなかったという。

承政院、内班院はともに、国王と高位高官が政務をおこなう宣政殿の門外にある官庁で、王命の伝達と臣下の上奏がおこなわれるところが承政院、食事の監督や命令の伝達、守直・掃除などを担当した宦官たちの庁舎が内班院である。

ホンタイジが「天子」であることを「三跪九叩頭の礼」によってみとめるという屈辱的な「城下の盟」をうけいれて「清」の封王となった国王に「信使」らが迎えられたのは、承政院ではなく内班院であった。

日光東照宮の国宝陽明門の手前右側に、青銅製の釣鐘がある。

寛永一九年（一六四二）に朝鮮から寄進された銅鐘だ。漢文一五〇字ほどの銘文がある。

「東照大権現」すなわち徳川家康には「無量の功徳」があり、「無量の崇奉」をうけている。徳川の仁徳はいまや日本の津々浦々におよび、とおく朝鮮まで聞こえている。わが王はそれを知って「歓喜」し、「法鐘」を鋳造し、もって「霊山三宝の供え」とした……というようなことが書かれている。

前年の八月三日、三九歳をかぞえた家光は、のちに四代将軍家綱となる竹千代をもうける。待望の世子の誕生を喜んだ幕府は、祝賀のための朝鮮使節を迎え、石造多宝塔を新造して大改修なった神君霊廟のまえで祭典をもよおし、これに使節を参拝させるとともに祭具を寄進させ、霊廟を荘厳しようと考えた。

じつのところそれは、将軍への点数かせぎをしたい対馬藩が、幕府の意向にさきだって考えついたアイディアだったともいうが、すでに清に臣属し、毎年、膨大な額の上納と清軍への軍糧の供出をよぎなくされていた朝鮮は、それゆえに、いぜんとはうってかわって高圧的な態度に出る対馬の要請をふりきることができなかった。

「将軍家世子誕生祝賀のために通信使を派遣せよ。大蔵経および国王の親筆を献上せよ。銅鐘を鋳造し、燭台・香炉・花瓶の三具足とともに日光へ寄進せよ……」

もとより先例もなく、何ひとつとして応じる道理のないことだった。

『大蔵経』は、版木が消失したことを口実にどうにかまぬがれた。国王の親筆は、先君宣祖(ソンジョ)の王子のひとりに代筆させるということで内的ジレンマを回避した――対外的にはまったく無意味かつ無益な抵抗だった――が、けっきょく対馬産の銅を輸入させられて銅鐘を鋳造し、要請にしたがって銘文を刻み、三具足とともに供さねばならなかった。

「我王聞而歓喜為鋳法鐘」。わが王が家康の仁徳のあまねきをきいて「歓喜」し「法鐘」を鋳造し……という文言を刻まねばならなかった王朝政府の屈辱は推して知るべしだが、国王親筆だとして供した「日光浄界彰孝道場」の八文字は、扁額(へんがく)に仕立てられ、表門の陽明門にかかげられて後世あまたの人々の称賛をうけることになった。

つまり、それらが朝鮮国王による「東照大権現」礼讃のまぎれもない証しとして後世ながく称賛する側の優越意識をかきたてつづけ、両国の未来に影をなげかけるものとなったのは不幸なことだった。

はたして、寛永二〇年(一六四三)六月七日、戦後五度目、「通信使」としては二度目の朝鮮使節四七七人が大坂に入港し、一四日には京都に入った。

「これ将軍の武力はすでに異国におよび、近年かくのごとき慶びの使いを送るなり」

『道房公記』同日条にこうしたためて歓喜した摂関家の九条道房(くじょうみちふさ)は、使節上洛の光景をしるし、釣鐘の銘文を全文記録し、使節がもたらした進物の目録をもすべてしるし留めているという。家光の異父姉完子(さだこ)を介して将軍の甥にあたる人の率直な感慨の発露でもあっただろう。

京からさき「信使」一行はくだんの「朝鮮人街道」をぬけて陸路東向し、釣鐘や寄進の品々は海路遠州灘をこえて江戸に入港した。八月一日「八朔(はっさく)」、くしくもその日は神君家康がはじめて江戸に入ったメモリアルな日であった。

その間、七月五日に江戸に到着した使節は、同月二四日に日光にむけて江戸を発し、二六日、家康霊廟をおとずれた。

廟前では、そのたびとくに一行にくわえられた「読祝官」が漢文の祭文(さいもん)を読みあげ、朝鮮の儒教祭祀で演奏される「礼楽」の流れるなか、「香奠(こうでん)の儀式」をいとなんだ。

廟域を「礼楽」の音色でいろどったのは、使節がたずさえ、「東照大権現」に寄進された朝鮮の楽器であった。

「駿河版」とよばれる版本がある。

日本ではじめて鋳造された銅活字によって開版された『大蔵一覧』一一巻と『群書治要』四七巻だ。

文禄元年（一五九二）五月はじめ、日本軍がソウルに攻め入ったさい、南山麓の「校書館鋳字所」から「李朝銅活字」およそ九万字と印刷器具を掠奪した。宇喜多秀家はそれらをもちかえり「文明の逸品」として秀吉に進上。秀吉はそれを後陽成天皇に献上した。

思いがけないプレゼントを得た天皇は喜びをあらわにした。無理もない。

金属活字の嚆矢は、中国はもちろん、グーテンベルクの鉛活字にさきだつこと二〇〇年まえの一二三四年、高麗王朝が『詳定古今礼文』を開版したことにさかのぼる。李氏朝鮮王朝では、三代国王太宗の命によって「鋳字所」がもうけられ、一四〇九年にはもう銅活字による印刷が開始されていた。この「鋳字所」でつくられた銅活字は二〇万字にのぼるという。まさに本家本元「高麗銅活字」にルーツをもつ新技術が、九万本もの活字もろともころがりこんできたのである。

さっそく六条有広・西洞院時慶らに命じて『古文孝経』一巻の印刷に挑ませた。

かれらは、閏九月のすえから文字をえらんで植えはじめ、一一月なかばには「組み版」を完成させたが、技術不足により失敗した――金属活字を摺るにはそれに適した料紙や油煤墨が必要なのだ。

金属活字によるはじめての印刷は失敗におわったが、「李朝銅活字」が宮廷にあたえたインパクトは絶大で、天皇はその後、大型の木製活字による『錦繍段』をはじめ『勧学文』『日本書紀神代巻』『古文孝経』『大学』『中庸』『論語』『孟子』『職原抄』『白氏五妃曲』など、「慶長勅版」とよばれる木活字本をつぎつぎ開版した。

『錦繍段』の「識語」からは、とうじの天皇の高揚感が手にとるようにうかがえる。

「錦繍段は、天隠が編んだ漢詩集だが、これまで刊行されていなかった。そこで、典籍の文字を一字ずつ一つの木切れに彫り、それを版面に配列して紙に印刷し、摺りおえればそれを解体する。このようにすれば、膨大な数の版面を一つひとつつくらずとも、宮中の蔵書をことごとく印刷できる。

これは、近ごろ朝鮮からつたえられて陛下のお耳に入り、かの地の様式にならって職工に命じて模写させた。陛下は、お身を屈しておぼしめすところを下問され、中国最古の詩編周詩六義のごとく、この書が家々に蔵められ、人々に暗誦されるよう、そして、とこしえにつたえられるようにと望まれたのである……」

おなじころ、家康もまた活字本の開版とその普及に情熱をそそいでおり、伏見円光寺の僧元佶に命じて木製活字一〇万字を彫刻させ、『孔子家語』をはじめ、中国古代の兵法書『六韜』『三略』や『吾妻鏡』『貞観提要』など八種にわたる活字本を出していた。「伏見版」と呼ばれる版本である。

その彼がついに銅活字の鋳造にのりだしたのは、将軍職を秀忠にゆずった慶長一〇年（一六〇五）四月のことだった。禁中から秀吉献上の「李朝銅活字」を借りうけ、臨済僧閑室元佶と明経博士の舟橋秀賢に銅活字の鋳造を命じた。

僧元佶は、小田原征伐ののち庇護者を失った「足利学校」を、家康の信任をうけることで守りとおした同校九世であり、とうじは家康の外交ブレーンとして朱印船の事務取扱にもたずさわっていた。また秀賢は、明経博士を世襲とする清原氏の嫡流で、木製活字印刷の技術をもち、『古文孝経』などの開版にもたずさわっていた。

かれらは、三〇年来家康に仕えてきた福建人林五官らの鋳造技術を動員し、翌慶長一一年六月には、九万一二六一字の銅活字を鋳造することに成功。家康はさっそくこれを天覧に供し、後陽成天皇に献上した。

そして「大坂冬の陣」後の和議がひとまずととのった慶長二〇年（一六一五）三月、侍講の林羅山と金地院崇伝に『大蔵一覧』の銅活字による開版を命じた。

羅山らは、慶長一一年に鋳造したおよそ九万字に、不足の文字およそ一万字を新鋳して一〇万余文字とし、大勢の版木衆と校合のための僧侶らをあつめ、一気呵成に『大蔵一覧』一一巻・一二五部を開版。八月下旬に「大坂夏の陣」から凱旋した家康を歓喜させた。

『大蔵一覧』とは、『大蔵経』から重要な文章一一八一則を抽出して分類し、検索しやすいように編集した書で、オリジナルは、中国「南宋」の紹興二七年（一一五七）の序文をもつ。開版された活字本はさっそく諸方の寺社に寄進された。これによって、全一一巻もの大冊がいちどに百か所をこえる寺院などにそなえられることとなった。

翌元和二年（一六一六）一月、家康はさらに中国唐代に編纂された為政者のための参考書『群書治要』の開版を命じた。全四七巻という大籍である。

羅山らは、すでにある活字に、不足の文字一万三〇〇〇字を新鋳して一一万三一八二字とし、校合のために南禅寺いか京都五山の僧衆らを呼びよせて、六月はじめには本文を摺りあげた。

四月に病死した家康が版本の完成をみることができなかったのは無念だっただろうが、のち、それらは「駿河版銅活字」とともに、家康がおしみない愛情をそそいで育てた一〇男頼宣の手にわたり、彼の紀州転封とともに和歌山城に送られて製本され、版本が完成したという。

それら家康のさいごの形見となった「駿河版銅活字」と『群書治要』は、活字一一万三一八二字のうち三万七九七九本と、版本四一巻が伝存する。弘化三年（一八四六）の大雷雨で和歌山城の天守が焼けたさいに消失をまぬがれたもので、紀州家「南葵文庫」が解散する一九四五年に凸版印刷株式会社の所有に帰した。

興味深いことは、「駿河版銅活字」の主成分である銅・鉛・錫をはじめケイ素・鉄などが、家光が寛永一三年（一六三六）に鋳造を始めた「寛永通宝」の成分と共通しているということだ。

もちろんそれは、両者の鋳造技術の進展がパラレルの関係にあることをしめしており、さらには、家康による鉱山開発およびスペインの鉱山技師を招来しての技術改革とも軌を一にするものだった。

鋳造銭は、文禄丁銀・慶長丁銀などの豆板銭とちがって、製造コストが貨幣価値を上まわりかねない。それを克服しつつ、やがては鋳造銭が中世いらいの渡来銭「永楽通宝」にとってかわって幕府の統一通貨となってゆく。そのプロセスにおいても、掠奪品だった「李朝銅活字」のはたした役割はあなどれないものだったというわけだ。

ところで、家康が隠居所にもうけた「駿河文庫」所蔵の典籍は、紀伊・尾張・水戸の御三家に分けあたえられたというが、なかにも尾張徳川家の文庫の後身「蓬左文庫」には、『三国遺事』などの朝鮮の貴重本およそ一五〇〇冊がつたえられて異彩をはなっている。家康没後、尾張家初代の九男義直に分与された蔵書はおよそ三〇〇〇冊であったというから、その数は半数を占めることになる。

おそらく、ほとんどが「唐入り」のさいに奪い去ってきたものであるにちがいなく、海を渡らなかった徳川の軍勢がもちかえることは不可能なので、関ケ原・大坂の陣をへて外様大名となった豊臣方の西国大名・諸臣から没収したものということになるだろう。

なかに、ウルトラ級の逸品がある。李氏朝鮮の初期、一四五三年に開版された『高麗史節要』三五巻三五冊である。『高麗史節要』は、高麗王朝四七三年間の歴史を編年的に記録した、それじたい王朝にとって重要このうえない史料だが、この開版にもちいられた銅活字というのが一四三四年に鋳造された活字で、世界最古の金属活字本として注目されている――グーテンベルクによる金属活版印刷の開始は一四四〇年ごろ、『グーテンベルク聖書』が刊行されたのは一四五六年のことである。

印刷の精巧さ格調のたかさも比類なく、なにより、全三五巻そろった完本はこの一部のほかに存在しない。

世界最新最高の技術を駆使して李王朝が生んだ貴重本が、ほんらいうけつがれるべき故国でわずか一世紀、略奪者の国でのち四世紀をこえる時間をすごしているというのは屈折した感慨を禁じえないが、朝鮮の典籍はこのほか、江戸城の「富士見文庫」に収められていたおよそ四〇〇冊があり、いまは宮内庁書陵部と内閣文庫にひきつがれている。

すなわち、「蓬左」「富士見」両文庫につたえられた、家康と将軍家がしかるべき価値をみとめた典籍だけでもおよそ一九〇〇冊が伝存するということになる。

そうであってみれば、七年にわたった二度の「唐入り」のあいだに朝鮮から持ちだされた典籍、掠奪されてのち兵禍についえた典籍、都城を焼きはらったさいに失われた典籍はいったいどれほど膨大な数にのぼったことだろう……。

ところで、家康が羅山と崇伝に『大蔵一覧』の銅活字本の開版を命じた慶長二〇年（一六一五）の正月には、木活字本『大坂物語』が刊行されている。

「関ケ原の戦い」で石田三成の謀叛が討伐されてから一五年をへてたたかわれた「大坂冬の陣」の経過を、和睦が成り、大坂城の石垣を崩して堀を埋め、二の丸を平地にしたところまでえがいた仮名草子である。

「珍しいことではないけれども、天下を治め、国を保ち、家を安くすることは、文武をもっぱらにせずんばあるべからず。静かなる世は文をもってし、乱れたる国を武をもってすという。そのことをまのあたりにするように、思うことのなんと多かったことよ……」

「関ケ原の戦い」と「大坂の陣」。そしてふたつの内乱のあいだの一五年をつぶさにした『大坂物語』の筆の起こしである。「元和偃武」をさきどりし、まさにそれを言祝ぐべく物語はつむぎだされた。「武」を「偃せる」。すなわち、武器を伏せてもちいない「静かなる世」が、徳川によってついにもたらされたのである、と。

それにしても、本多正純と阿茶局、淀殿の妹常高院とのあいだに和議条件が合意されたのは慶長一九年の一二月一九日。「誓書」が交換され、和平が成立したのは二〇日のことだった。

つまり、『大坂物語』は、和議成立からひと月もたたないうちに版本として刊行されたことになる。ボリウムは、のちの木版本で五〇ページほどのものだが、各武将の行動などの情報収集も的確で、なによりその即効性は出版ジャーナリズムのはしりといってよく、このようなことができるのは、ほぼ同時進行で確実な取材が可能な徳川陣営の帷幄（いあく）すなわち参謀本部にあった人物、あるいは徳川方の庇護のもとにあった人物もしくは集団いがいにありえない。だとすれば、『物語』は、「天下の権」が完全に徳川に帰したことを宣伝するツールとして、あらかじめ企図されたものだということになる。

印刷物の頒布もしくは流布による絶大な宣伝効果。そしてその政治利用……。すでに「伏見版」と呼ばれる木活字本をいくつも出し、金属活字本の開版にも成功した家康なら、いかにも考えそうなことである。

さらにおもしろいのは、『大坂物語』が慶長二〇年正月に刊行されたことを証す史料「銀子請取（ぎんすうけとり）の日記」の内容である。べつの活字本『日本書紀』の表紙の裏張り（うらばり）につかわれていた反故（ほご）紙のなかからみつかったという「銀子請取の日記」は、『大坂物語』版本の製本にたずさわった製本師がしるした報酬のうけとり記録で、そこには、慶長二〇年正月から七月までの受領記録がのこっていた。

それによれば、かの製本師は、『大坂物語』の製本代をきっちり正月中に受領しており、さらに七月までのあいだに、『大学・中庸』『三略』『千字文（せんじもん）』『古文真法（こぶんしんぽう）』『三谷（さんこく）詩集』『察病（さつびょう）指南』『節用集』『年代記』『武家諸礼集』『伊勢物語』『平家物語』『つれづれ草』『浄瑠璃』など、広範なジャンルにわたる二五種類いじょうの活字本の製本を受注し、報酬にあずかっている。版本ブームのごとき様相を思わせる仕事ぶりである。

いわずもがな『大坂物語』も、当年五月にたたかわれた「夏の陣」が終息するや、「下巻」が刊行されて「上・下」二巻本となる。のみならず、豊臣方の意をくんで改作をほどこした「海賊版」も追いかけるようにして刊行されたという。

出版文化が花ひらき、知と情報が大衆のものになってゆく時代がやがて始まろうとしていた。

翌元和二年（一六一六）六月、秀忠が、中国船をふくむすべての外国船に長崎への来航を命じる「六月令」を発し、元和三年には、「日本との通信は朝鮮と対馬を通して行うよう」浙江（せっこう）都督あてに回答して日中国交回復にむけた外交途絶を表明。対外政策を「海禁」へと大きく方針転換するとともに、戦後二度目の朝鮮「回答兼刷還使」を、将軍家「御代替（みよがわり）」の祝賀使節よろしく伏見城にむかえて饗応し、帰路「鼻塚」を門前にする「大仏前招宴」をもよおして京の貴賤・町衆の眼職にさらしたのは、まさにこのような時勢においてのことだった。

秀吉の朝鮮侵略をどう称ぶかは、この戦争をどう観るかによっている。

朝鮮では、倭賊による自国の秩序の乱れとし、「倭乱」に初度・再度の干支をつけて「壬辰・丁酉倭乱」とよび、明では、辺防の寨である朝鮮を侵犯した日本軍を征つための「役」といちづけ、「万暦朝鮮役」とよんでいる。

いっぽう日本では、リアルタイムには「唐入り」「高麗陣」「朝鮮陣」とよばれ、海禁政策がとられた徳川時代には、林羅山・松永尺五・那波活所とならんで藤原惺窩門下の四天王に数えられた朱子学者堀正意が『朝鮮征伐記』を著わし、島津氏が『征韓録』をまとめたように、「朝鮮征伐」とか「征韓」という呼称がもちいられるようになった。

そして幕末から近代にかけて、朝鮮を帝国主義の対象ととらえるようになると、「朝鮮征伐」「征韓」の呼称はいっそう意識的にもちいられ、さらに日清・日露戦争を「日清役」「日露役」と称する時代におよんで、辺塞を征する「役」として「朝鮮役」あるいは「文禄・慶長の役」とよばれるようになったという。

Ⅵ　未遂の「征韓」

19 「倭館」接収 ― わが邦は天子親政となり世襲の官はみなその職を罷め

新選組局長近藤勇の名を知らないものはないだろうが、下総国流山で新政府軍の手におちた甲陽鎮撫隊隊長の大久保大和こと近藤勇を、越谷の陣所まで護送した薩摩藩士有馬藤太の名を知るものはまれだろう。

慶応四年（一八六八）四月、「東山道総督府」大軍監香川敬三ひきいる部隊に属して宇都宮城攻略戦に参じた有馬は、五年後の一八七三年（明治六）、いわゆる「征韓論政変」のあった年には司法省の小判事をつとめていた。

その彼が、じつに興味深いエピソードをつたえている。

「征韓論」というと語弊がある。むしろ「東亜政策大亜細亜主義」とでもいうのが適切だろう。というのは、西郷先生は親露的な考えをもっておられ、わたしにも再三こんなことを話された。

「朝鮮、朝鮮とやかましくいうちょるが、朝鮮はほんの通り道じゃ。満州を占領して、ここにはじめてわれらの足場ができるのだ。満州の足場をつくっておいて、われらに手向かうものを片っ端から征服する。手出しをせぬときは、わざとそれらを激動せしむる。ちょうど棚蜘蛛の巣に砂をバラバラッとまくようなものじゃ。巣に砂をかけると蜘蛛がチョロチョロと走りでる。そのとたんに引きつかむのとおなじ理屈じゃ」

薩摩ではクモのことをコブと呼ぶ。先生は、あたかも目のまえにコブの巣があるかのように大きな體をゆすり、むんずとコブをつかむふうをされた。

「出てこぬときは、こっちからチョイといたずらをする。怒って出てくるのをすかさず占領する。そういう方法で付近を蠶食して堅固なる地歩を占め、そして、右手で露西亜と握手をし、左手で弱清をひき起こし、もって東洋は東洋で始末するのが肝要だ。それがためには、樺太をいっとき露西亜にあたえてもよい。万一、露西亜がこれをきかなかったら、まず彼を処分して、しかるのちに支那に着手するのだ」

あのとき、もしも先生の主張どおりになって、いよいよ海外に兵を出すということになれば、文官側からは同郷の伊地知さんとわたしが随員として渡韓することが決まっていた。

「おまえは占領した地方地方のことを捌いてゆく役になるのじゃ」

先生はそういわれた。たぶん占領地の統治にあたる民政官のようなものだろうと思われた。目のまえの朝鮮はほんの通り道で、目的は満州の占領にあるという。満州こそが領土を蚕食していく足場になるという。先生のお考えはいつも壮大だ。東洋を東洋で始末する……。ということは、ひっきょう露西亜と戦さを交えるということか……。いずれにせよ、なまなかな覚悟ではすまされまい。

というわけで、内命をうけてからは毎日、毎日、司法省の公務のひまには満鮮の地図をひろげ、地理の研究に没頭した。ところがある日、先生は、地図をみていわれた。こんな不完全なものでは役に立たないと。

「たしか、旧幕府江戸町奉行所に比較的完全なものがあったはずじゃ。それを探しだしてこい。ついでに必要と思う書類もあわせて捜索するがよかろう」

まったく雲をつかむようなはなしだったが、たまたまわたしと同席の判事に、もと町奉行所与力だった佐久間長敬がいたので彼にわたりをつけ、待合に案内して助力をたのんだ。なんのことはない、さんざん苦心して探していた地図は、佐久間じしんがもっているというではないか。さっそくそれをゆずりうけ、先生にみてもらった。

「そうじゃ、これ、これ。これがあればまことに仕合わせ。だが、わしには分らんから、はやく伊地知に見てもらえ」

筆頭参議・陸軍大将殿が、地図が分らぬとおっしゃる。もちろんそんなはずはない。けっして知ったふうをせられない。これも威神力のなせるわざだろう。

伊地知さんというのはいわずもがな伊地知正治のことである。元治元年（一八六四）の春、西郷先生が凱旋将軍さながら流刑さきの沖永良部島からもどり、軍賦役として薩摩軍を掌握されていらい、先生の右腕となってきた軍略家で、とうじは太政官左院副議長の任にあった。

藩士時代にはこのわたしも薫陶をあおぎ、いらいなにかと取りたてにあずかった。九歳年上の恩義ある先輩ながら、薩軍のなかでは「正っつぁん」「藤太どん」と呼びあう仲でもあった。

その伊地知さんが、西郷先生や先生が心からゆるされた副島種臣外務卿、板垣退助参議とはかって征韓作戦に手をつけられたのは、論争が廟堂をさわがせる一年もまえのことだった。

およばずながら、わたしもさまざまな材料をあつめ、満鮮の研究に精を出したというわけだ。

はたして、明治六年八月一七日、万一のさいには軍事力を行使することを前提として、朝鮮に開国を迫る皇使を送ることが内決し、一〇月一五日には「陸軍大将兼参議西郷隆盛を朝鮮国に派遣する」との閣議決定がなされた。

ところが、いよいよ方針をきめるという段になって、岩倉さんが病気というて引きこもり、つぎに三条さんが精神に異常をきたされたとかいうべらぼうななりゆきとなり、皇使派遣も、万一のさいの軍事発動も、すべて駄目になったのだからたまらない。おまけに先生までが辞表を出し、野に下ってしまわれた。

「征韓」がやぶれたことと司法官とはなんの関係もないのだから、おまえは辞職を思いとどまるようにといわれたが、先生あってのわたしである。もはやなんの楽しみもないから、あっさり辞めてしまった。

明治六年一〇月二四日のことである。


往時の西郷隆盛を、まさに彷彿とさせるようなエピソードだ。

有馬藤太は、天保八年（一八三七）に薩摩藩の砲術師範有馬藤太の長男として生まれ、一三歳のときに剣術飛太刀流師範小野郷右衛門に師事。抜刀術に秀で、若干一九歳にして師範代となるほど腕のたつ人物だったという。

薩摩藩兵として上京したのは「武力討幕」が決した慶応三年（一八六七）一一月。いわゆる「王政復古」のクーデターを、薩摩・長州藩の軍事力を動員して成就しようとしたさい、彼は、出水・阿久根の武士をあつめた第二大隊・第四小隊の監軍として出兵した。

クーデターにつづく「鳥羽・伏見の戦い」にはもちろん、西郷・伊地知ひきいる薩摩軍の一小隊として参戦。

有栖川宮熾仁親王を「東征大総督」とし、西郷が「大総督府参謀」、伊地知が「東山道先鋒総督府参謀」となってひきいた「東征軍」にも監軍として参じ、のちに伊地知から副参謀に任じられて東北の鎮圧におもむいた。

「鳥羽・伏見」では、西郷・伊地知の薩摩軍と、大村益次郎・品川弥次郎の長州軍あわせて四〇〇〇兵が、わずか二日で幕府軍一万五〇〇〇兵を敗走させた。

それは、幕府軍が起つ、まさにその瞬間に勝機をかけた、西郷たちの戦略のあざやかな勝利だった。

つまり、江戸表で幕府をしたたか挑発し、強硬手段を誘発する。辻斬り・強盗・放火・屯所襲撃……。はたして浪士ゲリラ部隊による撹乱工作は効を奏し、幕府は薩摩藩邸を焼き討ちする。

「薩摩討つべし」の声は大坂城に飛び火し、大合唱となる。洪水のごとく走り出ようとする軍勢を制御できなくなった徳川慶喜は軍事発動をよぎなくされ、ついに朝廷への「討薩表」を発し、京へむけて進軍を開始した。

あたかも、罠のなかに飛びこんでくるかのように鳥羽・伏見両街道をかけのぼってきた幕府軍を、待ちうけていた薩・長両軍が要所要所でたたき、戦闘を開始する。そしてつぎに、周到に用意した「錦旗」をたかだかとかかげてみせる。

一瞬にして「朝敵」となってしまった幕府軍は自壊するほかはなく、総くずれとなって敗走した。

幕府のひざもとにバラバラッと砂をまく。と、大坂城から軍勢が飛びだした。そういうことになるのだろう……。

「新暦」へとあらたまった一八七三年一〇月、「征韓」をめぐって政府が二分した「明治六年の政変」は、西郷隆盛たち「硬論派」が大久保利通ら「内治派」に敗北し、太政官参議の半数が野に下り、六〇〇人あまりの軍人・官僚が職を辞したというようにひとくくりにされているが、そんなものではない。

対朝鮮問題は、「王政復古」を理念として成立した新政府の正当性にかかわる枢要な一事であり、維新後まっさきに解決・改正されていなければならない問題だった。

つまり、復古によって「天皇親政」を回復したからには、「上代三韓朝貢の古儀」にならって朝鮮を属国となし、藩臣の礼をとらしめねばならぬ。その「名分条理」を明らかにし、朝鮮との関係をあるべきすがたにあらためる。それこそが新政府にとって急務の外交課題であり、朝鮮がそれをうけいれないならば、古昔の「三韓征伐」さながら討つほかはないというわけである。

朝鮮の日本への朝貢をアプリオリのものとする「記紀神話」いらいの朝鮮観にたてば、「三韓・任那」は日本に統合されてしかるべきものである。にもかかわらず、「天皇」の存在を明示しない外交文書によって徳川将軍「日本国大君」と「朝鮮国王」が対等の関係をむすんできた――「国書」は改行して平出した「朝鮮国」にかかわる文字と、おなじく平出した「日本国」にかかわる文字が並びたつスタイルをとってきた。

まさに、「国体」がそこなわれてきたことの証しにほかならない。
これを朝鮮の「無礼」だといい「罪」であるとして、いのいちばんに「征韓論」をぶちあげたのは木戸孝允だった。古代いらいの天皇制にたちかえって親政が回復されたいま、「天朝」と「朝鮮」の関係をあるべきすがたにもどさないではすまされない。そのためには、「すみやかに天下の方向を一定し、使節を朝鮮につかわし、彼の無礼を問い、彼もし不服のときは、罪を鳴らし、その土を攻撃し、おおいに神州の威を伸長せん」と。

ところが、維新から六年をへて朝鮮問題はいっこう進展をみず、暗礁にのりあげたままとなっていた。

「韓地」のことこそが「皇国の御国体」をたて「宇内の条理」をしめし「東海に光輝を生」ぜしめる端緒となる。「御一新の御主意」を再確認するためにこそ「征韓」の実施が必要なのだと、そう説いてはばからない木戸よろしく、吉田松陰ばりの「征韓論」をふりかざし、「国体論」的ロジックをたくみにもちいて扇動的な主張をくりひろげるイデオローグたちの気炎はおさまるところをしらず。

いっぽう、それら急進的・狂信的な主張には冷ややかな目をむけるものたちも、新政府が朝鮮政策に手こずっていることを看過できぬとすることでは変わるところなく、「征韓」論議は、政府内外に山のごときフラストレーションをつのらせていた。

もとより、木戸にかぎらず、西郷、大久保にかぎらず、政府首脳のだれであっても、維新の理念にもとづいて「名分条理」を明らかにし、しかるべく日朝関係を正常化することに異をとなえるものはなく、手段としての「征韓」を否定することはありえない。

つまり、「征韓」をめぐっては「硬論派」も「内地派」もないのだが、事態を困難にしていたのは、「征韓」をさけぶ情熱と膨大なエネルギーの矛先が、むしろ新政府やかれらリーダーたちにむけられつつあったことだった。

そしてそれは、維新それじたいが孕んでいた矛盾や、「御一新」いらいの急激な変革と政策がもたらした歪みが、社会の下層にマグマ溜まりのように封じこめられて膨れあがる、鬱勃たるエネルギーとも無縁ではなかった。

さて、西郷の指示をうけて朝鮮に潜入していた別府晋介が、ひと月半にわたる偵察をおえて帰国したのは、明治五年(一八七二)一一月七日のことだった。

別府晋介といえば、五年後の九月二四日、城山陥落の日、「晋どん、晋どん、もうここらでよかろう」といって東天をあおぎ、掌をあわせた西郷の首を、「ごめんなったもんし」とひと言、あざやかに斬っておとし、まっすぐ弾雨のなかにすがたを消したとつたえる『西南記伝』の場面をもってその名を知られる人物だが、とうじは陸軍少佐の任にあり、おなじく板垣の指示によって朝鮮にわたった土佐藩出身の北村重頼中佐とともに、韓人に扮して各地を探りあるいてきた。

おりしも、彼の従兄弟にあたり、この三月に鎮西鎮台司令長官に任じられた桐野利秋が上京していた。

「朝鮮を征つには、十大隊をもってすりゃあ、じゅうぶんじゃろう」

桐野がそういうと、別府は「なんの、二三個中隊もあれば足りるじゃろ」と壮語した。一〇大隊なら六〇〇〇兵から六四〇〇兵。三個中隊なら四五〇兵。大きく出たものである。しかし西郷はとりあわない。

「おはんらの出る幕じゃごぁはん。戦略は、板垣と伊地知にまかせるちぃ決めちょる」というわけだ。

薩摩もんどうし、わけても身内どうぜんのかれらにたいしてあらたまった言葉をつかう必要はない。

戊辰戦争で板垣退助と伊地知正治の将才の凡庸ならざるをまのあたりにした西郷は、かれらの軍略家としての才幹に全幅の信頼を寄せていたという。

別府の復命をうけた西郷は、ただちに板垣と伊地知、外務卿副島種臣を太政官に呼びだし、会議をもうけた。

「朝鮮出兵」を想定した戦略会議である。

朝鮮半島は、東西南三方向が海にかこまれている。

「まず、軍兵を海路で北韓に上陸せしめ、平壌から京城を砲撃するの謀に出る。されば、あたかも嚢の口をくくって物を探るかのごとくとなり、韓廷が北に逃れようとしても、その前途を封じることになろう」

半島北部に軍勢を上陸させ、平壌からソウルを攻めれば、王府は袋のネズミどうぜんとなる。西郷がそういうと、副島はこれに賛意をしめした。

「蒙昧な韓国のごときを対手とする戦闘にあっては、まず、君主を擒にするを主眼とすべきである。それに異論はない」

なによりまず、国王の身柄を拘束することが重要だ。これには板垣も見解をおなじくした。

「しかるに、そのための戦略として、軍兵を北方から南下させ、敵をして頓路をなからしめんとするは難事である。それよりも、まず兵を釜山に上陸させる。さすれば、事に迂い韓人は、全力を釜山につくしてわが軍を撃破せんとつとめるにちがいない。そのときにあたり、われらは全軍の三分の一を釜山にのこし、三分の二をもってまっすぐ江華湾方面にいたり、いきなり京城に肉薄する。そしてその間に、釜山にのこしておいた軍兵を海路平壌に送り、もって敵の退路をふさげば、作戦は成功することうたがいない」

板垣がいえば、西郷にはもとより異論はない。伊地知もまたこれをよしとした。

「ただ、軍隊の規模はすこしく大きくし、いっきょ大兵をつぎこむことが肝要だろう」

このとき板垣が想定していた征韓軍のスケールがどれほどだったかはつまびらかでない。が、のちにみる伊地知の「作戦計画」において彼じしんは、海陸兵四万人を動員する予定であった。

じつに、この四氏による戦略会議の二〇日後には、太政官布告(だじょうかんふこく)第三七九号「徴兵令詔書および徴兵告諭」が公布され、はじめて国民皆兵による国防軍が創設されることになったのだ。

おなじころ、対朝鮮外交の最前線ではついに、いや、ようやく「近世」にピリオドが打たれていた。外務省の使節つまり文官が、軍隊をともなって入釜するというおだやかならざるやりかたで。

まがうことなき軍人である別府晋介と北村重頼が、「視察員」の名目で朝鮮に入ったのもこのときのことだったが、使節にたった外務大丞花房義質(だいじょうはなぶさよしもと)は、大砲六門を搭載した軍艦「春日(かすが)」にのりこみ、歩兵二小隊をのせた汽船「有功丸」とともに釜山に入港した。九月一五日のことだった。

花房使節の使命は「草梁(チョリャン)倭館」を接収すること。すなわち、強制的に差し押さえることだった。

接収する。とはいっても、「倭館」の敷地はいわずもがな朝鮮の土地であり、船だまりや桟橋などの港湾施設をはじめ、使節を応接するゲストハウスや、外交・貿易の実務をおこなう庁舎、「倭館」を管理する館主屋など、おもだった施設・設備はすべて朝鮮政府がコストを負っている。

それらは、館内に徐々に居留をみとめられ、歳月をかけて土蔵や町屋を築いてきた旧対馬藩のものですらなく、まして旧幕府のものでもなく、新政府のものであろうはずがなかった。

「倭館」というのはそもそも、交易をもとめて半島に殺到する「倭人」対策として生みだされたものだった。

追いはらっても追いはらってもやってくる「倭人」のなかには、浦々に棲みついてしまうものもあれば、やみくもな海賊行為をはたらく集団もある。それらの被害から国を守るには「海禁」によるしかなく、王朝政府は、その懐柔策として、

「海禁」に協力的かつ、それをなしうる力のある「倭人」にたいしてのみ割符(わりふ)や図書(としょ)をあたえて通交証とした。

そして、かれらしかるべき「倭人」に入港をみとめた「浦所(ほしょ)」に、応接のための「客館」すなわちゲストハウスとしてもうけたのが「倭館」なのである。

はじまりはふるく一五世紀初頭にさかのぼるが、嘉吉(かきつ)三年（一四四三）、対馬宗氏が、室町幕府の承認のもとに朝鮮とのあいだに「癸亥(きがい)約条」をむすび、毎年五〇艘の歳遣船(さいけんせん)を派遣する特権を得たことで正式に官営の施設となった。のち「倭館」居留民が大きな暴動を起こすたびに断交と約定の見直し・再締結をくりかえし、豊臣政権時代に国交そのものが断絶、七年にわたる武力侵略をへて徳川期に関係修復がはかられ、ふたたびおおやけの施設として復興した。

戦後、関係修復交渉をおこなうための「仮倭館」がおかれた場所は絶影島(チョルヨンド)だった。

「倭人」に本土を一歩たりとも踏ませまいとする方針のあらわれにちがいなかったが、貿易の途絶が死活にかかわる対馬宗氏の涙ぐましい、いや凄絶ともいうべき「朝鮮詣(もうで)」と、「国書」の改竄・偽造もいとわぬ「はなれわざ」によって、慶長一二年（一六〇七）には「回答兼刷還使」の来日が実現。同一四年には「己酉(きゆう)約条」がむすばれ、釜山の豆毛浦(トモポ)に一万坪をあたえられた。

のち、手狭になった「倭館」の転地要請をくりかえし、釜山の草梁(チョリャン)に一〇万坪——三三万平方メートル。長崎の唐人屋敷の一〇倍、出島(でじま)の二五倍にあたる——という広大な敷地を貸しあたえられることが決定したのは、延宝元年（一六七三）一〇月。同三年の三月より、まる三年をかけて「新倭館」が建設された。

参判使大庁・特送使大庁などの客館(ゲストハウス)をはじめ、施設はおおむね朝鮮スタイルで築造されたが、朝鮮・対馬双方の役人や商人が出入りする開市(かいし)大庁や、外交官交渉をおこなう裁判屋(さいはんや)などには対馬サイドの要望も入れられた。なかにも、本質的に重要な港湾工事については、対馬が主張をまげなかった。すなわち「船の着岸用の桟橋を、湾へ築(つ)き出してつくるよりも、陸を掘り下げてつくるほうが崩壊の不安がない」という主張である。

「そんな工事をしたことがない」とつっぱねていた朝鮮側も、折れざるをえなかったのだろう、まもなくちかくの梵魚寺(ポモサ)や暁義寺(ヒョイサ)など慶尚道(キョンサンド)に点在する寺々から、一日四〇〇人をこえる僧たちが駆りだされて掘り下げ工事が始まった。

新築工事にかかわった朝鮮の職工・人夫の数はのべ一二五万人。対馬藩からはのべ二〇〇〇人がくわわった。総造営料は、朝鮮サイドだけで米九〇〇〇石、銀六〇〇〇両が投じられたという。

しかし、それですべてが完成したわけではない。船着きを除いた周囲二〇〇〇メートルにおよぶ総構え（そうがま）は、対馬の懇請によって土塀から石垣にかえられることになり、宝永六年（一七〇九）には、高さ二メートルの石積み塀が完成。出入りのための門口も一か所から三か所に増やされ、うち二か所は、内側からカギをつけることをゆるされた。

このようにしてつくられ維持されてきた「倭館」が、日朝外交の唯一の執務所にして「公館」であることは、新政府にとっては悩ましいことにちがいなかった。

国交を回復していらい二六〇年、幕府は「通信使」に相当する使節をいちども朝鮮に派遣することはなく、幕府の意をうけた対馬宗氏が「家役」としてもっぱら使節を派遣し、しかもそれら使節はゲストハウス止まりで外から施錠された「倭館」を一歩も出ることあたわず、いわんやソウルに迎え入れられることもない。

のみならず、幕藩体制の「知行・軍役体系」のなかにあって、日本の公権力から日・朝間の外交実務を一任されてきた対馬藩の宗家が、よりによって朝鮮王朝に羈縻（きび）される関係にあり、朝貢関係にささえられた「対馬・朝鮮外交」というべきものを維持したまま、「天皇親政」を回復したこんにち現在にいたっている。ゆゆしきことにちがいない。

それは、対馬という「変換装置」なくして徳川将軍と朝鮮国王とのたてまえとしての「隣交親善」がたもちえなかったためであり、また、幕府にとっての対馬は、将軍家の慶事にさいして「異国」の祝賀使節を招聘してくれることはもとより、北京につうじる情報ルートとして唯一開かれた「目」であったためである——それは、唐人屋敷（とうじん）や出島（でじま）を管轄する長崎奉行や、琉球を介して薩摩藩から送られてくる南方ルートの情報ではおおうことができないものだった。

館守の記録である『毎日記（まいにちき）』や、外交官にそうとうする裁判（さいはん）や書記官にそうとうする東向寺僧（とうこうじそう）が、公式の記録として蓄積した「外交文書」「裁判記録」「往復書簡」など、二〇万点をこえる文書が『宗家文書』としてつたえられたのはまさにそのゆえんだが、将軍家と幕府が消滅してからすでに五年の歳月が流れているのである。

この間、明治二年（一八六九）六月には、すべての藩主が、もっていた領地・領民支配権を天皇に「奉還」し、対馬藩は日本国の一行政区画としての「厳原藩（いずはら）」に、封建領主であった対馬の「お殿さま」である宗氏は、「藩知事」という名の一地方行政官になりかわった。

そしてさらに明治四年七月、闇討ちのごとくふりおろされた「詔勅」によって第二の維新ともいわれる「廃藩置県」が断行され「厳原藩」は廃止。それにともなって宗氏もまた「藩知事」を免官され華族に列せられて東京在住の人となった。

ここに、いかにも奇妙な光景がたちあらわれた。

すなわち、李王朝に藩臣の礼をとることで宗氏がたもちつづけてきた「対馬・朝鮮外交」および公貿易・通商にかかわる既得権と、朝鮮の官職を授かることで対馬島民にみとめられてきた交易権が宙に浮いたかたちとなり、客館・公館・商館をかねてきた「倭館」にいぜんとして居留しつづける対馬士民――つねに四〇〇人から五〇〇人が暮らしていた――がおき去りにされたままとなったのだ。

なんとなれば、「王政復古」とどうじに諸外国にたいして外交権の掌握を宣言した新政府だったが、朝鮮との交渉を始めるにあたっては、幕府にかわって外交実務を専権としてきた宗氏を鎹とせざるをえなかったからである。

交渉の第一歩は、「大政一新」の通告、すなわち幕府が廃止され「天子親政」に還ったことをつたえ、国交の継承をもとめることだった。が、その初発で大きくつまずき、門戸を閉ざされたまま五か年をむなしくしようとしていた。

そもそも、つまずきはおこるべくしてひきおこされ、事態を隘路にみちびいた。

ひとまず朝鮮との交渉実務の継承をみとめられた知藩事宗義達は、これまでの幕府と対馬藩による朝鮮外交を、ほんらいあってはならない屈辱的なものだとする、あっぱれな「建議」をおこなった。

幕府がなくなったいま、藩の役割の重要性と財政支援の必要性を新政府にみとめさせ、みずから「朝廷外交」の担い手となることで藩の存在価値を高め、同時に、「皇威」を後ろ盾にすることで、かねて問題とされてきた対馬の「国辱」すなわち「羈縻の関係」を解消しようという、一挙両得の策に出たというわけだ。

もちろん、三年後に「藩」そのものが消滅しようとは思慮のほかだった。

いわく、天皇親政がおこなわれていた上代には、「三韓」こぞって天皇の徳を慕い、朝貢をおこたらなかったが、中古いらいそれが廃れ、将軍家が等対外交をつづけてきた。まさにこれこそが「御国威」を失墜させた「謬例」にほかならない。豊臣氏壬辰の役ののち、徳川氏が隣睦を回復するも、旧弊をあらためることなく、あまつさえ外交のじっさいが対馬の「私交」にゆだねられて今日にいたったことは、「御国体」をそこなうことであり、「恐懼戦慄」このうえない。しかるにこのたび、朝廷が「御直交」を仰せ出だされたうえは、まず、その「御名分」「御条理」を正すべきである、と。

二六〇年来の対馬藩と朝鮮との関係を、みずから「対州一国の私交」であると貶め、朝廷による「御直交」こそが「公」

であるという。

また、「約条」による「歳遣船」のとりきめは、「藩臣の礼」をとって「嗟来の食」を喰むにひとしく、歳賜の米や豆は、朝鮮の受職の官吏が王府からうけとるものと異ならず、朝鮮から授けられた「図書」もまた、臣下に官職を授けるさいに下賜する銅印とおなじである。じつにもって「国辱」のかぎりであり、遺憾にたえないと。

「嗟来の食」というのは『礼記』にあることばで、「さあ食え」という無礼な態度であたえられる食べ物のことである。

ことさほどまで「建議」は、対馬のおかれた状況を屈辱的なものとするレトリックを駆使したもので、おのずからそれは、ながく対馬に恩恵をもたらしてきた朝鮮にたいして掌を反すような内容とならざるをえなかった。

朝鮮はかならず対馬を「困せしむるの策」に出てくるだろう。だが、ひとたび「朝命の御趣旨」を奉じ、「謬例を正し、国辱を雪ぎ」いで「国体国威」をたてる覚悟をしたいじょう、「勤皇の道」をつくして「社稷」と存亡をともにするしかない。義達は、そう説いて藩の臣士にたいして悲壮な覚悟をもとめる「戒諭」をくだした。

はたして「建議」はうけられ、義達には「大政一新につき幕府御廃の儀」を通告すべく命がくだされた。

明治元年（一八六八）七月、準備のために帰藩をゆるされた彼は、家老の樋口鉄四郎を「大修大差使」正官に任じ、一二月一一日、釜山に派遣した。

「大差使」というのは、将軍家の重事などを通知するさい、外務大臣にあたる礼曹判書につぐ位階の参判にあてた書契をもって派遣される使節で、朝鮮政府は、中央から「接慰官」を「倭館」へ派遣してあつくもてなすのを恒例としてきた。樋口のたずさえた「大差使書契」には、日本の朝廷からうけた新印が捺されていた。

「日本国左近衛少将対馬守平朝臣義達、朝鮮国礼曹参判公閣下に書を呈す。……我邦は皇祚連綿、一系相承にして、大政を総覧すること二千有余歳……」

書契の謄本は東萊府をへて礼曹へ送られたが、朝鮮政府は正式に受理することを拒絶した。

これまで、朝鮮国王が下賜した印章をもって貿易をみとめられてきた「対馬州大守拾遺平なにがし」が、日本の朝廷からうけた官職「左近衛少将」「朝臣」をおびて名をなのり、朝鮮礼曹参判にたいする敬称を「大人」から「公」へと下げてきた。

礼式を逸していることだけでも拒絶するにはじゅうぶんであるうえ、書中には、大政一新によって政権が「天皇」に帰一したとか、日本は「皇祚連綿一系」の国柄であるとか手前勝手なことをならべたて、おまけに、これまでの朝鮮と対馬の関係を「私交」であり「私弊」であるといってのけた。とても容れられるものではない。

朝鮮にとって「天」であり「皇」であるのは、中国皇帝のほかにはありえない。それを、日本が自国かぎりでもちいるならともかく、国交修復いらい二六〇年、対立がおきやすい文字の使用を慎重に避けることでたもってきた「善隣外交」を断絶し、日本優位のものに転換しようという意図を、あからさまにうちだしてきたのである。

けっきょく、交渉はその初発から「倭館」を一歩も出ることなく頓挫。樋口はそのまま釜山にとどまって打開の余地を探ることになる。

明治二年（一八六九）七月、新政府は、外務省を設置して手づまりの解消にむけて動きだす。対馬を除外して朝鮮外交権を政府に一元化し、みずから「朝廷御直交」を実現しようというわけだ。

一二月六日、佐田伯茅・森山茂ら外務省の官員が調査のために渡海した。

もと久留米藩士の佐田伯茅は、「朝鮮は、応神天皇いらい義務の存する国柄であり、ゆえに、維新中興の気運に乗じ、すみやかに手を入れるべきである」という「建白書」が目にとまって外務省への出仕をみとめられた、過激な尊攘思想のもちぬしだ。「朝鮮の義務」というのは、応神天皇が神功皇后の胎内にありながら三韓を征伐したという「神話」にもとづく「朝貢＝みつきたてまつる」義務のことである。

また、天領大和出身の森山茂は、少壮のころには「天誅組」にくわわって尊王攘夷をとなえ、維新直前には、同志数十名をともなって鬱陵島に移住し、朝鮮経略の志をとげようと計画中であったという。

かれらのような人物に白羽の矢をたてたところに外務省の志向がみてとれるが、はたして、翌明治三年（一八七〇）三月に調査からもどるや、かれらはおのおの「建白書」を執筆し、すみやかな「皇使」の派遣と、臨機応変の武力行使をうったえた。

森山は、「維新」が成ったいまなお志をえない士族を、あげて半島に移植し、慶尚・全羅の二道を占領せしめ、持久・永住のための策をほどこすべきだとのべ、そのために、ロシアとの摩擦のたえぬ樺太を売り渡し、「樺太拓地にもちうべき金力を朝鮮に換え、さらに国力をここにつくさば、数月のあいだにして不易の国利を得べし」と主張した。いかにも森山らしい建言だった。

佐田もまた、じしん三度目となる「征韓論」を開陳し、「武力征韓」の必要を説いて倦まなかった。

いわく、朝鮮が外交文書のうけとりを拒み、「皇国」を辱めているというのに、どうして「皇使」をくだしてその罪を問わないのか。やつらの性質は、探沈狡獰にして固陋傲頑。ゆえに、かならず兵力をもって臨まねば用をなしえない。君主が辱められれば、臣子は命をかけねばならぬ。臣子たるものかならず朝鮮を伐ち、「皇威」をたてねばすまされない。すみやかに「皇使」をくだして大義をあげ、つぎに一挙「大兵」を送り、五旬のうちに国王を虜にすべしと。

「大兵」の規模は「三十大隊」。そのうち、大将ひきいる一〇大隊は江華府にむかい、ただちに王城を攻め、のこり二〇大隊は、六大隊を慶尚・全羅・忠清道に、四大隊を江原・京畿道に、一〇大隊を咸鏡・平安・黄海道にふりわけて、八道全域を全方向から蹂躙すれば、たちどころに土崩瓦解しうるという。

佐田の念頭には、仏・露・米の三国の動きにたいする慮りがあった。

四年前に朝鮮を攻めて「敗衂」をとり、「懊悩かぎりなき」フランスはかならず復讐をこころみるであろう。また、北の国境線をロシアが虎視眈々とうかがっている。そしてさらに、ちかくアメリカが攻撃をくわえるであろう。

そのような情勢下、もし「皇国」が好機をのがし、朝鮮を他国にあたえてしまったなら、「唇亡びて歯寒し」ということになる。しかも朝鮮は「金穴」すなわち大いなる金づるである。

いま「皇国」は、むしろ兵の多きを憂えて兵の少なきを憂えず。それらの兵をもって大挙し、いっきに朝鮮を屠り、「皇威」を海外に耀かしめることは利こそあって損はない。さらにそれをもって「兵制」を練るならば、富国強兵のこのうえない策になるにちがいないと。

はたして、この戦略に耳をかたむけたのは外務大輔寺島宗則であり、大いに賛成の意をあらわしたのは板垣退助ぐらいであったといい、その寺島もやがて「あの三十大隊か」といってとりあわなくなったという。

けれども、四半世紀のちの一八九四年、いわゆる「日清戦争」開戦前夜にあたる七月二三日、ソウルに送りこんだ「大兵」八〇〇〇をもって王宮を急襲させ、国王高宗を虜にしたのが、文官である外務大臣陸奥宗光と駐韓朝鮮公使大鳥圭介コンビによる謀略であったことを知るものは、佐田をして「かの三十大隊」などと嘲ることはできないだろう。

同年四月、調査官らの報告・建白をうけた外務省は、太政官に「対鮮政策三か条伺い」を提示した。

すなわち、まずは旧弊を清算するため「倭館」をひきはらって交渉を断絶し、あらためて「朝廷御直交」を期する。

あるいは、「全権使節」に肥前・肥後の軍艦二隻をつけて派遣し、「兵威」を盾に交渉をすすめる。そして第三の策は、「皇国」と「支那」が「比肩同等」であることをしめすべく対清交渉を先行させ、清国とのあいだに条約を締結するという迂回策だった。

いずれも、朝鮮にたいする日本の優越を前提とした強硬論にほかならない。省内には、「古代王政の例」をもって朝鮮を問責しようとするのは実態からかけはなれているという穏健かつまっとうな主張もあるにはあった。が、朝鮮外交を新政府に一元化し、「朝廷御直交」を実現することが基本路線であるということではコンセンサスが得られていた。

おりしも、中国の天津で反キリスト教事件がおこり、当事国フランスをはじめとする「七か国艦隊」が天津に入って抗議をするという大事件に発展した。同一八七〇年六月のすえのことである。

「清と列強が事件に忙殺されているいまこそ朝鮮を綏服する好機である。すぐにも皇使を派遣せよ」

にわかに外務省の強硬派が色めきだった。

八月にはまず、清国との国交開始および条約締結を先行させるため、外務権大丞柳原前光と同大録花房義質を予備交渉にむかわせ、九月には、外務権少丞吉岡弘毅、同七等出仕の森山茂・広津弘信らを朝鮮に派遣した。

「三か条伺い」の第三の策を実施に移したというわけだ。

つまり、清国との交渉が妥結するまでは、天皇と朝鮮国王との「直交」問題を棚上げし、政府と政府のあいだで対等な交渉をすすめようという。天皇と朝鮮国王との対等な通交こそありえぬが、双方の政府が交渉をおこなうことには障りはない。政府の代表者どうしのやりとりならば、「天子」がどうの「皇」や「勅」の文字がどうのという厄介ごとも派生せず、交渉の窓口をひらいておくことができるという算段だ。

いかにも弥縫的なやりかただが、外務省が派遣するはじめての公式使節となった吉岡たちは、澤宣嘉外務卿から朝鮮国礼曹判書にあてた、また、丸山作楽外務権大丞から東萊府使・釜山僉使にあてた文書――大臣から大臣に、行政官から行政官にあてた文書――をたずさえ、朝鮮が嫌う蒸気船をもちいず、和船にのって釜山にのりこんだ。

ところが、のっけから「先格」をもちだされ、出鼻をくじかれることになった。四〇〇年来の先例にならい、対馬宗氏を介した交渉以外はとりあわないというのである。

のち吉岡は、二年ものあいだ「倭館」に板づけとなり、森山と広津は、対馬・東京・釜山を往来しながら、新政府の情報不足とノウハウの欠如をおぎなうため奔走することになる。

なにしろ、とうじの朝鮮のあるじ、すなわち国王の実父として権力を掌握していた大院君(テウォングン)は、「洋夷」「倭夷」をとことんしりぞける「衛正斥邪(ウェジョンチョクサ)」思想の権現のような人物であり、鎖国攘夷策を頑強につらぬいていた。

そのすさまじさはすでに、フランス軍を撃退した「丙寅洋擾(ピョンインヤンヨ)」をもってひろく知られていた。

一八六六年、フランス人宣教師九人が処刑され、八〇〇〇人とも一万人ともいわれるカトリック信者が虐殺された。これをきっかけに、フランス極東艦隊が軍艦七隻をつらねて江華島(カンファド)を攻撃し、漢江(ハンガン)を封鎖しようとした。横浜駐屯仏軍からも三〇〇人の海兵が参戦したが、圧倒的な朝鮮守備軍の反撃のまえに敗退をよぎなくされた武力衝突だ。

吉岡使節が「倭館」にはりついてむかえた明治四年(一八七一)五月には、五隻からなるアメリカのアジア艦隊が、開国・通商をもとめて江華島を攻撃し、草芝鎮(チョジジン)・徳津鎮(トクチン)・広城鎮(クァンソン)を制圧した。朝鮮軍は二四〇人もの戦死者を出すにいたるも、頑として要求をはねのけた。

「辛未洋擾(シンミヤンヨ)」と呼ばれるこの侵攻には、横浜駐屯米軍をのせたアメリカ艦隊が長崎港で編隊をととのえて出撃した。ために日本は、屈折した立場に立たされることとなる。撤廃を切望する不平等なものとはいえ、万国公法のもとでアメリカと条約をむすんでいたからだ。

アメリカ艦隊の出撃を知るや、外務卿澤宣嘉(さわのぶよし)は吉岡使節団に「内諭」を送った。

「朝鮮は接壌の地にして旧交のある国だから、その危急を患(うれ)え、避難をすすめ、皇朝隣接の親情をあらわすべし。いっぽう、米利堅(メリケン)とは旧交はないが、政府が公然と友誼(ゆうぎ)をむすんでいるのだから、いったん事がおきればそれを妨害することはできず、友親の誼を欠くべきではない」

つまり、万国公法上の交誼をむすんでいるアメリカと、むすんでいない朝鮮のあいだの衝突にたいして、日本は「米を助くべき義ありて、朝鮮を援(すく)うの理なし」というわけである。

権中納言姉小路公遂(あねがこうじきんすい)の五男に生まれ、澤為量(さわためかず)の婿養子となった宣嘉は、安政五年(一八五八)の「日米通商条約」締結に反対して「廷臣八十八卿列参(れっさん)」にくわわり、文久三年(一八六三)には公武合体派が画策した政変で失脚し、都落(みやこお)ちの憂きめをみた過激派尊攘公家「七卿(しちきょう)」のひとりである。維新後は、長崎奉行所をひきついだ長崎裁判所の総督の任にあって、三四〇〇人もの浦上キリシタンを配流した――「浦上四番崩れ」とよばれる大弾圧事件である。
そのようなキャリアのもちぬしが、欧米列強との不平等条約の枷のもとに外交の舵取りをしなければならないというのはいかにも皮肉なことだった。が、まもなく、彼から外務卿の地位をとりあげてしまうことになる一大改革がおこなわれる。第二の維新といわれる「廃藩置県」と、それにつづく「太政官」制度の大改革である。

前年の建白において「兵の多きを憂えて兵の少なきを憂えず」とのべたのは「三十大隊」と揶揄された佐田伯茅だったが、じつのところ、新政府がようやく自前の軍事力をそなえたのは当年、明治四年（一八七一）の二月の「三藩献兵」にあずかってのことだった。

自前の兵力とはいってもそれは、鹿児島・山口・高知三藩の兵、すなわち鳥羽・伏見に始まった内戦を制した「官軍」の主力である旧薩摩・長州・土佐の藩兵六〇〇〇人を、藩からひきはがすようにしてゆずりうけたものである。
ひきはがすようにして……。大げさではない。旧幕府軍との戦いに勝利した新政府軍は「官軍」とは名ばかり、その実態は、諸藩主によって給養され、編成され、藩権力に忠誠を誓っている軍兵の連合体であり、兵器も軍費もすべて諸藩によってあがなわれていた。

おのずから、その主力をなした三藩の費えは甚大だった。疲弊した藩の財政たてなおしが急がれるところに、新政府からは、やれ、封土・領民を朝廷に奉還せよ、中央軍をつくるため歳入の五分の一を上納せよと、頭ごなしの要求がつぎつぎ課せられる。

とはいいながら、土地と人民を返上した旧藩主が「知藩事」に任命され、主君とあおぐさきを「将軍」から「天皇」にかえたからといって、いぜん彼らが封建領主であることにかわりはなく、藩士・百姓にとっても、旧藩主が「お殿さま」であることにかわりはない。いわゆる「版籍奉還」は、天皇の「思食」をつつしんでうけることを申し出たというかたちばかりのものであり、その実際がどうなってゆくのかは「知藩事」にさえわからなかった。

また新政府において、「公論」すなわち諸藩の代表二二七人の「公議人」による議論や決定が、はたしてどこまで尊重されるのか、はたまた太政官の独断専行がまかり通ることになるのかは、やってみないとわからない。いずれは公議の場や機会が制約され、権限がおとしめられ、「公論」を無力化する巧妙な枠組みがつくられないともかぎらない……。

ひとにぎりの政府首脳によって不正がまかり通されるようなときには抗わねばならず、その直接的な手段としての軍事力は大きいにこしたことはない。

新政府にかならずしも信をおけない過渡期にあって、藩兵は、それが藩の財政を圧迫する元凶であり、ときに戦功をかざして発言力をふるうやっかいな集団であっても、失うことあたわざる存在なのだった。

そのような兵力を、とりわけ王政復古から東征・江戸開城・会津総攻撃にいたる武力討幕を成就した「革命軍」ともいうべき薩摩・長州・土佐の藩兵を、そっくりちょうだいして藩権力から独立させ、正規の「官軍」をつくろうというのだからただごとではなかった。

しかし、ついこのあいだまで白粉（おしろい）をつけ、女官たちに囲まれていた、満年齢一八歳をかぞえたばかりの「天子さま」を薬籠中にしているほかは、なんらの権力基盤をもたない新政府が、有無をいわさぬかたちで二二七の藩を牛耳っていくには、きわめつけの直属軍をもついがいに手段はないにちがいなかった。

はたして、大納言岩倉具視（いわくらともみ）が「勅使」をこうむり、大久保利通（おおくぼとしみち）を副使としてまずは鹿児島に下向。そこで藩の大参事の任にあった西郷がくわわって「国父」である島津久光（しまづひさみつ）を説得し、つぎに三人で山口にむかい、高知へは、大久保と西郷に木戸がくわわって「勅使」代行としておもむき、大参事の板垣と会談をかさねたあげく、ついに天皇への「三藩献兵」が実現するはこびとなった。

鹿児島藩からは歩兵四大隊と砲兵四隊、山口藩からは歩兵三大隊、高知藩からは歩兵二大隊と騎兵二小隊および砲兵二隊が献じられ、全体のおよそ半数を旧薩摩軍の士族が占めるという兵力を再編して、天皇の直属軍「御親兵（ごしんぺい）」が発足した。明治四年（一八七一）二月一三日のことだった。

実戦にきたえあげられた六〇〇〇の兵力は、全国の治安を守るには貧弱にすぎるが、諸藩を威圧するにはじゅうぶんな兵力である。これをそなえた政府がつぎになすべきことは、租税徴収権を藩からもぎとって中央に集権することだった。

「維新」の名をふりかざすことはたやすいが、発足当初、新政府が自由にできた財源は、徳川家七〇〇万石を処分して手にした六三〇万石にすぎず、全石高の四分の三は、二三〇を数える封建領主の手ににぎられていた。

この体制をいっきに解体すべく、秘密裏に策が練られた。

すなわち、独自に租税をあつめその用途を決める単位としての「藩」を廃し、租税の大半を国家に送る機関としての「県」

を置くという、大鉈をふるうための方策である。

同年七月九日、木戸邸において秘議がもうけられた。そのさい、紛糾する議論を一刀のもとに断ったのが西郷のひと声であったことは、ひろく知られるとおりである。

「諸藩に異議など起こりそうらわば、兵をもって討ちつぶしますのほかありませぬ。あとのことはおいが引きうけ申す」

このあざやかな一幕を、「さしも議論家の面々も一言もなし。西郷の、非凡なることほかになし」と語ったのは高知藩の参議佐々木孝行だが、力づくでも藩を廃さなければしんじつ「維新」が成就しないことは、密議に参じたもののだれもがわかりすぎるほどわかっていた。

七月一四日、政府は、鹿児島・山口・高知・佐賀四藩の知藩事を天皇の御前に呼びだして協力態勢をかため、在京中の五六藩の知藩事を皇居にあつめて「廃藩置県の詔」をよみあげた。

「朕惟うに、更始の時にさいし、内もって億兆を保安し、外もって万国と対峙せんと欲せば、よろしく名実あい副い、政令一に帰せしむべし……」

ために「朕」は「版籍奉還」を許可し、旧藩主を「知藩事」に任じ、奉職を命じたが、「数百年因襲の久」しく、名はあっても実をあげられず、こんなことではいったい「何をもって億兆を保安し、万国と対峙する」ことができるであろう。「朕」は「深くこれを慨」し、「かさねて、いま、さらに藩を廃し県となし、冗を去り、簡に就き、有名無実の幣を除き、政令多岐の憂いなからしめんとす。なんじ群臣、それ、朕が意を体せよ」と。

知藩事である旧藩主は職を免じられ、家禄と「華族」の身分を保証されて東京に移住する。各県には政府から「県令」を派遣する。藩札は当日の相場で政府発行の紙幣と交換し、藩債すなわち借金は政府が肩代わりする……。

やぶからぼうというべきか、寝耳に水というべきか、天皇の名をもってこつぜんと発令された「廃藩置県」は、事前に諸藩にはかられなかったことはもちろん、いっさいの公式の会議・諮問をへることなく、薩長出身の参議をはじめとする要人たちの合意を、右大臣三条実美と岩倉がそのまま上奏し、裁可をうけるという独断専行をもって決定され、「勅命」をもって押しつけられた。これをうけて政府のしくみも大改変され、二九日には、いわゆる「太政官」制が施行された。

そして、あざやかなまでパラドクシカルなことに、まさにそのときをもって、王政復古いらいの「改革」を実力でささえてきた「革命軍」は役目をおえた。

つまり、「藩」から献じられ、「天皇の軍隊」となった「御親兵」の力をもって「廃藩置県」は断交され、「藩」は廃止された。藩がなくなれば、おのずから家臣・藩士たちの身分も撤廃され、家臣でも藩士でもなくなった旧武士たちが、家禄をもらいつづける根拠もなくなった。藩も藩士も藩兵もなくなり、政府にたてつく兵力がなくなれば、それを抑えるための武力はもはや必要ないというわけだ。

そのことをもっともよく知る人物が西郷だった。

そもそも、新政府がもっともおそれたのは、戊辰戦争最大の功労者である薩摩藩兵にほかならなかった。戊辰の両雄西郷・伊地知を、そしてかれらがひきいる薩摩藩兵の力を抑えられるのは、かれらのほかにはない。かれらを抜きにして中央政府が強力な兵力をそなえることは不可能であり、そのことがあまりに明白であるいじょう解決策はひとつ。西郷を「官軍」の指揮者にするしかないのである。

西郷は、それを覚悟のうえで、「国父」久光（ひさみつ）のはげしい抵抗をふりきるため、天皇の名をもって「献兵」を命じる「勅使」派遣に同調し、みずからも長州へ、土佐へと足をはこんだ。

「天皇」と「人民」のあいだに介在する「幕府や藩」を廃止する。「尊王」をつらぬくための武力倒幕を決意したその日から、ひたはしりに「革命」を主導してきた西郷にとって、諸藩の独立を否定し、封建領主による「私有の権」を撤廃することこそが「革命」の到達点なのだった。

そしてそれは「廃藩置県」によって成就した。ゆえに彼は、彼じしんの権力の源泉でもある「御親兵」を、まもなくにも解体しなければならないこと、あわせて士族の全面的なリストラ、すなわち「秩禄処分」を断行しなければならないことも知っていた。しかもそれが、容易ならざるわざであることも……。

「御親兵」の半数を占める旧薩摩藩兵は、年月をかけてつちかってきた郷党的な団結によってむすばれていた。ために、あらたな規則に拘束されることを嫌い、他藩出身の兵士のなかに包摂されることを拒絶する。新秩序にしたがわないだけならまだしも、強固な一体性をもって政治的な要求をおこなうこともはばからず、みずから司令官をえらび、出兵や出動の提案をおこなったり、旧藩集団の利益や勢力拡大のために逸脱した動きに出ることもある。

そのような軍事集団を恒常的な政府軍として養っていくことのリスクを、もっともよく知っているのも西郷だった。「革命」をおえたのちも、西郷が政府にとってなくてはならない存在でありつづけたゆえんである。

おりしも、不平等条約改正の条件づくりのため、「全権使節団」が米欧に派遣されるはこびとなった。

「今よりおよそ百七十一箇月ののち、双方政府の存意をもって……条約文を補い、あるいは改むることを得べし」とさだめた「日米修好通商条約」第一三条の、一七一か月後にあたる期日が、翌明治五年七月四日にせまっていた。

さいしょに使節派遣の発議をおこなったのは、佐賀藩の参議で「条約改定御用掛」の任にあった大隈重信であり、八月すえにはいちど大隈の全権就任が内定した。

ところが、政局の主導権争いをめぐる岩倉と大久保の策謀がものをいい、大隈全権使節がまぼろしとついえたばかりか、政府の枢要なメンバーの半数を擁する、不自然なまでに大所帯の使節が派遣されることとなった。

副首相格の岩倉を特命全権大使とし、木戸参議・大久保大蔵卿・伊藤博文工部大輔・山口尚芳外務少輔を副使とする使節四六名、随員一八名、これに留学生四三名をくわえた総勢一〇七人の「岩倉遣米欧使節団」である。

同年一一月一二日（一八七一年一二月二三日）、使節団をのせた蒸気船「アメリカ号」はサンフランシスコをめざして横浜港を出航。最終訪問国のイタリアまで、一四か国を一〇か月半で巡遊する旅へと発っていった。まさかこれが二〇か月もの長旅になろうとは、当事者たちはもとより、留守政府をあずかるものたちも、だれもが思ってみなかっただろう。

留守をあずかる政府の筆頭は、名門藤原氏のながれをくむ上級公家であることだけを理由に太政大臣に就任した三条実美。あとの顔ぶれは、木戸をのぞいた三人の参議すなわち西郷・板垣・大隈と、岩倉のあとがまについた外務卿の副島種臣・文部卿の大木喬任・宮内卿の徳大寺実則・大蔵大輔井上馨・兵部大輔山県有朋・工部大輔後藤象二郎、そして翌春には左院副議長から初代司法卿となる江藤新平らであった。

かれらは、岩倉・大久保・木戸がいないことでかえって風通しのよくなった政府で、存分に腕をふるうことになる。

さて、明治元年（一八六八）の暮れに「日本国左近衛少将対馬守平朝臣義達」から「朝鮮国礼曹参判」あて書契をたずさえて渡海し、「草梁倭館」の囚われ人となってから二年半あまり、厳原藩が廃されたという報せは、藩士にして「大差使」の樋口鉄四郎を仰天させたことはいうまでもない。

が、「倭館」に張りつくこと一〇か月におよぶ外務少丞吉岡弘毅にとってもそれは大きな衝撃だった。

朝鮮側は、いぜん対馬宗氏いがいの交渉相手をみとめず、日本が「米国アジア艦隊」の侵攻を黙座したことでいっそう猜疑の色を深めていた。いっぽう「倭館」の管理はいぜんとして旧対馬藩士が担い、旧藩いらいの数百をかぞえる士民が、何ごともなかったかのように交易にいそしみ、生活をいとなみ、ときに既得権を主張しては蛮行をふるい、外務省当局の指示にしたがうことを拒んでいた。

「先格」を盾に門戸を閉ざす朝鮮。伝統である「家役」をテコに既得権にしがみつく対馬士民。

二重の板ばさみにあって身動きがとれない吉岡は、最大の障害となっている「宗氏ルート」を廃絶することが先決と判断し、はやくから森山・広津を東京に送って本省への報告と上申にあたらせてきた。

すなわち、一〇〇万両をこえる藩債をかかえている宗氏に、救済としての「朝廷の恵賜」を抱きあわせることで「家役」としてきた外交権を「辞退」させ——じっさいには政府が「接収」するのだが——そのうえであらためて宗氏に朝鮮派遣命令をくだす。朝鮮側が容認できる交渉相手である宗氏をして、みずから「家役」の廃止を告げさせ、あらたな日朝国交樹立の必要を説かせ、かつまた「倭館」在留の対馬士民を統括せしめようというのである。

ついでながら、美作の医家に生まれ、後半生を布教にささげたキリスト者として知られる吉岡の若き日のすがたは、これもまた尊攘の志士だった。三条や澤とともに都落ちした七人の過激尊攘派公卿のひとりである壬生基修に仕え、戊辰戦争にも従軍した。しかし、二年にわたった「倭館」駐在の経験は、彼の目をいやがおうにも両国間の深淵な問題にむかわせてゆく。はたして、帰国するやあっさりと職を辞して野に下り、野にありながら「己が欲せざるところ、これを人に施すことなかれ」と建言して日本の独善的な「征韓論」を批判。原則的・道義的な「征韓不可」を主張することになる。

吉岡の意をうけて奔走したのは森山と広津だった。

かれらは、釜山から対馬へ、その足で東京へ、そしてまた釜山にもどる、あるいは東京から対馬にもどり、ふたたび東京へと、二月なかばいこう精力的に政府と宗氏サイドの調整にかけまわり、ようやくのことで「家役」廃止と宗氏渡韓の合意にこぎつけ、七月一二日、ついに厳原知藩事宗義達をともなって三度目の上京をはたしたばかりだった。

ところが、なんとその二日後に「廃藩置県の詔勅」が発せられた。

難題をかかえて海路を往来した半年の労苦が一瞬にしてむなしくなってしまった。彼らの胸中は察するにあまりあろう。藩がなくなれば「家役」は何もしなくても消滅し、宗氏あっての「倭館」も対馬士民の既得権も宙にうく……。宗氏の合意不合意にかかわらず、一刻もはやく廃藩と「家役」消滅の事実を知らせなければ、たいへんな事態が派生する。

つまり、ただでさえ疑訝を深めている朝鮮が「倭館」への経済制裁をおこなうかもしれず、宗氏発行の文引がないことを理由に、釜山へのいっさいの入港を禁止するかもしれない。そうなれば、三〇〇人の士民は飢渇し、交渉の前途は閉ざされる。事態は急転直下、すぐにもあらたな打開策をもとめられることになったのだ。

いっぽう、吉岡使節にさきだって清国に予備交渉におもむいていた柳原前光外務大丞らは、みごと締約交渉に成功し、七月二九日には、全権大使として正式に渡清した大蔵卿伊達宗城と、清国全権代表・直隷総督李鴻章とのあいだで「大日本国大清国修好条規」がむすばれた。

「第一条　この後、大日本国と大清国はいよいよ和誼をあつくし、天地とともに窮まるなかるべし。また、両国に属したる邦土も、おのおの礼をもって相待ち、いささかも侵越することなく、永久安全を得せしむべし……」

いか、両国のどちらかが第三国から不当なあつかいをうけたときには、協力して解決にあたる。たがいに領事を駐留させ、領事裁判権をみとめる。通商においては、欧米列強に準ずる待遇・関税率を適用するなど、内容は一八条にわたる。

それは、日本にとっても清にとっても、万国公法にのっとってむすんだはじめての「対等条約」だった。中国にとって日本はほんらい「服属朝貢之国」である。これを理由に締結に消極的だった保守派をおしきったのは李鴻章だった。

彼は、条約締結によって日本の野心を封じ、その内容を「対等」にすることが、いずれは欧米との条約改正に資すると判断した。「条規」という名称も、「アヘン戦争」や「アロー号戦争」の敗北によってしいられてきた「不平等条約」とは異なる、平等な友好関係をめざす国家間のとりきめとして、清の側から提示されたネーミングであるという。

快挙というほかはない。一五世紀なかばからとだえてきた、ために秀吉が、家康が切望し、手段をつくすも得られなかった国交が四〇〇年ぶりに回復したのである。

かたや、徳川時代に回復され、いらい二六〇年間たもってきた朝鮮との国交は、更新することにも手をやき、断絶の危機にさえある。明暗は瞭然としていた。

もっとも、予備交渉でしめした列強と同レベルの「不平等条約」締結にいたらなかったことを批判する声もないではなかった。が、若干二二歳、戊辰戦争では「東海道鎮撫副総督」として東征にくわわり、江戸開城・接収にもたちあった気鋭の士、柳原の熱意が功を奏し、アジアの大国と対等な立場で条約をむすぶという大きな目的は達成されたのだ。

これによって清朝を宗主国とあおぐ朝鮮は「華夷秩序」のうえではワンランク下にいちづけられ、「皇」「勅」問題における主張の根拠を失うことになる。対朝鮮交渉を強硬にすすめていく前提がしかるべくととのったのである。

岩倉使節団の出航が三日後に迫った一一月九日、三条・岩倉および西郷・木戸・大隈・板垣ら政府首脳はあわただしく会議をひらき、朝鮮政策について議論した。そして、外務省の上申にたいする太政官正院の決定と方針を追認した。

すなわち、「廃藩置県」による宗氏の「家役」の罷免、および日朝外交の窓口が外務省の管轄下に一元化されたことを通告する文書をもった使節を送り、朝鮮がうけとりを拒否するようなことがあれば、在韓の士民をことごとく帰朝させ、国交交渉をいったん凍結する。派遣使節はしかも、大仰に威儀をただして臨まねばならぬ宗氏にかえ、家臣クラスをもってこれにあてるというのである。

対・朝間に「癸亥条約」がむすばれてから四三〇年。未曽有の大変革を報知するに、政府の微官ですらない、したがって外交担当のなんらの権限ももたぬ旧藩士クラスの人材を派遣する。朝鮮がうけあわないのは必至である。

まさに「交渉中絶」と「引きあげ」を既定の方針とする決定だった。

明治五年（一八七二）一月一四日、旧藩士相良丹蔵・浦瀬最助らは、礼曹参判にあてた「大日本国従四位外務大丞平義達」の書契をたずさえ、和船ではなく蒸気船で釜山に入った。そして任務が自然消滅したかたちとなった旧藩士樋口鉄四郎は、一六日、四年あまりをすごした草梁に別れを告げた。

明治元年末、樋口が「大修大差使」としてたずさえた書契の名義は「日本国左近衛少将対馬守平朝臣義達」であった。が、そのたびは、「大清国」とならびたつ「大日本国」をかざすことで朝鮮の事大主義に対峙した。

「わが邦は、戊辰の歳より国制を一新、いらい天子親政となり、幕府を廃して太政官をおき、封建をあらためて郡県制となし、ここにおいて世襲の官はみなその職を罷め、義達のごときもまた対馬守の任および左近衛少将の官を解かれ、わが国と貴国の交際将命の職を止めらる……」

しかし、朝鮮側の訓導は「倭館」にあらわれず、日本側は「倭館」にいた朝鮮の小役人を拘留。のっけから波乱ぶくみのなりゆきとなった。ようやく仮訓導が来館したのは三月二〇日。「天子」の文字のある書契の写しを手わたして、返答の期限をひと月後とした。もちろん、回答のあろうはずはなかった。

五月二六日、相良はついに禁忌をやぶり、守門衛兵の制止をふりきって「倭館」を出た。

東萊府（トンネ）におしかけて直談判をもとめるという非常手段に出たのである。が、交渉はおろか面会することもあたわず、六月六日に帰館した。

吉岡いか外務省の官員は、既定路線にしたがって「倭館」の引きあげを決定し、一六日には対馬に退却した。

かれらに課せられたのは、「天子」の文言のある書契によって「名分条理」を明らかにし、「彼曲我直」すなわち、条理にしたがって隣誼（りんぎ）をあつくしようとしているのが日本であり、条理に違い、隣誼をやぶったのが朝鮮であることを明確にしたうえで交渉をうちきり、のちの「遠略」に資するようなかたちで使節を引きあげることだった。

外務省から「倭館」引きあげの報告をうけた政府は、八月一八日、すべての引きあげ事務を遂行すべく、外務大録から大丞に昇進したばかりの花房義質（はなぶさよしもと）に釜山派遣命令をくだした。

九月一五日、花房使節団は軍艦「春日」にのり、歩兵隊をのせた汽船「有功丸」をともなって釜山に入港。引きあげ事務にとりかかった。引きあげ事務というと耳の通りはよいが、その内実は、館守深見六郎（ふかみろくろう）いか旧厳原藩士の手から「倭館」の管理権をとりあげ、外務省の直轄下におくことだった。

つまり、これまで日本の対朝鮮外交事務を専権とし、朝鮮から進貢貿易をみとめられてきた対馬宗氏が、朝鮮から貸与され、しかるべき島民に居留をみとめられ、さまざまなルール改訂をおこない、施設の修繕・メンテナンスをくりかえしながらいとなんできた「公的機関」を、当の「公」にして所有者である朝鮮の了解をとりつけることなく「横どり」するということだ。

大砲六門を搭載した軍艦と一二〇人の兵力。あからさまな武威を背にして釜山入りした花房は、「草梁倭館」を接収して「日本公館」となし、すべての在留「対馬士民」ならぬ在留「邦人」にすみやかな帰国を命じたうえ、広津たち「日本公館」に残留することになるわずかな外務省官員と館守の深見に「内諭」をあたえた。

すなわち深見にたいしては、「朝鮮側から退去要請があった場合、本国の命がないかぎり一歩も動かぬことを穏やかに帰弁し、いよいよ温和にして動揺せぬ」ことを指示。

官員らにたいしては、「対馬の代官と韓人とのあいだにある和交の深浅厚薄や情状をちくいち探知し、見聞のままをありていに報告せよ」と命じ、そのうえで「追ってかならず格段なる使節を派遣する」と明言。今回の措置が最終的な「断交」ではなく当面の「凍結」なのだということをふくみおいて、二四日には帰国の途についた。

20 Impôt du Sang（血税）— 四民均しく皇国一般の民にして、国に報ずるの道も別なかるべし

この間、留守政府をあずかる西郷は、頭の痛い問題の解決にわずらわされていた。

明治五年（一八七二）五月二三日から始まった天皇の「西国巡幸」に供奉していた西郷と弟の陸軍少輔西郷従道に、至急帰京せよとの報せがとどいたのは、鹿児島からの帰途、御召艦「龍驤」が四国の丸亀に寄港した、七月四日のことだった。

この年、はじめて洋装にあらためた天皇睦仁は、燕尾形ホック掛けの制服に身をつつみ、西郷いか七〇人あまりの随行者と近衛兵一小隊をしたがえ、軍艦九隻を動員して伊勢、大阪、京都、下関、長崎、熊本、鹿児島へと「生身の天皇お披露目の旅」にでかけた。

ながく禁裏を出ることすらタブーであった天皇制史上、例のない長期かつ遠距離巡幸だったが、その先にまず西国がえらばれたのは、いまもって、いや、廃藩置県ののちはいっそう西郷・大久保はじめ新政府を悩ませている旧薩摩藩の「国父」にして、全国守旧勢力の盟主島津久光を慰撫するためだったという。

鹿児島では、天皇に拝謁してなお猛然と政府批判をくりひろげ、旧臣の西郷・大久保を政府からはずすよう直言してはばからない久光に、西郷じしんはついに会うこともかなわなかったが、ともあれ、大過なく旅程をおえて帰途についたところに急報がまいこんだ。

薩兵が半数を占める近衛兵のなかで衝突がおきた。事態を収拾できるのは西郷いがいにないというわけだった。

はたして、東京にかけもどったところ、陸軍省の近衛局内に紛争がおこり、長官にあたる近衛都督を兼任していた陸軍大輔山県有朋が辞表を出すにいたる騒ぎとなっていた。

直接の原因は、六五万円という大金をめぐる不正事件だった。山県が、陸軍省が蓄えていた軍需品輸入用の公金を、資金運用と称して子飼いの御用商人、山城屋和助――もとの名を野村三千三といい、山県が総督をつとめた長州「奇兵隊」の幹部だった――に貸しだしたというのである。

ところが、生糸相場に手をひろげた山城屋は投機に失敗。うめあわせのためにさらに陸軍省公金を借りだし、こんどは生糸を直接売りこむためにフランスに渡った。そしてパリで豪遊をくりひろげていることが、陸軍省すじ、外務省すじの調査・報告で明るみにされた。六五万円といえば、とうじの国家歳入の一パーセントをこえ、陸軍省予算の一割弱に相当する。それほどの巨額が私的に流用され、返済が危ぶまれる。大事件にはちがいない。

だが、それはひきがねにすぎなかった。

旧薩摩藩兵はもちろん土佐藩兵も、軍隊内に士官と兵の区別をもうけ、上下の階級差・給与差をもちこもうとする山県の官僚的な方針に不満をもち、とりわけ彼が「徴兵制」の導入に熱心であることに、やるかたない憤懣をいだいていた。

前年暮れ一二月二四日、山県は、川村純義・西郷従道との連名で、徴兵制の導入をもとめる意見書を正院に提出していた。「国民皆兵の徴兵制・海軍防備の充実・士官養成と兵器製造」を建議する「軍備意見書」である――三人はともに、明治二年から三年にかけて英・仏・独・露国におもむき、軍事・兵制の視察をおこなっていた。

「天下現今の兵備をみるに、いわゆる親兵は、聖体を保護し、禁闕を守るにすぎず、四鎮台の兵すべて二十余大隊は、内国を鎮圧するの具にして、外に備えるゆえんにあらず……」

つまり、「近衛兵」は天皇と皇居をまもり、「鎮台兵」は国内の治安を維持することを任務としているが、対外戦にそなえた軍隊がないのが問題だというのである。

「鎮台兵」とは、同年八月二〇日、東京・大阪・熊本・仙台の四か所に「鎮台」をおき、旧諸藩軍の藩兵をもって編成した第二官軍とでもよぶべき常備軍である。定員数は、四鎮台あわせて一万五〇〇〇人。二〇余大隊規模が予定されていたが、募集に応じる士族が少ないうえに除隊希望者が続出し、じっさいには大幅な定員割れがつづいていた。

「ひそかに見るに、いま魯西亜はまさに驕慢猖獗、黒海に戦艦をつなぎ、南は回回諸国を奪取し、西は満州の境をこえ、黒龍江に上下せんとす……」

意見書は、とくにロシアの脅威にそなえるため、強大な海軍を建設し、国民皆兵制をさだめ、「全国の男子、生まれて二十歳にいたり、身体強壮、家に故障なく、兵役に充てしむべき者は、士庶を論ぜずこれを隊伍に変束し、期年を経、更番して家に帰るをゆるすべ」きだという。

つまり、ロシアを仮想敵国とした国防・外戦のための軍隊を、二〇歳いじょうの男子からあまねく徴兵することで組織し、一定年限の訓練をほどこしたのち、予備役として有事のそなえにあてるというのである。

徴兵制の導入によって徴募される百姓ふぜいの軍兵が、外征のための軍隊となる。戊辰の戦功に裏づけられた三藩はえぬきの部隊であることを誇りとする近衛兵にとって、それは看過し難いことだった。

それでなくてもかれらは――とりわけ、日本陸軍の最強部隊であることを自負する薩摩軍団は――相手がロシアであれシナであれ、外征にはなみなみならぬ関心をもっていた。それをさしおいて欧州流の兵制改革をおこなおうとする山県は、たしかに目前の仇敵であるにちがいなかった。

西郷がもっとも危惧していた事態が発生した。東京に飛んで帰るや、彼は、みずから初の「陸軍元帥」となって「軍令・権」を掌握し、近衛都督をひきうけて兵の統御にあたることにした。そして山県には、陸軍大輔として「軍政」に専念することを条件に辞職を思いとどまらせ、ひとまずかっこうをつけたかたちとなった。

が、それが苦渋の選択であり、ひととおりのわざではなかったことを、いみじくもイギリス滞在中の大久保にあてた書簡のなかで吐露している。

「近衛局少々物議沸騰いたし、山県ひきこみ、暫時混雑におよびそうろうあいだ、私ども兄弟とも、よほど配慮つかまつりてまかり帰りそうらえば、さしたる事にもこれなくそうらえども、山県氏、とても再勤の体これなく、いろいろ申し述べそうらえども聞き入れこれなくそうろうにつき、私も御脇に立ち、ともに難をひきうけ申すべくそうろう。

じつは、鹿児島隊の難物をこれまでうち任せおきそうろうしだい、不行届の訳にてござそうろうあいだ、このうえはともに尽力つかまつるべくそうろうにつき、なにとぞ再勤いたしくれそうろうところ再往あい願いそうろうところ、ようやく合点いたされそうろうにつき、私は元帥にて近衛都督を拝命つかまつり、当分、破裂弾中に昼寝いたしおり申しそうろう……。この三県の兵は、天下に大功ある訳にて、廃藩置県の一大難事も、これがために難論をおこしそうろうところもこれなく、まことに王家の柱石にてござそうろう。かくのごとき功績あるものに疵をつけそうろうては残念のいたりにござそうろうあいだ、来春まではことごとく解き放しそうろうつもりにござそうろう」

いまや「破裂弾」さながらとなってしまった「三県の兵」は、革命のために「大功ある王家の柱石」なのであり、かれらを破裂させて叛賊の「疵」をつけてしまわぬよう、翌春までには全員を復員させるつもりだという。

いうまでもなくそれは、やがて発令される「徴兵令」と抱きあわせの施策であり、「徴兵制」を導入するにあたって、山県はなくてはならない存在だった。


大久保あての書簡の日付は、八月一二日。まもなく外務大丞花房義質に釜山派遣命令が発せられようとしていたときにあたるが、外務省はまた、朝鮮問題とはべつの騒ぎの渦中にあった。

ペルー船によって不法に移送されていた清国人苦力の解放をめぐるジャッジである。

マカオからペルーにむかう「マリア・ルス号」が船体修理のために横浜に入港したのは六月はじめのことだった。なかには、二三〇人の清国人苦力が乗せられていた。そのうちのひとりが脱走し、港内に停泊していたイギリス軍艦に救助され、船内での虐待をうったえた。ときの駐日イギリス代理公使ワトソンは、これを「奴隷運搬船」だと判断し、外務省に保護をもとめてきたのである。

日本とペルーには国交がない。へたに介入すれば国際紛争にも発展しかねず、政府内には消極論もあったが、外務卿副島種臣は、事件は日本の領港内で発生したものであり、人道的立場からもクーリーを解放すべきだと主張。

太政大臣三条から全権委任をとりつけてこの件を外務省にひきとった。そして、ただちに「マリア・ルス号」に出航停止を命じ、クーリーを全員下船させる準備をすすめたのだ。

七月一三日、船からおりたクーリーを神奈川県庁で保護し、県令の大江卓を裁判長とする「特設裁判所」をもうけ、船長ヘレイラを虐待の罪で訴追した。

二七日の判決で大江は、クーリーの解放を条件にヘレイラ船長を「寛典」をもって無罪としたが、船長はかえってクーリーの引き渡しをもとめ、「移民契約」不履行の訴訟をおこした。

「移民契約はポルトガル領マカオで合法的にむすばれたもので、清国法を適用すべきでない」

原告代理人のディキンズがそういえば、被告代理人デヴィドソンがきりかえす。

「クーリー契約は奴隷契約とおなじく文明諸国によって bonos mores に反するものとみなされている」

「bonos mores! いったいそれはどこの国の良俗なのか。日本の良俗のことであろうか？ いや、日本がどういう性質の契約を黙認しているかを知れば、それはありえない……」

ディキンズは、吉原の娼婦の「年季証文」を法廷にもちだして反論した。

「それではわがイギリスの良俗のことだろうか。これもありえないことである。なぜなら、イギリスはクーリー売買を法律によって禁止していないからである。ならばそれはアメリカの良俗のことかもしれない。アメリカはクーリー売買を承認しない法律を可決したからである……」

「アメリカの良俗」にはあきらかに毒があった。奴隷制度があるからだ。

しかし、八月二五日、大江は、「移民契約」は公序良俗・人道に反しており、無効であると判決した。つまり、船長らは無知な清国民をだまし、奴隷にひとしい契約をむすばせて船に監禁し、迫害をあたえていた。のみならず、被告らは強制的に外国に連れていかれることにより、「自国の保護」を失うことになるというのである。

ために、国内に奴隷制度が存在するアメリカでも、奴隷の輸出入が厳格に禁じられているのであり、日本のように「年季証文」のたぐいが黙認されている場合でも、付帯条件としての海外移住を義務づけておらず、「自国の保護」を得られない地域に連れだすことはゆるされないというわけだ。

判決はヘレイラの訴えをしりぞけ、クーリーたちは解放されることになった。

副島はさっそく上海(シャンハイ)に滞在中の外務少記鄭永寧(ていえいねい)に命じ、かれらを帰還させるべく清国サイドに通知。清の当局は謝意をしめし、被害民を引きとるための使節を派遣した。文禄五年、豊臣秀吉を「日本国王」に封じるために明の勅使が大坂城にやってきてから二七二年。およそ三世紀ぶりに中国の官人がおおやけに来日することになったというわけだ。

ちなみに、土佐藩出身で後藤象二郎(ごとうしょうじろう)の女婿でもある大江は、前年には「穢多(えた)非人廃止建白書」を民部省長官の大木喬任(おおきたかとう)に提出して差別の廃止をとなえた人物で、五年後の西南戦争では「土佐挙兵計画」に呼応して失敗し、禁固一〇年の刑をくだされて岩手監獄に収監された。一八八四年に出獄後は、「立憲自由党」結成に参加して第一回総選挙に当選する。「マリア・ルス号」事件当年はかぞえ齢二五歳の若輩にあった。

いっぽう、佐賀藩の国学者の子に生まれ、当代の政治家のなかでは右に出るものはないといわれたほど和漢の学識にひいでた副島は、当年もって四四歳。幕末には、藩の英学塾「長崎致遠館(ちえんかん)」の「舎長」となって後進の育成にあたり、みずからもオランダ系アメリカ人宣教師フルベッキに師事して『聖書』や『合衆国憲法』を学んだといい、おなじくフルベッキから贈られた『万国公法（エレメンツ・オブ・インターナショナル・ロウ）』にも目を通していた。維新政府では参与・制度寮判事となって「政体書」の起草に参画。明治二年にはフランスの民法典『那翁法典（コード・ナポレオン）』の邦訳を政府に上申。前年秋、遣米欧使節大使となった岩倉にかわって外務卿に就任した。

それにしても、外務卿が、司法省の頭ごしに地方長官に裁判の実施を指令する。

それは、「お代官さまのお裁き」すなわち、各地の代官が支配民の訴えをきき、刑を判じていた旧藩制時代の慣例をひきついだ新政府が、行政庁である府県に司法権の一部をゆだねたことが尾をひいていたためであり、司法権の行政権からの分立がいまだ未熟であることのあらわれだった。

本格的な司法制度改革は、この年四月にはじめての司法卿についた江藤新平（えとうしんぺい）によって手がつけられたばかりであり、それゆえ、神奈川「特設裁判所」がもうけられたときには、当事者能力それじたいを危ぶむ声がなきにしもあらず。

また、「横浜居留地取締（とりしまり）規則」にてらせば、横浜港はかならずしも日本の領域とはいえない。幕末いらい横浜には、英・仏はじめ各国の軍隊が駐留してさえいた。

ために、英国いがいの領事は、日本政府に事件の裁判管轄権があるのかどうかの疑念をしめし、「奴隷売買の禁止」を国際的に明布しているアメリカ領事までもが、自国にかかわりのないこととして意見をさしひかえた。

もっとも、とうじ英・米は、日本への影響力と、諸外国代表間におけるイニシアティブをめぐって対立していたということもある。が、何はともあれ、日本政府が法権の独立を主張し、奴隷貿易にたいして断固たる措置をとって人道的なスタンスを鮮明にしたことは、さまざまな疑念や批判をおおってあまりある声価を得た。

たとえば『ニューヨーク・タイムズ』が、「横浜にある裁判所でのひとつの訴訟問題は、日本の文明への進歩を実証する好例だ。訴訟は、苦境にある中国人のためにおこなわれたもので、野蛮で脅迫的なクーリー輸送に一撃をくわえたものとして注目と喝采にあたいする。日本人官僚のしめした精神と意思は公正で人道にかなったものである」と報じたように。

そしてまた、判決からひと月後の一〇月二日、「人身売買」を厳禁し、「娼妓・芸妓等年季奉公人」をいっさい解放するよう指令する太政官布告が発せられたのも大きな成果にちがいなかった。

裁判管轄権の有無をめぐる問題については、のちにペルー政府が日本に賠償をもとめたさい、「万国公法」にのっとってロシアに仲裁裁判がゆだねられた。そして、一八七五年五月、皇帝アレクサンドル二世によって日本の処置に欠陥がなかったとの裁定がくだされたことでピリオドが打たれることになる。

したがって、明治五年（一八七二）秋の時点で事件は完全に解決したというわけではなかったが、二三〇人ものクーリーにたいして宿舎と衣食を提供し、入浴や散髪、医療など、二か月にわたって手あついケアをおこなった。もちろん、日本政府の費えによって……。そして九月一三日、病死者一名を除く全員を清国当局者に引きわたすことができた。副島の胸中には、おのずから昂ぶるものがあっただろう。

しかもそれは、すでに彼の関心をとらえつつある、つぎなるに大一番にもかかわっていた。

それは、台湾「蕃地」にかかわる問題だった。

大江にたいして「マリア・ルス号」事件の究明を命じる「訓令」を発した八日後の七月九日、外務大丞兼少弁務使として天津に駐在していた柳原前光が、上海経由で帰国した。彼は、すでに四月一三日づけで本省に報告していた「遭難琉球人殺害事件」について、あらたな情報をもたらしたのである。

「事件」は、前年の同治一〇年（明治四・一八七一）一一月、台湾南部に漂着した琉球の遭難船の乗組員五四人が、「牡丹社」とよばれる部落の先住民に虐殺されたというものだった。かろうじて難をのがれた一二人が、現地にいた清国の官民に保護され、福建省福州にある琉球館に引きわたされた。

柳原がこの事件を知ったのは、同治一一年四月五日づけの清国官報『京報』の記事によってであった。彼はさっそくこれを本省への「報告書」に同封した。

「琉球人が清国領地台湾において殺害された事件についての、閩浙総督より清政府への伺書を『京報』紙上で一見した。鹿児島県の心得になるかもしれないので、訓点を付して送付する」

このとき彼は台湾を「清国領地」であるとしるしている。しかし、まもなく事の重要性に気づいた彼は、帰国後、副島への報告で、保護された一二人は八重山群島の島民であり、六月に帰還したとつたえるとともに、つぎのことを指摘した。

「もし、どうようの事件が西欧諸国とのあいだに生起したならば、ただちに軍艦をさしむけて責任を追及し、賠償金を出させるケースである」と。

七月なかば、「マリア・ルス号」事件にかかわって、まさに歴史的な裁断をふるおうとしていた副島の耳に、柳原の指摘は大きなインパクトをあたえたにちがいない。

八月なかばにはまた、鹿児島から伊地知貞馨が上京し、副島に面会をもとめてきた。台湾現地人による琉球人殺害事件にかんする鹿児島参事大山綱良の「建白書」をたずさえてきたというのである。

そこには、台湾にむけて問罪の出兵をおこなうため、政府に献納した軍艦を借用したいむねしたためられていた。

「……伏して願わくは、綱良、皇城に杖り、問罪の師を興し、彼を征せんと欲す。ゆえにつつしんで軍艦を借り、ただちに彼が巣窟を指し、その巨魁を殲し、上には皇威を海外に張り、下には島民の怨魂を慰せんと欲す……」と。

大山綱良といえば、「寺田屋事件」のさい島津久光の意をうけて有馬新七らを斬った、いわゆる「上意討ち」をはたした人物として知られるが、「廃藩置県」ののちは、県参事に任じられていた。

中央政府が任命する府県の長官には他府県出身者をあてる。この原則に反する「特例」措置がこうじられた鹿児島には「県令」は不在。副知事にあたる「参事」が地方長官の地位にあって独立政権のようにふるまっていた。

とはいえ、一地方長官にすぎない人物が、海外派兵をとなえるというのは尋常ではない。

それは、旧薩摩藩が三〇〇年来占有してきた琉球にかかわる既得権と管轄事務を、新政府がいまだ回収できていないことに起因していた。豊臣「統一権力」の武威をてこにして琉球を島津の「与国」とし、徳川幕藩体制のなかの「異国」として知行システムにくみいれることで傀儡国どうぜんに支配し、中山王の名による朝貢貿易を管理化におくことで「出会貿易」の甘みをほしいままにしてきた。

幕藩体制下でみとめられてきた島津氏の琉球にたいする支配権は、同氏のもつ「封建的領主権」にふくまれる。ほんらいならそれは、薩摩藩主島津氏が「封建的領主権」を天皇に「奉還」した「版籍奉還」の時点で新政府に移管されなければならないものだった。その手続きが正式にとられぬまま、「廃藩置県」によって藩が消滅してなお、政府は、琉球との関係を再編しあぐねていたのである。

これを問題視し、すみやかに「完全併合」せよと建議したのが大蔵省だった。

琉球の「携弐の罪」すなわち日・清両属の罪を問い、あいまいな「陋轍」を一掃し、琉球を日本の「所轄」として、租税をはじめとするいっさいの制度を「内地」とおなじにすべきであると。

それにたいし外務省は、国王尚泰を琉球「藩王」に封じて「華族」に列し、外国との「私交」を停止せよと建議した。

つまり、「天皇」による琉球王の「冊封」である。

政府の最高機関である太政官正院は、どのような「処分」が可能であるのかを、立法審議機関である左院に諮問した。

左院は、「分明に両属とみなす」べきだと答申した。

すなわち、琉球は「虚文の名」をもって清に服従し、日本には「要務の実」をもって服従している。また、琉球国王はそもそも「琉球の人類」であって「国内の人類」ではない。よって、さしあたり尚泰に「琉球王の宣下」をおこなって日本の「属国」であることを確定し、いっぽうで清国から「封冊」をうけている「両属」の状態を明らかにすべきである。性急な「両属」の解消は、清国と争端をひらくおそれがあるというのである。

完全併合・冊封・両属の分明。大蔵省・外務省・左院は三者三様の方針をうちだした。

正院はけっきょく、外務省案を採用し、「琉球藩」を設置することを決定した。

「琉球王府に、日本新政慶賀の使節を派遣させよ」

藩の消滅にともなう善後措置のため、交渉役として首里に派遣されていた伊地知貞馨らのもとに「達」が送られた。

伊地知が通達をうけとったのは、彼が琉球入りしてから半年あまりがすぎた六月二一日。清国に保護された遭難島民が那覇に送還されてきたという生々しいニュースを耳にしてまもなくのことだった。

琉球王府を説得して使節を東京に派遣する。あらたな任務もまた容易ならざるわざだったが、七月一九日、ついに王府は抵抗することを断念し、天皇親政を祝賀する使節派遣をうけいれた。伊地知はその下準備のため上京の途につき、とちゅうたち寄った鹿児島で「遭難琉球人殺害事件」にかかわる大山「建白」をたくされ、副島のもとにあらわれたのだ。

琉球処分をめぐる問題と「清国領地」台湾とは、ほんらい何の関係もないものだった。が、ここにきてそれらがメビウスの帯のウラオモテのごとき様相をおびてきた。

つまり、日本の国家主権のおよぶ範囲を確定する必要からうまれた琉球王国との関係再編が、台湾を「問罪」するか否かという問題と不可分のものとなり、「問罪」のための兵を出すかどうかという問題が、日・清間における琉球の立ち位置いかんによって、さらには、台湾および台湾「蕃地」と清国との関係いかんによって左右されてくる。

オモテを前進すればウラに入り、ウラを前進すればオモテに出る帯のセンターラインにハサミを入れていくと、大きなひとつの輪ができるように、琉球も台湾もともに手に入れる方法があるとするならば……。

「台湾現地人」による「琉球人」殺害事件こそはまさに、半回転ひねりの連結点となるというわけだった。

さて、伊地知よりもひとあしはやく、鹿児島からはもうひとり、鎮西鎮台鹿児島分営長・陸軍少佐樺山資紀が東京にやってきていた。大山から「遭難琉球民殺害事件」を知らされた樺山は、上司の鎮台司令長官桐野利秋に報告するため熊本に急行したが、桐野が不在だったので東京へ直行した。

そして、まっさきに郷党の大先輩であり、陸軍元帥でもある西郷隆盛のもとをおとずれて「台湾征伐」の積極策を開陳し、そのあしで陸軍省におもむき、少輔西郷従道に会って事件を報告。さらに薩摩ゆかりの有力者をたずねあるいて旺盛な出兵運動をおこなった。

八月一五日、樺山はふたたび西郷たずねた。さきの面談で台湾出兵に異をとなえた西郷に、「台湾生蕃への探検隊」を派遣するようもとめる意見書をしめし、説得をこころみるためだった。

「現地視察ということなら、悪くはなかろう」。西郷は、調査という名目でひとまず樺山の渡航はみとめることにした。契約不履行を訴えられているクーリーたちを保護しているさなかに清国の領土にかかわる問題を惹起するのはタブーだろう。まして大局をみない、勇み足の出兵など断じてみとめられるものではない。

いまはまだ時宜にあらずというわけである。鹿児島にはしかも、新政府を憎悪し、怨念をたぎらせている旧主の久光があるのであり、彼の意をうければ、あるいは、なにがしかの大義を得られれば、すぐにでも、いずこへなりとも刃をむける士族集団が蟠踞している。アブナイことこのうえなかった。

九月三日には、琉球国王尚泰の名代、伊江王子朝直ら表敬使節が東京に到着した。

琉球にとっては、道光三〇年（嘉永三・一八五〇）、尚泰の即位にともなう「謝恩使」を派遣していらい四半世紀ぶりの「江戸上り」となった。国王が即位すれば「謝恩使」を、将軍が襲職すれば「慶賀使」を送るという、服属儀礼としての「江戸上り」は、三代将軍家光の時代に始まり、一二代将軍家慶の時代にいたる二〇〇年あまりのあいだに一八回おこなわれてきた。

もちろん、そのたびの遣使が「江戸上り」でないことはいうまでもない。「江戸」ならぬ「東京」へおもむいて「賀表」をたてまつる相手は「将軍さま」ではなく「天子さま」なのであり、そのことがはたして琉球に何をもたらすのかということについてはかならずしも明らかでなかった。が、さらなる受難にむかっての、あともどりのできぬ「お上り」であるにはちがいなかった。

　しかも、王子一行が首里を発った七月二九日からひと月のあいだに、国境確定をめぐる要件がいまひとつくわわった。すなわち、台湾問題が、琉球の命運を左右する要因として、琉球のあずかり知らぬところから浮上してきたのである。

　はたして、九月一四日、皇居をおとずれて天皇に拝謁した朝直は、「なんじを陞して琉球藩王となし、叙して華族となす」という「詔勅」なるものをくだされた。

「今、琉球、近く南服にあり、気類、相同じく、言文、殊なるなく、世々薩摩の附傭たり。しこうして爾尚泰、よく勤誠をいたす。よろしく顕爵をあたうべし。陞して琉球藩王となし、叙して華族となす」

　つまり、琉球は、人種や風俗、言語や文化が日本とおおむね似かよっており、ながく薩摩の従属国として誠実につとめをはたしてきたので、薩摩の支配からの自立をみとめ、尚泰を「琉球藩王」となし、旧公卿や旧大名とならぶ「華族」に列するというのである。天皇政府のロジックの頭ごなしの押しつけだった。

「新政慶賀」というのが上京をしいる口実であることをよくよく承知のうえの朝直も、さすがに面食らった。薩摩藩の管轄をはなれ、島津のくびきから解放されることを喜ぶべきか、それとも……。

「顕爵」は尊く高い地位。「陞叙」というのは、いまよりも上級の官職や地位をあたえられることだという。だが、「国王」が「藩王」になることがどうして「陞叙」たりうるのか。しかも、日本ではすでに「藩」が消滅して「府県」になったという。ということであれば「藩」号は、ついさきごろまで存在した「藩」ではなく、「宗主国」にたいする「蕃属国」を意味する「藩」だということにならざるをえない。

　とてもうけられるものではなかった。一四〇四年、武寧王が「琉球国中山王」に冊立された永楽帝の時代より、琉球には、中国皇帝から冊封をうけてきた五〇〇年の歴史がある。いまの国王尚泰も、同治五年（一八六六）には穆宗から「中山王」に封じられている。そのうえさらに日本の天皇から冊封をうけるなど、ありうべからざることだった。

　面食らい、狼狽し、そしてわれにかえったそのとたん、朝直は、みずからがすでに大きな罠の囚人であることをみとめざるをえなかった。琉球の前途はいったいどうなるのだろう……。

　はたして、二八日には、追い討ちをかけるような「太政官沙汰」がもたらされた。

「先年来その藩にて各国ととりむすびし条約、ならびに今後交際の事務、外務省にて管轄すること」

琉球がこれまで有してきた「外交権」を日本政府が回収し、かつて薩摩藩の監督のもとでむすんだアメリカ・フランス・オランダとの条約を、日本政府が一元的にひきつぐというのである。

政府にとっては、まず、琉球を日本の中央集権体制のなかに公式にいちづけることが、つまり、琉球が「日本の領土」であることを宣言しておくことが急がれた。それは、三〇〇年ちかくつづいた琉球と薩摩のあいだに楔を打つことをも意味していた。くわえて「外交権」を剥奪する。おのずからそれは、清朝皇帝から「冊封」をうけた朝貢国であることをやめ、清との関係を清算せよということに帰結する。

そうすることで、ながく琉球の生命線となってきた朝貢貿易を途絶させ、中国暦の使用を禁じ、日本の鎮台分営をもうけて軍隊を常駐させ、やがては併合してしまおうというのである。

おりしも、同月一二日には、新橋から横浜に至る二九キロメートル区間の鉄道が開業し、二九日には横浜ではじめてガス燈が点灯した。

天候悪しく、九日から一二日に延期された「鉄道開業式」には、各国公使とともに琉球使節も出席するよう外務省から通達があり、正・副使、賛議官の三名が列席した。

午前一〇時、新橋を発車した九両編成の列車は、五三分で横浜に到着し、開業式がいとなまれた。

近衛砲隊日比谷練兵場からはなたれた一〇一発の祝砲と、品川沖の軍艦がはなった二一発の祝砲に送られて走りだした列車の一・二両目には護衛の近衛兵が、三両目には、天皇・有栖川宮熾仁親王・三条太政大臣・鉄道頭井上勝らが乗り、いか四両目には、参議の西郷・大隈・板垣、左院議長の後藤、外務卿の副島、そしてイタリア・アメリカ全権公使、オーストリア弁理公使、スペイン・フランス代理公使らが、五両目には、ロシア・イギリス代理公使、大蔵大輔の井上馨、海軍大輔の勝海舟・河村純義、陸軍大輔の山県、同少輔の従道、左院副議長の伊地知ほか政府高官らがずらりと顔をそろえ、六両目には、大蔵省三等出仕の渋沢栄一ら各省官員と大久保一翁東京府知事が乗車した。

そして、天皇の外祖父にあたる従一位中山忠能、尾張一四代藩主であった従一位徳川慶勝、正一位の二条斉敬・松平春嶽をはじめ、大原・中御門・池田・毛利・島津氏らかつての公卿・諸侯らとならんで、琉球正使伊江王子ら三人は、七両目に席をあたえられた。

日本政府は、西洋各国使節の目のまえで、琉球の帰属をアピールした。「鉄道開業式」を効果的に利用したのである。

ちなみに、琉球国王尚泰が「藩王」に封じられた一四日、西暦一〇月一六日づけの『横浜ジャパン・ヘラルド新聞』はつぎのように報じている。

「このたび琉球の使節、東京に来たりしにより、その国主、数百年前より保有せし琉球国王の名号を廃して、華族、すなわち日本世襲の貴族の名号を得べし。けだし、この儀は、右使節すでに承諾したれども、なおその国主の承諾したるうえにあらざれば、確定なるべからず」

琉球王子使節は、国王を日本の「華族」に列するべく勅をくだされたが、国王がそれをみとめないかぎり確定しないだろうというのが、居留地のジャーナリズムの見方だった。

九月なかばといえば、一〇か月という計画で前年一一月一二日に出発した岩倉使節が帰国するはずのころおいだった。しかし、七月なかばにようやく二か国目となる英国に渡った使節団は、いまだヴィクトリア女王への謁見もかなわぬまま長逗留をよぎなくされていた――謁見が実現するのは一一月五日（西暦一二月五日）のことになる。

そして、朝直（ちょうちょく）ら琉球使節があらゆることにとまどい、目をみはり、あるいは蒼ざめているあいだにも、琉球に台湾問題がからめよせられてゆく……。

九月二一日、両者の結合を決定づけることになる、思いがけない人物が横浜に上陸したのである。

その名もCharles William Joseph Émile Le Gendre（チャールズ・ウイリアム・ジョセフ・エミール・ルジャンドル）。一八三〇年にフランスに生まれ、アメリカ人女性と婚姻後、同国に移住して帰化。いまは英風に発音してリゼンドルと称し、漢字名は、李仙得もしくは李善得。一八六六年から清国アモイ駐在のアメリカ領事をつとめ、在任中、台湾南部で「米国船ローヴァー号乗組員虐殺事件」が発生したさいには、清国官憲を動かして先住民地域にのりこみ、一八部族の酋長（トキトク）にたいして「西洋人を虐殺しない」という「合意」をとりつけたという人物だ。

リゼンドルが横浜入りしたのは、転任のための帰国途上においてだった。駐日アメリカ公使チャールズ・E・デロングは、さっそくリゼンドルを副島にひきあわせた。話題が台湾問題におよぶのはおのずからのことであり、かれらは会談をかさね対応策を検討した。

「琉球人が殺害されたのは、かれらが西洋人でないうえに、約条もなかったからです」

離任するにあたって台南をおとずれ、さきにむすんだ「合意」を再確認したさい、リゼンドルは先住民からじかにそう聞かされたという。あわせて彼は、台湾の地図や現地の写真を副島に提供した。

地図には、島の脊梁山脈づたいに境界線がえがかれていた。山脈の西側が「清国領分地」、東側は「蕃地」であるという。

副島は「蕃地」をさしてたずねた。「印界外も清国の管轄か」と。

「清の管轄ですが、清国政府の命令はおこなわれておらず、人民の保護もできかねています。いうなれば『浮きもの』であって、さきに占ったものの所有物に帰するとみてよろしいでしょう」

デロング公使が答えた。遭難琉球人が虐殺された「ボンタン」とよばれる部落は、台湾南端部にあって境界線の東側にいちするという。リゼンドルがつづけた。

「彼ら土着民の部落は、二〇〇〇の兵力があればたやすく制圧できます。しかも、ひとたび上陸して防備をかためれば、彼らに追いかえす力はないでしょう」

「二千人。われわれは、いますぐにでも一万人の兵をあつめることができます」

身をのりだすようにして副島はこたえた。「蕃地」は清朝の「政教」のおよばぬ「浮きもの」であり、わずか数千の兵力をもってすればたやすく軍事占領でき、占ったもの勝ちで自国領にできるという。

国威・国権の発揚ということを外交の基軸にすえる副島のナショナリズムは大きくゆさぶられた。

「しかしながら、支那との交際上において出兵というのはおだやかではない……」

「もちろん、出兵にふみきるにあたっては、清国政府たいし、台湾先住民にたいする立場を明示するようもとめることが望ましい。またそのさい、朝鮮との関係についても明らかにしておかれるのがよろしいのではありませんか」

リゼンドルの助言はこのうえなくアグレッシブなものだった。

しかし、清の政府とそのような交渉をおこなうことが至難であることを、副島じしん熟知していた。それは、琉球が日・清両国に属しているからである。清国サイドの見地からいえば、遭難民虐殺事件の被害者は「朝貢国琉球」の国民であって、日本国民ではない。かれらは、交渉じたいを頭から拒絶してくるだろう……。

副島は、みずから全権使節となって清国へのりこむ決意をした。ことは国境の画定という国家の重事にかかわる問題だ。何もしないという選択はありえず、何もできないではすまされないにちがいなかった。

一〇月二日、さっそく彼は「リゼンドル・プラン」にもとづく外務省の「意見書」を正院に提出した。のちわずか数週間のあいだに「プラン」はつぎつぎとあらためられ、そのたびに「意見書」もバージョンアップした。

すなわち、清国政府に先住民対策をうながすという比較的穏健なプランが、日本の台湾領有にかかわる申し入れを清国サイドが拒否することを前提とした「軍事作戦」計画となり、さらに先住民地域「占領」の具体的な方策となり、最終的には、日本の「東アジア制覇」におよぶ壮大なプランに発展した。

今世紀の国際社会のパワー・ポリティクスにかんがみて、日本の東アジア戦略の要地は、北においては朝鮮、南では台湾（フォルモサ）・澎湖島（ピスカドルス）である。いまはまさに琉球民虐殺事件を利用し、台湾・澎湖島を「拠有」すべきときにある。内政に混乱をかかえている清国は、日本の「拠有」を阻止できないであろうし、領地獲得をめぐって英・露対立がはげしさを増している昨今、関係国はいずれも、利害の対立する陣営が台湾を占領することを望まない。したがって列強は、いずれの陣営にもくみしない日本の「拠有」を黙認するであろうというのである。

軍事作戦にまでふみこんだ「プラン」はすでに外交の域を大きく逸脱していた。が、そのうえで副島は、あっぱれ大胆な「上奏」をおこなった。「マリア・ルス号」から解放されたクーリーたちが帰国の途についてひと月あまりをへた一〇月すえのことだった。

いわく、いま欧米列強が台湾に野心をいだいている。これをおさえて日本の「王事（おうじ）」を妨害させないためには、わが国が「生蕃（せいばん）の地」すなわち台湾先住民地域を占有し、土地をひらいて民心を得べきである。このことを清国にみとめさせることは、「臣にあらずんば恐らくは成すところなからん」、つまり自分にしか成しえないにちがいないと。ために、みずからが全権として清にわたり、「修好条規」の批准交換を名目に北京におもむいて各国公使をおさえ、皇帝への謁見を申し入れる。そのさいかならず生ずるであろう儀礼をめぐる議論に乗じ、琉人殺害におよんだ台湾「生蕃」を伐つことをつたえ、清国領の境界を明らかにするとともに、「生蕃の地」の領有権を獲得してみせるという。

くわえて、リゼンドルを外務省の顧問として雇い入れたいと。

これにはさすがに政府も蒼ざめた。渡航中の大久保にかわって国家の財布をあずかる大蔵大輔井上馨（いのうえかおる）と同少輔渋沢栄一（しぶさわえいいち）がまっさきにリゼンドルの雇用に反対し、副島流の強硬外交は避けるよう意見書を提出。参議の大隈重信も同調した。

一一月九日、評議がひらかれ、台湾先住民地域「領有」にまではふみこまないことを条件に副島の渡清は内定し、一九日には天皇の勅命と清帝あての「国書」が授けられた。

「とくに外務大臣副島種臣を貴国につかわし、和約を交換し、あわせて慶賀を申べしむ……」
おもてむきの使命は、あくまで「日清修好条規」の批准書の交換と、同治帝の成婚および親政開始の慶祝である。琉人殺害にかんして談判におよぶことについては「内意」として了解され、台湾出兵におよぶさいにはリゼンドルを軍事アドヴァイザーとして同行することも約束された。

同月三〇日、リゼンドルはアメリカ国務省を退職し、月俸一〇〇〇円の日本外務省准二等出仕に就任。ただちに天皇に謁見して、激励の勅語を授けられた。月俸一〇〇〇円は、外務卿の月俸五〇〇円の倍額に相当。最高の月俸一〇四五円で大蔵省造幣寮の首長に迎えられたイギリス人建築技師ウィリアム・キンダーにせまる破格の待遇であり、外征にたいする政府の本気度のあらわれとみることもできるだろう。

韓人にまぎれこんで朝鮮各地をさぐりあるいてきた陸軍中佐北村重頼と同少佐別府晋介がもどってきたのはまさにそのようなときであり、一一月八日、西郷・板垣・伊地知らの「朝鮮出兵戦略会議」のメンバーとして参画した副島の胸中には、「朝鮮との関係についても明らかにしておくのがよろしい」とのリゼンドルのアドバスが、台湾問題におとらぬ切実な課題としてきざまれていたにちがいない。

すでに彼は、駐日ロシア代理公使ビュツオフと樺太領有権問題にかんして交渉を始めており、日本が朝鮮に出兵するさいにロシアが中立をたもつことを条件に、樺太を譲渡する案を提示することも考えていたのである。

「征台」か「征韓」か。それはともかく、副島全権使節の清国派遣が決定したことで強硬路線に大きく一歩をふみだした明治五年（一八七二）一一月すえの二八日には、太政官布告第三七九号が公布された。

徴兵制度の導入に先だって人民にその趣旨を告げる「徴兵令詔書および徴兵告諭」と呼ばれる布告である。

いわく、「わが朝、上古の制、海内あげて兵ならざるはなし。有事の日、天子これが元帥となり、丁壮兵役にたゆる者を募り、もって服さざるを征す。役を解き、家に帰れば、農たり工たり商売たり……」。

いま、大政維新によって郡県の古に復し、これまで支配層であった「世襲座食の士は、その禄を減し、刀剣を脱し」、ようやく「四民」に「自由の権」があたえられた。これこそが「上下を平均し、人権を斉一にする道にして、すなわち兵農を合一する基」である。よって「士は従前の士にあらず、民は従前の民にあらず。均しく皇国一般の民にして、国に報ずるの道も、もとよりその別なかるべし」。

およそ世の中には「税」のかからぬ事物はひとつとしてなく、それらは国のためにつかわれる。「人」もまた例外をまぬがれず、国家に災いあれば心力をつくして国に報いないではすまされない。西洋ではこれを「血税」というのだそうだが――フランス語の「impôt du sang」の直訳だ――「生血」をもって国に報いるゆえんだろう。

「国あればすなわち兵備あり。兵備あればすなわち人々その役に就かざるをえず……」。そこで古今東西の長所をとって「海陸二軍」をもうけ、全国の「四民男児二十歳」にいたったものをことごとく「兵籍」に入れ、「緩急」の備えとする。「郷長・里正、あつくこの御趣意を奉じ、徴兵令により、民庶を説諭し、国家保護の大本を知らしむべきものなり」と。

ここに、はじめて「国民皆兵」による国防軍が創設されることになり、一年まえに山県(やまがた)らが建議した、国防・外征のための常備軍および予備役が、はやばやと制度化されるはこびとなった。

この間、西郷が「難物」と呼び「破裂弾」になぞらえた薩・長・土三藩だきあわせの「近衛兵」すなわち旧「御親兵」は解隊されることになり、「聖体および禁闕(きんけつ)」の当面の守りは、鎮台から近衛に移籍した鎮台壮兵が担うこととなった。

いっぽう、待遇の悪さから慢性的な定員不足がつづく東北・東京・大阪・熊本の四鎮台は、除隊を禁ずる規則を出して兵員の帰郷防止につとめ、あるいは補欠召募によって不足をおぎなうことに汲々とせざるをえなかった。

ジレンマである。すなわち、旧藩軍士族から兵をつのって専門性を確保しようとすれば、藩軍部隊の秩序がそのまま兵営にもちこまれ、待遇改善要求にも応えなければならない。そうした弊害を一掃しようとすれば、「国民皆兵」を盾とするほかにはないのだが、「皆兵」をたてまえとして「平等」に徴兵を実施しようとすれば、失業状態にありながら秩禄(ちつろく)を支給されている士族と、納税者である農工商民に「平均」に兵役を課すという「不平等」があからさまな問題となる。

「兵部省」あらため「陸軍省」は究極の困難にたたされた。

それでもなお、勇み足ともいえる「徴兵制」の導入にふみきらねばならない理由があった。

それは、あつかいに窮するだけでなく、ともすれば国家にたいして危険な勢力となりうる雄藩藩軍士族の兵力を一掃することで、かれらから政治性をはぎとってしまうことであり、また、軍事責任から解放された士族に、とぼしい政府財政から禄(ろく)を支給する理由をなからしめることだった。

つぎになすべきは、歳出の三割を占める家禄を整理するための、超大型リストラであるにちがいなかった。

外征と徴兵、そして秩禄処分。まさに国事多端。さしせまった政務を山積みにしつつ、留守政府の大黒柱である筆頭参議の西郷が、守旧派の親玉ともいうべき旧主島津久光を牽制するために鹿児島へ帰らねばならなかったこととそれら「国事」とが無関係だったはずはないだろう。

「征韓」のための戦略会議をもち、「征台」がらみの副島の清国派遣が決まったのをみとどけた西郷は、あわただしく東京をあとにした。そしてあえなく明治五年は暮れてしまった。あえなく……。というのも、明治五年一二月三日をもって「新暦」が採用され、一八七三年一月一日に改められたからである。

一八七三年（明治六）一月一〇日、「徴兵令」が制定された。

まっさきに徴兵が実施されたのは、東京鎮台官下においてだった。皇城を守るべき「近衛兵」が解隊され、その任務を肩代わりしていた鎮台壮兵の服役期限が、三年とさだめられていたからだ。

鎮台壮兵と徴兵制軍隊。そのちがいは歴然としていた。鎮台壮兵は、三年ないし四年をもって免役となり、予備役に編入されず、ある種の恩賞をあたえられたが、徴集兵は、現役につづいて予備・後備役にも服さねばならず、恩賞はない。いわゆる「血税」をもって国家に報いるのが「均しく皇国一般の民」の道であるゆえんである。

「太政維新、列藩版図を奉還し……四民ようやく自由の権を得せしめんとす。これ上下を平均し、人権を斉一にする道にして、すなわち兵農を合一する基なり。ここにおいて、士は従前の士にあらず、民は従前の民にあらず。均しく皇国一般の民にして、国に報ずるの道も、もとよりその別なかるべし……」

「四民平等」というのはじつは「新政」のなかのどこにもない。つまり、身分制改革のための「政策」でもなく「制度」でもない。「四民」を「平均」し「人権を斉一」することがはじめてうちだされたのは、国民皆兵による国防・外征軍を創設するための「徴兵告諭」においてであった。

そのうえで「国あればすなわち兵備あり。兵備あればすなわち人々その役に就かざるをえず」と。

いまだ「国民」にあらざる「人々」に、もらさず国防の義務を課すためのロジックとして「四民平等」という概念だけがもちいられたというわけである。

21 朝鮮征伐の「夢ばなし」――征銃はミニエール、征兵は新募にて

「その時は早めの御出立にて、その後、御安康大慶に存じたてまつりそうろう。朝鮮歴史は、じかに外務省へ返納いたしそうろう。いまさら申しあげそうろうも、まず無益のようにてそうらえども、かの歴史と略絵図と征韓偉略と明清史との比較は、左のとおりにござそうろう……」

政府に背をむけ鹿児島にしりぞいた西郷隆盛のもとに、伊地知正治からの書簡がもたらされたのは、一八七三年（明治六）一二月のことだった。

いまさら……無益のように……。というのは、同年一〇月、俗にいう「征韓論政変」によって朝鮮出兵計画が頓挫したことをうけてのこと。政府を二分しての論争、というより陰謀にやぶれて参議および近衛都督を辞した西郷は、一一月一〇日にはもう鹿児島に帰っていた。

政変後、西郷を完全に野にはなってしまうリスクをおそれた政府は、陸軍大将の辞表だけは受理しなかったが、西郷の下野にともなって陸軍少将の桐野利秋や篠原国幹をはじめとする西郷股肱の将官や、薩摩出身の近衛将兵がいっせいに職を辞して帰郷。その数は数百人にのぼったという。なかにも、天皇の信あつく近衛局長官をかねていた篠原は、じかに侍従をつかわされて残ることをもとめられたが、ついに召命に応じなかった。

鹿児島は大揺れにゆれていた。一二月七日には鎮台の鹿児島分営が全焼し、将兵多数が辞職するとともに分営は解体。熊本の本営でも暴動がおき、解任された旧鹿児島藩兵がぞくぞくと郷里にもどってきた。

そのような時期に、どんな思いあって伊地知が書簡をしたためたかは知るよしもない。よすがとなるものはただ一文、むすびに「……右は、朝鮮征伐の夢話しかたがた、荒々かくのごとくにござそうろう」とあるばかり。

長々一〇〇〇文字におよぶ書簡は、冒頭「左のとおりにござそうろう」から、末尾「右はかくのごとくにござそうろう」にいたるまで、いっさいが「朝鮮征伐の夢話し」すなわち「征韓作戦」にあてられており、書きだしのわずかな文言からは、戦略の立案をたくされた伊地知が、朝鮮はもちろん、明や清の地誌にも目を通していたことを知ることができる。

『征韓偉略』というのは、豊臣秀吉が朝鮮に攻め入った「文禄・慶長の役」をえがいた、天保二年（一八三一）公刊の「戦記」全五巻である。

著者の川口長孺は、水戸藩彰考館総裁を二度つとめたという碩学だけあって、『西征日記』『懲毖録』『両朝平攘録』『朝鮮征伐記』『征韓録』など日・中・韓の基礎史料をながめわたし、実証的に秀吉の「征韓偉業」をつづっている。

『西征日記』は、小西行長・宗義智軍に従軍した僧による従軍記。日本史上はじめて平壌まで攻めのぼった先掛勢一番隊のたたかいをしるした貴重な記録である。

『懲毖録』は、「壬辰倭乱」とうじ韓廷最高位の領議政をつとめた柳成龍の手になる、朝鮮の準正史ともいうべき文献であり、諸葛元声の『両朝平攘録』は、明廷での問答などもとりあげた中国側の記録である。

また、堀正意の『朝鮮征伐記』、島津義久・忠恒の武勲をえがいた久通の『征韓録』は、いずれも朝鮮出兵ののち半世紀をへぬうちに執筆・編纂された、当代性の高い史料である。

つまり、伊地知が「征韓作戦」をたてるにあたってリアリティのある手がかりをあたえてくれるものといえば、史上ただいちど釜山からソウルをぬけて大同江を渡り、平壌までかけのぼる本格的な上陸戦をこころみた秀吉の「唐入り」のほかにはなかったというわけだ。それはしかも、百済再興のために海を渡り、半島西南部で「唐・新羅連合軍」と水上戦を交えた「白村江の戦い」から、八五〇年をへだてての外征だった。

「文禄の役、渡海（陸軍十三万、海軍九千二百）、四月十三日、小西行長、釜山城を攻め落とす。……五月二日、行長、京城をとる。釜山の戦より都合二十日にあたる。これよりのち、軍議一決せず、かつ孤なるをもって、行長、進軍遅々、六月十二日、平壌をとる。釜山の役より五十日にあたる……」

文禄元年（一五九二）、総勢一四万の「陣立て」で朝鮮に侵攻した秀吉軍の先制部隊をひきいた小西行長は、釜山上陸から一五日後の四月二七日にははやくも忠清道にいたって忠州を陥とし、四日おくれて上陸し、別ルートを北上した加藤清正・黒田長政の軍勢と二八日に合流。二九日にはともにソウルめがけて進軍し、二日後の五月二日、漢江をこえて王城に迫り、翌三日、無血入城をはたした。

　まさに疾風のごとく半島を攻めのぼった緒戦の快進とはうらはら、平壌まで軍をすすめるも「唐入り」ははたせず。なによりも朝鮮国王を擒にすることができなかったため、和議を有利にすすめられず、翌年四月には、全軍のソウル撤収をよぎなくされた。のち、あしかけ七年にわたった「唐入り」は、総勢三〇万の軍勢を渡海させて失敗におわった。

　ひるがえって、清の太祖となったホンタイジがソウルを制圧し、ついに国王仁祖を降伏させるにいたった「丁卯」「丙子」二度にわたる侵攻は、作戦会議で西郷が主張した「嚢の口をくくる」戦略の有効性、あるいは成否にかかわる、示唆に富んだものだった。

「満清より朝鮮初度征（丁卯胡乱）、天聡元年（一六二七）正月十四日、鴨緑江をこえて義州城を攻め落とす。二十一日、安州をとる。二十六日、平壌を攻略す。二月五日、黄州をとる。三月三日、朝鮮王、降和成る。義州の初戦より五十日にあたる。

　再度征（丙子胡乱）、崇徳元年（一六三六）十二月十二日、平壌を攻略す。これにさきだち、当月三日、清帝、馬服塔等に命じ、三百の兵をさずけて、偽って商人のすがたにて星夜兼行、朝鮮王の京城を囲ましめ、ひきつづいて親王一人、将軍一人に一千の兵をさずけて継進せしめしもの、みな鮮兵六千を攻めやぶりて王城にいたり、……遁出せし朝鮮王を追い打ちし、ついに南漢城というところにて攻め囲む。二十五日、清帝みずから南漢城の攻手にくわわる……。二年正月二十九日、朝鮮王、清帝の陣門に降を乞う。初戦より四十八日にあたる」

　これをふまえて、伊地知は、朝鮮征伐は冬季におこなうべきだと結論した。すなわち、秀吉軍は百戦錬磨といえども海外征討は初陣であり、朝鮮を酷寒の地であるとの誤った認識から、初夏に進撃を開始したことが敗北の主因だったと。

　初夏に征討を始めたことにより、朝鮮の軍民は諸道に逃れ、あるいは山々に入ってゲリラ戦を挑むことができ、日本軍はゆく手をさえぎられた。しかも日本軍は、二手に分かれたとはいえ釜山から北上する一方向の攻撃に終始し、ために国王や朝鮮軍主力をとり逃がしてしまうという失態をおかした。

　いっぽう清軍の出兵は、一二月から一月にかけておこなわれ、朝鮮軍民は雪の障りによって山地に出入りすることができなかった。しかも、商人隊に扮して「不意侵入」をおこなった。ために江華島へ避難しようとしていた朝鮮王はみちを塞がれて逃げおくれ、やむなく一万三〇〇〇人の将兵とともに南漢城に籠ったが、ついにもちこたえることはできなかった。ちなみに、清帝ホンタイジがみずからひきいて瀋陽を発した軍勢は、一〇万人を数えたという。

「朝鮮は、東西百五十里、南北五百六十里、おおよそわが奥羽二か国を合わせしぐらい。……人口五百万ぐらい。賦兵員、乱世のすえ二十二万八千、治世のすえ九万四千五百。……うち三分の一を先鋒と称し、都詰のものは、支那古流の調練なすことあれども、外の調練は知らず。調練をなすととなうるもの、けだし三万余なるべし……」

朝鮮の常備軍は、「治世」すなわち平時においては一〇万に足りず。そのうち訓練された兵は三分の一ほどであるといい、いちばんに擒にすべき王と王城を守護する正規軍は、西洋式の訓練をうけていないという。

したがって、日本軍が朝鮮を征するには「陸海兵四万を用い、半ば進撃軍とし、半ば守るべし」と。

「韓人の武備を探知するに、わが征銃は、いわゆる『ミニエール』にて適当すべし。征兵は、新募にてよろしかるべし」

Minié rifle は、一八四九年にフランス陸軍大尉クロード・E・ミニエーが開発した、「前装式ライフル銃」の一種である。砲身に螺旋状のみぞをきざみこむことで弾丸に回転をあたえ、飛距離と命中度を飛躍的に向上させた。

日本では、元治元年（一八六四）、徳川幕府がオランダ製「ミニエー銃」を採用し、アメリカの南北戦争が終結するや、余剰の銃を五万挺も輸入した。諸藩もまたこれを制式小銃として買い入れ、戊辰戦争でももちいられたが、徴兵制の導入とあいまって、明治政府は「後装式のスナイドル銃」を制式に採用。大量の「ミニエー銃」が予備銃として兵器庫に山積みされていた。

朝鮮軍の兵備・訓練が「支那古流」であることをもって、伊地知は、それらの予備銃を征銃にもちいることを考えていた。旧式兵器の在庫処分をかねて。

そして、おそらくは、失業状態にありながら禄を支給されている秩禄処分いぜんの旧藩軍士族の有効活用と、はけぐちのないわだかまりの霧散・解消をかねて……。

うがちすぎではない。「夢話し」のむすびで彼は、「しかるのち、魯西亜と戦うにあたって、堂々たる常備兵を先生方にお渡し申すか、または、針打七連の良筒を申しうけて、わが兵気を一振して快戦せんか」とのべている。

「征韓」のために「新募」する旧藩軍壮兵と、きたるべきロシア戦のためにあらたな兵制のもとで組織・訓練されるはずの「堂々たる常備軍」とを区別しているのであり、なにより、「ミニエー銃」を征銃とすれば、それを使いこなせるのは旧藩軍士族のほかにはないのである。

「針打七連」というのは、プロイセンの銃工が開発した「トライゼ銃」のことである。

弾丸・雷管・火薬を一体化した薬莢を、ボルト操作だけでかんたんに再装填することができ、ために射手は、地面に伏せたまますばやく連続射撃をおこなうことができるという、ずばぬけた性能をもつボルトアクション小銃だ。

その威力は、一八六六年の普墺戦争でいかんなく発揮された。オーストリア兵は、射程ではまさっている前装式銃をもちいていた。かれらは、つぎの一発を撃つために立ったまま再装填をおこなうしかない。が、その間にプロイセン兵は、五発いじょうの弾丸を地面に伏せたままで発射し、墺軍を圧倒した。

そのような「良筒」を採用するなら、幕末いらい西洋式調練をじゅうぶんにほどこされてきた旧薩摩藩軍部隊の技能・戦術・士気をもってすれば、対ロシア戦を存分に戦うことができるのではなかろうかというのである。

「征韓作戦」の初動には、鹿児島の旧藩軍部隊をまっさきに出す。これもまた、「難物」に頭をいためていた西郷とのあいだにコンセンサスがあり、そのための兵員の数・弾薬・兵糧などを記した「引用書」もすでにできあがっていたという。

それにしても、つい一年まえ、西郷が、副島・板垣・伊地知をあつめて朝鮮出兵の戦略を議論した明治五年一一月には、「征韓」よりもむしろ「征台」、すなわち、副島・リゼンドルラインによる台湾出兵のほうが現実味をおびつつあった。

一〇月九日には、太政官が、陸軍少輔樺山資紀を「清国・台湾視察」に派遣することを決定。

一一月はじめには、外務卿副島種臣を全権使節として清国に派遣することが内定し、同月一九日には、天皇の「上諭」が発せられた。「日清修好条規」の批准、および成人した同治帝の大婚・親政開始の慶祝をおもてむきの使命とし、琉球人殺害にかんする談判について「内意」がしめされた。

旧暦さいごの晦日となった一一月三〇日、月俸一〇〇〇円という高給で外務省准二等出仕に任じられたリゼンドルは、その後も強硬策を副島の耳に吹きこみつづけ、翌一八七三年（明治六）一月にしめされたあらたな「プラン」では、台湾の植民地化のみならず、朝鮮の拠有にまで主張をひろげて三条実美はじめ政府首脳をとまどわせた。

「各国のうちに、威権を東方にたくましゅうせんと欲するあらば、かならず北においては朝鮮、南にありては澎湖および台湾の両島に居留を占めるに勝るところあるべからず。もし、支那政府にて牡丹人の日本従民を害せし一件につき、じゅうぶん満足の処置をなさずんば、日本よりすみやかに台湾、澎湖の両島を拠有すべし。また……地理のしからしむるところをもって論ずるに、朝鮮、台湾、澎湖のごときは、日本帝国の内地なること明らかなり……」

日本帝国の内地……。リゼンドルの大風呂敷。副島のまえのめり。それらはしかも省内で共有されていた。たとえばそれは、一月一三日づけで、外務省六等出仕の大原重実（おおはらしげみ）がフランスに滞在中の岩倉具視にあてた書簡からもうかがえる。

すなわち、「副島卿の清国派遣は、琉球人殺害事件を談判するためであり、その目的は、日清に両属して曖昧なままだった琉球が日本の所属であることを明らかにし、そのうえで清国の責任を問うことにある。そして、台湾を討つことには、西郷隆盛参議も同意しており、不満をいだく士族の鬱憤を国外に漏らそうという策である」と。

いっぽう、誇大な外交方針がひとり歩きしかねぬことへの憂慮が、留守政府をあずかる三条をためらわせ、副島使節派遣の期日決定は延ばしのばしになっていた。

が、ついに二月二八日、太政官は副島に「特命全権大使」任命を発令し、三月九日には、天皇から「勅旨」がくだされた。しびれをきらす外務省を、これいじょう抑えることは難しかった。

同日、あわせて「別勅」がしめされた。大使派遣の目的は、あくまで琉球民を殺害した加害者への処罰、被害者遺族への補償金の支払い、再発防止措置の確約をとりつけることにあり、清国政府がそれらに応じない場合の処置についてはすべて「朕（ちん）が意に任すべし」と。

太政官もまた、訓令を下付して釘をさした。

「清国は、わが国と往来すること一朝にあらず。かつて隣好のよしみがあり、いままた訂交の約書を交換しようとしている。ここに生蕃暴虐の事件を談判するのは、わが政府が国民にたいする義務をはたすというにつきる。ゆえに、交際を重んじ、和平を旨とし、両国間に釁隙（きんげき）、すなわち不和を生ぜしめることなきをかなめとす」

交渉決裂のあげくの出兵はもちろん、「蕃地」の領有を企図するなどはもってのほかだというわけだ。

三月一三日夜、全権使節一行をのせた母艦「龍驤（りゅうじょう）」と護衛艦「筑波（つくば）」は、一九発の礼砲に送られて横浜を出航した。

随行者はリゼンドル・外務大丞の柳原前光（やなぎわらさきみつ）・同少丞の平井希昌（ひらいきしょう）と鄭永寧（ていえいねい）。かれらは、制定されたばかりの「服制」にしたがい、はじめて西洋式の礼服を着して日本をあとにした。

一等書記官に任じられた柳原は、七〇年には通商交渉をおこない、七一年の「日清修好条規」締結にみちをひらいた対清外交のヒーロー。当年かぞえて二四歳。六年後にのちの大正天皇をもうけることになる愛子（なるこ）の兄にして、一二年後には、歌人白蓮の父となる伯爵家の御曹司だが、この若き精鋭こそが、そのたびの交渉において「大ニッポン」のつぎなる一歩を決定づけるはたらきをすることになる。

二等書記官に任じられた平井は、長崎奉行所の通弁御用頭取、長崎裁判所の通弁頭取を歴任し、『万国公法』を翻訳。「マリア・ルス号」事件の特別裁判では陪席をつとめた人物で、当年かぞえて三五歳。

また、明朝末期に長崎にわたって永住した福建泉州の旧家呉家――「国姓爺」の名で知られる鄭成功の子孫ともつたえられる――に生まれ、代々長崎唐通事をつとめてきた鄭家の家督をうけついだ永寧は、柳原の対清交渉、条約締結の全権伊達宗城の通訳をつとめたベテランの通訳で、当年かぞえて四五歳。のちに大久保利通・森有礼・伊藤博文が清国に派遣されるさいにも随行することになる。

さて、横浜を発した副島は、一九日にはいったん鹿児島に寄港し、前年一一月いらい薩摩にもどったままとなっている西郷と会談。のち長崎をへて、天津へとむかった。

天津でかれらを迎えたのは、「条規」締結時の全権李鴻章である。肩書は長大だ。「大清欽差大臣・弁理通商事務・太子太保・武英殿大学士・兵部尚書・直隷総督・部堂一等・粛毅伯」。

四月二三日、李は、使節団歓迎レセプションをもよおした。これにはリゼンドルも同行した。

「こちらの外国人は、いったい、どのようなお方でありましょう」

副島に紹介されるや、すかさず李はきりかえした。一八六六年から清国アモイ駐在のアメリカ領事をつとめていた人物を、李が知らないはずはもとよりない。

「はい、わが日本国政府が、使節団の公式顧問として任命した人物であります」

「さて……。両国は、このものの任命よりはやくに条規を締結しました。そのさい、われわれは外国人に助言をしてもらう必要などまったくなかった。それを批准するといういまになってそれが必要になった。なにか理由がおありでしょうか」

使節におけるリゼンドルの公的資格を、清国サイドは認めないという意志表示だった。

翌日、李は、答礼のため使節の宿所をおとずれた。副島たちは、清国が用意した宿舎をひきあげ、ウェスタンスタイルのホテルに移っていた。

「このようなしつらえでは、かえって日本の方々はくつろげないのではありますまいか。また、このたびはみなさんおそろいで洋服をお召しであるが、昨年まで着けておられた貴国伝統の装いのほうが、はるかに魅力的でした」

「閣下が仰せのごとく、たしかに洋服は美しさに欠けましょう。しかしながら、これがなんとも実用的なのです。とりわけ、わが西洋式軍艦上では機能性を発揮します。このたびわれわれがひきいてきた甲鉄艦と護衛艦には、外国人は一人もおりません」

歴史や伝統をやすやすと放棄し、欧俗にならって恥じることがない日本への侮蔑をあらわにした李にたいし、副島は、甲鉄艦を言挙げすることで、いまだそれを一隻も保有していない清にたいする文明的・軍事的優位性を誇示してみせた。じっさいには「龍驤」は木製艦だった。木造船体の舷側に鉄製装甲帯をほどこし、清国側の目を欺いたのである。

副島の態度は堂々としたものだった。そもそも、太政官にはたらきかけて軍艦をひきいての渡航を許可させたのは彼じしんであり、「龍驤」は木製艦とはいえ、とうじの日本海軍保有の艦船のなかでただ一隻二五〇〇トンをこえる大型艦であり、一九四七トンの「筑波」はつぎに大きな軍艦だった――日本海軍が保有する唯一の甲鉄艦「東（あずま）」の排水量は一三五八トン、「龍驤」の半分にすぎなかった。

四月三〇日、「修好条規」批准書交換の式典がいとなまれた。これにもまたリゼンドルは出席した。

五月七日、使節団は、同治帝（どうち）の成婚・親政開始を慶祝するため北京に入った。のち、六月二九日に皇帝への「謁見」が実現するまでのおよそ二か月は、謁見にかかわる紛紜（ふんうん）の打開に時間がついやされることとなる。

さきの「上奏」において、副島が「かならず生ずるであろう」とのべていた「儀礼をめぐる議論」である。つまり、儀礼上の紛紜がもちあがることは、いや、あえて紛紜をまきおこすことは、織りこみずみだったというわけだ。

清朝はこれまで、外国使節にたいして「三跪九叩（さんききゅうこう）」の礼をもとめてきた。すなわち、まず跪く（ひざまずく）。つぎに両手を地につけ、額（ひたい）を地に打ちつける。これを三度くりかえしてのち起立すると「一跪三叩」となり、「一跪三叩」を三回通りおこなえば「三跪九叩」となる。

もちろん、各国使節や各国公使がこれをうけいれるはずはなく、謁見はつねにみおくられてきた。乾隆（けんりゅう）五八年（一七九三）に、皇帝の八〇歳慶祝をかねて通商交渉におとずれた全権大使ジョージ・マカートニーが、英国式の儀礼によって謁見をゆるされたのを唯一の例外として。

副島使節が北京に入ったころにはすでに、ロシア・イギリス・アメリカ・フランス・オランダ公使が慶賀の謁見をもとめており、すべての公使がひとまとまりでということならば、立礼五回による「五揖の礼」をもって謁見をみとめてもよいというところまで譲歩をひきだしていた。副島は、これをも「否」としたのである。

「跪拝は君臣間の礼であり、国家間にたとえれば、朝貢国が宗主国にたいしておこなう礼である。もしこれを朋友国のあいだでおこなえば、儒教の道を誤ることになる。いま皇帝が、朋友国の君主の代理である全権大使に跪拝をもとめるなら、皇帝みずからが聖賢の道をそこなうことになる。そのような不道徳を皇帝にさせてよいはずがない。また日本国の全権大使である副島が、各国公使と同列にあつかわれてよいはずはない。謁見はかれらに先んじて、しかも別格でおこなわれるべきであり、かれらが立礼五回であれば、みずからは立礼三回でよい」

すなわち、三跪九叩はもとより、立礼五回をも拒絶し、さらにいままで待っていた各国公使らをさしおいて、単独で謁見をおこなうと主張した。

交渉はいきなり暗礁にのりあげ、打開のめどはたたなかった。

六月一九日、ついに副島は、謁見を辞退して帰国することを決め、翌二〇日に、総理衙門に通告した。

総理衙門というのは、「アロー戦争」の敗北によって各国使節の北京駐在をみとめざるをえなくなった中国が、はじめて「外交」をつかさどる機関としてもうけた「総理各国事務衙門」のことである。それいぜん、中国には外交機関というものが存在しなかった。中華にとっての異国は蕃夷いがいになく、外交は冊封・朝貢いがいにありえなかったからである。

翌二一日には、柳原と鄭を総署に送り、隠された主要目的である「台湾・琉球問題」について、さらには副島の胸中に大きく座を占めている「朝鮮問題」について談判させた。

遣使の名目とはいいながら外交の眼目である謁見をはたさず、儀礼問題で活路をひらくこともできず、そのうえ、琉球遭難民虐殺事件の加害責任を追及するというほんらいの目的に手もつけられず、広げるだけひろげた大風呂敷を空にしたまま帰国するわけにはいかないにちがいない。

公式の交渉の場に相手をひきだせないまま時をむなしくしてしまったいま、のこされた手段は奇襲いがいになかった。

一方的に謁見を辞退し、だしぬけに総署におしかけ、たくみに虚をついて相手を練りあげられた筋書きに誘導し、言質をとる……。柳原にたくされた任務は重大だった。

応対にあたったのは、戸部尚書薫恂と吏部尚書毛昶熙のふたりの大臣だった。

「まずマカオについておたずねしたい」

柳原は、のっけから相手のウィークポイントをつく戦略に出た。

「かの地はひさしくポルトガルが占拠しているようですが、貴朝とはいかなる関係にあるのでしょう」

「ポルトガル人がかの地に仮寓したのは、明朝末のことです。わが朝にかわってから、あらためて約条を交わそうとしたが、地租課税の問題で紛紜を生じ、今日にいたるも本約の互換をとげておりません」

ポルトガルがマカオに貿易拠点をおいたのははやく、一六世紀の初頭にさかのぼり、一五五七年には、明朝から永久居住権をあたえられ、カトリック布教の重要な拠点ともなってきた。いらい三世紀、一八四九年には、清朝の官吏から行政権を奪取。六二年には統治権をみとめられ、植民地どうぜんの支配をつづけている。

しかもマカオは、ペルー船「マリア・ルス号」が二三〇人もの清国人クーリーを不法に乗船させた港であり、かれらを保護した日本は、それらにかかわった費用をいっさい請求せず、いっぽうでペルー政府からは謝罪と損害賠償をもとめられている。清国の統治がおよばぬマカオの地は、いかがわしいカネが大手をふるう無法地帯であるとみなしてよい。

柳原はいった。

「しからば、事実上のポルトガル属領ということになりますか」

「否、単に、いわゆるひさしく借りて返さざるもので、彼国の有とすることはできません」

回答にまちがいはない。清朝がみとめたのは統治権のみであり、マカオの領土主権はいぜん清朝にある。しかも正式な条約はまだ交わされていない。

「ではつぎに朝鮮についておたずねします。先年、米国がかの国と事をかまえようとするにあたり、駐華アメリカ公使は、貴総理衙門に朝鮮あての書信をたくそうとした。そのさい、あなたがたはこういってお断りになったという。朝鮮を属国とは称しているが、内政教令にいたってはいっさい関与することなし、と。これにまちがいはありませんか」

二年前、アメリカは、「シャーマン号事件」への謝罪と通商をもとめて「アジア艦隊」を朝鮮に派遣、江華島を襲撃するにいたった。そのさいのことをもちだして確認をもとめたのだ。

「朝鮮を属国と称するのは、旧例を遵守し、封冊献貢の儀礼をつづけているゆえんです。ために、そう回答したまでです」

「しからば、朝鮮の和戦の権利にたいしても、貴国はまったく関与しないということでよろしいか」

「しかり」

朝鮮国の「交戦権」に、清国は関与しない。相手がこれをみとめればじゅうぶんだった。

「さて、鄭成功の占拠あと、台湾は貴国の版図に帰したものと承知しています。しかし、一昨年の冬、その東部にある土蕃なるものが、かの地に漂白したわが国の人民を殺害した。それゆえ、わが政府は、政府の義務としてかれらの罪を処分しないわけにはいかなくなりました」

琉球民といわずに「わが国の人民」とよぶ。まさに奇襲である。もちろん、「土蕃」のすむ地が「無主の地」であるというスタンスで押しきることも既定である。柳原はたたみかけた。

「台湾のなかでも蕃域は貴国の府治に服していないとのことですので、われわれが土蕃を問罪してもなんら問題はないのでしょうが、蕃地と貴国領属の地とは、犬牙のごとく入りくんで境を接しています。わが大臣は、貴国に告げずに問罪の役をおこし、万一、貴轄の地に波及して両国の和好をそこなうようなことがあってはならぬと考え、こうして事前にお伝えしているしだいです」

「さて、おかしなことを申される。先年、生蕃が暴殺したのは琉球国民であり、貴国人であるとはきいておりません。琉球はわが属国であるので、琉人が遭難したそのおりには、福建の総督が逃げのびたものたちを保護し、救恤、仁愛をくわえ、すでに本国へ送り還しています」

「否、琉球は従来よりわが属藩であり、わが朝が撫しむことひさしく、中世いらい薩摩の附傭でありました。いわんや大政が一新し、一民たりとも王臣でないものがいなくなったいま、琉人を殺すことも薩民を害することもかわるところなく、わが政府の保護の権に碍るということではおなじであります」

五〇〇年来の朝貢国である琉球王国を「わが属藩」だといい、琉人を自国民だといってはばからない。交渉の前提がそもそも現実を逸している。清国両大臣が面食らったのはいうまでもない。

機先を制したとみた柳原は、すかさず追い討ちをかけた。

「なればおたずねします。属国の避難民ゆえに救恤したというのであれば、属国の民が害されればしかるべき処分をおこなわねばならない。かれらを暴殺した土蕃には、どのような処罰がくわえられたのでしょう。よもや放任されたとは思われませんが」

清国側の形勢不利はきわまった。薫恂は答えた。

「かの島民には生・熟の両種があります。熟蕃はわが王化に服しているが、生蕃は化外の野蛮であっていかんともしがたく、わが朝の理法をもって処することは難しい……」

「生蕃が化外であることは、わが国ではだれもが知るところであり、ゆえに志士たちはいま、ただちに問罪せんとして計画をすすめているところです。ほんらい、化外を理めるのに事前通告をする必要はないのですが、わが大臣は、一小醜を懲らすことで隣国の和を失うことになれば外務の重責をまっとうできぬとの慮りから、貴政府にこうして明告された。その好意をくみとっていただきたい」

「たしかに、生蕃の暴悪を制することができなかったのは、かの地が、わが政教のおよばぬ地であるゆえんです。しかしながら、琉民を殺害し、また難民を救護した件については福建総督が奏報した書類もあるので、それらを検査したうえで、他日、回答をあらためる。それまで待たれよ」

「いいえ、それにはおよびません。貴大臣らはいま、生蕃の地は政教のおよばぬ地であると、たしかにそうおっしゃった。なれば、わが国の処置に帰するのみでしょう。さっそく帰館し、わが大臣に今日の問答を復命いたします」

水掛け論にしかならぬギャップをあえてそのままにし、自国の主張だけを都合よくすべらせて押しとおす。柳原は、策略どおりに談判をすすめたのであり、いっぽう、終始応答にあたった薫のほうもまた、生蕃が暴殺した琉球民は清の属国のものたちであると明言してゆずらず、台湾土蕃を問罪することをみとめなかった。

しかし、口頭であるとはいえ薫が言質をとられたことは確かだった。「生蕃は化外の野蛮である」と。

同日夜、柳原の通訳官として同席した鄭永寧は、思いがけない人物の招きをうけ、おなじ崇文門内にある賢良寺の宿舎をたずねることになった。

人物の名は孫士達。対等の「条規」をむすんだ日本国の全権大使である副島の謁見をとどこおりなく実現させるために、李鴻章が北京に送りこんだ外官であり、三年まえの「修好条規」調印のさいにも、天津と北京を往来して李をささえた腹心である。

孫はいった。「柳原氏の言論の峻烈さは、大臣らを愕然とさせるものがあった。生蕃の一事についても、本日、突然にもちだされたため、老衰の大臣らは卒爾に答話し、そのあまりに迂闊であることに、わたしはたいへん心を痛めている」と。

「あらためてたずねるが、マカオ、朝鮮についての問いは、ひっきょうどのような意味があるのか」

「さて……。われわれは副島大臣の命をうけて貴政府に示談したまでのことです。ゆえに柳原の言は、すなわち副島大臣の言にて、台湾の一事についても、わが使節一団の好意によって申しあげたことで、峻烈との指摘はあたりません」

鄭は、マカオ・朝鮮にかかわる問いについてはあえて答えなかった。

「貴国が台湾に事あろうとすることは、はやくより新聞報道によって知っていた。しかし、生蕃は鴃舌狼性にして、つねに深山の奥にあり、人を見ればたちどころに殺し、もって快事とする。かつて米国がかれらを討伐しようとしたが、勝つことができなかった。どうか覆轍をふまれることのありませんよう。

また、本日の談判は、謁見の儀が成就しないために起こされたものではありますまいか。もし、大使のお望みどおりの謁見がかなえば、あるいは生蕃問罪のことはなかったことになりましょうや。もちろん、謁見を好まず、断固として帰国されるとのことであれば、われわれとしても、この一事を皇帝に奏聞しないわけにはまいりません」

「わが大臣は、両国の友好のために来たのであってみれば、どうして謁見を好しとしないことがありましょう。貴国とは礼式が合わないため、やむをえず辞退するにいたりました。また、かりに謁見が望みどおり成ったとしても、貴政府にたいして本日告明したことがくつがえることはありません」

鄭もまた、「修好条規」締結にかかわって、そのはじめから交渉の場に席をおいてきたものとしての矜持をつらぬいた。

もちろん、両者の面談は非公式のものであり、おおやけに効力を発揮しうるものではない。が、同治帝にたいする李鴻章の影響力をもって北京の宮廷を動かすことはかならずしも難しくはなかった。

はたして、謁見は実現した。副島の要求がすべて容れられるかたちで。

すなわち、六月二九日、英・米・仏・露・蘭の公使にさきだって、単独での拝謁をゆるされ、「三揖の礼」すなわち立礼三回の儀礼をもって「国書」捧呈をなしおえた。

「とくに外務大臣副島種臣を貴国につかわし、和約を交換し、あわせて慶賀を申べしむ……」

すなわち、日本が、皇帝大婚・親政慶賀のために、とくに「外務大臣」を全権大使としてつかわしたと、そう「国書」にもしるされたごとく、「外務大臣」の呼称は、対外的な箔づけのためににわかに「外務卿」をあらためたものだった。

いずれにせよ、ことは国家と国家の問題なのであり、相手は唯一平等条規を交わした「和親国」である。また、副島は

「マリア・ルス号」事件のさいに厚誼をつくしてくれた人物だ。つまるところ清国は、日本の全権大使の謁見をトラブルなくとげさせることを大きな譲歩のうえに優先したというわけだ――清廷がなしえたことは、謁見の場を中南海の「紫光閣」すなわち朝貢国の使臣に面会するさいにもちいる場所とさだめ、国内的に体面をたもつことだけであった。

これが、副島全権使節団にとって、ひいては日本国にとってどれほど輝かしいことであったかは、中国史上、立礼で皇帝に謁したことそれじたいが画期的なできごとであったことを知るなら、だれもがみとめざるをえないだろう。

しかも、それによって日本の国際的地位が客観的に確認されたのである。

七月はじめ、北京を去り、天津で李鴻章に別れをつげ、大沽の港をはなれる副島にたいし、二一発の祝砲がはなたれた。外国人のために清国の砲台が祝砲を発したのは、これもまたはじめてのことだった。

それでなくても鼻息のあらかった副島が、大ヒーローよろしく、意気揚々と凱旋したことはいうまでもない。

とちゅうの寄港地では熱狂的な歓迎をうけ、二五日、朝野をあげての大歓声のなか横浜に帰着した。

横浜港をうめつくした群衆のなかには、四〇〇を数える東西の富豪たちのすがたがあった。かれらは、はやばやと伐蕃および蕃地の開拓に巨資を投じる目的で結社した投資家たちだった。

副島の成功が、たんに国威を発揚したというにとどまらず、「外征」と領土拡張をこいねがう広範な人々の心理に強烈なインパクトをあたえたことがうかがえる一事といえるだろう。

帰朝した副島は、七月二六日、太政官に帰国を報告し、二七日には参内して、清国皇帝の「復書」を天皇に奏呈した。

いよいよ台湾出兵にむけてのお膳立てがととのった。と思いきや、ちょうど副島の帰国をはさむようにして、その銃口のむけられるさきが、台湾蕃地から朝鮮半島へと急転回することになった。

七月二一日、西郷は、陸軍大輔に昇任したばかりの弟従道につぎのような書簡を送っていた。

「別府晋介から、台湾の様相がすこし判明したので、出兵となるのであれば、鹿児島の一大隊をもってひきうけたいといってきた。しごくよろしかろうと考えたので、従道のほうに申し入れておくようにと指示したところ、口添えをしてほしいとのことなので、よろしく頼む。副島が帰国しなければ出兵の決定はできないだろうが、かならず申し入れがあるはずだから事前の根まわしにぬかりなきよう」

ところが、四日後の二五日、副島より一日はやく東京にもどった柳原が、樺山からの書簡をもたらした。

三月はじめに長崎を発って清国の視察におもむいた陸軍少佐樺山資紀（かばやますけのり）は、副島使節団の北京滞在中は、かれらと行動をともにしていた。おのずから、柳原談判の結果をいちはやく知ることとなり、このうえは台湾実地視察を急がねばならぬと北京をはなれ、七月一二日、上海にたちよった柳原に急ぎの書簡をたくしたのだ。

すなわち、清が生蕃を「化外」であると言明したからには、台湾へ「神速突入（じんそく）」すべきだろうが、台湾は炎熱の地であり、わけても夏季の気候風土はきびしいゆえ、出兵するとしても一〇月いこうにするのがのぞましい。ひるがえって、いま、もっとも憂うべきはロシアの辺境領土の蚕食だ。ロシアの極東進出にそなえることが急務であり、そのためにはもはや台湾征伐などは枝葉にすぎないと。

慶応三年（一八六七）の「日露カラフト＝サハリン島仮規則」によって「両国共同の領土」とされてより日露雑居の地となってきた樺太では、石炭採掘権や漁業権をめぐる紛糾がたえなかった。

当年四月にも、南端部のアニワ湾にある日本の拠点函泊（はっことまり）――六九年にはすでにロシア兵が哨所をもうけ、コルサコフと呼んでいた――で倉庫出火事件が発生した。火の気のないはずの日本の漁具倉庫が燃えあがり、消火にかけつけた漁民たちをロシア兵が妨害した。のみならず、ロシア兵は漁民たちに暴行をくわえ、倉庫にさらに火を放った。倉庫の撤去をめぐって争ってきた経緯があったからだ。

出火事件に端を発した衝突はかんたんに解決をみず、六月には、樺太開拓使幹事堀基（ほりもとい）が、土地人民保護のための出兵要請をおこなうにいたっていた。朝鮮との交渉が「凍結」されたままとなっているいま、南侵をもくろむロシアが、樺太のみならず朝鮮に手を出してくる、あるいは朝鮮がロシアに接近するということになれば、海防の危機におよぶ。それを防ぐには、やはり、朝鮮との国交正常化を急がねばならないというわけだ。

副島の帰国をうけた七月二九日、西郷は、参議の板垣退助（いたがきたいすけ）あてに急ぎの手紙をしたためた。

「先日は、遠方まで御来訪くだされ、厚く御礼申しあげそうろう。さて、朝鮮の一条、副島氏も帰着あいなり、御決議あいなりそうろうや。……いよいよ御評決あいなりそうらわば、兵隊を先に御遣わしそうろう儀は、いかがなりそうろうや」

「朝鮮の一条」というのは、副島不在中、外務省をあずかる上野景範（うえのかげのり）少輔が提案し、それをうけて閣議にかけられた「朝鮮事件」処理問題だった。

「事件」というのは、草梁の「倭館」いや「大日本公館」の館門に朝鮮東萊府が「伝令書」を掲示したのだが、そのなかに日本の名誉を侮辱する文言があったというものだ。

なんのことはない。原因は、陸軍省御用の三越呉服店の手代数名が、朝鮮産牛革を買いつけるため対馬商人の名を騙って「倭館」に潜入し、密貿易をしようとした。それが発覚したため、東萊府が違法行為を非難し、潜商の出入りを禁ずる「伝令書」を館門の外に掲示。くわえて通商制限をおこなったのである。

三越の仲介をしたのはしかも、外務大丞の花房義質だった。

対馬いがいの商人の渡航は好ましくないとの判断から、渡航許可の停止を進言していた在鮮外務官広津弘信は、制限措置による館内の動揺について、五月三一日づけ通例の「公信」をもって報告した。

要点は、朝鮮側の貿易統制がきびしさを増し、公館への物資搬入が制限されているということにあった。

公信にはたしかに「伝令書」の写しが同封されていた。

そこには、「日本は西洋の制度や風俗を真似て恥じることがない。そのうえ、対馬商人いがいに貿易を許さぬという約条に違反した。近ごろの日本は、無法の国というべきである」と書かれていた。

しかし、それには広津が添え書きを付していた。

現地の若手は憤慨しているが、もしも「無礼」が公館内にもおよぶようなときには、かえって交渉のきっかけをつかめるので好都合であり、「伝令書」そのものは無視するのが得策だとして一同忍耐しつつ静観している、と。

にもかかわらず上野は、「無法の国」という文言を「国辱」にかかわる問題だとうけとめ、太政官にうったえたのだ。

「伝令書にはまた、妄錯によって事を生じ後悔しないようにせよとの文言もあり、ことによっては不慮の暴挙がおき、在留の日本人が陵虐されるおそれもある。朝鮮が慢心を長じ、ついにこんにちのごとき侮慢軽蔑のきわみにいたったことは、日本の朝威と国辱にかかわる深刻な問題であり、放置すれば、国家がさらなる辱めをうけることにもなりかねず、ほんらいなら出師の処分、すなわち軍事力行使も決断しなければならないが、兵事はとなれば事態は重大におよぶので、ここはひとまず慎重を期し、在留邦人保護のため、陸軍の若干と軍艦幾隻を送りこみ、九州鎮台に即応態勢をとらせ、そのうえで使節を派遣し、談判におよぶべきである。いかがであろう」と。

上野の過剰反応により、朝鮮問題はにわかに廟議の最優先議案におどりでた。

事件を処理するよう勅命がくだり、太政大臣三条実美が閣議を招集した。尊攘過激派公家「七卿」の親玉であった三条が、「国辱」ときいて逆上せずにはいられない。それでなくても日朝交渉は、朝鮮の拒絶のまえになすすべなく、事実上ひざを屈したかたちで中断されたままとなっている。

　ここにきて彼は、明治初年いらい朝鮮とのあいだに起きた忌まわしく、ゆるすべからざる経緯のいちいちをあげつらい、縷々自説をまくしたて、たびごとに「事件」の波紋に輪をかけた。そのうえで上野「議案」への賛同をもとめたのだった。

　板垣はおおむね賛同した。すなわち、居留民保護のために一大隊を派遣せよと。

　西郷は異をとなえた。陸海軍をさきに派遣すれば、朝鮮吏民に疑惧の念をいだかせることになり、わが朝廷の朝鮮にたいする当初よりの「徳意」に違うことになる。まずは全権使節を派遣し、「公理公道」をもって朝鮮政府を暁諭、すなわち教え諭しいいきかせ、彼をしてみずから悔悟せしめるのが望ましいと。

　ならば、使節は護衛兵をひきい、軍艦に乗ってゆくのがよろしかろうと、三条はいった。

　前年、「草梁倭館」を接収するため釜山にわたった花房使節が軍艦「春日」に乗り、歩兵小隊を護衛にともなったこと、清国への全権大使副島が軍艦「龍驤」と「筑波」をひきいたことをふまえれば、おのずからのことでもあっただろう。

　西郷はまたも異をとなえた。使節は古来の礼冠礼衣、すなわち烏帽子・直垂をつけ、非武装でおもむくべきであり、その任にはみずからがあたりたいと。維新いらいの交渉膠着を解決することは容易ではなく、トップ会談でいっきに片をつけるべきだというのである。

　留守政府の支柱ともいうべき人物が使節として渡海する。意表をつかれ、気圧されたかたちとなった閣議は、ひとまず、まもなく帰国する副島外務卿を待とうということで散会となり、決議はさき送りされた。

　板垣への手紙のなかに「御決議」とあるのはこのことをさしている。西郷の筆はつづく。

「兵隊を御繰りこみあいなりそうらわば、かならず彼方よりは引き揚げそうろうよう申し立てそうろうには相違なく、此方より引きとらざるむね答えそうらわば、これより兵端を開きそうらわん。さそうらわば、はじめよりの御趣意とは大いにあい変じ、戦いを醸成そうろう場にあい当たりもうすべきやと愚考つかまつりそうろう……」

　いきなり兵を送りこめば兵端をひらくことになる。そうなるよりはまず、使節をさきに派遣するほうがよいにきまっている。そうすれば、かならず朝鮮側は暴挙におよぶにちがいないので「討つべきの名」も立つだろう。つまり、兵を出すにはしかるべき「名義」が必要だというのである。

「公然と使節をさしむけそうらわば、暴殺は致すべき儀とあい察せられそうろうにつき、なにとぞ私を御遣わしくだされそうろうところ、伏して願いたてまつりそうろう。副島君のごとき立派の使節はでき申さずそうらえども、死するぐらいのことは、あいととのい申すべきかと存じたてまつりそうろうあいだ、よろしく希いたてまつりそろう」と。

鄭重をつくした言葉にはかえって凄みがある。西郷は、朝鮮に出兵するまえにまず使節の派遣を、使節を送るならばかならず西郷が派遣されるよう、板垣に助力を請うたのだ。

留守政府の正院を構成する参議のうち、大隈・大木・江藤はそろって副島とおなじ肥前佐賀藩の出身。のこるは土佐藩出身の板垣と後藤である。

外交はほんらい外務卿である副島の所管であってみれば、副島が全権の任につくのが穏当であり、おなじ肥前出身の参議が異をとなえることはないだろう。かれらはしかも、三人そろって、副島の実兄、肥前きっての思想家にして国学者枝吉神陽の門下生なのである。

情勢しだいでどちらにでもころぶ三条を動かすには、板垣の支持をとりつけることが不可欠となる……。

のち八月一七日の閣議決定までのあいだに、西郷は、さらに四通の書簡をたたみかけるように板垣に送っている。

いわく、この機会をのがせばつぎの機会はない。まずは「温順の論」をもって朝鮮を誘いこめば、かならず戦端をひらく機会がめぐってくる。戦さのまえに西郷を死なすのは不憫であるなどと、姑息な気持ちをもたれては何も実現しない。これまでの御厚情をもってご尽力いただけるなら、死してのちまで御厚意をありがたく思う。なにとぞお願いする。

またいわく、このたびは戦さをすぐさま始めようというのではない。三条公にも直言したが、戦さは二段にかまえている。まずは、隣交をあつくしようという誠意をしめすつもりで使節をさしむけ、そのうえで相手が軽侮のふるまいをあらわにし、さらに使節を暴殺するにおよんだときには、天下の人々みなあげて「討つべくの罪」を知ることになる。そこまでもっていかねば「名分」は立たず、「内乱を冀う心を外にうつして国を興すの遠略」はもとよりかなうべくもない、と。

西郷にとって、「朝廷御直交」実現のための全権使節、すなわち「君に代わるべきの使」を派遣することは、対朝鮮政策に欠くべからざるプロセスなのだった。

維新いらい日本は、旧好の誼をおさめ、「善隣」の道をあつくし、ために朝鮮の不遜をゆるし、理非をなだめて「聖意の誠」をつくそうとつとめてきた。にもかかわらず、かたくなにそれを拒み、無礼に無礼をかさね、いまや相互の通商もままならず、「公館」在留の吏民を困窮させるにいたっている。
その「曲ち」を明らかにし、「名分条理」を正し、彼国の非を天下に鳴らさねばならないが、それはたやすいことではない。まずは「皇使」をつかわし道理をつくす。そのうえでなお相手が暴挙をくわえるにいたったならば、そのときにはじめて曲直が白日のものとなり、開戦の理由が明らかとなる。それがあってはじめて討つものが心から怒ることができ、討たれたものも服することができる。

使節を派遣するのは、朝鮮の「曲」と日本の「直」を判然とさせるためだというのである。そして、貝のように口を閉ざしつづける朝鮮にたいしてそのような交渉を、あるいは挑発をおこなえるものは自分のほかにはない。すくなくとも書簡には、憑かれたように性急な意思がほとばしっている。

「手出しをせぬときは、わざと激動せしむる。ちょうど棚蜘蛛の巣に砂をバラバラッとまく理屈じゃ」。そういって大きな體をゆすったという西郷を、彷彿とさせるような息づかいも……。

朝鮮問題を解決しないかぎり「維新」は完結しない。ここに西郷の「征韓論」の核心がある。

それをはたさなければ、「倒幕の根源」「御一新の基」を逸することになり、いったい何のための倒幕だったのかということになる。このうえ朝鮮の驕誇侮慢をみすごし、天下の嘲りをこうむるようなことがあっては、倒幕・維新に命をかけた「国友」たちが黙っていないだろうと。

西郷にとって重要なことは、「王政復古」の理念にもとづいて「名分条理」をつらぬき、「維新」の理念にかなった日朝関係を確立すること。それによって皇威を耀かせ、国勢を挽回することなのであり、それを平和的におこなうのか軍事的におこなうのかは、つぎの段階の問題なのだった。

しかも、西郷の背中には、武力倒幕と維新革命の機動力となった鹿児島の「難物」たちの、膨張を渇望するエネルギーや、国威発揚をもとめてやまぬ尊攘派士族たちの、実力をそなえた意思があった。

また、藩兵の解隊によって報国の目的を失い、生活の道を閉ざされながらもこころざしをたもって節倹につとめ、開墾や教練にいそしみ、自立をめざす旧藩士族らの信望があった。

かれらの目には、倒幕によって功成り名をとげた新政府の高官や朝廷の役人は、泥棒さながらに映っていた。高給を貪り、あるいは政商とむすんで賄賂をふところにし、大屋敷をかまえて奢侈にながれ、「御一新」をふりかざしては傷みを下民におしつけ、いっこう改革の実をあげられずにいる……。

「草創の始」にたちながら、政府首脳みずからが「家屋を飾り、衣服を文り、美妾を抱え、蓄財を謀」っていては「維新の功業は遂げられ」ず、「戊辰の義戦もひとえに私を営みたるすがたになる」。そういって「面目なさ」に涙したとつたえられる西郷の思いもまた、かれらの思いと通底するものがあっただろう――そこには、民百姓ではなく、士族のゆくえに心をくだくことをもっぱらとするものの限界も露呈してはいたが……。

全国にあまねくわだかまる新政府への批判の声は、ともすれば広範な不満士族の「内乱を冀う心」、すなわち、天下がいまいちど大いに乱れることに期待する心や情動をかきおこし、それらを糾合し、ついには新政府に刃をむけるかもしれない。西郷もまた大きな自家撞着におちいっていた。

「維新」はいまだ途上にある。その途上において、大きく口をあけた裂け目のなかで喘いでいるものたちへの、現実的な手だてが急がれた。

八月三日づけの三条あての手紙のなかで、台湾への早期出兵を要求したのもそのためだった。つまり、台湾出兵であれ樺太出兵であれ朝鮮出兵であれ、この期におよんで政府が「何もしない」という選択肢はありえないというわけだった。

そして、「朝鮮の一条」が廟議の重事となったいま、「国体」にかかわる朝鮮問題の解決こそが、手がかけられつつあった台湾出兵をさておいても優先されなければならなかった。

なんとなれば、倒幕・維新の理念は、朝鮮との関係においてもっとも典型的にあらわれるからである。

帰国直後、西郷からじかに考えをきかされた副島にも、異論のあろうはずはなかった。「皇使」を派遣して「朝廷御直交」の論理にかなった国交を樹立しようというのは、維新いらいの政府の了解事項であり、「対鮮政策三か条」を公表していらいの外務省の方針でもあった。

前年一一月、「征韓」作戦会議につどった四人のうちのひとりである副島は、渡清にさきだってロシア代理公使ビュツオフと交渉したさい、日本の朝鮮出兵時にはロシアが中立を守る、これを条件とするなら樺太全島を譲渡してもよいともちかけた経緯もあり、西郷ともビジョンを共有していた。

また、北京滞在中の六月九日、駐華イギリス公使トーマス・ウェイドの訪問をうけ、朝鮮問題について質問されたときにもこう答えている。
「大政一新後、わが皇帝はしばしば朝鮮に使者をつかわしたが、かの政府はついに会おうともせず、おおいに敬意を失したままとなっている。いまとなってはただ諄々と訓え諭して、かれらを悔悟せしめるほかはないが、それでもなおかれらが頑愚をきわめ、ついに覚醒することあたわざれば、あるいは兵をもちいることもやぶさかではない」と。

はたして、副島の存在がさまたげになるかもしれぬという西郷の不安は、杞憂におわった。

八月一七日に召集された閣議では、西郷を遣韓使節に任ずることが決定。一九日には、三条が箱根宮ノ下の行在所におもむいて避暑中の天皇に上奏し、二三日まで箱根に滞在した。

閣議決定は了承された。「具視の帰朝を待って熟議し、そのうえで朕に報告せよ」と。

天皇が帰京した翌日の九月一日、三条は、書簡をもって西郷に遣使内定について連絡した。
「使節を派遣することは内決した。もっともこれは重大事件につき、岩倉大使の帰朝を待って、その見込みなどについてさらに詢謀し、そのうえで正式な決定を公表することになる。ついては、外務卿とも協議いたし、使節をつかわすさいの手順や応接の目的など、あらかじめ取り調べるように……」

岩倉の帰国を待つべく条件づけることをもちだしたのが、三条なのか天皇なのかは知るよしもない。

九月一三日、全権大使岩倉具視・副使伊藤博文・同山口尚芳ら「遣米欧使節」が、じつに一年九か月ぶりに横浜港にもどってきた。

陸軍省の汚職事件と内紛、予算をめぐる大蔵省の紛議、旧藩士族をひきいた守旧派のボス島津久光の上京、樺太暴動、琉球・台湾問題に朝鮮事件……。手にあまる問題を山とかかえて岩倉の帰国を待っていた、三条の安堵はいかばかりだっただろう。

というのも、はやく一月のなかばには「内国方今多事」を理由に、副使の大久保利通・木戸孝允のふたりに中途帰国をもとめる「勅命」が送られていた。三条の「ＳＯＳ！」が裁可されてのことである。

ところが、三月すえに岩倉一行とわかれ、五月二六日に帰国した大久保は、一年半の不在がもたらしたギャップのまえに傍観者に甘んじざるをえず、参議でないことをさいわいに、休暇をとって関西旅行にでかけてしまった。

また、西郷とならぶ閣議の重鎮である木戸は、四月なかばに一行とわかれたあと、二か月におよぶ官費観光旅行を楽しんでのち七月二三日に帰国したが、まもなく持病を悪化させ、療養をもっぱらとする日々を送っていた。

九月一五日、岩倉は三条を訪問し、帰国報告もそこそこに当面の諸問題について話し合った。

そこでは、対外問題がとくにさし迫ったものとはならなかった。副島・リゼンドルがぶちあげた台湾出兵問題も、内々の勅許がおりている西郷の朝鮮派遣の問題も……。すくなくとも岩倉にとってそれらは「即今、着手には至るまじ」き問題だと認識され、さしあたっては、樺太函泊(はっことまり)の暴動事件について、談判による解決がなされるものと了解された。

じじつ、琉民暴殺事件を利用して台湾「蕃地」の軍事占領をもくろんだにせよ、台湾出兵は、琉球をめぐる国境確定の必要に迫られないかぎり必然性のある外征ではなかったし、朝鮮への皇使派遣も、急務とするほどのさしせまった不穏が日本公館に存在するわけではなかった。

そして、函泊出火事件いらい中断していた樺太国境交渉は、八月すえから副島とビュツオフとのあいだで再開されており、まもなく日露両国がそろって現地調査を始めるみこみとなっていた。

いっぽう西郷は、朝鮮使節の目的は「第一憤発の種蒔(たねま)き」であり、九月二〇日までには出発するつもりであると、一二日づけの別府晋介あての書状にしたためている。朝鮮に同行させる予定の別府が短銃を手配してくれたことにたいする礼状である。

「まもなく大使が帰国する。わたしも当所をひきはらい、小網町(こあみちょう)にもどるつもりである」と。

このころ西郷は、天皇からさしむけられた医師から一日五～六回の瀉薬(しゃやく)を処方されていた。高血圧症の原因が肥満にあると診断されたことによる下痢療法だったが、その療養のために滞在していた渋谷の従道(つぐみち)邸を出て自宅にもどり、きたるべき渡韓の日にそなえようというのである。

ところが、岩倉が帰ってきてもいっこう閣議のひらかれる気配がない。しびれをきらした西郷が三条に矢のような催促をおこなったのは当然だった。岩倉帰国後に詳細を熟議することは、天皇の裁断だったのだから。

一〇月四日、三条は岩倉に朝鮮問題についての「覚書」を送り、つぎのようにのべた。

「使節派遣それじたいはすでに議決しており、いまさらこれを論ずる必要はないが、そのまえに明確にしておかねばならないことがある。遣使の目的が、国辱を雪(そそ)ぎ、国権を張り、朝鮮をして旧交を継ぎ、隣誼をおさめしめることにあるのか、それとも彼国をわが従属国にすることにあるのか。また、それが外交上の長期の展望にたった政策であるのか、それとも内政上の必要からいっときの政略としておこなわれるものなのか。
あるいはまた、遣使は戦争を期するためのものなのか、そうではないのか。戦争を始めるとすればそれは領土をとりにいくのか、彼国を制するにとどめるのか。
今次の使節は三度目の使節にして、全権使節である。それが日本公館を一歩も出ることなく、これまでどうようの屈辱をうけ、国権を損なうようなことがあってはならない。おのずから、使節は必死を期すべき使節となる。使節に必死を期せしむならば、政府もまた戦争を期さねばならぬ。使節が殺されてのちはじめて戦争を決するのではおそく、必死の使節を派遣するまさにその日、政府はすでに戦争を決していなければならない……」

三条という人物をよほど知りぬいている岩倉も、さすがにとまどったにちがいない。

朝鮮の曲(あやま)ちを明らかにし、名分条理を正し、その非を天下に鳴らさぬときはいったい「御一新」は何であったのかと、そう西郷にすごまれれば両手(もろで)をあげて賛意をしめし、その彼が、みずから暴殺覚悟で朝鮮にのりこむといえばたちどころに蒼ざめ、「西郷遣使」があっさりと評決されれば狼狽をあらわにし、「岩倉大使帰朝のうえ」を口実にお茶をにごす。

はたして、岩倉の顔をみれば、避暑中の行在所にまでかけこんで「聖断」をあおがねばならないほど火急の問題など何もなかったかのように日を送り、西郷からその不実と無為を責めたてられてわれにかえり、そのあげく、「使節の派遣」を論じることは「開戦」を論じることとおなじであるなどと論点を飛躍させる。

そして、だれよりも当人がみずからの論理の飛躍にからめとられていったのだから、始末の悪いことこのうえなかった。

ここにきて、「西郷遣使」はただならぬ様相をおびはじめた。

すなわち、全権使節の派遣はかならず戦争につながり、戦争を回避するためには使節の派遣を止めなければならないと。

九日、閣議を一二日に召集することが決定した。

じつはその前日、大久保が参議に就任することを内諾した。三条・岩倉・伊藤・木戸がしめしあわせ、三週間にわたって説得をこころみてようやく口説きおとすことができたのだった。大久保の参議登用はもともと、三条が「公論衆議」体制を拡充する必要からうちだしたものだったが、「遣使」と「開戦」が表裏のものとなるなか、大久保を閣議のメンバーにくわえることが必須かつ急務の要となった。これに三者が三様の思わくからくみしたのである。

すなわち、留守政府からの政権奪還を急ぐ岩倉は、そのために大久保の力を必要とし、伊藤は伊藤で、岩倉を軸に大久保と木戸を協力させてみずからに都合のよい陣営を固めようという策略があり、それらは、留守政府における長州勢の不振を憂慮しつつ、自身の持病をかこっていた木戸にも希望をもたせるものだった。

岩倉とともに「王政復古」を成しとげた第一人者であることを自負する大久保にももちろん、新国家建設にかける情熱があり、ビジョンがあり、野心があった。

かれらの一致するところは、政府にとって最大の「安全弁」であり、そうであるがゆえに最大の「難物」である西郷の朝鮮派遣を阻止することであり、それができるのは大久保いがいにないということだった。

とはいいながら、いったんは奏上され「御内決」にいたったものをくつがえすわけにはいかず、ひとまず出発時期の延引をもとめるということで四者は合意にいたった。開戦の危機を回避するためである。

一一日、三条はまたしても姑息の挙にでた。閣議の開催を一四日に延期するというのである。

西郷は猛然と抗議した。「明日の御会議、御遷延とのこと、いかにも残念であり、また一大事にござる。どうかこのうえの御間違いのないようお願いする。不肖御遣わしの儀はすでに上奏のうえ御許容ずみとなっている。いまになって御沙汰替りなど不信のことが出来しては、勅命を軽んじることになり、もしそのような変事にいたれば、いたしかたなく、死をもって国友に謝するまでである」と。

威嚇である。わけても「国友」のひと言は、三条にとどめをさした。

一二日、大久保が参議に就任。一三日には副島も参議にくわえられた。

そしてむかえた一四日、閣議には三条太政大臣・岩倉右大臣をはじめとし、木戸を除く西郷・板垣・大隈・後藤・江藤・大木・大久保・副島らの八参議が参加した。

西郷はまず、八月一七日の閣議決定の再確認をもとめた。それにたいし岩倉は、いま日本が直面している外交上の問題は、樺太をめぐるロシアとの紛争決着、台湾の生蕃討伐、朝鮮への使節派遣の三つであり、朝鮮問題だけが急務なわけではなく、むしろ樺太事件の解決を急ぐべきであると、そう論理を迂回させた。

もちろん朝鮮の「無礼」は問わざるをえず、使節の派遣が必要であることも閣議決定のとおりだが、はたして、「頑昧固結」の朝鮮が使節に礼をつくさぬことは目にみえており、遣使はすなわち開戦につながらざるをえない。しかし、いまだ日本は朝鮮と戦争するには準備不足である。よって使節の派遣をしばらく延期すべきであると。

大久保もまた、使節派遣が戦端をひらくとの立場にたち、「征韓戦争」がもたらす不利益を「七か条」にわたってあげつらった。

すなわち、外征にともなう混乱が、士族の叛乱や民衆の騒擾を誘発するおそれがあること。軍事費をまかなうためには増税と貨幣増発が避けられず、そのいっぽうで富強のための事業を中断しなければならないこと。さらに、戦備の調達が輸出入の不均衡をもたらし、外債の増大がイギリスの内政干渉をまねくおそれがあること。ロシアに漁夫の利をもたらし、南進を助長させ、急務である条約改正がいっそう遠のいてしまうことなどである。

ゆえにいまは、開戦につながる使節派遣はみあわすべきであると。

中止ということではなく延期ということでなら、板垣のような積極的な開戦論者であっても妥協できないことはないだろう……。板垣と後藤を強硬派からきりはなす。土佐藩出身の参議二人を自陣にとりこもうというのである。

ところが、西郷じしんが流れを一変させた。彼は、あくまで即時遣使をもとめて引かなかった。

「遣使すなわち開戦」を前提に一方的にくりひろげられる的外(まとはず)れな議論は、西郷を失望させ憤りを増幅させた。真意のつたわらぬことはもどかしく、なにより事の本質が理解されぬことがかなしく、ならばいよいよ巻かれるわけにはかかった。

「朝鮮のことは、いましばらく時期をまち、内治をととのえるのが先である」

論点はすれちがったまま、そういいはってゆずらぬ大久保に、西郷はいった。

「おはんのいう時期というのがまさにいま、いまをおいてほかにはない。一日たりとも緩(ゆる)うすべきじゃごあはん。内治のことは、このことにとりかかったとてやれる」

「いや、そこが問題なのだ。もし談判が思わしくゆかぬ日には、兵を動かすことになるほかあるまい。そうなれば国家の大事。内治のごときは、ために犠牲にせねばなるまい」

「それが、おはんの勘違いじゃ。それに、この件はすでに閣議をへて定まっとる」

「まえの閣議にどうあったか、そんなことは拙者どもの知らんことだ」

「そりゃ、おはんな、本気でいうとっとか。おはんらの留守中に決めたが不服といわっしゃるか。おいどんも参議でござる。おはんらが不在じゃからというて国の大事をなげうっておいては、おいどんたちの職分が立たん。留守の参議がみなで集まって決めたことに何の悪いことがござるか。三条太政大臣もご同意で、すでに聖上の御裁可までへたことでごわす」

「拙者どもの不在中は、大事件は決めぬという約束ではござらぬか」

「だれかの発議でそんなこともあったが、それは無理と申すもの」

「いまとなってそれをいうのは卑怯でござろう」

「卑怯……。ひかえられよ。ぜんたいどちらが卑怯でごわすか、心に問うてみなされ」

何人も割りこむ余地のない応酬だった。とうじ、それでなくても西郷とまっすぐに目を合わせてものをいえるものはなかったといわれる。その彼が、大久保の、そしてその背後にいる姑息なものたちへの怒りを爆発させたのだ。

大久保はゆずらず。佐賀藩出身の大隈と大木だけが彼を支持した。

火の車の政府財政をあずかる大蔵省事務総裁の任にあった大隈は、西郷に信望をよせる士族集団のいとなみに反政府組織の危険を嗅ぎとり、たえず猜疑の目をむけてきた。それだけに、いま戦争を始めるなどはもってのほかとの考えだった。

閣議はこの日、議事を決裁せず、翌日の続会を期することとなった。

一五日、西郷はいうべきことはすべて主張したとして出席せず、かわりに、朝鮮問題にかんする西郷の公式かつ最終的な見解をまとめた「遣韓使節決定始末」を太政大臣あてに提出した。

閣議では、大久保だけが前日の主張をまげず、副島・板垣は明確に西郷を支持。のこる参議も、西郷の意にまかせるとのことで意見がまとまり、最終決定は「両公」すなわち三条・岩倉両大臣にゆだねることでいったん散会となった。

再開された議上にしめされた両公の「御治定」はつぎのようなものだった。

「この一件は西郷氏の進退にかかわりかねぬ御大事につき、やむをえず、西郷氏の見込みどおりにまかせることと決する」

大久保は、みずからの主張はまったく変わらぬが、「両公」の判断にまかせることに同意したのだから決定に異存はないとし、結果として、満場一致で「西郷遣使」が決定した。

大久保はすでに辞意をかためていた。というのも、西郷に渡韓の延期を納得させる役割りを大久保にたくし、ぜったい中途で変節しないむね「約定書」を交わしたうえで参議就任を了解させたのは、ほかならぬ「両公」なのだった。それが大詰めにきて梯子をはずされた……。

まったくもって不本意、いや、「遣米欧使節」の出発まで、つねに中枢にあって新政府をリードしてきた大久保にとってはたえ難い屈辱だった。怒りに慄えつつ、いっぽうでは、あんのじょうとも思っただろう。優柔不断で小心凡庸な三条ならおおいにありそうなことだった。それにしても岩倉までが……。

みずからが演じさせられた滑稽な役回りをふりかえり、「約定書」ぐらいのことでかれらを信じたおのれの迂闊を後悔した。ことはしかも、煮え湯を呑まされたというレベルをこえて深刻だった。

「西郷遣使」を阻止できるか否かはすでに朝鮮問題ではなく、政権のイニシアティブのゆくえにかかわる問題となっていた。大久保は、これいじょうあとずさりのできないところに追いこまれていた。

一六日は休日だった。さすがに責任を感じた岩倉は、書簡をもって大久保に謝罪し、大隈と伊藤にも手紙を送って、人事のかぎりをつくして使節の派遣を中止させる決意をのべた。

一七日早朝八時、大久保は三条をたずねていた。参議辞任と位階返上をつたえ、「辞表」と「趣意書」を差し出すためである。岩倉には、辞表の写しをそえた書簡をもって意思をつたえた。

大久保の容赦のない書面にせっした岩倉は、腹をくくった。そして、彼もまた辞意を表明した。ふたりは、幕末いらい、幾多の密謀をくわだててきた共犯の仲にあり、たびごとに修羅場をしのいできた戦友でもあった。たがいに信のおけること、三条の比ではなかった。

この日、閣議を欠席していた木戸も辞表を出していた。

三条は、たのみとする三者からいちどに辞意をつきつけられて自失した。

太政官には、西郷・板垣・後藤・副島・江藤の参議がつめかけ、閣議決定のすみやかな上奏をもとめていた。上奏は太政大臣である三条の職責である。彼はそれを、あと一日だけのばしてくれるよう猶予を請うた。そして、その夜、岩倉をたずねて話しあったが合意にいたることはできなかった。

岩倉との会談後、西郷を呼んで明け方まで話しこんだ一八日早朝、ついに彼は、心労のため発病、人事不省となった。発病がどのようなものであったかはさだかでない。が、くだんの有馬藤太の表現をかりれば、「三条さんが精神に異常をきたされたとかいうべらぼうななりゆきとなり」、表舞台からすがたを消した。

と、すかさず巻きかえしに出たのは伊藤だった。

そもそも「西郷遣使」を「御内決」にみちびいた留守政府の責任者であり、それゆえ西郷に凄まれれば否とはいえない三条が人事不省となったのは勿怪のさいわい。岩倉を太政大臣代理にたて、閣議決定を上奏させるという策をもちだした。そのさい、岩倉個人の意見として「西郷遣使」延期論をも上奏し、天皇の裁可を延期論のがわに誘導する。天皇から格別の信をうけている岩倉ならばそれができる。そう伊藤は考え、その日のうちに木戸の了解をとりつけると、すかさず岩倉の説得をこころみ、大久保にも協力をもとめることにした。

しかし、肝心の岩倉はしりごみし、大久保もいまいち乗り気をみせず。伊藤の「奇策」は不発におわるかに思われた。

一九日、閣議が招集された。上奏を急ぐ副島・江藤・大木・後藤の参議は、右大臣の岩倉を太政大臣代理とすることを了承し、即日、宮内卿徳大寺実則がそのむね奏請した。

翌二〇日、事態を憂慮した天皇は、みずから岩倉邸におもむいて太政大臣代理就任の「勅命」を授けた。

この間、じつは大久保はすでに動いていた。手をこまねいてなどいられなかった。岩倉による上奏が事実上可能となった一九日、みずからが「一の秘策」と呼ぶ陰謀を、腹心の開拓次官黒田清隆にもちかけた。

おなじ薩摩出身で、大久保が推挙して宮内省に送りこんだ宮内少輔吉井友実に、天皇の側近である徳大寺を動かして宮中工作を実行してくれるよう示談せよというのである。

「一の秘策」というのは天皇の裁断による閣議決定の逆転工作である。閣議決定上奏のさい、岩倉に延期論をあわせて上奏させる。ここまでは伊藤の「奇策」をふんでいる。が、天皇が誘導にのらず使節即行論を裁可すれば万事休す。ただひとり旗色を鮮明にしている大久保は失脚する。

逆転工作に失敗はゆるされない。そのためには、岩倉の正式上奏のまえに、天皇の意思を使節延期論で固めておく必要がある。つまり、上奏にさきだって、徳大寺が内々に使節延期論だけをささやいておき、同意の言質をとっておくというわけである。大久保にとっては、まさに政治生命をかけた「秘策」だった。

二〇日、徳大寺はさっそくこれを実行し、岩倉につぎのように報告した。

「くだんの件、ごく内々に奏上し、主上の御同意を得ました。こののち、だれが切迫して言上してもお考えを変えられないようおそば近く目を光らせ、東久世通禧侍従長とともにしっかりと身辺をガードしているのでご安心ください」と。

二一日、大久保は岩倉をたずねて正式の「上奏文」の内容を検討した。開戦につながる遣使に反対する意見書である。

二二日、「秘策」の存在など知るよしもない西郷・板垣・副島・江藤らは、岩倉邸におしかけ、両大臣の職務怠慢を責めるとともに、閣議決定のすみやかな上奏を迫った。

ところが、岩倉は、かれらを仰天させるような反応に出た。

「畢竟、三条が見込みと、わが見解とのあいだには違いがある。ゆえに、双方の見解をつぶさに奏聞におよび、御宸断をあおぐことといたす」

三条の見込み、すなわち閣議決定にはとらわれず、天下のために自身の信ずるところを奏上するといいはなったのだ。

たちどころに岩倉邸は激論の場となった。あまりの無法におどろいた江藤は、「代理者」である岩倉は、「現認者」である三条の意思にしたがってことを運ぶべきであると、法理論をくりひろげた。岩倉は頑としてきかなかった。

西郷がいった。

「なれば、いかが仰せ上げそうろうや。三条が見込みは個様かよう、岩倉の見込みは個様かよう、しかして三条の見込みは天下のためしかるべからず、岩倉の見込みは天下のためにしかるべしと、そう奏上されるおつもりか」

「いかにも」

岩倉はこたえた。あくまで違法と越権をまかり通そうというかまえをみせたのだ。

「このうえは、参議のわれわれが、じかに上奏するほかはない」

閣議をないがしろにし、その決定をふみにじる。ただひとり上奏の権利をもっている岩倉がそのような暴挙におよんだいじょう、西郷らになしうることは直訴いがいにない。押し問答はつづいた。が、西郷のひとことで幕引きとなった。

「さまでそうらわば、わたしは退きもうすべし」

明日にも西郷は辞意を表明するであろう。だれもがそのように了解し、むしろそのことを危ぶんだ。それでも、岩倉は「赤坂出頭」すなわち参議らによる直接の上奏を警戒し、徳大寺に、赤坂仮皇居にいる天皇の身辺警護を要請した。

二三日、岩倉は、閣議決定を口頭で上奏し、自論は文書にて奏上した。西郷は辞表を提出した。

二四日、天皇の裁可がくだされた。宸翰の「勅書」はこうむすばれていた。「いま、なんじ具視が奏状これを嘉納す。なんじ、よろしく朕が意を奉承せよ」。ここに閣議決定はくつがえされた。

同日、西郷の辞表は受理され、大久保・木戸の辞表は却下された。

西郷はしかし、兼官の「参議」「近衛都督」を解かれたが、本官である「陸軍大将」の辞意はみとめられなかった。

彼がこうむる痛手を最小限にくいとめようとの慮りからか、はたまた彼をまったき野にはなつことのリスクが考慮されてのことであったか、おそらくはその両方だっただろうが、おなじ官等においては武官を文官の上位におくのが原則だったから、いぜん彼は武官の最高位にあることにかわりなく、政府首脳としてとどまる余地をのこされたかたちとなった――一一月はじめにはもう鹿児島に帰ってしまった西郷にはもはや、その意思はなかっただろうが……。

さらにこの日、板垣・副島・江藤・後藤の四参議がそろって病気を理由に辞表を提出。二五日には受理され、閣僚の半数が野に下るとともに、あらたに工部卿となった伊藤博文、海軍卿となった勝海舟が参議に就任。二八日には、外務卿となった寺島宗則が参議にくわわった。

そして翌一一月には、大久保が初代内務卿に就任し、一八七四年（明治七）が明けてそうそう参議の木戸が文部卿を兼任。のちに薩長「有司専制」とよばれるにいたる「大久保新体制」がスタートした。

ところで、西郷の甥に従徳という人物がいる。一五歳はなれた弟従道の三男にあたる人で、西南戦争の翌年、一八四八年に生まれ、一九〇二年、父の逝去にともなって西郷家の家督を継ぎ、侯爵に列せられた人である。

その人が、一九三六年に編纂された『伊地知正治小伝』のなかで興味深いことを書いている。

「韓国遣使の結果、和議やぶれ、ついに不幸干戈あいまみえるがごとき事態にもおよんだときのためにとて、一柳先生の手になれる作戦計画があった。……この作戦計画は軍国の秘密文書、もとよりひろく世間に公けにされたものではなかったろうが、その全文が西郷家にも伊地知家にもつたわらないのはすこぶる遺憾である。

しかし、田中鉄軒氏の編にかかわる『薩摩戦史考証』に、『聞く、甲午征清の役にあたりて、川上将軍がその作戦計画をば、明治六年征韓論の廟堂にのぼりしとき正治先生が書画したる戦法に踏襲したる事実あり』とある。

ああ、南州翁といい、一柳先生といい、この未曽有なる征清役の大捷を見ることを得られなかったが、さぞ地下において微笑んでおられることであろう」

「甲午征清の役」というのはいわゆる「日清戦争」のことであり、「川上将軍」は薩藩出身の川上操六、「一柳」は伊地知正治の雅号である。

これによると、西郷使節が派遣され、交渉が決裂して開戦におよんだときのために伊地知がつくった「征韓作戦計画」は、二〇年後の「日清戦争」開戦時にはたしかに存在し、そのとうじ陸軍「参謀次官」兼「兵站総監」の任にあって広島大本営から作戦指揮をとった川上操六が、その戦法をふまえた戦略を実戦に活かしたという。

もしもそれが事実なら……。いまだ名ばかりの帝国「大ニッポン」が、「文明の戦い」の名のもとにはじめて総力戦を挑み、その臣民がはじめて「挙国一致」を体験した対外戦に、豊臣秀吉とホンタイジの戦略が活かされたことになる。

そして、そうであるなら、のこされたわずかな資料をたよりに、伊地知と板垣がつくった「作戦計画」のアウトラインを想像してみることもまた一興だろう。

「徴兵令」施行とともに明けた一八七三年（明治六）当初、徴兵による鎮台の再編はまだおこなわれていない。六鎮台の兵力は、陸軍省編『陸軍沿革要覧』によれば、歩兵二三大隊（一万四七九八人）、騎兵二大隊（一九六人）、砲兵三大隊・三砲隊（九五一人）、工兵二小隊（二〇〇人）、輜重兵一小隊（二三人）の、わずかに一万六二六八人であった。

その多くが実践経験ゆたかな壮兵、すなわち「ミニエー銃」の訓練をうけた旧藩軍の士卒であったとしても、征韓戦争をいどむには貧弱であり、国防をなげうってそれらを外征にむかわせるリスクは大きすぎた。

伊地知が「新募」すなわち、失業状態にある全国の士族層から、あらたに四万人の「征兵」をつのって征討軍を編成しようとしたのはそのためだった。

いっぽう、外征に不可欠の海軍力だが、海軍大臣官房編『海軍軍備沿革』にみえる軍艦の規模は、ゆいいつの甲鉄艦東（一三五八トン）・いか龍驤（二五三〇トン）・筑波（一九七八トン）・富士山（一〇〇〇トン）・春日（一二六九トン）・雲揚（二四六トン）・日進（一四六八トン）・第一丁卯（一二五トン）・第二丁卯（一二五トン）・鳳翔（三二六トン）・孟春（三五七トン）・乾行（五二三トン）・千代田形（一三八トン）・摂津（九二〇トン）の一四隻。これに輸送船の大阪・春風・快風の三隻をあわせて一七隻、一万三八三二トンだった。

四万の兵と兵器を上陸させ、兵站物資を輸送するには、海軍の協力および、外国から艦船を借用することが不可欠である。そのために、明治五年のすえにはすでに副島が、海軍の責任者である勝海舟に協力要請をおこない、大蔵省の井上馨・渋沢栄一らと予算獲得交渉をおこなっている。

とうじ朝鮮は海軍をもっていなかったから、日本軍は比較的たやすく朝鮮半島周辺の制海権を確保することができる。板垣が、海路いっきに江華島方面に兵を送り、まっすぐソウルに進出することを主張したのは、ゆえあってのことだった。

これらの条件をふまえてシュミレーションをこころみる。

まず、参議・陸軍大将の地位にある高官・西郷隆盛が全権をゆだねられ、烏帽子（えぼし）・直垂（ひたたれ）をつけて朝鮮におもむく。軍艦をもちいず、護衛の兵もともなわず。

とどうじに、板垣と伊地知が、陸海軍をひきいて壱岐勝本（かつもと）まで前進する。秀吉が大本営をおいた肥前名護屋城から対馬厳原（いずはら）の清水城へ、さらには釜山へとつながる兵站ラインをむすぶ「つなぎの城」風本城（かざもと）のあった良港だ。

西郷より、交渉決裂の報がもたらされる。板垣と伊地知は、ただちに朝鮮への上陸作戦を開始する。

まず、進撃軍二万兵を釜山に上陸させる。のこりの二万兵で釜山周辺の迎撃態勢を固め、朝鮮軍が出撃してくるのを待つ。棚蜘蛛（たなこぶ）の巣に砂、すなわち挑発である。

釜山を激動せしめ、南下してきた朝鮮軍を、待ちかまえていた守備軍がむんずとつかみ、したたか叩く。

そのあいだに、進撃軍の三分の二、およそ一万三〇〇〇兵を海上から江華島方面へと移動させ、いっきにソウルをめざして進撃。のこり三分の一、七〇〇〇兵も海上を移動し、平壌方面に上陸して、国王の北への逃げ道を封鎖する。

つまり、釜山・ソウル・平壌をおさえ、三拠点から征討軍をすすめて国王を擒（とりこ）にする。王を掌中にすることができれば「征韓」は成り、あっぱれ「皇威」を耀かしめることができるというわけだ。

はたして、いわゆる「日清戦争」は、「日朝戦争」ともいうべき朝鮮王宮への奇襲によって始められた。

清国への宣戦布告にさきだつこと八日、七月二三日午前〇時三〇分、大島義昌（おおしまよしまさ）「混成第九旅団」が秘密裏に「朝鮮王宮包囲作戦」を開始。未明（みめい）には完全に宮廷を武力制圧して国王高宗（コジョン）を拘束し、王の実父大院君（テウォングン）を無理やりかつぎだして新内閣を組織した。

いまや知らないものはないその事実はしかし、日露戦争開戦後に編纂された『公刊戦史』において改竄・隠蔽され、書き替えの事実とその内容が解明されるには、欠落して行方知れずとなっていた『戦史』の「草案」群が発見される二〇世紀末を待たねばならなかった。

22 ハロウィン・ピース 一〇月三一日 ── 琉球両属の淵源をたち、朝鮮自新の門戸をひらくべし

一八七四年（明治七）秋。「一の秘策」が功を奏し、西郷が辞表を出した日からちょうど一年がたった一〇月二三日、全権弁理大臣大久保利通は、柳原前光全権公使とともに北京の総理各国事務衙門におもむき、渡清後七度目となる交渉にのぞんでいた。

同年四月の「台湾出兵」に端を発した両国間の紛争を解決すべく、九月一四日に開始された交渉である。

西郷全権使節を朝鮮に派遣すればかならず対外戦争におよぶ。だから延期せざるをえない。そういって天皇を騙らい、権力を掌中にしたものたちが、その舌の根もかわかぬうちに──政変から出兵までの期間はわずかに六か月──外征を実施した。あるいは、「内政上の必要からいっときの政略として」対外派兵をおこなった。

しかもそのなりゆきは、あまりに短絡かつ性急で、予定調和的ですらあった。

七三年（明治六）一一月、佐賀県士族で陸軍少佐の福島九成が外務省に「建白書」を提出した。当年二月に「清国・台湾視察」の命をうけ、樺山資紀とともに三か月をかけて台湾を調査して帰国した直後のことである。

いわく、台湾の東部は清国の主権のおよばない「蕃地」であることが明らかとなった。そこで、琉球人殺害を理由に「蕃地」に出兵して領有し、かの地を拠点に台湾全土を植民地化する。出兵にあたっては、清国とのあいだに紛議が生じても強行すべきであると。

一二月には、おなじく視察団にくわわった海軍省の成富清風が意見書を出す。

いわく、台湾「生蕃」は軍艦を派遣して肝をやぶれば一挙に掃討できる。そこに華士族や豪商の資財を投じ、「蕃人」を懐柔して開墾させれば政府の費えすくなくして台湾をとることができる。台湾は琉球の西南にいちする「皇国の門戸」

である。その地で「生蕃」を訓練し、兵をととのえれば、皇国の「一藩屏」になるにちがいないと。

同月二一日、「人事不省」いらい二か月ぶりに太政大臣三条実美が政府にもどってきた。

そして彼がいちばんにおこなったことが、西郷遣使問題にかかわる岩倉「上奏文」の借覧であり、つぎにおこなったことがなんと、西郷ら前参議の復職と、朝鮮問題の再評議をもとめる提案だった。閣議での最終決定がくつがえされたのだからもっともなことでもあっただろうが、大久保新体制がそれをみとめるはずはなかった。

明けて七四年一月二六日、三条は、岩倉右大臣を説得し、大久保と大隈重信を台湾・朝鮮問題の担当者に任じて調査を命じ、みずからは、朝鮮使節派遣論とでもいうべき文書をまとめて参議らにしめし、「強硬論」をむしかえした。

同月二九日、大隈の依頼をうけた外務省の柳原前光・鄭永寧は、「台湾処分要略」を作成した。

その第一条には、「わが藩属たる琉球人民」が殺害されたことにたいし「報復」し、かつまた「其地を拠有」すべきむねが明記され、植民地化の意図がしめされた。ために、まず「実力」すなわち軍事力を行使し、そのあとに「弁説」すなわち交渉をおこなえば、琉球の日本帰属を確定し、台湾を領有することができる。すみやかに植民地政策を協議する「台蕃事務局」を設立すべきであると。

前年、副島種臣全権使節の書記官として渡清したさい、かれらは琉球民を「わが国の人民」と呼び、蕃域を「無主の地」とするスタンスをおし通し、総理衙門の大臣から言質を引きだした。すなわち、「島民のうち熟蕃は王化に服しているが、生蕃は化外であり、その暴横を抑えられなかったのは、いまだ政教がおよんでいないからである」と。

そして、それをもって「出兵の根拠」を得たとして帰国した。

台湾先住民にたいして清国の管理はおよんでいない。その居住地である「蕃地」は国際法上、中国の主権がおよんでいない「無主の地」というにひとしく、日本が遠征をおこなうことは自由であるというわけだ。

「要略」には、外務省のご都合主義と一貫した強硬姿勢があますところなくあらわれていた。

かれらは、清国が蕃地にたいする主権を主張して抗議するであろうことを予測し、なにより、琉球の中国への朝貢をもって日本への明確な帰属を否定してくることを承知していた。そのときは「その議に応ぜざるを佳と」し、逃げをきめこむ。そうなるまえに、「征台」を決行し、既成事実をつくってしまう。そうなれば、のちの交渉によって「琉球の帰属」も「蕃地の領有」もともに達成できるだろうというのである。

じっさい、前年の非公式の談判において総署大臣らは、あくまで琉球を「わが属国」であるとし、生蕃が殺害したのは「琉球国民」であって「日本国民」にあらずと主張してゆずらなかった。そうであれば、「生蕃」や「蕃域」の帰属いかんにかかわらず、日本に、報復あるいは問罪あるいは征討する理由などないことになる。

しかも、総署における「化外」問答のいっさいは公式文書にのこされていない。あるのは、書記官の口頭報告をもって全権使節の「復命書」に問答を採録した日本側の文書だけであり、客観的な徴証(ちょうしょう)とはなりえない。

そこで大久保は、副島からじかに清国での談判の手順や内容を聴取し、リゼンドルをまねいて国際法上からみた台湾の帰属について確認した。そのうえで、あっさり軍事発動におよぶことを決意した。

琉球は日本に帰属し、台湾「蕃地」は「無主の地」である。このことを既定路線として「確守」し、清国サイドが琉球両属論をもちだしてきたときにはいっさいとりあわず、無主地論を前面におしだして「生蕃」にたいする問罪と征討を断行しようというのである。

二月六日、大久保と大隈は「台湾蕃地処分要略」を閣議にはかり、「台湾出兵」を正式に決定した。

「要略」の第一条にいわく、台湾「土蕃の部落」は清国の政権のおよばざる「無主の地」である。ついては、「わが藩属」である琉球人民の殺害にたいして「報復」することは「日本帝国」政府の「義務」であり、着実に「討蕃撫民の役」をなしとげなければならないと。

外征にともなう国内の混乱、戦費調達の困難、イギリスの干渉や条約改正への悪影響などといった理由を縷々ならべたて、対朝鮮強硬論にあれほど反対したふたりが、「報復」は政府の「義務」であるとまでのべてはばからなかった。

ただし、柳原と鄭が作成した原案からは「台湾領有」論が削除された。台湾蕃地が「無主の地」であれば、いっきに領有することもまた不可能ではなかったが、大久保の深謀遠慮によって、植民地化については再度あらためて評議するということで先送りされたのだ。

大久保は急いでいた。「台湾出兵」を決することそれじたいを。

というのは、政府にはすでに反政府士族のよりどころである佐賀「征韓党」「憂国党」の暴発がつたえられており、二月四日には、熊本鎮台に鎮圧軍の出動を命じたばかりだった。

憂慮された内乱の危機。それに押されるようにして政府は「台湾出兵」を決定したのである。

「征台」か「征韓」か。数年来、熱にうかされたように外征への情熱を沸騰させてきた強硬派のなかには、職にあぶれ、あるいは外征が阻止された無念をかこち、あるいは偏った政府のやり方に不満をもつ士族層の巨大なエネルギーが渦巻いていた。これを制御するには、エネルギーを外にむけるしかない。

ガス抜きである。それも、まさにいま、佐賀に叛乱の旋風が巻きあがったいまそれをおこなわなければ、全国各地でいっせいに反政府の火の手があがり、野火のごとく枯野をおおっていくやもしれぬ。

走りはじめたばかりの大久保政権には、それを止める力はなかった。

なかにも最大の牙城である鹿児島県士族が「陸軍大将」の西郷をかつぎだし、政府転覆をのぞむ声が奔流となれば、軍事クーデターが成就する……。佐賀の不穏がつたえられるや、ただちに福岡県権参事山根秀助に佐賀討伐のための士族徴募を命じた大久保には、いわずもがなそのことが意識されていた。

佐賀「征韓党」の党首に迎えられたのは、大久保のクーデターともいえる前年の「十月政変」で西郷とともに野に下った前参議江藤新平だった。ためにいっそう、すみやかな叛乱の鎮圧がもとめられた。主謀者を一刀のもとにし、党徒を一網打尽にして息の根をとめ、目にモノいわせるかたちで事態を収拾させる必要があった。

閣議をへている猶予はない。大久保は、みずから鎮圧にむかうべく「条公」「岩公」すなわち三条・岩倉に嘆願した。そして一〇日には、軍事指揮権から警察権・裁判権にいたる絶大な権限を委譲され、一四日、東京を発し佐賀にむかった。

一九日、大久保は博多に「本営」を設置し、「佐賀県下暴徒征討令」を布告した。

はたして、最新兵器で武装し、軍艦「東」「雲揚」「龍驤」「鳳翔」のほか、輸送船一一隻を動員して鎮圧にむかった政府軍は、二週間の戦闘で鎮定をはたし、三月一日、大久保とともに佐賀城に入った。

同月七日、叛乱鎮撫のために佐賀にむかったはずが、江藤に協力する決意をして「憂国党」の党首についた前秋田権県令の島義勇が、鹿児島で捕えられた。二九日には、江藤が高知で捕縛され、佐賀に護送された。

四月一三日、臨時裁判所は、江藤・島には斬首のうえ梟示、一一人の首謀者には斬首をいいわたし、即日、刑が執行された。いか一三六人が懲役、二四〇人が士族身分の剥奪、七人が禁固刑に処せられ、一万七一三人が無罪をいいわたされて事件は落着した。

「今日、都合よく相済み大安心。江藤、醜態、笑止なり」

『大久保利通日記』の同日条である。「江藤、醜態、笑止なり」。読むものには、戦慄的である。

初代司法卿となり、近代司法制度のいしずえをつくったその人物を、裁判所とは名ばかり、審議といえる何ほどのものもおこなわぬ法廷で裁いたのは、かつてその人物によって司法省にひき入れられ、権大判事の登用にいたるまで恩恵にあずかった河野敏鎌（こうのとがま）だった。

いや、河野が関与するまでもなく、首謀者を問答無用で極刑に処することは、開廷いぜんに決まっていた。

極刑。しかしながら、維新後に制定された「仮刑律」や「新律綱領」にも、江藤が司法卿時代に公布した「改定律令」にも、内乱罪・騒擾罪といった犯罪は、それじたいが想定されていなかった……。

ために江藤の首は、前時代の「獄門（ごくもん）」のならいによって二晩三日のあいだ晒された。

のち、その写真は東京で市販され、五月二七日には、東京府庁が写真すべてを回収するよう指令を発しなければならないほど売れに売れた。「晒し首」という公開処刑のインパクトはそれほどまでに大きかった。

大久保の計策は達成された。司法卿までつとめた政府要人の梟首は、東西衆庶の肝を寒からしめ、なにより「賊徒」予備軍の動静に大釘を刺したにちがいなかった——大久保の砦である内務省の応接室には、江藤梟首の写真がながく掲げつづけられていたという。

この間、大久保不在の政府では、「台湾領有」論が息を吹きかえしていた。

「フォルモサ（台湾）島遠征のおもてむきの眼目は、ボンタン（牡丹社）の罪を問い、さらにその悪業を防御することにあるが、真の眼目は、土人の所轄たる島の一部を併（あわ）すことにある。ために土人を開化せしめ、かれらをしてかれらと日本政府のために有益たらしむべきであり、この三月末に出兵すれば、一一月には占領が完了し、きたる年は併合の報告とともに新年を祝うことができるだろう」

大隈の諮問にこたえて露骨な占領・領有政策を提起したのは、外交顧問リゼンドルだった。

彼はまた、陸軍大輔の西郷従道（さいごうつぐみち）に出兵・占領計画書をしめし、遠征事業を成功させるには、しかるべき権限をあたえられた「Minister（長官）」が不可欠だと助言した。

四月二日、大隈と従道が提起した植民地化をめざす出兵方針が、大久保の不在、木戸孝允（きどたかよし）の反対にもかかわらず閣議決定され、四日にはもうリゼントルのいう「Colonization Office（植民地局）」にあたる「台湾蕃地事務局」が設置された。

そして「長官」には大隈が、副長官にあたる「准二等出仕」にはリゼンドルが任じられた。

また、従道を陸軍中将に昇進させて遠征軍総司令官にあたる「都督」に任じ、熊本鎮台の歩兵一大隊・砲兵一小隊および軍艦「日進(にっしん)」「孟春(もうしゅん)」を指揮下にゆだねるとともに、六日にはもう、全権委任の「勅書」と「特諭状」が授けられた。

「勅書」にはおもてむきの眼目が、一〇条からなる「特諭状」には真の眼目が明示されていた。

九日、従道は、長崎にむけて品川を発ち、佐賀暴徒処刑の翌々日にあたる一五日には、佐賀にたちよって大久保と会い、夜を徹して語りあったあと長崎に入った。会談の内容はさだかでない。

ほどなく、大隈とリゼンドル、そして、出兵顧問に傭されたカッセル米国海軍少佐とワッソン前米国陸軍大尉が長崎に到着。司令官に任じられた陸軍少将谷干城(たにたてき)・海軍少将赤松則良(あかまつのりよし)ひきいる遠征軍もぞくぞくと長崎港に集結した。

現役のカッセルと、「北海道開拓使」で技師をつとめていたワッソンを顧問に推薦したのはもちろんリゼンドルであり、かれらは一時休職をみとめられて台湾遠征軍に同行した。おどろくべき手ぎわのよさというほかなはい。

二七日、従道は、陸軍少佐福島九成(ふくしまきゅうせい)に清国閩浙(びんせつ)総督李鶴年(りかくねん)あての「出兵通告書」をたくし、兵二〇〇余人をあたえてアモイに派遣した。定員の二倍をこえる乗員をつめこんで長崎を出航した「有功丸」のなかには、カッセル、ワッソン、そしてアメリカ人従軍記者エドワード・ハウスのすがたもあった。

五月二日、谷・赤松両司令官ひきいる鹿児島県士族一〇〇〇余人の遠征軍主力が、軍艦「日進」「孟春」と輸送船「明光丸」「三国丸」に分乗し、台湾の社寮港(しゃりょう)をめざして進発した。

これには、「政変」後に辞職した西郷や警察界の大物だった坂元純熙(さかもとすみひろ)らが、近衛除隊兵や警察辞職者をあつめて組織した徴集隊三〇〇人も合流した。

「いまより、諸君ら死ありて生なし。一身ただ都督に委(まか)せば、すなわち事かならず成らん」

長崎にむけて鹿児島を発つさいには、西郷陸軍大将から激励の言(げん)をうけ、感奮勇躍して征途についたという。

三日、福島らがアモイに到着。四日には「出兵通告書」が清国側に手交された。

「本官は、天皇の大命を奉じて親兵をひきい、いままさに蕃地へのりこもうとしている。そのさい、わが艦船が貴国治下の海域を通過する。もとより他意はない。よって航路を遮断しないでいただきたい。本官の目的は、わが国民を暴殺した生蕃を懲戒し、ふたたび事件を起こさぬようにすることだ。もし、貴国治下の台湾府領内に潜入する生蕃があれば、逮捕してお引きわたし願いたい」

「大命を奉じて……」。つまり、「天皇の名」による「台湾生蕃討伐」の開始が通告されたのだ。

ところが、おなじ四日、長崎では大隈と従道、そして前日に長崎入りした大久保が、政策の変更についてのすりあわせをおこなっていた。前月一七日に佐賀をはなれ、二四日に東京にもどったばかりの大久保が、台湾出兵にかかわる兵隊進退等の全権を委譲され、きびすをかえすように九州にまいもどってきたのである。

というのも、大久保不在のあいだに政府は、いちどは台湾出兵を閣議決定し、ふたたびそれをくつがえした。すなわち、一九日の閣議において出兵延期の決定がなされ、同日、それは長崎へも伝達されていた。

二五日、延期通告をうけとった従道はしかし、決定のうけいれを断固拒否した。

「大命をうけて都督の重職を担うものが、この期におよんで出兵の指令をくつがえせば、士気のあがった軍兵を抑えるすべはなく、禍害のおよぶところ佐賀の乱の比ではない。それでも止めよというなら、みずから『勅書』を奉還し、『賊徒』の汚名をこうむろうがままよ、生蕃の巣窟を突き、国家に累をおよぼすことなきよう処置する決意である」と。

そして同夜のうちに諸艦に命令を発し、炭水を積みこませるとともに、東京に急報を送った。

「士気強盛にして、いきおい制し難し。出兵を強行する」

大隈・従道からの報せが東京にとどいたのは四月二七日。そくざに動いたのが大久保だった。

「一大事の国難」ゆえ「進退処分」の「全権」をゆだねられたしと。

ドタバタのはじまりは、外征という国際問題にかかわる重事を決議したわずか一七日後に、おなじ閣議が出兵延期を決したことにある。原因は列強による介入だったが、これはおのずから想定されたことだった。

「日本はひじょうに気まぐれな国である。日本政府は一定の計画にもとづいて行動しているわけではなく、その日暮らしの政策に追われており、一貫性というものはほとんど存在しない。明日なにがおこるかを予想するのは困難である……」

佐賀の乱の直後、本国にあてた「private（半公信）」にこうしるしたのは駐日イギリス公使ハリー・パークスだったが、イギリスはもとより、西洋諸国は、おしなべて日本の出兵に反対だった。

なんの不思議もない。かれらは、台湾は、南部の先住民地域もすべてひっくるめて全島が中国の「版図」であるとの認識に立っていた。その地へ「非西洋」すなわち「非文明」の小国にすぎない日本が軍兵を出し、あわよくば南部を植民地化しようともくろむなど、言語道断である。まして、事がこじれ、日・清両国のあいだに本格的な武力衝突が起こったなら、東アジアでの通商ははかりしれぬダメージをこうむることになる。

わけても、対中貿易によって年額二五〇〇万ドルもの巨益を得ているイギリスがそれを危ぶんだのは当然だった。

「台湾がいかなる地域であるかを問わず、日本国が出兵目的でイギリスの船舶あるいはイギリス国民を雇用することは、清国による出兵への同意がおおやけに宣言されないかぎり、承認できない」

まっさきに圧力をかけてきたパークスの追及は執拗だった。

対日政策をめぐる条約締結諸国間のコンセンサスをないがしろにし、事あるたびに、足並みを乱すことでパークスの神経を逆なでしてきたアメリカ駐日公使ジョン・ビンガムも、これには厳重な抗議をおこなった。

「清国政府の文書による承諾なしの出兵は断じてみとめない。また、承認なしの出兵計画への自国民のいっさいの協力をみとめず、日本による一部台湾の植民地化もみとめない」と。

カッセル、ワッソン、エドワード。デロングの後任として赴任してみれば、すでに三人の米国民を雇用され、「ニューヨーク号」などの米国船舶を雇いあげられている！ビンガムのおどろきは大きかった。

アモイから帰国するリゼンドルを外務卿の副島にひきあわせて外征をあおり、日本にたいする米国の影響力を高めようとした前駐日公使チャールズ・E・デロングと、南北戦争後、「米国憲法修正第一四条」を起草して市民の身分と「公民権」を規定し、人権擁護の画期をつくったジョン・A・ビンガムは、対照的な外交官だった。

駐日公使を交代した一八七三年当時、デロングは四一歳、ビンガムは五八歳。キャリアの差もあった。本国では名の知れた法律家でもあるビンガムが、公式な宣言もない不法な出兵への加担を看過するなど、ありうべからざることだった。

四月二九日、「全権」をこうむった大久保は東京を発ち、五月三日、長崎に入港。

翌四日には、台湾蕃地事務局長官の大隈、遠征軍総司令官の従道と協議をおこない、なんと、出兵を追認する方針を決定した！従道には「容易に戦端を開かぬよう」釘を刺したうえで、急ぎ社寮港へむかうよう指示をくだしたのだ。

つまり大久保は、政府の出兵延期決定にしたがって遠征軍を引きもどせとはいわなかった。

のみならず、「生蕃を処分し、そのうえで凶暴な所業をやめさせ、かれらが日本の意を遵奉するまでは、防御のため相応の人数を残しおく」ことをも「全権」をもって指令した。

さきに従道が賜った「特諭状」のなかの「植民地化政策」はとり下げたが、台湾「蕃地」は「無主の地」であるというスタンスをつらぬき、討蕃後の駐留継続にふくみをもたせたというわけだ。

一七日、従道は、本隊六〇〇人をひきいて「高砂丸(たかさご)」に乗りこみ、長崎を出航した——日本人が「高砂族」と呼んだ台湾先住民の名をあたえられた輸送船は、英国の老朽商船「デルタ―号」をにわかに買収したもので、おなじく急きょ買いつけた米国商船「シャフツベリー号」には、遠征軍の上陸地の名をとって「社寮号」とネーミングした。

大久保の帰京をうけた一九日、政府は「太政官布告」を発してはじめて台湾遠征をおおやけにし、左院(さいん)をはじめ政府内外に反対論がくすぶるなか、各省・府県にたいして「出兵の趣旨」を通達した。

「今般、陸軍中将西郷従道を都督に任ぜられ、発向いたさせ、さきにわが人民を暴害せし罪を問い、相当の処分をなし、かつは後来わが人民航海の安寧保護のため、きっと取り締まりの道をあい立つべき御趣意にそうろう……」

総司令官が本隊をひきいて出撃したあとの「布告」であり、また、清国にも、諸外国公使にも伝達されないままの公示であった。

おなじ五月一九日、特命全権公使に任じられ、四月八日づけで「内勅」を授けられた柳原前光が清国にむけて出発した。こんどの出兵が、清国の政権のおよばない「化外」の地への「わが琉球人」殺害にたいする膺懲(ようちょう)を目的とするもので、戦争を意図するものではないということを理解させ、琉球が日本に「帰服」していることを明確にする。

それが彼にあたえられた任務だった。もちろん、そんな虫のいい主張を清国サイドがうけるはずがない。

清国政府は即時撤兵をもとめてきた。台湾出兵は清国の主権を侵すものであり、政府への正式の通告がないことは、対等条約をむすんでいる「和親国」としての行動に違反するというのである。至当である。

交渉はのっけから膠着し、北京入りをはばまれた柳原は、上海に釘づけされて日々をいたづらにするしかなかった。

六月二四日、同治帝(どうち)は、開戦も辞さぬという「勅命」を発した。

「日本の台湾出兵は、清日修好条規に違背する。よって撤兵を要求する。日本がこれにしたがえば大きな紛擾(ふんじょう)とはならぬが、かれが蛮勇をふるってこれを拒絶するなら、その罪をおおやけにして討伐せよ」

しかし、このときすでに台湾蕃地の軍事制圧は完了していた。六月一日から始まった牡丹社・高士社への討伐は、大きな戦闘を交えることなくすすみ、数日のうちにパイワン族の部落を焼きはらい駐留キャンプをいとなんだ。とちゅう、ある廃村で遠征の発端となった宮古島民の墓を発見し、遺骸五三柱を回収した。

六月七日、従道は、谷干城少将と樺山資則少佐に一時帰国を命じ、「討蕃」の決了を報告させるとともに、蕃地への「移民拓殖事業」に着手すべきむね建言させた。

同月すえ、谷・樺山の凱旋復命と建言をうけた政府内では、またもや植民地化をとなえる強硬論がいきおいづいた。米国公使ビンガムの抗議をうけて長崎からひきもどされたリゼンドルと大隈を中心とする勢力だった。

しかし、三条・岩倉ら政府首脳はおおむね撤兵の方針をかためつつあり、また、出兵の通告をおこなわなかった外務省は、清国総理衙門からもたらされた「抗議書」にたいする正式回答を督促されており、寺島外務卿は、いぜん批判と監視をゆるめない列国公使との対応に追われていた。

「台湾蕃地は中国版図の内」であるという清国の抗議にどう応えるのか。おなじく蕃地を中国領だととらえ、「日本の台湾出兵は国際法違反であり、戦争とみなされてもしかたがない」とする列国の疑念にどう対応するか。また、蕃地平定後の処置をどうするのか。出兵の目的は達せられたとして撤兵するか、それとも、攻め占った「無主の地」を領有し、植民地化政策をおしすすめるか……。

強硬派のなかには、「多大な物を投じ、人を入れ、命を賭して遠征したにもかかわらず、問罪復讐をはたしたというだけで撤退するのは無益であり、わけても腰抜日本といわれることはたえがたい」というような蛮性あらわな主張もあって一定の勢力をたもっていた。

撤退か領有か。板ばさみになっているあいだにも日・中「開戦」という容易ならざる事態をまねきかねない危機が高まってゆく。大仰ではない。

かりに、蕃地を「無主の地」とする日本の主張に国際法の理論上の正当性があるとする。その地はしかし、清国領と隣接している。これを日本が占領しようとすれば、清国は、自国の安全保障を理由に日本の行為を妨害することができる。清国は、蕃地占領それじたいに異議をとなえることはできないが、安全保障上、防衛をおこなう権利を有するからである。

そこに戦争をひきおこす危険が存在する。パワー・ポリティクスがものをいう国際関係においては、法理論上の正当性がかならず通用するとはかぎらない。

いわずもがな、清国にとって台湾すべてが版図であることは自明である。たかをくくって撤兵の機を逸すれば、すでに台湾海域に出動している清国軍艦とのあいだに衝突が起きないともかぎらない。そうなれば「領有か撤退か」などと暢気なことはいっていられない。すぐにも「開戦か即時撤退か」の選択を迫られることになるのである。

政府では、公式・非公式を問わず連日のように会議がかさねられた。が、そのたびに議論は紛糾した。

開戦の是非について諮問をうけた陸軍卿山県有朋は、軍備・兵力の未整備を理由として反対の答申をおこない、おなじく見解をもとめられた将官らの多くが開戦を不可とした。

「断じて戦さを決するときは、今日はすなわち今日の備えあり、大国といえども何ぞ懼るるにたらん」

こういって開戦を主張したのは、野津鎮雄少将と種田政明少将の二人。「御親兵」いらい薩摩閥をたばねてきた生粋の軍人たちだった。

台湾処分の重大性をおそらくもっとも本質的に、すなわち「琉球の帰属をめぐる国境画定の問題」としてとらえていた大久保の強いもとめに応じて閣議が招集された。

七月四日、議論分立。五日、すこぶる紛論。開戦に決定すればさらなる紛議がまきおこり、退兵を決しようにもひととおりではおさまりかねる。議論はいつしか「開戦問題」に的がしぼられていった。

はたして、七月八日の閣議では開戦にそなえる方針が決定された。

「清国政府のなすところをみるに、いっぽうには故意に商議を渋滞せしめてわが兵鋒を紓め、いっぽうにはみずから戦備の汲々たるの状あり。しかしながら、漫然として彼国に機先を制せらるるようなことがあってはならず、ために、和議が破るる場合を想定して戦備を修める……」

清国が故意に交渉をとどこおらせているのは、日本を油断させ、そのあいだに戦備をととのえるためである。それを知りながら手をこまねき、相手に先制をゆるすことになっては元も子もない。ゆえに、柳原全権公使による「商議」が決裂したときには「開戦」も辞さないというのである。

翌九日にはさらに、陸軍・海軍両卿に「内諭」がくだされた。

「今般、台湾処分のため都督発遣につき、清国へ公使派出仰せつけられ、せいぜい両国和親を破らざるよう談判におよぶべくそうらえども、もし彼れより不和をもうけそうろうやも測り難く、やむをえざるに出れば戦争にもおよぶべきむね廟議一決。いま陸海二軍、創立ひさしからず、もとよりその充分を望むべからずといえども、わが力にしたがい、緩急に応じ……よろしくこの意を体し、あつく省議をつくし、その方略籌画いたすべきこと」

清国との談判は、公使が「和親」を破らぬようつとめるが、もし彼国より不和をひらくようなことがあればやむをえず戦争におよぶので、作戦計画をたて、戦時にそなえるようにというわけである。

いずれにせよ、まずは交渉ありきであり、この時点で「蕃地領有論」はフェイドアウトした。

もともと別々の課題であった「琉球帰属」問題と「台湾出兵」が、「台湾土蕃」による「琉球民」襲撃事件を触媒としてメビウスの帯となり、さらにいま、「蕃地」を軍事占拠したことによって「国境画定」問題へと飛躍しつつある。

ここにおいて優先すべきは、台湾を領有することではなく、国家主権のおよぶ範囲に琉球をとりこむことである。

そうであれば、日本政府が「わが藩属」であるところの「琉球人民」の殺害にかかわる膺懲の義務をはたし、再発防止の措置をとったうえになすべきことはおのずからしぼられてくる。

七月一二日、「琉球藩」の管轄が、外務省から内務省にうつされた。琉球が日本の支配のおよぶ範囲にあるのであれば、琉球にかかわる権限の行使は「外務」ではなく「内務」であるにちがいない。そして、その最終決定権は内務卿である大久保の手に帰することになる。

一三日、大久保は三条実美のもとをたずね、みずから「全権」をおびて清国におもむき「談判の衝」にあたりたいと願い出た。しかし、まず岩倉が難色をしめし、三条も同調した。

いっぽう、一五日には柳原にたいして「訓令」が発せられた。台湾で攻め占った地は「償金」とひきかえに清国に「譲与」する。この方針で「神速に」談判を決せよ。ただし「はじめより償金を欲するの色を表すべからず」と。

清国は、蕃地が「隣接の地」でありながら「化外」であるとして、先住民の狂暴残虐のなせるがまま放置した。ひるがえって日本政府は、「わが人民」を保護し、ながく東洋航海者の害を防ぐため、財を投じるをいとわず都督を派遣してかれらを勦撫懐柔した。したがって、かの地を占領し、かの民を教化する権利は日本にある。もし清国がそれをよしとしないなら、すべてを「譲与」して撤兵することもやぶさかではないが、そのさいには、日本の遠征費用や被害にたいする「償金」を負担するのは当然だというわけである。

「訓令」とあわせて朝廷の「微意」ならびに当職の「奥計」がしめされた。特別弁務使として渡清することが決まったリゼンドルが「the ulterior aim」と表現した真の目的である。
「この機に、琉球両属の淵源を絶ち、朝鮮自新の門戸を開くべし」
つまり、占領地から「撤兵」するという切札を最大限にいかして、琉球の両属関係を停止し、朝鮮を開国させるための足がかりをつくれという。

清国の側にしてみれば、だしぬけに自国の領土を侵犯され、返してやるかわりに金をよこせといわれるもどうぜんだ。交渉というようなものではない。公然たる強請り、あるいは欺騙であり、かれらが首をたてにふるとはとうてい思えず、そのうえ琉球の帰属や朝鮮開国の問題にきりこむなどは至難である。さしもの柳原も、天をあおぐしかなかった。

参議をはじめ、政府の主だったメンバーのほとんどが反対するなか、大久保は「条公・岩公詣」をくりかえした。そしてついに切願は容れられ、清国派遣の「内意」がしめされた。暦は、七月三〇日を数えていた。

八月一日、はれて「全権弁理大臣」に任じられた大久保に「勅諭」と「委任状」が授けられた。彼にあたえられた権限は絶大だった。「和戦を決する権」すなわち、清国に駐在する諸官員の、文官であると武官であるとをとわず「いっさいを指揮進退する権」がゆだねられたのだった。

同日、大久保不在中の内務卿に伊藤博文が就任。伊地知正治・山県有朋・黒田清隆の三人が新たに参議にくわえられた。

八月六日、大久保全権弁理大臣と随行員一四名は、アメリカ汽船「コスタリカ号」に乗りこんで横浜港を発ち、神戸をへて長崎に入った。そして一六日には、同港で随行員を九名にしぼり、軍艦「龍驤」に乗りかえて清国をめざして出航した。

「台湾蕃地は確然清朝の版図である。さきの会談で貴大臣はそう答弁されたが、まったく納得できるものではありません」

九月一九日、大久保は、清国総理衙門の大臣文祥と、三度目の交渉にのぞんでいた。

長崎から上海、天津をへて九月一〇日に北京に入った彼は、柳原公使から交渉をひきつぎ、一四日には最初の会談を、一六日には二度目の会談をおこなっていた。

「版図であれば確固たる証跡がなければならないが、蕃地には、貴国の政権がおよんだ実績がない。公法上、そのような地は版図とみとめられぬことになっています」

蕃地は、西洋国際法上、清国の主権がおよばぬ「無主地」である。そう主張する大久保にたいし、文祥は「修好条規」

の第三条をもってこうこたえた。

「貴国との和約なかに、両国の政事・禁令は異なるをもっておのおのその国の自主の権にまかせ、相互に尊重するという約条がある。貴国が、わが生蕃の地に政令がおよんでいないことをいうのは、わが政事を咎めることであり、約条に反することになりましょう。また、それを理由にわが生蕃の地が中国の管轄ではないなどと、いくど弁論されてもお答えすることはできません。くわえて、万国公法なるものは近来西洋各国において編成されたもので、わが清朝のことは載っていない。そのようなものをよりどころに談論することは、和約の正理をそこなうことになりますまいか」

清国側の全権は恭親王愛新覚羅奕訢。同治帝の叔父にあたる人物で、総理衙門の首班であったが、軍機大臣の文祥は、ナンバーツーの地位にありながら衙門の決定権をにぎっていた。恭親王は大久保とおなじ四四歳、文祥は五六歳。英・仏連合軍が北京に侵攻した「アロー戦争」いらい親王を補佐してきた文は、重病をおして交渉の場にたっていた。

彼は、日・清関係にかかわる問題にヨーロッパの国際法を援用することの妥当性を問い、「修好条規」との矛盾を突くことで反論してきたのである。

「約条のことはもとより知るところだが、蕃地の件はそれにあたりません」

大久保は「和約の正理」をスルーした。念頭にはつねに、台湾蕃地をおおむね中国領だとみなしている列国の目があった。かれらの支持をとりつけるためにも、「条規」に深入りすることは得策ではなく、あくまで「国際法の正理」にもとづいて交渉をすすめることが肝要なのだった。

「蕃地の人民は狂暴きわまりなく、他国の人民を害すること茶飯でありながら放置されてきた。わが国は、その地が貴国の属地にあらざることを知ったうえで政府の義務をはたしたにすぎません。にもかかわらず貴国の版図であると主張されれば、われわれはその証跡を問わざるをえず、また、属地か否かをもって是非を定めようとするなら、無主地であることをくりかえし主張するほかはありません」

「証跡を問われて答えることなど不可能です」

文のほうもサラリとかわしてきた。

「政令がおこなわれていないというところなら四川・雲南・湖南・湖北・瓊州などにもある。京師近傍にさえそれに類するところがあり、官衙を設けていないところも多くあるが、それらをあげて一版図としており、これを他国から論難されたことはありません。台湾蕃地の処分についてはおっしゃるとおり、これからわが国が手をつけて、後害なからしむるようにすることは当然のことである」

有史いらい中国大陸に覇をとなえてきた大帝国には、蕃地のごときところはごまんとある、それがどうだというのだ。文は、大久保の問いがまったく無意味であると、そういわんばかりに返してきた。

「本国内地と生蕃の地とは同日の論にあらず」

大久保は声をあららげた。

「なんとなれば、堂々たる政府の管轄のもとで、狂暴の人民が外国の漂流民を害している。これを処分しないにもかかわらず版図であるというのは理屈が通りませぬ」

水かけ論がくりかえされた。「確固たる政令」のおこなわれている「証跡」をしめさなければ「無主」である。そのことをみとめよという大久保にたいし、文は、蕃地が中国の版図であることは自明のことであり、内政干渉はうけぬという。善後策ならば日本軍が撤兵してからいくらでも講じると。

午後一時に始まった会談は三時間あまりにおよんだ。終盤、文は痛いところを突いてきた。

「かりに、わが人民が貴国の属島にいって殺害されたとします。その場合、わが政府は、貴国政府に告げて処分を請う。それが正理というものではありますまいか。わが政府があえて軍兵を派し、みずから懲辦するようなことはけっしてありません」

大久保は息をのみ、とっさにもちだしたのが、前年副島が復命し、また彼がじかに副島本人から聴取したことだった。すなわち「復命書」にあった「台湾生蕃処置の一件は、柳原大丞を各国事務衙門に派遣し、談判いたさせそうろうところ、清朝大臣、土蕃の地は政教禁令あいおよばず、化外の民たるむねあい答え、別に辞なく、都合よくあい済みそうろう」という内容であり、またそのさい、柳原をつうじて、「土蕃問罪の役をおこしたさい、蕃地と境をせっする清国領属の地に害がおよび、和好をそこなうようなことがあってはならない」と、そうあらかじめつたえたということを。

「残念ながらわたしはその席にいませんでした。が、ここにおります毛と薫が応接し、そのさい柳大臣も鄭氏も、兵を派発するとはひと言も告げられなかったと聞いている」

文は、そういって、同席していた柳原前光と鄭永寧のほうに、ゆっくりとまなざしをうつした。実年齢より一〇歳もまだも老いてみえる表情の奥に、ナイフのような光をとどめているまなざしを……。

相手は、北京から熱河へ避難した咸豊帝にかわって「アロー戦争」後の処理を命じられた皇弟恭親王をささえ、みずから「北京条約」の締結にたずさわり、「夷狄」はあっても対等に交際する「外国」はないとしてきた中国に、史上はじめての外交機関となる「総理各国事務衙門」を設立することにもかかわってきた練達にして、事実上衙門ナンバーワンの実力者なのだった。

ところで、日清関係にかかわる問題に西洋の国際法を援用することの妥当性はどうなのか。

これについては、法律顧問であるフランス人法学者ギュスターヴ・エミール・ボアソナードが大久保にアドバイスをあたえていた。彼はもともと、司法省「明法寮」で教鞭をとるべく招かれたのだったが、来日するやまもなく政府の法律顧問にえらばれ、大久保の「知恵袋」として全権使節に随行していた。

西洋国際法は、ヨーロッパ・アメリカ諸国の頻繁な利害の対立や、戦争とその後の講和など、数多くの経験と研究の蓄積のうえに生まれ、発展をとげてきた規範である。そこには、「自然法」、つまり「理性と正義の自然的諸原則の全体」が表現されており、もちろん、「オリエント諸国」にもひろく適用できる普遍的な理論体系をそなえている。

しかもそれは、成文立法が存在しない状態において国家と国家の関係を規定するさいに効力を発揮する。清朝政府の首脳が、まして「アロー戦争」いらいの政局をリードしてきた恭親王や文祥が、そのことを知らないはずはなかった。

じじつ、かれらはすでに同法を根拠としてプロシアから大沽口事件の賠償金をとりたて、イリ地方を占領しているロシアにたいし、同法を盾にして交渉をすすめているさなかにあった。何をかいわんである。

一〇月五日、四回目の会談がおこなわれた。が、初回いらいの議論をむしかえしたあげくついに談判は決裂した。

「貴大臣らといくど談論におよぶも決するなし。よって、近く帰朝する！」

「われらが質問に答えず、あるいは議論をおろそかにしたことはいちどもない。それでも帰国されるというなら、われわれに止める手だてはありません」

もはや話にならぬゆえ「帰る」といえば「はいどうぞ」とくる。しかし、「どうぞ」といわれて帰れるようなら苦労はない。

もちろん帰るつもりもない。交渉はまだ序の口を一歩も出ず、本題はまだテーブルの端にすらのせられていないのだ。

列国の介入を危惧する大久保は、「蕃地は無主地」を前面にたて、あくまで国際法にこだわって交渉をすすめる戦略に出た。しかし、それゆえに談判は入り口で膠着し、平行線のまま決裂した。これを打開するにはいったい……。

大久保は、「どうぞ」とさしだされた手をはらうこともできずにおし黙った。

大久保が国際法にこだわるのは、万一のさいに――開戦におよんだときにはいっそう――列国の支持を得られるよう公法上の正当性を確保しておく必要があったからである。

そのために上海では、『Is Aboriginal Formosa Part of the Chinese Empire?(台湾先住民居住地域は中国帝国の一部分か?)』という英文二〇ページの小冊子を発行し、清国在留の西洋人社会に注意をうながしてもいた。

入れ知恵をしたのはリゼンドルだった。が、交渉が本題にさしかかったさい、明確な支持とまではいかずとも、列国からあるていどの好感や同情を得られていることはたしかに重要だった。たとえば、外交というものがまるでわかっていないのは日中どっちもどっちだが、まだしも日本の議論のほうが筋が通っているというていどの……。

「イギリスはかならず介入してくる。それを利用しない手はない」

日本にたいするアメリカの影響力を高めることに情熱をそそぐリゼンドルは、戦争が勃発すれば「中立法」を侵犯するとして彼の行動に批判的な、駐日公使ビンガム・駐華代理公使ウィリアムズ・駐上海総領事シュアードらの批判をかわして北京入りし、総理衙門に影響力をもつアメリカ人総税務司や、アモイ領事時代に知り合ったイギリス商人などのルートをつかって、イギリス公使館の動きをつかんでいた。

大久保じしん、すでに二度、北京駐在イギリス公使トーマス・フランシス・ウェイドの非公式な訪問をうけ、「調停」にあたる用意のあることを告げられていた。

一八六九年から駐華公使をつとめるウェイドは、公使館の参事だった一八六六年にはすでに、ラザフォード・オールコック公使をつうじて『新議略論』を総理衙門に提出し、政治制度の改革を要望していた。四八歳のときである。そのような人物が台湾出兵をめぐる両国の紛争を傍観していられるはずはなく、むしろ解決にむけて助力をつくすことに使命感をいだいていた。

いわく、「われわれが戦争を回避すべくつとめるのは通商を保護するためである。清国内の商社にいる英国民は二〇〇人を上まわり、一か年の貿易額は四億金にのぼる。これらの利益を保護するために手をつくすのは職務上当然のことであり、そのために、もし日本政府から仲介の依頼があれば、意を体して清国政府の説得にあたるつもりである」と。

そういいつつ彼は交渉の方針についてさまざま質してきた。が、大久保は話題をたくみにそらして隙をあたえなかった。

ウェイドはまた、公使館に柳原をたずねてきて「仲裁裁判」の周旋を申しでた。

「台湾事件の談判がおもわしくないようにみえ、心配しています。もし中立裁判にゆだねるお考えがあるようなら喜んで周旋し、各国公使とも談合いたしましょう。閣下の入京いらい二か月がすぎ、大久保氏も当地にとどまることひと月におよびます。交渉が不調であることは、いまやだれもが知っていることであり、もしこのまま事がおさまらねば、清国の各港に膨大な数の居留民をかかえている英国としては、手をこまねいているわけにはいきません。日中すでに戦争におよばんとするをもって、上海の提督に伝達し、本国にも打電して戦艦の増派を要請しなければなりません」

柳原は、鄭重に辞退した。かれらは、ボアソナードから列国の仲裁をうけることを堅くいましめられていた。日本の「独立と尊厳」をそこなわぬためである。

すなわち、両国間に武力衝突が起きれば、オリエントに利害関係をもつ列強に深刻な脅威をあたえることになる。それを防ぐために列強は、協調して圧力をかけてくるだろう。その方法のひとつが仲裁裁判のおしつけであり、あるいは、日清両国における開港地の局外中立化であろう。が、どちらの場合にもかれらの介入は避けられず、結果として両国は、みずからの「独立と尊厳」に重大な侵害をこうむることになるだろうと。

国家の独立と尊厳。日本が「国家主権」をそこなわず、「名誉」ある決着をつけるにはいったい……。

近いうちに帰国すると「断然、申し切った」大久保は、みずから自身を窮地に追いこんだもどうぜんであり、すぐにもつぎの一手を打たねばならなかった。

翌一〇月六日、彼は「照会文」を送ることを決め、随員らを召集した。使節団には、外務省・内務省・司法省・陸軍省の気鋭のメンバーがくわわっていた。かれらは、連日、ボアソナードを囲んで議論をかさねた。

膠着状態を打開し、のちの交渉を有利にみちびくため、相手からしかるべき回答をひきだすには「照会」の内容をよほど吟味する必要がある。のみならず、相手の真意をさぐり、かつ、こちらの誘い水にのせることができるようなレトリックを駆使することももとめられた。

議論は、いっきに白黒をはっきりさせ、相手の無礼をあげつらって開戦にふみきるべきだという強硬論から、平穏をたもって交渉の余地をのこし、いったん退きあげるのが妥当だという穏健論まで百出し、討議が熱をおびるにつれ主戦論が噴出した。

　とりわけ、総理衙門の不誠実な対応に業を煮やし、怒りと猜疑をつのらせ、大久保が天津に入ったころにはもう交渉は不毛、宣戦布告あるのみだと進言していた柳原は「断然、和親をやぶり、戦さをもってするにしかず」と気炎をあげ、司法省七等行走の井上毅や三等議官の高崎正風、陸軍少佐福島九成・樺山資紀らがそれを支持した。

「しかし、日本には、戦争をしかける正当な理由がありません」

　ボアソナードは自若としてそういった。

「法の支配の思想がひろくうけいれられるようになったこんにち、また、西洋列国がオリエントで起きているこの紛争に強い関心をもっているいま、日本は、あくまでも国際法を逸脱せず、慎重で公正な外交の規範にしたがうべきでしょう」

　開戦の名義がじゅうぶんでないことをもって穏健論を主張していた外務省四等出仕田辺太一や陸軍大佐福原和勝、内務省五等行走岩村隆俊らはもとより、随員らは、突如われにかえったようにボアソナードの顔をみた。

「日本は、先住民の居住地を『独立の地』とみなしたのであるから、清国にたいして先住民の蛮行の責任を問うことはできません。また、それゆえ日本は『独立の地』を占領するという行動をとったわけです。

　いっぽう、清国は、ながくこの地域が自国であるとする立場に立ってきているので、日本軍の侵攻と占領をもって、ただちに宣戦布告の事由とすることができます。

　かりに交渉のとちゅうで清国側に無礼があったとしても、それは外交儀礼の問題であって、国際法上の宣戦の理由にはなりえません。また、いまのように清国が領土侵入をもって日本に抗議をおこなった場合、問題の解決は当事国どうしによる話し合いか、国際的な仲裁か、戦争による解決しかなく、戦争にうったえるとすれば、イニシアティブをとることができるのは権利を侵害されたと主張する側、すなわち清国にかぎられることになります」

　つまり、国際法にしたがうかぎり日本が開戦の名義を得る余地はなく、列国の介入をしりぞけたいなら話し合いを継続するしか解決へのみちはないというわけだった。

　これらの議論をふまえたうえで、大久保はひとつの賭けに出ることにした。

　国際法上の「無主地」を盾にとるやりかたでは交渉そのものが成りたたない。それが明白であるいじょう、無主地論は棚上げせざるをえない。そのうえで、「撤兵」というカードを切ろうというのである。ただし、カードはこちらからは切らない。あたうかぎり相手に出させるという、きわどい策略だった。

一〇日、長文の「照会」を総理衙門に送付した。漢字二五〇〇文字におよぶ内容のほとんどを、従来の原則論を念押しするためについやし、末尾わずかな文言をもって「両便の弁法」をほのめかすという、ふくみをもたせたものだった。

「両便の弁法」とは、両国双方にとって妥協できる解決法というほどの意味である。

「いま五日を期し、貴王・大臣はたして好誼を保全せんと欲せば、かならず翻然、図を改め、別に両便の弁法あるを知らんと欲す。これじつに大国雍々の気象をみるなり」

つまり、清国側から「両便の弁法」の提示があれば交渉再開に応じる用意がある、五日いないの回答を待つという。

大久保は、戦争を回避させたいウェイドが、「償金の支払い」による事件の解決を総理衙門に勧告していることをつかんでいた。清国サイドが、いっさいの譲歩なしに日本を撤兵させることはできないとの認識をもっているということも……。

償金の支払いとひきかえに日本軍が撤兵する。それは、大久保の北京交渉よりはやく柳原にたいして訓令された日本政府の方針なのであり、いちどは柳原交渉のテーブルにのせられた案件だった。

もちろん総理衙門は、日本が勝手におこなった台湾出兵にたいして償金を支払うなどとんでもないというだろう。「蕃地」は「化外」ではあるが清国の領土である。しかるに日本は、清国に通告も事前の同意もとりつけずに出兵した。それにたいして、金銭対価をはらって撤兵していただくなどという解決法は「正理」にてらしてありえない。断固、拒絶するにちがいなかった。

しかもかれらは、「中華」のほかには「夷狄」しか存在しないというような秩序と思想をもってながく大陸に覇をとなえてきた大帝国の首脳である。命にかえても「中華の威信」を守ろうとするにちがいない。

だが、じつはその点にこそ、かれらに譲歩を迫るカギがある。

ウェイドと総理衙門と大久保に共通していたことは戦争回避であり、ウェイドには理解し難いことながら、日清両国に共通することは、なによりも国家の名誉と面子を最優先しなければならないということである。

大久保はその一点にかけたのだ。すなわち「撤兵」というカードをたくみにふりだすことで、面子を死守しようとする清国から最大限の譲歩を引きだす。その落としどころをつかみたい。照会の末尾で「両便の便法」をほのめかした大久保の意図はそこにあった。

一一日、大久保は、間接的にウェイドと接触をもった。

「ピットマン氏、英公使へ内探索をもって事情具（つぶさ）に相分かる」

同日の『日記』にあるように、大久保の内意をもって接触にあたったのは、リゼンドルの助言によって非公式に日本使節団に合流していたイギリス商人ピットマンだった。

英国海軍の主計官雇員から鉄道レールや武器売買のエージェントに転じ、とうじ日本に居住していたピットマンは、リゼンドルとはアモイ領事時代いらいの知己である。北京交渉中は、商用をかねて渡清し、大久保とおなじホテルに滞在。後年、内務・大蔵両省のお雇いとなり、一八七八年（明治一一）には「征台以来の功績」を謝して金六〇〇〇円を日本政府から贈られている。

ウェイドとの面識は、甲鉄艦購入にかかわる北洋通商大臣李鴻章（りこうしょう）のメッセージをたくされたことに始まったというが、たしかにこの時期、清国海軍が発注した砲艦のほとんどが英国アームストロング社製のものだった――日本とのかかわりでいうなら、二〇年後の日清戦争で捕獲され、戦利艦として帝国海軍のものとなった「鎮東」「鎮西」「鎮南」「鎮北」「鎮中」「鎮辺」の六艦は、いずれも李宗義（りそうぎ）と李鴻章が同社に発注した「北洋水師」所属の砲艦だった。

直隷総督にして北洋大臣をかね、清国最大最強の「淮軍（わいぐん）」を指揮下におき、同治帝・西太后の信任もあつく、近代的な海軍建設の急務であることを説いて西洋主力艦の購入にのりだしつつあった李鴻章は、いや清朝は、そしてもちろん、おなじく海軍の拡充が急務である日本もまた、イギリスにとって巨大な市場をおのずからさしだしてくれる潜在顧客であった――これものちのことだが、日清戦争で日本が清から得た賠償金二億両（テール）（三億六〇〇〇万円）のおよそ半分が、軍拡費としてイギリスに回収されている。

さて、この日、ピットマンがウェイドから確認しえたことはおおむねつぎのようなものだった。

「外国が中国または日本の宣戦布告に干渉することができないのは自明だが、中国とのあいだに巨大な規模の利害関係をもつ英国は、仏・独・米・露のようにただ傍観しているわけにはいかない。両国の紛争によって危機にさらされる国益を守るため、権限に属するあらゆることをおこなうのは職務上の義務であり、大久保に、執拗に交渉の条件や要求内容の提示を迫るのもそのためである。

中国といい日本といい、洋上での軍事行動の経験にとぼしく未熟である。そのような国がひとたび戦端をひらけば、たちどころにヨーロッパ諸国の『refusse』が大挙してこの地域にあつまり、日本や中国の国旗をかかげて諸外国の船舶を略奪するようなことが起こりうる。そのときにそなえるため、すでにわたしは、海軍拠点のイギリス艦隊を増援せられたしとの要請を本国に打電した。

いまわたしは、平和維持のために日本側からもとめられれば、あらゆる努力を惜しまない。中国側は、日本から提案されたいかなる合理的条件をも受諾するだろう。かれらはそう考えざるをえない状況にある。また、朝鮮の問題についてなら、日本はあきらかに行動を起こすための良好な根拠を有しており、列国の支持も得られるであろう」と。

ウェイドはすでに、日本に撤兵を説得する手段としてどこまでの譲歩が可能なのかを、総理衙門から引きだしていた。が、日本の真意と要求がつかめず、つぎの一手を打ちかねていたのである。

ピットマンの報告を大久保につたえたのは柳原だった。大久保『日記』の同日条はつぎのようにむすばれている。

「英公使の言に、この節はかならず支那政府、償金を出すことにいたるべし。それにて結局にいたり、和好調いそうらえば、これより日本の日本たる名誉、欧州にも輝き、まことに賀すべきのいたりなりと云々。また云う、支那政府じつに可憐のしだいゆえ、かならずこのたび和好にて相済ませ、今後、日本は朝鮮へ手を出すべし。それなれば英国、第一に助力いたすべし。そのほうが日本のためには上策なるべしと云々。今晩、教師の見込書を訳す」

他の複数の文書で確認されるピットマン「報告」の内容より、大久保の記述はずっと前のめりになっている。

ちなみに、この時期の大久保『日記』には「仏教師」「教師」の語が随所にでてくる。総理衙門との論戦をしのぐうえで、大久保がどれほどボアソナードをささえにしていたかがうかがえる。

一〇月一四日、大久保は、帰国の挨拶をするという名目でイギリス公使館をたずねた。そして、両者のはじめての公式会談となったその場で、大久保は「照会文」送付にいたるまでの交渉の経緯を、はじめてウェイドにつまびらかにした。

「照会への回答いかんによって帰国の遅速を決めようと思います。が、東京を出てから二か月を過ごしてしまいましたから、できるだけはやく帰国するつもりです」

「そうですか。ところで、先日、貴寓を訪問したさい、台湾の駐兵は長きにわたるのか、それとも事情によって撤兵されることはありうるのかとたずねたところ、事情によっては撤兵しないわけではないと答えられた。ただし、事情については、いますぐに答えるわけにはいかないと……」

「おっしゃるとおりです」

「ならば……つまり、まもなく帰国されるのであれば、いまここで、その事情についてお聞かせ願えないだろうか」

中華公使の任について六年。上海副領事として対清外交にたずさわることになってからすでに二〇年のキャリアをもつウェイドは、大久保よりひとまわりうえの五六歳。大久保がけっして隙をみせなかったと自負してきた非公式訪問でのやりとりから、彼は、確実につかむべきものを得ていたのである。

「ご承知のとおり、このたびの挙措は、わが国民を保護し、蕃人を懲しかつ開化し、航海者の安寧をはかるという大義にもとづくものであり、けっして領土を貪ろうとするものではありません。われわれは、その名誉をたもつことができれば撤兵しようと考えています」

「大義」を主張するうえで大久保は、日本が、航海者の安全確保という「公共善」の擁護者であることを強調した。そこには、領土的野心はみじんもないのだと。

「名誉……」

ウェイドは大久保の瞳のなかをのぞきこんだ。

「それならば、まったく議論の余地はありません。ほかに望まれることはありますか」

こんどは大久保がウェイドの表情に目を凝らした。

「この挙のはじめ、わが政府は、わが人民にたいする義務をはたすことを誓い、ために、わが兵士は大艱苦をしのぎ、死傷者を出すにいたりました。遠征にはしかも莫大な経費を投じました。ゆえに、わが政府が満足するところのものと、国民にたいして弁解すべき条理がなければ、撤兵は難しくなりましょう」

莫大な経費。ここではじめて大久保は解決にかかわる「事情」を口にした。

「ごもっともです。では、どうしたら満足のレベルにいたることができましょう」

「それは、支那政府においてご思慮あるべきでしょう」

「かの政府の主張にまかせられるということですか」

「そのとおりです」

『大日本外交文書』にしるされた両者のやりとりはこんなふうである。日本の「名誉」。それが何にもまして重要である。

そのことを、ウェイドはあらためて確認した。

一〇月一八日、交渉は再開された。

五回目にあたる会談は「両便の弁法」をどちらがさきに提示するかの応酬に始まり、けっきょく大久保のほうがさきに「莫大の費用」にたいする償い（つぐな）を要求することになった。相手から譲歩を引きだすことができなかったというわけだ。

彼は、清国側が一方的に日本軍に撤退をもとめることは「偏便（へんべん）」であり、断じて承（う）けられないこと、また、日本の「討蕃」があらゆる面で「大義」にのっとったものであることを確認した。

「その大義をはたすために、わが将士兵卒は風餐露宿（ふうさんろしゅく）の艱苦をしのぎ、幾多の生命を殞（いん）し、くわえて、わが政府は莫大の費用を惜しまなかった。そのうえにおいて撤兵するということになれば、蕃民のほうからわが政府につくすべき義務があり、いま、貴国がかれらを有せんと欲するなら、わが政府につくすべき義務は貴政府にあるということになりましょう。すなわち、戦死者の祭資、陣営の造営、道路の修築、兵士の食料にいたるまでの報償です。もし貴政府がそれを拒むならば、わが政府もまた当初の目的を達するのみである」

総理衙門もわずかに譲歩した。これまで「討蕃」を咎めたことはない。また、「償金」については「条理」なきにしもあらずだと。ただし、よく調査したあとでなければ返答はできないと。

二〇日、六回目の交渉は、大久保のしめした「償金」をめぐる議論となった。

総理衙門はまず「四か条」の方針を公式文書のかたちで提示した。瞠目すべき内容だった。

日本は「蕃地」が清朝の「属地」であることを知らずに出兵したのであるから、わが政府はこれを「不是」すなわち不正としない。また、いま「蕃地」が清朝の「属地」であることが確認されたので、わが政府は、将来にわたって今回の出兵を咎めることはない。しかもこの事件は、「蕃民」が「漂民」に危害をくわえたことによって起こったのであるから、わが政府は、日本軍の撤兵を待ってこれを「査弁」する。そのうえで、被害者にたいし「中国大皇帝の恩典」をもって酌量し、撫恤（ぶじゅつ）することとする。

ようするに、他国の領土だと知らずに侵攻した日本がまず撤兵すべきである。その後、原因となった事件について調査をおこない、被害民遺族を恤（なぐさ）めるべく皇帝から「恩賜の金」を授けようというのである。

撤兵のあとに査弁！賠償ではなく恩賜！大久保は色を失った。蕃地の属・不属についての議論を棚上げにして「両便の便法」をきりだしたことが、失策となってはねかえってきたのだ。

「討蕃は日本政府の『義務』である。それをはたすためにわが政府は、『わが人民』に誓ってこれをおこない、『わが人民』より費用を弁じたいじょう、兵を徹せんとすれば、『わが人民』に弁解するに足るものがなければならぬ……」

大久保は「わが人民にたいする義務」をくりかえし言挙げし、「償金」を得るべき正当性を強調した。

文祥には、屈辱をはらいのけるようにはげしく抗弁する相手の窮地が手にとるようであっただろう。

「貴国が義務をもって便宜を主張されるなら、われらにもまた、わが人民にたいする義務があります。いま、わが属地とするところの域に貴国が派兵したにもかかわらず、われらのほうから償金を出して退兵を乞うなどということは、わが政府がわが人民にたいして面目を失うことはなはだしい。ゆえに、退兵後の査弁をへなければいかなる補償もできかねる」

「撤兵後の調査によらずば補償し難しとはどういうことか。いっさい了解できぬ」

「貴国討蕃の挙が大義であったことは、わが政府において認可した。なれば、義によって来り、義によって去るの理をもって、おのずから撤兵されることが賢慮ではありますまいか。そののちに査弁により貴国にたいして報いようと……」

「撤兵後にいかなる調査があり、いかなる報償があるといわれるのか」

「われらは、わが人民にたいして外面を修めるため、みずから査弁をおこない、そのうえで、わが皇帝が難民にたいして償われると申している」

「なればいったいどんな調査をおこないどれほどの額をもって償うのか。それをたずねている。書面をもってしめされよ」

「それは、われわれにはいたしかねる。皇帝が難民に報いられるゆえんである」

「奏聞のあとでなければ何もしめせぬと……。ばかな……」

かいもく話にならない。素手で帰れといっているにひとしい。大久保は天をあおいだ。

「そのような空言をもって、上はわが朝廷にたいし、下はわが人民にたいせよとはいかなることか。よくよく勘考せられよ。わが人民に弁解すべきなんらの証しもないというのでは、いかんともなし難し。撤兵は、断じていたしかねる」

「確たる証しがなければ、帰朝復命なり難しとのこと、至当の説とうけたまわる。しかし、われらにおいては、たとえ千万言をつくしても貴意に応じることはできませぬ」

千万言をつくしても……！　もはや何ひとつ得ることができそうにない「撤兵」というカードを、大久保はみずからなげすてた。そして、言葉をきった。

「確然たる名言も、確固たる証跡も得ずして、われらにむなしく撤兵せよとのご趣意。すなわち、貴政府は、和好をもとめておられぬと承知した。なれば、この五日に通告した時点にたちかえり、すぐにも帰朝するまでである」

「兵にたいして報いるべきすべがない。これもまた至当の説であると了解しています」

ヒートアップした空気をおさえにかかったのは文のほうだった。

「ただ、われらのほうも、日本兵を労するために出金することが不可能であるゆえに、難民に報いるという名目にかえてほしいと申しあげている。また、償い金について明言することは、恥辱をまぬがれざるため、これも不可能であると。それらをもって空言ととらえられるのも道理だが、空言中に実のあることを信用せられよ」

ほんらいであれば、大久保も総理衙門も、ともにアジアの哀しさを共有していなければならなかった。アジアの悲哀だけが、両政府をつなぐ「よすが」たりうる。あたかも「煮豆燃豆」の詩句、すなわち「豆を煮るために豆殻を燃やす」の豆どうしのように……。つまり、当事国である日・中両国が、自力で紛争を解決できず決裂にいたることは、たちどころにして弱肉強食の混沌を東アジアに呼びこむことを意味していた。しかもそれは、第三国に調停や仲裁をゆだねた場合に要求される「見返り」いじょうのリスクに両国をさらすことにほかならなかった。

もっとも、西洋文明の手先となって殴りこみをかけてきた日本にたいし、あくまで中華の威信をたもとうとする清国側にそうした危機感があったかどうかはあやしいかぎりであり、また、ミイラとりがミイラになったごとき窮地にある大久保に、この時点でそんな余裕があったとも思えない。

「公文上は、四か条をみとめてもよい」

一転、大久保はあゆみよった。「実」をとりに出たのである。

「ただし、別紙をもって確証の明文を得られんことを願う」

文にかわって、軍機大臣兵部尚書の沈桂芬（ちんけいふん）がこたえた。

「撤兵せられしのちは、あたうかぎり貴意に応ずべきがわが政府の本意であるが、別紙の件および金額については恭親王にはからねばなりません」

「もっともです。が、急迫のことゆえ明日にも会談をもちたい。支障あれば、明後日にはかならず」

「では、明日、鄭氏をよこしていただけますか」

沈は、通訳の鄭永寧一等書記官を名指しした。大久保はこれを了承した。さいごに文祥がいった。

「われらはただすみやかな解決を望んでいる。貴大臣においても、はやく帰朝されんことを強く希望する」

すみやかな決着にむけて最大限の工夫、すなわち譲歩をするようもとめたのである。

翌日、大久保は鄭に一通の書面をたくした。清国が「償金」の支払いに応じるなら、名目を「撫恤」としてもよい。ただし、金額を明記した公式文書を別途交付せよという内容をしるしたものだった。

そしてこの日、鄭は、日本側の要求額が三〇〇万ドル、清国の通貨にして二〇〇万両(テール)であることを明らかにした。現費総計五〇〇万ドルから戦艦・器械などの買収費用二〇〇万ドルをさしひいた、「蕃地」にかかわる実費である。

ほんらいなら、びた一文払ういわれのない金である。二〇〇万両という額面に総理衙門が顔色をかえたのはおのずからのことだった。それは、四年前、天津の民衆がフランス領事をはじめ領事官員・宣教師・修道女ら二〇人を殺害した「天津教案」にたいして支払った賠償金五〇万両の四倍に相当する額であり、断じてうけられるものではなかった。

一〇月二三日、七回目となる交渉がもたれた。

のっけから大久保は、皇帝個人ではなく清国政府との「公文書」による約定について回答を迫った。

「両国に和好をもとめる意思があれば、確然たる証しとしての約定書がなければならない。ことに今回のような大事件において両国が一片の約書も交わさぬではすまされない。ご理解いただけるであろう」

つまり、日本政府が蕃地からの「撤兵」を約束するのとひきかえに清国政府が「償金」を支払うということを文書によって確約せよというのである。そのさい、補償の名目を「撫恤」とし、金額を「別紙」にしめすことは許容しようと。

清国側は、「撫恤」と「補償」では額に差がありすぎること、また、金額は皇帝の意によるもので臣下が決められるものでないことなどをあげて応じず、議論は空転した。

のみならず、沈のつぎの言辞をもって、いっさいがふり出しにもどってしまった。

「そもそも、貴大臣は、蕃民処分のことをもってわが政府に償金をもとめることが至当のことだと、本気でお考えなのか。それとも、要求できるはずのないものを、それと知りながらもとめておられるのか」

それは、議論がふたたび「属・不属の論」すなわち「無主地の論」にかえることを意味していた。

沈はなおも言葉をついだ。

「費用について考えるに、そもそも両国の交際上において費用のことをもちだすのは、体裁をそこなうことはなはだしい。このたびの交渉においても、和親交際を第一義とし、費用のごときは第二とするのがあるべきすがたであろう。貴国が公然と費用をもとめられるのは、貴国にとっても体裁の悪いことではありますまいか」

「じつに意外のことである。われらにおいては、体面にかかわるところを枉げてあい譲り、今日の商議にのぞんでいる。そういうことであれば、過日の四か条の書辞、わが国の独立の権理にかかわるゆえ、ただちに返却いたす。弁法の議は、今日をかぎりとし、われらにおいては蕃地処分を貫徹するのみである」

九月一四日いらい四〇日におよんだ交渉は、ここに決裂した。

大久保は、補償の「名義」においては譲歩した。しかし、償金支払いの目的と金額をしるした「別紙」文書の獲得については、断固として譲らなかった。償金を獲得することそれじたいが、「琉球における日本の主権の確立」にかかわるからであり、「約定書」を獲得することは、償金を得ることいじょうに大きな意味をもつものだったからである。

とはいいながら、大久保の胸は大揺れにゆれていた。あたかも嵐のなかの孤船のごとく。

「約定書」の獲得どころか、談判をまとめることさえできずして帰国する。それは、忍びがたい屈辱だった。みずから買ってでた使命をはたせずむなしく帰れば、人心をおさめることあたわず、政治責任を問われ、出航したばかりの「大久保丸」は座礁する。そればかりか、名分のない対外戦を開くことになり、列国から誹謗をこうむるはいうにおよばず、ついには国家の独立をも危うくする……。

大久保は、本分にたちかえった。和好をもって事をおさめるのが本来の使命であると。

そして、独断で動くことを決意した。たのみにできるのは、いまだ仲裁をあきらめていない非公式の調停者、ウェイドいがいになかった。彼は、もはや柳原にも使節団のだれにも相談せず、ウェイドを事実上の周旋者とみとめ、彼を介してぎりぎりの交渉をつづけることにしたのである。

ぎりぎりの……。それは、大久保にとっては、たったひとつの価値を得るために、あたうかぎり譲歩をかさねることであり、ウェイドにとっては、日中紛争を利用して通商上の利権を拡大しようという目論見をなげうち、ただ現状の安全を維持するために「東洋的矛盾」のなかに身を投じることにほかならなかった。
しかも、時間は限られていた。すでに帰国をおおやけにしていることもあり、また、台湾では遠征軍がマラリヤに苦しめられている。一日もはやい決着がのぞまれた。

一〇月三一日、ウェイドの奔走によってみちびかれた妥協の産物である「日清両国間互換条款（じょうかん）」と「互換憑単（ひょうたん）」すなわち「協定」と「証書」が、総理衙門において調印された。

そこに表出したかずかずの矛盾。そこには、交渉決裂から八日間のあいだにくりひろげられた凄絶なやりとりの痕跡をみることができる。とりわけ「前文」と「三か条」からなる「互換条款」は、当事国それぞれが協定内容を自国に有利に解釈することができる、トリッキーな性質をそなえていた。

キーワードをそのままにして要約すると、つぎのようになる。

「台湾『生蕃』がかつて『日本国属民等』に妄りに害を加えたので、日本はこれを問うために出兵して詰責した。いま兵を退けるにあたり、つぎの三か条をとりきめた。

一、出兵は『保民義挙（ほみんぎきょ）』のために計画したものであり、中国はこれを『不是』としない。

二、中国は被害民にたいして『撫恤銀（ぶじゅつぎん）』を支給し、日本が修築建造した道路や家屋を『有償』でもちいる。『銀両』は別に議弁するところあり。

三、この件ついて両国が交わしたいっさいの公文を撤回する。また『生蕃』にたいしては、中国がみずから『法』をもうけて航海の安全を保障し、『約束』をむすんで二度と兇害を犯させない」

「銀両」については、別紙「互換憑単（ひょうたん）」につぎのように明記された。

「中国が、まず『撫恤銀十万両（テール）』を准給する。また、日本が兵を退け、中国は道路家屋をもちいるために『費銀四十万両』を准給する。そのさい、日本の明治七年十二月二十日すなわち中国の同治（どうち）十三年十一月十二日をもって、日本は全軍撤兵を完了し、中国は銀両の全額を完済する。『均（ひと）しく』『期を愆（あやま）つ』ことを禁ず。日本が撤兵を完了しないときには、中国もまた全額を支払わない」

まずおどろくのは、償金の総額が五〇万両（テール）になったことだろう。

交渉において日本がしめした額は三〇〇万ドルすなわち二〇〇万両だったが、これは、五〇万両いじょうは支払えないという総理衙門に、大久保が全面的に譲歩した結果である。

五〇万両はとうじの邦貨にしておよそ七八万円にあたるという。しかし、じっさいの戦費総額およそ一〇〇三万円から、兵器費用と艦船購買費の合計八二四万円をさしひいても、出兵には一七九万円が投じられている。一円は、洋銀(メキシコドル)の一ドルにひとしいことから、日本が要求した三〇〇万ドル（三〇〇万円）はふっかけすぎだが、清国が支払う五〇万両(テール)（七八万円）は、要求しうる戦費一七九万円の四割強にすぎないことになる。

ついでながら、戦費一〇〇三万円の内訳は、陸軍費がおよそ三五一万円、海軍費が三三六万円、事務局・都督府費が一五九万円、汽船購買費が一五七万円。当年度の政府歳出総額が八二二七万円であることを思えば、台湾出兵が、いかに国力を度外視した暴挙にして浪費であったかを知ることができよう。

しかし、金額の多寡はこのさい問題ではなかった。

大久保の全面的な譲歩にもかかわらず、総理衙門は、「憑単」と称する別紙証明書を交付することには同意したが、支払い金額を明記することも、日本の要求である撤兵以前の支払いを約束することも、断固まかりならぬというのである。

辛辣なやりとりがくりかえされた。そのたびにウェイドは、総理衙門と大久保の宿舎である日耳曼(ジェルマン)ホテルとを、あたかもかれらの下僕(しもべ)であるかのように往復しなければならなかった。

その骨折りのたまものが「憑単」に結実した。

すなわち、支払いを「撫恤銀」と「費銀」の二度に分け、両国政府が「撤兵完了」と「銀両完済」を「均(ひと)しく、期を愆(あやま)たず」つまり、同時にはたすという約束である。

しかしながら、中国皇帝から「撫恤銀」をうけとるということは、「蕃地」が「無主地」であるという日本の主張の正当性を完全にそこなわしめる。くわえて「互換条款」は、その「第三条」において清国の蕃地領有をみとめるような内容になっていた。これで日本は「無主地論」をもちだすことができなくなった。まったき敗北といっていいだろう。

ならばいったい日本は、何を得ることができたのか。

それは、譲歩に譲歩をかさねたこの交渉において、大久保がさいごまで譲らなかったもの。すなわち、「義挙」という名義だった。台湾蕃地への出兵は、「日本人」殺害にたいする問罪行為すなわち「義挙」である。これを清国政府にみとめさせ「約定書」に明記させることだった。

そのために大久保がさきに提示した約定書の草案「第一条」は、つぎのようなものだった。

「日本国、此次、弁ずるところの義挙、中国、指してもって不是となさず」

総理衙門は、そくざに訂正をもとめてきた。

「日本国、此次、弁ずるところ、原（も）と保民義挙のために見（けん）を起こす。中国、指してもって不是となさず」

「見を起こす」とは「計画する」という意味である。つまり、日本は「保民義挙」を「計画し」たのであって成しとげたわけではない。もとよりそれは「義挙」となるはずのないものである。が、「計画し」たことそれじたいを清国は不正とみなさないとしてきたのである。

大久保はしかしこれをうけいれた。「義挙」の文字をのこすことを優先したのである。

「保民」すなわち保護すべき民とはなにか。もちろん「前文」にある「日本国属民等」である。

ここに大久保のしかけたトリックがあった。

じつは日本側は、被害民のなかに「琉球民」いがいで「蕃人」の略奪にあった小田県の水夫をくわえていたのである。前年の三月、いまの岡山県の漂流民が台湾先住民から略奪暴行をうけるという事件が発生していた。かれらは、まぎれもなく「日本国属民」なのである。

かりに清国側が、「日本国属民」は小田県民のみをさし、これに「琉球民」がくわわることをもって「等」としたのだと主張しても、約定書からそれを区別することは不可能であり、かえってこの「条款」をよりどころに日本側が、台湾出兵は「日本国属民」すなわち「琉球民」を保護するための「義挙」であったと主張することが可能になるというわけだ。

はたして「条款」には被害民は「日本国属民等」であると明記され、「保民義挙」のくわだてであることをもって日本の出兵は「不是」ならずとされた。そのうえで、清国政府は、被害民にたいする「撫恤銀」を日本政府に支払うとした。

総理衙門は大きな過ちをおかしていた。

かれらはいうかもしれない。被害にあった「琉球民」は「日本国属民」ではない。朝貢の事実をもって琉球が清朝に蕃（ばん）属（ぞく）することは自明のことだが、被害民のなかに小田県民があるために「日本国属民等」と表記したのだと。しかし、そうであるなら、「琉球民」にたいする「撫恤銀」を日本政府に支払うというのは、合理性をまったく欠いている。

中華の体面を死守するためにおかさねばならなかった過ちだった。

「征台の義挙は、一大美事にして至宝である」

大久保が快哉をさけんだのは無理もなかった。

「条款」明文がととのった三〇日、彼は、腹心の黒田清隆にあてて私信をしたためた。英国公使の仲裁によって交渉が成立したこと、すみやかな退兵を要すること、いそぎ都督にあてて「退兵の勅命」をくだすべきこと、帰国後の将兵を御するため、蕃地へ「勅使」を派遣して「聖慮」をしめし、兵を慰労すべきこと、みずからは蕃地におもむいて退陣の合意をとりつけ、そののち帰国復命することなどをつたえる手紙である。

「支那政府は、わが征台の挙を義挙とみとめ、資銀五十万両をさしだすにいたった。これによって清国の権利はいちじるしく殺がれることとなる。ひるがえって、日本の権利はいささかも傷つけられることはなく、それどころか、わが人民保護のためにあげた義挙の盛名は、世界にきこえ、永遠に磨滅することがない。これいじょうのいったい何をもとめうるというのか……！」

「義挙」の美名は国際社会にとどろき、とこしえに耀きつづける……。昂ぶりがほとばしり出たような私信だが、これにはさらに「極秘副啓」が添えられ、そのなかで大久保は独善をいっそうトーンアップさせることになる。

「征台の挙は、内外の人民を保護し、蕃民を化して人道にみちびき、あまねく航海の安全を守ろうとする一大美意にもとづくものであり、われらがさいごまで枉げなかった条理である。

この道理があったからこそ支那政府も屈伏し、各国公使らの非難をまねくことも避けられた。ゆえに、この道理はけっして失ってはならぬ至宝であり、ますます貫徹しないわけにはいかない。

そこで五十万両の使いみちだが、これは日本国の名誉にかかわることである。

十万両は、被害民の遺族と戦病死した兵士の家族への扶助金、および功労者への褒賞にあてるのが妥当だが、四十万両は、天皇の判断をもって清国に謝却すべきである。宸断のもとにこれをおこなえば、清国は気をうばわれ、各国も肝をぬかれるにちがいなく、まこと千載の美談にして、古今の勝事である。

また、償金の返却などという西洋文明各国がなしえぬことを、アジアの一小島である日本がおこなえば、その盛名は赫々として輝き、世界にあまがける快事となる。しかれば、利害は、四十万の額に万倍すべし」と。

違法性をまぬがれない奇襲による「侵略」は「義挙」となり、補償金の返却は「美談・勝事」をこえて国際社会の「快事」となる。大風呂敷はひろがってゆく。

いや、日本の国権は傷つかず清の国権が殺がれたというのは、たしかに大久保の独善ではない。

すなわち、琉球人が日本国籍であると読みとれる二国間「条款」をうけいれることで華夷秩序における権威をそこない、国際的に面目を失ったのは確実に清国のほうだった。そしてなにより、かれらがみずからその外交的・軍事的無力を白日のもとにさらしたことはとりかえしのつかぬ失策だった。

日本にあって、ウェイドの仲介をサポートした駐日公使ハリー・パークスも目をみはった。

「侵略をうけた側の清国が償金をはらうとは、予想もできないことだった」

「海のむこうの老大国がのほうが正しいというのに、それがこの若造の国に屈伏するとは……。戦争にいたらずにすんだことはうれしいが、かりにびた一文もらわなくても日本は平和を喜んだだろうし、償金をうけとる権利のないことは、日本人みずからがよく知っている」

パークスは、日・清開戦にいたることはある種の階級を喜ばせるかもしれないが、分別のある人々はこぞってこれに反対するであろうし、なにより、日本の財政が長期にわたる戦争にたえられないことを見ぬいており、その点では、政府のドンである岩倉もおなじ考えであることを確かめていた。

びた一文はらわなくても……。「蓄地」を占領したわずか数千の軍勢を自力で排除することができないことをみずからみとめ、それゆえ屈辱的な協定をむすんで償金を支払った「老大国」がうけたダメージははかりしれなかった。

「本案は、日本の背盟興師（はいめいこうし）に発したものだが、わが海彊（かいきょう）の武備がたのむに足るものであったら、弁論の要（よう）も、決裂をおそれることもなかっただろう……」

総理衙門のトップにして同治帝の叔父である恭親王が、勅許をもとめる上奏文に吐露したごとく、背盟興師、すなわち「日清修好条規」に違反した不法な軍事発動を処断できなかったのは、ひとえに辺防の備えがむなしいからである。

三年前、反対の大勢をふりはらって「修好条規」の締結を主導した李鴻章が、すぐにも日本を仮想敵国とする戦備の強化拡張に手をつけたのもおのずからのことだっただろう。

ひるがえって、日本にとっての「台湾出兵」すなわち「征台」はもともと、七年におよぶ「朝鮮外交」のいきづまりがおしあげた「征韓」未遂の補償としての外征だった。

つまり、「留守政府」の強硬派をだましうちにすることで権力の中枢に返り咲いた大久保を中心とする政権が、政権の正当性を得るうえでなさざるをえなかった「外征」なのであり、さらにいうならそれは、豊臣秀吉の朝鮮侵略、徳川家康の琉球侵攻・台湾出兵いらい成就されず、あるいはあいまいなまま棚上げされてきた、日本という公権力の欲望と野心をまっとうするための新たな一歩となる対外侵略なのだった。

旧薩摩藩軍士族を中心とした根っからの強硬派が、台湾「蕃地」領有をもくろむ政権内の強硬論に呼応し、いっきに外征の堰がきられた。これを奇禍として、泥縄をよそおいつつ強硬策をおしすすめたのはほかならぬ大久保政権だった。「蕃地」の軍事占領をはたすや、おもてむきには「やむをえず開戦」の旗をかかげながら、はやばやと「賞金獲得による撤兵」を基本方針にすえ、大久保みずからが「北京交渉」にのぞんだ。

交渉の「奥計＝ulterior aim」は、「琉球両属の淵源を絶ち、朝鮮自新の門戸を開く」こと。すなわち、国境確定のための「琉球処分」を正当化するアリバイ工作をし、和戦をとわず、いますぐにでも扉をこじあけたい朝鮮との国交樹立にむけての足がかりをつかむことだった。

そのために動員された兵員の総数は、将士・軍人・軍属・従僕をあわせて三六五八人。同年一二月三日づけで公表された「征蕃兵員船艦および死傷表」による軍艦「東」「龍驤」「孟春」「日進」の士官・卒の数は七三四人であった。

悲惨なことは、兵員三六五八人のうち、戦闘による負傷がもとで落命した「戦病者」はわずかに一二人、「病死者」の数が五六一人を数えたことである。出征から半年。五か月にわたった軍事占領のあいだに、二〇人に一人が、マラリアをはじめとする伝染病や風土病におかされて異国の土とついえたことになる。

軍事占領から四か月をへた一〇月七日、参軍谷干城は大隈参議と山県陸軍卿に報告書簡を送っていた。

「当地、近来にいたりマラリア大流行。各舎ことごとく病院どうよう。去月最初よりは死者多数あり。夫卒従者にいたるまで、力役に勝るものはほとんど一人もなく、薪水の労みなこれを土人にあおぐ。まことに意外の天災、なんとも申しようもなく、医者もことごとく病みそうろうゆえ、諸事薬用もゆきとどかず。不養生により死者はなはだ多く、じつに愍然のいたり、目もあてられぬありさまなり……」

九月はじめから死者が急増し、死なないまでもほとんどの者が病みあるいは衰弱し、力仕事どころか炊事もできなくなった。不足のものは食物・生活物資・労力にいたるまで、村を襲い、掠奪してはまるごと焼きはらい、あるいは現地住民を使役・搾取することでようやくまかない、周辺の山間に逃れることで命をしのいでいるというのである。

一〇月七日といえば、一度目の交渉断裂のあと、「照会文」の内容をめぐって強硬派の随員が「断然、和親をやぶり、戦さをもってするにしかず」などと気炎をあげていたころだ。

「断然、和親をやぶり……」などということになっていたなら、武備がととのわぬこと清国に勝るとも劣らぬ日本は、そして東アジア海域は、いったいどうなっていただろう。選択肢は、そもそものはじめから「和好」いがいになかったのである。

一一月三日、大久保は天津で李鴻章と会見し、一〇日に上海で一〇万両をうけとり、一六日には台湾に到着。西郷従道から撤兵の合意をとりつけてのち帰国の途についた。

二七日、嵐のような喝采をうけて東京にもどった大久保は、「国権を全うし、清国との好誼を保存した、その功大なり」との勅語をたまわり、後日さらにお手許金一万円を下賜された。

政府内での大久保の声望はいっきに高まった。それは、前年の「政変」の誤算に危機感をいだきつづけてきた大久保が、みずから政治生命を守るためにいどんだ「北京交渉」の、当初の目論見をはるかにしのぐ大成果だった。

大国清朝あいての紛糾という「未曽有の大困難」を平和的解決にみちびき「国威」をしらしめたのは、大久保の「憂国の赤誠」のたまものである。そういってひとまず安堵の胸をなでおろしたのは岩倉であり、条款調印は「じつに意外」のことだとしながらも、大久保の「苦心」による戦争回避を「大功」だとみとめたのは伊藤博文だった。

そして、台湾出兵に異をとなえて参議を辞した木戸でさえが、大久保の「尽誠」によって戦争が避けられ、日本の「名義」が立ったことはこのうえない「幸福」であり、「雀躍」にたえないと喜びをあらわにし、「天下」のために慶賀すべきことだとしてその「殊功」を評価した。

はたして、帰国からわずか半月のちの一八七四年（明治七）一二月一五日、大久保は「琉球藩処分に関する建議」を正院に提出した。北京交渉で勝ちとった「至宝」であるところの「義挙」をふりかざして、さっそく琉球を処分しようというわけだった。

「明治五年、使臣が来朝し、尚泰を藩王に冊封したにもかかわらず、そのごもなお清国の所管を脱せしむるにいたらず、所属が曖昧模糊として定まらないのは不体裁であることきわまりない。
このたび、台湾出兵と交渉の結果、琉球が日本の版図であるという実跡を獲得したが、いまだ判然たる政局にはいたっていない。万国交際のこんにち、琉球との関係をこのまま放置すればさまざまな問題をひきおこすことになる。
そもそも台湾出兵は琉球難民のためにおこなったものである。ほんらいなら藩王みずから上京し、その恩義に感謝しなければならないはずが、清国をはばかって上京しない。
したがっていま、琉球藩の重役を召しだし、征蕃いらいの形勢や名分条理を理解させ、清国との関係を一掃することの必要を説いてきかせ、藩王みずから上京するよううながすことにする」

つまり、国民国家として国際社会の一員たろうとするには、国家主権のおよぶ範囲を確定しなければならない、ために、琉球が日本領であることを明確にしなければならないという趣旨の建議である。

なかには、那覇に日本陸軍の鎮台分営をもうけ、日本の「刑法」を施行するための教育をはじめとするさまざまな制度改革をおこなわせること、「明治」年号の使用を実施すること、琉球が米・仏・蘭とむすんだ条約をすみやかに日本政府がむすびかえること、さらに、清国から得た「撫恤金」で汽船を購入し、琉球に下賜することなども盛られていた。

一二月二四日、「建言」にもとづき、琉球藩の「重役」にたいし上京せよとの命が発せられた。

翌年五月、内務省官員松田道之（まつだみちゆき）を派遣して本格的に着手され、一八七九年の軍事発動による「沖縄県」設置の強行、併合の強制をへて、一八九四年、いわゆる「日清戦争」の勝利によって琉球諸島全域の日本帰属が確定するにいたる「琉球処分」の、さいしょの号令が発せられたのである。

ちなみに一八七二年九月、頭ごなしに「藩王」に「陞叙（しょうじょ）」され、清国への「進貢使」派遣を禁じられた中山王尚泰（ちゅうざんしょうたい）は、そのごも「朝貢」を中止しなかった。

そして、皮肉なことに、「わが人民たる琉球民の暴殺事件」を利用して日本が台湾出兵を強行し、大久保が北京交渉をおこなっているまさにそのさなか、その舞台となった北京には、琉球の使節が滞在していたことを、清国の官報である『京報』の英字版『Peking Gazette（北京官報）』が伝えている。

国際公法上の「無主地論」を棚上げし、すなわち「蕃地」への執着をあっさりなげうち、「琉球処分」のアリバイとすべく「義挙」の承認を得ることに全力をそそぐ覚悟をきめたとき、大久保がそれを知らなかったはずはない。

一八七五年（明治八）五月七日、琉球「藩内保護」のためとして「熊本鎮台分営設置」の通達が発せられた。

つづく九日、琉球の「朝貢」と「進貢使」の派遣を廃止するため、「官員」を派遣することが決定。

一三日には、内務大丞松田道之に琉球派遣命令が出され、六月一二日に東京を出発。七月一四日には首里城におもむき、「琉球処分方針」をいいわたした。

おりしも琉球王国では、同年西暦二月二五日に満三歳（同治一〇年の生誕から清暦でかぞえると五歳）で即位した光緒帝へ「慶賀使」を送る準備がすすめられていた。

「蕃地征討」あるいは「征台」という名の奇襲はまさに、維新政府お手盛りの「倭寇」ともいうべき外征であり、帝国「大ニッポン」の産声(うぶごえ)となった侵略行為であった。

そして、なによりそれは、七〇年後の「敗戦」にいたる「日中戦争」の幕開けとなった。

すなわち、のち二〇年のあいだ朝鮮半島をステージとしてくりひろげられる江華島事件・壬午(じんご)軍乱・甲申(こうしん)政変・甲午(こうご)農民戦争・日清戦争へ。さらに北清事変・日露戦争・第一次世界大戦・シベリア出兵・山東出兵・満州事変・支那事変・アジア太平洋戦争へとつづく「膨張主義」が、まさにその第一歩をしるした外征であり、「大ニッポン」のルーツにいちづけられる武力発動である。

いらい「大ニッポン」すなわち「大日本帝国」の戦略が、ことごとく「倭寇」的性質を色濃くおびてきたのもそのゆえんだろうか……。

いやそれは、古代天皇制国家への回帰を理念にかかげて建設された「近代日本」が、神功(じんぐう)皇后いらいの「三韓朝貢」をアプリオリとする史観のうえにかたちづくられたこと――神功の三韓征伐が「神話」にすぎないことが実証されつつあったにもかかわらず――そしてまた、「幼沖の天子」を手玉にしていることいがいに権力の正統性をもたなかった「維新政府」が、「皇威を海外に宣べ」た「英智雄略の人」として豊臣秀吉の復権をはかり、「唐入り」の「大勲偉烈」を表彰することから第一歩をふみださねばならなかったことの必然的な帰結であっただろう。

だが、欧米列強がアジアを喰いものにしつつあったとうじ、日本のえらぶみちははたしてそれしかなかったのだろうか。

一八七四年（明治七）一一月二六日、大久保が横浜に着港したその日、イギリス公使館の通訳官アーネスト・サトウが、勝海舟を自宅にたずねている。海軍卿の任にある勝は、対清開戦の問題をめぐって参議らと意見を異にしたため、大久保留守中の八月二九日、「免職願」を出していらい出勤していなかった。

勝の『日記』によれば、その日彼は、地税と国民富有の事業についてサトウと談じたとしるしており、サトウのほうは、そのおりの勝の談話を「覚書」にまとめて上司にあたるパークス駐日公使に提出した。

そのなかにおもしろいくだりがある。

「日本には戦費をまかなう財源がなく、金をつくるには、国民に強制的に国債を買わせるか、あるいは新規に紙幣を発行するか、二つの方法しかないが、いずれも国にとって有害なことである。そればかりか、手形で購入せざるをえない兵器や弾薬の代金を、外国人に支払うことができないだろう。

政府は、戦争に必要な資金を捻出するために、官吏の人数を削減するというが、唾棄すべき措置だといわざるをえない。下級官吏の給料はひじょうにわずかなものだから、大量の数の官吏を罷免しなければならない。どうしてもそういう案を採用しなければならないというのなら、まず高給取りの高官の罷免から始めたらどうだろう。しかしながら、おなじ薩摩出身の同僚を罷免するというものはよもやいまいから、このわたしの罷免から始めるべきだと提案した。

最近、北京交渉で台湾問題が解決されたことについては、政府がこの成功で有頂天になり、傲慢なふるまいに出ることをおそれている。大久保の帰国までは、その傲慢さがどのようなかたちであらわれるのか、予想することは不可能だが……。いずれにせよ、嘆かわしいことは、あまりに多くの薩摩出身者が政府の要職を占めていることである」

勝は、帰国後の大久保にたいし、絶縁状にちかい内容のみじかい手紙を送り、のち直接の交渉をもたなかったという。大久保は、清国行きの直前、おなじ薩摩出身の海軍少輔川村純義(しょうかわむらすみよし)を説得して出兵支持にきりかえさせていた。

幕末、「神戸海軍操練所」を設立したころ「日朝清三国合従の策」を主唱した勝は、台湾出兵にはもちろん、二〇年後の日清戦争にも反対した。

「日清戦争は、おれは大反対だったよ。なぜかって、兄弟喧嘩だもの犬も喰わないじゃないか。たとえ日本が勝ってもドーなる。支那はやはり、スフィンクスとして外国の奴らに分からぬにかぎる。支那の実力が分かったらさいご、欧米からドシドシ押しかけてくる。ツマリ、欧米が分からないうちに、日本と支那と手を組んで、商業なり工業なり鉄道なりやるにかぎるよ。

いったい、支那五億の民衆は、日本にとっては最大の顧客サ。また支那は、昔時から日本の師ではないか。それで東洋のことは東洋でやるよ……。そのとき、コウいう詩をつくった。

隣国交兵日（りんごくへいをまじうるのひ）　其戦更無名（そのいくささらにななし）
可隣鶏林肉（あわれむべしけいりんのにく）　割以与魯英（さきてもってえいろにあたう）」

「鶏林」は朝鮮の美称である。「無名」すなわち大義名分のない戦争によって朝鮮を割く。そのような戦さはイギリスとロシアを利するだけだという。

あわれむべし鶏林の肉。鶏林のかなしみはまた、こののち七〇年にわたって「大ニッポン」が喰いものにし、戦渦にまきこみ、大惨禍をもたらした「アジア・太平洋」のかなしみでもある。

そしてなによりそれは、「大日本帝国」の植民地であったがゆえに「分断」されたままの朝鮮に象徴されるごとく、また、力づくで「大日本帝国」の版図にくみいれられたがゆえに「神州と天皇制の砦」とされ、癒えることのない裂け目にあえぎつづける沖縄に象徴されるがごとく、その元凶にして加害者でありながら、みずからもまた安全保障の名において「お国」をまるごと「アメリカ合衆国」の軍事的世界戦略の一翼としてさしだしている、「十五年戦争（じゅうごねん）」後の「日本国」のかなしみでありつづけている。

Ⅶ　たびのおわりに

23　リセット in Sept.1951 ―「御親兵」になった在日アメリカ軍

香川県仲多度郡にある象頭山（標高五三八メートル）の中腹に鎮座する金刀比羅宮。

「こんぴらさん」の愛称でしたしまれているこのお社の参道の、長いながい石段を知らない人はないでしょうが、その途中、大門の手前をわきに入った旭ヶ岡の一画に、りっぱな「顕彰碑」が建っていることを知る人は多くはないでしょう。

一九五二年に、全国三二の港湾都市の市長らが発起人となって建立した、高さおよそ四・五メートル、幅二・四メートル、重さ一三トンもあるという、あっぱれな石碑です。

「掃海殉職者顕彰碑　昭和二十七年六月内閣総理大臣吉田茂書」

正面の碑銘を揮毫したのがときの首相吉田茂ですから、「お国」がらみのモニュメントであるにはちがいありません。

が、「詮索好き」のペンのおもむくまま、ついいましがたこの琴平の地にいざなわれ、陽ざしを照りかえす青葉まばゆい境内の一画にたどりついたこのわたしが、「掃海殉職者」のなんたるかを知ろうはずはもとよりありません。

背面には、とうじの「海上保安庁」長官柳澤米吉による「碑文」が鋳造されて嵌めこまれています。

「日本掃海隊は、終戦直後より本年有余に亘って、第二次大戦中日本近海に敷設された六万七千個の各種機雷の掃海に従事し、総面積五千平方粁　百八十個所に上る主要航路・港泊地を啓開して、我国産業経済の復興に偉大なる貢献をなした。この間、所属掃海隊員は風浪と闘い、寒暑を克服して作業に挺身したが、不幸七十七名の殉職者を出したことは実に痛恨に耐えない。茲に講和発効独立の年を迎えるに当って有志相集い、よってこの地に碑を建立し……」

これによると、かれらは「アジア・太平洋戦争」敗戦直後から一九五二年はじめにかけておこなわれた掃海作業中に殉職した七七名の「日本掃海隊」の隊員であり、石碑は、その偉業をながく後世につたえるため、「サンフランシスコ平和条約」

の発効・独立回復を期に建立されたということです。

　掃海あるいは啓開というのは、海中の危険物をとり除いて航路の安全をはかることをいいます。

　一九四五年八月の敗戦時、日本の近海は、日本海軍が敷設した五万五〇〇〇基の触発式係維機雷と、アメリカ軍が敷設した六五〇〇基をこえる沈底式感応機雷がのこっていて航路のさまたげとなっていました。

　敗戦九日後の八月二四日、青森県大湊から朝鮮へ帰国する人々をのせた日本海軍特設運送艦「浮島丸」四七三〇トンが、舞鶴沖で米軍敷設の二〇〇〇ポンド機雷に触雷して沈没、五四九人が犠牲となったのをはじめとして、大型船にかぎっても、一〇月七日には、関西汽船の「室戸丸」が大阪から別府にむかうとちゅう神戸魚崎で触雷し、四七五人が死亡、同月一三日には「華城丸」が神戸沖で触雷し、一七五人が死亡、翌一四日には「珠丸」が壱岐勝本沖で触雷し、五四五人が死亡するなど、戦後二か月のあいだに八三隻もの船舶が遭難したといいますから、航行することそれじたいが命がけの難事であったことがうかがえます。

　大戦中はもちろん、掃海は「軍事作戦」として実施されていましたが、九月二日、「降伏文書」が調印されてのちは、「連合国軍最高司令官」の指示のもとに「海軍省」軍務局に「掃海部」がもうけられ、艦船三四八隻、旧海軍軍人を中心とした人員一万人をもって掃海作業にあたる態勢がととのえられました。

　大日本帝国海軍の掃海技術は、国際的にもトップレベルの水準をほこっていたといわれます。

　とはいいながら、戦争末期の極端な船舶不足をしのいでながらえた掃海艇の多くは、木造の老朽船か駆逐艦などの改装船、もしくは、制海権を米軍に奪われ、機雷の敷設をほしいままにされた対策として、なけなしの資材を駆って急造したオンボロ船——最大速力一〇から一二ノットで底が広いため「タライぶね」と呼ばれていた——でしたから、シベリア高気圧が容赦のない寒風を吹きおろす季節にむかっての掃海は困難をきわめたことでしょう。

　じつに「殉職者」七七名のうち、六五名が一九四六年二月までに亡くなっています。

　とはいいながら、機雷を除去しなければ「占領」も「復興」もあったものではない。

　というわけで、掃海隊員は、四六年二月の「旧職業軍人公職追放令」から除外され、「海軍省」の廃止とともに「掃海部」は、「第二復員省」総務局「掃海課」へ、四六年六月にはさらに「復員庁」第二復員局総務部「掃海課」へと所管を変更され、人員・艦船数を減らしながらも業務はつづけられました。

復員の終息とともに復員業務が「厚生省」にひきつがれた一九四八年一月一日には、掃海業務は「運輸省」海運総局「掃海船管船部」に移管。同年五月一日には、「海上保安庁」が「運輸省」の外局としてスタートし、掃海隊は、船艇ともどもそっくりそのまま同庁保安局の「航路啓開（けいかい）部」に横すべりし、「再軍備」にむけての中核を担うことになります――新生「海上保安庁」の職員八一五六人のうち「掃海課」の隊員は、およそ二割にあたる一五〇八人を占め、しかもそのなかには、業務の性質がら公職追放猶予のあつかいをうけて採用された海軍兵学校出身の旧正規士官が一八四人もふくまれていたからです。

「再軍備」すなわち、「講和条約」が発効する年の四月には「海上保安庁」の付属機関として「海上警備隊」が発足し、同年八月一日には「保安庁」が発足。航路啓開部は「保安庁」に移管されて「警備隊」を組織し、一九五四年七月一日、「防衛庁」の発足にともなって「海上自衛隊」へと発展していくのです。

「掃海殉職者顕彰碑」建立当時の「碑文」の署名が「海上保安庁」長官であるにもかかわらず、建碑いらいこんにちまで毎年五月にいとなまれている「追悼式」が、「海上自衛隊」呉（くれ）地方総監によって執行されるゆえんです。

さて、「顕彰碑」に名をきざまれた七七名の「殉職者」ですが、じつはそのなかに一人だけ、亡くなった場所はもとより、経緯のいっさいを秘匿されてきた隊員があるというのです。

一九五〇年に「殉職」、いえ「戦没」した中谷坂太郎（なかたにさかたろう）という人です。

一九五〇年といえば、六月二五日に「朝鮮戦争」が勃発した年ですが、開戦から三か月後の一〇月二日、運輸省「海上保安庁」の「航路啓開部」に、朝鮮海域への「出動命令」が出されたのです。

この日、「米極東海軍司令部」に呼びだされた「海上保安庁」長官大久保武雄（おおくぼたけお）は、参謀副長アーレイ・バーク少将から「日本掃海隊」の派遣を要請された。「アメリカ軍」の仁川（インチョン）上陸作戦につづく元山（ウォンサン）上陸作戦を「支援」すべく、港湾内外に北朝鮮軍が敷設した機雷の掃海に「協力」せよというのです。

「朝鮮戦争」まっただなかの海域へ出て「上陸作戦」のための掃海にあたる。その場合の掃海はまぎれもない「戦闘行為」であり、「朝鮮」海域でそれをおこなうことは「支援」でも「協力」でもない。あきらかな「参戦」を意味します。

つまり、三年まえに施行された「日本国憲法」の戦争放棄条項に明確に違反することになる。海上保安庁長官に判断できるレベルのことではありません。大久保長官はまっすぐ吉田茂首相のもとにおもむき、指示をあおぐことにした。

首相はきびしい選択を迫られることになりました。

要請をうけ入れれば、憲法「第九条」に抵触する。「海上保安庁法・第二五条」にも、同庁は非軍事的組織であると明記されていた。まんいち掃海隊の派遣が表沙汰になれば政治問題になるのは必至であり、なにより、アメリカいがいの連合国を刺激して、講和条約締結問題に悪影響をおよぼすことは避けられない。

ひるがえって、要請を拒否すれば、いままさにアメリカとのあいだで進行中の講和交渉など吹きとんでしまうだろう。四五年九月二日の「連合国軍最高司令官指令・第二号」にはしかも、「日本国および朝鮮水域における機雷は、連合国最高指揮官所定の海軍代表により指示せらるるところに従い掃海すべし」とあり、被占領下の日本は、「GHQ指令」への服従を要求されればそれを拒むことはできない立場にありました。卍がらめのジレンマです。

「わかった。どうしてもということなら、やらんわけにはいかんだろう」。吉田は答えた。「国連軍に協力するのは日本政府の方針だ。ただし、掃海隊の派遣と行動については、いっさいを秘密にするように……」と。

どうしても……。大戦中「米海軍太平洋艦隊」が保有していた五〇〇隻の掃海艇は、「朝鮮戦争」開始時には二二隻に減じており、そのうち極東水域で使用できるのはわずか一〇隻。これに傭船中の日本の掃海艇一二隻があるばかりです。いっぽう、「海上保安庁」の「航路啓開部」に所属する掃海艇はおよそ一〇〇隻あり、指揮官は旧海軍の正規将校、乗組員も掃海のベテランがそろっていました。

やらんわけにはいかんだろう……。吉田の決定をうけた大久保は、同日づけで「指令」を発しました。

「米側の指令により、朝鮮海域の掃海を実施することとなるにつき、掃海艇二〇隻を、至急、門司に集結せしめよ」と。

総指揮官には田村久三航路啓開本部長が任命され、そのもとに「特別掃海隊」の一番から四番隊を編成。合法性の確保は、大久保「指令」を後追いするかたちでととのえられることになりました。

すなわち、「GHQ指令」による出動であることを明確にするため、文書をもって「連合国軍最高司令官」マッカーサーから「米極東海軍司令官」に日本掃海艇の使用を許可し、同司令官ターナー・ジョイ中将から山崎猛運輸大臣にたいし「日本掃海艇の朝鮮掃海使用に関する指令」が出されたのは一〇月四日。

マッカーサーから日本政府にたいして正式の「指令」が発せられたのはさらに二日後の六日のこととなりました。

「連合国軍最高司令官は、朝鮮水域において日本の掃海艇二〇隻・試航船一隻、その他海上保安庁の船艇四隻の使用を認可し、指示した。……日本政府は、門司に集結しているこれらの船舶に必要な命令を発することを指令する……」
七日、山上亀三雄（やまがみきみお）運輸事務官ひきいる「第一掃海隊」が下関を出港した。

いらい一二月四日に「作業を終了、帰港せよ」との命令が出されるまでの二か月間に、のべ一二〇〇人が「軍事作戦」に参加し、三〇〇キロメートルにわたる水路と、六〇〇平方キロメートルにおよぶ碇泊水域を掃海して、二七基の機雷を除去することになったが、いっさいが「極秘」のうちにおこなわれた。

さて、「掃海殉職者顕彰碑」に名をきざまれた中谷坂太郎は、田村総指揮官直卒のもと、旗艦「ゆうちどり」とともに一〇月八日、元山（ウォンサン）にむけて下関を発った「第二掃海隊」に所属していた。指揮官は、能勢省吾（のせしょうご）運輸事務官。掃海艇「MS」(Mine Sweeping)通称「タライぶね」四艇をしたがえた二番隊のなかの「MS一四号」の司厨員（しちゅういん）として朝鮮海域へ出動したのです。

アメリカ軍の上陸作戦Dデイはほんらい一〇月二〇日でしたが、一〇日、すでに三八度線をこえて進撃していた韓国第一軍が元山の占領をおえていたため、米軍は北朝鮮軍を撃退するため上陸を急ぐ必要に迫られました。

一一日、永興（ヨンフン）湾口にいたる水路の掃海が開始された。北朝鮮軍が敷設した機雷の除去作業です。

翌一二日には、港内に入ったアメリカ海軍の掃海艇「パイレーツ」と「プレッジ」の二隻が触雷。日本掃海隊の目のまえで爆発・沈没し、一三人が戦死または行方不明、七九人が負傷しました。掃海作業は一時中断されましたが、一四日に再開され、日本掃海隊には触雷の危険性が少なく、航空機による機雷捜索によって敷設線がないであろうと判断された海域が割りあてられることになりました。

ところが、一七日、最悪の事態が生起した。一五時二一分、永興湾麗島灯台の二四四度・四五〇〇メートルの地点で「MS一四号」が触雷し、轟音とともに水煙をあげて爆発、瞬時にして沈んでしまったのです。アメリカの交通・内火艇をはじめ至近距離にあった日本の「MS〇六号」が救難にあたりましたが、行方不明者一人、負傷者一八名を出してしまった。

同日夕刻、旗艦「ゆうちどり」でもたれた緊急対策会議が、激烈なものになったことはいうまでもありません。

老母をいたわるように舵取りをしなければならない木造の老朽船に、急場しのぎというほどの水と食料を積んだだけでたどりついたところが元山であったそのときすでに、出動前に合意された「条件」が無意味と化していたからです。

「今次行動は、航路啓発業務の延長であり、米軍・日本軍が敷設した機雷を処分する。また、三八度線以南の戦闘のおこなわれていない海域での掃海となる。作業は掃海艇の安全を十分考慮した方法をもって実施する……」

どれひとつとして守られているものはないのです。

激論のすえ、米軍の機動艇を借りておおまかな掃海をおこなったあとに日本式の本格的小掃海を実施する、そのむね米軍指揮官に申し入れることにした。が、上陸作戦の遅れを憂慮する指揮官が容れるはずのない申し入れでした。

「この期におよんで小掃海をおこなう時間的余裕はない。予定どおり対艦式大掃海を実施せよ」

一八日、再度の申し入れをおこなうも、回答は「掃海を続行せよ。しからずんば即刻抜錨(ばつびょう)し帰国せよ」との厳命でした。

この日、すでに韓国船一隻が触雷して沈没していた。

「MS一四号」を失った「第二掃海隊」の艇長たちは帰投を主張しました。のこる三隻のうち「MS一七」は機関故障で修理が必要であり、艇長らの決意はかたく、指揮官の能勢省吾も帰投を決意せざるをえませんでした。

即刻！躊躇する余裕はありません。「MS〇三」「MS〇六」は、故障した「MS一七」を横抱きにするようにして元山をあとにしました。このとき旗艦「ゆうちどり」のマストには「帰投せよ」の信号機が上げられたといいます。命令違反にならないようにとの総指揮官の配慮からであったでしょう。

死者一名を出したことは、朝鮮海域において「日本特別掃海隊」が作戦を実施した事実とともに秘匿され、のち三〇年にわたっておおやけにされることはありませんでした。

中谷坂太郎の葬儀は、一〇月二七日、呉市の第六管区海上保安本部でひそかにおこなわれました。

葬儀それじたいは「海上保安庁葬」という大々的なものであり、山崎猛運輸大臣も参列。大久保武雄長官の弔辞には「アメリカ極東海軍司令部の命により、重要な特別掃海の任務に従事中に殉職」したことが言挙げされましたが、遺族にとって「庁葬」は、「口外無用」を脅迫的にしいる誓いのセレモニーにほかなりません。

「お国」による「死の隠蔽と管理」は、すでに始まっていたのです。

なるほど、わが杉野虎吉よりもいっそう不条理、かつ、はるかに不当・不正なあつかいをうけた「戦死」があった。すでに年来の腐れ縁となった「詮索好き」が、みすぼらしい「忠魂碑」から脱けだしたわたしをこの地に連れてきた魂胆の尻尾が、ちらりと見えたような気がしました。

元隊員など、数少ない人々の証言や記録によると「MS一四号」は喫水の深い後部に触雷し、木っ端みじんになったといいます。その直前、掃海索で接続されていた「MS〇六」の乗員が中谷さんの快活な言葉を聞きとめています。

「湾内で、揺れないで食う夕飯はひさしぶりだから、頑張って美味しいものを作らねば。今夜は御馳走しますよ！」

そういって、後甲板ハッチ下にある貯蔵品庫に下りていったそうです。

遺族によれば、実家のある山口県周防大島に、ふたりの米軍将校と通訳一人、それから海上保安庁の職員二名が突然やってきたのが一〇月二四日。応対したのは父の力三郎さんでした。

「米軍の上陸のために北朝鮮沖で掃海作業中、機雷に触れて船が沈没し、あなたの息子さんは行方不明になりました」

通訳は、おだやかだが事務的な口調で伝達し、つづけてこういった。

「このことが知れると国際問題になり、大変なことになります。米軍の命令による掃海作業だったことと、亡くなった場所がどこであったかは、絶対に口外してはいけません」

その日のうちに、「中谷さんは、瀬戸内海の掃海中に殉死した」ということにする申し合わせがおこなわれました。

じつは中谷さん一家は、すでに坂太郎さんが誰の命令でどこに行ったかを知っていました。それは、下関出港の前日、坂太郎さんが父親にあてて手紙を送っていたからです。

「突然、米軍の命により朝鮮方面へ掃海艇、巡視船二十一隻で行くことになりました。何か月いるやらわかりません。正月も家には帰れなくなることと思います……」

鉛筆書きでしたためた手紙のほかに、身の回りの品を小包にして家族のもとへ送っている。覚悟あってのことでしょう。

坂太郎さんは、一九二九年、瀬戸内海に浮かぶ周防大島で六人兄弟の三男として生まれ、一五歳で地元の海兵団に入団したが戦地に出ることのないまま終戦をむかえ、のち、海上保安庁が募集していた掃海隊に入隊しました。掃海作業は危険をともなうため給料がよかったのです。坂太郎さんは、漁業だけで家族一一人を食べさせていかねばならぬ家の困窮をおぎなうために入隊したといい、毎月三〇〇〇円から四〇〇〇円の仕送りを欠かさなかったといいます。

日本政府は、「特別掃海隊」の出動そのものを隠匿している立場から、死者にも重症者にも補償措置をとることができなかった。そのため、のちにＧＨＱから弔問と補償金の支払いがおこなわれました。

また、殉職から二九年をへた一九七九年の秋、「戦没者」叙勲として中谷さんに「勲八等白色桐葉章」が贈られることになりましたが、そのときにおいてなお「勲章の伝達は内輪にしてほしい」との「内閣」の意向で、新聞発表はとりやめ、所管の海上保安部長が遺族の自宅に足をはこんで伝達されたということです。

この間、この問題について国会で質問されたことがありました。
半年後の七月一日には陸・海・空の三自衛隊がそろい、「防衛庁」が発足することになる一九五四年の一月一八日、『大阪新聞』『産経新聞』が、「元山上陸作戦において海上保安庁掃海艇一隻が触雷・沈没し、戦死者一名を出した」ことを報道。これをうけての追及でした。

「朝鮮戦争のさいに吉田内閣は直接これに参加しておきながら、その事実を、国会においても、また国民にむかっても秘密にしてきたということは、総理大臣ご自身が一番よく知っておられると思う。しかるに、今日にいたって、元山上陸作戦には海上保安隊の掃海艇のほとんど全部が参加して、その一隻が沈没しておるという事実が報道されております。私はこれは単なる報道かと思うておりましたら、当時の国連軍最高司令官であったマッカーサー元帥の最近の証明によって、このことははっきりと裏づけせられたのであります。総理大臣は、今日この事実をお認めになるかどうか。また、このような重大な事実を、今日まで国会にも国民の前にもひた隠しに隠しておき、国民の耳目を欺いたことにたいして、どういう責任を考えておられるか、政府の責任をはっきりと明らかにされるべきであると考えます」

「お答えをいたします。掃海艇が沈没した、マッカーサー元帥云々といわれるのでありますから、マッカーサー元帥が日本におられるときのことであろうと思いますが、私には現在記憶がございません」

これが、この問題について吉田茂首相じしんが答えた唯一の答弁だそうです。同月三〇日、「衆議院本会議」で代表質問にたった共産党川上貫一議員の質問にたいする答弁でした。

三月二四日の「衆議院外務委員会」では、社会党下川儀太郎議員が質問し、岡崎勝男外務大臣が答弁した。

「いわゆるマッカーサー指令に基づいて出動した掃海作業というものは、元山に敵前上陸を容易ならしめるための掃海作業であり、明らかに参戦であります。これを違憲ではないと考えておるあなたのご所見をおうかがいしたい」

「私は、機雷等が青森その他日本海に浮遊してくるのは、あちらの方面からくることははっきりしておりますので、その掃海をやることはなんらさしつかえないものと考えております」

「青森方面の掃海ならいい。が、明らかに元山敵前上陸に参戦しておる。しかもマッカーサー元帥の要請でこれをやっておる。『産経新聞』の報道には、遺族の名前、戦死者の名前も明らかにされておる。さらに、その戦死者が金刀比羅宮に祭られておって、記念碑は吉田総理の揮毫であることまで明確にされておる。『ニューヨーク・タイムズ』が掲載したマッカーサーの声明からも、朝鮮戦乱の一〇月の作戦に日本の掃海艇が出動したことは明らかだ。一三日に私がこれを質問したところ、そういう事実はないと一挙に否定しておられたが、ならばどうして報道にたいして抗議しないのか」

「掃海作業で人が死んだから戦さに参加したのだという証拠にはなりません。青森その他日本海に流れる機雷が、あの方面からくるから、あの方面を掃海したのであり……日本の憲法なりに違反するようなことは政府としてはいたしません。したがって戦闘に従事したと何べん申し立てられても、あれは掃海に従事したのであります」

他日、他の委員による審議においても終始かみあわぬ問答がくりかえされ、けっきょくのところこの問題は、「占領中にGHQ指令によっておこなわれたこと」をもって追及不可とされ、のち国会で審議されることはなかったといいます。

それにしても、「国連軍に協力するのは日本政府の方針だ」として掃海艇の「出動」を決し、死者・帰投者を出してのちも「継続」を指示した「政府の最高方針決定者」である吉田の答弁が、「現在記憶がございません」であったとは！

「会議録」から口吻やニュアンスを知ることはできませんが、「マッカーサー」という、かつてのオールマイティの名を二度口にして、みずからをフェイドアウトさせるしかなかったということなのでしょう。

そもそも、「国連軍」などというものが絵に描いた餅だった……。

しかも、とうじの日本は、「国連」加盟国どころではない被占領国だったのであり、吉田じしん、朝鮮戦争が勃発した直後の「第八回国会施政方針演説」において「わが国としては、これに積極的に参加するという立場ではないが……」とのべているごとき国際的な地位にあったにもかかわらず、かえってそれゆえに「国連」加盟国のひとつである「アメリカ合衆国」の軍事作戦に組みこまれざるをえなかった。

いえ、組みこまれた、などというような生易しいものではありません。

占領軍が朝鮮半島へ出撃していったあとの「在日米軍基地」はひきつづき爆撃機の出撃・軍事物資の輸送基地として大きな役割をはたし、輸送拠点となった港湾もまた兵員・弾薬の輸送および兵站拠点としてフル稼働をよぎなくされました。

あげればきりがありませんが、たとえば仁川上陸作戦にむけては、韓国軍兵士を韓国から横浜港経由で富士演習場に輸送し、訓練を実施したあとふたたび横浜港から韓国に輸送。神戸港からは、六六隻の貨物船が同作戦の輸送にあたり、同港を出港した四七隻のLST（戦車揚陸艦）のうち、三〇隻は日本人乗りこみであったといいます。

また、前線にもっとも近い博多港は、攻撃部隊や弾薬の輸送船・LST・病院船などの着岸乗降積載のため「芋を洗うがごとき」混雑が常態化。沿岸警備のために県警を大動員せねばならず、軍港佐世保では、アメリカ軍下士官のもとで一〇〇〇人をこえる日本人従業員が弾薬補給のためにはたらき、急増した艦船の出入港を円滑たらしめるため、五人の日本人水先案内人がアメリカ海軍「作戦部」に詰めて後方作戦に参与したというほどです。

さらに、派兵のために使用された関西・九州方面への客車は六一九両、貨車は一八一六両におよび、派兵開始後わずか二週間の軍事輸送量が「国鉄」の軍事輸送史上最高記録を更新したといい、兵器生産や修理にも大量の労働力が動員されたといいますから、後方にあってアメリカ軍を支援した基地労務者・港湾労務者・工場労働者・医療関係者の数は膨大なものにのぼったものと思われます。

そして、それら後方基地での支援にもまして重要だったのは、アメリカ軍に従軍した人々のはたらきでした。

「日本の船舶と鉄道の専門家たちは、かれら自身の熟練した部下とともに朝鮮へ行って、アメリカならびに国連の司令部のもとで働いた。これは極秘のことだった。しかし、連合国軍隊は、この朝鮮のことをよく知っている日本人専門家たち数千名の援助がなかったならば、朝鮮に駐留するのにとても困難な目にあったことであろう」

講和後初の駐日大使ロバート・ダニエル・マーフィーは、こうのべて日本の貢献の意義をたたえたそうですが、アメリカ軍とともに前線におもむき、朝鮮半島において特殊港湾荷役や船員として働いた日本人の数は数千人にのぼり、戦争勃発から半年後の五一年一月までに、五六名が死亡しています。

くわえて、戦争勃発直後から朝鮮へ出動した駐留米軍の留守をうめあわせるため、アメリカ軍と同じ規模でそっくりの編成・配置・装備をもつ「警察予備隊」が発足し、「再軍備」へと大きく舵がきられることとなりました。

じつに、「特別掃海隊」の参戦と「警察予備隊」の創設という二つの「憲法違反」を主導したのがほかならぬ吉田であり、あげく、天皇から「不信任」をつきつけられ、権力の源泉であった「マッカーサー」というハシゴを外され、とどのつまり、日本の戦後にとってとりかえしのつかぬ二つの「密約」にサインする羽目におちいった。

そして国会で追及をうけた一九五四年当年、彼をしてそのような道化を演じせしめるに一役かった「Y項パージ」の犠牲者たちを「政敵」にまわし、一二月にはついに反吉田勢力の手に政権の座を明けわたすことになるのです。

しかもそこにいたるシナリオは、「ヒロヒト」すなわち、すでに新憲法によって「象徴天皇」となったはずの天皇裕仁(ひろひと)の強力なイニシアティブによってみちびかれたというのです。どういうことなのでしょう。

「アメリカが沖縄および他の琉球諸島に軍事占領を継続することを希望する。そのような占領は、アメリカにとって有益であり、日本にも防護をもたらすことになり、ひろく日本国民に受け入れられると感じている。そのさい、日本に主権を残しつつ、二五年ないし五〇年、あるいはそれ以上の長期貸与のかたちをとるべきだろう。この方式によれば、アメリカが琉球諸島にたいして恒久的な意図をもたず、また、他の諸国、とりわけソ連や中国がどうようの権利を要求しえないことを日本国民に確信させるであろう」

いまではひろく知られている通称「沖縄メッセージ」、すなわち「昭和天皇のマッカーサー元帥に宛てた『米軍による沖縄占領状態を長期間継続させることを依頼するメッセージ』」の主たる内容だ。

一九四七年九月一九日、とうじ天皇の御用掛であった寺崎英成(てらさきひでなり)は占領軍の政治顧問ウィリアム・ジョセフ・シーボルトのもとをおとずれ、天皇のメッセージをつたえるとともに、マッカーサー元帥にその内容を送ってもらうように依頼した。非公式ルートを通じてとはいえ、これが「日本国憲法」の施行から四か月後のことだというのはどうだろう。

いや、これよりさきすでに天皇はマッカーサーと「四回目」の公式会見をもっていた。憲法施行三日後の五月六日、四月の総選挙で社会党が第一党になったことをうけて吉田内閣が辞表をとりまとめた波瀾の一日(いちじつ)でもあった。

一時間にわたった会見では、憲法「第九条」と日本の安全保障という高度に政治的な問題が話し合われた。

「日本が完全に軍備を撤廃するいじょう、その安全保障は国連に期待せねばなりません。しかしながら、国連が極東委員会のようなものであることは困ると思います」

天皇は、米・英・中・ソの四大国が拒否権をもつ現状において、日本の安全保障を国連に依存することはできないとの認識をしめした。マッカーサーは、「日本が完全に軍備をもたないことそれじしんが日本の最大の安全保障であって、日本が生きる唯一の道である」ことをのべて「第九条」の意義を強調し、「将来、国連はますます強固なものになっていくものと思う」との見解をもってこれに応じた。天皇はしびれをきらし、そしていった。

「日本の安全保障をはかるためにはアングロサクソンの代表であるアメリカがそのイニシアティブをとることを要するのでありまして、そのため元帥のご支援を期待しております」と。

同年三月に宣言された「トルーマン・ドクトリン」すなわち、アメリカ大統領が、自由主義諸国にたいする共産主義の脅威に力でもって対抗・封じこめをはかる「世界規模の反ソ反共政策」の先頭に立つことを表明した、その流れをうけてのことでもあっただろうが、「象徴」となった天皇が、内閣でも国会でもまったく議論されていない問題について、みずからGHQ最高司令官に要請したのである。

しかし、マッカーサーは「第九条」の理念と「国連」をむすびつける見解をいつもの響きわたる雄弁さでくりかえした。「日本を守るもっともよい武器は、平和にたいする世界の世論である。わたしは、日本がなるべくすみやかに国連の一員となり、国連において平和の声をあげ、世界平和にむけての精神をみちびいていくことを望んでいる」

「九条理想主義」を説いて倦むことのない元帥に、天皇はおそらく鼻白み、いまいましささえ感じただろう。とはいいながら、そもそも戦争放棄条項は、みずからが戦争責任を免罪されたことと表裏をなすものであり、かつ、それを可能たらしめるには「国連」の存在は不可欠なのだった。天皇もまたジレンマをかかえていた。

このころ天皇が、首相の吉田や、マッカーサーの信あつく、GHQと日本政府をつなぐキー・マンとして活躍していた白洲次郎(しらすじろう)と距離をとりつつあったことは、『寺崎日記』の四月九日条に、大金益次郎(おおがねますじろう)侍従長の談話として「陛下は吉田・白洲ラインに疑念をもたるるなり」との記述があることからも示唆されるというが、まだしも、東京裁判への「不追訴」にむけて尽力してくれた「恩人」である「連合国軍最高司令官」を、見限るまでにはいたっていなかった。

「沖縄メッセージ」は、そのような時期に、当人に直接ではなく、非公式ラインを迂回してつたえられた。周到な思わくがはたらいてのことだったろう。

そもそも、マッカーサーにとって「沖縄の基地化」は、「日本国憲法」の平和主義、わけても「第九条」と不可分のものだった。すなわち、沖縄はその地理的条件からみて米国の防衛線のかなめにある。この地にアメリカ空軍をおいて要塞化すれば、日本本土に軍隊を維持することなく、外部の侵略にたいし安全を確保することができるとの軍事判断をもっていた。

憲法施行直後の六月には、外国人記者をまえにこうものべている。

「沖縄諸島は、われわれの天然の国境である。米国が沖縄を保有することにつき、日本人に反対があるとは思えない。なぜなら、沖縄人は日本人ではなく、また、日本は戦争を放棄したからである」と。

もたらせば歓迎されるであろう「メッセージ」を、「国務省」の出先であるシーボルトGHQ外交局長を介した非公式ルートでつたえる。露見したときのリスクを考慮してのことでもあっただろうが、むしろそれは、「メッセージ」が確実にワシントンにもたらされることを期してのことだった。

じつに、九月二二日、シーボルトは、国務長官にあてて「将来の琉球列島に関する天皇の考え」と題した書簡を送付するさい、九月二〇日づけでマッカーサーにあてた「文書」のコピーを同封しており、また、一〇月三日、寺崎がおとずれたときには、「陸軍省は沖縄を自由にするとの意見であるが、国務省の意見はまださだまっていない」と回答している。

それだけではない。すでに天皇は、マッカーサーの頭ごしに、ダイレクトにワシントンに意思をつたえるチャネルの模索を始めていた。

おなじ九月なかば、元宮内省御用掛鈴木九萬を通じて、一時帰国する米陸軍中将ロバート・ロイヤル・アイケルバーガーに手交され、ワシントンにもたらされた「芦田メモ」がそれである。

「芦田」はもちろん、六月一日に発足した片山哲内閣の外務大臣芦田均である。

アイケルバーガーは、横浜に司令部をおく「第八軍」の司令官であり、徹底した「対ソ強硬論者」――米軍が撤退したあとの日本にソ連が侵攻してくることへの危機感から、いざとなればウラジオストークなどの要点に原子爆弾をおとすことも考えられるといってのけるような――であったという。が、なにより彼は、マッカーサーの早期講和にも講和後の安全保障構想にも大いに批判的であり、米国の「反マッカーサー陣営」の中枢にある人物と親密であり、帰国後には占領政策への全面批判の演説をぶつことになる人物だった。

岡崎勝男外務事務次官をはじめとする外務省当局が作成し、九月一二日に芦田が決裁。翌一三日に鈴木からアイケルバーガーに手交された文書は、「極秘かつ個人的意見」であるとして手交されたことから「芦田メモ」と呼ばれるが、背景には天皇のつよい意志がはたらいていた。もちろん、講和後の安全保障にかんする「メモ」である。

すなわち、「講和条約」締結後も「米ソ関係」が改善されない場合、アメリカ軍が「条約」履行監視のために日本に駐留し、さらに、日米間に「特別の協定」をむすんで日本の防衛を米国の手に委ねる。そのさい、「平時」には日本にちかい外側の軍事的要地――沖縄と小笠原――にあるアメリカ軍の抑止力に期待し、「有事」のさいには、日本政府と合議のうえ何時でも日本国内に軍隊を進駐させることができ、日本はそのための「基地」を建設・維持するというものだ。

米国による沖縄の軍事支配ということが、すでに前提となっている。ワシントンにアピールするために作成された「沖縄メッセージ」と「芦田メモ」が、時期をおなじくしてつたえられたゆえんである。

そしてまた、「メモ」の内容は、天皇の憂慮する最大のものが「ソ連」の攻勢と「共産主義」の脅威であることを、すなわち、革命による天皇制の廃止・皇統の断絶であることを、はからずも浮かびあがらせるものとなっている。

天皇とマッカーサーはその後、同年一一月一四日に「五回目」、翌四八年五月六日に「六回目」、四九年一月一〇日に「七回目」の会見をおこなっているが、五回目の通訳は寺崎が、六・七回目の通訳は司令官サイドが担当したとのことで、内容は明らかになっていない。

四九年二月に第三次吉田内閣を組織した吉田は、天皇による「外交権」横領ともいうべき状態を打開すべく、通訳としてとうじ外務省政務局第五課長として情報関係の仕事をしていた松井明（まついあきら）を送りこんだ。

七月八日の「八回目」会見から松井が通訳を担当することになった。しかし、いっさいノートをとることを許されず。

同年一一月二六日の「九回目」会見いこうは、なんとか私的にメモをのこして秘匿し、天皇の逝去をへてのち『天皇の通訳』と題してそれらをまとめたものを、フランス語版で出版した――一九八一年の侍従長入江相政（いりえすけまさ）『日記』一〇月二日条には「松井明君が御通訳の顛末を出版したいとのこと。とんでもないこと。コッピーを渡される」とあり、同月二二日条には、宮内庁長官の報告として「懸案の松井明君の通訳の記録の出版。侍従長、官長すべて反対と告げ思ひとまって（ママ）もらった由」と、出版を抑えたことがしるされている。

「九回目」の会見にさきだつこと二か月、九月二五日にはソ連が原子爆弾を保有したことを公表し、一〇月一日には、共産党政権による「中華人民共和国」が成立していた。

また、一一月一日には、米「国務省」が対日講和条約を検討中であることを公表。一一日には、吉田首相が参議院で「単独でも全面講和につながるなら喜んで応ずる」と答弁した。おりしも、湯川秀樹が「ノーベル物理学賞」を受賞し、講和・独立への期待が、ながびく占領への不満や反発とあいまって高まりをみせつつあった。

会見の焦点は講和後の安全保障にしぼられた。

「講和条約はなるべくすみやかに締結されるのが望ましい」ときりだしたマッカーサーにたいし、天皇は、「ソ連による共産主義思想の浸透と朝鮮にたいする侵略がありますと、国民がはなはだしく動揺するがごとき事態となることを惧れます」と応じた。共産主義による革命決起にたいするつよい警戒心をしめしたのである。

「日本国民は、ソ連をふくめた全面講和ができるというようなまちがった希望をいつまでも持ちつづけることはできないでしょう。また、講和によって日本が主権を回復すると同時に、日本の安全を確保する何らかの方法を考えねばならないと思いますと。

マッカーサーも深刻な岐路に立たされていた。これまで彼は、「ポツダム宣言」を根拠として日本を占領し、日本国民に命令し、連合国軍最高司令官として君臨してきた。つまり、「ポツダム宣言」を執行することが彼の任務であり、「宣言」には「占領軍は、占領の目的が達成されたときは、平和条約をむすんでただちに撤退する」とある。しかしいま、共産圏の脅威を目のまえにして現実はぬきさしならぬものとなっていた。

「日本が完全中立を守ることによって安全を確保しうるならそれにこしたことはないでしょう。しかし、合衆国としては、空白状態におかれた日本を侵略の危険にさらすわけにはいきません」

そういって彼は、「空白状態」の日本にたいするアメリカの責任を説き、はじめて駐留継続について明言した。

「数年間の過渡的な措置として、英・米軍の駐留が必要でありましょう」

「日本の朝野にはなお懸念を抱くものがいます。日本として千島がソ連に占領され、もし台湾が中共の手に落ちたならば、アメリカは日本を放棄するのではないかと心配するむきがあるのです」

「わが国は、極東を共産主義の侵略から守るために固い決意をしています。ために日本にとどまり、日本および東アジアの平和を擁護するために断固として戦うでありましょう」

「お話をうかがい安心いたしました」。そう天皇が答えたのはおのずからであった。

ところが、翌一九五〇年四月一八日の「一〇回目」の会見においてマッカーサーは、対日講和の成立は見通しがつかないとのべ、ふたたび「日本はアジアのスイスたれ」との持論をもって「永世中立」の意義を説き、前回約束した「アメリカ軍の駐留」にかかわる話題をそらしつづけた。

共産革命による天皇制の断絶をおそれる天皇が、マッカーサーに見切りをつけたのはこのときだっただろう。

一月一日の年頭所感で「日本国憲法は自衛権を否定しない」とのべ、日本の安全保障政策の転換を示唆したマッカーサーは、既定方針どおり、二月一〇日には「沖縄に恒久的な基地を建設する」と発表していた。

しかし、「平和条約」をむすぶことと、日本本土にアメリカ軍を駐留させることが不可分のものとなるにいたって、彼の窮地はきわまった。つまり、「本土に米軍基地をおかない」ことを基本にすすめてきた占領政策を大きく転換するにあたり、従来の方針と矛盾しないかたちで、また、日本国民を納得させられるかたちでそれをおこなうことは、不可能事ともいうべき難事なのだった。

いっぽう、同年二月一四日には、日本を仮想敵国とする「中ソ友好同盟条約」が締結され、アメリカの極東戦略の主軸として、あるいはかなめとしての日本の価値は、いよいよ動かしがたいものとなり、講和問題は大きなターニングポイントにさしかかっていた。

米国内では、早期講和にふみだすべきだとして条約の草案づくりをすすめている「国務省」と、早期独立には絶対反対、ためにあくまで軍事占領を継続すると主張する「国防省」の折り合いがつかず膠着状態がつづいていた。

これを打開すべく、トルーマン政権が白羽の矢を立てたのが、敗戦から七〇年をへてなおアメリカの軍事占領を可能にし、「日本国憲法」を機能不全にする「日米安保条約」の生みの親となるジョン・フォスター・ダレスだった。

四月六日、国務長官ディーン・グッダーハム・アチソンの特別顧問のポストをあたえられたダレスは、アチソンに大胆な提案をした。

「国務省はすでに四年間も対日講和の問題を討議しているが、いっこうに成果があがっていない。だれか信頼のおける人間をえらんで、一年の期限をきって仕事をまかせ、もし失敗したらクビだということにしたらどうです。その人間に目標と、それを達成するための十分な権限をあたえたうえで……。そうしなければ何も成就しないでしょう」

アチソンは、対日講和交渉を彼にまかせようと決めた。ウォール街を代表する弁護士にして、長老派教会の敬虔な宗教者――ウルトラ反共主義者――であり、戦後まもなく「国連憲章」の起草にもたずさわった著名な共和党員であるダレスを、講和「特使」に任命したのである。

ちなみに、ダレスの母方の祖父ジョン・W・フォスターは、ハリソン大統領のもとで国務長官をつとめた人で、日清戦争後の講和条約締結時には清国の外交顧問であったといい、また、母方の叔母の伴侶ロバート・ランシングは、ウィルソン大統領のもとで国務長官をつとめ、第一次世界大戦後の対中国政策にかかわる「石井・ランシング協定」を調印した人である。ともに日本とは浅からぬ縁をもっていた。

おなじころ、日本政府もまた、マッカーサーを飛びこしてワシントンとの直接交渉にのりだした。

四月二五日、池田勇人（いけだはやと）大蔵大臣を渡航させたのだ。閣僚としては戦後はじめての渡米である。表むきの目的は、GHQの金融政策顧問でもあるジョセフ・ドッジと財政問題について会談することだったが、より重要な匿（かく）された目的は、つぎのようなメッセージをワシントンにつたえることだった。
「日本政府は、できるだけ早い機会に講和条約をむすぶことを希望する。講和が成ったのち、日本およびアジア地域の安全を保障するために、アメリカの軍隊を日本に駐留させる必要があるであろうが、もしアメリカ側がそのような希望を申し出にくいならば、日本政府としては、日本側からそれをオファするようなもち出し方を研究してもよろしい。
また、アメリカ軍を駐留させるという条項が、もし講和条約そのもののなかに設けられれば、憲法上とのかかわりからその方が問題が少ないであろうけれども、日本側から別のかたちで駐留の依頼を申し出ることがかならずしも日本国憲法に違反するとはいえないと、そう憲法学者もいっている」

早期講和のためにアメリカ軍の駐留をみとめ、さらに、日本サイドからそれを「オファ」してもよい。米軍駐留条項を「講和条約」そのものに入れるにこしたことはないが、「別途」依頼することも可能である。じつにもって重大な提案を、直接ワシントンに打診したのである。メッセージは、国務省・陸軍省そしてダレスにもつたえられたが、もちろん、日本にいるマッカーサーのもとにももたらされた。彼が激怒したことはいうまでもない。

いっぽう、池田とおなじフライトで「首相特使」として渡米した白洲次郎は、バターワース国務次官補と会談し、米軍駐留に否定的なメッセージをつたえた。

日本の「中立は問題外」であるとしつつも、「日本経済の弱体ぶりと、新憲法および過去の苦い経験から、再軍備はありえない。くわえて、日本は国家として戦争を放棄したのだから、日米協定で米軍基地を日本において戦争にそなえることも憲法上むずかしい。そのような協定に反対する日本人がこんご増えていくだろう」と。

被占領国である日本が占領国の米国と交渉するさいに、「基地提供カード」は日本がもちうる最強のカードである。それをこちらから提供しようというメッセージと、提供できない——かつ「再軍備」もまかりならぬ——とするメッセージ。相反するメッセージが同時にワシントンにもたらされたというわけだ。

これを、いわゆる吉田の「ダブル・シグナル」とみるむきもあるが、この直前に、外務省条約局など講和の準備をすすめてきた当局にたいして厳重な箝口令がしかれたこと、また、とうじ条約局長として終始講和交渉の実務をリードした西村熊雄がまったき蚊帳の外におかれ、とうじ池田の秘書官として同行した宮沢喜一が一九五六年に『東京—ワシントンの密談』を刊行するまで池田の申し入れの事実を知らなかったということなどから、「池田ミッション」と呼ばれる蔵相の渡米が、純粋に吉田首相のリードでなされたものかどうかは疑わしい。

二か月前の参議院外務委員会において吉田は、「防備のない国を侵すということきは、世界の輿論が許さんと思います。私は、軍備を放棄することに徹して、世界の輿論を背景として日本の将来は開拓していく、これが日本を守るもっともよい賢明な政策と確信してうたがわないのであります」とのべていた。

「再軍備」をまっこうから否定する彼の態度は、「基地提供カード」の価値をつりあげ、いつどのようなタイミングでふりだすかという高度に政治的な問題もからめての、パフォーマンスであった側面は否めない。しかし、それは、戦中はやくから敗戦を予言し、外交による和平工作をすすめていた、また、それゆえに軍部から「ヨハンセン」すなわち吉田反戦の符丁をもって軍部から監視されてきた経緯をもつ彼の、本来のスタンスでもあるはずだった。

敗戦国の窮状・再武装にかかる経済負担の膨大さ・大型再軍備がみちびくであろう米軍との一体化など、あらゆる条件から「再軍備」はもちろん、「基地提供」も不可能である。そのことを新憲法の「戦争放棄条項」を楔(くさび)としてつたえる役割を、白洲「特使」にたくしたのである。


GHQも、アメリカの国務省も国防省も、日本の宮中も政府も、つまりマッカーサーもトルーマンも裕仁も吉田も、だれもが究極のジレンマに立たされ、突破口を探しあぐねていた。

それらさまざまな位相にある袋小路をいっきに吹きとばしたのが「朝鮮戦争」だった。六月二五日未明、北朝鮮の精鋭七個師団が韓国との軍事境界線、三八度線を突破したのである。

トルーマン大統領がアチソン国務長官からさいしょの一報をうけたのは、朝鮮時間の一二時ごろ。そのアチソンに「韓国を支持するために、合衆国が強力な行動に出ること」を電報で要請したのは、対日講和交渉のために来日中だったダレス「特使」だった。

そして、「韓国軍は北の攻撃に抵抗することができない。全面的崩壊は目前に迫っている」との急報を、マッカーサーがワシントンにもたらしたのは翌二六日。はたして、二日後の二八日には、ソウルが陥落した。

二九日、マッカーサーは幕僚たちをしたがえて韓国に飛び、最前線を視察。アメリカ地上軍を投入するという重大な決定をくだした。在日米軍を急派するというのである。即日、トルーマンは一個連隊の使用を許可。みずからはすでに二七日の時点で米海・空軍にたいして援軍派兵を命じており、日本の港から武器弾薬を積んだ船がつぎつぎと出航していた。

国連安全保障理事会は緊急会議をひらき、即時停戦と北朝鮮軍の撤退「勧告」を決議。

七月七日、安保理をボイコットしていたソ連ぬきによる三度目の決議「第八四号」によって「国連加盟国が、大韓民国に必要な支援をあたえることを勧告」し、「援助を提供するすべての加盟国が、それらの支援を、アメリカ合衆国にゆだねられた統一指揮権のもとに利用させることを勧告」し、「合衆国にたいし、それらの軍隊の司令官を任命することを要請」し、「軍事行動において、統一司令部が自身の判断によって国連旗を、参加国の旗とならべて使用することを容認」。

ここに、加盟国への強制力をもった「決定」ではなく「勧告」にもとずいて編成された、「アメリカ軍」が統一指揮権をもつ「多国籍軍」いわゆる「朝鮮国連軍」が誕生し、最高司令官にマッカーサーが任命された。

そして翌八日、吉田のもとに「マッカーサー書簡」がもたらされた。

「日本の良好な社会秩序を持続し、不法な少数者によって乗ずるすきをあたえないため、七万五〇〇〇名からなるNational Police Reserveを設置するとともに、海上保安庁の現有保安力に八〇〇〇名を増員するよう必要な措置を講ずることを許可する」

ナショナル・ポリス・リザーブ（National Police Reserve）。それがどういうものをさしているのか判然とせぬまま、「ポリス＝警察」と「リザーブ＝予備」を合体して、「警察予備隊」という名称がその日のうちに決定した。

七万五〇〇〇という数にも面食らったが、それは、とうじの駐留米軍「四個師団」の数に相当するもので、それらをそっくり朝鮮につぎこんだあとの空白を埋めるという、純軍事的必要性からはじきだされた数だった。

朝鮮戦争の勃発は、トルーマン、ダレス、マッカーサーに「在日基地」の重要性をいやがうえにも痛感させるものとなった。同時にそれは、日本の「基地提供カード」の価値をいっきに高めるものとなったはずだった。

ところが、そうはならなかった。吉田はついにこれを有効にふりだすことができなかったのだ。

というのは、そうでなくても「アメリカ軍の駐留」をこいねがい、「基地提供」にまえのめりな陣営が、ダレスをとりこむことに成功したのである。

共産圏の韓国侵攻によって駐留米軍の重要性は決定づけられた。天皇とその側近グループの動きはすばやかった。

戦争勃発の翌二六日にはもう、式部官長松平康昌（まつだいらやすまさ）が『ニューズ・ウィーク』東京支局長コンプトン・パケナムの私邸をたずねていた。天皇からダレスあての「口頭メッセージ」をつたえるためである。

パケナムは、英国人であるが神戸に生まれ、日本語に堪能で、しかも貴族の家柄であったことから、戦前から宮中をはじめ日本国内に幅ひろい人脈をもつジャーナリストだった。彼はまた、『ニューズ・ウィーク』外信部長ハリー・カーンと連携しつつ、米国内のジャパン・ロビーの強化に奔走し、四八年には、マッカーサーの占領政策に対抗する拠点として「アメリカ対日協議会（ＡＣＪ）」を設立。名誉議長に、元駐日大使ジョセフ・クラーク・グルーをむかえていた。

グルーは、一九三二年から四二年までの一〇年間を日本ですごし、満州事変後の軍部の台頭、「国際連盟」脱退、日中全面戦争開始、日独伊「三国軍事同盟」締結をへて真珠湾奇襲攻撃にいたる「ファシズム・日本」をつぶさに観察した「対米英戦」開戦時の駐日大使であり、日本には、ファナティックな軍部とは別に平和愛好的な人々があり、その頂点に「天皇」――裕仁個人ではなく、明治いらい政治的に構築されてきた「天皇」――を中心とする穏健派グループが存在することを信じ、期待する人物だった。

ＡＣＪにはまた、中国共産革命の影響やソ連の拡張をおさえ、日本を「極東の工場」として再建し、新たな日米関係を構築しようとする政界・産業界の重要人物が結集し、みじめに失敗をかさねつづけるマッカーサーの占領政策を大転換しようともくろんでいた。

さて、側近グループの中心人物である松平がもたらした天皇のメッセージは、つぎのようなものだった。

「講和条約、とりわけその詳細な取り決めに関する最終的な行動がとられるいぜんに、日本の国民を真に代表し、永続的で両国の利害にかなう講和をむすぶために真の援助をもたらすことのできる、そのような日本人による、何らかの形態の諮問会議が設置されるべきであろう」

「真に日本人を代表」し、講和にむけて「真の援助をもたらすことができる日本人」による「諮問会議」の設置！

ひるがえせば、首相の吉田をはじめ外務省当局は「真に日本人を代表」する存在ではなく、講和を誤らせるかもしれない人物たちだということになるが、おどろくべき提言というよりほかはない。それによっていかなる事態が生じようとも、まったく政治責任を問われることのない「象徴天皇」による「天皇」の名における提言であってみればいっそう……。

これほど大胆なメッセージが、もちろん、なんの脈絡もなしにつたえられるはずはない。

じつに、朝鮮戦争勃発三日まえの二二日、パケナム邸で三時間にわたる「夕食会」がもよおされていた。

顔ぶれは、GHQとの連絡部長をつとめる大蔵省財務官渡辺武、まもなく「警察予備隊」の創設にかかわることになる国家地方警察本部企画課長海原治、元外務次官の澤田廉三、松平康昌、ハリー・カーン、パケナム。そしてなんとそこに大統領「特使」として来日したばかりのダレスが招かれていた。

ダレスは、同月一七日にはじめて来日し、ただちに韓国に飛んで前日もどってきたばかりだった。

ディナーをととのえたのは、「昭和天皇の料理人」の名で知られる宮内庁大膳寮の秋山徳蔵だった。秋山がパケナム邸で腕をふるうのはこれがはじめてではなかった。

渋谷区松濤にあったパケナム邸はそもそも、宮内府の松平の部署で働いていた吉川重国男爵の邸だった。これをパケナムのために準備したのも、しかるべきディナーのさいに料理人を出張させる手配をしたのも松平であり、わけても「天皇の料理人」を出張させることは、天皇の承諾なしになしうるものではない。

つまり、この日の「夕食会」の真の主催者は、パケナムが「トップ・サイド」の人々と呼んだ、天皇および側近グループであったというわけだ。

「いま国際間をとりまく嵐がいかにはげしいか。それを知らない日本人は、のどかな緑の園にいるような感じである」

皮肉たっぷりにダレスが口火をきると、渡辺がそれに応じ、安全保障の問題へと話題をみちびいた。

「いえ、みずからを守る方法のない日本人としては、将来にたいして漠然たる不安があります。アメリカが日本を引きつけておこうと思うならば、ソ連の侵入からかならず保護されるという、安心感があたえられることが必要だと考えます」

「ロシア人の性格は、ヒトラーなどとちがって、じっくり将棋をさすようなやり方で、勝算のない戦争はやらないだろう。現在の戦力は、五対一ぐらいで合衆国が優位である。これがつづくかぎり戦争はない。ただし、西ドイツと日本がソ連の手におちた場合、この比率がソ連の有利となり、戦争の危険にさらされる。したがって、アメリカは両国をソ連の手にゆだねることはできない」

「日本に軍事基地をおくのは当然として、どちらが切り出すべきものか」。カーンがストレートにきりだした。

「日米の輿論を考えれば、日本から申し出るかたちをとるのがしかるべきでしょう」。渡辺がひきとった。

「だが、吉田首相は反対のようである」

カーンが咎めるようにいうと、渡辺ではなく、ダレスがたたみかけた。

「合衆国としては、かりに日本の工業をぜんぶ破壊して撤退してしまってもよいわけだ。日本は完全に平和となる。しかし日本人は飢え死にするかもしれない。私は、日本がソ連につくかアメリカにつくか、日本自身で決定すべきものと思う」

アメリカを拒絶できるものならやるがいい。ただし自滅したいならば、な。そういわんばかりの辛辣なものいいだった。

というのも、この日、ダレスはシーボルト大使公邸で吉田とのはじめての会談にのぞんでいた。

講和や講和後の日本の安全保障について明確な態度表明がなされるという既定路線にのっかってのぞんだ会談だったにもかかわらず、吉田は「日本の自尊心」がどうの「平和愛好」がどうのと模糊とした言をくりかえし、含み笑いをしたり話題をそらしたり……。つまるところ「日本は、民主化・非武装化を実現して平和愛好国となり、世界の輿論の保護をたのむことで、みずからの安全を保つことができる」などといってのけた。

会談後、ダレスは「烈火のごとく」怒りをあらわにしたという。

二四日、天皇は松平の拝謁をうけ、「夕食会」の報告をうけるとともに、「吉田・ダレス会談」が不調に、いや、きわめて芳しからぬなりゆきに終始したことを知ることになる。わけても、会談当日の午前、吉田の拝謁をうけて釘をさしておいたことが実行されなかったことを……。ちなみに天皇は、吉田の拝謁にさきだつ一九日、一時間二〇分にわたって池田勇人蔵相の拝謁をうけている。「池田ミッション」にかかわる「拝謁」という名の「内奏」であった可能性が濃厚だ。

翌二五日未明、北朝鮮が韓国侵攻を開始した。ダレスの離日は翌々日に迫っていた。

二六日、松平がパケナムに天皇からダレスあての「口頭メッセージ」を託したのは、そのようなタイミングにおいてのことだった。

はたして、同日、パケナムから天皇のメッセージをつたえられたダレスは、帰米後、その内容を、七月三日づけ「報告書」のなかにふくめて国務長官に提出した。

そこには、「米国から高官が来日し、日本側と講和問題で話しあう場合、日本政府や連合国最高司令官が承認する人物と会うだけではなく、現在公職追放中であれ、日米双方の信頼を得た善意と経験のある人物とも会うべきである」、また「講和条約の詳細にかんする最終決定まえに官民双方で構成する諮問委員会をつくるべきである」、そしてさらに「公職追放の緩和が日米双方の国益にもっとも好ましい影響をあたえる」ということがしるされていた。

すくなくとも天皇が信頼する「善意と経験ある人物」は、どうやら「公職追放者」のなかにあるということらしい。

「口頭メッセージ」はさらに文書化され、八月一九日にあらためてダレスに送られることになる。「文書メッセージは」もちろん「口頭メッセージ」と基調を同じくしているが、占領改革と追放政策の批判がより鮮明にうちだされることになった。

すなわち、これまでの占領改革は「無責任で日本を代表していないアドヴァイザーたち」が「処罰」をおそれ、かれらに迎合してきた結果、「アメリカの型」にあてはめて「こねあげる」ものになってしまった。この間、日本は「悪意もった日本人たちのもとで苦しんできた」のだが、それはまさに、かれらのアドヴァイスを占領当局がうけいれた結果である。また、日米両国に「もっとも有益な効果」をもたらすであろう行動は「追放の緩和」である。なぜなら、「追放の緩和」によって、「現在は沈黙しているが、もしおおやけに意見表明がなされるならば、大衆にきわめて深い影響をおよぼすであろう多くの人々」また「多くの有能で先見の明と立派な志をもった人々」が自由に活動できるようになるからである。そして、そうした人々が「考え方を表明できる立場にいたならば、基地問題をめぐる最近の誤った論争も、日本の側からの自発的なオファによって避けることができるであろう」と。

まさかそのような「天皇メッセージ」が存在し、ワシントンにもたらされていることなど知るよしもない吉田は、「文書メッセージ」が送られる二〇日ほどまえの七月二九日、参議院外務委員会においてこう明言していた。

「私は、軍事基地は貸したくないと考えており」、また「単独講和の餌に軍事基地を提供したいというようなことは、事実毛頭(もうとう)」ない。連合国の側も「要求する気もなければ、なるべく日本を戦争に介入せしめたくないというのが、日本に平和憲法を据えるがいいとした連合国の希望であろうと思う」と。

すくなくともこの時点で「基地提供カード」はまだしも吉田の手の内にあったはずだった。

いっぽう、「再軍備」にむけての動きは急ピッチですすめられつつあった。

七月八日に発せられた「National Police Reserve 創設指令」をうけて、八月一〇日には「警察予備隊令」が公布され、二三日には予備隊第一陣が入隊。また、一〇月二日には、海上保安庁「特別掃海隊」が朝鮮海域へ出動した。

朝鮮戦争をたたかうために、日本を自衛にひきこむことが必須の課題となったアメリカでは、この期にいたってようやく認識を共有した「国務省」と「国防省」が協議のうえ「共同覚書」を作成。トルーマン大統領の承認を得た。

基本ラインは「沖縄を戦略的信託統治のもとにおく。日本の内乱に米軍が介入できる。日本のどこにでも、必要とする期間、必要とみなされる規模で米軍を駐留させる権利を米国が付与される」というものだった。

「戦略的信託統治」をひとことでいうなら、国連の信託をうけた施政権者が、「いかなる区域」をも随意に「安全保障上の理由から閉鎖」することができるというものである。

九月一四日、トルーマンは、対日講和問題について関係各国と「非公式の討議」を開始するとの「声明」を発した。

おりしも朝鮮半島では、北朝鮮軍の圧倒的な優勢のまえに、マッカーサーを最高司令官とする「朝鮮国連軍」は、釜山周辺のかたすみにまで追いつめられていた。

「声明」を歓迎した日本政府もまた、さっそく講和条約と安全保障にかかわる本格的な作業・準備を開始した。

一九五一年一月二五日、ダレスを代表とする米国の講和交渉団が来日した。

「われわれは、日本にわれわれが望むだけの軍隊を、望む場所に、望む期間だけ駐留させる権利を獲得できるであろうか」

二六日、来日後初のスタッフ会議でダレスはこう問いかけた。

講和後も、占領期どうよう日本を全土基地化し、かつ自由に使用することを米国に保障させる。この「植民地化」どうぜんの要求をうけいれさせるということこそが、国務・国防両省の「共同覚書」の核心にいちづけられていたからだ。

一月二九日、吉田・ダレスによる第一回会談がもたれた。どういうわけか吉田は、通訳も外務官僚もまじえず、ひとりで会談にのぞんだ……。


ようやくオモシロくなってきたところですが、このあたりで「詮索好き」からペンをとりあげねばなりません。

このうえたびをつづけるなどは金輪際(こんりんざい)ゴメンですし、なにより、「安保体制」あるいは「サンフランシスコ体制」といわれるものの枠組みや正体——フランスのある国際法学者の表現をかりるならば「法的怪物(ジュリディック・モンスター)」そのものだという「戦後日本」の隷属状態——にいささかなりとも迫ろうとすれば、「日本に米軍への無制限な軍事支援を義務づける」ことを「根本方針」とするアメリカ側が駆使したロジックや、難解な法理論・法的トリック、そしてインチキな概念操作が綾なす、わかりにくいだけならまだしも、胸が悪くなるほど屈辱的な敗北と、敗戦・後進国の無力のほどをしたたか語らねばならないでしょうから……。

それはたとえば、沖縄や小笠原の問題について日本サイドの提案をすれば、それら「領土問題は降伏条項で決定済みであり、それをもちだすことは不適切（unfortunate）である」と一蹴され、あるいは「冷戦の論理」をカードとして「日本が米軍駐留を望む」ことと「アメリカが日本に駐兵したいこと」の対等性を主張しようとすれば、憲法の制約上不可能であることを知りながら「日本は自由主義世界のためにいったいどんな貢献ができるのか」と返されておし黙るよりほかはない。

結果として、「基地提供カード」をふりだすどころか、かえって「米軍の駐兵」を日本への「援助」といちづけ、あくまで日本側の「希望」や「要請」に応えるものとされてしまうというように、交渉の名にまったくあたいしない惨敗の連鎖を縷々語るほかないからです。

いかなる「義務」を負うこともなく「無制限の自由」をあたえられた「アメリカ軍」が、日本の「全領域」を「潜在的な軍事基地」とする「権利」、すなわち、日本のどこにでも、必要とする期間、必要とみなされる規模で米軍を駐留させる「権利」を獲得する。

九月八日にトルーマン大統領が承認した「共同覚書」のこの「根本方針」にのっとったラインを、アメリカ側は終始一歩もゆずることなく、二月九日に「第一次交渉」をおえるまでのあいだ、さらには四月の「第二次交渉」・六月の「第三次交渉」においても、「新案」が出されるたびに日本側は驚愕し、事務レベルの折衝をかさねるも押しきられ、つぎつぎと「追加修正」をもとめられてはアメリカの「権利」ばかりが増幅する、つまり、日本が奪われ・失うものばかりが増えていく交渉となったのです。

はたして日本は、「国連決議によらない、あるいは国連とは関係をもたないアメリカ軍」が、中国本土やソ連をもふくむ「極東」という広大なエリアにおいて「一方的行動（unilateral action）」をおこなうための基地として、日本の全領域を自由に使用することを「許与」することに同意し、「日本国とアメリカ合衆国との間の安全保障条約」をむすぶことになりました。

ただひとつ外務当局にできたことは、占領の継続という印象を日本国民にあたえないために、「在日アメリカ軍のもつ超法規的な特権」については「条文に具体的に書かないでほしい」と要望することだけでした。

「平和条約」で明文化できない、つまり、日本国民に知らせられない約束は、大仕掛けの「密約」である「日米安全保障条約」に記載し、それでもなお知らせられない約束は、さらなる秘密協定として、国会の承認が要らない「行政協定」にもりこみ、だれにもけっして知らせてはならない約束は、批准の必要のない「付属文書」とか「追加文書」のかたちで「公文（書簡）」を作成し、それを交換することで国家間の合意を達成するという、「密約の連鎖」をもたらす「枠組み」をつくらざるをえなかったというわけです。

「日本国との平和条約」すなわち「サンフランシスコ講和条約」の「第六条」（a）項は、前半で「すべての占領軍は、条約発効ののち九〇日以内に、日本国から撤退しなければならない」と規定していますが、後半に「ただし、この規定は、連合国を一方とし、日本国を他方として締結される、二国間もしくは多数国間の協定にもとづく外国軍隊の日本国の領域における駐屯・駐留を妨げるものではない」としています。

この「二国間の協定」というのが、「日米安全保障条約」に相当します。

そして「安保条約」の「第三条」には、「アメリカ合衆国の軍隊の日本国内およびその附近における配備を規律する条件は、両政府間の行政協定で決定する」と規定されている！

これいじょう深入りして「ミイラとり」になることはしませんが、「平和条約」＞「安保条約（→新安保条約）」＞「行政協定（→地位協定）」という、「マトリョーシカ」か「入れ子細工」さながらの構造はさらに、ややこしい問題や違法性のある問題はすべて「日米合同委員会」という「秘密会議」にほうりこむという「ブラック・ホール方式」によって、どこまでも深まっていきます。

まさに、惨憺たる敗北です……。それは、首相兼外相として、アメリカ側との交渉の総指揮をとり、ダレスやマッカーサーにたいして、自身が「国民にたいする責任者」としての立場に立っていることを強調さえしてきた、したがって、きたるべき講和会議において日本側「首席全権」を担うべきはずの吉田をして、執拗にその任務を辞退せしめたほどに……。

じじつ、吉田は、講和会議開催の直前まで「全権」を固辞しつづけました。

国際社会復帰の枠組みを規定する「講和」、在日米軍の駐留などをとりきめた「日米安保」そして「再軍備」という、国家にとって根幹的な決定が、「朝鮮戦争」という突発事件を契機に、アメリカの主導と吉田の独断によって、なかば秘密裏になされた。そのことをもって「負の遺産」であるとする評価もありますが、はたしてすべてが吉田の独断であったかどうかについては、慎重にならざるをえないでしょう。

というのも、アメリカ側が出した「日米協定」案の第一条「日本は合衆国の陸・海・空軍を国内または近辺に駐留させる権利を許与し、合衆国は受諾する」にかんして、原案をしめされた当初から「一読不快の念を禁じえない」としていた西村条約局長が、後年、興味深いことをのべています。

「総理が池田蔵相を通して先方につたえられた日米安保の構想にいかに似ていることか！後日それを知って感慨深いものがあった」と。「それ」すなわち「池田ミッション」が、平和条約締結後もなお外務当局には完全に伏せられたままであったことを裏書きする叙述です。「総理が」とありますが、その背景にいったいいかなる力がはたらいていたのか、真相はいまだ闇のなかです。

いずれにせよ「第一次交渉」は、米軍がそのまま日本全土どこにでも基地をおいて居すわるという「むきだしの日米軍事同盟案」を、アメリカの要求どおりにうけいれ、二月九日に日米でサインをし、戦後日本の「骨格」を決定した――国会においても、もちろん国民世論のレベルにおいても、議論されないばかりかその存在さえ知られないまま――とりかえしのつかない「交渉」となりました。

いっぽう、日本にとっては敗北につぐ敗北の帰結である「平和条約」「日米協定」「行政協定」案を大いに歓迎し、満悦の意をあらわした人がいました。

外交当局が三文書に署名して「第一次交渉」を終了した二月九日の夜、松平康昌がパケナム邸をたずねています。木箱に入った伊豆みかんと二羽のカモを持参して。

「わたくしたちはハトさんのことでお世話になりました。ありがとうございました」

松平は、深々とそういって謝意をあらわし、「これからのために必要なことです」と念をおした。

パケナムは、家主（やぬし）である吉川男爵からも、田島道治（たじまみちじ）宮内庁長官の伝言としてどうようの謝意をつたえられていた。

「ミスター・ピジョンをダレスに会わせてくれたことは、日本にとって必要なことであり、心より感謝します」と。

ハトさん。ミスター・ピジョン。どういうことかといいますと、三日前の二月六日の夜半、ダレスの補佐官ジョン・アリソンの部屋で、「ダレス・鳩山会談」がおこなわれたのです。

鳩山というのはもちろん、一九四六年、戦後初の総選挙で「日本自由党」をひきいて第一党の座を獲得した鳩山一郎のことです。組閣直前に公職追放されて政権を断念せざるをえませんでしたが、八年後の五四年一二月に首相の座につき、在任中には「日本民主党」「日本自由党」の保守合同をなしとげ「自由民主党」を結成することになる人物です。

この日、彼は、大きな封筒に入れた「嘆願書」をダレスに手わたし、ダレスの質問に答えるかたちで二時間にわたる議論をおこないました。

「嘆願書」のポイントは、米軍の駐留と再軍備にかんして米国の政策を支持すること、米国の軍事支援を擁護する「もっとも経験をつみ成熟した人材」が公職追放によってその能力を発揮する機会を奪われていること、駐留米軍の性格と目的については「日米間の協定」によって定めるべきであること、なにより、「アメリカが日本を見捨てない何らかの保障」が必要であること、そして、共産党のプロパガンダに対抗するための何らかの策を講じなければならないことです。

はたして、ダレスは「単独講和」もやむをえないむね明言し、散会したあと、パケナムにたいして謝意をつたえたといいます。非公式とはいえ、異例の会談が実現し、首尾よくはこんだことにたいする謝意でした。

しかしながら、公職追放中の人物に接触するというのは穏当ならざることであり、当初、ダレスの側には大きなためらいがありました。それを動かしたのは、『ニューズ・ウィーク』外信部長のハリー・カーンでした。

彼は、鳩山との非公式の会談は「皇室」からさいしょに提案があったもので、昨年「天皇によって伝達された提案（メッセージ）」をさらにおしすすめるものであることをのべ、「講和条約」を米国と日本の「永続的な関係」をうちたてるものにしなければならないことを説いて、執拗にはたらきかけたのです。

さて、「日米協定」案へのサインをおえ離日を明日にひかえた二月一〇日、米国大統領特使ダレス夫妻は、ＧＨＱ外交局長シーボルト夫妻とともに皇居におもむきました。この日、天皇とダレスのはじめての会見がもたれたのです。

シーボルトの回想録によれば、天皇ははじめは落ちつかないようすだったが、彼が「交渉使節団が訪日中にどんな仕事をしたか、お知りになりたいとは思いませんか」とたずねると、「それをぜひ知りたい」と答えたという。

また、国務省への報告文書によると、ダレスはそこで「条約草案」の構想や「安全保障」の問題などについて説明し、なかでも「日米協定」案についてつぎのようにつたえたといいます。

「日本が自衛力をもてるまでの暫定的措置として、日本の要請に応じ、二国間協定によってアメリカ軍が駐留するという方向で交渉中です」

「その考えには全面的に賛成（agreement）です」

天皇はそう答え、つぎからつぎへとたくさんの質問をしたあと、過去の戦争について触れ、「私は戦争突入を防ぐために努力しましたが、どうにもならなかった」と遺憾の意をあらわしました。そしてこうむすびました。

「わが国とアメリカが手をとり合ってすすみたいと願っていますことを、トルーマン大統領におつたえください」と。

翌日、ダレスは、講和条約を打診するためフィリピン・オーストラリア・ニュージーランドにむけて日本を発ち、四月なかば、三度目の来日をはたしたさいには、ふたたび天皇との会見の機会がもうけられた。四月二二日のことでした。

「トルーマン大統領の命により、米国としては日本と正しい講和をできるだけはやく締結するとの決意になんら変更がないことを申しあげるためにまいりました」

そうのべたダレスにたいし、天皇は「安心した」むねをもって答え、そのあと、フィリピン・オーストラリア・ニュージーランドでの交渉の内容について詳細な説明をうけたといいます。

この間、四月一一日にはマッカーサーが罷免され、一五日の「一一回目」となる天皇との会見をさいごに、一六日には日本を離れました。ダレスが三度目の来日をはたしたのが、その同じ日であったというのですから出来過ぎたシナリオをみるようです。

が、それよりなにより、マッカーサーがいなくなったあとにおこなわれた二二日の天皇・ダレス会見が、「大統領特使」の表敬訪問の域を大きく逸脱したものであったことのほうが興味深いといわざるをえません。

なぜならそれは、一八日からはじまった「第二次交渉」において、おそらく日本の戦後史にもっとも重篤な禍根をのこすこととなった「追加文書」についての「修正」を迫った直後の会見だったからです。

のちに「吉田・アチソン交換公文」と呼ばれる「密約」文書として成文化され、日本を、きわめつけの「法的怪物（ジュリディック・モンスター）」状態におきつづけることになる「修正」の第一手でした。

結論だけをいいますと、「修正」によって日本は、講和条約が発効して独立したあともなお、「朝鮮戦争の開始いらい被占領体制のもとでおこなってきた国連朝鮮軍への戦争支援」を、「国連決議と関係なく、朝鮮いがいの地域でも自由に戦争をするアメリカ軍」にたいして継続する義務を負わされることになった。「被占領体制」の継続よりさらに重篤な、「占領下における戦時体制」の継続を強いられることになったというわけです。

しかもそれは、「国連軍地位協定」――五四年二月に署名――が効力をもつあいだ「日米行政協定＝のちの地位協定」によって規定され、「朝鮮戦争」が平和条約によって正式に終了しないかぎりずっと維持される、つまり、アメリカにたいする軍事的な「完全隷属状態」がなかば永続的につづくというのです。

そしていま、日本が主権を回復してから七〇年になりなんとするこんにちなお「朝鮮戦争」は終結していません。

さて、そのごの天皇とダレスについてですが、講和条約調印を目前にした八月一〇日、ダレスの指令を受けたシーボルトが、井口貞夫(いぐちさだお)外務次官にふたつの要請をおこないます。

「日本の全権委任状は天皇の認証あることを明示されたい」ということと、「全権は、陛下におかせられて謁見式をおこなうような方式で公表されるのがよろしかろう」ということです。そうすることで「平和条約」が「天皇によって嘉納された」ことを世界に明らかにできるからだというのです！衝撃的な要請というほかありません。

前月の一三日には、三次にわたった交渉をおえた吉田が、「条約案の大綱」について「内奏」をおこない、つづく一九日にも「拝謁」にあずかっており、まさにその直後に、文字どおり忽(こつ)として、年初いらい固辞しつづけてきた講和会議および条約調印の「首席全権」を担う決断をくだしました。

吉田の「全権」固辞は執拗であったといい、外務当局はもとより、七月七日に講和会議の開催地がサンフランシスコに決定してなおダレスやシーボルトを悩ませており、七月九日と一六日には、ダレスみずから吉田に「書簡」を送って「一日でも二日でもいいから、総理御自身おいでになる可能性を閉ざされないよう希望します」とのべ、米国が「超党派の有力メンバーからなる代表団」を派遣するいじょう、日本もまた「最有力な全権団」を派遣することが必要で、そのさいに吉田いがいでは「不充分」であることをつたえています。

一九日の朝におこなわれた「拝謁」がどのようなものであったかについては想像をたくましくするほかありませんが、吉田が執拗な固辞を撤回したのがその直後のことであったということが、なにがしかを語っているようでもあります。

翌二〇日、あたかもそれを待っていたかのごとく、英・米両国は、四九か国の連合諸国に「講和条約の草案」と講和会議への「招請状」を正式に送付しました。

じつは、この吉田の「全権」固辞と、天皇への「内奏」と事実上の「裁可」、あるいは「拝謁」という名にかくされた「下命」にかんしては、ながく秘されてきた経緯があります。

「講和・安保条約」の成立過程をつたえるものには、とうじの条約局長であった西村熊雄(にしむらくまお)が、外交文書などの基礎資料を『平和条約の締結に関する調書』（全八冊・三五〇〇ページ）にまとめたものがあります。

冒頭に「他日、閲覧・調査または研究の対象とされる方々の手引きになるように心がけた」とあるように、公開・活用されることを期して編纂された膨大な『調書』なのですが、外務省はこれを一九八二年まで公開せず、公開されたものは随所に「削除」されたあとのある、「公開」とは名ばかりのものだったといいます。

そして、削除の対象となった重要なもののひとつが、吉田の「全権」固辞と「内奏」問題であったというのです——のちに『調書』は「全面公開」されました。条約締結から五〇年をへた二〇〇一年のことでした。

いずれにせよ、ダレスは「天皇」のチカラというものにあらためて瞠目させられたことでしょう。これを、日米の永続的な関係を確保する「講和・安保条約」締結に利用しない手はない。八月一〇日のふたつの要請は、そう考えてのものであったにちがいありません。

それにしても、天皇による全権団の「認証」。そして「謁見」のセレモニーとは！ 日本は、「大日本帝国憲法」下のニッポンに逆戻りしてしまったのでしょうか。

いえ、いっそう驚愕すべきは、天皇の反応でした。マッカーサーの後釜にすわったマシュー・バンカー・リッジウェイのワシントンへの報告によれば、二七日、リッジウェイとの「二回目」の会見において天皇はこうのべたというのです。

「日本の講和条約をつくるにあたっての合衆国の行動に感謝を表明する。また、この講和条約は、歴史上もっとも公正で寛大なものと考えている。もし、アメリカ政府が望むなら、私はこの考えを公表してもよい」と。

さすがにこれをやってしまっては……と、米国サイドが考えたかどうかはわかりませんが、サンフランシスコ講和会議の場でこの「天皇メッセージ」が公表されることはありませんでした。

講和会議への出発をひかえた八月二七日、吉田は、条約の内容・講和会議時宜日程（スケジュール）・全権人事について「内奏」をおこないました。資料には「日米安保条約」の英文・和文一揃（ひとそろ）えをふくむ関係文書がととのえられた。

「沖縄・小笠原等南方諸島については、アメリカがそれらを管理するのは戦略的な目的に出るわけでありますから、それに支障をきたさない範囲で、日本側の要望を実現するようにしようという趣旨で要請をおこなっているところです……。また、安全保障条約の案はだいたい固まりました。日本としては、その国防のためにアメリカ軍の駐屯を希望し、駐兵の権利をアメリカにあたえる、アメリカはこれを受諾するという点が、その根本の趣旨であります……」

この期におよんではもう開きなおるしかなかったでしょうが、吉田の胸中には、辱（はずかし）めをうけるもののような傷み、敗北感、挫折感、そして大きなかなしみが嵐のようにうずまいていたのではなかったでしょうか。

いっぽう天皇のほうは、「沖縄メッセージ」において彼がもとめたものがそのまま成就し、アメリカ軍の駐留にかんしても「日本側からのオファ」という「池田ミッション」の論理がみごとに達成された。そしてなにより、「大規模の内乱および騒擾」をアメリカ軍が鎮圧できることを規定した安保条約「第一条」の条項は、歓迎してあまりあるものだったでしょう。

共産革命による「天皇制」の崩壊・「皇統」の断絶を何よりもおそれる天皇裕仁にとっては、じつに満額回答なのでした。「日米安保体制」こそが天皇にとって新たな「国体」となったといわれるゆえんです。

八月三〇日、日本全権団はサンフランシスコにむけて出発した。「案文未確定」であることを了解のうえで。

市の中心街にあるウォーメモリアル・オペラハウスにおいて九月四日から開催された「講和会議」には五二か国の代表が出席。八日には、ソ連・ポーランド・チェコスロバキアの三国を除く四九か国が「平和条約」に署名しました。

日本の全権団は、首席全権吉田茂、全権委員の池田勇人蔵相・苫米地義三国民民主党最高委員・星島二郎自由党常任総務・徳川宗敬参議院緑風会議員総会議長・一万田尚登日銀総裁の六人をはじめとする公式代表団四七人に、随員をくわえた総勢七四人。あわせてメディア関係者七〇人が渡米しました。

アメリカ代表団のなかに、マッカーサーのすがたはありませんでした。正式な招待をうけるも辞退したということです。

「平和条約」調印後、日本の代表は、陸軍司令部のある第六兵団プレシディオに移動して「日米安全保障条約」の調印式にのぞむことになりました。が、そのスケジュールが日本の代表団に知らされたのは、前日七日の夜一一時ちかく、吉田の「受諾演説」がおこなわれた会議終了後のことだったそうです。

翌日、しかも「平和条約」調印からわずか数時間後に「安保条約」を調印するという。代表団の多くのメンバーがおどろき、不審や失望を隠さなかったといいます。

もとより、「日米安保条約は、平和条約をむすんで独立を回復した日本が、あくまでも、みずからの自由な意思によってむすぶ条約である」というのがタテマエでしたから、その時点において「条約」文は存在しないことになっていた。おのずから、吉田と「内奏」をうけた天皇いがいの全権委員は最終的な内容を知らされず、調印式には委員のうち苫米地・徳川の二人が欠席。吉田一人が署名することになりました。

米国側の署名者は、アチソン国務長官・ダレス・ワイリー上院議員・ブリッジス上院議員の四人でした。

調印にさきだち、西村条約局長が「安保条約にはどなたが署名されますか」とたずねたさい、吉田はこう答えたといいます。「星島くんや池田くんに頼めば署名してくれるだろうが、安保条約は不人気だ。政治家がこれに署名するのはためにならん。おれひとり署名する」と。

つまり、アメリカ軍が日本全土どこにでも基地をおいて居すわるという「条約」に、首席全権の吉田茂内閣総理大臣ひとりが責任を負うことになったというわけです。

責任。しかし、それは国民にたいする責任というより、すでに廃された「大日本帝国憲法」の「第十三条」にさだめられた天皇大権「天皇ハ戦ヲ宣シ和ヲ講シ及諸般ノ条約ヲ締結ス」にたいする同「第五十五条」の「国務各大臣ハ天皇ヲ輔弼シ其ノ責ニ任ス」をはたしたというべきものだったでしょう。全権委員にも知らされず、おのずから政府のメンバーにも国民や国会にも知らされることがないまま署名・調印されたのですから。

これを「密約」といわずになんと呼べばよいのでしょう。

しかも、吉田の役割はここで終わったわけではありません、もうひとつの「密約」をとり交わす仕事がのこっていました。修正「追加文書」すなわち「国連の行動に対する日本の協力に関する交換公文」、日本国内閣総理大臣吉田茂とアメリカ合衆国国務長官ディーン・アチソンとのあいだに交わされた通称「吉田・アチソン交換公文」への署名でした。

一見してその本質を見ぬくことは専門家にも至難であるほどに「法的トリック」を幾重にもはりめぐらせ、日本が占領下でアメリカ軍にたいしておこなっていた戦争支援を、独立後もつづける法的義務を負わせるという、不平等きわまる合意をさだめた「書簡」です。

安保条約の署名をおえると、別室でカクテルがふるまわれた。そのあとに交換することになっていた「公文」は、アメリカ側が式場に持参することを忘れていて、急いでとりよせねばならなかった。

ために、西村条約局長と藤崎萬里(ふじさきまさと)条約課長だけが、参会者がみんな退散したあとの静まりかえったプレシディオの玄関先で「公文」の到着を待ち、ウラル・アレクシス・ジョンソン東北アジア部長――一五年後には駐日大使として来日する――からアメリカ側の「公文」をうけとった。「夕べの気配のせまるなかで」のことだったといいます。

戦後日本を、蟻地獄のような隷属に追いこむ「密約中の密約」が交わされるにふさわしい、これもまた出来過ぎたシチュエーションであったかもしれません。

「平和条約」とふたつの「密約」がむすばれた一〇日後の九月一八日。リッジウェイ司令官と天皇の「三回目」の会見がおこなわれました。

天皇は「有史いらいいまだかつて見たことのないような公正寛大な条約」がむすばれたことを喜び、講和条約を高く評価するとともに、「日米安全保障条約の成立も日本の防衛上慶賀すべきこと」であり、また「条約が成立し、貴司令官のごとき名将を得たるは、わが国の誠に幸いとするところである」と称賛を惜しまなかったといいます。

天皇にとっての史上もっとも「公正寛大な条約」の「第三条」によって、沖縄は日本から分離され、アメリカの支配下におかれることになりました。

すなわち、「日本国は、北緯二十九度以南の南西諸島・孀婦岩の南の南方諸島ならびに沖ノ鳥島および南鳥島を、合衆国を唯一の施政権者とする信託統治制度のもとにおくこととする国際連合にたいする、合衆国のいかなる提案にも同意し、そのような「提案がおこなわれかつ可決されるまで、合衆国は、領水をふくむこれらの諸島の領域および住民にたいして、行政・立法および司法上の権力の全部および一部を行使する権利を有するものとする」と規定されたのです。

一二月一八日、天皇は、来日したダレスや上院議員の一行を、天皇主催の「午餐」に招待しました。

宮内庁が二五年もの歳月をかけて編纂し、二〇一五年から公刊が始まった『昭和天皇実録』（全六一冊）の記述からは、天皇がみずから、異例かつ特段の厚遇をもってダレスらをもてなしたことが知られます。

当日は、「平和条約調印に米国側責任者として尽力したダレス」ら「主賓」にたいし、「天皇・皇后」が「参内直前」に「休所に出御され、主賓の参入をお待ち受けにな」り、「また休所においては食前の飲物を供され、お立ちのまま御会談のあと、食堂へ出御され」たと。

ダレスもまた、天皇がはたした絶大な「献身」にたいして感謝のメッセージをつたえました。

翌五二年四月二八日、条約発効を祝う式典からもどってまもなく、彼は「達成された成果への大いなる満足」と「諸問題について、たがいに議論し合う機会を数回もあたえられたことへの感謝」、そして、天皇による「両国間の永続的平和という大義への献身」の重要性を強調する個人メッセージを、くだんの非公式ルートを通して送りとどけたのです。

『昭和天皇実録』によればこの日、天皇は「ラジオにて条約発効の実況中継を皇后と共にお聞きにな」ったという。

そして、その五日後にもよおされた「平和条約発効ならびに日本国憲法施行五周年記念式典」では、「米国をはじめ連合国の好意と国民の不屈の努力によって、ついに喜びの日を迎うることを得ました」という「お言葉」を発しました。

天皇にとっては文字どおり「喜びの日」の到来であったにちがいありません。

しかしながら、「アメリカ軍」によって「天皇制」を防御する。そのためには「沖縄」を差しだし「日本全土」を基地化することもためらわない。それは、「象徴天皇」の憲法逸脱行為であるとかないとか、そのようなレベルの議論をはるかにこえて深刻な問題だといわざるをえないでしょう。

条約発効のひと月まえの三月二七日、リッジウェイとの「四回目」の会談において天皇はこんな質問をしています。

共産側が朝鮮半島で「かりに大攻勢に転じた場合、アメリカ軍は、原子兵器を使用されるお考えはあるか？この問題にたいしては、おそらく貴司令官も答弁する立場にないといわれるかもしれないが……」と。

共産主義にたいするおそれ。内乱や革命にたいする尋常ならざるおそれ……。

昭和天皇の脳裏には、敗戦の翌四六年五月一日(メーデー)、それまでなんども親閲式や戦勝祝賀式をおこなってきた宮城前広場に、五〇万人という空前の数にのぼる群衆がつどい、「天皇を打倒しろ！」を歓呼した――英国人ジャーナリストが「いちばん大きくそしていちばん長い歓呼」と表現した――津波のごとき大音声(だいおんじょう)と、そのとき感じた恐怖の記憶がくりかえしよみがえったのではなかったでしょうか。

米軍に原子兵器を使用する考えはあるか……？もちろん、リッジウェイの答えはこうだった。

「原子兵器使用の権限は、合衆国大統領にしかありません」

「曩(さき)に戦争を熄(や)むべき誓約に応へしめしより茲(ここ)に七星霜(せいそう)を経、去年の秋平和条約を結び、今度其(その)効成るに至る故、専(もは)ら皇大御神(すめらおおみかみ)の高き尊き恩頼(みたまのふゆ)に依りけりとなも辱(かたじけな)み奉り畏(かしこ)み奉らせ給ふ……」

『昭和天皇実録』には、一九五二年四月二九日の「御祭文(ごさいもん)」が収録されています。講和条約が発効し日本が主権を回復した日にして、沖縄が日本から切り離された日の翌日、掌典長甘露寺受長(かんろじおさなが)を「勅使」として伊勢神宮へつかわし、講和条約発効をアマテラスの神前で奉読させた祭文です。

そこでは、「平和条約を結び今度其(その)効成るに至」ったのは「専(もは)ら皇大御神(すめらおおみかみ)の高き尊き恩頼(みたまのふゆ)に依」るとされ、さらにその恩頼をもって「愈(いよいよ)国交を篤くし世界の平和と福祉とに寄与」し「聖謨(せいも)を恢弘(ひろ)めしめ給へ」という祈りがささげられています。

倒幕・維新後いのいちばんに豊臣秀吉の復権をはかることでよみがえった「神権天皇」による親政国家――それじたいが古代大和（ヤマト）王権の虚構である――が「御親兵」の武力によって封建領主制をねこそぎ解体し、「明治天皇制」国家「大ニッポン」をうちたてた。

まもなく、帝国主義をかかげて国際社会にのりだした「大ニッポン」は、領土・領民をあげて日本を兵営化することで軍事国家として急成長。やがて、「現人神」としての天皇を信仰の対象とし、その天皇によって統治された日本国を神聖視するにいたり、あげく、武力による領土拡張を「聖戦」と称揚する「ファシズム国家」となり、侵略戦争をどこまでも拡大していった。

はたして、「天皇」の名によるなけなしを駆っての膨張は、アジア・太平洋三〇〇〇万人の生命と、はかりしれぬ数の人々の人生をまきぞえにして破滅し、その当然の帰結として「皇統」を危機にさらすことになりました。

ところが、いちじは断絶も避けられないかにみえた「天皇制」は、アメリカ合衆国による単独占領・東西冷戦のはじまり・朝鮮戦争の勃発をテコとして、みごとよみがえりに成功しました。

のみならず、在日アメリカ軍を「御親兵」とし、「安保体制」すなわち「在日アメリカ軍によって天皇制を防御するという安全保障の枠組み」それじたいを「国体」とする新たな「天皇制」がふみだされた。

ため息が出るほどあざやかに、「国体」をリセットし、「天皇制」の更新に成功したのです。

そのために不可欠であった二つの要件が、「朝鮮」と「沖縄」であったということはなんとかなしい皮肉でしょう。

なぜなら、「朝鮮戦争」の起源は、明治天皇制国家「大ニッポン帝国」による植民地支配にあるからです。

ニッポンの植民地になるまえの「大韓帝国」は、統一国家でした。「大ニッポン」に「併合」されていこうは「日本の領土」となりましたが、それゆえに、一九四五年八月一五日に植民地支配が終わると、アメリカとソ連に分割された占領をうけることになりました。

日本はアメリカの単独占領となったのに、「大ニッポン帝国」の版図のなかで、朝鮮だけが犠牲になって、分割占領の非運を負うことになった。しかも、それがいまなおつづいているのです。

決定的であったのは、日本の降伏のタイミングでした。「ポツダム宣言」が出された七月二六日のあとまもなく日本が降伏していれば、ソ連の参戦はなく、朝鮮もまたアメリカの単独占領となったでしょう。また、原爆投下・ソ連の参戦いごも日本が「本土玉砕」を覚悟して抗戦をつづけていたならば、ソ連が朝鮮全体を占領したでしょう。しかし、ニッポンは、八月一四日に「ポツダム宣言」を受諾した。それが、こんにちにいたる「分断」の直接の起源となっているのです。

「天皇」の名においてなされた「武力による領土拡張」すなわち「侵略」によって植民地化された朝鮮が、その究極の破局によって米・ソに分割占領され、そこにひきおこされた戦争によって、「天皇制」の蘇生に決定的な契機と根拠をあたえた。じつに皮肉なことといわねばなりません。

そしてまた、かつて島津が覇を鳴らし、秀吉が、家康が、大久保が執し、明治国家が力づくで版図にくみ入れた琉球。その存在が、「神州」すなわち「日本の本土」を守り、戦後更新された新たな「天皇制」を守る手段としてこれいじょうはないほど大きく機能しているのです。

「天皇はアメリカが沖縄及び琉球諸島の軍事占領を継続することを希望されており、そのさい、日本に主権を残しつつ、長期貸与のかたちをとるべきであると考えておられる……」

一九四七年九月にワシントンにつたえられた天皇裕仁の「沖縄メッセージ」の骨子です。なかにも「日本に主権を残しつつ」ということがどれほど重要であるかは、もし沖縄が完全に日本から切り離されたなら「沖縄の米軍」と「日本本土の防衛＝天皇制の防御」との関係性がなくなってしまうことを考えてみれば瞭然でしょう。

日本に主権を残しつつ……。

天皇裕仁にとっての「沖縄」は、戦況がいきづまり和平の道をさぐりはじめた一九四四年時点ですでに「神州」いがいの領土ととらえられており、四五年に入ってからは、「もう一度戦果を挙げてから」和平に移るための「決戦場」として、また本土侵攻を遅らせるための「犠牲」として徹底抗戦をもとめ、和平に転じるや「固有本土」を守るために差しだすべき、文字どおりの「捨て石」でした。

アメリカによる「沖縄の軍事占領」の「継続」は「日本国民の広範な支持を得るであろう」というメッセージの「日本国民」に沖縄の人々がふくまれていないことはもとより、そこには、「沖縄」がすでにこうむっている、さらには将来こうむることになる不条理や不幸についてのかけらの慮りもない――天皇によって差しだされるずっとまえから「琉球」を「アジア・太平洋」全域をカバーする安全保障の「Keystone（かなめ石）」といちづけていたアメリカの、「沖縄メッセージ」を深く検討したとうじの国務省においてすら、「長期擬似貸与」という軍事占領が、沖縄の住民から支持されないことへの懸念がしめされていたといいます。

「沖縄」は、敗戦後にはよりいっそう「アメリカに占領してもらわなければならぬ」地となった。

敗戦から半年後の一九四六年二月一六日、GHQが発した「朝鮮人、中国人、琉球人および台湾人の登録に関する覚書」において、「琉球人」は植民地住民と同等にいちづけられました。

そして四七年五月二日には、「大日本帝国憲法」下でつくられた天皇の命令形式である「勅令」をもちいて、「外国人登録令（勅令第二〇七号）」が発せられ、その「施行規則」によって「沖縄県」は、朝鮮や台湾・関東州・樺太・南洋諸島・北方領土・小笠原とならんで「本邦」から「除外」される地域となり、五一年の「講和条約」調印とどうじに「本邦」ではなくなってしまった。つまり、領土主権のおよばぬ地域となってしまいました。

「勅令」が発せられた五月二日が、「日本国憲法」施行の前日であることはもちろん偶然ではありません。

はたして、「沖縄」はいまなお日本の「固有本土」と「天皇制」を守る砦とされたまま、「密約」の永遠のマトリョーシカともいうべき「サンフランシスコ体制」の裂け目がもっとも酷いかたちで露出する場としてなげだされているのです。

そして、おなじく「天皇制」を守るために「全土を基地とし、軍隊を配備する権利」をアメリカ政府に「許与」した日本の官民は、有事のさいには日米が「共同措置」をとることをもりこんだ現行「安保条約」第五条の規定――「旧安保条約」の附属協定である「日米行政協定」の第二四条が挿入された規定――と「密約」にもとづいて、さらには「安保共同宣言」による再定義にのっとって、アメリカが「アジア・太平洋域」の安全保障にかかわると判断した地域の「有事」のさいには、米軍の統一指揮下にくみこまれて前線に、あるいは後方支援に駆りだされ「参戦」することをよぎなくされるのです。

「講和条約」発効から六七年をへた二〇一九年五月一日、天皇制のカレンダーは「令和」元年と改まりました。

しかもそれは、生前退位をもとめた「ビデオ・メッセージ」という「天皇」みずからの発議によって「皇室典範特例法」を成立させ、「退位」と「即位」を実現させたことにともなう「改元」です。観方によってはそれは、「天皇」の政治的復権を記念する「改元」ともいえるでしょう。

「ビデオ・メッセージ」を発するすこしまえ、平成天皇はヴェトナムを訪問し、元残留日本兵の家族と面談しました。

そして「ビデオ・メッセージ」を発した翌年三月には、「日本国」最西端にいちする与那国（よなぐに）島を訪問。八月にはさらに、アイヌ語の「リ・シリ（高い山）」を名にもつ利尻島を訪問しています。これが、沖縄にはじまり、硫黄島、サイパン、パラオ、ペリリューへとむけられたかつての「大日本帝国」版図への旅、つまり「国見」をしめくくる旅となりました。

「改元」の翌日五月二日には、「大日本帝国憲法」第九条の定めにのっとった最後の「勅令第二〇七号」の発令から七二年を、翌々日五月三日には「日本国憲法」の施行から七二年をむかえました。

そして今日、五月四日は「反帝国主義」をかかげて大衆が起ちあがった「五・四運動」一〇〇年にあたる日です。

「全世界から起こり、全支那に渦巻く、排日運動の鬨(とき)の声……。眼前にみる、排日運動の陣頭に立ちて、指揮し、鼓吹し、叱咤しているものが、ことごとく一〇年の涙痕血史(るいこんけつし)の、刎頸(ふんけい)の同志その人々であるこの大矛盾……」

ソウル「三・一宣言」に端を発した爆発的な「独立運動」の正当性を、あたかも裏書きするかのように湧きあがった北京(ペキン)発の「抗日・反帝国主義運動」。その大きな波が、フランス租界に「大韓民国臨時政府」が拠点をおく上海の、路(ルー)という路(ルー)をまたたくまにうめつくし、「日本を怒り憎みて叫び狂」った。

みずからが身を投じた中国革命運動の銃口は、いま、まっすぐに日本へとむけられている……。

北四川路(ベイスーチュアンルー)にひびきわたる「大怒号」を眼下にした北一輝(きたいっき)が苦悩を深めた日から、ちょうど一〇〇年目の五月。

どんな時代にも、青葉若葉のあっとうてきなエネルギーは人々の心をとらえ、あるいは生命(いのち)にささやきかけ、そのまばゆさに釘づけられたものの魂をゆさぶります。

この月ずえには、今年もまた、ここ旭ヶ岡「掃海殉職者顕彰碑」のまえに、「海上自衛隊」呉音楽隊が奏でる海軍いらいの儀礼曲『命を捨てて』のメロディーが流れ、白さもまぶしいセイラーカラーの自衛官らが発射する、三発の「弔銃」音がこだますることでしょう。

【主要参考文献】

青木冨貴子　『占領史追跡―ニューズウィーク東京支局長パケナム記者の諜報日記』（新潮文庫　二〇一三）
跡部　信　『豊臣政権の権力構造と天皇』（戎光祥研究叢書7　二〇一六）
天野文雄　『能に憑かれた権力者―秀吉能楽愛好記』（講談社選書メチエ　一九九七）
有馬純雄　『維新史の片鱗』（日本警察新聞社　一九二一）
李　啓煌　『文禄・慶長の役と東アジア』（臨川書店　一九九七）
五十嵐憲一郎　「日清戦史第一第二編進達ニ関シ部長会議ニ於テ一言ス」（『軍事史学』148　二〇〇二）
池内　敏　『大君外交と「武威」―近世日本の国際秩序と朝鮮観』（名古屋大学出版会　二〇〇六）
石井寛治　『日本の産業革命―日清・日露戦争から考える』（講談社学術文庫　二〇一二）
石田　徹　『近代移行期の日朝関係―国交刷新をめぐる日朝双方の論理』（溪水社　二〇一三）
石丸安蔵　「朝鮮戦争と日本の港湾―国連軍への支援とその影響」（『戦史研究年報』9　二〇〇七）
　　「朝鮮戦争と日本の関わり―忘れ去られた海上輸送」（『戦史研究年報』11　二〇〇八）
井上勝生　「後備歩兵第一九大隊・大隊長南小四郎文書」（『「韓国併合」一〇〇年を問う―2010年国際シンポジウム』岩波書店　二〇一一）
　　「東学農民軍包囲殲滅作戦と日本政府・大本営」（『「韓国併合」一〇〇年を問う―「思想」特集・関係資料』岩波書店　二〇一一）
　　『明治日本の植民地支配―北海道から朝鮮へ』（岩波現代全書　二〇一三）
　　「東学農民戦争、抗日蜂起と殲滅作戦の史実を探究して―韓国中央山岳地帯を中心に」・「（資料紹介）東学党討伐隊兵士の日誌「日清交戦従軍日誌」徳島県阿波郡」（『人文學報』111　二〇一八）
大久保泰甫　『ボワソナードと国際法―台湾出兵事件の透視図』（岩波書店　二〇一六）
大島明子　「廃藩置県後の兵制問題と鎮台兵―外征論との関わりにおいて」（『国際環境のなかの近代日本』芙蓉書房出版　二〇〇一）
大谷　正　『日清戦争―近代日本初の対外戦争の実像』（中公新書　二〇一四）
大庭　脩　『古代中世における日中関係史の研究』（同朋舎出版　一九九六）
小野和子　『明季党社考―東林党と復社』（同朋舎出版　一九九六）
勝　海舟　『氷川清話』（講談社学術文庫　二〇〇〇）
勝田政治　『大久保利通と東アジア―国家構想と外交戦略』（吉川弘文館歴史文化ライブラリー　二〇一六）
紙屋敦之　『大君外交と東アジア』（吉川弘文館　一九九七）
　　『幕藩制国家の琉球支配』（校倉書房　一九九〇）
　　『東アジアのなかの琉球と薩摩藩』（校倉書房　二〇一三）
河内将芳　『秀吉の大仏造立』（法藏館　二〇〇八）
　　『落日の豊臣政権―秀吉の憂鬱、不穏な京都』（吉川弘文館　二〇一六）
河上繁樹　「豊臣秀吉の日本国王冊封に関する冠服について―妙法院伝来の明代官服」（『学叢』20　京都国立博物館　一九九八）
　　「秀吉に導かれて宝物に出会う―社寺調査の思い出」（『学叢』31　京都国立博物館　二〇〇九）
　　「服飾から見た足利義満の冊封に関する小論」（関西学院大『人文論究』62―4　二〇一三）
姜　在彦　『朝鮮通信使がみた日本』（明石書店　二〇〇二）
姜　東鎮　『日本の朝鮮支配政策史研究―1920年代を中心として』（東京大学出版会　一九七九）
姜　沆　『看羊録―朝鮮儒者の日本抑留記』（東洋文庫　一九八四）
姜　孝叔　「第二次東学農民戦争と日清戦争―防衛研究所図

書館所蔵資料を中心に」（『歴史学研究』762　二〇〇二）
北島　万次「壬辰倭乱の義兵顕彰碑と日本帝国主義―靖国神社にある「北関大捷碑」をめぐって」（『歴史学研究』639　一九九二）
『豊臣秀吉の朝鮮侵略』（吉川弘文館　一九九五）
『豊臣政権の対外認識と朝鮮侵略』（校倉書房　一九九九）
『加藤清正―朝鮮侵略の実像』（吉川弘文館　歴史文化ライブラリー　二〇〇七）
『秀吉の朝鮮侵略と民衆』（岩波新書　二〇一二）
金　恩正・文　炅敏・金　元容『東学農民革命一〇〇年―革命の野火、その黄土の道の歴史を尋ねて』（つぶて書房　二〇〇七）
金　洪圭編著『秀吉・耳塚・四百年―豊臣政権の朝鮮侵略と朝鮮人民の闘い』（雄山閣出版　一九九八）
琴　秉洞『耳塚―秀吉の鼻斬り耳斬りをめぐって』増補改訂版（総和社　一九九四）
黒嶋　敏『天下統一―秀吉から家康へ』（講談社現代新書　二〇一五）
『琉球王国と戦国大名―島津侵入までの半世紀』（吉川弘文館　歴史ライブラリー　二〇一六）
黒田日出男『肖像画を読む』（角川書店　一九九八）
『豊国祭礼図を読む』（角川選書　二〇一三）
『洛中洛外図・舟木本を読む』（角川選書　二〇一五）
桂　勝範「壬辰倭乱とヌルハチ」（『壬辰戦争―16世紀日・朝・中の国際戦争』明石書店　二〇〇八）
古関　彰一『「平和国家」日本の再検討』（岩波現代文庫　二〇一三）
古関　彰一・豊下　楢彦『沖縄　憲法なき戦後―講和条約三条と日本の安全保障』（みすず書房　二〇一八）
小林　健二「豊公能《高野参詣》制作上演の背景」（『文学』13　岩波書店　二〇一二）
小林　隆夫『19世紀イギリス外交と東アジア』（彩流社　二〇一二）
佐々木信綱『征清歌集』（博文館　一八九四）
佐島　顕子「日明講和交渉における朝鮮撤退問題」（『鎖国と国際関係』吉川弘文館　一九九七）
「秀吉と情報」（『消された秀吉の真実』柏書房　二〇一一）
「文禄役講和の裏側」（『偽りの秀吉像を打ち壊す』柏書房　二〇一三）
佐谷眞木人『日清戦争―「国民」の誕生』（講談社現代新書　二〇〇九）
清水　克行『耳鼻削ぎの日本史』（洋泉社　歴史新書y　二〇一五）
庄司潤一郎「朝鮮戦争と日本―アイデンティティ、安全保障をめぐるジレンマ」（『朝鮮戦争の再検討―その遺産』防衛研究所　二〇〇七）
辛　基秀・村上　恒夫『儒者姜沆と日本―儒教を日本に伝えた朝鮮人』（明石書店　一九九一）
杉村　濬『明治廿七八年在韓苦心録』（一九三二　国立国会図書館デジタルコレクション）
鈴木かほる『徳川家康のスペイン外交―向井将監と三浦按針』（新人物往来社　二〇一〇）
鈴木　英隆「朝鮮海域に出撃した日本特別掃海隊―その光と影」（『戦史研究年報』8　二〇〇五）
須田　努「征韓論への系譜」（『近代日本のなかの「韓国併合」』東京堂出版　二〇一〇）
曽根　勇二「秀吉と大名・直臣の主従関係について」（『豊臣政権の正体』柏書房　二〇一四）
『秀吉・家康政権の政治経済構造』（校倉書房　二〇〇八）
高木　博志「近代日本と豊臣秀吉」（『壬辰戦争―16世紀日・朝・中の国際戦争』明石書店　二〇〇八）
田中　彰『吉田松陰―変転する人物像』（中公新書　二〇〇一）
田中　健夫『善隣国宝記・新訂続善隣国宝記』（集英社　一九九五）

『前近代の国際交流と外交文書』（吉川弘文館　一九九六）
田代　和生　『書き替えられた国書―徳川・朝鮮外交の舞台裏』（中公新書　一九八三）
『新・倭館―鎖国時代の日本人町』（ゆまに書房　二〇一一）
趙　景達　『異端の民衆反乱―東学と甲午農民戦争』（岩波書店　一九九八）
『近代朝鮮と日本』（岩波新書　二〇一二）
『植民地朝鮮と日本』（岩波新書　二〇一三）
張　慧珍　「秀吉政権下における徳川家康の「外交」」（『早稲田大学大学院文学研究科紀要』57　二〇一一）
「徳川家康の駿府外交体制―駿府外交の構想について」（『WASEDA RILAS JOURNAL』二〇一三）
朝鮮日々記研究会編　『朝鮮日々記を読む―真宗僧が見た秀吉の朝鮮侵略』（法蔵館　二〇〇〇）
辻田真佐憲　『日本の軍歌―国民的音楽の歴史』（幻冬舎新書　二〇一四）
津田　三郎　『秀吉英雄伝説の謎―日吉丸から豊太閤へ』（中公文庫　一九九七）
鶴田　啓　『対馬からみた日朝関係』（山川出版社・日本史リブレット　二〇〇六）
寺嶋　一根　「装束からみた豊臣政権の支配秩序」（『洛北史学』17　二〇一五）
徳富猪一郎　『近世日本国民史豊臣氏時代』（一九三四・三五　国立国会図書館デジタルコレクション）
豊見山和行　『琉球王国の外交と王権』（吉川弘文館　二〇〇四）
豊下　楢彦　『安保条約の成立―吉田外交と天皇外交』（岩波新書　一九九六）
『昭和天皇・マッカーサー会見』（岩波現代文庫　二〇〇八）
『昭和天皇の戦後日本―〈憲法・安保体制〉にいたる道』（岩波書店　二〇一五）
仲尾　宏　『朝鮮通信使と壬辰倭乱―日朝関係史論』（明石書店　二〇〇〇）
『朝鮮通信使をよみなおす―鎖国史観を越えて』（明石書店　二〇〇六）
『朝鮮通信使―江戸日本の誠信外交』（岩波新書　二〇〇七）
『朝鮮通信使と京都』（人権問題研究叢書3　二〇一一）
中島　楽章　「封倭と通貢」（『東洋史研究』66―2　二〇〇七）
「福建ネットワークと豊臣政権」（『日本史研究』610　二〇一三）
中塚　明　「「日清戦史」から消えた朝鮮王宮占領事件」（月刊『みすず』399　一九九四）
『歴史の偽造をただす―戦史から消された日本軍の「朝鮮王宮占領」』（高文研　一九九七）
中塚　明・井上　勝生・朴　孟洙　『東学農民戦争と日本―もう一つの日清戦争』（高文研　二〇一三）
中野　等　「肥前波多氏の領国と大陸侵攻基地名護屋」（『鎖国と国際関係』吉川弘文館　一九九七）
『文禄・慶長の役』（吉川弘文館　二〇〇八）
中村　栄孝　「『月峯海上録』について」（『朝鮮学報』25　一九六二）
『日鮮関係史の研究』中（吉川弘文館　一九六九）
中村　幸彦　「大坂物語諸本の異変」（『中村幸彦著述集』5　中央公論社　一九八二）
夏目　漱石　『漱石文学全集』2（集英社　一九八二）
那波　利貞　「月峯海上録攷釋」（『朝鮮学報』21・22　一九六一）
西村　熊雄　『サンフランシスコ平和条約・日米安保条約』（シリーズ戦後史の証言―占領と講和7　中公文庫　一九九九）
西村　聡　「文禄三年の能楽事情と『太閤記』―〈高野参詣〉の上演をめぐる一考察」（『金沢大学歴史言語文化学系論集 言語・文学篇』2　二〇一〇）

日本コリア協会・愛媛編著『植民地朝鮮と愛媛の人びと』（愛媛新聞社　二〇一一）

貫井正之『豊臣政権の海外侵略と朝鮮義兵研究』（青木書店　一九九六）

『豊臣・徳川時代と朝鮮―戦争そして通信の時代へ』（明石書店　二〇一〇）

萩原延壽『大分裂　遠い崖―アーネスト・サトウ日記抄10』（朝日文庫　二〇〇八）

『北京交渉　遠い崖―アーネスト・サトウ日記抄11』（朝日文庫　二〇〇八）

白　春岩「1873年における清国皇帝への謁見問題―李鴻章と副島種臣との外交交渉」（『ソシオサイエンス』16　二〇一〇）

「1872年における日本政府の琉球政策―清国使節と維新慶賀使の邂逅をてがかりにして」（『社学研論集』18　二〇一一）

『李鴻章の対日観「日清修好条規」を中心に』（成文堂　二〇一五）

朴　宗根『日清戦争と朝鮮』（青木書店　一九八二）

濱本利三郎・地主愛子『日清戦争従軍秘録―80年目に公開する、その因果関係』（青春出版社　一九七二）

原　武史『「昭和天皇実録」を読む』（岩波新書　二〇一五）

原田敬一『日清・日露戦争』（岩波新書　二〇〇七）

「東学農民運動と日本メディア」（『人文學報』111　二〇一八）

坂野潤治『西郷隆盛と明治維新』（講談社現代新書　二〇一三）

藤木久志『戦国史をみる目』（校倉書房　一九九五）

『天下統一と朝鮮侵略』（講談社学術文庫　二〇〇五）

『新版　雑兵たちの戦場―中世の傭兵と奴隷狩り』（朝日選書　二〇〇五）

邊土名朝有『琉球の朝貢貿易』（校倉書房　一九九八）

堀　新『織豊期王権論』（校倉書房　二〇一一）

「豊臣秀吉と「豊臣」家康」（『消された秀吉の真実』柏書房　二〇一一）

本多博之『天下統一とシルバーラッシュ―銀と戦国の流通革命』（吉川弘文館　歴史文化ライブラリー　二〇一五）

松浦　章『海外情報からみる東アジア―唐船風説書の世界』（清文堂出版　二〇〇九）

松浦　玲『勝海舟と西郷隆盛』（岩波新書　二〇一一）

松田毅一監訳『十六・七世紀イエズス会日本報告集』第Ⅰ期 第2巻・第3巻（同朋舎　一九八七・一九八八）

三木　聰「万暦封倭考（その一）―万暦二十二年五月の「封貢」をめぐって」（『北海道大学文学研究科紀要』109　二〇〇三）

「万暦封倭考（その二）―万暦二十四年五月の九卿科道会議をめぐって」（『北海道大学文学研究科紀要』113　二〇〇四）

「九卿・科道会議は何処で開かれたのか―万暦封倭考補遺」（『史朋』37　北大東洋史談話会　二〇〇四）

『伝統中国と福建社会』（汲古書院　二〇一五）

三鬼清一郎「方広寺大仏殿の造営に関する一考察」（『中世・近世の国家と社会』東京大学出版会　一九八六）

「豊国社の造営に関する一考察」（『名古屋大学文学部研究論集』一九八七）

『豊臣政権の法と朝鮮出兵』（青史出版　二〇一二）

南　小四郎「東学党征討経歴書」（南家文書　一八九五　山口県文書館）

村井章介『海から見た戦国日本―列島史から世界史へ』（ちくま新書　一九九七）

『世界史のなかの戦国日本』（ちくま学芸文庫　二〇一二）

『日本中世の異文化接触』（東京大学出版会　二〇一三）

『分裂から天下統一へ』（岩波新書　二〇一六）

村山修一『皇族寺院変革史―天台宗妙法院門跡の歴史』（塙書房　二〇〇〇）

毛利敏彦『大久保利通』（中公新書　一九六九）

『明治六年政変』(中公新書 一九七九)
『台湾出兵』(中公新書 一九九六)
盛本 昌広 『松平家忠日記』(角川選書 一九九九)
百瀬 宏 「駿河版銅活字—その歴史的・技術的由来の探索」(『歴史の文字—記載・活字・活版』東京大学総合研究博物館 一九九六)
諸星 秀俊 「明治六年「征韓論」における軍事構想」(『軍事史学』一七七 二〇〇九)
安岡 昭男 「明治初期の対露警戒論に関する一考察—朝鮮半島をめぐって」(『法政史学』13 一九六〇)
矢部健太郎 『豊臣政権の支配秩序と朝廷』(吉川弘文館 二〇一一)
「秀次事件と血判起請文・「掟書」の諸問題」(『消された秀吉の真実』柏書房 二〇一一)
矢部 宏治 『日本はなぜ、「戦争ができる国」になったのか』(集英社インターナショナル 二〇一六)
山鹿 素行 『武家事紀』(一九一五～一八 国立国会図書館デジタルコレクション)
山室 恭子 『黄金太閤』(中公新書 一九九二)
山室 信一 『日露戦争の世紀—連鎖視点から見る日本と世界』(岩波新書 二〇〇五)
横手 慎二 『日露戦争史—20世紀最初の大国間戦争』(中公新書 二〇〇五)
与謝野鉄幹 『鉄幹晶子全集 別巻2 拾遺編—明治期 短歌』(勉誠出版 二〇一六)
吉野 誠 『明治維新と征韓論—吉田松陰から西郷隆盛へ』(明石書店 二〇〇二)
「明治初期の日朝関係と征韓論」(『「韓国併合」一〇〇年を問う—「思想」特集・関係資料』岩波書店 二〇一一)
米谷 均 「朝鮮侵略後における被虜人の本国送還について」(『壬辰戦争—16世紀日・朝・中の国際戦争』明石書店 二〇〇九)
「豊臣秀吉の「日本国王」冊封の意義」(『豊臣政権の正体』柏書房 二〇一四)
ルイス・フロイス 『「暴君」秀吉の野望』松田毅一・川崎桃太訳(中公文庫 二〇〇〇)
ロナルド・トビ 『近世日本の国家形成と外交』(創文社 一九九〇)
『「鎖国」という外交』(小学館 二〇〇八)
和田 春樹 『朝鮮戦争全史』(岩波書店 二〇〇二)
『日本と朝鮮の一〇〇年史』(平凡社新書 二〇一〇)

『伊地知正治小伝』(鹿児島県教育会 一九三六)
『海南新聞』・『徳島日日新聞』(国立国会図書館マイクロフィルム)
『鹿児島県史料 西南戦争 第3巻』(鹿児島県維新史料編さん所 一九八〇)
外務省編纂 『日本外交文書』(外交史料館デジタルコレクション)
参謀本部編 『明治二十七八年日清戦史』第一巻・第八巻(東京印刷株式会社 一九〇四)
参謀本部編 『日本戦史 朝鮮役』(偕行社 一九二四)
織豊期城郭研究会編 『倭城を歩く』(サンライズ出版 二〇一四)
新日本古典文学大系 『太閤記』檜谷昭彦・江本裕校注(岩波書店 一九九六)
日本史籍協会編 『大久保利通日記』(北泉社 一九九七)
『秀吉の普請 Constructions by Hideyoshi』(『季刊大林』57 二〇一六)
藤井譲治編 『織豊期主要人物居所集成』(思文閣出版 二〇一一)
『靖国神社忠魂史』第一巻(靖国神社社務所 一九三五)
読売新聞戦後史班編 『「再軍備」の軌跡』(中公文庫 二〇一五)
若松雅太郎編 『豊国会趣意書』(一八九七 国立国会図書館デジタルコレクション)

#【関連マップ】

日清戦争「東学党討伐隊」の進路図

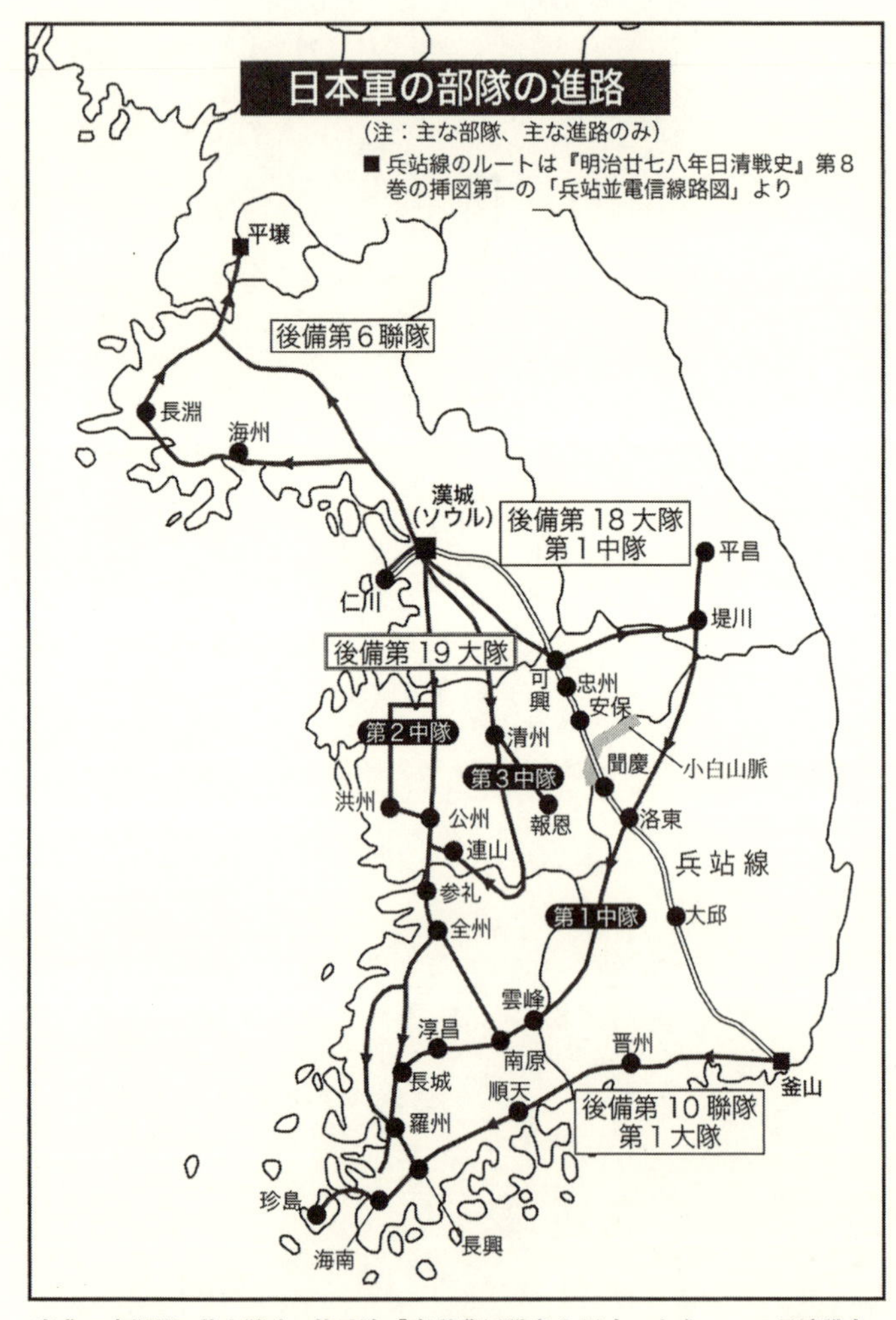

出典：中塚明・井上勝生・朴孟洙「東学農民戦争と日本─もう一つの日清戦争」
高文研　2014年

参考地図２

日清戦争全体図

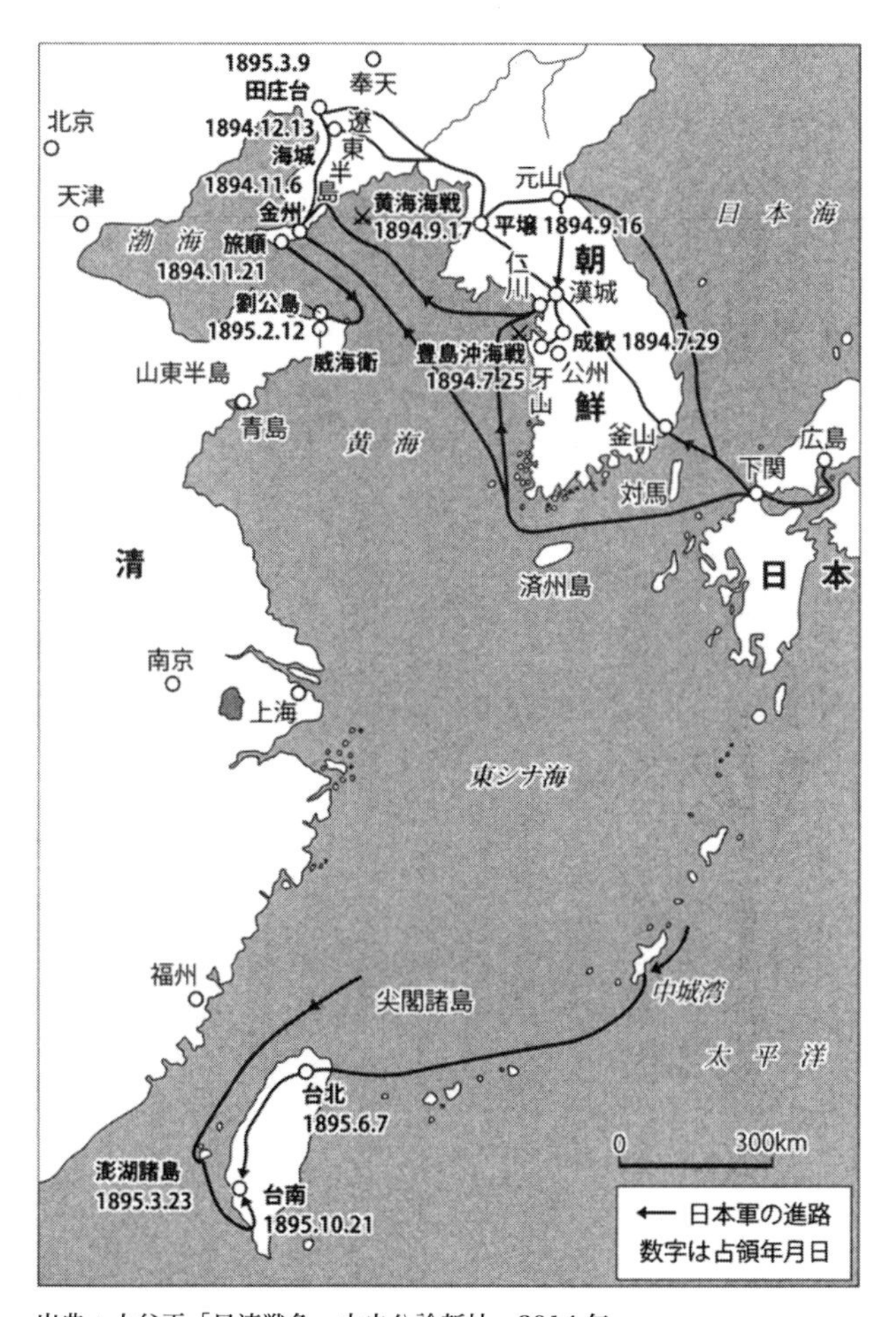

出典：大谷正「日清戦争」中央公論新社　2014 年

第一次朝鮮侵略における加藤清正・小西行長の進路図

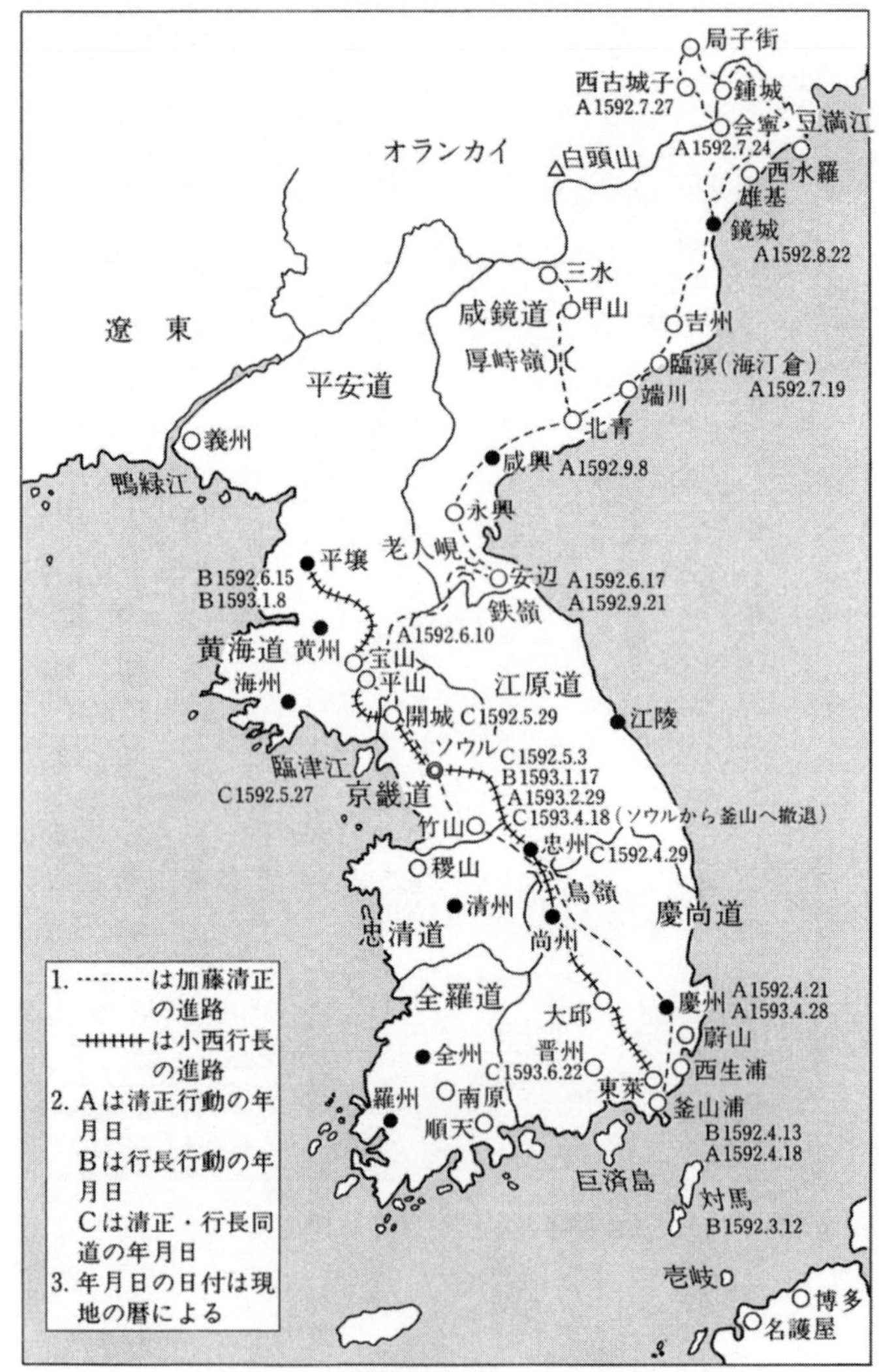

出典：北島万次「加藤清正―朝鮮侵略の実像」吉川弘文館　2007年

参考地図4

朝鮮半島南部要図

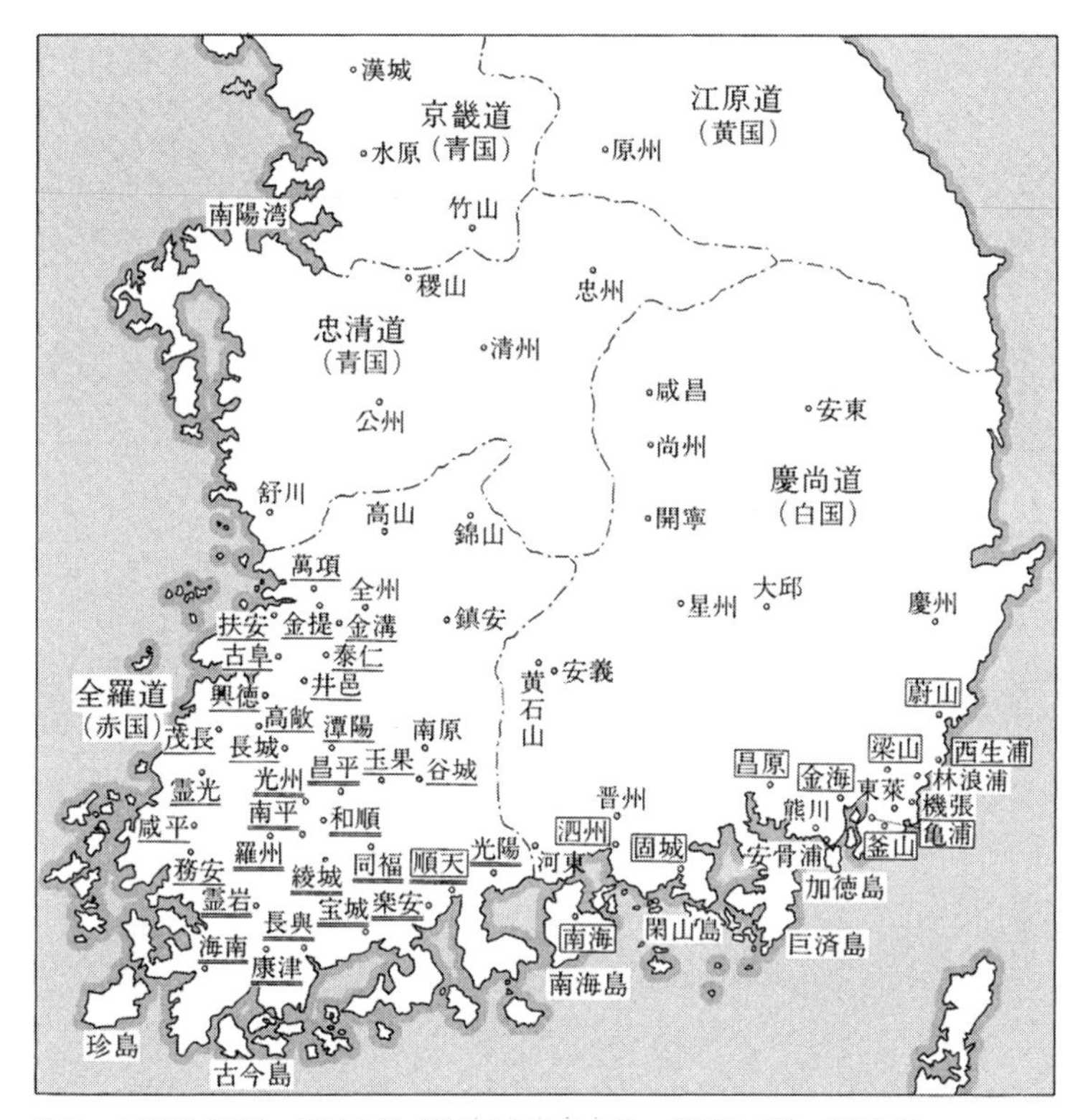

出典：中野等「文禄・慶長の役（戦争の日本史16）」吉川弘文館　2016年

＊下線・二重下線を付した地名は、「慶長の役」において制圧すべき「郡割り」の対象となった邑・郡。□で囲んだ地名は、日本型城塞が設けられた（修復して再利用されたものを含む）ところを示している。（「出典」の付注より）

大垣さなゑ（おおがき・さなえ）

1957年、富山県生まれ（大阪市在住）。金沢大学教育学部卒業。日本文藝文芸家協会会員。著書に『後月輪東の棺』（東洋出版・2013年）、『夢のなかぞら―父藤原定家と後鳥羽院』（東洋出版・2007年）、『王の首―曾我物語幻想』（言海書房・2002年）、『花はいろ―小説とはずがたり』（まろうど社・1998年）、『ひつじ―羊の民俗・文化・歴史』（まろうど社・1990年）などがある。

征韓(せいかん)―帝国(ていこく)のパースペクティヴ

二〇一九年五月三〇日　第一刷発行

著　者　大垣(おおがき)さなゑ
発行者　田辺修三
発行所　東洋出版株式会社
〒112-0014　東京都文京区関口1-23-6
電話　03-5261-1004（代）
振替　00110-2-175030
http://www.toyo-shuppan.com/

印　刷　日本ハイコム株式会社
製　本　ダンクセキ株式会社

ISBN978-4-8096-7932-2